कौन हूँ मैं

कौन हूँ मैं

मनोहर श्याम जोशी

वाणी प्रकाशन

4695, 21-ए, दरियागंज, नयी दिल्ली 110 002

शाखा

अशोक राजपथ, पटना 800 004

फ़ोन : +91 11 23273167 फ़ैक्स : +91 11 23275710

www.vaniprakashan.in
vaniprakashan@gmail.com
sales@vaniprakashan.in

KAUN HUN MAIN
by Manohar Shyam Joshi

ISBN : 978-81-8143-588-0
Novel

संस्करण 2006
आवृत्ति 2017

मूल्य : ₹ 795

हर्ष प्रिंटर्स, दिल्ली-110 093 में मुद्रित

वाणी प्रकाशन का लोगो मक़बूल फ़िदा हुसेन की कूची से

कथा-अनुक्रम

प्राक्कथन

के? आमि

इसे प्रभु की कृपा कहिए पाठकगण कि दैनन्दिन्य व्यापारों में निहित गूढ़ दार्शनिक वैधानिक प्रश्नों की ओर हमारा ध्यान आकर्षित ही नहीं होता, अन्यथा पगला जाते हम सब। अब जैसे यही लीजिए ना कि बाहर से किसी के साँकल से द्वार के पट खटखटाने पर भीतर से कोई जिज्ञासा करता है, 'के?' और बाहरवाला उत्तर देता है 'आमि।' प्रश्न : कौन?, उत्तर : मैं। कभी-कभी भीतरवाला बाहरवाले को मात्र वाणी के आधार पर पहचानकर पट खोल देता है। सर्वनाम ही पर्याप्त होता है उस सहजविश्वासी के लिए। वह सोचता ही नहीं कि कहीं कोई ठग, अपना स्वर बदलकर न बोल रहा हो। किन्तु सामान्यत: केवल 'आमि' कह देने मात्र से काम नहीं चलता। परिभाषित और परिसीमित करना होता है उस 'मैं' को। सर्वप्रथम सर्वनाम को व्यक्तिवाचक संज्ञा में परिवर्तित करके— आमि निरंजन। निरंजन भी अनेक हैं इस सृष्टि में अस्तु, इससे आगे जातिवाचक संज्ञाओं की शरण ली जाती है। मैं निरंजन भट्टाचार्ज्या आपके जमाई बाबू का भांजा।

बहुधा इतना पर्याप्त होता है पट खोल दिए जाने के लिए। किन्तु यदि भीतर वाला स्वभाव से शंकालु हो अथवा इधर जाली परिचय देकर द्वार खुलवा लेने और लूटकर चले जाने की कुछ घटनाएँ चर्चा में रही हों तो सम्भव है कि पट बन्द ही रहें। उत्तर मिले : इस समय घर पर कोई नहीं है आप शाम 6 बजे बाद आएँ। बाहर खड़ा व्यक्ति चाहे तो भीतरवाले के अविश्वास को निर्मूल सिद्ध करने का यत्न करते रह सकता है। किन्तु वह अविश्वास और आशंका निर्मूल नहीं। इस असार संसार में पग-पग पर धोखे हैं। बोलबाला है ठग विद्या का। कोई लुटेरा-हत्यारा कहीं से यह पूछकर आ गया हो सकता है कि गृहस्वामी के जमाई बाबू के भांजे का नाम निरंजन भट्टाचार्ज्या है। पछताने से अच्छा है पछतावे की नौबत ही न आने देना। यदि आगंतुक वास्तव में जमाई बाबू का भांजा ही सिद्ध हो तो उससे और जमाई बाबू से क्षमा-याचना की जा सकती है बाद

में। बुद्धिमत्ता इसी में है कि जो 'के' के उत्तर में 'आमि' कह रहा हो उसका 'आमि' को परिभाषित और परिसीमित कर देना अपर्याप्त माना जाए। उससे यह प्रमाणित करने को कहा जाए कि उस परिभाषा और परिसीमन से जो व्यक्ति निरूपित होता है वह सचमुच उसकी काया में बसता है। सभी सरकारी व्यापारों में पहचानपत्रों, हलफनामों, हस्ताक्षरों, अंगूठा-निशानों को यूँ ही तो अनिवार्य नहीं बना दिया गया है ना।

तो पाठकगण आप उस बन्द द्वार की साँकल की ओर हाथ बढ़ाते हुए एक क्षण ठिठककर सोच लिया करें कि चुनौती मिलने की स्थिति में आप अपने 'आमि' को प्रमाणित कर सकने की किसी युक्ति से लैस हैं कि नहीं? यथा मैं वही निरंजन हूँ जिसने मामा के यहाँ आपका बनाया हुआ कटहल का अचार इतने स्वाद से खाया था कि मामी-माँ अगली बार मायके से लौटीं तो एक भागृतबान मेरे लिए भी भरवा लाईं उसका। और यदि इस पर भी द्वार न खुले तो यह कि मैं तो आपको आपके जमाई बाबू का एक पत्र देने आया था। चलिए द्वार के नीचे से सरका देता हूँ, नमस्कार। इधर पत्र खोलकर हस्ताक्षर देखे जमाई बाबू के कि उधर द्वार खोलकर आपको पुकार लिया जाएगा क्षमा-याचनाओं की झड़ी लगाते हुए। यों यदि द्वार के उस पार का व्यक्ति छाछ को भी फूँक-फूँककर पीने के लिए बाध्य कर दिया जा चुका हो तो वह यह सोचकर द्वार न खोलना ही उचित समझ सकता है कि कटहल के अचार वाला प्रसंग किसी और को भी पता हो सकता है तथा जाली हस्ताक्षरों के केस तो प्रायः होते ही रहते हैं। तो बुद्धिमत्ता इसी में है कि हर व्यक्ति को तब तक जाली ही समझा जाए जब तक कि वह अपना असली होना प्रमाणित न कर दे और इसके साथ ही इस बात को कदापि न भुलाया जाए कि प्रमाण भी जाली, भ्रामक और झूठे हो सकते हैं। मेरे गुरु बाबा धर्मदास कहा करते थे कि महाठगिनी माया का जाल है यह संसार और इसमें सब कुछ जाली और झूठा है।

विश्वास मानिए पाठकगण कि जब-जब आप किसी शंकालु के घर के बन्द द्वार की साँकल की ओर हाथ बढ़ा रहे होंगे तब-तब मेरी सहानुभूति आप पर पंखा झल रही होगी। मैं तो आपसे कहीं अधिक दयनीय स्थिति में हूँ। आप जब अपने घर का द्वार खटखटाते हैं तब भीतर से पत्नी द्वारा पूछे गए 'के?' के उत्तर में आपका 'आमि' कह देना न केवल पर्याप्त रहता होगा वरन् आप भीतर चरण रखते हुए यह टिप्पणी करने को स्वतंत्र मानते होंगे अपने को कि क्यों व्यर्थ के प्रश्न करती हो, इस वेला और कौन आता है यहाँ? किन्तु यदि कहीं मेरे और उस स्त्री के मध्य कोई बन्द द्वार हो जिसे मैं सात फेरे लेकर बँधा हुआ हूँ तो साँकल की ओर बढ़ते मेरे हाथ यह सोचकर ठिठक जाएँगे कि उसकी 'के?' के उत्तर में अपने 'आमि' को किस प्रकार परिभाषित करना उचित होगा मेरे लिए? यदि यह कहूँ कि तुम्हारा स्वामी हूँ तो वह क्यों खोलेगी भला जबकि सार्वजनिक रूप से घोषित कर चुकी है कि मेरे पति का देहान्त हो चुका है? द्वार खोलकर एक ठो भूत को कौन स्त्री अपना भविष्य बनाना चाहेगी, बोलिए तो। और यदि मैं यह कहूँ कि मैं वह ठग हूँ जो अपने को तुम्हारा पति बताता घूम रहा है तो वह

पुलिस को ही बुलाएगी ना। शासकीय निषेध है मेरे उस भद्र महिला की बाड़ी के आस-पास जाने पर।

आमि-आमि का सतत जाप करते पाठकगण सावधान। आप तभी तक आप हैं जब तक दूसरे आपको आप मान रहे हैं। और सकल व्यापार में चिन्ता करते हैं कि अरे लोग क्या कहेंगे किन्तु इस विषय में कभी चिन्तित नहीं होते कि लोग आप को आप नहीं कहेंगे तब क्या गति होगी आपकी? कल्पना कीजिए मैं यह गाथा लिख नहीं रहा हूँ, सुना रहा हूँ आपको वैसे ही एक विराट मैदान में जिसमें जयदेबपुर की राजबाड़ी का पोलो ग्राउण्ड था। मैं आपमें से एक की ओर तर्जनी उठाकर जिज्ञासा करता हूँ, 'आपनि के?' और वह एक उत्तर देता है, 'आमि निरोंजोन भट्टाचार्ज्या।' और तभी क्या होता है कि आप में से कुछ हँसकर और कुछ क्रुद्ध होकर सूचित करते हैं मुझे कि यह निरंजन भट्टाचार्ज्या नहीं हैं। मैं उस व्यक्ति को पागल अथवा ठग मानने के लिए बाध्य नहीं हो जाऊँगा क्या? पागल तो अपने को कुछ भी मान लेते हैं। जयदेबपुर के पगले दीपेन बाबू तो अपने को क्वीन विक्टोरिया कहते डोलते थे। ठगों का तो काम ही किसी अन्य की अस्मिता ओढ़ लेना है। अब कल्पना कीजिए कि वह श्रोता-विशेष न ठग था, न पागल। वह तो वास्तव में जन्मजात निरंजन भट्टाचार्ज्या ही था किन्तु अन्य लोगों ने किसी कारणवश उसकी अस्मिता निरस्त कर डालने का एक विराट षड्यन्त्र रच रखा था। ऐसे में वह मेरे लिए या किसी के लिए भी निरंजन भट्टाचार्ज्या रह सकता था भला? उस एक अकेले की बात उन अन्य हजारों की बात के आगे ठहर सकती है भला? अकाट्य होता है संख्या का तर्क। तो निरंजन भट्टाचार्ज्या आप सभी पाठकगण प्रभु का धन्यवाद करते रहें कि आपको निरोंजोन भट्टाचार्ज्या आमि ही मान रहे हैं सब जन। कहीं यह नहीं कहा जा रहा है कि आप बंगभूमि के छेले न होकर पंजाब दे पुत्तर निरंजन सिंह हैं। और जाल अर्थात् जाली निरोंजोन भट्टाचार्ज्या बने घूम रहे हैं।

कृपया यह न समझें कि मैं अपनी पत्नी पर यह आक्षेप लगाना चाहता हूँ कि उसने मेरी अस्मिता की व्यापक अस्वीकृति के लिए कोई विराट षड्यन्त्र रचा है। वस्तुस्थिति तो यह है कि वह ऐसा समझती है या उसे समझा दिया गया है कि कुछ स्वार्थी लोगों ने एक ठो अपात्र पर मेरे दिवंगत पति की अस्मिता आरोपित कर देने का विराट षड्यन्त्र रचा है। उस बेचारी के मन में ऐसी आशंका उठना स्वाभाविक है। और पाठकगण जब आप का आप होना दूसरों के आप को आप मानने पर निर्भर है अंततः तब संख्या का तर्क जैसे असली निरंजन भट्टाचार्ज्या को जाली सिद्ध कर सकता है तब जाली निरंजन भट्टाचार्ज्या को असली क्यों नहीं बना सकता, बोलिए तो? यदि हजारों लोग किसी निरंजन सिंह को निरोंजोन भट्टाचार्ज्या बताने लगें तो किसी के, और तो और निरंजन बाबू की अर्द्धांगिनी तक के आपत्ति करने से समाज में उस व्यक्ति की निरंजन भट्टाचार्ज्या के रूप में प्रतिष्ठा रुक सकेगी क्या विशेष रूप से तब जबकि उन हजारों लोगों में से कुछ निरंजन बाबू के निकट सम्बन्धी भी हों? मेरे विषय में तो अनेकानेक लोगों का

मानना है कि मैं उस व्यक्ति का-सा ही दिखता हूँ जिसका नाम मैं 'कौन?' पूछे जाने पर उचारता हूँ। किन्तु यदि मैं उससे सर्वथा भिन्न भी दिखता होता तो भी उससे कोई अन्तर न पड़ता। इसका दृष्टान्त मिलता है पिछली सदी में विलायत में हुए विख्यात टिचबोर्न केस से। कहीं आप यह न समझ बैठें कि मैं कोई बैरिस्टर-टैरिस्टर हूँ। टिचबोर्न केस का नाम तो मैंने पहली बार तब सुना जब वर्षों तक चलते रहने के बाद मैंने अपने समर्थकों के आग्रह के समक्ष शीश नवाकर अपनी अस्मिता की वापसी के लिए उस भद्र महिला पर मुकदमा ठोंक दिया जिसे मैं अपनी धर्मपत्नी मानता हूँ। केस फाइल करने के बाद मेरे वकील बैरिस्टर चटर्जी बोले, आपका यह मुकदमा भारत का टिचबोर्न कहलाएगा और उतना ही ख्यात भी होगा। मेरे जिज्ञासा करने पर उन्होंने बताया कि एक धनाढ्य सामन्त लार्ड टिचबोर्न का एकमात्र पुत्र रॉजर 1854 में रिओ डि जोनारिया से जमाइका जाते हुए जहाज डूबने पर जलसमाधि पा गया था। तो 1866 में लार्ड टिचबोर्न की मृत्यु के बाद उनका भतीजा आर्थर उनका उत्तराधिकारी बना। तभी लेडी टिचबोर्न को आस्ट्रेलिया से किसी टॉमस कास्ट्रो का पत्र मिला कि माँ मैं तुम्हारा वही अयोग्य पुत्र हूँ जो घर छोड़कर दक्षिण अमेरिका चला गया था। मेरा जहाज डूब गया था किन्तु मछली पकड़ने वाले एक अन्य जहाज के नाविकों ने मुझे बचा लिया और अपने साथ न्यू साउथ वेल्स ले आए। तब से मैं यहीं हूँ। हाल ही में पिताजी की मृत्यु का दुखद समाचार सुनने को मिला। मैं तुमसे मिलने आना चाहता हूँ किन्तु मैं यहाँ इतनी गरीबी में जी रहा हूँ कि इंग्लैंड का टिकट खरीदना मेरे सामर्थ्य से बाहर है। लेडी टिचबोर्न ने कास्ट्रो से पत्र-व्यवहार किया। आश्वस्त हुई कि वह रॉजर ही है। पैसा भेजकर उसे बुला लिया।

यद्यपि कास्ट्रो थुल-थुला जबकि रॉजर दुबला-पतला, कास्ट्रो फूहड़ था जबकि रॉजर परिष्कृत और कास्ट्रो सामन्ती आचार-व्यवहार से अनभिज्ञ था जबकि रॉजर को वे संस्कार में मिले थे न केवल लेडी टिचबोर्न ने वरन् समस्त कृषकों ने कास्ट्रो को रॉजर मान लिया। आर्थर समेत अन्य सम्बन्धियों के यह पता कर लेने से भी कोई अन्तर न पड़ा कि कास्ट्रो आस्ट्रेलिया में पहले आर्थर ऑर्टन के नाम से भी जाना जाता रहा है और उसे रॉजर की भूमिका में उतारने की सूझ सिडनी के एक ठग मिस्टर बोगले की है। कास्ट्रो के इंग्लैंड पहुँचने के दो वर्ष बाद 1869 में लेडी टिचबोर्न का देहांत हो गया और आर्थर ने कास्ट्रो के टिचबोर्न होने का दावा प्रस्तुत किया। बैरिस्टर चटर्जी इस केस में हुए अदालती दाँव-पेंचों पर अवश्य प्रकाश डालते किन्तु मेरा मन कथा-कहानी में अधिक लगता नहीं। अस्तु टोक कर कहा कि कास्ट्रो केस जीता कि हारा? वह बोले कि हारा और इस पराजय के बाद भी प्रजाजन उसे और वह स्वयं को रॉजर टिचबोर्न ही बताता रहा इसलिए उस पर फौजदारी केस बनाया गया और उसे 14 वर्ष के कारावास का दण्ड दिया गया।

मैंने हँसकर पूछा, 'तो क्या यह मुकदमा मुझे 14 वर्ष के कारावास पर भिजवाने के

लिए दायर करवाया है आप लोगों ने।' अच्छा नहीं लगा यह परिहास मेरे समर्थकों और वकीलों को। चटर्जी मोशाय बोले, 'आपकी ओर से तो दीवानी मुकदमा दायर किया है। दंड का प्रश्न तो तब उठेगा जब यह मुकदमा न जीत पाने की दुर्भाग्यपूर्ण स्थिति आ चुकने के बाद भी आप अपने को उन भद्र महिला का पति बताते रहें जिन पर आपने यह मुकदमा दायर किया है।' मैंने पुनः हँसते हुए जिज्ञासा की कि उस दुर्भाग्यपूर्ण स्थिति के आ जाने की कितनी आशंका है। वह बोले, 'उसे न आने देने के लिए यथासंभव, यथासामर्थ्य प्रयत्न करूँगा मैं किन्तु स्पष्ट कर दूँ कि जहाँ तक मुझे ज्ञात है अस्मिता सम्बन्धी किसी मुकदमे में आज तक कोई दावेदार विजयी हुआ नहीं है क्योंकि अस्मिता सिद्ध करने का कोई अचूक उपाय है नहीं।' इधर अंगुलियों के निशान से पहचान की जाने लगी है किन्तु आप अपने को जो व्यक्ति बता रहे हैं दुर्भाग्य से उसके अंगुलियों के निशान लिये जाने का कोई अवसर कभी आया न था।

मैंने फिर हँसकर कहा कि उसके अंगुलियों के निशान का रिकॉर्ड न होना आप वकीलों के लिए तो सौभाग्य का विषय है। सदा गंभीर रहने वाले चटर्जी मोशाय अब थोड़ा-सा मुस्कराए। बोले, वकीलों के लिए तो हर स्थिति सौभाग्यपूर्ण होती है। उस व्यक्ति के अंगुलियों के निशान होते पुलिस या प्रशासन के पास तो भी वाद-विवाद की पूरी संभावना रहती। यदि आपकी अंगुलियों के निशान न मिलते तो मैं या तो यह सिद्ध करता कि ये निशान उस व्यक्ति के हैं ही नहीं। या यह कि विशेषज्ञ ने गलत रिपोर्ट दी है। और मिल जाते तो उन भद्र महिला के वकील भी ठीक यही प्रयास करते। इस मुकदमे में तो अस्मिता सिद्ध करने का ऐसा कोई उपाय है ही नहीं जो सबको मान्य हो सके। आप यह न भूलें कि आप अपने को जो व्यक्ति बता रहे हैं उसके दाह-संस्कार का सरकारी प्रमाण-पत्र उपलब्ध है। मेरा एक समर्थक बोला कि उस प्रमाण-पत्र के झूठे होने का इससे बड़ा प्रमाण क्या हो सकता है बैरिस्टर साहब कि जिसका दाह-संस्कार कर दिया गया था वह हमारे सामने साक्षात उपस्थित है। चटर्जी मोशाय बोले कि यह उसका-सा दीखने वाला कोई अन्य व्यक्ति भी तो हो सकता है। जुड़वाँ तो बिल्कुल एक-से दिखते हैं। क्या यह असम्भव है कि एक जुड़वाँ का दाह-संस्कार कर दिया जाए और दूसरा उसकी संपत्ति का दावेदार बनने के लिए उसकी अस्मिता ओढ़ ले। कितनी बार ऐसा होता है कि हम किसी व्यक्ति को कोई और समझकर पुकार लेते हैं और बाद में पाते हैं कि वह तो कोई हमारे परिचित का हमशक्ल कोई अजनबी है। अस्मिता की समरूपता सिद्ध करने के लिए एक ही कसौटी बचती है कि दोनों व्यक्तियों का तन ही नहीं, मन-मस्तिष्क भी एक-सा हो। आप जो व्यक्ति होने का दावा कर रहे हों उसकी तमाम स्मृतियाँ आपके भीतर उपस्थित हों क्योंकि आप जिसे आप कहते हैं वह आपकी अब तक की राम कहानी की स्मृतियों का समग्र प्रभावभर होता है।

मैंने कहा, 'मेरे गुरु कहा करते थे कि इंसान यादों की औलाद होता है।' चटर्जी मोशाय बोले, 'वही तो। किन्तु यादों का भी ऐसा है कि बनती-मिटती रहती हैं। और

हाँ, यादें इस अर्थ में उधार भी ली जा सकती हैं कि आप जो व्यक्ति होने का दावा कर रहे हों उसके जीवन की घटनाओं के बारे में दूसरों से पता कर लें। इसलिए अस्मिता का प्रश्न बड़ा जटिल है।' तो आप बूझ ही गए होंगे पाठकगण कि क्यों मैंने कहा कि आप नितान्त सौभाग्यशाली हैं कि लोगों को आपके आप होने के विषय में किसी प्रकार का कोई संदेह नहीं है। आपके 'के?' के उत्तर में 'आमि' उचारते ही पत्नी बन्द कपाट खोल देती है। इस सामान्य-से अधिकार के लिए मुझे अदालत की शरण में जाना पड़ रहा है। मैं इसी विचित्र व्यापार की कथा लिखने बैठा हूँ। मैं मिथ्या बोल गया। लिखने नहीं बैठा हूँ, लिखवा रहा हूँ। लिखना-पढ़ना वो सब आता नहीं है मुझे। मैं और जिन भद्र महिला पर मैंने मुकदमा दायर किया है (अर्थात मेरी धर्मपत्नी बिभा देबी) बस इसी विषय में सहमत हैं कि मैं निरक्षर भट्टाचार्य हूँ। यह कथा लिखवाने की विशेष इच्छा नहीं थी मेरी किन्तु बोऊदी का सिफारिशी पत्र लेकर तरुण पत्रकार निरंजन भट्टाचार्ज्या आ गए हैं और कह रहे हैं कि आपके बारे में आपसे अनुमति लिए और परामर्श किए बगैर अनगिनत छोटी-मोटी पुस्तकें प्रकाशित होती रही हैं पिछले कुछ वर्षों से। मेरी इच्छा है कि आपकी सहायता से इस बार मैं कोई प्रामाणिक और साहित्यिक कृति तैयार करूँ। अपनी साहित्यिक क्षमता के प्रमाण स्वरूप निरंजन बाबू 'ढाका प्रकाश', 'अमृत बाजार पत्रिका' आदि में छपे अपने लेखों की कतरनों की फाइल लेकर आए हैं। मैंने इनसे कहा है कि यह फाइल तो आप बिभा देबी को ही दिखाएँ। साहित्यानुरागी वही है। और हाँ, आप जो भी लिखें, मुझसे ही नहीं, उनसे भी परामर्श करके लिखें। मेरे गुरु कहा करते थे कि इस संसार का हर सच तब तक झूठ होता है पुत्तर जब तक कि उसे अदालत में जाकर सच न साबित कर दिया जावे। और तब भी वह उसके लिए सच नहीं होता जो मुकदमे में हार जाता है। तो निरंजन बाबू मेरे झूठ के साथ बिभा देबी का झूठ भी सुनते रहिएगा।

आमि कोथाय एलाम?

धर्मदास कुछ नहीं था। कुछ न होने का बोध भी नहीं। मानो अस्तित्वहीनता के अचल अन्धकारमय जल में डूबा हुआ था मैं। फिर अनुभूति हुई कि कोई सशक्त हाथ मुझे ऊपर खींच ले जाने का यत्न कर रहे हैं। प्रकाश-सा दिखाई पड़ा। कुछ समय लगा मेरी आँखों को प्रकाश की अभ्यस्त होने में। हुईं तो पाया कि मेरे ऊपर टीन का छप्पर है। मैं अशक्त लेटा हुआ हूँ एक ढीली-सी खटिया पर, दो-दो कम्बल ओढ़े। अच्छा तो ज्वर-जन्य गहन निद्रा से जागा हूँ मैं। कदाचित् इसीलिए धुएँ की गन्ध से भरा यह स्थान और मेरी ओर बड़े कुतूहल से देखते ये जटाजूट एवं भस्मलेपधारी चार नागा साधु अपरिचित-से लग रहे हैं मुझे। सूखे ओठों पर जीभ फेरने के बाद जिज्ञासा की मैंने कि आमि कोथाय एलाम? मैं कहाँ आ गया हूँ। सुनकर उन साधुओं के चेहरे चमक उठे सुख-सन्तोष से। मैं दुहराता गया अपना प्रश्न। तब एक साधु ने ओठों पर अँगुली रखकर मुझे चुप रहने का निर्देश दिया। साधुओं ने आपस में बातें कीं अपनी भाषा में और उसी में मुझसे कुछ पूछा भी। ना, यह कथन तो भ्रामक है भयंकर रूप से। मुझे तब यह बोध न था कि मैं एक भाषा में बोला था और वे दूसरी बोल रहे हैं और ये भाषाएँ क्रमशः बांग्ला और हिन्दी कहलाती हैं। मेरी संज्ञा लौट आई थी किन्तु भेद-बुद्धि नहीं। सब कुछ एक समान था मेरे लिए। आकाश और पाताल, जड़ और चेतन, स्त्री और पुरुष, श्वेत और श्याम, गृहस्थ और साधु, किसी में भी कोई अन्तर नहीं कर पा रहा था मैं तब।

संज्ञा लौट आने के अनेक मास बाद तक भी यही स्थिति रही मेरी। मुझे कोई अन्तर न लगा उन साधुओं और अपने में, उनकी भाषा में और अपनी भाषा में। भाषा की कोई आवश्यकता ही न थी मेरे लिए। कुछ था ही नहीं बताने-पूछने को। 'आमि कोथाय एलाम?' का वह प्रश्न पूछना भी छोड़ दिया मैंने। नवजात शिशु के स्तर पर ही पहुँच पाई थी तब तक मेरी चेतना। ना, नवजात शिशु भी उतना गूँगा-बहरा और अपने आस-पास को स्मृति में अंकित कर सकने में उतना असमर्थ नहीं होता जितना कि मैं था तब। मात्र इसी अर्थ में शिशु सिद्ध न हुआ मैं कि कुछ ही दिनों में उठने-बैठने, चलने-फिरने लगा। शिशु को तो प्रायः वर्ष-डेढ़ वर्ष लग जाते हैं। 'कुछ ही दिनों' की यह कथा भी

सुनी मात्र सुनी-सुनाई है। काल के मुँह में पहुँचने की प्रक्रिया में अपना कालबोध भी गँवा बैठा था मैं। तो समय की सुइयाँ चलती रहीं, मैं भी चलता रहा साधुओं के साथ यन्त्रवत्, दिवस-मास बीतते गये, बदलता गया परिवेश। किन्तु मुझे इसका कोई ज्ञान न हुआ। वयोवृद्ध साधु मुझे बच्चा कहकर सम्बोधित करते रहे। पालते रहे मुझ असहाय को किसी सदय माँ की भाँति। वही मुझे औषधि देते, खाना खिलाते, शौच और स्नान कराते। वे जैसा कहते, मैं करता जाता। जैसे मेरी कोई अपनी इच्छा ही शेष न रह गई हो। सुनने में आपको विचित्र लगेगा किन्तु यह सत्य है कि बनारस पहुँचने तक मुझे यह भी चेतना न थी कि मैं मनुष्य हूँ कि पशु कि पाषाण कि पक्षी ? मैं अपना ही नहीं, सभी प्राणियों, पदार्थों का नाम भूल चुका था। बनारस हम कब पहुँच गए, कैसे पहुँच गए इसका भी कोई भान न हो सका। मुझे। बनारस पहुँचकर मन्द-मन्थर गति से लौटी चेतना। समझ पाया अन्ततः कि राँड़-साँड़ सीढ़ी संन्यासी भिन्न हैं एक-दूसरे से।

लेकिन इतनी चेतना नहीं लौटी कि समझ सकूँ कि मुझमें और मेरे साथियों में कोई विशेष अन्तर है। काशी में हमने एक मठ में डेरा किया। नगर में प्रवासी बंगालियों की काफी बड़ी आबादी होने के कारण मुझे बांग्ला बहुत सुनने को मिलने लगी। मुझे वह अतिपरिचित भाषा लगी और मैंने यह पाया कि स्वयं भी उसे बोल पाता हूँ, किन्तु मेरे मन में यह बात बिल्कुल नहीं उठी कि मैं बंगाली हूँ और बांग्ला मेरी मातृभाषा है। दो बंगाली साधुओं ने मुझसे बात की और जानना चाहा कि मैं कौन हूँ, कहाँ का हूँ। मैं जानता होता तब न बताता। मेरा तन भले ही साधुओं की जड़ी-बूटियों के चमत्कार से स्वस्थ होता चला गया हो, मन अब भी अस्वस्थ ही चल रहा था कदाचित्। ऐसा मैं इसलिए नहीं कहता कि मैं अपनी स्मृति खो बैठा था बल्कि इसलिए कि अपनी खोई स्मृति खोजने की कोई उत्कण्ठा न थी मेरे मन में।

मैं घाट पर अपने साथ के बाबाजी और अन्य साधु-सन्तों के प्रवचन सुनता रहता किन्तु वे भी मेरे शिथिल मन में कोई स्फूर्ति जगा न पाते। मैं पथराई आँखों से इधर-उधर देखता रहता और कभी-कभी पाता कि कुछ जोड़ा अन्य आँखें भी मुझे देख रही हैं बहुत विस्मय से। मानो प्रयास कर रही हों मुझे पहचानने का। बहुधा मुझे भी अपने को इसी प्रकार घूरने वाला व्यक्ति परिचित-सा प्रतीत होता। एक दिन हम लोग घाट पर बैठे हुए थे कि किसी परिचित-से लगते अपरिचित ने दूर से मुझे बड़े कुतूहल से देखा। फिर वह मेरे पास आया और उसकी आँखों में विस्मय का भाव गहराता गया। उसने मुझसे कहा बांग्ला में कि आप और इस भेस में ? मैं कुछ समझा नहीं। कह दिया कि साधु तो साधु के भेस में ही होगा। बोला, 'जान सकता हूँ कि आप साधु बनने से पहले कौन थे, कहाँ थे ?' मैं साधु बनने का रहस्य समझ नहीं पाया। पूछा, 'आप क्या कहना चाहते हैं ?' उसने प्रश्न फिर दुहराया लेकिन मेरा उत्तर तो वही हो सकता था जो पहले दे चुका था। तो वह जाकर हमारी टोली के मुखिया से बात करने लगा। उसी रात हमने बनारस से प्रस्थान कर दिया। विन्ध्याचल पहुँचकर धूनी रमाई। वहीं विन्ध्यवासिनी देवी

की अनुकम्पा से मेरी चेतना लगभग भाषाहीन बच्चे से कुछ ऊपर उठी।

मैं पहली बार समझ पाया कि जिन लोगों के साथ रह रहा हूँ उनसे भिन्न हूँ। वे उदासीन पन्थ के साधु हैं जबकि मैं नहीं हूँ। वे पंजाबी हैं और मैं कदाचित् बंगाली हूँ क्योंकि बांग्ला मुझे अच्छी तरह समझ में आती है जबकि इन लोगों की पंजाबी नहीं। मैं इनकी तरह हिन्दी बोल लेता हूँ लेकिन मेरी हिन्दी भी इनसे कुछ भिन्न है। विचित्र किन्तु सत्य कि इस पर भी मेरे मन में यह प्रश्न न उठा कि मैं इन लोगों की टोली का सदस्य कैसे बन गया हूँ? विन्ध्याचल में ही मेरे लिए यह स्पष्ट हुआ कि जिन लोगों के साथ मैं चल रहा हूँ उनमें से किसका नाम क्या है? तब तक वे सब मानो मेरे लिए एक ही थे। अब मैं समझ पाया कि बाबा धरमदास गुरु महाराज हैं। लोकदास उनके सबसे ज्ञानी चेले हैं, जड़ी-बूटियों और वैद्यक की अच्छी जानकारी रखते हैं। निर्बल और मन्दबुद्धि प्रीतमदास उनकी सबसे अधिक लगन से सेवा करते हैं। निक्कू उम्र में सबसे छोटे हैं और धरमदास उनके गुरु नहीं, गुरुभाई हैं। उन्हें ब्रह्मचारी या बजरबट्टू भी पुकारा जाता है। मेरा कोई नाम नहीं है। बाबाजी धरमदास मुझे प्राय: बच्चा या पुत्तर कहकर पुकारते हैं। मुझे कभी-कभी बोबा कहकर भी सम्बोधित किया जाता है जिसका अर्थ गूँगा किंवा मूढ़ होता है इन लोगों की भाषा पंजाबी में। बाबा धरमदास कभी-कभी बड़े प्रेम से मेरे सिर पर हाथ फेरते हुए मुझे 'ओय सदवस्तु।' कहकर भी सम्बोधित कर डालते। सद् का तो पता नहीं वस्तु तो निश्चय ही रहा था मैं बनारस पहुँचने तक। वहाँ मेरे वस्तु से धीरे-धीरे फिर व्यक्ति बनने का जो क्रम शुरू हुआ था वह विन्ध्याचल पहुँचकर जोर पकड़ने लगा। मेरा अतीत भले ही विस्मृत बना रहा किन्तु अपने वर्त्तमान का अब मुझे कुछ-कुछ बोध होने लगा। विन्ध्याचलवासिनी मंदिर में बाबाजी ने निक्कू को संन्यासदीक्षा दी। नूतन नाम दिया—दरसनदास। उसने नागा बनना स्वीकार नहीं किया, वस्त्रधारी उदासीन बना वह।

उसकी दीक्षा के बाद हम फिर निकल पड़े। हमारा गन्तव्य था कश्मीर किन्तु हमें वहाँ पहुँचने की कोई जल्दी न थी। चित्रकूट, प्रयाग, हरिद्वार और कांगड़ा होते हुए पहुँचे चार वर्ष में। बीच-बीच में जहाँ भी पड़ाव किया वहीं धूनी रमाए रहे महीनों तक। पंजाबी साधुओं के साथ रहते-रहते अब मैं भी उनकी-जैसी सधुक्कड़ी बोलने लगा। कद-काठी, गोरे रंग, भूरे सुनहरे केश और कंजी आँखों के कारण भी पंजाबी ही लगता था मैं। पूरी तरह उस टोली से एकात्म हो गया। साधुओं का वह परिवार ही अपना परिवार बन गया मेरे लिए। वे सभी जन मेरे प्रति ऐसा व्यवहार करते थे मानो मैं लम्बी बीमारी से उठा उनका अबोध छोटा भाई होऊँ। धरमदास जी मुझे आध्यात्मिक शिक्षा देते, प्रीतमदासजी भजन गाना सिखाते, लोकदास जी जंगल में उगी जड़ी-बूटियाँ पहचानने और उनसे औषधियाँ बनाने की विधि बताते। और दरसन? वह तो समवयस्क होने के कारण गुरु ही नहीं, मित्र की भूमिका में भी प्रस्तुत हो रहा था मेरे लिए। तो मैं भी अपने को बाबा धरमदास का चेला मानने लगा। उन साधुओं ने भी न इस घटना के बाद और न पहले कभी मुझसे यह पूछा कि तुम कौन हो, कहाँ के हो? और न स्वयं ही कुछ बताया इस बारे में।

किन्तु मसूरी-प्रवास के दौरान झलकी नामक स्थान में एक व्यक्ति को मैं साधु नहीं, कुछ और लगा। बहुत उत्तेजित होकर पूछने लगा बांग्ला में, 'आप यहाँ इन साधुओं के साथ क्या कर रहे हैं ? घर क्यों नहीं लौट जाते वापस ?' मैंने बांग्ला में कहा, 'गुरु जानें।' उसने पूछा, 'कोबे बाड़ी जाबेन ?' मैंने कहा, 'कहताम पारि ना ?' वह जाकर गुरु महाराज से बात करने लगा। मैं इतना ही सुन पाया कि गुरु महाराज कह रहे हैं कि जब इस पर से शनि का प्रकोप हट जाना है तब इसने आप ही घर चले जाना है। गुरु महाराज निश्चय ही मेरे घर की बात कर रहे थे किन्तु आश्चर्य कि शब्द 'घर' मेरे अन्तरमन में कोई हलचल पैदा नहीं कर पाया। सच कोई व्यग्रता न थी मेरे मन में कि याद कर पाऊँ कि मेरा घर कहाँ है और लौट सकूँ दौड़ता हुआ अपने परिवार के स्नेहांचल में।

देशाटन करते हुए हमने जम्मू में प्रवेश किया। वहाँ से बेरीनाग गये। झेलम नदी का उद्गम, हिन्दुओं का तीर्थ और मुगल शहंशाहों का क्रीड़ास्थल। प्राचीन मन्दिर, पोखर, बारादरियाँ और उद्यान। चेनार के वृक्षों के बीच से गिरता प्रपात। बेरीनाग पहुँचकर मेरा चित्त जितना प्रसन्न हुआ उतना ही अशान्त भी। मुगलों के राजसी वैभव की निशानियाँ मुझे कुछ याद दिलाना चाह रही थीं। और हाँ, पोखर में दिखाई देतीं वे मोटी-मोटी मछलियाँ भी। निक्कू पूछता, 'मछलियाँ देखकर किस सोच में पड़ जाता है बोबे ?' गुरु महाराज हँसकर कहते, 'इनका झोल बनाकर खाने के। अरे इन लोगों में तो बामन भी खाते हैं मच्छी, इसी करके जलतोरई नाम रख छोड़ा है उसका।' कश्मीर की मनमोहिनी वादी में पहुँचते ही मैं इस अर्थ में कुछ और अधिक व्यक्ति बन गया कि मेरी पाँचों इन्द्रियाँ सक्रिय हो उठीं और मैंने पाया कि मैं सौंदर्य का उपासक हूँ। वन-उपवन से उठकर किसी बस्ती की ओर जाने का मन ही न करता। मैं पंछियों के पीछे दौड़ पड़ता। गिलहरियों को देखता रह जाता। केसर के खेतों की गँध सूँघता। नदी-नालों के किनारे बैठा रह जाता और सोचता कि काश किसी से बंसी लेकर मछली पकड़ पाता। मछली का स्वाद चुलबुलाता मेरी जीभ पर। प्रीतमदास जी प्रभु-प्रेम में दीवानी हुई किसी कश्मीरी कवयित्री का गान सुनाते तो मैं तन्मय होकर सुनता। और पुष्पाच्छिदित तरु-लता-पादप देखता तो किसी कामिनी की वेणी में एक पुष्पगुच्छ खोंस देने को कुलबुला उठतीं मेरी उँगलियाँ। हिंसक जीवों का स्वर सुनता अरण्य में तो आखेट के लिए ललक उठता मन।

कश्मीर के वन-वनान्तर में ही बोध हुआ मुझे कि मैं सौन्दर्य का पुजारी ही नहीं, शिकारी भी हूँ क्योंकि ग्राम बालाओं को देख मेरा मन उन्हें मदनशर से बिद्ध करने को मचल उठता। मैंने पाया कि तरुणियाँ भी बहुधा देखती हैं मेरी ओर चोरी-छिपे। जब-जब ऐसा होता दरसनदास कहता मेरे कान में कि बोबे जनानियाँ तेरे माथे पर यह लिखा हुआ पढ़ लेती हैं कि अगला तो सेज का सूरमा है। सुनकर मैं लजा जाता। साधु-सन्तों के प्रवचन सुनने जुटती भक्तमंडली में प्रायः स्त्रियों की ही बहुतायत रहती है। तब तक मैं यह भी जान चुका था कि उनमें से कुछ के भक्तिभाव में आसक्ति का भी सम्मिश्रण रहता है। सन्तान-प्राप्ति की कामना लेकर भी आती हैं वे बहुधा और कुछ साधु उन्हें लोकदासजी

की तरह जड़ी-बूटियाँ और बालगोपाल मन्त्र देना ही पर्याप्त न समझकर उनके साथ दैहिक अनुष्ठान भी कर डालते हैं अध्यात्म की आड़ में। इसीलिए बाबा धरमदास जी का आदेश था कि हम लोग स्त्रियों से एकान्त में न मिलें और उन्हें तभी सम्बोधित करें जब वे कुछ पूछें। गुरुकृपा से श्रीनगर पहुँचने तक कोई स्त्री मेरी ओर इतना भी आकर्षित नहीं हुई कि मैं धर्मसंकट में पड़ता किन्तु जब हम श्रीनगर की सँकरी गलियों के पार स्थित उस छोटे-से मन्दिर की ओर बढ़े जहाँ हमें धूनी रमानी थी तब मैंने पाया कि शॉल से अपने को कस कर ढकी हुई कोई दुबली-पतली और किसी बच्ची के-जैसे अबोध चेहरे वाली एक ललना मुझसे लगभग सटी हुई मेरे साथ चलती आ रही है।

आरम्भ हो गई मेरी कठिन परीक्षा। हम लोग विश्राम करने मन्दिर के भीतर चले गये और वह तरुणी देहरी पर उकड़ूँ बैठ गयी गठरी-सी बनी। किसी ने उससे पूछा नहीं कि क्या चाहती है ? बताया न कि बाबा धरमदास की टोली में स्त्रियों से बात करने में पहल करना निषिद्ध था। और फिर यह तो अकेली आई हुई एक तरुणी थी। अगली सुबह उठने पर देखा कि वह स्त्री अब भी बैठी हुई है। गुरु ने उसकी ओर जरा भी ध्यान न देने का आदेश दिया किन्तु मेरा ध्यान उसकी ओर भटकता रहा। उसका भी ध्यान और किसी पर नहीं, केवल मुझ पर था। बीच में वह कुछ देर के लिए कहीं चली गयी। शाम को वापस आ गयी। इसी तरह वह आती रही। दिन में दो बार। मैं उसे अनदेखा करता रहा। लेकिन एक शाम मुझसे रहा नहीं गया। मैं बाहर से आ रहा था। वह देहरी पर बैठी ऊँघ रही थी। मैं ठिठक गया उसके पास आकर। उसने दृष्टि मिलायी। और मेरे मन ने पूछा मुझसे कि ऐसा ही डरे-डरे किन्तु कुतूहलभरे नयनों वाला किसी गुड़िया सरीखा चेहरा कहाँ देखा था तुमने ? मुझे भीतर जाने देने के लिए वह उठी और कुछ इस प्रकार कि मुझे उसके बहुत ही छोटे-छोटे स्तनों और नितम्बों की एक झलक मिल गयी। फिर वही प्रश्न उठा मन में कि कौन थी जिसके स्तन और नितम्ब बिल्कुल ऐसे ही थी ?

मैं भीतर जाकर वज्रासन साधकर आँखें मींचे बैठ गया। किन्तु उसका चेहरा मेरे मन के पर्दे से हटा नहीं ! फिर उसके कराहने की आवाज सुनाई दी। मैंने आँखें खोलीं। अपने डरे-डरे नयनों से ऐसे देख रही थी मानो मैं ही उसका सब कुछ हूँ किन्तु मुझसे उसे बहुत भय भी लगता हो। मानो वह मुझसे आतंकित हो अत्यधिक किन्तु मेरे आतंक से जरा भी दूर जाना अभीष्ट न हो उसे भी। मानो मेरे आतंक से मुक्ति वह मेरी प्रिया बनकर ही पा सकती हो। मुझे लगा ऐसी ही कोई थी जिससे मेरा अन्तरंग सम्बन्ध रहा था। इसी की तरह एक चुनौती-सी थी वह भी। ठण्डे आवरण में दबी हुई अग्निसरीखी। काम-वासना का एक ऐसा मन्दिर जिसके कपाट बन्द थे और जिसे खोल सकने का सामर्थ्य नहीं था मुझमें। एक ऐसी प्यारी बच्ची जिससे कभी-कभी बहुत लाड़ लड़ाने का मन होता तो कभी-कभी इच्छा होती है मरोड़कर निचोड़ दूँ इसका सारा मान। मैं उसके दृष्टिपाश में बँधा हुआ था कि किसी ने मेरे कन्धे पर हाथ रखा।

देखा दरसन है। मैं झेंप गया। उसने इशारा किया कि मेरे साथ आ। मैं उसके साथ बाहर आया। हमें जगह देने के लिए वह स्त्री फिर उठी और उसने मुझे बड़े कातर भाव से देखा। मानो कह रही हो कि मत जाओ। अभी कुछ और चलने दो हमारे नयनों का संवाद। बाहर गली में निक्कू ने मुझे सावधान किया, 'बोबे इस जनानी से ज्यादा आँखें नहीं ना लड़ाया कर। गुरुभाई ने तेरे से नाराज हो जाना है।' अपनी चोरी पकड़ लिए जाने की पुष्टि होने पर मैं और भी अधिक लजा उठा। फिर निक्कू ने मुस्कराकर कहा, 'कसूर तेरे से ज्यादा उस जनानी का है, तेरे को देखती ही रहती है। तेरे पर दिल आ गया लगता है उसका।' मैंने मौन ही रहना उचित समझा। निक्कू बोला, 'तू ये बता बोबे कि क्या तेरा दिल भी आ गया है उस जनानी पर?' मैंने हड़बड़ाकर कहा, 'ना ऐसी बात नहीं और ग्रीवा घुमा ली।' पाया कि वह स्त्री भी ग्रीवा घुमा कर मुझे ही निहार रही है अपलक। तभी निक्कू ने फुसफुसाकर कहा, 'शरम कर ओय, गुरुभाई देख रहे हैं तुम लोगों का आँख लड़ाना।' मैंने दृष्टि घुमायी और देखा बाबाजी लौट आये हैं। वह बोले, 'हम उदासीनों की सोहबत में इत्ते बरस रह चुकने के बाद भी क्या तेरा मन संसार के लिए ललक रहा है बच्चा?' मैंने जल्दी से कह दिया, 'ना, नहीं तो।'

गुरु महाराज हँसे, 'क्यों इतना तड़प रहा है यह जानने के लिए कि तू कौन था? हर इंसान को बस इत्ता ही जानना होता है चेला कि या तो वह परमात्मा है या फिर मिट्टी का ढेला। परमात्मा बनने की कोशिश कर पुत्तर, मिट्टी का ढेला बनने में क्या धरा है? अपना सारा ध्यान साधु-सन्तों से ज्ञान लेने में लगाया कर, आई तेरी समझ में। स्मृति खो जाने पर दुख नहीं ना कर, आनन्द मना क्योंकि स्मृति माया है और स्मृतिहीनता मोक्ष।'

अगले दिन महाराज ब्रह्म मुहूर्त से भी पहले उठे और बोले, 'शहर में जुड़ा मेला उठ चुका है इसलिए हमने भी चिमटा-कमण्डल उठाकर शंकराचार्य मन्दिर में धूनी रमाने निकल जाना चाहिए।' मुझे लगा कि इस आदेश के पीछे उस स्त्री के प्रति प्रकट हुई मेरी आसक्ति ही है। हम जल्दी-जल्दी तैयार हुए और चल पड़े। मैं अन्तिम क्षण तक यह प्रार्थना करता रहा कि वह स्त्री हमारे प्रस्थान करने से पहले आ जाए और हमारे पीछे-पीछे चल पड़े। फिर शंकराचार्य मन्दिर पहुँचकर मैं यह प्रार्थना करने लगा कि वह स्त्री मुझे पूछती-पूछती यहाँ भी पहुँच जाए। मेरी आँखें उसी स्त्री को ढूँढ़ती रहीं और मेरा मन उसका रहस्य जानने के लिए ललकता रहा। मेरी यह लालसा छिपी नहीं रह सकी गुरु महाराज की आँखों से। एक दिन हम लंगर में भोजन आरम्भ कर ही रहे थे कि स्त्रियों के खिलखिलाने की सुदूर आवाज सुनाई दी और मैंने दृष्टि मन्दिर की ओर आते मार्ग की ओर उठाई। ठोड़ी पकड़कर गुरु बोले, 'क्यों बोबे क्या तूने पहला निवाला मुँह में तभी डालना है जब उस तिरिया ने यहाँ माया की गठरी बनकर बैठ जाना है सामने तेरे?'

मैं बुरी तरह लजा गया। वह स्त्री मेरे लिए लज्जा के साथ-साथ विस्मय का कारण भी बन गयी। ऐसा क्यों कि टोली के सदस्यों में से केवल मुझे ही वह किसी का स्मरण

करा रही थी जबकि हम सब सदा साथ रहे हैं। क्या मैं सदा से इन साधुओं के साथ न था? बता चुका हूँ कि बनारस से पहले की मुझे कोई स्मृति न थी अतिरिक्त इसके कि मैं गहरी नींद से जागा था और मैंने पूछा था कि मैं कहाँ आ गया हूँ? निश्चय ही इस प्रश्न में यह निहित था कि मैं पहले कहीं और था? पर कहाँ? रातभर बहुत उद्विग्न रहा इस प्रश्न को लेकर मैं। अगले दिन स्नान-ध्यान के बाद जब हम दूध पी रहे थे, मैंने बहुत साहस जुटाकर पूछ ही लिया अन्य साधुओं से कि क्या मैं पहले आप लोगों से अलग रहा हूँ कहीं? सुनकर निक्कू की आँखें चमक उठीं, लोकदास जी और प्रीतमदास जी प्रत्याशाभरी दृष्टि डालने लगे मुझ पर किन्तु बाबा धरमदास के मुख का भाव पहेली-सी बन गया मेरे लिए। लगा मानो वह कुछ निराश हुए हों।

निक्कू कुछ कहने को ही था कि बाबाजी ने उसे टोक दिया कि पहले मेरे को बात करने दो इससे। फिर ग्रीवा मेरी ओर घुमाकर बोले वह, 'तेरे दमाग में ये बात किस करके उठी पुत्तर?' मैंने बता दिया। बाबाजी मुस्कराकर बोले, 'तूने कभी सपने में देखा होना है इस वर्गी जनानी को। बाकी हम सबने तो अब जनानियों को सपने में देखना छोड़ दिया बोबे।' उनकी इस टिप्पणी पर अन्य सभी मुस्कराए किन्तु मैं नहीं। बाबाजी अनुभव कर पाए कि उनके उत्तर से सन्तोष मिला नहीं है मुझे। उन्होंने लोकदास जी से कोई मौन संवाद-सा किया। लोकदास जी के मुंडी ऊपर-नीचे हिलाने पर बाबाजी ने मुझसे पूछा, 'क्या तेरे को ऐसा लगता है पुत्तर कि तू ठेठ शुरू से हम लोगों के साथ में नहीं ना था किधरों और था?' मैंने निःश्वास छोड़ते हुए कहा, 'कहीं और रह चुकने की मुझे तो कोई स्मृति नहीं है बाबाजी।' वह हँस पड़े। बोले, 'तो इस बात का दुख क्यों मना रहा है बोबे? मेरे गुरु बाबा हरनामदास कहते हैं कि सुमरिति का नाम काया समरित नहीं रहने का नाम मोक्ष। मौज कर बच्चा तेरा तो मोक्ष हुआ पड़ा है। मैंने तेरे को अमरनाथ में हिमलिंग के सामने मन्तर देकर चेला बना छोड़ना है अब। लोकदासजी आप करो परबन्ध अमरनाथ यात्रा का।'

दो दिन बाद हम साधुओं के एक जत्थे के साथ अमरनाथ के लिए निकल पड़े। श्रीनगर छोड़ते समय भी मेरी विह्वल दृष्टि उस स्त्री को खोज रही थी यात्री दलों में। किन्तु ज्यों-ज्यों हम अमरनाथ के पास पहुँचते गए उस स्त्री को लेकर मेरा कुतूहल और उद्विग्नता दोनों शान्त पड़ते गए। मैं उत्सुकता से प्रतीक्षा करने लगा मन्त्र पाकर विधिवत बाबा धरमदास का चेला बन जाने की। अमरनाथ पहुँचकर हिमलिंग पूजन करने के तुरन्त बाद बाबाजी ने मन्त्र देने का शुभ मुहूर्त्त निकलवाया। वह अगली रात का था।

अगले दिन सुबह-सुबह गुरु महाराज ने मुझे पहाड़ी नदी के ठंडे जल में स्नान करवाया। मैं दाँत किटकिटाते हुए बाहर निकला। उन्होंने धूनी के पास बैठाया। गीले वस्त्र उतरवा दिये। नंगा होते हुए मुझे बहुत अधिक संकोच नहीं हुआ, इतने दिनों से मैं नागा साधुओं की उस टोली में जो रह रहा था जिसमें केवल निक्कू ही वस्त्रधारी था। बाबाजी ने अपने हाथों से मेरे बदन पर और मेरे चेहरे पर राख मली। राख मलते हुए बोले, 'आज

मैं भी उपवास रखूँगा और तू भी। अमरनाथ जी के शिवलिंग के सामने तेरे को ध्यान लगाकर बैठना होगा मेरे साथ। मुहूर्त्त आ जाने पर तेरे को मन्तर दूँगा।' दिनभर बाबाजी और मैं अमरनाथ की गुफा के भीतर ध्यानमग्न बैठे रहे। मन्त्रदीक्षा दिए जाने की बात फैल चुकी थी इसलिए सायंकाल अन्य साधु-सन्त और कुछ उत्सुक तीर्थयात्री भी गुफा के बाहर आकर बैठ गए। पूजा-अर्चना के बाद बाबाजी ने मेरे कान में मन्त्र फूँका और मुझसे मन्त्र दोहराने को कहा। अब मैं विधिवत उनका चेला बन गया था। भजन-कीर्तन का सिलसिला शुरू हो गया। बाद में हमने फलाहार किया। फिर गुरु महाराज ने सबसे कहा कि आइन्दा इसे कोई 'बोबे' न पुकारे, बरहमचारी कहकर बुलावे। मन्त्रदीक्षा लेने के बाद मैंने अपने भीतर अपार शान्ति अनुभव की। थोड़ा प्राणायाम और योगासन करना तो पहले ही सीख चुका था मैं लोकदासजी से। अब अमरनाथ में गुरु ने गूढ़तर प्राणायाम में दीक्षित किया। मुझे अपना चेला बनाकर वह बहुत मुदित-प्रसन्न थे। बार-बार मुझसे कहते, 'अब मेरे मन्तर की लाज रखना बरहमचारी। जनानियों के सपने नहीं ना देखना, सुनी?' कहकर हँस देते। मैं झेंप जाता।

अमरनाथ से लौटते हुए हमने कुछ दिन नयनाभिराम पहलगाम में डेरा किया। वहाँ पहली रात ही मैंने श्रीनगरवाली उस स्त्री को स्वप्न में अपनी पत्नी की भूमिका में देखा। हम दोनों फूलों से सजी शैया के पास खड़े थे। मैं उसे चूमना चाह रहा था किन्तु वह एक गुड्डे को चूमने में व्यस्त थी। मैं उससे बांग्ला में झगड़ पड़ा। वह भी बांग्ला ही बोली। झगड़े के अन्त में मैंने उसके गुड्डे की ग्रीवा मरोड़ दी और वह कटे कदली गाछ की भाँति गिर पड़ी पलंग पर। मेरी नींद टूट गयी। मैंने पाया कि मेरा मन बहुत उद्विग्न हो उठा है। उठकर औरों से भी पहले पहाड़ी नदी में स्नान करने गया। जब जल में अपने प्रतिबिम्ब से मेरी आँखें मिलीं तब हठात् पहली बार बोध हुआ कि मैं स्वयं अपने लिए भी अजनबी हूँ। पहली बार यह प्रश्न पूरी प्रखरता से कौंधा मेरे मस्तिष्क में कि कौन हूँ मैं? मानो जो मेरा 'मैं' किसी भयंकर भूचाल के कारण मलबे में दबा पड़ा था वह विष्णु मन्त्र के प्रताप से छटपटाने लगा था कि मलबा पूरी ताकत लगाकर हटा दे और फिर मेरी चेतना से जुड़ जाये। मैंने एक साथ उद्विग्नता और लज्जा का अनुभव किया। संन्यासी अपने अतीत को भुला देता है और मैं था कि संन्यास लेने की दिशा में पहला पग उठा लेने के बाद अपना भूला अतीत फिर से याद करने के लिए बेचैन हो रहा था। मैंने गुरु को मन्त्र की लाज रखने का वचन दिया था किन्तु कैसी विडम्बना कि गुरु के दिये मन्त्र ने ही मेरे अन्तस में अपना अतीत जानने की बेचैनी भड़का डाली थी। मेरा मन यह जानने के लिए बुरी तरह से तड़प रहा था कि साधु बनने से पहले मैं क्या था? अपने को न जानना सहसा बहुत खलने लगा था मुझे। मेरी रगों में रक्त के साथ-साथ एक छटपटाती जिज्ञासा दौड़ रही थी हर अंग और अवयव से पूछती हुई कि किसका है तू? कौन है वह जिसे साथी साधु अब तक बोबा पुकारते रहे थे और अब ब्रह्मचारी पुकार रहे हैं?

जब मैं डेरे पर लौटा तब गुरु की आँखों से मेरी व्यग्रता छिपी न रह सकी। जिज्ञासा

करने लगे कि सुबह-सुबह इतना हैरान-परेशान किस बात को लेकर हो उठा है ब्रह्मचारी। मैंने पहले संकोचवश मात्र यही कहा कि कोई विशेष बात नहीं है बस नींद अच्छी नहीं आयी। गुरु बोले मुस्कराकर, 'क्यों ब्रह्मचारी तेरे को फिर जनानियों के सपने दिखने लग पड़े?' मैं लजाता हुआ उनके श्रीचरणों में जा गिरा और मैंने न केवल उन्हें स्वप्न में उस श्रीनगरवाली स्त्री को पत्नीवत देखने की बात बता दी बल्कि यह भी कि अब पहली बार यह जानने के लिए व्यग्र हो उठा हूँ कि मैं कौन हूँ? गुरु बोले, 'ये तो तू ही जानता होगा चेले मेरे कि तू कौन है? तेरे गुरु को तो इतना ही पता है कि हर इंसान या तो मिट्टी का लौंदा है, या तो परमात्मा ही है। हाल तो तू मिट्टी का लौंदा ही है, मन्तर जाप किए जा ताकि अपने भीतर का परमात्मा पा सके।' गुरु के इस उत्तर से सन्तोष नहीं मिला मुझे। मेरा यह असन्तोष भी छिपा न रह सका उनसे। तो वह बोले, 'अच्छा तू मेरे को यह बता चेले मेरे कि तेरे मन में संन्यास लेने और अपने भीतर का परमात्मा पाने की इच्छा है कि तू उस या किसी और जनानी के साथ फिर घर-संसार बसाने को ही मरा जा रहा है एक बार पहले भी मर चुकने के बाद भी।'

मुझे उनकी बात पहेली-सरीखी लगी। बोला, 'मैं संन्यास लेना चाहता हूँ गुरुजी। घर-संसार बसाने की कोई इच्छा नहीं है मेरे मन में किन्तु गुरुजी जब मैं यही नहीं जानता कि किस घर-संसार को छोड़ रहा हूँ तब उसे छोड़ने का क्या महत्त्व रहेगा।' गुरु बोले, 'क्या तेरे वास्ते यह जान लेना ही काफी नहीं है कि तेरे घर-संसार वाले वे जो भी थे तुझे फेंककर चले गए थे?' मैंने पूछा, 'कहाँ?' गुरु बोले, 'दार्जिलिंग के मसान में।' मैंने हैरान होकर कहा, 'मसान में! वहाँ कैसे पहुँचा दिया उन्होंने?' वह हँसकर बोले, 'अर्थी में रखकर। उनके लिए तू मर चुका है पुत्तर। संन्यासी बनने वास्ते और बन्दों को खुद अपनी चिता सजाकर और उसमें पुराना अपनापा जलाकर नवा जनम लेना पड़ता है। खुशकिस्मत है तू कि तेरे को तो अपने आप ही नवा जनम मिल गया।' यह कथा सुनकर मुझे कँपकँपी-सी छूट गयी। फिर मैंने हैरान होकर पूछा, 'अगर मैं मर गया था तो जिन्दा कैसे हो गया? और वे मुझे मसान में छोड़ क्यों गये?' लोकदास जी बोले, 'जोर का मेह आ जाने की वजह से छोड़ गये थे शायद और कभी-कभी क्या होता है कि जिसे मरा हुआ समझ लिया जाता है वह मरा हुआ नहीं ना होता। गलत दवा या जहर देने के मामले में तो अक्सर ही ऐसा हो जाता है।' मैंने पूछा, 'मेह थमने पर तो वे लौटे होंगे।' लोकदास जी कुछ बताते इससे पहले बाबा धरमदास जी ने मेरा कन्धा दबोचते हुए पूछा, 'तू पहले मेरे को यह बता बच्चा कि तेरी नीयत मोक्ष खोजने की है कि अपने अतीत से जुड़ा जहरीला घर-संसार खोजने की?' मुझे फिर कँपकँपी छूटी और मैंने कहा, 'मैं संन्यासी बनना चाहता हूँ।'

गुरु बोले, 'गुरु से झूठ नहीं ना बोला जाता चेले मेरे। अभी कहता था कि यह जानने वास्ते तड़प रहा हूँ कि मैं कौन हूँ और अभी कहता है कि मुझे घर-संसार से विरक्ति हो पड़ी है। दार्जिलिंग के मसान में मिला था तू। इससे कुछ याद आता है तेरे को?' मैंने कहा, 'नहीं।' गुरु बोले, 'तू बंगाली जबान बोलता है और तेरी हिन्दुस्तानी भी बंगालियों

वर्गी ही है। मसान में तेरा शॉल और खटोला देखकर लगा था कि तू पैसेवाली असामी है। अमीर बंगाली दार्जिलिंग में छुट्टियाँ मनाने वास्ते जाते हैं। कोशिश कर शायद तेरे को कुछ याद आवे।' मैंने यत्न किया किन्तु अपने घर-संसार की कोई भी छवि उभरी नहीं अन्तस में। गुरु को बताया। वह बोले, 'मेरा भी यही खयाल था कि अब तेरे को कभी याद नहीं आनी है तेरी पिछली जिन्दगी।' सच कहूँ यह सम्भावना बहुत प्रीतिकर लगी नहीं मुझे। गुरु महाराज ने मेरा मनोभाव पढ़ लिया। पीठ थपथपाते हुए बोले, 'चेले मेरे चिन्ता मत कर। तेरे को तेरा अतीत याद आ जावे तो वाह-वाह, नहीं आवे तो और भी वाह-वाह। और साधु-सन्तों, संन्यासियों ने तो माया-मोह में फँसाए रखने वाली यादों का बन्धन बड़ी कोशिश करके काटना पड़ता है, रब की मेहरबानी कि उसने तेरी सारी पुरानी यादें आप ही मिटा छोड़ी हैं। तेरी जवान मौत हुई थी और जिस बन्दे की जवानी में मौत होती है उसके बारे में कहा जाता है कि पिछले जनम में इसकी तपस्या अधूरी रह गई थी इस करके दुबारा संसार में भेजा गया था। तेरे को यमलोक से फिर फौरन लौटा दिया गया है तो शायद इसीलिए कि तेरे को थोड़ी और तपस्या अभी करनी रहती है। तू कोई सिद्ध पुरुख है, तेरी साधना बहुत ही कम समय में पूरी हो जानी है और तेरे को मोक्ष मिल जाना है जल्दी।'

श्रीनगर पहुँचकर बाबाजी ने मेरे हाथ में फारसी लिपि में गोदना गुदवाया—'धरमदास का चेला नागा'। मेरी एक काया में अब दो व्यक्ति बस गए थे। एक वह जो गुरु के आदेश पर नित्य नियम से मन्त्र-जाप करते हुए प्रयत्न करता रहा परम सत्य को जानने का और दूसरा वह जिसकी साधना का एक ही लक्ष्य था कि किसी तरह पुनः ज्ञात कर सके अपना असली नाम, असली ठिकाना, असली परिवार। श्रीनगर में मेरा बहुत मन किया कि उस रहस्यमयी तरुणी को ढूँढूँ जो बरबस मेरा ध्यान आकर्षित करती रही थी। कदाचित् वही कुंजी बन जाए मेरे अतीत के कपाट पर पड़े ताले की। क्या पता वह सचमुच मेरी जीवनसंगिनी ही हो। इससे पहले कि मैं उसे ढूँढ़ सकता गुरु का आदेश हुआ कि नेपाल जाएँगे। तो हम नेपाल के लिए निकल पड़े। पहले अनन्त-नाग, चम्बा, कुल्लू और सचित कंडी में डेरा किया। फिर संयुक्तप्रांत के हिमालयवर्ती तीर्थों में। दो-ढाई वर्ष बाद शिवरात्रि से पहले काठमाण्डू पहुँच गए पशुपतिनाथ के दर्शन करने। ज्यों-ज्यों हम नेपाल की ओर बढ़े अपनी खोई स्मृति लौटा लाने के लिए मेरी व्यग्रता भी बढ़ती चली गयी। यह व्यग्रता बाबा धरमदास की पैनी दृष्टि से छिपी नहीं रही। बोले, 'क्या बात है बरहमचारी उसी जनानी की याद सताती जा रही है?' मैंने उन्हें आश्वस्त करना चाहा कि ऐसी कोई बात नहीं है। किन्तु वह माने नहीं और बोले, 'गुरु से कुछ नहीं छिपाया जाता समझा?' तब मैंने डरते-डरते उन्हें बता दिया कि जाप मन्त्र लेने से जहाँ मेरी चेतना प्रखर होती जा रही है वहीं अपने अतीत के प्रति जिज्ञासा भी बढ़ती जा रही है। गुरु महाराज ने गहरी साँस ली और कहा, 'कभी इस तरह का भी असर होता है जाप का।'

फिर गुरु बोले, 'पहले सोचा था कि तेरे को इधर काठमाडू पहुँचकर संन्यास दीक्षा दे देनी है लेकिन अब सोचता हूँ कि जब तक तेरे मन में अपनी गुजिश्ता जिन्दगी के बारे में बेचैनी मौजूद है तब तक संन्यास दिलाने का कोई मतलब ही नहीं है। सही वक्त आने पर मैंने तुझे घर भेज देना है कि जा पहले मायामोह से निपट आ फिर मैंने तेरे को संन्यास दीक्षा देने की बात सोचनी है।' मैंने अपने को बहुत रोकना चाहा किन्तु अन्तर में छटपटाता प्रश्न बाहर निकल ही आया, 'गुरु महाराज मेरा घर किधर है ?' वह बोले, 'तेरे घर का अता-पता तेरे भीतर ही रखा पड़ा है चेला महाराज मेरे। साधना कर। साधना करने से तो प्रभु मिल जाते हैं, घर का पता तो बड़ी मामूली चीज है।'

मुझे ऐसा लगा कि गुरु मेरे घर-परिवार के बारे में कुछ-न-कुछ जानते अवश्य हैं किन्तु उनसे इस बारे में अब और प्रश्न करना उन्हें क्रुद्ध कर डालने का खतरा मोल लेना होता। अतः चुप लगा गया। साधना करते हुए मन्त्र-जाप के समानान्तर 'कौन हूँ मैं' का प्रश्न-जाप भी करने लगा मैं किन्तु भीतर से कोई उत्तर मिला नहीं। इतना अवश्य हुआ कि उसी श्रीनगर वाली स्त्री की छवि बार-बार आँखों के आगे आने लगी। वह छवि अपने अतीत की मेरी उत्कण्ठा को भड़काती चली गयी। उस उत्कण्ठा पर अंकुश लगाने के लिए मैंने भजन-कीर्तन करने और प्रवचन सुनने में अधिक से अधिक समय लगाना आरम्भ किया। उन दिनों वहाँ बंगाली बाबा नामक साधु की बड़ी कीर्ति थी। मैं प्रायः प्रतिदिन उनके प्रवचन सुनने पहुँचता और श्रोताओं में उपस्थित बंगाली पर्यटकों के बीच बड़ी आत्मीयता अनुभव करता। इससे मेरे बंगाली होने की पुष्टि हुई। किन्तु तभी कुछ ऐसा भी हुआ जिसने मेरी इस धारणा पर प्रश्नचिह्न लगा दिया। हुआ यह कि गुरु महाराज के आदेश पर लोकदास जी ने मुझे कबीर वाणी का एक संग्रह दिया पढ़ने को। मैंने अपने को उसे पढ़ने में असमर्थ पाया। तब उनका आदेश हुआ कि इसे बंगाली की कोई पुस्तक दो ला के। लोकदास जी रामकृष्ण वचनामृत की पुस्तिका ले आए। मैं उसे भी न पढ़ सका। यद्यपि अक्षर मुझे अपरिचित लगे। बाबा धरमदास बोले, 'अमीर घराने का होके भी तू अनपढ़ किस तरह रह गया चेला मेरे?' मेरे लिए अपने को अनपढ़ मान सकना कठिन हुआ। तो क्या मैं बांग्ला नहीं कोई अन्य भाषा-भाषी था? या कहीं ऐसा तो नहीं कि मैं कोई निर्धन बंगाली था जिसका न कभी पोथी से सम्बन्ध रहा न पाटी से? किन्तु उन्हीं दिनों मुझे अपने किसी सामन्ती परिवार से सम्बद्ध होने के संकेत भी मिले। लोकदास जी ने मुझे जड़ी-बूटियाँ पहचानना और उनसे औषधियाँ बनाना सिखाकर अपना चेला बना लिया। वैद्य के रूप में बड़ी माँग थी उनकी, विशेष रूप से वहाँ के राणा उपाधिधारी सामन्ती परिवारों में। जब भी मैं लोकदास जी के साथ किसी राणा के घर जाता मुझे वहाँ का वातावरण अतिपरिचित लगता। कलगी, मुकुट, छत्र, दण्ड, हाथी-घोड़े, अस्त्र, बन्दूकें, राजसी परिधान सब मुझे अपने द्वारा उपयोग किए जा चुके लगे। किन्तु कोई सामन्त निरक्षर कैसे हो सकता है?

दिनभर मैं अपने को किसी-न-किसी कार्य में उलझाए रखता ताकि अपनी अस्मिता

की पहेली से जूझने का समय ही न मिल पाए। किन्तु रात्रि वेला फिर वही प्रश्न भिनभिनाने लगता मस्तिष्क में— आमि के? मैं कौन हूँ? और हर रात्रि मेरे अवचेतन से इसके उत्तर-स्वरूप कुछ छवियाँ उभरतीं जो दुर्भाग्य से निद्रा टूटते ही मस्तिष्क पटल से मिट जातीं। मात्र यही स्मरण रहता कि जो कुछ भी देखा था उसमें कहीं वह अवश्य थी- गुड्डे से खेलने वाली गुड़िया स्त्री। काठमाण्डू से गुरु महाराज ने तिब्बत जाने का मन बनाया। ज्यों-ज्यों हम उत्तर की ओर बढ़े अपना अतीत जान सकने की मेरी व्यग्रता भी बढ़ती गयी। निक्कू मेरा मित्र बन चुका था। मैंने एक दिन एकान्त में उससे पूछ ही लिया कि क्या तुम लोगों को पता है कि मेरा घर कहाँ है? वह बोला, 'गुरुभाई धरमदास जी को होवे तो होवे और किसी को तो नहीं ना है। उन्हें भी मेरे खयाल नहीं है। वैसे कुछ बन्दे तेरे को लेके उनसे कुछ बात जरूर कर गए हैं।' मैंने निक्कू से कहा कि श्मशान भूमि में मेरे मिलने की कथा ही सुना दे। कदाचित् उसी में मुझे अपने अतीत का कोई सुराग मिले। निक्कू इस बारे में गुरु महाराज के सामने बात नहीं करना चाहता था और एकान्त हमें बहुत कम मिल पाता था और सो भी अल्प ही अवधि के लिए। अस्तु, वह कथा उसने मुझे कई छोटी-छोटी किस्तों में सुनाई। यहाँ पाठकों की सुविधा के लिए अविरल रूप से प्रस्तुत कर रहा हूँ उसे।

सद्वस्तु

तेरा मन हम उदासीन साधुओं की संगत में आने से पहले का अपना जीवन जानने के लिए मचल रहा है तो मेरे को तेरे से पूरी हमदर्दी है। मैंने तो लुधियाने में अपना घर बीस साल की उमर में ही छोड़कर धरमदास जी के गुरु हरनाम दास जी से गण्डा बँधवा लिया था। लेकिन मेरे को अब तलक भी घर की याद आती रहती है। इसीलिए मैं गुरुभाई की तरह नागा नहीं बना। मैंने कह दिया है कि मेरे वास्ते तो उदासीन बन जाना ही काफी है। गुरुभाई देशाटन पर निकल रहे थे तो मेरे गुरु महाराज का हुकुम हुआ कि जा तू भी कर आ तीर्थयात्रा इन लोगों के साथ। तो पंजाब से चलते-चलते हम बंगाल पहुँचे। बोली की थोड़ी मुश्किल पड़ रही थी लेकिन फिर भी खूब घूमे-फिरे। गरमी तेज हुई तो गुरुभाई बोले, चलो दार्जलिंग निकल जाते हैं वहाँ महाकाल के मन्दर में मत्था टेकेंगे। तो बस जी निकल पड़े। अंग्रेजी साल उनीसो नौ के चैत महीने में दार्जलिंग पहुँचे। मन्दर के आस-पास साधना के लिए कोई शान्त-एकान्त जगह थी नहीं। इससे थोड़ी परेशानी हुई। गुरुभाई का प्रवचन सुनने वास्ते एक नाई और दो रेलबाई में काम करने वाले बन्दे आते थे। उन्होंने बताया कि एक अघोरी साधु इधर नये-पुराने मसानों के पास धूनी रमाते हैं। गुरुभाई ने पूछा कि वहाँ मन्दर-शन्दर है क्या कोई? नाई ने बताया कि मन्दिर तो नहीं लेकिन नीचे कुछ गुफाएँ हैं जिनमें रहा जा सकता है। गुरुभाई बोले, चलो जी जाकर देखते हैं, मसान से ज्यादा शान्ति किधर हो सकती है?

तो जी हम उधर गये। पहाड़ी-सी तो थी लेकिन उसमें कोई बड़ी गुफा नहीं थी। हाँ, मसान के नीचे यहाँ-वहाँ चट्टानों के बीच थोड़ी-बहुत जगह ऐसी जरूर थी कि हम सिर छिपा सकें। लोग अघोरियों और नागाओं से ज्यादा करके घबराते ही हैं और मसान के तो नाम से ही उनकी कँपकँपी छूटती है। तो गुरुभाई के पास बस इक्का-दुक्का भगत ही आते। अगले कुछ खाने को दे जाते तो वाह-वाह नहीं तो हम लोग बाजार की ओर निकल जाते भिक्षा के लिए। तो हम लोग उधर शान्ति से साधना करते रहे अपनी-अपनी और अपने लोकदास जड़ी-बूटियों की तलाश में जुटे रहे। हम लोगों ने अपना सामान गुफाओं में रख दिया था लेकिन ज्यादातर खुले में ही धूनी रमा के बैठा करते थे। एक

दिन हम ऐसे ही बैठे गुरुभाई के मुँह से कबीर वाणी सुन रहे थे कि रात का एक पहर बीतने के बाद देखते ही देखते घटाएँ छा गयीं और हवा तेज चलने लग पड़ी। हमने गुफाओं में शरण ली। गुरुभाई बोले, 'इधर तो चौमासा मई में ही शुरू हो गया। अब हमें यहाँ से निकल जाने की फिकर करनी चाहिए।' लोकदास बोले, 'मैं थोड़ी जड़ी-बूटियाँ और कट्ठा कर लूँ गुरुजी फिर हमने काशी के लिए निकल जाना है।'

तभी हरि बोल-हरि बोल की आवाजें सुनाई दीं। मैं बोला, 'मसान में ये कीर्तन-सा कौन करने लग पड़ा?' गुरुभाई बोले, 'मूरख बंगालियों में मुर्दा फूँकने वाले 'राम-नाम सत्य है' की जगह 'हरि बोल, हरि बोल' ही कहते हैं। अरे लोकदास तेरे मुँह से काशी का नाम क्या निकला कि मुर्दा फुँकने आ गया।' गुरुभाई के साथ-साथ हम सारे भी हँस पड़े जोर से। लोकदास जी बोले कि निक्कू जाकर बाहर देख किसकी आखिरी बारात आयी है। मैं बाहर गया। मैंने देखा कि मसान में कई लोग खड़े हैं और उनमें से कुछ के पास लालटेनें हैं। लोकदास जी ने भीतर से पूछा कि क्या दिख रहा है? मैंने बताया कि बहुत सारे लोग आए हुए हैं। वह बोले, 'जब बहुत सारे लोग हैं तो हमारी कोई जरूरत नहीं, भीतर आ जा।' हवा अब और भी तेज हो गयी। तभी जैसे बादल फट पड़े। बड़ी जोर का मेह बरसने लगा। गुरुभाई बोले, 'लो जी यमराज के नए मेहमान का अस्नान तो कुदरती तौर पर ही हो जाना है।' हम बैठकर भजन-कीर्तन करने लगे। तभी गुरुभाई बोले, 'वह हरि बोल, हरि बोल कहने वाले खामोश कैसे हो गये? अब कोई आवाज ही नहीं आ रही उधर से।' लोकदास जी ने मेरे से कहा, 'जा भई देख उधर सन्नाटा कैसे छा गया?' मैं बाहर निकला। हवा थम गई थी। बहुत तेज मेह बरस रहा था। मसान की तरफ निगाह उठाई तो देखा कहीं कोई लालटेन नहीं थी। न वहाँ से लोगों के बोलने या चलने की आवाजें ही आ रही थीं। फिर मुझे लगा कि वहाँ से कोई आवाज आई है। ध्यान लगाकर सुना और बीच-बीच में वही आवाज सुनाई देती रही। मैं फैसला नहीं कर सका कि हवा सूँ-सूँ कर रही है कि कोई बन्दा ऊँह-ऊँह कर रहा है। मैंने लोकदास जी से कहा, 'मसान में कोई बन्दा नहीं है लेकिन कोई अजीब-सी आवाज आ रही है उधर से।'

वह बाहर आये। बोले कि किधर से आवाज आ रही है? मैंने हाथ से इशारा करके कहा कि उधर पूरब की तरफ से। उन्होंने सुना ध्यान से, उनको लगा यह आवाज हवा की नहीं, किसी इंसान की है। मैंने कहा, 'भूत की भी हो सकती है।' उन्होंने मुझे झिड़क दिया और बोले, 'लालटेन लेकर आ जल्दी।' मैंने गुफा से लालटेन निकाली। लोकदास जी बोले, 'चल मेरे साथ।' दिल मेरा बुरी तरह धड़क रहा था लेकिन घुप्प अँधियारे में कदम बढ़ा ही दिये मसान की ओर। गिरते-टकराते वहाँ पहुँचे तो कहीं कोई बन्दा नजर नहीं ना आया। ये भी साफ हो गया कि आवाज न हवा की है, न भूत की। वह कुछ दूरी पर पड़ी एक मंजी से आ रही थी। लोकदास बोले, 'इधर के लोग मंजी पर ही लाते हैं मुर्दा।' सुनकर मैं काँप गया। मैंने कहा, 'क्या आप कहना चाहते हो कि मुर्दे में से

आवाज आ रही है?' लोकदास बोले, 'लगता तो ऐसे ही है।' तो हम मंजी के पास पहुँचे। लोकदास जी बोले कि लालटेन उठाकर मंजी पर रोशनी डाल। मैंने लालटेन उठायी। देखा बढ़िया फूल-मालाओं और कीमती शॉल से ढँकी पड़ी है लाश। लोकदास जी बोले कि अमीर बन्दा लगता है। उन्होंने मालाएँ और शॉल परे फेंकी। नीचे चादर थी और उसके भी नीचे कफन। दोनों नाड़े से लाश और मंजी पर बँधे हुए। लोकदास जी ने सिर की तरफ से चादर और कफन हटाए। फिर उन्होंने उसकी नाक के पास हाथ रखकर देखा। बोले, 'बन्दे को बीच-बीच में साँस आ रहा है। जाकर और लोगों को बुलाकर ला। मैं तब तक नाड़े की गाँठें खोलकर इसे आजाद करता हूँ।' वह कराहती हुई लाश तेरी ही थी ब्रह्मचारी।

मैं दौड़ता हुआ गुरुभाई के पास पहुँचा कि जल्दी चलो उधर तो मुर्दा जी उठा है। सुनकर प्रीतमदास बोला, 'ऐसा कभी हो सकता है भला?' लेकिन गुरुभाई एक गहरा साँस लेते हुए उठे और बोले, 'ऊपर वाले के खेल निराले होते हैं प्रीतम। चलो चलकर देखें।' गुरुभाई ने भी उसी तरह नाक के पास हाथ रखा, तेरे सीने पर कान रखकर सुना और कहा, 'यह जिन्दा है। क्या तो नचिकेता ही यम के पास जाकर लौटा था और क्या अब ये लौटा है। सद्‌वस्तु है ये। चलो इसे साथ ले चलो। यहाँ मेह में भीग-भीगकर तो इसे बीमार होकर दुबारा मर जाना है।' गुरुभाई ने तेरे पाँवों की तरफ की रस्सियाँ भी खोल दीं। प्रीतमदास बोला, 'आप कहना चाहते हो कि पहले बीमार होके नहीं मरा था?' गुरुभाई बोले, 'क्या खबर कैसे मरा था?' लोकदास बोले, 'मेरे को लगता है यह किसी जहर से मरा होना है। कभी-कभी पानी में भीगने से जहर का असर कम हो जाता है।' गुरुभाई बोले, 'जो भी हुआ हो अभी तो इसे उठाकर ले चलो।'

लालटेन की रोशनी में गीले पत्थरों पर सँभाल-सँभालकर कदम रखते हुए हम तुम्हें पहले नीचे पहाड़ी नाले तक ले गये और फिर उसे पार करके थोड़ी चढ़ाई चढ़कर अपनी गुफा तक पहुँचे। गुफा में लालटेन की रोशनी में पहली बार तेरा चेहरा साफ-साफ नजर आया और हमारा ध्यान इस ओर गया कि तेरा रंग गोरा, आँखें कंजी और बाल कुछ-कुछ अंग्रेजों वर्गे हैं। तू काँप और कराह रहा था, ठण्ड से तेरे दाँत बज रहे थे। हमने तेरे गीले कपड़े उतारे। देखा तेरे गले में जनेऊ पड़ा है। गुरुभाई बोले, 'कीमती शॉल और जनेऊ से तो ऐसा लगता है किसी पैसे वाले ब्राह्मण खानदान से है।' तुझे ठण्ड से बचाने वास्ते हमने अपने फालतू कपड़े तुझे पहना दिये। एक कम्बल भी डाल दिया तुझपर। लेकिन उससे भी कोई बात नहीं ना बनी। तू काँपता ही रहा। मेह थम नहीं रहा था और बौछार गुफा में भी घुस रही थी। यों भी तुझे लिटाने के बाद वहाँ हमारे लिए कोई जगह नहीं बचती थी। प्रीतमदास किसी और ठिकाने की खोज में गया और थोड़ी देर बाद लौटकर उसने बताया कि नीचे कोई घर-जैसा है। गुरुभाई ने पूछा कि 'उधर कोई बन्दे रहते हैं कि घर खाली है?' प्रीतमदास बोला, 'उधर कहीं कोई रोशनी तो मुझे नजर आयी नहीं।' गुरुभाई बोले, 'इसे वहाँ ले चलते हैं। तेज बारिश हो रही है इसलिए एक और कम्बल डाल दो इस पर।'

मैंने अपना कम्बल डाल दिया तुझपर। लोकदास जी ने मेरी और गुरुभाई की मदद से तेरे को उठाया और प्रीतमदास लालटेन और चिमटा लेकर आगे-आगे चला।

कुछ नीचे उतरने के बाद हम एक ऐसी जगह पहुँचे जहाँ एक ओर एक बड़ा-सा घर था। उसमें सचमुच कहीं कोई रोशनी नहीं थी लेकिन गुरुभाई ने उसमें जाना ठीक नहीं समझा। उससे कोई बीस हाथ की दूरी पर टीन की छत वाला एक शैड था। गुरुभाई बोले, 'इसमें धूनी रमाना ठीक रहेगा।' लेकिन शैड के दरवाजे पर ताला पड़ा था। लोकदास जी बोले, 'कुंजी तो इस समय कहीं से मिलने से रही और ताला टूट नहीं सकता। चिमटा डालकर देख अगर कुण्डी टूट सके तो।' प्रीतमदास ने चिमटा डालकर कुण्डी किसी तरह तोड़ी। भीतर एक मंजी पड़ी थी और ऊन का ढेर लगा हुआ था। गोदाम-सा था। लोकदास जी ने तुझे मंजी पर लिटाया। गुरुभाई बोले, 'निक्कू तू और प्रीतम जाकर गुफाओं से सामान ले आओ।' साधुओं का सामान ही कितना। हम लोग दो ही चक्कर में सारा उठा लाये। धूनी गोदाम में ही जला दी। लोकदास जी तो तेरी सेवा में लगे ही थे मैं भी उनकी बगल में बैठा रहा। मेरे को बेसब्री से इन्तजार था कि तेरे को होश आये और कुछ पता चले कि तू कौन है बे? जब मेह थम गया तब एक बार मैंने डरते-डरते गुरुभाई से कहा कि आप आज्ञा दो तो मैं ऊपर मसान में जाकर देख आऊँ कि वो लोग लौटे कि नहीं। उन्होंने डाँटकर कहा, 'मैं तो समझता था कि प्रीतमदास मूरख है लेकिन तू तो उससे भी गया-गुजरा है निक्के निमाणे। प्रीतम बेचारा तो अपने को मूरख समझते हुए चुप रहता है तू मूरख होते हुए भी अपने को अकलमन्द मानकर हमेशा कुछ न कुछ टें-टें करता रहता है। जो लोग इसे मसान में छोड़कर भाग गये उनसे हमें क्यों बातें करनी? हम तो जभी इसे होश आयेगा इसीसे बात करेंगे। ये उन लोगों के पास वापस लौटना चाहेगा, जाने देंगे। अभी तो यह हमें प्रभु प्रताप से मिली हुई एक सद्‌वस्तु है। और हमारा फर्ज यह बनता है कि इसके इलाज और देख-रेख में कोई कसर न उठा रखें। बाद की बाद में देखी जावेगी। अब तू थोड़ा आराम कर और हमें भी करने दे।'

लेकिन मैं सो नहीं सका। तू काँपता जा रहा था और तेरी साँसों के साथ वही ऊँह-ऊँह की आवाज निकल रही थी। हमारे पास और तो कोई फालतू कम्बल था नहीं। अभी पौ भी नहीं फटी थी कि गुरुभाई का हुक्म हुआ 'जा निक्के, बाजार से उस नाई को पकड़ ला।' परमात्मा ने इसे यमलोक से लौटाकर मेरे पास पहुँचाया है तो शायद मेरा चेला बनाने वास्ते। नाई के घर का दरवाजा खटखटाया तो वह पहले बहुत खफा हुआ लेकिन श्रद्धालु था इस करके साधु-सन्तों का हुकुम ठुकरा नहीं सका। जब वह तेरे केश उतारने लगा तब मेरा ध्यान इस ओर गया कि तेरी खोपड़ी के एक हिस्से में बिल्कुल ही केश नहीं है बस घाव का-सा निशान है। नाई के चले जाने के बाद लोकदास जी ने जड़ी-बूटियों का लेप बनाया और तेरी गंजी खोपड़ी पर लगा दिया। ऐसा लगा उससे तेरे को बड़ा चैन मिला।

सवेरा हुआ तो बाहर से कदमों की आहट सुनाई दी और किसी ने दरवाजा

खटखटाया। गुरुभाई चौकन्ने हो गये। लोकदास जी ने कुण्डी खोली देखा कि हाथ में लाठी लिये एक बन्दा खड़ा है। वह रौला डालने लगा कि कुण्डी तोड़कर कैसे घुस गये कारखाने के गोदाम में? पुलिस को बुलाकर लाऊँ? पुलिस के नाम से गुरुभाई हमेशा घबराते थे। कहते थे कि अंग्रेजों की पुलिस का तो हम साधुओं से सन् 1857 के गदर से ही बैर चला आ रहा है। इनसे तो जितनी दूर रहो उतना ही अच्छा। लोकदास जी ने उस बन्दे से कहा, 'देखो भाई हम तो ऊपर मसान के पास रह रहे थे। हमारे एक साथी की तबीयत रात ज्यादा खराब हो गयी और मेह पड़ने लगा तो किसी छत की तलाश में इधर आ गये। कोई बन्दा हमें यहाँ नजर आया ही नहीं, इस करके कुण्डी तोड़कर भीतर घुस गये। हम उदासीन साधु हैं, चोर नहीं। आप इधर के मालिक हो तो हमें अपने साथी की तबीयत सँभलने तक यहीं रहने दो।' अगला बोला, 'मैं मालिक नहीं, चौकीदार हूँ। मैं जाकर बड़े बाबू को बताता हूँ, वह जैसा चाहेंगे वैसा करेंगे।' थोड़ी देर में चौकीदार एक बाबू को लेकर आया। उसने गुरुभाई की सारी बात सुनी और बोला, 'आप कहो तो आपके बीमार साथी के लिए डॉक्टर बुलवाऊँ?' गुरुभाई ने मना कर दिया। बाबू बोला कि खाने के लिए किसी चीज की दरकार हो तो बताओ बाबाजी। गुरुभाई बोले, 'भोजनसामग्री तो हमारे पास है आपकी दया से। हाँ बीमार साथी के लिए कम्बल का इन्तजाम कर सकें तो बड़ी मेहरबानी होगी।' बाबू बोला, 'कम्बल मैं चौकीदार के हाथ भिजवा देता हूँ बाकी किसी चीज की जरूरत हो तो इससे कहना आप।' वह बन्दा बहुत चंगा था; उसने कम्बल भिजवा दिया। हमने तेरे ऊपर उसे भी डाल दिया जब जाकर तेरा काँपना कुछ कम हुआ। वह बाबू हम सबको तो बहुत चंगा लगा लेकिन गुरुभाई बहुत देर तक डरे-डरे बैठे रहे कि कहीं पुलिस नहीं ले आये अगला। पुलिस नहीं आयी पर गुरुभाई का डर गया नहीं। उस गोदाम में वह चौकीदार और दूसरे बन्दे घुसते ही रहते थे और गुरुभाई शायद यह नहीं ना चाहते थे कि कोई बन्दा तुझे होश आने से पहले ही पहचान ले और हम पर लाश उठा लानेवाले अघोरी होने का इल्जाम लगे। वह यही कहते रहे कि कोई और जगह तलाश करो।

तभी प्रीतम खबर लाया कि झोंपड़ी पहाड़ी के दूसरी तरफ है और उसमें ताला नहीं पड़ा है। भीतर मंजी पड़ी है और बागवानी के कुछ औजार। छोटा है लेकिन हमारे गुजारे लायक काफी जगह है। गुरुभाई बोले कि अब देर मत करो उधर ही चलो। तो जी रातोंरात निकल गये। जब सूरज थोड़ा ऊपर चढ़ आया तब किसी ने दरवाजा खटखटाया। हम घबराये लेकिन लोकदास जी ने दरार में से झाँककर बताया कि कोई बुड्ढा-बुड्ढी हैं। कुण्डी खोली। तब जान में जान आयी जब पता चला कि अगले साधु-संतों की सेवा करने वाले बन्दे हैं। वह हमारे आने से बहुत खुश हुए। बोले जी कि मैं तो आपके आने से धन्य हुआ। यहीं रहें और हमें सेवा का मौका दें। उसने हमारे भोजन का जिम्मा भी ले लिया। थोड़ी ही देर में फल-मिठाई, हलवा-पूड़ी लेकर आ गया। तो हम तेरे को लेकर वहीं बस गये। लोकदास जी तेरा इलाज करते रहे।

तीसरे दिन तूने पहली बार आँखें खोलीं। नजर इधर-उधर घुमायी। फिर तेरे मुँह से जो वचन फूटा, वह मैं कभी भूल नहीं न सकता। हालाँकि तेरी बंगाली जबान मेरे को न तब आती थी और न अब आती है। तूने कहा था, 'आमि कोथाय एलाम ?' लोकदास जी ने तेरे से कहा, 'बोल मत, बोलने से ताकत कम होती है।' उन्होंने प्रीतमदास जी से अनार का रस निकलवाया और उसमें जड़ी-बूटियों का कोई चूरन घोला। फिर तुझसे कहा, 'मुँह खोल।' तूने खोल दिया। हमें खुशी हुई तू हिन्दी जबान समझ लेता है। लोकदास जी ने जरा-जरा करके तुझे अनार के रस के साथ दवा पिलायी। तेरी बुझी-बुझी आँखों में थोड़ी चमक लौटी। फिर तू बार-बार वही 'आमि कोथाय एलाम' कहने लग पड़ा। मैंने कहा कि यह तो कोई मन्तर-सा जपता लगता है। गुरुभाई बोले कि अरे मूरख मन्तर किसी भी जबान में होवे उसमें रब का नाम तो कहीं आना चाहिए। लोकदास जी बोले कि जिस तरह से यह नजर घुमा-घुमाकर इधर-उधर देख रहा है उससे तो मेरे को यही लग रहा है कि यह अपनी जबान में पूछ रहा है कि मैं कहाँ हूँ। गुरुभाई ने कहा कि नहीं इसे हिन्दी तो समझ में आती है पहले तो इससे इसका नाम-पता पूछें। लोकदास जी बोले कि इत्ती जल्दी मत करो आप गुरु महाराज, पहले इसे पूरी तरह होश आने दो। रस पीने के बाद तू सो गया। जब उठा तो तेरे चेहरे पर थोड़ी रौनक लौट आयी थी। गुरुभाई ने तेरे से तेरा नाम और पता पूछा। लेकिन तू जवाब में बस आँखें फाड़कर देखता रहा। प्रीतमदास बोला कि क्या खबर यह हिन्दी सिर्फ समझ लेता हो, बोल नहीं ना पाता हो।

गुरुभाई बोले, 'मूरख, अपना नाम-ठिकाना बताने वास्ते हिन्दी में पंडत होना जरूरी नहीं है। अभी इसकी चेतना ही लौटी है। पूरण ज्ञान हुआ नहीं है इसे। इसे नवा जनम मिला है। पिछले जनम की याद नहीं रह गयी होनी है।' मैंने पूछा, 'तो क्या इसे कभी पूरण ज्ञान नहीं होना है ?' गुरुभाई मुस्कराए, 'अभी तो इस जन्म में यह पैदा हुए बच्चे-समान है। जब इसे बड़ा हो जाना है तभी पता चलना है कि इसे अपना ज्ञान हुआ कि नहीं।' तू सचमुच पैदा हुए बच्चे-वर्गा ही था। गुरुभाई और लोकदास जी तुझे बच्चा-बच्चा पुकारते तो हमें लगता कि तेरे वास्ते तो यह नाम बिल्कुल सही है। गोद के बच्चे की तरह तू जो हम कहते हिन्दी में सो कर देता— मुँह खोल, करवट बदल, बोल मत, सो जा! लेकिन आप कुछ नहीं कहता हमसे। बस कभी-कभी अपनी उसी जबान में कुछ बड़बड़ाता तो बस वही 'आमी कोथाय एलाम ?' समझ में आता। तेरे को गोद का बच्चा मान लेने का जी इस करके भी करता था कि तेरे को टट्टी-पेशाब कराने के वास्ते मंजी से गोद में ही उठाना पड़ता था तब।

फिर जी एक दिन गुरुभाई बोले, 'अब इस बच्चे का अन्नप्राशन करा दो। शरीर में इसके जान जभी आनी है। क्यों लोकदास इसे भात-नोनी हो जावेगा न हजम ?' लोकदास जी बोले कि हाँ। और मैंने गुरुभाई के आदेश पर भात में नोनी-नमक मिलाकर तेरे उसी तरह चटाना शुरू किया जिस तरह बच्चे को चटाया जाता है। अन्न खाने से तेरे

शरीर में जान पड़ने लगी और तू सहारा लेकर उठने-बैठने लगा। धीरे-धीरे चलने-फिरने भी लगा। लेकिन तू पहले ही की तरह कुछ भी बता नहीं पाता था इसलिए गुरुभाई बोले, 'मेरे और चेले तो मूरख हैं, यह नया चेला बोबा है।' हमने तेरे को बोबा पुकारना शुरू कर दिया। गुरुभाई बोले, 'परमहंस बन चुके साधु भी तेरे वर्गे बेवकूफों को बोबे लगते हैं निक्कू निमाणे।' हमें उस झोंपड़े में रहते चौदह-पन्द्रह दिन हुए थे कि गुरुभाई बोले, 'हमें यहाँ से काशी के वास्ते प्रस्थान कर देना चाहिए। जा दरसन इस परमहंस वास्ते साधु वाले लिबास का जुगाड़ कर।' मैं बाजार से एक सफेद धोती और पिछौड़ा लेकर आया। धोती तहमद की तरह बाँध दी तेरी कमर में और पिछौड़ा आगे से पीछे की तरफ ले जाकर तेरी पीठ में उसमें गाँठ बाँध दी। गुरुभाई बोले, 'लो जी अब यह दिखने लगा पूरा बजरबट्टू।' उसी दिन हम तेरे को लेकर दार्जिलिंग स्टेशन गए। रास्ते में किसी ने तेरी ओर नहीं देखा लेकिन स्टेशन पर एक बाबू तेरे को बहुत ध्यान से देखता रहा। फिर वह कुछ और बन्दों को बुला लाया। तब तक गाड़ी चल पड़ी थी।

ट्रेन से सिलिगुड़ी पहुँचे। उधर से कभी पैदल तो कभी गाड़ी से काशी की ओर बढ़े। कुछ दिनों बाद तू बगैर सहारा लिए चलने लग पड़ा लेकिन तेरे पाँवों में छाले पड़ते रहने से हम लोगों के मन में यह बात पक्की हो गई कि तू कोई अमीरजादा है जिसे नंगे पाँव लम्बी दूरियाँ नापने की आदत नहीं ना है। लोकदास जी तेरे छालों पर मरहम लगाते हुए कहते, 'निक्कू ये तो डोली की सवारी करने वाला बन्दा लगता है।' गुरुभाई कहते, 'हाथी-घोड़े की सवारी करने वाला जमींदार भी तो हो सकता है। देखा नहीं मूँछें इसकी राजपूतों वर्गी हैं। लेकिन शनि की चपेट में तो राजा रामचंद्र को भी पैदल भटकना पड़ा था जंगलों में।' तेरे छालों पर मरहम लगाते हुए हमारा ध्यान इस बात पर जाता कि तेरे पाँवों और हाथों की अँगुलियों के पास की चमड़ी हाथी वर्गी काली और खुरदरी है जबकि बाकी चमड़ी अंग्रेजों वर्गी चिट्टी है। लोकदास जी बताते कि यह तो जनम से ही ऐसी रही होनी है। कभी-कभी हम तेरे से पूछते, 'क्यों बोबे, तेरे वास्ते डोली मँगवाएँ कि हाथी-घोड़ा?' तू कुछ जवाब ही नहीं देता। गुरुभाई कहते, 'बोबे को परेशान नहीं ना करो।' कुछ दिन और बीते तो तू अपनी जबान में कुछ-कुछ बोलने लग पड़ा हम से। चार-पाँच बारी ऐसा हुआ कि तेरे को बोलता सुनकर कुछ लोग रुक गए और तेरे को गौर से देखने लग पड़े। कुछ ने तेरे से बातें करने की कोशिश भी की। लेकिन जब तू हमको ही कुछ नहीं बता पाता था तब उनको क्या बता पाता! चलते-चलते हम काशी पहुँचे। वहाँ असी घाट पर उदासीन अखाड़े के मठ में धूनी रमाई।

काशी पहुँचने तक तू इंसान कम था मशीन ज्यादा। लोकदास कहते, 'इस मशीन के मुँह में खाना डालो तो दाँतों से चबाने लग पड़ती है और पेट में उसे पचाकर, आँतों में उसका सत लेकर लेकर बचा हुआ कचरा नीचे से निकाल देती है। हाथ खींचो तो चल पड़ती है और कन्धे पर हाथ रखो तो बैठ जाती है।' लेकिन काशी पहुँचने के कुछ दिन बाद से तू थोड़ा-थोड़ा इंसान इस माने में बन गया कि अपने छोटे-मोटे काम बिना हुकुम

या इशारा मिले आप ही करने लग पड़ा। इससे हमें बड़ी तसल्ली हुई। काशी आकर हम लोग इस करके भी बहुत खुश हुए कि इधर गुरुभाई के बहुतेरे भगत थे। उनका प्रवचन सुनने के वास्ते घाट पर अच्छा मजमा लग जाता। तू भी अब गुरुभाई के प्रवचन सुनने वास्ते बैठने लग पड़ा। हम अस्नान-ध्यान करने बैठते तो तू भी देखा-देखी जो हम करते सो आप करता जाता। गुरुभाई कहते, 'बच्चा इसी तरह सीखता है नकल कर-करके।'

काशी में बंगाली बहुत थे। तू उन्हें बातें करता सुनता तो तेरे चेहरे पर कभी चमक आ जाती। कभी-कभी तू बड़ा परेशान भी हो जाता। कुछ बंगाली लोग तेरे को घूरते भी जैसे पहचानने की कोशिश कर रहे होवें। तू भी उनकी बातें इस तरह सुनता जैसे कुछ समझने-पहचानने की कोशिश करता हो। दिन बीतते गये। शहर में अंग्रेज हाकिमों ने अपना 1910 ईस्वी का नया साल धूमधाम से मना लिया। शिवरात्रि और होली भी आकर चली गयी। तेरी याददाश्त थी कि लौटने का नाम ही नहीं ना ले रही थी। तुझे होश आये नौ महीने हो चुके थे। लोकदास जी बोले कि नौ महीने में तो बच्चा पैदा हो जाता है इसकी याददाश्त जनम ही नहीं रही है। तीन-एक महीने और बीते कि पहली बार लगा कि शायद अब तेरी पहचान हो जानी है। उस दिन हम लोग घाट की सीढ़ियों पर बैठे थे। मैं और तू नीचे की सीढ़ी पर, बाकी हमसे थोड़ा ऊपर। मेरा ध्यान दंड-बैठक पेलते पहलवानों पर लगा था और तेरा मणिकर्णिका पर जलती चिताओं पर कि एक बन्दा तेरे पास आकर बैठ गया और तेरे से बातें करने लग पड़ा तेरी जबान में। तू भी उससे उसी जबान में कुछ-कुछ कहता रहा। वो तेरे को बहुत हैरान होकर देख रहा था। कुछ पूछ रहा था तेरे से। लेकिन तेरे जवाबों से उसको तसल्ली नहीं ना हो रही थी। तो उसने तेरे से हिन्दी में पूछा कि बाबाजी आप काशी किधर में से आया है? तू कोई जवाब नहीं दे सका। मैं फौरन बताने लग पड़ा कि यह बन्दा अपनी याददाश्त खो बैठा है जी। ऊपर से लोकदास जी ने ओठों पर उँगली रखकर मेरे को चुप रहने का इशारा किया। गुरुभाई ने उस बन्दे से कहा, 'जो भी हमारे मठ में आता है संसार छोड़कर आता है। उसकी कोई पुरानी पहचान नहीं रह जाती।' वह अजनबी माना नहीं। बोला कि 'आप यह तो बताओ कि यह कहाँ और कब आपके अखाड़े में शामिल हुआ?' गुरुभाई बोले, 'संन्यासी को न कब की चिन्ता होती है और न कहाँ की परवाह। उसके वास्ते तो हर देश और हर काल एक ही होता है।'

इसके बाद गुरुभाई ने तेरी बाँह धरी और तेरे को उस अजनबी से दूर ले जाने लग पड़े। वह पीछे-पीछे दौड़ा कि यह तो बता दो जी कि इन साधु का नाम-धाम क्या है? गुरुभाई बोले, 'साधु की ना कोई जात होती है और न नाम-पता।' उस बन्दे को तसल्ली नहीं ना हुई। वो ऊपर मठ की ओर गया शायद पूछताछ करने। गुरुभाई बोले, 'अब काशी में और रहना ठीक नहीं।' मैंने गुरुभाई से कहा, 'बाबाजी आपने उस बन्दे से बात करनी चाहिए थी क्या खबर वो इस बोबे को पहचानता हो।' महाराज उसे झिड़कते हुए बोले, 'मूरख, ऐसे सगे वालों का अता-पता लेकर हमने क्या करना है जिनके लिए यह

मर चुका है।'

कथा-प्रवाह में निक्कू आगे की बातें भी बताने लगा। लेकिन मैंने उसे रोक दिया। बनारस और उसके बाद की बातें तो मुझे कुछ-कुछ याद थीं। शुरू की कम, बाद की ज्यादा। यदि उनमें कुछ भी ऐसा घटा होता जिसमें मेरे अतीत का कोई सुराग होता। फिर स्मरण हो आया कि मसूरी के पास भी कहीं किसी व्यक्ति ने भी मुझसे मेरे बारे में जिज्ञासा की थी और उसने भी गुरु महाराज से बात की थी। मैंने निक्कू से वह प्रसंग छेड़ा तो निराशा ही हाथ लगी। बोला कि उस बन्दे से गुरुभाई की क्या बात हुई यह उन्होंने किसी को नहीं ना बताया।

एक गहरा साँस लेते हुए मैं उठ खड़ा हुआ और कहा कि चल बाबाजी हमारी राह देखते होंगे। सारे रास्ते मुझे पहले लगा कि अभी-अभी निक्कू ने किसी धारावाहिक कथा का बीच का हिस्सा मुझे पढ़कर सुनाया है। फिर सोचा कि न यह तुलना भी गलत है। धारावाहिक कथा बीच में से शुरू करने पर भी पात्रों के कथोपकथन से न केवल यह पता चल जाता कि कौन-कौन है बल्कि हर पात्र की अब तक की कहानी का भी कुछ आभास मिल जाता है। यह जो अंश मुझे सुनाया गया था उसमें कथा के गौण पात्र एक-दूसरे को तो जानते थे किन्तु मुख्य पात्र उनके लिए भी अपरिचित था। अस्तु, उनकी बातचीत से न उसका कोई परिचय मिल सकता था और न उसकी पूर्व कथा का। और जो मुख्य पात्र था वह दैवयोग से यह भूल चुका था कि इन अन्य पात्रों की कथा में प्रवेश करने से पूर्व मैं कौन था और कहाँ था? गहन संज्ञाहीनता से उबरने की वेला में वह जो कातर प्रश्न किया था मैंने कि 'आमि कोथाय एलाम?' उसका उत्तर तो मुझे बहुत पहले ही मिल गया था कि मैं नागा उदासीन साधुओं की संगत में झूसी पहुँच गया हूँ। और अभी-अभी मुझे यह भी पता चल गया था कि काशी पहुँचने से पहले मैं दार्जलिंग के श्मशान से काशी तक कैसे पहुँचा उनके साथ। किन्तु 'आमि कोथाय थेके ऐशेछि'— मैं कहाँ से आया था? इस प्रश्न का इतना ही उत्तर मेरे पास था कि मौत के मुँह से लौटकर। किन्तु मौत के मुँह में जाने वाला वह मैं कौन था, कहाँ का था, इसका कोई भी तो संकेत नहीं मिल पाया था मुझे निक्कू की बातें सुनकर।

ढाका डाक रहा है

ओठों मौसम प्रतिकूल होने के कारण हम तिब्बत-सीमा में प्रवेश करके ही लौट आए। दक्षिण दिशा में बढ़ रहे थे कि एक दिन गुरु महाराज ने मुझे यह पूछकर चौंका दिया कि आजकल निक्कू के साथ क्या कानाफुसी चलती रहती है तेरी? मैं पहले सकपकाया लेकिन फिर उन्हें सच बात बता दी। वह बोले, 'एक बात तू अच्छी तरह समझ ले कि तू कौन था यह हम तेरे को नहीं बता सकते। इसका जवाब तो कभी तेरे भीतर से ही आना है। और वह तभी आवेगा जब तेरे को पूरन ज्ञान हो जावेगा। मन्त्रजाप करता रहा कर मन्त्र में बड़ी शक्ति होती है।' मन्त्रजाप करते रहने के बावजूद मुझे अपने विषय में पूर्ण क्या अपूर्ण-सा भी ज्ञान नहीं हो पाया। मेरी उद्विग्नता अलबत्ता बढ़ती ही चली गयी। मैंने गुरु के चरणों में शीश धरकर निवेदन किया कि कुछ ऐसा करें जिससे मैं इस छटपटाहट से छुटकारा पा सकूँ, मन्त्रजाप से तो कोई बात बन नहीं पा रही है। तब गुरु महाराज बोले, 'मैंने अब तेरे को ध्यान-दीक्षा दे देनी है। तू जिस सांसारिक पहचान को जानने के वास्ते मरे जा रहा है वह तो तेरे सगे वालों की निगाह में पहले ही मर चुकी है। और एक-न-एक दिन उसे फिर से मर जाना है। ध्यान-साधना करके अब अपनी उस पहचान की तलाश कर बरहमचारी जो अजर-अमर होती है।' मैंने गुरु से करबद्ध प्रार्थना की कि मुझे तुरन्त ध्यान-दीक्षा दे दें ताकि मैं अपनी व्यग्रता पर विजय पा सकूँ। किन्तु उन्होंने कहा, 'इसके लिए कहीं जमकर बैठना होगा। मैंने अगला लम्बा पड़ाव बाण गंगा किनारे अपने एक भगत राणा के महल में करने की सोची है। वहीं मैंने ध्यान-दीक्षा देनी है तेरे को।' राणा के उस महल के बारे में मैं गुरु महाराज और नेपाल में आए अन्य साधु-सन्तों के मुँह से बहुत कुछ सुन चुका था कि उस भव्य किन्तु किंचित् जीर्ण-शीर्ण महल के द्वार साधु-सन्तों और साधकों के लिए सदा खुले रहते हैं। वे महल के प्रांगण में और उससे लगी कोठरियों में रहने की जगह तो पाते ही हैं, उनके लिए भण्डारा भी राणा परिवार की ओर से किया जाता है।

तो वहाँ पहुँचकर गुरु महाराज ने मुझे ध्यान-दीक्षा दी। सिखाया कि कैसे रीढ़ की हड्डी सीधी किन्तु तनावमुक्त रखकर पद्मासन साधूँ और हाथ जोड़े और अँगूठे छातियों

के बीच रखे हृदयांजलि मुद्रा में बैठूँ। साँसों के आने-जाने पर ध्यान जमाकर मस्तिष्क को शान्त करूँ। जब-जब मस्तिष्क भटके हथेलियों को आपस में दबाऊँ। उसके बाद प्राणवायु का विभिन्न चक्रों को स्पर्श करना अनुभव करूँ। उन्होंने मुझे आदेश दिया कि ध्यान-साधना करते हुए सिर को झुकने न दूँ अन्यथा ध्यान तामसी हो जाएगा और मुझे निद्रादेवी की गोद में पहुँचा देगा। कुम्भकर्ण को इसी कारण साधना से परम सत्य की नहीं, दीर्घ निद्रा की सिद्धि हुई थी। सिर को बहुत ऊपर भी न उठने दूँ अन्यथा रावण की तरह मेरी साधना भी राजसी हो जाएगी, ध्यान भविष्य की ओर भटकेगा और मन में मरणान्तक महत्वाकांक्षा जागेगी। सिर बिल्कुल सीधा रखूँगा तभी विभीषण की तरह मेरी साधना भी सात्विक सिद्ध होगी और मैं अतीत या भविष्य में न भटककर उस परमात्मा में रम जाऊँगा जो काल से परे है। उन्होंने मुझे सिखाया कि कैसे दो आँखें, दो कान, दो नथुने, एक मुँह, एक गुदा, एक शिश्न, ये दस द्वार बन्द करके शरीररूपी ब्रह्मपुरी में बाह्य हलचल का प्रवेश रोकूँ। कैसे अपनी सारी ऊर्जा हृदय की ओर प्रवाहित करके आन्तरिक हलचल को भी शान्त कर डालूँ। इस तरह अपने को विचारशून्य और वासनाशून्य स्थिति में लाकर परमसत्य पर अपना ध्यान केन्द्रित करूँ।

नदी किनारे पहाड़ी पर सुरम्य वन प्रदेश के मध्य स्थित उस महल में पहुँचने के बाद एक ओर गुरु के निर्देशन में मेरी ध्यान-साधना शुरू हुई तो दूसरी ओर जड़ी-बूटियाँ जमा करने और उनसे औषध बनाकर देनेवाले लोकदास जी के सहायक के रूप में मेरी भूमिका बढ़ती चली गयी। बता चुका हूँ कि गुरु महाराज के भक्तों में वैद्य के रूप में लोकदास जी की बड़ी साख थी। उस दूर-दराज इलाके में रहने वाले राणा परिवार के लिए तो वह साक्षात् धनवन्तरि ही हो गये। उनके सहायक की भूमिका में मुझे बहुधा मुख्य महल में जाना पड़ता और कभी-कभी रनिवास में कदम रखने का अवसर भी मिलता। मुझे वह महल, वह सामन्ती जीवन सब बहुत आकर्षित और उद्वेलित करने लगे। मैं बहुत उत्साह से ध्यान-साधना में बैठता किन्तु मेरा ध्यान था कि बार-बार रनिवास में देखी हुई जेवरों से लदी, माँग में सिन्दूर भरी सामन्ती स्त्रियों और उनकी दासियों की ओर भटकता। मुझे उनके अंगों के उभार याद आते। खासकर किशोरियों के। मैं अपने को उनके साथ लड़कियों के खेल खेलते देखता, खेल ही खेल में उनमें से किसी को चूमता हुआ या किसी की अंगिया में हाथ डालता हुआ पाता। ये झाँकियाँ मुझ साधक को अपनी ही दृष्टि में गिराने लगतीं। उद्विग्नता के साथ मेरी ग्लानि भी जुड़ने लगी। कुछ सप्ताह बाद गुरु महाराज ने मुझसे पूछा, 'तो बता ब्रह्मचारी ध्यान-साधना से कुछ कम हुई तेरे मन की अशान्ति?' थोड़ा हिचकिचाने के बाद मैंने स्वयं लज्जित होते हुए और उन्हें निराश करते हुए स्वीकार कर ही लिया कि ध्यान-साधना में बैठकर मुझे रनिवास की झाँकियाँ ही दिखाई देती रही हैं और मेरे मन में अपने अतीत की स्मृति फिर से प्राप्त करने की तड़प बढ़ती ही जा रही है।

एक गहरी साँस लेकर गुरु महाराज बोले, 'अगर तेरा मन यही जानने के लिए तड़प

रहा है कि तू मसान में हमें मिलने से पहले कौन था तो उसका जवाब भी तेरे को ध्यान-साधना से ही मिलना है पुत्तर। ध्यान-साधना का तो ऐसा है कि उसे करते हुए लोगों को अपना पिछला जनम तक याद आ जाता है, आई तेरी समझ में? हो सकता है कि ये जो झाँकियाँ तू देख रहा है इनका भी तेरी पुरानी जिन्दगी से ही कोई ताल्लुक होवे। यह तो तभी पता चलना है जब मैंने तेरे को किसी बिल्कुल ही बियाबान जगह में ध्यान-साधना करानी है। यहाँ तो तेरा ध्यान भटकता है निवास की ओर। हम लोग कल ही ब्रहछत्र के लिए निकल पड़ेंगे जो तप करने वालों की भूमि है।' राणा का महल, रानियों की रुनझुन और बाण गंगा का फेनिल कोलाहल बहुत पीछे, बहुत नीचे छोड़ते हुए हम चढ़ाई चढ़ते गये। चढ़ाई पार मिली तपश्चर्या के लिए आदर्श ब्रहछत्र तीर्थ की निर्जन वनस्थली। गुरु महाराज बोले, 'रनिवास और रानियों से बहुत दूर ले आया हूँ तेरे को ब्रह्मचारी। अब भी ध्यान-साधना में तेरे को उनकी ही झलक दिखाई देवे तो समझ लेना कि तेरे को अपनी पुरानी जिन्दगी याद आने वाली है। उधर ही ध्यान लगाना। लेकिन जो तुझे कोशिश करने पर कुछ भी याद न आवे तो अपने सत्य को भुलाकर परम सत्य की खोज पर सारा ध्यान लगा देना पुत्तर।'

तो गुरु-आज्ञा से मैंने अब ध्यान-साधना में विष्णु-मन्त्र के साथ-साथ इस प्रश्न का भी जाप शुरू कर दिया कि कौन हूँ मैं? शुरू में मेरा अन्तस इस प्रश्न की प्रतिध्वनि ही सुनाकर मौन हो जाता रहा। फिर मुझे राणा के महल की नहीं, बल्कि किसी और महल की छोटी-छोटी झलकियाँ दिखाई देने लगीं। और यह महल ऐसा था जिसमें गोरखाली नहीं, बांग्ला बोली जा रही थी। उसके रनिवास में भी हर उम्र की स्त्रियों की भरमार थी। और उन सबका लाड़ला था युवावस्था में चरण रख चुका एक किशोर जो मेरे जैसा लगता था। ये सभी झलकियाँ परस्पर असम्बद्ध तो थीं ही इनमें मुझे अपने अतीत का कोई ठोस सुराग कहीं नहीं मिल पा रहा था। जैसे एक झलकी में मैंने देखा कि श्रीनगर में हमारे पास आने वाली उस तरुणी जैसी ही एक लड़की बालिकावधु बनी सेज पर बैठी है और उस किशोर को आता देखकर घबरा रही है। एक अन्य झलकी में मैंने देखा कि एक अधेड़ स्त्री उस किशोर पर आँखें तरेरते हुए कह रही है, 'जिस धाय का दूध पीकर बड़े हुए हैं उसे ही सिखाने चले हो, वाह!' धृष्ट किशोर उसका लहंगा उठाकर कह रहा है कि आलोका तूने मुझे अपनी छातियों का उपयोग तो सिखाया किन्तु इसका नहीं सिखाया। अपना लहंगा छुड़ाते हुए वह स्त्री कह रही है कि अभी जाकर शिकायत करती हूँ रानी माँ से। इसी तरह एक झलकी में मैंने देखा कि वही किशोर किसी ऐसे मकान में है जो राजसी नहीं है। वहाँ पलंग पर पड़ी दाँत किटकिटाती पड़ी युवती भी राजसी न होकर तामसी है, बाजारू है। किशोर उसे कम्बल ओढ़ाते हुए कह रहा है, 'घबरा मत मैंने जेल वाले डॉक्टर को बुला लिया है।' डॉक्टर आता है थोड़ी देर में तो डॉक्टर के स्टेथस्कोप लगाने के लिए वह किशोर उस युवती की छाती का थोड़ा भाग स्वयं उघाड़ता है सावधानी से। उसका व्यवहार पतिव्रत है। प्रेमीवत है। डॉक्टर के

जाने के बाद वह स्त्री किशोर की हथेली अपने तप्त माथे से लगाकर कहती है, 'आज मैं यह जानकर धन्य हुई कुमार कि आप मुझ वेश्या से सचमुच प्यार करते हैं।'

इन झाँकियों के आधार पर और अपने को उस किशोर से जोड़कर मैं मात्र इतना ही कह सकता था कि दार्जलिंग में 'मरने' से पूर्व मैं किसी राजसी परिवार का बिगड़ा हुआ किन्तु लाड़ला, विवाहित बेटा था जिसे किसी वेश्या से प्यार था। किन्तु यह परिवार कौन-सा था, कहाँ का था इसका कोई उत्तर नहीं दे पा रही थी मेरी साधना। उधर मेरी उद्विग्नता थी कि बढ़ती ही चली जा रही थी। एक रात मैं इतना बेचैन हुआ कि सो ही नहीं सका। अभी पौ भी नहीं फटी थी कि मैं उठ गया और नदी के हिमवत् जल में स्नान करके भस्म लेप लगाकर वहीं बैठकर औरों की प्रतीक्षा करने की जगह ऊपर चोटी की ओर जाती पगडण्डी चढ़ता गया। जब पाँव थक गये तब एक बड़ी-सी शिला पर पद्मासन साधे बैठ गया। मैंने ध्यान-साधना करने का कोई यत्न नहीं किया। बस बैठा-बैठा प्रभु से प्रार्थना करने लगा, कातर स्वर में कि मुझे अपने घर-परिवार को ढूँढ़ सकने का कोई तो ठोस सुराग दो। तभी खच्चरों की गलघण्टियों की आवाज सुनाई दी। मैंने आँखें खोलीं। नमक के बोरों से लदे खच्चर धूल उड़ाते हुए मेरे पास से गुजरे। उस धूल में मुझे घोड़ों की टापों से धूल के उड़ने की याद आने लगी। खच्चरों की गलघण्टियों के सुर में सुर मिलाकर मेरे अन्तस में भी कुछ टिनमिना उठा सहसा। मैंने देखी, किसी महल के द्वार से निकलती दो घोड़ों वाली एक विलायती गाड़ी। वही किशोर बैठा हुआ है उसमें शान से। महल से बाहर निकलते ही वर्दी पहने कोचवान को परे कर वह रास स्वयं सँभाल लेता है और चाबुक बरसा-बरसा कर मजबूर करता है घोड़ों को चाल तेज करने के लिए। लोगबाग उसे देख रास्ते से कूदकर हटते हैं और कूदते-कूदते भी प्रणाम करना नहीं भूलते हैं। उन्हें डरता देख हँसता है किशोर। बाजार को पार कर नदी के साथ-साथ चलती सड़क पर घोड़े धूल उड़ाते बढ़ते जाते हैं और फिर धूल के बादल के बीच से झाँकता है एक मील पत्थर जिस पर लिखा है— ढाका।

विस्मृत अतीत की ओर दौड़ती वह गाड़ी मेरे चाहने पर भी उस मील पत्थर से आगे बढ़ न सकी। बहुत चाबुक चलायी किन्तु कल्पना के हाँफते घोड़े वहीं अड़कर खुरों से जमीन खोदने लगे। जो हो, ढाका मुझे न केवल बहुत सुना हुआ नाम लगा बल्कि अपने अतीत से जुड़ा हुआ भी। मेरा मन अब ढाका-ढाका जपने लगा और इस जाप से उसकी उद्विग्नता शान्त होती चली गयी। मुझे पक्का विश्वास हो गया कि अगर मैं ढाका लौट जाऊँ तो मुझे अपने अतीत के कपाट पर पड़े ताले की कुंजी मिल जाएगी। तो मैं गुरु से ढाका जाने की अनुमति माँगने का मन बनाकर उस शिला से उतरा और नीचे नदी की ओर गया। देखा मेरे साथी इस बीच स्नान करके जलती धूनी की आग ताप और बदन राख मल रहे हैं। लोकदास जी ने पूछा, 'किधर चला गया था बरहमचारी?' मैंने कहा, 'चित्त अशान्त होने के कारण नींद जल्दी टूट गयी। इसलिए स्नान करके ऊपर एक शिला पर बैठा ध्यान-साधना करता रहा।' बाबा धरमदास मुस्कराए, 'तेरे चेहरे पर बड़ी शान्ति

दिखाई दे रही है पुत्तर। आज तेरे को कोई ज्ञान-श्यान मिल गया लगता है।' मैंने हाथ जोड़कर निवेदन किया, 'हाँ गुरु महाराज, आपकी कृपा से मुझे याद आ गया है कि मेरा घर ढाका में है। आदेश मिले तो वहाँ चला जाऊँ।'

गुरु महाराज एक गहरी साँस लेकर बोले, 'चलो जी ग्यारह साल बाद सही, तेरे को अपने बारे में पूरन ज्ञान तो हुआ। आदेश का ऐसा है पुत्तर कि वह मेरे से नहीं, अपने दिल से माँग। गियानी जन कहते हैं कि घर-गिरस्ती का दूसरा नाम कलह-कलेस ही है। जब तेरे अशान्त चित्त को हम साधु-सन्तों की सोहबत में भी शान्ति नहीं ना मिली तब उन लोगों के बीच क्या मिलनी है। लेकिन जब ढाका ने तुझे तेरे भीतर से ही पुकार कर बुलाया है तो जा, देख क्या माजरा है? जरूर मिल अपने सगे वालों से। घर-संसार में लौटकर ही तो तेरे को पता चलना है कि तेरे मन में घर-संसार छोड़ने की इच्छा सचमुच है कि नहीं? तेरे से सब चंगी तरह पेश आवें, तेरा मन माया-मोह के संसार में रम जावे तो उधर ही रह जाना नहीं तो उल्टे पाँव लौट आना मेरे पास और ले लेना संन्यास-दीक्षा। हफ्ते-दस दिन इधर रहके मैंने हरिद्वार के लिए निकल जाना है। उधर मैं सालभर तक तेरी राह देखूँगा पुत्तर।'

अब मैं थोड़ा सोच में पड़ गया। मुझे अपने अतीत का पूर्ण ज्ञान नहीं हुआ था। क्या दिवास्वप्न में 'ढाका का मील पत्थर' देख लेने को पूर्ण ज्ञान बनाकर मैं गुरु महाराज के साथ-साथ अपने से भी धोखा नहीं कर रहा हूँ? गुरु महाराज मुस्कराकर बोले, 'जो तूने इतना सोच-विचार करना है तो हम साधुओं की मोह-माया में फँस जाना है। अब डण्डा-कमण्डल-चिमटा उठा और चल पड़, ऊपर वाले ने जो भी करना है तेरे भले वास्ते ही करना है।' मैंने तुरन्त झुककर गुरु महाराज के चरण छुए और फिर अन्य साथियों से भी विदा ली। लोकदास जी ने मुझे कुछ जड़ी-बूटियाँ दीं। निक्कू मुझे विदा देते हुए भावुक हो उठा। उसके साथ-साथ मैं भी रो पड़ा। एक बार मन में हुआ कि ढाका लौटने का विचार छोड़ ही दूँ। कितनी ही बार इन साधुओं के मुँह से सुन चुका था कि सारे अपराध जर-जोरू-जमीन को लेकर होते हैं। अगर मुझे मारने का यत्न किया गया था तो निश्चय ही मेरे जीवन में भी ऐसे ही किसी कारण से अप्रीतिकर और घृणास्पद स्थितियाँ पैदा हो चुकी होंगी। उन स्थितियों में लौटने से क्या लाभ? और यह भी तो सम्भव है कि मैं स्वयं इतना घृणास्पद व्यक्ति रहा होऊँ कि मुझे मार देना ही श्रेयस्कर लगा हो किसी को। यदि लौटकर मुझे अपने विषय में ऐसी ही सूचना मिलने वाली है तो क्या करूँगा ढाका जाकर? जो हो, गुरु से आदेश ले लेने के बाद रुक सकना भी मेरे लिए सम्भव न था। तो मैंने अपने कदम बढ़ा दिये तराई की ओर। बड़े शिथिल-से कदम। ऐसा कोई उत्साह नहीं था कि ढाका पहुँचूँ। किन्तु इसके बावजूद मेरे कदम कभी घूमकर हरिद्वार की ओर नहीं मुड़े। धीमे-धीमे ही सही, आड़े-तिरछे मार्ग से ही सही, बढ़ते वे ढाका की ओर ही गये क्योंकि मेरा मन मुझसे निरन्तर कहता रहा कि ढाका जाकर यह तो मालूम कर कि अच्छा-बुरा जो भी तू था, कौन था? श्मशान घाट में पहुँचा दिये जाने से पूर्व

अच्छी-बुरी जो भी बीती थी तुझपर सो क्या थी? अपने सत्य से आँखें चार कर लेगा तभी तो तैयार हो पाएगा संन्यास के लिए पूरी तरह। पहले मैं पूर्णिया गया, फिर रंगपुर।

बंग भूमि में चरण पड़ते ही यहाँ-वहाँ मुझे बड़े विस्मय से देखने वाले लोग मिलने लगे। मानो घुटनों-घुटनों तक पहुँची भूरी-सुनहरी घुँघराली जटाओं और घनी मूँछ-दाढ़ी वाले मुझ भस्म-लेप किये नागा साधु में किसी और को ही छिपा हुआ पा रहे थे वे। उस और को, जिसकी खोज थी मुझे उस वेला। विडम्बना यह कि अपनी खोई पहचान पा सकने की सम्भावना जितनी ही प्रबल होती जा रही थी उतनी ही वह मुझे सम्भावना से कहीं अधिक आशंका प्रतीत होने लगी थी। मानो मुझे पता हो कि मेरा वह विस्मृत अतीत नितान्त घिनौना और अप्रीतिकर है। यही कारण है कि जब रंगपुर की कालीबाड़ी में साधुओं के लिए किए गए एक भण्डारे में उसका आयोजन करने वाले सज्जन मुझे बहुत ही ध्यान से देखने लगे और मुझे भी वह बहुत परिचित लगे तब मैंने जल्दी-से-जल्दी पंगत से उठ जाना ही श्रेयस्कर समझा। किन्तु वह मेरे पास आये और उन्होंने मुझसे हिन्दी में कहा, 'जदि हम आपसे कुछ पूछे साधु मोशाय तो सच्ची-सच्ची बताएँगे तो?' मैंने उनसे बांग्ला में कहा, 'की बोलते चाउ?' वह बोले, 'आपानि जयदेबपुर कुमार बोले मन हय।' मैं उन्हें अपलक निहारता रहा। कुछ बोला नहीं। तो इस व्यक्ति के अनुसार भी मैं कोई सामन्त ही था। एक ठो विलासी सामन्त जिसे उसके घर वाले मरा मान श्मशान भूमि में ले आए थे। वितृष्णा से भरकर मैंने अपने चरण कामाख्या की ओर बढ़ा दिये।

अन्ततः फुलझुरी होते हुए एक रात मैं ढाका स्टेशन पहुँचा। अँग्रेज साहिब लोग अपने नए संवत्सर 1921 का स्वागत करने में लगे हुए थे। ऐसी प्रतीति हुई कि इस स्टेशन से मैंने अनेक बार गाड़ी पकड़ी है। रात मैंने प्लेटफॉर्म में ही काटी। अगली सुबह बाहर निकला तो मुझे इसमें कोई सन्देह ही नहीं रह गया कि यह नगर मेरा अपना नगर है। हर स्थल अतिपरिचित लगा मुझे। मेरे चरण स्वतः बूढ़ी गंगा नदी की ओर बढ़ गये। वहाँ घाट पर स्नान किया और फिर नदी पार करके दूसरी ओर चला गया। वह जगह कुछ जमी नहीं। वापस आ गया और नदी पर बने बन्ध की ओर बढ़ गया। बन्ध पर भद्रजन सैर करते दिखाई दिये। एक बड़ी-सी हवेली के सामने बन्ध पर बने घाट पर कुछ निर्धन जन नीलाकाश को ही अपनी छत बनाए वास करते मिले। मैंने भी उसी घाट का एक कोना अपने लिए बुहार लिया और वहीं बैठ गया धूनी रमा कर। नगर में आ गया था अस्तु भस्मलेप को ही पर्याप्त आवरण न मान कोपीन भी धारण कर लिया। निर्धन कुली कुछ भक्तिभाव से और कुछ शिशिर ऋतु में आग सेंकने का सुख पाने के लिए मेरी धूनी के चारों ओर एकत्र होने लगे। उनमें से अनेक तन के रोग अथवा मन की अशान्ति का कोई उपचार पाने की आशा लेकर भी आते। जब तक मेरे पास जड़ी-बूटियाँ रहीं, उनमें बाँटीं। फिर इलायची दाना, चुटकी भस्म और मन्त्र देकर ही काम चलाया। कुलियों से ज्ञात हुआ कि उस स्थल का नाम बकलैण्ड बन्ध है और सामने वाला भव्य भवन है रूपलाल बसु का। बकलैण्ड बन्ध और रूपलाल बसु दोनों ही नाम मुझे अतिपरिचित-से प्रतीत हुए और

ऐसा भी लगा कि जो किशोर मुझे दिखता रहा है दिवास्वप्नों में उसका अथवा उसके परिवार का कुछ नाता रहा था इनसे। बन्ध पर प्रातः-सायं स्वच्छ वायु के सेवन के लिए आए अनेक भद्रजन भी मुझे परिचित-से ही लगते रहे। मैंने लक्ष्य किया कि वे भी मुझे बहुत कुतूहल से देखते हैं। शिशिर के अस्थिमज्जा भेदक झकोरे निष्कम्प झेलता नागा साधु का उनके लिए कुतूहल का विषय बनना तो सहज स्वाभाविक था किन्तु उनमें से कुछ के कुतूहल में मैंने विस्मय का भी मिश्रण पाया मानो वे मुझमें किसी और को देख रहे हों और उन्हें विश्वास न हो पा रहा हो अपनी आँखों पर।

फिर यदा-कदा ऐसा भी होने लगा कि अपने को इस तरह घूर कर देखते हुए व्यक्ति के बारे में मेरे मस्तिष्क में कहीं गहरे दबी यह सूचना उभर कर आई कि वह कौन है और दिवास्वप्न में देखे किशोर से इसका क्या नाता है? मात्र इतना ही। आगे-पीछे और कुछ नहीं। कभी-कभी ऐसा भी होता कि वह अतिपरिचित लगता, उससे उस किशोर का अर्थात् मेरा नाता भी स्मरण हो आता किन्तु उसका नाम नहीं। मुझे बकलैण्ड बन्ध पर बैठे प्रायः एक पक्ष बीत चुका था कि कुछ भद्रजन घाट पर आकर मिले मुझसे। उन्होंने किया एक ऐसा प्रश्न जो मेरे निर्धन श्रद्धालुओं ने नहीं किया था कभी और जिसका उत्तर मैं स्वयं नहीं जान पाया था तब तक— आप कौन हैं, कहाँ के हैं? निर्धन भक्त हिन्दी में ही बात करते आये थे मुझसे। इनमें से कुछ बांग्ला में भी बोले। मैंने सभी को एक ही उत्तर दिया। मैं एक पंजाबी साधु हूँ। मैं सदा हिन्दी ही बोला। बांग्ला बोल क्या बूझ भी नहीं पाता हूँ ऐसा दर्शाता रहा मैं। उनमें से अनेकों का नाम-धाम प्रथम दृष्टि में ही स्मरण हो आया मुझे। किन्तु मैंने कभी यह नहीं कहा कि मैं आपको पहचानता हूँ। मैं संकल्प कर चुका था कि टमटम के घोड़ों को द्रुततम गति से दौड़ने के लिए विवश करने वाला जो भी वह किशोर था उसका पूरा परिचय प्राप्त करने का उद्यम अवश्य करूँगा किन्तु किसी को भी यह अवसर न दूँगा कि मुझे उस किशोर से जोड़े।

मुझे दूर से घूरने वालों में एक सज्जन ऐसे भी थे जिन्हें मैं प्रथम दृष्टि में ही जज देबब्रत मुखर्जी के रूप में पहचान चुका था। एक दिन रात से वर्षा की जो झड़ी लगी वह अगले दिन दूसरे पहर ही जाकर थमी। पूरी तरह धो गई वह मेरा भस्म लेप। मैंने धूप निकल आने पर धूनी फिर प्रज्वलित की और तब भी थोड़ी गीली ही राख से लेप करना शुरू कर दिया अपने निर्वसन तन पर। तभी किसी का स्वर सुनाई पड़ा, 'आप एतना जोर का बृष्टि में बिना कौनो जामा पहना माघ का रात कइसा काटने सका बाबाजी? आपका शरीर को कष्ट नहीं होता हाय क्या?' मैंने उनसे कहा, 'संसार को छोड़ दो तो सांसारिक कष्ट, कष्ट नहीं लगते मोशाय। ये सामने देखो ना खुले में सोए कुलियों को। हम तो संसार छोड़ चुके हैं इन बेचारे गरीबों को तो संसार में रहते हुए भी कष्ट का आदी हो जाना पड़ता है।' तब जज साहब ने पूछा, 'क्या कोई जन गृहस्थ आश्रम में रहता हुआ भी मायाजाल तोड़ सकता हाय बाबाजी?' मैंने कहा, 'गुरु-कृपा से सब कुछ हो सकता है।' उन्होंने पूछा, 'आपका गुरु कौन हाय, किधर हाय?' मैंने उन्हें बताया, 'मेरे गुरु बाबा

धरमदास हैं जो इस समय हरिद्वार में या और भी ज्यादा उत्तर में डेरा किए होंगे।' इस पर उन्होंने पूछा, 'तो आप हिआँ ढाका में कैसा आ गिया बाबाजी?' मैंने कहा, 'गुरु के आदेश पर।' उन्होंने पूछा, 'जान सकता हूँ गुरु आपको हिआँ आने का आदेश क्यिूं दिया?' मैंने कोई उत्तर दिया नहीं। दृष्टि फेर ली उनकी ओर से।

इस घटना के बाद मेरे पास आने वाले भद्रजनों की संख्या कुछ बढ़ गयी। उनमें से कुछ को देखकर मुझे उसके विषय में तो बहुत कुछ स्मरण हो आता किन्तु उस किशोर के विषय में नहीं जो वहाँ बकलैण्ड बन्ध पर पंजाबी साधु के रूप में प्रस्तुत था उनके समक्ष। वह किशोर जिससे जुड़े लोगों की कथा का कुछ-कुछ आभास हो चला था मुझे। तब तक मैं यह विश्वास तो करने लगा था कि स्वयं उसकी पूरी कथा का भी बोध हो जाएगा मुझे एक दिन, किन्तु साथ ही चित्त इस कारण बहुत उद्विग्न होता जा रहा था कि मुझे उसकी कथा के कुछ अप्रासंगिक से अंश ही पढ़वाती रही है मेरी स्मृति। यह उद्विग्नता तब शान्त हुई जब मुखर्जी महाशय से अपने वार्त्तालाप के कुछ ही दिन बाद मैंने एक अपरिचित-से लगते सम्पन्न व्यक्ति को अपने कारिंदों के साथ अपने समक्ष खड़ा पाया। जैसे ही दृष्टि मिली हमारी हठात् उसका नाम-धाम कौंध गया मेरे मन में। किसी तरह रोक लिया मैंने अपने को अन्यथा मेरे ओंठ कह बैठते— अतुल। अतुल प्रसाद राय चौधुरी था वह। कासिमपुर के जमींदार का छोटा भाई और दिवास्वप्न वाले किशोर का मित्र। इससे स्मरण हो आया कि कासिमपुर के पड़ोस में ही तो था वह जयदेबपुर, जिसकी राजबाड़ी में रहता था वह किशोर अपने परिजनों के साथ। तो रंगपुर में उस व्यक्ति ने ठीक ही कहा था। मैं जयदेबपुर वासी भवाल का राजकुमार था। कह चुका हूँ कि मैं नहीं चाहता था कि कोई मुझे उस किशोर से जोड़े किन्तु न चाहने पर भी उसे देखकर मेरे चेहरे पर स्वागतभरी मुस्कान खिल ही गयी किन्तु तत्काल ही मैंने उसे पोंछ डाला और गम्भीर मुद्रा धारण कर ली।

अतुल बहुत देर तक मुझे घूरता रहा। उसकी दृष्टि मेरे सिर से पाँव तक घूमती रही। फिर मानो अपने से पूछते हुए बोला वह, 'रोमेन्द्र? आमा के चेन?' मेरे सारे शरीर में एक विद्युत तरंग दौड़ गयी। मुझे उस दिवास्वप्न वाले लड़के का अर्थात् अपना खोया हुआ नाम जो मिल गया था। अतुल ने मेरे मन में होती हलचल को पढ़ लिया था शायद। मैंने कहा, 'ना मैं रोमेन्द्र हाय और न आपको चीह्नता हाय। मैं तो एक ठो पांजाबी साधु हाय।' उत्तर दे चुकने के बाद मुझे यह बोध हुआ कि मैंने इस बार बांग्ला न समझने का नाटक न करके भारी भूल कर दी है।

अतुल तुरन्त बोला बांग्ला में, 'आप तो लोगों से कहते थे कि बांग्ला समझ नहीं पाते तो फिर मेरी बात कैसे समझ गये?' मैंने कहा, 'महीनों से इधर रह रहा हाय इसलिए थोड़ी-थोड़ी समझने लग पड़ा हाय लेकिन मेरे साथ हिन्दी में ही बात करने से ठीक रहेगा।' अब अतुल ने पूछा, 'आप बोलता है कि आप पांजाबी है तो जरा ये तो बताइए कि पांजाब में आपका बाड़ी किधर में?' मैंने कह दिया, 'जब कोई संन्यास लेता है तब

जीते जी ही उसकी चिता सजा दी जाती है, उसे मरा हुआ मान लिया जाता है, मरे हुए मानुस का घार का बात कइसा?' मैंने तो बाबा जी से सुनी हुई बात दोहरा दी थी किन्तु मेरा उत्तर सुनकर अतुल के नेत्र जिस तरह विस्फारित हुए उससे मुझे सहसा बोध हुआ कि मेरे इस बात का गूढ़ार्थ भी लगाया जा सकता है।

अतुल मेरे चरणों में बैठ गया और मेरी आँखों में आँखें डालकर बोला, 'सच बात क्यूँ नहीं बोलता बाबा जी कि ओ लोग आपको मरा हुआ जानकर शाशन में छोड़ आया।' मैंने अपने पाँव खींचते हुए कहा, 'किन लोगों की बातें करता हाय आप?' वह बोला, 'सत्याबाबू वगैरह की।' मैंने कहा, 'कौन सत्याबाबू?' वह बोला, 'आपका साला।' मेरे भीतर फिर वही विद्युत तरंग दौड़ गयी। मेरे मस्तिष्क में पहले अपने साले सत्येन बनर्जी उर्फ सत्या का चेहरा उभरा और फिर उसकी गुड़ियों से खेलने वाली और स्वयं भी गुड़ियों-सरीखी दीखने वाली बहन बिभा का। किन्तु मैंने अपने को इस स्मृति से विचलित होने से रोका और पंजाबी साधु की भूमिका में दृढ़ रहते हुए कहा, 'आप गांजा पीकर तो नहीं आया हाय जो इस तरह की बहकी-बहकी बातें करता हाय। मैं तो ब्रह्मचारी जाय। सौतेली माँ आ जाने से बचपन में ही घर से भागकर बाबा धरमदास की शरण में चला गया था।'

उसने पूछा, 'आपको घर वालों का याद नहीं आता बाबा जी?' मैंने कहा, 'याद कइसा आएगा उनका वास्ता मैं मर चुका हूँ और मेरा वास्ता वो।' वह बोला, 'आप उनसे मिलेगा तभी तो पता चलने सकेगा कि ओ लोक आपके वास्ते कितना तरसता है।' मैंने उसके साथ आए लोगों की ओर देखा और कहा, 'इस गंजेड़ी को इधर से ले जाओ आप। मेरा साधना का टाइम हो गया।' अतुल गहरी साँस छोड़ते हुए उठा। जाते-जाते उसने पूछा, 'आप अभी ढाका में ही रहेंगा तो बाबाजी?' मैंने कहा, 'नहीं। मेरे को बांगाल का हवा-पानी रास नहीं आता।' अतुल ने इस बात का भी गूढ़ार्थ लगाया और पूछा, 'इससे पहिले आप बांगाल में कभी रहा था बाबाजी? और इधर में रहते हुए आपको क्या खाराप अनुभव हुआ था।' मैं आँखें बन्द करके ध्यान-साधना का नाटक करने लगा। फिर मैंने पलकों का पर्दा जरा-सा उठाकर देखा कि अतुल और उसके साथी वापस जा रहे हैं। मैंने चैन की साँस ली और सचमुच ध्यान-साधना करने बैठ गया।

श्राप बोध

अतुल को पहचानते ही मैं अपने को काफी कुछ पहचान गया था। उसके प्रश्नों से बचने के लिए ध्यान-साधना का नाटक करने बैठा तो मेरा मन उसके इस प्रश्न पर केन्द्रित हो उठा कि बंगाल में रहते हुए मुझे क्या खराब अनुभव हुआ था। और इस क्रम में मेरे अन्तस की गहराइयों से उभरा बंगाल के शीतल सुरम्य पर्यटक स्थल दार्जिलिंग में अपनी अकस्मात और अप्रत्याशित 'मृत्यु' का पूर्व-प्रसंग। मुझे वेश्यावृत्ति से दूर रखने और मेरे सिफलिस के घावों को भरने का अवसर देने मुझे वहाँ भेजा गया था अपने साला बाबू सत्या और अपनी पत्नी बिभा के साथ। साथ में था राजपरिवार के अपने डॉक्टर मोशाय का नया-नया डॉक्टरी पास किया हुआ पुत्र आशु। और हाँ, मेरा सेक्रेटरी मुकुन्द और कुछ मुसाहिब भी। एक दिन पहाड़ी जल से कुछ अजीर्ण तथा वायु प्रकोप हो जाता है। थोड़ा ज्वर भी। अगले दिन सिविल सर्जन को बुला लिया जाता है किन्तु उसके दिए मिक्सचर से कोई लाभ नहीं होता मुझे अगली शाम मैं उदरशूल से इतना अधिक व्यथित हो जाता हूँ कि आशु डॉक्टर से कहता हूँ कि सिविल सर्जन की औषधि से कोई लाभ नहीं हुआ है रे, कुछ और दो मुझे। प्राय: आठ बजे आशु डॉक्टर मुझे कोई मिक्सचर पिलाता है। पीने के तीन-चार घंटे बाद मेरे उदर में मानो अग्नि प्रज्वलित कर देता है कोई। मैं चीत्कार कर उठता हूँ, कि आशु ये क्या कैसी औषधि दे दी मुझे कि आँतें धधक उठी हैं।

आशु का मुख म्लान हो उठता है। वह साला बाबू की ओर देखता है जो मुझसे कहते हैं, 'जमाई बाबू आशु राजपरिवार का चाकर है आपको कोई गलत औषधि दे सकता है भला?' उसके बाद आरम्भ होता है उल्टियों और दस्त का अविरल क्रम। ताजे रक्त में रंगे दस्त होते जाते हैं। मुझमें इतनी शक्ति भी नहीं रह जाती कि शौचालय तक जा सकूँ। मेरा खानसामा बिपिन बैड पैन और चिलमची का प्रयोग करता है। हाथ-पाँव दबाता है मेरे। मेरी पत्नी बिभा उसका स्थान ले लेती सुबह। पूछता है रोकर, 'ये इन्हें क्या हो गया दादा इनके हाथ-पाँव तो ठंडे पड़ चुके हैं। हिमांग की स्थिति है। सिविल सर्जन को बुलाइए।' इसके बाद मुझ पर तन्द्रा छाने लगती है वही तन्द्रा जो टूटती है अनेक

दिन बाद चार साधुओं की उपस्थिति में। तभी मुझे अतुल का स्वर सुनाई दिया, 'बाबाजी आपका साधना में विघ्न डालने के वास्ते क्षमा चाहता है मैं। किन्तु आपसे एक प्रश्न पूछे मैं?' मैंने आँखें खोलीं और कहा, 'कहो', वह बोला, 'आपने जज मोशाय को बताया कि गुरु का आदेश पर ढाका आया है आप। क्या मैं ये जानने सकता कि आपका गुरु आपको ये रकम आदेश क्यूं दिया?'

मैं ऊहापोह में पड़ गया। एक मन हुआ कि इससे कह दूँ कि हाँ मैं रोमेन्द्र ही हूँ। लेकिन साथ ही मुझे यह भी लगा कि कदाचित् विष देकर मारने वाले उन लोगों के बीच लौटना निरापद न होगा। अन्त में मैंने उससे इतना ही कहा कि ढाका ने पुकारा था इसलिए गुरु ने कहा जाकर देख क्या मामला है? इस बात को कहते हुए मेरे मुँह से हिन्दी के बीच दो बांग्ला पर्यायवाची निकल पड़े। मैंने पुकार को 'डाक' कहा और मामले को 'व्यापार'। अतुल बांग्ला में बोला कि आप बंगाली हैं फिर कियूँ पांजाबी साधु होने का नाटक करता हाय? बताता क्यों नहीं कि आपको किस बात का तहकीकात करने गुरु ने हिआँ भेजा हाय? मैं मौन साधे रहा। कोई भाष्य नहीं किया मैंने अपने कथन का। अब सोचता हूँ कि मेरी अन्तश्चेतना ने मुझसे वे दो बांग्ला शब्द इसलिए बुलवा डाले थे ताकि अतुल को विश्वास हो सके कि मुझे रोमेन्द्र के रूप में पहचानकर उसने भूल नहीं की है। वह बेचारा प्रश्नों की झड़ी-सी लगाता रहा किन्तु मैं अपनी आँखें और ओठ दोनों बन्द रखे रहा। अतुल को निराश लौट जाना पड़ा।

अगले दिन से पहले से भी अधिक भद्रजन बकलैण्ड बन्ध आकर मुझे घूरने और फुसफुसाने लगे। उनमें बाकायदा बहस चलने लगी कि यह साधु जयदेबपुर का मेजोकुमार है कि नहीं? एक पक्ष कहता कि यह वही है। देखो न इसकी शक्ल, कद-काठी सब वैसी ही है। दूसरा पक्ष कहता क्या बात करते हो! मेजोकुमार का तो दार्जिलिंग में दाह-संस्कार कर दिया गया था। पहला पक्ष कहता कि नहीं तूफान के कारण उनका दाह-संस्कार नहीं हो सका और उनका शव अर्थी से गायब हो गया। दूसरा पक्ष कहता शव अर्थी से गायब नहीं होते और मेजोकुमार मर कर जिन्दा हो गये होते तो क्या तुरन्त घर लौटकर न आते? पहला पक्ष कहता बाद में वह नागा संन्यासियों के साथ देखे गये। दूसरा पक्ष कहता, बकवास है यह सब। हमें तो यह लगता है कि इस तरह की अफवाहें सुनकर ही यह व्यक्ति जयदेबपुर की जमींदारी हड़पने के इरादे से साधुवेश में आया है। आप जैसे नादानों का समर्थन मिला तो यह निश्चय ही अपना मंसूबा पूरा कर सकेगा। उनकी इस तरह की बातें सुनकर मुझे लगा कि जब मेरी तरफ से किसी तरह की कोई दावेदारी न किये जाने पर भी मैं अपने परिचितों के लिए इतने कटु विवाद का विषय बन रहा हूँ तब दावेदारी कर देने पर तो मेरे साले सत्या बाबू जैसे लोग पता नहीं क्या-क्या कहेंगे और कर बैठेंगे। अत: आवश्यक है कि मैं अपना रोमेन्द्र होना स्वीकार न करूँ। तभी दो ऐसे व्यक्ति आए जिनका मुझे मेजोकुमार के रूप में स्वीकार न कर पाना जितना आहत कर गया उतना ही आनन्दित भी। आनन्दित इसलिए कि मैं आश्वस्त हो गया कि जब तक मैं स्वयं ही न

प्रमाण दूँ इस जटाजूटधारी नागा साधु के वेश में मेरे सगे-सम्बन्धी तक मुझे मेजोकुमार नहीं मान पाएँगे। अस्तु, मैं संन्यास लेने के संकल्प को परिजनों के मध्य जाकर मायामोह की कसौटी पर कसने का जोखम उठा सकूँगा।

इनमें से पहले थे ढाकावासी वकील बृजोलाल बाबू। जब बृजोलाल बाबू ने उन लोगों से कहा, 'मैं आपसे सहमत हूँ कि यह कोई ठग है, मेजोकुमार नहीं।' तब मेरा मन किया कि उनसे कहूँ कि आप मुझे न चीह्न पा रहे हों, मैं आपको चीह्न गया हूँ। आप मेरी लाड़ली छोटी बहन तरिणमयी उर्फ मोटो के पति हैं। उसे मेरा आशीर्वाद और प्यार दीजिएगा। किन्तु मैंने अपने को रोक लिया। उनके जाने के बाद मैं यह सोचकर आश्चर्य करने लगा कि जब मेजोकुमार से मिलते-जुलते साधु का समाचार सर्वत्र फैल चुका था तब ढाका से मात्र बीस मील दूर स्थित जयदेबपुर से मेरा बड़ा दादा रोणेन्द्र और छोटा रोबीन्द्र क्यों नहीं आ रहे हैं जिज्ञासावश? यहाँ ढाका में भी तो हमारे राजपरिवार का एक घर हुआ करता था जिसमें हम आते ही रहते थे। न आने का क्या अर्थ लगाऊँ मैं? क्या वे सबके सब जयदेबपुर छोड़कर चले गये? यदि हाँ तो क्यों और कहाँ? एक दिन इसी गुत्थी से उलझ रहा था कि मैंने सूट-बूट पहने एक नौजवान को अपने सामने खड़ा हुआ पाया। पहले मुझे वह सूट-बूट बहुत पहचाने हुए लगे और फिर वह सूट-बूट धारी। सहसा मुझे याद आया कि यह सूट मेरा ही है। जब दिल्ली से छोटे लाट किचनर के शिकार खेलने के लिए जयदेबपुर आने की बात चली थी तब यह कलकत्ता से सिलवाया था। इसे पहने हुए है मेरी छोटोदीदी ज्योतिर्मयी का बेटा जलद मुखर्जी उर्फ बुद्धू जो इन बारह वर्षों में मेरा सूट पहनने लायक जवान हो गया है। मैंने लक्ष्य किया कि उसके साथ अतुल का ही एक कारिन्दा आया हुआ है। मुझसे भांजे नहीं, एक साधारण भक्त के रूप में कुछ बातें कर लेने के बाद उसने कारिन्दे से फुसफुसा कर कुछ कहा और मुझे प्रणाम करके चला गया। वह मुझे ठीक से नहीं पहचान रहा था तो इसमें आश्चर्य की कोई बात न थी। मेरे दार्जिलिंग के लिए प्रस्थान करते समय वह वयस्क नहीं, बालक था। स्वयं मुझे उसे पहचानने में समय लगा। उस बेचारे के लिए तब के जमींदार मामा की स्मृतियों के सहारे मुझ साधु को रोमेन्द्र के रूप में स्वीकार कर सकना और भी कठिन था।

बुद्धू के जाने के बाद मैं इस बात पर आश्चर्य करता रहा कि मेरे भाइयों को इन बच्चों को भेजने की क्या सूझी? स्वयं क्यों नहीं आये? सहसा मेरा मन अपने परिवार की कुशल-मंगल को लेकर बड़ा आशंकित हो उठा। मैं चाहने लगा कि जयदेबपुर जाकर स्वयं अपनी आँखों से देखूँ कि इस बीच राजपरिवार पर क्या बीती है? जान सकूँ कि मेरी मृत्यु से पूर्व और पश्चात क्या कुछ घटित हुआ राजबाड़ी में? साथ ही मेरे भीतर से यह आशंका भी उठती रही कि इस व्यापार में तो जिज्ञासा घातक भी हो सकती है। उल्टे पाँव गुरु के पास लौट जाना ही श्रेयस्कर होगा। मेरे मन में यह ऊहापोह चल ही रहा था कि एक दिन अतुल फिर आ पहुँचा अपने कारिन्दों के साथ। मुझसे बोला, 'आप एइ जटाजूट और भस्म लेप

का बावजूद मेरा-जइसा अनेक जन को भवाल रियासत का मेजोकुमार रमेन्द्र नारायणराय लग रहा है, आप अपना सही-सही परिचय कियूँ नहीं देता?' मैंने हिन्दी में कहा, 'आप लोग मेरा में मिलता-जुलता चेहरा वाला मानुस कोई और देखता हाय तो मैं क्या करे? मैं तो अपने को वही बताता है जो मैं हूँ, बाबा धरमदास का चेला नागा।' मैंने अपनी बाँह का गोदना अतुल को दिखा दिया। अतुल बोला, 'अच्छा आप ओ चेला ही सही, अभी मेरा साथ में चलकर कासिमपुर जमींदार का आतिथ्य स्वीकार करने का कृपा करो।' मैंने कहा, 'साधु महलवालों का मेहमान कइस बनेगा बोलो तो?' वह बोला, 'आच्छा आप उधर महल में मत रहना। जइसा धूनी जलाकर इहाँ बैठा है वइसा उहाँ भी बैठ जाना।' वह हाथ पकड़कर मुझे उठाने लगा। मैंने अपना हाथ छुड़ाया और कहा, 'साधु तो अपनी मौज से आता हाय और मौज से ही जाता हाय। अभी मेरा को इधर ही रहने में सुख हाय।' अब वह हाथ जोड़कर बोला, 'मेहरबानी करके मेरा साथ में चला चलिए नहीं तो मेरा बड़ो दादा जमींदार शारदाप्रसाद को बहुत निराशा होगा। ओ पुत्र प्राप्ति के वास्ते में यज्ञ करवाना चाहता हाय आपसे। पुत्र न होने से अनेक दुखी ओ।' तो मैंने कहा, 'मैं तो अनपढ़ हाय। मेरा को नहीं आता यज्ञ-टज्ञ करवाना।'

वह बोला, 'पुत्रोयेष्टि यज्ञ तो हमारा पंडित लोग करवा देगा। आप तो बस आशीर्वाद देना और जैसा इहाँ गरीब औरत लोग को मन्त्र और इलायचीदाना देता है वैसा ही उहाँ मेरी बोऊदी को दे देना। मैं सुना उसमें बारकत है।' मैं इससे इंकार नहीं कर सकता था कि लोकदास की तरह मैं भी बाँझ औरतों को बालगोपाल मन्त्र और इलायचीदाना देता रहा था और उनमें से कुछ गर्भवती भी हो गयी थीं। मैंने कहा, 'जो भी होता हाय ऊपर वाले का कृपा से होता हाय। आप जमींदार साहब और उनकी घरवाली को इधर ही भेज दो मेरा से मन्त्र और इलायचीदाना लेना वास्ते में।' किन्तु वह साथ चलने का आग्रह करता रहा और जो, 'हाँ' मेरी जिह्वा पर उसका निमन्त्रण पाते ही इसलिए विराजमान हो गयी थी कि मेरा अतीत उसके निकटवर्ती जयदेबपुर से जुड़ा हुआ था, अन्ततः मेरे बन्द ओठों की कैद से मुक्त हो ही गयी। मुझे लगा कि कासिमपुर और वहाँ से जयदेबपुर जाकर मैं परिजनों के बारे में अपनी जिज्ञासा का समाधान कर सकूँगा। जान सकूँगा कि क्या मुझे सचमुच विष देकर मारा गया था? मेरा शव गायब हो जाने पर मेरे घर में क्या प्रतिक्रिया हुई थी?

कासिमपुर में अतुल के बड़े भाई शारदाप्रसाद रायचौधुरी ने मुझसे बहुत अनुरोध किया कि मैं महल में ही सोऊँ, खुले में नहीं। लेकिन मैंने अपना चिमटा-कमण्डल कामिनी के एक पेड़ के नीचे रख दिया और वहीं धूनी रमाई। मैं भले ही संन्यासी बना रहा, शारदाप्रसाद रायचौधुरी और अतुल दोनों ही मुझे वैसा ही सम्मान देते रहे जैसा कि भवाल रियासत के किसी राजकुमार को उन्हें देना चाहिए था। मैं पाँच-सात दिन वहाँ रहा और इस बीच जयदेबपुर से भी कुछ लोग आकर मुझसे मिले। मैं अब जयदेबपुर जाने के लिए तड़पने लगा कि कदाचित् वहीं मेरी स्मृति पूरी तरह से लौटे। किन्तु मैं अपने

जयदेबपुर जाने की अपनी इच्छा प्रकट करने से सकुचाता रहा क्योंकि वह अतुल के लिए मेरे रोमेन्द्र होने का एक और प्रमाण सिद्ध होता। इसी ऊहापोह में था कि एक दोपहर अतुल आकर मुझसे कहने लगा, 'भवाल रियासत का कोर्ट आफ वाड्र्स का एकठो अधिकारी हाय राय साहब जोगेन्द्रनाथ बनर्जी जो साधु-सन्त लोग का सेवा में बड़ा सुख पाता है, वो आपको जयदेबपुर भेजने को बोला है मेरा से।'

नाम मुझे परिचित लगा। फिर याद आया कि जोगेन बाबू, छोटोदीदी ज्योतिर्मयी के दामाद सागर बाबू के बड़े भाई होने के नाते रोणेन्द्र दा के सेक्रेटरी नियुक्त कर लिए गये थे। वही इस बीच रायसाहब का खिताब पा गये होंगे। जयदेबपुर जाने की इच्छा मन में थी किन्तु मैंने मुँह से हाँ नहीं कहा, चुप रहा। अतुल ने मेरे मौन को सम्मति का लक्षण मानकर फीलवान को बुलवाया कि आप हाथी पर सवार होकर जयदेबपुर जाएँ। मैं जिस प्रकार हाथी पर सवार हुआ वह सभी को मेरे रोमेन्द्र होने का एक और प्रमाण लगा। ज्यों-ज्यों जयदेबपुर निकट आता गया मेरे दिल की धड़कनें तेज होती गयीं इस प्रत्याशा में कि वहाँ पहुँचते ही मेरा अपने परिवार से पुनर्मिलन होगा। किन्तु गोधूलि वेला जयदेबपुर पहुँचने पर मुझे अपने भाई-बहनों में से कोई स्वागत के लिए खड़ा हुआ न मिला उल्टा मुझे यह देखकर आश्चर्य हुआ कि राजबाड़ी में सन्नाटा-सा छाया हुआ है। मुझे फीलवान ने वहीं उतारा और भवालराज का जो कारिंदा मेरे स्वागत के लिए आगे बढ़ा उसने कहा, 'आपके ठहरने की व्यवस्था माधवबाड़ी में कर दी गयी है। आप भोजन करके वहीं विश्राम करें।'

राजबाड़ी और माधवबाड़ी दोनों ही मुझे सर्वथा परिचित लगे। मुझे याद आया कि माधवबाड़ी में छोटा-सा मन्दिर है और बड़ी-सी धर्मशाला भी जिसमें साधु-सन्तों और यात्रियों को ठहरने के लिए जगह निःशुल्क दी जाती है और उनके लिए भण्डारा भी होता है। माधवबाड़ी देखकर मन में एक नाम उभरा अक्षय राय। हमारे दूर के सम्बन्धी और मन्दिर की देख-रेख करने वाले अधपगले-से तान्त्रिक। कहते थे कि देवी के आगे बिल्ली की बलि चढ़ा दी थी उन्होंने अपने पागलपन में। इसी कारण भूकम्प आ गया था और दुर्गा की मूर्ति गिर पड़ी थी। कारिन्दा मुझे माधवबाड़ी के भीतर ले जाने लगा किन्तु मैंने कहा मैं खुले में ही रहूँगा। तो वहीं कामिनी के वृक्ष के नीचे मैंने डेरा डाला। कारिन्दा मेरे लिए भोजन ले आया। उसके साथ आए भद्र पुरुष मेरा सिर से लेकर पाँव तक निरीक्षण करने लगे। मैं उन्हें पहचान गया। ठाकुर माँ के छोटे बन्धु के पुत्र राधिका मोहन गोस्वामी। मेरे मुँह से राधिका काकू निकलने को ही था किन्तु मैंने अपनी जीभ काट ली पहले ही। भोजन करते हुए कई बार मेरे मन में हुआ कि उनसे पूछूँ कि राजबाड़ी में इतना सन्नाटा कैसे? वहाँ कोई रोशनी क्यों नहीं नजर आ रही है। किन्तु मैं ऐसा कर नहीं पाया। अँधेरे में डूबी हुई राजबाड़ी मुझे यह कहकर डरा रही थी कि कहीं तुम्हें यह उत्तर सुनने को न मिले कि भवाल रियासत के लिए तुम ही नहीं, तुम्हारे सब भाई-बहन भी मर चुके हैं। तो मैंने उससे कुछ नहीं पूछा।

अगले दिन एक अजीब-सा सपना देखते हुए मेरी नींद टूटी। मैं पेड़ के नीचे सोया हुआ हूँ और शारदाप्रसाद चिन्तित स्वर में अतुल से कह रहे हैं बांग्ला में कि ठंडी रात में साधु को खुले में क्यों सुलाया अतुल? क्या तुझे यह पता नहीं है कि भवाल के राजा काली नारायण को, उचित स्वागत न करने पर एक साधु वंशनाश का जो श्राप दे गया था वह चरितार्थ हो गया है। इसके बाद शारदाप्रसाद और अतुल की जगह अलग-अलग वय की अनेक स्त्रियों से घिरी बैठी एक गर्भवती तरुणी दिखाई दी जो उन स्त्रियों में सबसे अधिक राजसी लगती एक स्वस्थ सुन्दर वृद्धा से कह रही है, 'मेरा मन अनेक आशंकित रहता है ठाकुर माँ। सुनती हूँ आपके पति को कोई साधु वंशनाश का श्राप दे गया था।' वृद्धा का उत्तर था, 'जो महल में न टिकाए जाने से क्रुद्ध होता हो उसे कौन कहेगा साधु-संन्यासी! उसका श्राप कोई असर कर सकता था भला। मेरे को पुत्र एक ही हुआ तो क्या पौत्र तो तीन-तीन हुए। पहली पतोहू तुम आई हो सरजूबाला और आते ही गर्भवती हुई हो। अब तो वंश बेल फैलती ही जाएगी।' बकलैण्ड बन्ध पर अपनी 'मृत्यु' का पूर्वप्रसंग मन की आँखों से देख लेने के बाद मुझे अपने विगत जीवन का जो रेखाचित्र हाथ लग गया था इस स्वप्न ने उसमें आवश्यक रंग भर दिए। स्वप्न में देखी गर्भवती स्त्री मेरे बोड़ो दादा रोमेन्द्र नारायण की धर्मपत्नी सरजूबाला थी और उससे बात करती हुई वह वृद्धा हमारी ठाकुर माँ सत्यभामा देबी— हमारे पितामह राजासाहब कालीनारायण राय की विधवा। मेरी माँ रानी बिलासमणि भी विधवा थी। तीन-तीन पुत्रों की माँ होते हुए भी वह उस साधु के श्राप को याद कर-करके डरती रहती थीं। क्यों न डरतीं सरजूबाला को तब हुआ पुत्र बालारिष्ट की भेंट चढ़ गया था।

नित्यकर्म के लिए जाते हुए मुझे याद आया कि बड़ो दादा को ऐसे ही एक उषाकाल में बेटा हुआ था। शहनाई के स्वर और मंदिर के घड़ियालों की आवाज ने सूरज के काफी ऊपर चढ़ आने के बाद आँखें खोलने वाले मुझ मेजोकुमार को मुँह अँधेरे ही जगा दिया था उस दिन। इसलिए मैंने चीखकर कहा था, 'अरे बन्द करवाओ इस शोर को।' मेरा खानसामा आनन्द लैम्प लिये शयनकक्ष में आया था यह कहते हुए कि शुभ-शुभ बोलिए मेजोकुमार, यह शोर तो इस खुशी में हो रहा है कि आप एक नन्हे-मुन्ने भतीजे के काकू बन गये हैं।

मैं दौड़ा-दौड़ा गया था पारिवारिक हर्षोल्लास में सम्मिलित होने। परिवार की सभी स्त्रियाँ रोणेन्द्र दा को घेरे समझा रही थीं कि राजपरिवार के वरिष्ठतम पुरुष और नवजात के पिता की भूमिका में उनका कर्तव्य हो जाता है कि बड़े पैमाने पर आनन्दोत्सव मनवाएँ राजबाड़ी में। दादा इसके लिए उत्साहित थे लेकिन उन्हें शंका थी कि कहीं फिजूलखर्ची पर अंग्रेज मैनेजर आपत्ति न उठाए। माँ ने उन्हें झिड़क दिया था कि तू उनसे इतना डरता क्यों है? तो माँ के आदेशानुसार दादा ने बहुत धूमधाम से बधाई-पर्व मनाने के लिए कविगण, गायक-वादक, नर्तक-नर्तकियाँ और जात्रा मण्डलियाँ बुलवाईं। आज जो यह माधवबाड़ी के पास का नट-मन्दिर बन्द पड़ा है इसी में तीन दिन और तीन रात तक चला

था रंगोत्सव जिसे देखने के लिए प्रजाजन भी आमन्त्रित किए गए थे। रात को रोणेन्द्र दादा नर्तकियों और गायिकाओं के साथ अपनी अलग महफिल भी सजाते रहे थे। तीसरी रात मैं भी तमाशा देखने उनकी महफिल में घुस गया था और उसी रात मैंने पहली बार छक कर किसी वयस्क की तरह भोगी थी नारी देह। तब तक तो मैं महल की दासियों से और राज परिवार की अपने-से छोटी लड़कियों से पकड़ा-धकड़ी, छुआ-छुव्वल और चूमा-चाटी के खेल करता आया था। मैं क्या, दूसरे भी मेरे उस कामुक व्यापार को बालक्रीड़ा ही मानते थे यद्यपि मैं युवावस्था में पदार्पण कर चुका था। अविवाहित बालक होने के नाते मैं दादा की महफिल में आमन्त्रित न था। तो लगभग दोहरा होकर उनके बैठकखाने में घुसा और अन्तिम कतार के भी पीछे दुबक कर बैठ गया। मुझे वहाँ से दादा के समक्ष बैठी एक पाँव के घुँघरू तरह-तरह से बजाती हुई युवा नर्तकी की सुडौल टाँगें, पतली कमर, पुष्ट पीठ और कसे नितम्ब ही दिखाई पड़ रहे थे। मेरे मन में जिज्ञासा उठी कि जो पीछे से इतनी कामोत्तेजक है वह आगे से कैसी होगी। किन्तु यह असम्भव था कि मैं उठकर उस ठसाठस भरे बैठकखाने को पार करता हुआ दूसरी तरफ जाऊँ और दादा की दृष्टि से बचा रह जाऊँ। तो मैं वहीं बैठा रहा। उस नर्तकी की वेशभूषा भी विचित्र थी मेरे लिए। दुपल्ली टोपी, सलमे-सितारे वाला अंगरखा, घेरदार घाघरा और उसके नीचे चूड़ीदार पायजामा जिसका नाम पेशवाज मैंने बाद में जाना। घुँघरू बजा चुके के बाद वह उठी और नृत्य करने लगी। जब भी वह चक्करदार तोड़ा लगाती मैं उसे सामने से देख पाता और मेरी दृष्टि उसके उन्नत उरोजों पर टिकी रह जाती।

बीच-बीच में वह ठुमरी के बोलों पर दादा के आगे बैठकर हाव-भाव भी दिखाती रही। नशे में धुत दादा उस पर पैसा न्यौछावर करते रहे और उसे हाथ पकड़कर अपनी ओर खींचते रहे। हर बार वह छिटककर उनसे दूर हो गयी और फिर खड़ी होकर नाचने लगी। नृत्य की पराकाष्ठा में वह दादा के आगे लेट गयी पेट के बल और दोनों हथेलियों से फन बनाकर उन्हें डसने लगी। दादा ने उसकी हथेलियाँ पकड़कर चूम लीं और फिर उसे खींचना चाहा। वह बड़ी शोखी और फुर्ती से थोड़ा पीछे हट गयी। दादा गिरने को हुए। एक मुसाहिब ने उन्हें सँभाला। दादा के एक मित्र ने चुटकी ली, 'बेटे के बाप रोमेन्द्र तुम इसके लिए बूढ़े हो गए हो। अपनी चढ़ती जवानी को यह तो किसी जवान को ही चढ़ाएगी।' सुनकर मैंने तय किया कि वह जवान मैं ही बनूँगा। तभी उस नर्तकी के साथ आई अधेड़ गायिका बोली कि मेरी बेटी तो प्रभु ने रची ही बोड़ोकुमार के लिए है। दादा के वही मित्र बोले, 'किन्तु मेजोकुमार तो इसे अपने लिए रची हुई मान रहा है बाई जी। देखो कैसे भूखे शेर की तरह घूर रहा है उसे।' अब दादा की दृष्टि मुझपर पड़ी। वह कुपित हुए। उन्होंने मुझे तत्काल चले जाने को कहा। मैं उठा किन्तु बैठकखाने के पर्दे की ओट में खड़ा होकर देखता रहा। अब कोई अन्य और अधिक कुशल नर्तकी अपनी कला का प्रदर्शन कर रही थी। दादा सुरापान करते हुए उस अधेड़ गायिका से फुसफुसाकर कुछ सौदेबाजी-सी कर रहे थे और बीच-बीच में उसके पास बैठी उसी पीन पयोधर और पुष्ट

नितम्ब धारिणी का हाथ पकड़-पकड़कर उसे अपनी ओर खींच रहे थे।

मैं उबासियाँ लेता हुआ यह सोचने लगा कि यहाँ खड़े रहने से कोई लाभ नहीं है। या तो भीतर जाकर उसे खींच लाने का दुस्साहस करूँ या फिर चुपचाप जाकर अपने कमरे में सो जाऊँ। सौभाग्य से तभी वह उठी और उस बुढ़िया से यह कहकर स्वयं ही बाहर आ गयी कि मैं जरा पेशाब कर आऊँ। बुढ़िया बोली, 'जल्दी आना एलोकेशी।' वह जैसे ही बाहर आई मैंने फुसफुसाकर उससे कहा कि 'मैं भवालराज का मेजोकुमार रोमेन्द्र हूँ चलो मेरे साथ।' वह मुँह मटकाते हुए मुस्कुराई और मुझे धकेल कर वहाँ से भाग गयी। मुझे पता था कि इन लोगों के लिए शौचालय कहाँ बनाया गया है। तो मैं उस ओर बढ़ गया और अँधेरे में छिपकर खड़ा हो गया। वह जैसे ही घाघरे को ठोड़ी से दबाए हुए पेशवाज का नाड़ा बाँधती बाहर निकली मैंने उसे दबोच लिया कि चलो मेरे साथ। वह बोली, 'इतने उतावले क्यों होते हैं मेजोकुमार, नाड़ा तो बाँध लेने दीजिए।' मैंने उसे छोड़ दिया। उसने इत्मीनान से नाड़ा बाँधा और फिर आँख बचाकर दौड़ पड़ी दादा के बैठकखाने की ओर। मैंने उसका रास्ता काट दिया कि मुझसे बचने के लिए वह या तो नट मन्दिर की ओर जाय जहाँ जात्रा कार्यक्रम समाप्त हो जाने के कारण अब अँधेरा था या फिर राजबाड़ी के मुख्य भाग की ओर। दोनों ही स्थितियों में उसका मेरी कामोत्तेजना से पार पा सकना असम्भव था। वह पहले नट मन्दिर की ओर बढ़ी किन्तु फिर उसमें अँधेरा देखकर विपरीत दिशा में दौड़ी रानी माँ के पूजाघर की ओर। उसे पूजाघर में धर दबोचते हुए मुझ निर्लज्ज को कोई संकोच न हुआ। वह छटपटाने-चिल्लाने लगी। मैंने कहा कि चाहे जितना चिल्ला लो, राजबाड़ी के इस हिस्से में तुम्हारी सहायता के लिए कोई नहीं आएगा। फिर मैं उसे गोद में उठाकर पास की सीढ़ियों से अपने स्वर्गीय पिता के उस बैठकखाने में ले गया जहाँ उनके चित्र के आगे अखण्ड दीप जलता रहता था। मुझे यह उचित ही जान पड़ा कि किसी स्त्री का पहली बार भोग उस बैठकखाने में करूँ जिसमें मेरे पिता ने भी कई रंगीली रातें बिताई थीं। मैंने एलोकेशी को वहाँ मसनद पर पटक दिया और चिटकनी बन्द करने बढ़ा। वह दौड़ती हुई उठी कि चिटकनी बन्द न करने दे। गुत्थम-गुत्था आरम्भ हुई जिसमें उसके अँगरखे की बाँह की सिलाई उधड़ गयी। वह रुआँसी होकर समझाने लगी मुझे, 'आपके दादा क्रुद्ध होंगे और मेरी माँ भी। पूछेगी कहेगी कि बोड़ोकुमार से आज्ञा लिये बगैर तू मेजोकुमार के साथ कैसे चली गयी? आपके लिए तो एक दिन का खेल होगा किन्तु यदि बोड़ोकुमार क्रुद्ध हो गये तो हम माँ-बेटी का तो जीना ही दूभर हो जाएगा।' मैंने उससे कहा, 'यह खेल तो मैं तुम्हारे साथ अब हर रात खेलूँगा। अपनी गुजर-बसर की चिन्ता मत करो, सारा खर्च मैं उठाऊँगा।' पिता के चित्र के आगे जले दीपक के मद्धिम प्रकाश में उसकी देह को नग्न करके देखने और भोगने की मेरी लालसा इतनी उत्कट हो गई कि कामोत्तेजना से काँपती मेरी उँगलियाँ उसके बटन खोलने में असमर्थ सिद्ध होने लगीं। उसे भोगने की लालसा उसकी देह नग्न देखने की लालसा पर इतनी भारी

पड़ी कि मैंने उसके अँगरखा और घाघरा उतारकर ही उसे मसनद पर गिरा दिया और उसकी अधखुली अंगिया में ही मुँह डालने लगा। वह खिलखिलाते हुए बोली, 'बड़े सूरमा खिलाड़ी बनते हुए कह तो दिया कि हर रात मुझसे खेलोगे किन्तु इस खेल में तुम तो बिल्कुल अनाड़ी बच्चे प्रतीत होते हो। लगता है तुम्हारा पहला अवसर है।' वह मुझे धक्का देकर परे करने लगी लेकिन मैं उसे चाँपे रहा। वह बोली, 'घबराओ मत मेजोकुमार मैं भागूँगी नहीं। अब मैं भागकर करूँगी भी क्या। फटे वस्त्र देखकर बोड़ोकुमार पूछेंगे कि यह हाल कहाँ बनवाकर आई हो? मुझे छोड़ दो ताकि मैं अपने वस्त्र उतारकर अलग रख सकूँ, फिर मैं सिखाऊँगी कि कैसे खेला जाता है यह खेल।'

मैंने उसे छोड़ दिया और दरवाजे पर चिटकनी लगा दी। वह मुँह मटकाते हुए मुस्कुराई और पेशवाज उतारकर तह करके रखने लगी। उसकी जंघाओं के मध्य की केशराशि क्या दिखी कि मैंने उसे फिर गिरा दिया और उसे भोगने लगा। वह हँसते हुए बोली, 'इतना अधैर्य क्यों। अब तो हर रात यही होना है। आप मुझे भवालराज के मेजोकुमार की रखैल बनाएँगे न?' मैंने लगभग हाँफते हुए दोहराया हाँ, हाँ, हाँ। मैं शीघ्र ही स्खलित हो गया। वह बोली, 'अब तो मुझे अँगिया उतारने दीजिए।' मैं नहीं माना और उसे फिर भोगने लगा। वह बोली, 'बाबा मुझे तो सम्हालने दीजिए।' मैं नहीं माना। ऐलोकेशी ने मेरे गाल का चुम्बन लिया और फिर दोनों बाँहें सिर के नीचे रखे हुए और टाँगे घुटनों पर मोड़े हुए लेटी रही। बोली, 'बालक मेजोकुमार आओ आपको वयस्कों के खेल खेलना सिखाऊँ।' मैंने सीखा और फिर खेलता ही चला गया। दिये में घी चुक गया और खेलते-खेलते मैं थक कर ऐलोकेशी की नग्न देह पर ही सो गया। अगली सुबह जब पिताजी का बूढ़ा खानसामा दिया जलाने के लिए बैठकखाने में आया तब उसने मुझे वहाँ फर्श पर खर्राटे लेते हुए पाया। उसने मुझे हिलाकर जगाया तो मैंने सोचा कि एलोकेशी है और मैंने उसे खींचते हुए एलोकेशी का नाम बहुत प्यार से उचार दिया। वह हँस पड़ा और मैं बुरी तरह झेंप गया। बूढ़े खानसामा की दृष्टि उस लाल पेशवाज पर पड़ी जो एलोकेशी ने अपने घाघरे के नीचे पहन रखी थी और जो अब मेरी देह के नीचे दबी हुई थी। वह उसे उठा ले गया और बाद में नौकरों ने उसे फहरा-लहराकर मेरे वयस्क हो जाने और एलोकेशी का दुर्ग विजय कर लेने का प्रचार किया। बात माँ और ठाकुर माँ तक पहुँची पर मैं उनका इतना लाडला था कि वे क्रुद्ध नहीं हुईं। बस इतना ही कि उन्होंने मेरा जल्द से जल्द विवाह करा देने की ठान ली।

दुस्साहसी तो मैं था ही। घर के बड़ों के बुरा न मानने से बिल्कुल शेर हो गया। राजबाड़ी में ही रख लिया एलोकेशी को। फीलखाने के पास के एक कमरे में ताकि मेरा पशु-प्रेम मेरे एलोकेशी प्रेम के लिए अच्छा आवरण प्रदान करता रहे। मुझ अनपढ़ का विवाह हुआ मध्यवर्गीय परिवार की एक पढ़ी-लिखी किशोरी बिभाबती से। विवाह के बाद भी एलोकेशी को ही बाँहों में लेकर सोता रहा। और तो और अपनी सुहागरात भी ऐसे ही मनाई मैंने। एलोकेशी के प्रति भी एकनिष्ठ रहता तो भी एक बात थी किन्तु अपने

दोनों ही भाइयों की तरह मैं भी इतना पतित और कामुक था कि नित्य नयी वेश्या से सम्भोग किए बिना शान्त नहीं हो पाती थी मेरी कामाग्नि। सिफलिस के घृणास्पद रोग ने धर दबोचा मुझे। इसी के बाद गया दार्जिलिंग जहाँ मेरी 'मृत्यु' हुई। यह सब सोचते- याद करते हुए मैंने नदी में स्नान किया, धूनी जलाई, बदन पर राख मली, और फिर सूर्य को अर्घ्य देने के लिए अंजलि में पानी भरते हुए मैंने देखा कि जल के दर्पण पर झुका हुआ चेहरा भले ही एक संन्यासी का हो उसमें दिखता चेहरा एक विलासी लम्पट का है। मेरे मन में अपनी पत्नी बिभाबती के लिए अपार सहानुभूति उमड़ आई। मुझ-जैसे पति की मृत्यु तो उस जैसी सुशील और सुशिक्षित मध्यवर्गीय तरुणी के लिए यन्त्रणा मुक्ति ही सिद्ध हुई होगी। स्नान-ध्यान के बाद मैंने फलाहार किया और फिर राजबाड़ी की ओर निकल गया। उसकी परिक्रमा-सी कर डाली। कहीं भी मुझे इस बात का संकेत न मिला कि उसमें अब कोई रहता है। मेरे मन की आशंकाएँ गहरा उठीं। ऐसा क्या हुआ कि सब लोग पुरखों की यह थाती छोड़कर चले गये? क्या यह सम्भव है कि मेरे पाँचों भाई-बहन अपने परिवार समेत विलुप्त हो गये? हमारे यहाँ तो घर जमाई बनाने की परम्परा थी। बेटियाँ भी राजबाड़ी में रहा करती थीं। भले ही उनके लिए पास ही अलग मकान भी बनवा दिये जाते थे। बहुओं के भी कई रिश्तेदार भवालराज की नौकरी में लगकर यहीं रहने लगते थे। सदा सैकड़ों लोग होते थे इस राजमहल में। कहाँ गये वे सब लोग? क्या मेरे दोनों बन्धु स्वर्गवासी हो चुके हैं इस बीच? मेरे दार्जिलिंग जाने तक तो दादा को कोई और सन्तान हुई नहीं थी। क्या बाद में भी नहीं हुई? क्या रोबीन्द्र को भी कोई सन्तान नहीं हुई?

राजबाड़ी में मेरा अपना हिस्सा तो खाली होना ही था। मैं तो कभी कोख हरी कर ही नहीं पाया था अपनी पत्नी की। रखैल से भी कोई बच्चा था नहीं मुझे। कामुक और नपुंसक, दोनों ही सिद्ध हुआ। जब भवाल की राजबाड़ी में लोगों ने सुना होगा कि दार्जिलिंग में निस्सन्तान मर गया मेजोकुमार क्या उनके भयभीत कण्ठों से न फूटा होगा यह उद्‌गार कि वंशनाश का श्राप पूरा हो रहा है? निर्जन राजबाड़ी की पूरी परिक्रमा कर चुकने के बाद बहुत ही थका-हारा पाया मैंने अपने को। ऐसी अनुभूति हुई मुझे कि मैं अपने पुरखों के भवन और अपने जन्मस्थान की नहीं एक अन्य साधु के मुँह से अपने परिवार को दिये गए श्राप के प्रतिफल की परिक्रमा करके आया हूँ। एक गहरा नि:श्वास छोड़ते हुए मैं राजबाड़ी के दक्षिणी बरामदे में वज्रासन साधकर बैठ गया। कदमों की आहट सुनाई दी। आँखें खोलीं तो देखा दीदी के छोटो जमाई सागर बाबू अपने भाई और मेरे मेजबान राय साब योगेन्द्रराज बनर्जी के साथ मेरी ओर बढ़ रहे हैं। मैं यह सोचने लगा कि क्या जमाई बाबू दीदी के प्रतिनिधि के रूप में आ रहे हैं? अगर ऐसा है तो मेरे लिए क्या उचित है? यह कि राजपरिवार को आश्वस्त करूँ कि वंशनाश के श्राप की पूर्ति नहीं हुई या यह कि सबसे मिल अवश्य आऊँ किन्तु पंजाबी साधु ही बना रहूँ ताकि बिभा को मुझे पति के रूप में पा जाने का अभिशाप न भोगना पड़े?

एक ठो अभिशप्त अबला

सुनती हूँ कि जिन ज्योतिषाचार्य ने मेरा जन्मांग चक्र बनाया था उन्होंने बाबा को सावधान किया था कि इस कन्या के ग्रह क्रूर हैं— स्वयं अपने लिए और अपने से भी अधिक आपके लिए जजमान। माँ कहती थीं कि ग्रहशांति का उपाय करने के लिए पर्याप्त दक्षिणा भी ली थी उन्होंने। निश्चय ही उनके कर्मकाण्ड में कोई न्यूनता रह गई होगी क्योंकि बाबा का स्वास्थ्य और आर्थिक स्थिति दोनों बिगड़ने लगे मेरे जन्म के बाद। यही नहीं, एक पुत्र के बाद निरन्तर दो पुत्रियों को जन्म देकर विक्षुब्ध हुई माँ मेरी पीठ पर गुड़ की भेली फुड़वाने का अवसर देने वाले जिस पुत्र के लिए तरह-तरह के अनुष्ठान कर रही थीं उसके स्थान पर विधाता ने भेजी तीसरी पुत्री। उसके ग्रह तो पिता के लिए क्रूर तक रहे होंगे क्योंकि उसके जन्म के शीघ्र बाद मेरी माँ का सुहागदीप बुझ गया। बाबा जो धन-सम्पदा छोड़ गए थे उसे पुत्रियों के विवाह और पुत्र के जीवनयापन के लिए संरक्षित धरोहर मान माँ अपने मायके में लौट आयीं। मामाजी ने अपने साधन सीमित होते हुए भी उसके और हम चार भाई-बहनों के प्रति अपने कर्तव्य-निर्वाह में कभी कोई कसर उठा नहीं रखी। हमारी अच्छी शिक्षा-दीक्षा पर अपनी हैसियत से अधिक धन लगाया, किन्तु माँ बराबर हमें इस बात का ध्यान दिलाती रही कि उसके पास अपनी कहने को बहुत कम धन-सम्पदा है। और सो भी हम बच्चों की भविष्यनिधि स्वरूप है। वह और हम पूरी तरह आश्रित हैं मामाजी की कृपा पर। इस प्रकार हम भाई-बहनों ने निर्धनता के उस अभिशाप को जाना, जो व्यक्ति की स्वतन्त्रता और इच्छापूर्ति दोनों पर ही निर्मम अंकुश लगा सकता है। हमारी कृशकाय माँ मामा जी के घर में अपनी उपयोगिता सिद्ध करने के लिए सदा कुछ न कुछ करती ही रहतीं। कोई कार्य दूसरा कर भी चुका हो तो उसे असन्तोषजनक पाकर स्वयं फिर से कर डालतीं। बहुधा उसे स्वयं के किए हुए काम में ही कोई त्रुटि दिखने लगती और वह नये सिरे से उसी में जुट जातीं। सबसे पहले उठने और सबसे बाद में सोने वाली हमारी अल्पभाषी और मितव्ययी माँ हमारे मन में अपनी अकर्मण्यता के प्रति गहन अपराधभाव जगाती। उनका अनुशासित जीवन हमें अराजक होने के लिए धिक्कारता रहता। उनकी त्याग-तपस्या हमसे कहती रहती कि इस ऋण से

उऋण होने के लिए कुछ करना होगा तुम्हें।

हमारी माँ ने अपने मुँह से कभी कोई ऐसी बात नहीं कही। आपको तो मालूम ही है कितना कम बोलती थी वह। किन्तु सतत कार्यरत उनकी थकी देह से निकला हर गहन उच्छ्वास हमें अपराधबोधग्रस्त कर जाता। माँ के उच्छ्वास सबसे अधिक उदास करते मुझे क्योंकि मैं अपने को चार भाई-बहनों में सर्वाधिक अयोग्य पाती। तो सत्या दा को सबसे बड़े और सो भी बेटे होने के कारण सहज ही विशिष्ट पद मिल गया था परिवार में। माँ के लिए तो वह किसी पीर के प्रताप से प्राप्त हुए अल्लापद अर्थात् अल्लाह के दिये प्रसाद थे। यही नहीं, वह सुन्दर और मेधावी भी थे। मालीना दी हम बहनों में सबसे अधिक सुन्दर और सुघड़ थीं। मुझसे छोटी बाती अन्तिम सन्तति होने के कारण स्नेह की अधिकारिणी तो थी ही साथ ही, उसे करुणा की पात्रा भी माना जाता था कि इस बेचारी को तो अपने पिता को देखे की स्मृति तक नहीं है। मैं बाद में माँ उसे भी आवश्यकता से अधिक लम्बी हो जाने के कारण कभी-कभी कोसने लगी थीं किन्तु मुख्य रूप से उनका असन्तोष मेरे प्रति ही झलकता था। कभी-कभी सोचती हूँ कि माँ को तो सबसे अधिक सहानुभूति मुझसे होनी चाहिए थी क्योंकि दिखने-सुनने और स्वभाव में मैं ही सबसे अधिक उसपर गई थी; वैसी ही कृशकाय, उतनी ही भीरु और उतनी ही घबराई-घबराई-सी रहने वाली और उतनी ही मेधावी भी। कहीं ऐसा तो नहीं कि माँ स्त्री होने के नाते इन सब बातों को ही अपने अवगुण ठहराती रही थीं और मुझमें भी उन्हें पाकर मेरे भविष्य को लेकर उद्विग्न हो उठती थीं।

होश सँभालते ही मुझे यह बोध भी हो गया कि मैं अभिशप्त ही नहीं, अबला भी हूँ और अबला होना स्वयं अपने में एक बड़ा अभिशाप है। और आकर्षक अबला न होना तो उससे भी बड़ा अभिशाप है। तो नियति की तिहरी मार सहती रही हूँ मैं। कृपया यह न समझें कि मैं नियतिवादी हूँ। होती तो ग्रहशान्ति के उपाय करवाती कभी न कभी। झूठ नहीं बोलूँगी, घोर उदासी के क्षणों में भाग्य को मन ही मन खूब कोसती रही हूँ मैं किन्तु भाग्य किसी ईश्वर के हाथ में होता है इस स्थापना से मेरी बुद्धि कभी सहमत नहीं हो पायी है। यही सुनती और मानती आयी हूँ कि मनुष्य कोई साधारण पशु नहीं वह तो स्वयं अपना भाग्यविधाता बनने में सक्षम है किन्तु बचपन में ही यह स्पष्ट हो गया मुझ पर कि इस सन्दर्भविशेष में पशुओं के साथ-साथ स्त्री की भी मनुष्य प्रजाति में गणना नहीं की जाती। तभी तो संसार की किसी भी भाषा में स्त्रियार्थ जैसा कोई शब्द है नहीं। पुरुषार्थ की ही चर्चा होती रही है सर्वत्र और सर्वदा।

सच बोलती हूँ कि अभिशप्त ठहराए जाने पर यदि मुझे क्रोध आया कभी तो टिप्पणीकार पर नहीं, स्वयं पर कि अपने जीवन को अपने नियन्त्रण में लेने के लिए थोड़ा भी उद्यम क्यों नहीं कर पायी मैं? ऐसा क्यों हुआ कि किसी भी प्रसंग में कहीं मैं अपनी इच्छा पूरी नहीं करा सकी? इसके लिए कभी-कभी अपनी माँ को दोष देती हूँ मैं। प्रकटत: नहीं, मन ही मन। विदुषी होते हुए भी माँ के लिए स्त्री का सामाजिक रूढ़ियों को चुनौती देना अथवा किसी-न-किसी पुरुष की आश्रिता बने रहने की नियति न

स्वीकार करना असम्भव ही नहीं, सर्वथा अश्लील भी था। मायके में गुजारे अपने आरंभिक तेरह वर्षों में माँ मात्र दो बार मुझसे क्रुद्ध हुई। पहली बार तब जब मैंने उससे हठ किया कि वही भोजन ग्रहण करो जो मुख्य रसोई में बना है, अपने लिए अलग से न बनाओ। दूसरी बार तब मैंने उससे कहा कि माँ तू दादा को प्रताड़ित करते हुए अपने पराश्रिता होने का दुखड़ा बहुधा रोती है किन्तु यह बता पढ़ी-लिखी होकर भी बाबा के छोड़े धन से तूने कोई व्यवसाय करके अपने पाँवों खड़े होने का यत्न न करके मामा की आश्रिता होना क्यों स्वीकार किया? पहले उसने क्रुद्ध स्वर में सविस्तार समझाया कि हम अपने शासक मलेच्छों के धर्म का अनुगमन करने वाले ब्राह्मण नहीं हैं, कुलीन ब्राह्मण हैं। हम लोगों में विधवाओं के लिए आहार-सम्बन्धी अनेक निषेध हैं। हमारी स्त्रियाँ परपुरुषों से पर्दा करती हैं अस्तु उनका कोई नौकरी या व्यवसाय करने का प्रश्न ही नहीं उठता। और फिर देर तक रोती रही।

क्रुद्ध स्वर से मेरा तात्पर्य यह नहीं है कि वह स्वर इतना उठाकर बोली कि सामने वाले के सुन सकने में कोई सन्देह न रहे अन्यथा वह तो मानो स्वगत ही बोलती किंवा बुदबुदाती थी। रोती रही से भी मेरा तात्पर्य यह नहीं कि क्रन्दन करती रही। मात्र यही कि उसकी आँखों से आँसू झरते रहे। अब सोचती हूँ कि माँ अपनी ही नहीं समस्त नारी जाति की अवशता पर रोई होगी। उस अवशता पर जिसे उसने कुछ इस प्रकार अंगीकार कर लिया था कि वह स्वयं साक्षात् अवशता बन चली थी। उसकी अवशता ने मेरे बाल-मन में ऐसा दारुण अपराधबोध जाग्रत किया कि मैंने अवशता को पुण्यात्मा माँ के दिए शुभ संस्कार के रूप में ग्रहण कर लिया। माना जाता है कि पुरुष से अपनी इच्छापूर्ति करा लेने का स्त्री के पास एक यह उपाय तो होता ही है कि वह अपनी चेष्टाओं और उद्गारों से कभी उसकी कामवासना उद्दीप्त करे तो कभी संरक्षणवृत्ति। माँ के दाम्पत्य जीवन की मुझे कोई स्मृति नहीं है जो उसे पुरुष के लिए काम्य बन सकने की कला आने या न आने के बारे में कुछ कह सकूँ। इतना अवश्य कह सकती हूँ कि उसने मुझे मेरे विवाह से तुरन्त पहले अथवा बाद में कभी कोई दीक्षा नहीं दी इस सम्बन्ध में। बस बार-बार यही कहा कि पति परमेश्वर होता है। विदुषी थी माँ इसलिए साथ में यह भी कहती थी कि पति की सखाभाव से भी थोड़ी भक्ति की जानी चाहिए, दिन के समय उससे घर-बाहर और देश-विदेश की बातें करके। पुरुष की संरक्षणवृत्ति जगाने की कला के सन्दर्भ में तो मैं निश्चयपूर्वक कह सकती हूँ कि माँ उससे अछूती थी। मामा के मन में अपार स्नेह था अपनी विधवा बहन के प्रति। और मुझे पूरा विश्वास है कि माँ उनकी करुणा जगाकर अपने और हमारे लिए उनसे बहुत कुछ झटक ले सकती थीं किन्तु माँ के स्वाभिमान को यह स्वीकार न था। वह तो भाई द्वारा अपने को और अपने बच्चों को आश्रय दिया जाना ही इतना बड़ा आभार मानती थीं कि कहतीं मैं सात जन्मों में यह ऋण चुका न पाऊँगी। मुझे माँ से अवशता और स्वाभिमान के परस्पर-विरुद्ध संस्कार मिलना मेरे लिए अभिशापबोध को तीव्र करने तथा अभिशापमुक्ति को असम्भव बनाने

वाला सिद्ध हुआ।

माँ ही थी जो परम्परा तोड़ने की बात सुनते ही कह उठती थी कि निश्चित छड़िया जे अनिश्चित जाय एकूल-ओकूल से दूकूल हराय अर्थात् लीक से हटने वाला कहीं का नहीं रहता। स्त्रीत्व को अवशता का पर्याय मानने की अपनी दृष्टि के लिए कभी-कभी माँ को दोष देती हूँ मैं। कभी-कभी, सदा नहीं क्योंकि मैं जानती हूँ कि मालीनादी को भी ठीक वही संस्कार माँ से मिले किन्तु वह तो प्रथम रात्रि से ही अपने पति को अपना प्रेमी और संरक्षक दोनों बनाने में सफल रहीं। पुरुषों से कोई काम निकलवा सकना सदा सहज सम्भाव्य रहा उनकी चितवन और वाणी के लिए। तो न्यूनता मुझमें ही रही होगी जो माँ के दिए संस्कारों की दीवार लाँघ न सकी। माँ के कठोर अनुशासन और उसकी गहन उदासी दोनों का ही न दीदी पर कोई विशेष प्रभाव पड़ा, न मुझ पर किन्तु मैं निरन्तर अपराधबोधग्रस्त होती चली गयी। यदि मेरी माँ ने, जो स्वयं सुशिक्षित थीं, दीदी और मुझे उत्तरपाड़ा गर्ल्स हाईस्कूल में प्रवेश न दिलाया होता और वहाँ शिक्षिकाओं ने मुझे दीदी से कहीं अधिक कुशाग्र बुद्धि न ठहराया होता तो मेरा आत्मविश्वास पूरी तरह ढह जाता। मेरी शिक्षिकाएँ मुझसे कहतीं कि तुम तो उच्चतम शिक्षा ग्रहण करने योग्य हो। अस्तु, मैं स्वप्न देखने लगी कि एक दिन मैं नौकरी करके माँ के आर्थिक कष्ट दूर कर सकूँगी। किन्तु मालीनादी के वय: संधि पहुँचते ही माँ ने हम बहनों का स्कूल छुड़ा दिया और घर पर ही ट्यूटर की व्यवस्था करा दी। उसने यह भी स्पष्ट कर दिया कि स्त्री का आर्थिक आत्मनिर्भरता का स्वप्न देखना प्राकृतिक और सामाजिक व्यवस्था के प्रति विद्रोह करना है। इतना ही पढ़े जितना अच्छी जीवनसंगिनी, माँ और गृहिणी बनने के लिए दरकार हो। मेरे लिए यह अपार लज्जा का विषय बनता चला गया कि कुशाग्र बुद्धि होते हुए भी मैं गृहकार्य में माँ को मालीनादी की तरह दक्ष होने पर सन्तोष न दे पायी। रसोई में उसका हाथ बँटाने जाती तो उसके उच्छ्वास कुछ और गहन हो उठते। वह पूछती कि विवाह के बाद ससुराल में क्या करेगी तू? बहुधा माँ के उच्छ्वास यह जिज्ञासा करते भी प्रतीत होते कि मालीना के बाद में तेरे ससुराल जाने का सुयोग बन पाएगा क्या? मालीना कुशल है, तू अकुशल। वह रूपवती है, तू नहीं। उसकी देह मांसल है और तेरी सूखी हुई, वह सदा मुस्कराती रहती है और तेरा मुँह सदा मुरझाया रहता है।

फिर मालीनादी का बहुत अच्छे परिवार में सम्बन्ध हो गया। उसके ससुर जयपुर के महाराजा के दीवान थे। माँ फूली नहीं समायी कि मेरी सुन्दर सुयोग्य बड़ी बेटी को इतना अच्छा घर-वर मिल गया। अपनी हैसियत से कहीं अधिक व्यय करके बहुत धूमधाम से विवाह किया उसने दीदी का। चार को छोड़ अपनी बाकी सभी बहुमूल्य साड़ियाँ उसने मालीना के दहेज में रख दीं। अपने सारे आभूषण भी। दीदी की विदाई के बाद माँ मुझे देख-देखकर और भी अधिक हृदय विदारक उच्छ्वास छोड़ने लगी। अब मैं ऐसी अविवाहित कन्या के रूप में प्रस्तुत थी उसके समक्ष जो न केवल कृशकाय, अनाकर्षक और गृहकार्य में अकुशल थी बल्कि जिसका विवाह कर सकने के लिए माँ के पास कानी

कौड़ी तक न थी। अब सोचती हूँ कि माँ और हम तीनों बहनों के लाडले सत्या दा को इस स्थिति से सबसे अधिक अपराधबोधग्रस्त होना चाहिए था क्योंकि वह मामाजी के परामर्श के अनुसार शीघ्रातिशीघ्र किसी नौकरी के लगने योग्य बनने की जगह उच्चतम शिक्षा प्राप्त करने के लिए संकल्पबद्ध थे। बोझा बढ़ाना चाहते थे, घटाना नहीं। किन्तु दादा को कभी रंचमात्र भी अपराधबोध न हुआ। होता भी क्यों? स्वयं माँ उन्हें उच्चतम शिक्षा दिलाए जाने के पक्ष में थी। दादा के प्रति माँ के इस पक्षपातपूर्ण व्यवहार से मेरे मन में दादा के प्रति और तो और ईर्ष्या का भाव भी कभी नहीं उपजा। कारण परिवार में वही मुझे सबसे अच्छा मानते थे और मेरे लिए तो वह बन्धु ही नहीं, एक रूप में पिता एवं गुरु और दूसरे रूप में सखा-समान भी थे। बल्कि सच कहूँ तो वह मेरे आराध्य थे। मैं माँ से डरती थी और उसके प्रति मेरे मन में बस एक आतंकित-सी श्रद्धा ही थी। माँ के प्रति दादा का भाव भी बस श्रद्धा का ही था किन्तु वह मेरी तरह आतंकित न थे उससे, यद्यपि अपने अल्लापद के प्रति उनका अगाध प्रेम उन्हें अल्लापद के अवगुणों को रेखांकित करने से रोकता न था। मुझे दादा में कोई अवगुण नहीं दिखाई देता था। माँ दादा को केवल प्यार करती थी किन्तु मेरे लिए वह प्रेम और पूजा दोनों के पात्र थे। और दादा ने कभी इस बात पर कोई आवरण नहीं डाला कि वह सबसे अधिक प्यार यदि किसी से करते हैं तो मुझ अयोग्य बिभा से ही। उन्हें मुझमें कोई अवगुण दिखता ही न था।

मैं अपने रूप, गुण और मेधा को लेकर बहुत संशयग्रस्त रहती थी किन्तु वह सदा यह कहते थे कि बिभा तू न केवल मेरी तीनों बहनों में सबसे सुन्दर, गुणवान और मेधावी है बल्कि उन समस्त लड़कियों में भी, जिनसे मैं परिचित हूँ। तेरी अद्वितीय प्रतिभा को विकसित होने का अवसर मिलेगा तो तेरी गणना बंगाल की गिनी-चुनी विदुषी महिलाओं में होगी। जब माँ ने स्कूल छुड़वा दिया तब ट्यूटर के अतिरिक्त दादा भी मुझे साथ बैठाकर पढ़ाने लगे। मेरी ही नहीं, अपनी पाठ्यपुस्तकों से भी मेरा ज्ञानवर्द्धन करने लगे। कभी माँ सुन लेती तो कहती कि बिभा को कौन बैरिस्टर बनना है जो इसे यह सब समझा रहा है। इसे तो ससुराल में अपनी गृहस्थी सँभालनी है। इसे मेरे पास भेज, थोड़ा सीना-पिरोना सिखाऊँ। मैं जाने लगती तो दादा मेरी कलाई पकड़ लेते और माँ से कहते कि सीना-पिरोना मालीना को सिखाओ माँ जिसका मन पुस्तकों में नहीं लगता। हमारी बिभा तो पण्डिता है और देख लेना एक दिन तू उसकी माँ के रूप में प्रसिद्धि पाएगी। माँ झिड़कते हुए कहती कि तेरा माथा तो खराब हो ही चुका है, इसका भी कर देगा। मैंने कहा कि दादा मेरे पिता-गुरु-सखा भी थे किन्तु उनका सबसे प्रमुख रूप सखा वाला ही था और इसी रूप में वह मुझे भी विशेष प्रिय थे। कारण स्वभाव से लजालु और संकोची होने के कारण मेरी कोई घनिष्ठ सखी न थी। दीदी मुझसे थोड़ी ही बड़ी थी किन्तु फिर भी स्वभाव की भिन्नता के कारण मैं उनके और अपने बीच की वय की खाई को लाँघ नहीं पाती थी। घर की चहारदीवारी से बाहर दादा भी कुछ लजालू-संकोची-से थे। कदाचित् इसलिए कि अत्यन्त सुकुमार और सुसंस्कृत होने के कारण वह उद्दण्ड

सहपाठियों द्वारा स्त्रैण, अस्तु परिहास के पात्र, समझ लिए जाते थे। ऐसा नहीं कि उनका कोई मित्र था ही नहीं, बस इतना ही कि किसी से भी उनकी घनिष्ठता न थी। कॉलेज से बहुधा सीधे घर ही आते और घर में अपना अधिकतर समय मेरे साथ ही बिताते। साथ भोजन करते, साथ पढ़ते और साथ ही खेलने भी लग जाते।

माँ को अच्छा नहीं लगता यह सब। अधिकतर मुझे ही टोकती वह कि क्यों अल्लापद को अपनी बातों और खेलों में उलझाकर उसके अध्ययन में व्यवधान डालती रहती है तू! किन्तु कभी-कभी दादा से भी कहती कि यह कोई बालिका नहीं है जो तू उसके साथ ऐसे पकड़-धकड़ के खेल खेलता रहा करे। अब यह सयानी हो गयी है। हमें इसके विवाह के लिए धन जुटाने की चिन्ता है। पढ़ाई पर ध्यान दे अल्लापद तेरे शीघ्रातिशीघ्र नौकरी पा जाने पर ही सारी आशाएँ टिकी हुई हैं मेरी। दादा कहते कि क्या तू यह चाहती है कि मैट्रिक भी पास न करूं। चपरासी बनवाना चाहती है अपने इकलौते बेटे को। माँ रुआँसी होकर कहती कि मैंने तो हमेशा यही चाहा है कि तू ऊँची-से-ऊँची शिक्षा ले और ऊँचा पद पाए किन्तु अपनी पढ़ाई छोड़कर बिभा के साथ समय बर्बाद करता रहेगा तो पास कैसे होगा अल्लापद? इसे पढ़ाने की चिन्ता छोड़कर स्वयं पढ़। इस विषय में दादा का माँ की अनसुनी कर देना मुझे लगता तो अच्छा किन्तु वह माँ के प्रति मेरा अपराधबोध कुछ और बढ़ा जाता। दादा मुझे कभी-कभी अंक में भर लेते और मेरा माथा अथवा केशराशि चूम लेते। माँ को यह भी आपत्तिजनक लगता और कहती बिभा अब कोई बच्ची नहीं रह गई। दादा उस पर गुस्सा करते हुए कहते कि यह बच्ची नहीं है तो क्या है किशोरी? युवती? वृद्धा? माँ कहती कि जो भी है विवाह-योग्य है। दादा खीझकर कहते कि बाल-विवाह को उचित बताना तेरी-जैसी पढ़ी-लिखी स्त्री को शोभा नहीं देता माँ। तू पहले मालीना के विवाह की चिन्ता कर। दुर्भाग्य कि मालीनादी का विवाह हो जाने के बाद दादा के पास माँ को चुप करा सकने का सबसे सुविधाजनक उपाय नहीं रह गया। बाल-विवाह को लेकर वह दादा से विवाद कर उठती। साथ ही इस ओर भी ध्यान दिलाती कि मालीना तो सुन्दर और गृहकार्य में दक्ष थी इसलिए उसे एक सुयोग्य वर का पिता स्वयं हमसे माँगकर ले गया। इस बिभा को तो माँगने कोई आ ही नहीं रहा है। कई जगह इसकी बात चलवाने का प्रयास किया किन्तु कहीं से कोई उत्तर नहीं आया। आए भी कैसे एक तो साधनहीन विधवा की बेटी और उस पर विशेष आकर्षक भी नहीं। और मैं कहती हूँ कि कल कोई रिश्ता आ भी गया तो मालीना का विवाह कर देने के बाद मेरे पास बचा ही क्या है कि इसके विवाह पर लगा सकूँ? तेरे मामा से कहीं से उधार दिलवाने को कहूँ भी कि किस मुँह से? तू जिस प्रकार अपनी पढ़ाई की उपेक्षा कर रहा है उसे देखते हुए तो आश्वस्त नहीं हो पाती हूँ कि तू किसी दिन मुझ पर चढ़े ऋण को सूद समेत चुका सकने की स्थिति में आ जाएगा?

माँ के इस प्रकार के वचन सुनकर मैं पूरी तरह अपराधबोधग्रस्त हो गई। प्रयास करने लगी कि दादा से अधिक से अधिक दूर रहूँ और उनके अध्ययन में विघ्न अथवा

व्यवधान न डालूँ किन्तु दादा से मैं दूर-दूर रहने का यत्न करती तो दादा दुखी और क्रुद्ध हो जाते। आग्रहपूर्वक साथ बैठाते और मुझसे कहते कि तू माँ के साथ घर के काम में ही मत लगी रहा कर। इसलिए तो और भी नहीं कि माँ को किसी और का किया हुआ काम भाता नहीं, उसे दुबारा करके रहती है। परमात्मा ने तुझे मेधा दी है, तेरा यह कर्तव्य है कि पढ़ ताकि तू उसका सदुपयोग कर सके। माँ ने सुन लिया तो रोते हुए कहा कि इस बच्ची के मस्तिष्क में आधुनिक विचार ठूँसकर इसे निर्लज्ज मत बना अल्लापद। और बिभा तू भी समझ ले कि हमारे समाज में लज्जा को स्त्री का आभूषण माना जाता है, मेधा को नहीं। सुनकर मुझे पहली बार बोध हुआ कि मेधावी होना भी स्त्री के लिए एक प्रकार से अभिशाप ही है। इस सारे तनाव के कारण मेरी जन्मजात उदासी ने रोग का रूप ले लिया। मुझे विचित्र-से दौरे पड़ने लगे जिनमें मैं मुँह से विचित्र-सी आवाजें निकालते हुए छटपटाने लगती और लगभग संज्ञाहीन हो जाती। इससे दादा और मामा दोनों चिन्तित हो उठे। डॉक्टर बुलवाया गया, उसने बताया कि स्नायु दौर्बल्य के कारण ऐसा हो जाता है। कुछ शक्तिवर्द्धक औषधियाँ और पथ्य बता गए और साथ ही यह परामर्श भी दे गए कि इस लड़की को उदास होने का कोई कारण न दिया जाय। प्रफुल्लचित्त रखा जाय। डॉक्टर महोदय माँ को आश्वस्त कर गये कि मेरा रोग मिर्गी न होकर हिस्टीरिया है। सम्भव है विवाह के बाद ठीक हो जाय। यह सुनकर माँ मेरे विवाह के लिए और भी अधिक चिन्तित हो उठी।

प्रयास करने लगी कि मेरा कहीं ऐसी जगह सम्बन्ध हो जाय कि विवाह पर विशेष व्यय न करना पड़े। सीधे मुझसे तो उसने इस सम्बन्ध में कुछ न कहा किन्तु जब दीदी विवाह के बाद मायके आयीं तब उनसे पता चला कि माँ ने उत्तरपाड़ा की हमारी समस्त मामियों और मौसियों की सहायता से मेरे लिए या तो किसी इतने सम्पन्न घर का वर ढूँढ़ने को कहा है कि उसकी कुछ माँग ही न हो और या फिर इतने विपन्न घर कि उसे हमारे यहाँ सम्बन्ध हो जाना ही बहुत बड़ी बात लगे। दीदी ने यह भी संकेत दिया कि मेरा नाम कुछ बड़े जमींदार परिवारों में भी पहुँचाया गया है किन्तु साथ ही मुझे सौगन्ध दी कि तू दादा से अपने विवाह के चले हुए इन प्रयासों का कोई उल्लेख न करना। मैं विवाह की बात सुनकर भयभीत हो उठी। मैं बोली कि दीदी, दादा तो कहते हैं कि अभी मेरी वय विवाहयोग्य नहीं हुई है। दीदी ने मेरा गाल नोचते हुए कहा कि पगली पत्नी की वय जितनी कम हो उतना ही अधिक मान मिलता है उसे अपने पति से। यह सब तू मुझसे पूछ। फिर दीदी ने मुझे अपने प्रेम-पगे दाम्पत्य जीवन के अन्तरंग पक्ष का गुदगुदा देने वाला विवरण आनन्दविभोर होकर सुनाया। मेरे मन में जाग्रत कर दिया विवाह के प्रति एक ठो आतंकप्रद आकर्षण।

भगवान से प्रार्थना करने लगी कि दीदी को राजा के दीवान का बेटा दिया है तो अब मुझे स्वयं राजा का बेटा दिलवा दे। मेरे दिवास्वप्नों में बसता चला गया था एक सौम्य सुन्दर राजकुमार। और हर रात लैम्प बुझाकर तकिये पर सर रखते ही मैं उसकी

अन्वेषक अंगुलियाँ अपनी देह के भूगोल पर अनुभव करने लगी। दीदी और जमाई बाबू के उत्तरपाड़ा प्रवास के दौरान ही एक दिन जब मैं दादा से शुष्क राजनीतिक चर्चा सुनते-सुनते राजकुमार के दिवास्वप्न में खो गयी तब उन्होंने मुझे टोका। उनके पूछने पर मुझे लजाते हुए यह बताना पड़ा कि मैं यह सोच रही थी कि दीदी विवाह करके कितनी सुखी है। दादा रुष्ट होकर बोले कि क्या तू भी मामाजी की तरह यह चाहती है बिभा कि तेरा बाल-विवाह कर दिया जाए? तुझे क्या खलने लगा है इस घर में रहना? मैंने अपराधभाव से शीश नवाया और लगभग हकलाते हुए कहा कि ऐसा न कहें। मुझे तो इस घर को छोड़कर जाने की कल्पनामात्र से रोना आ जाता है सत्यादा। सुनकर उन्होंने मेरा गाल थपथपाया और बोले कि बाल-विवाह जैसी कुप्रथाओं के कारण ही हमारा देश और समाज पिछड़ा हुआ है। ऐसे वाहियात रूढ़ बन्धनों के कारण हम अशक्त न हो गए होते तो आज पराधीन न होते। अब अंग्रेजों से हम अपने को स्वाधीन तभी करा पाएँगे जब उनकी भाँति आधुनिक जीवन दृष्टि अपनाएँगे। अंग्रेजों में वयस्क होने के बाद ही विवाह करने की प्रथा है और उनके समाज में युवक-युवतियों को अपना जीवनसाथी स्वयं चुनने की स्वतन्त्रता भी दी जाती है। इसीलिए उनके यहाँ दाम्पत्य का आधार परस्पर-प्रेम होता है।

मुझे परस्पर-प्रेम की बात तो आकर्षक लगी किन्तु जीवनसाथी चुनने की स्वतन्त्रता की बात थोड़ा आतंकित कर गयी। मैंने सोचा कि मेरी-जैसी लजालु कन्या तो इस अधिकार का उपयोग कर ही नहीं पाएगी और करेगी भी तो उसका चुनाव त्रुटिपूर्ण होगा। मुझे यह भी लगा कि कोई भी युवक मुझ-जैसी साधारण रूप-गुण वाली कन्या को पसन्द नहीं करेगा और मैं अविवाहित रह जाऊँगी। मुझे विचारमग्न देख दादा ने जिज्ञासा की कि खोखी अब क्या सोचने लगी तू? लज्जा से मेरा मुँह रक्तिम हो उठा। दादा के आग्रह करने पर बतानी ही पड़ी मन की बात। सुनकर उन्होंने मेरा झुका शीश उठाया चिबुक को अपनी गदोलियों का सहारा देकर बोले कि तुझे कितनी बार बताऊँ कि तू सबसे अधिक रूपवती और गुणवती है बिभा। तुझे तो इस समस्या का सामना करना पड़ेगा कि इतने अधिक चाहने वालों में से किसको चुनूँ? सुनकर अच्छा लगा किन्तु लज्जा भी आयी। कहा कि तुम तो झूठ-मूठ प्रशंसा करते हो दादा।

वह बोले कि मुझे मिथ्यावादी बता रही है। जा अब मैं तुझसे भी नहीं बोलूँगा। मैंने घबराकर कहा कि ना, मेरा आशय यह नहीं था। मुझे क्षमा कर दो। तुम मुझसे नहीं बोलोगे तो मेरा जीवन दूभर हो जाएगा। इस पर मेरा माथा चूमकर वह बोले कि तुझसे न बोलकर तो मेरा जीवन दूभर हो जाएगा पगली। इसके बाद उन्होंने मुझे आश्वस्त किया कि वह मुझे ऊँची शिक्षा दिलवाएँगे ताकि मैं कोई अच्छी सरकारी नौकरी पा सकूँ। यही नहीं, मेरा विवाह किसी सुयोग्य युवक से होने के बाद ही वह स्वयं विवाह करेंगे और तब तक मेरे जीवन में किसी तरह का अभाव न होने देंगे। उन्होंने यह भी कहा कि तू मालीना को विवाह के बाद मिले राजसी जीवन से ईर्ष्या न कर। वह नितान्त खोखला और पापमय

होता है। उसी शाम उन्होंने जयपुर राजघराने के वैभवमय जीवन की झाँकियाँ प्रस्तुत करते जमाई बाबू से यह कहकर कटु विवाद मोल ले लिया कि भारत की पराधीनता के लिए ये राजा-महाराजा ही उत्तरदायी हैं। इन्होंने एक ओर प्रजा का रक्त चूस-चूस कर उसे अशक्त और अज्ञानी बने रहने के लिए अभिशप्त किया है और दूसरी ओर हर शक्तिशाली आक्रामक के आगे घुटने टेक कर अपने विलासिता करते रह सकने के अधिकार को बचाये रखा है। जब जमाई बाबू ने कहा कि जयपुर के महाराजा प्रजा का बहुत ध्यान रखते हैं और उन्होंने अपनी रियासत के विकास के लिए अनेक ठोस उपाय किये हैं। तब वह बोले कि हमारे सामन्तों का तो हित इसी में है कि प्रजा निर्धन, अशिक्षित और सामाजिक रूढ़ियों से बँधी रहे, हाँ अंग्रेजों को अवश्य अपना शासन और अपने कल-कारखाने चलाने के लिए विकास और शिक्षा की दरकार है।

जमाई बाबू बोले कि आप भारतीय होते हुए भी यह कैसे कह पा रहे हैं सत्याबाबू कि अंग्रेज राजा भारतीय राजा से बेहतर हैं। दादा बोले कि इसलिए कि मेरी दृष्टि मेरे नाम के अनुरूप सत्यवादी है। अंग्रेज हमारे राजाओं को परास्त कर ही इसलिए पाये कि वे ज्ञान-विज्ञान का विकास कर सामन्ती रूढ़िवादिता और विलासिता तज कर उद्यम और अन्वेषण का मार्ग अपना चुके थे। मैं तो कहता हूँ कि हम तब तक न तो उन्नति कर सकते हैं न स्वाधीन होने का स्वप्न देख सकते हैं जब तक अंग्रेजों की आधुनिक विचारधारा आत्मसात नहीं कर लेते। जमाई बाबू ने कटाक्ष किया कि लगता है आप ब्रोह्मो समाज में शामिल हो गए हैं। या कहीं सीधे किरीस्तान ही बन जाने का संकल्प तो नहीं ले बैठे हैं आप साला बाबू। दादा बोले कि ब्राह्मो बनना सामन्तों की चाटुकारिता में लगा ब्राह्मण बनने से कहीं अधिक श्रेयस्कर है जमाई बाबू।

तभी माँ ने दादा को डाँट दिया। दादा चुप हो गये किन्तु फिर मेरी ओर देखकर बहुत अर्थवान ढंग से मुस्कुरा दिये। दीदी और जमाई बाबू के चले जाने के बाद दादा प्रतिदिन कम से कम एक बार मेरे समक्ष निरंकुश और परजीवी सामन्तों की निन्दा और बुद्धि तथा उद्यम से पैसा कमा रही देसी-विदेशी विभूतियों की प्रशंसा करते रहे। वह मुझे समझाते कि यदि तुझ पर विवाह कर लेने के लिए जोर डाला जाए तो झुकना मत। पढ़-लिख कर आत्मनिर्भर बनना और फिर किसी आधुनिक उद्यमी पुरुष से विवाह करना। उच्च शिक्षा प्राप्त करने की बात सोचकर बहुत सुख मिलता मुझे किन्तु मेरा विवाह न हो सकने पर माँ की बढ़ती उद्विग्नता मेरा अपराधबोध बढ़ाती। और झूठ क्यों बोलूँ मालीनादी ने वैवाहिक जीवन का जो आनन्द निरूपित किया था उसे अपने लिए अनिश्चित काल तक स्थगित रखने को स्वयं मेरा मन तैयार न हो पाता। लोककथाओं में और मालीनादी और जमाई बाबू की बातों में राजकुमारों का इतना गुणगान सुन चुकी थी कि अपने दिवास्वप्नों के उस पुरुष को राजकुमार से इतर किसी रूप में देख पाना भी सम्भव नहीं हो पा रहा था मेरे लिए। सपनों का राजकुमार — ऐसा सोचने पर अच्छा लगता। सपनों का मिल मालिक ऐसा सोचती तो सपना मिल की चिमनी से निकलते

धुएँ में परिवर्तित हो जाता। उधर दादा से इतना प्यार था मुझे कि उनकी अवज्ञा करने की बात मैं सोच ही नहीं सकती। तो मैंने अपने मन और उनकी बुद्धि दोनों की ही बात रखने के लिए यह निश्चय किया कि मैं विवाह मैट्रिक पास कर लेने के बाद ही करूँगी और स्वयंवर में जिसकी ग्रीवा में डालूँगी जयमाला वह होगा प्रजा का रक्त न चूसने वाला एक ठो ऐसा उद्यमी राजकुमार जिसने अपनी और प्रजा की सम्पन्नता के लिए एक विराट मिल स्थापित की होगी। और ऐसे में ठाकुर माँ आपने निभायी मेरी जीवन–कथा में दोहरी भूमिका—स्वप्न पूरे करने वाली परी और स्वप्न भंग कराने वाली डायन की। आपकी ओर से ही आया था ना मेरे मामा के पास यह पत्र कि मालीना की बहुत प्रशंसा सुनी है अस्तु भवालराज के दीवान राय बहादुर सुरेंद्र मतिलाल को उसे देखने भेजा जा रहा है। यदि उन्हें पसन्द आ गयी तो अपने पौत्र भवालराज के मेजोकुमार रमेन्द्र नारायण राय से उसका विवाह करवा देंगी। मालीनादी का तो विवाह हो चुका था। दादा बोले कि उन्हें तार से यह सूचना दे दें ताकि उन्हें व्यर्थ ही यहाँ न आना पड़े। मामा जी ने डाँटा उन्हें। कहा कि ऐसा करना धृष्टता भी होगी और मूर्खता भी। धृष्टता इसलिए कि उत्तरपाड़ा की जो स्त्रियाँ जयदेबपुर में ब्याही हुई हैं वे उन्हें बता ही देंगी कि मालीना की छोटी बहन भी विवाह योग्य है और मूढ़ता इसलिए कि हम बिभा का बर्द्धवान और कूचबिहार के बाद सबसे बड़े हिन्दू राजपरिवार में विवाह करा सकने का सुअवसर गँवा बैठेंगे। यों भी जब वह कल पहुँच रहे हैं तब तार भेजने में क्या तुक है?

दादा ने विस्मित होकर कहा कि कल? हमसे परामर्श किए बगैर ही चले आ रहे हैं? भवालराजपरिवार ने हमें पत्र भेजा है या आदेश! मामा जी क्रुद्ध होकर बोले कि पहले तू स्वयं शिष्ट हो जा फिर उन लोगों को शिष्टाचार सिखाना! कलकत्ता में दीवान साहब का घर है। हमारे अतिथि बनने के लिए नहीं आना है उन्हें जो हमसे परामर्श करते। दादा झुँझलाकर बोले कि समझ में नहीं आता कि बिभा को बालिका वधू बनाने के लिए क्यों इतने व्यग्र हो उठे हैं आप लोग। माँ बोली कि बिभा तेरह वर्ष की हो चुकी है, कोई गोद की बच्ची नहीं है वह। लोग तो अच्छा सम्बन्ध मिलने पर आठ–नौ वर्ष की बालिका का भी बड़ी प्रसन्नता से विवाह कर देते हैं। दादा ने क्रुद्ध होकर पूछा कि लोग गँवार हैं तो हम भी हो जाएँ क्या? और जब तुम लड़के के बारे में कुछ जानती ही नहीं तब सम्बन्ध को अच्छा कैसे कह रही हो? मामा जी ने डपटकर कहा कि अब व्यर्थ की बातें करना छोड़ सत्या और उन लोगों के स्वागत–सत्कार की तैयारियों में जुट जा। और हाँ सुन, कल कॉलेज मत जाना। दादा बोले कि तैयारियाँ क्या करनी हैं भवाल वाले देखने ही आ रहे हैं न, बारात लेकर ब्याहने तो नहीं। माँ ने कहा कि भवाल जैसी बड़ी रियासत का दीवान अकेला कहीं नहीं जाता उसके साथ सहायकों–सेवकों की पूरी बारात चलती है। दादा ने कोई जवाब नहीं दिया और अपने किसी मित्र से नोट्स लेने के बहाने घर से निकल गये।

उनके जाने के बाद माँ मामाजी से बात करते हुए सुख जताती रही कि मेरी बिभा

का विवाह इतने बड़े राजपरिवार में हो रहा है और कभी यह चिंता कि उन लोगों ने तो सम्बन्ध मालीना से करना चाहा है, जो निश्चय ही बिभा से कहीं अधिक आकर्षक है, कहीं वे मालीना का विवाह हो जाने की बात सुनते ही चले न जाएँ। उसे यह चिन्ता भी सताती रही कि बिभा को आकर्षक रूप में प्रस्तुत करने के लिए अब घर में कोई बढ़िया वस्त्र और आभूषण भी नहीं बचे हैं। चिन्ता का भी एक और विषय यह कि इतने बड़े भवालराज के दीवान का यथोचित स्वागत-सत्कार कैसे करें हम अपने सीमित साधनों में? उसकी चिन्ताओं से मैं स्वयं चिन्तित होने लगी, लेकिन साथ ही मैं भी मन ही मन मुदित हो उठी कि भगवान कृपालु होकर अब कदाचित् मेरे सपनों के राजकुमार को सजीव करके मुझे सौंप दें। माँ घर की साफ-सफाई में जुट गयी और मैं उसका हाथ बँटाने लगी, किन्तु मेरे कान मकान के फाटक की ओर लगे रहे कि उसके खुलने की आवाज सुनूँ तो अल्लापद से मिलने दौड़ पड़ूँ।

दादा काफी देर से आये। उनकी मुख मुद्रा गम्भीर थी। वह माँ को हाथ पकड़कर लगभग जबर्दस्ती अपने कमरे में ले गये। मैं भी दबे पाँव पीछे-पीछे चली आयी। उन्होंने माँ से लगभग फुसफुसाकर कहा कि मैं अपने एक ऐसे सहपाठी से मिलकर आ रहा हूँ जो ढाका का है। उससे बात करने पर मालूम हुआ कि भवाल के तीनों राजकुमार उजड्ड, निरक्षर, वेश्यागामी और भयंकर रूप से विलासी हैं। क्या यह जान लेने के बाद भी चाहेगी कि बिभा का वहाँ विवाह कर दिया जाए? अपना हाथ छुड़ाकर जाते हुए माँ बोली कि तुझसे किसने कहा था कि किसी बाहर वाले से यह सब पूछे और उसकी सुनी-सुनाई बातें हम तक पहुँचाए? तेरी जो बुआएँ भवाल में ब्याही गई हैं उनसे तो कभी सुना नहीं कि वहाँ के राजकुमार चरित्रहीन हैं। दादा माँ के पीछे लपकते हुए बोले कि तूने बुआओं से पूछा ही कब कि वे बतातीं? माँ ने झुँझलाकर कहा कि भवालराजबाड़ी को तेरी बहनों के बारे में तेरी काकी ने ही लिखा था। काका-काकी दोनों भवाल के कुमारों की बहुत प्रशंसा कर रहे थे। दादा बोले कि वे क्या जानते हैं उनके बारे में? तभी मामाजी कमरे के दरवाजे पर प्रकट हुए। बोले कि मैं देख रहा हूँ अल्लापद कि तू जितना अधिक पढ़ रहा है, उतना ही अधिक धृष्ट होता जा रहा है। अपनी विधवा माँ की समस्याओं के समाधान के लिए स्वयं तो कुछ करता नहीं है, अगर दूसरा कोई करता है तो मीन-मेख निकालता चला जाता है। घर-बैठे इतने ऊँचे परिवार से रिश्ता आ गया है कि जो भी सुनेगा ईर्ष्या करेगा लेकिन तूने जब से यह बात सुनी है तब से यही कहता जा रहा है कि हमें यह सम्बन्ध नहीं करना चाहिए। कहीं ऐसा तो नहीं कि तू ईर्ष्यावश ऐसा कह रहा है? तूने मालीना के पति से जो विवाद किया था मुझे उससे भी तेरी ईर्ष्या की गन्ध उठ रही थी।

दादा बुदबुदाए कि मैं अपनी बहनों से क्यों ईर्ष्या करूँगा भला! मामाजी बोले कि तो ठीक है कल विद्यालय न जाना और उन लोगों के स्वागत-सत्कार के लिए मेरे साथ रहना। दादा बोले कि कल तो स्पेशल क्लासेज हैं, मुझे तो जाना ही होगा। कोशिश

करूँगा कि जल्दी लौट आऊँ। मामाजी ने कटाक्ष किया कि आ जाएगा तो हम लोग आजन्म आभारी रहेंगे। वैसे नहीं भी आएगा तो अपना काम चला ही लेंगे। दादा का चेहरा तमतमा उठा और वह पाँव पटकते हुए चले गये। मेरी आँखें यह सोचकर छलछला गयीं कि मुझे सचमुच का राजकुमार मिल सकने का प्रीतिकर प्रसंग सहसा अप्रीतिकर बनता चला जा रहा है। क्या मुझ अभागन को सपनों के राजकुमार के रूप में कोई नर-पिशाच मिलने वाला है जैसा कि दादा का सहपाठी बता रहा था। मैं दादा से इसका ब्यौरा जानने के लिए कमरे से निकल आयी। बहुत ढूँढ़ने पर वह आँगन के अँधेरे कोने में खड़े मिले। मैं भी उनके पास जाकर खड़ी हो गयी। वह कुछ नहीं बोले। तब मैंने ही बात शुरू की। पूछा कि तुम्हारा सहपाठी क्या कह रहा था दादा जरा बताओ विस्तार से। वह बुदबुदाए कि मुझसे पुछ मत पूछ मैं तो ईर्ष्यालु हूँ। अब मैं रो पड़ी। मैंने कहा कि मैं तुम्हें अपना सच्चा हितैषी समझती हूँ इसलिए पूछ रही हूँ। वह बोले कि तेरा हितैषी तो तेरा जितना ही असमर्थ है बिभा। इस घर में तो वही होगा जो मामाजी कहेंगे। दादा मुझे वहीं छोड़कर अपने कमरे की ओर बढ़ गये। मैं रोती हुई ठाकुर घर की ओर दौड़ी और माँ दुर्गा से प्रार्थना करने लगी कि मुझे राजकुमार की जगह राक्षस कुमार देकर दण्डित मत करो। मैं राजकुमार का स्वप्न देखने का अपराध आगे कभी नहीं करूँगी। मेरी आँखों से आँसू बहते चले गये। कदमों की आहट सुनी तो मैंने सोचा दादा आ गये हैं लेकिन माँ आयी थी। उसने आँचल से मेरे आँसू पोंछते हुए कहा कि खोखी तू अल्लापद की बातों पर ध्यान मत दे। वह तेरी शादी का विरोध इसलिए कर रहा है कि तू उसकी सबसे लाड़ली बहन है और किसी भी भाई को अपनी लाड़ली बहन को विदा करने की बात सोचते हुए बहुत बुरा लगता है। और कदाचित् तेरे मामाजी का यह अनुमान भी ठीक हो कि उसे तेरे सौभाग्य से ईर्ष्या हो रही है।

मैंने कहा कि किसी विलासी, वेश्यागामी और निरक्षर पुरुष को पति के रूप में पाना सौभाग्य नहीं है माँ। माँ बोली कि तेरी जो बुआएँ भवाल में विवाहित हैं, उनसे मैं सुन चुकी हूँ कि कुमारों की शिक्षा-दीक्षा के लिए राजबाड़ी में ही अध्यापक नियुक्त हैं। उनमें से एक द्वारिका मास्टर तो दीवान महाशय के साथ तेरी परीक्षा लेने आ रहे हैं। सभी राजकुमार शुरू में ढाका के स्कूल में भी पढ़े हैं। ऐसे में तू ही बता कि निरक्षर कैसे हो सकते हैं? उनके वेश्यागामी और विलासी होने की भी बात मैंने नहीं सुनी बेटी। थोड़ा बहुत भोग-विलास तो हर सम्पन्न घर के पुरुष करते ही हैं। सामन्तों से तो उल्टे आशा रखी जाती है कि ऐश्वर्य भोग करेंगे। माँ की बातों से मुझे काफी ढाढ़स बँधा। मैंने कहा कि दादा कहते हैं कि अकर्मण्य और विलासी सामन्त बुरे होते हें और उद्यमी आधुनिक पुरुष अच्छे। माँ बोली कि इसमें सन्देह नहीं कि आधुनिक उद्यमी पुरुष अच्छे होते हैं। लेकिन तू उससे ये कहना कि माँ बता रही थी कि कुशल स्त्री अपने सामन्त पति को मनचाहे रूप में ढाल सकती है। तो अगर तू अपने पति का हृदय जीत लेगी तो वह तेरे इशारों पर चलते हुए आधुनिक उद्यमी पुरुष बन जाएगा। और अब तू चल मेरे

साथ तुझे कौन-सी साड़ी पहनाऊँ यह निश्चित करने में मेरी सहायता कर।

मेरे लिए तो अब तक कोई नई कीमती साड़ी खरीदी ही नहीं गई थी। माँ की जो एक ढकई, एक टांगाइल, एक मुर्शिदाबादी और एक बनारसी साड़ी बची हुई थी उनमें से कोई एक मुझे पहनाने के लिए चुनना माँ के लिए कठिन सिद्ध हुआ। इस क्रम में उसने हर साड़ी एक बार पसन्द और दूसरी बार नापसन्द कर डाली। फिर मुझसे कहा कि तू ही चुन ले। मैंने गुलाबी रंग की बनारसी साड़ी चुनी। माँ ने मेरी रुचि की सराहना की और साड़ी पहनाकर मुझे देखा और बोली कि वाह तुझ पर बहुत सुन्दर लग रही है। मुझे दर्पण के आगे भी ले गयी। मैं पहली बार अपने को कोई महँगी और भारी साड़ी पहने हुए देख रही थी। पहचान ही नहीं पा रही थी उस सुकन्या को जो दर्पण में से मुझे निहार रही थी अब। तभी मैंने माँ को यह कहते सुना कि ना यह साड़ी ठीक नहीं रहेगी। एक तो इसमें उतना भारी काम नहीं है। दूसरे वे लोग ढाका के हैं। तू ढकई और मुर्शिदाबादी में से किसी एक को चुन ले। मैंने मुर्शिदाबादी चुन ली जबकि माँ का झुकाव ढकई की तरफ अधिक था। अब माँ ने मुर्शिदाबादी साड़ी मुझे पहनाकर देखी और बार-बार कहा कि यह बनारसी साड़ी से निश्चय ही अधिक सुन्दर लग रही है तुझ पर। मैंने साड़ियाँ तह करके चेस्ट की ड्राअर में सम्हालकर रखने में माँ की सहायता की।

अगले दिन सुबह से ही मैं रसोई में मेहमानों के लिए पकवान तैयार करने के काम में माँ का हाथ बँटाती रही। इस व्यस्तता में मुझसे न चाहकर भी दादा की उपेक्षा होती रही। तो जब मैं उन्हें कॉलेज ले जाने के लिए टिफिन देने गयी, उन्होंने कटाक्ष किया कि अरी बिभा जब तक राजमहल में नहीं बस जाती तब तक तो एकाध बात अपने दादा से भी कर लिया कर। मेरी आँखों में आँसू आ गये। वह बोले कि अरी पगली, मैं तो मजाक कर रहा था। फिर उन्होंने अंक लगाते हुए कहा कि मुझे पता है कि अपने दादा के लिए तेरे हृदय में विशिष्ट स्थान है और सदा रहेगा। तू भी यह जान ले कि मैं जितना प्यार तुझसे करता हूँ उतना न किसी अन्य से करता हूँ न भविष्य में कर सकूँगा। मैंने अपना चेहरा उनके वक्षस्थल में छिपा लिया और सुबकने लगी। मेरे सिर पर हाथ फेरते हुए वह बोले कि रो मत सब अच्छा होगा। मैं सदा तेरा ध्यान रखूँगा। मैंने अपना सिर उठाया और कहा कि तुम निराश हो रहे होंगे कि मैं विद्रोह नहीं कर रही हूँ। मैं माँ को दुखी नहीं कर सकती दादा। उन्होंने मेरा गाल थपथपाकर कहा कि यह तेरी ही नहीं, मेरी भी विवशता है बिभा। जो हो मेरी शुभकामनाएँ तेरे साथ हैं। बेस्ट ऑफ लक। फिर वह कॉलेज चले गये। माँ अपनी ही की हुई घर की सफाई और सजावट से असन्तुष्ट होकर दुबारा उसी काम में जुट गयी। मामा ने देखा तो क्रुद्ध होकर बोले कि फूल कुमारी तू तो उन लोगों के आने तक घर को सजाने में ही लगी रह जाएगी और न खुद ढंग के कपड़े पहनेगी और न बिभा को पहनाएगी। झटपट कर वे लोग आते ही होंगे। माँ ने मेरे लिए जो साड़ी-गहना कल चुना था आज मुझे पहना देने के बाद वह उसे सर्वथा अनुपयुक्त दिखने लगा। जल्दी-जल्दी उतारी मुर्शिदाबादी साड़ी कि इसका कत्थई रंग

तुझ पर खिल नहीं रहा है। ढकई साड़ी पहनायी और पाया कि यद्यपि अपने भारी काम के कारण वह हमारी विपन्नता को ढक सकती है तथापि उसका भारी काम और गहरा नीला रंग दोनों ही मेरे दुबलेपन को बहुत अधिक उजागर किए डाल रहे हैं। माँ को अब धानी रंग की टांगाइल सबसे उपयुक्त प्रतीत होने लगी किन्तु कठिनाई यह थी कि वही सबसे सस्ती साड़ी भी थी।

माँ इसी ऊहापोह में पड़ी थी कि मामाजी आ गये। बोले क्या अब तक भी तैयार नहीं हो सके तुम लोग। माँ रुआँसे स्वर में बोलीं कि कुल चार साड़ियाँ बची हैं घर में। एक भी ऐसी नहीं जो इस दुबली लड़की पर फब सके। मामाजी ने डपटकर कहा कि दीवान मोशाय तेरी लड़की देखने आ रहे हैं तेरी साड़ियों को नहीं। अब जो मैं चुनकर दे रहा हूँ इसे पहना दे झटपट। वह पहुँचते ही होंगे। मामाजी ने मेरी मनपसन्द बनारसी साड़ी ही चुनी। आभूषणों में भी सबसे हल्के बुन्दे, हीरे की कनी वाली छोटी-सी लौंग, दो हल्की चूड़ियाँ और इकलड़ा हार उठाकर दिया। सारे भारी आभूषण तिजोरी में बन्द कर दिये। जाते-जाते माँ के लिए भी एक साड़ी चुन गये वह। हम लोग तैयार हुए ही थे कि अतिथियों के आगमन का संकेत देने वाली आवाजें सुनाई देने लगीं। माँ मुझे जल्दी-जल्दी फिर याद दिलाने लगी कि उन लोगों के समक्ष सिर झुकाये खड़े रहना है और तभी बोलना है जब वे कुछ पूछें। माँ मेरे साज-सिंगार का अन्तिम निरीक्षण कर रही थी कि मामाजी यह बताने आये कि वे लोग आ गये हैं और सबसे पहले लड़की देखने को कह रहे हैं। उनमें से जो इकहरे बदन वाले सज्जन हैं, वह दीवान मोशाय हैं और जो मोटे शीशों वाला चश्मा पहने वयोवृद्ध सज्जन हैं वह द्वारिका मास्टर हैं। बिभा तू प्रणाम तो दोनों को ही करना किन्तु फिर दीवान महाशय से ही उन्मुख होकर खड़ी रहना। मैंने डरते-डरते कहा कि माँ तो कह रही थी कि अपने पाँव के अंगूठे की ओर देखना तो उन्मुख कैसे होऊँगी मैं उनसे? माँ बोली कि बात करते समय तो दृष्टि उठानी ही होगी। मैंने पूछा कि अगर मास्टर मोशाय कुछ पूछेंगे तो भी क्या दीवान मोशाय की ओर ही देखूँगी? मामाजी झल्लाकर बोले कि नहीं तब मास्टर मोशाय की ओर देखना, अब चल।

मामाजी पर्दा उठाकर बैठक में प्रविष्ट हुए और उनके पीछे-पीछे मेरा हाथ पकड़कर प्रविष्ट हुई माँ। मैंने और उसने आगन्तुकों को नमस्कार किया। दीवान मोशाय बोले कि अच्छा तो रामनारायण बाबू, यह है आपकी बड़ी भानजी मालीना, जिसकी हम बहुत प्रशंसा सुनकर आये हैं। मामाजी उनके पास के सोफे पर बैठते हुए बोले कि दीवान मोशाय, मालीना का तो गत वर्ष जयपुर के महाराजा के चीफ मिनिस्टर के बेटे से विवाह हो चुका है। यह उससे छोटी बिभावती है, अगर आपकी और परमात्मा की ऐसी इच्छा हुई तो इसकी विधवा माँ को इसे भवाल के यशस्वी राजपरिवार की बहू बनाकर विदा करने का परम सौभाग्य प्राप्त होगा। बच्चियों को संस्कारी और सुयोग्य बनाने में कोई कसर उठा नहीं रखी है उसने। मेरा हृदय बुरी तरह धड़कने लगा कि कहीं दीदी के

विवाह हो जाने की बात सुनते ही आगन्तुक उठकर चले न जाएँ। किन्तु दीवान महाशय के मुँह से यह सुनकर मैं पुन: स्वस्थ हुई कि ठाकुर माँ जानती हैं कि आपकी बहन ने अपनी बेटियों को बहुत अच्छी दीक्षा और संस्कार दिये हैं। बड़ी का विवाह हो गया तो क्या यह छोटी वाली की सही। स्वयं मेजोकुमार तो अभी अठारह ही वर्ष के हैं। मामाजी ने अनुरोध किया कि तो फिर कृपा दृष्टि डालें। दीवान महाशय हँसते हुए बोले कि उसके लिए तो आया ही हूँ किन्तु क्या करूँ, जिसे आप दिखाने लाये हैं वह अभी से बहू बने खड़ी है मेरे समक्ष। सिर और चेहरा पल्लू से ढक रखा है कसकर और दृष्टि भी झुकी हुई है। इससे मैं और भी घबरा उठी। ग्रीवा और भी झुक गयी मेरी। माँ ने पल्लू मेरी अंगुलियों से मुक्त किया और उसे हटा दिया मेरे सिर से। मेरे खुले केशों की कुछ लटें सामने की ओर झूलने लगीं। समझ नहीं पायी कि उन्हें चेहरे और वक्ष से हटाने का यत्न करूँ कि नहीं? दीवान मोशाय बोले कि वाह केशराशि तो घनी-काली और लम्बी है। खोखी गौरवर्ण भी है।

तभी मास्टर मोशाय का अपेक्षाकृत तीव्र किन्तु थका-थका स्वर सुनाई दिया। कह रहे थे कि भय से काँप क्यों रही हो बालिके? मैंने दृष्टि उनकी ओर घुमाई और पाया कि मोटे शीशों के पीछे से झाँकती उनकी आँखों में करुणा का भाव भरा है मेरे प्रति। मानो तरस खा रहे हों कि साधारण घर की ऐसी साधारण कन्या का राजमहलों की रानी के पद का उम्मीदवार बना कर कितना अत्याचार किया जा रहा है। मैं और भी काँप उठी। अब दीवान महाशय का स्वर सुनाई दिया कि इतना काँपते हुए क्यों खड़ी हो माँ। बैठ जाओ। मैंने माँ की ओर देखा। उसने मुझे बैठा दिया दीवान पर और स्वयं भी बैठ गयी मेरे पास बगल में। मैं सिर यथावत झुकाए रही। अब तो आँखें भी बन्द कर लीं मानो ऐसा कर लेने मात्र से मेरे अस्वीकार किये जाने का आशंकित दृश्य विलुप्त हो जाएगा। दीवान मोशाय बोले कि इस तरह सिर झुकाकर आँखें बन्द किए बैठी रहोगी तो हम तुम देख कैसे पाएँगे खोखी? लज्जा निस्सन्देह स्त्री का आभूषण है किन्तु मैं तो तुम्हारे लिए पितातुल्य हूँ। तुम्हारी-जैसी ही मेरी बेटी सरजूबाला भवाल के बड़े राजकुमार को ब्याही है। माँ ने ठोड़ी पकड़कर मेरा मुँह उठाया और कान में फुसफुसाई आँखें खोल दे।। मैंने डरते-डरते आँखें खोलीं और दीवान मोशाय के आदेश पर उनकी ओर देखा। वह बोले कि इतना डर क्यों रही थीं खोखी। तुम तो बहुत सुन्दर हो। आँखें बड़ी-बड़ी, चेहरा लम्बोतरा और नाक सुती हुई। गुणवती माता की गुणवती बाला को भय क्यों हो? सिकुड़ी-सिमटी मत बैठी रहो माँ। मैं तुरन्त कमर सर्वथा सीधी रखते बैठ गई। माँ ने घबराकर आँखों से इशारा किया कि ऐसे न बैठूँ किन्तु दीवान मोशाय बोले कि नहीं, अब ठीक है। अच्छा यह बताओ थोड़ा लिखना-पढ़ना तो जानती हो ना?

मैं स्वयं ही जवाब देने को थी कि माँ मुझे कुहनी मारते हुए बोल उठी कि हमारी बिभा सुशिक्षित है। जब छोटी थी तो उत्तरपाड़ा गर्ल्स हाईस्कूल में पढ़ने जाती थी। अब घर में ही पढ़ती है ट्यूटरों से और अपने भाई से। दीवान महाशय ने मास्टर महाशय की

ओर इशारा किया और मास्टर महाशय ने उठकर मुझे कागज-कलम थमा दी। बोले कि कुछ लिखकर दिखाओ माँ। मैंने पूछा कि क्या लिखूँ? मास्टर महाशय बोले कि अपना नाम ही लिख दो। मुझे लगा कि केवल अपना नाम लिखकर दिखा देना आज्ञाकारी होने का प्रमाण तो अवश्य होगा लेकिन उससे यह सिद्ध न हो सकेगा कि मैं वास्तव में पढ़ी-लिखी हूँ। अरे केवल अपना नाम लिख लेना तो लगभग अनपढ़ व्यक्तियों तक को अभ्यास करा-करा कर सिखा दिया जाता है। तो मैंने एक पूरा वाक्य लिखकर दिखाया फूल कुमारी देबी की पुत्री बिभाबती भवालराज के दीवान राय बहादुर सुरेन्द्र मतिलाल का हार्दिक अभिनन्दन करती है।

मास्टर मोशाय ने पढ़ा और कहा कि मोतियों से अक्षर और अद्भुत भाषा ज्ञान। उनके शब्दों में प्रशंसा थी किन्तु स्वर में करुणा भाव जिसका कारण मैं तब समझ नहीं पायी। मास्टर महाशय ने मेरा लिखा दीवान मोशाय को दिया कि आप भी देख लें। दीवान मोशाय ने कहा कि आपने प्रशंसा की है तो अब मेरे देखने की आवश्यकता ही क्या रह गयी है मास्टर मोशाय? कहा किन्तु मेरा लिखा स्वयं भी पढ़ा। बोले कि सचमुच अद्भुत है तुम्हारा भाषाज्ञान खोखी। सुन्दर, सुपठित और क्या चाहिए। सर्वथा उपयुक्त हो हमारे मेजोकुमार के लिए। हम वधू बनाकर तुम्हारा अपहरण कर लें तो कैसा रहे? स्वीकार किए जाने का यह संकेत पाते ही मैंने अपने ओठ काट लिये और दृष्टि फिर पाँव के अंगूठों पर टिका दी। दीवान मोशाय अब मामाजी से उन्मुख होकर बोले कि मेजोकुमार के लिए हमें ऐसी ही वधू अपेक्षित है। हम लौटकर राजमाता से इसकी अनुशंसा करेंगे। सुनकर मामाजी मुदित हुए और गद्गद स्वर में बोले कि आपकी बड़ी अनुकम्पा होगी दीवान मोशाय। यह किसी से छिपा नहीं है कि भवाल का राजपरिवार हर बात में आपके परामर्श के अनुसार ही चलता है। सुनकर दीवान मोशाय मुदित हुए किन्तु उन्होंने कोई टिप्पणी न करके मास्टर मोशाय की ओर झुककर अँगुली और आँखों से कोई नि:शब्द आदेश दे डाला। मास्टर मोशाय ने अपने झोले में से एक छायाचित्र निकालकर दीवान मोशाय को दिया और देते हुए कुछ कहा उनके कान में। दीवान मोशाय ने उनकी बात का उत्तर दिया तो फुसफुसाकर ही किन्तु वह हमें सुनाई दे गया। उन्होंने कहा कि भर जाएगी, अभी तो बच्ची ही है न! फिर उन्होंने मामाजी से पूछा कि आपकी भांजी की वय क्या है? मामाजी ने बताया कि तेरह साल की हो गई है आपकी कृपा से। दीवान मोशाय बोले कि अच्छा, दिखती तो यह उससे भी छोटी है! फिर मेरी ओर देखकर वह बोले कि खोखी एक बार जरा खड़ी होकर चलकर दिखाओ।

फिर से काँपने लगे मेरे गात। किसी तरह मैं उठी और मैंने निर्देशानुसार पहले उनकी ओर बढ़कर और फिर उन्हें पीठ देते हुए लौटकर अपना प्रदर्शन किया। वह बोले कि ठीक है बैठ जाओ। मैं सिर झुकाकर बैठ गई। अपना अस्वीकार कर दिया जाना मुझे सुनिश्चित लग रहा था अब। वय: संधि पार करते ही मैं यह देखकर हीनभावना से ग्रस्त हो उठी थी कि मेरी देह के उभार मालीनादी के उभारों की तरह सुप्रकट और सहज ही

आकर्षित करने वाले नहीं हैं। कुछ सखियों से सुनकर और कुछ साहित्य पढ़कर मैं यह भी जान गई थी कि पुरुषों को उन्नत उरोजों और प्रशस्त नितम्बों वाली स्त्री ही आकर्षक लगती है। फिर मैं यह सुनकर आश्वस्त हुई कि दीवान मोशाय माँ से कह रहे हैं कि यह मेजोकुमार का चित्र आपके लिए छोड़े जा रहा हूँ। कृपा करके हमें भी वहाँ दिखाने के लिए बिभा का कोई एक अच्छा-सा चित्र तो दें। शेष आप बाद में डाक से भिजवा दीजिएगा। मामाजी स्टूडियो के फोटोग्राफर से खिंचवाया हुआ मेरा एक बड़ा-सा चित्र पहले ही लिफाफे में रखकर तैयार बैठे थे। उन्होंने वह दीवान मोशाय को देते हुए कहा कि आज्ञानुसार कुछ और चित्र भी शीघ्र ही भिजवा दिए जाएँगे।

दीवान महाशय विदा लेने वाले भाव से उठ खड़े हुए और बोले कि थोड़ी दुबली-पतली है, आपकी यह सर्वगुण सम्पन्न कन्या। इसे अब जरा खूब खिलाइए-पिलाइए। माँ शिकायत भरे स्वर में बोली कि चिड़ियों जैसा आहार है इसका तो। कितना ही समझाती हूँ किन्तु... माँ की बात बीच में काटते हुए मामाजी बोले कि हम डाक्टरनी को दिखा चुके हैं। हर तरह से स्वस्थ है हमारी बिभा। आपका आदेश हुआ है तो निश्चय ही यह अपने को और स्वस्थ बनाने का भरसक यत्न करेगी। किन्तु आप खड़े क्यों हो गये दीवान मोशाय। बिभा और उसकी माँ ने आपके लिए भाँति-भाँति के व्यंजन बनाये हैं उन्हें ग्रहण करके जायें। दीवान मोशाय बोले कि खोखी के हाथ का बनाया तो हम अवश्य चखकर जाएँगे। मामाजी ने मुझे और माँ को भीतर भेज दिया। हम अभी जा ही रही थीं कि दादा आ गए और दीवान मोशाय से उनका परिचय कराया गया। मुझे अच्छा लगा कि दादा उन लोगों से बहुत अच्छी तरह मिले। मैं इससे भी प्रसन्न हुई कि आगन्तुकों ने मेरे बनाए व्यंजन, जो कि वस्तुतः माँ के बनाए हुए ही थे, बहुत चाव से खाये और मेरे पाक कौशल की खूब प्रशंसा की। उन्हें मेरा सिलाई-बुनाई का काम भी दिखाया गया और वह भी उनके द्वारा सराहा गया। जाते-जाते दीवान मोशाय ने मुझे ढेरों आशीर्वाद दिए और अच्छा आहार लेने का आदेश भी। माँ का चित्त वह यह कहकर प्रसन्न कर गए कि भवालराज के मेजोकुमार के लिए उनकी ठाकुर माँ को जैसी कन्या दरकार थी वैसी आपकी बेटी के रूप में पाकर हम प्रसन्नचित्त लौट रहे हैं। ठाकुर माँ ने आपको प्रायः पच्चीस वर्ष पूर्व किसी विवाह में देखा था और आपके रंग-रूप और आचार व्यवहार दोनों ने उनके मन में ऐसी अमिट छाप छोड़ी थी कि मुझे आज्ञा दी कि सबसे पहले फूलकुमारी देबी की कन्या को ही देखना। वह माँ-जैसी ही होगी क्योंकि बेटियों को संस्कार माँ से ही मिलते हैं।

इस प्रशंसा से माँ लजा गयी। इससे पहले मैंने कभी माँ को लजाते हुए नहीं देखा था। कदाचित् इसलिए कि घर में किसी भी प्रसंग में उसकी प्रशंसा करना आवश्यक नहीं समझा था और इस समय तो प्रशंसा करने वाला व्यक्ति एक ऊँचे परिवार का अत्यन्त प्रभावशाली लगभग समवयस्क पुरुष था। अपनी दृष्टि झुकाते हुए माँ लगभग हकलाते हुए और सो भी मानो स्वगत बोली कि तब तो मैं नौ वर्ष की भी नहीं थी।

दीवान मोशाय हँसकर बोले कि वह प्रभावित ही इस बात से हुईं कि इतनी छोटी वय में भी आपके व्यवहार में सयानों से भी अधिक सयानापन था। इसके बाद दीवान मोशाय मेरे मामा से उन्मुख हुए और बोले कि आपसे अगली भेंट जयदेबपुर में ही होगी। मामा देर तक दीवान मोशाय की प्रशंसा और उनके प्रति आभार-प्रदर्शन करते रहे। दादा के चेहरे पर वितृष्णा का भाव आ गया और उन्होंने मेरे कान में कुछ कहना चाहा किन्तु माँ ने उन पर कुछ ऐसी कठोर दृष्टि डाली कि वह हिचक गये। अतिथि विदा हो रहे थे। माँ ने दादा को आँखों के इशारे से आदेश दिया कि उन्हें मामा के साथ फाटक तक छोड़कर आ।

पुरुषों के जाते ही माँ ने मुझे अंक लगा लिया। सराहने लगीं मेरा सौभाग्य। समझाने लगीं कि ब्राह्मणों में सबसे बड़े जमींदार परिवार में तेरा विवाह होने जा रहा है इसलिए अब बचपना छोड़ दे। नहीं तो भवालराज परिवार की ठाकुर माँ राजमाता सत्यभामा देबी बहुत निराश होंगी। मेरी हृदयगति बहुत तेज हो गयी थी और मैं निर्णय नहीं कर पा रही थी कि उसके मूल में मेरा यह उल्लास है कि मुझे सपनों का राजकुमार शीघ्र ही मिल जाने वाला है अथवा यह आशंका कि मैं राजमाता सत्यभामा देबी को निराश कर दूँगी। योग्य माँ की अयोग्य पुत्री ठहरूँगी उनके लिए। मैं रोने लगी। माँ ने सोचा कि मैं मायका छूट जाने की कल्पना से रो पड़ी हूँ। वह मुझे ढाढस बँधाने लगीं और बताने लगीं कि राजपरिवार की बहू बनकर मुझे हर तरह की सुविधा और हर तरह का सुख प्राप्त होगा। अब तक तो तेरी अभागिन माँ तुझे सुख जैसी कोई चीज दे ही नहीं पाई है, उस वैभवशाली परिवार की बहू बनेगी तब जानेगी कि सुख किसे कहते हैं। मेरे आँसू यह सोचकर थमने लगे कि मैं जिस अभिशाप से ग्रस्त बतायी जाती रही थी अब तक उससे मुझे शीघ्र ही मुक्ति मिलने वाली है। आरम्भ होने वाला है मुझ अभिशप्त अबला के जीवन का सुखद अध्याय। तब कहाँ जानती थी कि वर्षों बाद जब पीछे मुड़कर देखूँगी तो पाऊँगी कि मेरे दुखियारे जीवन का अपेक्षाकृत सुखद अध्याय तो वही था जो मेरे जन्म से आरम्भ हुआ और उस रोज भवालराज के दीवान मोशाय द्वारा वहाँ के मेजोकुमार के लिए पसन्द कर लिए जाने के साथ समाप्त हो रहा है, इसके बाद मेरे दुखी जीवन में भयंकरतम मानसिक तनाव और कटुतम कलह का भी समावेश होता रहेगा।

पहले दादा ने भवाल के मेजोकुमार से मेरे विवाह का विरोध करके रंग में भंग डाला। फिर भवालराजपरिवार की बहू बनकर मैंने पाया कि मेरा अपनी माँ-जैसा होना मेरी ठाकुर सासू माँ को जितना भाया उतना ही फूटी आँखों नहीं सुहाया मेरे पति को। एक दिन तो कह ही दिया कि तुम्हारी माँ ने तुम्हें राँड़ की तरह जीना सिखाया है ब्याहता की तरह नहीं। विधि की विडम्बना कि मैं कुछ ही वर्ष बाद विधवा की उस भूमिका में विधिवत प्रतिष्ठित हो गयी जिसके लिए मेरे पति के अनुसार मेरी माँ ने मुझे दीक्षित किया था। विवाह होने के तुरन्त बाद मायके और ससुराल के सभी लोगों ने स्त्री के खाते में आने वाले जो दो आशीर्वाद मुझे बार-बार दिए थे कि सौभाग्यवती भव, पुत्रवती

भव, वे फलदायी न हो सके मेरे लिए। जिस घड़ी मेरी कलाई से सुहाग चूड़ा तोड़ा और माँग से सिन्दूर पोंछा गया उस घड़ी मैं किसी पुत्र क्या, पुत्री की भी माता न थी। सहसा मैंने पाया कि मैं एक ऐसी अभिशप्त अबला हूँ जो निस्संतान अबला भी है। माँ से सुनती आयी थी कि स्त्री सार्थकता जो भी है सो टके में छह आना अपने पति से और दस आना अपने पुत्र से है। तो अभी मैं अट्ठारह वर्ष की हुई थी कि मेरा जीवन निरर्थकता के नरक को प्राप्त हो चला और मैं अपने को अति विशिष्ट रूप से अभिशप्त मानने को बाध्य हुई।

मेरे पति की अकाल मृत्यु के बाद पहले ससुराल में भयंकर कलह मची और जब मैं अपने को माँ की सच्ची अनुगामिनी सिद्ध करते हुए मायके लौट आई तो वहाँ दादा और बोऊदी की कलह जोर पकड़ने लगी। दादा विवाह करने के बाद मेरे दाम्पत्य जीवन को मधुर बनाने के प्रयासों में इतने लीन हो गए थे कि अपनी नवविवाहिता पत्नी की उपेक्षा कर बैठे थे। बोऊदी की यह धारणा बन गयी थी कि दादा ने रुग्णा माँ के आग्रह पर विवाह कर लिया है तो मात्र माँ की सेवा करने वाली बहू लाने के लिए। स्त्री के रूप में बोऊदी उनके लिए महत्त्वहीन हैं क्योंकि दादा के जीवन में सारा महत्त्व एक ही स्त्री का है— अपनी महारानी बहन बिभाबती का। वह बस उसी की चिन्ता करते हैं। घुल-मिलकर इनकी बातें केवल उसी से होती हैं। हम भाई-बहन की इतनी घनिष्ठता उन्हें आरम्भ से अखरती रही थी और जब मेरे विधवा हो जाने पर दादा मेरे निकट रह सकने के लिए कलकत्ता में अपनी जमी-जमाई गृहस्थी उखाड़कर सपरिवार ढाका आ बसे तब तो वह मुझसे और भी रुष्ट हो गयीं। उनकी भावनाओं का आदर करते हुए ही मैंने दादा का यह आग्रह कई वर्ष तक अस्वीकार किया कि ससुराल छोड़कर सदा के लिए मायके में आ जाऊँ। अन्ततः मैं सदा के लिए मायके में बस ही गयी तब दो-एक वर्ष तक बोऊदी का यह असन्तोष बढ़ता ही चला गया कि दादा जब भी घर में होते हैं मुख्यतः मुझसे ही बात करते हैं। पत्नी से बात करने का उन्हें अवकाश ही नहीं मिलता और यदि मिलता भी है तो वह उसका उपयोग किसी-न-किसी प्रसंग में पत्नी की आलोचना करने अथवा उसे झिड़क देने के लिए ही करते हैं। बोऊदी को यह भी तनिक न सुहाया कि बच्चे अपनी माँ से अधिक अपनी पिसिमाँ के पास बैठने लगे हैं। अपने बाबा की तरह वे भी मानो जान रहे हैं कि पिसिमाँ भवालराज की मेजोरानी है जबकि माँ साधारण घर की बेटी। किन्तु जब उन्होंने पाया कि मैं दादा को उनके प्रति सदय होने का परामर्श देती रहती हूँ, उनका दाम्पत्य जीवन मधुर बनाने की हर सम्भव चेष्टा करती हूँ, उनके बच्चों को माँ के विरुद्ध भड़काती नहीं हूँ और भले ही मेजोरानी क्यों न होऊँ अपनी धन-सम्पदा अपनी नहीं, अपने पति की समझती हूँ तब मेरे प्रति उनका कोप समाप्त हो गया।

बोऊदी से अपने सम्बन्ध मधुर बन जाने के बाद से मैं इस सम्भ्रम में जीती आ रही थी कि शेष जीवन सुखपूर्वक बीत जाएगा। माना मेरी कोई सन्तान नहीं, दादा की तो है, माना मेरी अपनी कोई उपलब्धि नहीं, दादा की तो है, माना दादा की लाड़ली बहन होने

के अतिरिक्त मेरी और कोई अस्मिता नहीं किन्तु दादा के अमित प्रेम की पात्रा तो हूँ मैं। दादा को सुखी और चिन्तामुक्त देखना, उनका सान्निध्य पाना और प्रतिदिन वैसे ही उनसे ज्ञान-वार्ता कर पाना जैसे विवाह से पूर्व किया करती थी मैं अपने लिए इतने को ही पर्याप्त उपलब्धि मानकर सन्तुष्ट थी। दादा और दादा के परिवार की प्रफुल्लता का दर्पण बनकर मेरा मन पुलकित रहने लगा था। किन्तु हठात् इधर एक पक्ष से दादा की भृकुटियाँ फिर तन गई हैं, फिर बात-बात में लड़ने लगे हैं बोऊदी से। डाँटने लगते हैं बच्चों को। हस्तक्षेप करती हूँ तो मुझे भी झिड़क देते हैं। पूछो कि क्या व्यापार है, क्यों उद्विग्न हैं तो कुछ बताते नहीं। संकोचवश मैंने उनकी उद्विग्नता का कारण जान सकने का और कोई सूत्र नहीं टटोला। बोऊदी निस्संकोच हैं। तो प्राय: एक प्रहर पहले वह मुझे यह बताकर स्तब्ध कर गयीं कि दादा इसलिए उद्विग्न हैं कि मुझे जन्मना मिला अभिशाप उनके सुख सूर्य को पुनः लील लेने की धमकी दे रहा है।

मैंने उनसे यह नहीं पूछा कि उन्हें यह ज्ञात कैसे हुआ— पर्दे के पीछे से दादा का मित्रों से वार्त्तालाप सुनकर अथवा दादा के नाम आई कोई चिट्ठी पढ़कर? ऐसी जिज्ञासाएँ करना मेरे स्वभाव में नहीं और यहाँ तो प्राप्ति विधि महत्त्वहीन थी, महत्त्वपूर्ण थी वह सूचना जो बोऊदी लाई थीं। उनके अनुसार ढाका के बकलैण्ड बन्ध पर कोई जटाजूट-धारी साधु प्रकट हुआ है जिसमें कुछ लोगों को मेरे स्वर्गीय पति की झलक दीख पड़ी है। यद्यपि वह अपने को पंजाबी बताता है किन्तु मेरी मेजो ननद ज्योतिर्मयी ने उससे मिलने के लिए अपने बेटे जलद उर्फ बुद्धू को भेजा है। स्वाभाविक है ऐसे में दादा का उद्विग्न हो उठना। भवालराजपरिवार निश्चय ही उन्हें और मुझे उन्हीं दो जिज्ञासाओं से जकड़ डालेगा अब जिनसे दार्जिलिंग से लौटने पर जकड़कर दादा के प्राण ही पेर डाले थे उन्होंने : क्या यह सच नहीं कि मेजोकुमार का शव सासन से गायब हो गया था? क्या मेजोकुमार के साधु रूप में देखे जाने की अफवाह निराधार ही फैल गयी है? तब मैं विक्षिप्तावस्था में थी। न तो ये प्रश्न मेरी वेदना को बींध कर मेरी चेतना तक पहुँच सके और न इनके निहितार्थ। आरम्भ में तो इसलिए कुछ न कह सकी कि दुख ने मूक बना डाला था। जब वाणी लौटी तब भी इतना ही कह सकी कि पति के तेजी से अस्वस्थ होते चले जाने से मैं इतनी हतप्रभ हो गयी थी कि मुझे केवल इतना मात्र स्मरण है कि मैं उनकी निर्जीव देह पर सिर रखे सुबक रही थी और उसे दाह-संस्कार के लिए नहीं ले जाने दे रही थी। जब मुझसे पूछा जाने लगा कि दाह-संस्कार के लिए कब ले गये थे, रात को कि सुबह तब मैं बहुत दिन तक यह समझ ही नहीं सकी कि इसमें यह आरोप निहित है कि मेरे दादा ने तरुण और अनुभवहीन आशु डॉक्टर के सहयोग से मेरे पति को विष देकर हत्या करने का प्रयास किया जो दैव-हस्तक्षेप से विफल रहा। मेरे पति साधुओं द्वारा बचा लिए गए श्मशान भूमि में।

झड़वृष्टि के कारण मेरे पति का दाह-संस्कार न हो पाने, उनके शव में प्राण लौटने और सासन-साधना करने वाले साधुओं द्वारा उन्हें अपने साथ ले जाने की यह कथा

राजपरिवार से सम्बद्ध किस व्यक्ति ने गढ़ी यह तो मैं नहीं जानती। सम्भवतः अक्षय काकू ने। किन्तु जैसा कुछ महीने बाद दादा ने ढाका में बताया यह कथा मिदनापुर जिले के जमींदार रुद्रनारायण से जुड़ी बहुश्रुत कथा से प्रेरित थी। जब राजा नरनारायण राय की मृत्यु पर उनकी पहली पत्नी के बेटे रुद्रनारायण गद्दी पर बैठे तब उनकी सौतेली माँ कृष्णप्रिया ने कम्पनी सरकार को लिखा कि रुद्रनारायण का मेरे और मेरे नाबालिग बेटों के प्रति शत्रुवत व्यवहार है इसलिए मेरे बेटों के उत्तराधिकार को अलग से मान्यता दी जाए। कम्पनी सरकार ने अनुरोध ठुकरा दिया और उसी के बाद रुद्रनारायण की सहसा 1833 में मृत्यु हो गयी। कृष्णप्रिया को अपने बेटों की ओर से जमींदारी सँभालने का अधिकार मिल गया। दो वर्ष बाद अपने को रुद्रनारायण बताने वाला एक व्यक्ति साधु रूप में लौटा। वह बोला सौतेली माँ ने विष देकर मेरी हत्या करने का प्रयास किया था। मेरा शव चिता पर रखकर मुखाग्नि दी जाने वाली ही थी कि झड़-वृष्टि पड़ने लगी और सासन बन्धु शरण लेने भाग गये। इस बीच दो साधुओं ने देखा कि मुझमें प्राण शेष हैं। वे मुझे उठा ले गये। उन्होंने जड़ी-बूटियों से मेरा उपचार किया। मेरे प्राणों पर संकट मँडला रहा था अस्तु मैंने पूरी तरह स्वस्थ होने से पहले लौट आना उचित न समझा। प्रजाजन ने उसे रुद्रनारायण के रूप में स्वीकार कर लिया किन्तु रानी कृष्णप्रिया ने नहीं। साधु ने मुकदमा किया जिसमें वह हार गया।

मिदनापुर के राजा रुद्रनारायण से जुड़ी कथा को भवाल के मेजोकुमार की कथा बनाने वाला यह रूपान्तर राजपरिवार की चमत्कारिक स्त्रियों को भी अधिक समय तक मुग्ध नहीं रख पाएगा— ऐसा था मेरा मत। हुआ भी यही। दादा को अवश्य यह आशंका थी कि कभी मेरी मूढ़ किन्तु कुटिल ननदें किसी साधु को मेजोकुमार बनाकर मेरे लिए भीषण मुश्किल खड़ी कर सकती हैं। मैं उनसे कहती कि मेरी ननदें पढ़ी-लिखी हैं और कुटिलता उन्हें छू भी नहीं गई है। वे सब सपरिवार मुझसे मिलने आती ही रहती हैं। किन्तु मेरे पति के साधु वेश में जीवित होने की बात कभी नहीं कहतीं। मात्र एक बार ज्योतिर्मयी ने यह कहा था कि काशी में कुछ ऐसे व्यक्ति मिले जिन्होंने मेजोकुमार के-से एक साधु को देखा था। मैं बोली, 'दीदी मैं भी काशी गयी थी, मुझसे तो किसी ने ऐसा नहीं कहा। यदि मेजोकुमार उन्हें कहीं साधु रूप में जीवित दिखे तो उन्होंने तत्काल आप लोगों से सम्पर्क क्यों नहीं किया यह कभी सोचा आपने? क्या आप जैसी पढ़ी-लिखी स्त्री के लिए भी एक पुरानी कथा के आधार पर फैलाई गई अफवाह का दार्जिलिंग के सिविल सर्जन और डिप्टी कमिश्नर के दिए मृत्यु प्रमाण-पत्रों और सासन बन्धुओं द्वारा दिए गए दाह-संस्कार के प्रमाण-पत्र से अधिक महत्त्व हो सकता है?' वह बोली कि न हो सकता है और न है, मैं भी जानती हूँ कि लोग हमारे मन में एक झूठी आशा जगाने के लिए रोमेन्द्र के साधु रूप में जीवित होने की बात बिना कोई ठोस प्रमाण दिए कर देते हैं। मैं बोली कि झूठी आशा जगाने के लिए कि आप लोगों से और मेरे सम्बन्धों में कटुता लाने के लिए। बोलीं कि अब तो मुझे भी यही लगता है बिभा कि लोग भवालराजपरिवार में

फूट डलवाना चाहते हैं।

दादा भी धीरे-धीरे आश्वस्त हो गए थे। और क्या अब प्राय: 12 वर्ष बाद ज्योतिर्मयी दीदी मेजोकुमार के-से लगने वाले किसी साधु से सम्पर्क करके दादा की आशंका को सचमुच सही सिद्ध करने वाली हैं? ना-ना, ऐसा हो नहीं सकता। अवश्य ही कुछ भूल हुई है बोऊदी के सुनने-समझने में। सायंकाल जब दादा कचहरी से लौटेंगे उनसे ही पूछ लूँगी किन्तु उनसे पूछने का अर्थ तो एक प्रकार से बोऊदी की चुगली करना होगा। दादा बहुत क्रोध करेंगे बोऊदी से। बोऊदी के मन में फिर कटुता जाग उठेगी मेरे प्रति। ना दादा से कोई जिज्ञासा न करूँगी मैं। व्यापार वास्तव में गम्भीर होगा तो वह स्वयं ही बताएँगे मुझे। किन्तु गम्भीर क्यों होगा वह? ननदों में मेरी सबसे अधिक घनिष्ठता ज्योतिर्मयी दीदी से ही रही है। बहुत प्यार था उन्हें मेरे पति से इसी कारण मुझे भी सदा बहुत प्यार दिया है। वह जानती हैं कि मेजोकुमार के साधुवेश में जीवित होने की कथा का प्रचार करने वाले यह भी कहते हैं कि उन्हें औषधि के नाम पर विष दिया गया था। अस्तु उस कथा को सत्य मानने का अर्थ दादा पर और प्रकारान्तर से मुझ पर हत्या का प्रयास का आरोप लगाना होगा। इसीलिए वह अनेक बार मेरा आलिंगन करके बोली हैं, मेजोबोऊ हमने रोमेन्द्र के जीवित होने की कथा की ओर ध्यान अवश्य दिया किन्तु कुल देवी तारा की सौगन्ध हमें उसकी हत्या के प्रयास की कथा में रंचमात्र भी विश्वास नहीं है।

न ज्योतिर्मयी दीदी किसी अज्ञात कुलशील साधु को मेरा पति घोषित कर मेरे वैधव्य का सार्वजनिक परिहास कदापि नहीं कर सकतीं। ससुराल में मात्र वही तो हैं जिनसे मुझे सदा वही पूरी और सच्ची सहानुभूति मिलती रही है आज पर्यन्त। वही तो थीं ना जिन्होंने मुझे अपने भतीजे की बात पर मुक्त अट्टहास करते देख अंक लगा लिया था। बोली थीं कि मैं प्रतिदिन पूजा वेला प्रार्थना करती रही हूँ तारा देवी से कि हमारी बिभाबती के दुखमेघ ढके मुखमण्डल को प्रदीप्त कर दे प्रफुल्लता से। अपनी प्रार्थना की स्वीकृति पर आत्मिक सन्तोष मिल रहा है मुझे। हम विधवाओं के लेखे जो भी जितना भी सुख लिखा है हमारे समाज में वह समस्त तुझे मिलता रहे निर्बाध यही मेरा आशीर्वाद है। ऐसा आशीर्वाद देने वाली दीदी मेरा अशुभ कराने की बात कभी सोच सकती हैं भला? असम्भव किन्तु दादा तो सदा-सर्वदा यही समझाते आए हैं ना कि राजपरिवार वाले तेरे हितचिन्तक नहीं, शत्रु हैं और ज्योतिदी का तेरे प्रति प्रेमपूर्ण व्यवहार और कुछ नहीं उनके पुत्र जलद के प्रति तेरे अनुराग का पूर्ण दोहन करने का निमित्तभर है।

श्राप मुक्ति

पता नहीं वह साधु इतना आग्रह करने पर भी यहाँ आ क्यों नहीं रहा है कि मैं स्वयं देख सकूँ कि वह रोमेन्द्र जैसा है कि नहीं? उसी के निश्चित किए गए समय पर लेने गया था बुद्धू किन्तु राजबाड़ी की टमटम में उसकी वापसी की राह घण्टों तक देखने के बाद मैं निराश होकर सायंकालीन पूजा के लिए यहाँ आ गयी हूँ नदी किनारे। मेरा मन पूजा में नहीं लग रहा। बस स्मृतियाँ उभर रही हैं, अपने उद्दण्ड किन्तु निश्छल उस रोमेन्द्र की जो हमें जितना सताता था प्राणों को खतरे में डालने वाली चेष्टाओं से यथा— अजगर और अन्य सर्पों को पकड़ लेना, वायु वेग से टमटम दौड़ाना, हिंसक पशुओं को पालना और स्वयं तैराकी में अनाड़ी होते हुए भी हम बहनों को भी हाथ पकड़कर नदी में खींच लेना- उतना ही अपना प्यार हम पर लुटाता था। वही था जो भवालराज के अँग्रेज प्रबन्धकों से लोहा लेने में माँ का साथ देता, बोड़ोकुमार रोणेन्द्र तो सदा उनकी हाँ में हाँ मिलाता और उनके संकेतों पर चलता रहा।

प्रायः बारह वर्ष पहले हमें बताया गया कि दार्जिलिंग में रोमेन्द्र की मृत्यु हो गयी। उसके ही कुछ वर्षों के भीतर शेष दोनों भाई भी उसी की तरह निःसन्तान मर गये। राजबाड़ी में तीनों राजकुमारों के बैठकखानों में उनकी जीवन्त रागरंग-रत उपस्थिति की जगह उनके बड़े-से चित्र ने ले ली। उनकी पत्नियाँ भी राजबाड़ी छोड़कर चली गयीं। किन्तु आनन्द खानसामा और शरीफ खाँ समेत बहुत से नौकर कहते रहे कि मेजोकुमार जीवित हैं। एक न एक दिन घर लौटकर आएँगे। आनन्द खानसामा कहता, 'जब भी मैं मेजोकुमार के चित्र के आगे दीप जलाता हूँ वह फौरन बुझ जाता है और मुझे कमरे में उनकी उपस्थिति का आभास होता है इसीलिए मैं तो बस अगरबत्ती जला आता हूँ।' ठाकुर माँ कहती, 'उसकी उपस्थिति का आभास होने का अर्थ तो यही है कि मेजो का दार्जिलिंग में दाह-संस्कार न हो पाने की अफवाह सही थी।' मुझे लगता कि यह कोरी मन को दिलासा देने वाली बात है। जीवित नहीं हो उठता कोई भी मृत व्यक्ति। शव अर्थी से गायब नहीं होते। यदि ऐसी अनहोनी हो भी जाती हो तो जिसका शव गायब हो गया होता तो उसकी जगह जलाने के लिए किसी और का शव कैसे मिला भला?

विचित्र किन्तु सत्य है कि दार्जिलिंग से रोमेन्द्र की अस्थियों का कलश और रोमेन्द्र का दाह-संस्कार न हो सकने और उसके साधुओं की टोली में देखे जाने की अफवाह दोनों एक साथ पहुँचे हमारी राजबाड़ी में। दाह-संस्कार न हो सकने के सन्दर्भ में गुमनाम पत्र भी मिला रोणेन्द्र को प्राय: 3 महीने बाद। थोड़ी पूछताछ भी करवाई हम लोगों ने। किन्तु सत्या बाबू ने रोणेन्द्र को मेजो की मृत्यु और दाह-संस्कार का प्रमाण-पत्र लाकर दिखा दिये। प्राय: तीन-चार महीने बाद माधवबाड़ी में एक संन्यासी आया जिसने जमाई सागर बाबू से कहा कि मैंने पंजाबी नागा साधुओं की टोली में एक बंगाली व्यक्ति को देखा था और मुझे बताया गया था कि यह किसी अमीर घर से है और इन साधुओं को श्मशान भूमि में पड़ा हुआ मिला था। हम सब लोग उससे अधिक पूछताछ करने के लिए पहुँचे लेकिन वह तब तक चला गया था। मन्दिर की देखरेख करने वाले अक्षय काकू उसे ढूँढ़ने गये, नहीं मिला। अक्षय काकू कुछ तीर्थों में जाकर पता करके आये किन्तु रोमेन्द्र के बारे में कोई ठोस सूत्र हाथ लगा नहीं उनको। दोनों भाइयों की मृत्यु हो जाने के बाद हम बहनें भी राजबाड़ी छोड़कर अपने-अपने घरों में रहने लगीं। ठाकुर माँ भी कुछ दिनों बाद कृपामयी बुआ के साथ बनारस रहने चली गयीं। अक्षय काकू भी उनके साथ गये। मैं भी बीच-बीच में बनारस जाती रही। बनारस-प्रवास में हमने साधु-सन्तों से ही नहीं, प्रवासी बंगालियों से भी जिज्ञासा की कि क्या उन्होंने रोमेन्द्र-जैसा साधु कहीं देखा था? अनेक लोगों से इसका सकारात्मक उत्तर मिला पर वे भी उसे खोज सकने के लिए ठोस सूत्र कोई दे न सके। कृपामयी बुआ के स्वर्गवास होने के बाद ठाकुर माँ और अक्षय काकू अँग्रेजी संवत् 1917 में जयदेबपुर लौट आये। तभी यह अफवाह सुनी गई कि बहुत पहले पंजाबी नागा साधुओं की एक टोली का किसी ने चित्र लिया था जिसमें एक साधु रोमेन्द्र-जैसा लगता है।

इसी के कुछ दिन बाद एक मौनी नागा संन्यासी माधवबाड़ी में रहने आया। उससे बातचीत करने के लिए स्लेट-पेंसिल या कागज-कलम का सहारा लेना पड़ता था। हम लोग अक्षय काकू के साथ उसके पास गयीं क्योंकि हमने सुना कि इस साधु के हवाले से अन्य जगहों पर यह अफवाह फिर उड़ गई है कि रोमेन्द्र का दाह-संस्कार नहीं हो सका किन्तु जब हमने प्रश्न किया इस सम्बन्ध में उससे तो उसने लिखित उत्तर न देकर एक विचित्र ढंग से सिर हिला दिया और हम यह निश्चित नहीं कर पाये कि वह रोमेन्द्र के जीवित होने की बात के लिए हाँ कर रहा है कि ना? हमारी ओर से अक्षय काकू ने बहुत बार पूछा और लिखकर भी दिया मेरा प्रश्न किन्तु उसने उत्तर नहीं दिया। हम लोग निराश लौट आये। किन्तु कुछ दिन बाद वह स्वयं ही मेरे घर आया और उसने ठाकुर माँ की ओर से दिये गये लिखित प्रश्न के उत्तर में लिखा, 'हाँ, ऐसे एक व्यक्ति के नागा साधुओं द्वारा बचा लिये जाने की बात मैंने सुनी थी। वे कौन थे, यह याद नहीं।' इस उत्तर से भयंकर निराशा हुई लेकिन साथ ही यह जानकर अच्छा भी लगा कि मेजोकुमार को श्मशान में जिन्दा हो जाने और किन्हीं साधुओं द्वारा बचा लिये जाने की जो अफवाह

सुनी जाती रही थी वह बिल्कुल बेबुनियाद नहीं है। ठाकुर माँ बोलीं कि बर्द्धमान के महाराज मेरे पुराने परिचित हैं उन्हें मेरी ओर से पत्र भिजवाओ और पूछो कि सत्या बाबू मेजो के दाह-संस्कार के लिए उनके यहाँ से गंगाजल-तुलसीदल मँगवाए जाने की जो बात कह रहे हैं वह सच है या नहीं? वह स्वयं भी उस समय दार्जिलिंग में प्रवास कर रहे थे। वह तो बता ही सकेंगे कि दाह-संस्कार हो पाया कि नहीं? पत्र भेजा गया किन्तु महाराज का उत्तर रहस्य पर से आवरण नहीं हटा सका। उन्होंने लिखा, 'मैं तो बस इतना जानता हूँ कि कुछ लोग भवाल के मेजोकुमार के निधन का समाचार लेकर मेरे यहाँ आये थे और कुछ सामग्री ले गये थे।'

अफवाहें जोर पकड़ती रहीं और परस्पर-विरुद्ध रूप लेती रहीं। कभी यह सुनने में आया कि मेजो के शव को मुखाग्नि दे चुकने के बाद झड़वृष्टि आरम्भ हुई और अघोरियों ने उसे बुझी चिता से उठाकर तन्त्र साधना से पुनर्जीवित किया। कभी यह सुनने में आया कि झड़वृष्टि शव के चिता पर रखने से पहले ही आ गयी। उसे उठा ले जाने वाले नागा साधु थे और वास्तव में वह शव था नहीं क्योंकि तब भी देह में प्राण का क्षीण संचार हो रहा था। तब तक राजबाड़ी पूरी तरह सूनी हो चुकी थी क्योंकि ठाकुर माँ उसे छोड़कर मेरे घर में आ गई थीं। हम दोनों आपस में बात करते कि अगर परिवार की परम्परा के अनुसार मेजोबोऊ के साथ ननद, जेठानी भी जातीं तो हमारे लिए दार्जिलिंग प्रकरण इतना रहस्यमय न बनता बल्कि कदाचित् वहाँ स्वास्थ्य लाभ के लिए गए रोमेन्द्र मृत्यु के मुख में चला या कहूँ भेजा नहीं जाता। किन्तु सत्या बाबू ने तो मानो शुरू से ठान रखी थी कि हम लोगों को साथ नहीं ले जाएँगे। इसीलिए तो दार्जिलिंग जाकर केवल पाँच कमरों वाला मकान किराये पर तय कर आए इस सफाई के साथ कि वहाँ इससे बड़ा और कोई खाली न था जबकि उनके साथ गया मुकुन्द गुईं बता रहा था कि मकान तो और भी थे किन्तु साला बाबू को यही पसन्द आया। मैंने तो रोमेन्द्र को बहुत समझाया कि अब भी कोई और मकान ढुँढ़वा लो दार्जिलिंग में। किन्तु वह बोला, सत्या ठीक कहता है कि इस समय दार्जिलिंग का मौसम ऐसा तो है नहीं कि तुम लोग वहाँ सैर-सपाटे के लिए जाओ। ठण्ड और बरसात में घर में बैठे रहकर क्या करोगी? सुनकर मुझे बहुत गुस्सा आया और मैंने कहा कि तुम जितने भोले हो सत्या उतना ही चतुर है। रोमेन्द्र बोला कि इसमें चतुराई की क्या बात है? मैंने कहा कि तेरा यह न समझ सकना ही बताता है कि तू कितना भोला है।

भोली तो मुझे बिभा भी लगी शुरू से। कदाचित् वह कभी समझ ही नहीं पायी कि उसके अल्लापद कितने चतुर हैं। उस बेचारी ने तो कहा भी कि बड़ा मकान लो और कम से कम ननदों को साथ ले चलो। किन्तु सत्याबाबू ने उससे कह दिया कि हम लोग दार्जिलिंग सैर-सपाटे के लिए नहीं, मेजोकुमार के स्वास्थ्य-लाभ के लिए जा रहे हैं। वह बेचारी अपने अल्लापद की इस बात को काट नहीं पायी। मैंने शुरू से इस बात को रेखांकित किया था कि वह अपने दादा की किसी भी बात को काट नहीं पाती है और

पूरी तरह से उनके वश में है। पति द्वारा थोड़ी उपेक्षित रहने के कारण उसके लिए अपने दादा का भावनात्मक सम्बल बहुत आवश्यक हो गया था। चतुर सत्या बाबू इसका पूरा लाभ उठाते। उस पर आभार जताते कि तेरे कारण मुझे अपनी पढ़ाई-लिखाई छोड़कर यहाँ रहना पड़ता है। किन्तु सत्या बाबू चतुर न होते तो आज अपनी छोटी बहन के हिस्से आई भवालराज की आय पर जमींदारों-जैसा जीवन व्यतीत न कर रहे होते।

यह भी उनकी चतुराई का ही परिणाम था कि रोमेन्द्र की तथाकथित मृत्यु के समय हममें से कोई वहाँ उपस्थित न था। उन्होंने हमें उसके मरणासन्न होने की सूचना इतने विलम्ब से भेजी कि कोई दार्जिलिंग पहुँच ही नहीं पाया। जब भी मेरी दृष्टि सूनी राजबाड़ी पर टिकती है स्मृति में उभर आता है वह अशुभ दिन। सुबह सवा ग्यारह बजे दार्जिलिंग से आश्वासनप्रद तार भेजा गया— 'अब बुखार नहीं। बस थोड़ा दर्द और मितली। चिन्ता की कोई बात नहीं। पथ्य दे रहे हैं। वापसी के लिए एक हजार रुपया भिजवाएँ।' और तीन बजकर दस मिनट पर यह तार भेजकर विस्मित कर दिया गया, 'कुमार की हालत नाजुक। खूनी पेचिश। शीघ्र आएँ।' बोड़ोकुमार ने तार भिजवाया, 'बहुत चिन्तित। हालत के बारे में जल्दी-जल्दी तार भेजा करें। बढ़िया से बढ़िया चिकित्सा करवाएँ। ताजा स्थिति के बारे में तार करें।'

ठाकुर माँ बोलीं, 'तार भेजकर क्या होगा? सत्या बाबू खुद तो अनुभवहीन हैं। उनके साथ गया हुआ डॉक्टर आशु भी सर्वथा नौसिखिया है। पता नहीं क्या रोग हो रहा है और क्या उपचार कर रहे हैं। छोटो को फौरन दार्जिलिंग भेजो कि वहाँ योग्य डॉक्टरों से उपचार करवाएँ।' अगली सुबह छोटो अपने कारिन्दों के साथ गाड़ी पकड़ने के लिए स्टेशन गया और वहाँ स्वयं स्टेशन मास्टर ने उसे दिया दार्जिलिंग से मिला रोमेन्द्र के देहान्त का तार। छोटो विलाप करता हुआ लौटा राजबाड़ी। हम स्त्रियाँ तो इतनी स्तब्ध रह गयीं कि बहुत देर तक यही दोहराती चली गयीं कि ऐसा कैसे हो सकता है? रोमेन्द्र सर्वथा स्वस्थ और प्रसन्न था दार्जिलिंग के लिए प्रस्थान करते समय। खूब हँस-बोल रहा था हम सबसे। उसके दार्जिलिंग पहुँच जाने के 15 दिन बाद तक भी हम यही सुनते रहे कि वह बहुत आनंद में हैं और आमोद-प्रमोद में उसका दिन कब बीत जाता है पता नहीं चलता। फिर 6 मई को सुबह 10 बजे भेजा गया एक तार मिला, 'कल रात कुमार को 99 से कम बुखार। चिन्ता की बात नहीं। अब बुखार नहीं। अपनी कुशल भेजें।' उसी शाम पौने सात बजे तार मिला, 'कुमार को कल ज्वर, तीव्र उदरशूल के साथ। सिविल सर्जन बुलाया।' इसी के लगभग दो घण्टे बाद तार भेजा, 'बुखार उदरशूल दो घंटे तक। अब ठीक। चिन्ता न करें। दुबारा होने की आशंका नहीं।' फिर 7 तारीख को सुबह दस बजे तार भेजा, 'कुमार रात आराम से सोये। बुखार नहीं। दर्द नहीं।' 8 मई को सुबह सात बजकर बीस मिनट पर तार भेजा, 'कल थोड़ा ज्वर और शूल। अब ठीक चिन्ता न करें।' इन तारों को पढ़कर कौन समझ सकता था कि रोमेन्द्र गम्भीर रूप से बीमार हैं। और अगले तार में तो उसे पथ्य देकर वापस ले आने की बात कही गई थी।

फिर देखते ही देखते ऐसा क्या हुआ कि उसके प्राण पखेरू उड़ गये।

स्तब्ध रहने की स्थिति से हम उबरे तो क्रुद्ध होने की स्थिति में पहुँचे कि क्या सत्या बाबू और उनके साथ गए कारिन्दों ने हमें जान-बूझकर धोखे में रखा कि हम रोमेन्द्र के स्वास्थ्य की असली स्थिति जानकर वहाँ न पहुँच जाएँ और उसका उपचार किसी सुयोग्य डॉक्टर को सौंपकर पता करें कि अब तक क्या गोलमाल चल रहा था? किन्तु फिर अनुभूति हुई कि अब क्रोध करके क्या होगा और राजबाड़ी गूँज उठी हृदय-विदारक क्रन्दन से। आज भी कभी-कभी रोती हैं हम किन्तु जब भी थमते हैं आँसू मन पुनः करता है वही प्रश्न कि ऐसा कैसे हो सकता है? और यदि ऐसा नहीं हो सकता है तो यह हो सकता है कि हमारा वह लाड़ला रोमेन्द्र गहन संज्ञाहीनता की अवस्था में ही मृत मानकर दाह-संस्कार के लिए ले जाया गया हो और आज वह कहीं घूम रहा हो, पंजाबी नागा साधुओं के साथ। किन्तु इस आशा के उभरते ही तुरन्त इस अकाट्य तर्क का सामना करना पड़ता कि यदि वह जीवित है तो बारह साल बाद भी घर लौटा क्यों नहीं? ऐसा क्यों कि आज तक कोई यह कहने वाला नहीं मिला कि अमुक-अमुक स्थान पर वह साधुरूपी रोमेन्द्र बैठा है जाकर देख आओ। इसीलिए रोमेन्द्र के जीवित होने की अफवाह हमारे मन में क्षीण-सी आशा जगाने के बाद हमें पहले से भी अधिक सन्तप्त छोड़ जाती। किन्तु प्रायः एक साल पहले मौनी साधु द्वारा रोमेन्द्र के जीवित होने की बात कहे जाने के चार वर्ष बाद कासिमपुर के अतुल बाबू ढाका से उस रोमेन्द्ररूपी साधु की उपस्थिति की विस्मयकारी सूचना लेकर आये। बोले, 'बकलैण्ड बन्ध पर एक नागा साधु बैठा है जो अपने को पंजाबी बताता है किन्तु लगता रोमेन्द्र-जैसा है। उससे बात करके मुझे ऐसे संकेत मिले कि वह है तो रोमेन्द्र ही किन्तु उस रूप में अपनी पहचान करवाने से सकुचा रहा है।'

ठाकुर माँ बोलीं, 'उसका बकलैण्ड बन्ध पर धूनी रमाना भी उसके भवाल के मेजोकुमार होने का ही संकेत है। तुम लोगों को तो पता ही है कि मेरे पति ने इस बन्ध के निर्माण के लिए अँग्रेजों को बीस हजार टका दिया था और इसके लिए अँग्रेजों ने उन्हें 'राजा बहादुर' की उपाधि से विभूषित किया था।' ठाकुर माँ मुक्तहस्त से दान-पुण्य करने वाले भवालराजपरिवार की यशोगाथा सुना बैठीं और उस साधु को कोसने लगीं जो हमारे दादाजी को वंशनाश का श्राप दे गया था। फिर बोलीं, 'मेरा मन ऐसा कह रहा है कि उस नागा साधु के श्राप से मुक्ति दिलाने के जन्य एक ठो और नागा साधु भिजवा दिये हैं भगोबान। किसी को भेजो बकलैण्ड बन्ध पर बैठे उस साधु को देखने।' हम स्त्रियाँ तो वहाँ जा नहीं सकती थीं इसलिए मैंने बुद्धू को भेज दिया। मेरे बच्चों में वही था जिसे अपने मामा की अच्छी तरह स्मृति थी। बुद्धू ढाका से अनिश्चय की मनःस्थिति में लौटा। बोला, 'लगा वह साधु मुझे पहचानने का यत्न कर रहा है। मुझे भी कुछ-कुछ मेजो मामा-सा ही लगा किन्तु उसका बोलने का ढंग भिन्न और विचित्र था।' कुछ दिन बाद सुना कि अतुल बाबू उस साधु को घेर-घारकर कासिमपुर ले आये हैं और वहाँ जो भी

उसे देख रहा है उसमें रोमेन्द्र की ही झलक पा रहा है। मैंने अपने जमाई सागर बाबू से कहा कि उस साधु को यहाँ माधवबाड़ी में रहने के लिए बुलवाएँ और अपने दादा जोगेन बाबू के साथ उससे मिलें। बुद्धू तो अपने मेजो मामा के दार्जिलिंग जाते समय लड़का ही था किन्तु आप लोग तब युवा थे। आपकी राय का अधिक महत्त्व होगा हमारे लिए। उन्होंने साधु को बुलाया। उससे मिले। सागर बाबू ने कहा कि रोमेन्द्र ही है किन्तु जोगेन बाबू बोले, 'लगता तो ऐसा ही है किन्तु जल्दबाजी ठीक नहीं। आप लोग अच्छी तरह देख-परख लें पहले।' परखने के लिए ही बुलवाया है मैंने और उसकी प्रतीक्षा करते हुए सूर्यास्त हो चला है।

बुद्धू की पदचाप से मेरी विचार-शृंखला टूटी। बोला, 'वह आ गया है।' मेरा हृदय धड़कने लगा। लगभग दौड़ती हुई पहुँची घर। देखा कि संन्यासी एक चटाई पर पाल्थी मारे बैठा है। जीजाजी गोबिन्द मुखर्जी, उनकी विधवा बेटी केनी, उनके बेटे बिल्लू और जब्बू, मेरी बेटियाँ और ठाकुर माँ सत्यभामा उसके पास खड़े हैं। नौकर दरवाजों से झाँक रहे हैं और आँगन में कुछ प्रजाजन भी जमा हैं साधु को देखने के लिए। मेरी पदचाप सुनकर साधु ने मेरी ओर देखा तिरछी नजर से। रोमेन्द्र का भी तो यही ढंग था लोगों को देखने का। पता नहीं क्यों मुझे ऐसा लगा मानो वह मुझे पहचान रहा हो। मैंने उसे सिर से पाँव तक देख डाला। चेहरे और बदन पर भस्म लेप होने के कारण रोमेन्द्र के रूप में उसे पहचान पाना असम्भव ही था। उसकी आँखें अलबत्ता मेरी तरह ही कंजी लग रही थीं। किन्तु गोधूलिवेला में प्रकाश इतना कम था कि आँखों का रंग भी साफ-साफ नजर आ नहीं रहा था। तो मैंने पास खड़े नौकर को लैम्प जलाकर लाने का आदेश दिया। सुनते ही वह साधु उठ खड़ा हुआ। बोला, 'मेरा ध्यान पर बैठने का बखत हो गया है। मैं चलता हूँ।'

मैंने कहा, 'आरे आप सारा दिन ध्यान कर चुका है बाबा जी। अभी थोड़ा कुछ ग्रहन तो करो ना मेरा बाड़ी में। भूखा कैसा जाने दे सकती मैं आपको?' फिर मैंने केनी से कहा कि बाबाजी को फल-मिष्ठी खिला। केनी ने थाल साधु की ओर बढ़ाया। एक से एक मिठाई और फल होते हुए भी उसने सार भाजा उठाया और उसके ऐसा करते ही बुद्धू की आँखों ने मेरी ओर देखकर पूछा कि देख रही हो ना माँ वही देहाती मिठाई खा रहा है साधु जो मेजो मामा को अत्यन्त प्रिय थी? बुद्धू उससे पूछ बैठा, 'आप ए मिष्ठी कियूँ उठाये? आपको बहुत पसन्द है क्या?' वह बोला, 'हम साधु लोग पसन्द-नापसन्द के मायाजाल में नहीं ना पड़ते बच्चा। हमारे वास्ते हर चीज का सुआद एक-वर्गा ही होता है। अच्छा अब मैं चलता हूँ।' मैंने उसका रास्ता रोकते हुए कहा, 'थोड़ा देर तो और बैठो बाबाजी। अभी तो आपसे कोई बात भी हम लोग करने नहीं सका।' वह बोला, 'हम संन्यासियों को गिरस्तों से क्या बात करनी दीदी?' और मुझे परे करता हुआ टमटम की ओर जाने लगा। उसके सम्बोधन ने मेरे मन में बड़ी हलचल पैदा कर दी। उसके पीछे लपकते हुए मैंने पूछा, 'आप मेरा को दीदी कियूँ पुकारे बाबाजी?' वह बोला, 'हम

पंजाबियों में जनानियों को माताजी-बहनजी पुकारने का रिवाज है इस करके।'

नौकर लैम्प लेकर आ रहा था। साधु ने तुरन्त पायदान पर पैर रखा और टमटम में जा बैठा। लैम्प के प्रकाश की ओर से मुँह फेर लिया उसने। मैंने कहा, 'मेरा जे बिनती कि अभी थोरा दिन आप इधर में ही रहें बाबाजी।' वह बोला, 'नहीं दीदी, मैंने तो कल ही लाँगल बाँध चले जाना है ब्रहमपुत्र में अस्नान करने के वास्ते।' मैं चिल्लाई, 'काल मत जाइए बाबाजी। मेरा को आपसे कुछ ज्ञान-टान लेना है। मैं काल सबेरा में ही आपका वास्ते में पालकी भिजवा देगी।' उसने कोई जवाब नहीं दिया। टमटम चली गयी। उसके जाते ही बुद्धू बोला कि कई बार देख लेने के बाद अब मुझे तो विश्वास होने लगा है कि साधु के भेस में मेजो मामा ही हैं। केनी उछल पड़ी कि प्रभु के चमत्कार से मुझे उन मेजो मामा का स्नेह और अनुराग मिल सकेगा जिनका केवल नाम ही सुना था और जो बड़ो और छोटो मामा की तरह स्वर्गवासी समझे जाते रहे थे। जीजाजी ने अपनी बेटी को झिड़क दिया कि इतनी जल्दी खुशी से नाचने मत लग। फिर मेरी ओर देखते हुए उन्होंने पूछा कि तुम्हारी क्या राय बनी ज्योतिर्मयी? मैंने कहा कि मुझे उसके चेहरे की बनावट, उसकी आँखों का रंग, कद-काठी और चाल तो मेजो-जैसे ही लगे किन्तु यह उससे ज्यादा हृष्ट-पुष्ट लगा। जीजाजी बोले कि इस साधु की जबान लटपटाती है जबकि रोमेन्द्र बिल्कुल साफ बोलता था, यह हिन्दी बोलता रहा जबकि रोमेन्द्र हिन्दीभाषियों तक से बांग्ला में ही बोलता था। बात सच थी। तभी ठाकुर माँ बोली, 'लगता तो रोमेन्द्र-सा ही था और मेरी ओर देखकर उसी नटखट ढंग से मुस्कुराया भी था जैसे रोमेन्द्र मुस्कुराता था बचपन में कोई शरारत करके, किन्तु प्रकाश कम होने से मेरी बूढ़ी आँखें किसी निष्कर्ष पर पहुँच नहीं सकीं, तूने अच्छा किया खोखी कि उसे कल फिर बुला लिया। दिन के उजाले में देखने से ही मुझे पता चल सकेगा।'

जीजाजी बोले कि मात्र देखने से कुछ नहीं होगा, कई दिन तक देखते रहने और परीक्षा लेने से ही कोई बात बनेगी। जिन मेजोकुमार का सत्या बाबू के अनुसार दार्जिलिंग में विधिवत दाह-संस्कार कर दिया गया था उन्हें बगैर किसी प्रमाण के इस पंजाबी साधु के रूप में जीवित बताना जगहँसाई का खतरा मोल लेना होगा। मैं उनसे सहमत हुई। किसी अजनबी को थोड़े-से बाहरी साम्य के आधार पर अपना भ्राता मान लेना और उसकी विधवा से अपनी सूनी माँग में फिर से सिन्दूर भरने के लिए कहना नितान्त अशोभनीय होगा मेरे लिए। तो मैंने उस बहस को वहीं समाप्त करते हुए कहा कि ठीक है बुद्धू तू कल सवेरे पालकी ले जाना और साधु को यहाँ ले आना। उस रात मैं देर तक मेजो के बारे में सोचती रही और स्वप्न में मैंने देखा कि एक जलती चिता कमल के फूल में बदल गयी है और मेजो उस कमल पर बैठा मुस्कुरा रहा है। अगले दिन बुद्धू माधवबाड़ी गया पालकी लेके किन्तु थोड़ी ही देर में लौट आया। उसने बताया कि साधु तो नहीं मिला। मैं उसके लिए पालकी छोड़ आया हूँ। गोविन्द जीजा जी बोले कि इस का अर्थ है वह भाग गया कि कहीं मेरी परीक्षा ले बैठे तो? ठाकुर माँ बोलीं, 'उस

बिचारे ने कब कहा है कि रोमेन्द्र हूँ जो परीक्षा लिए जाने का भय उठता उसके मन में? वह तो अपने को पंजाबी साधु ही बता रहा है ना।'

तभी बुद्धू बोला, 'माधवबाड़ी में जमा भक्तों में इस बात को लेकर बहुत कुतूहल था कि वह साधु आज पहले राजबाड़ी के मर्दाना खण्ड के आस-पास चहलकदमी करता रहा, फिर उसने मेजो के बैठकखाने की खिड़की से भीतर झाँक कर देखा और अन्त में उससे सटे स्नानघर में घुस गया। नल में नहाकर बाहर आया तो लोगों को उसका चेहरा बिल्कुल मेजोकुमार-सा लगा। उन्हें अपनी ओर घूरते देख उसने धूनी से राख उठाकर चेहरे पर मलनी शुरू कर दी।' यह सुनकर मैं बोली कि काश मैं भी उसके बगैर भस्मलेप का चेहरा देख पाती। उधर जीजाजी बोले, 'जब वह अपने को रोमेन्द्र कह ही नहीं रहा है तब हम क्यों उसे रोमेन्द्र मान लेने के लिए उतावले हों ठाकुर माँ? माना कि हम सभी के मन में एक क्षीण-सी आशा रही है कि कदाचित् रोमेन्द्र कहीं साधुवेश में जीवित हो और हम चाहते रहे हैं कि वह फलवती हो किन्तु इसका अर्थ यह तो नहीं...' मैंने उनकी बात काटते हुए कहा, 'अगर वह साधु रोमेन्द्र ही है तो जरूर आएगा। मेजो सदा हम बहनों के हर आग्रह की रक्षा करता था।' मेरा अनुमान सही निकला। हम दिन का भोजन करने के लिए तैयार बैठे थे कि कहारों की आवाज सुनाई पड़ी। वह आ गया था। मैंने बुद्धू से कहा कि आज आग्रह करके अपने बैठकखाने में ले आ। साधु ने बाहर ही बैठने की जिद नहीं की। जब हम लोग जीजाजी के साथ बुद्धू के बैठकखाने में पहुँचे वह एक चौकी पर पद्मासन साधे हुए था। जीजाजी मुझे और ठाकुर माँ को कुर्सियों पर बैठा कर स्वयं साधु के साथ चौकी पर बैठ गये। बच्चे आस-पास खड़े रहे। साधु ने ठाकुर माँ की ओर देखा बहुत प्यार से और कहा कि दूर से क्यों घूरती है दादी अम्मा, यहाँ आकर बैठ मेरे नजदीक। उसने अपने पास की एक चौकी को थपथपाया। ठाकुर माँ सकुचाती हुई गयीं और सिमटकर चौकी पर बैठ गईं। वह उठा। उसने उनके पाँव छुए और फिर बोला कि आराम से बैठ दादी अम्मा। उसने ठाकुर माँ को सहारा देकर उठाया और अच्छी तरह बैठाया। फिर उन्हें अपलक निहारते हुए बोला गहरी साँस लेकर कि इस बुढ़िया ने बहुत दुख देखा है। सुनकर ठाकुर माँ की आँखें छलछला आयीं। कमरे में खामोशी छा गयी।

साधु ने अब अपनी दृष्टि मेरी ओर फेरी और मेरी कुर्सी के अगलबगल खड़ी मेरी बेटियों की ओर इशारा करके पूछा, 'ये तुम्हारी बेटियाँ हैं दीदी?' मैंने हामी भरी। फिर बुद्धू की ओर इशारा करके कहा, 'ये तो तुम्हारा बेटा है।' मैंने फिर हामी भरी। अब वह इन्दुमयी दीदी के बच्चों से उन्मुख हुआ। बोला, 'ये बच्चे?' मैंने बताया मेरी इन्दुमयी दीदी के हैं और आपके पास जो बैठे हैं वे इनके पिता है गोबिन्द मुखर्जी। वह बोला, 'और आपकी दीदी?' मैंने भर्राए स्वर में उत्तर दिया कि कुछ वर्ष पहले उनका स्वर्गवास हो चुका है। आँचल से अपनी आँखें पोंछते हुए मैंने देखा कि साधु के गालों की राख पर धारियाँ बनाती अश्रुधार बह रही हैं और उसे रोते देख जीजाजी विस्मित हो रहे हैं।

साधु ने केनी की ओर इशारा करके पूछा, 'बिटिया का नाम क्या है?' जीजाजी ने बताया, 'केनी।' उसने केनी से कहा, 'इधर आओ बेटी।' केनी पास गयी तो उसने उसकी हथेली पकड़कर कहा, 'बहुत बड़ी हो गयी है री, तेरी शादी पक्की कर दी कि नहीं तेरे बाप ने?' जीजाजी ने कहा, 'ब्याह तो हुआ था किन्तु...' साधु ने उनकी बात पूरी होने से पहले ही हाय रब्बा कहकर केनी की सूनी माँग को छूते हुए सिसकना शुरू कर दिया। उसे रोता देख ठाकुर माँ स्वयं रुआँसी हो गईं और कुछ बुदबुदायीं। जीजाजी ने पूछा साधु से कि आप इस तरह हम परायों के दुख पर फूट-फूटकर क्यों रो रहे हैं? अपने आँसुओं पर अंकुश लगाते हुए उसने कहा कि साधु के लिए कोई पीर परायी नहीं होती महाशय। ठाकुर माँ अब बोली कि इन्हें अधिक परेशान मत करो। किन्तु तभी इन्दु दीदी का बेटा तेब्बो रोमेन्द्र के कुछ चित्र ले आया और साधु को दिखाते हुए पूछा, 'इन्हें चीन्हते हैं आप? ए आमार स्वर्गीय मेजो मामा।' साधु बोला, 'नहीं।' फिर चित्रों की ओर से मुँह फेर कर अपनी आँखों से झरते आँसू हमसे छिपाने लगा। अब तेब्बो ने उसे छोटोकुमार रवीन्द्र का चित्र दिखाकर कहा कि और ए देखिए आमारा छोटो मामा, इनका भी देहान्त हो गिया है।

सुनकर साधु फर्श पर ढेर हो गया और फफक-फफक कर रोने लगा। उसी तरह मचलने वाले अन्दाज में लोट-पोट लगाते हुए जैसे रोमेन्द्र बचपन में रोते हुए लगाता था। ठाकुर माँ के लिए वह सचमुच बच्चा ही बन गया। कहने लगीं मुझे कि इसे क्यों रुला रही हो? किस बात के लिए रो रहा है यह बिचारा? उनका कण्ठ अवरुद्ध था। स्वयं मेरे भी आँसू निकलने को थे। मैंने अपनी भावनाओं पर नियन्त्रण करते हुए कठोर स्वर में पूछा साधु से, 'आप एइसा किसी गिरस्त का माफिक कियूँ रोता हाय बाबाजी? आप तो साधु?' वह बोला कि माया रुला रही है। मैंने कहा, 'संन्यासी का माया-मोह से कइसा प्रयोजन? अउर इधर किसका साथ में आपको माया, ओ तो बोलो आप।' साधु ने कोई उत्तर नहीं दिया। थोड़ी देर सिसकता रहा। फिर आँख मींचे मौन साधे बैठ गया। मुझे लगा कि इससे सीधे-सीधे पूछा लेना ही उचित रहेगा। तो मैंने बांग्ला में कहा कि अनेक बरस आगे मेरा मेजो भाई रोमेन्द्र आरोग्यलाभ जन्य दार्जिलिंग गया और उधर उसका देहान्त हुआ। हमसे अनेक लोगों ने कहा कि रात को श्मशान में प्रचण्ड वृष्टि और आँधी आ जाने से सासन बन्धु अर्थी उधर ही छोड़ शरण लेने किधर और चले गये और जब लौटे तो उन्हें शव मिला नहीं। किन्तु रोमेन्द्र के साला बाबू ने बताया कि दाह-संस्कार तो अगली सुबह हुआ था। उसने हमें अस्थियों की हँड़िया भी दी नदी में बहाने के लिए। हम सब तब हतप्रभ रह गये जब साधु ने तत्काल बांग्ला में क्रुद्ध स्वर में टिप्पणी की, 'शे तो मिथ्या कथा।' गोबिन्द जीजाजी ने विस्मित होकर पूछा बांग्ला में कि क्या आप यह कहना चाहते हैं कि मेजोकुमार का दाह-संस्कार नहीं हुआ? उसने बांग्ला में बुदबुदाया, 'ना, ओरा जीवित।' साधु की बात सुनकर हम सब में विद्युत-तरंग-सी दौड़ गयी। मैं ठाकुर माँ को परे करती हुई साधु के सम्मुख खड़ी हो गयी और मैंने उसकी आँखों में आँखें डालकर पूछा, 'वह

जीवित है और उपस्थित है हम लोगों के मध्य ऐसा कहना चाहते हैं क्या आप? आप में और मेरे भाई रोमेन्द्र में साम्य देखते रहे हैं लोग। सच-सच बताइए आप कौन हैं?' उसने अपनी दृष्टि नीची कर ली और अवरुद्ध कण्ठ से बोला हिन्दी में, 'मैं आपका कुछ नहीं हूँ। कुछ भी नहीं।' उसका श्वास तेज़ी से चलने लगा। फिर एक गहरा श्वास खींचकर कुछ जप-सा करने लगा वह मन ही मन। उसके बाद उठ गया विदा लेते हुए। ठाकुर माँ बुदबुदायीं, 'इसे अब जाने मत देना।' मैं साधु के पीछे लपकी कि मत जाइए। वह बोला कि इस समय मुझे जाने दें दीदी। मैंने कहा, 'कल आकर हमारे साथ ही भोजन करने का वचन दें तभी जाने दूँगी। बोलिए आएँगे तो?' उसने सिर हिलाकर हामी भरी। मैंने लक्ष्य किया कि उसकी आँखों में आँसू फिर भर आये हैं।

उसके जाने के बाद हम सब देर रात तक मौन साधे बैठे रहे। फिर ठाकुर माँ बोलीं, 'कल आये तो अधिक प्रश्न न करना। धीरे-धीरे वह स्वयं ही बता देगा।' मैं जीजाजी से उन्मुख हुई, पूछा उनसे कि अब क्या धारण बनी आपकी? वह बोले यही कि या तो मेजो ही है या फिर वह साधु होने के साथ-साथ कुशल अभिनेता भी है। मैंने कहा कि आज उसके मुँह से बांग्ला भी निकल गयी और बांग्ला भी हमारे क्षेत्र वाली। जीजाजी बोले कि कुशल अभिनेता के लिए किसी बोली के कुछ वाक्य कण्ठस्थ कर लेना कोई कठिन कार्य नहीं। मैंने कहा कि मुझे तो रोमेन्द्र-सा ही लगा किन्तु कल जब फिर आएगा थोड़ी और परीक्षा कर लेंगे। ठाकुर माँ के आग्रह पर हमने साधु को राजबाड़ी में भोजन कराने का निर्णय किया। साधु वहाँ आया और बुद्धू उसे सादर मर्दाना भोजन कक्ष में ले गया जहाँ चौकियों पर चाँदी के थाल-कटोरे रखे हुए थे और बैठने के लिए चौकियों के सामने पटले लगे थे। अचार-चटनी सब परोसे जा चुके थे। मोक्षदा मौसी के हाथ का कटहल का अचार रोमेन्द्र बहुत शौक से खाता था। अस्तु वह उसकी थाल में रख दिया गया था। उसे प्रिय सभी व्यंजन बनवाए गए थे और रसोइए उन्हें गरमागरम परोसने के लिए तैयार थे किन्तु साधु बोला, 'हम संन्यासी हैं बच्चा इस रसोई में भोजन नहीं कर सकते।' वह सीधा विधवाओं की रसोई में जा पहुँचा जहाँ कभी मांस-मछली नहीं बनती थी और न ऐसे शाक ही जिनका स्वाद मांस-मछली के स्वाद का स्मरण कराता हो। मैंने जीजाजी से फुसफुसाकर कहा कि यदि यह रमेन्द्र नहीं तो इसे कैसे ज्ञात हुआ कि विधवाओं की रसोई किधर है राजबाड़ी में?

फिर जब वह एक चटाई पर बैठकर विधवा रसोई का सात्विक भोजन करने लगा तब हमने लक्ष किया कि भात में कोई भी व्यंजन मिलाते समय वह भी रोमेन्द्र की तरह अपनी कनिष्ठिका का प्रयोग नहीं करता। वह छुटँकी अँगुली हथेली से विरक्त अलग-थलग रूठी-तनी-सी डोलती रहती है। यही नहीं, साधु भी ठीक रोमेन्द्र की तरह जीभ थोड़ा बाहर निकालकर 'सड़प' की ध्वनि करते हुए ग्रास मुँह में डालता है। और हाँ, भोजन निगलते हुए इसका टेंटुआ भी रोमेन्द्र के टेंटुए की तरह ऊपर-नीचे होता है। जब भोजन कर लेने के बाद उसने हाथ धोये और कुल्ला किया तब उसके ओठों के पास

की राख धुल गई और मुझे उसका मुँह स्पष्ट दिख सका। वैसे ही मोटे-मोटे और थोड़े मुड़े हुए ओठ, वैसी ही एकरूप दाँतों की चमकती हुई पंक्ति, वैसा ही गौर वर्ण। मैंने दबे स्वर में इस विषय में जीजाजी से बात की और पाया कि साधु हमारी ओर देख रहा है। अनेक भाव आ-जा रहे हैं उसके मुखमण्डल पर। सहसा किसी निष्कर्ष पर पहुँचकर वह बोला, 'अच्छा तो अब मैं चलता हूँ दीदी। भगवान आप लोगों का भला करे।' मैंने कहा कि अरे यह क्या, भोजन करके थोड़ा विश्राम करें यहीं। वह बोला, 'नहीं, मुझे तुरन्त निकल जाना होगा अष्टमी को ब्रह्मपुत्र अस्नान करना चाहता हूँ।' वह जाने लगा। मैंने आतुर स्वर में पूछा बांग्ला में कि ढाका तो लौटकर आओगे ना और फिर इधर में ही रहोगे ना? पहली बार मैं आप की जगह तुम पुकार बैठी थी साधु को किन्तु उसने बुरा नहीं माना। बोला, 'जोगी ना किसी इंसान का सगा होता है दीदी और न किसी अस्थान का। ढाका लौटना जरूर है मैंने लेकिन इधर भी ज्यादा देर नहीं रहना है अब।'

वह चला गया और हमारे बीच बहस फिर चल पड़ी। ठाकुर माँ के मन में उसके रोमेन्द्र होने में कोई सन्देह नहीं रह गया था किन्तु जीजाजी का प्रश्न यह था कि यदि वह रोमेन्द्र ही है तो रोमेन्द्र होने से मना क्यों करता रहा है? यहाँ से भाग क्यों गया है? विचित्र तो यह मुझे भी लगा था। किन्तु मेरा प्रश्न यह था कि यदि वह रोमेन्द्र नहीं है तो उसने माया-मोह की बात क्यों की? उसे विधवा रसोई का मार्ग कैसे पता था? और उसका भोजन करने का ढंग रोमेन्द्र-सा कैसे था? इसका उत्तर जीजाजी के पास न था। मैंने बुद्धू से कहा कि माधवबाड़ी जा और उसे रोकने का एक और प्रयास कर। वह गया और थोड़ी ही देर बाद दो समाचार लेकर लौटा। पहला यह कि साधु अपना चिमटा-डण्डा उठाकर जा चुका है और दूसरा यह कि वह साधु सवेरे फीलखाने में गया था और बूढ़े महावत के अनुसार वहाँ बचे चन्द बूढ़े हाथी भी उसे पहचान गये थे और उसके थपथपाने पर चिंघाड़े थे। महावत कह रहा था कि हाथियों की स्मृति विलक्षण होती है। यह एक और प्रमाण था उसके रोमेन्द्र होने का। हाथी की सवारी करना बहुत प्रिय था रोमेन्द्र को। आखेट के लिए भी हाथी पर सवार होकर ही जाया करता था। ढाका में व्यापारियों द्वारा आयोजित कृष्ण जन्माष्टमी की शोभा यात्रा के लिए राजबाड़ी से जो हाथी भेजे जाते थे उनमें से एक पर वही महावत बना बैठा रहता था। मैंने बुद्धू को ढाका भेजा कि साधु को फिर यहाँ लाने का प्रयत्न कर। वह पहली बार गया तो यह सूचना लेकर लौटा कि साधु तो चन्द्र तीर्थ के दर्शन के लिए निकल गया है। दूसरी बार भेजा तो बुद्धू ने लौटकर बताया कि वह जयदेबपुर आने के लिए मना कर रहा है। तीसरी बार भेजा और इस बार भी निराशा ही हाथ लगी। तो मैंने कहा कि यदि वह साधु मुझसे मिलने नहीं आना चाहता तो मैं उससे मिलने ढाका जाऊँगी। बुद्धू ने शंका की कि वहाँ कहाँ रहोगी माँ, हमारा तो ढाका में कोई बाशा ही नहीं है। मैंने कहा कि तेरी मोटो मौसी के यहाँ रह लूँगी।

जिस समय मैं अपनी छोटी बहन के यहाँ पहुँची उसके पति बृजोलाल बाबू घर में नहीं थे। मैंने मोटो को बताया कि मैं ढाका इसलिए आयी हूँ कि बकलैण्ड बन्ध वाले

संन्यासी के विषय में उससे परामर्श करूँ। वह घबरा गयी। बोली, 'दीदी इन्होंने तो मुझे उसे दूर से देखने तक नहीं जाने दिया है। स्वयं देख आये हैं और कहते हैं कि वह तेरा मेजोदा-टेजोदा कोई नहीं है, कपटी साधु है वह तो।' मैंने मोटो से कहा, 'तेरे पति के लिए मेजो लगभग अपरिचित था, मेरा बरसों तक चौबीस घंटे का देखा हुआ है। मुझे तो वह मेजो-जैसा लगा। स्वयं अपनी आँखों से देख लेना तब कोई राय बनाना।' वह बोली, 'दीदी मुझसे कुछ मत कह। सायं उनसे ही बात कर लेना।' बृजोलाल बाबू के सामने यह प्रसंग छेड़ा तब वह अत्यन्त क्रुद्ध हो उठे, बोले, 'जिसका दाह-संस्कार हो चुका हो उसके जीवित लौट आने की बातों पर कैसे विश्वास कर पाते हैं आप लोग? किसी पंजाबी साधु और दिवंगत मेजोकुमार की सूरत और व्यवहार में रंचमात्र साम्य देखकर भवाल के साधारण प्रजाजन पगला जाएँ यह तो समझ में आता है किन्तु भवाल राजपरिवार भी पगला जाए यह बात मेरी समझ से परे है। मैं स्वयं उससे मिल चुका हूँ, बात कर चुका हूँ और मुझे इसमें तनिक भी सन्देह नहीं कि वह मेजो की सम्पत्ति पर दावा करने आया कोई कपटी पंजाबी है।' मैंने कहा, 'वह बिचारा तो कोई दावा कर ही नहीं रहा है बृज बाबू।' वह बोले, 'जब मेजोकुमार के बारे में सारी सूचना एकत्र कर लेगा तब करेगा।' मैंने पूछा, 'यदि मेजो और उसके परिवार के बारे में अधिक से अधिक सूचनाएँ एकत्र करना उसे अभीष्ट था तो वह जयदेबपुर से भाग क्यों आया? जितनी सूचना उसे वहाँ मिल सकती थी और कहाँ मिल सकती है?' बृजोलाल बाबू मुस्कुराए, बोले, 'वह धूर्त है ज्योति दी। आप स्त्रियों की तरह का मूर्ख नहीं जो आपके यहाँ बैठकर ही आप लोगों के बारे में पूछताछ करके अपनी कलई खुलवाता।' मैंने कहा, 'यदि सारी समझदारी परमेश्वर ने आप-जैसे पुरुषों को ही दी है तो सुन लें कि मुझे और ठाकुर माँ को ही नहीं, सागर बाबू, जोगेन बाबू और गोबिन्द बाबू को भी उस साधु में रोमेन्द्र दिखाई दिया है। स्त्री होने के नाते मैं निस्सन्देह मूर्खा हूँ आपकी दृष्टि में किन्तु विश्वास करें इतनी मूर्खा भी नहीं हूँ कि केवल बाह्य साम्य के आधार पर किसी पंजाबी साधु को अपना छोटा भाई मान लूँगी। रोमेन्द्र के शरीर पर कुछ निशानियाँ ऐसी थीं जिनसे उन्हें पहचाना जा सकता था। अभी तो वह सदा तन पर भस्मलेप किये रहता है कभी भस्मलेप के बिना उसे देखूँगी तब निश्चयपूर्व कुछ कह सकूँगी।'

बृजोलाल बाबू मुस्कराए, 'और बिना भस्मलेप का उसका शरीर कैसे देख पाएँगी आप?' मेरे मुँह से निकल पड़ा, 'जब वह स्नान करके निकलेगा नदी से।' उन्होंने भृकुटि तान ली, 'लोकलाज का कोई भय नहीं रह गया है आपको? और भला बताइए ऐसा कौन-सा शिनाख्ती निशान है जिसे कोई कपटी अपने शरीर पर नहीं बनवा सकता?' तब मैंने बृजबाबू को अपनी एड़ी और कलई के पास सख्त काली चमड़ी के चकत्ते दिखाये और कहा, 'भवालराजपरिवार में हर पीढ़ी में किसी न किसी की चमड़ी पर ऐसे चकत्ते रहते आए हैं। हमारी पीढ़ी में यह दोष मुझे और रोमेन्द्र को मिला है उत्तराधिकार में। बचपन में रोमेन्द्र को किसी नौकर ने चिढ़ाया था कि आपके पूर्वजों में से कोई हाथी रहा

होगा और रोमेन्द्र ने उसे बहुत मारा था।' बृजोलाल बाबू बोले, 'अच्छा अब समझा कि वह कपटी क्यों सदा भस्मलेप किये रहता है। यदि आप समझती हैं कि रोमेन्द्र की इस पहचान का पता होने के बावजूद वह कभी आप लोगों को अपने हाथ-पाँव बिना भस्मलेप के देखने देगा तो मैं विनम्रतापूर्वक यही कहना चाहूँगा कि आपके पूर्वजों में हाथी के साथ-साथ कोई-न-कोई उल्लू भी रहा होगा।' इस पर मोटो ने उन्हें झिड़कते हुए कहा, 'आपका दीदी का ही परिहास करना अशोभन था किन्तु अब तो आप हमारे पूर्वजों का भी अपमान करने लगे। दीदी का मात्र इतना ही अनुरोध है कि हम दोनों बहनों को एक बार उस साधु से मिलने का अवसर दें।' वह बोले, 'किस बात का अवसर दें? बकलैंड बन्ध जाकर उसे घूरने का? पर्दाप्रथा से मुक्त होना चाहती हो क्या?' बेचारी मोटो ने सकपकाकर कहा, 'दीदी की इच्छा थी कि उस साधु को यहीं बुला लें।' बृजोलाल बाबू गरजे, 'ज्योतिदी द्वारा घर में आमन्त्रित कर लिये जाने से उस कपटी के मेजो होने की जो बात जोर से चल निकली है उस पर सत्यता की मुहर लगवाने के लिए अब तुम भी उसे घर बुलवाना चाहती हो। मैं ऐसा कदापि नहीं होने दूँगा।'

बृजोलाल बाबू पाँव पटकते हुए चले गए अन्तःपुर से। मोटो बिचारी बुरी तरह घबरा गयी। चित्त खिन्न हो गया मेरा कि क्या सोचकर आयी थी और क्या हो रहा है फिर बुद्धू बोला, 'मैं संन्यासी को शैलबालिनी मौसी के घर ले आऊँगा। वहाँ मिलवा देना मोटो मौसी को उनसे।' हमने ऐसा ही किया। साधु ने इस बार भी सारा दिन हमसे प्रतीक्षा करवायी। गोधूलि वेला में आया। हमने उसे अन्तःपुर में ही बुलवा लिया। आकर उसने मोटो को देखा। उसके चेहरे पर मुस्कान खेल गयी। एकमात्र उसे ही उसने सिर पर हाथ रखकर दूधों नहाओ, पूतों फलो का आशीष दिया। देखकर मैं उत्साहित हुई। मन में हुआ कि आज तो यह अपना सही परिचय दे ही डालेगा। मोटो इसकी सबसे लाड़ली जो है। किन्तु फिर वह सहसा अपने में ही सिमट गया और पद्मासन साधे, आँखें मूँदे बैठ गया। मोटो ने कहा, 'सुनती हूँ आप जयदेबपुर राजबाड़ी में मृत कुमारों के चित्र देखकर रो पड़े थे। जान सकती हूँ कि भवालराजपरिवार के लिए आपके संन्यासी मन में इतना प्रबल माया-मोह क्यों?' उसने उत्तर नहीं दिया। हमारी बुआ कामिनी कुमारी और अन्य सम्बन्धियों ने भी कई प्रश्न किये किन्तु वह मौन ही साधे रहा और फिर सहसा उठकर चला गया। उसका यह रूखा व्यवहार मोटो को अपने पति की इस स्थापना की पुष्टि करता प्रतीत हुआ कि यह व्यक्ति वह मेजोदा नहीं है जो उसे बड़ी हो जाने पर भी गोद में ही बैठाए रखता था। मैंने उसे समझाना चाहा कि जब तक हम यह नहीं देख लेते कि उसके शरीर पर वे चिह्न हैं कि नहीं जो मेजो के शरीर पर थे तब तक कैसे किसी अन्तिम निष्कर्ष पर पहुँच सकते हैं? वह बोली, 'सुनो छोटोदी तुम जो चाहो करो किन्तु इस विवाद में और उलझकर मैं अपना दाम्पत्य जीवन कलहमय नहीं बना सकती।'

इस घटना के बाद मेरे लिए ढाका में मोटो के यहाँ और रहना और उस साधु से फिर मिलने का यत्न करना असम्भव हो चला। उदास मन लेकर मैं लौट गयी कि सारा

साधु–प्रसंग इस बार भी मृगतृष्णा मात्र सिद्ध हुआ। किन्तु जब जयदेबपुर में मैंने ठाकुर माँ को सारा वृत्तान्त सुनाया तब उन्होंने कहा कि इस सबसे उस साधु के रोमेन्द्र होने की पुष्टि ही होती है ज्योति। यह मत भूल कि उसकी मृत्यु रहस्यमय परिस्थितियों में हुई थी। गृहस्थ जीवन में लौटते संकोच होना स्वाभाविक है खोखी। तू उसे फिर बुला यहाँ। तो मैंने बुद्धू से कहा कि अतुल बाबू की सहायता से उसे पुनः जयदेबपुर लाने का यत्न कर बेटे। श्रापमुक्ति की सम्भावना का भवाल के राजपरिवार के इतने निकट आ जाने के बाद भी यथावत दूर ही बने रहना स्वीकार नहीं हो पा रहा था हमारे व्यथित मन को।

छेले मानुष

एक दिन मैं पूजा के लिए पुष्प चुन रही थी कि दादा अपने मित्र वकील रॉबिन बनर्जी से बातें करते हुए भीतर आए। दूसरों की बातें सुनना मुझे अच्छा नहीं लगता किन्तु रॉबिन बाबू इतनी जोर से बोल रहे थे कि सुनाई पड़ ही गया। वह कह रहे थे कि बुद्धू के आकर मिल लेने के बाद भी उस साधु का जयदेबपुर के लिए प्रस्थान न करना जताता है कि वह मेजोकुमार की भूमिका करने के लिए तैयार नहीं हो रहा है। मैं तब भी यह विश्वास नहीं कर पा रही थी कि ज्योतिदी सचमुच किसी अज्ञातकुलशील साधु को किसी स्वार्थवश अपना बन्धु और मुझ विधवा का यमलोक से लौटा पति बना देने का षड्यन्त्र रच रही हैं। मेरे मन ने कहा कि ज्योतिदी ने अक्षय काकू जैसे लोगों के कहने पर बुद्धू को भेज दिया होगा कि जाकर देख कि क्या वह साधु सचमुच तेरा मेजो मामा है। मृत व्यक्ति जीवित नहीं हो उठते। तो वह यही सूचना लाया होगा कि वह साधु मेजो मामा नहीं है। जो हो, उस दिन से दादा के मुखमण्डल पर छाया तनाव प्रायः दूर हो गया और घर में शान्ति छा गयी। मैंने चैन की साँस ली। किन्तु कुछ ही समय बाद दादा एक दिन अत्यधिक तनावग्रस्त होकर घर लौटे। ऐसी मन:स्थिति में वह बहुधा बोऊदी से किसी छोटी-सी बात पर बहुत बड़ा झगड़ा करते आए थे, अस्तु, मैं चिन्तित हो गयी। उन्होंने झगड़ा किया भी। भात अधिक गीला हो जाने पर।

फिर तो दादा की उद्विग्नता उत्तरोत्तर बढ़ती गयी। मैं उनसे उनकी उद्विग्नता के विषय में बात कर सकने का साहस न जुटा पायी। बोऊदी से सब कुछ जान लेने के बाद भी सर्वथा अनजान बनकर दादा से उनकी उद्विग्नता का कारण पूछने की अनुमति नहीं दे रही थी मेरी अन्तरात्मा। माँ ने इस तरह का नाटक करना सर्वथा निषिद्ध मानने का संस्कार दिया है मुझे। यदि उन पर प्रकट कर देती कि बोऊदी उनकी उद्विग्नता का कारण मुझे बता चुकी थीं तो वह निश्चय ही बोऊदी पर क्रोध करते और बोऊदी मुझे चुगलखोर मानतीं। फिर पिछला अनुभव मुझे बता चुका था कि दादा को यह प्रीतिकर नहीं लगता कि मैं भवाल के राज-काज से जुड़ी उनकी चिन्ताओं को लेकर किसी प्रकार की जिज्ञासा करूँ। कहते थे कि तुझे चिन्तामुक्त रखने के लिए ही मैंने तेरी

जमींदारी चलाने का दायित्व लिया है फिर तू क्यों अपना माथा दुखाना चाहती है ? तो मेरे लिए यही उपाय बचा था कि बोऊ दी से ही इस विषय में जिज्ञासा करूँ। जिज्ञासा की तो पहले उन्होंने कटाक्ष किया कि तुम्हारे दादा को कभी तुमसे बात करने से इतनी फुरसत ही कहाँ मिलती है जो मुझसे बात करने आएँ। मैं क्या जान सकती हूँ ? सारा सुख-दुख तो वह तुम्हारे साथ ही बाँटते हैं। मुझे तो केवल झिड़कने या डाँटने के लिए ही दर्शन देते हैं।

सुनकर मैंने सिर झुका लिया और उलटे पाँव लौट आयी। बोऊदी मेरे पीछे-पीछे लपकीं। और इससे पूर्व कि मैं उनकी देहरी लाँघकर बाहर जा सकूँ उन्होंने मेरी बाँह धर ली और गरजकर कहा कि तुम भली प्रकार जानती हो कि तुम्हारे दादा की यह दुर्दशा तुम्हारे भवालराजपरिवार वालों ने ही कर रखी है फिर क्यों अबोध बनकर मुझसे पूछने का नाटक करती हो ? क्या तुम्हें सचमुच पता नहीं है कि तुम्हारी ननद ने कासिमपुर के अतुल बाबू को भेजकर उस पंजाबी साधु को सौदेबाजी के लिए जयदेबपुर बुला लिया है ? तुम्हारे दादा पर हत्यारा होने का आरोप लगवाएँगी वह। क्या होगा मेरा और मेरे बच्चों का ? बोऊदी विलाप करने लगीं। मैंने किसी तरह अपनी बाँह छुड़ायी और अपने कमरे में जाकर द्वार बन्द करके यह सोचने लगी कि जिस घड़ी भवालराजपरिवार की मेजोबोऊ के पद के लिए मेरी अनुशंसा करने का मन बनाकर भवालराज के दीवान मोशाय मेरे मायके से विदा हुए थे, मैंने ससुराल और मायके दोनों में अपने को कलह-कटुता से घिरा और व्यथा में डूबा हुआ ही पाया है। मैं इतनी अभिशप्त हूँ कि अपने आस-पास पर और अपने से जुड़े लोगों पर भी अभिशाप की छाप छोड़ती जाती हूँ।

दीवान मोशाय के विदा होने के बाद घर में आह्लाद का वातावरण था किन्तु दादा के मुखमण्डल पर उल्लास नहीं, व्यथा अंकित थी। मामा बोले कि तू क्यों मुँह लटकाए बैठा है अल्लापद ? माँ बोली कि अपनी लाड़ली बहन को विदा करने की बात सोचकर अभी से उदास हो उठा है इस भावुक का मन। मामा ने दादा का गाल थपथपाकर कहा कि इतने ऊँचे परिवार में बहन का सम्बन्ध हो जाना उदासी का नहीं, उल्लास का विषय होना चाहिए तेरे लिए। दादा बोले कि आप परिवार की ऊँचाई उसकी धन-सम्पदा से नापते हैं जबकि मैं उसके गुणों और संस्कारों से। भवालराजपरिवार नीचताएँ कर-करके ऊँचाइयों पर पहुँचा है। इसका संस्थापक कुशध्वज राय एक साधारण कर्मचारी था जिसने मुस्लिम शासक दौलत गाज़ी को मुगल सिपहसालार के क्रोध से बचाया और पुरस्कार स्वरूप भवालराज के दीवान का पद पाया। इसी कुशध्वज के पुत्र ने मुगलों से मिलकर भवालराज 1683 में अपने नाम करा लिया। मुगलों का भी स्वामिभक्त नहीं निकला यह परिवार। अवसर मिलते ही ईस्ट इंडिया कम्पनी के चरणों में जा गिरा। उनकी चाटुकारिता कर-करके फला-फूला और राजा कहलाने का अधिकार पा गया। मामा गरजकर बोले कि भवालराज का इतिहास सुनाकर अपनी बहन को डराना चाहता है ईर्ष्यालु ? दादा स्वर उठाकर बोले कि मुझे अपनी बहन से ईर्ष्या क्यों होने लगी ? और

किस बात के लिए ईर्ष्या करूँ? भवाल के राजकुमार इतने विलासी हैं कि आकण्ठ कर्ज में डूबे हुए हैं। हम कलकत्ता वालों की तुलना में तो ढाका वाले वैसे ही असंस्कृत ठहरते हैं और मधुपुर नामक वनप्रदेश में स्थित भवालराज के लोगों को तो ढाका वाले तक जंगली मानते हैं। अपनी इस हीनता पर आवरण डालने के लिए ही वह अपनी धनशक्ति से अपने लिए सुपठित-सुसंस्कृत जमाई-बहुएँ कुलीन परिवारों से लाता रहा है। अपने उजड्ड और निरक्षर मेजोकुमार के लिए हमारी बिभा को ब्याह लाने के पीछे भी उसकी यही मंशा है।

सुनकर मैं सुबकने लगी। माँ मुझे बाँहों में भरकर रुआँसे स्वर में बोली कि क्यों निराधार बातें कहकर बच्ची को भयभीत कर रहा है। मामा ने दादा का कन्धा दबोचकर कहा कि सत्या मैं तुझे सावधान करना चाहता हूँ कि इस तरह की बातें करके बिभा का दिल दुखाना छोड़ दे नहीं तो ठीक नहीं होगा। दादा का चेहरा तमतमा गया। फिर बोले कि ठीक है मैं इस विषय पर कुछ नहीं कहूँगा किन्तु आप मुझे यह चिन्ता करने की अनुमति तो देंगे ना कि क्या हमारे-जैसे विपन्न घर की लड़की उस अत्यन्त सम्पन्न कुल में आदर का स्थान पा सकेगी? आप लोग प्रसन्न हैं कि बिभा को रानी बनाकर भेज रहे हैं। आप यह देख ही नहीं पा रहे हैं कि उन लोगों के बीच इसकी स्थिति किसी दासी-जैसी ही होगी। मामाजी क्रुद्ध होकर बोले कि क्या तू यह समझता है कि कलकत्ता हाईकोर्ट में अधिवक्ता रह चुके राय बहादुर सुरेन्द्र मतिलाल ने अपनी बेटी उस परिवार में दासी होने के लिए ब्याही है? दादा बोले कि यह तो आप उनसे ही पूछ लेते मामाजी। किन्तु जिस व्यक्ति को स्वयं उस परिवार का दास बनने में कोई संकोच न हुआ हो उसे अपनी पुत्री को वहाँ दासी बनवाने में कोई आपत्ति क्यों होती भला। यह सुनकर मामाजी आगबबूला हो उठे, बोले कि धिक्कार है तुझे। बहनों से ईर्ष्या करता है और अपनी सारी मेधा का उपयोग कुतर्क सोचने में ही करता है।

माँ रुआँसे स्वर में बोली कि तुझे क्या सुख मिल रहा है अल्लापद पारिवारिक प्रसन्नता के इस अवसर पर अपनी माँ का दिल दुखाकर? भवालराजबाड़ी में सेवक-सेविकाओं की कोई कमी है, जो बहुओं से दासी का काम लिया जाए। और एक क्षण को तेरी ही बात मान लें तो क्या हर स्त्री अपने पति के चरणों की दासी नहीं होती? फिर माँ ने मेरा गाल थप-थपाकर कहा कि तू इस ईर्ष्यालू की बात सुनकर दुखी मत हो बिभा। तूने स्वयं देखा कि भवाल के दीवान के साथ इतने अधिक नौकर-चाकर यहाँ आये थे कि उनकी देखरेख के लिए अलग से एक कारिन्दा भेजा गया था। तू वहाँ की बहू बन गयी तो तेरे साथ भी दासियों की एक पूरी सेना चला करेगी। दादा बोले कि माँ यह तो सोच लिया होता कि अगर हमारी बिभा कभी दासियों की पूरी सेना लेकर मायके आयी तो उसे कहाँ ठहराओगी और कैसे खिलाओगी? बल्कि उससे भी पहले यह तो सोच कि इसके विवाह में वरपक्ष सामन्तों की जो बारात लेकर आएगा उसका यथोचित सत्कार करने के लिए और बिभा को राजबाड़ी में पहनाने योग्य आभूषण तथा

वस्त्र देने के लिए धन कहाँ से आएगा? सुनते ही मामाजी क्रोध से काँप उठे। बोले कि सत्या तेरी निर्लज्जता की कोई सीमा नहीं है क्या? विधवा माँ को कष्टों से उबारने के लिए तो कुछ करता-धरता नहीं किन्तु उसका हृदय व्यथित करने का कोई अवसर चूकता नहीं। फिर माँ से उन्मुख होकर वह बोले कि फूलकुमारी लाड़-प्यार से बिगड़े हुए अपने इस अल्लापद को भली प्रकार दो बातें समझा दे तू। पहली यह कि बिभा के विवाह का व्यय उठाने के लिए तेरे दादा अभी जीवित हैं; उनके रहते इसे झूठी चिन्ता व्यक्त करने की कोई आवश्यकता नहीं। दूसरी बात यह कि इस घर में रहना है तो बिभा के भवालराज परिवार में ब्याहे जाने का ईर्ष्यावश विरोध करना छोड़ दे। इतना सुनना था कि दादा पाँव पटकते हुए कमरे से बाहर चले गए। मैं उनके पीछे दौड़ी। उन्होंने हाथ के इशारे से कहा कि वापस चली जा और पाँव में चप्पलें डालकर घर से निकल गए। घण्टों बाद जब लौटे तब माँ को यह सफाई दी कि एक मित्र के घर पढ़ने चला गया था। माँ बोलीं कि अल्लापद तुझे पढ़ने ही जाना था तो मामाजी से कहकर जाता। इस तरह जाने से तो उन्हें यही लगा होगा न कि तू रूठ कर गया है। वह जो भी कहते हैं तेरे हित के लिए ही कहते हैं बेटा उनकी बात का बुरा मत माना कर।

दादा बोले कि मैं जब तक उनका आश्रित हूँ तब तक बुरा मानने की कल्पना ही कैसे कर सकता हूँ! माँ ने गहरा निःश्वास छोड़ा और फिर दादा को हाथ पकड़कर पास बैठाया और उनके सिर पर हाथ फेरते हुए बोली कि तेरी यह शंका बिल्कुल ठीक थी अल्लापद कि इतने बड़े घर में बिभा का विवाह करने का वह भार इतना भारी होगा कि हम उसे उठा नहीं पाएँगे किन्तु ऐसा है बेटा कि हमारी आर्थिक स्थिति उन लोगों से छिपी हुई नहीं है। वे गुणवान लड़की की तलाश में यहाँ आए थे। दान-दहेज की नहीं। दादा बोले कि मुझे यह कह सकने के अधिकार से तो तूने वंचित कर दिया है कि गुणवान बिभा का गुणवान व्यक्ति से ही विवाह किया जाना चाहिए किन्तु कदाचित् यह कहने का अधिकार तो मुझे दे सके कि उन्हें भले ही दान-दहेज अपेक्षित न हो, बारात का भव्य स्वागत-सत्कार तो अपेक्षित होगा ही, हमारे लिए तो उसके लिए भी पर्याप्त टाका नहीं है। माँ बोलीं कि तेरे पिता की छोड़ी हुई जो सम्पत्ति है उसे बेच दूँगी अल्लापद और फिर तेरे मामा भी यथाशक्य सहायता करेंगे ही। उससे भी अधिक आवश्यकता पड़ी तो कर्ज ले लूँगी। जब तू कमाने लगे चुका देना। मेरा यही अनुरोध है अल्लापद कि बिभा के लिए आए इतने श्रेष्ठ सम्बन्ध का विरोध करके हमारी प्रसन्नता के रंग में भंग न कर। दादा बोले कि ठीक है नहीं करूँगा किन्तु तू भी मेरा एक अनुरोध सुन ले कि इस विवाह के विषय में अब मुझे न कभी कुछ बताना और न मुझसे कभी कुछ पूछना। मैं तुझे और मामाजी को विश्वास दिलाता हूँ कि अब कभी इस सम्बन्ध को लेकर मैं कोई टीका-टिप्पणी न करूँगा। और सचमुच उस दिन के बाद से दादा ने माँ या मामा से मेरे विवाह के बारे में कोई चर्चा न की।

मामा ने अगले ही दिन स्टूडियो से फोटोग्राफर बुलवाकर मेरे कुछ चित्र खिंचवाए

और उन्हें उसी दिन इस आशय के एक पत्र के साथ भवाल के दीवान मोशाय को भेज दिया कि हम आपके आभारी हैं कि आप आकर हमारी बिभाबती को देख और पसन्द कर गये। आज्ञानुसार उसके कुछ और चित्र भिजवा रहे हैं। आपके अगले आदेश-निर्देश की प्रतीक्षा रहेगी। कुछ ही दिनों बाद जयदेबपुर से इस आशय का पत्र आ गया कि राजपरिवार ने मुझे मेजोबोऊ बनाने के लिए चुन लिया है। राज-पण्डितों से परामर्श करके जब विवाह की तिथि-मुहूर्त निश्चित हो जाएँगे तब सूचना दे दी जाएगी। इस पत्र के आ जाने के बाद दादा का मुखमण्डल और भी अधिक आभाहीन हो उठा। अब माँ मुझे राजपरिवार की बहू की भूमिका के लिए तैयार कराने में जुट गयीं। उत्तरपाड़ा की जो स्त्रियाँ जयदेबपुर जा या रह चुकी थीं उनसे मुझे मिलवाया गया। उनके मुख से राजपरिवार के वैभव की बातें सुनकर मुझे यह चिन्ता सताने लगी कि मेरे-जैसी साधारण परिवार की कन्या उसमें कैसे खप पाएगी। मेरे लिए चिन्ता का उससे भी अधिक कारण यह बना कि यदि कभी माँ और उसकी बुलाई गईं परामशदात्री स्त्रियों से मुक्ति पाकर मैं दादा को एकान्त में पकड़ने की कोशिश करती तब वह मुझसे कुछ बोले बिना ही गहरा निःश्वास छोड़ते हुए उठकर बाहर चले जाते।

एक दिन मैंने उनकी बाँह धर ली और जिज्ञासा की कि तुम मुझे किस बात का दण्ड दे रहे हो दादा? मुझसे क्यों नहीं बोलते तुम? दादा भी लगभग रुआँसे स्वर में बोले कि जब मैं तुझसे यह कह ही नहीं सकता कि माँ और मामा तेरा सर्वथा अनमेल विवाह करवाने पर तुले हुए हैं तब मेरा तेरे सामने मुँह बन्द रखना ही श्रेयस्कर है। मैं कुछ कहूँगा तो मामा तुझसे यही कहेंगे कि ईर्ष्यावश कह रहा हूँ और मुझे तो घर से निकाल ही देंगे। बिभा मैं इस सम्बन्ध का विरोध कर रहा हूँ तो ईर्ष्यावश नहीं, चिन्तावश किन्तु इस घर में मेरी कुछ चलती नहीं है। चलती होती तो क्या मैं स्कूल से तेरा नाम कटवाने देता इन लोगों को? दादा की आँखों से आँसू झरने लगे। उनके आँसू देखकर मेरे आँसू रुक गये। अपने आँचल से उनकी आँखें पोंछते हुए मैंने कहा कि दादा मैं इस विवाह के लिए मना कर देती हूँ। मामा आपको घर से निकालेंगे तो मैं भी साथ चली जाऊँगी। कह चुकने के बाद अपने दुस्साहस पर मैं स्वयं ही काँप उठी। दादा स्तब्ध रह गये। फिर बोले कि तू विवाह के लिए ना कर तो देगी किन्तु तुझ बच्ची की बात सुनेगा कौन? दादा का दुर्भाग्य कि तभी माँ कमरे में आ गयीं। उन्होंने दादा की बात सुन ली थी। ग्रीवा घुमाकर रुआँसे किन्तु ऊँचे स्वर में बोली कि मालीना तेरा दादा तो बिभा से इस विवाह के लिए ना कहलवाने में लग गया है। तू ही समझा सकती है इन दोनों को, मेरे वश का नहीं है। समाज में नाक कट जाएगी हमारी तो।

तब जाना कि माँ ने अपनी सहायता के लिए दी को जयपुर से बुला दिया है। वह आते ही दादा से खूब लड़ीं। उन्हें यह कहने में तनिक संकोच न हुआ कि आप पहले मुझसे ईर्ष्या करते रहे हैं और अब बिभा से कर रहे हैं। दादा को अकेला पड़ते देख मुझे उनसे सहानुभूति हुई और मैंने कहा कि दादा जो कुछ भी कह रहे हैं मेरे हित के लिए

कह रहे हैं। दीदी बोलीं कि इतना अच्छा सम्बन्ध ठुकराकर समाज में अपनी और अपनी माँ की नाक कटवा लेने में क्या हित है तेरा? दादा को तो माँ ने संरक्षण दे-देकर सदा के लिए बालक ही बना रखा है तू तो सयानी बन। फिर दीदी ने दादा से कहा कि आपके किसी एक मित्र ने कुछ कह दिया तो क्या उसका कहा हुआ हमारे तमाम सगे-सम्बन्धियों के कहे से बढ़ा मान लें हम लोग? अगर आप सचमुच यह चाहते थे कि माँ अपने जिन दादा की संरक्षिता हैं उनकी बात न सुनकर आपकी बात सुना करें तो अब तक कहीं नौकरी करके स्वावलम्बी क्यों नहीं बन गये? क्यों आप इस तरह की व्यर्थ बातें करके विवाह से पहले ही बिभा को अपने भावी दाम्पत्य के प्रति इतना आशंकित कर देना चाहते हैं और क्यों अपने प्रतिरोध से आनन्द के इस अवसर में अवसाद के रंग भरना चाहते हैं? दादा कोई उत्तर दे नहीं पाये।

इसके बाद मालीनादी मेरे मन में इस विवाह और भावी वैवाहिक जीवन के प्रति उत्साह जगाने में जुट गयीं। मेरे भावी पति का चित्र देखकर उन्होंने पूछा कि क्या तेरा ध्यान इस ओर नहीं गया कि जमाई बाबू तो वैसे ही लग रहे हैं जैसे मामा के कमरे में टँगे कृष्णार्जुन संवाद के चित्र में अंकित अर्जुन। मैंने अपने पति का चित्र इससे पहले कभी ध्यान से देखा ही नहीं था और अब देखा तो लगा कि दीदी ठीक ही कह रही हैं। मुझे अर्जुन-जैसा एक राजकुमार पति के रूप में मिल रहा है यह सोचकर विवाह के प्रति मेरे मन में उल्लास फिर पींगें बढ़ाने लगा। माँ ने दीदी को दो कामों के लिए आमन्त्रित किया था। एक तो दादा को समझाने के लिए और दूसरा मुझे वैवाहिक जीवन के गोपनीय पक्ष की दीक्षा देने के लिए। दीदी हर रात मुझसे लिपटकर सोतीं और मेरे कानों में फुसफुसातीं फूलशैयाघर में अपने पति से पहले साक्षात् से लेकर अभी जयपुर से प्रस्थान करने से पूर्व हुई मुठभेड़ तक का शृंगारिक ब्यौरा। मैं मुदित होती रही अर्जुन-जैसे राजकुमार की बाँहों की बीतती कामद रातों की कल्पना कर-करके। दीदी ने मुझे वे बधाईपत्र भी पढ़वाए जो जयदेबपुर की राजबाड़ी में ब्याही उत्तरपाड़ा की स्त्रियों ने माँ के नाम भेजे थे और जिनमें मेजोकुमार के सहज और स्नेही स्वभाव की बहुत प्रशंसा की गयी थी।

मेरे आह्लाद को आकाशचुम्बी बनाया इस तथ्य ने कि धीरे-धीरे दादा के मुख की कान्ति भी लौट आयी और वह विवाह की तैयारियों में मामा का हाथ बँटाने लगे। मुझे अलग ले जाकर एक दिन उन्होंने कहा कि बिभा मैं कदाचित् आवश्यकता से अधिक आशंकित हो उठा था। मैं समझता हूँ कि प्रभु ने चाहा तो सब ठीक होगा और तू भवाल में सुखमय जीवन बिता सकेगी। उसके बाद से उन्होंने भवालराज परिवार की आलोचना करना छोड़ दिया और मेरे भावी जीवन के बारे में कुछ कहा भी तो सदा उस विनोदी ढंग से जो मुझे उनके स्वभाव का अत्यन्त प्रीतिकर पक्ष लगता रहा था। यथा वह मुझे मेजोरानी पुकारने लगे और कभी भवालराज के दीवान की तो कभी राजमाता की भूमिका में मुझसे बातें करने लगे। माँ मुझे खिला-पिलाकर स्वस्थ बनाने पर विशेष ध्यान दे रही

थीं उन दिनों। तो दादा राजवैद्य की भूमिका में प्रतिदिन प्रात: माँ को बताते मेरी नब्ज देखकर कि आज मेजोरानी को क्या-क्या आहार और कौन-कौन औषधि किस मात्रा में दी जाए। वह मुझे गोद में उठाकर देखते कि मैं पहले से कुछ भारी हुई हूँ कि नहीं? हमारे घर में तो नौकरचाकर थे नहीं। इसलिए दादा यदा-कदा मेजोरानी की प्रथम दासी के रूप में भी अपने को प्रस्तुत करते मेरे आगे। इस भूमिका में जब वह मेरा हाथ-पैर दबाने बैठ जाते तो मुझे जितना संकोच होता और माँ को उतना ही क्रोध आता। वह झल्ला जाती। कहतीं कि बिभा कोई बालिका नहीं है अल्लापद! दादा कहते कि मेरे लिए तो सदा बच्ची रहेगी और फिर मुझे अंक लगाते हुए आश्वासन देते तुझे सदा मेरा संरक्षण मिलेगा। मैं पूछती कि मेरा विवाह हो जाने के बाद आप भूल तो नहीं जाएँगे न! मिलने के लिए जयदेबपुर आते तो रहेंगे न! वह मुस्कुराकर कहते कि आवश्यकता पड़ी तो मैं वहीं रह जाऊँगा, तेरी अवैतनिक दासी बनकर।

विवाह का दिन पास आता गया और मेरी माँ की उद्विग्नता बढ़ती गयी कि बारातियों के स्वागत-सत्कार की राजसी व्यवस्था कैसे हो पाएगी? उसकी इस चिन्ता का निराकरण हो गया ठाकुर माँ की ओर से भेजे गए इस आदेश से कि आप लोग बस कन्या को लेकर जयदेबपुर आ जाएँ विवाह का सारा प्रबन्ध राजपरिवार कर देगा। मामा ने बहुत राहत अनुभव की माँ को अलबत्ता कुछ अटपटा लगा किन्तु वह मामा से सहमत हुईं कि वहाँ वे जो भी प्रबन्ध करेंगे अपने मन के अनुरूप करेंगे और यहाँ अपने सीमित साधनों से हम भले ही कितना भी कर देते उनके मन के अनुरूप न होता। उधर मामा की अनुपस्थिति में दादा यही बुदबुदाते रहे कि उन लोगों ने अपने धन का सहारा लेकर हमारा अपमान किया है। एक दिन मामा ने सुन लिया तो कहा कि हम लोगों की समस्या का समाधान किया है उन्होंने यदि तू इसे अपना अपमान समझता हो तो मत चलना हम लोगों के साथ जयदेबपुर। दादा चुप हो गए। एक छोटी-सी समस्या यह प्रस्तुत हुई कि यद्यपि राजपरिवार ने कोई सीमा नहीं रखी है तथापि हमें कितने लोगों को जयदेबपुर ले जाना चाहिए? यों तो सभी सम्बन्धियों और परिचितों को आमन्त्रित करना आवश्यक था किन्तु सैकड़ों लोगों को जयदेबपुर तक ले जाने का व्यय भार बहुत अधिक था। उधर भवालराजपरिवार के आतिथ्य का सुख उठाने के लिए लालायित स्वजनों-मित्रों को आमन्त्रित न करना इस प्रश्न का सामना करने के लिए तैयार होना था कि जब आपको और कोई व्यय करना ही नहीं है तब इस व्यय भार को उठाने में तक आप क्यों कृपणता दिखा रहे हैं? माँ और मामा इस पक्ष में थे कि यात्रा-व्यय की चिन्ता न करके सभी को चलने का आमन्त्रण दे दिया जाए किन्तु दादा ने माँ को अलग ले जाकर कहा कि उनका यही आदेश है न कि आप लोग कन्या को लेकर यहीं आ जाइए, यह तो नहीं कि अपने सारे नगर और कुनबे को लेकर आ जाइए। दुगुना अपमान करवाना चाहती हो क्या अपना? माँ बात को इस तरह तो मामा के सामने रख नहीं सकती थीं। उसने यही कहा कि कदाचित् हमें इतने अधिक लोग भी नहीं ले जाने चाहिए कि उनकी ओर

से टीका-टिप्पणी की आशंका हो। मामा बोले कि ऐसी तो कोई आशंका है नहीं किन्तु तू निश्चिन्त रह मैं इतने ही लोग ले जाऊँगा कि न यहाँ हमारी बदनामी हो और न वहाँ हमारी हँसाई कि ये तो सदाव्रत खुला समझकर सभी को भोजन कराने ले आए। घर मेहमानों से भरने लगा।

प्रस्थान की तैयारियाँ की जाने लगीं और मुझे यह बोध हुआ कि मैं अब शीघ्र अपने मायके से विदा ले लेने वाली हूँ। यह घर मेरे लिए पराया हो जाने वाला है। माँ और दादा का साथ खत्म होने वाला है। अब मैं अपने दुख-सुख की बात न दादा से कर सकूँगी और न अलमारी में सजी अपनी गुड़ियों से। मैंने चाहा कि कम से कम अलमारी में सजे अपने गुड्डे-गुड़िया भी साथ ले जाऊँ किन्तु मामा ने अनुमति नहीं दी। इस पर मुझे रोता देख माँ ने गुड्डो सर्वाधिक प्रिय पुतला मेरे सामान में बाँध दिया मामा की नजर बचाकर। जयदेबपुर से निर्देश मिला था कि राज पंडित ने हम लोगों के आगमन के लिए 5 मई, 1902 अपराह्न में शुभ मुहूर्त निकाला है आप लोग जयदेबपुर कोई ऐसी गाड़ी लेकर पहुँचें कि इस मुहूर्त्त पर आपका राजबाड़ी में पदार्पण हो सके। तब क्या पता था कि मई मास की आरम्भिक तिथियाँ मेरे जीवन में आगे भी अनेक बार बड़े नाटकीय और त्रासद मोड़ लाने वाली हैं। दादा इस निर्देश के पहुँचते ही यह पूछने लगे थे कि क्या बिभा के विवाह के लिए हमें न केवल जयदेबपुर जाना होगा बल्कि राजबाड़ी में ही रहना होगा? क्या बड़े सामन्त इतने सुकुमार होते हैं कि उनका वर वधू लेने के लिए अपने महल से बाहर निकलने का कष्ट भी उठा नहीं सकते? उनकी इस टिप्पणी से पैदा हुई कटुता मुझे विचलित कर गयी। उतनी छोटी वय में भी मुझे यह ज्ञात हो चुका था कि हमारे घरों में पुरुषों की दृष्टि में स्त्री का यदि कोई महत्त्व होता भी है तो वह उसके मायके की सम्पन्नता और सामाजिक स्थिति के आधार पर ही। मुझ अनाथ का मात्र एक भाई है और सो भी अब तक अपने मामा पर ही आश्रित है। ऐसे में अपने पति के लिए मैं तो पाँव की जूती से भी कम सिद्ध होऊँगी। जयदेबपुर से प्रस्थान करते हुए मैंने दीदी के समक्ष अपनी यह आशंका व्यक्त कर दी। उन्होंने मेरे गाल पर चपत लगाते हुए कहा कि पगली तू क्यों व्यर्थ की आशंकाएँ मोल ले रही है। न सही किसी राजा के परिवार में, तेरी यह दीदी भी बहुत बड़े महाराजा के दीवान के परिवार में ब्याही गई है और उसका पति तो उसे पाँव की जूती नहीं, हृदय की कलिका मानता है। और फिर तू यह क्यों भूल रही है कि हमारे समाज में अन्ततः किसी भी स्त्री को उतना ही अधिक भाव मिलता है जितना अधिक उसका पति ऐश्वर्यवान होता है।

जिस समय हम जयदेबपुर स्टेशन पर गाड़ी से उतरे वहाँ स्वागत करने वालों की इतनी भीड़ उमड़ी पड़ी थी कि प्लेटफॉर्म पर तिल धरने की जगह न बची थी। तिस पर वह बेहद गर्मी और उमस-भरा दिन था। भीड़ से घबराकर मैंने अपना मुँह माँ के आँचल में छिपा लिया था। इस कारण मेरा दम घुटने लगा और बदन पसीने से तर हो गया। यह पूर्व संकेत था कदाचित् कि जयदेबपुर का वातावरण मेरे लिए दम घोंटने और पसीने-

पसीने कर देने वाला रहेगा सदा। स्टेशन पर राजबाड़ी से आए वादकों ने अपने-अपने वाद्य बजाकर, दासियों ने हुल्लु ध्वनि करके और ब्राह्मणों ने शंखनाद से वधू का स्वागत किया। हम लोगों पर पुष्पवर्षा की गई। इत्र छिड़का गया। स्त्रियों को राजसी पालकियों में और पुरुषों को बग्गियों में बैठाकर राजबाड़ी के अतिथि-खण्ड में ले जाया गया जहाँ अपने ठहरने की राजसी व्यवस्था देखकर उत्तरपाड़ा से आई स्त्रियों की आँखें फटी रह गईं। इतना भव्य स्वागत-सत्कार हुआ, छोटी से छोटी सुविधा का इतना अधिक ध्यान रखा गया कि उत्तरपाड़ा से आए सभी सम्बन्धी और मित्र गद्गद हो उठे। स्त्रियाँ ईर्ष्याभरे स्वर में कहने लगीं मुझसे कि अब तो तुझे रोज ही यह वैभव भोगने को मिलेगा, किन्तु मेरे मध्यवर्गीय मन को यह सामन्ती ऐश्वर्य बहुत गरिष्ठ प्रतीत हुआ और मैं इस राजमहल में अकेली छूट जाने की कल्पना-मात्र से सिहर उठी। मुझे माँ अथवा दादा से एकान्त में बात करने का अवसर मिलता ही बहुत कम था और मिलने पर यदि मैं अपनी आशंका व्यक्त करती तो वे दोनों यही कह देते कि व्यर्थ की आशंकाएँ मत पाल मन में। देख नहीं रही है कि राजपरिवार की स्त्रियाँ तेरा कितना ध्यान रख रही हैं। दादा का माँ की तरह बात करना और विवाह कार्य में मामा का हाथ उत्साह से बँटाना और राजपरिवार से सम्पर्क साधना मुझे किंचित् विस्मित कर रहा था तो अपार सुख भी दे रहा था। मुझे विशेष प्रिय हो रहा था उनका इन्दुमयी के बेटे बिल्लू और भावी चचेरे देवर फणि को अपने साथ ले आना। वे विद्यार्थी थे और उनकी पुस्तकें पलटना और उनकी पुस्तकों में रम जाना मुझे अपनी आशंकाओं से मुक्ति पाने में सहायक लग रहा था। तो समवयस्क होने के कारण मुझे विशेष प्रिय लगे। एक ओर दादा इतना उत्साह दिखा रहे थे, दूसरी ओर उन्होंने एक दिन माँ को यह कह कर दुखी कर दिया हम लोग यहाँ आए ही क्यों हैं माँ। इस विवाह के लिए न हमारे धन की आवश्यकता थी और न हमारी उपस्थिति की। तू न भी आती तो तेरी भूमिका इसकी बोड़ो ननद इन्दुमयी निभा देती। ये जो भव्य स्वागत-सत्कार हम लोगों का यहाँ हो रहा है, वह तुम लोगों को न लगता हो, मुझे तो हमारी निर्धनता का परिहास करता हुआ लगता है। माँ बोली कि हम कम से कम समय यहाँ रहेंगे और मैं तुझे बहुत अधिक अपमानित अनुभव नहीं करने दूँगी। मैं रो पड़ी और मैंने माँ से कहा कि जब तक मैं राजपरिवार में पूरी तरह घुल-मिल न जाऊँ तू और दादा यहाँ से मत जानाा। माँ बोली कि पगली तुझे तो राजपरिवार ने विवाह से पहले ही पूरी तरह अपना लिया है। देखती नहीं किस तरह राजपरिवार की स्त्रियाँ तुझे रात-दिन घेरे रहती हैं। आश्चर्य कि दादा भी माँ की ही बात दुहराने लगे।

यों बात सच भी थी। कभी मेरी भावी जिठानी सरजूबाला मुझे राजपरिवार के आचार-व्यवहार समझाने आ जातीं तो कभी भावी बड़ी ननद इन्दुमयी। वह अत्यन्त कृशकाय और मृदुभाषी थीं किन्तु जयदेबपुर में ब्याही उत्तरपाड़ा की स्त्रियों ने माँ को बताया कि अन्तःपुर में उनका ही शासन चलता है क्योंकि ठाकुर माँ बहुत वृद्ध हो चली हैं और रानी माँ अर्थात् मेरी भावी सासू माँ इतनी आत्मविश्वासहीन हैं कि आदेश देना

और पालन कराना उनके वश का है नहीं। तो राजपरिवार की बागडोर औपचारिक रूप से ठाकुर माँ के हाथ में है किन्तु व्यावहारिक रूप से बोड़ोकुमारी इन्दुमयी देबी के हाथ में। तो माँ को इन्दुमयी का मेरे पास आना और मुझे समझाना बहुत अच्छा लगता और वह यह यत्न करती कि इन्दुमयी अधिक से अधिक समय मेरे पास रहें। वह चली जातीं तो उनसे छोटी ज्योतिर्मयी आ जातीं जो मुझे अपने को अपने पति के लिए आकर्षक बना सकने के उपाय सुझातीं और मेरे लिए उपयुक्त वस्त्रों और प्रसाधन सामग्री का चुनाव करतीं। उनकी बातों से लगता कि मेरे भावी पति उनके सबसे प्रिय भाई हैं। ज्योतिर्मयी से छोटी तारिणमयी तो समवयस्क होने के कारण मेरे साथ खेलने ही बैठ जाती। उसका आग्रह होता कि मैं उसे मोटो कहकर पुकारूँ। उसी ने बताया कि यह नाम उसे मेरे भावी पति ने दिया है। वह उसके लिए मेजोदा से अधिक एक मित्र हैं। मेरे भावी पति का अपनी छोटी बहन से उतना ही अगाध प्रेम है जितना दादा का मुझसे है यह जानकर मुझे अच्छा लगा और मैं दाम्पत्य जीवन के विषय में थोड़ा आश्वस्त अनुभव करने लगी। मोटो के साथ बहुधा उसकी पिसिमाँ की बेटी लालो भी होती। वह भी अपने मेजोदा के गुण गाती रहती। मोटो और लालो मेरे रूप-गुण की प्रशंसा करते न थकतीं और कहतीं कि मेजोदा तो तुम पर मुग्ध हो जाएँगे। जब हम दो बहनों से ही वह लाड़-प्यार करते हुए नहीं अघाते तब तुम्हें तो वह चौबीसों घण्टे अपनी गोद में ही बैठाए रखेंगे। उन्होंने मुझे मेरे भावी पति के कई फोटो लाकर दिखाये। उन्होंने मुझसे पूछा कि हमारे मेजोदा बहुत सुन्दर हैं न! मुझे लजाते-शर्माते स्वीकार करना पड़ा कि हाँ हैं। अपने मेजोदा की प्रशंसा करते हुए उन्होंने बताया कि हम भाई-बहनों में सबसे अधिक स्नेहमय, मुक्तहस्त, निडर और शक्तिशाली मेजोदा ही हैं। तुम्हारे गहने-कपड़े पर उन्होंने मुक्तहस्त से व्यय किया है और ठाकुर माँ और माँ ने उन्हें ऐसा इसलिए करने दिया है कि वह उन्हें सबसे अधिक प्रिय हैं।

इसमें सन्देह नहीं कि राजपरिवार द्वारा वधू के लिए बनवाए गए वस्त्रों-आभूषणों के समक्ष माँ के द्वारा अपनी हैसियत से कहीं अधिक खर्च करके बनाए वस्त्र-आभूषण कुछ वैसे ही लग रहे थे जैसे किसी रानी के समक्ष उसकी चरण-दासी। इन्दुमयी दीदी ने माँ से कहा कि आपको तो ठाकुर माँ ने लिख दिया था कि बस कन्या को लेकर यहाँ आ जाएँ, इतना सब करने की कोई आवश्यकता थी ही नहीं। शगुन के लिए एक-एक वस्त्र और आभूषण रख दें, और तो हमने इतना बनवा ही रखा है। माँ को अटपटा लगा किन्तु मामा ने कान में कहा कि रख ले फूलकुमारी अभी तो तुझे एक और बेटी के हाथ पीले करने हैं। राजपरिवार के बनवाए हुए वस्त्र और आभूषण देखकर सभी की आँखें चौंधिया गईं। स्त्रियाँ मेरे भाग्य की सराहना करने लगीं। दादा मुझसे मुस्कराकर बोले कि तू तो अभी से हम निर्धन उत्तरपाड़ा वालों के लिए रानी बन गयी है बिभा। मुझे और कहीं चाकरी नहीं मिली तो तेरी ही कर लूँगा। मैं रुआँसे स्वर में बोली कि दादा ऐसा मत कहिए। दादा ने मुझे अंक लगा लिया और कहा कि मैं तो परिहास में कह रहा था। विवाह के लिए मुझे

ननदों ने ही सजाया, उत्तरपाड़ा की स्त्रियों ने नहीं। बोलीं कि सर्वथा गुड़िया-सी लग रही है। विवाह के लिए मुझे सजाया जा रहा था तब बार-बार स्त्रियाँ यही कर रही थीं कि बिल्कुल गुड़िया की-सी लग रही है। मुझे जरी के भारी काम वाली लाल बनारसी साड़ी और कान, नाक, गले और हाथ तथा कमर के भारी आभूषण पहनाए गये। फिर काठ की चौकी पर मुझे बिठाया गया। स्त्रियों से घिरी हुई मैं उसी चौकी पर विवाह मण्डप तक ले जाई गयी जहाँ मामा ने मुझे गोद में उठाकर वर के सामने स्थापित कर दिया। भारी साड़ी-जेवर के बोझ से मेरी दुबली-पतली देह दुहरी हो चली थी इसलिए मैं सामने बैठे वर को तब भी नहीं देख पायी ठीक से जब पण्डितों ने परस्पर-दृष्टि की विधि करवाई। मेजोकुमार उस दिन क्या पहने थे और कैसे लग रहे थे यह सब बाद में मैंने छायाचित्र देखकर ही जाना। उस दिन तो केवल उनकी उस दाहिने हाथ को ही देखा मैंने जो मेरी दाहिनी कलाई में सुहाग चूड़ा पहना गया था। उनकी हथेली की छुअन मुझे कोमल और उष्ण दोनों ही लगी और मैंने इन दोनों गुणों का उनके सम्पूर्ण व्यक्तित्व पर प्रक्षेप करके अपने को सौभाग्यशाली माना उस वेला। देर रात तक रस्में चलती रहीं और विवाह-संस्कार में हमारे साथ उत्तरपाड़ा से आए पण्डित और वृद्धाओं को वही शास्त्रोक्त मानना पड़ा जो राजपरिवार का पण्डित, राजपरिवार की वृद्धाओं के समर्थन से कर रहा था।

विवाह कार्य पूरा होने के बाद दादा ने मुझे पहले तो रानी का सम्बोधन देकर दुखी किया और फिर माँ से यह कहकर कि इस विवाह में हम लोगों को तो उपेक्षित किया ही गया था हमारे पण्डित को भी कर दिया गया। मुझे दादा के इस कथन में यह निहित लगा कि जैसे उत्तरपाड़ा के अन्य लोगों की राजपरिवार ने उपेक्षा की वैसे ही अब बिभा की करेगा। मैं रोने लगी और मैंने माँ से विनती की कि मुझे अकेला छोड़कर न जाए। माँ बोली कि मैं कोई तुरन्त चली थोड़े ही जा रही हूँ जो रोने बैठ गयी है, हमारी प्रथानुसार विवाह के दसवें दिन ग्रन्थिबन्धन खोला जाएगा और तभी मैं तुझे विदाई दूँगी। इसमें दादा ने हँसकर यह जोड़ा कि माँ का मतलब है तभी वह विदा लेगी। फिर मुझे अपने अंक में भरकर वह देर तक पीठ पर हाथ फेरते रहे और समझाते रहे कि राजपरिवार में तुझे हर तरह का सुख मिलेगा और अभी दस दिन तक तो हम सब तेरे साथ हैं ही। दुर्भाग्य कि अगले ही दिन पता चला कि विदा के मामले में भी मेरी माँ की बताई नहीं, भवालराज परिवार की ठाकुर माँ की बताई प्रथा चलेगी। राजपरिवार में चतुर्थी कर्म की प्रथा है अर्थात् विवाह के बाद चौथी रात फूलशैयाघर में पति-पत्नी को अपना प्रथम एकान्त दिया जाता है इसलिए विदा तो कल तक कर देनी होगी। सुनकर मैं रोने लगी। सूचना लाने वाली इन्दु दी बोलीं कि विदा का अर्थ यह थोड़े ही है बोऊ माँ कि सब लोग तुम्हें छोड़कर चले जाएँगे। बस इतना ही कि यहाँ यह जो तुम्हारा अस्थायी मायका बना हुआ है राजबाड़ी के एक कोने में, उससे विदा लेकर तुम्हें दूसरे कोने में बने गोलकक्ष में चले जाना होगा जिसे तुम्हारे लिए सजा दिया गया है। ठाकुर माँ ने मुझसे कहा है कि तुम्हारे साथ आए लोगों से अनुरोध करूँ कि वे तब तक यहाँ रहें जब तक हमारी बिभाबती का

मन करे। माँ बोलीं कि इस प्रस्ताव के लिए मैं राजमाता की बहुत आभारी हूँ किन्तु जब आपके यहाँ ग्रन्धिबन्धन खोलने की प्रथा है ही नहीं तब हमारा यहाँ से कल ही निकल जाना उचित रहेगा। इन्दु दी मुझे अंक लगाते हुए बोलीं कि बिभा के प्रति इतनी निर्मम मत होइए, कुछ दिन तो यहीं रहिए माँ। माँ ने कहा कि नहीं, सत्या की पढ़ाई का हर्जा होगा। इन्दु दी के जाने के बाद मामा ने मुझे बिलखता देख कहा कि तू कुछ दिन यहीं रुक जा फूलकुमारी। भवालराजपरिवार में तो बहुओं के सम्बन्धी स्थायी अतिथि बनाकर रखे जाते रहे हैं। माँ ने सिर हिला दिया कि नहीं। दादा बोले कि क्यों नहीं? तू मेरी पढ़ाई की चिन्ता छोड़ दे। माँ बोली कि तुझे अपनी पढ़ाई की चिन्ता भले ही न हो अल्लापद किन्तु मुझे है। और यह भी अच्छी तरह समझ ले कि हम जैसे मनुष्यों का सबसे बड़ा धन स्वाभिमान ही होता है। और बोउओं के सम्बन्धी रह लेते होंगे राजबाड़ी में, हममें से कोई कभी नहीं रहेगा। इस पर दादा ने मुझे अंक लगा लिया और मेरे कानों के पास ओठ रखकर बोले कि आँसू बहाकर मुझे और माँ को अपराधबोधग्रस्त मत कर बिभा। मैं स्वयं यह चाहता था कि तू आगे पढ़े और तेरा किसी आधुनिक परिवार में विवाह हो। मैं समझता हूँ माँ भी इसी पक्ष में रही होगी किन्तु उस बेचारी की सीमाएँ हैं। और उसने तेरा विवाह यहाँ किया है तो इसीलिए तुझे धन का कोई अभाव न रहे। माँ ने स्वयं कभी वैभवशाली जीवन जिया है। इसीलिए उसने मालीना और तेरा विवाह वैभवशाली परिवारों में करवाया है। इसीलिए वह चाहती है कि मैं ऊँची से ऊँची शिक्षा प्राप्त करके ऊँचा पद पा सकूँ और उसे निर्धनता से मुक्ति दिला सकूँ। तू चिन्ता मत कर, यहाँ सब ठीक होगा। और यदि तुझे कभी कोई कष्ट हो तो निस्संकोच मुझे पत्र भेज देना, मैं सब कुछ छोड़कर चला आऊँगा। मेरे लिए तू ही सब कुछ है बिभा। अपने आँसू पोंछ ले। मुस्कुरा। तुझे दुखी देखकर जाऊँगा तो घर लौटकर मेरा पढ़ाई में तनिक भी मन नहीं लग सकेगा। दादा की बात सुनकर मैंने बाँह से अपने आँसू पोंछने चाहे किन्तु दादा ने अपना रूमाल निकालकर पहले ही उन्हें पोंछ दिया। तो मेरी विदाई कर दी गयी। या यों कहूँ कि उत्तरपाड़ा से आए सभी लोग जयदेबपुर से विदा हो गए।

उत्तरपाड़ा लौटते समय मेरी माँ मुझसे लिपट कर रोयी। वह रोती जा रही थी और मुझे यह नेक सलाह भी देती जा रही थी कि मैं ऐसा कुछ न करूँ जिससे ससुराल वाले निराश हों। इस प्रसंग में वह बार-बार रेखांकित कर रही थी कि अब मैं साधारण घर की बेटी नहीं, उस राजबाड़ी की बहू हूँ जिसकी सारी रीतियाँ हमारी रीतियों से भिन्न हैं। मेरी घबराई-घबराई-सी रहने वाली माँ राजबाड़ी में अपने प्रवास के दौरान कुछ अतिरिक्त ही घबराई हुई रही थी। अब मुझे लगा कि कदाचित् उसकी घबराहट यही सोचकर बढ़ी हो कि ऐसी विचित्र रीतियों वालों के साथ मेरी बेटी कैसे रह पाएगी? जो हो, वह यही कहती गयी कि तू इस बात को कभी मत भूलना कि यह तेरा और हम लोगों का परम सौभाग्य है कि इतना बड़ा राजपरिवार अपने कुमार के लिए तेरा हाथ स्वयं माँग कर ले गया। हम माँ-बेटी शायद रोते ही चले जाते कि राजमाता सत्यभामा

ने माँ से कहा कि इसकी चिन्ता करना छोड़ दे फूलकुमारी, यह अब हमारी बहू है इसकी चिन्ता अब हम करेंगे। माँ ने मेरा शीश चूमा, दादा ने गाल थपथपाया, मामा ने आशीर्वाद दिए पुत्रवती होने के, और फिर कुछ ही देर बाद मैंने अपने को गोलकक्ष रूप ससुराल में पाया वहाँ ठाकुर माँ ने मुझे गोद में बैठाकर देर तक लाड़ लड़ाया। मुझे अच्छा लगा। फिर वह हँस कर बोलीं कि आज मायके को याद करके रो रही हो लेकिन कुछ दिन यहाँ पति के साथ रंगरेलियाँ कर लोगी तो यहाँ से मायके के लिए विदा होते समय रोया करोगी। दो ही दिन की बात है फिर खुद देख लोगी कि हमारा मेजोकुमार तुम्हारी कितनी अच्छी सेवा करने को तैयार बैठा है? उनकी बात सुनकर राजबाड़ी की सभी स्त्रियाँ ठठाकर हँसीं लेकिन मेरा और मेरी माँ का मुँह लाल हो गया। मेरी सासू माँ की बहन-सरीखी सहेली मोक्षदा मॉसी माँ ने भी मुझसे बहुत लाड़ लड़ाया और इसी तरह का हास-परिहास किया। मैं न ऐसे लाड़ की अभ्यस्त थी और न ऐसे परिहास की। जिठानी सरजूबाला ही थीं जो मुझे अपनी माँ की तरह संयमित और सुसंस्कृत लगीं। एकान्त में उन्होंने बहुत प्यार से समझाया कि देखो मैं भी तुम्हारी तरह कलकत्ता के एक सुशिक्षित मध्यवर्गीय परिवार की बेटी हूँ जो इस राजपरिवार में ब्याही जाने पर घबरायी थी इसी तरह किन्तु मुझे यहाँ सुख ही सुख मिला है। तुम किसी तरह की आशंका मन में न पालो बिभाबती। रो-रोकर अपनी आँखें मत सुजाओ, आसपास की स्त्रियाँ तुम्हारी मुँह-दिखाई के लिए आती होगीं। उनके लिए तुम भवाल की मेजोरानी हो, फूलकुमारी की छोटी बेटी नहीं। अच्छी तरह समझ लो रानियाँ रोती नहीं हैं, गरिमामय ढंग से बैठी रहती हैं लगभग मूर्तिवत। चलो मुँह धुलवाकर तुम्हारा फिर से सिंगार कर दूँ।

सरजूबाला मेरा श्रृंगार कर ही रही थीं कि सासू माँ आ गयीं अपनी बेटियों के साथ। अपनी माँ की तरह वह भी मुझे चिर-चिन्तित नित-आशंकित स्त्री लग रही थी। अन्तर इतना ही कि मेरी माँ एक मध्यवर्गीय विधवा थी जिसे अपनी चिन्ताएँ-आशंकाएँ अधिकतर अपने तक ही सीमित रखनी पड़ती थीं और स्वयं ही उनसे जूझना पड़ता था जबकि रानी माँ अपनी चिन्ताएँ-आशंकाएँ निरन्तर मुखरित करती रहती थीं और उन्हें सहानुभूति देने और उनकी सहायता के लिए दौड़ पड़ने वाले लोगों की कोई कमी न थी राजबाड़ी में। होती कैसे? पति की मृत्यु के बाद वही तो कर्ता थीं भवालराज की। इस भार के कारण वह अपने वैधव्य पर, अपने पुत्रों के प्रौढ़ न होने पर और अपने दीवान के हाथों सताए जाते रहने पर निरन्तर विलाप करती रहती थीं। उनकी बातों से संकेत मिला कि अपने ससुर के समय से चले आए बंगाली दीवान काली बाबू को गबन के आरोप में निकाल देने के बाद उन्होंने जो अँग्रेज मैनेजर मिस्टर मेयेर नियुक्त किया था वह भी उन्हें सताने लगा है। उसने पौत्र जोकी के जन्मोत्सव पर हुए व्यय पर आपत्ति की थी और अब मेजोकुमार के विवाह पर हुए व्यय पर कर रहा है।

मुझे यह सोचकर अपराधबोध होने लगा कि विवाह का व्यय बढ़ने का एक कारण यह भी रहा होगा कि कन्या पक्ष का भी सारा भार राजपरिवार ने उठाया। तभी मोटो मेरे

सन्दूक से गुड्डा निकाल लायी और रानी माँ से बोली कि देखो माँ मेजोबोऊदी मायके से अपना गुड्डा लेकर आयी है। रानी माँ ने कहा कि स्वयं भी तो अभी गुड़िया-सी ही है फिर मुझसे पूछा कि क्या तुम्हारे पास कुल यही गुड़िया थी मायके में? मैंने बताया कि नहीं वहाँ अलमारी भरी हुई थी, मैं एक ही लायी। रानी माँ ने तुरन्त आदेश दिया कि मेजोबोऊ के सुहाग कक्ष में गुड़ियों से भरी अलमारी रखवा दी जाय। फिर मेरे गुड्डे को मेरी गोद में रखते हुए उन्होंने आशीर्वाद दिया कि नौ मास बीतने पर तेरी गोद में जीवन्त गुड्डा किलकारी भरे। मैं लजा गयी उस जीवन्त गुड्डे के गर्भाधान की कल्पना करके। तभी ज्योतिर्मयी ने परिहास भरे स्वर में कहा कि इसका अर्थ यह हुआ कि नौ मास बाद उस मरे मेयेर को तेरी अपव्ययवृत्ति पर टिप्पणी करने का एक और अवसर मिलेगा माँ। रानी माँ ने पुनः अपना विलाप आरम्भ कर दिया और मुझसे कहा कि मेजोबोऊ मेरे तो तीनों पुत्र कानूनी दृष्टि से ही नहीं, वैसे भी अब तक वयस्क नहीं हुए। तुम्हारा पति तो सर्वथा छेले मानुष है बोऊ माँ।

मैं यह सुनकर चिन्तित हुई कि मुझसे पूरे पाँच वर्ष बड़े मेरे पति अभी छेले मानुष ही हैं जबकि मुझ तेरह वर्षीया को माँ से सदा यही सुनने को मिलता रहा था कि अब तू सयानी हो गयी है बिभा। मैंने सोचा कि एकान्त मिला तो जिठानी से पूछूँगी कि रानी माँ आपके देवर को किस अर्थ में छेले मानुष कह रही थीं? किन्तु एकान्त मिला नहीं उस दिन। मुझे देखने आने वालियों का ताँता-सा लगा रहा। मेरे रूप-रंग का निरीक्षण करती रहीं और अपनी मेजोरानी को यथोचित यथाशक्य उपहार तथा अमित आशीष देकर विदा लेती रहीं। अगले दिन भी एकान्त-सा एकान्त मिला नहीं। एकान्त की कोई अवधारणा पायी नहीं मैंने राजबाड़ी में। पाँच-दस जन घेरे हुए न हों तो सामन्त स्त्री-पुरुष लोगों का जी घबरा उठता है कदाचित्। तो मैंने ननदों की उपस्थिति में ही सरजूबाला से पूछ लिया कि रानी माँ का आशय क्या था? वह बोलीं कि बहू के रूप में तुम्हें चुना ही इसलिए गया है कि तुम सुपठित और सुसंस्कृत लड़की हो और इसलिए अपने पति को सद्गृहस्थ और सद्मार्गी बना सकती है। बड़े देवर रोमेन्द्र उद्दण्ड, नटखट और भोले-भाले बालकों-जैसे हैं। लिखा-पढ़ा भी अधिक नहीं है उन्होंने। तो रानी माँ और हम सब यह आशा करते हैं कि तुम उनकी पत्नी की ही नहीं, अध्यापिका और मार्गदर्शिका की भी भूमिका अपनाओगी। सुनकर मैं स्तब्ध रह गयी। दादा की लाई सूचना सही थी। मैं कुछ और स्तब्ध हुई जब मोक्षदा मासी माँ और ज्योतिर्मयी दीदी मेजो द्वारा अध्यापकों को नाकों चने चबवाने के किस्से हँसते-हँसते लोट-पोट होकर सुनाने लगीं।

मासी माँ ने बताया कि कैसे मिस्टर ह्वार्टन नामक अँग्रेज अध्यापक की स्याही की दवात में मेजो ने मूत्र कर दिया था। जब वह बेचारे उसमें कलम डुबोकर लिखने लगे तब रोशनाई को नीली से पीली हुई देख हैरान हो उठे। उन्होंने मेजोकुमार से पूछा कि आपने इसमें क्या डाल दिया? मेजो को अंग्रेजी तो आती नहीं है इसलिए उसने ह्वार्टन

साहेब की दूसरी दवात में भी वही कर दिखाया जो पहली में किया था। इस घटना के बाद ह्वार्टन ने बड़े अधिकारियों को त्यागपत्र भेजते हुए लिखा कि ऐसे उद्दण्ड बालकों को पढ़ाने का दायित्व देने के बजाय आप मुझे इनके अस्तबल के घोड़ों को सुयोग्य बनाने का दायित्व दे दें। उनके त्यागपत्र दे देने के बाद मेजो और छोटोकुमार को साक्षर बनाने का काम द्वारिका मास्टर को सौंपा गया। फिर ज्योतिर्मयी दीदी ने सुनाई द्वारिका मास्टर के दुखी कर दिए जाने की एक चिरस्मरणीय कथा। जाड़ों के दिन थे। द्वारिका मास्टर तीसरे पहर सैर के लिए गये तो मेजो ने उनके कमरे में कई कुत्ते-बिल्ली भर दिये और कुण्डी लगा दी। द्वारिका मास्टर सैर से लौटे तो पहले उन्होंने अपनी छड़ी घुमाकर कुत्ते-बिल्लियों को भगाया फिर नौकर को डाँटा कि तूने उन्हें मेरे कमरे में क्यों बन्द किया? तभी मेजो पर्दे की आड़ से निकलकर सामने आ गया और बोला कि मास्टर मोशाय, इस बिचारे को मत डाँटिए। बिल्लियाँ तो मैं इसलिए लाया कि आप बता रहे थे कि आपके कमरे में चूहे हो गए हैं और कुत्ते मैं इसलिए लाया कि आपके पास जो विद्या धन है, उसकी रक्षा कर सकें। मास्टर मोशाय मुस्कराए और बोले कि वह तो ठीक है, किन्तु सब अपवित्र हो गया न! उन्होंने नौकर से कालीन बाहर ले जाकर झाड़ देने और फर्श को धोने को कहा। तभी मेजोकुमार ने छोटोकुमार से कहा कि बस्ते में रखी हमारी किताबें भी तो अपवित्र हो गई हैं, चल उन्हें धो लेते हैं। द्वारिका मास्टर पीछे-पीछे लपके कि यह क्या कर रहे हो? छीना-झपटी में किताबें फट गयीं और मेजो ने, आप भी अपवित्र हो गए हैं मास्टर मोशाय कहते हुए, नल की धार से द्वारिका मास्टर को भी भिगा डाला। द्वारिका मास्टर ने उन्हें पाटी पर स्वरमाला लिखने का आदेश दिया और फिर अपनी गीली गंजी उतारने लगे। इतने में मेजो ने उनकी धोती भी खींच डाली।

यह बताते हुए ज्योतिदी हँस पड़ीं और उनके अट्टहास में सभी स्त्रियाँ सम्मिलित हुईं। मुझे गुरु को परमात्मातुल्य मानने के संस्कार मिले थे अस्तु मैं समझ नहीं पायी कि राजपरिवार की स्त्रियाँ गुरु के अपमान की इस घटना पर इतना हँस क्यों रही हैं। मेरा चेहरा रुआँसा हो चला। कदाचित् उसे ही लक्ष्य करके ज्योति दी बोलीं कि मास्टर मोशाय स्वयं रोमेन्द्र की इस उद्दण्डता पर बाद में हँसे। वह जानते हैं कि तीनों कुमारों में से रोमेन्द्र ही उनका सबसे अधिक आदर करता है और ध्यान रखता है। रोमेन्द्र को छेले मानुष कहकर सर्वप्रथम उन्होंने ही सम्बोधित किया था। वह कहते हैं कि मेजोकुमार के उत्पात और उनकी निश्छलता दोनों ही उनके किसी अबोध बालक-समान होने के प्रमाण हैं। मास्टर मोशाय का सदा यह भी आग्रह रहा है कि तीनों कुमारों में रोमेन्द्र ही कुशाग्र बुद्धि है। उस दिन की घटना के बाद जब ठाकुर माँ ने मास्टर मोशाय से कहा कि इस रोमेन्द्र के उत्पातों पर हँस देना आपको शोभा नहीं देता; आपको मैंने यह दायित्व सौंपा था कि इसे इतना शिक्षित और सुसंस्कृत बना दें कि यह अँग्रेज़ हाकिमों से बात कर सके, दस्तावेज पढ़ और समझ सके और राजकाज की देखरेख में रोणेन्द्र का हाथ बँटाए; मेरा आदेश है कि रोमेन्द्र के मस्तिष्क में गोबर की जगह बुद्धि भरने के लिए आप अपनी

छड़ी का निस्संकोच उपयोग कीजिए, तब वह हाथ जोड़कर बोले कि राजमाता यदि मेजोकुमार के मस्तिष्क में गोबर भरा होता तो न वह नित नए उत्पात सोच पाते और न अपने किए की इतनी युक्तियुक्त सफाई दे पाते। निश्चय ही मुझमें कोई खोट है जो उनकी विलक्षण बुद्धि को विद्यार्जन में लगा नहीं पा रहा हूँ। आप मेरा भी त्यागपत्र ले लें और मेजोकुमार के लिए कोई अन्य योग्य शिक्षक नियुक्त कर दें।

ज्योतिदी की बात पूरी होने से कुछ ही पहले राजमाता, सासु माँ और इन्दुदी भी चले आए। सासु माँ ने जिज्ञासा की कि द्वारिका मास्टर की चर्चा किस प्रसंग में छिड़ी हुई है? जैसे ही उन्हें बताया गया, उन्होंने आँचल अपनी आँखों से लगा लिया और सुबकने लगीं। अब तक मैं जान गयी थी कि सासु माँ भवालराज की कर्ता होने के बावजूद बात-बात पर अपने एक असहाय विधवा होने का रोना रोती हैं। रोते-रोते ही बोलीं कि इन बेचारों के पिता जीवित होते तो अनुशासन में रखते। मेरे रोमेन्द्र के लिए तो सभी कहते हैं कि दिल का बहुत अच्छा और दिमाग का बहुत तेज है लेकिन क्या करे बेचारा, पिता का साया उठ गया है उस पर से। ठाकुर माँ चिढ़कर बोलीं कि जिस घर में मंगलकार्य हुआ हो उसमें आँसू बहाना अशोभन माना जाता है बोऊ माँ, और मेरा बेटा इन बच्चों का दायित्व तुम पर सौंप कर गया है। अपने दायित्व को इस तरह आँसुओं में तिरोहित मत किया करो। सासु माँ आँचल से आँखें पोछते हुए बोलीं कि मेरी तो कुछ सुनता ही नहीं रोमेन्द्र, आपसे ही कुछ डरता है और आप उसका बड़े से बड़ा उत्पात यह कहकर क्षमा करती आयी हैं कि अभी तो छेले मानुष ही है। सब लोग कहते हैं कि राजमाता के लाड़-प्यार ने बिगाड़ दिया है।

इस पर ठाकुर माँ ने रानी माँ को बरजते हुए कहा कि छेले मानुष नहीं है तो क्या वयोवृद्ध है! और बोऊ लाड़-प्यार से बिगाड़ने का ऐसा है कि ठाकुर बाबा और ठाकुर माँ का परम्परागत कर्तव्य ही बच्चों को अपार लाड़-प्यार देना माना गया है। उन्हें अनुशासित करने का दायित्व तो माँ-बाबा का होता है। विलाप करते रहने की जगह तुझे उन पर लगाम कसनी चाहिए थी। खैर, अब तू चिन्ता छोड़ मैं ले आई हूँ ना ये लगाम कसने वाली। इतना कह कर ठाकुर माँ ने मेरा झुका शीश चिबुक पकड़ कर उठाया और मुझसे बोलीं कि मैं इस विश्वास से तुझे राजपरिवार की बहू बनाकर लाई हूँ कि तू अपनी माँ फूलकुमारी की तरह बहुत ही धैर्यवान और समझदार निकलेगी और रोमेन्द्र को अनुशासित करने में अपनी सासु माँ की तरह विफल सिद्ध न होगी। फिर वह बोलीं कि मैं रोमेन्द्र में अपने पति की एक झलक पाती रही हूँ मेजोबोऊ और स्वप्न देखती रही हूँ कि वह उनका-जैसा काम करेगा और उनका-जैसा नाम कमाएगा। मेरे पति ही थे जिन्होंने अपनी प्रतिभा और परिश्रम के प्रताप से भवाल को एक छोटी जमींदारी से ऊँचा उठाकर एक राज का दर्जा दिलवाया और अँग्रेजों से राजा बहादुर की उपाधि पाई। सामन्त होते हुए भी हर तरह के व्यसन से अछूते थे मेरे पति। अन्य सामन्तों की तरह प्रजा पर अत्याचार करना और राजबाड़ी के हर आयोजन के लिए प्रजा से धन

वसूलना और बेगार कराना उन्हें तनिक भी नहीं सुहाता था। उन्होंने तो उलटे प्रजा की भलाई के लिए अनेक कार्य किये। फिर भी वह भवालराज की आय निरन्तर बढ़ाते रह सके। अपनी राजधानी और राजबाड़ी दोनों को उन्होंने ही इतना भव्य रूप दिया कि इस पूर्वी बंगाल में ढाका के नवाब के बाद वही सबसे बड़े सामन्त माने जाने लगे।

ठाकुर माँ की बातें सुनकर रानी माँ ने इन्दुदी की ओर देखा एकसाथ मुस्कराते और उबासी लेते हुए। उनकी भंगिमा मानो कह रही थी कि देखो मेरी सासु माँ ने फिर आरम्भ कर दिया अपने पति का गुणगान। इन्दुदी ने आँखों ही आँखों में उन्हें बरज दिया कि ठाकुर माँ का अनादर न करो। मैं राजबाड़ी में आने के बाद से बराबर लक्ष्य कर रही थी कि इन्दुदी और रानी माँ की भूमिकाएँ परस्पर उलट गई थीं। इन्दुदी सयानी माँ थीं और रानी माँ अबोध और अव्यवहारकुशल पुत्री। दीर्घकाय रानी माँ डरती थीं अपनी इस श्यामवर्णा कृशकाय पुत्री से। उधर ठाकुर माँ अपने पति का गुणगान जारी रखे हुए थीं—भवाल क्षेत्र पहले असंस्कृत लोगों का क्षेत्र समझा जाता था। मेरे पति ने उसे साहित्य-संगीत-कला का अत्यन्त महत्त्वपूर्ण केन्द्र बना दिया। वही बान्धव पत्रिका के संस्थापक सम्पादक काली प्रसन्न घोष को भवाल का दीवान बनाकर लाए और भवालराज ने उनकी पत्रिका और उनके साहित्यिक आयोजनों के लिए धन देना शुरू किया और समाज-सुधार का बीड़ा उठाया। ब्राह्मणों के रोष की कोई चिन्ता न करते हुए उन्होंने गैर-सवर्णों को यज्ञोपवीत धारण करने का अधिकार दिलवाया। मेरे पति पढ़े-लिखे थे और विद्वानों का आदर करते थे। उन्हें मलाल केवल इस बात का था कि उन्हें अँग्रेजी नहीं आती। इसीलिए उन्होंने मेरे पुत्र को पहले ढाका के एक अँग्रेजी स्कूल में भेजा और फिर जयदेबपुर में ही अँग्रेजी माध्यम वाला हाईस्कूल खुलवा दिया।

मेरे पुत्र का दुर्भाग्य कि अभी उसने युवावस्था में पदार्पण ही किया था कि मेरे पति का देहान्त हो गया। राजकाज पूरी तरह उनके दीवान काली प्रसन्न ने सँभाल लिया। मेरा पुत्र राजकाज की तरफ से निश्चिन्त होकर सामन्ती भोग-विलास में लिप्त रहने लगा। पिता के आग्रह पर सीखी हुई अँग्रेजी का उपयोग उसने राज की वैभवश्री बढ़ाने में नहीं, कलकत्ता और ढाका में साहब लोगों की आमोद-प्रमोद स्थलियों में समय बिताने और साहब लोगों का जयदेबपुर में आखेट और आमोद-प्रमोद के लिए बुलाने में ही किया। वह अपने पिता की तरह साहित्य-कला-संगीत का संरक्षक बना। पिता फारसी जानते थे तो उसने संस्कृत सीखी और संस्कृत विद्वानों की सभा—ढाका सारस्वत समाज को अनुदान दिया। पिता की तरह उसे भी राजा बहादुर की उपाधि मिली। हमारा दुर्भाग्य कि विलासी सामन्तों और साहब लोगों की संगत में उसने विलायती शराब पीना और नाचने वाली बाइयों को संरक्षण देना भी सीख लिया। वह इन व्यसनों में डूबा रहा और उधर काली प्रसन्न भवालराज को लूटते रहे। गत वर्ष इन्हीं व्यसनों के कारण उसकी अकाल मृत्यु हो गई।

यह सुनते ही रानी माँ फूट-फूटकर रो पड़ीं। ठाकुर माँ ने इन्दुदी को आदेश दिया कि

अपनी सदा रोती रहने वाली माँ को यहाँ से ले जा और मुझे बिभाबती को समझाने दे कि मुझे इससे क्या अपेक्षाएँ हैं। रोती हुई रानी माँ को उनकी बेटियाँ हाथ पकड़कर लगभग घसीटते हुए कमरे से ले गईं जबकि वह बेचारी अपनी सासु माँ के चरणों में सिर पटक-पटककर यह कहते जाना चाह रही थीं कि मैं आपकी दृष्टि में सदा अयोग्य थी, आपको अपने पुत्र के लिए अधिक सुयोग्य बहू ले आनी चाहिए थी। क्या पता वह मुझसे अधिक सौभाग्यवती सिद्ध होती। रानी माँ के जाने के बाद ठाकुर माँ अपनी अपेक्षाएँ विस्तार से मुझे समझाने लगीं। यद्यपि वह अपनी बात मुझसे लाड़ लड़ाते हुए बहुत ही मीठे स्वर में समझा रही थीं और उनकी दृष्टि में प्यार ही प्यार भरा था, तथापि मैं उनके दृष्टिबन्ध में वैसे ही तड़पने लगी जैसे जाल में मछली। उन्होंने मेरी चिबुक कसकर पकड़ रखी थी इसलिए यह सम्भव न था कि ग्रीवा झुका लूँ। तो मैंने घबराकर आँखें ही बन्द कर लीं। काश यह सम्भव होता ठाकुर माँ कि मैं कह पाती कि आपके विलक्षण-बुद्धि पौत्र को अनुशासित कर सकूँ ऐसी क्षमता मुझ तेरह वर्षीया में है नहीं, कृपया आप मेरा त्यागपत्र ग्रहण करें और उसे तत्काल स्वीकृत करें। आभारी हूँ कि आपने मुझे पतोहू बनाने के लिए चुना किन्तु मैं आपकी अपेक्षाओं के अनुरूप नहीं हूँ। अभी चतुर्थी कर्म हुआ नहीं है इसलिए मेरे विवाह पर अभी शास्त्र की मुहर लगी नहीं है। अब भी अवसर है कि मुझे उत्तरपाड़ा भिजवा दें और किसी और को भवालराजपरिवार की मेजोबोऊ बनाकर ले आएँ किन्तु ऐसा कह सकने का साहस कहाँ था मुझमें? और कह भी देती तो इस बीसवीं सदी में शास्त्रों की यह मान्यता कहाँ बची रह गई थी कि कन्यादान का कोई महत्त्व नहीं है। चतुर्थी कर्म न होने तक भी स्त्री विवाह-बन्धन से मुक्त मानी जानी चाहिए।

अगले दिन से चतुर्थी कर्म की चर्चा चल निकली जोरों से। ऐसी चर्चा जो राज-परिवार की स्त्रियों के लिए जितनी चटपटी थी, उतनी ही अटपटी थी मेरे लिए। मेरी सहेलीवत मालीनादी घर में पूरा एकान्त होने पर भी वैवाहिक जीवन के शृंगारिक पक्ष की जैसी चर्चा फुसफुसाकर भी नहीं करती थी वैसी भवालराजपरिवार की स्त्रियाँ अन्तःपुर में सार्वजनिक रूप से और जोर-जोर से करती सुनाई दीं मुझे। मोक्षदा मासी माँ कहने लगीं कि चतुर्थी कर्म के लिए पण्डित जो पूजा-पाठ कराएगा वह तो दिखावे भर के लिए है। असली और परम गोपनीय पूजन तो मेजोकुमार करेगा तुम्हारे गुप्तांगों के। स्त्रियों के गुप्तांगों का वह बचपन से ही पुजारी रहा है। इतना भोला और नादान था कि दासियों के लहँगे उठा देता था। और एक दिन तो उस धूर्त ने गुसलखाने में स्नान करती अपनी ज्योतिदी को ही देख लेने की कोशिश कर डाली। छोटी बहनों से तो कुछ वर्ष पहले तक ऐसा व्यवहार करता रहा, मानो अभी गोद की बच्चियाँ ही हों। इन्दुदी ने मासी माँ को आँखें दिखाकर चुप कराया किन्तु तभी स्वयं रानी माँ बोल उठीं कि स्तनपान का तो इतना चाव है कि पाँच वर्ष का होने तक वह मेरा और धाय आलोका का दूध पीता रहा और उसके बाद भी जब-तब, जिसका-तिसका स्तन मुँह में लेकर चूसता रहा। मासी माँ बोलीं हँसकर कि बड़े-बड़े स्तन पसन्द हैं उसे। तुम्हारे अभी छोटे-छोटे हैं लेकिन

निश्चय ही खींचतान करके बड़े कर ही देगा वह। जब माँ बन जाओगी तो ध्यान रखना कि तुम्हें एक साथ दो बच्चों को दूध पिलाना पड़ेगा। मेजोकुमार की उच्छृंखलता की ये कथाएँ इतना रस लेकर सुनी-सुनाई जा रही थीं मानो मेजोकुमार-लीला कोई कृष्ण-लीला-जैसी चीज हो। मुझे सुनकर उबकाई आ रही थी और वे आनन्दित हो रही थीं। इन्दुदी ने सबको बरज कर मुझे मुक्ति दिलायी किन्तु जब मुझे चतुर्थी कर्म के लिए सजाया जा रहा था तब कई स्त्रियों ने कई तरह से यह बात कही कि मेजोकुमार ने जब से तुम्हें विवाह मण्डप में देखा है तुम्हें फूलशैया पर पटक देने के लिए व्यग्र है। कसमसाता रहा है बिचारा तीन रात्रियों तक तुमसे दूर रहने के बन्धन के कारण। ठाकुर माँ न होतीं तो कदाचित् वह निर्लज्ज इस बन्धन को तोड़ डालता। भूखे शेर की तरह टूट पड़ेगा आज तुम पर। घबराना मत। किन्तु इसके साथ ही वह भूखे शेर की सम्भावित चेष्टाओं का फूहड़ भाषा में इतना विशद वर्णन भी करती रहीं कि मैं अघा और घबरा ही नहीं गयी, बल्कि रोने भी लगी। सरजूबाला ने उन स्त्रियों को डाँटकर चुप करा दिया और मेरी आँखें पोंछकर मेरा फिर से श्रृंगार किया।

पण्डितों ने शास्त्रोक्त विधि-विधान पूरा कराया और फिर मुझे ऊपर की मंजिल में स्थित अन्त:पुर में अपने सुहाग कक्ष में फूलों से सजी सेज पर ले जाकर बैठा दिया गया। तो अन्ततः मैं भी सोलह सिंगार की हुई दुल्हन बनी बैठी थी फूलशैयाघर में, जरी के भारी काम वाले वस्त्रों और मोटे-मोटे गहनों के भार से दबी हुई। मेरा मन कभी आशंकित होता कि मेरे छेले मानुष पति का मेरे प्रति व्यवहार कैसा होगा और कभी यह सोचकर मुदित कि वह भी मुझसे उसी तरह प्रणय निवेदन करेगा जिस तरह मालीनादी के अनुसार उनके पति ने किया था प्रथम रात्रि। प्रतीक्षा की घड़ियाँ खिंचती चली गईं। मैं फूलशैया से उठी। द्वार की ओर बढ़ी कि कान लगाकर सुनूँ कि कहीं से लोगों के स्वर सुनाई पड़ रहे हैं कि नहीं। कान लगाया तो कुछ भी न सुनाई दिया किन्तु द्वार पर कान लगाते हुए मैंने पाया कि मैं अपने को सामने रखे एक दर्पण में देख पा रही हूँ। एक ठो किशोरी दुल्हन से नहीं, किसी स्नेहिल माता द्वारा मनोरंजन मात्र के लिए वधू रूप में सजा दी गयी एक ठो निरी बालिका से साक्षात् हो रहा था मेरा। मोक्षदा मासी माँ की भाँति मैंने भी लक्ष्य किया कि इस बालिका वधू की देहयष्टि में आकर्षक गोलाइयों का नितान्त अभाव है। मुझे स्मरण हो आया उस तरसभरी दृष्टि का जिससे उत्तरपाड़ा में द्वारिका मास्टर ने मुझे देखा था। मेरे कानों में गूँजने लगा दीवान मोशाय का माँ को दिया गया यह निर्देश कि अपनी पुत्री को पौष्टिक आहार खिलाकर हृष्ट-पुष्ट बनाएँ। क्या उन्होंने ऐसा इसलिए कहा कि वे जानते थे कि मेजोकुमार को पीन पयोधर और प्रशस्त नितम्बों वाली स्त्री आकर्षित करती है। क्या ऐसी किसी स्त्री में मेरे पति के अनुरक्त होने की बात राजबाड़ी में सबको पता थी। या उन्होंने मात्र इसलिए कह दिया कि पुरुष सामान्यत: मांसल स्त्रियों को ही आकर्षक पाते हैं। सखियों के मुँह से भी तो सदा यही सुनती आयी थी। तो मैंने दर्पण से पूछा कि क्या इस बालिका के प्रति उसका पति वैसा ही विह्वल और काव्यमय

प्रणय निवेदन करेगा जैसा कि मालीनादी के पति ने किया था। और मेरे रोते हुए मन ने उत्तर दिया कि नहीं। मैं अपने आँसुओं से लड़ी क्योंकि उससे मेरे सिंगार के बिगड़ जाने का और पति के लिए और भी अधिक अनाकर्षक बन जाने का भय था। फिर मुझे माँ की यह बात याद आयी कि दाम्पत्य में दैहिक पक्ष का महत्त्व गौण है, उससे कहीं अधिक आवश्यक है अपने को एक-दूसरे के अनुरूप ढालना। तो पति की रुचि-अरुचि की थाह लेती रहना और फिर उसी के अनुरूप आचरण करना। ऐसा करने से ही उसका प्रेम मिलेगा। तन का संवाद तो क्षणिक होता है, मन का संवाद है जो निरन्तर चलना चाहिए। तो उससे अधिक से अधिक बात करना, रात में ही नहीं, दिन में भी। मुझे ठाकुर माँ के इस विश्वास ने भी उस घड़ी कुछ ढाढस बँधवाया कि जैसे जिठानी सरजूबाला ने बोड़ोकुमार को अपनी बुद्धि से वश में करके सद्मार्ग पर लगा दिया है वैसे ही तुम भी मेजोकुमार को लगा सकोगी। तभी सीढ़ियों पर से औरतों का अट्टहास चढ़ता सुनाई दिया, साथ में शंख-ध्वनि और हुल्लू ध्वनि। मैं दौड़कर फूलशैया पर जा बैठी। सिर झुका लिया। द्वार के पट खुले। मैं छोटा घूँघट निकाले शीश झुकाए बैठी थी अत: कुछ देख नहीं पा रही थी। कुछ ही क्षणों बाद एक पुरुष स्वर सुनकर जाना कि मेरे पति भी उपस्थित हैं फूलशैयाघर में। सरजूबाला और कुछ अन्य भाभियाँ उनसे हास-परिहास कर रही हैं। इस हास-परिहास में कहीं-न-कहीं मेरे कृशकाय और सुकुमार होने का प्रसंग उठ ही जा रहा है। मेरे पति हँसकर कह रहे हैं कि यदि आप लोगों को इस बेचारी की इतनी ही चिन्ता है तो इसे अपने साथ ले जाएँ और जब पाल-पोसकर हृष्ट-पुष्ट कर लें तब मेरे पास भेज दें। हाँ तब तक मेरा मन बहलाने के लिए आप स्वयं बारी-बारी से यहाँ आ जाया करें। किसी स्त्री ने कहा कि क्यों क्या सब एकसाथ नहीं आ सकतीं? मेरे पति बोले कि अवश्य आ सकती हैं मगर फिर आपस में लड़ने मत लगना कि पहले मैं, पहले मैं। यह कहकर वह देर तक खिलखिलाते रहे और मैंने पाया कि उनकी खिलखिलाहट किसी पुरुष की-सी नहीं छेले मानुष की-सी ही है। इस हास-परिहास से मेरी घबराहट कुछ और बढ़ गयी। कितनी विचित्र थी मेरी स्थिति कि एक ओर कामना कर रही थी कि यह अपरिष्कृत हास-परिहास शीघ्रातिशीघ्र समाप्त हो और दूसरी ओर चाह रही थी कि ये स्त्रियाँ मुझे अकेली छोड़कर प्रथम रात्रि की कठिनतम परीक्षा में न झोंक डालें। अन्तत: मैंने पहले अपने पति को उबासी भरकर यह कहते सुना कि आप लोग इकट्ठा एकसाथ तो पता नहीं कब आएँगी इस समय कृपा करके इकट्ठा एकसाथ चली जाएँ क्योंकि मुझे नींद आ रही है। सरजूबाला बोलीं कि गर्भाधान के शुभ मुहूर्त में सो मत जाना रोमेन्द्र बाबू, हम लोग अब जाती हैं, आप चतुर्थी कर्म का वास्तविक अनुष्ठान सम्पन्न करें। इतना कहकर उन्होंने मेरे पति को मेरे पास बैठा दिया। औरतें हँसती-हँसाती चली गईं। कपाट बन्द होने का स्वर सुनाई पड़ा। पति उठे और कुण्डी लगा आए। मैं प्रतीक्षा करती रही कि पास आकर बैठेंगे और चिबुक पकड़कर मेरा झुका चेहरा उठाएँगे। सब कुछ वैसे ही होगा जैसे मालीनादी और जमाई बाबू के बीच हुआ था। मुँह दिखाई

के लिए माँग मनुहार करेंगे मेरे पति। मैं लजाती रहूँगी, वह धीरे से मेरा घूँघट उठाएँगे। प्रीतिकर और कौतुकपूर्ण वार्ता करेंगे किन्तु मेरे पति पास आकर नहीं बैठे। दूर से ही उन्होंने कहा कि सिर झुकाए क्यों बैठी हो? क्या तुम्हें बोऊदी ने यह कहकर डरा दिया है कि मैं भूखा शेर हूँ। मेरे मुँह से कोई बोल न फूट सका, मात्र सिर हिलाकर रह गयी। वह बोले कि तो फिर मेरी ओर क्यों नहीं देख रही? मैंने बहुत प्रयास और साहस करके ग्रीवा का कोण थोड़ा-सा बदला किन्तु यह देखते ही दृष्टि फिर नीची कर ली कि मेरे सजे-धजे पति एक हाथ से अपना वक्ष और दूसरे से उपस्थ खुजला रहे हैं। मेरे मायके में अपने को सार्वजनिक रूप से खुजलाना नितान्त अशिष्ट समझा जाता था। बाद में ज्ञात हुआ कि इस तरह अपने को खुजलाते रहना मेरे छेले मानुष पति की कुटेव है। पति खिलखिलाकर बोले कि क्यों क्या हुआ एक झलक देखते ही डर गयीं? मैंने फिर सिर हिलाया कि नहीं। वह बोले कि तो सिर उठाओ और दृष्टि भी। मैंने शीश तो उठा लिया किन्तु दृष्टि नहीं उठा पायी। उनका आदेश हुआ कि घूँघट हटा दूँ। मुझसे हो न सका। पति खिलखिलाकर बोले कि क्या तुम्हारा चेहरा दिखानेयोग्य नहीं है? मुझे दिखवाने के लिए चित्र किसी और का भिजवा दिया था? मैंने घबराकर सिर हिलाया कि नहीं किन्तु उनके आदेश का पालन अब भी न कर सकी। फिर मैंने उन्हें एक जम्हाई लेते सुना। आकर धप्प से मेरे पास बैठ गये। एक झपट्टा-सा मारकर मेरा घूँघट इस तरह उठाया कि सारा पल्लू ही नीचे गिरा दिया। मैंने गिरा पल्लू उठाना चाहा तो उन्होंने मेरी कलाई धर ली। बोले कि लजाती क्यों हो? तुम्हें पता नहीं मैं तुम्हारा पति हूँ और आज हमारी सुहागरात है? मैं कुछ भी कह नहीं पायी। वह बोले कि गूँगी हो क्या? मैंने सिर हिला दिया कि नहीं। वह बोले कि गूँगी नहीं हो तो इशारों से क्यों बात करती हो? किसी तरह थूक निगलकर मैंने कहा कि अब नहीं करूँगी। वह बोले कि तुम्हारा चेहरा तो खूब अच्छा है, विशेष रूप से आँखें। सुनकर मैं मुदित हुई। तो जब उनका आदेश हुआ कि इस तरह दुहरी होकर मत बैठो सीधी हो जाओ। तो मैं अपना आँचल गिरा हुआ होने की परवाह न करते हुए थोड़ी सीधी होकर बैठ गयी। पहली बार भरपूर दृष्टि पड़ी अपने पति के चेहरे पर। गौर वर्ण, कंजी आँखें, सुनहरे बाल सर्वथा साहब लोगों जैसे, बंगालियों में आँखों और केशों का यह रंग दुर्लभतम था किन्तु भवालराजपरिवार में ज्योतिदी और कुछ अन्य लोगों में यह विशेषता देख चुकी थी मैं। बहुत रूपवान लगे मुझे अपने पति किन्तु उन्होंने मेरे इस मुग्ध क्षण को मेरे वक्षस्थल की ओर हाथ बढ़ाकर विरूप कर डाला। जैसे ही मैंने अपने दूसरे हाथ से आँचल से छातियाँ ढकनी चाहीं उनकी एक कुरुचिपूर्ण किन्तु सही टिप्पणी ने मुझे पहले स्तब्ध और फिर रुआँसा कर डाला। बोले जब तुम्हारे अँगिया के पर्दे के पीछे से कुछ उभरा हुआ दिख ही नहीं रहा है तब आँचल से किस चीज को ढँकने की कोशिश कर रही हो। तुम्हारे तो मुझसे भी छोटे होंगे। विश्वास नहीं होता है तो मिलान करके देख लो। इतना कहते हुए उन्होंने अपना कुर्ता और गंजी उठाकर घनी रोमावली से आच्छादित अपना वक्षस्थल दिखा दिया। निश्चय ही वह अधिक उभरा हुआ

था। पति देर तक खिलखिलाकर हँसते रहे। उनकी हँसी बालसुलभ थी। हँसते-हँसते थक जाने के बाद मेरे छेले मानुष पति ने कुर्ता-गंजी गिरा दिए और सलवटों पर हाथ फेरते हुए बोले कि अब तुम्हारी बारी है। अँगिया उठाकर दिखाओ, नीबू जितने हैं कि संतरे जितने। मैं लाज से दुहरी हो गयी। पति ने जिज्ञासा की कि तुम्हें मायके में किसी ने यह बता तो दिया था न कि सुहागरात में क्या होता है? मैंने पहले सिर हिलाकर कहा कि हाँ और फिर गूँगी होने का आरोप लगने से पहले ही घबराकर वह शब्द उचार भी दिया। पति हँसकर बोले तो फिर इतनी लज्जा क्यों कर रही हो? जब मैं अपने दिखा चुका हूँ तब तुम्हें अपने दिखाने में क्या कष्ट है, बोलो तो? मैं क्या बोलती, पुनः शीश झुका लिया। उन्हें यह कहते सुना कि तुम्हें तुम्हारी माँ ने यह नहीं बताया कि पति परमेश्वर होता है, उसकी हर आज्ञा का पालन करना पड़ता है। मैं यह तो कह नहीं सकती थी कि बताया था किन्तु उस बेचारी के लिए तो किसी पति के ऐसे निर्लज्ज आदेश कल्पनातीत रहे होंगे। इसलिए मौन ही रही। फिर उन्हें कहते सुना कि मैं तो भवाल का राजकुमार हूँ, मेरी हर चाह तुरन्त पूरी की जाती है इस क्षेत्र में। तो उठाओ अँगिया।

मैं उठा न सकी और वह उठाओ ना, उठाओ ना का मन्त्रजाप किसी चीज के लिए मचलते हुए बालक की तरह करते चल गये। मैं निश्चित नहीं कर पायी कि छेले मानुष पति के इस आदेश का पालन कैसे करूँ। तभी उन्होंने मेरे दोनों कन्धे दबोच लिये और उन्हें उत्तरोत्तर तेजी से हिलाते हुए वही मन्त्रजाप करते गये। उनका नटखट उद्दण्ड छेले वाला स्वर क्रमशः किसी क्रुद्ध पुरुष वाला होता चला गया। मैंने घबराकर कहा कि लैम्प तो बुझा दीजिए। वह ठठाकर हँस पड़े कि क्या मुझे उल्लू समझ रखा है जो अँधेरे में देख सकेगा। हँसते-हँसते थक गये तो बोले कि अब और अधिक नखरे मत करो, पति के इतना मनुहार करने पर तो निष्ठुर से निष्ठुर स्त्री सब कुछ कर देती। तुमसे इतनी सी बात नहीं हो पा रही। दिखाओ। मैं फिर भी उनके आदेश का पालन कर न सकी। बहुत साहस करके बुदबुदायी कि आप ही देख लें। पति क्रुद्ध होकर बोले कि मुझे आज्ञा देती हो। फिर मुझे धक्का देकर पलंग पर गिरा दिया और दूसरे हाथ से मेरी अँगिया उठा दी। विस्मित होकर बोले कि तुम्हारी छातियाँ तो लड़कों-जैसी हैं। फिर उन्हें मसलते हुए उन्होंने पूछा कि नीचे तो लड़कियों-जैसी ही हो ना, जरा दिखाओ लहँगा उठाकर? मैं अँगिया नीचे करते हुए तुरन्त उठ बैठी।

मेरे छेले मानुष पति पाँव पटक-पटक कर कहने लगे कि तुम्हें मेरी आज्ञा का पालन करना ही होगा। आज्ञा पालन असम्भव था मुझ संस्कारी, संकोची किशोरी के लिए। पति क्रुद्ध हो गए। मुझे धक्का देते हुए फूलशैया से उठ गए। मैं अपने को सँभाल ही रही थी कि वह द्वार की ओर बढ़ गये। वैवाहिक जीवन के प्रथम ग्रास में ही मक्षिकापात होता देख मेरी कृशकाया काँप उठी। मैं तेजी से उनके पीछे लपकी। पुकारा कातर स्वर में— क्षमा कर दें स्वामी लौट आएँ। वह मुड़े नहीं तो मैं रो पड़ी। अब वह मुड़े। विस्मयभरे स्वर में बोले कि यह क्या, यह क्या! पति की हर बात ठुकराकर उसे दुखी कर रही हो

और आँसू इस तरह बहा रही हो मानो पति तुम्हें यातना दे रहा हो। मैंने बाँह से आँसू पोंछते हुए कहा कि ये मेरे पश्चात्ताप के आँसू हैं स्वामी। आपको आहत करके दुखी हुई हूँ मैं। उन्होंने मुस्कराकर जिज्ञासा की तो अब वह करोगी जो मैं कह रहा था? पूरा साहस जुटाकर मैंने कह दिया कि ना, लाज आती है। उन्होंने जिज्ञासा की कि पति से लाज कैसी। मैं बोली कि लज्जा तो स्त्री का आभूषण होता है स्वामी। वह मुस्कराए कि क्या तुम्हें तुम्हारे मायके में तुम्हारी विवाहित दीदी ने यह नहीं बताया कि पति के सामने पत्नी को यह आभूषण निस्संकोच उतार देना होता है? एक बार मन हुआ कि पति से कहूँ कि दीदी ने तो यह बताया था कि लाज का आभूषण कभी उतारना ही मत नहीं तो पति कुलटा समझेगा। मेरे मौन से छेले मानुष पति खिन्न हो उठे, बोले कि अब उठाओ न लहँगा, मैं सारी रात यह जानने के लिए नहीं रुका रह सकता कि तुम नीचे भी लड़कियों-जैसी हो कि नहीं। मैं समझ नहीं पायी कि क्या कहूँ और कैसे कहूँ। किसी प्रकार थूक निगलते हुए कहा कि मैं लड़की ही हूँ। वह बोले तो प्रमाण दिखाओ, उठाओ लहँगा। मैंने किसी तरह साहस जुटाकर कहा कि सो तो मुझसे हो नहीं सकेगा। वह बोले कि तो क्या लड़की होने का डॉक्टरी प्रमाण-पत्र दोगी? अपनी इस उक्ति पर मेरे छेले मानुष पति खूब हँसे और हँसते हुए ही मेरे पास आए, बोले मायके से लेकर आयी हो सर्टिफिकेट। कहाँ छुपाकर रखा है दिखाओ। यह कहकर वह कभी मेरी अँगिया में, कभी काँखों में और कभी लहँगे में हाथ डालने लगे। कदाचित् वह यह आशा करते रहे हों कि उनकी इन चेष्टाओं पर मैं खिलखिलाकर हँस पड़ूँगी किन्तु मेरे चेहरे पर आह्लाद नहीं, लज्जा, भय और विस्मय ही उभरता दिखाई दिया उन्हें। क्रुद्ध होकर पूछा कि यदि तुम्हें यह काम यह व्यापार अच्छा नहीं लगता तो विवाह किया ही क्यों? मैं हकलाते हुए बोली कि प्रथम अवसर है न, इस मारे। पति बोले कि क्या तुम्हारे उत्तरपाड़ा की अन्य लड़कियों के लिए प्रथम अवसर मायके में ही आ चुका होता है? फिर अपनी इस उक्ति पर देर तक हँसते रहे। मैं अपनी किंकर्तव्यविमूढ़ता पर रुआँसी हो चली। पति ने चेतावनी दे डाली कि फिर रोयी तो मैं तत्काल चला जाऊँगा और फिर कभी तुम्हारे पास नहीं आऊँगा। मैंने अपने आँसुओं पर अंकुश लगा लिया। फिर कुछ देर तक पति अपने को यहाँ-वहाँ खुजलाते रहे। फिर उन्होंने एक सुदीर्घ अंगड़ाई और उबासी ली। सहसा किसी निर्णय पर पहुँचकर मुझे गोद में उठा लिया। फूलशैया पर गिरा दिया। अपनी धोती खोली और मेरा लहँगा उठाकर बोले कि हो तो लड़की ही किन्तु तेरह नहीं, आठ-नौ वर्ष की। वह मुझे भोगने लगे और कुछ ही क्षणों बाद वह 'सत्यानाश' कहते हुए मेरे ऊपर गिर पड़े और मैं कुछ समझ ही नहीं पाई कि क्या हो गया। थोड़ी देर में वह मेरी देह से सरककर पलंग पर जा पड़े। मैं प्रतीक्षा करती रही कि वह मुझसे वार्तालाप आरम्भ करें। फिर माँ और दीदी के निर्देशों का स्मरण करते हुए इस दिशा में मैंने ही पहल की और वार्त्तालाप का क्रम आरम्भ करने के लिए पूछा कि आपकी दिनचर्या क्या रहती है स्वामी? वह बोले कि राजबाड़ी की स्त्रियों का अपने पति की रात्रिचर्या तक में कोई दखल नहीं रहता तो मेरी

दिनचर्या जानकर क्या कर लोगी? थकी होगी, अब सो जाओ। मेरी आँखों में नींद कहाँ थी किन्तु कुछ देर बाद वह मुँह फेरकर खर्राटे भरने लगे। मैं उठी। पाया कि एक गिलगिला-सा गीलापन ढुलक रहा है मेरी जंघाओं पर। तौलिये से पोंछ लिया उसे तो। किन्तु जो गिलगिलापन चिपक गया था हृदय पर उसे कैसे पोंछती? लैम्प बुझाया और फिर उनकी बगल में लेटकर निःशब्द आँसू बहाती रही। पता नहीं कब मुझे झपकी लग गयी। जब आँख खुली तब पाया कि पति कमरे में नहीं हैं। बैठकर उनकी प्रतीक्षा करने लगी किन्तु वह नहीं लौटे।

नीचे कहीं किसी घड़ियाल में बीतते पहरों का संकेत देने वाले गजर बजते चले गए। मैं थककर लेट गयी लेकिन सो नहीं पायी। पक्षियों का चहचहाना सुनाई देने लगा। थोड़ा देर बाद किसी ने द्वार थपथपाया। मैं समझी कि वह लौट आए हैं किन्तु नहीं, ये तो वे स्त्रियाँ थीं जो विवाह के बाद दासियों के रूप में मेरी सेवा में नियुक्त कर दी गई थीं। दासियों की सेवाएँ लेने की आदी नहीं थी मैं किन्तु मुझे जिठानी और बड़ी ननदों ने समझाया था कि राजपरिवार की बोऊ को अपना काम स्वयं करना शोभा नहीं देता। कमरे में प्रवेश करते हुए मेरी प्रमुख दासी हँसते हुए बोली कि बधाई मेजोरानी आपने तो मेजोकुमार को इतना प्रसन्न कर दिया कि मुँह-अँधेरे ही फीलखाने की ओर निकल गये हैं। जब भी प्रसन्न होते हैं अपनी प्रिय हथिनी फूलमाला पर सवार होकर सैर के लिए निकल जाते हैं। फिर वे सब खिलखिलाती हुईं मेरा बिस्तर ठीक करने लगीं। मुरझाए और मसले जा चुके फूलों को बुहराते हुए उनमें से एक बोली कि लगता है मेजोकुमार ने फूलों को मसलकर इत्र ही निकाल डाला है। फिर मुख्य दासी ने सिलवट पड़ी चादर उठायी कि धुली बिछा सके। मैली चादर को ध्यान से देखा उसने और सबने। फिर मुख्य दासी बोली कि इसमें मेजोरानी से निकले इत्र का तो कोई धब्बा कहीं दीख नहीं रहा है। दूसरी उसके कान में फुसफुसायी कि कहीं ऐसा तो नहीं कि मेजोकुमार दुर्गद्वार तोड़ ही नहीं पाये बेचारे! मुख्य दासी ने मेरी ओर देखा। मैं पहले विस्मित और फिर क्रुद्ध हुई दासियों की धृष्टता पर। मुझे तब कानों पर विश्वास नहीं हुआ जब मुख्य दासी बोली कि आपके लिए उचित होगा नितम्ब के नीचे तकिया रख लिया करें।

ऐसा परामर्श दीदी भी फुसफुसा चुकी थी मेरे कान में। मैं लज्जावश उसका पालन वैसे भी न कर पाती और पति की कामुकता ने जैसा पाश्विक आक्रमण किया उसमें तो किसी निर्लज्ज को भी उसके पालन का अवसर कहाँ मिल पाता? किन्तु दीदी के एक अन्य परामर्श का मैंने तत्काल पालन कर डाला। दीदी ने कहा था कि दासियों से कभी भी पति के साथ के अन्तरंग जीवन की चर्चा न करना। उन्हें मुँह लगाना उनके मन में स्वामिनी के पति की पलंग पर पसर सकने का स्वप्न जगाने का जोखिम उठाना है। तो मैंने मुख्य दासी से कठोर और क्रुद्ध स्वर में कहा कि आप लोग मेरी दासियाँ हैं, सखियाँ नहीं। चुपचाप अपना काम करके शीघ्र से शीघ्र चली जाएँ यहाँ से। मुख्य दासी और अन्य दासियाँ मेरे पाँवों पर गिरकर क्षमायाचना करने लगीं। फिर मुख्य दासी बोली कि

हमें तो निरन्तर आपकी सेवा में ही रहने का आदेश मिला है रानी माँ की ओर से। उसे पूरा करने का अवसर दें मेजोरानी। आज्ञा हो तो अब आपको मालिश उबटन करके स्नान करवाएँ। मैंने स्वीकृति दी। मुझे लगा दोष उनका नहीं, मेरी नियति का था।

तैयार होने के बाद मैं कुछ देर किंकर्त्तव्यविमूढ़ बैठी रही। तभी लालो-मोटो आ गयीं। बोलीं कि चलो बोऊदी उद्यान में सैर करें। मोटो और लालू ने मुझे कुरेद-कुरेद कर सुहागरात में मिले सुख के बारे में जिज्ञासा की। क्या बताती मैं? आँसुओं को रोकते, आँखों को भींचते शीश झुका लिया। लालो बोली लगता है दासियाँ ठीक कह रही थीं। मेजोदा ने बड़ी निर्ममता से आपकी फूल-जैसी देह को कुचलकर रख दिया है। मैं रोना भूलकर क्रुद्ध हो गयी। मैंने रुआँसे-काँपते स्वर में कहा कि न आपके मेजोदा ने कोई निर्ममता की और न मैंने दासियों से इस बारे में कोई बात की। वे सकपका गयीं। फिर मोटो बोली कि मेजोदा थोड़े उद्दण्ड हैं बोऊदी किन्तु निर्मम नहीं। सबसे बहुत प्यार करते और पाते हैं। आप जब उनका स्वभाव जान जाएँगी तब सब ठीक हो जाएगा। लालो ने मुझे अंक में भरते हुए कहा कि मेजोदा तो हमारे बन्धुओं में सबसे अच्छे हैं। औरों की तरह शराब नहीं पीते वह। पान-तम्बाकू का सेवन भी नहीं करते। उनके शौक हैं घुड़सवारी, हाथीसवारी, टमटम दौड़ाना, शिकार खेलना और जात्रा देखना। बालक सरीखे हैं इसलिए उनको यह बोध ही नहीं है कि क्या कहना-करना चाहिए, क्या नहीं? इसी से आपका अनजाने में दिल दुखा बैठे होंगे किसी बात से। और मेजोबोऊदी पति को आरम्भ में पत्नी से थोड़ी निर्लज्जता-निर्ममता तो बरतनी ही पड़ती है। मोटो हँसकर बोली कि ऐसा न करे तो वंश कैसे आगे बढ़े? देख लेना तुम्हें भी बड़ो बोऊदी की तरह बेटा होगा बहुत शीघ्र ही।

लालो और मोटो की बातें सुनकर मैं सोचने लगी कि अपने पति के छेले मानुष स्वरूप को सहज स्वीकार न करके मैंने बड़ी भूल की। मुझे अपने स्वाभाविक लज्जा-संकोच पर विजय पानी होगी। मुझ स्मरण हो आया कि दीदी ने कहा था कि लज्जा इस प्रकार कदापि नहीं की जानी चाहिए कि वह पुरुष को अपना प्यार का अस्वीकार करती प्रतीत हो। वह इस प्रकार की जानी चाहिए कि पुरुष को अतिरिक्त प्यार देने और मनुहार करने के लिए उकसाती हुई प्रतीत हो। मैंने अपनी सहेलीवत-ननदों से अपने छेले मानुष पति की रुचि-अरुचि के विषय में अनेक प्रश्न कर डाले। तभी मुख्य दासी यह कहने आई कि बोड़ोकुमारी ने आपको याद किया है।

मैं इन्दुदी के कक्ष में गयी तो पाया कि ज्योतिदी और कुछ अन्य स्त्रियाँ उनके साथ हैं। वह घुमा-फिराकर मुझसे यही जिज्ञासा करती रहीं कि पति ने मुझसे सम्भोग किया कि नहीं, किया तो कितनी पीड़ा हुई। यह सारी चर्चा नितान्त संकोचप्रद लगी मुझे और मैं सिर झुकाए बैठी रही। ज्योतिदी ने मेरा झुका शीश उठाया और पाया कि मेरे नयन डरे और डबडबाए हुए हैं। उन्होंने देखा और बोलीं कि रोमेन्द्र की विफलता पर तुम क्यों रो रही हो? इन्दुदी उन्हें टोकते हुए कह उठीं कि कुछ विफलता इसकी भी है। या

यों कहूँ कि इसके मायके वालों की कि समझा-सिखाकर नहीं भेजा। इस पर ज्योतिदी मुझे अंक लगाते हुए बोलीं कि इस बेचारी का क्या कसूर, यह तो बालिका है। और मायके में इसकी कोई बोऊदी होती तो बताती। इसकी दीदी तो सुदूर जयपुर में ब्याही है। इन्दुदी ने सभा विसर्जित करने वाले स्वर में निर्देश दिया कि सुनो बिभा, तुम्हारी मुख्य दासी बहुत अनुभवी है वह जैसा तुम्हें सिखाए वैसा करना तभी पुत्रवती बन सकोगी। सुनती हूँ कि तुमने तो उसे डाँट दिया।

इन्दुदी की बात सुनकर मैं स्तब्ध रह गयी। यहाँ तो मेरी मुख्य दासी को न केवल फूलशैयाघर में पाए गए मेरी सुहागरात के अवशेष चिह्नों के आधार पर अन्त:पुर की अधीक्षिका बोड़ोकुमारी को उसकी विफलता के बारे में अपना प्रतिवेदन देने का अधिकार है बल्कि अपनी स्वामिनी की शिकायत करने का भी। मेरा आहत अहम् चाहने लगा कि मैं अपनी मुख्य दासी को तत्काल अपनी सेवा से निवृत्त कर डालूँ किन्तु अवश थी। लौटकर यही किया कि मुख्य दासी की ओर देखना ही छोड़ दिया। सजग रही कि उसके किसी बात के लिए कोई आदेश देने की भी आवश्यकता न रहे। वह समझ गयी कि मैं रुष्ट हूँ। पाँव पकड़कर गिड़गिड़ायी कि मुझसे रुष्ट न हों। बोड़ोकुमारी ने पूछा तो बताना ही पड़ा। मैंने राजपरिवार का नमक खाया है, मैं उसकी शुभचिन्तक हूँ और आपकी भी। हम सभी यही चाहते हैं कि आपका दाम्पत्य सफल हो और शीघ्र ही आपकी गोद में बालक खेलने लगे। मैंने अपने पाँव खींच लिए और खिन्न स्वर में कहा कि मैंने तुमसे कोई सफाई देने को नहीं कहा है। इतना ही अनुरोध है कि चुपचाप अपना काम करती रहो। इस पर वह बोली कि उससे अधिक कहने-करने की बात तो मैं सोच ही नहीं सकती। भोर वेला आप जिस बात पर रुष्ट हो गई थीं सो भी मैंने अपना कर्तव्य निभाने के लिए ही कही थी। मुझसे कहा गया है कि आपको पति के साथ अच्छा समय बिता सकने के गुर सिखाऊँ। मैंने चिढ़कर कहा कि जो सिखाना हो शीघ्र सिखा डालो। मेरी बुद्धि अच्छी है, एक बार सुनकर ही समझ जाऊँगी। आज के बाद इस कर्तव्य से अपने को मुक्त मानना, समझीं।

वह बेचारी सकपका गयी। कुछ बोल ही नहीं सकी। मैंने कठोर होकर आदेश दिया हिचकिचा क्यों रही हो, सिखाओ न। वह डरते-डरते सिखाने लगी दाम्पत्य की सुख-रात्रियों के रहस्य। मैं भरती रही ग्लानि, संकोच और क्रोध से। तनाव से चिटकने लगा फूलशैयाघर का वातावरण। सौभाग्य से तभी लालो, मोटो, बिल्लू और फणि के आ जाने से मुख्य दासी और मुझे यातनामुक्ति मिल गयी। वे अपने साथ ताश की गड्डी और चौपड़ लाए थे। मेरे मायके में इस तरह के घरेलू खेलों को व्यसन माना जाता रहा था इसलिए मैंने कभी खेले न थे। यहाँ वे चारों मुझे मन बहलाव के इन साधनों के नियम समझाने में जुट गए। उनसे खेलों का प्रशिक्षण लेना मुझे मुख्य दासी से सहवास का प्रशिक्षण लेने से अधिक श्रेयस्कर जान पड़ा। मैं योग्य छात्रा सिद्ध हुई और उसके बाद तो वे चारों बहुधा दिन में मेरे कक्ष में खेलने आने लगे। पहले दिन जैसे ही उन्होंने चौपड़

की बिसात बिछाई, मैंने कहा कि अपने मेजोदा को क्यों नहीं बुला लाते? ऐसा कहने के लिए मुझे माँ की इस सीख ने प्रेरित किया था कि हर पत्नी को अपने पति से दिन में भी मिलने का प्रयास करना चाहिए क्योंकि दिन में हुई बातों से एक-दूसरे को भली प्रकार जानने का अवसर मिलता है तथा परस्पर प्रेम का भाव बढ़ता है किन्तु मेरी बात सुनते ही लालो हँस पड़ी कि मेजोबोऊदी यह राजबाड़ी है, यहाँ सभी पुरुष पत्नी के कमरे में केवल सोने के लिए आते हैं। उनके शेष समय तो अपने-अपने बैठकखाने में बीतता है।

उन चारों के साथ दिन हँसी-खुशी बीत गया। लालो-मोटो तो पहले ही सहेलीवत थीं, आज से बिल्लू और फणि भी मित्रवत् बन गए। दोनों के पढ़ने-लिखने में थोड़ी रुचि-गति थी। मैंने उनसे उनकी पुस्तकें लेकर देखीं। दिनभर मैं इस कल्पना में खोई रही कि राजबाड़ी में इन चारों के साथ समय बिताने आयी हूँ उत्तरपाड़ा से किन्तु ज्यों ही दासियों ने रात्रि का स्वागत करने के लिए मुझे उबटन मलकर सुगन्धित जल से स्नान करवाकर मेरी कृश काया को भारी वस्त्रों-आभूषणों और भड़कीले सिंगार से सजाया, मैं फिर विषादग्रस्त होने लगी। मेरा विषाद इसलिए कुछ और भी बढ़ गया कि पति से मिलन की इस दूसरी रात्रि के लिए मेरा जो साज-सिंगार कराया गया था वह पहली रात्रि के लिए जिठानी सरजूबाला द्वारा कराए गए राजसी साज-सिंगार की तुलना में अत्यधिक मुखर और अपरिष्कृत था और इसके लिए मैं दोष मुख्य दासी को भी नहीं दे सकती थी क्योंकि उसने तो मुझसे अपने मनपसंद वस्त्र चुन लेने को कहा था। मैंने ही कहा कि लालो और मोटो अपने मेजोदा की रुचि जानती हैं, उनसे पूछ लो। मुख्य दासी ने उनसे ही परामर्श करके मुझे सजाया था। नीचे से आती अपने मेजोदा की आवाज सुनकर लालो और मोटो जल्दी से उठकर चली गयीं। मेरी दासियाँ भी चली गईं। मैं सावधान होकर बैठ गयी पलंग पर। थोड़ी देर में सीढ़ियों पर पदचाप सुनाई दी। उत्सुकता और उद्विग्नता के सम्मिश्रण ने मेरी हृदयगति को बहुत तेज कर डाला किन्तु द्वार खुला तो पाया कि मेरी मुख्य दासी आई थी भोजन लेकर। साथ में एक लड़का था। लड़का हाथ जोड़कर बोला कि मेरा नाम बिपिन है माँ। मैं आपके और मेजोकुमार के बीच सन्देश लाने-ले जाने के लिए नियुक्त हुआ हूँ। कुमार का सन्देश है कि आप खा लें, वह बैठकखाने में अपने मित्रों के साथ भोजन कर रहे हैं। आपका कोई सन्देश उन तक पहुँचाना हो तो बताएँ माँ। सुनकर मैं तिलमिला गयी। मैं यह तो नहीं कहला सकती थी कि मित्रमण्डली की खातिर अपनी नवविवाहित पत्नी की उपेक्षा करते आपको लज्जा नहीं आ रही है क्या? तो मैंने उस लड़के से कहा मुझे कोई सन्देश नहीं भिजवाना है। तुम जाओ यहाँ से। वह सिर झुकाए चला गया। एक बार मन किया कि दासी से ही शिकायत करूँ कि किसी लड़के को इस काम के लिए नियुक्त करने की धृष्टता क्यों की उन्होंने? किन्तु मैं उसे मुँह नहीं लगाना चाहती थी। तो मैंने उससे कहा कि तुम भी जाओ, मुझे भूख नहीं। वह गयी नहीं और हाथ जोड़कर बोली कि खाना खा लें नहीं तो मेजोकुमार बहुत क्रुद्ध होंगे। मुझे लगा कि मेरा न खाना इसके समक्ष अपने पति के

प्रति अपना असन्तोष उजागर करना होगा। अस्तु चुपचाप खाने लगी। दासी बोली कि आपको विचित्र लगा होगा कि मेजोकुमार ने अपना सन्देश वाहक बिपिन को बनाया किसी दासी को नहीं। किन्तु यही है यहाँ की रीति। अन्तःपुर की दासियों के लिए बैठकखानों में जाना निषिद्ध है इसलिए उन्हें तो यह काम दिया नहीं जा सकता। किन्नर दासियाँ बहुत मुँहजोर होती हैं और सरलता से मिलती भी नहीं। इसलिए लड़कों को यह काम दिया जाता है। मैंने कोई टिप्पणी न की। भोजन करके हाथ धुलवाए और दासी से कहा कि जाओ अब मुझे सोने दो।

मैं सोयी नहीं। बैठी रही द्वार पर दृष्टि टिकाए। प्रतीक्षा की घड़ियाँ खिंचती ही चली गयीं। पलंग पर पड़े गुड्डे को देखकर मेरी आँखें भर आयीं। मैंने उसे उठाया, उसका माथा चूमा और उठाकर उसे अन्य गुड़ियों के साथ रख दिया अलमारी में। मन में एक विचार आया कि माँ के नाम एक पत्र लिखूँ और उसमें अपना सारा दुखड़ा रो डालूँ। लेकिन उसी क्षण मेरे मन में अपनी विधवा माँ की दुखियारी छवि उभरी। वह बेचारी तो वैसे ही मुझे लेकर चिन्तित रहती होगी। मुझे तो उसे आश्वस्त करते रहना होगा कि तुम्हारी चिन्ताएँ निर्मूल हैं। मैं अब कभी अपनी माँ के सामने भी न रो सकूँगी यह सोच-सोच कर मैं रोने लगी। पदचाप सुनकर मैंने आँसू पोंछे। किन्तु इस बार भी उनका बिपिन ही आया। यह कहने कि मेजोकुमार तो अपने मुसाहिबों के साथ कहीं चले गए हैं इसलिए अब आप लैम्प बुझाकर सो जाएँ। अगली तीन रात भी बिपिन वही दो सन्देश लेकर आया पति के—खाना खा लूँ, लैम्प बुझाकर सो जाऊँ किन्तु मैं सो कहाँ पायी। अनिद्रा और अश्रुप्रवाह से सूजी हुई मेरी आँखें मुख्य दासी की आँखों में मेरे प्रति करुणा का भाव बढ़ाती चली गईं। उसने मेरे कन्धे पर हाथ रखकर दूसरे दिन कहा कि यह राजपरिवार है, इसमें पुरुष अपनी पत्नी के साथ सोने रोज नहीं आते। रोने से तो अधिक उचित यह होगा कि आप बिपिन की मार्फत मेजोकुमार को यह सन्देश भिजवाएँ कि आप उनके दर्शनों के लिए तरस रही हैं। दीदी के निर्देश का स्मरण करते हुए मैंने उसकी सहानुभूति ठुकरा दी और अपने कन्धे से उसका हाथ हटा दिया। मेरे लिए यह भी सम्भव न था कि अपनी उपेक्षा की बात ननदों को बताकर सहानुभूति अर्जित करूँ किन्तु उन्हें पता चल ही गया। कदाचित् मुख्य दासी से। इन्दुदी ने मुझे बुलाकर कहा कि मेजो चतुर्थी कर्म की रात के बाद से तुम्हारे पास आया ही नहीं यह हमारे लिए चिन्ता का विषय है। मैं उसे समझाऊँगी किन्तु तुम्हें भी यह समझना होगा कि सुहागसेज पर पति को सन्तुष्ट रखना पत्नी का कर्तव्य होता है। उस रात इन्दुदी और ज्योतिदी ने मेरा साज-सिंगार अपने निर्देशन में करवाया और जाते हुए कह गईं कि पति को सन्तुष्ट करने के विषय में मुख्य दासी से परामर्श अवश्य कर लूँ किन्तु मैंने ऐसा नहीं किया। वह कुछ बताना चाहने लगी तो उसे झिड़क दिया। इन्दुदी कह गई थीं कि आज मेजो अवश्य आएगा किन्तु बिपिन खानसामा पति की ओर से वही सन्देश लेकर आया कि मैं मित्रों के साथ भोजन करने वाला हूँ इसलिए मेरी प्रतीक्षा न करो। मुख्य दासी ने करबद्ध निवेदन किया कि बिपिन

की मार्फत सन्देश भिजवा दें कि आप पति के दर्शन के लिए तड़प रही हैं। मैं रोने लगी। मुख्य दासी ने बिपिन को डपटकर कहा कि यहाँ खड़ा देख क्या रहा है जाकर कुमार से कह न कि मेजोरानी बोऊ माँ पूछ रही हैं कि ऐसा क्या अपराध कर दिया कि मेरा मुँह तक नहीं देखना चाहते? बिपिन चला गया। मुख्य दासी ने मेरे आँसू पोंछे, भोजन करवाया। मेरा बिगड़ा सिंगार सुधारा और यह कहकर चली गई कि देखना वह अवश्य आएँगे। मैं काफी देर तक प्रतीक्षा में बैठी रही और फिर थककर लेट गयी। तभी पदचाप सुनाई दी और मैं सतर्क होकर बैठ गयी। कपाट खुलने पर पाया कि बिपिन ही आया है किन्तु आज उसका दूसरा सन्देश यह न था कि लैम्प बुझाकर सो जाएँ बल्कि यह था कि बैठकखाने में चली आएँ। सुनकर मैं स्तब्ध रह गई। बैठकों की शोभा तो नाचने-गाने वाली बाइयाँ बढ़ाया करती हैं, ब्याहताएँ नहीं। मैंने जब आश्चर्य व्यक्त किया तब पहले तो बिपिन बेचारे ने सिर झुका लिया लेकिन फिर बोला कि देर न करें मोजो रानी। देरी होने से मेजोकुमार गुस्सा करेंगे। बैठकखाने से सब लोग जा चुके हैं। बाहर भी बस एक मैं मौजूद रहूँगा। पंखे की रस्सी खींचने वाले नौकर को भी छुट्टी दे दी है। इसलिए लज्जा करने की कोई बात नहीं है माँ। उसने छोटे लैम्प की रोशनी दिखाते हुए मुझे सीढ़ियाँ उतरवायी और बैठकखाने के द्वार पर पहुँचाकर बोला कि किसी चीज की दरकार हो तो पुकार लेना माँ। मेरे भीतर घुसते ही उसने द्वार के पट कर दिए।

मैंने लक्ष्य किया कि बैठकखाने के अन्य तीन द्वार पहले से ही बन्द हैं। सामने मनसद पर पसरे हुए मेरे पति ने एक नटखट-सी मुस्कान से मेरा स्वागत किया। बोले कि मैं तो समझता था कि तुम्हें पति-पत्नी वाला खेल पसन्द नहीं है लेकिन तुमने तो बोड़ो दी से शिकायत कर दी कि मैं खेलता नहीं तुमसे। मुझे अपनी ननदों की बार-बार दोहराई यह बात याद हो आई कि मेजो हर तरह से अच्छा है, बस थोड़ा ज्यादा ही नटखट, अबोध और अपरिपक्व है। तो मैं भी मुस्कुरा दी और बोली कि मैंने कोई शिकायत नहीं की। और मैंने मन ही मन संकल्प किया कि आज पति का मन जीतने की पूरी कोशिश करूँगी। तभी छत पर लटका पंखा झूलने लगा। यह संकेत था इस बात का कि बिपिन ने बाहर मोर्चा सँभाल लिया है और वह यह मानकर चल रहा है कि हम लोग रात बैठकखाने में ही बिताएँगे किन्तु मैं अब पूरी तरह कटिबद्ध थी पति को अपने कक्ष में ले जाने को। तो जब उन्होंने हाथ से इशारा किया कि यहाँ आओ, मैंने हाथ के इशारों से ही उत्तर दिया कि ऊपर चलिए। इस पर उन्होंने बहुत ही भदेस इंगितों से मुझे यह सन्देश दिया कि वहीं मनसद पर सहवास सुख पाऊँ। सायास मैंने अपने मुख पर वितृष्णा का भाव न आने दिया और मुस्कुराते हुए ही इशारा किया कि ऊपर चलिए। इतना कहकर मैंने पीठ फेर ली और द्वार खोलने को हुई। द्वार खोलती उससे पहले ही उन्होंने पीछे से आकर मेरा कन्धा धर दबोचा। बोले कि मुझसे इतना डरती क्यों हो तुम? क्या तुमने राजपरिवार की औरतों की इस बात से सच मान लिया है कि मैं भूखा शेर हूँ? वह बहुत प्यार से बोल रहे थे तो मैं निस्संकोच घूमी और ऐसा करते हुए मैं उनकी

बाँहों में आ गयी। मैंने उनसे कहा कि मैं आपसे डरती नहीं हूँ। ये सब बातें मेरे लिए नयी-नयी हैं इसीलिए थोड़ा संकोच होता है। वह हँसे कि हर ब्याहता के लिए ये बातें नयी-नयी ही होती हैं कोई पहले से ही यह सब करके थोड़े ही आई होती है।

तभी उन्होंने एक हाथ से मेरी पीठ और दूसरे से मेरे नितम्बों को कसकर मेरी देह अपनी देह से बिल्कुल सटा ली और अपना शरीर मेरे शरीर से रगड़ते हुए बोले कि न पति से डरना चाहिए बिभा और न उस सबसे जो वह पत्नी के साथ करता है। मैं संकोच से कसमसाई। उन्होंने मुझे गोद में उठा लिया और उठाए-उठाए ही मसनद तक ले गये। धप्प से उस पर बैठे और इस क्रम में अपने साथ-साथ मुझे भी ले गिरे। इस पर वह जोर से हँसे और मैं भी मुस्कुरा दी। मुझे लगा मेरी ननदें ठीक कहती थीं कि तुम्हारा पति जो निरा बालक है। वह तकियों का सहारा लेकर सीधे बैठ गये और ऐसा करते हुए मुझे अपने से चिपकाए रहे। फिर उन्होंने मेरे ओठ चूमते हुए कहा कि शहर की पढ़ी-लिखी लड़की होकर अपने पति के बैठकखाने में पति के साथ बैठने से घबराती हो? सुना तुम तो अँग्रेजी की एबीसीडी भी जानती हो। अँग्रेज मैम तो पराये पुरुषों के साथ सबके सामने लिपट-चिपटकर नृत्य कर लेती हैं। मैंने कहा कि एबीसीडी सीख लेने से ही मैं अँग्रेज मैम नहीं बन गयी हूँ। बोड़ो रानी सरजूबाला तो अँग्रेजी बोल लेती हैं। उन्हें बोड़ोकुमार बैठकखाने में बुलाते हैं क्या? मैं संस्कारी हिन्दू परिवार की लड़की हूँ इसलिए आपसे विनती कर रही हूँ कि ऊपर शयनकक्ष में चलिए। आप और हम यहाँ सोएँगे तो लोग क्या कहेंगे?

वह बोले कि यहाँ कोई मुझे कुछ नहीं कहता क्योंकि मैं सबका लाड़ला मेजोकुमार हूँ। मुझे यह बैठकखाना मिला ही इसलिए है कि मैं यहाँ जिसे चाहूँ उसे बुला सकता हूँ और तुम तो मेरी पत्नी हो। मैंने कहा कि आपकी पत्नी हूँ इसीलिए तो समझा रही हूँ कि राजबाड़ी में पति-पत्नी अन्त:पुर में ही सोते हैं, बैठकखाने में नहीं। कहकर मैं उठ खड़ी हुई वह हँसकर बोले कि यह भवालराज है यहाँ मैं आदेश देता हूँ, सुनता नहीं हूँ। उन्होंने मेरी कलाई पकड़कर खींचा और मसनद पर बैठा दिया। बोले कि अब जैसा मैं कहूँ वैसा करती रहो। मैंने हाथ जोड़कर कहा कि आप जैसे कहेंगे मैं वैसा करूँगी लेकिन यहाँ नहीं, ऊपर अपने शयनकक्ष में। वह हँसे। बोले कि नखरे मत करो चलो साड़ी-अंगिया उतारो। मैं विचित्र ऊहापोह में पड़ गई। वह चिढ़कर बोले कि उतारोगी नहीं तो पति-पत्नी वाला खेल कैसे होगा? मैं फुसफुसायी कि जोर से मत बोलिए, बाहर बिपिन बैठा है। वह हँसे कि बिपिन मेरा खानसामा है मेरा बाबा नहीं। तो बोले कि यह क्या, ऊपर अपने कमरे में जाकर सोओ। जाते हुए लैम्प बुझा देना। शहरी लड़की होने के नाते वह मुझसे यह आशा करते थे कि पति के साथ बैठकखाने में सहवास के लिए निस्संकोच तैयार हो जाऊँ किन्तु सामन्त होने के नाते उन्हें यह स्वीकार न था कि सवेरे पत्नी को बाँहों में लिए सोये हुए मिलें वह अपने बैठकखाने में। मैं आँसू बहाती हुई बाहर निकली। बिपिन खानसामा ने तरस खाते हुए मुझे देखा और लैम्प का प्रकाश

दिखलाकर सीढ़ियाँ चढ़वायीं।

अपने कमरे में किसी कटे वृक्ष की तरह फूलशैया पर औंधे मुँह जा गिरी मैं और तकिये को आँसुओं से भिगाते हुए अपने मस्तिष्क में माँ और सत्यादा के नाम दुखभरे वे पत्र लिखती रही जो मैं कभी भेज नहीं सकती थी। फिर मैं मालीनादी के नाम मन ही मन एक पत्र लिखने लगी कि पति के साथ पहली-पहली रातों के आपने जो अनुभव सुनाए थे, मेरा अनुभव उससे बिल्कुल भिन्न रहा। मुझे कब झपकी लग गयी इसका पता ही नहीं चला। सवेरे दासियों के आने पर ही मैं उठी। मुख्य दासी ने चादर हटाने से पहले उस पर ऊपर से नीचे तक दृष्टि घुमायी अपने यशस्वी मेजोकुमार द्वारा पत्नी के दुर्ग के कपाट तोड़ दिए जाने का कोई चिह्न न पाकर उसने एक गहरा नि:श्वास छोड़ा किन्तु पिछले दिन की तरह आज मुझे कोई सद्परामर्श नहीं दिया। मेरा अनुमान है कि मेरी सुहाग सेज की चादर में अनुपस्थित उस चिह्न के मेजोकुमार की बैठक में मसनद की चाँदनी में उपस्थित होने की सूचना मुझसे कुछ ही देर बाद बिपिन खानसामा के माध्यम से मिल गयी होगी उन्हें क्योंकि जब मैं नहा-धोकर ठाकुर माँ और रानी माँ को प्रणाम करने पहुँची तो ज्योतिर्मयी ने मुझे अलग से जाकर यह पूछा कि क्या मेजो ने तुम्हें बैठकखाने में बुलवाया था? उत्तर में मैंने केवल सिर झुका लिया। ज्योतिर्मयी ने मेरे मौन को इस बात का लक्षण माना कि जो कुछ उन्होंने सुना है, वह सच है। भवालराज की मेजोरानी वास्तव में किसी वेश्या की तरह देर रात बैठक खाने बुलाई गयी और भोग लिए जाने के बाद रातों-रात वापस भेज दी गयी—यह सोचकर मैं फिर रो उठी। उन्होंने मुझे अंक लगाया और कहा, 'मत रो बिभा, आगे से ऐसा कभी नहीं होगा।'

उन्हें कहना यह चाहिए था कि आगे कभी तुम्हारे पति तुमसे उतने भी प्रसन्न नहीं रहेंगे जितने कि कल रात बैठकखाने में थे। तो उस रात न तो मेरे पति ने मुझे बैठकखाने में बुलवाया और न स्वयं मेरे शयनकक्ष में आने की कृपा की। मैं अलमारी में रखे गुड्डे को देखती रही और क्रुद्ध होती रही, संयुक्त परिवार की उस व्यवस्था पर जिसमें किसी का भी अन्तरंग जीवन गोपनीय नहीं रह पाता और जिसमें दूसरे आपके जीवन में कमी बताकर और बहुधा बिना बताए हस्तक्षेप करते हैं। और कदाशयपूर्ण ही नहीं, दूसरों के जीवन में किए गए सदाशयपूर्ण हस्तक्षेप भी नितान्त अहितकारी सिद्ध होते हैं। मेरे पति ने निश्चय ही यह मान लिया होगा कि उनके द्वारा बैठकखाने में बुलाए जाने की शिकायत मैंने ही की है ननदों से। उस रात ही नहीं, अगली कई रातों को भी मुझे पति के दर्शन नहीं हुए। दासियों और नौकरों से रानी माँ को पता चल गया कि उनका लाडला रोमेन्द्र अपनी पत्नी से मिलने नहीं आता। उन्होंने मुझे बुला भेजा और मुझसे जानना चाहा कि मैंने ऐसा क्या कर दिया है जो पति मुझसे दूर ही दूर रह रहा है? क्या मेरी माँ और बहनों ने मुझे पति को वश में रखने की विधियाँ नहीं सिखायी हैं? न सिखायी हों तो मैं उसे अपनी ननदों से सीख लूँ। मैं उन पर तो क्रोध कर नहीं सकती थी कदाचित् इसीलिए इन

बातों को सुनकर क्रोध ने आत्म–करुणा का रूप ले लिया और मैं सुबक–सुबक कर रोने लगी। इन्दुमयी और ज्योतिर्मयी ने मेरा पक्ष लेते हुए रानी माँ को बताया कि सारा कसूर हम दो बहनों का है। रोमेन्द्र ने बिभा को बिपिन खानसामा को भेजकर रात बैठकखाने में बुलाने की धृष्टता की थी जिसका समाचार हमें दासियों से मिला। हमने रोमेन्द्र को डाँटा। लगता है वह यह मानकर बिभा से क्रुद्ध हो उठा है कि बैठकखाने में बुलाने की शिकायत उसने की है। पुत्रियों की बात सुनते ही रानी माँ स्वभाववश अपने ग्रह–नक्षत्रों को कोसते हुए विलाप करने लगीं। इन्दु दीदी ने उन्हें किसी तरह चुप कराया और फिर कहा कि माँ रोने–धोने की बजाय रोमेन्द्र को बुलाकर डाँट। मेरे मुँह से निकल पड़ा कि नहीं, नहीं। इससे कहीं वह मुझसे और अधिक रुष्ट न हो जाएँ। ज्योति दीदी ने मेरा गाल थपथपाते हुए कहा कि बेचारी। रानी माँ ने मुझे अंक लगाकर आश्वस्त किया कि मेजो को मैं समझाऊँगी और वह तेरे पास फिर आने लगेगा।

लालो और मोटो मेरे पति के सबसे निकट मानी जाती थीं अस्तु उस रात भी मेरे साज–सिंगार के निर्देशन का दायित्व रानी माँ ने उन्हें ही दिया। वह मेरा सिंगर करवाती रहीं और बताती रहीं कि आज न केवल मेजोदा आएँगे बल्कि हम तीनों के साथ भोजन भी करेंगे किन्तु थोड़ी ही देर में बिपिन खानसामा वही चिर–परिचित सन्देश लेकर आ गया कि कुमार तो अपने मित्रों के साथ भोजन कर रहे हैं आप भी खा लें। लालो बोली कि मैं दादा से खूब लड़ूँगी और इस लड़ाई में तुम साथ देना बोऊदी। मैंने मन ही मन कहा कि वह आएँगे तभी न। मैंने ननदों के साथ भोजन किया और फिर उनके साथ गुड़ियों से खेलने लगी। मुख्य दासी मेरे सिंगार को सुधारते हुए बोली कि जब मेजोकुमार आएँ तब आप अपने गुड्डे को आँचल से लगाते हुए उनसे लजाते हुए कहना कि मैं सारा दिन आपकी कृपा से पुत्रवती बनने की कल्पना में ही खोई रही। ऐसा वाक्य बोल सकना प्रायः असम्भव था मेरे लिए। जो हो, उसे बोल सकने का अवसर प्रस्तुत हुआ ही नहीं। अभी मुख्य दासी मेरे केश–विन्यास को कुछ और निखारने में ही लगी हुई थी और लालो–मोटो मेरे साथ गुड़ियों से खेल रही थीं कि पति आ गये। उन्होंने लालो–मोटो के कान पकड़े और कहा कि तुम दफा हो जाओ इधर से। अब यहाँ गुड्डे–गुड़िया का असली खेला होगा। वे खिलखिलाती हुई भाग गईं किन्तु जाते–जाते गुड्डा मेरी गोद में डाल गईं। फिर मेरे पति ने मुख्य दासी के हाथ से कंघा छीनकर फेंक दिया। बोले कि जब तुम्हारा किया धरा सब दो मिनट में बिगड़ जाना है तब इतना कष्ट क्यों उठाती हो? भोर वेला करना इनका सारा सिंगार। मुख्य दासी केवल मुस्कराई। खिलखिलाती हुई अन्य दासियों पर उसने आँखें तरेरीं और उन्हें खदेड़ती हुई बाहर ले गयी। बाहर से ही पट लगा दिए उसने द्वार के। मेरे पति ने साँकल लगा देना आवश्यक नहीं समझा। मैं इस काम के लिए उठी तो वह पलंग की ओर बढ़े और गुड्डा उठाते हुए बोले कि जब मैं हूँ तब इस गुड्डे से क्यों खेलती रहती हो? इसका कोई उत्तर देते नहीं बन पड़ा मुझसे। मैं वह संवाद भी नहीं बोल पायी जो मुझे लालो–मोटो ने सुझाया था। गोद में पड़े गुड्डे को अलमारी में

रखने के लिए मैं पलंग से उठी। मेरे मन में यह आशा जगी कि कदाचित् अब मेरे पति स्वयं की कहें कि मैं भी तुझे एक गुड्डा उपहार में देना चाहता हूँ जो इनकी तरह जड़ और मूक नहीं, जीवन्त और मुखर होगा। किन्तु उन्होंने तो बस, एक अंगड़ाई ली और पहले अपना वक्षस्थल और फिर अपना उपस्थ खुजलाते रहे। दुर्भाग्य कि व्यापार कुछ और ही था। उन्होंने अपनी दृष्टि झुकाते हुए कहा कि नीचे की तरफ देखो। मैंने दृष्टि झुकायी और पाया कि वह धोती-लंगोट उतारे खड़े हैं और उनकी तर्जनी अपने शिश्न पर उगे मस्से की ओर इंगित कर रही है। बोले कि मैंने अपना मस्सा दिखा दिया, अब तुम अपना जंघा वाला मस्सा दिखाओ। मेरी परीक्षा कठिनतर बना दी गई थी। जानती थी यदि मैं लजाते-मुस्कुराते हुए पेटीकोट-साड़ी समेट-उठाकर वह मस्सा दिखा दूँ तो पति को बहुत प्रसन्नता होगी किन्तु मेरे संस्कार आड़े आ गये। बहुत यत्न किया किन्तु मेरा काँपता हाथ साड़ी को पिंडलियों से ऊपर उठा न पाया। इस विवशता पर छलछला गयी आँखें। पति पाँव पटककर बोले कि मैं अत्याचार कर रहा हूँ जो रो रही हो? आँचल से आँसू पोंछते हुए मैंने सिर हिलाया कि नहीं। उन्होंने पूछा कि तो फिर? इस तो फिर का भी कोई उत्तर न था मेरे पास। उन्होंने धक्का देकर गिरा दिया मुझे पलंग पर और भोगने लगे। तृप्ति होते ही उठे और मैं अभी अपने वस्त्र ठीक कर ही रही थी कि उन्होंने साँकल खोलकर बिपिन खानसामा को बुलाया कि मेरे कपड़े निकाल मैं स्नान करने जा रहा हूँ। बिपिन के साथ-साथ वे भी बाहर जाने लगे तो मैंने कहा कि सुनिए? वह बोले कि अब और क्या चाहिए? मैंने कहा कि खाना तो यहीं खाएँगे न मेरे साथ? वह बोले कि नहीं। एक बात अच्छी तरह समझ लो बिभाबती राजबाड़ी में जो पुरुष रात्रि का भोजन मित्रों के साथ न करके रानी के साथ करता हो, उस पर लोग हँसते हैं। मैंने एक प्रयास और किया। कहा कि अपने मित्रों को विदा करने के बाद तो यहाँ लौटेंगे न? वह बोले कि किसलिए? इस 'किसलिए' का मैं क्या उत्तर देती भला?

मैंने रात बहुत देर तक प्रतीक्षा की उनके बुलावे की किन्तु बुलावा नहीं आया। फिर अपना पूरा साहस जुटाकर मैं स्वयं ही अँधेरे में सीढ़ियाँ उतरने लगी किन्तु मेजोकुमार को खानसामा से यह कहते सुना बैठकखाना बन्द करके सो जाना सुबह कोई पूछे तो कह देना कि हथिनी की सवारी करने चले गए हैं। कहकर वह हँसे। उसी हँसी ने मुझे स्मरण कराया मुख्य दासी की इस उक्ति का कि आपने तो मेजोकुमार को इतना प्रसन्न कर दिया कि वह सुबह-सुबह अपनी प्रिय हथिनी की सवारी करने चले गये। रातभर मैं सोचती रही कि प्रिय हथिनी की सवारी के गूढ़ार्थ क्या हैं? यह एक ऐसा प्रश्न था, जिसे मैं किसी के भी सामने रख नहीं सकती थी। इस भय से कि कहीं मेरा पूछना पति की शिकायत करने का पर्यायवाची न मान लिया जाए। मैं यह भी सोचती रही कि यदि मैं पति के निर्देशानुसार निर्वसन हो जाती या उन्हें वह मस्सा दिखा देती तो क्या वह इस क्षण मेरे साथ न सोये हुए होते? किस काम के मुझ अभागन के वे अच्छे संस्कार, जो पति का प्यार पा सकने में बाधक सिद्ध हो रहे हैं? फिर मैंने अपने से कहा कि यह भी तो सम्भव था कि तुम्हारा

उनके आदेशों का पालन करना तुम्हें अन्ततः उनकी दृष्टि में गिरा जाता कि पत्नी होकर वेश्यावत आचरण करती है। सुबह जब दासियाँ आयीं, मेरे नयन अनिद्रा और रुदन से रक्तिम हो उठे थे। मेरा श्रृंगार कराते हुए मुख्य दासी ने उनकी लालिमा की अपने ढंग से व्याख्या करते हुए टिप्पणी की कि लगता है कुमार आपको सारी रात जगाए रहे। अद्‌भुत शक्ति है उनमें कि इसके बाद भी मुँह अँधेरे हथिनी की सवारी के लिए निकल गये वह। मैं एक साथ आहत और क्रुद्ध हो उठी। चीखकर बोली कि इसके बाद कभी पति के साथ बीती मेरी रात पर कोई टीका टिप्पणी मुझसे या किसी और से की तो मैं तुम्हें निकलवा दूँगी। और हाँ, अच्छी तरह समझ लो कि तुम सेवा-टहल के लिए रखी गई हो, मेरी ओर से मेजोकुमार की जासूसी के लिए नहीं। यदि मैंने यह बात शान्त और दृढ़ स्वर में कही होती तो कदाचित् उसका अपेक्षित प्रभाव पड़ता किन्तु मैंने बात चीखकर कही थी और यह चीख प्रकट कर रही थी कि कल रात भी पति ने कुछ ऐसा किया कि मुझे मर्मान्तक पीड़ा पहुँची। पता नहीं क्यों मैं अपनी मुख्य दासी को प्रताड़ित करते हुए यह भूल गई कि उसकी नियुक्ति मैंने नहीं, अन्तःपुर की वास्तविक अधीक्षिका बोड़ोकुमारी इन्दुमयी ने की है और उसे मेरे दाम्पत्य जीवन की जासूसी करने का दायित्व भी सौंपा है तो बात इन्दुदी तक पहुँच गयी उन्होंने बुलाकर पूछा तो मैं इस राजपरिवार में अपनी विषम स्थिति पर तिलमिला उठी। तो मैंने इन्दुदी से थोड़े खिन्न स्वर में कह दिया कि मैं जिस परिवार से आई हूँ उसमें सेवक-सेविकाओं को मुँह नहीं लगाया जाता था। इसलिए मुझे मुख्य दासी का मुझसे अन्तरंग बातें करना तनिक नहीं सुहाता। इन्दुदी शान्त स्वर में बोलीं कि ठीक है, मैं उसे समझा दूँगी किन्तु तुम यह बताओ मेजाबोऊ कि कल रात तो रोमेन्द्र तुम्हारे कक्ष में ही आया था फिर भी सुबह तुम्हारी आँखें सूजी हुई क्यों थीं और तुम्हारा स्वर रुआँसा क्यों था? क्या रोमेन्द्र ने कुछ कह या करके तुम्हें व्यथित कर दिया? हम लोग तुम्हें समझा चुके हैं कि वह छेले मानुष है और थोड़ा कामुक भी। हम जानते हैं कि तुम संस्कारी कन्या हो इसलिए तुम्हें उसका आचरण अटपटा लगता होगा किन्तु समझने का यत्न करो कि वह तुम्हारा पति है। मैंने कहा कि आपसे किसने कह दिया कि मुझे उनका आचरण अटपटा लगता है वह मेरे पति हैं और मेरी माँ ने मुझे पति को परमेश्वर मानने के संस्कार दिए हैं।

इन्दुदी विस्मित हुईं मेरे स्वर में आई दृढ़ता से। उन्होंने बाँह पकड़कर मुझे अपनी गोदी में खींच लिया। फिर बोलीं कि तुम्हें तुम्हारी माँ ने अच्छे संस्कार दिए हैं इसीलिए तो हम तुम्हें बोऊ बनाकर लाए बिभा। देखो तुम्हारी माँ विदाई के समय कह गई थीं मुझसे कि अपनी बिभा को मैं आपको सौंपकर निश्चिन्त होकर जा रही हूँ क्योंकि मुझे विश्वास है कि आप इस बालिका का सब प्रकार से ध्यान रखेंगी। तो बिभा तुम्हारा ध्यान तो तभी रख पाऊँगी न जब अपनी आवश्कताएँ मुझे बताओगी और अपना दुखः मुझसे बाँटोगी। अब सच-सच बताओ कि सुबह तुम्हारी आँखें सूजी हुई क्यों थीं? मेरी आँखे इस विवशता पर छलछलाने लगीं कि मैं सच तो बोल ही नहीं सकती थी। सौभाग्य से

इन्दुदी के कथन में से ही मुझे एक ठो सच लगने वाला झूठ मिल गया तो मैंने कह दिया कि मायके की याद आ रही थी। इन्दुदी बोलीं कि हमने तो इसीलिए तुम्हारी माँ से कहा था कि यहीं रह जाएँ। मैं आज ही उन्हें यहाँ आने का निमंत्रण भेज दूँगी। मैंने कहा माँ तो दादा को छोड़कर आ नहीं सकती हैं। वह बोलीं कि तो तुम्हारे दादा को भी बुला लेंगे। मैंने कहा कि दादा अपनी पढ़ाई छोड़कर नहीं आ सकते किन्तु मुझे दादा के आ जाने की कल्पना बहुत सुखद लगी। अगले दिन मोटो ने बताया कि मेजोदा ने तुम्हारे दादा को यहाँ आने का निमन्त्रण भेज दिया है। बोड़ोदी ने भी तुम्हारी माँ को लिखा है कि तुम्हारे दादा को साथ लेकर आ जाएँ। सुनकर मैं प्रसन्न हुई।

कुछ ही दिनों में माँ का उत्तर मिल गया इन्दुदी को। इसमें मेरे शारीरिक और मानसिक स्वास्थ्य को लेकर गहन चिन्ता व्यक्त की गयी थी। यह पूछा गया था कि कहीं मैं अपने पति को अथवा अपनी ससुराल वालों को रुष्ट कर देने वाली कोई बात अज्ञान अथवा मूर्खतावश तो नहीं कर बैठी हूँ। इन्दुदी ने तत्काल मेरी प्रशंसाओं से भरा एक पत्र लिखा और मुझे दिखाकर माँ को भेज दिया। इसमें उन्होंने अपना निमंत्रण दोहराया और इस बात का स्मरण कराया कि भवालराजपरिवार की अन्य बहुओं के मायके वालों में से कोई न कोई जयदेबपुर आता ही रहता है और कुछ के तो मायके वाले यहीं बस गए हैं। इससे मैं सन्तुष्ट हुई किन्तु अगले ही दिन मुझे भी माँ का उसी आशय का एक पत्र मिला। इसमें माँ ने ससुराल में सबको सुखी रखने और स्वयं भी सुखी रहने के विषय में ढेर सारी सीखें दी थीं। बताया था कि विवाह के बाद ससुराल को ही अपना घर समझना चाहिए। मायके की याद में रोते रहना अपने पति और अपनी सासू माँ का अपमान करने-जैसा होता है। तू अच्छी तरह जानती है कि न मैं यह घर छोड़कर आ सकती हूँ और न सत्या अपनी पढ़ाई छोड़कर। मैं खिन्न और उद्विग्न हो उठी कि मैंने इन्दुदी से जो झूठ बोला था वह तो सच बोलने जितना ही दुखदायी सिद्ध हो रहा है मेरे लिए। मैंने तुरन्त माँ को यह लिख भेजा कि मैं हर तरह से स्वस्थ प्रसन्न हूँ और तुम लोगों को यहाँ आने की कोई आवश्यकता नहीं है। विडम्बना कि मेरे इस पत्र से माँ आश्वस्त होने की जगह वियग्र हो उठी और उसने इन्दुदी को पत्र भेजकर पूछा कि सच-सच बताएँ कि मेरी अबोध और अपरिपक्व बिभा वहाँ किस कारण सबको दुखी कर रही है। इन्दुदी ने इसके उत्तर में लिखा कि आप इस तरह की शंकाएँ मन में पालकर बिभा का दुख न बढ़ाएँ। हर नवविवाहिता अपने मायके की याद में रोती है कभी-कभी। आप लोगों का उससे मिलने के लिए न आना स्वयं ही अत्याचार है और उल्टे उस बेचारी पर निराधार दोषारोपण करना तो और भी बड़ा अत्याचार है। इसलिए अब यही उचित होगा कि आप शीघ्र यहाँ आएँ और स्वयं ही यह देख लें कि बिभा से हम सब कितने संतुष्ट हैं। इसके उत्तर में माँ ने लिखा कि बिभा अपने पत्रों में अपने जीवन का कोई ब्यौरा देती ही नहीं है इसलिए थोड़ी चिन्ता हो जाती है। मेरा स्वयं आ सकना तो असम्भव है किन्तु मैं सत्या को कुछ दिनों के लिए वहाँ भेजने का यत्न करूँगी।

मैं उत्सुकतापूर्वक दादा की प्रतीक्षा करने लगी। दिन बीतते गए परन्तु दादा आए नहीं। दिन बिता लेने में मेरे सहायक हुए लालो, मोटो बिल्लू और फणि। उनके साथ खेलने बैठती तो कभी-कभी मेरे पति भी लालो और मोटो से बात करने के आर्कषण में थोड़ी देर साथ बैठ जाते। दिन बिता लेने में अब ज्योतिदी का गोद का बेटा जलद उर्फ बुद्धू मेरा सबसे बड़ा सहारा साबित होने लगा। ज्योतिदी उसे और उसकी धाय को बार-बार मेरे पास छोड़ जाती कि इसे खिलाकर आदत डाल ले क्योंकि शीघ्र ही तुझे अपना शिशु पालना पड़ेगा। यह कल्पना मुझे अत्यन्त सुखद लगती। मेरे लिए यह भी सुखप्रद था कि बुद्धू मेरे पति को प्रिय था और जब हम दोनों मिलकर उससे लाड़ लड़ाते तो मैं अपने पति की लाड़-लड़ेती होने की मिथ्या अनुभूति में कुछ क्षण के लिए खो जाती। किन्तु हर रात यह सोच कर जाती कि मैंने अपने आचरण से पति के लिए अपने को अप्रिय बना डाला है। वह बिपिन से फिर वही दो संदेश भिजवाने लगे हर रात और जब एक दिन मैंने साहस करके बिपिन से संदेश भिजवाया कि एक क्षण के लिए ही सही, ऊपर आ जाएँ तब बिपिन यह संदेश लेकर आया कि मेजोकुमार आपको बैठकखाने में बुला रहे हैं। सुनकर मैं तिलमिला गई किन्तु न जाकर भी तो मुझे उपेक्षा ही मिलनी थी। तो मैं गयी। और जब मैं गयी तो बात वहीं से शुरू हुई। तब मैंने अपने से पूछा कि इस यातनाभोग के लिए क्यों चली आयी तू यहाँ। पति ने स्वयं ही मेरी यातना बहुत शीघ्र समाप्त कर दी मुझे मसनद पर गिराकर भोग लिया और बोले कि अब जाओ मुझे नींद आ रही है। कमरे में लौटकर पहले मैं सुबकती रही किन्तु फिर मुँह हाथ धो लिया और स्वयं ही दुबारा सिंगार कर लिया। मैं नहीं चाहती थी कि अगले दिन मुख्य दासी दौड़कर मेरे दुखी होने की सूचना इन्दुदी को दे आए किन्तु मैंने संकल्प कर डाला कि अपनी रातों का कटखना एकान्त सह लूँगी किन्तु पति से रात को दर्श-पर्श का सुख देने को न कहूँगी। किन्तु वह स्वयं ही कभी भूले-भटके मुझे बुलाने लगे और ऐसी हर रात मुझे यातनाभोग के उसी क्रम से गुजरना पड़ा। बस इतना ही कि मुझे मसनद पर गिरा दिये जाने का वार्तालाप सूक्ष्मतर होता गया। उसके बाद का व्यापार तो पहले से ही अतिसूक्ष्म रहता आया था। मुझे ऐसी अनुभूति होने लगी कि मेरे पति गर्भाधान संस्कार का कर्मकाण्ड नितान्त अरुचि से सम्पन्न कर रहे हैं मेरे साथ। जिस रात वह मुझे बुलाते फूलशैयाघर की उदासी कुछ और घनीभूत हो उठती।

एक दिन बिपिन ने आकर जब बताया कि दादा आ पहुँचे हैं उत्तरपाड़ा से तब मैं गद्गद हो उठी। इतने महीनों बाद दादा को देखकर मैं रो पड़ी। मेरा एक आँसू उनसे मिलन की खुशी का था तो दूसरा इस दुख का कि उच्च शिक्षा पाकर कोई बड़ा पद पा जाने का जो स्वप्न दादा ने मुझे दिखाया था वह तो विवाहवेदी में स्वाहा हो ही गया और विवाह करके मुझे पति के रूप में कोई अर्जुनवत राजकुमार नहीं, एक नितान्त अपरिष्कृत, अपरिपक्व और अनपढ़ सामन्त ही मिल सका। दादा ने मुझे गले लगा लिया और देर तक मेरी पीठ पर हाथ फेरते रहे। दादा ने मुझे जी भरकर रोने दिया। जब मेरा

रुदन सिसकियों तक सीमित हो गया तब उन्होंने मेरा चेहरा अपनी दोनों हथेलियों में थामकर अपने वक्षस्थल से उठाया और बोले कि रोकर मेरा अपराधबोध न बढ़ा बिभा। तू अपने पत्रों में भलीभाँति अपनी कुशलक्षेम नहीं भेजती और उधर तेरी ननदों से पता चलता है कि तेरा स्वास्थ्य ठीक नहीं रहता और तू पौष्टिक आहार लेने और औषधि का सेवन करने के मामले में बड़ी लापरवाही बरतती है। इस कारण माँ बहुत चिन्तित हो उठी है। उसने मुझे जमाई बाबू का निमन्त्रण स्वीकार करने की अनुमति दी ही इसलिए है कि मैं तेरी स्थिति का प्रत्यक्ष दर्शन करके उसे पूरा ब्यौरा दूँ। तनिक सोच कि यदि मैंने माँ को जाकर यह बताया कि विवाह के बाद तेरा मुखमण्डल सर्वथा श्रीहीन हो चला है तो उसकी चिन्ता तो बढ़ेगी ही, साथ ही, वह भी अपराधबोधग्रस्त हो जाएगी। बिभा एक अँग्रेजी कहावत है कि 'व्हॉट कैन नॉट बी क्योर्ड मस्ट बी एण्ड्योर्ड' अर्थात् जिसका न हो उपचार उसको करो स्वीकार। मैं मानता हूँ कि तेरा अनमेल विवाह करा दिया है माँ ने किन्तु माँ भी तो परवश है। हमारे समाज में स्त्री की, और सो भी विधवा स्त्री की चलती ही कितनी है। मैं स्वयं भी परवश था नहीं तो यह विवाह होने ही नहीं देता और तुझे उच्चतम शिक्षा दिलवाता।

मेरी आँखों से फिर आँसू झरने लगे। दादा ने अपनी जेब से रूमाल निकालकर मेरी आँखों को पोंछा। बोले कि रोने से तो स्थिति सुधरेगी नहीं बिभा। तू विवाहिता है और विवाह हमारे समाज में स्त्री के लिए जन्मभर का बन्धन है। इस स्थिति को स्वीकार कर ले। इतने ऊँचे सामन्ती परिवार की बहू बनने में कुछ दुख हैं बिभा तो अपार सुख भी। तू सुखों की ओर ध्यान दे और दुखों को भुलाने का यत्न कर। ले तेरे लिए माँ ने यह पत्र भेजा है। माँ का पत्र पढ़कर मैं पुनः रो उठी। उसमें सद्परामर्श दिया गया था कि पति से निकटता प्राप्त करने का निरन्तर प्रयास करूँ और पति के लिए अपने को हर तरह से आकर्षक और विश्वसनीय बनाऊँ ताकि वह मुझे मात्र पत्नी ही नहीं, सखी और प्रेमिका भी मानने लगें। रात में ही नहीं, दिन में भी पति का अधिक से अधिक सान्निध्य प्राप्त करने के लिए प्रयत्नशील रहा करूँ और राज-काज में उनका हाथ बँटाया करूँ। दादा झिड़ककर बोले कि मात्र रोती ही रहेगी कि यह भी बताएगी कि ऐसा क्या हो गया है कि तेरा अश्रुप्रवाह रुकता ही नहीं? अपना दुख बताएगी ही नहीं तो तेरा दादा उसको दूर करने का कैसे उपाय कर सकेगा? मेरा मन हुआ कि दादा से कहूँ कि तुम जाकर माँ को बता देना कि जिस परिवार में मेरा विवाह कर दिया है उसमें पुरुष अपनी पत्नी से रात में भी यदा-कदा ही मिलने आते हैं, उनकी अधिकतर रातें अपने बैठकखाने में बीतती हैं वेश्याओं के साथ, मेरे पति मेरी उपेक्षा ही नहीं, अपमान भी करते हैं, शयनकक्ष में नहीं आते, कभी कृपालु हुए तो रात को पन्द्रह-बीस मिनट के लिए बैठकखाने में ही बुलवा लेते हैं किन्तु मेरे संस्कार मुझे दादा से इस तरह की बात करने की अनुमति नहीं दे रहे थे। दे भी रहे होते तो मैं यह बताकर उनका और माँ का अपराधबोध बढ़ाना नहीं चाहती थी। तभी दादा ने झिड़ककर कहा कि बताती क्यों नहीं कि इतने ऐश्वर्यशाली

परिवार की बोऊ बनकर तुझे ऐसी क्या यातना मिल रही है कि रोती ही चली जा रही है? ऐसा कौन-सा दुख मिल गया है तुझे जो उसे व्यक्त ही नहीं कर पाती? माँ ने तुझे किसी बूढ़े सामन्त की चौथी-पाँचवीं पत्नी बनाकर तो नहीं भेजा है ना। तुझसे मात्र पाँच वर्ष बड़े युवा से ही तेरा विवाह कराया है। वह तुझसे कम पढ़ा-लिखा है, कम परिष्कृत है तो ऐसा क्या मुसीबतों का पहाड़ टूट पड़ा है तुझपर?

मैंने सोचा कि अब भी रोती रही तो दादा को बताना ही पड़ जाएगा। अस्तु, मैंने बाँहों से अपनी आँखें पोंछ लीं और अस्फुट स्वर में बताया कि यहाँ का वातावरण हमारे परिवार के वातावरण से बहुत भिन्न है इसीलिए घबरा जाती हूँ। दादा बोले कि वातावरण भिन्न है तो अपने को भिन्न बना। इस बात को हृदयंगम कर ले कि तू उत्तरपाड़ा की एक मध्य-वर्गीय विधवा की बेटी बिभा नहीं, भवालराजपरिवार की मेजोबोऊ बिभाबती देबी है। यह समझ ले कि सामन्ती जीवन में स्त्री के लिए यदि कुछ दुख हैं तो वे वैसे ही हैं जैसे कि हमारे-जैसे रूढ़िग्रस्त मध्यमवर्गीय परिवार में होते हैं किन्तु सामन्ती स्त्री को जो सुख उपलब्ध हैं वे मध्यमवर्गी स्त्री को नहीं। तू अब उत्तरपाड़ा की लड़की की तरह नहीं, भवालराजपरिवार की बहू की तरह सोचना शुरू कर बिभा। उसी में तेरा हित है। सबसे पहली बात तो यही है ऐश्वर्यभोग किया कर। माँ को तेरी बड़ी ननद ने लिखा है कि तू और तो और राजसी भोजन भी नहीं ग्रहण करती। माँ ने तेरा विवाह यहाँ इसलिए नहीं कराया कि रूखी-सूखी रोटी खाया कर। तू कभी पति से आग्रह करके अपने लिए आभूषण बनवाती है? नहीं न! राजपरिवारों में सभी स्त्रियाँ ऐसा करती हैं। आभूषण ही उनका धन होता है। तू किसी नौकर, मुसाहिब या कर्मचारी को अपनी ओर मिलाकर अपने पति पर नजर रखवाती है? पता लगवाती है कि तेरे जेठ और देवर क्या कर रहे हैं? अन्तःपुर में तेरी कुछ विश्वस्त दासियाँ हैं जो तुझे ठाकुर माँ, रानी माँ और जिठानी-ननदों के दरबारों की सूचनाएँ लाकर देती हों? नहीं न! इसका मतलब यह हुआ कि तू यहाँ की राजनीति से पूरी तरह कटी रहती है। राजपरिवार की बहू होकर राजनीति से कटी रहेगी तो कहीं की न रह जाएगी। मुझे दादा की ये बातें बहुत अटपटी लगीं। दादा तो अकर्मण्य और विलासी सामन्ती जीवन के घोषित विरोधी थे। अब क्या हो गया? मेरे आपत्ति करने पर वह बोले कि जब तू सामन्तों में ब्याह ही दी गई है तब तुझसे वही कहूँगा न जो सामन्ती परिवार में तेरे हित सुरक्षित रख सके।

दादा ने अपने इस जयदेबपुर प्रवास का उपयोग जमाई बाबू अर्थात् मेरे पति से अपनी घनिष्ठता बढ़ाने में किया। मुझे यह देखकर सुखद आश्चर्य हुआ कि स्वभाव में सर्वथा भिन्न होते हुए भी दादा मेरे पति से निकटता बनाने में सफल हुए। वह जयदेबपुर में अपना आधा समय मेरे साथ बिताते रहे तो चौथाई मेरे पति के दरबार में और चौथाई राजपरिवार के अन्य सदस्यों के सान्निध्य में। विवाह से लेकर अब तक राजबाड़ी में रहते- रहते मैं अपने पति और ससुराल वालों के बारे में जितना न जान सकी थी उतना दादा मात्र एक सप्ताह में जान गये और मुझे बताते भी रहे। मुझसे कहते रहे कि जब मैं

बाहर का व्यक्ति होते हुए भी इतना कुछ इतनी जल्दी जान सका हूँ और जमाई बाबू से इतनी अधिक निकटता बना सका हूँ तो तू राजपरिवार की सदस्या होते हुए भी यह सब क्यों नहीं कर सकती? मैं लज्जित होती और कभी-कभी आश्चर्यचकित भी कि आधुनिक दादा सामन्ती जीवन में इतना अधिक रस कैसे ले पा रहे हैं। अपने प्रवास के दूसरे ही दिन दादा को जमाई बाबू के वेश्यागामी होने और मुझे भी रात को बैठकखाने में ही बुलाने की बात कहीं से पता चल गयी। इसका प्रत्यक्ष कोई उल्लेख उन्होंने नहीं किया किन्तु मुझे समझाने लगे कि सामन्ती जीवन और व्यसन का अभिन्न सम्बन्ध रहा है बिभा। वेश्यागमन और परस्त्री भोग सभी वर्गों में देखा जाता है किन्तु सामन्तों में तो उसे मानो पुरुषों का धर्म ही बना दिया गया है। तुझे यह सोचकर सन्तोष करना चाहिए कि जमाई बाबू उतने भयंकर वेश्यागामी नहीं हैं जितने कि बोड़ोकुमार और छोटोकुमार। न ही वे अपने पिता और बड़े भाई की तरह सुरापान ही करते हैं। तुझे यह भी समझना चाहिए कि सामन्तों में बैठकखाना ही पुरुषों के शयनकक्ष का दर्जा रखता है। जमाई बाबू के बारे में तेरी बड़ी ननद के इस अनुमान से मैं पूरी तरह सहमत हूँ कि वह मूलत: बालक-सरीखे हैं। कुछ तो ठाकुर माँ और रानी माँ के प्यार ने बिगाड़ दिया था और रही-सही कसर उनके मुसाहिबों ने पूरी कर दी है जिन्हें वेश्यागमन और सुरापान की लत है। जमाई बाबू स्वयं भोले और भले दोनों हैं और उन्हें सद्‌मार्ग पर लाया जा सकता है। मैं और तू मिलकर यह काम कर सकते हैं।

फिर दादा बोले कि माँ ने सर्वथा उचित परामर्श दिया है कि तू दिन में भी अपने पति का अधिक से अधिक सान्निध्य प्राप्त कर। तू ऐसा करेगी तभी तो जमाई बाबू को अपने उन निकम्मे ब्राह्मण और बंगाली साहिब मुसाहिबों से दूर रखा जा सकेगा जो बैठे-बैठे जमाई बाबू की जेब काटते रहते हैं और उन्हें राज-काज से विमुख करते हैं। दादा ने जमाई बाबू और मेरे बीच सेतु बन जाने का प्रयास तीसरे दिन से ही आरम्भ कर दिया। पता नहीं किस चमत्कार से उन्होंने जमाई बाबू को इस बात के लिए मना लिया कि साला बाबू को ही नहीं, उनकी बहन को भी जयदेबपुर और आस-पास के दर्शनीय स्थलों की सैर कराएँ। इस प्रकार मुझे दिन में भी पति का सान्निध्य मिलने लगा और मैं दादा और उनका वार्तालाप सुनकर अपने पति के विषय में बहुत सी ऐसी बातें जान सकी जो मुझे अब तक पता नहीं थीं। उदाहरण के लिए भवालराज के वन प्रदेश शालीना का अवलोकन करते हुए मुझे पता चला कि मेरे पति की गणना बंगाल के श्रेष्ठतम शिकारियों में होती है और वह वन में रहने वाले संथालों की बोली बनुआँ साधिकार बोल लेते हैं। शालीना में ही पहली बार देखा और जाना कि मेरे पति अत्यन्त दुस्साहसी हैं। भय-जैसी कोई चीज है ही नहीं उनके मन में। नाग की तलाश में घूमते कुछ सपेरे मिले तो उनके साथ हो लिये। और मुख्य सपेरे से हाँड़ी और छड़ी लेकर उन्होंने एक विषधर पकड़ कर दिखा दिया। मेरे तो प्राण ही सूख गये और दादा भी काँप उठे किन्तु वह विजयोल्लास में बालकों की तरह कूदते-किलकारते हुए लौटे। जब दादा ने उनसे कहा कि जब इस काम

के लिए सपेरे हैं तब आप क्यों अपने प्राणों को खतरे में डालते हैं जमाई बाबू, कहीं वह आपको काट लेता तो ? वह बोले कि काट कैसे लेता इस विद्या में मैं सपेरों से भी अधिक पारंगत हूँ। और काट भी देता तो क्या अमरता का ठेका लेकर तो कोई मनुष्य नहीं जन्मा है। ऐसे ही राजबाड़ी का पोलो ग्राउण्ड उनके साथ देखते समय पता चला कि वह पोलो और घुड़दौड़ में भले ही अधिक रुचि न ले पाए हों घुड़सवारी करना और टमटम दौड़ाना उन्हें अत्यन्त प्रिय है और उन्होंने कई टमटम दौड़ें जीती हैं।

जयदेबपुर ही नहीं, भवाल की राजबाड़ी भी मैंने भली प्रकार तभी देखी दादा और पति के साथ। वह नट मन्दिर देखा जिसमें नवरात्रि और सरस्वती पूजा के अवसर पर सांस्कृतिक कार्यक्रम हुआ करते थे। माधवबाड़ी देखी जिसमें साधु-सन्त ठहराए जाते थे। कुलदेवी तारा का मन्दिर देखा जो एक बार भूकम्प में गिर गया था। पुनर्निर्मित मन्दिर की देख-रेख करने वाले अक्षय काकू के दर्शन किये जो मेरे पति के अनुसार तन्त्र-साधना में बिल्ली की बलि चढ़ाते हुए पकड़ गये थे। बोड़ो दालान देखा जिसमें अन्त:पुर की स्त्रियाँ विदेशी मैमों का स्वागत-सत्कार किया करती थीं। पति ने दादा से पूछा कि क्या बिभा भी बोऊदी की तरह गिट-पिट अँग्रेजी बोल पाती है। दादा ने उनके समक्ष ही मुझसे अँग्रेजी में दो-चार बातें कीं। पति प्रसन्न होकर बोले कि मैं रानी माँ को बताऊँगा कि अगली बार जब मैमें आएँ बिभा को दुभाषिया बनाकर ले जाएँ। कचहरी देखी, जिसमें विभिन्न राजकर्मचारियों के कार्यालय थे। अँग्रेज मैनेजर का निवास देखा और उससे संलग्न भव्य अतिथिभवन भी। अस्तबल देखे, फीलखाना देखा और देखा वह चिड़ियाघर जो मेरे पति ने स्वयं बनाया था। इसमें अन्य प्राणियों के अतिरिक्त दो भालू, दो बाघ, दो चीते और एक-एक सफेद लोमड़ी, शुतुरमुर्ग, औरांग उटांग भी घूम रहे थे। दुस्साहसी पति ने अपने प्रिय बाघ को थपथपाया और मुझे और दादा को भी वैसा ही करने के लिए आमन्त्रित किया। मैं तो घबराकर तुरन्त पीछे हट गयी और दादा भी बाघ को छूने का साहस कर नहीं पाये। पति हँसे और दादा से बोले कि साला बाबू मुझे लगता है कि आप सभी उत्तरपाड़ा वाले नितान्त भीरु हैं। और आपकी बहन की तो स्थिति यह है कि वह मुझ मनुष्य नामक जानवर को छूते हुए भी घबराती है। मैं मारे लज्जा के धरती में गड़ गयी किन्तु दादा ने तुरन्त कहा कि आप-जैसे साहसी पुरुष ने हाथ थाम लिया है तो हमारी बिभा अपने हर भय-संकोच पर शीघ्र ही विजय पा लेगी।

दादा और पति के साथ ही मैंने पहली बार देखा जालीदार दीवारों वाला वह गोल बरामदा जिसमें बैठकर रानी माँ उस पार खड़े हुए अपने कर्मचारियों और ढाका से आए अँग्रेज और भारतीय अधिकारियों से बात किया करती थीं। इसी से लगा हुआ था चहारदीवारी के भीतर बना हुआ सुरम्य जनाना बगीचा दादा को मुझसे बात करने के लिए सबसे उपयुक्त स्थल लगा। जलकुण्ड के पास बनी संगमरमर की बेंच को उन्होंने पहले दिन से ही अपना ठीया बना लिया। कहने लगे कि यहाँ बैठकर प्रवेश-द्वार दृष्टि में रहता है और पीठ के पीछे केवल एक दीवार है। मुझे उनकी यह सावधानी जितनी

आवश्यक लगी उतनी ही अटपटी भी। जब वह मुझे अन्त:पुर में चली हुई राजनीति के विषय में समझाने लगते तो मुझे भयंकर संकोच होता। वह कहते कि ठाकुर माँ वृद्धा हो चुकी हैं और रानी माँ अक्षम और मूढ़ हैं। इसलिए अन्त:पुर में वर्चस्व की लड़ाई तेरी जिठानी और बोड़ो ननद के बीच चल रही है। मैं विरोध करती कि उन दोनों में तो आपस में बहुत घनिष्ठता है। दादा कहते कि जो व्यक्ति एक-दूसरे की जड़ उखाड़ने के लिए संकल्पबद्ध हों उनके लिए घनिष्ठता का दिखावा करना नितान्त आवश्यक होता है बिभा। मैं कहती कि राजपरिवार के सदस्यों में आपस में बहुत प्यार है दादा, तुम इस तरह की बातें मत किया करो। दादा कहते कि राजपरिवार में ब्याह दी गयी है अस्तु समझ ले कि राजपरिवार में प्यार नहीं होता, राजनीति चलती रहती है। वह परामर्श देते कि मैं बोड़ो ननद के निकट आने का यत्न करूँ और उनसे सहयोग करके अपने पति को राज-काज में रुचि लेने के लिए प्रेरित करूँ अन्यथा तेरी जिठानी के सिखावे में आकर बोड़ोकुमार रानी माँ के जीवित रहते भी सारा राज-काज अपने हाथ में ले लेंगे।

मैं दादा के मुँह से इस तरह की बातें सुनकर काँप उठती और मुझे लगता कि दादा और मुझे इस तरह एकान्त में और दबे स्वर में बातें करते देख अन्य लोग यही सोचेंगे कि हम कोई राजनीतिक षड्यन्त्र कर रहे हैं। यदि दादा मुझसे मात्र इसी तरह की बातें कर रहे होते तो मुझे उनका जयदेबपुर प्रवास बहुत खलने लगता किन्तु वह मुझसे कलकत्ते की साहित्यिक और सांस्कृतिक गतिविधियों की भी चर्चा करते रहते। उनसे ही पता चला कि साहित्याकाश में रोबीन्द्रनाथ ठाकुर नामक एक नया नक्षत्र देदीप्यमान हो उठा है। दादा जब पति की उपस्थिति में इस तरह की चर्चा करते तब पति उबासियाँ लेने लगते और उठकर जाने को होते किन्तु जैसे ही दादा को कहीं से पता चला कि मेरे जमाई बाबू भले ही स्वयं बेसुरे हों, उन्हें गायन सुनना प्रिय है, उन्होंने उनकी उपस्थिति में अपने साथ लाई हुई पुस्तकों और पत्रिकाओं में से कोई अच्छी कविता अपने प्राय: स्त्रीवत् मधुर कण्ठ में गाकर सुनाना आरम्भ कर दिया। यदि जमाई बाबू गायन से भी ऊब जाते तो दादा तुरन्त उनका ताश या चौपड़ खेलने का प्रस्ताव मान लेते।

दादा के मुख से मैंने और मेरे पति ने अँग्रेजी का एक नया शब्द सुना पिकनिक, अर्थात् वन अथवा उद्यानभोज। दो बार हमने शालीना में दोपहर का भोजन किया और कई बार जनाना उद्यान में पिकनिक मनाया। मैंने लक्ष किया कि मेरे पति अपने साला बाबू की भीरुता का जितना परिहास करते हैं उससे अधिक आदर करते हैं उनकी विद्वत्ता का। तो दादा की कृपा से मैं दिन में भी पति का सान्निध्य पाने में सफल हो रही थी और मुझे एक नया सुख मिल रहा था कि मेरे और मेरे पति के मध्य काम-क्रीड़ा से इतर विषयों पर वार्तालाप हो पा रहा था। दादा के जयदेबपुर रहते मेरे पति ने मुझे किसी भी रात्रि न अपने पास बैठकखाने में बुलाया और न मुझसे मिलने शयनकक्ष में ही आये किन्तु मैं इससे तनिक भी आहत न हुई। मुझे इस बात का भी बुरा न लगा कि मेरे पति मुझे दादा को सौंपकर निश्चिन्त हो गये थे कि मेरे प्रति उनके कर्तव्य की इतिश्री हो गयी

है। मुझे यह सुखद प्रतीत होने लगा कि राजबाड़ी में मेरे पति और मेरे दादा दोनों उपस्थित हैं। छिपाऊँगी नहीं कि कभी-कभी तो मेरा अन्तरमन पति और दादा को गड्डमड्ड करके एक तीसरे ही पुरुष की संरचना मेरे लिए कर देने लगा था। और हाँ, मुझे निरन्तर यह प्रतीति भी हो रही थी कि दादा की उपस्थिति में सामन्त राजबाड़ी के मध्य मेरे लिए एक छोटा-सा सुसंस्कृत मध्यमवर्गीय उत्तरपाड़ा रच डाला है।

काश कि दादा का जयदेबपुर प्रवास खिंचता ही चला जाता। मैं जान रही थी कि जयदेबपुर में रहने से दादा की पढ़ाई में विघ्न पड़ रहा है किन्तु मैं यह भी देख रही थी कि दादा की उपस्थिति में मेरे पति के व्यवहार में थोड़ा सुधार हो रहा है उन्होंने मुझे बैठकखाने में बुलाना छोड़ दिया है। मेरे पास एक-दो बार आए हैं तो गर्भाधान का वह अनुष्ठान अपेक्षाकृत कम निर्ममता एवं निर्लज्जता से किया है। इसलिए मुझे प्रसन्नता हुई कि दादा ने स्वयं ही जयदेबपुर प्रवास को कम-से-कम एक मास का बनाने का संकल्प किया है और मेरे जमाई बाबू से मामा को पत्र भिज़वा दिया है कि साला बाबू अपनी बहिन और जमाई बाबू के हित में अभी जयदेबपुर ही बने रहना आवश्यक है किन्तु दादा को आए बीस ही दिन हुए थे कि मामा का तार आ गया कि फूलकुमारी अस्वस्थ है सत्या को अगली गाड़ी से भिजवा दें। दादा ने जाते हुए कहा कि बिभा तू रो मत, मैं जल्दी-से-जल्दी लौटने का प्रयास करूँगा, माँ तो कुछ समझती नहीं है। तुझे इस सामन्त परिवार में ब्याहने के बाद तेरे हितरक्षण के लिए तेरे आस-पास बना रहूँगा। मैं तो यत्न करूँगा कि आगे की पढ़ाई के लिए कलकत्ता की जगह ढाका में नाम लिखा लूँ। उस दिन यह जानती होती कि मेरे प्रति दादा का यह अनुराग भी मेरे लिए अभिशाप बनने वाला है, मेरे हितरक्षण के लिए उनका जयदेबपुर आना मेरे मायके और ससुराल दोनों के लोगों को बहुत खलने वाला है तो मैं उसी समय दादा से कह देती कि आपको मेरी सौगन्ध इसके बाद फिर कभी जयदेबपुर मत आना। दादा के जाते ही उनके साथ रचा हुआ उत्तरपाड़ा भी चला गया और जयदेबपुर पहले से भी अधिक खलने लगा मुझे। पति ने दिन में पिकनिक मनाने के लिए आने का मेरा अनुरोध तो अस्वीकार किया ही मुझे रात को बैठकखाने में तक बुलाना छोड़ दिया। लालो और मोटो के लिए उपयुक्त वर और छोटोकुमार के लिए उपयुक्त वधु की खोज आरम्भ हो चुकी थी इसलिए अन्त:पुर में सदा विवाह एवं वैवाहिकजीवन की चर्चाएँ ही चलती रहतीं। यह चर्चा मुझ अभागन सुहागन को कुछ और अधिक व्यथित छोड़ जाती। अन्त:पुर की स्त्रियाँ इस चर्चा में इतनी तल्लीन रहतीं कि उनका ध्यान मेजोकुमार द्वारा मेरी पूर्ण उपेक्षा की ओर नहीं जाता। पूजा-पाठ में मेरी कभी कोई रुचि रही नहीं थी किन्तु अब प्रभु से यही प्रार्थना करने लगी कि मेरी पीड़ा हर लें। तब कहाँ जानती थी कि विधाता को व्यथा की वह मात्रा मुझ अभिशप्त अबला के लिए बहुत कम लग रही थी। अनेक और वज्रपात होने थे मुझ पर।

एलोकेशी

कुछ दिन तक दादा उद्विग्न ही दिखाई दिये। फिर एक दिन पाया कि उनके चेहरे पर उतना तनाव नहीं है। उन्होंने मुझे अपने तनाव का कारण बताना उचित नहीं समझा था इसलिए मैंने उनसे उनकी आंशिक तनावमुक्ति का कारण पूछना अनुचित समझा। इसी से सन्तुष्ट हुई कि आज घर में सब से प्यार से बोले। साथ ही मैंने यह भी लक्ष्य किया कि दादा अभी पूरी तरह सामान्य नहीं हुए हैं। दो दिन बाद बोऊदी ने ही किसी तरह पता लगा लिया उनकी इस मन:स्थिति का कारण। बोऊदी ने बताया कि आपके दादा यह संवाद पाकर आश्वस्त हुए हैं कि उस साधु ने आपकी ननद के बहुत आग्रह करने पर भी न अपना मेजोकुमार होना स्वीकार किया और न जयदेबपुर में टिके रहने का आग्रह किया। किन्तु वह थोड़े आशंकित इस संवाद से हुए हैं कि आपकी ननद से साधु की सौदेबाजी मात्र इसीलिए टूटी है कि वह लोभी आपके पति की भूमिका करने के लिए सम्पत्ति का आधा हिस्सा माँग रहा है जबकि आपकी ननद बीस प्रतिशत से अधिक देने को तैयार नहीं। इसका अर्थ यह है कि सौदेबाजी जारी रह सकती है। सुनकर मैं पुन: विस्मित हुई कि ज्योतिदी क्यों हठात् किसी पंजाबी साधु को मेरे पति की भूमिका में उतारकर क्या पा जाएँगी कि उससे सौदेबाजी कर रही हैं। वह लोभी और लम्पट साधु बिना एक बड़ी राशि अग्रिम लिए, इस भूमिका के लिए अपने को प्रस्तुत करने से रहा। इतना धन कहाँ से लाएँगी वह और कहीं से जुटा भी देंगी तो इसका क्या भरोसा कि वह जिस दिन प्रशासन द्वारा मेजोकुमार के रूप में स्वीकार कर लिया गया उसी दिन सम्पत्ति में ज्योतिदी से हिस्सा करने के बाद भुला न देगा।

मैं पश्चात्ताप करने लगी कि मैंने अपने साथ-साथ दादा को भी भवालराज के अन्त:पुर की राजनीति के दलदल में घसीट लिया। न मैं अपने स्वभाववश इतनी व्यथित रहा करती और न दादा को जयदेबपुर आते रहना पड़ता। मेरा उदासी का रोग हम सबको ले डूबा। यदि मुझे मेरी माँ ने यह समझाकर विदा किया होता कि पत्नी को पति से प्रेम की कोई अपेक्षा नहीं रखनी चाहिए तो मैं कदाचित् उदास न होती किन्तु मेरे मायके में तो सदा पति-पत्नी के परस्पर प्रेम का ही बखान होता रहता था। तो मैं पति प्रेम की

भूखी थी और मेरे पति थे मुझे प्रेम तो दूर वासना की सुपात्रा नहीं मान रहे थे। बैठकखाने में तक बुलाना छोड़ दिया था।

फिर एक रात मैं अपने अकेलेपन से इतना घबरा उठी कि लाज-संकोच तजकर सीढ़ियाँ उतर गई कि स्वयं ही बैठकखाने में चली जाऊँ और पति से पूछूँ कि मुझे किस अपराध का इतना बड़ा दण्ड दे रहे हैं। यदि आप पत्नी के रूप में मुझे पाकर निराश हुए हैं तो मुझे परित्यक्ता के रूप में सदा के लिए उत्तरपाड़ा भेज दें। मैं पढ़ाई-लिखाई पूरी करके अपने पाँवों स्वयं खड़ी हो जाऊँगी और आपसे किसी प्रकार की सहायता की अपेक्षा नहीं रखूँगी। उसमें यदि आपको अपनी बदनामी होने का भय हो तो इस प्रकार प्राणान्तक पीड़ा पहुँचाते रहने की जगह आप विष देकर मेरे प्राण ही ले लें। यहाँ तो आप ही का राज है हत्या का आरोप भी नहीं लगेगा। जैसे ही मैं निचली मंजिल पर पहुँची मेरी आहट सुनकर बिपिन खानसामा दौड़ा चला आया और हाथ जोड़कर दबे स्वर में बोला कि आज्ञा करें माँ इतनी रात गए आपको किस चीज की आवश्यकता पड़ गई है? मैंने भी उतने ही दबे स्वर में उससे कहा कि जाकर मेजोकुमार को बता दे कि मैं उनसे तत्काल मिलना चाहती हूँ। मेरा आदेश सुनकर वह घबरा गया और थूक निगलने लगा बार-बार। तभी मैंने बैठकखाने के बन्द द्वार के पीछे से किसी स्त्री को खिलखिलाकर यह कहते सुना कि मेजोकुमार आपके 'तोमाके-भालोबाशी-तोमाके-भालोबाशी' रटते रहनेभर से ही तो मुझे आपकी ब्याहता का पद मिल नहीं सकता। मैं उलटे पाँव अपने कमरे में लौट आयी।

अगले दिन दासियों के आने तक भी मेरा तकिये में मुँह छिपाकर सुबकते जाना बन्द नहीं हुआ था। मेरे मस्तिष्क में निरन्तर उस अज्ञात स्त्री का वह कथन गूँज रहा था और मैं यह जानकर स्तब्ध थी कि पति के उपेक्षित करने का कारण यह है कि वह किसी अन्य स्त्री से प्रेम करते हैं और वह स्त्री उनके द्वारा मुझसे विवाह कर लिए जाने पर थोड़ी अवमानना अनुभव कर रही है। रात को बैठकखाने में मिलने आई है इसलिए निश्चय ही वह कोई वेश्या ही हो सकती है किन्तु वेश्या मेरे पति जैसे पुरुष के लिए वासना-पात्रा से अधिक क्या हो सकती है? वह उसे प्रेम-पात्रा कैसे बना सकते हैं भला? और कोई वेश्या भवाल के राजकुमार द्वारा पत्नी बना लिए जाने की आशा कैसे कर सकती है भला? मैं सोचती रही और रोती रही। दासियों ने पूछा तो उन्हें झिड़क दिया। उन्होंने बिस्तर ठीक करने की अनुमति चाही। नहीं दी। उलटे उन्हें आदेश दिया कि तुरन्त चली जाएँ। मुख्य दासी ने इस पर भी मुझे बिस्तर से प्यार-पुचकार कर बाँहों में उठा लेने का यत्न किया। मैं उस पर क्रुद्ध हो उठी। वह क्षमा-याचना करते हुए चली गयी तो मैंने भीतर से कमरा बन्द कर लिया। फिर आकर बिस्तर पर औंधे मुँह लेट गयी। रोते-रोते सोचने लगी कि यदि वह स्त्री वेश्या नहीं है तो और कौन है? क्या वह अन्त:पुर की स्त्रियों में से ही कोई है किन्तु वे सब तो मेरे पति की सम्बन्धी हैं। मेरे मन में यह विचार उठने लगा कि इतना सब सोचते रहने से श्रेयस्कर है कि मैं आत्महत्या कर लूँ।

इस निष्कर्ष पर पहुँचकर मैं उठ बैठी। अपने आँसू पोंछे और आत्महत्या करने से पूर्व अपनी माँ के नाम एक पत्र लिखने बैठ गई। तभी बाहर से रानी माँ का स्वर सुनाई दिया कि मेजोबोऊ दरवाजा खोलो। मैंने पत्र फाड़ दिया और दरवाजा खोला। रानी माँ अकेली न थीं, मोक्षदा मासी माँ, बोड़ो ननद इन्दुमयी और मेजो ननद ज्योतिर्मयी के साथ आई थीं। इन्दु दीदी बोलीं कि दासियों को तो तुमने भगा दिया बिभा अब हम ननदें आ गई हैं तुम्हारी सेवा में। देखो राजपरिवार की मेजोबोऊ होते हुए तुम्हें यह शोभा नहीं देता कि गन्दे शयनकक्ष के अस्त-व्यस्त बिस्तर पर बगैर स्नान किए और धुले वस्त्र धारण किए लेटी रहो और रोती रहो। इधर लालो-मोटो के विवाह की तैयारियों में व्यस्त होने के कारण हम लोग तुम्हारी आवश्यकताओं का ध्यान नहीं रख पा रहे हैं किन्तु इसका अर्थ यह नहीं है कि हम तुम्हारे लिए पराये हैं। जो भी दुख या कष्ट हो तत्काल हमें सूचित किया करो। इस तरह दासियों की उपस्थिति में आँसू बहाते रहने से एक तो परिवार की बदनामी होती है और दूसरे दासियों की आँखों में अपना दर्जा घटता है। तो रानी माँ को बताओ कि ऐसा क्या हो गया जो तुम दासियों को यहाँ सवेरे- सवेरे अपने बिस्तर पर औंधे मुँह लेटी रोती हुई मिलीं और तुमने उन्हें बिस्तर ठीक कर सकने तक की अनुमति नहीं दी।

मैं क्या उत्तर देती इसका? सिर झुकाए यह सोचती रही कि इस राजमहल में तो मुझ दुखियारी के लिए रो सकना भी दूभर हो जाएगा क्योंकि बहुओं का रोना यहाँ राजपरिवार की बदनामी कराने के तुल्य समझा जाता है। फिर इन्दु दीदी ही बोलीं कि तुम न भी बताओ तो हमने पता कर लिया है बिपिन से। देखो बिभा सामन्तों द्वारा अपने बैठकखाने में वेश्याओं को बुलाना दुखद अवश्य है किन्तु अत्यन्त सामान्य भी। यदि तुम्हारी तरह राजपरिवार की सभी स्त्रियाँ पति के वेश्या बुला लेने का इतना ही शोक मनाती होतीं तो उनके शयनकक्षों में न कभी झाड़ू लगती और न उनके बिस्तर ही ठीक किए जाते। मोक्षदा मासी माँ मेरे कन्धे पर हाथ रखकर बोलीं कि बोऊ मैं तो उलटा खुश हुआ करती थी कि बैठकखाने में वेश्या आ गई है तो आज मैं लम्बी तान के सो सकूँगी। वेश्याओं की तो व्यवस्था ही इसलिए की गई है कि कामुक पति रोज-रोज अपनी गिन्नी को कष्ट न दे। कहकर मोटी मोक्षदा मासी माँ अपनी बहुत मोटी और थुलथुली काया को हिला देने वाला अट्टहास कर बैठीं। आहत कर गया वह अट्टहास मुझे। मैं फिर रो पड़ी। मुझे रोता देख रानी माँ ने भी विलाप शुरू कर दिया। बोलीं कि मेरे पुत्रों का क्या कसूर, बहुत जल्दी उठ गई उन पर से पिता की छत्रछाया। और उनके पिता भी कुछ कम कहाँ थे वेश्यागमन में। पुरुषों को वेश्याओं में कुछ ऐसा मिलता है जो हम अभागन पत्नियों में नहीं। मेरे पति भी अपने बैठकखाने में नाचने-गाने वालियों को बुलाया करते थे। इस पर मासी माँ चहककर बोलीं कि नाचने-गाने के बाद वह सब भी अच्छे से करने-कराने वालियों को। मासी माँ के अट्टहास में रुआँसी रानी माँ भी सम्मिलित हुईं। फिर बोलीं कि एक रात तेरे श्वसुर मुझे छोड़कर किसी वेश्या के साथ

सोने बैठकखाने चले गए तो मैं भी दबे पाँव पीछे-पीछे इस जिज्ञासा से पहुँच गयी कि देखूँ वह कुल्टा ऐसा क्या करती है जो मैं नहीं कर पाती। उधर जो मैंने देखा तो बाबा रे बाबा उल्टे पाँव दौड़ पड़ी। रानी माँ और मासी माँ जोर-जोर से हँसने लगीं।

सदा गम्भीर रहने वाली इन्दु दीदी ने दोनों को झिड़कते हुए कहा कि हम बिभा को समझाने आए हैं, उससे हँसी-ठट्ठा करने नहीं। रानी माँ तुरन्त गम्भीर हो गयीं और मेरे सिर पर हाथ फेरते हुए बोलीं कि देख मेजोबोऊ कोई भी स्त्री रोकर और उदास रहकर अपने पति को वश में कर नहीं सकती। पुरुष तो ऐसी स्त्री को ही अच्छा मानते हैं जो सदा सुख-सन्तोष से मुस्कराती हुई मिलती हो। मेरे पति वेश्यागामी थे लेकिन मैंने कभी इसका दुख नहीं मनाया उलटे सदा इस बात पर सन्तोष व्यक्त किया कि न तो वह कोई सौत लाए और न ही उन्होंने किसी को रखैल बनाया। इसीलिए उन्होंने कभी मेरी उपेक्षा नहीं की। उपेक्षा करते होते तो क्या पूरे आधा दर्जन बच्चों की माँ बन पाती मैं? सहसा रानी माँ ने आँचल आँखों से लगाया और रोने लगीं कि गत वर्ष गुजर गए तेरे श्वसुर अपने अबोध बच्चों का और सारे राज-काज का दायित्व मुझपर छोड़कर। उन्होंने तीनों बेटों को पहले ढाका में सामन्ती बच्चों के लिए बने अँग्रेजी स्कूल में पढ़वाया और बाद में उनकी ही खातिर जयदेबपुर में इंग्लिश हाईस्कूल खोल दिया। वह चाहते थे कि उनके बेटे उनसे भी अधिक ऊँची अँग्रेजी शिक्षा लें। वह तो स्वयं तमाम साहिब लोगों से अँग्रेजी में ही गिटर-पिटर किया करते थे। मोक्षदा मासी माँ हँसते हुए बोलीं कि मैम साहब लोगों से भी। उनका हाथ पकड़कर जमाई बाबू हाऊ डू डू हाऊ डू डू करते थे और उनकी कमर में हाथ डालकर इंग्लिश डांस भी। रानी माँ भी उनकी हँसी में सम्मिलित हुईं किन्तु इन्दु दीदी की सिकुड़ी भवें देखकर तुरन्त गम्भीर हो गयीं।

इन्दुमयी बोली कि माँ और मासी माँ तुम दोनों अपने ढंग से काफी समझा चुकी हो मेजोबोऊ को अब जाओ और थोड़ा मुझे भी समझाने दो इसे। रानी माँ आँखों पर आँचल लगाते हुए उठीं और रोकर बोलीं कि मेजोबोऊ रोमेन्द्र को वश में कर और सद्मार्ग पर ला। मेरी तो सारी आशा उसी पर टिकी है। बोड़ो तो अब मेरी सुनता ही नहीं उसने तो अपना एक कान मेयेर को दे रखा है और दूसरा अपनी गिन्नी को। उदासी छोड़ बिभाबती, हँसमुख बन, जल्दी से मेरे उस छेलेमानुष को छेले-पिता बना फिर स्वयं रानी माँ उठी और उनके साथ ही मोक्षदा मौसी घुटनों पर हाथ रखकर अपनी विशाल काया मेरे पलंग पर से बहुत कोशिश करके उठायी। आँचल से अपने सिर और निकले उदर तथा लटके स्तनों को कसकर ढँका और फिर मेरे पास आकर मुझे आशीर्वाद दिया कि तुम्हारी सासू माँ के तो आधा दर्जन ही हुए तुम्हारे पूरे एक दर्जन हों। बस इतना ध्यान रखना कि अपने शिशु को दूध पिलाने का स्वप्न पूरा करना चाहती हो तो तुम्हें अपनी सासु माँ के लाड़ले मेजो का दूध पीने का शौक पूरा करते रहना होगा। कहकर उन्होंने अपने अट्टहास की आँधी से मेरे शयनकक्ष में व्याप्त उदासी को उड़ा ले जाने का निष्फल प्रयत्न किया, जिसमें रानी माँ भी सम्मिलित हुईं। बहुत ही घृणास्पद लगा

मुझे वह अट्हास। क्यों यौन-सुखों की इतनी चर्चा करती रहती हैं ये सामन्ती स्त्रियाँ? क्या इसलिए कि मेरे पति की भाँति इन सबके पति भी यौन-सुख पाने-देने के लिए अपनी विवाहिता को नहीं, अपनी वेश्या को उपयुक्त पात्रा मानते हैं? विचित्र प्रतीत हुई मुझे अपनी सासू माँ जो दुख से विलाप करने के बाद अपने क्रम में कामक्रीड़ा से जुड़ी किसी प्रसंग को लेकर अट्टहास करती रहती हैं। मानो मेरे आन्तरिक संताप को सुनकर तभी इन्दु दीदी बोलीं कि मोक्षदा मासी माँ का हास-परिहास मुझे भी नहीं सुहाता बिभा किन्तु तुम्हें यह भी सोचना चाहिए कि यदि हम स्त्रियाँ अपने अबला और परवश होने के दुर्भाग्य पर सदा रोती ही रहें तो पुरुष हमारा मुँह देखने तक को तैयार न हों। ठीक कह रही थीं माँ और मासी माँ रोनी सूरत बनाए रखकर पुरुष से कुछ प्राप्त नहीं हो सकता। पति को उत्तराधिकारी पुत्र देकर आभारी बनाने और पुत्र से आदर-प्रेम पाने का सुख तो कदापि नहीं। इसीलिए स्त्रियाँ मुखमण्डल को प्रफुल्लता से दीप्त करने के लिए ऐसे हास-परिहास से भी परहेज नहीं करतीं। और यह भी न भूलो बिभाबती कि कामक्रीड़ा भी स्त्री के जीवन का एक महत्त्वपूर्ण पक्ष है। सुनती हूँ तुम्हें उसके प्रति भयंकर अरुचि है। रुचि न लोगी तो पति का मन वेश्यागमन की ओर जाएगा ही।

सुनकर मैं स्तब्ध रह गयी और फिर फूट-फूटकर रोने लगी, यह सोचकर कि निश्चय ही मेरे पति ने कल रात की घटना की सफाई में यही कहा होगा कि मैं उन्हें रति-सुख देने से मना कर देती हूँ। इन्दुदी बोलीं कि तुम्हें इतना समझाया कि रोती मत रहा करो। तुम्हारे पति ने अपने बैठकखाने में किसी वेश्या को बुला लिया तो ऐसा क्या अन्धेर हो गया कि तुम्हारे आँसू सूख ही नहीं पा रहे हैं? देखो, रानी माँ इस आशा और विश्वास से रोमेन्द्र की पत्नी बनाकर लाई हैं कि तुम उसे वैसे ही सद्‌मार्ग पर ला सकोगी जैसे सरजूबाला रोणेन्द्र को ले आई है। दुर्भाग्य से रोणेन्द्र अँग्रेज मैनेजर मेयेर के प्रभाव में आ गया है और माँ का साथ नहीं दे रहा है। रोमेन्द्र पक्षधर तो है माँ का किन्तु राजकाज में रुचि नहीं लेता और उसे अँग्रेजी तो आती ही नहीं कि माँ की ओर से मेयेर से लड़ सके। इस तरह रो-रो कर रोमेन्द्र को अपने से विमुख करती रहोगी तो रानी माँ की आशा कैसे पूरी कर सकोगी। रोमेन्द्र तुम्हें बैठकखाने में ही बुलाना चाहता हो तो वहीं जाओ, संकोच न करो। सुनती हूँ कि तुम उससे डरती हो और उसकी बातें तुम्हें अरुचिकर लगती हैं। मेरा अनुमान है कि उस अबोध ने कदाचित् कामुकतावश तुमसे वेश्यावत आचरण करने को कहा होगा। यदि ऐसा है तो मैं तुमसे कहना चाहती हूँ कि पति की इच्छा पूरी कर देने के लिए की गई निर्लज्जता, निर्लजज्ता नहीं होती। वह जो भी चाहता हो सो करके उसे अपने वश में करो बिभाबती।

मुझे आदेश दिया जा रहा था कि वेश्यावत आचरण करके पति का हृदय जीतूँ और फिर उन्हें बोड़ोकुमार और मेयेर से लड़ाई में रानी माँ का प्रभावशाली प्रवक्ता बनाऊँ। अन्त:पुर की नीति-राजनीति के बारे में दादा की कही बात सत्य सिद्ध रही थी। मैं किसी चमत्कार से अपने पति के लिए कामकला प्रवीणा आम्रपाली और कूटनीतिकुशल

चाणक्य दोनों बनकर रानी माँ की आशाओं पर खरी तो कभी उतर ही नहीं सकती थी। अत: शीघ्र ही मैं सासू माँ और ननदों के लिए भी उतनी ही निराशाप्रद और त्याज्य हो जाऊँगी जितनी कि अपने पति के लिए हो चुकी हूँ। यह विचार मन में उठते ही मैं न चाहते हुए भी और अधिक जोर से रोने लगी। इन्दु दी ने खिन्न स्वर में कहा कि मैं तो मानती थी मेजोबोऊ कि तुम मेधावी हो इसलिए अपना हित-अहित अच्छी तरह समझ सकती हो किन्तु तुम तो मेरे सद्परामर्श को अनसुना करके रोती ही चली जा रही हो। तुम्हारे दादा कह रहे थे कि उन्होंने भी तुम्हें समझाया है कि पति को अप्रसन्न करने वाली कोई बात न करो। इस तरह तो तुम सबकी सहानुभूति खो बैठोगी और अपना स्वास्थ्य बिगाड़ लोगी सो अलग। मैं अब यह सोचकर रोने लगी कि दादा ने मुझसे यह क्यों छिपाया कि मेरे विषय में ननदों से बात कर गए हैं।

ज्योतिदी ने बाँह पकड़कर अपनी ओर खींचा मुझे। अपने अंक से लगाकर बोलीं कि हमारी बिभाबती के मेधावी होने में तुम्हें सन्देह नहीं करना चाहिए दीदी किन्तु मेधावी होने का अर्थ यह तो नहीं है कि किसी बात का बुरा लगने पर आँसू भी न बहाए जाएँ। और बात मात्र इतनी नहीं रही होगी जितनी बिपिन बता रहा है। जो हो, उस ब्यौरे में जाकर इस बिचारी को और वेदना पहुँचाना ठीक न होगा। हम इसकी सेवा में आई हैं इसलिए जब तक मैं इसका कमरा बुहारूँ तुम इसका बिस्तर ठीक कर दो। इतना कहकर ज्योतिदी ने मेरा माथा चूमा और फिर मुझे बिस्तर से उठाकर कुर्सी पर बैठा दिया। इन्दु दी मेरा बिस्तर ठीक करने लगीं। अपने आँसुओं पर अंकुश लगाते हुए मैं उनकी ओर लपकी और उनका हाथ पकड़कर कहा कि मुझे और लज्जित न करें मैं दासियों को बुलाती हूँ। ज्योतिदी बोलीं कि ठीक है। जब तुम तैयार हो जाओ बिभा तो मुझे बुलवा लेना, हम लोग उद्यान में बैठकर साथ-साथ कलेवा करेंगे। बाद में उद्यान में कलेवा करते हुए उन्होंने काफी देर तक इधर-उधर की बातें करने के बाद मुझसे कहा कि मैं जो पूछूँ उसका उत्तर देते हुए फूट-फूटकर रो नहीं पड़ेगी ऐसा आश्वासन दे तो मैं कुछ जानना चाहूँगी। मैं समझ गयी कि वह किस बात की ओर संकेत कर रही हैं। तो मैं बुदबुदायी कि नहीं रोऊँगी।

ज्योतिदी बोलीं कि अच्छा तो बता क्या तू मात्र इसलिए रोयी कि तेरे पति ने किसी वेश्या से सहवास किया अथवा उससे भी अधिक गम्भीर व्यापार था कोई? मैंने रुआँसे स्वर में कहा कि दीदी मेरे संस्कार तो ऐसे हैं कि पति का वेश्यागमन करना ही मुझे आहत कर उठता है किन्तु कल रात्रि तो उनकी प्रेम पात्रा......... वाक्य पूरा करते-करते मैं फूट-फूटकर रो पड़ी और मैंने लक्ष्य किया कि ज्योतिदी का मुख सर्वथा श्रीहीन हो उठा है और वह कह रही हैं कि असम्भव। बड़ी देर तक वह मुझे अपने अंक से लगाए रहीं। फिर अपने आँचल से मेरे आँसू पोंछते हुए उन्होंने जिज्ञासा की कि क्या बिपिन ने तुम्हें बताया कि एलोकेशी आई हुई है? मैं कुछ समझ न पायी। सिर्फ बुदबुदायी एलोकेशी— खुले केशों वाली। ज्योतिदी बोलीं कि उस कुलटा का तो सब कुछ सदा

खुला रहता है पुरुष की कामवासना उद्दीप्त करने के लिए। नौकरों से पता चला कि वह निर्लज्ज वेश्या न तो द्वार के पट बन्द रखती थी और न नौकरों के प्रवेश पर अपने अंग ढकना ही आवश्यक समझती थी। वे ही मारे लज्जा के शीश झुकाए और ग्रीवा घुमाए रहते थे उसके कक्ष में। ऐसा प्रेमपाश में बाँध लिया था युवा एलोकेशी ने अपने से कम वय के किशोर रोमेन्द्र को उस दुस्साहसी ने उसे फीलखाने के पास दीवानखाने के एक कमरे में ही बसा लिया था। यदि वह उतनी ही धृष्ट न होती जितना कि रोमेन्द्र दुस्साहसी है तो स्थायी रूप से राजबाड़ी में ही बसी रह जाती किन्तु एक दिन सवेरे-सवेरे अपनी बिल्ली के रोमेन्द्र के शिकारी कुत्ते द्वारा मार दिए जाने पर उसने ऐसा कोहराम मचाया कि उसके राजबाड़ी में होने का भेद हम सब पर खुल गया।

मैं बुदबुदायी कि कल रात्रि एलोकेशी ही रही होगी उनके साथ। ज्योतिदी बोलीं कि असम्भव है यह। ठाकुर माँ ने तो उसी दिन एलोकेशी को भवालराज से निष्कासित करा दिया था। मैं स्वयं गयी थी। उस कुलटा को तीन सौ रुपया नकद, एक शॉल और दो बढ़िया ढकई साड़ियाँ देकर इस आदेश के साथ विदा कर दिया गया था कि अब कभी भवालराज में कदम न रखे। रखेगी तो टाँगें तोड़ी दी जाएँगी। ठाकुर माँ के इस आदेश का उल्लंघन वह तो खैर कर ही नहीं सकती। मैं बुदबुदायी कि कल रात सीढ़ियाँ उतरने पर मैंने इनके बैठकखाने से किसी स्त्री की आवाज सुनी जो इनसे कह रही थी कि आप मुझसे प्रेम करने की बात तो करते हैं किन्तु विवाह तो किया नहीं। सुनकर ज्योति दी एक क्षण तो स्तब्ध रह गयीं किन्तु फिर सँभलते हुए बोलीं कि वह एलोकेशी नहीं हो सकती, कोई और वेश्या होगी जिसने एलोकेशी के प्रसंग में यह बात कही होगी। तुम गलती से समझ बैठी होगी कि वह अपने लिए कह रही है। मैं बुदबुदायी कि मुझसे गलती नहीं हुई थी सुनने में। वह जो भी थी बात अपने ही प्रसंग में कर रही थी। मैं कुछ क्षण तक एलोकेशी के नाम का जाप-सा करती चली गई। फिर मुझे लगा कि पीन पयोधर और प्रशस्त नितम्ब वाली कोई स्त्री मेरे अन्तस-भुवन के एक कक्ष से दूसरे कक्ष में जा-जाकर लैम्प बुझाती जा रही है और राय बहादुर सुरेन्द्र मतिलाल मेरी माँ से कह रहे हैं कि अपनी बेटी को पौष्टिक आहार देकर मांसल बनवाएँ अन्यथा वह एलोकेशी से भवाल के मेजोकुमार की हृदय सम्राज्ञी का पद छीन नहीं पाएगी। मुझे ऐसा लगा कि मेरी पंचेन्द्रियाँ क्षीण होती जा रही हैं। मुझे पहले से कम दिखाई-सुनाई दे रहा है। रुक गया है मेरा रक्त-प्रवाह, स्तब्ध रह गया है दिक्काल। और तब राजबाड़ी में मुझे पहली बार पड़ा उदासी-जन्य हिस्टीरिया का दौरा जिसे कुछ लोगों ने मिर्गी का दौरा समझा। जब संज्ञा लौटी तब पाया कि ठाकुर माँ सिरहाने बैठीं माथा दबा रही हैं और इन्दु दी पैतानी बैठी मेरे तलवे मलते हुए कह रही हैं कि मेजोबोऊ के तलवे तो हिम-जैसे शीतल हुए पड़े हैं और ठाकुर माँ कह रही हैं कि डॉक्टर मोशाय बता गए हैं कि इस पाउडर के मलने से ताप लौटेगा। फिर ठाकुर माँ मुझसे उन्मुख हुईं। अपनी झुर्री पड़ी अँगुलियों से मेरे केश सँवारते हुए बोलीं कि ज्योति से रोमेन्द्र और एलोकेशी की कथा सुनकर तुम्हें पीड़ा पहुँची होगी यह

मैं भलीभाँति समझ सकती हूँ बिभाबती किन्तु इस पीड़ास्पद प्रसंग का एक प्रेरणास्पद पक्ष भी है बोऊ। सामान्यतः हमारे सामन्ती पुरुषों के मन में प्रेम–जैसी कोई भावना होती ही नहीं। माँ को छोड़ शायद ही किसी स्त्री से अनुराग कर पाते हैं वे। किन्तु हमारे रोमेन्द्र का हृदय प्रेम से भरा हुआ है। अपने सम्बन्धियों से, सेवकों से और तो और पशुओं तक से अगाध प्रेम करता है वह। सोचो जो एक साधारण–सी वेश्या तक को प्रेमपात्रा मान बैठा वह रोमेन्द्र तुम्हारी–जैसी सुशील सुसंस्कृत कन्या को अपनी हृदय–सम्राज्ञी क्यों नहीं बनाएगा भला ? मैं रोमेन्द्र से बात कर चुकी हूँ बोऊ। उसने इष्ट देवी की सौगन्ध खाकर कहा है कि एलोकेशी से अब नहीं मिलता। कल रात्रिवेला उसके साथ एक अन्य ही स्त्री थी बैठकखाने में। उससे भी कभी उसने कह दिया था कि आमि तोमाके भालोबाशी। बताया ना ऐसे उद्‌गार तो वह अपनी प्रिय हथिनी और घोड़ी के प्रति भी व्यक्त कर देता है।

अपने पति का यह कथन सुनकर मुझे फिर लगा कि कोई मेरे अन्तस के कक्षों के दीप बुझा रहा है। मेरे जो पति अपने पशुओं तक से यह कह पाते हैं कि मैं तुम्हें प्यार करता हूँ मुझ अभागिन को इस योग्य भी नहीं समझते। उनकी दृष्टि में पत्नी का दर्जा अपनी घोड़ी और हथिनी के दर्जे से कहीं कम है। मुझ भीरु लजालु बालिका पर एक वेश्या की–सी लीलाएँ–चेष्टाएँ करने का भार सौप रही हैं राजमाता। ठाकुर माँ ने मेरा चेहरा नीरक्त होता हुआ देखा तो बोलीं कि डॉक्टर मोशाय सही कह रहे थे कि स्नायु दौर्बल्य पौष्टिक आहार न लेने के कारण होता है। तुम ठीक से खाना खाया करो मेजोबोऊ। अपना स्वास्थ्य सुधारने और अपने पति का प्यार पाने के प्रयास में लग जाओ। मेरे लिए यह मान सकना कठिन है कि मेजो मुझसे झूठ बोला होगा किन्तु मैं तुम्हें आश्वस्त करती हूँ कि यदि एलोकेशी को उसने इस राजबाड़ी में या जयदेबपुर में कहीं भी छिपाकर रखा होगा तो मैं अवश्य ढूँढ़ निकालूँगी। मैं रोमेन्द्र से विस्तार से बात कर चुकी हूँ। उसने वचन दिया है कि न वह तुम्हारी उपेक्षा करेगा और न तुम्हें अपने बैठकखाने में बुलाकर अपमानित। देखो बिभाबती मैंने बोड़ोकुमार और मेजोकुमार का विवाह शहरी मध्यमवर्गीय परिवारों की पढ़ी–लिखी कन्याओं से इस आशा में कराया कि वे अपने पतियों को सद्‌मार्ग पर लगाकर भवालराज की वह वैभवश्री लौटा लाने योग्य बना देंगी जो मेरे पति के समय में हुआ करती थी। सरजूबाला तो मेरी इस आशा को पूरा करने में आंशिक रूप से सफल हो पाई है किन्तु तुम तो मुझे पूरी तरह निराश कर रही हो। तुम्हारा पति भले ही तुम्हारे जेठ से कम पढ़ा–लिखा हो किन्तु वह उससे कहीं अधिक मेधावी और मातृभक्त है। उसमें जो कमियाँ हैं मुझसे छिपी नहीं हैं लेकिन तुममें भी एक बहुत बड़ी कमी यह है बिभाबती कि तुम लड़े बिना ही हार मान लेती हो। मैंने तो समझा था कि अपनी माँ फूलकुमारी की तरह तुम्हें भी विषम परिस्थितियों से लड़ना आता है। संघर्ष करो बोऊ। पति का प्यार पाकर उसे सुधारने के लिए यदि तुम्हें एलोकेशी जैसा ही निर्लज्ज बनना पड़े तो निस्संकोच बनो। मेरी अनुमति है, मेरा

आदेश है। मैंने इन्दुमयी और सरजूबाला को आदेश दिया है कि आज शाम वे तुम्हारा सिंगार करें और तुमको मेरा यह आदेश है कि आज रात जब तुम्हारा पति तुम्हारे पास आए तो उसे सन्तुष्ट-प्रसन्न करने में तुम कोई कसर उठा न रखना।

उस शाम मेरे बहुत विरोध करने पर भी इन्दुदी और सरजूबाला ने स्वयं मेरा सिंगार किया और जाते-जाते स्मरण करा गईं कि ठाकुर माँ ने तुम्हें अपने पति को आज रात पूरी तरह सन्तुष्ट और प्रसन्न करने का आदेश दिया है। रोमेन्द्र को बताया जा चुका है कि तुम्हें उदासी का दौरा पड़ने का तात्कालिक कारण क्या था। किन्तु तुम उस प्रसंग को कदापि न छेड़ना। मुझे यह परामर्श देने की कोई आवश्यकता थी ही नहीं। इन्दुदी और सरजूदी के जाने के बाद मैं पति की प्रतीक्षा में पलंग पर सावधान होकर बैठ गयी। फिर मुझे लगा कि कहीं उन्हें यह कहकर भेजा गया कि बिभा अस्वस्थ है और उन्होंने मुझे इस तरह सज-सँवरकर बैठा हुआ पाया तो क्रुद्ध हो जाएँगे। तो मैं तकियों से ऊँचा सिरहाना बनाकर लेटे और बैठे होने की बीच की-सी अवस्था में आ गयी। मैंने आँखें मींच लीं। मुझे दादा दिखने लगे। जो मुझे उदास होने का कभी कोई कारण नहीं देते और दूसरों की जगाई उदासी दूर करने में कोई कसर नहीं उठा रखते हैं किन्तु इस उदासी का तो उनके पास भी कोई उपचार नहीं। यही तो मन्त्र दे गए थे न वह कि जिसका उपचार न हो उसे स्वीकार करो। भवाल के मेजोकुमार मेरे नियति-नियन्ता पति हैं। वह मेरे दादा-जैसे न हैं, न हो सकते हैं। मुझे उन्हें ज्यों का त्यों स्वीकार उनके लिए स्वीकार्य बनना ही होगा इन्दु दी के परामर्शानुसार मुस्कराते ही रहना होगा पति की उपस्थिति में और ठाकुर माँ के निर्देशानुसार पति को रिझाने के लिए वेश्यावत आचरण करने से भी संकोच न करना होगा।

यही सब सोच रही थी कि पति द्वार के कपाट को धक्का देकर भीतर आ गये। प्रवेश से पूर्व द्वार खटखटाने के शिष्टाचार से तो वह सर्वथा अनजान थे। मैं उठने लगी तो उन्होंने रोक दिया। बोले कि लेटी रहो, पति के आगे तो लेटे रहने में ही सुख है। कहकर वह जोर से हँसे। मैं प्रयत्न करने पर भी बस मुस्करा ही पायी। पति ने पास आकर मुझे हाथ से धक्का देकर पूरी तरह लिटा दिया और फिर स्वयं मेरी बगल में पसर गये। मैं यह कहते हुए उठी कि द्वार खुला है कोई आ जाएगा। उन्होंने हँसकर कहा कि आ जाएगा तो क्या हो जाएगा? पति-पत्नी के एक पलंग पर लेटना मना है क्या? कहकर वह फिर हँसे और उन्होंने कलाई पकड़कर मुझे खींच लिया। मैं उनके वक्षस्थल पर जा गिरी। फिर अपना उपस्थ खुजलाते हुए उन्होंने कहा कि सुनता हूँ तुम्हें उदासी का दौरा पड़ा। यह उत्तरपाड़ा से अपने साथ कौन-सा रोग ले आयीं तुम? यहाँ तो आज तक किसी को हुआ नहीं। फिर अपनी काँख खुजलाते हुए बोले कि किसी ऐसे मर्द के बारे में सुना है तुमने जिसके पास धन हो और वह वेश्यागमन न करता हो? कोई वेश्या झूठमूठ दावा कर रही थी कि मैं उससे आमि तोमाके भालो बाशी कहता रहा हूँ तो तुम्हें मुझसे इस सम्बन्ध में जिज्ञासा करते हुए क्यों संकोच हो गया? क्यों दौड़ पड़ीं ज्योतिदी

से फरियाद करने?

मेरे पास मात्र यही उपाय बचा था कि गिड़गिड़ाकर कहूँ मुझसे भूल हुई स्वामी क्षमा कर दें। वह बोले कि सामन्त क्षमा नहीं करते, दण्ड देते हैं। मैं बोली कि तो दण्ड ही दे दें। वह हँसकर बोले कि वही करूँगा। उन्होंने मेरी साड़ी-पेटीकोट समेटकर उठा दिया। मेरा मन हुआ कि उनसे कहूँ साँकल लगा दीजिए किन्तु ठाकुर माँ का आदेश याद आया। उस एलोकेशी का स्मरण हो आया जिसको द्वार खुले रखने से कोई संकोच नहीं होता था। मैंने कसकर अपनी आँखें मींच लीं। दोनों हाथों के अँगूठे और तर्जनी से मेरी आँखें खोलते हुए उन्होंने पूछा कि मुझसे डरती क्यों हो? मैंने कहा कि डरती नहीं हूँ स्वामी। वह बोले कि झूठ, तुम डरती हो, मुझे बाघ से भी अधिक हिंस्र पशु समझती हो। उसे भी देखकर तुमने आँखें नहीं मींच ली थीं, मुझे देखकर मींचती हो। मैं फिर गिड़गिड़ायी कि ऐसा न कहें स्वामी, मैं आपसे डरती नहीं हूँ। अँगिया के बाहर से ही मेरा एक स्तन कसकर दबाते हुए पति बोले कि बोड़ोदी कह रही थीं कि तुम्हें उदासी का दौरा इसलिए पड़ा कि तुम मेरे प्रेम की भूखी हो किन्तु मैं तुमसे प्रेम नहीं करता। इस समय जो कर रहा हूँ वह प्रेम नहीं तो क्या है? यही वह प्रेम है न जिससे सृष्टि चलती है? अरे बाबा कुछ बोलो तो तुमको कैसा प्रेम दरकार है? वह जो गानों और कविताओं में होता है? तब तो भारी मुसीबत है। कारण, मुझे गान-टान याद ही नहीं रहते और कविता मैं पढ़ता नहीं मैं तो कुछ भी नहीं पढ़ता। पढ़ें तुम्हारे दादा जैसे लोग जो अँग्रेजों की चाकरी करना चाहते हैं। हमारा परिवार तो अँग्रेजों को चाकर रखता है। कहकर वह हँसे और फिर उन्होंने मेरी कलाई पकड़ ली और मेरी हथेली अपनी जंघाओं के बीच ले गये। आग्रह किया कि उनके पौरुष प्रतीक का उसी तरह मर्दन कर दूँ जिस तरह वह मेरे स्तन का कर रहे थे। ठाकुर माँ का आदेश मुझे कोंच रहा था किन्तु मैं पति की इच्छा पूरी करने में संकोच कर बैठी। तभी वह बोले कि जो कह रहा हूँ सो करो। मेरे पास अधिक समय नहीं है। बोड़ो दी के कहने पर मैं बैठकखाने से दिन में तुम्हारे पास चला आया हूँ। यहीं बैठा रह गया तो मेरे मित्र परिहास करेंगे कि मेजोकुमार की गिन्नी ने जादू का डण्डा फेरकर उन्हें लोटन कबूतर बना डाला है। दिन में भी सूँघने-चाटने जाते रहते हैं। विडम्बना कि तभी मुझे माँ के इस कथन का भी स्मरण हो आया कि पति का दिन में भी पत्नी से मिलने आना उसके प्रेम का अन्यतम प्रमाण होता है। निश्चय ही माँ को अपनी जमाई बाबू द्वारा दी गई प्रेम की यह परिभाषा तो मान्य नहीं हो सकती थी। ऊहापोह की स्थिति में मैंने न पति के आग्रह की रक्षा की और न अपना हाथ ही वापस खींचा। उन्होंने मेरी कलाई छोड़ दी। मेरी गदोली गिर पड़ी उनके उपस्थ पर निर्जीव और निश्चेष्ट। वह उनके पौरुष प्रतीक का स्पर्श कर रही थी किन्तु इतनी उदासीनता और अन्यमनस्कता से कि वह स्पर्श कामाग्नि भड़का नहीं बुझा रहा था। मेरे पति के चहरे पर क्रोध के चिह्न प्रकट हो रहे थे। मैं यह सोचकर रुआँसी हो चली कि इससे तो अच्छा होता कि मैं अपनी गदोली तुरन्त हटा लेती। वैसा करना लज्जा का लक्षण माना जाता।

जो मैं कर रही हूँ वह तो पति द्वारा घृणा का ही लक्षण माना गया होगा।

पति ने मेरा हाथ अपने देह पर से हटा दिया और छत ताकते हुए बोले कि तुम भले ही मुझसे न डरती हो बिभा, मैं तुमसे अवश्य डरने लगा हूँ। हतप्रभ होते हुए मैंने रुआँसे स्वर में पूछा कि मुझ-जैसी भीरु कन्या से आप-जैसा शक्तिशाली पुरुष क्यों भय करने लगा स्वामी? वह चिढ़कर बोले कि तुम भिन्न हो इसलिए। राजबाड़ी की अन्य स्त्रियों की तरह तुम पकवान बनवाने, अचार-मुरब्बा डलवाने, उबटन मालिश करवाने, गहने गढ़वाने, वस्त्र खरीदने-सिलवाने, हँसने-बोलने, नाचने-गाने, पूजा-पाठ, जन-कीर्तन करने, साधु-सन्तों के प्रवचन सुनने और परदे वाली गाड़ियों में सैर करने से अपना मन बहला नहीं पातीं। जिस व्यापार से मेरा मन बहलता है उससे तुम्हें घृणा है इसलिए मेरे पास आने से भी तुम्हें कोई सुख नहीं मिलता। सदा दुखी रहती हो, उदासी का रोग पालती हो, ठाकुर माँ और रानी माँ मुझे बुलाकर डाँटती हैं। यही सब चलता रहा तो मुझे भी उदासी के दौरे पड़ने लगेंगे। फिर एक गहरा श्वास भरकर वह उठ गये और बोले कि मैं तुम्हें दुख नहीं देना चाहता बिभा किन्तु दुखी रहना तुम्हारा स्वभाव ही हो तो मैं कुछ कर नहीं सकता। मैंने गिड़गिड़ाकर कहा कि मत जाइए। पति चिढ़कर बोले कि जब तुम्हें प्रेम व्यापार से घृणा है तब मैं यहाँ बैठकर क्या करूँ? तुम्हारी आरती उतारूँ ? फिर कुछ सोचकर वह मुस्कराए, बोले कि सो भी बड़ी अच्छी बात होगी। तुम देवी बनकर इस फूलशैयाघर के उन व्यापारों से मुक्ति पा जाओगी जो तुम्हें घृणित लगते हैं। तुम्हें पूजा के पण्डाल में रखवा दूँगा, कहकर वह हँसे। मैं भी एक निष्प्रभ और निष्प्राण-सी हँसी हँसते हुए बोली कि पूजा के बाद मुझे नदी में विसर्जित कर दें स्वामी आपको मुझसे सदा के लिए मुक्ति मिल जाएगी।

वह खीझकर उठ खड़े हुए। बोले कि मैंने कब कहा कि मैं तुमसे मुक्ति चाहता हूँ? मैंने ऐसा क्या कहा या किया जिससे तुम्हें यह लगा कि तुम मुझे पसन्द नहीं हो? किन्तु हाँ तुम क्षण-क्षण यह जताती रही हो कि तुम्हें मेरी कोई भी बात पसन्द नहीं है। मैं गिड़गिड़ाकर बोली कि ऐसा मत कहिए स्वामी। वह बोले तो क्या कहूँ? आमी तोमाके भालो बाशी? मैंने कहा कि मैं जानती हूँ स्वामी कि मैं वैसी भरी-पूरी देह वाली स्त्री नहीं हूँ जैसी आपको भली लगती हैं इसलिए आपका मुझे प्रेमपात्रा न मानने का मुझे कोई दुख नहीं है। सुनकर पति विस्मित हुए और अपनी बाईं काँख खुजलाते हुए उन्होंने जिज्ञासा की कि यह तुमसे किसने कह दिया? मोक्षदा मासी माँ ने? मैंने कहा कि हाँ किन्तु सबसे पहले तो आपके मास्टर मोशाय उत्तरपाड़ा में बता गए थे। मेरे पति विस्मित होकर बोले कि वयोवृद्ध मास्टर मोशाय को तुम्हारी माँ और तुम्हारे मामा के आगे इस तरह की बातें करते हुए लज्जा नहीं आयी। मैंने मुस्कुराकर अपने छेले मानुष पति को बताया कि मास्टर मोशाय ने पहले मुझे तरस खाते हुए देखा और फिर दीवान मोशाय के कान में कुछ कहा जिस पर दीवान मोशाय ने माँ से कहा कि अपनी कन्या को पौष्टिक आहार देकर विवाह तक हृष्ट-पुष्ट बना दें। मैं इसी से समझ गयी थी कि

आपको मेरी काया किंचित् भी आकर्षक नहीं लगेगी। सुनकर मेरे पति दाईं काँख खुजलाते हुए बोले कि अरे दुबली होने के कारण उदासी का रोग पालोगी तो और दुबली हो जाओगी। अच्छी तरह समझ लो कि मुझे तो तुम्हारे दुबले होने का कोई दुख नहीं है। तुम्हें माँ और ठाकुर माँ राजपरिवार की बोऊ बनाकर लाई हैं। वह तुमसे संतुष्ट हैं तो मैं भी हूँ। फिर उन्होंने अँगड़ाई भरते हुए कहा कि मेरे मुसाहिब मेरी प्रतीक्षा कर रहे होंगे। शीघ्र बताओ कि तुम्हें क्या दूँ जिससे तुम्हारा उदासी का रूप दूर हो।

मुझे इसका कोई उत्तर नहीं सूझा। किन्तु मेरे मौन से खिन्न होकर ज्यों ही मेरे पति पाँव पटकते हुए जाने लगे, मैंने व्यग्र स्वर में पुकारा कि सुनिए। वह झुँझलाकर बोले कि जल्दी सुनाओ बाबा। मैंने इसे एक निर्णायक क्षण जान अपने स्वाभाविक संकोच पर विजय पाते हुए कह दिया कि आप मुझे जलद-जैसा एक बेटा देकर मेरी उदासी हर सकते हैं। मैंने न केवल ऐसा कहा बल्कि तुरन्त पलंग पर पसर भी गयी जबकि जानती थी कि द्वार की साँकल लगी हुई नहीं है। पति मुस्कराए और बोले कि सो तो मैं निश्चय ही दे सकता हूँ। वह पहला और आखिरी अवसर था कि पति ने मुझसे दिन में अपनी परिभाषा के अनुसार प्रणयनिवेदन किया। मुझे भोगकर उठे। बोले कि राजपरिवार की अन्य स्त्रियों की तरह अपना मन बहलाए रखने के लिए कुछ न कुछ करती रहा करो। किसी चीज का तो शौक होगा तुम्हें? मैंने कहा कि मायके में पुस्तकें और पत्रिकाएँ पढ़ती थी। वह बोले कि मैं बिपिन को भेजूँगा, उसे लिखकर दे देना कि तुम्हें कौन-सी पुस्तकें और पत्रिकाएँ चाहिए, द्वारिका मास्टर मँगवा देंगे। वह उठ खड़े हुए। उन्होंने अँगड़ाई ली। मैं भी वस्त्र ठीक करते हुए पलंग से उठ गयी। वह बोले कि बोड़ोदी पूछें तो उन्हें बता देना कि मैं तुमसे कह गया हूँ आमी तोमाके भालो बाशी। वह हँसते हुए चले गये। मेरा मन तो यही किया कि पति द्वारा दी गई प्रेम की परिभाषा पर रो पड़ूँ। फिर दादा की वह सीख याद आई कि जिसका न हो उपचार करो उसे स्वीकार। कलकत्ता में एक डॉक्टर ने विवाह को मेरी उदासी के अचूक उपाय के रूप में सुझाया था मामा को। यदि इस उपचार को भी मैं रोग भड़काने वाला बना डालूँगी तो मेरा क्या होगा? मुझे पति का प्रेम इस कुत्सित रूप में पाकर भी अपने को धन्य मानते रहना होगा। यदि जलद-जैसा पुत्र उनकी कृपा से मेरी गोद में खेलने लगा तो उसका लालन पालन करके अपने सब दुख भूल जाऊँगी मैं। तो जब इन्दुदी मुझसे मिलने आईं मैंने मुस्कुराकर उनका स्वागत किया और पति के साथ हुए वार्तालाप का सार उन्हें निस्संकोच सुना दिया। सुनकर इन्दुदी मुदित हुईं। मुझे अंक में भरकर बोलीं कि अब सब ठीक हो जाएगा मेजोबोऊ। मैंने ही नहीं, रानी माँ और ठाकुर माँ ने रोमेन्द्र के कान कस दिये हैं। पति की इच्छा अनुसार जितना अपने को ढालोगी उतना ही अधिक उसका प्रेम पाओगी। हम सब की मंगलकामना और आशीर्वाद है कि तुम शीघ्र ही पुत्रवती हो। तभी बिपिन पुस्तकों-पत्रिकाओं की सूची लेने आया। इन्दुदी बोली कि इंगरेजी और बांग्ला की कुछ शिशु-पुस्तिकाओं के नाम भी डाल देना सूची में। मैंने लजाते हुए जिज्ञासा की कि अभी से? वह हँसकर बोलीं कि अभी तो

पति को पढ़ाना, फिर अपनी सन्तति को। विवाह से पूर्व दादा से सुन चुकी थी कि मेजोकुमार प्राय: निरक्षर हैं किन्तु यह तो असम्भव था कि वर्षों तक स्कूल में पढ़ने और घर में भी ट्यूशन लेने के बाद भी मेरे पति का भाषा-ज्ञान प्राथमिक स्कूल के स्तर का ही होगा। जो हो, मैंने कुछ शिशु-पुस्तिकाओं के नाम भी लिख दिये।

किताबें अगले दिन ही आ गयीं किन्तु पति कई दिन तक मेरे पास नहीं आये। हर रात मैं देर तक उनकी प्रतीक्षा करती रही और जब वे नहीं आये तब एक छोटी मंजूषा को कुंजी से खोलकर उसमें रखे मायके से आए पत्रों को निकालकर पढ़ती रही। नसीहत भरे और मेरे भाग्य से ईर्ष्या करते इन पत्रों को पढ़कर मुझे दु:ख होता। किन्तु आश्चर्य कि मैं जब भी एकान्त के विषय में आश्वस्त होती उन्हें ही निकालकर पढ़ती मानो भवालराजपरिवार की दुखी बोऊ की भूमिका से निकलकर उत्तरपाड़ा की दुखी फूलकुमारी की दुखी बेटी की भूमिका में लौट जाना कम कष्टप्रद लगता हो मुझे। तीसरी रात माँ का ताजा पत्र पढ़ रही थी कि वह आ गये। इतना समय न था कि मैं पत्र को सिरहाने छिपा पाती। इसलिए मुट्ठी में छिपा लिया। मैं भयभीत हो उठी। यदि इसे पढ़ लेंगे तो कदाचित् मुझपर ही नहीं मेरी माँ पर भी क्रुद्ध होंगे। यद्यपि मैंने माँ को यह कभी नहीं लिखा था कि मैं दु:खी हूँ तथापि मेरे द्वारा बहुत ही कम संख्या में और सो भी बहुत छोटे-छोटे पत्र भेजा जाना उन्हें उसे दु:खी अथवा रुग्ण अथवा दोनों ही होने का लक्षण लगता रहा था। उस पत्र में भी कुछ वैसी ही चर्चा थी। पति मेरे पास बैठते हुए बोले कि मैं जब भी मिलने आता हूँ इतनी भयभीत क्यों लगती हो? मैं क्या तुम पर कोई अत्याचार करता हूँ यहाँ आकर? मैंने कहा कि नहीं-नहीं। वह बोले कि मुट्ठी में क्या छिपा लिया है? मैं यह तो कह नहीं सकती थी कि माँ का पत्र है किन्तु मैं इसे आपको पढ़ा नहीं सकती। तो मैंने मुट्ठी खोलकर पत्र उन्हें दे दिया कि पत्र है माँ का। मेरे हृदय की धड़कनें तेज हो गयीं कि इसे पढ़ लेने के बाद क्या वह यह नहीं जानना चाहेगी कि मेरी माँ मुझे इतने बड़े घराने में ब्याह देने के बाद निश्चिन्त हो जाने के बजाय चिन्तित क्यों रहती हैं? क्या वह यह जिज्ञासा न करेंगे कि तुमने अपनी माँ को ऐसा क्या लिख दिया था कि वह तुम्हारे बारे में सोच-सोचकर बीमार होने लगी हैं।

पति पत्र को ध्यान से देखते रहे। मैंने सोचा मन ही मन पढ़ रहे हैं किन्तु फिर उन्होंने किसी नव-साक्षर शिशु की तरह पढ़ना शुरू किया कि ब में ह्रस्व ई की मात्रा बि, भ में आ की मात्रा भा, बिभा, तब मुझे अपने कानों पर विश्वास नहीं हुआ। इसी तरह वह पत्र से माँ का सम्बोधन 'बिभा आमार जीबोन धोन' पढ़ सके और फिर पत्र लौटाते हुए बोले कि सासू माँ तो द्वारिका मास्टर जैसी कठिन बांग्ला लिखती हैं। पत्र वापस पाकर मेरी जान में जान आयी। मुझे अपने पति का निरक्षर होना दुखद नहीं, सुखद लगा उस घड़ी। फिर वह बोले कि द्वारिका मास्टर बतला रहे थे कि तुमने छोटोकुमार रोबीन्द्र के नाम वाले किसी कवि की भी पुस्तकें मँगवाई हैं जो स्वयं उन्हें कठिनाई से समझ में आती हैं। माने तुम तो द्वारिका मास्टर की भी मास्टरनी हो। मैं बोली कि इन्दुदी ने कहा है कि

मैं आपकी मास्टरनी बनूँ। वह मुस्कुराकर बोले कि मुझे अपना शिष्य बनाना चाहती हो तो पहले मेरी शिष्या बनो। पढ़ने-लिखने के मामले में मैं अज्ञानी हूँ तो उस मामले में तुम भी तो अज्ञानी हो न। मैंने कहा कि ठीक है मैं बन जाऊँगी किन्तु पहले मुझे पाठ पढ़ाने दीजिए। मैं दवात और कागज कलम लेकर आती हूँ। उन्होंने हाथ खींचकर मुझे पलँग पर गिरा दिया और बोले कि पहले मुझे अपना पाठ शुरू करने दो। उसके लिए कलम दवात यहीं उपलब्ध है। मैं थोड़ा खीझते हुए मुस्करा दी। उन्होंने मुझे बाँहों में भरा और कहा कि पहला पाठ होगा चुम्बन के विषय में। आदेश देते रहे कि ओठ खोलो, जीभ से जीभ लड़ाओ, जीभ चूसो-चुसवाओ, नीचे का ओठ चूसो-चुसवाओ। मैंने चाहा कि उत्साह से पालन कर सकूँ उनके निर्देशों का किन्तु मैं ऐसा कर नहीं पाई। न कर सकने की ग्लानि में यह ग्लानि भी जुड़ती रही कि पति के कहने पर मैं कुछ ऐसा कर रही हूँ जो प्रौढ़ प्रेम से नहीं काम के किसी ककहरे से सम्बन्ध रखता है। पति ने खिन्न होकर मुझे परे धकेल दिया और फिर छत ताकते हुए अपनी काँख खुजलाते रहे। नाई से अपने शरीर के बाल उतरवाते रहने का उन्हें बहुत शौक था। और कट जाने के बाद फिर से बढ़ते बाल उन्हें अपने खुजला लेने का सुखद अवसर प्रदान करते। फिर मेरी ओर करवट बदलते हुए उन्होंने जिज्ञासा की कि क्या तुम्हें यह काम बुरा लगता है। मैं बोली कि ऐसा न कहें स्वामी। वह बोले कि तो क्या तुम्हें इस बात का दुख है कि तुम्हें एक अनपढ़ पति से ब्याह दिया गया है। मैंने सिर हिलाकर कहा कि मैं ऐसा कैसे सोच सकती हूँ स्वामी। मैं भी आपकी तरह घर पर रहकर ही थोड़ा-बहुत पढ़ी हूँ। आप एक बात अच्छी तरह जान लें स्वामी कि मैं हर तरह से सुखी हूँ। वह मुस्कराकर बोले कि तो अपनी सूरत रोनी मत बनाए रखा करो। थोड़ा मुस्कराना सीखो। मैं मुस्करा दी। उन्होंने मेरे मुस्कराते ओठ चूम लिये। बोले कि हँसती मुस्कराती रहोगी तभी जानूँगा कि मुझसे विवाह करके दुखी नहीं हो। मैंने मुस्कराकर कहा कि मैं बहुत सुखी हूँ। पति मुस्कराकर बोले कि तो पाठ नम्बर दो शुरू करता हूँ। मेरी अँगिया ऊपर उठाकर उन्होंने आदेश किया कि मैं अपनी उँगलियों से एक स्तन को थोड़ा उठाऊँ ताकि वह उसका पान कर सकें।

मेरा मुँह लज्जा से लाल हो उठा। उधर उनके मुखमण्डल पर झुँझलाहट छाने लगी। तो किसी प्रकार अपने संकोच पर विजय पाते हुए मैंने उनके आदेशों का पालन करना चाहा। दुर्भाग्य कि मेरी कमजोर और काँपती अंगुलियाँ अपने सूक्ष्म से कुचाग्र को उनके रसास्वादन के लिए प्रमुखता प्रदान करने में असमर्थ होती रहीं। मुझे भय हुआ कि पति क्रुद्ध होकर चले जाएँगे किन्तु वह हँस पड़े। बोले कि तुम तो सचमुच बच्ची हो बिभा। बच्चियों जैसी छतियाँ हैं तुम्हारी और बच्चियों की तरह तुम्हें भी चूची उठाकर मुँह में देने की कला नहीं आती। बच्चा होगा तो उसे दूध कैसे पिलाआगी? तुम्हें तो सब कुछ सिखाना पड़ेगा मुझे। देखो चूची को इस तरह उठाया जाता है। उन्होंने मेरा कुचाग्र उठाकर दिखाया और फिर उसे चूसने लगे, दुधमुँहे बच्चे की तरह। पहले बहुत लज्जा

आयी मुझे किन्तु फिर उनकी यह बालसुलभ क्रीड़ा प्रीतिकर लगने लगी। सचमुच बच्चे हैं यह तो— अपने से कहा मैंने। और एक कल्पना में खो गयी कि मेरे रज और इनके वीर्य से पैदा हुआ बच्चा इसी तरह स्तनपान करेगा शीघ्र ही।

उनके कुचाग्र चूसने से एक गुदगुदी-सी उठने लगी। स्तन में ही नहीं, कहीं गहरे मेरे गर्भाशय में भी। एक स्तन से मुँह उठाकर वह दूसरे स्तन से उन्मुख हुए। इस बार कुचाग्र उनके बताए ढंग से उठाने का प्रयास अपेक्षाकृत निस्संकोच होकर किया किन्तु सफल न हो सकी। पति हँसे बोले कि इसे हवा भरके फुलवाओ तभी ठीक से पकड़ पाओगी। मैं मुस्कुरा दी। कुछ तो पति के लिए अपने अनाकर्षक होने की ग्लानि के लिए और कुछ पम्प से हवा भरे जाने की विचित्र छवि पर मेरी मुस्कान से सन्तुष्ट हुए मेरे पति की आँखें चमक उठीं और फिर व्यस्त हो गए स्तनपान में। फिर गुदगुदी-सी उठने लगी मेरे तन-मन में और वह गुदगुदी हँसी और किलकारी बनकर फूट पड़ी। पति ने मेरे वक्षस्थल से सिर उठाकर जिज्ञासा की कि हँस क्यों रही हो। गुदगुदी उठने की बात कही न जा सकी मुझसे। तो बोली कि इसलिए हँसी कि आप मुझे बच्ची कहते हैं किन्तु दुधमुँहे बच्चे तो स्वयं आप हैं। अब समझी कि इन्दुदी ने आपके लिए शिशु-पुस्तिकाएँ क्यों मँगवाईं। फिर त्वरित गति से उठकर मैं शिशु-पुस्तिकाएँ उठा लायी। पति बोले कि ये तो इन्दुदी ने तुम्हारे होने वाले शिशु के लिए मँगवा ली होंगी। मैं बोली कि नहीं, ये तो उस शिशु के लिए हैं जो मेरा हो चुका है। इस उत्तर से पति मुदित हुए किन्तु जैसे ही मैंने अँगरेजी वर्णमाला की पोथी खोली पति ने उसे मेरे हाथ से छीनकर दूर फेंक दिया। मुझे पलंग पर पटक दिया और बोले कि नहीं पहले मैं तुम्हें पढ़ाऊँगा। मैंने फिर से उठ बैठने का प्रयास करते हुए कहा कि आप दो पाठ मुझे पढ़ा चुके हैं स्वामी, अब एक मुझे भी तो पढ़ाने दें। वह बोले कि तुम्हारी माँ ने पत्र में जो लिखा है मुझे बताओ तो जरा। मैं घबरायी कि कहीं पत्र पढ़कर सुनाने को न कहें। तो बोली कि कुछ नहीं अपने अस्वस्थ होने की सूचना दी है माँ ने। वह बोले कि मैं उसको नहीं पूछ रहा हूँ। पत्र के आरम्भ में क्या लिखा था उन्होंने। मैंने कहा कि बिभा आमार जीबोन धोन। पति बोले कि यह बताओ कि मैं तुम्हारा जीबोन धोन हूँ कि नहीं। मैंने मुस्कराकर कहा कि निश्चय ही हैं। वह बोले कि तो ठीक है पाठ तुम मुझसे पढ़ोगी, मैं नहीं। तो तीसरे पाठ में पति ने चाहा कि मैं उनके पौरुष प्रतीक से खेलूँ। वह सम्भव न हो पाया मेरे संस्कारों के लिए। मैं सोचने लगी कि काश यह रात वहीं स्थिर हो जाती जहाँ पति मेरा स्तनपान कर रहे थे। किन्तु रात और बात दोनों आगे बढ़ चुके थे। पति खिन्न होते गए मुझसे और फिर मुझे जल्दी-जल्दी भोगकर उठ गए। अपने वस्त्र ठीक करने लगे। मैं भी अपने वस्त्र ठीक करती उठी और फर्श पर गिरी पुस्तक उठाकर बोली कि आप मुझे पढ़ा चुके स्वामी अब मुझे पढ़ाने का अवसर दें। वह बोले कि तुम कौन होती हो मुझे पढ़ाने वाली? मैं सकपका कर बोली कि इन्दुदी की आज्ञा हुई है कि आपको पढ़ाऊँ। पति बोले कि बोड़ोदी से कह देना कि जब मिस्टर वार्टन मुझे अँगरेजी नहीं सिखा सके तो

तुम कैसे सिखा दोगी? मैंने कहा कि मैं आपकी पत्नी हूँ न इसीलिए। वह बोले कि गुरु का तो भय होता है पत्नी से कोई क्यों पढ़ेगा? मैं बोली कि पत्नी भय से नहीं प्रेम से पढ़ाएगी, इसलिए। पति बोले कि अभी जो तुम हर बात में ना-ना कर रही थी वह तुम्हारे प्रेम की ही निशानी ही थी क्या? मेरी आँखों में आँसू छलछला उठे और पति यह कहते हुए चले गए कि अच्छा प्रेम है तुम्हारा जो रोता ही रहता है।

इसके बाद मेरे पति फिर कुछ रातों तक नहीं आये। मैंने बिपिन से दिन में भी कई संदेश भिजवाए कि एक क्षण के लिए ऊपर आ जाएँ। हर बार बिपिन यही उत्तर लेकर लौटा कि मुझे जिस चीज की भी आवश्यकता हो बिपिन को बता दूँ। इस उत्तर से जितना निराश मैं होती उतना ही मेरे साथ बैठी हुई लालो और मोटो भी होतीं जिन्हें मैंने अपने मेजोदा के साथ पाठशाला का खेल खेलने के लिए राजी कर लिया था। मेरा उदासी का रोग मेरी भूख घटाने लगा। मैंने प्रात: कलेवा करना तो प्राय: छोड़ ही दिया। तो एक दिन सवेरे-सवेरे लालो, मोटो, बिल्लू और फणि के साथ इन्दुदी भी मेरे कमरे में आ गईं। उन्होंने बिपिन को आदेश दिया कि मेजोकुमार को बुला ला। मेरे छेले मानुष पति आते ही तुनककर बोले कि बोड़ोदी ऐसी क्या आफत आ गई है कि मुझे राज-काज छोड़ अन्त:पुर आने को बाध्य किया। दीदी बोलीं कि तुझे राज-काज से कोई रुचि होती और उसमें योगदान करने की योग्यता तूने अर्जित कर ली होती तेरी पेशी तेरी पत्नी के सामने न करवानी पड़ती। मैंने रानी माँ के निर्देश पर इससे कहा था कि तुझे बांग्ला और अँगरेजी का इतना ज्ञान करा दे कि तू राज-काज चलाने में रोणेन्द्र का हाथ बँटाने लगे किन्तु तू तो ठाकुर माँ के इतना समझाने के बावजूद इस बेचारी की यथावत उपेक्षा किए चला जा रहा है। इतना सुनते ही मेरे पति ने मेरी ओर आग्नेय दृष्टि से देखा। मैंने सिर हिलाते हुए इशारा किया कि मैंने शिकायत नहीं की है। दीदी ने हमारा यह सांकेतिक संवाद देखा और डपटकर कहा कि बिभा की ओर क्यों देखता है, मेरी ओर देख। यह बेचारी तो गाय-जैसी सीधी है किन्तु इसका यह अर्थ तो कदापि नहीं है, जिन ठाकुर माँ ने इसे तेरे लिए चुना है, तुझे इसके प्रति कसाईवत आचरण करने दें। वह तेरे हर व्यापार, हर चेष्टा पर अब पूरी दृष्टि रखे हुए हैं। अपनी गिन्नी की इसी तरह उपेक्षा करता रहा तो ठाकुर माँ ने कहा है कि रानी माँ से तुझे एक टका भी नहीं मिलने देंगी। सुनकर मेरे पति क्रुद्ध होकर बोले कि यदि मैं दो रात नहीं आया तो इसमें उपेक्षा वाली क्या बात हो गयी? इन्दु दी ने मेरे पति की दोनों बाँहें धर लीं और उन्हें झकझोरते हुए बोलीं कि मूर्ख तुझे डॉक्टर मोशाय ने समझाया था कि नहीं कि तेरी गिन्नी को स्नायु दौर्बल्य का जो रोग है वह घातक भी हो सकता है। जब तक वह स्वस्थ नहीं हो जाती तब तक उसे उदास होने का कोई कारण नहीं दिया जाना चाहिए। क्या तू चाहता है कि इस रोग से वह किशोरावस्था में ही कालकवलित हो जाए और लोग भवालराजपरिवार पर थूकें कि उसने अपनी सुशीला बोऊ को सता-सताकर मार दिया? तो सबसे पहले यहाँ हम लोगों के साथ बैठकर स्वयं कलेवा कर और इसे भी करा। फिर लालो-मोटो के साथ इससे घण्टाभर

पढ़, आज ही नहीं, प्रतिदिन। इन्दुदी ने दासी से कलेवा लाने को कहा। हम सबने मिलकर खाया। मेरे पति मोटो को गोद में बिठाकर कलेवा कराना चाहते थे किन्तु इन्दुदी ने झिड़क दिया कि मोटो अब बच्ची नहीं रही। ठाकुर माँ ने इसका सम्बन्ध ढाका के एक तरुण वकील बृजलाल से कर देने का मन लगभग बना लिया है। बहुत सुयोग्य लड़का है, बस उसका यही हठ है कि घरजँवाई बनकर राजबाड़ी में नहीं रहेगा। ठाकुर माँ को मैंने समझा दिया है कि ढाका बीस मील ही तो दूर है। वहाँ से मोटो आती-जाती रहेगी। मेरे पति बोले कि नहीं बोड़ो दी आप लोगों की तरह मोटो भी राजबाड़ी में ही रहेगी। हमें नहीं चाहिए वकील-सकील। यह कहकर उन्होंने मोटो के ओठों की ओर एक ग्रास बढ़ा दिया। उसे ग्रहण कर लेने के बाद मोटो ने आँखों से इशारा किया कि अब बोऊदी को खिलाओ। और आश्चर्य कि जब मेरे पति ने मुझे अपने हाथों से खिलाया तब मेरी निराशा किसी चमत्कार से दूर हो गई। मुझे इन्दुदी की उपस्थिति में पति के हाथों से भोजन ग्रहण करने में संकोच हुआ इसलिए तुरन्त अपना हाथ बढ़ाकर उनके हाथ से कौर लेकर स्वयं खा लिया। उस समय उनकी उँगलियों से उँगलियाँ छू जाने पर जैसा रोमांच मुझे हुआ वैसा उनसे सहवास में पहले कभी नहीं हुआ था।

कलेवा कर लेने के बाद इन्दुदी ने मेरे पति से कहा कि रोमेन्द्र इसी तरह प्रतिदिन अपनी गिन्नी को कलेवा कराने आ जाना। आज तू आया तो खा लिया अन्यथा बिना छुए लौटा देती थी। और अब बैठकर इससे पढ़। इन्दुदी चली गईं और मैं शिशु-पुस्तिकाएँ उठा ला आई। मैंने कहा कि हम लोग पाठशाला का खेल खेलेंगे, मैं अध्यापिका बनूँगी और आप लोग छात्र-छात्राएँ। मेरे पति बोले कि यह पाठशाला मेरे धन से चलती है इसलिए इसका टाइम टेबल मैं बनाऊँगा। पहली कक्षा तास की होगी और दूसरी चौपड़ की। तीसरी गुड़ियों के खेल की और चौथी बाद में सोचकर बताऊँगा। तो बिल्लू ले आ गड्डी। तास का खेल शुरू हो गया। मैं अध्यापिका थी किन्तु मुझे भी छात्र-छात्राओं के साथ बैठकर खेलना पड़ा। बहुत प्रयास करके अन्ततः मैं टाइम-टेबल में पढ़ाई का पीरियड रखा पाई। पहला पीरियड अँग्रेजी का था। ज्यों ही मैंने वर्णमाला की पुस्तक खोलकर ए बी सी डी का ज्ञान कराना चाहा मेरे छेले मानुष पति ने बेसुरी आवाज में गाना शुरू कर दिया कि ए बी सी डी तू कहाँ गयी थी माई डीयर टीचर घूमने गयी थी। अन्य छात्र-छात्राएँ हँस पड़े। मैंने प्रार्थना की कि ध्यान देकर पढ़ें। मेरे पति बोले कि पुस्तकों से पढ़ने का ही नहीं, एक और भी खेल किया जा सकता है। यह कहकर उन्होंने मेरे हाथ से पुस्तक छीन ली और उसका आवरण पृष्ठ फाड़कर उसकी नौका बना दी। इस नए खेल में लालो, मोटो, बिल्लू और फणि उत्साह से हिस्सा लेने लगे। मेरे पति ने मुस्कराकर मेरी ओर देखा। मानो उन्हें यह अपेक्षा हो कि मैं भी उनकी इस बाललीला से वात्सल्य विभोर हो उठूँगी किन्तु मेरे संस्कार यह थे कि कोई पुस्तक हाथ से गिर जाती तो उसे माथे से छुआकर देवी सरस्वती से क्षमा-याचना करती। मैंने अन्य शिशु-पुस्तिकाएँ तुरन्त वहाँ से उठाकर अलमारी में रख दीं। अगले दिन से मैंने अपनी उस पाठशाला को

बिना पुस्तक के चलाने का अधूरा-सा प्रयास कई बार किया किन्तु पाया कि पढ़ाई की बात आरम्भ होते ही पति उठकर चले जाते या फिर सभी छात्र-छात्राओं के आगे पाठशाला से बाहर आमोद-प्रमोद करने का कोई आर्कषक प्रस्ताव रख देते। मैंने इसी से सन्तोष कर लिया कि पति भले ही पढ़ न रहे हों पढ़ने के नाम पर प्रतिदिन दर्शन तो दे रहे हैं। हम लोगों के साथ बैठकर कलेवा तो ग्रहण करते हैं, तरह-तरह के खेल तो खेलते हैं। मेरे कक्ष में ही नहीं, बाहर उद्यान में भी पति के साहसी, युवा और कुशल खिलाड़ी होने का परिचय मुझे प्रतिदिन मिल तो पाता है। मैं भले ही उन्हें घर के भीतर और बाहर के खेलों में अनाड़ी सिद्ध होकर उन्हें निराश करती हूँ किन्तु क्या यह ही कम है कि वह मुझसे कहीं अधिक कुशल लालो और मोटो की जगह मुझे ही अपना जोड़ीदार बनाते हैं सदा। उन्हें निराशा इस बात से न होती कि मैं अनाड़ी हूँ बल्कि इससे कि मैं खेल में बेईमानी करने की उनकी नीति को अपना नहीं पाती हूँ। इस विषय में लालो उनकी प्रिय अनुगामिनी थी। मेरे पति कभी-कभी लालो, मोटो और मेरे साथ गुड्डे-गुड़िया का खेल खेलने बैठ जाते और अनिवार्य रूप से इस खेल के मध्य हास-परिहास करते हुए द्विअर्थक संवाद भी बोल देते जिनका सबसे अधिक आनन्द लालो लेती जो बहुधा मुझे समझ न आते। मेरा समझ न आना उनके लिए अतिरिक्त विनोद का विषय बनता। मैं लजाती अवश्य किन्तु बुरा न मानती। सच कहूँ तो पति का इस तरह हम किशोरियों के मध्य स्वयं भी किशोरीवत बन जाना अच्छा प्रतीत होने लगा था मुझे। मेरे लिए यह अत्यन्त सुखद था कि लालो और मोटो के प्रति उनकी ऊष्मा का एक थोड़ा-सा अंश मेरी ओर भी प्रवाहित होता रहता है। मोटो उनकी लाड़ली थी तो लालो स्वभाव में उनकी जुड़वाँ। दुस्साहस वाले कामों में वही उनका साथ दे पाती थी। बता चुकी हूँ कि मेरे पति टमटम बहुत तेज चलाते थे। कोई स्त्री उनके साथ बैठने का साहस नहीं कर पाती थी किन्तु लालो न केवल उनके साथ टमटम में सैर करने के लिए ललकती बल्कि उनसे और तेज चलाने का आग्रह भी करती। टमटम खतरनाक गति से दौड़ने लगता तो वह किलकती-चीखती लिपट जाती अपने मेजोदा से। लालो बहुधा मुझे अपने मेजोदा की उद्दण्डता, धृष्टता और दुस्साहस की गाथाएँ कुछ उस स्वर में सुनाती जिस स्वर मैं अपने सत्यादा की। मुझे प्रतीति हुई कि लालो और मेजोदा के सम्बन्ध में वैसे ही सहिष्णुता और ऊष्मा है जैसे मेरे और सत्यादा के सम्बन्ध में। एक दिन दर्पण ने मुझसे पूछा कि यदि तू अपने पति को सत्यादा-सा विद्वान और धैर्यवान नहीं बना पा रही है तो स्वयं क्यों नहीं बन जाती लालो जैसी ढीठ और चंचल-चपल। मैंने एकांत में और उसी दर्पण के साक्ष्य में अनेक बार लालो-जैसी चेष्टाओं और हेलाओं का अभ्यास भी किया किन्तु कभी पति की उपस्थिति में उन्हें आजमा नहीं पायी। आजमाने के अवसर भी दुर्लभ हो चले थे। पति ने प्रात:काल आना क्या आरम्भ किया कि रात को आना अथवा बुलाना छोड़ ही दिया। कभी भूले-भटके बुलाते भी तो झटपट भोगकर विदा कर देते। मानो निर्णय कर चुके हों कि न मैं इससे पढ़ूँगा और न पढ़ाऊँगा। अपात्रा है यह कृशकाय कन्या

कामकला सीखने के लिए। इसे सिखा भी दूँ तो इसकी हरी होते ही सूखने लगती देह-वल्लरी मुझसे लिपटकर कौन-सा रति-सुख प्रदान कर सकेगी मुझे। अपने कक्ष में लौटकर मैं पड़ी-पड़ी सोचती रहती कि मन-मस्तिष्क को तृप्त करने वाला कामसुख पाने के लिए कहाँ जाते हैं मेरे कामुक पति। जो हो यह प्रश्न अब मुझे उद्वेलित ही करता, उदास नहीं। जेठानी सरजूबाला की तरह मैंने भी अपने पति का वेश्यागामी होना उनके सामन्त होने का एक सामान्य लक्षणभर मान लिया था। मैं यह समझ चुकी थी कि मेरे पति ठाकुर माँ द्वारा कभी पहले दी गई छेले मानुष की उपाधि आजीवन सही सिद्ध करते रहेंगे। कामुकता से इतर किसी भी प्रसंग में वयस्क न होंगे कभी। और उनकी कामुकता भी किसी अपरिपक्व बालक वाली कामुकता ही बनी रहेगी सदा। वह लाड़-प्यार से बिगड़े किसी बालक की तरह उत्पात ही करते रहेंगे सदा और राजपरिवार की स्त्रियाँ उनकी लीलाओं को कुछ उसी भाव से देखती रहेंगी जिससे ब्रजबालाएँ देखा करती थी नटखट नन्दकिशोर की लीलाएँ।

बता चुकी हूँ कि दुस्साहसी थे मेरे पति और मैंने पाया कि उनका दुस्साहस भी उस अबोध शिशु के स्तर का था जिसे इस बात का कोई ज्ञान ही नहीं होता कि मैं जो कर रहा हूँ, वह मेरे लिए अथवा अन्य लोगों के लिए घातक सिद्ध हो सकता है। उदाहरण के लिए वह न केवल विषधर साँप पकड़ लेते वरन् उसका फन दूसरों के शरीर की ओर बढ़ाते जाते। इसी तरह वह टमटम द्रुततम गति से दौड़ाते और बहुधा कहीं कोई दुर्घटना कर आते। उनकी बुद्धि किसी बालक की-सी होने का एक अतिरिक्त प्रमाण यह था कि उन्हें दुर्घटनाएँ भी मनोरंजक लगतीं और वह उनके घटने में अपना कोई दायित्व न देखते। यदि उनके मन में अपने उत्पातों के शिकार बने व्यक्तियों के प्रति कोई सहानभूति न होती तो मैं उन्हें निष्ठुर की संज्ञा देती। किन्तु वह तो रानी माँ के आगे बालहठ करके ऐसे हर व्यक्ति को क्षतिपूर्ति में कोई बड़ी राशि दिला देते। भूलती नहीं है मुझे वह संध्या जिसमें टमटम दौड़ाकर लौटने के बाद उन्होंने अन्त:पुर में रानी माँ को बहुत आनन्दित होकर बताया कि बूढ़ा अत्तार अल्लादीन तहमद लपेटने में इतना खोया हुआ था कि टमटम के आगे से हटा ही नहीं माँ। उसे बचाने के लिए घोड़े का रुख मोड़ा तो एक पहिया उसके ठेले से जा टकराया। पहले उसकी दुकान से जा टकराया और फिर उसकी तहमद फँसा लाया। इत्र की सारी शीशियाँ टूट गयीं और नंगा अल्लादीन चारों खाने चित हो गया। किस्सा सुनाकर मेरे पति हँसे और रानी माँ समेत सभी स्त्रियाँ हँसती-मुस्कराती हुई झूठ-मूठ का क्रोध दिखाती रहीं। रानी माँ ने अपने वैधव्य पर और सन्तान के निर्बुद्धि रह जाने पर विलाप करने और सबकी सहानुभूति पाने का कर्मकाण्ड पूरा किया किन्तु फिर अपने लाड़ले मेजो के बालहठ के आगे झुककर अल्लादीन की, जिसे मेरे पति टमटम में ही बैठाकर ले आए थे क्षतिपूर्ति ही करा दी और उसे बख्शीश भी दी।

मुझे अपने मायके से लज्जा-संकोच ही नहीं, भीरुता के भी संस्कार मिले थे। इसलिए अपने छेले मानुष पति की निर्लज्जता, उद्दण्डता और निर्भयता धीरे-धीरे मेरे मन

में एक ऐसा मिश्रित भाव जगाने लगी जिसमें विस्मय की मात्रा घृणा से कहीं अधिक थी। पति की अपने दुस्साहस के शिकारों को क्षतिपूर्ति दिलवाने की बात भी मुझे प्रीतिकर लगने लगी थी। मैं अनुभव कर रही थी कि वह मेरी पाठशाला में प्रतिदिन इसीलिए दर्शन दे रहे हैं कि मुझे प्रमादवश आहत करने की क्षतिपूर्ति कर सकें। मैं इस सुखद कल्पना में खोने लगी कि पति के साथ बीती रातों के परिणामस्वरूप शीघ्र ही मुझे भी जिठानी की तरह माँ बनने का सुख प्राप्त होगा। मैं बुद्धू से पहले से भी ज्यादा लाड़ लड़ाने लगी। वह मुझसे इतना हिल गया कि ज्योतिदी कहने लगीं कि तुमने तो मुझसे मेरा बेटा ही छीन लिया। मेरे पति भी बुद्धू से बहुत प्यार करते थे। कई बार हमारी पाठशाला के समय बुद्धू मेरी गोद में ही बैठा होता। ऐसे अवसरों पर जब पति-पत्नी बारी-बारी से उसे प्यार कर रहे होते तो मुझे लगता मानो वह हम दोनों का ही बेटा हो। मेरे मन में इच्छा उठती कि अपने पति के चार-पाँच बच्चों की माँ बनूँ। भरा-पूरा हो हमारा परिवार किन्तु मेरा यह दिवास्वप्न शीघ्र भंग हो गया। राजबाड़ी में पड़े मेरे चरणों के अशुभ होने के प्रमाण एक के बाद एक मिले भवालराजपरिवार को। पहला यह कि बोड़ोकुमार के दुधमुँहे पुत्र जोकी की गले के किसी अल्पज्ञात रोग से मात्र तीन दिन में मृत्यु हो गयी। राजपरिवार के डॉक्टर और वैद्य उसका कोई निदान ही नहीं कर पाए कि प्रभावप्रद उपचार कर पाते। सारी राजबाड़ी स्त्रियों के सामूहिक विलाप से गूँजने लगी और बार-बार यह कहा जाने लगा कि जाने किस डायन की नजर लग गयी। ऐसा कहने वाली कुछ वृद्धाओं ने कनखियों से मेरी ओर भी देखा। सरजूदी जोकी के शव को अपनी छाती से चिपकाए हुए पागलों की तरह क्रन्दन करने लगीं। पीछे बैठी किसी वृद्धा ने भवालराजपरिवार को किसी साधु द्वारा दिए गए वंशनाश के शाप की चर्चा छेड़ दी। ठाकुर माँ ने उसे डाँटकर चुप करा दिया। फिर जाकर सरजूदी की गोद से जोकी का शव छीना और उसे गाड़ देने का प्रबन्ध करने का आदेश दिया। अगले कुछ दिनों तक अपने शयनकक्ष से पति की अनुपस्थिति का कारण मैं पारिवारिक शोक मानती रही यद्यपि ठाकुर माँ और रानी माँ दोनों को सरजूदी से यह कहते सुन चुकी थी कि जो बच्चा गया उसके लिए विलाप मत करती रहो, फिर भरवाओ अपनी कोख पति से।

जोकी के मृत्यु के सोलह दिन बाद की बात है मुझे अपने चरणों का पड़ना अशुभ होने का दूसरा प्रमाण मिला। पिछली तमाम रातों में मैंने बिपिन की मार्फत भिजवाए अपने पति के इस आदेश का पालन किया था कि लैम्प बुझाकर सो जाऊँ किन्तु उस रात नहीं सोयी। यह सोचकर कि जब थोड़ी रात और बीत जाएगी तब स्वयं ही पति के पास चली जाने की निर्लज्जता करूँगी। तो उतरने लगी सीढ़ियाँ। उन सीढ़ियों का उतरना मेरे लिए पीड़ा के पंक-सरोवर में उतरना सिद्ध हुआ। आज भी बिपिन ने रोका मुझे किन्तु मैं रुकी नहीं और मैंने सुना पहले उसी स्त्री का स्वर, कह रही थी कि इस तरह तो आप मुझे कहीं की नहीं छोड़ेंगे कुमार। कभी-कभी तो अपनी घरवाली के पास जाया करें। इसके उत्तर में मेरे पति बोले कि इधरवाली-उधरवाली जो भी है तू ही है साली।

एलोकेशी आमी तोमाके भालोबाशी। मुझे लगा मेरे भीतर के दीप किसी ने एक-एक कर बुझाने शुरू किए हैं। बिपिन ने सहारा न दिया होता तो मैं गिर ही जाती। अपने कमरे में पहुँचकर मैं लगभग शंकाशून्य होकर पलंग पर जा पड़ी। रोयी नहीं। जो वज्र गिरा था मुझपर उसने मेरे आँसू सोख लिए थे। विडम्बना कि प्रातः मुख्य दासी ने यह टिप्पणी की कि आज पहली बार आपको सुख की नींद सोते हुए पाया। कुमार भी सुना मुँह अँधेरे अपनी प्रिय हथिनी की सवारी करने निकल गये आज। बहुत प्रसन्न होने पर ही ऐसा करते हैं वह। मैंने उससे कहा कि तुम्हारा अनुमान सही है। मैं अपनी प्रसन्नता मेजोकुमारी से बाँटना चाहती हूँ तुम उन्हें सूचित करो। संयत स्वर में ज्योतिदी को सब कुछ सुनाया किन्तु अपनी बात समाप्त करते-करते मेरी रुलाई फूट ही पड़ी। ज्योतिदी मुझे अपने अंक में भरकर बोलीं कि रोने से कुछ सिद्ध नहीं होगा, तुम्हें तो लड़ना होगा बिभा। तुम बुद्धू के साथ खेलो में अभी ठाकुर माँ से परामर्श करके आती हूँ।

ज्योतिदी अकेली नहीं लौटीं उनके साथ ठाकुर माँ भी थीं। मैं आँचल सँभालते हुए हड़बड़ाकर उठी। ठाकुर माँ ने आग्रहपूर्वक मुझे फिर पलंग पर बैठा दिया और स्वयं भी पास बैठ गयीं। ठाकुर माँ बोलीं कि तेरी आशंका बिल्कुल सही थी मेजोबोऊ। दरबानों को निकाल दिए जाने की धमकी दिलवाकर मैंने सब कुछ पता करवा लिया है। उद्दण्ड रोमेन्द्र उस निर्लज्ज एलोकेशी को उसके निष्कासन के महीनेभर बाद ही वापस जयदेबपुर ले आया था। राजबाड़ी से काफी दूरी पर एक हवाखाना है वहीं उसने उसे बसा रखा है। मैंने परदे वाली बग्गी लगवा दी है। तू तत्काल ज्योति के साथ जा और रोमेन्द्र जागे उससे पहले ही उस कुलटा को जयदेबपुर से निष्कासित कर आ। तुझे मात्र आदेश देना होगा, उसे धक्का मारकर निकालने के लिए मैं कुछ पहलवान कारिन्दे भिजवा दूँगी। सुनकर मैं रो पड़ी तो ठाकुर माँ डपटकर बोलीं कि रोएगी तो आजीवन रोती रहेगी। रोमेन्द्र उद्दण्डता पर उतर आया है, उसकी उद्दण्डता का उत्तर तुझे उसकी रखैल को धक्का मार-मार कर जयदेबपुर से निकालने के दुस्साहस से देना होगा। यह सोचकर डर मत कि वह तुझ पर क्रोध करेगा। तेरा ऐसा करना उसके मन में तेरे लिए सम्मान जगाएगा। वह स्वयं दुस्साहसी है और तेरा दुस्साहस उसके मन में आदर ही जगा सकता है। न भी जगाए तो क्या यही कुछ कम है कि तुझे अपनी राजधानी और अपनी राजबाड़ी में ही अपने पति द्वारा किसी वेश्या को अपने से ऊँचा दर्जा दिए जाने का अभिशाप भोगना पड़े। तो आँसू पोंछ, राजसी सिंगार करके जा और राजसी तेवर से उस कुलटा को निष्कासन का आदेश दे।

मैंने आँसू रोकने का प्रयास करना चाहा किन्तु वह विफल रहा। इस पर ठाकुर माँ ने कुछ और भी कठोर स्वर में मुझसे कहा कि बन्द कर यह रोना-धोना क्या तू अब तक भी नहीं समझ पाई है कि रोने-धोने से पुरुष पसीजते नहीं, उल्टा और क्रुद्ध होते हैं, और अधिक उपेक्षा करते हैं। यदि तूने आज एलोकेशी को निष्कासित करने का दुस्साहस नहीं दिखाया तो शीघ्र ही वह दिन आएगा कि मेरी एक सखी की तरह तुझे

भी अपने पति को अपने शयनकक्ष में और अपनी आँखों के सम्मुख अपनी रखैल से सहवास करते देखना पड़ेगा। ठाकुर माँ की यह बात सुनकर मैं काँप उठी। फिर मेरे भीतर क्रोध जागने लगा। मैंने अपने से कहा कि बिभा उस कुलटा को निष्कासित करने से तेरा पति तेरी हत्या करने से अधिक तो कुछ नहीं करेगा ना और यदि तूने घुटने टेक दिए और पति अपनी रखैल को तेरी शैया पर तेरी उपस्थिति में भोगने लगा तो क्या तू आत्महत्या के लिए बाध्य नहीं हो जाएगी? आत्महत्या करने से तो श्रेयस्कर है, पति के हाथों हत्या करवा लेना। तो मैंने आँसू पोंछे, राजसी सिंगार करवाते हुए मैं यह सोचती रही कि उस कुलटा से कैसे स्वर में और क्या-क्या कहूँगी।

चार लठैत पहलवानों के संरक्षण में राजबाड़ी की जनाना बग्गी हवाखाना पहुँची। एक लठैत एलोकेशी को बुला लाया। बग्गी के दरवाजे के आगे परदों से ओट कर दी गई तो बाहर से कोचवान बोला कि अब उतर लिया जाए। ज्योतिदी ने भीतर से दरवाजा खोला, पहले स्वयं उतरीं फिर मुझे उतारा। सामने सद्गृहिणी-सा सिंगार किए एक मांसल और सुन्दर स्त्री खड़ी थी। जब ज्योतिदी ने उससे कहा कि एलोकेशी भवाल-राजपरिवार की मेजोबोऊ तुझसे कुछ कहना चाहती हैं तब मेरी आँखों को विश्वास ही नहीं हुआ कि मैं उस एलोकेशी से उन्मुख हूँ जिसे कुलटा और निर्लज्ज बताया जा रहा था राजबाड़ी में। मैं अपना सोचा हुआ हर वाक्य भूल गयी। मुझे चुप देख ज्योतिदी ने उसे डाँटना शुरू किया। एलोकेशी हाथ जोड़-जोड़कर बार-बार यही कहती रहीं कि मैं क्या करूँ, मेजोकुमार मुझसे इतने अनुरक्त हैं कि मेरे बिना रह ही नहीं पाते। मैं तो आपके कहने पर तभी ढाका चली गई थी, वही वापस ले आये। जब उनके विवाह की बात सुनी तो मैंने स्वयं ही यहाँ से प्रस्थान करने के लिए अपना सामान बाँध लिया। उन्होंने अपने प्रेम की सौगन्ध दी। तरह-तरह के प्रलोभन दिये। मैं फिर भी न मानी तो उन्होंने मेरी हत्या कर डालने की धमकी दे डाली। मैं क्या करती आप ही बताएँ?

उस क्षण मुझे उसके प्रति भी करुणा उमड़ी और अपने प्रति भी। वह उपपत्नी होते हुए भी मेजोकुमार के हृदय में प्रेमिका का स्थान पा चुकी थी अस्तु वास्तविक पत्नी होने की अधिकारिणी कही जा सकती थी किन्तु यह पद उसे कभी मिल नहीं सकता था। इधर मैं साथ-साथ सप्तपदी लेकर भी पति की दृष्टि में काम्या प्रेमिका का दर्जा कदापि न पा सकी थी। पति के आदेशों का निस्संकोच पालन करती रहूँ तो भी अपने कामुक पति को वैसा परितोष नहीं दे सकती जैसा यह मुझसे कहीं अधिक आकर्षक एलोकेशी दे पाती होगी। इसका तो वंशानुगत व्यवसाय ही पुरुषों की कामपिपासा को तृप्त करना है। एलोकेशी के उपस्थित रहते, एलोकेशी से प्रतिद्वन्द्विता करते मैं पति का हृदय जीत नहीं सकती। अपनी उपपत्नी और पत्नी दोनों की स्थिति दयनीय बनाए हुए मेजोकुमार होने चाहिए थे भवालराजपरिवार के आक्रोश पात्र। किन्तु प्रताड़ना एलोकेशी की हो रही थी। मुझे उससे सहानुभूति हुई। किन्तु इस सहानुभूति का अर्थ यह तो नहीं था कि मैं अपने पर तरस भी न खाऊँ और अपने पर ही तरस खाने की इस बाध्यता से तड़प न

उठूँ। मैं एलोकेशी की सफाई सुनती गयी और तड़पती रही। मेरे अंग-अंग में तब अग्नि भड़क उठी जब एलोकेशी ने रहस्योद्घाटन किया कि मेजोकुमार तो मेरे प्रेम में अपना संयम इतना खो बैठे हैं कि अपने विवाह की रात भी मुझे बुलाने के लिए आदमी भेज दिया था। बड़ी कठिनाई से और हाथ जोड़-जाड़कर उनको तीन रातों तक अपने से दूर रख पाई किन्तु चौथी रात वह पहुँच ही गये। मैंने समझाया कि नहीं आज की रात तो मेजोरानी की ही होनी चाहिए। बोले उसके साथ रस्म निभा आया हूँ।

मैंने अपने थरथराते अंगों और काँपते स्वर पर किसी तरह नियन्त्रण किया और फिर कहा डपटकर कि मेरे ही सामने मेरे पति को अपना प्रेम दीवाना बताते हुए लज्जा नहीं आती तुम्हें! वारवनिता हो तुम। तुम क्या जानो प्रेम का अर्थ! और यह ढोंग भी मत करो कि तुम उन्हें सद्मार्ग पर लाना चाहती थी। क्या मेजोकुमार को सद्मार्ग पर लाने के लिए यह आवश्यक था कि उनके विवाह के बाद भी जयदेबपुर में बनी रहो? उनके साथ नैशोत्सव मनाने के लिए राजबाड़ी में उनके बैठकखाने में आने लगो? क्या मेरे पति को सद्मार्ग पर लाने की यह चिन्ता तुम्हें मेरे शयनकक्ष में ही न ले आएगी एक दिन? मुझे मालूम नहीं कि मेजोकुमार ने तुम्हारी हत्या करने की धमकी दी थी कि नहीं किन्तु अब कान खोलकर सुन लो। यदि जयदेबपुर रहकर तुम मेजोकुमार की विवाहिता से भी ऊँचा दर्जा रखने वाली प्रेमिका होने का स्वांग करती रहोगी तो मैं मेजोरानी तुम्हारी हत्या करवा दूँगी क्योंकि मुझे यह तो शोभा नहीं ही देगा कि एक कोठे वाली के कारण स्वयं आत्महत्या करूँ। एलोकेशी मेरे पाँवों पर सिर रखकर रोने और क्षमा-याचना करने लगी। कहने लगी कि मैं आज ही मेजोकुमार से सदा के लिए सम्बन्धविच्छेद करके चली जाऊँगी। मैंने उसके सिर पर ठोकर मारते हुए कहा कि जिससे तुम्हारा कोई सम्बन्ध है ही नहीं उससे सम्बन्धविच्छेद करने के लिए रुकने की कोई दरकार नहीं। तुम आज ही नहीं, अभी जाओगी। एलोकेशी आँसू पोंछते हुए उठ खड़ी हुई और बोली कि मैं जाकर अपना सामान बाँधती हूँ। अब ज्योतिदी बोलीं कि तेरा सामान अब तक कारिन्दे अपनी गाड़ी में रख चुके होंगे, जाकर उसमें बैठ जा और तुरन्त अपना मुँह काला कर। अगर मेजोकुमार से दूर रहेगी तो ठाकुर माँ तुझे पुरस्कार देंगी किन्तु यदि उसे जाल में फँसाने का फिर प्रयास किया तो उनकी कोपभाजन बनकर कहीं की न रह जाएगी। यह कहकर ज्योतिदी ने एलोकेशी को धक्का दे दिया। राजबाड़ी लौटते हुए ज्योतिदी ने कहा कि आरम्भ में मुझे लग रहा था कि तुम कुछ कह ही नहीं पाओगी उस कुलटा से किन्तु अनन्तर मैं तो तुम्हारा राजसी रूप देखकर दंग रह गयी। इस पर मैंने कोई टिप्पणी नहीं की। यह तक नहीं कहा कि अपना यह रूप देखकर स्वयं मैं भी दंग रह गयी। आप सामन्तों के साथ रहते-रहते मैं भी निष्ठुर होना और अन्याय करना सीख गयी हूँ इसका आज पता चला मुझे। अपने पति की कमजोरी का सारा दोष कितने विश्वास से मैंने एलोकेशी पर थोप दिया।

राजबाड़ी पहुँचकर ज्योतिदी मुझे ठाकुर माँ के पास ले गयीं। उन्होंने मेरी पीठ

थपथपायी। फिर रानी माँ को बुलवाया और उन्हें सारे घटनाक्रम से अवगत कराया। सुनकर रानी माँ अपने चिर-परिचित अन्दाज में विलाप करने लगीं। ठाकुर माँ ने उन्हें झिड़क दिया और साथ ही यह भी कहा कि मुझे पता है कि इसके बाद रोमेन्द्र तुमसे झगड़ने और तुम्हारे आगे रोने-मचलने पहुँचेगा, खबरदार जो उसके आगे किसी भी तरह झुकी या उसे एलोकेशी को ढाका में बसा लेने के लिए पैसा दिया। ठाकुर माँ का अनुमान सही निकला। रानी माँ के दरबार में मेरे पति के कोहराम मचाने के स्वर मेरे शयनकक्ष में भी पहुँचते रहे किन्तु मैं न रानी माँ के दरबार में पहुँची और न मैंने किसी से यह जिज्ञासा ही की कि मेरे पति क्या कह रहे हैं। मुझे आशंका थी कि वह मुझसे लड़ने और मेरा अपमान करने पहुँचेंगे किन्तु उन्होंने मेरी देहरी को अपनी चरणधूलि से वंचित करने का दण्ड देना अधिक उचित समझा। मेरे मन में अपार करुणा जागने लगी अपने लिए, एलोकेशी के लिए और कभी-कभी तो अपने पति के लिए भी। बार-बार आँसू मेरी आँखों में छलकते किन्तु मैं तुरन्त उन्हें पोंछ लेती और अपना वही संकल्प दुहराती रहती कि लड़ूँगी मगर टूटूँगी नहीं। सच कहूँ तो एलोकेशी को निकाल देने का अपना दुस्साहस मुझे अपनी ही दृष्टि में कुछ ऊँचा उठा गया था। तो जब एलोकेशी के निष्कासन वाले दिन ही माँ का इस आशय का पत्र आया कि तू तो विस्तार से कुछ लिखती ही नहीं और अपने दाम्पत्य जीवन के बारे में तब मैंने पहली बार उसे विस्तार पूर्वक अपनी कुशल-क्षेम भेजी। ठाकुर माँ और सासु माँ और जिठानी तथा ननदों से मिलने वाले प्यार और परामर्श की चर्चा की। बताया कि मेरे पति बहुधा दिन में भी मेरी ननदों या छोटे भांजे-भांजियों के साथ मुझसे मिलने आते हैं और हम लोग मिलकर कई तरह के खेल खेलते हैं। तू मेरे स्वास्थ्य की चिन्ता मत किया कर। ससुराल वाले मेरा पूरा ध्यान रखते हैं। इसी पत्र में मैंने जोकी के दुखद निधन की सूचना भी दी और माँ से अनुरोध किया कि सरजूदी तथा रानी माँ को शोक-संवेदना सन्देश भेजें।

पति मेरी उपेक्षा कर रहे थे। मैं प्रकटतः उनकी उपेक्षा की उपेक्षा ही करती रही। मोटो और लालो यदि कभी आतीं तो उनके साथ उसी सहजभाव से खेलने लगती। फणि और बिल्लू के साथ बैठकर पढ़ती, इन्दुदी या ज्योतिदी से कभी यह न कहा कि भले ही एलोकेशी को मेरे पति से दूर कर दिया गया हो वह मुझसे पहले की तरह दूरी बनाए हुए हैं। उनसे ही पता चला कि ठाकुर माँ के आग्रह पर रानी माँ ने मेरे पति को आमोद-प्रमोद के लिए पैसा देना बन्द कर दिया है।

एक दिन मैं दीया-बाती के बाद अपने शयनकक्ष में बैठी लालो और मोटो के साथ गुड़ियों से खेल रही थी कि मैंने पति के सीढ़ियाँ चढ़ते हुए इन्दुदी से झगड़ने की आवाज सुनी। पति कह रहे थे कि मैं बालिग हूँ, मैं अपनी मर्जी का मालिक हूँ, मैं पुरुष हूँ, तुम स्त्रियाँ मुझ पर अपना हुकुम नहीं चला सकतीं। और इन्दुदी उन्हें बता रही थीं कि तू पुत्र है और पुत्र को माँ की आज्ञा का पालन करना होता है और फिर हमारी माँ तो भवाल की रानी हैं बाबा राज-काज उसे ही सौंप गए हैं। उसकी आज्ञा न मानकर तू

कहाँ जाएगा? एलोकेशी खिलाएगी तुझे? यह संवाद सुनकर मैं भीतर ही भीतर काँप उठी लेकिन प्रकटत: संयत बनी रही और मोटो और लालो के साथ खेलती ही रही यद्यपि वे अब आशंकित होकर द्वार की ओर देखने लगी थीं। मेरे पति कमरे में अकेले ही आए और आते ही उन्होंने मोटो और लालो को डाँटकर भगा दिया कि न तुम बच्ची हो और न तुम्हारी बोऊदी कि दिन-रात बैठकर गुड़ियों से खेलती रहो। वह दौड़कर चली गईं। मैं मूर्तिवत बैठी रही। पति ने कलाई पकड़ कर इतने बलपूर्वक पलंग से खींचा कि मेरा कन्धा दुख गया। मैं दृष्टि नीचे किए रही। उन्होंने बलपूर्वक मेरा चेहरा ऊपर उठाया और बोले कि लोग कहते हैं तुम बड़ी बुद्धिमान हो बिभा किन्तु तुममें उतनी ही बुद्धि है, जितनी गुड़ियों से खेलने वाली किसी बच्ची में होती है। क्या तुम यह समझती हो कि एलोकेशी को ढाका भेजकर तुम उसे मेरे जीवन से हटा सकती हो? ढाका में भी हम लोगों का बासा है। मैं वहाँ रहने लगूँगा तो क्या कर लोगी? मैंने बहुत ही संक्षिप्त-सा उत्तर दिया कि आत्महत्या। उन्होंने मुझे धक्का देकर पलंग पर गिरा दिया। तुम क्या चाहती हो? मैं ऐसा क्या करता हूँ जो रोणेन्द्र दा नहीं करते? बोऊदी भी तुम्हारी तरह शहरी और पढ़ी-लिखी हैं। उनके पिता कलकत्ता के नामी वकील हैं और भवाल के दीवान रह चुके हैं। तो भी बोऊदी रोणेन्द्रदा के अन्य स्त्रियों के साथ सोने पर आपत्ति नहीं करतीं।

मैंने कहा कि उनके पति की न कोई रखैल है और न ही वह किसी स्त्री को अपनी पत्नी से ऊँचा दर्जा सार्वजनिक रूप से देकर अपनी पत्नी का अपमान ही करते हैं। मैं आपकी रखैल से कह चुकी हूँ और अब आपसे भी कह रही हूँ कि मेरे लिए अपमानित होकर जीने से श्रेयस्कर है आत्महत्या कर लेना। कहकर मैंने अपनी दृष्टि अपनी गोद में पड़े गुड्डे पर जमा दी। पति ने चीखकर पूछा कि अपमानित माने क्या? मैं कुछ नहीं बोली। उन्होंने प्रश्न दोहराया। मैं फिर भी चुप रही। उन्होंने झपटकर मेरी गोद से वह गुड्डा उठा लिया और उसे फर्श पर दे मारा। फिर उसे पाँव से रौंद-रौंद कर अपना क्रोध निकालने लगे। मैंने कहा कि क्रोध मुझ पर आ रहा है तो बेजान गुड्डे पर क्यों निकाल रहे हैं? मुझे ही कुचल दीजिए ना। इससे तो श्रेयस्कर है कि आपके हाथों हत्या हो। मारे दुख के मैं स्वयं अपने प्राण ले लूँ। पति कभी इस और कभी उस गाल पर थप्पड़ मारते हुए एक ही जिज्ञासा करते रहे क्या दुख दिया है मैंने? इस अपमान पर स्वभावत: मुझे करुणक्रन्दन करना चाहिए था किन्तु मैं निर्विकार बैठी रही। फिर जैसे ही उनके हाथ रुके मैंने दृढ़ स्वर में कहा कि अभी आपने जो दिया यदि वह आपकी परिभाषा में सुख था तब मुझसे निश्चय ही कहने में बड़ी भूल हुई है स्वामी। आप फूलशैयाघर में बितायी प्रथम रात्रि से लेकर अब तक मुझे सुख ही सुख देते रहे हैं। अब मेरे पति किसी रूठे बालक की तरह कुछ देर फर्श पर पाँव पटकते रहे। फिर वह मेरी अलमारी की ओर बढ़े और उसमें से हर पुतुल निकाल कर उन्होंने फर्श पर दे मारी। फिर वह मेरी ओर देखे बगैर शयनकक्ष से चले गए। आश्चर्य कि वह तुरन्त ही लौट आए। बोले कि मैं फिर पूछ रहा हूँ कि तुम क्या

चाहती हो बिभा? मैं पलंग से उठी और अपने उस परमप्रिय पुतुल को जो उस वेला मुझे मृत जोकी का स्मरण करा रहा था उठाकर अपनी छाती से लगाते हुए बोली कि क्यों पूछते हैं स्वामी जब आपका हृदय मुझ अभागन को उसे पा सकने की सुपात्रा मानता ही नहीं है। वह मेरी ओर झपटे। उन्होंने मेरे दोनों कन्धे धर लिये और उन्हें जोर से दबाकर मुझे पलंग पर बैठा दिया। बोले कि ऐसा क्या है जो मैं तुम्हें दे नहीं सकता? मैंने अपने पुतुल के शव का माथा चूमते हुए कहा कि एक प्यारभरा घर-संसार। मेरे कन्धे दबाए-दबाए ही वह पलंग पर मेरे पास बैठ गये। मुझे झकझोरने लगे। पीड़ा हो रही थी किन्तु न मैंने उन्हें कुछ कहकर रोका और न कराहकर। फिर मेरे कन्धे दबाए-दबाए ही वह अपने ओठों से मेरे ओठों का मर्दन करने लगे और लगभग फुफकारते हुए पूछते रहे कि तुम औरों से इतनी भिन्न क्यों हो? फिर इसी तरह मेरे कन्धे दबाए और मेरा चुम्बन करते हुए वह लेट गये। मैं अब उनके ऊपर थी। मुझे अनुभूति हुई मानो सर्वथा अबला होते हुए भी उन्हें चित कर दिया है मैंने। बाद में राजपरिवार की स्त्रियों की भी यह धारणा बनी। स्वयं ठाकुर माँ ने मुझे बहुत लाड़ लगाया कि यह तेरी बड़ी विजय है। अब तू उसे इसी तरह आगे भी वश में रख। इन्दु दीदी, ज्योति दी और सरजू दीदी सबने मुझसे यही कहा कि अब तुम्हारे सुखी और सन्तुष्ट न रहने का कोई कारण नहीं बचा है।

मैं इस अर्थ में तो सन्तुष्ट थी कि मेजो दूसरे-तीसरे दिन लालो, मोटो, फणि और बिल्लू के साथ मेरे कमरे में कुछ समय बिताने लगे और कभी भूले-भटके रात में बैठकखाने में बुलाकर भोगने लगे। वह जैसा कहते मैं करती जाती। किसी तरह का संकोच न करती। उनकी दृष्टि में ऊपर चढ़ने की खातिर मैं अपने को अपनी ही दृष्टि में गिराती चली गयी किन्तु मैंने पाया कि ऐसा करके भी मैं उन्हें पूर्ण सन्तोष दे नहीं पा रही हूँ। वह निरन्तर मेरी तुलना एलोकेशी से कर रहे हैं और मुझे बहुत ही सूखा और फीका पा रहे हैं। मेरे अनुरोध करने पर भी वह न कभी मेरे शयनकक्ष में रात बिताने आये और न उन्होंने मुझे बैठकखाने में सारी रात उनकी बाँहों में बिता सकने का सुख लेने दिया। ठाकुर माँ जिसे मेरी विजय बता रही थीं, वह और कुछ नहीं, नितान्त अशान्त सन्धि सिद्ध हुई मेरे लिए। मैं इतनेभर ही पर सन्तोष नहीं कर पा रही थी किन्तु साथ ही यह भी जानती थी कि पत्नी की भूमिका में इतना ही है मेरा अधिकतम प्राप्य। मेरा असन्तोष इसलिए भी बढ़ता चला गया कि मुझे जो कुछ मिला था, उसे भी गँवा बैठने के भय से अपना असन्तोष किसी पर भी प्रकट करने की स्थिति में न थी। भीतर ही भीतर घुटती रही और इस घुटन ने भयंकर सिरदर्द का रूप ले लिया। यह रोग कुछ-कुछ और अकाम्य बना गया पति के लिए। ऐसे में मुझे अपनी माँ का एक पत्र मिला। मैंने अपनी तरफ से पर्याप्त विस्तारपूर्वक पत्र उन्हें भेजा था, वह उनको सन्तुष्ट नहीं कर पाया था क्योंकि मैंने उनके परमप्रिय पप्पा अर्थात् जमाई बाबू के साथ बीतने वाले अपने समय का अधिक विवरण नहीं दिया था। माँ ने लिखा कि तू कहती है कि तेरे बारे में चिन्ता न करूँ लेकिन कैसे न करूँ जबकि जानती हूँ कि तूने स्वस्थ-प्रसन्न अवस्था में मुझसे विदा नहीं ली

थी। अगर मुझे पता चले कि तू स्वस्थ-प्रसन्न है तो मुझे कुछ मानसिक शान्ति मिले किन्तु कदाचित् तेरे रोग ने तेरी स्मृति और तेरी समझ को इतना निर्बल बना दिया है कि तू पहले की भाँति न विस्तार से पत्र लिखती है और न तेरे पत्रों में स्पष्टवादिता ही दिखती है। इस बार तूने पत्र में बहुत-सी बातें लिखी हैं, किन्तु मेरे बार-बार आग्रह करने पर भी पप्पा के बारे में विस्तार से लिखकर मेरे हृदय को शीतलता प्रदान करने का कोई यत्न नहीं किया है। मैं यह जानने के लिए चिन्तित हूँ कि क्या रोमेन्द्र तुमसे प्रतिदिन मिलता है और यह भी कि तुम्हारे प्रति अपना प्रेम कैसे अभिव्यक्त करता है? तूने लिखा है कि तेरा हृदय हम लोगों के लिए तड़पता है क्योंकि वहाँ ऐसा कोई नहीं जिससे तू बात कर सके। क्या रोमेन्द्र तुझसे मिलता ही नहीं है? और क्या तू दिन में भी उससे कुछ बात कर सकने का अवसर नहीं पाती? मुझे ज्ञात है कि तेरी ससुराल में इन बातों को निर्लज्जता की पराकाष्ठा माना जाता है किन्तु मेरी दृष्टि में इसमें मर्यादाहीनता या धृष्टता की कोई बात नहीं है। पति-पत्नी साथ समय बिताते हैं तो दोनों का चित्त प्रसन्न रहता है और उनका परस्पर-प्रेम बढ़ता है। तो अब से निरन्तर यह प्रयास करना कि रोमेन्द्र तेरे साथ दिन में भी कई घण्टे बिताए। माँ ने जोकी की मृत्यु पर शोक-संवेदना व्यक्त करते हुए यह चिन्ता भी व्यक्त की थी कि कहीं इससे व्यग्र होकर मैं अपना स्नायुजन्य रोग बढ़ा न बैठूँ। उसने लिखा था कि मैंने इस बीमारी के बारे में इधर बहुत पढ़ा है, जिससे मुझे पता चला है कि इसका तो एक ही उपचार है प्रसन्न रहना। संगीत बहुत ही आनन्दप्रद होता है इसलिए तू अपनी सासु माँ से कहकर किसी हारमोनियम शिक्षिका को नियुक्त करा ले। पत्र पढ़कर मुझे अपनी माँ पर खीझ और स्वयं पर तरस आया। मेरी पढ़ी-लिखी और आधुनिक विचारों वाली माँ ने क्या सोचकर मेरा विवाह सत्यादा के विरोध के बावजूद एक अनपढ़ सामन्त से करा दिया? और करा देने के बाद किस आधार पर आशा करती है कि उसकी दुर्बलस्नायु दुहिता सामन्ती प्रथाओं का उल्लंघन कर सकेगी और करेगी भी तो उसका सामन्ती पति उससे दिन में एकान्त प्रेम-पगी वार्ताएँ करने के लिए उपस्थित हो जाया करेगा? एक बार मन हुआ कि माँ को विस्तार से लिख ही दूँ कि तेरे परमप्रिय पप्पा के शब्दकोश में प्रेम का अर्थ क्या है और अपना प्रेम वह किस भाँति मेरे समक्ष व्यक्त करते हैं। किन्तु मैं अपराधबोध कराकर उस बिचारी का स्वास्थ्य और अधिक बिगाड़ देना नहीं चाहती थी। तो मैंने उनसे एक संक्षिप्त-सा उत्तर दिया कि मेरे विषय में व्यर्थ चिन्ता मत किया कर। मेरा स्वास्थ्य बिल्कुल ठीक है, तूने सुबह-शाम बरामदे में टहलने और फलानेल के अधोवस्त्रों के ऊपर ऊनी वस्त्र पहनकर अपने को ठंड से बचाए रखने का जो परामर्श दिया है मैं उसका पालन कर रही हूँ। जूता-मोजा भी पहन लेती हूँ। तेरे प्रिय पप्पा भी स्वस्थ प्रसन्न हैं। मेरी तुझसे एक ही विनती है कि अपने पत्रों में मेरे विषय में इतनी अधिक चिन्ता मत व्यक्त किया कर। उससे ऐसी ध्वनि निकलती है कि मैंने ससुराल में अपना जीवन सुखी न होने की कोई बात लिखी होगी। मेरे रोग की भी तुझे अब कोई चर्चा नहीं करनी चाहिए। मैं पूरी तरह स्वस्थ हो चुकी हूँ।

मैं माँ से तो अपनी वास्तविक स्थिति छुपा सकती थी किन्तु मुझसे तो वह छिपी न थी। उधर विधाता था कि उसे मेरी यह व्यथा भी अपर्याप्त प्रतीत होने लगी। पति अब हर सप्ताह किसी न किसी बहाने ढाका जाकर वहाँ नालगोला स्थित राजबाड़ी में समय बिताने लगे। पता नहीं क्यों मेरी मुख्य दासी ने मुझे यह बताना आवश्यक समझा कि मेरे पति के साप्ताहिक ढाका प्रवास का मुख्य कारण निर्लज्ज एलोकेशी ही है जिसके लिए उन्होंने ढाका में किराये का बासा ले दिया है। कदाचित् वह मुझे इसलिए आहत करना चाहती थी कि मैंने राजबाड़ी की अन्य स्त्रियों की तरह मुख्य दासी को अपनी मुख्य गुप्तचरी का पद देना स्वीकार नहीं किया था। मैंने इस सम्बन्ध में सीधे ठाकुर माँ से ही परामर्श किया। उन्होंने पहले तो मेरी मुख्य दासी को कहीं से सुनी-सुनाई बात मेरे आगे दोहराकर मेरी व्यथा बढ़ाने के लिए प्रताड़ित किया और फिर मुझे समझाया कि कोई भी स्त्री अपने पति को बाँधकर नहीं रख सकती। पुरुष का चित्त विधाता ने बनाया ही कुछ ऐसा है कि उसे मात्र एक स्त्री से सन्तोष हो नहीं पाता। इसीलिए वेश्याओं की व्यवस्था की गई है। मैंने निवेदन किया कि आप स्वयं कहती हैं कि आपके पति वेश्यागामी न थे। ठाकुर माँ मुस्कराकर बोलीं कि उनका भी मन मात्र मुझसे तो नहीं भरा न। सौत लेकर आए न वह भी। फिर मुझे अंक लगाकर बोलीं कि तेरा अत्यन्त सुशील और अबोध होना ही तेरा अभिशाप बन गया है बिभा। यदि रोमेन्द्र ने एलोकेशी को ढाका में बसा भी लिया हो तो यह एलोकेशी जयदेबपुर में ही होने से तो श्रेयस्कर ही है न। अब वह उसे राजबाड़ी में ही भोगकर तेरा अपमान तो नहीं कर रहा है न। बोऊमाँ इतनी सी बात पर इतना दुख पालेगी तो सामन्ती परिवेश में कैसे निर्वाह होगा तेरा। अरे कामान्ध होकर सामन्त तो जो न करें सो कम है। मेरी एक सहेली को उसका जमींदार पति बाध्य करता था कि वह अपनी दासी को भी पलंग पर सुला ले। तो स्वस्थ-प्रसन्न रहना सीख। सदा दुखी और बीमार रहेगी तो पति को क्या सुख दे पाएगी।

ठाकुर माँ के उपदेश से मेरी उदासी और भी सघन हो उठी। मैं अनिद्रा और भोजन के प्रति अनिच्छा की लपेट में आ गयी। भयंकर सिरदर्द तो पहले से ही होने लगा था अब आँखों से नींद उड़ जाने और आँतों में भूख न रह जाने का रोग भी लग गया। ठाकुर माँ से मिल चुके उपदेश के बाद मेरे लिए असम्भव था कि अपनी वेदना किसी से व्यक्त कर सकूँ। वैसे भी सारा राजपरिवार विवाह की तैयारियों में व्यस्त था। लालो और मोटो के साथ-साथ ज्योतिदी की बड़ी बेटी का भी विवाह निश्चित हो चुका था। छोटोकुमार के लिए भी वधू की खोज तेजी से चल रही थी और एक दिन रानी माँ के दरबार में उपस्थिति दर्ज कराने पर मैं द्वार पर से ही रानी माँ को यह कहते हुए सुन लौट आयी थी कि रोबीन्द्र के लिए तो निर्धन घर की कोई स्वस्थ कन्या लानी होगी। सासु माँ के परामर्श पर रोमेन्द्र के लिए उत्तरपाड़ा की सुशील-सुकुमार मध्यमवर्गीय वधू लाकर मैं पर्याप्त धन्य हो चुकी हूँ।

मेरी घुटन और भी बढ़ गयी और जब अगले दिन प्रातः मेरा स्नान व सिंगार करा

देने के बाद मुख्य दासी कलेवा लेकर आयी तो समस्त दमित वेदना दारुण वमनेच्छा के रूप में विस्फोटक रूप में प्रकट हो गयी। पेट में कुछ था नहीं जो निकलता। दासी के उठाए उगालदान में अपने भीतर धुटती रही कराहें ही निकाल देने का प्रयास करती रही देर तक और फिर निढाल होकर लेट गयी पलंग पर। मुख्य दासी जाकर इन्दुदी को बुला लाई और इन्दुदी ने वैद्यजी को बुला भेजा। उन्होंने मन्दाग्नि और अजीर्ण के लिए कोई स्वादिष्ट-सा चूर्ण बनाकर दिया किन्तु उसका सेवन करने पर भी भोजन का थाल देखते ही वमनेच्छा होने का रोग घटा नहीं। इसे मेरे गर्भवती होने का लक्षण माना गया और राजपरिवार मुदित हो उठा। किन्तु कुछ ही दिन बाद उनका और मेरा वह सुखद भ्रम भी टूट गया जब राजबाड़ी के डॉक्टर मोशाय मेरी वमनेच्छा को भी मेरे उसी स्नायु-दौर्बल्य से जोड़ गये। इसी के साथ मेरे पति का और अन्तःपुर की स्त्रियों का ध्यान मेरी ओर से हट गया। पति ने टिप्पणी की कि इसके रोग का तो एक ही इलाज है कि इसके दादा को बुला लो। इस पर इन्दुदी बोलीं कि मोटो के विवाह के लिए उत्तरपाड़ा निमंत्रण भेजा तो है ठाकुर माँ ने। तो आज ही अपनी तरफ से एक पत्र भेज दे रोमेन्द्र। इसके बाद वह मुझसे उन्मुख होकर बोलीं कि तुम्हारे दादा आएँ तो उन्हें हठपूर्वक यहीं रोक लेना। दादा मोटो के विवाह में सम्मिलित होने आए। मुझे देखते ही कातर स्वर में बोले कि तूने अपनी यह क्या हालत बना ली है बिभा। मैं अपने पैर के अँगूठे की ओर देखने लगी। यह तो कह नहीं सकती थी कि मैंने नहीं बनायी, मेरे पति ने बना दी है। किन्तु दादा मुझसे मिलने के लिए आने से पहले और लोगों से सब कुछ मालूम कर चुके थे।

वह मुझसे बोले, 'मैंने जमाई बाबू की रखैल एलोकेशी की कथा सुन ली है बिभा और मैं उसके बारे में बात करके तेरा दिल दुखाऊँगा नहीं। किन्तु हाँ पिछले दिनों अपने अँग्रेजी अध्यापक के मुँह से मैंने जो प्रार्थना सुनी वह तुझे अवश्य सुनाऊँगा। वह है—ओ लॉर्ड गिव मी द करेज टू चेंज द थिंग्स आइ कैन, द सिरेनिटि टू एक्सेप्ट दोज आइ कान्ट नॉट, एण्ड द विजडम टू नो द डिफरेंस। अर्थात् हे प्रभु, जो बदला जा सके उसे बदल डालने का साहस दे, जो न बदला जा सके उसे स्वीकार करने का निर्वेद दे और बुद्धिमत्ता दे इन दोनों में अन्तर कर सकने की। इस प्रार्थना से ही तेरा जीवन सँवर सकता है। निश्चय ही बड़ी प्रेरणास्पद थी वह प्रार्थना परन्तु मेरी तब की परिस्थितियों में उसे सुनाना जले पर नमक छिड़कने-जैसा था। तिस पर दादा ने इतना और जोड़ दिया कि तू यह समझ लेगी कि मेजोकुमार से तेरा विवाह हो चुकने की स्थिति तो नहीं बदली जा सकती किन्तु हाँ तू मेजोकुमार को और स्वयं अपने को बदल सकती है तो तुझे शान्ति मिलेगी और मेजोकुमार तथा अपने को बदल सकने का साहस भी। मैंने रुआँसे स्वर में उन्हें अपने पति और स्वयं अपने को बदलने के अपने प्रयासों की कथा संक्षेप में सुना डाली। फिर मैं उनके वक्षस्थल में सिर छिपा फफक-फफककर रो पड़ी। दादा ने मेरी पीठ मली। शान्त हुई तो मेरी पीठ थपथपाकर बोले कि कैसे कहती है कि तू विफल रही? तू उस चांडालिका एलोकेशी को जयदेबपुर से भगाने में सफल हुई न।

जमाई बाबू को तेरे स्वास्थ्य की चिन्ता करने के लिए बाध्य कर सकी न। सच बहुत चिन्तित रहते हैं वह तुझे लेकर।

मैंने कहा कि चिन्तित होते तो क्या कभी मेरी सुध लेने न आते? अपनी रातें कहीं और बिताते? दादा बोले कि सामन्ती परिवार की बोऊरानी बन जाने की अपनी स्थिति स्वीकार कर बिभा। सामन्तों की रीति-नीति अंगीकार कर नहीं तो ऐसे ही स्वयं दुख पाएगी और अपने पति को और हम सबको दुखी करेगी। सामन्त बहुधा अपनी रातें नाचने-गाने वालियों के साथ बिताते हैं यह मान लेने में ही तेरा उद्धार है बिभा। तू तो इसी से सन्तोष कर कि कोई और पत्नी नहीं ले आये हैं या अपनी रखैल को तेरी आँखों के सामने नहीं भोग रहे हैं। जिस तरह के तर्क रोज मुझे दिया करती थीं ठाकुर माँ वही अपने आधुनिक दादा के मुँह से सुनकर मैं तिलमिला उठी।

क्रोध से काँपते हुए मैं बोली कि एक आधुनिक युवक होते हुए भी मेरी सामन्ती ससुराल की वृद्धाओं की बोली कबसे बोलने लगे दादा? मैं उनसे पूछते हुए तो संकोच कर जाती हूँ किन्तु तुमसे तो पूछ सकती हूँ कि किस धर्मशास्त्र में लिखा है कि वेश्यागमन पवित्र कर्तव्य है हर सामन्त का? वे भले ही मानती हों, आप कैसे मानते हैं कि मुझे इसी से परम प्रसन्न रहना चाहिए कि मेरे पति अपनी उपपत्नी को मेरी आँखों के सामने नहीं भोगते। दौर्बल्य से प्राय: हिमशीतल हो चुकी मेरी गदोली को अपनी गदोलियों से मलते-गरमाते दादा बोले कि देख बिभा मैं आधुनिक हूँ और मेरा वश चलता तो तेरा विवाह भी किसी आधुनिक विचारों वाले व्यक्ति से हुआ होता किन्तु तेरा विवाह एक सामन्त से हुआ है। धर्मशास्त्र में न भी लिखा हो तो भी सामन्तों द्वारा नगरवधुओं की सामाजिक परिपाटी अवश्य चली आई है। जमाई बाबू न आधुनिक हैं और न ही किसी चमत्कार से आधुनिक बन सकेंगे। मैं पिछली बार भी कह गया था और फिर भी दोहरा रहा हूँ, उन्हें थोड़ा-सा भी सुधार सकेगी और राज-काज की ओर थोड़ा-सा भी उन्मुख कर सकेगी तो यह तेरी बहुत बड़ी उपलब्धि होगी। मेरे कहने से तुझे बुरा लगेगा किन्तु तेरा हित चाहता हूँ इसीलिए इस कटु सत्य की ओर तेरा ध्यान दिलाना चाहता हूँ कि उदासी के इस रोग को पाल-पोसकर तू स्वयं अपने पाँवों पर कुल्हाड़ी मार रही है। इससे जमाई बाबू तो तुझसे विमुख हो ही रहे हैं तेरा हित न चाहने वाली स्त्रियों को उन्हें दूसरे विवाह के लिए प्रेरित करने का अवसर भी मिल रहा है।

सुनकर मैं स्तब्ध रह गयी। बोली कि नहीं ऐसी कोई बात नहीं है दादा आपसे किसने कह दिया। दादा बोले कि पगली ऐसी बात वह मुझे या तुझे बताएँगे भला? किन्तु इसका सहज ही अनुमान किया जा सकता है कि तेरी जिठानी और उसकी सिखाई-पढ़ाई स्त्रियाँ ऐसा कुछ कर रही होंगी। तू भी जमाई बाबू जितनी अबोध है और समझ नहीं पाती कि बोड़ोकुमार और बोड़ोबोऊ अँग्रेज मैनेजर के साथ मिलकर सारी रियासत हड़पने का षड्यन्त्र रच रहे हैं। मैंने दादा से करबद्ध विनती की कि इस तरह की बातें कहकर मेरी व्यथा और न बढ़ाया करें। राजपरिवार के सदस्य अपरिष्कृत भले ही हों कुटिल कदापि

नहीं हैं आपस में बहुत प्रेम है उनमें। दादा बोले कि राजपरिवार में ब्याह दी गयी है, इसलिए यह अच्छी तरह से समझ ले कि राजपरिवारों में आपसी राजनीति होती है, आपसी प्रेम नहीं। तू स्वास्थ्य और स्वहित की रक्षा के लिए पहला काम यह कर कि आहार और औषधि नियमित ग्रहण कर, उद्यान में सैर करने के लिए जाया कर सुबह-शाम और राजकाज तथा अन्त:पुर की राजनीति में रुचि लेना शुरू कर। बोड़ोकुमारी के साथ लगी रहा कर। रानी माँ के दरबार में उपस्थिति दर्ज कराती रहा कर। तेरी मुख्य दासी बोड़ोकुमारी की मुँह लगी है। और सुनता हूँ कि तूने उसे अपने विरुद्ध कर डाला है। उसे अपनी तरफ मिला।

मैंने कहा दादा मुझे आपका इस तरह से बातें करना अच्छा नहीं लग रहा है आप क्यों यहाँ लोगों से ये सारी पूछताछ करते हैं। इस पर दादा झुँझलाकर बोले कि इसीलिए मुझे यह अच्छा नहीं लगता कि दुख की माला जपते हुए मृत्यु के मुख की ओर बढ़ती रहे, राजकाज और राजनीति में तेरी अरुचि का लाभ उठाकर तेरी जिठानी सर्वेसर्वा बनती जाए और तेरे दुख से दुखी होकर माँ भी खाट पकड़ लें। तुझे मेरा सद्परामर्श अरुचिकर लगता हो तो मैं तुरन्त वापस चला जाऊँगा। यहाँ रहकर तो मैं माँ का क्रोध ही मोल लूँगा। मैंने दादा से क्षमा-याचना की और उन्हें वचन दिया कि उनके परामर्श पर ही चलूँगी। सुनकर दादा ने मेरा गाल थपथपाया फिर झोले से निकालकर एक साड़ी देते हुए बोले कि अपनी मुख्य दासी से भोजन मँगवा और उसे यह साड़ी बख्शीश कर दे। मुझे अटपटा लगा किन्तु मैंने उनके आदेश का पालन किया। भोजन आने के बाद दादा ने स्वाद लेकर खाना शुरू किया किन्तु मैं वमनेच्छा आरम्भ हो जाने के भय से संकोच कर गई। दादा बोले कि यह क्या, तूने तो सचमुच खाना छोड़ दिया है। मैं तो समझा था कि जमाई बाबू की शिकायत मिथ्या है। मैं बोली कि तुम खा लो दादा मैं बाद में खा लूँगी। दादा मुस्कराकर बोले कि लगता है तुझे आज वैसे ही खिलाना पड़ेगा जैसे बचपन में खिलाता था चिरौरी कर-कर के। दादा ने एक ग्रास उठाया और उसे आरती की तरह मेरे मुँह के आगे घुमाते हुए कहने लगे कि प्रसाद ग्रहण कर लो बिभा देबी मुँह खोल दो भक्त के लिए। मेरी प्रतिक्रिया वही हुई। जो बचपन में होती थी। मेरा मुँह खुल गया हँसते हुए। और दादा ने वह ग्रास मेरे मुँह में डाल दिया।

यह दादा के प्रेम का प्रताप था कि मैं अपनी वमनेच्छा पर विजय पा सकी। भोजन खिलाने के बाद दादा औषधि पिला रहे थे कि मेरे पति आ गए। जिज्ञासा की कि कुछ खाया बिभा ने। दादा बोले कि हाँ, पेट भरके। पति बोले कि साला बाबू मुझे तो अपनी पत्नी के प्राण बहुत प्यारे हैं ही, यदि आपको अपनी भगिनी के प्राण भी उतने ही प्यारे हों तो इसके उपचार के लिए कम-से-कम छोटोकुमार के विवाह तक तो यहीं रुक जाएँ। बारात कलकत्ता ही जानी है आप तभी हमारे साथ निकल चलना। यह यहाँ हम लोगों के हाथ से तो अन्न-जल और औषधि ग्रहण करती नहीं। दादा बोले कि आप निश्चिन्त रहें जमाई बाबू मैं इसे समझा दूँगा और आगे से आपको ऐसी शिकायत नहीं

होगी। आप उत्तरपाड़ा एक पत्र भिजवा दें तो मैं यहाँ सहर्ष रुक जाऊँगा। पति बोले कि मैं तो अभी ऐसा पत्र भिजवाकर ही आ रहा हूँ कि यहाँ बिभा को और मुझे आपकी कितनी आवश्यकता है। दादा बोले कि मैं निश्चय ही इस आशय का पत्र भेज दूँगा। दासी पानदान लायी। दादा ने आँखों से इशारा किया कि पति को बीड़ा दूँ। मैंने दिया। फिर दादा ने एक बीड़ा मेरे मुँह में डाला और दूसरा अपने। पति बोले कि साला बाबू अब तो मुझे पूरा विश्वास हो गया है कि बिभा को उदासी का रोग इसलिए है कि अपने प्रिय दादा से उसका साथ छूट गया है। मोटो भी मेरे बिना नहीं रह पाती। मैं तो इसीलिए कह रहा हूँ कि उसके पति से भी घरजमाई बनने को कहा जाए। किन्तु उसके ससुराल वाले कहते हैं कि अपनी वकालत के सिलसिले में उसके पति को ढाका में ही रहना होगा। और फिर ढाका जयदेबपुर से ऐसा कौन-सा दूर है कि आपकी बेटी मायके वालों से मिलती-जुलती न रह सके। बिभा बेचारी के लिए आपके दर्शन अलबत्ता दुर्लभ रहेंगे जब तक कि आप मुझे घरजमाई न बना लें अथवा स्वयं जयदेबपुर न आ बसें। दादा बोले कि आपको घरजमाई बना सकें ऐसी हमारी हैसियत कहाँ किन्तु हाँ मैं आगे कभी ढाका में ही बस जाने की बात सोच सकता हूँ। पति बोले कि आगे क्यों अभी सोचें। अन्यथा मेरी पत्नी तो अन्न-जल त्यागकर प्राण ही दे देगी। दादा बोले कि हमारी बिभा ऐसा नहीं करेगी जमाई बाबू। यह तो बहुत समझदार है। मात्र इतना ही है कि बीच में कभी-कभी इसके कान थोड़े से उमेठने पड़ते हैं—इस प्रकार। कहकर दादा ने मेरा एक कान उमेठ दिया।

इस पर मेरे छेले मानुष पति ने मेरा दूसरा कान उमेठ कर पूछा—इस प्रकार? और हँस पड़े। दादा भी हँसे। पहली बार मैं भी सम्मिलित हुई अपने पति के किसी अट्टहास में। सुखद लगा यह अनुभव। फिर मेरे पति मुझसे बोले कि तुमसे मुझे जो भी शिकायत है वह मैंने साला बाबू को बता दी है, तुम्हें मेरी जो भी शिकायत करनी हो इनसे करते रहना यह मुझे बता देंगे। दादा बोले कि जमाई बाबू मैं भवालराजपरिवार की मेजोबोऊ की मुख्य दासी की भूमिका में बिभा के स्वास्थ्य सुधार के लिए समर्पित हो जाऊँगा और बिपिन खानसामा की भूमिका में मेजोकुमार और मेजाबोऊ के बीच सेतु बनकर दोनों के सम्बन्ध मधुर बनाने में जुट जाऊँगा। कहते हुए दादा हँस पड़े और मैं और मेरे पति दोनों एक साथ उस हँसी में सम्मिलित हुए। यह भी बहुत सुखद लगा मुझे। फिर पति बोले कि अच्छा तो मैं चलता हूँ मेरी उपस्थिति में तो बिभा आपसे मेरी कोई शिकायत कर नहीं पाएगी। पति के जाने के बाद मैंने दादा से जिज्ञासा की कि इन्होंने क्या शिकायत की मेरी। दादा यही बोले कि तुझे उनका साहचर्य अच्छा नहीं लगता, उनकी हर चेष्टा उनकी हर माँग घृणास्पद लगती है तुझे। तू उनका मन जीतने के लिए वो सब करती क्यों नहीं जो मालीना ने तुझे बताया था और अब भी तुझे अपनी सीख भेजती रहती है। मैंने उद्विग्न स्वर में कहा कि दादा मालीना दी की सारी सीखें यहाँ सिद्ध हो चुकी हैं। मैं तो पति का मन जीतने के लिए उनके आदेशानुसार ऐसे काम तक कर चुकी हूँ जो

परिष्कृत समाज में घृणास्पद समझे जाते हैं। किन्तु दुर्भाग्य कि मैं अपने को गिराकर भी उनकी दृष्टि में ऊँचा नहीं उठ सकी। दादा आप समझ क्यों नहीं रहे कि मैं पति से घृणा नहीं करती, वह मुझसे करते हैं सो इसीलिए कि मैं एलोकेशी नहीं।

मैं फफक-फफक कर रो पड़ी। दादा ने मुझे अंक में भर लिया और कुछ देर रो लेने दिया फिर एक गहरा नि:श्वास छोड़कर बोले कि मैं भलीभाति जानता हूँ बिभा कि किसी से घृणा करना तेरे स्वभाव में है ही नहीं किन्तु तू इतनी मेधावी होकर भी यह क्यों नहीं समझ पा रही है कि यदि तू इसी तरह खाट पकड़े रहेगी और डॉक्टर कहेंगे कि तेरा रोग किसी दुख के कारण है तो यही माना जाएगा न कि तू अपने विवाह से दुखी है, अच्छा नहीं लगता तुझे अपना पति। दादा का तर्क मुझे नतमस्तक कर गया। दादा ने मेरे अपने रूमाल से मेरे आँसू पोंछे। फिर मेरे केश चूम कर बोले कि मैंने तुझे जो प्रार्थना सुनाई थी उसे हृदयंगम कर ले बिभा। मान ले कि तेरी यह स्थिति नहीं बदल सकती और फिर इस स्थिति में अच्छी से अच्छी तरह रह। दुख मनाना छोड़ देगी तो जमाई बाबू भी तुझसे दुखी रहना छोड़ देंगे। तेरी ननद का विवाह हो रहा है ऐसे समय में तेरा उदास और रुग्ण बना रहना शोभा नहीं देता। जिस तरह तेरी जेठानी विवाह की तैयारियों में उत्साह से हिस्सा ले रही है उस तरह तू भी ले। बीमार बनी रहेगी तो अपने ससुरालवालों की दृष्टि में और भी गिर जाएगी।

मैंने दादा के आदेशों का पालन किया और विवाह की धूमधाम में अपना दुख भुला दिया। मेरी सखीवत् ननदों की विदाई मुझे बहुत अधिक उदास न कर सकी क्योंकि उनके अभाव की पूर्ति के लिए दादा उपस्थित थे। वह सचमुच मेरी मुख्य दासी और बिपिन खानसामा दोनों की भूमिकाएँ उत्साह से निभाने लगे थे। मेरा स्वास्थ्य सुधरने लगा। दादा की उपस्थिति ने फिर मेरे लिए जयदेवपुर में एक छोटा-सा उत्तरपाड़ा रच दिया था। इसमें मेरे पति को भी घसीट लाने में वह उतने सफल नहीं हो पा रहे थे जितने कि पिछले बार हुए थे। दादा राजबाड़ी की राजनीति बीच-बीच में मुझे समझाते रहे किन्तु उनके बहुत समझाने और प्रेरित करने पर भी मैं राजनीति करना सीख नहीं पायी। उन्होंने ही बताया कि रानी माँ ने छोटोकुमार के लिए आनन्दा नामक जो कन्या चुनी है वह तेरी जेठानी को पसन्द नहीं आएगी क्योंकि उसने किसी और कन्या के लिए बहुत आग्रह किया था। तो तू उस आनन्दा को आते ही संरक्षण में ले लेना। दादा की राजनीति चर्चा मुझे जितनी ही अरुचिकर लगती उतनी ही प्रीतिकर लगती उनकी साहित्य चर्चा। उनकी लाई और उनके सुझाव पर ढाका से मँगवाई हुई पुस्तकें मैंने उनके साथ बहुत उत्साह से पढ़ीं। मेरे पति दादा को अँग्रेजी की मोटी-मोटी पुस्तकें समझाते हुए देखते तो बहुत प्रभावित होते। किन्तु कभी-कभी हँसकर कहते कि सालाबाबू पुस्तकें पढ़-पढ़ के आपको नीरस ज्ञान तो बहुत हो गया है अब जरा मेरे साथ चलिए आपको थोड़ा व्यावहारिक सरस ज्ञान भी करवा दें।

दादा बाद में मुझे बताते कि जमाईबाबू चाहते हैं कि मैं भी सामन्तों की तरह

विलासी बन जाऊँ किन्तु मैं उनके जाल में फँसने वाला हूँ नहीं। उल्टा मेरा तो यह यत्न रहेगा कि उन्हें विलासी सामन्त से आधुनिक उद्यमी बना दूँ। मैं लगातार कुछ महीनों तक यहाँ रह जाऊँ तो अवश्य ही जमाईबाबू को सद्मार्ग पर लगा सकूँगा। विमुख कर सकूँगा उन्हें उस एलोकेशी से। मैं कहती कि काश आप ऐसा कर सकें। वह कहते कि मैं माँ को समझाने का यत्न कर रहा हूँ। किन्तु उसका तो यही कहना है कि मैं कलकत्ता में रहकर पढ़ाई पूरी करूँ और वहीं नौकरी करूँ। चलो, छोटोकुमार के विवाह तक तो मैं यहाँ हूँ ही और फिर प्रयास करुँगा कि बारात के साथ कुछ दिन के लिए यहाँ लौट आऊँ। मैं इतने भर से ही पुलकित होती रही किन्तु माँ ने मोटो की विदाई के बीस दिन बाद ही दादा को वापस बुलवा लिया। लिखा कि अपनी पढ़ाई का हर्ज मत कर। छोटोकुमार की बारात में कलकत्ता में सम्मिलित हो जाना।

दादा के चले जाने के बाद लालो और मोटो के अभाव में ससुराल में मेरा अकेलापन और भी गहरा उठा। लालो-मोटो के कारण पति यदा-कदा तो दिन में मुझसे मिलने आ जाया करते थे। अब दिन में उनके दर्शनों से मैं पूरी तरह वंचित हो गयी। रात में बुलाना भी उन्होंने लगभग छोड़ दिया। मोटो से मिलने के नाम पर अब वह ढाका और भी अधिक जाने लगे। छोटोकुमार के विवाह ने मेरे लिए नए संकट प्रस्तुत किए। बारात प्रस्थान के समय मेरे पति इतनी मौज में आ गए कि वर को चलती बग्गी से नीचे घसीटने लगे। दूल्हा को तो खींच नहीं पाए किन्तु इस प्रयास में स्वयं गिर पड़े और बग्गी का पिछला पहिया उनकी एड़ी पर से निकल गया। हड्डी टूट गयी। पति विवाह कार्य में बैशाखी लिये घूमे। मेरे लिए इससे भी बड़ी दुर्घटना सिद्ध हुई छोटोबोऊ आनन्दा। दादा का यह अनुमान सही था कि वह मेरी जेठानी को बिल्कुल नहीं सुहाएगी। किन्तु मैंने पाया कि आनन्दा को अपने संरक्षण में ले लेने का जो निर्देश दादा मुझे दे गये थे उसका पालन मैं नहीं कर सकती। वह मुझे अपरिष्कृत और कलहप्रिय दोनों लगी। इन्दुदी ने भले ही उसपर कोई टिप्पणी न की हो ज्योतिदी मेरी जेठानी से सहमत हुई कि छोटो के लिए वधू के चुनाव में रानी माँ से बड़ी भूल हो गई है। किन्तु इन्दुदी का विचार था कि तेरह वर्षीया आनन्दा अपरिपक्व है इसलिए बोलते समय उसे उचित-अनुचित का विचार नहीं रह पाता। राजपरिवार के साथ रहते रहते शिष्टाचार सीख जाएगी। सबसे बड़ी बात यह है कि उसका पति उससे प्रसन्न है और सासु माँ सन्तुष्ट। इन्दुदी का यह कथन मुझे गिन्नी बोऊ के रूप में अपनी विफलता रेखांकित करता प्रतीत हुआ। आनन्दा ने अपने पति को इसलिए प्रसन्न कर दिया होगा कि वह लालो की तरह मांसल, चंचल और दुस्साहसी थी। रानी माँ को उसने सन्तुष्ट किया उनकी सहेली मोक्षदा मासी माँ का मन मोहकर। उनकी तरह उसके भी रुचि के तीन ही विषय थे आहार, निद्रा और मैथुन। आनन्दा ने आते ही वर्चस्व के लिए सरजूबाला से परोक्ष संघर्ष छेड़ दिया। वह चाहती थी कि मैं इसमें उसका साथ दूँ। उसके प्रस्ताव के प्रति अरुचि दिखाकर मैंने उसे अपना बैरी बना लिया।

अन्त:पुर की राजनीति में सफल होने के लिए आनन्दा ने दासियों को सहेलियाँ बना लिया था। इसलिए शीघ्र ही वह राजपरिवार का सारा कच्चा चिट्ठा उनसे जान गई और उसके ब्यौरे की बातें उसने अपने पति को रिझाकर ज्ञात कर लीं। एलोकेशी और मेरे पति के प्रणय-व्यापार का सारा इतिहास उसे कंठस्थ हो गया और वह उसके परिच्छेद चटकारे ले-लेकर मुझे सुनाते रहना अपना कर्तव्य समझने लगी। उसके प्रति न्याय करने के लिए मुझे यह स्वीकार करना पड़ेगा कि वह अपने पति के वेश्यागमन के किस्से भी इतना ही रस लेकर सुनाती रही मुझे। उसे भले ही अपने पति का वेश्यागमन पीड़ाप्रद न लगता रहा हो, मुझे तो लगता था। इसलिए मैं उससे दूर-ही-दूर रहने लगी। जब तक लालो-मोटो थीं मुझे अन्त:पुर में रानी माँ के दरबार में उपस्थिति दर्ज करने जाना अच्छा लगता था। अपने कक्ष के द्वार भी सदा खुले रखती थी कि वे अपने मेजो दादा को लेकर आ जाएँगी। अब रानी माँ के दरबार में जाने का अर्थ हो गया आनन्दा का सामना करना और द्वार खुले रखने का उसे बिन बुलाए आने देने का। तो मैंने रानी माँ के दरबार में जाना लगभग छोड़ दिया और अपने शयनकक्ष का द्वार भी प्राय: बन्द ही रखने लगी। मैं अपना अधिकतर समय पुस्तकें पढ़ने में बिताती। आनन्दा मेरे कमरे में आती और मुझे पुस्तक पढ़ता देखती तो हँसकर कहती कि लगता है आपको पुस्तकों से उतना ही प्रेम है जितना कि मेजोकुमार को एलोकेशी से। और इतना कहकर वह कोई नया किस्सा छेड़ देती। मैं कोई भी प्रतिक्रिया दिए बगैर पुस्तक पढ़ती रहती जिसे आनन्दा मेरे हास्यास्पद रूप से नकचढ़ी अथवा मूढ़ा होने का प्रमाण मानती। एक दिन वह मुझसे बोली कि पहले मैं समझ ही नहीं पाई थी कि आपको रोग शैया पर पड़े रहना क्यों अच्छा लगता है किन्तु आज समझ गई। बूझ सकती हैं कि कैसे? ऐसे कि एलोकेशी को मलेरिया हो जाने पर जो मेजोकुमार उसके सिर पर विलायती सुगन्धित जल में भीगे रूमाल रखते रहे, तलवों-हथेलियों पर काँसे की कटोरी मलते रहे तो वह आप जैसी सुन्दर, सुगढ़ और सौम्य पत्नी की सेवा-शुश्रूषा के लिए क्या न करते होंगे। उसकी यह टिप्पणी मेरे हृदय को छलनी कर गयी। किन्तु मैंने कुछ नहीं कहा।

मेरा मौन आनन्दा के लिए चुनौती बन गया। प्रतिदिन वह मुझे कुछ न कुछ सुनाती रही कभी मेरे पति के वेश्यागमन के बारे में और कभी अपने पति के बारे में। कभी-कभी वह बोड़ोकुमार के वेश्यागमन और सुरापान की कथाएँ भी सुना जाती। इतने भर से सन्तुष्ट न होकर उसने अपने पति के हवाले से भवाल के कुमारों द्वारा एक साथ दो वेश्याओं से रमण करने के और कभी दो कुमारों द्वारा एक साथ एक ही वेश्या को भोग लेने के वृत्तान्त भी प्रस्तुत किए। मेरी कोई रुचि न होते हुए भी वह मुझे यह भी बताकर रही कि इस तरह की कामक्रीड़ा में क्या किया जाता है। उसकी इन कथाओं से मेरे मन में एक जिज्ञासा अवश्य उत्पन्न हुई कि क्या मेरे पति अन्य किसी कुमार अथवा मित्र को अपनी एलोकेशी भोगने देते हैं। किन्तु आनन्दा से पूछा नहीं। किन्तु एक दिन वह स्वयं ही बताकर रही कि मेजोकुमार एलोकेशी को किसी और के साथ नहीं सोने देते। हाँ औरों

के सामने उसके साथ रंगरेलियाँ करने में उन्हें कोई संकोच नहीं होता। जब दिन-रात उसे साथ रखते हैं तो संकोच कैसे करें। और तो और जब आखेट पर निकलते हैं तो उसे भी बैठाकर ले जाते हैं। आनन्दा बताती रही कि हथिनी पर साथ बैठी एलोकेशी से मेजोकुमार क्या करते हैं और कैसे करते हैं किन्तु मैं यही सोचती रही मेरे पति सच्चे अर्थ में एलोकेशी से प्रेम करते हैं। मेरे मन में उभरती रही एलोकेशी की वह छवि जो मैंने उसे जयदेबपुर से निष्कासित करते समय देखी थी। एक ठो सद्गृहिणी की छवि।

देवरानी से मिली इस सूचना के बाद मेरे रोग ने उग्र रूप धारण कर लिया। अब भोजन से ही नहीं पठन-पाठन से भी अरुचि होने लगी। पुस्तक खोलती तो आनन्दा की फूहड़ शब्दावली साहित्यकार की ललित पदावली को आच्छादित कर डालती। मेरे हाथ-पाँव ठण्डे पड़े रहने लगे और उनमें ताप लाने के लिए डॉक्टर मोशाय ने एक जो सफेद मलने वाला पाउडर दिया उसकी गंध सूँघते ही मेरे मुँह में कड़वा पित्त भरने लगा। सबसे विचित्र बात यह कि प्रकाश मेरी आँखों को चुभने लगा। और सदा के लिए साथ लग चुके सिरदर्द को भयंकर रूप से बढ़ाने लगा। दासी से सारे पर्दे खिंचवाकर कमरे में लगभग अँधेरा कराकर औंधे मुँह पड़ जाती पलंग पर और सिर ढँक लेती तकिए से। धीरे-धीरे मैंने अपने को पूरी तरह समर्पित कर दिया अपनी उदासी और उस अनाम बीमारी को। प्रकाश पीड़ाप्रद प्रतीत होने लगा था मुझे। मैं चाहने लगी थी कि बाहर का सारा संसार घुप्प अँधेरे में खोया रहे सदा। दीया-बाती का समय हो जाने पर लैम्प न जलाने देती बड़ी देर तक। और जब दासी यह कहकर लैम्प जला ही देती कि दीया-बाती न करना अपशकुन माना जाता है तब मैं आँखें जोर से मींच लेती और उससे कहती कि बत्ती जितनी नीची हो सकती हो, कर दो। किन्तु शीघ्र ही एक पीड़ास्पद खोज की मैंने कि अँधेरा कर देने या आँखें मूँद लेने से किसी का व्यथा संसार मिट नहीं जाता। अंतर्मन के दर्पण में सदा उसी की छवि झलकती रहती है। मरकर ही मिलती है इस संसार से मुक्ति। किन्तु विष खाकर या फाँसी लगाकर मर सकूँ, इतना साहस था नहीं मुझमें। जो हो, अँधेरा करके आँखें मींचे, मुँह ढके लेटे रहने में यह सम्भ्रम पाल सकने का सुख तो था ही कि मन की आँखों से जो दीख रहा है वह दु:स्वप्न मात्र है। जब जागूँगी तो वास्तविक स्थिति कुछ और होगी, या यह भी सम्भव है कि मैं चिरनिद्रा में लीन हो जाऊँगी और यह अंधकार ही वास्तविकता बन जाएगा मेरे लिए। कृपया यह न समझें कि उस मेजोबोऊ पर, मैं अपनी आज की प्रौढ़ अनुभूतियाँ आरोपित करती चली जा रही हूँ। स्वीकार करती हूँ कि राजबाड़ी की यह बिभा तो तन-मन दोनों से ही इतनी बच्ची-जैसी थी कि किशोरी भी मान सकना कठिन था उसे। 'हाँ या ना' के अतिरिक्त कुछ विशेष बोल ही नहीं पाती थी वह तो। किन्तु भीतर से वह उतनी ही प्रौढ़ थी जितनी आज हूँ। पीड़ा ने बना दिया था प्रौढ़ उसे और जिन साहित्यिक पोथियों के साथ उसका अधिकतर समय बीतता था तब उन्होंने परिपक्व बना डाला था उसकी अनुभूतियों को। बल्कि कदाचित् मैं अब, तब की बिभा की अपेक्षा कुछ कम ही प्रौढ़ हो गयी हूँ— अपने उन दादा के साथ रहते-रहते

जिनके लिए मैं सदा बालिका ही रहूँगी।

तो वहाँ उस प्राय: अँधेरे कक्ष में आँखें मूँद पेट के बल लेटे रहने वाली प्रौढ़मना किशोरी यह सोच-सोचकर अपार शान्ति अनुभव करने लगी कि मैं मृत्यु-मुख की ओर फिसलती चली जा रही हूँ। मेरी ये मुँदी आँखें शीघ्र ही सदा के लिए मुँद जाएँगी। उपचार के प्रति पूरी तरह उदासीन हो गई थी मैं। अपने मर जाने की बात सोचकर मुझे जिस मात्रा में सन्तोष होता था, उसी मात्रा में मेरे प्रति सासु माँ का आक्रोश बढ़ रहा था कि अपने उपचार की उपेक्षा करा रही हूँ। जब अपने दादा की उपस्थिति में भोजन और औषधि ले रही थी तो अब क्यों छोड़ दी है। रोमेन्द्र कहता है कि तुम्हारी उदासी अपने दादा की अनुपस्थिति के कारण है। तो बुला न उसे, किसने रोका है। क्यों तुम हम लोगों को बदनाम करवाने पर तुली हुई हो? मुझे लगा कि मैं अपने ससुराल वालों की सहानभूति पूरी तरह से खो चुकी हूँ किन्तु मैंने इसका बुरा न माना और हाँ मैंने दादा को बुलाने के लिए कोई पत्र भी नहीं भेजा। फिर एक दिन ज्योतिदी कागज-कलम लेकर आईं कि लगता है तूने कोई पत्र भेजा नहीं अन्यथा अब तक तुम्हारे दादा निश्चय ही आ गए होते। लो लिखो मेरे सामने। मैंने रोते हुए कहा कि वह दादा को पत्र नहीं भेजेंगी ज्योतिदी। कारण, मालीनादी भी उत्तरपाड़ा आयी हुई हैं और उनका वहाँ उपचार चल रहा है। स्वयं माँ का स्वास्थ्य ठीक नहीं है। ऐसे में दादा कैसे आ सकते हैं? ज्योतिदी बोलीं कि तुम लिखो तो सही। मैंने लिख दिया किन्तु अपने रोग के उग्र हो जाने का कोई संकेत न दिया। माँ का आक्रोशभरा पत्र मिला कि मैं तो समझी थी कि एक वैभवशाली परिवार में विवाह कराकर हम तेरे भार से मुक्त हो गए हैं। किन्तु तू तो यह चाहती है कि तेरा जिआ जरा उचाट हो तो सत्या तेरा मन बहलाने के लिए दौड़ा चला आए। तू स्वयं बता कि वह इस समय अपनी बीमार माँ और बहन की देख-रेख और परीक्षा की तैयारियाँ छोड़कर कैसे आ सकता है तेरे पास? मैंने इस पत्र का कोई उत्तर नहीं दिया। बस उसे ज्योतिदी को दिखा दिया। बस वही थीं जो अब भी पूरी सहानुभूति रखती थीं मुझसे, और मेरी उदासी भगाने के लिए जलद को छोड़ जाती थीं। जलद ही था जो मुझे कमरे में प्रकाश करने के लिए बाध्य करता था। अँग्रेजों का नया संवत्सर 1904 आरम्भ हो गया। मेरे विवाह की दूसरी वर्षगाँठ निकट आने लगी और फरवरी में मुझे मिला उत्तरपाड़ा से मालीनादी का एक पत्र जिससे प्रकट हुआ कि ससुराल वालों की तरह मायके वाले भी यह मानने लगे हैं कि पति के मुझसे विमुख हो जाने का पूरा दायित्व मुझपर ही है।

उसने लिखा था कि तू न माँ को पत्र भेजती है न बाती को। यहाँ सब तेरे कारण दुखी हैं। माँ जानना चाहती हैं कि तू कैसी है? पूरी तरह व्यवस्थित हो गई है कि नहीं? तेरे पुराने रोग पूरी तरह मिट चुके हैं कि नहीं? रोमेन्द्र तुझे अपना प्रेम और अपनी देखभाल करने देता रहा है? और परिवार के अन्य लोगों का तेरे प्रति व्यवहार कैसा है— किन्तु तू इस सब पर मौन साधे रहती है। सुनती हूँ कि बीमार होने के बाद से तू परम

मूर्खा-सा व्यवहार करने लगी है, अपना ध्यान ही नहीं रखती और ऐसा कुछ नहीं करती जिससे तेरा भला हो सकता हो। पहले तू हम भाई-बहनों में सबसे मेधाविनी समझी जाती थी। अब हम दुखी हैं तुझे ससुराल में ऐसा व्यवहार करते देख। पत्र में मुझे यह सीख भी दी गई थी कि मैं रोमेन्द्र के साथ सदा छाया-सी लगी रहूँ और वही सब करूँ जिससे वह प्रसन्न होता हो। यदि वह बैठकखाने में ही सोना चाहता है तो मैं भी वहीं सोऊँ। पति का प्रेम पाने से बड़ा कोई सुख नहीं है हम स्त्रियों के लिए और उसे सद्मार्ग पर लगाना हमारा परम कर्तव्य है। तो सदा मधुर मुस्कानों और मधुर शब्दों से उसे प्रसन्न करती रहा कर। उसका मन-मोहने के लिए सदा सजी-सँवरी बैठी रहा कर। मैं तिलमिला उठी इस सद्परामर्श से। उससे भी अधिक इस बात से कि जब मैंने पति के शुष्क व्यवहार के बारे में उत्तरपाड़ा को कभी एक शब्द नहीं लिखा तब माँ को पता कैसे चल गया? निश्चय ही मेरी जिठानी या बड़ी ननद ने लिखा होगा माँ को। बाबा ने तो क्या ही बताया होगा उनको। दीदी ने यह भी लिखा था कि दादा को माता निकल आई थी जिसके कारण उनकी पढ़ाई में बहुत विघ्न पड़ गया है। इसका अर्थ यह ही था कि मैं परीक्षाएँ समाप्त होने से पहले दादा को बुलाने की बात सोचूँ ही नहीं। तो मैं बन्द अँधेरे में पड़ी-पड़ी मृत्यु की प्रतीक्षा करती रही। दुर्बल हो जाने के कारण मुझमें लम्बा-चौड़ा सिंगार करवाने की शक्ति नहीं रह गई। और सिंगार करवाती तो किसके लिए। अस्तो में स्वभाव-सूचक चिह्न लगते ही बिस्तर पर निढाल पड़ जाती और बहुधा औंधे मुँह लेटकर उस सूक्ष्मतम सिंगार को भी बिगाड़ डालती। अपने अँधेरे कमरे में प्रकाश या तो नन्हे बुद्धू के आग्रह पर करवाती या फिर इन्दुदी अथवा सरजूबाला के आने पर जिन्हें ठाकुर माँ ने मुझे बलपूर्वक पथ्य खिलाने और औषधि का दायित्व सौंप दिया था। तो भले ही मैं उनका खिलाया-पिलाया तत्काल निकाल देती, वे मेरी सेवा में अवश्य प्रस्तुत होतीं क्योंकि उनके हाथों से मैं पथ्य और औषधि ग्रहण करने को तो बाध्य तो होऊँगी और उसमें से कितना भी बाहर निकाल दूँगी तो भी कुछ तो भीतर जाएगा ही। ऐसे ही दिन बीतते गए। फिर एक दिन जब इन्दुदी मुझे पथ्य और औषधि देने आयीं तो मैंने रानी माँ को भी उनके पीछे-पीछे आते देखा। मैं खड़ी हो जाने की कोशिश करने लगी। वह बोलीं कि बैठी रह, बैठी रह और स्वयं भी मेरे पास आकर बैठ गयीं। पथ्य ग्रहण करते ही मुझे वमनेच्छा हुई और मेरी असावधानी से वमन का एक छींटा रानी माँ पर भी पड़ गया। वह बिलबिलाती-सी उठ खड़ी हुईं और इस क्रम में उन्होंने दासी का उठाया हुआ उगालदान गिरा दिया। रानी माँ ने अपना विलाप शुरू कर दिया और उसमें इतना और जोड़ा कि बेटा तो जैसा था ही, बोऊ भी ऐसी मिली जो किसी अनाम रोग से ग्रस्त होकर कमरा अँधेरा करके पड़ी रहती है, सारा खाया-पीया उलट देती है। ऐसे में मेरा बेटा उस कुलटा एलोकेशी के पास नहीं जाएगा तो किसके पास जाएगा, बोलो? मैं सोचती थी कि पढ़ी-लिखी बोऊ लाने से बेटा राजकाज चलाना सीखेगा किन्तु कुछ नहीं हुआ। मुझ अकेली जान को वह मरा मेयेर कितना परेशान किए हुए है यह मैं ही जानती हूँ। तुम्हारी

माँ भेजती क्यों तुम्हारे भाई को। इन्दुदी ने उन्हें डाँटकर चुप किया किन्तु अब मैं रो पड़ी। ज्यों ही इन्दुदी ने औषधि मेरी ओर बढ़ायी मैंने मुँह मोड़ लिया और कहा कि मेरे कारण आप सब दुखी हैं माँ, मुझे औषधि नहीं विष दिलवा दीजिए। रानी माँ पाँव पटकती हुई चली गईं। इन्दुदी ने संयमित स्वर में कहा कि तुम्हारा यह आचरण अशोभन है बोऊमाँ। उस रात मेरे पति एक लम्बे अन्तराल के बाद मेरे बन्द अँधेरे कमरे में पहुँचे। दासियों पर चीख-चिल्लाकर उन्होंने खिड़कियाँ खुलवाईं, गन्ध निकलवाने के लिए पंखा झलवाया, उन्हें विदा किया और फिर मेरे कन्धे कसकर पकड़ते हुए पूछा कि मैंने तुम्हें ऐसा क्या दुख दिया है कि तुम विष खाकर मर जाना चाहती हो बोलो? डाक्टर मोशाय की दी हुई औषधियाँ और उनका सुझाया आहार ग्रहण न करके तुम क्या जताना चाहती हो, बोलो? क्या इतना ही काफी नहीं कि तुम मुझे नर्क का कीड़ा समझती हो जो मुझे अपनी माँ की दृष्टि में भी गिराना चाहती हो। तुम्हें अपने सत्यादा को बुला लेने में क्या कष्ट है? बोलो। मैंने कहा कि उनकी पढ़ाई में विघ्न पड़ता है। वह हँसे कि पढ़ने में साला बाबू का मन कब लगता है। वह तो यहाँ रहकर बहुत खुश होते हैं। मैं आज ही तार भिजवाकर उन्हें बुलवा लेता हूँ। मैं बोली कि नहीं, माँ क्रोध करेंगी। वह बोले कि क्यों क्या उनके लिए बेटे की पढ़ाई, बेटी के प्राणों से अधिक प्यारी है? मैं पूछना चाहती थी पति से कि क्या आप के लिए यह असम्भव है कि मुझ बीमार को उसी तरह अपने हाथों से भोजन करवाएँ और दवा पिलाएँ जिस तरह दादा? यह न कहिएगा कि आपका उनसे भिन्न स्वभाव है। मैं सुन चुकी हूँ कि अपनी रखैल एलोकेशी की आपने कितनी सेवा-शुश्रूषा की थी। किन्तु मैं उनसे ऐसा कह सकने का साहस जुटा नहीं पायी।

इसके बाद प्राय: महीनेभर तक पति मेरे पास न स्वयं आये और न बिपिन को ही भेजा उन्होंने अपना दूत बनाकर। मैं तब तक दुर्बलता के मारे अर्ध-मूर्च्छा-की-सी अवस्था में रहने लगी थी। उस अवस्था में मुझे यही दिखाई देता रहता था कि मैं दादा के साथ हूँ और हम एक बड़े सुन्दर से घर में मूर्धन्य साहित्यकारों और नेताओं से समाज सुधार के विषय में चर्चा कर रहे हैं। यही कारण है कि जब उस दिन बिपिन ने द्वार खटखटा कर कहा कि आपके दादा आए हुए हैं तब कुछ क्षण मैं सचमुच सोचती रही कि मेरे दादा तो मेरे साथ बैठे हैं, ये कौन-से दादा आ गये। बिपिन बोला कि आप तैयार हो जाएँ माँ, मेजोकुमार उन्हें साथ लेकर दस मिनट में पहुँच रहे हैं। मन हुआ कि वैसी ही बैठी रहूँ। फिर सोचा पति क्रुद्ध होंगे। मैंने मुख्य दासी को मेरा सिंगार करने का आदेश दिया और दूसरी दासी से कहा कि वह कमरे की खिड़कियाँ खोल दे और पंखा झलकर उसमें बसी मालिश के पाउडर की गंध हटा दे। दासी से सिंगार करा लेने के बाद जब मेरी दृष्टि दर्पण में अपने बिम्ब से मिली तब मैं स्वयं को पहचान न सकी। मैंने अनुभव किया कि सिंगार करवाकर बड़ी भूल कर बैठी हूँ। मेरा रुग्ण चेहरा उससे बीभत्स हो उठा है। मैंने उसे मिटाने के लिए रूमाल माँगा कि तभी मेरे पति दादा के साथ मैनेजर मेयेर के राजद्रोह की चर्चा करते हुए आ गए। मुझे देखकर दादा की आँखें छलछला उठीं।

मैं पति के सामने रोना नहीं चाहती थी किन्तु अपने अश्रुप्रवाह पर लगा नहीं सकी अंकुश। दादा ने मुझे अपनी बाँहों में लिया और मैं उनके कन्धे पर सिर टिकाए फूटफूटकर रो पड़ी। दादा भी रोने लगे। हमारे इस क्रन्दनमय मिलन पर पति बोले कि सालाबाबू हम लोग तो समझाने में विफल हो गए हैं, अब आप ही अपनी बहन से पूछकर हमें बता दें कि किस कारण यह विष खाकर मर जाना चाहती है। इतना कहकर वह चले गये। दादा ने रूमाल निकालकर पहले मेरी आँखें पोंछीं फिर अपनी। और फिर बोले कि ऐसे चलेगा नहीं। कुछ देर तक इसी वाक्य को जपते गए वह। फिर बोले कि मेधाविनी होते हुए भी किसी मन्दबुद्धि कन्या का-सा आचरण क्यों कर रही है बिभा? विष खाकर मरने की बात करने से पहले तूने यह तो सोचा होता कि ऐसा करके तू अपने पति को अत्याचारी ठहराएगी। मुझे और माँ को इतना अधिक अपराधबोधग्रस्त कर देगी कि हम भी विष खा लेंगे। जब भी यहाँ आता हूँ तुझे सारी ऊँच-नीच समझाकर जाता हूँ। तू ऐसा आभास देती है कि मेरी बातों का यथोचित प्रभाव पड़ा है तुझपर। मैं बार-बार तेरी खातिर अपनी पढ़ाई छोड़कर यहाँ नहीं आ सकता। क्या तुझे इस बात का कोई अनुमान नहीं कि मेरे यहाँ दौड़े चले आने से माँ कितना रुष्ट होती होंगी। मैं रुआँसे स्वर में बोली कि दादा मुझे मेरे हाल पर छोड़कर लौट जाओ अगली गाड़ी से। मेरा तो जो होना था हो चुका, अब अपने भविष्य की चिन्ता करो। तुम पर ही टिकी हैं माँ की सारी आशाएँ।

दादा बोले कि मुझे अपने भविष्य से अधिक चिन्ता तेरी है बिभा। यदि यहाँ तू दुख से मरती रही और वहाँ तेरे दुख से माँ के प्राण संकट में पड़ गये तो मैं अपने लिए सबसे अधिक प्रिय दो व्यक्तियों को खो बैठूँगा। बिभा अब तो मैं दो ही स्थितियों में यहाँ से जा सकता हूँ। या तो बोड़ोकुमार से तुझे उपचार के लिए साथ ले जाने की अनुमति मिलने पर या फिर तेरे इतना स्वस्थ हो जाने पर कि लौटकर माँ को तेरी कुशल-क्षेम के विषय में आश्वस्त कर सकूँ। तो अब पूरा यत्न कर शीघ्रातिशीघ्र स्वस्थ हो जाने का। तो दादा जयदेबपुर में ही बने रहे। उनके इस त्याग पर मुझे माँ और मालीनादी से अधिक महत्त्व देने पर मैंने अपने को धन्य पाया और उनके प्रति मेरा आभार, मेरा प्रेम कुछ और बढ़ गया। उनकी उपस्थिति सुखद थी मेरे लिए किन्तु धीरे-धीरे वह तनाव का भी कारण बनने लगी। मुख्यत: इसलिए कि मेरे वैवाहिक जीवन में उनका हस्तक्षेप पति और मेरे बीच की खाई घटा नहीं पा रहा था। बढ़ा ही रहा था कदाचित्। कुछ तो इसलिए कि दादा प्रतिदिन आकर मुझे अपने जमाई बाबू की गतिविधियों का दुखद ब्यौरा देते। आनन्दा से इस तरह की बातें सुनती ही रही थी। दादा के मुँह से उन्हें ब्यौरेवार सुनना अत्यन्त त्रासद सिद्ध होने लगा मेरे लिए। वितृष्णा बढ़ने लगी मन में पति के प्रति। एक दिन मैंने दादा से कहा भी कि आप मुझे क्यों यह सब सुनाकर दुखी करते हैं दादा? वह सुन लेंगे तो यही सोचेंगे कि मैंने आपसे उनकी जासूसी करने को कहा है। दादा बोले कि दूसरे तुझे सुनाएँ इससे अच्छा है कि मैं बता दूँ और बिभा यह सब मैं इसलिए नहीं बताता कि तेरा दुख बढ़ाऊँ। मैं इसलिए बताता हूँ कि तू और मैं मिलकर इन परिस्थितियों से पार पाने

के उपाय सोच सकें। जमाई बाबू मुझे हर जगह साथ ले जाते हैं और यद्यपि वैसी जगहों पर जाते हुए मुझे संकोच होता है, मैं जाता हूँ ताकि उन पर दृष्टि रख सकूँ। मनमाना व्यय न करने दूँ और कोई झगड़ा न मोल लेने दूँ। उन्हें पता है कि मैं और तू एक-दूसरे से कुछ नहीं छिपाते। इसलिए वह जासूसी का आरोप मुझपर क्यों लगाएँगे भला?

फिर उन्होंने मुस्कराते हुए सूचना दी कि यदि मैं यहाँ जासूसी कर रहा हूँ तो मैनेजर मेयेर के दरबार में जमाई बाबू की ओर से। वह स्वयं न तो अँग्रेजी जानते हैं और न उन्हें मैनेजर की कचहरी में बैठना रास आता है, अस्तु उनका मेयेर से कोई संवाद हो ही नहीं पाता। वह बैठा-बैठा बोड़ोकुमार के साथ गिटर-पिटर गिटर-पिटर अलग ही खिचड़ी पकाता रहता है। मैंने जमाई बाबू को बता दिया है कि मेयेर निरन्तर बोड़ोकुमार के कान रानी माँ के विरुद्ध भड़का रहा है। इस घड़ी मेरा यहाँ रहना जितना तेरे हित में आवश्यक है, उतना ही जमाई बाबू के भी। बहुत बड़ा षड्यन्त्र चला हुआ है राजपरिवार में। दादा का इस तरह की चर्चा करना मुझे अब बहुत खलने लगा। वह मुझसे बोले कि तेरे परिवार की राजनीति में मैं तेरे कारण ही रुचि ले रहा हूँ। तुझे यह सब सुनना पसन्द न हो तो मैं तेरे आगे इस तरह की कोई चर्चा नहीं करूँगा किन्तु भले ही तुझे और तेरे पति को अपने हितरक्षण की चिन्ता न हो मैं अवश्य करूँगा। तू अपनी जिठानी का कितना भी गुणगान करती रह एक दिन देखेगी कि दादा सही कह रहे थे।

इसके बाद दादा ने मुझसे राजनीति चर्चा करना छोड़ दिया, साहित्यिक चर्चा करके मेरा दिल बहलाते रहे। उन्होंने इस बात का भी यत्न किया कि पहले की तरह मेरे और मेरे पति के बीच सेतु बनने का काम करें। दो-एक बार वह पति को दिन में साथ ले जाने में सफल हुए किन्तु रात्रिवेला पति मेरा यथापूर्वक बहिष्कार करते रहे। उधर दादा थे कि हर संध्या मुझ विरहिणी को वासकसज्जा बन जाने के लिए बाध्य करते रहे। और हर रात बिपिन वही सन्देश लेकर आता रहा कि आप सो जायें माँ । मेरी स्थिति हास्यास्पद होने लगी क्योंकि आनन्दा को पता चल गया कि मैं प्रतिदिन सिंगार करके बैठती हूँ अपने दादा के आग्रह पर किन्तु मेरे पति दर्शन नहीं देते। मैंने दादा से विनती की कि मुझे सज-सँवरकर बैठने की इस यातना से मुक्ति दें। दादा बोले कि धीरज रख, वह तेरे पास अवश्य आएँगे। उस रात भी वह नहीं आए। अगले दिन प्रातःकाल जब मुझे दादा कलेवा कराने आए तो उन्होंने कहा कि आज वह अवश्य आएँगे। उन्होंने अपनी इष्टदेवी की सौगन्ध खाकर वचन दिया है। उस दोपहर मेरे पति ने राजबाड़ी के उद्यान में एक करैत पकड़ लिया। अन्तःपुर में आकर उसका मुँह भय से चीखती स्त्रियों के पास ला-लाकर पुलकित होते रहे। जब वह मेरे कक्ष में आए दादा मेरे पास बैठे थे। वह तो सर्प को देख भयभीत होकर भाग गए किन्तु मैंने पति को सर्प का मुँह अपने ओठों के निकट लाने दिया। कामना करने लगी कि वह विषधर मृत्यु का चुम्बन दे दे मुझे। अन्ततः पति ने ही मेरे दुस्साहस पर दंग होते हुए सर्प का मुँह मेरे चेहरे के पास से हटा दिया। फिर अपने ओठ मेरे ओठों के बिल्कुल निकट लाते हुए बुदबुदाए कि तुम्हें मारने को

मैं आऊँगा आज रात। सुनकर मैं सुखी हुई। संध्यावेला दादा आकर बता गए कि आज सर्प से न डरकर तूने जमाई बाबू को प्रसन्न कर दिया है। अब सब अच्छा होगा बिभा। मैं सज-धजकर बैठ गयी। समय बीतता गया। मेरी दासी उबासियाँ भरने लगीं। मेरी कमर दुखने लगी बैठे-बैठे। वह बोलीं कि आप लेट जाइए मेजोबोऊ। मैं बिपिन से पता करती हूँ कि क्या बात है। मैंने उसे रोकना चाहा किन्तु इस भय से बोली नहीं कि कहीं रो न पड़ूँ। वह थोड़ी देर में यह सूचना लेकर आयी कि कलकत्ता की किसी बाईजी का नाच-गाना हो रहा है। उससे कहा कि ठीक है तू जा और लैम्प की बाती नीची कर दे। वह चली गयी। थोड़ी देर में पदचाप सुनाई दी। वह नहीं दादा थे। यह कहने कि आज कलकत्ता से बाईजी के आने की बात जमाई बाबू भूल ही गये थे किन्तु उन्होंने कहा है कि आएँगे जरूर। फिर बैठ गयी। प्रतीक्षा की घड़ियाँ खिंचती चली गयीं। मेरे आँसू बह निकले और मुझ पर मूर्च्छा छाने लगी। मैं औंधे मुँह गिर पड़ी पलंग पर थोड़ी देर बाद पदचाप सुनाई दी। रूमाल से मुँह पोंछते हुए मैं उठ बैठी। वही थे। मैंने मालीना दी के निर्देशानुसार चित्तचोर मुस्कान से उनका स्वागत करने का प्रयास किया। किन्तु मेरी सूजी आँखें और आँसुओं से धुले और रूमाल से लगभग पुँछ चुका काजल छिपा न पायी वह मरियल-सी मुद्रा। वह पास बैठते हुए बोले कि रो रही थीं? मैं घबराकर बोली कि नहीं? वह गरजे कि झूठ बोलती हो। रोती क्यों रहती हो— बोलो? तुम्हारे लाड़ले दादा को भी बुलवा दिया और क्या चाहिए तुम्हें बोलो? मैंने कहा कि कुछ नहीं। मैं बहुत सुखी और सन्तुष्ट हूँ। वह बोले कि तुम मेरे दर्शनों के लिए तड़प रही हो तो अब मेरे आ जाने के बाद गठरी-सी बनी क्यों बैठी हुई हो? मैंने अपना शीश उठाया। वह बोले कि उस सर्प से नहीं डरीं तो मुझसे क्यों डरती हो?

मैंने अपने चेहरे को सामान्य करने की चेष्टा की। पता नहीं इससे मेरे चेहरे पर क्या भाव आया किन्तु जो हो, उन्हें तो वह वितृष्णा का ही प्रतीत हुआ। बोले कि मुझे सदा ऐसे क्यों देखती हो मानो मैं खाजभरा कोई कुकुर होऊँ। और सभी स्त्रियों के चेहरे तो मुझे देखते ही खुशी से चमक उठते हैं किन्तु मेरी घरवाली मुझे ऐसे देखती है कि अगर उसका वश चले तो धक्के मार-मार कर घर से निकलवा दे मुझे। इस आरोप से स्तब्ध रह गयी मैं। मालीनादी की सीख के अनुसार मुझे अपने स्वर में मिठास, पीड़ा और सिंगार तीनों घोलकर कहना चाहिए था कि इतना निराधार आरोप लगाने से तो अच्छा कि आप मेरा गला ही घोंट दें प्रियतम। किन्तु चाहकर भी न वैसा स्वर साध सकी न वैसी कोई बात ही कह सकी। बड़ी कठिनाई से अपने आँसुओं के समक्ष एक बाँध खड़ा कर देने के बाद मात्र इतना कह पायी रुँधे कण्ठ से कि ऐसा झूठा आरोप न लगाएँ। वह मुझे धक्का मारते हुए खड़े हुए और गरजे कि मुझे आज तक किसी ने झूठा नहीं कहा है, समझीं। मुझमें अनेक अवगुण हो सकते हैं किन्तु न मैं झूठ बोलता हूँ और न तुम्हारी तरह अपनी असली भावना दूसरों से छिपाता हूँ। साला बाबू के यह कहने पर मैं महफिल से उठकर तुम्हारे पास आ गया कि तुम मेरे विरह में सूखकर काँटा हो रही हो। वह कदाचित

भूल गये हैं कि सूखे हुए काँटे के रूप में ही उन्होंने तुम्हें यहाँ भिजवाया था।

वह जाने लगे। मैं पीछे लपकी उनके और उनकी कलाई पकड़कर मैंने कहा उनसे मालीनादी की सुझाई शैली में कि मुझे छोड़कर न जाओ स्वामी। वह अपना हाथ छुड़ाते हुए पलटे। मुस्कराए मुझे देखकर। अलमारी खोली। गुड्डा निकाला। बोले, 'मेरा क्या करोगी तुम? मैं तो गरम खून वाला मर्द हूँ। तुम तो अभी बेजान गुड्डों से ही खेलने योग्य हो।' कह कर गुड्डा फेंका मेरी ओर। मैं पकड़ न सकी। वह मेरे मुँह पर आकर लगा। पति जा रहे थे इसलिए मैं गुड्डे को उठाने के लिए झुकी नहीं। उसे रौंदती हुई गयी और लिपट गयी पति से कि इस तरह रुष्ट होकर न जाएँ। मैंने दादा से जो कहलवाया था सो ठीक था। मुझे आपने रोते देखा तो आपके विरह में ही। सुनकर वह घूमे। मुझे गोद में उठाकर पलंग पर दे पटका। कुछ देर तक देखते रहे। फिर उन्होंने अपनी धोती उतारी। मेरी साड़ी-पेटीकोट उठाया। मुझ पर झुके। आगे क्या हुआ। इसका स्मरण नहीं है। सम्भव है उन्होंने मुझ विरहिणी को तुष्ट करने के लिए अपनी विशिष्ट पद्धति से प्रेम प्रदर्शित किया हो। सम्भव है कि साँप को पकड़ने और अन्ततः पटक-पटककर मार डालने से जो उत्तेजना उन्हें प्राप्त हुई थी दिन में उसे रात में मुझ अधमरी को मारकर पुनः प्राप्त करने की चेष्टा की हो उन्होंने। मैं कब संज्ञाहीन हो गयी मुझे पता ही न चला। जब संज्ञा लौटी तब पाया कि कोई कह रहा है व्यग्र स्वर में कि अरे यह तो बिल्कुल ठंडी पड़ गयी है। वह पुरुष स्वर मुझे अपने पति का लगा। किन्तु जब आँखें खोलीं तब वह कहीं दिखाई न पड़े। कमरे में उस दवा की गन्ध बसी थी जो डॉक्टर मोशाय ने मेरे बदन पर मलने को दी थी कि इससे रक्त संचार बढ़ता है और मूर्च्छा टूटती है। मैंने देखा कि बड़ी ननद मेरे तलुवे मल रही है और जिठानी माथा दबा रही है। बहुत संकोच हुआ मुझे। मैंने उठ बैठना चाहा। जिठानी ने रोक दिया। बोलीं कि न, उठो मत। कहीं फिर चक्कर आ जाएगा। डॉक्टर मोशाय ने कहा है कि होश आ जाने के बाद पथ्य दें और विश्राम कराएँ। इन्दुदी ने दासी को आवाज देकर मेरे लिए बादाम, हल्दी और दूध का पथ्य मँगवाया। कठिनाई से दो घूँट निगल पायी मैं उसके। इन्दुदी बोली कि इतना कम खाने-पीने से ही तो तुम्हें मूर्च्छा आने लगी है। हमारे हाथों से न खाना चाहो तो अपने दादा को बुला लो। किन्तु इस हठधर्मिता में अपने प्राण मत लो मेजोबोऊ। मैंने तीन घूँट और पी लिये। जिठानी ने ननद की ओर देखा और कहा कि रानी माँ रसाई में पहुँच चुकी होंगी। इन्दुदी ने मेरा मुँह पोंछा और उठ खड़ी हुईं। जिठानी भी उठीं और सिर पर हाथ फेरकर बोलीं कि तुम्हारे दादा को भिजवाती हूँ। थोड़ा उनके हाथों भी खा लेना। खाओगी न? वचन दो। मैंने वचन दिया।

दादा आये। विडम्बना कि मुझे पथ्य पिलाते हुए वह यही कहते रहे कि जो भी हुआ अच्छा हुआ। उनके कलकत्ता की प्रसिद्ध बाईजी के नाच-गाने के बीच से मेजोकुमार का मेरे पास आना, अपने अपरिष्कृत मुसाहिबों की व्यंग्योक्तियाँ कसने के बावजूद आना और मुझे अंकशायिनी बनाना दो बातें प्रकट कर गया था। पहली यह कि

जमाई बाबू प्रकटतः भले ही अपने मुसाहिबों की भाँति साला बाबू का परिहास करते हों, भीतर ही भीतर वह उनकी विद्वत्ता से प्रभावित भी हैं और उनका आदर करते हैं। ऐसा न होता तो इतनी बड़ी महफिल छोड़कर क्या वह मात्र इसलिए अपनी पत्नी के पास चले जाते कि साला बाबू को वचन दिया था। क्या वह साला बाबू को झिड़क न देते वहीं महफिल में ? उन्होंने तो मुसाहिबों को झिड़का। दूसरी बात यह कि उन्हें अपनी पत्नी से प्रेम है। कोई भी और सामन्त होता तो पत्नी की खातिर महफिल से उठकर न जाता। और पत्नी के संज्ञाहीन हो जाने पर सारी राजबाड़ी को सिर पर न उठा लेता। तुरन्त डॉक्टर बुलवाया टमटम भेजकर।

निस्सन्देह उस घटना के बाद से मेरे प्रति पति का व्यवहार इस अर्थ में बदल गया कि उन्होंने किसी भी तरह की निष्ठुरता करनी छोड़ दी। प्रतिदिन दादा के साथ मेरा सुख पूछने आने लगे और थोड़ी देर तक साथ बैठकर बात करते रहे। इससें मेरी उदासी कुछ कम हुई। दादा के आने के बाद से मैंने अपने कमरे को बन्द रखना और अँधेरा करना छोड़ दिया था। कदाचित् इससे भी मेरे अन्तस में व्याप्त अंधकार छँटने लगा। मैंने पथ्य और औषधि नियमित रूप से स्वयं ही लेना शुरू कर दिया और यह स्वीकार कर लिया कि मैं पति की वासना की न काम्य हूँ और न कभी हो सकूँगी। इतना ही पर्याप्त है कि वह मेरी पूर्ण उपेक्षा नहीं कर रहे हैं। मेरा स्वास्थ्य फिर तेजी से सुधरने लगा। मैं सामान्य हो चली तो पति ने यदा-कदा बुला लेने का क्रम फिर आरम्भ कर दिया। दादा की उपस्थिति मेरे लिए और मेरे दाम्पत्य जीवन के लिए संजीवनी का काम कर रही थी और मेरे हितैषी दादा मेरे लिए अपनी परीक्षाओं को भी तिलांजलि देने के लिए तत्पर हो गए थे। इसके कारण माँ उनसे रुष्ट होती जा रही थी और उधर बोड़ोकुमार दादा को इस बात की अनुमति नहीं दे रहे थे कि वह मुझे अपने साथ उत्तरपाड़ा ले जाएँ। दादा तनावग्रस्त होने लगे। उनका कहना था कि बोड़ोकुमार और मेयेर जो षड्यन्त्र रच रहे हैं उसके निराकरण के लिए मेरी उपस्थिति आवश्यक है। और मैं यह भी जानता हूँ कि मेरे प्रस्थान करते ही तू फिर वही आत्मघाती पागलपन आरम्भ कर देगी। मैंने दादा को वचन दिया कि मैं अब आहार और औषधि नियमित लेती रहूँगी और आपकी हर सीख का पूरी तरह पालन करूँगी। दादा चले गये। उदासी मुझे फिर घेरने लगी किन्तु मुझे दादा को दिया हुआ वचन याद आ गया। मैं अपने को स्वस्थ और व्यस्त रखने का प्रयास करने लगी। मुझे यह देखकर भी सन्तोष हुआ कि दादा के जाने के बाद पति के व्यवहार में भी कोई परिवर्तन नहीं आया और उन्होंने मुझसे कभी-कभी आकर मिल लेने का और कभी भूले-भटके रात को बुला लेने का क्रम नहीं छोड़ा। मैं जानती हूँ कि बहुत से लोग कहते हैं कि हम पति-पत्नी के मध्य रंचमात्र भी प्रेम न था। किन्तु मैं समझती हूँ कि वहाँ भवाल की राजबाड़ी के पुरुष अपनी स्त्री को जितना और जैसा स्नेह और सान्निध्य दिया करते थे उतना और वैसा मुझे भी अपने पति से मिलता रहा फिर। इसे मैं अपना ही दोष कहूँगी कि वह मुझ अभागन को अपर्याप्त लगता रहा।

तभी राजबाड़ी में पड़े मेरे चरणों के अशुभ होने का एक और प्रमाण देने वाली और दादा की भविष्यवाणी को सही सिद्ध करने वाली घटना घटी। दिन में मेरे पति मेरा हाल पूछने आए थे कि अन्त:पुर में कोलाहल मच गया। वह बोले कि चलो देखते हैं कि क्या व्यापार है। कोलाहल रानी माँ के कमरे में मचा हुआ था। वह विलाप कर रही थीं। मेरे पति को देखते ही वह और भी अधिक क्रन्दन करने लगीं और बड़ी कठिनाई से पति उनसे यह ज्ञात कर सके कि मैनेजर मेयेर ने रानी माँ के कुप्रबन्धन की शिकायत करते हुए ढाका के कलेक्टर रेन्किन को एक पत्र भेजा है और उसपर बोड़ोकुमार के हस्ताक्षर करवा लिए हैं। मेरे पति बोले कि यह असम्भव है। रानी माँ बोली कि मैंने भी यही कहा था किन्तु जिस कर्मचारी ने सूचना दी थी उसने उस पत्र की यह नकल लाकर दे दी है। मैं तो अँग्रेजी जानतीं नहीं बोड़ोबोऊ को बुलाया है। मेरे पति बोले कि बिभा भी एबीसीडी पढ़ी हुई है इसे दे दो। मैंने घबराकर कहा कि नहीं-नहीं मुझे इतनी अधिक अँग्रेजी आती नहीं है। पति बोले कि जितनी आती है उतनी पढ़ो। बताओ इसमें रोणेन्द्रदा के हस्ताक्षर हैं कि नहीं। अँग्रेजी का ज्ञान सीमित होने के बावजूद इतना तो मैंने पढ़-समझ ही लिया कि बोड़ोकुमार ने मैनेजर के कथन का सत्यापन करने के लिए अपनी मोहर लगा कर हस्ताक्षर कर रखे हैं। मैं किंकर्तव्यविमूढ़-सी हो गयी और उधर मेरे पति अपना धैर्य खोने लगे। तो इतनाभर कह दिया कि हाँ बोड़ोकुमार ने हस्ताक्षर किए हैं। तभी पति ने पूछा कि उस नमक-हराम मेयेर ने क्या लिखा है पढ़ो। मेरे सौभाग्य से तभी सरजूबाला आ गयीं और मैंने पत्र उनकी ओर बढ़ाते हुए कहा कि आप अधिक अँग्रेजी जानती हैं दीदी आप ही सुना दीजिए। बोड़ोबोऊ अटकअटक कर पत्र पढ़तीं और बांग्ला में अनुवाद करती रहीं और उनके मुख की आभा लुप्त हो गयी। मेयेर ने लिखा था : 'रानी बिलासमणि के कारण भवालराज की आर्थिक स्थिति बिगड़ती जा रही है और छोटोकुमार तो लगभग अनपढ़ हैं, बोड़ो ही पढ़े-लिखे और भले हैं और वह स्वयं सहमत हैं कि उनकी माँ के कारण राज का बड़ा अहित हो रहा है किन्तु वह माँ का विरोध करने में असमर्थ हैं। तो कुछ ऐसी व्यवस्था करें कि बोड़ोकुमार मेरी देख-रेख में राजकाज चला सकें।' रानी माँ ने पूछा कि यह बता कि तेरे पति ने इस पर क्या लिखा है? सरजूबाला को स्वीकार करना पड़ा कि बोड़ोकुमार ने अपने हस्ताक्षरों से यह प्रमाणित किया है कि उपरोक्त तथ्य सही हैं। रानी माँ विलाप करने लगीं कि मेरा बोड़ो और उसकी बोऊ मेरे विरुद्ध षड्यन्त्र करने में जुटे हुए हैं। सरजूबाला ने उन्हें आश्वस्त किया कि ऐसी बात नहीं है, बोड़ो तो सीधे हैं, मेयेर ने फुसलाकर हस्ताक्षर करवा लिए होंगे। स्वयं बोड़ो ने भी कुछ ऐसा ही कहा। तो सारा क्रोध मेयेर पर बरसाया गया। रानी माँ ने उसे तुरन्त सेवामुक्त कर दिया।

उस रात जब पति ने मुझे बैठकखाने में बुलाया तब मुझसे कहा कि मैं तो तुम्हारे दादा की बात को हँसी में उड़ा देता था किन्तु मैनेजर मेयेर के बारे में उनकी धारणा बिल्कुल सही निकली। साला बाबू का किताबी ज्ञान ही नहीं, व्यावहारिक ज्ञान भी बहुत

ठोस लगता है। मेरा मन होता है कि उन्हें अपना परार्मशदाता बना लूँ और बातों के साथ-साथ यह भी बताते रहेंगे कि तुम्हें स्वस्थ-प्रसन्न रखने के लिए मुझे क्या करना चाहिए। फिर वह बोले कि अपने दादा की तरह तुम भी तो बुद्धिमान हो तो यह बताओ कि माँ की सहायता के लिए मुझे क्या करना चाहिए। मैंने कहा कि ढाका जाकर कलेक्टर की कचहरी में दरियाफ्त करनी चाहिए कि उस पत्र में आगे क्या कार्रवाई हो रही है? वहाँ ब्रजलाल बाबू से सहायता ले सकते हैं आप। वह बोले कि और तुम मोटो से मिल सकती हो। यह पहला अवसर था कि वह मुझे अपने साथ ढाका ले गए। वहाँ वह न रात को एलोकेशी के पास स्वयं गए और, उन्होंने उसे नालगोला वाली राजबाड़ी में बुलाया। मैं धन्य हुई। ढाका में पता चला कि रेन्किन ने वह पत्र कलकत्ता स्थित राजस्व बोर्ड कार्यालय को इस अनुशंसा के साथ भिजवा दिया है कि भवालराज कोर्ट ऑफ वाड्र्स को सौंप दिया जाए। ब्रजलाल बाबू ने कलकत्ता में अपने एक मित्र वकील को रेवन्यू बोर्ड जाकर साहब लोगों का रुख जानने के लिए पत्र भेजा। पति के आदेश करने पर मैंने दादा को भी पति की ओर से इस काम का दायित्व सौंपा। काम दादा ही कर पाए। शीघ्र ही मुझे उनका पत्र मिला कि अपने पति और सासु माँ दोनों को एकान्त में बता दें कि बोर्ड के बड़े साहब ने रेन्किन साहब की सिफारिश के नीचे लिख दिया है कि सम्प्रति कोई कार्रवाई अपेक्षित नहीं और उन्हें बता दें कि इसका अर्थ यही है कि कार्रवाई तब की जाएगी जब बोड़ोकुमार 21 वर्ष के होकर कानून की दृष्टि में वयस्क हो जायेंगे।

मैंने सासु माँ को दादा से प्राप्त सूचना तो दी किन्तु इससे जुड़ी उनकी व्याख्या नहीं। सासु माँ तो सूचनाभर से सन्तुष्ट हो गयीं किन्तु मेरे पति रात को बार-बार कहते रहे कि इतना बड़ा पत्र है इसमें बस इतना ही लिखा है। मैंने सफाई दी कि शेष पत्र घरेलू बातों से भरा पड़ा है। पति बोले कि नहीं कि तुम मुझसे कुछ छुपा रही हो लाओ मैं मास्टर मोशाय से पढ़वाता हूँ। हारकर मुझे बताना ही पड़ा कि दादा का क्या अनुमान है? सुनकर पहले पति बोले कि असम्भव और फिर कभी पाँव पटकने लगे और कभी मसनद पर घूँसे बरसाने लगे। फिर दादा को कोसते रहे कि हम भाइयों में शत्रुता पैदा करना चाहते हैं साला बाबू। मैंने पति का क्रोध शान्त करने के लिए कहा कि दादा ने यह कहीं नहीं लिखा है कि यह चाल बोड़ोकुमार ने सोची है। उन्होंने तो यह ही बताया है कि साहब लोगों के मन में क्या है? वह बोले कि साहब लोग तो सब कुटिल होते हैं और उनकी मैमें कुलटा। इसके बाद गर्भाधान का कर्मकाण्ड पूरा करके मेरे पति ने मुझे विदा कर दिया। थोड़े दिनों में राजपरिवार मेयेर के पत्र वाली बात भूल ही गया। उधर दादा बार-बार लिखते रहे कि जमाई बाबू को समझाऊँ कि कलकत्ता में रेवन्यू बोर्ड के साहब लोगों पर प्रभाव डालने के लिए शीघ्र ही कुछ करें। मैंने उनकी बात पति तक पहुँचाने का जोखिम नहीं उठाया। इस बार भी दादा का अनुमान सही निकला। अभी राजबाड़ी में बोड़ोकुमार के 21वें जन्मोत्सव की मंगल-ध्वनियों की अनुगूँज बाकी

थी कि 6 अक्टूबर, 1904 को अन्त:पुर में सूचना आई कि कलेक्टर साहेब असिस्टेंट मैजिस्ट्रेट और पुलिस टुकड़ी के साथ पधारे हैं और राजबाड़ी के सारे कुंजियों के गुच्छे माँग रहे हैं। रानी माँ अपने लाड़ले मेजो के साथ फिरंगी अफसर से लड़ने पहुँचीं। जालीदार दीवार के पीछे खड़ी हुईं उससे बात करने तो देखा कि मेयेर और बोड़ो दोनों उसके साथ खड़े हैं। रेन्किन ने कहा कि भवालराज कोर्ट ऑफ वाड्र्स को सौंप दिया गया है अस्तु समस्त कुंजियाँ और आलेख अविलम्ब मुझे दे दें।

रानी माँ ने बोड़ोकुमार से कहा कि इन्हें बता दे कि मेरे पति अपनी विल में मुझे अपने परिवार और अपने राज का कर्ता और पालक नियुक्त करके गये हैं। अस्तु इन्हें राज अपने हाथ में लेने का कोई अधिकार नहीं। बोड़ोकुमार ने गिड़गिड़ाहट भरे-से स्वर में रानी माँ की बात का कुछ अनुवाद किया और फिर रानी माँ रेन्किन के उत्तर का अनुवाद सुनकर स्तब्ध रह गयीं। उसने कहा था कि बोड़ोकुमार के वयस्क हो जाने के बाद आप कर्ता नहीं रह गयी हैं और बोड़ोकुमार हमें लिखकर दे चुके हैं कि मैं राजकाज नहीं चलाना चाहता अस्तु सरकार बहादुर ने भवालराज अपने हाथ में ले लिया है। इसके बाद रेन्किन ने बोड़ोकुमार को आदेश दिया कि अपनी माँ से सारे गुच्छे हमें दस मिनट में दिलवा दें। बोड़ोकुमार ने आदेश का पालन किया। और तो और रानी माँ की कमर में सदा से खुँसा रहने वाला उनका गुच्छा भी रेन्किन को दे दिया। तीन दिन तक तलाशी चली। सिपाही अन्त:पुर में भी घुस आए और उन्होंने रानी माँ की निजी तिजोरी तक खोल डाली। आरोप लगाया गया कि कई आवश्यक कागजात तहखाने में छिपे हुए मिले। राज के हिसाब-किताब में भयंकर गोलमाल पकड़ा गया और रानी माँ की तिजोरी से राज की 36 हजार टका की राशि मिली जबकि सच यह था कि रानी माँ ने स्वयं ही तीसरे दिन यह राशि रेन्किन को सौंपी थी। जले पर नमक छिड़कने के लिए रेन्किन ने पहले ही दिन मेयेर को फिर से मैनेजर नियुक्त कर दिया था। इस अपमान से रानी माँ बेहोश हो गयीं।

बोड़ोकुमार अन्त:पुर में तो रानी माँ से सहानुभूति व्यक्त करते रहे किन्तु बाहर उन्होंने रेन्किन का रंचमात्र भी विरोध न किया। मुझे गर्व हुआ अपने पति पर जो रेन्किन से अपनी माँ की ओर से लड़ने का साहस दिखा सके। मैं यह भी समझ सकी कि मेरे पति में और चाहे जितने अवगुण हों वह न बोड़ोकुमार की तरह ढुलमुल स्वभाव के हैं और न उनकी तरह विस्मयकारी दुरंगी नीति अपना सकते हैं। वह जैसे हैं, जो भी हैं सबके सामने हैं। बोड़ोकुमार की तरह नहीं कि इतना कुछ हो जाने के बाद भी यही कहते रहें कि इसमें मेरा नहीं, मेयेर का ही दोष है और कुछ दोष रानी माँ का भी है कि आय से अधिक व्यय कर डालती हैं। राजपरिवार के लोगों का परस्पर विश्वास इतना अडिग था कि किसी ने यह भी नहीं पूछा कि अँग्रेजी का कामचलाऊ ज्ञान रखने वाले बोड़ोकुमार ने कैसे इस आशय के पत्र पर हस्ताक्षर कर दिये कि मेरे वयस्क हो जाने के बाद राजकाज रानी माँ से लेकर मुझे सौंपने की जगह कोर्ट ऑफ वाड्र्स को सौंप

दिया जाए। क्या साहब लोगों ने किसी तान्त्रिक विधि से उनका विवेक हर लिया था? किसी ने ऐसा नहीं पूछा क्योंकि आत्मछलना भवालराजपरिवार की विशेषता थी। दादा ने पत्र लिखा कि रानी माँ को कलकत्ता जाकर बोर्ड का आदेश निरस्त कराने के लिए नामी वकीलों की सहायता लेनी चाहिए। ढाका से आए जमाई ब्रजलाल बाबू भी इससे सहमत हुए। रानी माँ कलकत्ता जाने के लिए व्यग्र हो उठीं। कठिनाई यह थी कि भवालराज अब कोर्ट ऑफ वाड्र्स के हाथ में था। और रानी माँ धन के लिए उसी मेयेर के आगे हाथ फैलाने के लिए बाध्य हो चुकी थीं जिसे उन्होंने अपमानित करके जयदेबपुर से निकाला था। तो रानी माँ बोड़ोकुमार से आग्रह करती रहीं कि मेयेर से कलकत्ता यात्रा के लिए धन का प्रबन्ध करवा दे। बोडोकुमार वचन देते रहे किन्तु मेयेर के पास से खाली हाथ लौटते रहे। रानी माँ के विलाप करने पर बोड़ोबोऊ ने बोड़ोकुमार से सत्याग्रह-सा कर डाला, जिसके प्रताप से वर्ष का अन्त होते-होते कलकत्ता यात्रा का सारा प्रबन्ध हो गया। मैंने पहली बार जाना कि आप लोगों के यहाँ सारा परिवार साथ लेकर चलने की प्रथा है। आप लोगों की पर्दा प्रथा से तो तब तक मैं सुपरिचित हो चली थी किन्तु वह कितनी हास्यास्पद हो सकती है यह अब जाना। जहाँ भी हम स्त्रियों को उतरना होता नौकर तुरन्त चादरों की चारदीवारी बना देते। जब तक हम दूसरी सवारी पर चढ़ न जाते तब तक वह चलती-फिरती चारदीवारी संसार की जिज्ञासु आँखों को हम पर और हमारी जिज्ञासु आँखों को संसार पर न टिकने देती। सच कहती हूँ उस चलते-फिरते पिंजरे के भीतर लटपटाते चरणों से आगे बढ़ना मुझे नितान्त अटपटा और जोखिमभरा प्रतीत हुआ। स्टीमर पर चढ़ते हुए तो मैं गिर ही पड़ी थी।

स्टीमर में हम स्त्रियों को अधिकतर अपनी केबिन में ही पड़े रहना पड़ा। डेक पर पुरुष जो होते थे। डेक पर जाने का अर्थ था उसी चलती-फिरती चारदीवारी के साथ जाना। कुछ न देख सकें बस हवा खा सकें और हवा में तिरते स्वर सुन सकें। बहुधा नाच-गाने के स्वर भी सुनाई पड़ते। आनन्दा तब मुग्ध होकर कहती कि हमारा स्टीमर किसी धनाढ्य विलासी पुरुष के बजरे के पास से गुजर रहा होगा यदि हम चादर उठाकर देख लें तो कितना आनन्द आएगा। हमारे पति तो अवश्य देख ही रहे होंगे और आहें भी भर रहे होंगे। बेचारे रानी माँ के डर से अपने मनोरंजन की सामग्री साथ लेकर नहीं आ पाये हैं। इसके बाद वह अपने पति से सुनी बातों के आधार पर सामन्तों के नौका-विहार के कुरुचिपूर्ण किस्से बहुत रस लेकर सुनाती और दासियों को भी वैसे ही किस्से सुनाने के लिए प्रेरित करती। ये किस्से और घुँघरुओं-तबले के स्वर एक साथ सुनती मैं तो तिलमिलाकर रह जाती। कुछ स्त्रियाँ हैं जिन्हें उनकी निर्धनता अथवा वेश परम्परा अपने को विलासी पुरुषों की कामुकता का खिलौना बनाने के लिए बाध्य करती है और हम विवाहिताएँ हैं कि उनसे ईर्ष्या करती हैं। वे कहती थीं कि हम वेश्यावत आचरण कर सकतीं तो पति हमारे भी नखरे उठाता और हमें भी रात-रातभर भोगता। मैं उनसे कहना चाहती कि मैं वेश्यावत आचरण कर चुकी हूँ पति के आग्रह पर और मुझे उससे प्रेम नहीं मिल पाया है।

कभी-कभी सोचती हूँ मैं कि सोने के पिंजरों में बन्द कर दी गयीं हम राजबाड़ी की स्त्रियों में यौन-सुख की चर्चा इतनी अधिक क्या इसीलिए हुआ करती थी कि वह हमें अपने पतियों से प्राप्त नहीं होता था? मैंने उस यात्रा और कलकत्ता प्रवास के दौरान पाया कि भीड़-भाड़ में पतियों के पत्नियों के पास आने की औपचारिकता करने की भी बाध्यता न रहने पर स्त्रियों के मध्य कामक्रीड़ा की चर्चा और भी अधिक प्रबल हो उठी। मेरा उसमें रस न लेना मुझे आनन्दा की दृष्टि में हास्यास्पद बनाता रहा और आनन्दा का उसमें इतना अधिक रस लेना मेरी दृष्टि में उसे घृणित। तथापि मैंने अपने चेहरे पर घृणा का भाव कभी आने नहीं दिया। जो हो, वह मानती रही कि मैं उससे घृणा करने लगी हूँ।

उस यात्रा के दौरान एक दिन तो वह सासु माँ से रो-रोकर यह शिकायत करने पहुँची मैं उससे इतनी घृणा करती हूँ कि दासियों के सामने उसका अपमान कर बैठी। वह यह था कि आनन्दा बता रही थी कि हमारे स्वर्गीय श्वसुर इतने कामुक थे कि यात्राओं में दो-एक वेश्याएँ साथ लेकर अवश्य चलते थे। इस पर मैंने उसे झिड़क दिया था कि परिवार के यशस्वी पूर्वजों के बारे में इस तरह की बातें करना तुम्हें शोभा नहीं देता। रानी माँ ने ठाकुर माँ कि उपस्थिति में मुझसे पूछा कि क्या तुम और सरजूबाला आनन्दा से घृणा करती हो। दासियों के सामने उस बेचारी को क्यों फटकार सुनाई, जरा मुझे यह तो बताओ बिभा। बता सकने में मेरे संस्कार आड़े आ गए। मुझे सिखाया गया था कि चुगली करना अक्षम्य अपराध है और फिर अपने ससुर के विषय में उस तरह की बात मैं सासु की उपस्थिति में दोहरा भी कैसे सकती थी। तो मैं इतना कहकर रह गयी कि सासु माँ किसी से घृणा करना मेरे स्वभाव में ही नहीं है। मैंने आनन्दा को डाँटा नहीं केवल टोका कि दासियों की उपस्थिति में अभद्र बातें नहीं कहनी चाहिए। सासु माँ ने जिज्ञासा की कि वह अभद्र बात क्या थी मैं भी तो जरा सुनूँ। मैंने कहा कि मैं दोहरा नहीं सकती। सासु माँ को यह उत्तर अपर्याप्त लगा और वह बोली कि तुम दोनों बहुओं की तरह आनन्दा को भी भद्रलोकों के परिवार से लाई हूँ मैं। उसके मायके वाले निर्धन हैं तो इसका अर्थ यह तो नहीं कि तुम लोग उसे अपमानित करो। मैं रुआँसी हो चली। ठाकुर माँ मेरा पक्ष लेते हुए बोलीं कि बात धन की नहीं, संस्कारों की है बोऊ माँ। बिभा सुसंस्कृत है, आनन्दा गँवार।'

रानी माँ ने तब इसका रोना शुरू कर दिया कि मेरे तो बेटे ही गँवार निकले। बस केवल बोड़ो थोड़ा पढ़ा-लिखा है किन्तु वह भी मेयेर का विरोध नहीं कर पाता कायर। पिता का कोई अच्छा गुण तो आया नहीं है उसमें बस उनकी तरह पीना अवश्य शुरू कर दिया है। यह भी भूल गया है कि शराब ने पिता को चालीस वसन्त भी नहीं देखने दिये। मेजो साहसी है और मेरा साथ भी देता है किन्तु उसे आमोद-प्रमोद से ही समय नहीं मिल पाता और वह उजड्ड लोगों की सोहबत करता है। और छोटो तो मन्दबुद्धि और विलासी दोनों ही है। बेटों की बुराई करना उन्हें अप्रीतिकर प्रतीत होने लगा होगा इसलिए वह हम बहुओं को दोष देने लगीं कि अपने पतियों को सही राह पर लाने म

असमर्थ रहीं। मैंने आभार माना कि ठाकुर माँ ने उन्हें फिर टोका यह कहते हुए कि जब हम ही उन्हें काबू में न रख सके तो इन बिचारियों का क्या दोष? तब रानी माँ ने इस बात का रोना शुरू कर दिया कि हम तीनों में किसी की भी कोख हरी नहीं हो रही है।

मैं लौटकर बहुत रोयी। मैं कैसे बताती रानी माँ को कि मैं अपनी गोद में शिशु खेलता देखने के लिए कितनी लालायित रहती आई हूँ। पति से संसर्ग होने के बाद इसी कल्पना में खो जाती रहूँ कि इस अनुभव की सारी पीड़ा, सारी कटुता तब समाप्त हो जाएगी जब कुछ ही सप्ताह बाद मासिक धर्म न होने से मेरी कोख में शिशु का बीज पड़ जाने का शुभ संकेत मिलेगा। और हर मास वह आशा बह जाती रही रक्तस्राव में, छोड़ जाती रही है घिनौने दाग मेरे कपड़ों पर, मेरे मानस पर। जब तक बलवती रहती है वह आशा मैं अपने गुड्डे को अपनी अंगिया में डालकर आंचल से वक्ष कसकर ढप लेती रही हूँ और सुखद चुनचुनी अनुभव करती हूँ अपने कुचाग्र पर। इधर ऐसा प्रतीत होने लगा है मुझे कि कदाचित् गुड्डे को ही अपना शिशु मानते रहना लिखा हुआ है मेरी नियति में। आज सोचती हूँ कि यह भी सासु माँ की आत्मछलना का ही एक नमूना था कि वंशवृद्धि न होने के लिए वेश्यागामी कुमारों को नहीं, कभी उस साधु को और कभी हम बहुओं को दोष दिया करती थी।

मुझे आशा थी कि कलकत्ता पहुँचकर उत्तरपाड़ा जाने का अवसर मिलेगा अथवा माँ ही मुझसे मिलने चली आएगी। किन्तु ऐसा भी नहीं हुआ। माँ अस्वस्थ होने के कारण न आ सकी। सासु माँ ने मायके भेजा नहीं। वह चाहती थीं कि इस संघर्ष में सारा परिवार उन्हें नैतिक बल प्रदान करने के लिए उनके पास उपस्थित रहे। सत्यादा स्वयं कई दिनों तक मिलने नहीं आए क्योंकि परीक्षाएँ सिर पर थीं और माँ उनके द्वारा पढ़ाई पर ध्यान न देने से चिन्तित थीं। उधर कलकत्ता आकर सभी कुमार वेश्याओं के साथ नैशोत्सव मनाने में व्यस्त हो चले थे। अब मुझे समझ में आया कि बोड़ोकुमार रानी माँ के अभियान को व्यर्थ ठहरा चुकने के बावजूद इतने उत्साह से उनके साथ कलकत्ता क्यों चले आये। मेजो अवश्य रानी माँ की मन्त्रणाओं में सम्मिलित होते किन्तु सूरज ढलते ही वह भी अपने मुसाहिबों के साथ निकल जाते। मैं अपने को और भी अकेला अनुभव करने लगी। विशेष रूप से इसलिए कि कलकत्ता के उस मकान के सीमित आकार के अन्तःपुर में सदा मचे रहते कोहराम में एकान्त को ही साथी बना लेने की सुविधा से भी वंचित हो उठी थी मैं। एक रात जब मैं पति द्वारा रानी माँ से रो-मचल, हाथ-पाँव पटक और लिपट-लिपटकर एक हजार रुपया विलासिता के लिए ऐंठकर निकल जाने के बाद मौन आँसू बहा रही थी कि किसी ने आकर मेरे कन्धे पर हाथ रखा। आँसू पोंछते हुए देखा कि आनन्दा है। बड़े कुटिल ढंग से मुस्कराते हुए बोली कि आप कष्ट मत करें आपके आँसू पोंछने वाला पुरुष आ गया है। मैंने हैरान होकर उसे देखा और पूछा कि कौन? उसी तरह मुस्कराते हुए बोली कि आपके दादा। मैंने कहा कि तो ऐसा कहतीं न। वह बोली कि क्यों, आपके दादा पुरुष नहीं हैं क्या? सुनकर मैं स्तब्ध रह गयी।

कुछ कहा नहीं। केवल आग्नेय दृष्टि से देखा उसे। फिर पूछा कि तुमसे किसने कहा कि मेरे दादा आए हैं। वह बोली कि मेरे दादा ने। तुम तो मुझे सहेली बनानेयोग्य नहीं समझतीं किन्तु तुम्हारे दादा ने मेरे दादा से दोस्ती कर ली है। वह बता रहे थे कि यहाँ पहुँचते ही तुम्हारे दादा मेजोकुमार के साथ चले गये रंगरेलियाँ मनाने। मैंने उससे आगे बात करना अनुचित समझा। अगले दिन जब दादा दोपहर का भोजन मेरे साथ कर रहे थे मैंने उनसे कहा कि दादा आपको मेरी दो बातें माननी होंगी। एक तो आनन्दा के दादा को मुँह न लगाएँ और दूसरे इनके साथ वेश्याओं के पास न जाएँ। दादा एक गहरा श्वास छोड़कर बोले कि तू एक बात अच्छी तरह समझ ले बिभा। मैं तेरी ससुराल में आकर जो कुछ करता हूँ तेरा हित साधने के लिए। आनन्दा के दादा से मैंने सम्बन्ध इसलिए अच्छे बना लिए हैं कि तूने आनन्दा से सम्बन्ध बिगाड़ने और सरजूबाला से सम्बन्ध मधुर बनाने की मूर्खता कर डाली है। जिठानी तो पारिवारिक राजनीति में तेरे विरुद्ध है ही, देवरानी को भी तू विरोधी बनाए दे रही है। जमाई बाबू के साथ मैं इसलिए जाता हूँ कि उन पर दृष्टि रख सकूँ और उनके खर्चों पर भी। निश्चिन्त रह मैं उनके साथ कोठों में नहीं जाता। बाहर ही बैठा रहता हूँ। मैंने बीरेन्द्र को अपना मित्र बना लिया है। वह आकर सब कुछ बता जाता है मुझे। मैं जमाई बाबू को सुधारना चाहता हूँ बिभा, तू कैसे यह माने ले रही है कि मैं भी उनकी तरह बिगड़ जाना चाहता हूँ?

दादा के आने से मेरा अकेलापन दूर हुआ किन्तु मेरा उनके हर शाम जमाई बाबू के साथ निकल जाना और फिर अगली दोपहर भोजन के समय ही दर्शन देना खलने लगा। और उससे भी अधिक उनका पिछली रात की घटनाओं का वर्णन देना। मैंने लक्ष्य किया कि धीरे-धीरे इस तरह की बातों में वह भी वैसा ही रस लेने लगे हैं जैसा कि आनन्दा लेती है। एक दिन वह दोपहर के भोजन के समय तक भी सोए पड़े थे। मैंने बिपिन से कहा कि उन्हें उठाकर ला और कह कि आपके आए बिना वह भोजन नहीं करेंगी। दादा जम्हाइयाँ लेते हुए आये। सफाई देते हुए बोले कि कल रात तो ऐसा भीषण काण्ड हुआ, बाबा रे बाबा। जमाई बाबू स्टार थिएटर में हीरोइन का पार्ट करने वाली अभिनेत्री पर मुग्ध हो गये। आदेश दिया कि इससे सौदा करो। नाटक खत्म होने पर बीरेन्द्र और मैक्बीन ग्रीन रूम में गये और अभिनेत्री की माँ को मुँह माँगी रकम देकर अभिनेत्री को घोड़ा-गाड़ी में सैर कराने ले आये। बन्द बग्घी किराये में ली और उसमें तीनों ने मिलकर अभिनेत्री के कपड़े उतारने शुरू किए। मुझे दादा के मुँह से ऐसी वाहियात बातें सुनकर चिढ़ हुई। बोली कि इतना रस लेकर क्यों सुना रहे हैं यह सब मुझे। आपको इस निर्लज्जता में मजा आने लगा हो मुझे नहीं आता। मेरी चिन्ता करते-करते आप तो ऐसे काम करने लगे हैं कि मुझे आपकी चिन्ता होने लगी है। क्या आवश्यकता थी आपको ऐसी बातों में हिस्सा लेने की।

दादा बोले, 'छि: बिभा तू यह कैसे माने ले रही है कि मैं इस तरह की बातों में हिस्सा ले सकता था।' मैंने कहा कि स्वयं भले ही हिस्सा न लिया हो उन लोगों को

रोका भी तो नहीं। वह बोले कि पगली मैं वहाँ होता तब न रोकता। यह सब तो मुझे बाद में बीरेन्द्र ने बताया। अच्छा तो ये लोग बग्घी में जा रहे थे कि उसका बूढ़ा घोड़ा वहीं ढेर हो गया और बग्घी उलट गयी। गनीमत हुई कि किसी को चोट नहीं पहुँची। उस समय बग्घी वेश्याओं के मुहल्ले सोनागाछी से गुजर रही थी। मेजोकुमार बीरेन्द्र को मामला सुलटाने के लिए वहीं छोड़कर गायिका मलकाजान के पास चले गये। मलकाजान उनके पिता की परिचित रह चुकी वयोवृद्ध बाईजी हैं जिनपर मेजोकुमार खास मेहरबान हैं। कहते हैं कि वह मुझे माँ का दुलार, पत्नी की सेवा और वेश्या का रतिसुख तीनों इकट्ठा दे देती हैं। मैंने दादा को टोका कि क्यों सुनाते हैं मुझे यह सब। क्यों समझते हैं यह सब सुनकर मुझे खुशी होगी? उलटे मेरा दुख तो यह सोचकर और बढ़ जा रहा है कि आपके पास भी मुझे सुनाने के लिए बस ऐसी ही बातें बच रह गयी हैं। पहले तो आप सदा ज्ञान-विज्ञान की बातें सुनाया करते थे। अब दादा मेरे सिर पर हाथ फेरते हुए बोले कि ज्ञान की प्यासी मेरी लाड़ली बहन माँ ने एक वेश्यागामी विलासी पुरुष से ब्याह दी है इस कारण मैं उसे सोनागाछी का भूगोल और इतिहास सुनाने के लिए बाध्य हो चला हूँ। मैंने रोते हुए पूछा कि माँ ने मुझे रईसी के लालच में क्यों ऐसे परिवार में ब्याह दिया दादा? वह बोले कि ऐसा नहीं कहते बिभा। तुझे यहाँ ब्याहकर माँ कौन धनाढ्य हो गयी। या इस राज परिवार से उसके इकलौते बेटे को ही क्या मिल गया? हाँ, माँ बेचारी ने यह सोचकर जरूर गलती की कि तू यहाँ राजसी सुख भोगेगी। उसे क्या पता था कि तुझे वह स्वर्गमात्र नर्क लगेगा।

मेरी आँखों में आँसू भर आए। मुझे बहुत तरस आया अपने पर, माँ पर और दादा पर। उधर दादा मुझे बताते रहे कि कैसे वह अभिनेत्री अपने को वेश्याओं के मुहल्ले में पाकर घबराती रही और भागकर वापस जाने की कोशिश करती रही लेकिन बीरेन्द्र और मैक्बीन उसे किसी तरह समझा-बुझाकर मलकाजान के कोठे पर ले गये। दादा कल शाम उत्तरपाड़ा से आये। मेजोकुमार के कमरे में झाँकने गये और उन्हें वहाँ न पाकर चिन्तित हुए। दरबान से पता चला कि किराये की बग्घी करके स्टार थियेटर गये हैं। स्टार थियेटर का शो तब तक खत्म हो चुका था। दादा ने तय पाया कि निश्चय ही मेजोकुमार अपनी चहेती मलकाजान के कोठे पर चले गये होंगे, तो वहीं पहुँचे। वहाँ पहुँचकर देखा कि भीतर के कमरे में मेजोकुमार और सब कुछ कर लेने के बाद बाईजी से ठुमरी सुन रहे हैं और बाहर के कमरे में बीरेन्द्र और मैक्बीन अभिनेत्री से बहस कर रहे हैं। वह लौटकर घर जाना चाहती थी लेकिन मुसाहिबों का कहना था कि आपके पैसे मेजोकुमार ने दिये हैं आपकी छुट्टी भी वही कर सकते हैं। कैसे दादा ने उन दोनों को डाँटा कि इसे घर छोड़कर आओ मेजोकुमार की ओर से निश्चिन्त रहो मैं उन्हें समझा लूँगा। जाते हुए मैक्बीन ने हँसकर कहा कि ठीक है जब मेजोकुमार को बुढ़िया पसन्द है तो इस जवान औरत से पैसे मैं ही वसूल कर लूँगा। दादा सारी बात विस्तार से सुना रहे थे और उनका विस्तार में जाना मुझे फिर से रस लेने-जैसा लगने लगा था। तो मैंने झिड़ककर कहा कि

मेरी खातिर भी आपको अपने संस्कार भुलाकर न किसी के कोठे में जाना चाहिए और न वहाँ के किस्से चटखारे ले-लेकर सुनाने चाहिए दादा। दादा क्रुद्ध होकर बोले कि मैं तुझ पर जान छिड़कता हूँ बिभा फिर तू कैसे समझ लेती है कि तेरे दुःख पर मैं चटखारे ले सकता हूँ? सारी रात वहाँ मुझे कोठे की कुर्सी पर बैठे-बैठे काटनी पड़ी। पौ फटने के समय मेजोकुमार बाहर आये और बोले कि बग्घी लेकर आओ। जैसे मैं नौकर होऊँ उनके बाप का। मैंने खिसियाकर कहा कि मुझे माफ कर दो दादा। वह बोले कि तू तो मुझे इतनी प्यारी है कि मैं तेरे सौ खून भी माफ कर सकता हूँ। लेकिन मेरे लिए तेरे मूढ़ ऐय्याश और घमण्डी पति को माफ कर सकना बहुत मुश्किल है बिभा। जानती है रास्ते में लौटते समय जमाई बाबू बोले कि आपको तो सीआईडी में होना चाहिए था साला बाबू। देखिए ना कैसे टोह लेते-लेते मेरे पीछे-पीछे मलकाजान के कोठे तक पहुँच गये। लेकिन अब आप नौकरी क्यों करने लगे? आपको तो मेरी संगत में आनन्द आने लगा है। माँ को जैसे ही भवालराज वापस मिल जाएगा, मैं आपको अपने यहाँ रख लूँगा। मैंने रुआँसे स्वर में कहा कि मेरे कारण अपमान न सहें दादा। तत्काल उत्तरपाड़ा लौट जाएँ और मुझे भी साथ ले जाएँ। उन्होंने मुझे बाँहों में ले लिया, बोले कि तेरे दादा ने दायित्व से भागना नहीं सीखा है पगली। हमारी विधवा माँ आरम्भ से मुझसे कहती आयी है कि अपनी तीन बहनों के लिए तू दादा ही नहीं, पिता भी है रे। तुझे सुखी बनाने का अपना संकल्प मैं पूरा करके ही रहूँगा। जमाई बाबू की चाकरी और चौकीदारी करके उन्हें वश में करूँगा मैं। तेरे श्वसुर की विल के अनुसार तीनों कुमारों को वयस्क होने पर भवालराज का एक-तिहाई हिस्सा मिलेगा। मैं तेरे पति से हिस्से की आय का विनियोग आधुनिक उद्यमों में करवाऊँगा। उन्हें कलकत्ता में मकान लेकर तेरे साथ अलग घर बसाने को प्रेरित करूँगा। आधुनिक पति-पत्नी का-सा जीवन बिताओगे तो दाम्पत्य में मधुरता आ ही जाएगी। मैं जमाई बाबू को वश में कर लूँगा तो सब ठीक हो जाएगा।

मैंने कहा कि तुम्हारा उन्हें वश में कर सकना असम्भव है दादा। वह बोले कि नेपोलियन के अनुसार असम्भव कायरों के कोश का शब्द है। जमाई बाबू मेरी बात सुनने लगे हैं। किसी को बताना मत, मैंने उन्हें समझा-बुझाकर उनका सिटि ऑफ ग्लासगो इंश्योरेंश कम्पनी से तीस हजार टका का बीमा करवा दिया है और नॉमिनी में तेरा नाम लिखवा दिया है। भगवान न करे इस वेश्यावृत्ति के कारण जमाई बाबू को कभी कुछ हो गया तो तू भवालराजपरिवार की मुहताज न रह जाएगी। सुनकर मेरे हृदय की धड़कन बन्द हो गयी। लगभग हकलाते हुए पूछा कि क्या मेरे पति को कोई असाध्य रोग हो गया है। दादा मुस्कराए कि पगली असाध्य रोग होता तो क्या बीमा कराने के लिए अँग्रेज डॉक्टर सर्टिफिकेट लिखकर दे देता? जमाई बाबू स्वस्थ हैं। मैं तो यही कह रहा था कि वेश्यागमन करने वालों को कभी-कभी घिनौने और घातक रोग भी लग जाते हैं। मुझे कहीं पढ़ी हुई यह बात याद आयी कि यौन रोग संक्रामक होते हैं। हिचकिचाते हुए मैंने दादा के आगे अपनी शंका व्यक्त कर ही दी कि वह रोग उनसे मुझे भी तो लग सकता

है ? दादा बोले कि तभी तो मैंने अब उन्हें तेरे पास भेजने का प्रयास छोड़ ही दिया है। मेरा तो तुझसे अब यही कहना है बिभा कि तेरी सब चिन्ताएँ दूर करने का दायित्व मैं ले चुका हूँ तू निश्चिन्त होकर अपना स्वास्थ्य सुधार और राजपरिवार की अन्य स्त्रियों की तरह एश्वर्यभोग कर। देखती नहीं कलकत्ता में उनका सारा दिन खरीददारी में ही बीतता है।

मेरे लिए वह सम्भव नहीं था। निश्चिन्त भी मैं हो ही नहीं सकती थी। चिन्ता करने का स्वभाव विरासत में जो मिला हुआ था अपनी माँ से। मैं इसी से सन्तोष करती रही कि मेरे पति और मेरे दादा दोनों रानी माँ के अभियान में रुचि ले रहे हैं और इस कारण एक-दूसरे के निकट आ रहे हैं। पहले रानी माँ बोर्ड पर परोक्ष रूप से प्रभाव डालने का यत्न करती रहीं। राष्ट्रवादी समाचार पत्रों में उनके पक्ष में लेख छपे और रेन्किन द्वारा किए गये उनके अपमान की भर्त्सना। काँग्रेस के विधायक दल के नेताओं ने सदन में इस सम्बन्ध में प्रश्न उठाया और सरकार ने बोर्ड की ओर से सफाई दी। मन्त्री महोदय ने इस मामले में निर्णय बदलवाने की बात अस्वीकार कर दी। तब रानी माँ दादा और ब्रजलाल बाबू की बात मानकर सीधे हाईकोर्ट में पहुँची। दादा का कहना था कि बंगभंग से तनावग्रस्त वातावरण में सरकार कानूनी रूप से कमजोर इस मामले को अधिक तूल न देना चाहेगी। हुआ भी वही। मार्च में मुकदमा दायर होते ही भवालराज फिर रानी माँ को सौंप दिया गया और राजपरिवार विजयोल्लास मनाते जयदेबपुर लौट आया।

जयदेबपुर लौटने के बाद मेरे पति ने मेरे पास आना और भी कम कर दिया। और मैं अपने शयनकक्ष में अकेली सोती हुई इस विडम्बना की जुगाली-सी करती रहती थी कि दादा के अनुसार मुझे विवाहिता होते हुए भी विधवा-की-सी रातें बिताने के लिए बाध्य होने पर दुख न मनाकर बड़ी राहत अनुभव करनी चाहिए। तो क्या दादा को जमाई बाबू को कोई यौन रोग हो चुकने का संकेत मिल चुका है ? कहीं इसी कारण ही तो मेरे पति इधर अपना गुप्तांग और भी अधिक खुजलाने लगे हैं ? इस सोच-विचार में लगभग एक पूरा पक्ष बिता लेने के बाद मैंने स्वयं अपने गुप्तांग से सटी जंघा की त्वचा पर खुजली उठती अनुभव की एक रात। मैं गढ़ गयी भय और लज्जा से। मैंने चाहा कि न खुजाऊँ पर बाध्य हो गयी। साड़ी से रगड़ने लगी जंघा। वैसे ही जैसे मोक्षदा मौसी-जैसी कुछ स्त्रियों को करते देख चुकी थी। अगले दिन जब दासियाँ स्नान कराने आयीं तो मैंने उनसे खूब रगड़-रगड़ कर उबटन मलने को कहा। उन्होंने एक-दूसरे को मुस्कराकर देखा और उबटन रगड़ते हुए बराबर मुस्कराती रहीं। पहले मैं समझी नहीं। फिर मुझे आनन्दा से परित्यक्ता और विधवा स्त्रियों के सन्दर्भ में सुनी गई कुछ कथाएँ याद हो आयीं। दासियों को झिड़क दिया मैंने। वे चुपचाप उबटन मलती गयीं और अपनी इस मूर्खता पर हँसने-रोने को हुई कि अपनी त्वचा पर से पति के संसर्ग की हर छाप उबटन मलवाकर छुटवाना चाह रही हूँ मैं और सो भी तब जबकि उस संसर्ग से मुझे यौन रोग हो चुका है कदाचित्। आगे कभी पति से संसर्ग होगा ही नहीं इसका भी कोई आश्वासन नहीं।

विडम्बना पर विडम्बना यह कि संसर्ग सहसा पहले से अधिक होने लगा और सो भी उसी खुजली के कारण। मेरी बायीं जाँघ की गोरी त्वचा काली पड़ने लगी थी और खुजलाते रहने की बाध्यता भी बढ़ने लगी थी। दुर्भाग्य कि जब भी पति कभी-कभी भूले-भटके मेरे शयनकक्ष में आते वह बाध्यता दुगनी हो उठती और मैं लाख न चाहते भी उनकी उपिस्थिति में उस बाध्यता के समक्ष समर्पण करना पड़ जाता मुझे और जैसा कि मैंने पहली बार उनसे ही जाना पुरुष इसे स्त्री के प्रज्वलित कामेच्छा का संकेत मानते हैं। वह मुझे भोगने लगते और कहते जाते मूर्च्छित न हो जाना कि सब मुझे दोष दें और मैं थी कि बहुधा मूर्च्छित भी हो जाती। अगले दिन और भी रगड़-रगड़ कर उबटन मलवाती। इस बहाने खुजला दिये जाने का सुख पाती। उस सुख से और स्वयं अपने से घृणा हो उठी मुझे। होते-होते मेरी बायीं जाँघ की बदरंग हो चुकी त्वचा से चिपचिपा-सा कुछ रिसने लगा। मैंने उबटन करवाना छोड़ दिया और स्नान कराते समय सिमटी-सुकड़ी बैठी रहने लगी। समय बीतने लगा। मेरे रहस्यमय रोग से आप लोग ही थक गये, पति की क्या शिकायत करूँ? उन्होंने मेरे कमरे में झाँकना भी छोड़ दिया। मैंने मान लिया कि मुझे यौन रोग हो चुका है। किन्तु यह आशंका किसी पर व्यक्त न कर सकी मैं। पर्दे के उस पार खड़े राजबाड़ी के डॉक्टर और कविराज को अपना हाथ बाहर निकाल नाड़ी दिखाते समय मात्र इतना कह पाती मैं कि त्वचा खुजलाने लगी है। वह इसे रक्त की कमी अथवा रक्त के विषाक्त हो जाने का लक्षण मान कोई दवा लिख जाते। कोई लाभ न होने पर ढाका की डॉक्टर सुशीला सुन्दरी दासी बुलाई गयी किन्तु उन्हें भी अपनी जंघा दिखाने में संकोच कर गई मैं। वह भी रक्त की कमी का निदान करके लौट गयीं। अपने को यौन रोग हो जाने की आशंका मैं किसी के सामने व्यक्त नहीं कर पाई किन्तु मेरे आगे वह सदा बनी रही। मेरा ध्यान विधि की इस विडम्बना की ओर गया कि मेरी अकाल मृत्यु की प्रार्थना उसने स्वीकार की भी है तो मुझे यौन रोग देकर। जब मैंने सुना कि विलायत के राजकुमार प्रिन्स ऑफ वेल्स के कलकत्ता आगमन पर आयोजित स्वागत समारोह के लिए बोड़ोकुमार भी आमंत्रित किए गए हैं और वह सारे परिवार से ही साथ चलने को कह रहे हैं। तब मैंने मन ही मन संकल्प किया कि वहाँ किसी लेडी डॉक्टर से अवश्य परामर्श करूँगी। मेरे पति कलकत्ता जाने के विषय में जरा भी उत्साहित न थे। मुझसे बोले कि दादा तो बाबा और ठाकुर बाबा की तरह राजाबहादुर की उपाधि पाने के लिए तड़प रहे है। इसी कामना से दिल्ली दरबार में गए और तब से लेकर अब तक वह इन अँग्रेज बन्दरों की चरण वन्दना में लगे हुए हैं। मुझे अपने पति का अँग्रेजों की अवहेलना कर सकना साहसिक लगता था किन्तु मैं अपने दादा से सहमत थी कि मेरे पति का उनकी शक्ति और महत्व को न पहचानना नितान्त मूर्खतापूर्ण है। जो हो, पति को विलायत के राजकुमार के चरण पखारने कलकत्ता जाना पड़ा और मैं भी उनके साथ भेजी गयी। माँ से इस बार भी भेंट नहीं हो पाई किन्तु दादा मिलने आए। एक बार मन हुआ कि उनसे किसी लेडी डॉक्टर के पास ले जाने को कहूँ क्योंकि लेडी डॉक्टर को घर बुलवाने पर

तो मुझे घृणित रोग हो जाने की बात औरों पर उजागर हो जाने की आशंका थी किन्तु दादा से कहने में संकोच कर गयी। दादा मुझे यह बताकर गए कि प्रिन्स ऑफ वेल्स के स्वागत समारोह में जमाई बाबू ने अँग्रेज अधिकारियों को प्रसन्न करने वाली कोई बात नहीं की। बोड़ोकुमार को उनका कृपाभाजन बन सकने का पूरा अवसर देते रहे। दादा ने मुझे और दुखी करने के लिए यह भी सूचना दी कि जमाई बाबू विलायती मैमों का उपहास करते नहीं थकते किन्तु उन्हें भोग सकने के लिए इतने व्यग्र हैं कि विलायती मैम न मिल सकीं तो एक एंग्लो-इण्डियन स्त्री का सान्निध्य पाकर धन्य हो उठे। मुँह माँगा पैसा दिया और आभूषण भी। जयदेबपुर लौटकर एक दिन मेरे पति ने मुझसे भी विलायती स्त्रियों की निर्लज्जता की चर्चा की। मैं जानती थी कि वह जो कुछ कह रहे हैं किसी विलायती मैम नहीं मात्र एक एंग्लो-इण्डियन वेश्या के साथ हुए अनुभव के सन्दर्भ में कह रहे हैं। सहसा मुझे यह बोध हुआ कि आँखों में आँखें डालकर देख सकने वाली आधुनिका मेरे पति जैसे पुरुषों के लिए समान रूप से आकर्षक और आतंकप्रद चुनौती बन जाती होगी। उस निर्लज्ज को पानी पानी करके उसका दम्भ चूर कर डालने की चुनौती। आनन्दा ठीक ही कहती थी कि पुरुष तो वेश्या तक से यह अपेक्षा रखते हैं कि वह लाज-संकोच का प्रतिकार-सा नाटक करती रहे। वास्तविक लज्जा उन्हें कामाग्नि बुझा देने वाली लगती है। इसलिए बहुत अधिक लज्जा करने वाली पत्नी उन्हें तनिक भी नहीं सुहाती। आनन्दा कहना यह चाहती थी कि आपकी जैसी पत्नी। कहा नहीं तो इसीलिए कि जानती थी कि इतना ही संकेत पर्याप्त होगा मेरे लिए।

जयदेबपुर लौटने के बाद मेरा स्वास्थ्य तेजी से बिगड़ने लगा। भोजन के प्रति इतनी अरुचि हो गयी कि अपना सबसे प्रिय आहार संदेश तक मुझसे खाने का मन नहीं होता। मेरा मासिक धर्म भी बन्द हो गया। इसके सन्दर्भ में मेरी वमनेच्छा की यह व्याख्या की गयी की मोजोबोऊ गर्भवती है। ढाका से लेडी डॉक्टर बुलाई गयी जिसने कहा कि कभी-कभी रक्त की कमी से मासिक धर्म बन्द हो जाता है। जो हो, इन्हें रक्तवर्धक आहार दीजिए। गर्भवती स्त्री के लिए भी तो अच्छा आहार लेना आवश्यक है। लेडी डॉक्टर का बताया अच्छा आहार का मैंने एक ग्रास ही लिया था कि मुझे जोर की उल्टी हो गयी और मैं निर्बलता के कारण कुछ देर मूर्च्छित पड़ी रही। संज्ञा लौटते समय माँ को पुकारती पाई गयी मैं। इन्दुदी ने इसकी सूचना रानी माँ को दी और उत्तरपाड़ा पत्र भेजकर मेरी माँ को बुला लेने का प्रस्ताव रखा। वह मान गयीं किन्तु ठाकुर माँ बोली कि बिभा को कलकत्ता क्यों नहीं ले जाते। वहाँ मैम डॉक्टरनी को इसे दिखा देना और इसकी माँ से आ जाने को कहना। तो राजपरिवार फिर पहुँचा कलकत्ता। फिर भर गयी वहाँ किराये पर ली हुई कोठी कौतूहल और कोलाहल से। हमारे कलकत्ता प्रस्थान की सूचना उत्तरपाड़ा को तार से भिजवायी जा चुकी थी किन्तु कुछ दिन तक वहाँ से कोई नहीं आया। एक शाम जब सब स्त्रियाँ कलकत्ता के प्रमुख विक्रेता की भिजवायी हुई भाँति-भाँति की साड़ियों में से अपनी-अपनी पसन्द की चुनने में व्यस्त थीं तब मैं उठकर अपने

कमरे में चली गयी ताकि एकान्त में अपने को खुजला सकूँ। खुजलाते-खुजलाते सहसा मैं रो पड़ी। तभी किसी की पदचाप सुनाई दी।

आँचल से तुरन्त आँसू पोंछ डाले। सरजूबाला थीं। मुझे बाँहों में भरकर बोलीं कि रोती क्यों हो बिभा? तुम्हें देखने के लिए विशेषज्ञ डॉक्टर कल आने वाले हैं। देखो यदि तुम्हारा मासिक धर्म गर्भ में बच्चा आ जाने के कारण बन्द हो गया है तब तो वह तुम्हारे लिए ही नहीं सारे राजपरिवार के लिए आह्लाद की बात होगी, यदि रक्त की कमी के कारण हुआ है तो यहाँ तुम्हारा अच्छे से अच्छा उपचार कराया जाएगा। उनके स्वर में इतनी सहानुभूति थी कि मैं अपना संकोच और दादा द्वारा उनके विरुद्ध दी गईं चेतावनियाँ भुलाकर अपनी आशंका बता बैठी उन्हें। सुनकर वह मेरे गाल पर चपत मारती हुई बोलीं कि पगली हो तुम तो सर्वथा। अरे खुजली लगना यौनरोग का लक्षण थोड़ी होता है? रिसाव के भी और कई कारण हो सकते हैं। कल जो डॉक्टरनी आएगी उसे निस्संकोच दिखा देना, समझी? सोचो जब मेजोकुमार को ही ऐसा रोग नहीं है तब तुम्हें कैसे हो सकता है? यौनरोग तो साधारण किस्म की वेश्याओं के पास जाने वालों को होता है। भवाल के राजकुमार जिन नाचने-गाने वालियों के पास जाते हैं वे बस उनकी ही होती हैं।

अगले दिन पहले गर्भाधान के विशेषज्ञ डॉक्टर मोशाय पधारे। जैसे ही उन्होंने यह कहा कि ये गर्भवती नहीं है और वैसे ही राजपरिवार की मेरे रोग में रुचि समाप्त हो गयी। सासु माँ बोलीं कि अब लेडी डॉक्टर को बुलाने की कोई आवश्यकता नहीं है किन्तु सरजूबाला ने आग्रह करके न केवल उसे बुलवा लिया बल्कि उसके आगे मेरी आशंका भी व्यक्त कर दी। लेडी डॉक्टर ने मेरी जंघा पर दृष्टिपात करते ही साड़ी फिर नीचे खींचते हुए कहा कि यह तो एग्जिमा है जो एलर्जी से, माने किसी चीज के माफिक न आने से हो जाता है। आप इसकी नहीं रक्त की कमी की चिन्ता करें। लेडी डॉक्टर के जाने के बाद सरजूबाला बोलीं कि तुम तो व्यर्थ ही चिन्ता कर रही थीं बिभा। जब तुम्हारे पति को ऐसा कोई गन्दा रोग नहीं है तो तुम्हें यह कैसे हो सकता था। मैंने चैन की साँस ली किन्तु संध्या वेला जब मुख्य दासी ने सिंगार करके मुझे दर्पण दिखाया तब मेरा प्रतिबिम्ब मुझसे पूछने लगा कि तुझे किस चीज की एलर्जी है? क्या है जो तुझे रास नहीं आता? मैंने आँखे झुका लीं, दर्पण हटवा दिया। वैसे भी अपना चेहरा अब स्वयं मुझे देखनेयोग्य प्रतीत नहीं होता था। दो दिन बाद दादा आए तो वह मेरी हालत देखकर रो पड़े। बोले कि अच्छा ही हुआ कि मैं आज माँ को साथ नहीं लाया अन्यथा वह तुझे देखकर ही मूर्च्छित हो जाती। अब तो मैं उसे तभी लाऊँगा जब तेरे स्वास्थ्य में कुछ सुधार हो जाएगा। दादा मेरा स्वास्थ सुधारने के अभियान में जुट गए। एग्जिमा के उपचार के लिए प्रसिद्ध होम्योपैथ के पास ले गए। उनकी दी औषधि से चमत्कारी लाभ हुआ मुझे। दादा एलोपैथ डॉक्टरों का सुझाया रक्तवर्धक आहार चिरौरी कर करके खिलाते-पिलाते रहे। मेरी हालत थोड़ी सँभली किन्तु मुख पर श्री नहीं लौटी। ऐसे में एक दिन माँ ने लड़-झगड़कर दादा को उन्हें मेरे पास लाने के लिए बाध्य कर दिया।

मेरी अवस्था देखकर मूर्च्छा-सी आ गयी उसे। दादा ने सम्भाला। पंखा झला। अनार का रस पिलाया फिर आरम्भ हुआ माँ का विलाप। मैंने जाना कि मेरे पति की तरह मेरी माँ भी मेरी दुर्दशा के लिए स्वयं मुझे उत्तरदायी ठहराती है। वह समझती है कि मैं अपने उपचार की ओर इसलिए ध्यान नहीं देती कि अपने को सबकी सहानुभूति और चिन्ता का केन्द्र बना सकूँ और अपने पति को तथा अपना विवाह रचाने वाली माँ को अपराधबोध से ग्रस्त करा सकूँ। सुनकर मैं रो पड़ी। मुझे बाँहों में लेकर वह भी रोने लगी और बोली कि बच्चों को जीवन में सुखी देख सकने के लिए ही जीवित रही थी बिभा अन्यथा विधवा हो जाने के बाद मेरे लिए क्या आकर्षण बचा था इस संसार में? माँ मुझे उत्तरपाड़ा ले जाने के लिए आयी थी। ससुरालवालों ने कलकत्ता में उपचार शुरू हो जाने की बात उठाकर केवल एक सप्ताह के लिए ही जाने दिया। तब तो बुरा लगा था किन्तु उत्तरपाड़ा पहुँचकर मैंने उनका आभार माना। कारण माँ की चिड़चिड़ाने-बड़बड़ाने-निर्देश-उपदेश देते रहने की आदत उम्र के साथ बहुत बढ़ गयी थी। जहाँ दादा बहुत धैर्य और प्रेम से मुझे भोजन कराते तथा औषधि पिलाते और जो अरुचिकर लग रहा हो उसे ग्रहण करने के लिए बाध्य न करते वहाँ माँ मुझे मेरी नाक बन्द करके और जबड़ा खोलकर जबर्दस्ती खिलाने-पिलाने का यत्न करती और जब मैं उल्टी कर देती तो उसका विलाप शुरू हो जाता। वह बार-बार पूछती कि मैंने तेरा विवाह सम्पन्नतम ब्राह्मण परिवार में कराकर क्या अपराध किया जो तू मुझे इस तरह दण्डित कर रही है बिभा? यह विलाप कभी-कभी इससे थोड़ा भिन्न रूप भी लेता। वह रो-रोकर पूछती मुझसे कि तू ही बता बिभा कि विषम परिस्थितियों में तुम्हारा अच्छे से अच्छा लालन-पालन करने में तेरी विधवा माँ ने क्या कसर उठा रखी कि बुढ़ापे में तुम लोग मेरी चिन्ता नहीं कर रही हो उलटे मैं तुम्हारी चिन्ता में मरी जा रही हूँ। बड़ी बेटी अवश्य सुखी है लेकिन इतनी दूर है उसकी ससुराल कि उसकी चिन्ता लगे रहना स्वाभाविक है। छोटी बेटी ने ऐसा ताड़-सा कद निकाल लिया है कि उसके लिए वर ढूँढ़ना कठिन हो रहा है। और ढूँढ़ भी लूँगी तो विवाह करने के लिए पैसे कहाँ हैं? मेरा इकलौता बेटा बी.ए. पास करने और नौकरी में लगने की चिन्ता छोड़ अपनी लाड़ली बहन बिभा की ही चिन्ता में लगा रहता है, जिसने इस दुख से खाट पकड़ ली है कि उसकी माँ ने उसका विवाह भवाल-जैसे यशस्वी राजपरिवार में करवा दिया।

जैसे यही पर्याप्त न हो माँ ने डॉक्टरों-वैद्यों-हकीमों-होम्योपैथ से ही नहीं, मित्रों-परिचितों से भी पूछ-पूछकर मेरे स्वास्थ्य में सुधार के भाँति-भाँति के उपाय अपनाने शुरू किये। वह जो कुछ भी कर रही थी मेरे हित के लिए ही कर रही थी। इसलिए मैं उसके हर आदेश का पालन करती रही किन्तु मेरे लिए उसके सुझाए उपायों के प्रति उत्साह प्रदर्शित कर सकना कठिन था। वह मेरे चेहरे का भाव पढ़ लेती और रोने लगती कि मैं माँ के चिन्तित प्यार को कुछ वैसे ही ग्रहण कर रही हूँ जैसे बलि का पशु खड्ग की धार को। मैं उसे आश्वस्त करती कि ऐसा नहीं है और उसकी गोद में

सिर रखकर रोते-रोते सो जाती। फिर कभी माँ यह विलाप करने लगती कि मेरे कारण अल्लापद ने पढ़ाई-लिखाई लगभग छोड़ ही दी है। यह भी नहीं कि बी.ए. करने की बात भूलकर कोई नौकरी करने लगे। कॉलेज में प्रवेश ले रखा है, परीक्षाएँ देता नहीं। माँ का विलाप मुझे अपराधबोध ग्रस्त करता रहा। जब सुसराल से कारिन्दा मुझे कलकत्ता वापस लेने आया तब मुझे मायके से विदा लेना जितना सुखद लगा माँ की चौबीसों घंटों की चिक-चिक से मुक्ति पा जाना उतना ही सुखद। मुझे दादा और बाती से सहानुभूति हुई कि उनके लिए उससे कोई मुक्ति नहीं है और मेरे विदा हो जाने के बाद माँ अपनी सारी झुँझलाहट उन पर ही उँड़ेलेगी।

जब तक राजपरिवार मेरे उपचार हेतु कलकत्ता रहा माँ अनेक प्रकार से मेरा अपराधबोध बढ़ाती रही। वह प्रतिदिन मुझे स्वास्थ्य-सुधार के लिए निर्देशों और पति से सम्बन्ध सुधार के लिए उपदेशों से भरे पत्र भेजती और अपेक्षा करती कि मैं उनके परिपालन और परिणाम के विषय में तत्काल उसे पत्र भेजूँ। मैं ऐसा न कर पाती तो वह दादा को भेजती कि जा देखकर आ कि उसका स्वास्थ्य कहीं और तो नहीं बिगड़ गया है। दादा दौड़े-दौड़े आते और फिर माँ को यह शिकायत होती कि मैं अपनी हठधर्मी से दादा की पढ़ाई में विघ्न डलवा रही हूँ। मैं उत्तरपाड़ा में उसे आश्वस्त करके आयी थी और कलकत्ता से भेजे पत्रों में भी करती रही कि मैं उसे अपना शुभचिन्तक मानती हूँ और उसके आदेशों का पालन करने का सदा भरसक यत्न करती रहूँगी। किन्तु माँ मेरे प्रतिदिन विस्तृत पत्र न भेजने का यही अर्थ लगाती रही कि मैं उसके निर्देशों की अवहेलना कर रही हूँ और उसे दण्डित करने के लिए मन्थर आत्मघाती अभियान में जुटी हुई हूँ।

मैं आखिर कितनी बार इस तरह की बातें लिख सकती थी कि माँ कच्चे मांस का रस और हड्डी का सूप तो मुझसे पीये नहीं जा पाते, घिना जाती हूँ। अनार के रस से घिन नहीं आती किन्तु माँ वह भी मुझसे, कुछ घूँट से अधिक पीया नहीं जा पाता एक समय में और तू कहती है कि पूरा गिलास गटक जाऊँ। हाँ मुझे याद है कि तूने बताया था कि जितना अनार-रस पीऊँगी उतना ही रक्त बनेगा शरीर में। हाँ माँ मुझे पता है कि तूने दूध अवश्य पीने और दूध के साथ कुछ न कुछ अवश्य लेने के लिए कहा था। मुझे याद है कि तूने कहा था कि भारतीय बेकरी की ब्रैड न खाऊँ क्योंकि उसके घटिया मैदे से कब्ज होता है। परन्तु क्या करूँ मेरी ससुराल वाले यूरोपीय होटलों की ब्रैड को अशुद्ध मानते हैं। माँ मैं सहमत हूँ कि ब्रैड में शुद्ध-अशुद्ध की कोई बात नहीं है। ठीक है मैं मैलिन्स फूड मँगवाकर उसे दूध में मिलाकर पी लिया करूँगी। माँ मैंने मैलिन्स मँगवाया और भले ही उसका स्वाद मुझे अच्छा न लगा तीन दिन तक उसका सेवन किया। परन्तु माँ उससे तो मेरी कब्ज की शिकायत और भी बढ़ गयी है। ठीक है माँ, मैं उसकी जगह साबुदाने की फीकी खीर बनवाकर पी लिया करूँगी।

अनेक बार मन हुआ कि दुखी मेरा मन है और तुम उपचार मेरे तन का करना

चाहती हो। उसे यह भी लिख दूँ कि तुम्हारे प्रतिदिन पहुँचने वाले यह विस्तृत पत्र मुझे ससुराल में विचित्र धर्मसंकट में डाल देते हैं। मुझे अच्छा लगता कि यह कहना कि माँ ने कहा है कि मुझे ये खिलाओ मुझे वो खिलाओ। उन्हें परामर्श देने के लिए अपने डॉक्टर हैं। यह बात मैंने उन्हें तो नहीं लिखी लेकिन एक दिन दादा से कह दी। दादा ने माँ से कहा तो वह क्रुद्ध हो गई और उसने मुझे न पत्र भेजे और न दादा को भिजवाया। तो मैंने उसे एक क्षमायाचना का पत्र भेजा। उसमें यह लिखा कि हमारी वापसी की बात चल पड़ी है। उससे पहले आकर मुझसे मिले और मुझे आगे के लिए परामर्श दे। वह स्वयं तो नहीं आई किन्तु उसने अपने पत्र के साथ दादा को भेजा। पत्र पढ़कर मैं व्यथित हुई। माँ ने लिखा था कि मेरी चिन्ता करते-करते उसका स्वास्थ्य बहुत बिगड़ गया है इसलिए मुझसे मिलने के लिए आने की स्थिति में नहीं रह गई है। फिर उसने विस्तार से समझाया था कि तेरे रोग की जड़ तेरी कब्ज है। कब्ज के कारण भोजन के प्रति अरुचि तो होती ही है, मन की उदासी भी बढ़ती है। हमारे कविराज कह रहे थे कि कोष्ठबद्धता से स्फूर्ति और जिजीविषा दोनों घटते हैं। एक बार मन हुआ कि माँ को लिख दूँ कि तू और तेरे कविराज दोनों कृपया यह समझ लें कि मैं विष्ठा-त्याग की न्यूनता से नहीं सुहागसेज पर निष्ठा-प्राप्ति की न्यूनता से त्रस्त हूँ। एनीमा लगाना अथवा अंजीर खाने से मेरा वह रोग दूर नहीं होगा जिसका नाम एलोकेशी है।

जो हो, जयदेबपुर लौट आने के बाद मैंने माँ के निर्देशों-उपदेशों का थोड़ा-बहुत पालन अवश्य किया। मेरे स्वास्थ्य में कुछ सुधार हुआ भी। पति यथावत मेरी उपेक्षा कर रहे थे किन्तु अब मैं जान गई थी कि उनके द्वारा काम्य न समझे जाने में ही मेरा हित है। दादा कलकत्ता से मेरी विदा के समय कान में मुझसे कह चुके थे कि जमाईबाबू द्वारा अपनी उपेक्षा किए जाने का तुम बिल्कुल दुख मत बनाना बिभा। क्योंकि ऐसा संकेत मिला है कि जमाई बाबू सिफलिस नामक घिनौने रोग की चपेट में आ चुके हैं। रोग के दूसरे चरण के लक्षण प्रकट होने लगे हैं। सुनता हूँ डॉक्टर ने उन्हें वेश्याओं से दूर रहने का परामर्श दिया है। मेरा सुझाव है कि तू कभी जमाई बाबू से यह कह देना कि लोग कहते है कि एलोकेशी को कोई गन्दा रोग है। तो जयदेबपुर लौटने के बाद पति से मिलती उपेक्षा मुझे वरदान-सी लगी कि अब मुझे यौनरोग लग जाने की आशंका में डूबे रहने के यन्त्रणाप्रद दौर से फिर नहीं गुजरना पड़ेगा। इस चिन्ता मुक्ति से भी मेरा स्वास्थ्य थोड़ा सुधरा।

फिर एक रात कुछ ऐसा घटा जिससे उसमें और भी सुधार हुआ। मेरे पति सहसा कमरे में आए। मैं उन्हें देखकर सिहर उठी। बोले कि क्या हुआ है जो इस तरह काँप रही हो। मैंने दादा का परामर्श याद करके किसी तरह साहस जुटाया और कह दिया कि एलोकेशी के साथ अपनी रातें बिताते आपको कुछ न हो जाए इस आशंका से काँप रही हूँ मैं तो। सुनती हूँ कि उसे कोई बहुत गन्दा रोग है। मेरे पति देर तक मुझे झकझोरते हुए जिज्ञासा करते रहे कि तुम्हें किसने कहा कि एलोकेशी को गन्दी बीमारी है। पहले

मुझसे इसका उत्तर देते न बना फिर मैंने कह दिया कि सम्भव है यह बात झूठ हो किन्तु यदि सच होगी तो आपको पता चल जाएगी और कदाचित् मुझे भी। सुनकर वह पाँव पटकते हुए चले गए। उनके क्रोध से मैं घबरा उठी किन्तु अगले ही दिन आनन्दा से पता चला कि मेजोकुमार ने अपनी अत्यन्त प्रिय एलोकेशी को इसलिए अपने जीवन से दूध की मक्खी की तरह निकाल फेंका है कि उसे कोई घिनौना रोग हो गया है। मेजोकुमार ने इस रोग को अपने से मासिकवृत्ति पाने वाली रखैल के अन्य व्यक्तियों से भी सम्बन्ध रखने का प्रमाण माना है। मुझे एलोकेशी से सहानभूति हुई कि अन्य वेश्याओं के साथ भी समागम करने वाले मेरे पति अपने रोग के लिए उसे ही दोषी ठहरा रहे हैं। जो हो, एलोकेशी का मेरे पति के जीवन से निकल जाना और पति का वेश्यागमन के लिए पहले-सा उत्साह न रह जाना मुझे सुखद लगा। इस प्रकरण के बाद मेरा स्वास्थ्य कुछ और सुधरा।

शीघ्र ही राजपरिवार ने मेरी चिन्ता करना अथवा इस विषय में मेरी माँ को कोई पत्र भेजना बन्द कर दिया किन्तु माँ के पत्र आते रहे। अब मैं बहुधा उन्हें पढ़कर फाड़ देने लगी या उसी मंजूषा में बन्द करके भूल जाने लगी। दादा का कोई पत्र आता तो उसे अवश्य बार-बार पढ़ती। उनमें माँ के चिन्ताग्रस्त और रुग्ण होने का ब्यौरा होता। मेरे बारे में ननदों की ओर से यह आश्वासन पाकर कि मेरे स्वास्थ्य में पर्याप्त सुधार हुआ है अब वह मूल रूप से बाती का विवाह न हो पाने का और दादा के अपने पाँवों पर खड़े होकर गृहस्थी बसाने योग्य न हो जाने का दुख पाले हुए थी। दादा के पत्रों में अपनी पढ़ाई जारी रखने के सम्बन्ध में अन्तर्द्वन्द्व भी व्यक्त होता रहता। कभी लिखते कि नौकरी की कोशिश में लगा हुआ हूँ कभी यह कि बिना ऊँची शिक्षा और ऊँची सिफारिश के नौकरी मिल सकना कठिन है परन्तु जैसे भी हो पढ़ाई जारी रखनी होगी। अपने पत्रों में घुमा-फिराकर वह यह सीख भी देते रहते कि यदि अपने तन की बीमारी को अपने जीवन का केन्द्र बना दिये जाने से तुझे इतनी चिढ़ है तो अपने मन की उदासी को भी अपनी जीवन धुरी न बनने दे क्योंकि वही तेरे रोग की जड़ है। तो मैंने हाथ-पाँव मारना छोड़ दिया और मान लिया कि नियति के प्रवाह से विपरीत दिशा में जाने का यत्न व्यर्थ है। साहित्य और संगीत में अपने लिए शान्ति खोजने लगी। कलकत्ते वाली जिन मल्लिका जान से अपने पति और श्वसुर के अनुरक्त होने की बात पर दादा से ज्ञात हुई थी मुझे उनके रिकॉर्ड सुनने के लिए पति ने ग्रामोफोन खरीद लिया था। मैं उसपर अपनी रुचि के रिकॉर्ड सुनने लगी। दिवस, पक्ष, मास बीतते रहे। मैं यह देखकर आश्वस्त होती रही कि पति एलोकेशी का स्थान देने के लिए किसी और को नहीं ले आए हैं और उनके शरीर पर घिनौने रोग का कोई भी लक्षण प्रकट नहीं हुआ है। वह स्वस्थ हैं और आखेट पर जाने तथा टमटम दौड़ाने के अपने शौक पहले के से ही उत्साह से पूरे कर रहे हैं। विलायती नवसंवत्सर 1907 में मेरे पति ने ढाका के नबाव बहादुर सलीमउल्लाह से ढाका में एक हजार रुपये की शर्त बदकर रेसकोर्स में टमटम दौड़ में

हरा दिया। क्षेत्र के सबसे बड़े जमींदार पर उनकी यह विजय भवाल की प्रजा के लिए हर्षोल्लास का विषय बनी। दुर्भाग्य कि इसके ही कुछ दिन बाद से रानी माँ और मेरे पति दोनों अपने स्वास्थ्य को लेकर और ठाकुर माँ तीनों ही कुमारों के पिता न बन पाने से चिंतित रहने लगीं।

तो रानी माँ ने निर्णय किया कि अर्द्धोदय योग के पावन पर्व पर गंगा सागर में स्नान करने कलकत्ता जाएँगी। वहाँ उपचार भी हो जाएगा और गंगा-स्नान और दक्षिणेश्वर तथा कालीबाड़ी में पूजन से कमाया गया पुण्य पौत्रों के मुख देखकर मरने का सुख प्राप्त करने में सहायक होगा। फिर राजपरिवार कलकत्ता चला गया। इस बार इतने अधिक लोग हो गये कि कुमारों ने एक अतिरिक्त कोठी भी ले ली। दादा मिलने आते रहे। उनसे माँ के पत्र प्राप्त करने का सुख तो पाता रहा मैं किन्तु उनके साथ बैठकर घंटों बातें करने का नहीं। कारण सभी कुमार अपना अधिकतर समय दूसरी कोठी में बिताते और दादा भी जमाई बाबू के साथ वहीं चले जाते। सभी स्त्रियाँ फिर खरीदारी करने, कलकतिया मिठाइयाँ खाने, पर्देदार गाड़ियों में सैर करने के लिए जाने और सम्बन्धियों से मिलने में व्यस्त हो गयीं। बस मैं ही थी जो अकेली बैठी दीवारों के साथ अपना दुख बाँटती रहती। अब मैं गुड़ियों से बातें कर या गुड्डे को अपने स्तन से लगाकर अपनी व्यथा घटा पाने वाली किशोरी नहीं रह गयी थी। उधर, दादा जब भी मिलते उनके पास जमाई बाबू की विलासिता और अपव्यय की कोई नयी कथा होती। इस बीच माँ को भी पता चल गया कि दादा जमाई बाबू की निगरानी के नाम पर थियेटर और वेश्यालय जाते हैं। उसने कहना और लिखना शुरू किया कि तू न अपनी देखरेख कर पाती है और न अपने पति की। इन कामों में तूने अल्लापद को झोंक दिया है। तुझे यह भी चिन्ता नहीं कि तेरा सामन्ती पति तेरे मध्यमवर्गीय दादा को विलासिता का चस्का लगा देगा? इस बार मुझे भी कभी-कभी ऐसा प्रतीत होने लगा कि जमाई बाबू की विलासिता का वर्णन करते हुए दादा के स्वर में भर्त्सना की अधिक ईर्ष्या का भाव झलकता है। फिर माँ ने यह लिखा कि कहीं ऐसा तो नहीं कि अल्लापद तेरे विवाह के बाद इसलिए पढ़ाई से विरक्त हो गया है कि उसने सोच लिया है कि भवालराजपरिवार से विवाह सम्बन्ध बनाने वाले कुछ अन्य गरीब परिवारों के नवयुवकों की तरह वह भी जयदेबपुर जाकर उनकी जूठन पर पलने लगेगा? क्या वह भूल गया है कि तुम्हारे पिता के पूर्वज कितने पैसे वाले और प्रतिष्ठित लोग थे? क्या वह नहीं जानता कि मैं भूखी भले ही मर जाऊँ मुझे बेटी की ससुराल का एक ग्रास तक ग्राह्य नहीं हो सकता? मैं तिलमिला उठी। मैंने लिख दिया कि दादा को मैं यहाँ आने पर धक्के मारकर तो नहीं निकाल सकती माँ, तेरी उनके बारे में इतनी घटिया राय है तो तू उन्हें मेरे यहाँ आने ही मत दे।

माँ को तो मैंने झिड़क दिया किन्तु जब एक दिन आनन्दा ने अपने छोटोकुमार के हवाले से बताया कि तुम्हारे भाई का कलकत्ता-ज्ञान कुमारों के लिए बड़े काम का सिद्ध हो रहा है। जयदेबपुर से लिख देते हैं तो यहाँ सारा प्रबन्ध करके रखते हैं। तब मुझ पर

तो मानो वज्रपात हो गया। आनन्दा के जाते ही बिपिन से कहा कि दादा को बुलाकर ला, कहना कि मेजोबोऊ की तबीयत सहसा खराब हो गयी है। दादा दौड़े-दौड़े आये। मैंने द्वार बन्द किये और फिर फुसफुसाते-फुँफकारते हुए उन्हें बता दिया कि आनन्दा मुझ पर क्या कटाक्ष कर गयी है और माँ ने मुझसे क्या आशंका व्यक्त की थी। दादा कुछ देर स्तब्ध रहे फिर रुआँसे स्वर में बोले कि मुझे यह सब मत सुना। यह बता कि क्या तू भी अपने दादा को इतना पतित समझती है ? मैंने तेरी खातिर अपना भविष्य दाँव पर लगा दिया है तो इसलिए नहीं कि मैं भवालराजपरिवार का टुकड़खोर मुसाहिब या दलाल बन सकूँ। क्या तुझे इतना भी समझ में नहीं आ रहा है कि उससे तेरा हित जुड़ा है। मैं तेरे पति का हितचिन्तन इसलिए कर रहा हूँ। ठीक है कल से नहीं आऊँगा।

वह जाने लगे। मैंने उनकी कलाई पकड़ ली। वह पलटे। मैं रोती हुई बोली कि दादा वचन दो कि कभी विमुख न होगे मुझसे। उन्होंने मुझे अपने अंक से लगाते हुए कहा कि तू भी वचन दे कि कभी सन्देह नहीं करेगी अपने दादा की नीयत पर। मैंने वचन दिया। उन्होंने मेरा सिर चूम लिया। फिर बताया कि तेरी सास को कुछ हो-हुआ गया तो भवालराज की आय तीनों कुमारों को बराबर-बराबर मिलेगी किन्तु कर्ता का स्थान बोड़ोकुमार को मिलेगा। आवश्यक है कि मेरा-जैसा कोई व्यक्ति जमाई बाबू के साथ रहे। उन्हें कर्ज में न डूबने दे। पैसा बचाना और नये उद्यमों में लगाना सिखाए। मैं यही सब कर रहा हूँ। मैंने उनका आभार माना। तो दादा कुमारों के साथ रंगरेलियों के कार्यक्रमों में व्यस्त रहे और मैं रानी माँ के साथ पूजा-पाठ और दान-पुण्य में। रानी माँ के आग्रह करने के बावजूद कोई भी कुमार उनके साथ न चलता। धरम-करम में उनकी तनिक भी आस्था न थी। पूजा-पाठ, स्नान-ध्यान से कभी कोई मतलब नहीं रखा उन्होंने।

और तो और अर्द्धोदय पर्व पर जिस दिन हमें गंगा स्नान के लिए जाना था उस दिन भी तीनों कुमार मर्दाना कोठी से रानी माँ के पास आने की जगह अपने एक रईस मित्र के जलसाघर में जा पहुँचे और दादा के अनुसार उसके आसपास के आम्रकुंजों में कलकत्ता से साथ ले जाई गयी वेश्याओं के साथ रासलीला रचते रहे। उधर रानी माँ मरने से पहले पौत्रों का मुख देखने का सुख पाने की प्रार्थना करते हुए सीढ़ी से फिसल कर बह गईं और जब तक उन्हें निकाला जाता पापियों के पाप धोते-धोते दूषित हो चली गंगा का काफी जल उनके पेट में चला गया। कुछ ही दिन बाद उन्हें लगातार उल्टियाँ-दस्त होने लगे। डॉक्टर बुलाया गया। उसने बताया हैजा फैला हुआ है वही हो गया है रानी साहिबा को। हैजे का कोई उपचार तो है नहीं। बस प्रार्थना कीजिए भगवान से। हम भी जो कुछ हो सकता है करेंगे। रानी माँ के उदरशूल उठने लगा। डॉक्टर ने मॉर्फिया का इंजेक्शन दिया और उसी के कुछ देर बाद उनके प्राण पखेरू उड़ गये। परमात्मा उन्हें पौत्रों का मुख दिखाने की स्थिति में न था कदाचित् इसलिए उसने वंशनाश का श्राप पूरा होता देखने से पहले ही उन्हें उठा लिया।

रानी माँ की मृत्यु का सबसे अधिक शोक मेरे पति ने ही मनाया और वह मॉर्फिया

का इंजेक्शन देने वाले डॉक्टर को उसके लिए दोषी ठहराने लगे। बड़ी कठिनाई से उनका क्रोध शान्त कराया गया। राजपरिवार के जयदेबपुर लौटने से पहले दादा ने मुझे अलग ले जाकर पहले यह समझाया कि रानी माँ के न रह जाने से जयदेबपुर की राजबाड़ी में राजनीति गहरा उठेगी। तेरे ससुर की विल के अनुसार अब राज की आय में तीनों कुमार तिहाई हिस्से के भागीदार माने जाएँगे और राज-काज चलाने में भी तीनों की बराबर-बराबर जिम्मेदारी होगी। कर्ता बोड़ोकुमार समझे जाएँगे। जमाई बाबू दायित्व से तो कतराएँगे और पैसा अनाप-शनाप खर्च करते जाएँगे। हिसाब-किताब बोड़ोकुमार के हाथ में होगा। वह वर्ष के अन्त में यही दिखाएँगे कि भवालराज मेजोकुमार का देनदार नहीं, लेनदार है। बहुत अधिक हेरा-फेरी भी न करनी पड़ेगी इसके लिए उन्हें क्योंकि तेरे पति के अपव्यय का कोई ठिकाना नहीं है। गेरुगाभों पर कुर्बान करने के लिए जिस-तिस से उधार लेते डोलते हैं। यहीं कलकत्ता में हजारों की देनदारी कर चुके हैं इस बार। आवश्यक तो यह था कि मैं तुम लोगों के साथ जयदेबपुर जाऊँ इस निर्णायक घड़ी में जमाई बाबू के हितों की रक्षा के लिए किन्तु माँ इसकी अनुमति दे नहीं रही है। ठीक भी है तेरी चिन्ताओं में मेरा बी.ए. पास करना टलता ही जा रहा है। तो अब तुझे जमाई बाबू के हितों पर ध्यान रखना होगा। समझी। और यह मत भूलना कि तेरी जिठानी अब अन्त:पुर में अपनी राजनीति चलाएगी। तुझे ठाकुर माँ और बोड़ोकुमारी से आशीर्वाद पाकर अपनी शक्ति बढ़ानी होगी। देवरानी आनन्दा से भी सम्बन्ध सुधारना। मेरा मन हुआ कि दादा को टोकूँ कि शोक की घड़ी में पारिवारिक चर्चा क्यों कर रहे हैं? क्योंकि जानती थी कि वह कह देंगे कि सामन्त परिवारों में सत्ताधारी के मरते ही उत्तराधिकार की राजनीति शुरू हो जाती है किन्तु दादा की बातों से मेरा मन बहुत दुखी हो उठा। मेरे लिए यह कल्पनातीत था कि मैं जिस जेठानी की स्नेहपात्रा रही हूँ उससे तो लड़ूँ और जो देवरानी मुझे हर तरह से दुखी करती आई है उसे गले लगाऊँ।

दादा की दूसरी बात सुनकर तो मैं और भी अधिक उद्विग्न हो उठी। उन्होंने कहा कि अब जमाई बाबू को सिफलिस हो जाने के विषय में कोई सन्देह नहीं रहा है। त्वचा रोगों के सबसे बड़े डॉक्टर सर्वाधिकारी उन्हें देखकर इसकी पुष्टि कर चुके हैं। सुनकर मुझपर वज्रपात हुआ किन्तु जयदेबपुर लौटकर मुझे पति की अथवा अन्त:पुर की स्त्रियों की किसी बात से ऐसा संकेत नहीं मिला कि मेरे पति को सर्वथा असाध्य और घृणास्पद रोग हो चला है। मेरे पति अपना सामान्य जीवन व्यतीत करते रहे। मैंने इस विषय में तो दादा को कुछ नहीं लिखा किन्तु यह लिख देना अवश्य आवश्यक माना कि अन्त:पुर का कार्यभार रानी माँ के बाद जिठानी सरजूबाला ने नहीं, बड़ी ननद इन्दुमयी ने सँभाला है जो आप जानते ही हैं मित तथा मृदुभाषी और सब पर बहुत कृपालु हैं। मेरी जिठानी उनका आदर करती हैं और उनके वर्चस्व को सहर्ष स्वीकार करती हैं। कलहप्रिय केवल देवरानी आनन्दा है और उसका साथ दे सकना मेरे लिए असम्भव है। इसके बाद दादा ने अन्त:पुर की राजनीति का कोई चर्चा न की अपने पत्रों में बस यही स्मरण कराते रहे कि

पति को सद्मार्ग पर लाने की ओर मुझे ध्यान देना चाहिए। दादा के साथ-साथ माँ भी मेरे और जमाई बाबू के भविष्य को लेकर चिन्तित हो उठीं। इसीलिए ही नहीं कि वह स्वयं आँखों से देख चुकी थीं कि जमाई बाबू कैसे हैं और मेरे प्रति उनका दृष्टिकोण क्या है बल्कि इसलिए भी कि आपने उसे इस आशय का पत्र लिखा कि मेजो को वही सद्मार्ग पर ला सकती हैं। ठाकुर माँ और इन्दु दीदी दोनों ने माँ के शोक-संवेदना सन्देश के उत्तर में ऐसा संकेत दिया कि भवालराजबाड़ी का अन्त:पुर रानी माँ के गोलोकवास से रिक्त हुए आसन पर उत्तरपाड़ा की फूलकुमारी देवी को बैठाना चाहता है सादर। तो माँ के पत्र पहुँचने लगे कभी ठाकुर माँ और कभी इन्दुदी के पास और मैं पड़ने लगी भयंकर संकोच में कि राजपरिवार की औपचारिकता में कही बातों को वास्तविक अनुरोध मानकर माँ ठाकुर माँ और दीदी से ही नहीं, मेजोकुमार से भी पत्र व्यवहार करती चली जा रही है। एक ओर ठाकुर माँ को लिख रही है कि इतनी दूर पर बैठी मैं क्या प्रभाव डाल सकती हूँ आपके पौत्र पर जब आप वहाँ चौबीस घंटों उसकी आँखों के सामने होते हुए भी नहीं डाल पा रही हैं, वहाँ वह मेरे साथ-साथ अब मेरे पति को भी स्वास्थ्य-सुधार के लिए सद्परामर्शों से भरे पत्र भेजने लगी। यह भी भूल गयी कि वह पढ़ना भी नहीं जानते इसलिए पत्र मुझे ही दे जाते हैं कि पढ़कर मेरी ओर से उत्तर दे देना। फिर ठाकुर माँ अस्वस्थ रहने लगीं और माँ मुख्य रूप से इन्दुमयी दीदी से ही पत्र-व्यवहार करने लगीं कि आप ही सबसे बड़ी और सबसे समझदार हैं। आप वयस्क बनाएँ हम सबके प्रिय रोमेन्द्र को जो अब भी बालक ही बना हुआ है। माता-पिता के रहते हर किसी को एक सीमा तक बच्चा ही बने रहने की छूट होती है किन्तु इस सीमा तक तो निश्चय ही नहीं। और दुर्भाग्य से पिता के बाद अब तो माता का भी साया उठ गया है जमाई बाबू पर से। आप ही अब हैं माता समान रोमेन्द्र के लिए। कृपया उसे अपने स्वास्थ्य पर ध्यान देने के लिए बाध्य करें।

दादा ने मुझे आश्वस्त किया था कि उन्होंने जमाई बाबू को सिफलिस हो जाने की बात माँ से छिपाकर रखी है। माँ के पत्रों से भी यही संकेत मिलता था कि वह जमाई बाबू को अनियमित जीवन के कारण अस्वस्थ हुआ प्राणी मानती हैं। यह भी कि उसे जमाई बाबू के अस्वस्थ होने की उतनी चिन्ता नहीं है जितनी कि अपरिक्व और अव्यावहारिक होने की। मेरे पति अब तक कभी ससुराल में रहे नहीं थे इसलिए जमाई बाबू के विषय में माँ की जानकारी की धारणाओं के स्रोत ठाकुर माँ और इन्दुदी के पत्र ही थे। इन्दुदी तथा अन्त:पुर की अन्य स्त्रियों को यह ज्ञात न था कि मेजोकुमार को सिफलिस हो गयी है। मुझे रोग की जानकारी अवश्य थी किन्तु मैं भी प्रकटत: इसका कोई चिह्न न पाकर कभी-कभी सोच में पड़ जाती कि कहीं दादा की दी हुई सूचना गलत तो नहीं। पति ने रात को बुलाना छोड़ दिया और राजपरिवार की स्त्रियों ने मुझे पति से मिलने की तैयारियों का संध्याकालीन कर्मकाण्ड पूरा करने की बाध्यता से मुक्त कर दिया। सरजूबाला और आनन्दा की भी कोख हरी न होने के कारण कदाचित् उन्होंने

यह मान लिया था कि साधु के वंशनाश के शाप को यह कर्मकाण्ड नहीं प्रभु-कृपा ही निष्फल कर सकती है। अब मेरा अधिकतर समय बुद्धू के साथ ही बीतता। मुझ बन्ध्या के लिए वह पुत्रवत तो आरम्भ से रहा था अब सखा भी बन गया। बता चुकी हूँ कि मेरे पति के लिए वही सर्वप्रिय भांजा रहा था। बहुधा वह मेरे पति को मेरे पास घसीट कर ले आने में सफल होता और माध्यम बनता हम पति-पत्नी के बीच स्नेहपूर्ण संवाद का।

तभी उत्तरपाड़ा से यह सुखद समाचार मिला कि दादा ने अन्ततः बी.ए. की परीक्षा पास करके और विवाह के लिए सहमति देकर माँ को सन्तुष्ट कर दिया है। फिर माँ ने ठाकुर माँ को और मामा ने बोड़ोकुमार को पत्र भेजकर भवालराजपरिवार को दादा के विवाह में सम्मिलित होने का निमन्त्रण भेजा। किसी भी बहाने कलकत्ता जाने के लिए सदा तत्पर रहने वाले मेरे जेठ, पति और देवर ने इस निमन्त्रण को स्वीकार करने के विषय में तनिक भी उत्साह नहीं दिखाया। मैं पति के समक्ष गिड़गिड़ाई तो वह बोले कि मैं तुम्हें जाने से थोड़े रोक रहा हूँ बिभा। अपने भांजों को लेकर वहाँ चली जाओ। बिल्लू तो मेरे कहने पर सामान बाँधने भी लगा है। मैंने कहा कि आपके न जाने से मेरी माँ कितनी दुखी हो जाएगी यह भी तो सोचें जरा। वह मुस्कराकर बोले कि जिन सासु माँ ने मुझे पत्रों में उपदेश भेज-भेजकर दुखी कर रखा है उनके सामने पड़ जाऊँगा तो मेरी क्या हालत बना देंगी तुम भी तो यह सोचो। मैं ठाकुर माँ की आभारी हुई कि उन्होंने मेरे पति को मेरे साथ जाने के लिए बाध्य किया। बिल्लू तो पहले से ही सामान बाँधे था। वह भी आया। मैं आशंकित थी कि मेरे मायके के मध्यवर्गीय परिवेश में मेरे पति खिन्न होंगे किन्तु मेरे लिए यह सुखद आश्चर्य का विषय बना कि ससुराल की स्त्रियों के मध्य मेरे पति परम प्रसन्न रहे और अपने व्यवहार से उन्होंने उन सबको गद्‌गद कर दिया। उत्तरपाड़ा की स्त्रियाँ आभारी थीं कि इतने बड़े राजपरिवार का इतना सुदर्शन युवक हमसे इतना सहज होकर तथा समानता का दर्जा देकर व्यवहार कर रहा है। हमारे बनाए साधारण व्यजंन इतना स्वाद ले-लेकर खा रहा है। माँ जमाई बाबू की प्रशंसा करते न थकीं। बोलीं कि स्त्रियों का हृदय जीतने की कला जानते हैं जमाई बाबू। इतने अल्प सन्तोषी हैं बेचारे कि मुझे आश्चर्य होता है कि तू उन्हें प्रसन्न नहीं कर पाती। मैं उसके इस कथन से उतना दुखी नहीं हुई जितना कि यह जानकर कि दादा माँ द्वारा उनके लिए चुनी गई कन्या को लेकर थोड़े असन्तुष्ट हैं। दादा बोले माँ ने अपने लिए आदर्श सेविका चुनी है मेरे लिए आदर्श जीवनसंगिनी नहीं। जब उन्होंने उसमें इतना और जोड़ा कि अच्छा है जब यहाँ माँ की सेवा करने के लिए तेरी बोऊदी आ जाएगी तो मैं वहाँ तेरे पति की सेवा करने के लिए जब चाहूँ तब आ सकूँगा। दादा तो विवाह कार्य पूरा होते ही हम लोगों के साथ जयदेबपुर निकल चलने की बात करने लगे कि बोड़ोकुमार से सिफारिश करवाकर कोई सरकारी नौकरी पाने का यत्न करूँगा किन्तु मैंने उन्हें समझाया कि इस प्रकार विवाह के तुरन्त बाद बोऊदी को छोड़कर मेरे साथ चले जाना बहुत अशोभन लगेगा।

जयदेबपुर लौटने के कुछ ही महीने बाद माँ का पत्र मिला कि अल्लापद ने तो मेरा जीना दूभर कर डाला है। कहाँ तो नौकरी की तलाश में तुम लोगों के साथ ही निकल पड़ने को तैयार हो गया था और कहाँ अब इसने कलकत्ता में एलएलबी कक्षा में प्रवेश ले लिया है कि नौकरी नहीं, वकालत करूँगा। मैं समझती थी कि विवाह करने के बाद यह हम सब का दायित्व सँभाल लेगा किन्तु इसने तो बोऊ माँ का भार भी मामा पर डाल दिया है। कल सन्तान होगी तो उसे भी उनसे ही पलवाएगा। निश्चय ही माँ ने दादा को नौकरी न करने पर बहुत कोसा होगा बड़बड़ाते चले जाने की अपनी विशिष्ट शैली ने। तो दादा का पत्र आया कि सरकारी नौकरी ढूँढ़ने शिलांग जा रहा हूँ और माँ का पत्र मिला कि सत्या अपनी पढ़ाई छोड़कर नौकरी की खोज के नाम पर शिलांग में छुट्टियाँ मनाने चला गया है। मेरी तो उपेक्षा करता ही था पत्नी की भी उपेक्षा कर रहा है। इसके बाद मैं तो एक दिन आश्चर्यचकित रह गई जब बिपिन ने आकर कहा कि तैयार हो जाएँ माँ, मेजोकुमार आपके दादा को लेकर आ रहे हैं। उस घड़ी मुझे कहाँ पता था कि दादा का इस तरह नवविवाहिता को छोड़कर चले आना उन्हें अन्त:पुर की स्त्रियों की दृष्टि में और मुझे अपनी बोऊदी की दृष्टि में बैरी बना देने वाला है।

आत्मपरिचय

जयदेबपुर से लौटा था तब संकल्प लिया था कि अब भूलकर भी भवालराजपरिवार के सदस्यों के मध्य न जाऊँगा। व्यर्थ सिद्ध हो चुका था मेरा वह अहंकार कि बारह वर्ष वैरागी का जीवन बिता चुकने के बाद मैं मोह-माया से तनिक भी विचलित न होऊँगा और परिजनों से मिलकर तथा अपने अतीत का पूर्ण ज्ञान पाकर लौट जाऊँगा गुरु के पास। माना कि मैंने अपना मेजोकुमार होना स्वीकार नहीं किया किन्तु क्या मेरा सारा आचरण उनके सन्देह की पुष्टि करने वाला सिद्ध नहीं हुआ? स्वजनों की मृत्यु का समाचार पाकर क्यों रो दिया फूट-फूट कर? क्यों कहा कि माया-मोहवश रोता हूँ? अरे संन्यासी को किसकी माया, किसका मोह? उनके दुख से रोया था तो उनका दुख दूर करने के लिए तुरन्त सही आत्मपरिचय क्यों न दे डाला अपना? यह तो बता कि अपने ही पुराने चित्र देखकर क्यों रो पड़ा तू? क्या यह सोच-सोचकर कि बुढ़िया ठाकुर माँ को अपने पति का मिला वंशनाश का श्राप पूरा हुआ जान कितनी मर्मान्तक पीड़ा पहुँचती रहती होगी? ऐसा था तो उनसे चिपट जाता और कहता कि मैं आपका वही मेजो हूँ जिसके साथ खिलवाड़ और परिहास करते हुए ब्याह रचाया करती थीं तुम! संन्यासी बने रहना अभीष्ट था तुझे तो अपने रोमेन्द्र होने के संकेत क्यों देता रहा तू? राजबाड़ी की परिक्रमा क्यों करता रहा? किसलिए झाँकता रहा मेजोकुमार के बैठकखाने में? क्यों नहाया उससे लगे स्नानघर में? क्यों गया फीलखाने में? पुरानी स्मृतियाँ जगाने गया, ठीक है किन्तु बोबे क्या तेरी समझ में यह नहीं आई कि इस सबसे भी स्वजनों के मन में तेरे रोमेन्द्र होने का सन्देह पुष्ट होगा? और अरे वैरागी क्या करना था तुझे भला इस तरह की स्मृतियों का कि किशोरावस्था में उन स्नानघरों में ताक-झाँक करने की धृष्टता करता था जिनमें स्त्रियाँ नहा रही हों? या यह कि तू नहाते समय दासियों को स्नानघर में खींच लेने का दुस्साहस भी करता था? क्या लाभ होगा तुझे अपने को उस भ्रष्ट और धृष्ट रोमेन्द्र से जोड़कर?

इसीलिए संकल्प किया था कि अब भवालराजपरिवार से दूर ही रहूँगा और जल्द से जल्द लौट जाऊँगा गुरु धरमदास को ढूँढ़ने जो अब तक निश्चय ही हरिद्वार से कहीं और जा चुके होंगे। उनसे कहूँगा कि मुझे आप संन्यास दिला दें। तो बुद्धू आया बुलाने

किन्तु मैं जयदेबपुर जाने को तैयार न हुआ। कि जब एक दिन बुद्धू ने आकर कहा कि मेरी माँ और तारिणमयी मौसी दोनों आपका दर्शन करने के लिए यहीं निकट शैबालिनी मौसी के बाशा में बैठी हुई हैं तब अपनी सर्वाधिक प्रिय बहिन, जिसका नाम मैंने ही मोटो रखा था, एक झलक पा लेने के मोह ने मेरे संकल्प के बन्धन ढीले कर दिये। सफाई यह दी अपने को क्या तेरे गुरु ने तुझे ढाका इसीलिए नहीं भेजा था कि अपने को फिर एक बार मोह-माया के संसार में ले जाकर यह परख ले कि तू संन्यास के योग्य हुआ है या नहीं? मोटो का साक्षात् करने से बड़ी क्या परीक्षा हो सकती थी भला? तो मैं बुद्धू और शैबालिनी दी के बेटे काला के साथ जाने के लिए तैयार हो गया किन्तु तुरन्त नहीं। घण्टों टालता रहा और अन्ततः गोधूलि वेला चला गया। फिर वही कायरता कि मैं तो पहचान लूँ किन्तु वे दुविधा में ही रह जाएँ। मोटो, कमलकामिनी बुआ, शैबालिनी मौसी और भवालराजपरिवार से जुड़ी कुछ अन्य स्त्रियों को मैं तो तुरन्त पहचान गया किन्तु वे कदाचित् मुझे पहचान नहीं पायीं। गोधूलि प्रकाश में घूर-घूर कर देखते रहीं मुझे। इतना अवश्य है कि उनमें से जिनका रोमेन्द्र से आशीर्वाद देने का सम्बन्ध था, उन्होंने साधारण भक्तों की तरह मुझ साधु को प्रणाम नहीं किया। मोटो ने प्रणाम किया और मुझसे जानना चाहा कि मैं कौन हूँ? मेरा मन तो कर रहा था कि कह दूँ कि मैं तेरा मेजोदा हूँ किन्तु मैं मौन साधे बैठा रहा और उसके क्या किसी और के प्रश्नों का भी मैंने कोई उत्तर नहीं दिया। मैंने छोटोदी के इस प्रश्न का भी कोई उत्तर नहीं दिया कि मैं ढाका और कितने दिन रहूँगा और मन ही मन सोचा कि बकलैण्ड बन्ध पहुँचते ही चिमटा-डण्डा-कमण्डल उठाकर गुरु की खोज में प्रस्थान कर दूँगा। यदि मैं ढाका और रहा तो मोह-माया के बन्धनों में बँध ही जाऊँगा।

यदि सचमुच तभी प्रस्थान कर दिया होता तो कोर्ट-कचहरीजन्य कटुता की यह सुदीर्घ कथा आरम्भ ही न होती। किन्तु अपनी धूनी पर पहुँचकर मैंने अपने से कहा कि पदयात्रा करके तो मैं गुरु को पकड़ नहीं पाऊँगा अस्तु पहले रेल भाड़े के लिए पर्याप्त धन एकत्र कर लूँ तब चलूँगा। मेर मन के किसी कोने में यह कौतूहल भी था कि यह जान सकूँ कि दार्जिलिंग में मेरे तथाकथित मृत्यु के बाद क्या कुछ घटा भवाल राजपरिवार में? मेरे मन में बड़ी जिज्ञासा थी यह जानने की कि मेरी पत्नी और साला अब कहाँ हैं और कैसे हैं? क्या मेरा दाह-संस्कार न होने की अफवाह बिभा तक न पहुँची होगी? पहुँचने पर उसकी क्या प्रतिक्रिया रही होगी? यहाँ बकलैण्ड बन्ध पर जो व्यक्ति मेरे रोमेन्द्र न होने की बात आग्रहपूर्वक कर रहे हैं वे लगभग सभी मेरे साला बाबू के निकटस्थ हैं। क्या उनकी मार्फत साला बाबू को मेजोकुमार-जैसे दिखने वाले इस साधु के ढाका आगमन का समाचार न मिला होगा? क्या बात उससे बिभा तक न पहुँची होगी? क्या बिभा मुझे देखने आएगी? ये तमाम जिज्ञासाएँ मूर्ख सामन्त की थीं, सुजान साधु तो कब का समझ चुका था कि बिभा रोमेन्द्र सरीखे दीखने वाले साधु की तो दूर स्वयं रोमेन्द्र की सूरत तक न देखना चाहेगी। जिस भाई पर अटूट विश्वास रहा

है उसका और जो उसके लिए पिता, माता, सखा तीनों की भूमिकाएँ निभाता रहा है, उसे अपने पति का अहितचिन्तक वह कदापि नहीं मान सकती। बिभा के मन में इस विषय में कोई भी सन्देह उत्पन्न न होने देने के लिए सत्या जो भी आवश्यक हो सो करेगा उचित हो या अनुचित। तो बिभा और सत्या की प्रतिक्रिया जानने की जिज्ञासा घातक तक हो सकती थी इस वेला रोमेन्द्र के लिए किन्तु वह मूरख तो बचपन से ही जिज्ञासा की ज्वाला में हाथ जलाता आया था।

हम कुमारों को गोरे साहबों के साथ उठने-बैठने योग्य बनाने के लिए नियुक्त मिस्टर ह्वार्टन की टोपी में छोटे बिल्लीबच्चा को विष्ठा कराऊँ तो कैसा रहे? उसकी स्याही की दवात में मूत्र भर दूँ तो? लाजवन्ती किशोर पत्नी के अतिरिक्त कामकेलि परायणा युवा रखैल एलोकेशी भी सतत उपलब्ध था मेरे लिए किन्तु फिर भी कभी शान्त न हुई यह जिज्ञासा कि इस या उस वय, वर्ग, धर्म या देश-प्रदेश की स्त्री कैसा व्यवहार करती होगी, कैसा सुख देती होगी रति क्रीड़ा में? मानो वह व्यवहार और सुख अनेक रूप-रूपाय हो। इस जिज्ञासा के वशीभूत हुई सिफलिस की गाँठों का कलकत्ता के चिकित्सक से उपचार कराया तो उसीने स्वास्थ्य लाभ के लिए किसी सुरम्य स्थल में जाने का परामर्श दिया क्योंकि हमारा प्रिय भवाल कलकत्ता वालों की आँखों में सभी अर्थों में बीहड़, जंगली और शारीरिक तथा मानसिक स्वास्थ्य के लिए हानिकर रहा है। तो जिस जिज्ञासा ने मुझे मरने के लिए पहुँचाया था दार्जिलिंग उसी के मारे मैं फिर स्वजनों से मिलकर बिभा और सत्या का अता-पता लेने के लिए लालायित हो उठा था। रेलयात्रा के निमित्त धनसंग्रह के बहाने मैं अपना हरिद्वार प्रस्थान स्थगित करता रहा। मैं जानता था भली-भाँति कि जयदेबपुर जाकर मैंने अपना रोमेन्द्र होना स्वीकार नहीं किया तो मेरी जिज्ञासा का कोई समाधान सम्भव नहीं और अगर कर लिया तो अतीत की मेरी स्मृति अपनी सम्पूर्णता में कहाँ लौटी है जो मुझे रोमेन्द्र के रूप में स्वीकार न करने वाले किसी शंकालु के प्रश्नों का यथोचित उत्तर दे सकूँगा? वहाँ जाकर अपना रोमेन्द्र होना स्वीकार करना तो बँधे हाथ-पाँव जल में कूदने जैसा होगा। नियति की क्रीड़ा कि तीन दिन बाद जब धन का जुगाड़ हो जाने पर मैं स्टेशन के लिए निकल रहा था, बुद्धू अतुल-बाबू के साथ पहुँचा । बोला, 'माँ का आग्रह है हरिद्वार लौटने से पहले एक बार जयदेबपुर फिर आएँ।' मैंने रक्षा की ज्योतिदी के आग्रह की। बँधे हाथ-पाँव जल में कूदना नितान्त प्रिय जो था भवाल के उस मूर्ख उद्दण्ड मेजोकुमार को। मूर्ख की चतुराई देखिए कि इस शर्त पर गया उन लोगों के साथ कि मुझ साधु से यह नहीं पूछा जाएगा कि आप कौन हैं?

जब तक हम जयदेबपुर पहुँचे अँधेरा घिर चुका था। मुझे छोटोदी के मर्दाना बैठक में आसन दिया गया। वहाँ कुछ सम्बन्धी और कुछ प्रजाजन एकत्र थे। मैं बैठकर प्रवचन करता रहा साधु के रूप में। चिक के उस पार से छोटोदी और अन्य स्त्रियों का स्वर बीच-बीच में सुनाई पड़ रहा था। मन हुआ एक बार कि चिक उठाकर अन्त:पुर में चला

जाऊँ कि मैं तुम्हारा लाड़ला मेजो ही हूँ और फिर सबसे गले लग-लग कर रोऊँ। प्रवचन पूरा होने पर छोटोदी ने भीतर से एक पुराना पारिवारिक एलबम भिजवाया तेब्बू के हाथ। मैं उसे पटलता रहा, पुरानी स्मृतियाँ ताजी होती रहीं और मौन आँसू बहाता रहा। आज किसी ने नहीं पूछा कि किसकी माया-मोहवश रो रहे हो तुम जोगी-वैरागी? मैंने बाँह से आँखें पोंछीं और सबको आशीर्वाद देता हुआ उठ खड़ा हुआ। चिक के पीछे से ज्योतिदी बोली बांग्ला में कि अनेक देर हो चुकी है आप यहीं भोजन ग्रहण करके विश्राम करें। तो वापसी के बाद पहली बार मैं सोया किसी छत के तले। कमरे में तो नहीं, बाहर बरामदे में। ब्राह्ममुहूर्त्त से भी पहले नींद खुल गयी एक स्वप्न देखते हुए। मैं राजबाड़ी में, जिसे राजबिलास भी पुकारा जाता है, और वही नाम अधिक उचित भी है क्योंकि वहाँ विलास के अतिरिक्त और कुछ होता नहीं, अपने बैठक खाने में लेटा हुआ हूँ मसनद पर। खुजला रहा हूँ अपना उपस्थ। कामोत्तेजना जगाने वाला आनन्द पा रहा हूँ तभी द्वार खुलता है। लैम्प उठाए आया है बालक बिपिन खानसामा। प्रकाशित कर रहा है पथ मेरी किशोर पत्नी बिभा का। मैं देख रहा हूँ उसके दो बड़े-बड़े-से डरे-डरे विस्फारित नयन। पढ़ रहा हूँ उसके मुखमण्डल पर अंकित वितृष्णा का भाव। मानो उसे कुछ और दुखी करने के लिए मैं बिपिन की उपस्थिति में ही अपनी धोती खोल डालता हूँ। और फिर वह कहती है कि भवालराजपरिवार इस साधु के श्राप से मुक्त हो भी जाए, व्याध के हाथों मारी जाती इस बालहिरणी के भयाविस्फारित नयनों के श्राप से कदापि मुक्त न हो पाएगा। कुछ नहीं बचेगा तुम लोगों का कुछ नहीं। कैसी अभद्रता कि पत्नी को फूल सेज पर न भोग कर अपने सार्वजनिक बैठकखाने में बुलाते हो देर रात और कितनी संवेदनहीनता और सुरुचिहीनता कि इस काम के लिए उसकी किसी दासी को अपनी दूती नियुक्त न करके, अपने खानसामा को ही भेज देते हो कि जा लेकर आ। मेरी आह लगेगी तुम लोगों के भाग्य पर। कुछ भी नहीं बचेगा, कुछ भी। मैं चौंक कर उठ बैठा। जाने क्यों चरण बढ़ गये राजबिलास की ओर। अपने बैठकखाने में झाँका। अँधेरे में कुछ दिखा नहीं। वैसे भी क्या दिख सकता था तब मुझे वहाँ? मेजोकुमार का प्रेत? तारों की छाह में निकल पड़ा चिल्लाइ नदी की ओर। यही सोचता रहा स्नान करते हुए कि भले ही मेजोकुमार के अतीत की स्मृतियाँ धीरे-धीरे मेरे मस्तिष्क में पिछले प्राय: पाँच महीनों से लौटती रही हों क्या यह ब्रह्मचारी साधु और वह व्यभिचारी रोमेन्द्र एक हो सकते हैं? कोई तादात्म्य क्यों नहीं अनुभव कर पा रहा हूँ मैं रोमेन्द्र से? उससे जुड़े लोगों के दुख की बात सोचकर तो मैं दुखी हो रहा हूँ और उनके प्रति अपने मन में सहानुभूति का ज्वार उठता पा रहा हूँ किन्तु स्वयं उसके प्रति मेरे मन में किसी भी प्रकार की सहानुभूति क्यों नहीं उठ रही है? भस्मलेप मलकर लौटा तो बरबस फिर मेजोकुमार के बैठकखाने की खिड़की की ओर खिंचता चला गया। उसका धूल से ढका हुआ उपेक्षित रूप जयदेबपुर प्रवास में भी देख चुका था किन्तु आज मैंने उसकी दयनीय स्थिति को उन दो भयातुर नयनों के भयानक शाप से जोड़कर देखा

और सोचा कि राजमाता सत्यभामा और अन्य परिजनों को उस शाप से मुक्ति का विश्वास दिलाने के लिए मेजोकुमार के बैठकखाने से धूल का निष्कासन आवश्यक है। ज्योति दी के बाशा लौटा तो चिक के पार से उन्होंने पूछा कि क्या अर्द्धरात्रि ही उठकर स्नान और भस्म कर लेते हैं आप? मैंने मुस्कराकर कहा कि संन्यासी और विलासी दोनों के ही वास्ते रात रात नहीं होती दीदी माँ।

उस दिन विधवाओं की निरामिष रसोई में दहीचूड़ा खाते हुए मैं सोचने लगा कि बेचारी बिभा को भी सादा भोजन करना पड़ रहा होगा। विशेष कष्ट नहीं हो रहा होगा क्योंकि मांसाहार विशेष प्रिय था नहीं उसे। जब डॉक्टरों ने उस कृशकाय कन्या को मांस का सूप पीकर शक्ति अर्जित करने को कहा था तब उसे कितना कष्ट हुआ था। किन्तु अब तो वह मछली भी नहीं खा पाती होगी जबकि माछेर झोल के बिना भात खाने की कल्पना भी नहीं कर पाती थी बेचारी। सहसा मन में यह विचार उठा कि कहीं इस बीच उस बेचारी का निधन तो नहीं हो गया है? क्या बैठकखाने में उसके भयभीत नयनों का दिया शाप स्वयं उस पर भी प्रतिफलित हो गया है? चंचल चित्त की अनूठी चाल तो देखें कि मेरे विचार अब फिर बैठकखाने की धूल की ओर मुड़ गये। कुछ इस प्रकार कि जब जोगेन बाबू ने पूछा, 'आउर के आज्ञा बाबाजी?' तब मेरे मुँह से निकल पड़ा राजसी स्वर में, 'मेरा बैठकखाना सफा करवा दो।' उन्होंने चौंककर पूछा, 'आपका बैठकखाना कहाँ है?'

मैंने तुरन्त ब्रह्मचारी की भूमिका में लौटते हुए कह दिया हँसकर कि माधवबाड़ी के बाहर का दालान। कदाचित् जोगेन बाबू ने इस वार्त्तालाप का उल्लेख तुरन्त जाकर छोटोदी से किया होगा क्योंकि थोड़ी ही देर में वह उनके साथ आयीं और कहने लगीं बांग्ला में कि पिछली बार आप बोले थे कि मेरे भाई रोमेन्द्र के दाह-संस्कार की कथा मिथ्या है तो यह बताने की कृपा करें कि सत्यकथा क्या है? आप बोले थे कि वह तो जीवित है। जीवित है तो किधर है? मेरे सामने तो नहीं खड़ा है वह कहीं?' उत्तर में एक छोटी-सी हाँ निकल नहीं पायी मेरे मुँह से। बस सिर हिला दिया कि नहीं। अब वह बोलीं कि आप सदा तन पर भस्मलेप क्यों किए रहते हैं? दिन में तीन बार नहाते हैं और हर बार कोई आपको देख सके उससे पहले ही लेप कर लेते हैं भस्म का। क्या छिपाना चाहते हैं लोगों से? अरे आप तो नागा साधु! अपनी चमड़ी दिखा सकने में आपको लज्जा क्यों भला? आप मेरे को दीदी सम्बोधित करते हैं तो मैं दीदी होने के नाते आदेश करती हूँ कि आप कल राख मले बगैर लौटें नदी से।

मैं मुस्करा दिया यह सोचकर कि दीदी इतनी जल्दी कैसे भूल गयीं कि उद्दण्ड मेजो बड़ों की आज्ञा का पालन न करने के लिए कुख्यात था। तो दो दिन तक मैं उसके आदेश की अवहेलना करता रहा किन्तु तीसरे दिन ज्यों ही मैं धूनी से राख लेकर मलने को हुआ किसी ने यह कहते हुए मेरा हाथ पकड़ लिया कि नहीं स्वामी आज आपको भस्मलेप न करने देंगे हम। देखा आनन्द खानसामा है। सूर्ज्या डॉक्टर का बेटा नगेन्द्र,

राजपुरोहित और दो नौकर भी साथ हैं। मैंने राजसी स्वर में आनन्द को झिड़कते हुए कहा कि ठीक है, नहीं मलेंगे राख, हाथ छोड़ दो मेरा। उसने कलाई छोड़ दी मेरी। दो मिनट ऊहापोह में रहा मैं और फिर एक गहरी साँस भरकर उन लोगों के साथ राजबाड़ी की ओर बढ़ गया। आनन्द खानसामा और उसके साथ आए अन्य लोग मुझे बार-बार सिर से पाँव तक देखते रहे और आपस में दबे स्वर में बातें करते रहे। आनन्द के चेहरे पर मुदित सन्तोष मुद्रित होता चला गया। बैठकखाने में मुझे आसन देकर वह अन्तःपुर की ओर दौड़ पड़ा। मैंने देखा कि बाहर प्रांगण में लोग एकत्र होने लगे हैं और चिक के पीछे से आती स्त्रियों की चहचहाहट भी आज और दिनों की अपेक्षा अधिक सुनाई पड़ रही है। निश्चय ही आज मेरे भस्मलेप किये बिना आने का समाचार जयदेबपुर में फैल चुका होगा। थोड़ी देर में आनन्द खानसामा बुद्धू को लेकर बाहर आया और बोला कि आप स्वयं देखकर सन्तोष कर लें कि संन्यासी की त्वचा पर वे सारे निशान हैं कि नहीं जो मेजोकुमार की त्वचा पर थे? ज्योतिदी चिक के पीछे से गिनाती चली गयीं वे निशान जिनसे मेजोकुमार रोमेंद्र की पहचान की जा सकती थी। गौर वर्ण, पलकों का रंग कुछ दबा हुआ, कंजी आँखें, कुछ-कुछ मुड़े हुए मोटे-मोटे ओठ, बड़े-बड़े मुड़े हुए कान, विचित्र-सी मोटी लवें और कलाई तथा टखने के पास की काली खुरदरी त्वचा जो भवालराजपरिवार में पाया जाने वाला वंशानुगत दोष है। बुद्धू बोला कि क्या दो भिन्न व्यक्तियों में इतना अद्‌भुत साम्य हो सकता है? क्या कोई अजनबी किसी माया से मेजो मामा की पहचान कराने वाले इतने सारे निशान जान सकता और अपने पर बना सकता है? चिक के पीछे से स्त्रियों का समवेत स्वर सुनाई दिया, मेजो ही है यह।

तभी छोटोदी बोलीं कि नहीं, हमें इतनी जल्दी किसी निष्कर्ष पर नहीं पहुँचना चाहिए। भवालराजपरिवार की मान-मर्यादा का प्रश्न है। बुद्धू बेटा मैं तेरे मेजो मामा की कुछ और निशानियाँ गिनाती हूँ उन्हें ढूँढ़। पहले देख सिर का एक छोटा-सा गोलाकार हिस्सा खल्वाट है कि नहीं? तेरे मेजो मामा के था बचपन में हुए फोड़े का निशान? ज्यों ही बुद्धू ने मुझे छूने का यत्न किया मैंने उसे धकियाते हुए कहा कि ऐसा करोगे तो मैंने फौरन यहाँ से चला जाऊँगा। बुद्धू ने फिर भी मुझे छूना चाहा तो मैं क्रुद्ध हो उठा। उसकी ओर से दीदी ने क्षमायाचना की किन्तु साथ ही पूछा कि यदि आप रोमेन्द्र ही हैं तो आपको अपनी पहचान करवाना क्यों खल रहा है और यदि आप रोमेन्द्र नहीं हैं तो आपको इस विषय में हमें सन्तुष्ट हो लेने का अवसर देने में क्या आपत्ति है? मेरे पास इस प्रश्न का कोई उत्तर न था। बाद में मैं यही सोचता रहा कि मेरा व्यवहार युक्ति-युक्त नहीं है। यदि मुझे यही सब करना था तो मैं जयदेबपुर दुबारा आया ही क्यों? अपने दोनों भाइयों के स्वर्गवासी हो चुकने की बात तो पिछली बार ही पता चल चुकी थी। बिभा के बारे में मेरी जिज्ञासा का समाधान तभी हो सकता था जब मैं किसी से पूछूँ और इस बारे में मुझे जिज्ञासु होने का अधिकार अपना मेजोकुमार होना स्वीकार

करने पर ही मिल सकता था।

तो अगले दिन मेरे पुराने सेवक आनन्द को मेरी बाँह धर लेने की आवश्यकता नहीं पड़ी। मैंने स्वयं ही भस्मलेप नहीं किया और राजबाड़ी लौटकर बुद्धू को अपनी देह छूने-टटोलने से भी नहीं रोका। ज्योतिदी रोमेन्द्र की अन्तरंग पहचानें गिनाती रहीं चिक के पीछे से और बुद्धू तथा जब्बू उन्हें ढूँढ़ते गये। केशों के मध्य गोलाकार खल्वाट? हाँ है। ऊपर का एक दाँत टूटा हुआ? हाँ है। कमर के नीचे फोड़े के घाव का निशान? हाँ है। टखने पर उस चोट का निशान जो छोटोकुमार के विवाह में टमटम के पहिये से पाँव दब जाने से लगी थी? हाँ है। टखने और कलाई के पास की त्वचा काली और खुरदरी? हाँ है। और जंघा पर वे गाँठें? बुद्धू का हाथ टखने से ऊपर आया। दबा-दबाकर ढूँढ़ने लगा वह मेरी जाँघों में बूबो गाँठें वेश्यागामी रोमेन्द्र को सिफलिस रोग की भेंट। बाबा धरमदास के ब्रह्मचारी चेला नागा का गोरा मुँह लज्जा से लाल हो उठा उन पर बुद्धू की अँगुलियों का दबाव अनुभव करके। किन्तु बुद्धू प्रसन्नता से चहक उठा कि है, हाँ वे गाँठें भी हैं। मेरा निरीक्षण पूरा हो चुका था। चिक के पीछे से छोटोदी बोली कि तुम और रोमेन्द्र में साम्य स्थापित हो चुका है। मैंने उसका कथन अनसुना करते हुए कहा, 'अब मेरा ध्यान-साधना का समय है और मुझे छू दिया गया है इसलिए पहले स्नान करना होगा मुझे।' दीदी ने रोका नहीं मुझे। वह भी कदाचित् अन्य उपस्थित रिश्तेदारों से मन्त्रणा करना चाहती थीं।

चिक के उस पार से आती स्त्रियों की चहचहाहट में अनेक स्वर पहचाने लग रहे थे मुझे। एक उन मोक्षदा सुन्दरी का जो अक्षय काकू की मामी थीं किन्तु जिन्हें हम माँ की सखी होने के कारण मासी माँ पुकारते थे। वह कह रही थीं कि ब्रह्मचर्य के कारण इसका मुख दमकने लगा है और पहले से मोटा हो गया है। तो मैं वहीं नहाया और एक अन्य कमरे में ध्यान साधना करने बैठ गया। गुरु का दिया मन्त्र जपता रहा और गुरु से संवाद करता रहा। मैंने कहा कि मैं दुविधा में पड़ गया हूँ। वह बोले, 'दुविधा तो सबसे ही निकम्मी चीज है पुत्तर उसमें पड़कर तो न माया मिलती है, न राम। आई तेरी समझ में। इस पार या उस पार कोई फैसला कर डाल फौरन। जो तो तेरे को माया-मोह वाला यह संसार रास न आ रहा होवे तो फौरन भाग जा इधर से और जो तेरे से इन लोगों का दुख नहीं ना देखा जा रहा होवे तो यह नाटक छोड़ और कह दे कि हाँ मैं वही हूँ जो आप लोग सोचते रहे हो।' मैंने भाग जाने की नीयत से आँखें खोलीं किन्तु देखा कि सामने प्रांगण में जयदेबपुर के कुछ विशिष्ट और अनेक साधारण जन जमा हो चुके हैं इस बीच। फिर आँखें मूँद लीं। तभी अन्त:पुर से ज्योति दी का स्वर सुनाई पड़ा, 'ए ध्यान-व्यान का नाटक छोड़ो बाबाजी और अभी साफ-साफ बताओ कि तोम मेरा मेजो भाई रोमेन्द्र हो के नेई?' मैंने आँखें खोलते हुए कहा कि मैं एक बैरागी हूँ और मेरा आप लोगों से कोई नाता नहीं है। बार-बार पूछकर परेशान क्यों करते हो आप लोग? इस पर दीदी ने चीखकर कहा, 'परेशान तो आप कर दिया हाय

हाम लोग को। आप रोमेन्द्र है तो ऐसा बोलता क्यों नेई हाय साफ-साफ। नेई हाय तो तोमार शरीर पर उसका शरीर का सारा निशान कइसा दिखता है? नेई हाय तो कउन-सा माया का बस में इधर हाम लोग का पास में आता हाय और हमारा मर गिया लोग का तस्वीर दीखाने से रोता हाय तोम? मेरा आदेश कि अभी फौरन सबका सामने में सही आत्मपरिचय दो आपना।'

बाहर से लोग चिल्लाने लगे कि बाहर आओ, सही परिचय दो, बाहर आओ, सही परिचय दो। मैं बाहर गया। हाथ उठाकर भीड़ से शान्त होने का अनुरोध किया मैंने हिन्दी में। फिर पद्मासन साधकर बैठ गया। प्राय: दो घण्टे तक दम साधे बैठा रहा। फिर मैंने उठकर कहा कि आप अपने-अपने घर जाइए। भोजन का समय हो गया है। मैं भीतर गया। चिक के पीछे से ज्योति दी बोलीं, 'आप जब तक सही आत्मपरिचय नेई देंगे मैं अन्न जल ग्रहन नेई करेगी।' तो मैं फिर बाहर आ गया। बैठ गया और ऊँ-ऊँ की मधुर ध्वनि करते हुए उद्‌गीथ प्राणायाम करता चला गया। सामने कोलाहल बढ़ता गया। लोग साहस करके और-और आगे आते चले गये। तभी मुझे बुद्धू यह कहता हुआ सुनाई दिया भीड़ से कि मेरी माँ राजकुमारी ज्योतिर्मयी देवी आपको बताना चाहती हैं कि साधु की त्वचा में वे सब निशान हैं जो मेजोकुमार की त्वचा पर थे। ऊँ-ऊँ के मेरे उद्‌गीथ को भीड़ का 'मेजो ही हैं, मेजो ही हैं' युक्त भ्रामरी प्राणायाम आच्छादित करता चला गया। घण्टों बीत गये। मैंने आँखें नहीं खोलीं। भीड़ का धैर्य टूटने लगा। साधु को क्रुद्ध करने का जोखिम उठाते हुए कोई जोर से चिल्लाया, 'आँखें खोलो बाबा, आत्मपरिचय दो।' फिर सभी समवेत पुकार उठे, 'आत्मपरिचय देबेन, आत्मपरिचय देबेन।' तभी बुद्धू का लगभग चीखता स्वर सुनाई दिया मुझे, 'माँ अन्न जल ग्रहन नेई कर रही हैं बाबाजी। जोदि आप मेरा मेजो मामा हाय तो कृपा करके अपना प्रजाजन और परिजन का समक्ष अविलम्ब एइसा बोल दें अब। जोदि नेई हाय तो बताइए कि आप कौन हाय, कहाँ का हाय ताकि हम लोग उहाँ से किसी को लाकर आपका सही पहचान का विषय में आश्वस्त हो सकें।' भीड़ मेरा उत्तर सुनने के लिए शान्त हो गयी। अन्त:पुर में ज्योति दी से भोजन ग्रहण करने का अनुरोध किए जाने की और फिर उनके द्वारा थाली गिरा दिए जाने की आवाज सुनाई पड़ी। मैंने गुरु का स्मरण किया और गुरु बोले, 'क्यों आप दुख पा रहा है और दूसरों को दे रहा है बोबे!' मैंने कहा कि डरता हूँ कि अगर कहीं उल्टे अपना और दूसरों का दुख बढ़ा बैठा तो। वह बोले, 'खोते जो तेरे को अगर-मगर की इस सांसारिक डगर पर चलते तकलीफ होती थी तो दुबारा जयदेबपुर आया ही क्यों? अब आँखें खोल, सच-सच बता और तेरे माथे पर जो भी भोगना लिखा है सो भोग बोबे।'

मैंने आँखें खोलीं। इधर-उधर देखा। भीड़ फिर चिल्लाने लगी। मैंने हाथ उठाकर उसे शान्त किया। और फिर कहा बांग्ला में, 'आपनार ओनुमान ठीक आछे। आमि रोमेन्द्रो नारायण राय।' इस तरह 4 मई, 1921 को सायंकाल चार-साढ़े चार बजे मैंने

सबके सामने स्वीकार कर ही लिया कि मैं कौन हूँ। भीड़ में हलचल मच गयी। किसी ने पूछा बाबा का नाम क्या था? मैंने कहा, 'बाबार नाम राजा राजेन्द्रो नारायण राय।' फिर पूछा गया, 'माँ का नाम?' मैंने कहा, 'रानी बिलासमणी देबी।' पीछे से किसी ने कहा कि राजा-रानी का नाम तो कहीं से भी मालूम किया जा सकता है। अपनी धाय का नाम बताएँ तो जानें। मेरे मन में अपनी धाय के ढलके भारी-भारी स्तनों पर शोभित बड़े मोटे-से कुचाग्रों की छवि घूम गयी जिन्हें धृष्टतावश में मैं बहुत बड़े होने तक कभी-कभी मुँह में ले लेता था। तो मैंने कहा, 'धायेर नाम छिलो आलोका।' भीड़ ने समवेत स्वर में जयध्वनि की 'मध्यम कुमारेर जोय।' भीतर स्त्री-जन हर्षोल्लास-सूचक हुल्लू ध्वनि करने लगीं। लोग मेरी चरणधूलि लेने के लिए धक्का-मुक्की करने लगे। मैं जहाँ उजड्ड मेजोकुमार के प्रति प्रजाजन की श्रद्धाभक्ति से कृतकृत्य हुआ वहीं मेरा मस्तिष्क यह सोच-सोचकर चकरा गया कि असाधु रोमेन्द्र की भूमिका में अब क्या-क्या बीतेगी मुझ पर? मैं गश खाकर गिर पड़ा। बुद्धू ने भीड़ को पीछे धकियाया। पर्दानशीं ज्योतिदी लोकलाज तज चिक उठाकर बाहर आ गयीं। उन्होंने मेरे सिर-माथे पर गुलाब जल छिड़का। मोक्षदा मासी माँ और अनन्ता पिसि माँ पंखा झलने लगीं। मैं उठने लगा तो दीदी ने सहारा दिया। फिर जन समुदाय को सम्बोधित करते हुए बोलीं वह बांग्ला में कि आज से प्रायः बारह वर्ष पहले 8 मई, 1909 को दार्जिलिंग में मेरे जिस भाई रोमेन्द्र को मृत घोषित कर दिया गया था वह आज हमारे बीच साधु के रूप में उपस्थित है। यह चमत्कारी घटना भवाल के राजपरिवार और भवाल की प्रजा दोनों के लिए अपार सुखदायी है। मैंने और मेरे भाई ने अब तक भोजन नहीं किया है और हम थके हुए हैं, इसलिए अब मैं आपसे अनुरोध करूँगी कि आप अपने-अपने घर जाएँ।

उनके अनुरोध के बावजूद अधिकतर जयदेबपुरवासी वहीं प्रांगण में जमे रहे। अब से चमत्कृत प्रजाजनों का समूह सदा मेरे साथ लगा रहने वाला था। मैं दीदी के साथ अन्तःपुर में पहुँचा। अश्रुसिक्त मुखमण्डल पर मुस्कान सँजोए खड़ीं स्त्रियाँ एक-एक करके गद्गद भाव से गले लगाती रहीं मुझे और करती रहीं शिकायत कि बारह वर्ष तक क्यों तड़पाता रहा तू हमें रोमेन्द्र? उन्होंने मुझसे वचन माँगा कि अब सदा रहूँगा उनके मध्य ही। वचन मैंने दे दिया निःसंकोच। गद्गद होकर रोती उन स्त्रियों का मैं भी आँचल भिगोता रहा। बड़ा सुख पाता रहा उनके स्नेहालिंगन में। मुझे ऐसी अनुभूति हो रही थी मानो मेरे मन का पोत प्रचण्ड तूफान से लड़ता हुआ अन्ततः पहुँच ही गया हो अपने पत्तन में। मैं कामना करने लगा कि पुनर्मिलन का यह मधुर क्षण खिंचता ही चला जाए।

किन्तु, तभी आरम्भ हुई प्रश्नों की बौछार। तेरी स्मृति कैसे चली गई थी? दार्जिलिंग में क्या हुआ था? ढाका तो तभी लौटा होगा न जब तेरी स्मृति लौटी थी फिर सीधा यहाँ क्यों नहीं आया? माया-मोह से फिर बँध जाना क्यों भयप्रद लगा तुझे? सहसा अपने को बहुत क्लान्त अनुभव करने लगा मैं। आत्मपरिचय देना मानो वैसा ही अनुभव रहा हो मेरे लिए जैसा किसी स्त्री के लिए कठिन प्रसव के बाद शिशु को जन्म देना। गर्भवती

तो नवजात का क्रन्दन सुन आह्लादित हो उठती है, पा जाती है पीड़ा झेलने का प्रसाद। किन्तु मेरे लिए ब्रह्मचारी साधु से विलासी सामन्त रोमेन्द्र के रूप में अपने को पुनर्जन्म देना न्यायिक विवाद में पड़ने की आशंका से ग्रस्त हो जाना था। परिजनों के प्रश्नों में पूर्वाभास मिल रहा था मुझे वकीलों की निर्मम जिरह का। अपने उत्तर स्वयं मुझे लचर प्रतीत हो रहे थे। तभी किसी ने आकर सूचना दी कि मुझसे जिरह कर सकने वाले एक वकील बृजोलाल बाबू अपनी पत्नी तारणमयी उर्फ मोटो के साथ जयदेबपुर वाले घर में पहुँच गए हैं। दीदी बोलीं, 'पहले उनसे मिलकर आते हैं रोमेन्द्र। उन्हें तेरे मेजोकुमार होने में जरा भी विश्वास नहीं है और मोटो को भी उन्होंने समझा दिया है कि तू कोई जालसाज है।' ज्योतिदी और बुद्धू के साथ मैं मोटो के घर की ओर बढ़ा तो बाहर एकत्र हुए लोग भी मेरा जयघोष करते हुए पीछे-पीछे चले आये। दीदी ने उनसे करबद्ध प्रार्थना की कि अब मेजोकुमार को थोड़ा समय अपने परिवार के लोगों के साथ बिताने दें। आप कल सवेरे आएँ दर्शन करने। कुछ लोग तो यह विनती सुनकर चले गये किन्तु कुछ जिज्ञासावश पीछे-पीछे चले आये, अलबत्ता हमसे काफी दूरी पर रहते हुए। वे भी मेरी तरह देखना चाह रहे होंगे कि छोटोकुमारी और उसके पति बृजोलाल बाबू इस साधु को मेजोकुमार के रूप में स्वीकार करते हैं कि नहीं? बृजोलाल बाबू हमसे अपने बैठकखाने में मिले। पहले उन्होंने प्रणाम करके मुझे कुर्सी पर बैठाया और फिर बुद्धू और ज्योतिदी से उन्मुख होकर बोले, 'जैसे ही मुझे पता चला कि आप लोग इन साधु महाशय को फिर से जयदेबपुर ले आए हैं, मैंने यहाँ आकर आपको सारी ऊँच-नीच समझाने का निर्णय किया। ढाका में कुछ लोग आरोप लगा रहे हैं कि आप एक ठो अपरिचित पंजाबी को अपने भाई की भूमिका निभाने के लिए तैयार कर रही हैं यह प्रलोभन देकर कि जायदाद में हिस्सा मिल गया तो आपस में बाँट लेंगे।' तभी बाहर से कुछ लोगों ने मध्यम कुमार की जय बोली और उसी के बीच ज्योतिदी ने जोर से कहा कि अब इसे साधु कहना छोड़िए। इसने अपना रोमेन्द्र होना स्वीकार कर लिया है सबके सामने। लोग कुछ भी कहते रहें आप कैसे माने ले रहे हैं कि मैं इस तरह का षड्यन्त्र कर सकती हूँ या किसी अपरिचित पुरुष को अपना छोटा बन्धु बताकर गले लगा सकती हूँ? मैंने बुद्धू से पहले इसकी देह पर वे तमाम चिह्न ढुँढ़वाए जो रोमेन्द्र की देह पर थे और तभी इसे अपने बन्धु के रूप में स्वीकार किया।'

इस वार्तालाप से मुझे बोध हुआ कि अपना रोमेन्द्र होना स्वीकार करके मैंने स्वयं को ही नहीं छोटोदी को भी संकट में डाल दिया है। तो मैं अपने आसन से उठा और बृजोलाल बाबू की ओर बढ़ा जो ज्योतिदी से कह रहे थे कि मैंने कब कहा कि आप षड्यन्त्रकारी हैं। मैं तो मात्र यह बता रहा था कि सत्या बाबू के साथी क्या कह रहे हैं आपके बारे में। मैं बृजोलाल बाबू और ज्योति दी के बीच में आ गया। मैंने कहा कि साला बाबू और उसके समर्थक ऐसा ही कुछ कहेंगे यह सोचकर मैं दीदी के बार-बार आग्रह करने के बावजूद अपना रोमेन्द्र होना स्वीकार नहीं कर रहा था। किन्तु अब

जबकि कर चुका हूँ मेरी आपसे प्रार्थना है कि दीदी और ठाकुर माँ की आँखों पर अविश्वास न करें। मैं वही रोमेन्द्र हूँ, जिसे आपने अपनी कानून की कोई किताब उल्टी खोलकर पढ़ने का प्रयास करते देखने पर मोटो को यह कहकर रुला दिया था कि तेरे सारे भाई निर्बुद्धि हैं। बृजोलाल बाबू के चेहरे पर विस्मय और कौतूहल झलक उठा। वे मुझे अपलक निहारते रहे। दीदी आगे बढ़ीं और उन्होंने बृजोलाल बाबू का ध्यान मेरी कलाई और टखने के पास की काली खुरदरी चमड़ी की ओर आकर्षित किया। बृजोलाल बाबू ने मुझे गले लगा लिया। ज्योति दी बुद्धू से बोली कि जा मौसी को बुला ला अन्त:पुर से। कहना मौसा जी ने भी पहचान लिया है मामा को। बृजोलाल बाबू बोले कि मेजोकुमार अपनी लाड़ली मोटो से मिलने मेरे साथ अन्त:पुर जाएँगे। भीतर ले जाते हुए उन्होंने कहा कि आपके बोलने का ढंग बहुत बदल गया है। दीदी बोलीं कि हाँ, हम सबको भी यही लगता रहा है। मैंने बताया कि मेरी जिह्वा पर एक गाँठ-सी पड़ गयी है। कारण क्या है मैं नहीं जानता। इतना ही ज्ञात है साधुओं के मध्य जब मेरी संज्ञा लौटी तब से उन्होंने मुझे ऐसे ही बोलते पाया। मुझे लगता कि ऐसा कहीं उस औषधि के प्रभाव से न हुआ हो जिसे पीकर मुझे खूनी दस्त हुए और मैं बेहोश हो गया।

मेरे अन्त:पुर में प्रविष्ट होते ही मोटो ने पहले आश्चर्य से अपने पति की ओर देखा और जब पति ने सकारात्मक ढंग से सिर हिलाया तब वह दौड़कर मुझसे लिपट गयी। मैंने कहा, 'मैं तेरा मेजोदा ही हूँ इसका प्रमाण देने के लिए तुझे क्या बताऊँ बोल? यह कि एक दिन मैंने माँ की अलमारी से साड़ियाँ निकालकर पहले तुझे और लालो को साड़ी पहनाईं और फिर स्वयं पहनी। साड़ियाँ पहनकर हम बगीचे में खेलने गये और मैं तुम्हें पकड़ने के लिए दौड़ता हुआ साड़ी पाँव में उलझ जाने से कँटीली झाड़ी में गिर गया जिससे साड़ी यहाँ-वहाँ से थोड़ी चिर गयी। माँ बहुत गुस्सा हुई और बोड़ो दीदी ने मुझे समझाया कि तेरी बहनें बड़ी हो चुकी हैं तेरा इनके साथ इस तरह खेलना शोभा नहीं देता। इस पर मैंने पूछा था कि तब अब मैं किसके साथ खेलूँ? जवाब में रानी माँ हँसकर बोली थीं कि तेरे लिए बहू ला देंगे उसके साथ खेलना।' मोटो की आँखों से अश्रुधारा बह निकली। मैंने उसका चेहरा अपने गदोलियों में भरकर उठाया और कहा बांग्ला में रो मत मोटो। रोएगी तो मैं तेरी काँख में वैसे ही गुदगुदी दूँगा जैसे बचपन में दिया करता था। मोटो के आँसू भीगे चेहरे पर मुस्कुराहट छा गयी। फिर उलाहना देने के स्वर में उसने कहा कि मेजो दा, इतने वर्ष तक आप क्यों नहीं आये हम लोगों के पास? मैंने अँगुलियों से उसके आँसू पोंछते हुए कहा, 'तुझे याद है एक दिन लुका-छिपी के खेल में मैंने कुछ बच्चों को कपड़े टाँगने की अलमारी में छिपने को कहा और फिर उन्हें बाहर से बन्द कर दिया। बेचारे बाहर निकल ही नहीं पाए। ऐसे ही स्मृति के कपाटों पर ताला लग जाने से मैं पूरे बारह वर्ष तक छिपा रह गया अपने से ही।' तभी बृजोलाल बाबू ने भी पूछा कि तो आपकी स्मृति कब लौटी? मैं घबराया कि लो ये तो शुरू हो गयी जिरह। दीदी ने बचाया यह कहकर कि यह सब थोड़ी देर में पूछ लेना

अभी तो हम बहनों को इतने वर्षों बाद लौटे भाईफोट की रस्म से अभिनन्दन करने दे बाबा। फिर मेरी ओर देखकर उन्होंने पूछा कि क्या आज भी संन्यासियों वाली रसोई में खाने की जिद करेगा? मैंने कहा, 'नहीं, आज मैं वही खाऊँगा जो मोटो खाएगी।' वर्षों बाद मैं बंगाल के जमींदार ब्राह्मण परिवारों की रसोई में पकने वाला राजसी आहार खाने बैठा। थाल के सामने बैठते ही मैंने पाया कि संन्यासियों का सादा आहार ही खाते रहने के बावजूद मैं इस राजसी भोजन की न गन्ध भूला हूँ और न स्वाद। किन्तु थोड़ा ही खाने पर मुझे यह भी आभास हुआ कि शायद अब ऐसा खाना मैं हजम न कर सकूँ। तो हाथ रोक दिया और बगल में बैठी मोटो की ओर देखा जिसने अभी तक खाना शुरू ही नहीं किया था। पूछा तो बोली कि मेजोदा तुम्हारा जूठा किया हुआ ही खाऊँगी मैं तो।' मैंने उसका गाल थपथपाते हुए कहा कि अच्छा तो मेरा जूठा किया हुआ प्रसाद ग्रहण करेगी? मुझे क्या मानकर भला— संन्यासी कि भाई? मोटो मुस्कराकर बोली कि भाई। मैंने उसका गाल नोचा और फिर एक कौर उठाकर उसके मुँह की ओर बढ़ाया। मोटो ने सिर हिलाते हुए कहा कि ना मेजो दा, ऐसे नहीं गोद में बिठाकर खिलाओ जैसे बचपन में खिलाते थे। मैंने अपना पटला थोड़ा पीछे खिसकाया और फिर मोटो को अपनी गोद में बैठाकर अपने हाथ से खाना खिलाने लगा उसे। अब मोटो ने पूछा कि दार्जिलिंग में क्या हुआ था मेजो दा? हम तुम्हारे श्मशान में बचा लिए जाने के बारे में कई तरह की कथाएँ सुनते रहे हैं, सत्य कथा क्या है? मैंने हँसकर कहा कि मैं तो संज्ञाहीन पड़ा था इसलिए उन साधुओं से सुनी कथा ही सुना सकता हूँ जिन्होंने मुझे बचाया था। मोटो बोली कि सुनाओ।

तो मैंने अपने मर कर जिन्दा होने की वह कहानी सुना डाली जो मैंने निक्कू से सुनी थी कि कैसे उन्हें मेरी अर्थी दार्जिलिंग के पुराने श्मशान में बारिश में भीगती हुई मिली और मुझे कराहते और हिलते-डुलते देखकर साधु लोग मुझे अपने साथ ले गये। कैसे उनके उपचार से मैं ठीक हो गया लेकिन मेरी स्मृति नहीं लौट सकी। बृजोलाल बाबू बोले कि आपकी स्मृति कब और कैसे लौटी? मैंने बता दिया। उन्होंने जिरह जारी रखी कि ढाका का स्मरण आते ही आप रेल का टिकट कटाकर सीधे ढाका क्यों नहीं चले आए? और जब ढाका में आपकी स्मृति लौट आई, तब तुरन्त अपना मेजोकुमार होना क्यों नहीं स्वीकार कर लिया? मैं उत्तर में यही कह सकता था कि सीधे लौटते हुए मैं इसलिए हिचकिचाया कि जिन साधुओं ने मुझे बचाया उनके अनुसार कदाचित् मुझे विष देकर मारने का यत्न किया गया था। मैंने अपना मेजोकुमार होना तुरन्त इसलिए स्वीकार नहीं किया कि मेरी स्मृति धीरे-धीरे और आंशिक रूप से ही लौटी। आज भी मैं नहीं कह सकता कि मुझे अपना अतीत का जीवन पूरी तरह याद आ गया है। अधूरी स्मृति के बल पर अपने को मेजोकुमार बताने का दुस्साहस मैं कर नहीं पाया।

इस पर बृजोलाल बाबू एक गहरी साँस भरकर बोले कि आपकी स्मृति पूरी तरह से भी लौट आये तो भी आपका अपने को मेजोकुमार बताना दुस्साहस ही माना जाएगा

कानून की दृष्टि में। साधुओं ने भले ही यह कहा हो कि आपको विष देकर मारने की कोशिश की गयी किन्तु ऐसा संगीन आरोप आप ठोस प्रमाण के अभाव में किसी पर लगा नहीं सकते। यह भी असम्भव ठहराया जाएगा कि मुर्दा जीवित हो उठा। फिर यह प्रश्न उठेगा कि भले ही आप पहले संज्ञाहीन और स्मृतिहीन थे, जिन साधुओं ने आपको बचाया उन्होंने दार्जिलिंग में आपके बारे में किसी से कोई पूछताछ क्यों नहीं की? यह भी पूछा जाएगा कि स्मृति के धीरे-धीरे लौटने की बात कहीं यह छिपाने के लिए तो नहीं की जा रही है कि इस बीच आपकी और ज्योति दीदी की सौदेबाजी होती रही और आपको इस भूमिका के लिए तैयार किया जाता रहा? स्मृति अब भी पूरी तरह नहीं लौटी है ऐसा आप इसलिए कह रहे हैं यदि मेजोकुमार के विषय में किसी प्रश्न का उत्तर न दे पाएँ तो उसका दोष स्मृति के पूरी तरह न लौटने पर मढ़ सकें।

मैंने कहा कि बृजोलाल बाबू, जो सच है वह मैंने आपको बता दिया। वह बोले कि सच होना और युक्तियुक्त होना सदा पर्यायवाची नहीं होते मेजोकुमार। मैं तो आपको सावधान कर रहा हूँ कि हम लोग आपकी बातों को सच मान भी लें, सत्या बाबू के वकील आपको कपटी सिद्ध करने में कोई कसर न उठा रखेंगे। मैंने कहा कि यही सब सोचकर तो मैं हिचक रहा था सही परिचय देने में। कहकर मैंने आँखें मूँद लीं। गुरु धरमदास की हँसती छवि उभरी मेरे मन की आँखों में और मन के कान सुनने लगे। दीदी ने पूछा, 'क्या सोचने लगा?' मैंने कहा, 'मेरे कारण अब तुम लोग संकट में पड़ जाओगे।' वह बोली, 'कैसी बात करता है हम लोग तो तुझे पाकर धन्य हो गए हैं।' मैंने भर्राए कण्ठ से कहा, 'मैं भी आप लोगों को पाकर धन्य हुआ हूँ दीदी।' तभी मोटो बोली, 'तुम तो मुझे ही खिलाते चले जा रहे हो मेजो दा। अब रुको मैं तुम्हें अपने हाथ से खिलाती हूँ।' मैंने कहा, 'बस एक ही ग्रास खिलाना। संन्यासियों के साथ रहते-रहते मेरा आहार वैसे ही कम हो गया है और आज तो आधा पेट तुम लोगों का प्रेम पाकर ही भर गया है। पिछले 12 वर्ष से उसी का तो भूखा था मैं।'

दीदी ने उलाहना दिया, 'अगर हम लोगों के प्रेम का इतना भूखा था तो पहले ही दिन पूछने पर कह क्यों नहीं दिया कि हाँ मैं रोमेन्द्र हूँ। तू यही कहता रहा कि मैं आपका कुछ नहीं हूँ।' मैंने कहा कि अपना सही परिचय न देकर मैं जितनी वेदना आपको पहुँचा रहा था, उतनी ही स्वयं भी पा रहा था। मैं तो आपको देखते ही विह्वल हो उठा था कि आपकी गोद में सिर रखकर सो जाऊँ। किन्तु भवसागर की भँवरों में फिर से फँस जाने का भय मुझे रोके रहा। दीदी बोलीं कि भय की तो कोई बात ही नहीं, हम सब तेरे साथ हैं। चल हाथ धो आ। फिर मेरी बाड़ी में मेरी गोदी में सिर रखकर ही सोना आज।

भवसागर की भँवरों में

हमारे राजबाड़ी लौटने तक रात काफी बीत चुकी थी। तो मुझे दीदी से यह सुनकर अच्छा लगा कि तू तो आज मेरी गोदी में सिर रखकर सोने वाला है न। मैंने कहा कि हाँ, और मैं चाहूँगा कि सिर में भृंगराज के तेल से थोड़ी मालिश भी कर दें। उन्होंने तेल मँगवाया और मेरे सिर पर मलते हुए बोलीं कि हमने तो तुझसे इतना कुछ पूछा रोमेन्द्र, तू हमसे कुछ भी नहीं पूछना चाहता क्या? मैंने कहा कि जिज्ञासा न होती दीदी तो कदाचित् मैं अपना मेजोकुमार होना स्वीकार करता ही नहीं। मैं तो जयदेबपुर यही सोचकर आया था कि एक बार आप सबके दर्शन कर लूँ और यह जान लूँ कि दार्जिलिंग में मेरी तथाकथित मृत्यु के बाद यहाँ भवालराजपरिवार में क्या कुछ हुआ और उसके बाद संन्यास ले लूँ। फिर दीदी सुनाती रहीं और मैं सुनता रहा। जितना ही सुना, उतनी ही पुष्ट होती गयी यह धारणा कि अपना वास्तविक आत्मपरिचय देकर मैंने भयंकर मूर्खता कर डाली है। मेरी जीवन-नौका किसी सुरक्षित पत्तन में नहीं पहुँच गई है उससे। उल्टे वह तो फेंक दी गयी है भवसागर की भीषण भँवरों के क्रोड़ में।

दीदी ने बताया कि तेरी मृत्यु का तार पा कर हम दुख से पगला उठे। रोणेन्द्र तो फर्श पर सिर पटक-पटक कर रोता ही चला गया। रोणेन्द्र अपने स्वभाव पर खरा उतरता हुआ रोया उतना नहीं था जितना कि एक नयी विपदा, एक नया दायित्व सामने आ जाने पर व्यग्र हो उठा था। जोगेन बाबू और अन्य कारिन्दे सिर झुकाए खड़े थे कि बोड़ोकुमार से कोई आदेश मिले किन्तु रोणेन्द्र तो किंकर्तव्यविमूढ़ बना हुआ इस कमरे से उस कमरे में जा रहा था और जहाँ भी जा रहा था हम स्त्रियों को दारुण विलाप करता हुआ सुनकर और भी अधिक व्यग्र हो रहा था। तभी द्वारिका प्रसाद मास्टर ने आकर स्थिति सँभाली। अपने आँसू बाँह से पोंछकर वह बोड़ोकुमार से उन्मुख हुए। बोले कि वे लोग दाह-संस्कार के बाद तुरन्त चल पड़े होंगे। आपको उनकी अगवानी की चिन्ता करनी चाहिए बोड़ोकुमार। जोगेन बाबू बोले कि मैं समझता हूँ कि मेजोरानी की अगवानी के लिए बोड़ोकुमार को पोराडा स्टेशन में स्वयं उपस्थित रहना चाहिए। वहाँ से ढाका के लिए गाड़ी बदलनी पड़ती है। अन्यथा इस बात की आशंका रहेगी कि कहीं सत्या बाबू उन्हें सीधे

अपने साथ कलकत्ता ले जाकर अपनी माँ के पास न छोड़ आएँ। मेजोरानी के मामाजी का बोड़ोकुमार के नाम तार आ ही चुका है कि मेरी भगिनी का अनुरोध है कि बिभा को मायके भेज दिया जाय।

रोणेन्द्र तो तुझे पता ही है कि कितनी मोटी बुद्धि का था। बोला, मेजोरानी सीधे मायके चली भी गयी तो क्या? जोगेन बाबू बोले कि आप यह मत भूलें बोड़ोकुमार कि मेजोकुमार ने मृत्यु से पहले दार्जिलिंग में कोई विल बना दी हो तब तो अलग बात है अन्यथा कानून के अनुसार रियासत का एक-तिहाई हिस्सा अब मेजोरानी का हो जाएगा और मेजोरानी पर साला बाबू का कितना वश चलता है यह किसी से छिपा नहीं है। सम्भव है कि अपने मामा से तार भी उन्होंने ही भिजवाया हो। ऐसे में आपके सेक्रेटरी की भूमिका में मेरा कर्तव्य हो जाता है कि मैं आपको परामर्श दूँ कि मेजोरानी को जयदेबपुर लिवा लेने के लिए स्वयं पोराडा जाएँ और विल के बारे में पता करें।

रोणेन्द्र बोला कि मेरा स्वास्थ्य ऐसा कहाँ कि उतनी दूर जाऊँ। आप ही चले जाइए और ध्यान रखिए कि साला बाबू मेजोरानी को कलकत्ता न ले जा सके। सुनकर मुझे इतनी निराशा हुई कि मैं क्या बताऊँ तुझे। रोणेन्द्र सदा का भीरु था। उसे लगा होगा कि दार्जिलिंग में क्या हुआ ऐसा पूछने पर सत्या बाबू लड़ पड़े तो क्या करूँगा? मैंने ठाकुर माँ से कहा कि हम बहनों को ही जाने दो। वह बोलीं कि सो तो ठीक नहीं लगेगा। हाँ तुम कई दासियों को भेज दो इस निर्देश के साथ कि वे मेजोबोऊ को घेर-घार कर अपने साथ बैठा लें और सत्या बाबू से दूर ही रखें। ऐसा ही किया हमने। जोगेन बाबू और द्वारिका मास्टर को दासियों और नौकरों के साथ पोराडा भेजा जहाँ गाड़ी देर रात से पहुँचती थी। ठाकुर माँ ने रोणेन्द्र से कहा कि तू पोराडा नहीं गया कोई बात नहीं किन्तु नारायणगंज अवश्य पहुँच जा उन लोगों से मिलने और छोटो रोबीन्द्र से कह कि वह ढाका स्टेशन पर उपस्थित रहे गाड़ियाँ लेकर।

रोणेन्द्र के मन में कोई उत्साह था ही नहीं जाने के लिए। ठाकुर माँ को उसे वस्तुतः धक्का ही देना पड़ गया। दोनों कुमारों के जाने के बाद जयदेबपुर की राजबाड़ी रोते हुए प्रतीक्षा करती रही उनके साथ मेजोरानी के लौटने की। रात बड़ी देर गए गाड़ियों के राजबाड़ी के फाटक में घुसने की आवाज सुनाई दी और हम सब दौड़ पड़े। सत्या बाबू, आशु डॉक्टर और तेरे साथ गए मुसाहिब और कारकून व्यथित से अधिक व्यग्र लग रहे थे और हमसे आँख नहीं मिला रहे थे। बिभा रो नहीं रही थी किन्तु उसे मानो मिरगी का-सा दौड़ा पड़ा हुआ था। हमारी भेजी दासियाँ उसे घेरे हुए थीं। मुख्य दासी ने उसकी छटपटाती काया को दृढ़ता से पकड़कर लगभग गोद में उठा रखा था। मैं और इन्दु दीदी उसे अपने साथ अन्तःपुर में ले जाने के लिए आगे बढ़े। हम देखकर विस्मित हुईं कि बिभा का मुखमण्डल सर्वथा निस्तेज और भावशून्य है और उसकी आँखों में नाममात्र को भी आँसू नहीं है। वह केवल छटपटा रही है और उसके कण्ठ से कुछ वैसा ही स्वर फूट रहा है जैसा किसी आहत पिल्ले के कण्ठ से फूटता है। हमने उसका और अपना

दुख बाँटने के लिए दबे स्वर में जो कुछ भी कहा उसकी प्रतिक्रिया में न वह कुछ बोली और न उसकी आँखें। दासियों ने बताया कि इसी स्थिति में मेजोरानी उतरी थीं पोराडा में। वहाँ से जयदेबपुर आते हुए भी एक शब्द नहीं बोलीं। हमने दासियों की सहायता से किसी तरह बिभा को उसके शयनकक्ष में पहुँचाया यह सोचकर कि वहाँ सुहाग सेज देखते ही उसके आँसू फिर बह निकलें और वह अपनी उस संज्ञाहीनता की-सी अवस्था से उबर सके। किन्तु पलंग पर भी वह छटपटाते हुए उसी तरह कुकुर-विलाप करती चली गयी। धीरे-धीरे उसका छटपटाना तो कम हुआ लेकिन उसके कण्ठ से वही कातर स्वर फूटता रहा।

मैंने बिल्लू को बुला भेजा। तू तो जानता ही है कि बिभा, बिल्लू और फणि को सम्बन्धी से अधिक सखा मानती रही थी। बिल्लू को देखकर वह उसका नाम दोहराते हुए कराहती चली गयी। बिल्लू ने इन्दु दीदी के कहने पर मेजो मामा की बातें कर-करके और दार्जिलिंग में क्या हुआ मामी माँ ऐसा पूछ-पूछ कर बहुत यत्न किया कि बिभा खुलकर रोने लगे, उसका जी हल्का हो और वह दार्जिलिंग की घटनाओं पर प्रकाश डाले। किन्तु वह तो बिल्लू-बिल्लू ही करती चली गयी। फिर बिल्लू इन्दुदी को बाहर ले गया। उसकी बात सुनकर दीदी ने मुझे भी बाहर बुला लिया। बताया कि बिल्लू कह रहा है कि शरीफ खाँ, बीरेन्द्र और कुछ अन्य कर्मचारियों के अनुसार मेजो मामा का शव रात को दाह-संस्कार के लिए ले जाया गया था। झड़वृष्टि आ जाने के कारण सासन-बन्धु कहीं और शरण लेने चले गए। जब लौटे तब शव अर्थी में मिला नहीं। सत्या बाबू ने अगली भोर किसी और का शव मेजो मामा का बताकर शवयात्रा को धूमधाम से निकाला किन्तु दाह-संस्कार बिना कोई विधि किए झटपट कर दिया गया। किसी को शव देखने तक नहीं दिया गया। बिल्लू ने यह भी बताया कि यदि राजबाड़ी के लोग पोराडा न पहुँचते तो सत्या बाबू निश्चय ही मेजो मामी को सीधे उत्तरपाड़ा ले जाते। सभी कर्मचारी कह रहे हैं कि मेजो मामा का स्वास्थ्य सहसा बिगड़ जाने से मामी स्तब्ध रह गयीं और सत्या बाबू से पूछती रहीं कि ऐसा कैसे हो गया दादा? उन्हें फिट पड़ने लगे। तब सत्या बाबू ने उन्हें मेजो मामा के पास से हटा दिया और एक कमरे में उन्हें बन्द कर आए। तब से मेजो मामी इसी विक्षिप्तावस्था में चल रही हैं। यह सब सुनकर हम स्तब्ध रह गये। तेरे साला बाबू सरल और निश्छल नहीं हैं यह तो हम सब आराम से जानती थीं किन्तु वह इतने कुटिल हो सकते हैं यह हमारे लिए कल्पनातीत था।

तभी नीचे प्रांगण से शरीफ खाँ के रुदन-क्रन्दन का स्वर सुनाई दिया। वह डॉक्टर आशु पर कोई अभियोग लगाता जान पड़ा। मैं और इन्दु दीदी दौड़े-दौड़े नीचे पहुँचे। हमने देखा कि शरीफ खाँ ठाकुर माँ के आगे फर्श पर सिर पटक रहा है। चीत्कार मार-मार कर रो रहा है और बीच-बीच में कर रहा है कुछ प्रश्न। बिना किसी बीमारी के मर कैसे गए मेजोकुमार? क्यों पूछते रहे वह आशु डॉक्टर बाबू से कि ऐसा क्या पिला दिया तुमने जो मेरी आँतें जल रही हैं और खूनी पेचिश हो रही है? आशु डॉक्टर बाबू की दवा पीने के

बाद मेजोकुमार ने जो उल्टी की उसकी छींटों से मेरे कोट में छेद कैसे पड़ गए? फिर उसने पहले मेरा और फिर इन्दुदी का हाथ पकड़कर कहा कि माँ जरा छूकर देखो इन छेदों को। ठाकुर माँ बोलीं, 'ये क्या कह रहा है शरीफ खाँ। क्या गोलमाल हुआ उधर दार्जिलिंग में?' तेरे साथ गए लोगों ने सिर झुका लिया किन्तु सत्या बाबू बोले, 'यह शरीफ खाँ तो दुख से पागल हो गया है। इसकी बातों पर ध्यान न दें।' अब शरीफ खाँ ठाकुर माँ की ओर बढ़ा और रोते हुए कहने लगा, 'यह कोट आपने ही मुझे बख्शीश दिया था दार्जिलिंग में पहनने के लिए। इनसे पूछिए क्या पिला दिया मेजोकुमार को कि उलटी के छींटों से यह जल गया जगह-जगह।' फिर उसने ठाकुर माँ का हाथ पकड़ लिया कि छूकर देखो माँ। यह अभद्रता इन्दु दीदी को उसके पगला जाने का लक्षण लगी। उन्होंने उसे डाँटा और नौकरों से कहा, 'इसे ले जाओ यहाँ से।' इधर नौकर रोते-कलपते शरीफ खाँ को किसी तरह घसीटकर ले गये और उधर सत्या बाबू भी नजर बचाकर चुपचाप चले गये। हमें लगा कि निश्चय ही दार्जिलिंग में कुछ अप्रिय घटित हुआ है कि मेजो की पत्नी और परमप्रिय नौकर दोनों ही विक्षिप्तावस्था में लौटे हैं और शेष सब लोग हमसे दृष्टि मिलाने से कतरा रहे हैं। तभी बोड़ोबोऊ ने हमारा ध्यान इस ओर दिलाया कि बोड़ोकुमार इन लोगों के साथ नहीं लौटे हैं। ठाकुर माँ ने जोगेन बाबू को बुलाकर पूछा और उन्होंने बताया कि बोड़ोकुमार तो नारायणगंज पहुँचे ही नहीं। यह सुनकर और लोग चिन्तित हुए होंगे किन्तु मैं तो क्षुब्ध ही हुई कि रोणेन्द्र ने फिर अपने दायित्व से मुँह चुराया है।

जोगेन बाबू बोले कि मैं तो यही मानकर चला था कि वह राजबाड़ी से निकलेंगे ही नहीं इसीलिए जैसे ही मुझे सत्या बाबू से यह पता चला कि मेजोकुमार कोई विल बनाकर नहीं गये हैं, मैंने पोराडा से उनके नाम यह सूचना तार से भेज दी थी। मैं यह सोच-सोचकर क्रुद्ध होती रही कि दुःख की इस घड़ी में अपने दायित्व से भागकर रोणेन्द्र कहाँ जा छिपा है? ऐसा क्यों है कि दार्जिलिंग से लौटे हुए लोगों में से एक शरीफ खाँ को छोड़ बाकी सब मुँह पर ताला डाले हुए हैं? मैं रोबीन्द्र के पास गयी परामर्श करने। वह स्वयं बहुत उद्विग्न था कि सारे रास्ते सत्या बाबू सोये रहने का बहाना करते रहे रोमेन्द्र की बीमारी और मृत्यु के बारे में चुप्पी साधे रहे। विचित्र स्थिति यह है कि औरों से पूछो तो कह रहे हैं साला बाबू बताएँगे और साला बाबू हैं कि बताने से बचते फिर रहे हैं। मैंने कहा कि रोणेन्द्र पता नहीं कब लौटेगा और लौटेगा भी तो सत्या बाबू से जिरह कर भी पाएगा कि नहीं इसलिए तू ही उन्हें बुला और उत्तर देने के लिए बाध्य कर। तो छोटो ने जोगेन बाबू को पुकारा कि सत्या बाबू को ढूँढ़कर लाइए।

कुछ ही देर में जोगेन बाबू सत्या बाबू को लेकर आए। आते ही उन्होंने पूछा कि जान सकता हूँ कि मुझे शयनकक्ष छोड़कर तुरन्त आपके दरबार में प्रस्तुत होने का आदेश क्यों दिया गया? मैं कई रात से नहीं सोया हूँ और मुझे इतना भी समय नहीं मिल पाया है कि मैं अपनी भगिनी पर हुए वज्रपात का लेखा-जोखा ही कर पाऊँ। रोबीन्द्र ने कहा कठोर स्वर में कि आपको मैं कैसे सोने दूँ जब आपने हमारी नींद हराम कर डाली है।

हम जानना चाहते हैं कि दार्जिलिंग में क्या हुआ इस बारे में आप कब तक कुछ भी बताने से कतराते रहेंगे और कब तक हम आपके साथ गए लोगों से यही सुनते रहेंगे कि इस बारे में तो साला बाबू ही बता सकेंगे। सत्या ने निःश्वास छोड़ते हुए नाटकीय ढंग से कहा कि मैं कतरा नहीं रहा हूँ केवल प्रतीक्षा कर रहा हूँ बोड़ोकुमार के लौटने की। मेजोकुमार की अप्रत्याशित और अकाल मृत्यु जितनी दुखद आप लोगों के लिए है उतनी ही मेरे लिए भी, कदाचित् कुछ अधिक ही क्योंकि वह मेरी आँखों के आगे हुई। यदि आप यह समझते हैं कि मैं मेजोकुमार की मृत्यु का मर्मान्तक वृत्तान्त बार-बार किसी रोचक कथा की भाँति सुना सकने वाला कोई हृदयहीन व्यक्ति हूँ तो मैं यही कहूँगा कि आप मेरे प्रति अन्याय कर रहे हैं। बोड़ोकुमार को आने दीजिए मैं एक बार और आखिरी बार सब कुछ बता दूँगा आप लोगों को।

छोटो चुप हो गया। सत्या बाबू जाने लगे किन्तु जोगेन बाबू ने पुकार कर उन्हें रोक लिया और कहा कि आप बता रहे थे कि मेजोकुमार ने दार्जिलिंग में कोई विल नहीं बनवायी। सत्या बाबू ने फिर निःश्वास छोड़ा। बोले कि आप क्यों यह समझ रहे हैं कि मैं झूठ बोल रहा हूँ? मेजोकुमार को या हमें पहले से यह सब पता था जो विल बनवाते? जोगेन बाबू बगलें झाँकने लगे। सत्या बाबू मुस्कराए और बोले कि वैसे मेजोकुमार मेरी बहन को बच्चा गोद लेने का अधिकार अवश्य दे गये हैं। सुनकर रोबीन्द्र तो क्रोध से काँप उठा। गरजकर पूछा उसने कि इसमें मुस्कराने की क्या बात है। और फिर झपटा सत्या बाबू पर। जोगेन बाबू ने उसे रोका और बोले कि अभी आप कह रहे थे साला बाबू कि मेजोकुमार की अकाल मृत्यु सबके लिए अप्रत्याशित थी इसलिए विल बनवाने की बात उठी ही नहीं, तो फिर ये गोद लेने की बात कैसे उठ गयी? सत्या बाबू बोले कि मेजोकुमार को भीषण मृत्युभय जो था। इस पर छोटो ने जोगेन बाबू को परे धकेलते हुए सत्या बाबू की गरदन नाप ली और पूछा कि जब मृत्यु की कोई आशंका ही नहीं थी तब मृत्यु भय क्यों हुआ मेजोकुमार को? आप सच-सच क्यों नहीं बताते कि हमारा भाई तीन दिन की बीमारी से कैसे मर गया? क्या है जो छिपाना चाहते हैं आप?

सत्या बाबू छटपटाते हुए बोले कि मुझे छोड़ दें छोटोकुमार। बोड़ोकुमार के आते ही मैं सब कुछ बता दूँगा। और यह... यह गोद लेने का अधिकार देने वाली बात तो मैंने ऐसे ही कह दी थी मजाक में। छोटो गरजा कि गलत वक्त पर गलत रीति के मजाक करने वालों को दंड दिया जाता है इस राजबाड़ी में। जोगेन बाबू ने आकर सत्या बाबू को छुड़वाया और छोटो फूट-फूटकर रोने लगा कि हमारे भाई की मृत्यु को एक मजाक बनाकर रख दिया गया है। सत्या बाबू अविश्वास से सिर हिलाते हुए चले गये। मैंने थोड़ी देर तक रोणेन्द्र की प्रतीक्षा की और फिर अन्तःपुर में चली आयी। बिभा अब भी वैसे ही फटी-फटी आँखों से देख रही थी किसी को भी न पहचानती हुई-सी। कुछ अन्तर था तो यही कि उससे कुछ भी पूछने पर अब वह वही कुकुर-ध्वनि निकालते हुए आँसू भी बहाने लगी थी। कमरे में लोग आते रहे, जाते रहे।

ब्राह्ममुहूर्त में बाहर हलचल सुनाई पड़ी तो हमने एक दासी को भेजा कि जाकर देखो बोड़ोकुमार लौट आए हैं क्या? थोड़ी देर बाद वह यह बताने आयी कि बोड़ोकुमार आ गए हैं। बता रहे हैं कि मार्ग में थोड़े अस्वस्थ हो गए इसीलिए नारायणगंज समय से नहीं पहुँच सके। सुनकर बोड़ोबोऊ सरजूबाला, जो अब तक बिभा का सिर गोदी में लिए बैठी थी, उठने लगी किन्तु दासी से यह सुनकर रुक गयी कि बोड़ोकुमार नीचे बैठक खाने में ही सो गये हैं और उन्होंने कहलवाया है कि अब आप लोग भी विश्राम करें। हम लैम्प बुझाने की सोच ही रहे थे कि सत्या बाबू आ गये। उन्होंने बिभा को पुकारा। बिभा ने आँखें खोलीं, देखा उनकी ओर और फिर मुँह फेर लिया। सत्या बाबू कुछ देर खड़े रहे फिर चले गये। इन्दु दीदी ने मुझसे कहा फुसफुसाकर इसका अर्थ है नौकर जो कह रहे हैं सही कह रहे हैं। ठाकुर माँ ने बोड़ो बोऊ को जाकर विश्राम करने का आदेश दिया और स्वयं बिभा का माथा सहलाने लगीं। हमारी सारी रात आँखों आँखों में ही कट गई और हर आँख निरन्तर गीली रही। सूरज काफी चढ़ आया था जब हम लोग बिभा के कमरे से बाहर निकले। रोणेन्द्र और सत्या बाबू दोनों निद्रा में मग्न थे। केवल रोबीन्द्र उन दोनों के उठने की प्रतीक्षा करता बैठा था। हमें देखकर फिर बिलखने लगा वह। महाराज ने आकर कलेवा के लिए पूछा। किसी की भी इच्छा नहीं हुई कुछ खाने की। उस दिन तो हमने दोपहर का भोजन भी नहीं किया।

रोणेन्द्र के उठने तक हम तेरे साथ दार्जिलिंग गए लोगों से पूछताछ करते रहे और हमें अलग-अलग तरह की बातें सुनने को मिलीं। कुछ लोग तो कह रहे थे कि मेजोकुमार का दाह-संस्कार न हो सकने की बात मिथ्या है और कुछ यह कि वह सही है। पहली बात कहने वालों में मुकुन्द गुईं-जैसे तेरे कारकुन थे तो दूसरी बात कहने वालों में तेरे विश्वस्त सेवक। बीरेन्द्र ने बुद्धू और बिल्लू के सामने भी लाश के गायब हो जाने की बात सही मानी थी किन्तु जब मुकुन्द ने उसे दीदी के सामने लाकर खड़ा किया और कहा कड़ककर कि इससे पूछिए इसने सवेरे मेजोकुमार के शव को मुखाग्नि दी थी कि नहीं, तब उसने वक्तव्य बदल दिया। बोला कि दीदी माँ मेजोकुमार को मुखाग्नि मैंने दी और आप ही बताएँ कि कफन हटाए बिना मुखाग्नि कैसे दी जा सकती है? कपालक्रिया कैसे हो सकती है? आप सच मानिए सब कुछ शास्त्रोक्त विधि से किया गया। इन्दु दी बोलीं कि तुम्हारा हमारे भाई को मुखाग्नि देना ही शास्त्रोक्त न था बीरेन्द्र। तुम्हारी बहन का हमारे अक्षय काकू की बहिन का तुम्हारे ज्येष्ठ पिता की पत्नी होना तुम्हें हमारा सम्बन्धी तो नहीं बना देता। शास्त्रानुसार तो ऐसी स्थिति में मृतक की विधवा से मुखाग्नि दिलवाई जानी चाहिए थी।

इसका उत्तर सत्या बाबू के सभी समर्थकों के पास एक ही था— बिभा इस स्थिति में थी ही नहीं कि उसे श्मशान ले जाते। मैंने कहा कि शास्त्रोक्त तो यह भी न था कि तुम शव को अगली सुबह दाह-संस्कार के लिए ले जाते। तुरन्त ले जाने की रीति ही है हम लोगों के यहाँ। बासी नहीं होने दिया जाता मरे हुए को। इन्दु दीदी ने पूछा कि

शास्त्रानुसार दाह-संस्कार करने के लिए किसे ले गये थे? मुकुन्द ने उत्तर दिया कि खाना बनाने वाले महराज को। दीदी बोलीं कि वह कब से कर्मकाण्ड के ज्ञाता बन गये? एक भी सन्तोषप्रद उत्तर न था उन लोगों के पास। बीरेन्द्र तो दीदी की शान्त और मेरी क्रुद्ध जिरह पर रो पड़ा। बोला कि न सही सम्बन्धी मैं भी आप लोगों की तरह ब्राह्मण तो हूँ। आप मेरे सत्य पर तो सन्देह कर रही हैं और म्लेच्छ शरीफ खाँ और अन्य नौकरों के झूठ पर विश्वास। दाह-संस्कार सुबह इसलिए किया गया कि सासन-बन्धु नहीं मिल पाये। मैं ये जो अस्थियाँ चुनकर लाया हूँ हाँड में वे क्या मेजोकुमार का दाह-संस्कार हुए बगैर ही प्रकट हो गईं कहीं से? दीदी को उससे सहानुभूति हुई, मुझे नहीं। मेरा मन हुआ कि उस हाँडी को उठाकर फोड़ दूँ। दीदी ने मेरा हाथ पकड़ लिया। मैं फूट-फूट कर रोने लगी, अन्य स्त्रियाँ भी। तभी रोबीन्द्र अपने साथ उबासियाँ भरते रोणेन्द्र और सकपकाये-से सत्या बाबू को लेकर आया।

इन्दु दीदी ने लाख रोका किन्तु मैं तुरन्त सत्या बाबू पर झपटी और चीखकर मैंने कहा उनसे कि सत्या बाबू मैं आपसे कुछ उत्तर चाहती हूँ। आप क्यों हम लोगों को दार्जिलिंग साथ नहीं ले गये? क्यों आपने हमारे भाई की गम्भीर हालत का समाचार हमें समय से नहीं भेजा? यह आपके कारण ही है कि हमारा भाई मर गया और हम उसकी सूरत भी न देख पाये। यदि हम वहाँ होते तो उसे कोई ऐसी औषधि नहीं पिला पाता कि उसके प्राण ही निकल जाते और उसके वमन के छींटों से शरीफ खाँ का कोट जल जाता। सत्या बाबू का चेहरा तमतमा उठा। फिर वह फूत्कारते हुए बोले कि मेजोकुमार आपके बन्धु थे तो मेरी बहन के पति भी। और आशु डॉक्टर मेरा नहीं, आप लोगों का कर्मचारी है। इतना निराधार और घृणास्पद आरोप हम लोगों पर लगाना आपको शोभा नहीं देता। दीदी बोलीं कि हम कोई आरोप नहीं लगा रहे हैं सत्या बाबू। आपके साथ गए लोग ही लगा रहे हैं। वे तो यह भी कह रहे हैं कि आप उस रात मेजोकुमार का दाह-संस्कार नहीं कर पाये और शव श्मशान भूमि से गायब हो गया। अगली सुबह आप किसी और का शव फूँक आये। साला बाबू ने दीदी की ओर से मुँह फेर लिया और रोणेन्द्र से उन्मुख होकर बोले कि मैं आपको दार्जिलिंग की दुखद घटनाओं का संक्षिप्त किन्तु सत्य वृत्तान्त दे चुका हूँ। मैं विश्वास करना चाहूँगा कि अबोध स्त्रियों की तरह आप दुख से पगलाए हुए नौकरों के असम्भव-से आरोपों पर ध्यान नहीं देंगे। मेजोकुमार का उपचार अंग्रेज सिविल सर्जन समेत चार कुशल प्रशिक्षित डॉक्टरों ने किया और ऐसे डॉक्टर अपने रोगी को स्वस्थ करने का यत्न करते हैं, उसके प्राण लेने का नहीं। भीरु रोणेन्द्र से कुछ भी जिरह करते न बना।

फिर साला बाबू हम लोगों से दूर ही रहे किन्तु मुख्य मैनेजर ज्ञानशंकर सेन और राजपरिवार के कुछ अन्य कर्मचारियों से निरन्तर मन्त्रणा करते दिखते रहे वे। ज्ञान बाबू के निकाल दिए जाने की बात चली हुई थी उन दिनों क्योंकि हिसाब-किताब में भयंकर गोलमाल था। जोगेन बाबू ने रोणेन्द्र से कहा कि ऐसा लगता है सत्या बाबू सेन से किसी

सौदेबाजी में लगे हुए हैं। सत्या बाबू बिभा के पास आते रहे किन्तु बिभा उनसे कोई बात करने को तैयार न हुई। सच तो यह है कि वह किसी से भी किसी भी विषय में बात कर ही नहीं रही थी तब तक सिवा हाँ या ना के और दार्जिलिंग के बारे में कुछ भी पूछने पर उसका वही मर्मान्तक क्रन्दन शुरू हो जाता था। दो-तीन दिन बाद सत्या बाबू अपनी बीमार माँ से मिलने के बहाने कलकत्ता चले गये। उनके जाने के बाद एक दिन अक्षय काकू ने हमसे कहा कि यदि किसी व्यक्ति के दाह-संस्कार को लेकर किसी प्रकार की शंका हो तो पहले कुशाओं के एक पुतले को जलाकर ही उसका श्राद्ध किया जाता है। इसलिए पता करना चाहिए कि रोमेन्द्र का दाह-संस्कार हो पाया था कि नहीं।

रोणेन्द्र इस विषय में कुछ भी कहने-करने को प्रस्तुत नहीं हो रहा था पहले। फिर बोला कि साला बाबू श्राद्ध के लिए आएँगे ही तब उनसे फिर पूछ लूँगा। वह आये। हमारे बहुत कोंचने पर रोणेन्द्र ने उनसे पूछा तो वह मुँह बिचकाकर बोले कि आप भवालराजपरिवार के प्रमुख हैं आप समझते हों कि आपके भाई का दाह-संस्कार नहीं हुआ तो आपको मैं कुशपुतलिका श्राद्ध करने से कैसे रोक सकता हूँ। मेरा तो मात्र इतना नम्रतम निवेदन है कि बिभा बेचारी को जीवन के बीसवें वर्ष में ही पति खो देने से जो आघात पहुँचा है उसमें उसके दादा के चरित्र का हनन कर दिए जाने का आघात न जोड़ें तो बड़ी कृपा होगी आपकी। शोक की इस घड़ी में गँवार नौकर और नादान स्त्रियाँ बेबुनियाद अफवाह पर ध्यान दें तो दें किन्तु आप-जैसा सुलझा और सयाना व्यक्ति उसे कैसे सच माने ले रहा है? कभी आपने सुना है कि शव अर्थी से गायब हो गया? क्या आप यह समझते हैं कि शवों की कहीं कोई दुकान होती है कि हम जाकर एक खरीद लाये और हमने उसे मेजोकुमार का बताकर फूँक दिया अगले दिन? क्या आप समझते हैं कि मैं ही नहीं, हमारे साथ गये राजपरिवार से जुड़े पुराने लोग भी झूठ बोल रहे हैं इस विषय में? क्या आप हम लोगों की बात को कुछ सिरफिरे नौकरों की बात से कम महत्त्व देते हैं? क्या आप समझते हैं कि स्वर्गीय मेजोकुमार से आप लोगों का ही सम्बन्ध था मेरी भगिनी का या मेरा नहीं? आपको मृत्यु का सर्टिफिकेट और दाह-संस्कार का सर्टिफिकेट चाहिए तो मैं वे भी ला दूँगा? रोणेन्द्र से इसका उत्तर देते नहीं बना। इन्दुदी ने हमें बात को आगे बढ़ाने से रोक लिया। उन्होंने हमें समझाया कि हम जो कह रहे हैं उसके निहितार्थ बहुत गम्भीर हैं। मामला कोर्ट-कचहरी तक पहुँच सकता है। तब अक्षय काकू बोले कि बिना कुशपुतलिका के ही श्राद्ध कर देना भी अनुचित न होगा क्योंकि यदि यह कथन सत्य है कि शव गायब हो गया तो दो में से एक ही बात हुई होगी। या तो कोई अघोरी उसे साधना के लिए उठा ले गया होगा और बाद में उसने उसे जला दिया होगा। या फिर वहाँ श्मशान भूमि में मेजो जीवित हो उठा होगा और किसी ने उसे बचा लिया होगा। उस स्थिति में कुशपुतलिका क्या उसका श्राद्ध ही अनावश्यक है।

तो नितान्त सादे ढंग से हमने तेरा श्राद्ध करा दिया। बिभा को ही बैठाया उसे करने

के लिए और उसने यन्त्रवत कर भी दिया। हमें आश्चर्य हुआ कि जो बिभा तेरा श्राद्ध करने के लिए ठाकुर माँ के कहते ही आ गयी वह क्या भाई के समझाने पर वह मुखाग्नि देने भर के लिए श्मशान भूमि क्यों न जाती? क्या इसका अर्थ यह न लगाया जाए कि साला बाबू ने उस बेचारी को बताया ही नहीं कि तेरी उपस्थिति आवश्यक है? और बताया इसलिए नहीं कि शव मेजोकुमार का नहीं किसी और का था? श्राद्धकर्म के दौरान बिभा ने एक बार भी अपने दादा की ओर नहीं देखा। बाद में वह अन्दर महल में आये अपनी बहन से मिलने। कई बार पुकारा, 'बिभा... बिभा... बिभा...।' फिर कन्धे पकड़कर हिलाते हुए कहा कि मेरी ओर देख बिभा। बिभा बगैर दृष्टि उठाये बोली कि आप किस अधिकार से यहाँ आये हैं, चले जाइए। मोक्षदा मौसी ने टिप्पणी की कि दुख से पागल हो गई है बेचारी। अपने सगे भाई तक को पहचान नहीं पा रही है। किन्तु तभी बिभा ने कुछ ऐसा कहा कि साला बाबू के चेहरे पर भय और हम स्त्रियों के चेहरे पर विस्मय छा गया। वह बोली कि आपने मुझे रानी बनाया था और आप ही ने भिखारिन बना दिया है। कहकर वह सरजूबाला की छाती में सिर छिपाकर रोने लगी। साला बाबू कुछ देर स्तब्ध खड़े रहे और फिर कमरे से चले गये। उनके जाने के बाद ठाकुर माँ ने, हम सबने कई बार पूछा बिभा से कि ऐसा क्यों बोलीं तुम अपने दादा से? कोई उत्तर मिला नहीं हमें। इतना स्पष्ट था कि कुछ अप्रिय घटा है भाई-बहन के बीच। बिभा के मन में भी शंकाएँ हैं अपने पति की मृत्यु और दाह-संस्कार को लेकर इस धारणा की तब और भी पुष्टि हुई जब बिभा की निजी सेविकाओं ने बताया कि मेजोरानी रात में बीच-बीच में भयाक्रान्त होकर लैम्प जलवाती हैं। कभी नींद में ही प्रश्न करती हैं कि ऐसा कैसे हो गया दादा? यह सुनकर मैंने फिर बिभा से यह जानने का प्रयत्न किया कि दार्जिलिंग में क्या हुआ? उत्तर में वह रोने और कराहने के बीच-की-सी वही ध्वनि निकालती रह गई। किन्तु फिर एक दिन बिल्लू को बताया कि अन्तिम दिन तेरे मामा को सहसा मरणासन्न होता देख मैं इतने गहन विषाद में डूब गयी कि मुझे बाद की घटनाओं का कुछ स्मरण ही नहीं है। इतना ही जानती हूँ कि मैं उनके अन्तिम दर्शनों से भी वंचित रह गयी। पिसि माँ कृपामयी से भी उन्होंने यह कहा कि मुझे अपने पति का शव नहीं दिखाया गया।

मैंने तेरे भाइयों से कहा कि किसी को फौरन दार्जिलिंग भेजकर पूछताछ करवाएँ किन्तु वे तो तेरे हिस्से की सम्पत्ति को लेकर अब अधिक चिन्तित थे। जोगेन बाबू उन्हें समझा रहे थे कि आपके बाबा जो डीड बना गए थे उसके अनुसार उनकी सम्पत्ति में आप तीनों भाइयों का एक-तिहाई हिस्सा है। तो मेजोकुमार का अंश मेजोरानी का माना जाएगा अब क्योंकि मृतक की कोई सन्तान तो है नहीं। मेजोरानी पूरी तरह अपने दादा के वश में रही हैं तो अब वही भवालराज के तिहाई हिस्से के वास्तविक स्वामी बन बैठेंगे। इसी आशंका को ध्यान में रखते हुए मैंने आप भाइयों को एक नयी डीड बना लेने का परामर्श दिया था जिसके अनुसार किसी भी भाई के निस्सन्तान मर जाने पर

उसके हिस्से की सम्पत्ति शेष भाइयों में बराबर-बराबर बाँट दी जाएगी और वे उसकी विधवा को हिन्दू विधि संहिता के अनुसार भरण-पोषण के लिए समुचित मासिक वृत्ति देते रहेंगे। आपने मेजोकुमार के दार्जिलिंग प्रस्थान से पूर्व नयी डीड तो बनवा ली किन्तु उसे रजिस्टर कराना भूल ही गये। यह आपसे छिपा नहीं है कि भवालराज इस समय आकण्ठ कर्ज में डूबा है सत्या बाबू तिहाई हिस्से के स्वामी बन बैठे तो कुर्की की नौबत आ जाएगी। आप देख नहीं रहे हैं कि किस प्रकार मुख्य मैनेजर ज्ञान बाबू और मुकुन्द गुईं— जैसे राजकर्मचारी अभी से सत्या बाबू को मेजोकुमारवाला दर्जा देने लगे हैं। आपका तो हित इसी में है कि मेजोरानी के अपने दादा से विमुख होने का लाभ उठाकर उनसे यह लिखा लिया जाए कि वह मासिक वृत्ति के अतिरिक्त और कुछ नहीं चाहतीं।

उधर सत्या बाबू जबसे आए थे यही रट लगाए हुए थे कि बिभा के इतनी कम वय में विधवा हो जाने के दुख से मेरी माँ ने खाट पकड़ ली है और वह बिभा से मिलने के लिए रात-दिन तड़प रही है। कृपया मुझे उसे कलकत्ता ले जाने की अनुमति दे दें। तो हम स्त्रियों पर यह जिम्मेदारी सौंपी गयी कि बिभा को अपने दादा से न केवल दूर रखें बल्कि सम्पत्ति के मामले में उसे ससुरालवालों का साथ देने के लिए प्रेरित करें। सच कहती हूँ रोमेन्द्र कि मुझे यह तनिक भी नहीं सुहाया कि हम तेरी मृत्यु के रहस्य से पर्दा उठाने का यत्न करने और दुख मनाने की जगह तेरी सम्पदा पर उत्तराधिकार के प्रश्न को लेकर चिन्तित हों ठीक उसी तरह जिस तरह सत्या बाबू चिन्तित बताए जा रहे थे। तो मैंने इस प्रस्ताव का विरोध किया किन्तु इन्दु दीदी, सरजूबाला और ठाकुर माँ तीनों बिभा को ससुराल से जुड़े रहने और मायके से मुँह फेरे रहने की सीख देती रहीं। उन्होंने उसे समझाया कि हर स्त्री का और विशेषकर विधवा का सारा हित-अहित अपनी ससुराल से जुड़ा रहता है मायके से नहीं और फिर तुम्हारी माँ और दादा दोनों स्वयं किसी के आश्रित हैं। ससुराल छोड़कर तुम ननिहाल क्यों जाओ भला? यहाँ जयदेबपुर में तुम्हारी देख-रेख के लिए इतने सारे सगे-सम्बन्धी और दास-दासियाँ हैं, वहाँ उत्तरपाड़ा में तो गिने-चुने लोग ही हैं। बिभा पर इन बातों का इतना प्रभाव पड़ा कि सत्या बाबू जब भी उससे मिलने और यह अनुरोध करने आये कि मेरे साथ कलकत्ता चल, माँ ने मुझे तुझे साथ लाने के लिए ही भेजा है, उसने अपना मुँह फेर लिया। किन्तु रोणेन्द्र के सौंपे हुए मुख्य दायित्व के निर्वाह में विफल रहीं बोड़ो बोऊ। जब-जब सरजूबाला ने बिभा को मासिक वृत्ति के कागज पर हस्ताक्षर करने के लिए कलम थमाना चाहा वह फूट-फूटकर रोते हुए ठाकुर माँ से जा चिपकी। हर बार सरजूबाला को ठाकुर माँ से यही सुनने को मिला कि क्यों सता रही है इसे? यह कहीं भागे जा रही है जो तत्काल हस्ताक्षर कराने हों? धीरज रख, जब शोक से उबर जाएगी स्वयं ही कर देगी।

किन्तु रोणेन्द्र का अधैर्य बढ़ता जा रहा था। जब मैंने उससे कहा कि रोमेन्द्र की सम्पत्ति की चिन्ता बाद में करना पहले यह पता लगा कि दार्जिलिंग में हुआ क्या था? तब वह क्रुद्ध होकर बोला कि खबरदार जो तुममें से किसी ने अब नौकरों की उड़ाई

अफवाहों की बात करके सत्या बाबू को मेरा शत्रु बनाया तो। अब तो साला बाबू के सहयोग से ही काम बन सकता है। मैं तो यही कहूँगी अब भी कि रोमेन्द्र मेरी इन बातों से रोणेन्द्र जितना रुष्ट हुआ, उतना ही सन्तुष्ट हुआ सत्या बाबू की बातों से। स्वयं सीधा था इसलिए दूसरों को भी सीधा ही समझता था बेचारा। उसे यही बहुत आश्वासनप्रद लगा कि नयी डीड और मासिक वृत्ति की बात सुनने पर सत्या बाबू तनिक भी उत्तेजित न हुए। उल्टे यह बोले कि मैं आभारी हूँ कि आप और छोटोकुमार बिभा को बारह हजार टाका वार्षिक का मासिक भत्ता देकर उस बिचारी को रियासत में अपने तिहाई हिस्से का प्रबन्धन करने के गुरुदायित्व से मुक्ति दिलाने के लिए तत्पर हैं। किन्तु मुझे इसमें संशय है कि बिभा राजस्व के तृतीयांश की जगह मात्र एक हजार टाका की मासिक वृत्ति से सन्तुष्ट हो जाएगी। आप लोग मुझे एक बार बिभा से एकान्त में मिलने दें तो मैं उसे इसके लिए मना लेने का यत्न अवश्य करूँगा। रोणेन्द्र ने उसे अवसर दिया। बिभा से मिलने के बाद सत्या बाबू बोले कि वह न तो मुझे पहचान रही है और न मुझसे बात कर रही है। उसका शारीरिक और मानसिक स्वास्थ्य चिन्ताप्रद है। मुझे कृपया उसे कलकत्ता ले जाने की अनुमति दें। वहीं माँ के प्यार और सुयोग्य डॉक्टरों के उपचार से उसे स्वास्थ्य लाभ हो पाएगा। रोणेन्द्र मान गया किन्तु हमने कहा कि आप बिभा को ऐसी अवस्था पर इतनी लम्बी यात्रा पर क्यों ले जाना चाहते हैं सत्या बाबू? यहाँ भी वह कुशल डॉक्टरों की देखरेख में है। स्वस्थ हो जाए तब ले जाना। सत्या बाबू को रोणेन्द्र से अनुमति मिल चुकी थी इसलिए उसने हमारी बात पर ध्यान नहीं दिया। उन्हें तब बहुत धक्का पहुँचा जब बिभा उसके साथ जाने को तैयार नहीं हुई। वह उसे बलपूर्वक ले जाने की चेष्टा करने लगा तो रोबीन्द्र ने पूछा कि आप यह बता सकेंगे सत्या बाबू कि दार्जिलिंग में ऐसा क्या अप्रिय घट गया कि आपकी लाड़ली बहन आपसे विमुख हो गयी है?

रोबीन्द्र की उपेक्षा करते हुए सत्या बाबू ने रोणेन्द्र को सम्बोधित किया, 'यह कैसी निष्ठुरता है कि पारिवारिक शोक को भी आप भाई-बहन के विवाद का विषय बनाना चाहते हैं बोड़ोकुमार। इतनी कम वय में वैधव्य को प्राप्त होकर मेरी बहन विक्षिप्त-सी हो चली है। उस पर हुए वज्रपात से विक्षुब्ध मेरी माँ ने खाट पकड़ ली है। मैं स्वयं सारी-सारी रात सो नहीं पा रहा हूँ। यदि ऐसे ही निराधार और घिनौने अभियोग लगाए जाते रहे तो सच मानिए मैं स्वयं भी विक्षिप्त हो उठूँगा। आप बिभा को अस्वस्थ माँ से मिलने के लिए नहीं भेजना चाहते तो कोई बात नहीं मैं कल अकेले ही कलकत्ता के लिए प्रस्थान कर दूँगा।' सत्या बाबू पाँव पटकते हुए चले गए और भोला रोणेन्द्र अपराधबोध से ग्रस्त होकर धमकाने लगा रोबीन्द्र को। कहने लगा कि साला बाबू अगर षड्यन्त्रकारी होते तो क्या कल ही कलकत्ता निकल जाने की बात कहते? मध्यवर्गीय परिवार के पढ़े-लिखे संस्कारी युवक हैं। देखो ना अपनी माँ के लिए इतने चिन्तित हैं कि फौरन कलकत्ता लौट जा रहे हैं। उन पर सन्देह कराना ठीक नहीं। किन्तु उसी शाम एक कारिन्दे ने आकर

सूचना दी कि साला बाबू एक पुरानी नोट बुक लेकर उसमें बड़े मनोयोग से डायरी भरने लगे हैं। भरना तो आज ही शुरू किया है किन्तु पहली तिथि डाली है सात मई की अर्थात् मेजोकुमार की मृत्यु के एक दिन पहले की। सुनकर जोगेन बाबू विचारमग्न हो गये फिर एक गहरा श्वास छोड़ते हुए बोले कि इसका अर्थ है साला बाबू इस बात की तैयारी में जुट गए हैं कि कभी रोमेन्द्र की मृत्यु और दाह-संस्कार को लेकर कोई मुकदमा चले तो अपना वक्तव्य अभी से तैयार करके रख लें।

रोबीन्द्र बोला कि रोणेन्द्र दा साला बाबू कलकत्ता भी वकीलों से परामर्श करने ही जा रहे होंगे। उनकी माँ तो सदा से अस्वस्थ हैं, पहले तो उन्होंने कभी ऐसी चिन्ता जताई नहीं। जोगेन बाबू सहमत हुए। सत्या बाबू के उत्तरपाड़ा लौट जाने के बाद हमें यह पता चला कि मैनेजर बाबू ढाका में उनके लिए कोई ऐसा बड़ा मकान खोज रहे हैं जिसका किराया कम हो। रोणेन्द्र तो इसका महत्त्व समझा नहीं किन्तु सरजूबाला ने कहा कि निश्चय ही अब सत्या बाबू अपनी माँ और पत्नी को भी ढाका ही ले आएँगे। हमने यही कहकर तो उन्हें बिभा को मायके ले जाने से रोका था न कि रुग्णावस्था में उन्हें लम्बी यात्रा कराना ठीक नहीं। मायका पड़ोस में ही हो गया तो हम बिभा को रोक न सकेंगे। रोबीन्द्र बोला कि ढाका में हमारी अपनी बाड़ी भी है। बोऊदी वहाँ रहकर भी अपनी माँ से भेंट कर सकती हैं। और फिर हम सत्या बाबू से यह कह सकते हैं कि भवाल की मेजोरानी तो ऐसी ही जगह रात बिता सकती हैं, जहाँ उसकी देख-रेख के लिए खूब सेवक और सेविकाएँ हों।

फिर पता चला कि ज्ञान बाबू ढाका में मकान के साथ-साथ कुछ सेवक-सेविकाओं का भी जुगाड़ करने में लगे हुए हैं। थोड़े ही दिन बाद सत्या बाबू जयदेबपुर लौट आये। हमने पाया कि वह पहले की तरह व्यग्र और चिन्तित नहीं लग रहे हैं। उनकी भाव-भंगिमा एक आश्वस्त व्यक्ति की है। उन्होंने आते ही रोणेन्द्र से कहा कि मुझे बिभा से एकान्त में मिलने की अनुमति दें। माँ ने उसके लिए सन्देश भेजा है कि मासिक वृत्ति लेने का आपका आदेश स्वीकार कर ले ताकि कोर्ट-कचहरी की नौबत न आए। मैं समझता हूँ कि वह माँ और मेरे दुहरे आग्रह के आगे झुक जाएगी। तो उन्हें बिभा से अकेले में मिलने की अनुमति दी गयी। मिलकर लौटे तो मुस्कराते हुए लौटे। बोले कि बिभा अब अपने दुख से कुछ उबरने लगी है। मुझे पहचान गयी। उसने माँ का सन्देश न केवल सुना बल्कि तुरन्त सहमत हुई कि उसे परिवार के प्रमुख से लड़ना शोभा न देगा। किन्तु उसे दो बातों पर विस्मय हुआ। एक तो यह कि जमाई बाबू ने किसी नयी डीड की बात उनसे कभी नहीं की। मैंने उसे समझाया कि बोड़ोकुमार कह रहे हैं तो निश्चय ही कोई नयी डीड बनी होगी और मैं उनसे लेकर तुझे दिखा दूँगा। दूसरे उसे भवालराज में अपना तिहाई हिस्सा छोड़ने के बदले में मात्र एक हजार टाका मासिक की ही वृत्ति दिया जाना विचित्र लगा। मैंने उसे समझाया कि यदि डीड में यही व्यवस्था है तो तुझे इसी से सन्तोष करना पड़ेगा बिभा। तो कृपया वह नयी डीड मुझे दे दें ताकि मैं

बिभा की शंका दूर कर सकूँ।

न जाने क्यों रोणेन्द्र उसे तुरन्त नयी डीड दिखा देने से हिचक गया। हम सत्या बाबू के मुखमंडल पर अब सदा विराजमान रहने लगी मुस्कान से विस्मित और विक्षुब्ध होते रहे। हमें यह बात भी उद्विग्न करने लगी कि मैनेजर ज्ञान बाबू और रोमेन्द्र के साथ दार्जिलिंग में रहे समस्त कर्मचारी मुसाहिब अब सत्या बाबू के प्रति ऐसा व्यवहार कर रहे हैं मानो वही मेजोकुमार के उत्तराधिकारी हों। रोणेन्द्र ने भी अब हमसे बिभा पर दबाव डालने की बात कहना छोड़ दिया और वह सीधे सत्या बाबू से सौदेबाजी करने लगा। चतुर साला बाबू भी बहुत प्रसन्नतापूर्वक उसके दरबार में वैसे ही बैठे रहने लगे जैसे कभी तेरे दबरार में बैठा करते थे। रोबीन्द्र ने रोणेन्द्र को समझाया भी कि साला बाबू को ज्यादा मुँह मत लगाओ बोड़ो दा। वह तुम्हारे दरबार में मुसाहिब की हैसियत से नहीं, जासूस की हैसियत से आते हैं। किन्तु रोणेन्द्र नहीं माना।

तेरी मृत्यु का तार मिलने के कोई चालीस दिन बाद हमने सुना कि ज्ञान बाबू ने राजबिलास की एक बग्घी और दो पालकियों की सत्या बाबू के लिए व्यवस्था की है क्योंकि उनकी माँ और पत्नी उनके मामाजी को साथ लेकर आज ढाका पहुँच रहे हैं। हमने यह भी उसी दिन जाना कि सत्या बाबू ने कलकत्ता के लॉ कॉलेज से नाम कटाकर ढाका के गवर्नमेंट लॉ कॉलेज में लिखवा लिया है। हमसे इस सम्बन्ध में न ज्ञान बाबू ने कुछ कहा, न सत्या बाबू ने। दो दिन बाद वह ढाका से लौटे। इस बीच कहारों से पता चला कि सत्या बाबू ने कालूटोला में जो मकान किराये पर लिया है वह बहुत छोटा और जीर्ण-शीर्ण है। ढाका से लौटकर सत्या बाबू सबसे पहले बिभा से एकान्त में मिले और फिर रोणेन्द्र के पास पहुँचे। बोले कि मेरी माँ और पत्नी ढाका में ही बस गए हैं। माँ को उत्तरपाड़ा से अपनी जड़ें उखाड़ लेने के लिए मनवाना नितान्त कठिन था किन्तु मेरे यह समझाने पर मान ही गयी कि जब आप लोगों ने बिभा को उत्तरपाड़ा ले जा सकना असम्भव बना डाला है तब उसके लिए अपनी शोकमग्न बेटी से मिल सकने का बस यही उपाय बचा है। उसे ढाका आने को तैयार करने के बाद मैंने अपनी कानून की पढ़ाई ढाका में जारी रख सकने की व्यवस्था कराई है। मुझे विश्वास है बिभा को ढाका में अपनी माँ के पास रहने देने में अब आपको कोई आपत्ति न होगी। रोणेन्द्र बड़ी कठिनाई से यह कह पाया कि मेजोरानी को मायके में रहने का पूरा अधिकार है किन्तु आपको भी इस बात का ध्यान रखना होगा कि मायका मेजोरानी के रह सकने के लिए उपयुक्त हो। सुनकर साला बाबू की भृकुटियों में बल पड़ गये, बोले कि मायका हर बेटी के रहने के लिए उपयुक्त होता है। मुझे पता है कि मेरी बहन अपनी माँ की बेटी ही नहीं, भवाल की मेजोरानी भी है। आप निश्चिन्त रहें कि उसकी सेवा में कोई न्यूनता न आने दूँगा मैं।

रोणेन्द्र तो चुप हो गया किन्तु रोबीन्द्र ने कहा कि आपने कालूटोला में जो बाड़ी किराये पर ली है वह भवाल की मेजोरानी के रहने योग्य नहीं है। सुनकर सत्या बाबू

तिलमिला गये किन्तु फिर मुस्कराकर बोले कि मैं आपसे सहमत हूँ इसीलिए मैंने सदरघाट में नदी किनारे एक अपेक्षाकृत नया और बड़ा बाशा चुन लिया है और मैं आशा करता हूँ कि उसका भाड़ा चुकाने के लिए आप बिभा को उसकी मासिक वृत्ति शीघ्रातिशीघ्र देने की व्यवस्था करेंगे। रोणेन्द्र ने उन्हें तुरन्त पैसा दिला दिया। उसने यह भी कह दिया कि आप जब चाहें तब मेजोरानी को माँ से मिलाने के लिए ले जा सकते हैं। सत्या बाबू ने अगले दिन ही ले जाने की बात कही। रोणेन्द्र को स्वयं भी अगले दिन ढाका जाना था। तो उसने हाँ कह दिया। किन्तु बाद में उसने ठाकुर माँ का यह आदेश मान लिया कि कल मायके न भेज उसे दिशाशूल है। हम इन्दुमयी और रोबीन्द्र के साथ उसे परसों भेज देंगे। जब अगले दिन रोणेन्द्र ने सत्या बाबू को यह सूचना दी तब पहले तो वह बहुत रुष्ट हुए और फिर बोले ठीक है तो मैं भी परसों ही ढाका पहुँच जाऊँगा। उस रात इन्दु दीदी ने बिभा को समझाया कि जब ढाका में नालगोला में राजपरिवार की अपनी बड़ी-सी कोठी है तब तुम्हारे दादा को तुम्हारी खातिर कोई बड़ा बाशा किराये पर लेने की कोई आवश्यकता नहीं। अभी तुम्हारे दादा पढ़ ही रहे हैं। उनका अपनी आय का कोई जरिया नहीं है। ऐसे में उन पर तुम्हारा और तुम्हारे सेवकों-दासियों के आतिथ्य का भार डालना उचित नहीं। तो तुम नालगोला राजबाड़ी में रहना और वहीं से माँ से मिलने चली जाया करना।

बोड़ोबोऊ सरजूबाला ने उनसे कहा कि तुम्हारी माँ और दादा बोऊदी ढाका में ही आकर बस गए हैं यह तो निश्चय ही बहुत प्रसन्नता का विषय है किन्तु यह ठीक न होगा कि तुम राजबाड़ी छोड़कर ढाका में सत्या बाबू के किराये के मकान में रहने लगो और उनकी पढ़ाई में विघ्न डालकर अपनी माँ को फिर यह आरोप लगाने का अवसर दो कि तुम्हारे दादा तुम्हारे कारण अपना जीवन बरबाद कर रहे हैं। राजपरिवार की स्त्रियों को यह उत्साहवर्द्धक लगा कि बिभा ने उनकी किसी भी बात से असहमति व्यक्त नहीं की और ढाका में नालगोला राजबाड़ी में ही रहने के लिए सहर्ष तत्पर हो गयी। किन्तु अगले दिन ढाका स्टेशन पर सत्या बाबू ने बिभा को नालगोला ले जाए जाने पर भयंकर उपद्रव मचाया और बिभा को पकड़कर ले जाने लगे कि माँ बाहर बग्घी में तेरी प्रतीक्षा कर रही है। सागर बाबू ने बिभा को छुड़वाया और सत्या बाबू से कहा कि मेजोरानी को लेकर बिल्लू और बुद्धू दो घंटे बाद आपके बाशा में पहुँच जाएँगे। बिभा मायके गयी तो सत्या बाबू ने रात उसे वापस नहीं आने दिया और अगले दिन भी उसे लिवा ले आने के लिए भेजे गए हर व्यक्ति को टका-सा उत्तर देकर वापस भेजते रहे। फिर इन्दु दीदी के आग्रह करने पर रोणेन्द्र स्वयं बिभा को राजबाड़ी ले आने के लिए गया।

जब बिभा ढाका से लौटी तब वह मुझे बहुत व्यथित प्रतीत हुई। ढाका में हुईं अशोभन घटनाओं का वृत्तान्त दीदी से सुनने के बाद मैंने अनुभव किया कि दीदी और रोणेन्द्र ने ढाका स्टेशन से बिभा को अपनी माँ के साथ न जाने देकर ठीक नहीं किया। तू तो जानता है कि मैं अपनी स्पष्टवादिता के लिए बदनाम हूँ। तो मैंने ठाकुर माँ की

उपस्थिति में कह दिया कि दीदी और बोड़ो बोऊ से कि हमें बिभा को कुछ दिन अपनी माँ के साथ ही रहने देने से रोकना नहीं चाहिए। ठाकुर माँ सहमत हुईं। किन्तु दीदी ने मेरी इस आशंका को निर्मूल ठहराया कि बिभा हम लोगों से रुष्ट हो गई है। और सचमुच जब ठाकुर माँ ने उससे कहा कि तुम सप्ताह दो सप्ताह अपनी माँ के साथ रहना चाहो तो हमें कोई आपत्ति नहीं है मेजोबोऊ तब बोली कि मुझे पता है ठाकुर माँ किन्तु उसकी कोई आवश्यकता है नहीं। यहीं ढाका में ही तो हैं। जब चाहूँ मिलकर आ सकती हूँ। मुझे इस बात से भी बहुत आश्वस्ति मिली कि जब कुछ दिन बाद सत्या बाबू बिभा को लिवा लेने आये, उसने मना कर दिया।

इस बीच रोणेन्द्र सत्याबाबू से अपनी सौदेबाजी में कोई प्रगति नहीं कर पाया था इसलिए उसने बोड़ो बोऊ सरजूबाला से कहा कि तुम लोग बिभा को मनाने के यत्न में फिर से जुट जाओ। मुझे यह सुझाव ठीक नहीं लगा। मैंने कहा कि बिभा को हम भी उसके दादा की तरह सम्पत्ति की ही बात करने चले जाएँगे तो वह यही मानेगी कि हमें भी उसकी नहीं, उसकी सम्पत्ति की चिन्ता है। किन्तु सरजूबाला अपने पति के आदेश का पालन करने के लिए विवश थी। तो वह बिभा को यह समझाने लगीं कि तुम्हारे सत्यादा तुम्हारे इस घर में आने से लेकर अब तक अपने परिवार से अधिक भवाल राजपरिवार में रुचि लेते रहे हैं। पता नहीं तुमसे क्या कहते हैं किन्तु यहाँ के कर्मचारियों से तो वह यही कहते आए हैं कि मैं अपनी बहिन के हितों की चिन्ता में अपने हितों का बलिदान कर रहा हूँ। आज भी उनका यही दावा है कि तुम्हारे हितों की चिन्ता में मुझे अपने परिवार को उत्तरपाड़ा से विस्थापित करने का कठोर निर्णय लेना पड़ा। उनकी बातों से यह ध्वनि निकलती है कि राजपरिवार को तुम्हारे हितों की कोई चिन्ता नहीं। तुम्हारे जेठ और देवर दोनों तुम्हारी सम्पत्ति हड़पने के लिए मुँह फाड़े हुए हैं। क्या तुम्हें सचमुच ऐसा लगता है बिभा?

बिभा ने सिर हिला दिया। इससे उत्साहित होकर बोड़ोबोऊ बोलीं कि तुम्हारे दादा ने बोड़ोकुमार से कहा है कि तुम्हें हजार रुपया मासिक की वृत्ति बहुत कम लगी। सुनकर बिभा चौंकी। इससे बोड़ो बोऊ और उत्साहित हुईं, बोली कि तुम्हारे दादा ने तो अब तक बताया नहीं किन्तु तुम निस्संकोच मुझे बता दो। विश्वास करो कि राजपरिवार तुम्हारी इच्छा का आदर अवश्य करेगा। इस पर बिभा यही बोली कि जैसा आप लोग उचित समझें करें, किन्तु कृपया व्यथा की इस वेला में मुझे न उलझाएँ हिसाब-किताब में। हिन्दू विधवा की इच्छा-अपेक्षा की बात क्यों करती हैं दीदी? पति के शेष होते ही वह तो इच्छाशेष मान ली जाती है और उसकी अपेक्षा इससे अधिक क्या हो सकती है दीदी कि परिजन पड़े रहने देंगे घर के किसी कोने में। छोड़ नहीं आएँगे किसी तीरथ में मरने को। कहकर बिभा रोने लगी फूट-फूटकर। सरजूबाला ने उसे अंक लगा लिया।

इस बातचीत से और सब बहुत प्रोत्साहित हुए किन्तु मेरे मन का स्वाद बिगड़ गया। इसी के कुछ दिन बाद सत्या बाबू फिर आ पहुँचे इस अनुरोध के साथ कि बिभा को कुछ

महीने मायके रहने भेज दिया जाए। रोणेन्द्र तो उनसे लड़ने ही बैठ गया किन्तु मैंने ठाकुर माँ से कहलवा दिया कि मेजोबोऊ मायके में रहने के लिए जाना चाहती है तो उसे जाने दिया जाए। तो सत्या बाबू ने पहले हमारी उपस्थिति में और फिर आग्रह करके एकान्त में बिभा को मायके चलने को कहा किन्तु उसने कह दिया कि अभी नहीं। वह निराश हुए और बोड़ो बोऊ बहुत उत्साहित। उन्होंने बिभा से कहा कि तुम्हारे दादा आज भी कुछ कर्मचारियों से कह गए हैं कि मैंने अपनी बहिन की हितरक्षा के लिए इतना बड़ा त्याग किया किन्तु राजपरिवार वाले मुझे उसे साथ ले जाने और सारी ऊँच-नीच समझा सकने का अवसर ही नहीं दे रहे हैं। तुम तो जानती ही हो कि हमने तुम्हें जाने से रोका नहीं। तुमने स्वयं ही उनके साथ न जाने का निर्णय किया। वह फिर आरोप लगा गए हैं कि बोड़ोकुमार और छोटोकुमार मेजो की सम्पत्ति हड़प लेना चाहते हैं जबकि ऐसी कोई बात नहीं है। उनके पास प्रभु की कृपा से अपना ही बहुत है, कोई आवश्यकता नहीं उन्हें तुम्हारी सम्पत्ति पर आँखें गड़ाने की। हाँ, तुम्हें अपने दादा से थोड़ा सावधान अवश्य रहना चाहिए। तुम्हारे लिए इतना त्याग-बलिदान कुछ पाने की आशा में ही कर रहे होंगे ना। तुम्हारी सम्पत्ति उनके लिए निश्चय ही बहुत आकर्षक हो सकती है।

सुनकर बिभा रो पड़ी और फिर दुहराती गई कि मुझे कोई आकर्षण नहीं है इस सम्पत्ति का और किन-किन को है दीदी यह जानने में भी कोई रुचि नहीं है मेरी। सुनते ही मुझे लगा कि सरजूबाला ने यह प्रसंग छेड़कर बिभा के मन में इस बात की पुष्टि कर दी है कि ससुराल और मायकेवालों को मेरे प्रति सहानुभूति बहुत कम है और मेरी सम्पत्ति का लोभ प्रबलतम है। इसके अगले ही दिन सत्या बाबू फिर आ पहुँचे बिभा से मिलने। उनकी बातों से यह संकेत मिला कि किसी जासूस से उन्हें पता चल गया है कि सरजूबाला ने बिभा से क्या कुछ कहा। वह अपने साथ तेरी और बिभा की अलमारियों की कुंजियों के गुच्छे, तेरे गुम्फाक्षरों और भवालराज के चिह्न वाली आठ चाँदी की मुहरें और तेरी कुछ अन्य चीजें ले आए थे। बिभा के सामने रखकर बोले कि भवालराज की बस यही सम्पदा मेरे पास थी बहिन जिसे मैं सबके सामने मेजोरानी अर्थात् तुझे लौटा रहा हूँ। तेरे हितों की चिन्ता करते हुए मैंने भवालराज के बहीखातों की जाँच करवाने के लिए कलेक्टर साहेब से कहा था वह इसके लिए तैयार हैं किन्तु तुझे स्वयं इसके लिए उनसे अनुरोध करना होगा। मैं नहीं चाहता कि कोई तेरे प्रति मेरे प्यार की व्याख्या मध्यवर्गीय भाई द्वारा अपनी विधवा बहिन की अकूत सम्पत्ति हड़प लेने की चाल के रूप में करे इसलिए मैंने तेरे मामलों में रुचि न लेने का संकल्प कर लिया है। अब से तू अपनी ससुरालवालों के सद्-परामर्श पर ही चलना बिभा। इतना कहकर चतुर सत्या बाबू चले गए और बिभा बिचारी फूट-फूटकर रोने गी। इसी के साथ बिभा का अपने दादा से अलगाव दूर होने का क्रम आरम्भ हो गया। पहले सरजूबाला और फिर रोबीन्द्र ने उन्हें मासिक वृत्ति के बारे में समझौते के लिए मना लेने का प्रयत्न किया किन्तु उन्होंने सामने रखे कानूनी कागज पर अश्रुपात ही किया, हस्ताक्षर नहीं।

उन्हें इस आशय का गुमनाम पत्र आया कि दार्जिलिंग में तेरा दाह-संस्कार नहीं हो पाया था और तू नागा साधुओं की एक टोली के साथ देखा गया है। हमने अक्षय काकू को तेरी खोज में भेजने की बात फिर उठाई। बड़ी मुश्किल से रोमेन्द्र को मनाया था कि सत्या बाबू आ पहुँचे कदाचित् अपने जासूसों से गुमनाम पत्र की सूचना पाकर। जैसे ही रोबीन्द्र ने गुमनाम पत्र उन्हें दिखाकर पूछा कि दार्जिलिंग में क्या हुआ यह सच-सच क्यों नहीं बताते आप, वैसे ही उन्होंने अपनी फाइल खोलकर कुछ कागजात रोणेन्द्र को दिखाए। दो प्रमाण, पत्र तेरी मृत्यु के थे— एक दार्जिलिंग के डिप्टी कमिश्नर क्रॉफर्ड का दिया हुआ और दूसरा वहाँ के सिविल सर्जन कॉल्वर्ट का। दो प्रमाण पत्र तेरे दाह-संस्कार के— पहला सत्या बाबू और तेरे मुसाहिब काबराल का और दूसरा दार्जिलिंग के तीन सरकारी कर्मचारियों का। फिर वह बोले कि मैं आशा करता हूँ कि इसके बाद आप लोग मेजोकुमार का दाह-संस्कार न होने की बात दुहराकर न हम भाई-बहन का अपमान करेंगे और न भवालराजपरिवार को परिहास का पात्र बनाएँगे। रोणेन्द्र से कुछ कहते न बना। सत्या बाबू ने बिभा को भी वे प्रमाणत्रपत्र दिखाए और कहा कि अपनी ससुराल-वालों से यह अप्रिय चर्चा सदा के लिए समाप्त कर देने को कह। कुछ ही दिन बाद वैसा ही एक और गुमनाम पत्र आया। इस बार ठाकुर माँ ने अक्षय काकू को तीर्थों में जाकर पता करने को भिजवाया। वह तेरे जैसे किसी व्यक्ति को साधुओं के साथ देखे जाने की बात तो सुनकर आए किन्तु इसका कोई ठोस प्रमाण नहीं। रोणेन्द्र हमसे बहुत रुष्ट हुआ। उसने हमसे कहा कि रोमेन्द्र के जीवित होने की बात कर-करके सत्या बाबू को मेरा शत्रु मत बनाओ तुम स्त्रीजन। वह सत्या बाबू को प्रसन्न करने में जुट गया।

सत्या बाबू डिप्टी मैजिस्ट्रेट बनना चाहते थे तो रोणेन्द्र ने उन्हें ढाका नवाब से उनकी सिफारिश करने का वचन दिया। भोला रोणेन्द्र हमसे बोला कि सत्या बाबू के मन में मेजोरानी के हिस्से की सम्पत्ति भोगने की बात होती तो वह निश्चय ही सरकारी नौकरी न ढूँढ़ते फिरते। वह समझ ही न पाया कि जब तक बिभा पूरी तरह उनके वश में नहीं आ जाती तब तक वह रोणेन्द्र का मुसाहिब बनकर उससे अपने आर्थिक संकट का उल्लेख करते रहेंगे। भोला रोणेन्द्र उनकी बातों से इतना प्रभावित हुआ कि उसने ढाका में उनके मकान के लिए अच्छे फर्नीचर की व्यवस्था कर डाली कि मेजोरानी माँ से मिलने जाएँ तो सुखपूर्वक रह सकें। उधर सत्या बाबू खजांची बाबू से कह आए कि जो पैसा दिया गया है वह मेजोरानी की आय का हिस्सा है, मासिक वृत्ति नहीं। इससे रोणेन्द्र बहुत घबराया। सत्या बाबू के आग्रह पर मासिक वृत्ति का पैसा भी रोणेन्द्र उन्हीं को देता रहा। तो सितम्बर के दूसरे पखवाड़े में बिभा को इन्दुमयी दीदी और छोटोकुमार के साथ ढाका भेज दिया। इस बार बिभा सीधे उन दोनों के आग्रह करने पर भी मायके गयी। उसे ठाकुर माँ ने लिखा भी कि नालगोला कोठी में रहो। ससुराल छोड़ देने से तो अनन्त व्रत का उल्लंघन होता है। किन्तु वह न नालगोला कोठी गयी और न तुरन्त जयदेबपुर ही लौटी। वह वापस आयी अक्टूबर के शुरू में। दासियों ने बताया कि इस

बीच मेजोबोऊ, साला बाबू और उनकी माँ तीनों रात को प्रेतभय से काँपते रहे हैं। जो हो, इस बार सत्या बाबू बिभा को अपने रोणेन्द्र के विरुद्ध भड़काने में सफल हो गये।

इसका अकाट्य प्रमाण तब मिला जब तेरी तथाकथित मृत्यु के प्राय: छह मास बाद साला बाबू ने पहले मुसाहिब की भूमिका में सरकारी नौकरी दिलवाने के वचन का स्मरण करवाया और अबोध रोणेन्द्र के आश्वासन सुनने के बाद मेजोरानी के बड़े भाई की भूमिका में एक पत्र भवालराज के बोड़ोकुमार की सेवा में प्रस्तुत किया। उसे पढ़कर रोणेन्द्र का माथा घूम गया। वह संज्ञाहीन होकर लुढ़क पड़ा। पत्र उसके हाथ से छूट गया। रोणेन्द्र की नाड़ी धीमी चल रही थी और मुखमण्डल निस्तेज हो उठा था। एक कारिन्दा डॉक्टर मोशाय को बुला लाया। तब तक रोणेन्द्र को संज्ञा लौट आई थी। डॉक्टर मोशाय ने बताया कि चिन्ता की कोई बात नहीं है। हम सबको चिन्ता रोणेन्द्र के स्वास्थ्य को नहीं, उस पत्र को लेकर हुई जिसमें मेजोबोऊ ने लिखा था कि अपने भाई सत्येन्द्रनाथ बनर्जी को भवालराज में सम्पदा में अपने अंश का प्रबन्धक नियुक्त कर रही हूँ। कृपया उनके माध्यम से मुझे 8 हजार टका नकद और मेरे पति की बीमा पॉलिसी तथा अन्य कागजात भिजवाएँ।

किन्तु तब तक यह नीढ़म साहब भवालराज का प्रबन्धक होकर आ चुका था। मेयर्स का साढ़ू होने के नाते उसे बोड़ोकुमार के हितों की चिन्ता थी इसलिए उसने प्रयास करना चाहा कि तेरी बीमे की राशि भवालराज को ही मिले क्योंकि उसी ने उसका प्रीमियम भरा था। नीढ़म ने समझाया कि मेजोरानी अधिक से अधिक उसके एक तिहाई हिस्से यानी 10 हजार टाका तक की ही अधिकारिणी है। किन्तु रोमेन्द्र ने इस बात को लेकर झगड़ा करना अनुचित समझा। सच कहती हूँ रोमेन्द्र कि जिस दिन साला बाबू ने बिभा के दिए मुख्तारनामे के सहारे बीमे की राशि वसूली मैं शरीफ खाँ के कोट पर पड़े छिद्रों का स्मरण करके सिहर उठी। मैं समझती हूँ कि यदि रोणेन्द्र ने तेरी सम्पत्ति पर उत्तराधिकार का विषय उठाने में थोड़ा सा विलम्ब किया होता और रोबीन्द्र को तेरी ही तरह सत्या बाबू को अपमानित करने में इतना आनन्द न आता होता तो बिभा आज भी हम लोगों के साथ होती। वह सत्या बाबू के साथ अवश्य रहने लगी है किन्तु उसने हमसे अपना सम्बन्ध तोड़ा नहीं है।

वह अन्तत: गयी भी तो तब जब तेरी तथाकथित मृत्यु के दो ही वर्ष बाद शराब पी-पीकर अपना यकृत जला बैठे रोणेन्द्र का भी देहान्त हो गया। उसके बाद तो सरजूबाला भी अपने पिता के साथ कलकत्ता चली गयीं तब बिभा को मायके जाकर रहने से कैसे रोका जा सकता था? तो तेरी तथाकथित मृत्यु के प्राय: एक वर्ष बाद बिभा सदा के लिए मायके लौट गयी। साला बाबू ने पहले कलकत्ता में हैरीसन रोड में अच्छा मकान किराये में लिया और फिर बिभा के पैसों से लैन्सडाउन रोड में वही कोठी ले ली जिसमें तू उनके और अन्य मुसाहिबों के साथ सन् 1905 में अँग्रेजों का नव वर्ष मनाने के लिए रहा था। इसके लिए 35 हजार पेशगी माँगे बिभा ने। तब साला बाबू कुछ नहीं थे, आज

भवालराज में तेरे एक-तिहाई हिस्से के वास्तविक मालिक बनकर जमींदारों का-सा जीवन व्यतीत कर रहे हैं। ऑनरेरी मजिस्ट्रेट का पद पा गये हैं। राय बहादुरी के लिए नाम चल रहा है। बिभा बिचारी तो बहुत अच्छी है। हम सबसे अपना सम्बन्ध मधुर बनाये हुए है। बुद्धू से बहुत ही लाड़-प्यार करती है। ज्योंही उसका कद निकला बिभा ने तेरे बहुत से कीमती कपड़े उसे दे दिये। हम ननदों को भी पर्व त्योहार पर कुछ-न-कुछ देती है। किन्तु वह इतनी भोली है कि समझ ही नहीं पाती कि सत्या बाबू वकालत पढ़े होने के बावजूद कुछ कमाई-धमाई नहीं करते, बस बैठे-बैठे बहन के हिस्से आई जमींदारी का उपभोग करते रहते हैं। फिर रोबीन्द्र भी ढाका में बस गया। हम लोग भी उसके साथ वहीं रहने लगे। वहाँ 26 वर्ष की अल्पायु में हैजे से उसकी भी मृत्यु हो गयी। छोटोरानी आनन्दा कुमारी तो तू जानता है कितनी कर्कशा और कलहप्रिय हैं। उन्होंने रोबीन्द्र की मृत्यु के बाद मुझसे सम्बन्ध ही तोड़ लिया। सब रानियाँ कलकत्ते चली गईं। जयदेबपुर में रह गईं ठाकुर माँ, मैं और इन्दुमयी। और हाँ, तुम तीनों के चित्र भी जिन पर माला चढ़ी हुई थी और जिनके आगे सुबह-शाम धूप-दीप किया जा रहा था। ठाकुर माँ देखती और रोतीं कि वंशनाश का श्राप पूरा हो गया है। किन्तु, अब तो तू लौट आया है। मुझे पूरा विश्वास है कि तू और बिभा उस श्राप को झूठा सिद्ध कर सकोगे रोमेन्द्र।

ज्योतिदी के सुख के आँसू मेरे उस माथे पर टपके जो उनका वृत्तान्त सुन-सुनकर तापहर भृंगराज तेल की मालिश के बावजूद तप्त हो उठा था। मेरी आँखों से भी अश्रुधार बह निकली किन्तु ये आँसू सुख के नहीं, दुख के थे कि हाय क्यों मैं मेजोकुमार के रूप में फिर पुनः जीवित हो उठा। मैं दार्जिलिंग में सचमुच मर क्यों नहीं गया? और यदि परमपिता परमात्मा मुझे इस संसार में जीवित रखना ही चाहता था तो उसने मेरी विस्मृति को चिरस्थायी बना देने की अनुकम्पा क्यों नहीं की? क्यों ले आया वापस मुझे माया-मोह के संसार में, जिसमें साला बाबू मेरा जीवन बीमा कराते हैं, रहस्यमय परिस्थितियों में मेरी मृत्यु होती है और वह न केवल बीमे की पूरी राशि पा जाते हैं बल्कि भवालराज में मेरे हिस्से की सम्पदा के वास्तविक उत्तराधिकारी भी बन पाते हैं? क्यों लौटा मैं वैभव और ऐश्वर्य के उस संसार में जिसमें किसी की मृत्यु पर शोक करते हुए स्वजन जिन आँखों से अश्रुधार बहा रहे होते हैं उनको ही उसकी धन-सम्पदा पर गड़ाए भी रखते हैं। मैं संन्यासी ही बना रहता तो ब्राह्ममुहूर्त की इस वेला प्रभु का नाम जपते हुए नदी में स्नान कर रहा होता। मेजोकुमार के रूप में तो मैं राजसी गलियारों में होते षड्यन्त्रों की गाथा सुन रहा हूँ। तभी ज्योतिदी ने आँचल से पहले अपने और फिर मेरे आँसू पोंछे और फिर बोलीं कि अब तू सो जा। मैं एक संकल्प पर पहुँचते हुए उठा खड़ा हुआ और मैंने कहा कि दीदी, यह तो मेरे स्नान-ध्यान का समय है। वह बोलीं कि यह मत भूल कि तू अब राजा है, फकीर नहीं। राजा तो देर रात सोते हैं और काफी दिन चढ़ आने पर सुख निद्रा त्यागते हैं। मैंने कहा कि राजा होने में कोई सुख नहीं है दीदी। राजाओं की तो बहुधा हत्या भी होती है। दीदी भी उठ खड़ी हुईं। उन्होंने मुझे अपने अंक में भरते हुए कहा कि तू

चिन्ता मत कर रोमेन्द्र आगे सब ठीक होगा।

मैंने दीदी से तो यह कह दिया कि मैं अपने कमरे में सोने जा रहा हूँ किन्तु मैं सीधा नदी किनारे पहुँचा। शीतल जल में स्नान करते हुए मैं सोचने लगा साला बाबू के बारे में। राजपरिवार के सभी लोग उन्हें कुटिल बताते थे किन्तु मुझे तो वह कुटिल नहीं श्रद्धास्पद और हास्यास्पद दोनों लगते रहे। श्रद्धास्पद इसलिए कि वह हम लोगों से अधिक पढ़े-लिखे और सुविज्ञ थे हास्यास्पद इसलिए कि वह हम जमींदारों को परिश्रमी प्रजा का रक्त चूसने वाले परजीवी बताया करते किन्तु स्वयं उन्हें जयदेबपुर की राजबाड़ी में रहना बहुत सुहाता। वह मोटी-मोटी पोथियाँ बाँचते रहते और हमें बताते कि जिन असहाय निर्धनों का हम शोषण कर रहे हैं वे एक दिन विद्रोह कर उठेंगे, हिंसक क्रान्ति होगी और प्रजा फाँसी पर चढ़ा देगी उन्हें जो राजा होना अपना जन्मसिद्ध अधिकार मानते रहे हैं। कहते थे कि फ्रान्स में ऐसा ही हुआ था। मैं नहीं जानता था कि फ्रान्स कहाँ है? और न मुझे ऐसा जानने में कोई रुचि ही थी किन्तु वह द्वारिका मास्टर के ग्लोब पर मुझे फ्रान्स दिखाकर ही माने। मैं तो मात्र इतना जानना चाहता था कि यदि साला बाबू कर्मठता और ज्ञान-साधना के इतने ही बड़े पुजारी हैं तो अपनी पढ़ाई-लिखाई शीघ्रातिशीघ्र पूर्ण करके कोई नौकरी या व्यवसाय क्यों नहीं कर लेते हैं? वह कहते कि मेरी पढ़ाई में विघ्न इसलिए पड़ता है कि आप और बिभा मुझे बुला लेते हैं और महीनों रोके रहते हैं। व्यवसाय मैं निश्चय ही करूँगा किसी दिन किन्तु उसके लिए पूँजी दरकार है। आप चाहें तो मैं आपको अनेक लाभप्रद उद्यम सुझा सकता हूँ। उनका प्रस्ताव सुनकर मैं हँस पड़ता और मेरे मुसाहिब गगनभेदी अट्टहास कर बैठते। वे कहते कि धन्य हो साला बाबू आप तो भवाल के राजकुमार को श्रमिक बना देना चाहते हैं।

साला बाबू का यह आरोप निराधार न था कि मैं उन्हें आग्रहपूर्वक जयदेबपुर बुलाता और फिर उन्हें अधिक से अधिक दिन रोके रहने की चेष्टा करता। मुख्यतः इसलिए कि रुग्ण और उदास रहकर मुझमें सतत अपराधबोध जगाती मेरी पत्नी उनकी उपस्थिति मात्र से स्वस्थ-प्रसन्न हो उठती। मैं उसकी उपेक्षा करते हुए तनावग्रस्त न होता। वह आ जाते तो बिभा उनके हाथ से औषधि ग्रहण करने लगती, पौष्टिक आहार खाने लगती और डॉक्टर के परामर्शानुसार उद्यान में सुबह-शाम सैर भी करने लगती। आपसे छिपाऊँगा नहीं। रोबीन्द्र और कुछ अन्य लोगों की दृष्टि में बिभा का अपने दादा को ही अपना अभिन्न अपना सर्वस्व मानना आशंकाप्रद लगता रहा। उनके उकसाने पर मैंने दो-चार बार छिपकर उन दानों की बातें सुनीं भी। न तो मैंने उन्हें कोई ऐसी बात कहते-करते सुना जो भाई-बहन के मध्य वर्ज्य मानी गई हों और न मेरी अथवा राजपरिवार की निन्दा-आलोचना करते हुए। वे प्रायः पुस्तकों के बारे में ही बातें करते मिले मुझे। साला बाबू सांस्कृतिक दृष्टि से पिछड़े जयदेबपुर में बैठी अपनी लाड़ली बहन के लिए न केवल नयी-नयी पुस्तकें लाते बल्कि कलकत्ता की सांस्कृतिक हलचलों की आँखों-देखी कानों-सुनी विवरणिका भी। मैंने पाया कि बिभा

को उसके दादा कुछ ऐसा दे पाते हैं जो मैं क्या राजपरिवार का सबसे अधिक पठित व्यक्ति बिल्लू भी उन्हें नहीं दे सकता— साहित्यिक-सांस्कृतिक चर्चाओं का अवसर। मैंने रोबीन्द्र से कह दिया कि साला बाबू तेरी छोटो बोऊदी को उसी रूप में और उसी प्रकार प्रेम करते हैं जिस प्रकार मैं मोटो और लालो को।

सुविज्ञ कलकत्तावासी साला बाबू की उपस्थिति इस अर्थ में भी मेरे लिए लाभप्रद थी कि वह मुझ असंस्कृत और लगभग निरक्षर व्यक्ति के आधुनिक, परिष्कृत एवं आंग्लभाषी सचिव का काम कर देते थे। यों मेरा अपना सचिव मुकुन्द गुईं भी अँग्रेजी जानता था किन्तु उससे मेरा सेवक-स्वामी वाला सम्बन्ध था। मेरे मुसाहिबों में चार बंगाली साहिब अर्थात ईसाई भी थे, मोरेल, काब्राल, फ्रेजर और मैम्बीन जो थोड़ी-बहुत अँग्रेजी बोल लेते थे और साहिब लोगों के आचार-विचार-व्यवहार का कुछ ज्ञान रखते थे किन्तु साला बाबू की तुलना में वे निपट गँवार थे। उदाहरण के लिए यदि मैं उनमें से किसी को अपने साथ कलकत्ता ले जाता तो पाता कि किसी गौरांगी अथवा पीतांगी स्त्री से वह मेरी अन्तरंगता स्थापित नहीं करा पाता। साला बाबू इसमें सदा समर्थ हैं। यह बात अलग है कि उन्होंने मेरे बहुत दुराग्रह करने पर बस दो-एक बार ही ऐसा किया और सो भी बहुत दुख और अरुचि के साथ। किसी यूरोपीय, एंग्लोइंडियन या चीनी स्त्री से मिलने के लिए जाते समय मैं शृंगार की पारिभाषिक अँग्रेजी शब्दावली साला बाबू से ही पूछकर जाता और वही रटा-रटाया सब भूल न जाऊँ इस भय से उनसे एक पर्ची में लिखवा भी लेता ताकि वही अपनी प्रणय-पात्रा को दिखा दूँ। विलायत से जयदेबपुर आया एक शिकारी मुझे कुछ सचित्र पुस्तकें भेंट कर गया था जिनमें शृंगारिक चित्र देख-देखकर मेरे भीतर उनके शब्दों के अर्थ भी जान सकने की उत्कट जिज्ञासा भड़क उठी थी किन्तु उन पुस्तकों की अँग्रेजी मेरे मुसाहिबों के वश की भी नहीं। साला बाबू ही मुझे चित्रों के साथ दी गई कथा बांग्ला में अनुवाद कर-करके सुना सके यद्यपि ऐसा करते हुए उनका मुँह लज्जा से लाल हो उठा और उन्हें पुस्तक अपनी गोद में रख देने के लिए विवश होना पड़ा।

ऐसा नहीं कि साला बाबू के अँग्रेजी ज्ञान का लाभ मैंने काम-वासना की पूर्ति में ही उठाया हो। वह बहुत उत्साह से मेरे और अँग्रेज अधिकारियों के बीच सम्पर्क-सूत्र का कार्य करते रहे। बहुत चिन्ता रहती उन्हें मेरे हितों की रक्षा की यद्यपि मैं बहुधा उनसे सहमत न हो पाता कि मेरे हित राजपरिवार के हितों से भिन्न हैं। स्वीकार करना होगा कि यदि साला बाबू वेश्यावृत्ति में भयंकर अरुचि होते हुए भी मेरे साथ वेश्यालयों में जाते तो एक प्रकार से हितरक्षक की भूमिका में ही कि कहीं बहुत अधिक धन न लुटा आऊँ या किसी निम्न कोटि की वेश्या से सहवास न कर बैठूँ। वह मेरे स्वास्थ्य को लेकर भी बहुत चिन्तित रहते और समझाते कि वेश्यागमन से भयंकर रोग हो सकते हैं। मुझे सदा यही प्रतीति हुई कि यद्यपि साला बाबू मुझसे सर्वथा भिन्न स्वभाव के हैं तथापि हितरक्षक के रूप में सदा मेरे साथ लगे रहते हैं और वेश्यागमन, आखेट, हाथी की सवारी, मुसाहिबों के साथ असंस्कृत आमोद-प्रमोद जैसे मेरे शौकों में जो उनके लिए नितान्त अरुचिकर हैं

सहयात्री बनते हैं। इसलिए वे मेरे मुसाहिबों के परिहास के पात्र बनते। किन्तु फिर भी मेरे दरबार से रूठकर चले न जाते। कभी भूलूँगा नहीं वह दिन जब मैंने दार्जिलिंग जाने से पूर्व भवाल के वन में उन्हें मुसाहिबों के आग्रह पर उन्हें दुनाली थमा दी और घोड़ा दबाते ही उनकी धोती खराब हो गयी। ठहाका मारते मेरे मुसाहिबों ने मेरे आदेश पर उन्हें अविलम्ब स्नान कराने और उनके वस्त्र तथा यज्ञोपवीत बदलवा देने की व्यवस्था की। नित्यप्रति परिहास के पात्र बनाए जाने पर भी उन्होंने न मेरे प्रति कभी रोष प्रकट किया और न मेरे साथ मेरी छाया बनकर लगे रहना ही छोड़ा। उनकी इस विस्मयकारी भक्ति से बहुत प्रभावित हुआ मैं। मैं कभी भी उन लोगों से सहमत नहीं हो पाया जो समझाते थे कि साला बाबू आपके हितचिन्तक नहीं हैं मेजोकुमार, वह तो इसलिए आपके साथ लगे रहते हैं कि आपकी गतिविधियों की सूचना दे-देकर मेजोरानी और अँग्रेज अधिकारियों को आपके विरुद्ध भड़काते रहें। मैं उन लोगों से भी सहमत नहीं हो पाया जो कहते थे कि साला बाबू आपसे जलते हैं कि आप तो अनपढ़ होते हुए भी अपार सुख भोग रहे हैं और वह सुयोग्य और सुपठित होते हुए भी धनी नहीं हैं और उन्हें सुखभोग करने के लिए आपका मुसाहिब बनना पड़ रहा है।

किसी को विश्वास न होगा यदि मैं कहूँ कि मुझे तो सदा यही प्रतीति हुई कि साला बाबू को अपनी बहन से इतना असीम अनुराग है कि उन्हें मुझसे भी, उसका पति होने के नाते, थोड़ी प्रीति हो गई है। इसलिए छोटोदी से सारा वृत्तान्त सुन लेने के बाद भी मेरे मन के लिए यह मान पाना कठिन हुआ कि स्वभाव से सर्वथा भीरु और अहिंसक साला बाबू ने प्रजाजन का रक्त चूसने वाले मुझ विलासी सामन्त की देह पर फूटते सिफलिस के घावों का अवलोकन करते हुए अपनी बहन को रोग की आशंका से मुक्ति दिलाने के लिए मुझे मृत्युदण्ड देने की बात न केवल सोची होगी बल्कि आशु डॉक्टर की सहायता से उसे मनसा के स्तर से कर्मणा के स्तर पर पहुँचाने का प्रयास भी किया होगा। किन्तु छोटोदी के अनुसार इसमें भी सन्देह न था कि परजीवी सामन्तों को मृत्युदण्ड देना उचित ठहराने वाला वह क्रान्तिकारी आधुनिक सत्येन्द्रनाथ बन्द्योपाध्याय आज स्वयं कलकत्ता में अँग्रेजों के चाटुकार एस.एन. बनर्जी के रूप में परजीवी सामन्तों-सा जीवन व्यतीत कर रहा है।

जालसाजी का जाल

राज मेरी ससुरालवाले यदि कभी मेरी कोई आलोचना करते भी थे तो मात्र इसी आधार पर कि पूजा-पाठ, तंत्र-मंत्र और फलित ज्योतिष में मेरी पर्याप्त आस्था नहीं है। पति को रिझा सकने वाले प्रयोगसिद्ध पुरातन टोटके अपनाने के लिए मैं कोई उत्साह नहीं दिखाती। आधुनिका हूँ और इस तरह की बातों को अन्धविश्वास ठहराकर अमान्य कर डालती हूँ। अच्छा हुआ कि उन्हें कभी यह पता न चल सका कि विदुषी और तर्कविश्वासी होते हुए भी मुझ अभिशप्त अबला की नियति कुछ ऐसी रही है कि न चाहकर भी मेरे अन्धकारमय अन्तस में अन्धविश्वास जन्म लेते रहे हैं। जब भेद खोल ही दिया है तो यह भी स्वीकार करूँ कि बहुधा ऐसी अनुभूति होती है कि अपने इन विश्वासों को 'अन्ध' का विशेषण देकर मैं अपने प्रति अन्याय कर रही हूँ। निरन्तर कार्य-कारण सम्बन्ध स्थापित हो जाने के बाद ही मेरे मन ने उन अन्धविश्वासों को स्वीकार किया है। अब जैसे मेरे इसी अन्धविश्वास को लीजिए कि मेरे लिए बहुत अधिक प्रसन्न होना दुःख को निमन्त्रण देना है। तो मैं आपसे सच कहती हूँ कि बाल्यावस्था से लेकर आज तक जब-जब मेरे स्वभावतः उदास मन ने आह्लाद का स्पर्श पाया है, अट्टहास फूट सका है मेरे कण्ठ से तब-तब दुर्दिन प्रस्तुत हो गया है मेरे लिए। मालीनादी ने ठीक ही टिप्पणी की थी कि औरों को तो दूसरों की नजर लगती है किन्तु बिभा तुझे तो स्वयं की ही लग जाती है। इसीलिए मैं हँसने से घबराती हूँ। आज इसीलिए दादा और उनके परिवार के साथ नई-नई आई मोटर गाड़ी में कलकत्ता की सैर करते हुए मैं अपने आह्लाद पर अकुंश लगाने का निरन्तर प्रयास करती रही थी। किन्तु चूक हो ही गयी।

होती कैसे नहीं। बकलैण्ड बन्ध के साधु से मेजोकुमारी ज्योतिर्मयी द्वारा सम्पर्क किए जाने के समाचार को लेकर दादा के मन और घर-आँगन में पैदा हुआ तनाव इस समाचार से पूरी तरह दूर हो चुका था कि वह साधु जयदेबपुर वापस जाने को तैयार नहीं हुआ। बोऊदी प्रसन्न थीं कि दादा ने इस प्रसंग में तनावमुक्त हो जाने के बाद उनपर कुपित होते रहना छोड़ दिया था। मैं प्रसन्न थी कि ज्योतिदी द्वारा मुझ अबला को फिर से अभिशापग्रस्त करने का षड्यन्त्र रचे जाने की कथा मिथ्या सिद्ध हुई। तो तनावमुक्ति

के उपलक्ष्य में मैंने बोऊदी के लिए गहने बनवाए, बच्चों के लिए नए कपड़े और दादा को सुझाव दिया कि विलायती मोटर गाड़ी खरीद लेने की अपनी इच्छा अविलम्ब पूर्ण कर डालें। उसी नई मोटर गाड़ी पर बैठकर हम लोग कलकत्ता की सैर करने निकले थे। दादा, बोऊदी, बच्चे सब पुलकित थे और उनकी प्रसन्नता मेरी प्रसन्नता बनती जा रही थी। वे सब जी खोलकर हँस रहे थे किन्तु मैं अपने लाड़ले भतीजे की अटपटी बातों और दादा के रोचक किस्सों पर मात्र मुस्करा दे रही थी कि कहीं हँस पड़ी खिलखिलाकर तो अनिष्ट न हो जाए।

इसीलिए हुगली किनारे टहलते हुए दादा से जयदेबपुर की ताराबाड़ी में अक्षय काकू की विचित्र तंत्र साधना की कथा सुनकर जब मेरे कण्ठ से अट्टहास फूट पड़ा तब मैं यह सोचकर आशंकाग्रस्त हो उठी कि कहीं मैं अपने सुख-संतोष को नजर तो नहीं लगा बैठी हूँ। मेरी मुखमुद्रा के इस तरह सहसा बदल जाने पर दादा व्यग्र होकर पूछने लगे कि क्या हुआ बिभा? मैं कहती रही कि कुछ नहीं। और प्रार्थना करती रही कि देबी-कृपा से आगे भी कुछ न हो। किन्तु व्यर्थ गई यह प्रार्थना। घर पहुँचकर अभी एन.के. सरकार की दुकान से खरीदकर लाया गया सन्देश मैं और दादा एक-दूसरे को खिला ही रहे थे कि दादा का नौकर उन्हें एक चिट्ठी दे गया। मेरे नाम थी वह, मैनेजर नीढ़म की भेजी हुई। दादा विस्मित हुए कि नीढ़म का मासिक पत्र इस बार इतनी जल्दी कैसे आ गया! पत्र पढ़कर उनका मुख-मण्डल नीरस हो उठा। अपने सुख-संतोष को अपनी ही नजर लग जाने का यह संकेत पाकर मैंने लगभग रुआँसे स्वर में पूछा कि क्या हुआ दादा? वह क्रुद्ध स्वर में बोले कि वही जिसकी आशंका थी। मैं तुझे दुखी नहीं करना चाहता था बिभा इसलिए एक बात छिपा गया था कि इस वर्ष के आरम्भ से ही ढाका के बकलैण्ड बन्ध पर एक ऐसा पंजाबी साधु आकर बैठ गया था जिसे तेरी सम्पत्ति हड़पने के लिए तेरी मेजो ननद ज्योतिर्मयी तेरे पति रोमेन्द्र की भूमिका में उतरने के लिए मनाने में लगी हुई थीं। मैंने सुना था कि उनकी सौदेबाजी टूट गई है लेकिन यह पत्र बता रहा है कि सौदा अन्ततः पट गया।

नीढ़म ने ढाका के कलेक्टर लिण्डसे के नाम पाँच मई को लिखी अपनी रपट की प्रतिलिपि मेरे नाम भेजी थी। रपट में बकलैण्ड बन्ध पर प्रकट हुए साधु की पूरी कथा दी गई थी कि कैसे जब वह पहली बार जयदेबपुर आया तो उसने परिवार को अपने मेजोकुमार होने के संकेत दिए किन्तु अपना मेजोकुमार होना स्वीकार नहीं किया। और कैसे दुबारा आने पर जब उसकी देह पर वे निशान दिखाए गए जो मेजोकुमार की पहचान थे और उससे यह कहा गया कि अपनी बातों और अपने आचरण से अपने मेजोकुमार होने के अनेक संकेत देकर आपने अपने पर गम्भीर दायित्व ओढ़ लिया है और अब आप अपना विस्तृत आत्मपरिचय दिए बिना यहाँ से जा नहीं सकते तब उसने मान लिया कि मैं मेजोकुमार ही हूँ। स्वर्गीया इन्दुमयी देबी और ज्योतिर्मयी देबी के परिवार वालों से इस आशय की सूचना मिलने पर मोहिनीमोहन बाबू और मिस्टर बनर्जी तफ्तीश करने

श्रीमती ज्योतिर्मयी के घर पहुँचे। साधु उनसे नहीं मिला। आज सवेरे भी गए किन्तु साधु ने कहला दिया कि तीसरे पहर मिलूँगा। इन परिस्थितियों में यह नितान्त आवश्यक है कि साधु के बारे में पूरी पड़ताल कराई जाय। भवाल की प्रजा उसे मेजोकुमार मान बैठी है और आज सवेरे ही उसके दर्शनार्थियों की भीड़ लगी हुई है। ऐसी उत्तेजना और सनसनी फैली हुई है कि यदि आवश्यक कदम तुरन्त न उठाए गए तो मामला गम्भीर हो उठ सकता है।

दादा ने पत्र का सार बांग्ला में सुनाना समाप्त ही किया था कि बोऊदी के मुँह से निकल पड़ा, 'सर्वनाश'। दादा ने झिड़ककर कहा कि तुम चुप रहो। बोऊदी बोलीं कि मैं चुप रही हूँ इसीलिए तो यह दिन देखने को मिला है। मैं बोली कि इसमें सर्वनाश की क्या बात है बोऊदी? हम लोग अगली गाड़ी से ही जयदेबपुर के लिए निकल पड़ेंगे। दादा गरजे कि खबरदार जो तूने जयदेबपुर जाने की बात भी सोची। बोऊदी बोलीं कि ये जाना चाहती हैं तो आप रोकते क्यों हैं? अपना खोया पति पाकर भला कौन पत्नी धन्य न होगी? दादा बोऊदी को झकझोरते हुए बोले कि लगता है तुम अपने पति को फाँसी की सजा दिलवाकर धन्य होगी। बोऊदी विलाप करने लगीं कि सासु जी और मेरे लाख टोकने पर भी आप अपनी इस लाड़ली बहन के मामलों में और-और फँसते चले गए हैं। अब आपको कोई सजा हो गई तो मेरा और मेरे बच्चों का क्या होगा? दादा आगबबूला हो उठे। बोऊदी को झकझोरते हुए बोले कि हमें सजा होगी तो तेरी वजह से। तू ही थी जिसने यह बात फैलाई कि हम लोग रात को मेजोकुमार का प्रेत देखकर भयभीत हो उठते हैं। बोऊदी बोलीं, 'वह बात मैंने नहीं, इन रानी साहिबा की उन दासियों ने फैलाई जो ये अपने महल से ढाका में हमारी कुटिया में लेकर आई थीं। तुम्हारी ये बहन ही कारण बनी है हमारे दुर्भाग्य का।' दादा ने बोऊदी की बाँह धर ली और गैटआउट कहते हुए उसे द्वार की ओर घसीटने लगे। तभी मेरा प्यारा-सा भतीजा कमरे में घुसा यह माँग करते हुए कि उसे मोटर गाड़ी में बैठा दिया जाय। दादा उसे भी कान पकड़कर बाहर करने लगे। वह रो पड़ा। बोऊदी विलाप करने लगीं और मुझे कोसने लगीं कि तुमने मेरी गृहस्थी को नर्क बना डाला है। मेरी आँखों में आँसू छलछला उठे। मैंने भतीजे को गोद में उठाया और अपने कमरे में चली आई। उसके और अपने आँसू आँचल से पोंछे और फिर उसे एक सचित्र पुस्तक दिखाकर उसका मन बहलाने का यत्न करने लगी। दादा और बोऊदी के झगड़े की आवाजें वहाँ तक भी आ रही थीं। आज बोऊदी फिर दादा को यह याद दिला रही थीं कि अपनी गिरस्ती से अधिक रुचि अपनी लाड़ली बिभा की गिरस्ती में लेकर उन्होंने अपनी पत्नी को ही नहीं, अपनी माँ को भी बहुत दुख पहुँचाया था।

सुनकर मेरी आँखें फिर छलछला गईं। भतीजा बोला कि पिसि माँ तुम क्यों रो रही हो? मैंने बाँह से आँखें पोंछते हुए कहा कि एक और कहानी की रानी के दुर्भाग्य की बात याद आ गई थी। भतीजा उस रानी की कहानी का ब्यौरा माँगने लगा। सौभाग्य से

दादा एक फाइल बगल में दबाये आए और उन्होंने अपने पुत्र को सैर के लिए मोटर कार में बैठ जाने का निमन्त्रण दे डाला। भतीजा किलकारी भरता हुआ चला गया। दादा ने द्वार के कपाट भिड़ा दिए और बोले कि इधर आ बिभा, एक बात सुन। मैं वहीं खड़ी रहकर बुदबुदायी कि दादा थोड़ी देर बोऊदी के साथ ही रहो। इतनी कलह मत मोल लो मेरे कारण। उन्होंने एक गहन नि:श्वास छोड़ा और फिर मेरे पास आकर बोले कि मैं तेरे कारण बड़े से बड़ा कष्ट उठाने को सदा तत्पर रहा हूँ बिभा। तू मुझे अपने से भिन्न कभी लगी ही नहीं कि मैं तेरी समस्या को अपनी समस्या न समझूँ। बल्कि मेरे लिए तो तू स्वयं मुझसे महत्त्वपूर्ण रही है री। माँ कितना क्रोध करती थी कि बिभा की चिन्ता में अपनी पढ़ाई पर ध्यान नहीं देता किन्तु मैं सोचता कि तू हम चारों में सबसे अधिक मेधावी थी और तुझे मात्र इसीलिए उच्च शिक्षा नहीं लेने दी गयी कि तू लड़की है और तेरा विवाह अल्प वय में एक विलासी, असंस्कृत और अनपढ़ व्यक्ति से कर दिया गया। मैं रोक नहीं पाया इस अन्याय को अस्तु, मैंने अपना यह कर्तव्य माना सदा कि पहले तेरी चिन्ता करूँ बाद में अपनी।

मैंने सिर झुकाकर कहा कि मैं और बहुत आभार भी मानती हूँ आपका। दादा ने ठोड़ी पकड़कर मेरा चेहरा उठाया और बोले कि आभार तो परायों का माना जाता है पगली। तो सुन, अगर जयदेबपुर जाना चाहती है तो अवश्य जा, किन्तु इतना समझ ले कि उसका यही अर्थ लगाया जाएगा कि तुझे भी दार्जिलिंग में अपने पति का दाह-संस्कार हो जाने पर कुछ सन्देह रहा था। मैंने कहा कि मैं ऐसा मानती होती तो ससुराल से आपके साथ आने को राजी होती क्या? मैं तो केवल इसलिए जयदेबपुर जाना चाहती हूँ कि उस साधु को देखकर लोगों को बता सकूँ कि वह मेजोकुमार नहीं है। दादा मुस्कराये और कलाई पकड़कर मुझे अपनी ओर खींचते हुए बोले कि तेरी बुद्धि कुशाग्र तो है किन्तु है स्त्रियों वाली ही। अरे यदि तू ऐसा भी कहेगी तो क्या उससे यह ध्वनि न निकलेगी कि यह साधु तो नहीं, हाँ कोई और साधु मेरा पति अवश्य हो सकता है क्योंकि मेजोकुमार दार्जिलिंग में वास्तव में मरे नहीं थे। मुझे उनका तर्क अकाट्य लगा। मैं बोली कि ज्योतिर्मयी से तो मेरे बहुत मधुर सम्बन्ध रहे हैं उसे और उसके बेटों को बहुत कुछ देती भी हूँ मैं फिर क्यों करेगी वह मेरे विरुद्ध षड्यन्त्र? दादा बोले कि क्योंकि लोभी सामन्तों को बहुत कुछ से कभी सन्तोष नहीं होता। उन्हें तो अपेक्षा रहती है सब कुछ पाने की। तेरी वह ज्योतिर्मयी दीदी इसलिए निराश हैं कि तेरी देवरानी ने उनके बेटे जलद को गोद नहीं लिया। तो अब तेरी ननद ने एक जाली मेजोकुमार खड़ा करके तेरी हिस्से की सम्पत्ति से वैभवश्री प्राप्त करने की चाल चली है। मैं बुदबुदायी कि मेरी समझ में नहीं आता कि मेरे वैधव्य का परिहास कराकर उन्हें क्या मिल जाएगा? दादा मुस्कराकर बोले कि तेरी सम्पत्ति। तूने भले ही ढेरों पोथियाँ बाँची हों, दुनिया की पोथी नहीं बाँची है। तू अब भी नहीं समझ पा रही है कि तेरी ज्योतिदी ने तेरे विरुद्ध कितना बड़ा षड्यंत्र रचा है।

बोड़ो और छोटोकुमार का तो दाह-संस्कार यहीं हुआ था सबके सामने। मेजोकुमार का दूरस्थ दार्जिलिंग में हुआ इसलिए झूठी कहानी गढ़ सकने की पूरी सुविधा है उन्हें। मैंने कहा कि मेरे लिए यह विश्वास कर सकना कठिन है कि ज्योतिदी मेरे विरुद्ध षड्यन्त्र करने के लिए कहीं से आए किसी अपरिचित साधु को अपना भाई घोषित कर सकती हैं। दादा बोले कि यदि बड़ी सम्पदा मिलने की सम्भावना हो तो किसी को भी अपना बन्धु मान लेने में क्या आपत्ति हो सकती है बोलो तो? और मेरी भोली बिभा यह साधु कहीं से आया नहीं होगा बहुत खोज-खाजकर लाया गया होगा। उसे इस भूमिका के लिए विधिवत चुना और प्रशिक्षित किया गया होगा और उसके बाद ही पहले बकलैण्ड बन्ध पर और फिर जयदेबपुर की माधवबाड़ी में प्रतिष्ठित किया गया होगा। लोगों को भेजा गया होगा कि देख-देखकर कहें कि अरे यह साधु तो मेजोकुमार जैसा लगता है। मैं सिहर उठी। दादा ने मुझे अंक लगा लिया। बोले कि भय मत कर बिभा। रोमेन्द्र की मृत्यु और दाह-संस्कार के जो प्रमाण-पत्र मैंने बीमा कम्पनी को स्कॉटलैण्ड भिजवाए थे उनकी प्रतियाँ तिजोरी में सँभाल दी थीं। मैं उन्हें अभी बोर्ड ऑफ रेवन्यू के साहब लोगों को दे आऊँगा। मैंने कहा कि दादा ज्योतिदी के लिए तो मेरी सम्पत्ति हड़पने का प्रलोभन हो सकता है किन्तु ठाकुर माँ उनके इस घृणित षड्यन्त्र में भला क्यों सहयोग देंगी? दादा बोले कि एक अन्य साधु के तथाकथित शाप को निष्फल देखने की मृगतृष्णा उन्हें यह विश्वास दिला सकती है कि उनका मृत पोता वास्तव में लौट आया है। वृद्धावस्था में उनके आँख-कान लगभग जवाब दे चुके हैं इसलिए यदि ज्योतिर्मयी ने साधु को रोमेन्द्र बताया होगा तो उन्होंने मान लिया होगा। यों इस बात की भी सम्भावना है कि उन्होंने ठाकुर माँ को कुछ बताया ही न हो। अथवा उनकी आपत्ति की कोई परवाह ही न की हो।

मैंने हिचकते हुए कहा कि दादा ठाकुर माँ भवालराजपरिवार की प्रमुख हैं और मुझे उनकी निष्पक्षता पर पूरा विश्वास है। तो क्या यह उचित न रहेगा कि हम पहले ढाका जाकर लिण्डसे से मिलें और उसे मृत्यु और अंत्येष्टि के प्रमाण-पत्र दिखाएँ और फिर उसे साथ लेकर ठाकुर माँ से मिलें। दादा झल्लाकर बोले कि नासमझ क्या तू इस समय जयदेबपुर जाकर वहाँ के लोगों द्वारा अपना और मेरा अपमान करवाना चाहती है? राजपरिवार वालों के इशारों पर वहाँ के किसान मुझे पीटने लगें तो भी कोई आश्चर्य नहीं। मुझे दादा का स्वर और निष्कर्ष दोनों ही आपत्तिजनक लगे। मैंने कहा कि वे ऐसा क्यों करेंगे भला? मैं जिरह करने लगूँगी तो वह जाली मेजोकुमार बगलें झाँकने लगेगा। दादा और भी क्रुद्ध हो उठे। बोले कि तेरी ससुराल वाले तुझे जिरह करने देंगे तब ना, वे तो मेरे-तेरे वहाँ पहुँचते ही यह कहेंगे कि देखो-देखो आ गए दार्जिलिंग में मेजोकुमार की हत्या का प्रयास करने वाले। इस समय जयदेबपुर जाकर अपना और मेरा अपमान करवाना चाहती है क्या? दादा का तर्क मुझे अकाट्य लगा। अपने दुर्भाग्य पर झुंझलाती मैं बुदबुदाई कि डॉक्टर के दिए प्रमाण-पत्र से अधिक विश्वास किसी झूठी अफवाह पर

कर लेते हैं। दादा बोले कि यही तो हम लोगों की सबसे बड़ी कमजोरी है कि हम विज्ञान और तर्क में नहीं, चमत्कारों में विश्वास करते हैं। अँग्रेज ऐसे नहीं हैं। इस व्यापार में हमें सहायता और सहानुभूति अँग्रेजों से ही मिल सकती है।

फिर दादा मुस्कराकर बोले कि यदि अँग्रेज न होते तो आज बर्द्धमान पर एक ऐसे ही कपटी साधु की सन्तान राज कर रही होती। वहाँ के राजा तेजचन्द्र को सात पत्नियों में से कुल एक उत्तराधिकारी पुत्र मिला था— प्रतापचन्द्र। उनकी सातवीं पत्नी कमल कुमारी लाहौर की थीं और अपने बड़े भाई प्राणचन्द्र कपूर के साथ बर्द्धमान आई थीं। प्राणचन्द्र कपूर ने राजकुमार प्रतापचन्द्र को अपने पिता की दृष्टि में गिरा देने के लिए कमल कुमारी के स्नेहपाश में बँधवा दिया। प्रतापचन्द्र का स्वास्थ्य बिगड़ने लगा और 1021 में उसकी मृत्यु हो गई। उसके बाद प्राणचन्द्र ने अपना बेटा मेहताबचन्द्र महाराजा को गोद दे दिया और अपनी 12 वर्षीय पुत्री को उनकी आठवीं पत्नी बना दिया। प्रताप-चन्द्र की मृत्यु के 15 और तेजचन्द्र की मृत्यु के दो वर्ष बाद एक साधु प्रकट हुआ जिसने कहा कि मैं प्रतापचन्द्र हूँ, मैं मरा नहीं था, मैंने मृतप्राय होने का नाटक किया और कहा कि प्राण छोड़ने के लिए मुझे गंगा तट पर रखा जाए। वहीं से मैं भाग गया। इस कपटी साधु को प्रजाजन का अपार समर्थन मिला और वह बर्द्धमान की गद्दी पर दावा कर बैठा। यद्यपि अँग्रेज तब तक इस देश का शासन पूरी तरह अपने हाथ में नहीं ले पाए थे तथापि उनकी ईस्ट इंडिया कम्पनी ने इस कपटी को एक ठग के रूप में दण्डित करवाया।

यह कथा सुनकर मैं सिहर उठी। मैंने उस घड़ी को कोसा जिसमें मुझे एक राजपरिवार में ब्याह देने का निर्णय लिया गया। यदि राजपरिवार षड्यन्त्रों के पर्याय हैं तो क्या लोग यह न मानते होंगे कि बर्द्धमान की सातवीं रानी कमल कुमारी के दादा की तरह मेरे दादा ने भी संपत्ति हड़पने के लिए कोई षड्यन्त्र किया जिसकी मैं भी भागीदार रही। राजपरिवारों में षड्यन्त्रों की गाथाओं में प्रणयलीलाओं की गाथाएँ जुड़ी रहती हैं। इसलिए निश्चय ही मेरी भी कोई-न-कोई गाथा गढ़ी गई होगी। मुझे बोड़ोकुमारी इन्दुमयी की एक टिप्पणी याद हो आई कि तुम्हारे दादा ने तुम्हारी आँखों पर प्रेम की पट्टी बाँध दी है। क्या वे यह नहीं कहना चाह रही थीं कि हम भाई-बहन में इतना प्रगाढ़ प्रेम अस्वाभाविक या अनुचित-सी चीज है? राजपरिवार की स्त्रियों के लिए स्त्री-पुरुष के बीच सिर्फ एक ही प्रकार का प्रेम सम्भव था। मैं फिर सिहर उठी। दादा ने मुझे बाँहों में ले लिया। बोले भय से क्यों काँप रही है पगली? राजपरिवार तेरा शत्रु हो गया है तो क्या, तेरे भविष्यद्रष्टा दादा ने तो तेरे विधवा होते ही कोर्ट ऑफ वाड्र्स के प्रमुख कर्मचारियों को अपना मित्र बना लिया था, वे सब तेरा साथ दे रहे हैं और देते रहेंगे। बोर्ड ऑफ रेवन्यू के अधिकारियों को भी मैं तभी से तेरा संरक्षक बनाए हुए हूँ। तू निश्चिन्त रह, तेरा यह दादा उस साधु को जाली ठहरवाकर ही चैन लेगा।

मैं धन्य हुई। तभी बोऊदी वहाँ पहुँच गईं। उन्होंने मेरी ओर एक ऐसी दृष्टि डाली जिसमें आक्रोश और तिरस्कार का सम्मिश्रण था। बोलीं कि ऐसी क्या मन्त्रणा करनी होती

है जो एकान्त की आवश्यकता पड़ती है आपको? उन्हें भी दादा का मुझे एक बच्ची ही मानकर लाड़ लड़ाते रहना उचित नहीं लगता था। दादा का जब क्रोध बहुत बढ़ जाता, बोऊदी को अँग्रेजी में डाँटने लगते। इस समय भी उन्होंने वही किया। बोऊदी रोते हुए बोलीं कि मैं तो केवल यह बताने आई थी कि भोजन तैयार है। दादा बोले कि थोड़ी देर में करूँगा, पहले मुझे साहब लोगों से मिलने जाना है। आने वाले दिनों में दादा दौड़-धूप में जुटे रहे। उनका अधिकतर समय घर से बाहर बीतता। घर में होते भी तो अकेले में मुझसे मन्त्रणा करते। बोऊदी को अपनी और बच्चों की यह उपेक्षा खलने लगी। घर में तनाव बढ़ता गया। बोऊदी मुझसे पूछने लगीं कि दार्जिलिंग में ऐसा क्या कर आई थीं जो तुम्हारे दादा को तुमसे गुप्त मंत्रणाएँ करनी पड़ रही हैं और अँग्रेज हाकिमों के तलवे चाटने पड़ रहे हैं। जब पहली बार उन्होंने यह कटाक्ष किया तब मैंने कहा कि बोऊदी ऐसी बातें कह-सोचकर न दुख दें और न दुख मोल लें। दादा समर्थ हैं, वह हम लोगों पर कोई कष्ट नहीं आने देंगे। बाद में मैं उनके कटाक्ष को इस कान से सुनकर उससे निकालने लगी।

दादा ने मेरे विश्वास की लाज रखी। उन्होंने बोर्ड ऑफ रेवन्यू के साहबों को उन प्रमाण-पत्रों की नकल दी जो मेरे पति की बीमा की रकम वसूल करने के लिए उनकी मृत्यु के बाद भिजवाए गए थे। उन्होंने साहब लोगों से यह अनुरोध भी किया कि वे बीमा कम्पनी से मूल पॉलिसी और प्रमाण-पत्र मँगवाकर भी देख लें। इन प्रमाण-पत्रों की एक नकल उन्होंने ढाका में कलेक्टर लिण्डसे को भी पहुँचवाई और वहाँ के सरकारी वकील शशांक बाबू से सम्पर्क साधा। उन्हीं से पता चला कि वह लम्पट साधु लिण्डसे साहब के आगे गुहार लगाने आया था कि मैं मेजोकुमार हूँ किन्तु लिण्डसे उसकी बातों में नहीं आए। बाद में जब शशांक बाबू मेजोकुमार की अंत्येष्टि बारे में साक्ष्य जुटाने दार्जिलिंग गए तब दादा को भी अपने साथ ले गए। जब दादा दार्जिलिंग से लौटे तब पूरी तरह सन्तुष्ट और आश्वस्त नजर आए। उन्होंने बताया कि स्थानिक अधिकारियों ने हमसे पूरा सहयोग किया और हम ऐसे साक्ष्य जुटा लाए हैं कि यदि कभी उस लम्पट साधु ने अपना दावा किसी अदालत के आगे रखा तो जज साहब उसके विरुद्ध निर्णय देंगे। फिर दादा ने ही साहब लोगों को प्रेरित किया कि अपने को मेजोकुमार बताने वाले साधु के बारे में पंजाब में पुलिस से पड़ताल कराई जाय। यह उनके अथक परिश्रम का ही प्रताप था कि जिस पाखण्डी को भवाल का राजपरिवार और प्रजा मेरा पति बता रहे थे उसे ब्रिटिश प्रशासन ने जाली राजा घोषित कर दिया और जयदेबपुर से तड़ीपार कर दिया।

यह शुभ संवाद दादा से ही मुझे मिला। साथ में मिष्ठी लाए थे। अपने हाथों से मुझे खिलाई और बताया कि कोर्ट ऑफ वार्ड्स के सभी कर्मचारियों और भवालराज के प्रजाजनों को चेतावनी दे दी गयी है कि इस ठग को मेजोकुमार मानना प्रशासन-विरोधी कार्य समझा जाएगा। दादा को डॉक्टर आशु और जोगेन बाबू से जयदेबपुर की गतिविधियों के बारे में बराबर सूचनाएँ मिलती रहीं। उन्होंने बताया कि मेरी ननदों के

बेटे और जमाई उस साधु को मेजोकुमार के रूप में स्वीकृति दिलाने के लिए एक विचित्र नाटक खेल रहे हैं। वह पहले उस साधु को बता देते हैं कि अब जिससे तुझे मिलवाया जाएगा वह कौन है और तुझसे जुड़ा हुआ उसके जीवन का अविस्मरणीय प्रसंग क्या है? इसी के सहारे वह सहज-विश्वासी लोगों को चमत्कृत कर डाल रहा है। किन्तु अधिक प्रश्न करने पर उसकी पोल खुल जा रही है। मुकुन्द गुईं को वह पहचान तो गया और उसने कुछ सवालों के कुछ रटे-रटाए जवाब भी दे दिये किन्तु वह और तो और यह भी नहीं बता पाया कि जयदेबपुर के स्कूल का क्या नाम है? जबकि वह तो रानी बिलासमणि के नाम पर ही रखा गया था। उसे मेजोकुमार के जीवन से जुड़ी अनेक महत्त्वपूर्ण घटनाओं की भी कोई स्मृति नहीं है। वह हमेशा हिन्दी में बात करता है और उसके बोलने का ढंग बिल्कुल भी मेजोकुमार-जैसा नहीं है। फिर यह सूचना मिली कि ज्योति दी और उनके बेटे-जमाई तो उस साधु को लेकर ढाका बस गये हैं किन्तु ठाकुर माँ उनके साथ नहीं गयीं। ऐसे संकेत मिले हैं कि वह उस साधु को मेजोकुमार मानने में हिचक रही हैं। मुझे यह बात विश्वसनीय लगी क्योंकि मेरी ससुराल में एक ठाकुर माँ ही थीं जो विवेकवान थीं और निष्पक्ष होकर निर्णय ले सकती थीं। इसी के बाद पंजाब गए कोर्ट ऑफ वाड्र्स के कर्मचारी का तार मिला कि उस गुरु धरमदास से सम्पर्क कर लिया गया है जिसके बारे में मेजोकुमार बना हुआ वह कहता है कि मुझे उन्होंने ही श्मशान भूमि से बचाया और अपना चेला बनाया। धरमदास ने फोटो देखकर कहा है कि यह तो मेरे पंजाबी चेले सुन्दरदास का है जिसे मैं किसी भी श्मशान-टम्शान से बचाकर नहीं लाया था। तार मिलने पर दादा बोले कि इसके बाद तो वह लम्पट साधु अपना दावा किसी अदालत में दोहराने का साहस करेगा ही नहीं।

दादा निश्चिन्त हो गए। किन्तु मैं दो कारणों से चिन्तित रहने लगी। पहला यह कि बोऊदी दादा की पीठ पीछे मुझे निरन्तर यह सूचित करने लगी थीं कि उस साधु का सामना करने न जाने के कारण मेरी बड़ी बदनामी होने लगी है, जयदेबपुर के लोगों की सहानुभूति तुमसे नहीं, राजपरिवार की उन स्त्रियों से है जो तुम्हें कुलटा ठहरा रही हैं। मैं क्रुद्ध होकर बोऊदी से कहती कि जब ठाकुर माँ या ज्योतिदी ने न मुझे उस साधु के बारे में सूचित किया है और न उससे मिलने के लिए बुलाया है तो मुझे वहाँ जाने की क्या मजबूरी थी? राजपरिवार मुझे किस आधार पर बदनाम कर सकता है? बोऊदी कहतीं कि तुम्हारी ननद ने भले ही कोई पत्र न भेजा हो तुम्हें औरों के द्वारा सन्देश तो भिजवाए हैं। अब मैं उनसे कैसे कहती कि मैं तो स्वयं जाना चाहती थी किन्तु दादा और उनके सलाहकार वकील मना कर रहे हैं। दूसरा कारण यह था कि दादा को जयदेबपुर और ढाका से बराबर यह सुनने को मिलता रहा था कि ब्रिटिश शासनविरोधी आन्दोलन से जुड़े लोग और वकील उस साधु का समर्थन कर रहे हैं। उसे स्वाधीनता सेनानी का दर्जा दिया जा रहा है और मुझे और दादा अँग्रेजों के चाटुकारों का।

आमाके चेन?

राज राजबाड़ी लौटते हुए बुद्धू ने बताया कि हम भाइयों के देहान्त के बाद भवालराज कोर्ट ऑफ वार्ड्स में चला गया है और उसके वर्तमान प्रबन्धक मिस्टर नीढ़म उन्हीं मिस्टर मेयेर के रिश्तेदार हैं जिनसे मैंने कभी अपनी माँ की ओर से भीषण लड़ाई की थी। सुनकर मैं आशंकित हुआ। यह आशंका तब और भी प्रबल हो गयी जब उस दिन राजबाड़ी में कलेवा कर चुकने के बाद मैंने पाया कि कोर्ट ऑफ वार्ड्स का कोई भी प्रतिनिधि मेरी सेवा में प्रस्तुत नहीं है। और तो और वह जोगेन बाबू और सहायक मैनेजर मोहिनी मोहन बाबू भी नहीं जो मेरे द्वारा आत्मपरिचय दिए जाने की वेला उपस्थित थे और जिन पर जमाई सागर बाबू ने नीढ़म को मेरे पुनरागमन की सूचना देने का भार डाला था। राजबाड़ी के प्रांगण में दर्शनार्थियों की भीड़ जुटने लगी थी। वे मुझे देखने और मुझ तक पहुँचने के लिए धक्का-मुक्की कर रहे थे किन्तु भवालराज और ब्रिटिश प्रशासन का प्रतिनिधित्व करने के लिए मात्र दो ठो पुलिसकर्मी खड़े हुए थे। हाथ में नोट बुक लिये हुए और शासकों के आँख-कान बने हुए। मैंने कहा अपने से कि मेयेर का जो अपमान किया था तूने यदि नीढ़म उसका प्रतिशोध ले तो क्या आश्चर्य। न नीढ़म स्वयं तुझे मेजोकुमार मानेगा और न किसी और को मानने देगा। पलायन कर जा यहाँ से।

किन्तु दर्शनार्थी उस आराम कुर्सी को घेर चुके थे जिस पर मैं बैठा था। असम्भव था पलायन अब तो। तभी एक व्यक्ति ने मुस्कुराकर पूछा मुझसे, 'आमाके चेन?'— मुझे चीह्न सके? हठात् मुझे बोध हुआ कि अपना मेजोकुमार होना स्वीकार करके कैसी आफत मोल ले ली है मैंने। अब यही पर्याप्त न होगा कि मैं मेजोकुमारवत लगता हूँ। अब तो मेरे बारह वर्ष से पहले के जीवन से जुड़े हर व्यक्ति को पहचानकर मुझे अपना मेजोकुमार होना प्रमाणित करते रहना पड़ेगा। इस कसौटी पर खरा न उतरा तो 'आमाके चेन?' पूछने वाले की दृष्टि में मैं खोटा रह जाऊँगा। सोचकर सिहर उठा मैं। वर्षों के प्रवास के बाद लौटा मनुष्य तो साधारणतः भी नामों के साथ चेहरे और चेहरों के साथ नाम नहीं जोड़ पाता है। समय के साथ चेहरे बदल भी तो बहुत जाते हैं। और जहाँ यह जिज्ञासा 'आमाके चेन' किसी को भवालराज जैसी विशाल जमींदारी की आय के

तृतीयांश के अधिकारी के रूप में मान्यता देने के सन्दर्भ में पूछा गया हो वहाँ परीक्षार्थी किसी चेहरे के साथ उसका सही नाम जोड़ देने मात्र से उत्तीर्ण नहीं समझ लिया जा सकता। कारण, नाम, धाम, पद, सम्बन्ध ये सब तो कोई कोई परीक्षार्थी के कान में फुसफुसा भी दे सकता है। बुद्धू खड़ा था ना मेरी कुर्सी के पीछे। नाम सही बता देने पर परीक्षक मोशाय निश्चय ही उनसे जुड़ी आपकी स्मृतियों के सन्दर्भ में भी जिज्ञासा करेंगे। यथा लोग जब गंगा सागर स्नान करने गए थे तब आपने किसे पचास टका बख्शीश देकर हतप्रभ कर दिया था? बोलिए तो। मुझ मूढ़ की स्मृति वैसे ही दुर्बल रही है। तिस पर इतना लम्बा कालखण्ड जिसमें वह पूरी तरह लुप्त ही हो गई थी। और एक बात— यदि आपकी गणना तथाकथित बड़े आदमियों में होती हो तो लोगों के लिए आपके साथ बिताए क्षण चिरस्मरणीय होते हैं जबकि आपके लिए वे क्षण उतने ही महत्वहीन रहे होते हैं जितने कि वे व्यक्ति। तो कैसे कर पाऊँगा मैं समाधान अपने अनेकानेक परीक्षकों की जिज्ञासाओं का।

'आमाके चेन?' के अनिवार्य प्रथम प्रश्न से आरम्भ होने वाली ऐसी सैकड़ों मौखिक परीक्षाओं का सामना करना पड़ा पहले ही दिन मुझे। और ज्यों-ज्यों दिन बीतते गये, मेरे परीक्षकों की संख्या बढ़ती चली गयी। जिनको मैं नहीं पहचान सका अथवा जिनकी अन्य जिज्ञासाओं के उत्तर में मात्र यही कह पाया कि मुझे कुछ स्मरण नहीं, उन्होंने मुझे जाल अर्थात् जाली मेजोकुमार घोषित कर दिया। इनमें और तो और ज्योतिदी के छोटे जमाई बाबू चन्द्रशेखर बनर्जी भी थे। जैसे ही वह आये ज्योतिदी ने जिज्ञासा की, 'एके चिनिस?' मैंने एकाग्र होकर आगन्तुक का चेहरा देखा किन्तु मन में कोई स्मृति नहीं जगी। अस्तु, सिर हिला दिया कि ना। फिर ज्योतिदी ने आगन्तुक से जिज्ञासा की, 'तुमि चिनते पेरेछो?' आगन्तुक बोला, 'ता तो एखोनी बोलते पारबे ना।' यदि मैं श्वसुर होते हुए भी जमाई बाबू को पहचान नहीं सका था तो वह मुझे मेजोकुमार तब कैसे मान लेते भला। ठीक ही बोले कि अभी तो ऐसा कह नहीं सकता। ज्योतिदी ने बताया कि कौन है तब मैंने सिर झुका लिया लज्जा से। सफाई में यही कह सकता था कि छोटोजमाई बाबू को इतना कम देखा था और जब देखा था तब इनकी वय इतनी कम थी कि अब पहचानने में असमर्थ रहा। बोड़ोजमाई बाबू को तो तुरन्त पहचान सका था। मुझे बाद में चन्द्रशेखर बाबू से जुड़ी कुछ बातों का स्मरण हो आया जो मैंने उन्हें बुलाकर बताईं किन्तु वह विशेष प्रभावित न हुए। उनका मत तो तब बदला जब उन्होंने मुझे भवाल के वनवासियों से उनकी बोली बनुआ में बातें करते सुना। राजपरिवार में एकमात्र मेजोकुमार ही थे जिनकी वनवासियों से घनिष्ठता रही थी और जो उनकी बोली बोल पाते थे।

कुलदेवी तारा की कृपा से अधिकतर परीक्षकों को मैं तत्क्षण और सम्पूर्ण सन्तोष दे पाया। उनमें से बहुत से ऐसे भी थे जिनका मेजोकुमार से सम्पर्क नहीं के बराबर था। मेरा उनका तक नाम-धाम बता देना उन्हें अभिभूत और उपस्थित लोगों को चमत्कृत करता

रहा। इनमें से प्रथम थे एक वयोवृद्ध व्यक्ति। उन्होंने चुनौती दी कि मुझे चीह्न पाएँ तो जानें। मैंने ध्यान से देखा और मुझे स्मरण हो आया कि छोटे लाट किचनर के आगमन के समय जयदेबपुर स्टेशन में जो आशुतोष बनर्जी काम करते थे उनका चेहरा-मोहरा ऐसा ही था। किन्तु आशु बाबू दाढ़ी-मूँछ रखते थे और इन भद्रजन का चेहरा सफाचट है। यदि कहूँगा कि परिचित तो प्रतीत हो रहे हैं किन्तु कौन हैं यह स्मरण कर नहीं पा रहा हूँ तो परीक्षा में फेल माना जाऊँगा इनके द्वारा। क्यों न इन्हें आशु बाबू बताकर पास होने की पचास प्रतिशत सम्भावना की आशा करूँ? उत्तर गलत हुआ तो भी जयदेबपुर के एक पुराने रेलकर्मचारी का नाम लेकर मैं अपने मेजोकुमार होने की पुष्टि ही कर रहा होऊँगा। तो मैंने कहा कि क्यों आशु बाबू रेलवे से रिटायर होने के दुख में दाढ़ी-मूँछ मुँड़वा लीं। मेरा उत्तर सुनकर वह गद्गद हो उठे।

इस सफलता से प्रोत्साहित होकर मैंने 'आमाके चेन?' पूछने वालों को मन में जो सर्वप्रथम उभरा सो उत्तर दे डालने की विधि अपना ली। भले ही ऐसा करके कुछ बार मैं दारुण रूप से गलत भी सिद्ध हुआ। किन्तु गलत उत्तरों की तुलना में सही उत्तर इतने अधिक थे मेरे कि प्रांगण मेजोकुमार के जयघोष से गूँज उठा। कैलाश चन्द्र चक्रवर्ती आये तो मैंने कहा कि आपको भला क्यों नहीं पहचानूँगा, आपने तो मेरे चिड़ियाखाने के लिए एक ठो सफेद सियार दिया था। बाऊल गायक रायमोहन गोस्वामी आये तो मैंने तत्काल यही पूछा कि आपका कण्ठ अब भी आपका साथ दे रहा है न? अपनी पढ़ाकू वृत्ति के कारण मास्टर कहा जाने वाला मेरा बालसखा गंगाचरण बनर्जी आया तो मैंने पहली ही बात यह कही कि मास्टर इत्ती देर से कैसे आ रहे हो तुम और वह घड़ी कहाँ गई जो मैंने तुम्हें दी थी? मेजोकुमार के सभी निजी सेवक मुझे परखने आये और मेरे द्वारा पहचान लिये जाने पर मेरे चरण अपनी अश्रुधार से पखार गए। हरचन्द्र मालो, जिसे मेजोकुमार ने अपनी चिड़ियों को दाना खिलाने और बैठकखाने के पंखे का रस्सा खींचने के लिए नियुक्त कर रखा था, मुझ साधु को ध्यान से देखता हुआ आया तो मैंने उससे कहा कि अरे हारा तू अकेले कैसे आया। माँ कहाँ है तेरी। गुजर गई क्या? 'हाँ महाराज कुछ वर्ष पूर्व' ऐसा कहकर रो पड़ा वह। मेरी आँखों में भी आँसू आ गये। मेरा पुराना महावत दिलबर जमादार मेरे द्वारा पहचान लिए जाने पर शेर बंगाल के शिकार के लिए मुझे हाथी पर ले जाने की बातें करने लगा। बुद्धू ने उसे बताया कि राजबाड़ी के फीलखाने से मेजो मामा को हाथी नहीं लेने दिया जा रहा है। दिलबर बोला कि चाहे जहाँ से भी हो मैं महाराज की सवारी निकालने वास्ते एक हाथी लाकर रहूँगा। कुछ दिन बाद वह किसी पड़ोसी जमींदार से मेरे लिए एक ठो हाथी माँग भी लाया।

भवालराज के शत-शत कृषक और बनवासी मुझे पहचानने-परखने पहुँचे और मुझमें अपने प्रिय मेजोकुमार को पाकर भाव-विह्वल हो उठे। बनवासियों और कृषकों के लिए यह अत्यन्त विस्मय और श्रद्धा का विषय रहा था कि मध्यम कुमार राजपुत्र होते हुए भी न केवल हम गँवारों के साथ उठता-बैठता है वरन् हमारी ही बोली बोलता और

हमारा-सा ही अपरिष्कृत आचरण करता है। कृषकों में अधिसंख्य मुसलमान थे और उनमें मेजोकुमार की लोकप्रियता का अनुमान इसी से लगाया जा सकता है कि जब 1907 में मेजोकुमार ने ढाका के नवाब बहादुर सलीमुल्लाह को एक-एक हजार टाका की शर्त बदकर टमटम की दौड़ में हराया था तब 'मध्यम कुमारेर जोय' बोलने वालों में वही सबसे आगे थे। बनवासी और कृषक दोनों ही कोर्ट ऑफ वार्ड्स के कठोर प्रशासन से त्रस्त थे और कह रहे थे कि हम आपको मान्यता दिलवाने के लिए अपना सर्वस्व निछावर कर देंगे। उनकी यह स्वामिभक्ति मुझे अभिभूत कर गयी। मेरी आँखें भी गीली हो आयीं। मैंने उनके सिर पर हाथ रखकर दिया आशीष और आश्रय। राजपरिवार में मेजोकुमार का ब्राह्मण सामन्त होते हुए भी म्लेच्छों को अस्पश्य न मानना और उन्हें निजी सेवकों एवं मुसाहिबों के रूप में पालना उसकी उद्दण्डता का अन्यतम उदाहरण माना जाया करता था।

मेजोकुमार के रूप में मेरी इस व्यापक स्वीकृति से सभी प्रसन्न थे किन्तु बीच-बीच में यह प्रश्न शिथिल कर दे रहा था सबका उत्साह कि नीढ़म साहिब क्यों नहीं आ रहे हैं। ऐसा क्यों कि जोगेन बाबू तक आज प्रकट नहीं हुए जबकि वह तो एक प्रकार से राजपरिवार के सदस्य जैसे ही माने जाते रहे हैं सदा। अन्ततः वह आये तो मोहिनी मोहन बाबू के साथ-साथ कुछ सरकारी कर्मचारी और आशु डॉक्टर भी थे उनके साथ। आशु मुझसे बराबर मुँह चुराता रहा था और मेरे आत्मपरिचय दे देने के बाद तो उसके चेहरे पर हवाइयाँ उड़ने लगी थीं। किन्तु इस वेला वह अपेक्षाकृत आश्वस्त लग रहा था। मैंने देखा कि मोहिनी मोहन बाबू और जोगेन बाबू दोनों की दृष्टि से वह आदरभाव परिलुप्त हो चला है जो मेरे आत्मपरिचय दे देने के बाद प्रकट हुआ था। जब सागर बाबू ने जिज्ञासा की कि नीढ़म साहिब कहाँ हैं? क्या आपने उन्हें बताया नहीं कि साधु अपना मेजोकुमार होना स्वीकार कर चुका है? तब जोगेन बाबू ने तो ग्रीवा झुका ली किन्तु मोहिनी मोहन बाबू बोले कि सागर बाबू साधु मोशाय के कह देने भर से साहिब लोग इन्हें मेजोकुमार कैसे मान सकते हैं भला? इन्हें अपना मेजोकुमार होना प्रमाणित करना पड़ेगा। मैंने जिज्ञासा की कि उसके लिए मुझे क्या करना होगा? बोले कि हमारे प्रश्नों के सही उत्तर देने होंगे। इसके बाद मोहिनी मोहन बाबू एक के बाद एक प्रश्न मुझसे करते चले गये। उनमें से अधिकतर मेजोरानी बिभाबती देवी से जुड़े हुए थे। कुछ के उत्तर मैं दे नहीं पाया। मैंने उनसे कहा कि मोहिनी बाबू क्या आप यह भूल गये हैं कि हम भवाल के कुमार अपनी पत्नियों से बहुत कम मिलते थे और सो भी बस देर रात शयन से पहले। बिभाबती के बारे में मेरा ज्ञान बहुत सीमित है। फिर मैंने चुटकी ली कि आशु डॉक्टर से कहिए न कि दार्जिलिंग प्रवास के बारे में कुछ पूछें मुझसे।

मेरी बात सुनकर आशु डॉक्टर का चेहरा नीरक्त हो उठा। मोहिनी मोहन बाबू उससे बोले, 'कुछ पूछिए डॉक्टर मोशाय।' आशु ने पूछा कि दार्जिलिंग वाले मकान की कॉर्निस पर बैठे पक्षी को मारने पर मेजोकुमार ने किसे डाँटा था? मेरे समर्थकों ने कहा कि पहले आशु बाबू किसी को कान में बता दें कि सही उत्तर क्या है ताकि बाद में वह सही उत्तर

को भी गलत न ठहरा दें। आशु ने सब रजिस्ट्रार गौरांग काव्यतीर्थ के कान में सही उत्तर फुसफुसा दिया। जब मैंने उत्तर दिया कि हरी सिंह ने पक्षी मारा था तब गौरांग बाबू बोले कि आशु बाबू के अनुसार तो बीरेन्द्र बनर्जी ने यह कुकृत्य किया था। मैंने कहा कि बीरेन्द्र बाबू को बुलाइए। बीरेन्द्र से पूछा गया तो उसने बताया कि हरी सिंह ने ही पक्षी मारा था, मुझे तो बन्दूक चलाना आता नहीं। मोहिनी मोहन बाबू के सरकारी तेवरों से क्षुब्ध सागर बाबू ने मान लिया कि इस पहली परीक्षा में साधु उत्तीर्ण हुआ। यह उनका भ्रम था। अगले ही दिन पुलिस अधीक्षक और एस.डी.ओ. परीक्षक बनकर आ पहुँचे और जब मैं यह नहीं बता पाया कि बिभा को मायके में किस नाम से पुकारा जाता था तब उन्होंने टिप्पणी की कि और फिर भी आप अपने को मेजोरानी का पति बताते फिर रहे हैं। साधु मोशाय आपको पता होना चाहिए कि मेजोकुमार न आपकी तरह हिन्दी बोलते रहते थे और न बोलते समय उनकी जिह्वा लटपटाती थी। आपकी यह सफाई लचर है कि साधुओं के साथ रहते-रहते आप हिन्दी बोलने के आदी हो गए हैं और विष दिए जाने से आपकी जिह्वा में गाँठ पड़ गयी है। आपका मेजोरानी, साला बाबू और उनके साथ दार्जिलिंग गए राजकर्मचारी पर इस तरह हत्या के षड्यन्त्र का निराधार आरोप लगाना सर्वथा अनुचित है। बिना किसी प्रमाण के आपका अपने को मेजोकुमार बताना सरासर गैरकानूनी कार्रवाई है। यदि आप इससे बाज न आये तो हमें आपको जाली मेजोकुमार घोषित करना पड़ेगा। जाली पुकारे जाने पर मेरे भीतर का असली मेजोकुमार उभर आया और मैंने झिड़क कर उनसे कहा कि आप कमिश्नर साहब से कहिए कि भवाल और ढाका के विशिष्ट जनों की सभा बुलाएँ। मैं सबके समक्ष यह प्रमाणित कर दूँगा कि मैं असली मेजोकुमार हूँ, जाली नहीं। अधीक्षक महाशय बोले कि ठीक है मैं उनसे कह दूँगा।

पुलिस अधीक्षक की धमकी हम सबको उद्विग्न कर गयी। मुझे गुरु महाराज का यह कथन स्मरण हो आया कि सत्तावन के गदर के बाद से तो गोरों की पुलिस का काम हम साधु-सन्तों से जेल की चक्की पिसवाना है चेला जी मेरे। ऐसा तब कहा था उन्होंने जब एक दिन जिज्ञासा कर बैठा था कि गुरुजी आप पुलिस वालों को देखते ही रास्ता क्यूँ बदल देता है? मैंने तो अपना मेजोकुमार होना स्वीकार करके अपने को पुलिस के रास्ते में ही नहीं ठीक उनके उठे बूटों के सामने फेंक दिया है। पुलिस अधीक्षक के जाते ही मोहिनी मोहन बाबू आ धमके और नये सिरे से मुझसे जिरह करने लगे। बोले आपको प्रमाणित करना होगा कि आप मेजोकुमार हैं और आपको दाह-संस्कार हो जाने के बावजूद अपने जीवित बच जाने की कथा विस्तारपूर्वक बतानी होगी कोर्ट ऑफ वाड्र्स को। मैंने उनके कुछ प्रश्नों के उत्तर दे देने के बाद यह कहकर मौन साध लिया कि आपको क्या बताऊँ? नीढ़म साहिब या ढाका के कलेक्टर साहिब को बताऊँगा। उनके जाने के बाद बुद्धू ने आश्चर्य व्यक्त किया कि इन्हें और जोगेन बाबू को हो क्या गया है जो सहसा शत्रुवत व्यवहार करने लगे हैं। सागर बाबू बोले कि जोगेनदा तो मन से

अब भी आपके समर्थक हैं किन्तु हैं तो वह कोर्ट ऑफ वार्ड्स की चाकरी में ही न फिर गोबिन्द बाबू ने उन्हें मोहिनी मोहन बाबू की हाँ में हाँ मिलाने पर कुछ बुरा-भल कह दिया था सो वह किंचित रुष्ट भी हैं। जो हो, चिन्ता का विषय तो यह है कि नीढ़म और स्थानिक प्रशासन आपके विरुद्ध जान पड़ता है। यदि नीढ़म ने आपका विरोध किय तो कोर्ट ऑफ वार्ड्स के कर्मचारियों के लिए आपका समर्थन करना कठिन हो जाएगा

सागर बाबू की यह आशंका तो इस अर्थ में निर्मूल रही कि राजपरिवार की चाकरी कर चुके अधिकतर कोर्ट ऑफ वार्ड्स के कर्मचारी मुझे यथावत मेजोकुमार मानते रहे इसके साथ ही यह भी स्पष्ट हो गया कि जो कर्मचारी और मुसाहिब मेरे साथ दार्जिलिंग गए थे वे सब मुझे जाली मेजोकुमार ही ठहराएँगे क्योंकि मुझे असली मेजोकुमार मानने का अर्थ यह स्वीकार करना होगा कि उन्होंने दार्जिलिंग में मेरी देह भस्मीभूत कर दिए जाने की जो कथा सुनाई थी वह सर्वथा मिथ्या थी। वे देख रहे थे कि भवालराज की प्रजा ने उनकी निन्दा-आलोचना आरम्भ कर दी है। तो वे सब आ-आ कर मेरी स्मृति की परीक्षा लेने लगे और मुझे परीक्षा में फेल करके जाली मेजोकुमार ठहराते रहे। ऐसे परीक्षकों में प्रमुख था मुकुन्द गुईं जो दार्जिलिंग जाने तक मेरा सेक्रेटरी हुआ करता था और अब त्रिपुरा में पुलिस इंस्पेक्टर था। वह मुझे जाली सिद्ध करने के लिए वहाँ से दौड़ा चला आया। मैं उसे देखते ही पहचान गया और मैंने मुस्कराकर कहा कि क्यों मुकुन्द मेरी गिरफ्तारी का वारण्ट लेकर आया है क्या? फिर मैंने सामान्य शिष्टाचारवश उससे उसके परिजनों के विषय में प्रश्न किये। वह बोला कि सुनी-सुनाई बातों से मुझे प्रभावित न करें, अपने मेजोकुमार होने का ठोस प्रमाण दें।

मैं बोला कि मैंने तो छोटोदीदी को भी अपने मेजोकुमार होने का कोई प्रमाण नहीं दिया मुकुन्द, उल्टे मैं तो यही कहता रहा कि मैं आपका भाई-टाई कुछ नहीं हूँ। उन्होंने ही मेरी देह पर मेरे मेजोकुमार होने के प्रमाण ढुँढ़वाए। लो तुम भी देख लो। ऐसा कहकर मैं दिखाने लगा वे चिह्न तो मुकुन्द बोला कि आपका इस तरह अपने शरीर के निशान दिखाते फिरना ही इस बात का प्रमाण है कि आप मेजोकुमार नहीं हैं। असली मेजोकुमार होते तो जैसे ही मैंने कहा था कि कोई ठोस प्रमाण दें मुझ पर हाथ छोड़ बैठते। अच्छा छोटो लाट किचनर जब जयदेबपुर आए थे तब क्या हुआ था? वह प्रश्न करता गया मैं उत्तर देता गया। अधिकतर सही, कुछ गलत किन्तु बाद में उसने यही प्रचारित किया कि मैंने सभी उत्तर गलत दिये। और तो और मैं जयदेबपुर के हाईस्कूल का नाम तक नहीं बता पाया जबकि वह रानी बिलासमणि के नाम पर रखा गया था उसके अनुसार मैं मेजोकुमार नहीं, कोई गँवार साधु था। बीरेन्द्र भी मुकुन्द के स्वर में स्वर मिलाकर मुझे कोई गँवार साधु बता रहा था। ये दोनों तो मेरे कर्मचारी मात्र रहे थे और उन्हें यह भी भय था कि दार्जिलिंग में जो भी गोलमाल हुआ उसके हम भी साझेदार माने जाएँगे। किन्तु आश्चर्य कि फणि, राजपरिवार का सदस्य होते हुए भी और दार्जिलिंग प्रकरण से असम्बद्ध होने पर भी मुझे जाली ठहराने वालों में प्रमुख था। उसे

मैं देखते ही पहचान गया था। अन्त:पुर में स्त्रियों को डराने के लिए मेरे द्वारा साँप पकड़कर लाए जाने-जैसी अनेक घटनाओं का स्मरण कराकर उसे अपने मेजोकुमार होने का प्रमाण दे चुका था किन्तु वह न केवल मुझे जाली ठहरा रहा था वरन् अपनी मासी माँ कमलकामिनी से क्रुद्ध हो रहा था कि एक जन हिन्दुस्तानी साधु को मेजोकुमार के रूप में मान्यता क्यों दे रही हो? गोबिन्द बाबू ने बताया कि फणि आर्थिक संकट में है और नीढ़म की कृपा का बने रहना उसके लिए परम आवश्यक है। तो जब तक नीढ़म साहिब आपको मान्यता नहीं दे देते तब तक फणि के लिए आप एक जन हिन्दुस्तानी साधु ही बने रहेंगे। तो हम प्रतीक्षा करने लगे कि नीढ़म साहिब आएँ।

वह तो नहीं आये किन्तु उनके साढ़ू मिस्टर मेयेर आ पहुँचे। मैं देखते ही पहचान गया। उन्हें पुरानी स्मृतियाँ दुहराता रहा उनके साथ। विदा लेते हुए हुए उन्होंने बहुत हार्दिकता से मुझसे हाथ मिलाया और मोहिनी मोहन बाबू से कह गये कि मुझे तो इस संन्यासी में सामन्त रोमेन्द्र नारायण राय के ही दर्शन हो रहे हैं। सुनकर मेरे समर्थकों का उत्साह बढ़ा कि मेयेर की सम्मति का नीढ़म निश्चय ही आदर करेगा और नीढ़म की सम्मति ढाका में ब्रिटिश प्रशासन को अवश्य मान्य होगी। उनका उत्साह तब और भी बढ़ गया जब ढाका से आए रॉबर्ट शेरेडिन नामक एक पुलिस अधिकारी लोगों से मिले, उन्होंने मेरे स्थानिक ज्ञान की परीक्षा ली, मेजोकुमार अच्छे शिकारी थे अस्तु मुझसे विभिन्न बन्दूकों से निशाना सधवा कर देखा और गोबिन्द बाबू, सागर बाबू से उन्होंने जो कुछ कहा उससे यही संकेत मिला कि मेरे मेजोकुमार होने में उनके मन में कोई सन्देह नहीं रहा है। इन दो जन गोरे साहिबों की स्वीकृति जितनी ही आह्लादकारी रही मेरे समर्थकों के लिए एक जन बंगाली साहिब एडविन फ्रेजर का अनुमोदन। मेजोकुमार के इस मुसाहिबों को मैंने दर्शनार्थियों की भीड़ में पहचान लिया। पास बुलाया। उसकी कुशल-मंगल पूछी। जब उसके लिए कलेवा मँगवाया तब कहा कि एक बड़ा चम्मच घी अवश्य रख देना थाली में, एडविन को घी डाले बिना कुछ पचता नहीं है। अभिभूत हो उठा एडविन यह पाकर के मैं उसका अनन्य घृतप्रेम भूला नहीं हूँ।

मेरे समर्थक इन साहिब लोगों से मिली स्वीकृति से जितने गद्गद हुए, उतने ही उद्विग्न इस बात से हुए कि मोहिनी मोहन बाबू समेत कोर्ट ऑफ वार्ड्स के सभी अधिकारी अपने व्यवहार से ऐसा जता रहे हैं मानो मुझे मेजोकुमार के रूप में व्यापक स्वीकृति न मिल चुकी हो। मानो ब्रिटिश प्रशासन ने उन पर यह पता करने का भार डाला हो कि मैं वास्तव में कौन हूँ और मुझे मेजोकुमार बताने वाले क्या गोलमाल करना चाहते हैं? सागर बाबू खबर लाये कि मोहिनी मोहन बाबू ने, जो आत्मपरिचय के अवसर पर उपस्थित थे और जिन्होंने मध्यम कुमार के रूप में जयघोष करने में उत्साह से योगदान किया था, अपनी रिपोर्ट में आत्मपरिचय और उससे पूर्व की घटनाओं को सुनी-सुनाई के रूप में प्रस्तुत किया है और यह भी लिखा है कि साधु मेजोकुमार के जीवन से जुड़ी घटनाओं के बारे में हमारे प्रश्नों के उत्तर देने से मना करता रहा है अस्तु उसका मेजोकुमार

होना संदिग्ध लगता है। उसी दिन शाम को बृजोलाल बाबू जब ढाका से लौटे तब बोले लीजिए पढ़िए अँग्रेजी दैनिक 'द इंग्लिशमैन' के सात मई के डाक संस्करण में आपके साला बाबू सम्पादक के नाम अपने पत्र में क्या लिख दिए हैं?

मैंने कहा कि मेरे लिए तो काला अक्षर भैंस बराबर है, आप ही सुना दीजिए। तो उन्होंने पत्र का बांग्ला में अनुवाद करके सुनाया। लिखा था, 'महोदय आपने शनिवार की सुबह ढाका सेंसेशन शीर्षक से एसोसिएटिड प्रेस की इस आशय की रपट छापी है कि सहसा एक ऐसा व्यक्ति प्रकट हुआ है जो अपने को भवाल का बारह वर्ष पूर्व मृत मेजोकुमार बता रहा है। दिवंगत कुमार का अन्तिम दिनों में दार्जिलिंग के तत्कालीन सिविल सर्जन लेफ्टिनेंट कर्नल काल्वर्ट द्वारा उपचार किया जा रहा था और उनकी मृत्यु का प्रमाणपत्र दार्जिलिंग के डिप्टी कमिश्नर मिस्टर क्रॉफर्ड ने दिया था। दिवंगत कुमार के देहावसान के समय मैं मैं उपस्थित था और दार्जिलिंग में तब मौजूद अनेक मित्रों और सम्बन्धियों के साथ मैं भी उनके दाह-संस्कार में सम्मिलित हुआ था। मेजोकुमार की विधवा भवाल की रानी बिभाबती, जो कि मेरी बहन है, जीवित है। भवदीय एस.एन. बनर्जी।' पत्र का अनुवाद सुना चुकने के बाद ब्रजोलाल बाबू एक गहरी साँस लेकर बोले, 'माने साला बाबू जमाई बाबू से कानूनी लड़ाई लड़ने को तैयार बैठे हैं। और मैं समझता हूँ इस लड़ाई में प्रशासन उनका साथ देगा।' ज्योतिदी बोलीं कि मुझे पूरा विश्वास है कि स्वयं उनकी बहन उनका साथ नहीं देगी। ऐसी कौन हिन्दू विधवा होगी भला जो मृत्यु के मुख से बचकर लौट आए अपने पति का हार्दिक स्वागत न करेगी। ब्रजोलाल बाबू बोले कि आप कैसे यह सोचे ले रही हैं कि मेजोबोऊ अपने पति के जीवित होने की बात स्वीकार करके आप लोगों को यह कहने का अवसर देंगी कि उनके दादा ने मेजोकुमार की हत्या का षड्यन्त्र रचा? आप क्यों यह भूले जा रही हैं कि उन्हें मेजोकुमार से उपेक्षा ही उपेक्षा मिलती रही और सदा-सर्वदा उनके दादा ही उनके सिर का सहारा बने। ज्योतिदी बोलीं कि हम यह आरोप कहाँ लगा रहे हैं कि उनके दादा ने रोमेन्द्र की हत्या का षड्यन्त्र रचा। दार्जिलिंग में क्या हुआ यह तो स्वयं साधुवेश में लौटा रोमेन्द्र नहीं जानता। हम तो मात्र यही कह रहे हैं और कहेंगे कि वहाँ जो भी हुआ हो रोमेन्द्र जीवित है और सत्या बाबू ने उनका दाह-संस्कार हो जाने की जो बात कही थी, सो मिथ्या थी। राजपरिवार के छोटे जमाई बाबू ब्रजोलाल की तरह बड़े जमाई बाबू गोबिन्द भी वकील थे। अब वह बोले कि ब्रजोलाल बाबू ठीक कहते हैं, सत्या बाबू और मेजोरानी दोनों ही बिना कोर्ट-कचहरी के साधु का मेजोकमार होना स्वीकार नहीं करेंगे। बल्कि उनका प्रयास तो यह होगा कि साधु को जालसाजी के आरोप में जेल करा दें।

कोर्ट-कचहरी और जेल की बात सुनकर मेरा अन्तस सिहर उठा। गोबिन्द बाबू ज्योतिदी से बोले कि होने को तो मैं और ब्रजोलाल बाबू दोनों वकील हैं किन्तु हमारा अनुभव सीमित है। सत्या बाबू इस सारे व्यापार में निश्चय ही कलकत्ता के शीर्षस्थ वकीलों

का परामर्श लेते रहेंगे। आपको भी कोई अच्छा वकील करना होगा। ज्योतिदी अपने साधन अत्यन्त सीमित होते हुए भी इसके लिए तत्पर हो गयीं किन्तु मेरे समर्थक ताल्लुकेदारों ने कहा कि आप निश्चिन्त रहें राजा रोमेन्द्र नारायण राय को उनकी गद्दी दिलवाने की कानूनी लड़ाई के लिए हम आपस में चन्दा कर लेंगे। मैं यह देखकर भाव-विह्वल हो उठा कि साधारण प्रजाजन भी इस कोष के लिए अपनी सामर्थ्य से अधिक योगदान करने लगे। मेरे समर्थक किसी सुयोग्य वकील की खोज में निकलने की सोच ही रहे थे कि एक ऐसे ही महानुभव स्वयं पधार गये और मेरे निःशुल्क परामर्शदाता बनने को प्रस्तुत हो गये। क्यों न होते भला, वह रोमेन्द्र के मित्र जो रह चुके थे। बात कर रहा हूँ सुरेन्द्रनाथ बनर्जी की। वह ढाका से कुतूहलवश जयदेबपुर चले आए थे कि देखूँ भला वह कौन साधु है जो अपने को यमलोक से लौटा रोमेन्द्र नारायण राय बताता है। मैं उन्हें दूर से देखते ही पहचान गया। नाम लेकर पुकारा तो निकट आये। मैंने उनसे जुड़ी कुछ पुरानी स्मृतियाँ दुहराईं। वह पूरी तरह सन्तुष्ट न हुए। स्वयं जिरह करते रहे देर तक। फिर बोले, गहन निःश्वास छोड़कर, कि अच्छा संकट मोल ले बैठे हैं आप, अब आपको इस वकील मित्र की सेवाओं की बहुत आवश्यकता पड़ेगी। ताल्लुकेदारों की नवगठित समिति सुरेन्द्र बाबू जैसे सुयोग्य वकील को स्वयं ही पहुँच जाने से बहुत प्रसन्न हुई। उसने उन्हें मेरे वकील बन जाने के लिए अग्रिम राशि देने का प्रस्ताव रखा।

सुरेन्द्र बाबू बोले कि मैं यहाँ मेजोकुमार के स्नेहभाजन के रूप में प्रस्तुत हुआ हूँ, व्यवसायी वकील के नहीं। अस्तु फीस की कोई दरकार नहीं मुझे। आपने जो धनराशि एकत्र की है वह यदि यह मामला कोर्ट कचहरी में पहुँचा तो बहुत कम सिद्ध होगी। उसे मुझ पर नहीं, प्रमाण जुटाने पर व्यय करें। आपके-हमारे मान या कह देनेभर से शासन किसी साधु को न रोमेन्द्र नारायण राय मान लेगा और न उसे भवालराज की तिहाई सम्पदा सौंप देगा। फिर वह मुझसे उन्मुख होकर बोले कि आप एक बात भली-भाँति समझ लें कि यदि आप अपने को मेजोकुमार बताने के साथ-साथ मेजोकुमार के रूप में लगान भी वसूल करने लगे तो शासन आपको अविलम्ब धारा 419 के अन्तर्गत धोखाधड़ी के लिए गिरफ्तार कर लेगा। मैंने उन्हें बताया कि पुलिस अधीक्षक मुझे ऐसी धमकी भी दे गए हैं। सुरेन्द्र बाबू बोले कि उस धमकी से डरिए मत। अपने को रोमेन्द्र नारायण राय बताते रहिए किन्तु उससे भी अधिक आवश्यक यह है कि अधिक से अधिक लोगों तक यह बात पहुँचवाइए कि भवाल के सामन्त और सामान्य जन दोनों आपको अपने मध्यम कुमार के रूप में स्वीकृति दे चुके हैं। यदि प्रजा आपको अपना राजा मान रही होगी तो शासन बाध्य होगा कि आप के दावे की ओर तत्काल ध्यान दे। अन्यथा वह आपको अपने को 12 वर्ष पूर्व भस्मीभूत कर दिया गया व्यक्ति बताने वाला कोई पागल ठहराकर उपेक्षित करती रहेगी।

मैंने सुरेन्द्र बाबू को बताया कि मैंने पुलिस अधीक्षक से कहा कि यदि कमिश्नर महोदय चाहें तो मैं ढाका और जयदेबपुर के भद्र लोगों की उपस्थिति में अपना

मेजोकुमार होना सिद्ध कर सकता हूँ। सुरेन्द्र बाबू बोले कि यह आपने ठीक किया। आप अपने समर्थकों और सम्बन्धियों से अँग्रेज अधिकारियों को इस आशय के आवेदन भिजवाएँ कि आपको और उन्हें आपका मेजोकुमार होना सिद्ध करने का अवसर दिया जाए। किन्तु उससे पूर्व मेजोकुमार के रूप में आपकी सार्वजनिक स्वीकृति के लिए भवाल के ताल्लुकेदार और कृषक की एक जनसभा भी आयोजित करें ताकि शासन आपके दावे पर तत्काल ध्यान देने के लिए बाध्य हो। जो हो, एक बात का बराबर ध्यान रखें कि आप स्वयं किसी तरह की लगान या चन्दा वसूली न करें अन्यथा पुलिस आपको तुरन्त गिरफ्तार कर लेगी। तो मेरे शुभचिन्तकों ने यह प्रस्ताव कर डाला कि 15 मई को एक विराट सभा बुलाकर मुझे भवाल रियासत के मेजोकुमार के रूप में सार्वजनिक स्वीकृति दिलाई जाये। मोटो बोली कि उस सभा के बाद मैं तुम्हें साधु वेश में नहीं रहने दूँगी मेजोदा। नाई को बुलवाकर चूड़ाकर्म करवा दूँगी आपका। मैंने मुस्कराकर कहा कि चूड़ाकर्म तो ब्रिटिश शासन ही करवा देगा मेरा।

प्रशासन और कोर्ट ऑफ वार्ड्स द्वारा होती मेरी उपेक्षा के बावजूद लोगों में मुझे सार्वजनिक स्वीकृति देने का इतना उत्साह था कि रेलवे वालों को जयदेबपुर के लिए विशेष गाड़ियाँ चलानी पड़ीं। एक अनुमान के अनुसार पचास हजार लोग उपस्थित हुए उस सभा में। आयोजकों ने दार्जिलिंग में साधुओं द्वारा बचा लिये जाने से लेकर अब तक की मेरी जीवनगाथा का एक संक्षिप्त संस्करण प्रस्तुत किया और बताया कि कुछ मुट्ठीभर स्वार्थी सम्बन्धियों को छोड़ बाकी सभी ने ठोस आधारों पर जटाजूटधारी साधु को मेजोकुमार के रूप में स्वीकार कर लिया है। स्वयं पुलिस सूत्रों के अनुसार रुपया में पन्द्रह आना लोग उसे मेजोकुमार मान चुके हैं। आप में से जो उसे अपना राजा नहीं, कोई बहरुपिया जालसाज समझते हों, वे अपना हाथ उठा दें। एक भी हाथ नहीं उठा तो यह प्रस्ताव रखा और हर्षध्वनि के बीच पारित कर दिया गया कि हम यहाँ एकत्र भवालराज के ताल्लुकेदार और काश्तकार हाल में प्रकट हुए संन्यासी को जाँच-परखकर आश्वस्त हैं कि वह भवालराज के स्वर्गीय राजा राजेन्द्र नारायण राय का द्वितीय पुत्र कुमार रोमेन्द्र नारायण राय ही है। इस प्रस्ताव के पारित होते ही मैं महावत दिलबर के साथ मँगनी के हाथी पर सवार होकर पहुँचा। दिलबर ने हाथी से मंच की परिक्रमा करवाई और फिर मुझे मंच पर उतारा। मैं हाथ जोड़कर खड़ा हो गया और उपस्थित जनसमुदाय मेरा भवालराज के मध्यम कुमार के रूप में जयघोष करता ही चला गया। तभी तेज अंधड़ आया और सभा को विसर्जित होना पड़ा। यह पूर्व संकेत था कि भवालराज के ताल्लुकेदारों और प्रजाजन द्वारा मुझे मेजोकुमार के रूप में सार्वजनिक स्वीकृति दे दिए जाने के बाद राजनीतिक मौसम भवालराज के लिए कष्टप्रद हो जाने वाला है।

इस सार्वजनिक सभा के बाद मुझे कोर्ट ऑफ वॉर्ड्स और प्रशासन से भी मेजोकुमार के रूप में स्वीकृति दिलाने के लिए भवाल ताल्लुकेदार एवं प्रजाजन समिति

के नाम से एक विधिवत संस्था बनाई गयी। भवाल के कृषक मुझे लगान देने और निर्मम कोर्ट ऑफ वार्ड्स का शासन अस्वीकार करने की बात कहने लगे। मैंने बड़ी कठिनाई से उनमें भड़कती विद्रोह की अग्नि को शान्त किया और सार्वजनिक रूप से घोषणा की कि इतने दिनों तक संन्यासी रह चुकने के बाद मेरे मन में भोग-विलास की कोई इच्छा शेष रह नहीं गयी है। मैं जमींदारी पर अधिकार पाने के लिए अपनी नहीं, आप लोगों की खातिर ही लड़ूँगा। मध्यम कुमार की जय के साथ-साथ अब मध्यम कुमार जिन्दाबाद का नारा भी लगने लगा। किसान नेता भी मुझसे मिलने आने लगे। उनसे भी मुझे पूरा समर्थन का वचन मिला।

जब उस सभा के बाद भी प्रशासन की ओर से कोई प्रतिक्रिया नहीं हुई तब सुरेन्द्र बाबू बोले कि इसका अर्थ यही है कि प्रशासन तब तक आपकी उपेक्षा करेगा जब तक कि आप मेजोकुमार होने का अपना दावा कानूनी तौर पर प्रस्तुत नहीं करेंगे। तो 29 मई को समिति का एक प्रतिनिधि दो वकीलों के साथ मुझे ढाका ले गया, कलेक्टर मिस्टर लिण्डसे से मिलने के लिए। सुबह 11 बजे अपने बंगले पर मिलने का समय दिया गया था। वहाँ मैंने उन्हें बताया कि प्रजा ने मुझे मेजोकुमार के रूप में स्वीकार कर लिया है और मेरी इच्छा है कि उनके कष्ट कम करने के लिए कुछ कदम उठाने का अनुरोध करूँ आपसे। कलेक्टर महाशय बोले कि राजस्व मंडल तो कई वर्षों से यही मानकर आया है कि मेजोकुमार की मृत्यु हो चुकी है इसलिए यदि आप मेजोकुमार हैं तो पहले किसी अदालत में ऐसा प्रमाणित करें या फिर आपके पास जो भी गवाही हो इस बात की, उसे मेरे समक्ष प्रस्तुत करें ताकि मैं उसे दर्ज कर लूँ। मेरे साथ गए वकीलों ने कहा कि हम आपके द्वारा जाँच कराए जाने के लिए एक अर्जी कल दे देंगे।

फिर लिण्डसे ने कहा कि जो हो मैं आपको चेतावनी देना चाहता हूँ कि सम्प्रति आपका भवाल की प्रजा से लगान आदि वसूल करना गैरकानूनी काम समझा जाएगा। मेरे वकीलों ने उन्हें आश्वस्त किया कि स्वयं प्रार्थी यह चाहता है कि लगान वसूली की वर्तमान व्यवस्था ही जारी रहे और लगान से प्राप्त धनराशि मेजोरानी की ही मानी जाए। हम उठने को ही थे कि लिण्डसे ने बड़े अनौपचारिक रूप से मुझसे दार्जिलिंग प्रकरण के सम्बन्ध में कुछ प्रश्न कर डाले। वकीलों को थोड़ा विचित्र लगा कि जब विधिवत जाँच होनी है तब लिण्डसे ने इस समय मुझसे प्रश्न क्यों किये? जो हो, अगले दिन उन्होंने लिण्डसे द्वारा जाँच कराए जाने के लिए विधिवत आवेदन कर दिया। इससे पहले गोबिन्द बाबू अपनी और ज्योति दीदी तथा मोटो की ओर से यह लिखकर भेज चुके थे कि हमने जिस साधु को भवाल के मेजोकुमार के रूप में स्वीकार किया है, उसके दावे की सत्यता की सरकार जो भी जाँच कराये उसमें हमें साक्षी देने का अवसर और अन्य लोगों की साक्षियाँ देख सकने का अधिकार अवश्य दें। न उनका आवेदन ठुकराया गया था, न मेरा, इसलिए हम लोग थोड़े आशावान हो उठे कि सरकार मेरे दावे को बिना किसी सुनवाई के ही खारिज नहीं करेगी। तो हम सब तब हतप्रभ रह गए जब पाँच ही

दिन बाद तीन जून को भवालराज की हर दीवार पर बांग्ला में छपा हुआ और कलेक्टर लिण्डसे का जारी किया हुआ ऐ ठो नोटिस चिपका हुआ दिखा जिसमें भवालराज की जमीनें जोतने वालों को सूचित किया गया था कि राजस्व मण्डल के पास इस बात का निर्णायक प्रमाण है कि भवालराज के मेजोकुमार की मृत देह आज से 12 वर्ष पहले दार्जिलिंग में जलाकर राख कर दी गई थी। इसलिए जो साधु अपने को मेजोकुमार बता रहा है वह कोई जालसाज ही है। जो भी उसे लगान या चन्दा देगा, अपने ही जोखिम पर देगा। इस नोटिस से भवालराज के साधारण काश्तकारों में बहुत रोष फैला। कर्मचारी और ताल्लुकेदार भले ही सहम गये किन्तु भवाल की प्रजा जरा भी आतंकित नहीं हुई। जब 10 जून को इस नोटिस को डुगडुगी पीटकर सार्वजनिक रूप से सुनाने की कोशिश की गयी तब भवाल की प्रजा भड़क उठी और पुलिस को अपने बचाव के लिए गोली चलानी पड़ी। झुमर अली नामक एक किसान इस गोलीकांड में मारा गया। भवालराज गद्दी के लिए युद्ध शुरू हो चुका था और उस युद्ध में प्रतिपक्ष के रूप में मेरे समक्ष प्रस्तुत थी ब्रिटिश साम्राज्य की सत्ता। मुझे मेरे वकीलों ने बताया कि ब्रिटिश प्रशासन मेरे समर्थकों को खिलाफत और असहयोग आन्दोलनों से जुड़ा हुआ मान रही है। उसे यह बिल्कुल अच्छा नहीं लगा है कि भवाल के निर्धन मुस्लिम किसान और वनवासी मेरे दावे की स्वीकृति के लिए सब कुछ न्योछावर करने के लिए तैयार बैठे हैं और लगान सरकार को न देकर मुझे देना चाहते हैं। ब्रिटिश अधिकारियों को यह सारे पूर्वी बंगाल में किसी विप्लव के आरम्भ होने का पूर्व संकेत लग रहा है। वे आपके विरुद्ध मोर्चाबन्दी करने में जुट गए हैं और उनकी हर तरह से सहायता कर रहे हैं आपके साला बाबू। मैं यह सोचकर सिहर उठा कि मैं 'आमाके चेन' पूछने वालों को चाहे जितना सन्तोष दे डालूँ, साला बाबू मुझे जालसाज के रूप में चीह्नवा चुके हैं।

राजा बहरुपिया

कलेक्टर लिण्डसे से मिलने के बाद मेरे वकील आश्वस्त थे कि ब्रिटिश शासन मेरे दावे पर न सही सहानुभूति से, निष्पक्षता से विचार अवश्य करेगा। किन्तु 29 मई को लिण्डसे से हुई मुलाकात के छह दिन के भीतर तीन जून को शासन ने न केवल ढोंढी पिटवा दी कि मैं जालसाज हूँ बल्कि मुझे यह आदेश भी दे डाला कि मेजोकुमार होने का दावा कर चुकने के बाद अब जयदेबपुर में आप रह नहीं सकते इसलिए यहाँ से अपना मुँह काला करें। इससे यह स्पष्ट हो गया कि ब्रिटिश शासन इस मामले में पूरी तरह सत्या बाबू का पक्ष लेगा और अपनी स्वघोषित न्यायप्रियता और निष्पक्षता का नाटकभर भी न करेगा। मेरे वकील मित्र सुरेन्द्र बाबू बोले कि अब तो यही उचित होगा कि आप शीघ्रातिशीघ्र जयदेबपुर छोड़ दें और मुझे अनुमति दें कि दार्जिलिंग जाकर आपके वक्तव्य की पुष्टि करने वाले गवाह ढूँढूँ। मेरा आपसे यह भी अनुरोध है कि जिन बाबा धरमदास की टोली आपको दार्जिलिंग के श्मशान से बचाकर ले गई थी उनकी खोज करवाएँ। आप भले ही लगभग निरक्षर होने के कारण अपनी बाँह पर गुदे शब्द स्वयं न पढ़ पाते हों यह गोदना इस बात की पुष्टि करता है कि आप किन्हीं बाबा धरमदास के चेले हैं। तो धरमदास के आपके पक्ष में साक्ष्य देने से आपका दावा बहुत पुष्ट हो जाएगा।

ज्योतिदी ने सुरेन्द्र बाबू को दार्जिलिंग भेजने की व्यवस्था की और मुझे लेकर ढाका में बस जाने की। वह चाहती थीं कि ठाकुर माँ समेत राजपरिवार के सभी लोग ढाका में ही रहने लगें। मैंने उनसे कहा कि मेरे कारण तुम लोग जयदेबपुर से क्यों विस्थापित होते हो? वकीलों ने भी समझाया कि आपका इनके साथ-साथ जयदेबपुर छोड़ देना आपको ब्रिटिश शासन का कोपभाजन बनाएगा। कोर्ट ऑफ वाड्र्स आपको हर तरह से कष्ट में डालने के लिए कमर कस लेगा किन्तु वह नहीं मानीं। ठाकुर माँ को पुरखों की भूमि छोड़ते हुए कष्ट हो रहा था और छोटोदी उनको अकेला छोड़कर जाने को तैयार न थीं। मैंने उनसे फिर कहा कि आप भी जयदेबपुर में ही रहें। अन्त में वकीलों ने छोटोदी को इस बात के लिए मना लिया कि आप ठाकुर माँ को जयदेबपुर राजबाड़ी में बसा दें और कोर्ट ऑफ वाड्र्स को उनकी देखभाल करने दें। इस तरह कम से कम वह

ब्रिटिश शासन की कोपभाजन नहीं बनेंगी। ढाका से आप जब-तब आकर उनकी कुशलक्षेम लेती रह सकती हैं।

तो सात जून को छोटोदी मुझे लेकर सपरिवार ढाका में किराये के एक मकान में बस गईं। ढाका पहुँचने के बाद मेरे समर्थक इस बात से बहुत उत्साहित हुए कि मेरे प्रति विभिन्न दलों और विभिन्न संप्रदायों के नेताओं का समर्थन बढ़ता ही जा रहा है। ढाका में मेरे यहाँ कई राजनेता आए। वे सब मिर्जापुर गोलीकाण्ड से बहुत उत्तेजित थे। बाद में बंगाल विधान परिषद में एक मुस्लिम और दो हिन्दू सदस्यों ने सरकार को इस बात के लिए घेरा कि उसने एक ओर तो बिना कोई प्रमाण दिये मुझे ठग घोषित कर दिया और दूसरी ओर न मुझे न मेरे समर्थकों को उनके अनुरोध के बावजूद यह अवसर ही दिया कि भवाल संन्यासी का मेजोकुमार ही होना प्रमाणित कर सकें। मिर्जापुर गोलीकाण्ड के बारे में भी सरकार से प्रश्न किया गया। भू राजस्व मंत्री महाराजाधिराज बर्द्धमान ने कहा, 'कोर्ट ऑफ वार्ड्स द्वारा प्राप्त सूचना के आधार पर राजस्व बोर्ड ने ढाका के कलेक्टर को परामर्श दिया कि साधु को ठग घोषित कर दिया जाए। सरकार इस सम्बन्ध में कोई भी कागजात सदन के पटल पर रखने को तैयार नहीं है क्योंकि दावेदार से निपटने का मामला कोर्ट ऑफ वाड्र्स के दायित्व क्षेत्र में आता है। मिर्जापुर काण्ड की न्यायिक जाँच के आदेश दिये जा चुके हैं।'

इस सब से ज्योतिदी बहुत उत्साहित हुईं किन्तु बृजोलाल बाबू उत्साहित होने के साथ-साथ आतंकित भी हुए। उन्होंने मुझसे कहा कि भवाल की प्रजा की आपके प्रति अगाध भक्ति को देखते हुए अँग्रेज अधिकारी आपके विरुद्ध तब तक कोई भी कार्रवाई नहीं करेंगे जब तक असहयोग आन्दोलन ठण्डा नहीं पड़ जाता। यह तो हुई एक अच्छी बात। बुरी बात यह है कि अब अँग्रेज शासकों का यह विश्वास पक्का हो जाएगा कि एक साधु को मेजोकुमार के रूप में प्रस्तुत करना राजपरिवार का ही नहीं, असहयोग और खिलाफत आन्दोलन से जुड़े हुए लोगों का भी षड्यन्त्र है। अस्तु वे कभी न कभी आपको कारावास भिजवाकर ही रहेंगे। सुनकर मुझे हँसी आयी कि मेरे जैसे निपट निरक्षर व्यक्ति का नाम ऐसे दो विप्लवकारी आन्दोलनों से जुड़ गया है जिन्हें साला बाबू जैसे प्रबुद्ध मध्यवर्गीय लोग संचालित करते रहे हैं। और साला बाबू हैं कि विप्लव की बातें भूलकर मेरी जमींदारी के साथ-साथ अँग्रेजों का संरक्षण भी भोग रहे हैं। कैसी विडम्बना कि क्रान्तिविश्वासी साला बाबू अब अनन्य अँग्रेजभक्त माने जा रहे हैं।

तभी सुरेन्द्र दार्जिलिंग से यह खबर लेकर लौटा कि साला बाबू ढाका के सरकारी वकील शशांक बाबू के साथ वहाँ से अपने पक्ष में गवाहियाँ पहले ही जाकर ले आए थे। शासन और वह एक-दूसरे से पूरा सहयोग कर रहे हैं। सुरेन्द्र मेरे पक्ष के कुछ गवाह जुटाने में सफल हुए थे किन्तु उनका कहना था कि लोग आपके पक्ष में गवाही देते हुए घबराएँगे क्योंकि वे जानते हैं शासन पूरी तरह आपके दावे के विरुद्ध है। आप तो किसी तरह अपने गुरु की खोज करवाइए। ज्योतिदी ने पहले बोड़ोदी के बेटे क्षितीन्द्र को बाबा

धरमदास की खोज में भेजा किन्तु वह उनका कोई अता-पता मालूम न कर सका। उसके विफल हो जाने के बाद जमाई सागर बाबू को भेजा। वह 26 अगस्त को बाबा धरमदास को साथ लेकर लौटे। हम गुरु-चेला का भाव-विह्वल मिलन हुआ। वह मेरे पक्ष में साक्ष्य देने को राजी हो गए। मेरे समर्थक बाबा धरमदास से मिले और दार्जिलिंग की घटनाओं के बारे में मेरे कथन की उनके द्वारा पुष्टि किए जाने से बहुत प्रसन्न हुए। बाबा धरमदास के आने की बात लिण्डसे साहब के कानों में पड़ी। उन्होंने बाबा धरमदास का वक्तव्य दर्ज करने के लिए आने की बात कही। पता चला कि वह अपने से कहीं अधिक अच्छी हिन्दी जानने और पंजाबी भी समझने वाले किसी अधिकारी को साथ लाएँगे किन्तु वह आते उससे पहले ही बाबा धरमदास स्वयं पुलिस भय से ढाका छोड़कर चले गए। उन्होंने हमसे तो इतना ही कहा कि पुलिस वाले आकर धमकी दे गए हैं कि ढाका से फौरन चले जाओ, नहीं तो गिरफ्तार कर लेंगे। बाद में पता चला कि सत्या बाबू ने अँग्रेज अधिकारियों से पंजाब में एक पुलिस अधिकारी भिजवाकर अपने को बाबा धरमदास बताने वाले किसी साधु से यह बयान दर्ज करवा लिया था कि मैं औजला गाँव का माल सिंह हूँ जिसे उन्होंने चेला बनाने के बाद सुन्दरदास नाम दे दिया था। दूसरे शब्दों में यह कि मेरे जालसाज होने की सरकारी घोषणा पर प्रामाणिकता की मुहर लगवाई जा चुकी थी।

विचित्र विडम्बनापूर्ण स्थिति थी कि मैं अँग्रेज अधिकारियों और उनके समर्थकों द्वारा एक ठग, एक जाली सामन्त, एक राजा बहुरुपिया ठहराया जा रहा था और मेरे समर्थन में उमड़ पड़ी भवाल की प्रजा मुझे उदार हृदय सामन्त, प्रतिबद्ध जननायक और अपना हृदय सम्राट ठहरा रही थी। मैं अच्छी तरह जानता था कि न मैं इतनी भर्त्सना का अधिकारी हूँ और न इतने यशोगान का। भवाल के किसान लगान की राशि मुझे देने का प्रस्ताव करने लगे। कहने लगे कि अँग्रेज मानें या न मानें हमारे राजा तो आप ही हैं। किन्तु मैंने उन्हें ऐसा करने से रोका और कहा कि जो कुछ देना चाहें, समिति को ही दें। उधर 'आमाके चेन?' पूछने वालों का ताँता लगा रहा। अभिनेता उमानाथ घोषाल आये और सुनकर सन्तुष्ट हुए कि मैंने उन्हें जात्रा राजा घोषाल महाशय कहकर सम्बोधित किया। कलकत्ता से इंजीनियर पी.सी. गुप्ता आये और पूछने लगे, 'आपको याद है जयदेबपुर में हमने किस गाड़ी में सैर की थी?' मैंने तुरन्त कहा, 'वही जिसमें दरवाजा पीछे की तरफ था।' वेश्यागमन में मेजोकुमार के साथी रहे कुछ व्यक्ति भी मेरी परीक्षा लेने पहुँचे। उदाहरण के लिए अब्दुल मनान। मैंने उससे कहा कि बन्धु तुमने वह अँगूठी नहीं लौटायी आज तक जो मैंने तुम्हें एक रात अभिनेत्री कृपा भमिनी के घर से गायिका मलिका जान के घर जाते समय दी थी कि वह मुझे पहने देखेगी तो जिद करके ले लेगी। थोड़ा सोचने पर उसे वह घटना याद आ गयी।

फिर एक दिन मेरा लँगोटिया यार यादवचन्द्र बसक परीक्षा लेने पहुँचा। हम इतने गहरे मित्र थे कि वह मुझे अपनी रखैल कुसुम खेमटावाली को भोगने देता था और मैं उसे अपनी रखैल एलोकेशी खेमटावाली का सुख लेने देता था। यादव मुझे दूर-दूर से

जयदेबपुर में आकर भी देख गया था लेकिन सामने बैठकर बातचीत उसने ढाका में ही की मुझसे। मैंने उसे नाम लेकर पुकारा और पूछा, 'क्यों रे अब भी व्यसनों में लिप्त रहता है कि मेरी तरह साधु हो गया है?' सुनकर वह मुस्कुराया, बोला, 'वय बढ़ने के साथ हर व्यक्ति थोड़ा साधु तो हो ही जाता है। मेरा नाम तो आपको यहाँ किसी ने भी बता दिया होगा। यह फोटो जिस स्त्री का है, उसका नाम बताओ तो जानें बाबाजी।' यादव ने मुझे एलोकेशी का वह चित्र थमा दिया जो मैंने ही उसे भेंट किया था। तो मैंने कहा, 'यह ऐलोकेशी का फोटो है जो मैंने ही तुम्हें दिया था। कहो तो उस दिन की सारी घटना सुना दूँ।' उसके आग्रह पर मैंने सुना दी। यादव ने कुछ और घटनाओं के बारे में भी मुझसे प्रश्न किये और मैंने उसे पूरी तरह सन्तुष्ट करके भेजा कि साधु के रूप में उसने अपना पुराना विलासी मित्र पा लिया है। यादव से बात करते हुए बार-बार मन हुआ कि उससे एलोकेशी का कुशल पूछूँ। किन्तु संकोचवश पूछ न सका। मैं अब तक भी पूरी तरह अपने को सामन्त के रूप में स्वीकार कर नहीं पाया था तो भले ही मैंने मोटो के आग्रह पर दाढ़ी मुँड़वा ली थी लेकिन साधुओं वाले लम्बे केश न कटवाने के हठ पर दृढ़ता से जमा ही रहा था। यह बात अलग है कि उसने उन जटाओं में कंघी फिरवाने और तेल डलवाने का नियमित क्रम आरम्भ करवा दिया था। मैं बैठकखाने का उपयोग करने लगा था किन्तु केवल लोगों से मिलने के लिए। उसमें रात के समय कोई महफिल नहीं सजने देता था मैं। तो फिर एलोकेशी के बारे में मेरे मन में जिज्ञासा ही क्यों उठी? इसलिए कि कदाचित् वही एक मात्र स्त्री थी जिसके प्रति मेरे मन में प्रेम-जैसा कोई भाव उदय हुआ था। एलोकेशी अन्ततः आयी। बहुत भीड़ थी उस दिन बैठक में। मैंने देखा एक स्त्री अपना मुँह और सिर आँचल से लगभग छिपाये हुए द्वार पर खड़ी है। उससे मेरी दृष्टि मिली। वह अधेड़ हो चुकी थी किन्तु मुझे पहचानने में एक क्षण भी नहीं लगा कि वह ऐलोकेशी ही है। हाथ से संकेत करके उसे पास बुलाना मुझे उचित न लगा। उसने भी भीड़ को चीरते हुए मेरे पास आने का कोई यत्न नहीं किया। कदाचित् उसे भी संकोच हो रहा था कि वेश्या होते हुए भी साधु के पास कैसे जाऊँ। नानकशाह अखाड़ा के सत्संग में वह मुझे दिखाई दी। मैं स्वयं सत्संग के बाद उसके पास से होकर निकला और मैंने पूछा, 'कैसी हो एलोकेशी?' उसने, 'ठीक हूँ बाबाजी' बुदबुदाते हुए शीश झुका लिया। मैं आगे बढ़ गया। उसके बाद एक दिन फिर वह मेरे बैठकखाने में आई। आज उसने अपना चेहरा उस तरह छिपा नहीं रखा था। वह संन्यासी राजा के दर्शन के लिए आयी अन्य स्त्रियों के साथ किन्तु उनसे थोड़ी दूरी पर गठरी-सी बनकर बैठ गयी। जो भी लोग एलोकेशी को पहचानते थे, वे उसे आग्नेय दृष्टि से देखने लगे कि उसने मेरी बैठक में लौटने की धृष्टता कैसे की है? वह बेचारी उठकर वापस जाने लगी। मैंने हाथ से संकेत करते हुए कहा, 'एलोकेशी इधर आओ।' वह आयी। मैंने कहा, 'बैठो।' वह बैठ गयी। हमारी दृष्टि मिली।

मैंने कहा, 'तो तुम्हें भी जिज्ञासा खींच लायी इस साधु के पास कि देखूँ वास्तव में

मेजोकुमार है कि नहीं? जो भी जिज्ञासु आता है उसके पास मेरी परीक्षा लेने के लिए प्रश्न होते हैं एलोकेशी। तुम्हारे प्रश्न क्या हैं?' वह कुछ नहीं बोली। फिर मैंने ही कहा, 'क्या तुम यह नहीं पूछना चाहोगी कि तुम्हारी बिल्ली जिस दिन मरी थी उस दिन मैंने तुमसे क्या कहा था या कि तुम यह जानना चाहती हो कि जब तुम्हें मलेरिया हुआ तब मैंने कैसे तुम्हारी सेवा-शुश्रूषा की? या कि तुम उस दिन का विवरण मुझसे सुनना चाहोगी जिस दिन मैं तुम्हें अपने हाथी पर बैठाकर आखेट करने गया था। अब बोलो तुम मुझे पहचानती हो क्या?' वह सुबकते हुए बोली, 'पहचानती हूँ पर इस रूप में नहीं। जिस एलोकेशी को आपने अपनी पत्नी से भी ऊँचा दर्जा दिया था प्रेमवश उसकी ओर से मैं क्षमा माँगती हूँ बाबाजी कि उसने आपका दाम्पत्य कलहमय बनाकर आपको वैराग्य की दिशा में धकेला।' मेरे चेहरे पर एक फीकी मुस्कान खेल गयी। मैंने कहा, 'क्षमा तो मैं उस मेजोकुमार की ओर से तुमसे माँगता हूँ एलोकेशी कि उसने तुम्हें उसे गन्दा रोग लगाने का दोषी ठहराकर अपने जीवन से यों निकला फेंका था जैसे दूध से मक्खी।' यह सुनकर एलोकेशी ने मेरे चरणों पर अपना शीश रख दिया और उन्हें आँसुओं से पखारती चली गयी। मेरी आँखें भी गीली होने लगीं। मेरे स्वजनों को संकोच हो उठा। बुद्धू ने गला खँखारा और कहा, 'एलोकेशी और लोग भी हैं मिलने वाले।' एलोकेशी आँचल से आँसू पोंछते हुए निकली और मुझे प्रणाम करके तेजी से चली गयी। इसके बाद उसने मुझे जब भी देखा दूर से ही देखा। मैंने भी उसे पास बुलाने की कोई चेष्टा न की।

अब सर्वत्र यह चर्चा होने लगी कि मेजोकुमार की रखैल तक आकर उस साधु को देख गयी किन्तु मेजोरानी ऐसा करने नहीं आयीं। यों कलकत्ता जाने वाले लोगों से उन तक ठाकुर माँ, इन्दुदी और ज्योतिदी का सन्देश उन तीनों को पहुँचवाया गया था। यह तो असम्भव है कि मेजोरानी ने इस विषय में कुछ भी न सुना हो। मृत मेजोकुमार की चमत्कारी वापसी शुरू से ही पत्र-पत्रिकाओं में छाई हुई थी और यह सभी को ज्ञात था कि निरक्षर मेजोकुमार की पत्नी बिभाबती देवी पढ़ने-लिखने में बहुत रुचि लेती हैं। राजबाड़ी में आने वाली पत्र-पत्रिकाएँ भी वह पढ़ा करती थीं। पत्र-पत्रिकाओं में तो बहुत कुछ छप ही रहा था किन्तु इसके अतिरिक्त दोनों पक्षों की ओर से जमकर पम्फलेट-बाजी भी हो रही थी। लोग हैरान थे कि जो आज बंगाल के लिए ही नहीं पूरे देश के लिए सबसे बड़ी खबर बन चली है उसके प्रति मेजोरानी इतनी बेखबर क्यों बनी हुई हैं? ज्योतिदी आश्चर्य करतीं कि वह आ क्यों नहीं रही है और मैं आश्चर्य करता कि इतनी कुरुचिपूर्ण पम्फलेटबाजी हो जाने के बाद वह कैसे कल्पना कर पा रही हैं कि बिभा मुझसे मिलने आएगी? निरक्षर होने के कारण मैं अपने और साला बाबू के पक्षधर कवियों, पत्रकारों और वकीलों के लिखे पम्फलेट स्वयं तो नहीं पढ़ सका किन्तु उनके जितने भी अंश सुने मैंने उनसे मुझे मर्मान्तक पीड़ा पहुँची कि सम्भ्रान्त महिलाओं पर परोक्ष अथवा अपरोक्ष रूप से नितान्त घृणास्पद आरोप लगाये जा रहे हैं। दुर्भाग्य से इस

पम्फलेटबाजी का आरम्भ भवालराज के ताल्लुकेदार और कवि दुर्गानाथ चक्रवर्ती ने मेजोकुमार की यमलोक से वापसी के विषय में एक लम्बी पद्यबद्ध कथा छपवाकर किया। भवालराज के हम राजकुमार भले ही साहित्यशून्य रहे हों, भवाल में कवि बहुतायत से पाये जाते थे। कारण हमारे दादा और बाबा के समय के मैनेजर काली प्रसन्न घोष पूर्व बंगाल के साहित्यिक मठाधीश भी थे। वह भवालराज के धन से प्रसिद्ध साहित्यिक पत्रिका *बान्धव* निकाला करते थे और जयदेबपुर में आये दिन कवि गोष्ठियाँ कराया करते थे। वही पद्यबद्ध गाथा कोबिगान लिखने की परम्परा हमारे यहाँ डाल गये।

तो कवियों ने अपनी कल्पना को बेलगाम छोड़ दिया। मेरी हत्या के षड्यन्त्र की बात और उसमें बिभा को भी सम्मिलित माना। कुछ ने उसके पतिव्रता होने पर सन्देह प्रकट किये। किसी ने अपने भाई के प्रति उसके अनुराग को आसक्ति का रूप देना चाहा तो किसी ने आशु डॉक्टर से उसके सम्बन्धों पर अँगुली उठायी। उधर साला बाबू के पक्षधरों ने मेरी बहनों को खलनायिका वर्ग को लोभी ननदें सिद्ध करने में कोई कसर न उठा रखी। उन्होंने कहा कि इन्दुमयी और ज्योतिर्मयी अपनी विधवा भाभियों पर अपनी दादी की सहायता से राज करना चाहती थीं और उन्हें तरह-तरह से यन्त्रणा देती थीं। इसीलिए छोटोरानी ने कोर्ट ऑफ वार्ड्स से शिकायत की जिसने ननदों को राजबाड़ी में नहीं, अपने-अपने मकानों में रहने का आदेश दिया और राजकाज में उनका सारा दखल समाप्त करवा दिया। इससे वे क्षुब्ध हुईं फिर भी उन्हें यह आशा थी कि हमारे भाइयों के निस्सन्तान मर जाने के कारण हमारे बेटे ही भवालराज के उत्तराधिकारी बन जाएँगे। किन्तु जब छोटोरानी ने मई 1919 में बेटा गोद ले लिया तब उनकी यह आशा भी समाप्त हो गयी। वह लाख प्रयत्न करके भी न छोटोरानी को बेटा गोद लेने से रोक पायीं और न उसे इस बात के लिए ही सहमत कर पायीं कि बेटा गोद ही लेना हो तो हममें से किसी का ले लो। छोटोरानी ने तो अपने भाई का बेटा गोद लेकर ठेंगा दिखा दिया। और उनपर अन्तिम वज्रपात तब हुआ जब लगभग एक वर्ष बाद उनकी नि:सन्तान बुआ का निधन होने पर उसकी सम्पत्ति उन्हें न देकर कोर्ट ऑफ वार्ड्स में ले ली गयी। अर्थात् भाभियों को दिला दी गयी। तभी से वह इस खोज में लग गयीं कि कोई गोरे रंग और कंजी आँखों वाला साधु मिले तो उसे सिखा-पढ़ाकर मेजोकुमार के रूप में प्रस्तुत कर दें।

इतनी कुरुचिपूर्ण प्रतीत हुई मुझे यह पम्फलेटबाजी कि मैंने कभी किसी को उनमें छापने के लिए अपना कोई वक्तव्य नहीं दिया। तो भी उनमें बहुत ऐसा प्रकाशित होता रहा जो मेरा बताया हुआ माना जा सकता था और बाद में प्रतिपक्ष द्वारा माना भी गया। मेरे पक्ष के कुछ लोग पम्फलेटबाजी न करके मेरी रहस्यमय वापसी पर गल्प लिख रहे थे। इन साहित्यिक कृतियों में तो यमलोक से लौटे राजा की पत्नी को कुल्टा और व्यभिचारिणी के रूप में चित्रित किया गया था। मैं यह सोचकर ग्लानि से भर उठा कि ये कथाएँ मेरे द्वारा लिखवाई गई मानी जा सकती हैं। और इन्हें पढ़कर विदुषी और सदाचारिणी बिभा इस निष्कर्ष पर ही पहुँच सकती है कि यमलोक से लौटकर मैं चरम

व्यभिचारी के साथ परम लम्पट भी हो चला हूँ। मैंने अपने समर्थकों से प्रार्थना की कि ऐसा अनर्थ न होने दें। मैंने कहा, 'आशु डॉक्टर और साला बाबू ने जो भी अपराध किया हो उसमें बिभा जैसी धर्मप्रिय स्त्री का सम्मिलित होना असम्भव है। मैं तो कहूँगा कि स्वयं उनका भी इस बारे में बिभा को कुछ पता लगने देना कल्पनातीत है।' मेरे समर्थक कहते यूँ तो आपकी वापसी भी कल्पनातीत है। इस संसार में क्या नहीं हो सकता है? परमात्मा के अतिरिक्त और कोई जान ही नहीं सकता कि किसी के मन में क्या है? मेरे परामर्शदाता वकील कहते कि किसी को कुछ भी लिखने से हम कैसे रोक सकते हैं? प्रतिपक्ष चाहेगा तो मानहानि का मुकदमा ठोंकेगा।

शीघ्र ही ऐसा एक मुकदमा दायर हुआ भी। भवाल के ताल्लुकेदार और प्रजाजन समिति के सभापति दिगेन्द्र नारायण घोष के बेटे पूर्णचन्द्र ने जुलाई 1921 में फकीरेर भेशे प्राणेर राजा शीर्षक से एक कोबिगान छपवाया जिसमें मुझसे सुनी कहानी थोड़े-से भ्रामक रूप में प्रस्तुत की गयी थी कि कैसे मेजोकुमार के साला बाबू सत्येन्द्र नाथ ने डॉक्टर आशुतोष गुप्ता और सचिव मुकुन्द गुईं के साथ मिलकर षड्यन्त्र रचा और दार्जिलिंग ले जाकर औषधि के नाम पर कुछ ऐसा पिला दिया कि वह संज्ञाहीन हो गए। उसी अवस्था में वे उन्हें दाह-संस्कार के लिए ले गये किन्तु जब शव चिता में रख दिया तब ओले पड़ने लगे और सासन-बन्धु शरण लेने के लिए कहीं और चले गये। इस बीच साधुओं ने भवाल के मेजोकुमार को बचा लिया। बाद में षड्यन्त्रकारी शवहीन अर्थी जलाकर आ गये, आदि-आदि। इस पर सितम्बर में आशु डॉक्टर ने लेखक, प्रकाशक और पुस्तक विक्रेता तीनों पर मानहानि का मुकदमा श्रीपुर सबडिवीजन के न्यायालय में दायर कर दिया। वादी और प्रतिवादी कोई और थे किन्तु यह किसी से छिपा न था कि मुकदमे में वास्तविक वादी कोर्ट ऑफ वार्ड्स और साला बाबू थे और वास्तविक प्रतिवादी था वह फकीर बहुरुपिया जिसने भवाल के ताल्लुकेदारों और प्रजाजनों के प्राणों के राजा रोमेन्द्र नारायण राय का रूप धर लिया है। तो मेरे समर्थक वकील सुरेन्द्र बाबू भी प्रतिवादियों के बचाव के लिए पहुँचे।

जैसे यह मुकदमा ही पर्याप्त न हो बहुत से लोग, जिन्होंने आरम्भ में मुझे मेजोकुमार के रूप में स्वीकार किया था अब मुझे बहुरुपिया ठग बताने लगे। इनमें से कुछ ने तो पाला इसलिए बदला कि मुझे मेजोकुमार बताना उनके लिए अपनी सरकारी अथवा भवालराज की नौकरी को खतरे में डालना बन चला था। ब्रिटिश शासन का मेरे प्रति कड़ा रुख देखते हुए कासिमपुर जैसे पड़ोसी क्षेत्रों के जमींदारों ने भी मुझसे पल्ला झाड़ लिया था। आश्चर्यजनक था मेरे लिए कि अतुल बाबू जैसे मित्र तक सत्या के पक्ष में जाते दिखाई पड़ रहे थे। मेरे समर्थकों को सबसे बड़ा झटका तब लगा जब मेरे पक्ष में दो मास उत्साह से काम करते रहे ढाका के वकील जगदीशचन्द्र चौधुरी ने सार्वजनिक रूप से कह दिया कि जो संन्यासी अपने को मेजोकुमार बतलाता है, उसे बांग्ला तक तो बोलनी आती नहीं। वह देखने-सुनने में भी मेजोकुमार से बहुत भिन्न है। अपने श्मशान

भूमि में साधुओं द्वारा बचा लिए जाने की जो कथा वह सुनाता रहा है वह निरी बकवास है। मुझे प्रामाणिक सूत्रों से ज्ञात हुआ है कि गुरु धरमदास नागा ने उसे खरी-खोटी सुनाई और ठग बताया। मैं ठग तो सरकारी तौर पर ही घोषित कर दिया गया था किन्तु शीघ्र ही मुझे हत्यारा भी माना जाने लगा क्योंकि सितम्बर में ही ढाका के एक पथ पर दार्जिलिंग प्रकरण के महत्त्वपूर्ण गवाह मुकुन्द गुईं को किसी ने छुरा घोंप दिया और मरते समय उसने पुलिस को बयान दिया कि मैंने शक्तिशाली लोगों के खिलाफ कई बातें लिखी हैं, उसी का यह फल है। मुकुन्द का हत्यारा कभी पकड़ा नहीं गया। किन्तु हत्या में मेरे हाथ होने का सन्देह स्वाभाविक था क्योंकि वह साला बाबू का समर्थन करता रहा था। मुझे द्वारिका मास्टर मोशाय की बताई वह अंग्रेजी कहावत याद आने लगी कि विपदाएँ सदा इकट्ठा आती हैं।

इस हत्याकाण्ड के बाद मुझे मेजोकुमार के रूप में अपनी वापसी उनके रूप में अपनी मृत्यु से भी अधिक दारुण प्रतीत होने लगी। मैंने चाहा कि किसी तरह इस घटना प्रवाह को रोक सकूँ किन्तु मानहानि का मुकदमा आरम्भ हो चुकने के बाद यह काम असम्भव था। मेरा मेजोकुमार होने की दावेदारी से पीछे हटना उन लोगों को संकट में डाल सकता था जिन्होंने मुझे मेजोकुमार के रूप में स्वीकृति देकर शासन से शत्रुता मोल ले ली थी। मेरे समर्थकों ने मुझसे कहा कि सम्भव है मुकुन्द को साला बाबू ने ही मरवाया हो। निश्चय ही वह उनका पक्षधर बने रहने के लिए दिन-प्रतिदिन अधिकाधिक पैसा माँगने लगा होगा। मुकुन्द की हत्या करा देने में यह लाभ भी दिखा होगा कि दोषी आप समझे जाएँगे। आपके साथ गए आपके मुसाहिब शुरू से साला बाबू के आगे ही हाथ पसारते रहे हैं क्योंकि राजपरिवार ने तो उनकी सहायता बन्द कर दी थी। उनकी यह बात सुनकर मैं और भी अधिक उदास हो उठा। मैंने संकल्प किया कि अपने दावे को लेकर मैं स्वयं कोई मुकदमा नहीं करूँगा। मेरे लिए यही पर्याप्त है कि भवाल का राजपरिवार मुझे रोमेन्द्र के रूप में स्वीकार कर चुका है। मुझे न शासन की स्वीकृति चाहिए और न मेजोरानी की। मेरी सम्पदा साला बाबू भोगते रहें। प्रायः 12 वर्ष तक नागा साधु रहने के बाद मेरे लिए तो राजसी सुखभोग अस्पृश्य हो चला है। मैंने ज्योतिदी और जुलाई से अब ढाका में आ बसीं ठाकुर माँ को अपने मन की बात बतायी। किन्तु उन्होंने बिभा और कोर्ट ऑफ वार्ड्स से मेरे दावे का अनुमोदन हो सकने की आशा नहीं छोड़ी और अपने प्रयत्न जारी रखे। उन पर इस बात का भी कोई प्रभाव न पड़ा कि मानहानि के मुकदमे में अदालत ने अप्रैल सन् 1922 में डॉक्टर आशु के पक्ष में फैसला सुनाया। इधर इस फैसले के खिलाफ अपील दायर की गयी और उधर ठाकुर माँ ने लिण्डसे की जगह आए कलेक्टर ड्रमण्ड से मेरे विषय में पत्र-व्यवहार शुरू कर दिया। मुझे ठग ठहराने वालों द्वारा यह कहा जाता रहा था कि लगभग 90 वर्ष की हो चुकी ठाकुर माँ की दृष्टि बहुत कमजोर हो चुकी है और वह मुझे मेजोकुमार इसलिए माने ले रही हैं कि उनकी लाड़ली पौत्री ज्योतिर्मयी उनसे ऐसा कह रही हैं। तो ठाकुर माँ ने ढाका के सिविल सर्जन से अपनी आँखों की जाँच करवायी और

अपनी दृष्टि अच्छी होने का प्रमाण-पत्र ले लिया।

इसके बाद उन्होंने ड्रमण्ड को लिखा, 'आप कहते हैं कि पूरी जाँच के बाद ही उस साधु को ठग ठहराया गया है जो अपने को मेजोकुमार बता रहा है। किन्तु उस जाँच का क्या महत्त्व जिससे राजपरिवार के लोग सम्बद्ध नहीं किए गये? जयदेबपुर में बसे सम्बन्धियों का और कलकत्ता में बसी तीनों रानियों का साधु से सामना नहीं कराया गया? पिछले कलेक्टर ने जो जाँच की थी उसका पूरा ब्यौरा यदि आप दे सकें तो आभार मानूँगी। जिन साक्ष्यों के आधार पर साधु को ठग ठहराया गया है उनकी छह प्रतिष्ठित वकीलों से जाँच करवाने का व्यय मैं अलग-अलग हाईकोर्ट के उठाने को तैयार हूँ। साधु की सच्चाई का पता चलाने के लिए मैं आपके जासूस विभाग के एक-दो निष्ठावान अवकाशप्राप्त अधिकारियों की सेवाएँ भी लेना चाहती हूँ। मुझे पूरा विश्वास है कि यदि मैं आपको इस साधु के मेरे पौत्र रोमेन्द्र नारायण राय ही होने के प्रमाण दे सकूँगी तो आप राजस्व बोर्ड से इसके विषय में अपने निर्णय पर पुनर्विचार करने और उसे बदलने की अनुशंसा कर देंगे। भवालराज के अनेक पुराने कर्मचारी, जो अब कोर्ट ऑफ वार्ड्स के नौकर हो चले हैं, नौकरी छीन लिये जाने के भय से मुक्त कर दिये जाने की स्थिति में आपको यह बताने को तैयार हैं कि साधु के रूप में उनका मेजोकुमार ही लौट आया है। मैं वृद्धा अवश्य हूँ किन्तु जैसा कि ढाका के सिविल सर्जन ने प्रमाणित किया है कि मेरी दृष्टि बिल्कुल ठीक है इसलिए ऐसा न समझा जाये कि मैंने भ्रमवश उस साधु को अपना पौत्र मान लिया है। यदि श्रीमती ड्रमण्ड किसी दिन सायंकाल मुझसे मिलने के लिए आने की कृपा करें तो वह अपनी आँखों-देखी के आधार पर आपको बता सकेंगी कि मैं स्वस्थ और सजग हूँ।'

इसी के साथ ठाकुर माँ ने एक पत्र बिभा के नाम भी भेजा। इसमें उन्होंने लिखा कि एक वर्ष से अधिक समय से जिस साधु को भवाल और ढाका के बहुत से लोग मेजोकुमार रोमेन्द्र नारायण राय मान रहे हैं उसे मैं पहले जयदेबपुर में देख चुकी थी और इधर ढाका आने पर मैं पिछले कुछ दिनों से रोज ही देख रही हूँ। मेरे मन में उसके रोमेन्द्र होने के विषय में कोई सन्देह नहीं है। मैं वृद्धा अवश्य हूँ किन्तु मेरी दृष्टि क्षीण नहीं है। तुम्हें तो पता ही है कि रोमेन्द्र का दाह-संस्कार न हो सकने की बात सुनी गयी थी और इसीलिए उसका कुशपुतलिका श्राद्ध कराने की भी चर्चा चली थी। मैं तुम्हें स्नेहपूर्वक आमन्त्रित करती हूँ कि शीघ्रातिशीघ्र ढाका आओ और उसे अपनी आँखों से देखने के बाद तुम्हें न्याय और धर्म के अनुसार जो भी अपना कर्तव्य लगे उसे पूरा करके मेरे स्वर्गीय पति के परिवार की प्रतिष्ठा की रक्षा करो।

ठाकुर माँ और ज्योतिदी कुछ ही दिन बाद तब हतप्रभ हो गये जब मेजोरानी बिभाबती देवी ने वह पत्र बिना खोले लौटा दिया। फिर अपने सन्तोष के लिए उन्होंने यह कहना शुरू किया कि पत्र तो बिचारी बिभा ने नहीं उसके कुटिल भाई ने लौटाया है। बिभा को तो उसने पता ही नहीं लगने दिया होगा कि ऐसा पत्र आया था। उन दोनों

के लिए ही यह कल्पनातीत था कि बंगाली ब्राह्मण विधवाओं का कष्टप्रद जीवन व्यतीत करती हुई कोई भी स्त्री अपना पति वापस पा सकने की सम्भावना के प्रति सर्वथा उदासीन रह सकती है। किन्तु मैं जानता था कि यदि ठाकुर माँ का पत्र बिभा के ही हाथ में पड़ा हो तो भी उसने बिना किसी ऊहापोह के तुरन्त लौटा दिया होगा क्योंकि उसके लिए सधवा के रूप में अपना जीवन कुछ कम कष्टप्रद नहीं रहा था। उन कष्टों को पुनः पाने और इस क्रम में अपने भाई को अपराधी भी ठहराने के लिए वह भला क्यों प्रस्तुत होना चाहेगी? ठाकुर माँ और ज्योति दी न मान पा रही हों किन्तु मैं इतने वर्ष साधु जीवन बिताने के बाद अब देख पा रहा था कि इस कथा में एक पक्ष उस बिभा का भी है जिसे अपने भाई से जितना प्रेम और संरक्षण मिला, उतनी ही यन्त्रणा और उपेक्षा मिली अपने पति से।

एक पत्र अनभेजा

भवाल की राजमाता सत्यभामा देवी के चरण कमलों में प्रपौत्र वधू बिभा का सादर प्रणाम। आपको बुरा लगा होगा ठाकुर माँ कि आपके द्वारा प्रेषित सीलबन्द लिफाफा मैंने लौटा दिया ज्यों-का-त्यों। आप लोगों ने निश्चय ही यह मान लिया होगा। भवाल राजपरिवार में दुर्भाग्य से यही तो मान्यता रही है कि मैं अपने दादा के संकेतों पर नाचती कठपुतली मात्र हूँ। किन्तु विश्वास मानिए कि आपके पत्र को लौटा देने का निर्णय मेरा अपना था। मैं सहज ही अनुमान लगा सकती थी कि उसमें आपने मुझे क्या परामर्श दिया होगा। यही ना कि मैं भी अज्ञात कुलशील साधु को भवालराज के मेजोकुमार के रूप में स्वीकार कर लूँ। यह जानते हुए भी स्वीकार कर लूँ कि उस साधु को अपना पति मानना यह स्वीकार करना होगा कि मेरे पति की न दार्जिलिंग में मृत्यु हुई और न दाह-संस्कार। मेजोकुमार के साथ गये मेरे दादा अल्लापद ने एक विराट षड्यन्त्र रचा, जिसमें मेरे साथ राजा दार्जिलिंग गए सभी लोग सम्मिलित हुए। अपनी माँ से मुझे परिवार के वयोवृद्ध जनों के हर आदेश-निर्देश का आदरपूर्वक पालन करने के संस्कार मिले हैं। इसीलिए आवश्यक हो गया कि मैं आपके उस परामर्श को अपने तक पहुँचने ही न दूँ। ऐसा करके मैंने आपका जो निरादर किया है, वह आपका परामर्श पढ़ लेने और फिर भी उसके अनुसार आचरण न करने से होने वाले निरादर की तुलना में मेरे लेखे बहुत गौण ठहरता है।

राजबाड़ी में किसी एक साधु द्वारा आपके पति को दिए गए वंशनाश के श्राप की चर्चा बहुधा हुआ करती थी और आप हम पतोहुओं को समझाया करती थीं कि आपके पति ने और साधु गोलोक नारायण जैसे उनके पूर्वजों ने इतने पुण्य कर रखे हैं कि वंशनाश का वह श्राप कभी फलीभूत हो ही नहीं सकता। इसलिए उस श्राप के फलीभूत हो जाने से आप कितनी विस्मित और विषादग्रस्त हो उठी होंगी इसकी सहज ही कल्पना की जा सकती है। किसी व्यक्ति का आकर यह कहना कि मेजोकुमार का राजा दार्जिलिंग में देहान्त नहीं हुआ था, मैं वही मेजोकुमार हूँ, आपके लिए कितना सुखद रहा होगा यह मैं भलीभाँति समझ सकती हूँ। किन्तु आपसे पूरी सहानुभूति होते हुए भी मैं आपका एक मृगमरीचिका के पीछे दौड़ना परम हास्यास्पद पा रही हूँ। यदि आप

सचमुच आश्वस्त हैं कि मेजोकुमार यमलोक से लौट आए हैं तो भी मैं क्षमा-याचना करते हुए भवालराज परिवार की स्त्रियों जैसी निर्लज्जता अपनाकर आपसे पूछना चाहूँगी कि क्या आप यह भूल गयी हैं कि मेजोकुमार सात वर्ष के वैवाहिक जीवन में एक बार भी मेरी कोख हरी नहीं कर पाये? ठाकुर माँ क्या आपको स्मरण नहीं कि भवालराज में वंशनाश किसी संन्यासी के श्राप के कारण नहीं, आपके पोतों को वेश्यागमन से प्राप्त घिनौने रोगों और पुंसत्वहीनता का ही फल था?

यदि एक क्षण को मैं मान भी लूँ कि मृत मेजोकुमार सचमुच पुनर्जीवित हो उठे हैं तो भी वंशनाश तो होना ही है क्योंकि मेजोकुमार मुझसे क्या, अपनी प्रिय रखैल एलोकेशी से भी कभी कोई सन्तान पैदा कर नहीं पाये। यह तो निश्चय ही असम्भव है कि आपने योजनाबद्ध ढंग से किसी स्वस्थ पुरुष को अपने मृत पोते के रूप में इसलिए मान्यता दे डाली है कि वह मेरे गर्भ से एक ठो भवाल कुलदीपक प्रपौत्र पैदा करके आपको अपने स्वर्गारोहण के निमित्त प्रपौत्र को सोने की सीढ़ी भेंट करने का सुख दे सके। पुरुषों के वर्चस्व वाले इस संसार में पुत्र की माँ कहलाने का सुख प्राप्त करने के लिए बहुत लालायित रही हूँ मैं। किन्तु इतनी नहीं कि किसी परपुरुष से नियोग करवा लूँ। अस्तु मेरे लिए यही उचित था और है कि आपके आग्रह और आदेश को अनदेखा करके अपना शेष जीवन भी एक विधवा के रूप में काट दूँ। मैं जानती हूँ कि मेरे द्वारा आपको भेजा लिफाफा ज्यों-का-त्यों लौटा दिए जाने मात्र से यह अप्रिय प्रकरण समाप्त नहीं हो जाने वाला है। मेजोकुमार के रूप में आत्मपरिचय देने वाले इस साधु को जब पिछले वर्ष सरकार ने उससे बातचीत कर लेने के बाद बहरुपिया ठग ठहरा दिया था तब मैंने समझा था कि अब ज्योतिदी उसके दावे का समर्थन करना छोड़ देंगी किन्तु वह तो एक दुराशा सिद्ध हुई और अब तो आप भी उठकर साथ दे रही हैं। साधु के दावे पर आपके भी मुहर लगा दिए जाने से उसको मेजोकुमार मान लेने वालों की संख्या बढ़ती ही जा रही है। मेरे स्वर्गवासी पति का जो यह प्रेत आपने खड़ा कर दिया है वह मेरा पिण्ड आसानी से छोड़ने वाला नहीं। मेरे अभिशप्त जीवन का एक नया अध्याय आरम्भ करवा दिया है आपने।

माँ के बार-बार सन्देश भिजवाने के बावजूद दादा जयदेबपुर में ही टिके हुए थे। उनकी उपस्थिति से मेरे स्वास्थ्य में सुधार होता। वह अपने जमाई बाबू पर ध्यान रखते और उनका मन राज-काज में लगाने का यत्न करते। वह हर वक्त उनके साथ साये की तरह लगे रहते। जमाई बाबू की विलासिता, अपरिपक्वता और दुस्साहस के बारे में विस्तृत रूप से मुझे बताते। एक दिन कहने लगे कि मैं साथ न होऊँ तो जमाई बाबू का बचपना प्रमाद की सीमा तक पहुँच जाता है। आज मैं जब बोड़ोकुमार के साथ एक अँग्रेज अधिकारी से मिलने चला गया था, मेजोकुमार यहाँ के अँग्रेज स्टेशन मास्टर से फौजदारी कर आये। स्टेशन मास्टर ने मेजोकुमार के मित्र निशि को इंजनों के पानी के लिए बने हौज में से मछलियाँ पकड़ने पर चेतावनीभरा पत्र भेजा था तो मुसाहिबों के

उकसाने पर वह उनके साथ स्टेशन पहुँचे एक जाल लेकर मछली पकड़ने के लिए। स्टेशन मास्टर ने हाथ जोड़े कि इंजनों में भरने का पानी गंदला करवा के मेरी नौकरी खतरे में न डालें मेजोकुमार, पर जमाई बाबू अपने नौकरों को जाल लेकर पानी में उतारने लगे। स्टेशन मास्टर ने चेतावनी दी कि मैं पुलिस बुलाकर उन्हें पकड़वा दूँगा। स्वयं निशि ने उनसे कहा कि अब लौट चलिए यह तो पुलिस बुलाने की धमकी दे रहा है। सुनकर जमाई बाबू बोले कि मेरे राज में मुझे धमकी देने वाला यह कौन होता है। बन्दूक लाओ मेरी, मैं इसे गोली से उड़ा दूँगा। बन्दूक देखकर स्टेशन मास्टर ने अपने ऑफिस में घुसकर दरवाजा भीतर से बन्द कर दिया और तार भेजकर ढाका से पुलिस बुला ली। जब मुझे पता चला तो मैंने जाकर स्टेशन मास्टर से अँग्रेजी में बात करके उसे शान्त कराया और जमाई बाबू को उससे हाथ मिलाने और मित्रवत दो-चार मछलियाँ माँगने और भोजन पर आमन्त्रित करने का परामर्श दिया, अन्यथा तो भीषण संकट हो जाता।

दादा बार-बार इस बात पर दुख व्यक्त करते रहे कि जमाई बाबू अँग्रेजों का महत्व समझ ही नहीं पा रहे हैं जबकि बोड़ोकुमार निरन्तर उन्हें प्रसन्न करने में लगे हुए हैं। दादा इस प्रयत्न में जुट गये कि मुझे और जमाई बाबू को उपचार के नाम पर कलकत्ता ले जायें ताकि मुसाहिबों से उनका पीछा छूटे। बता चुकी हूँ कि मुसाहिबों के हास-परिहास से दादा बहुत क्षुब्ध रहते आये थे और मेरा दुख यह सुनकर भी बढ़ता कि दादा की स्थिति जमाई बाबू के दरबार में जगत साला बाबू उर्फ विदूषक की हो चली है और मेरे ही कारण वह इस अपमान को झेल रहे हैं चुपचाप। और सबसे बड़ा दुख वही कि माँ लिखती अल्लापद अपने कर्तव्यों से विमुख होकर और अपने कुलीन संस्कार भुलाकर सामन्ती सुख भोग करने के लिए वहाँ मुसाहिब की भूमिका निभा रहा है और तू स्वार्थवश उसे शह दे रही है। मैंने दादा के कहने पर माँ को लिख दिया कि दादा यहाँ इसीलिए रुक गये हैं कि मेरे पति अस्वस्थ हैं और वह हम दोनों को साथ लेकर कलकत्ता आना चाहते हैं। वह बोड़ोकुमार से अनुमति लेने में जुटे हुए हैं। बोड़ोकुमार उन्हें नौकरी दिलाने का यत्न भी कर रहे हैं। दादा मेरे और बोड़ोकुमार के बीच सेतु भी बन रहे हैं तो थोड़ा धैर्य रख। हम शीघ्र ही पहुँचेंगे। मैंने लिखा तो दिया किन्तु मेरे पति कलकत्ता जाने को तैयार हो ही नहीं रहे थे इसलिए बोड़ोकुमार से अनुमति मिलना-न-मिलना अप्रासंगिक होता जा रहा था। तो दादा का जयदेबपुर प्रवास खिंचता ही चला गया। माँ ने लिखा मुझे, 'तीन माह से वह अधम मुझे सता-सताकर पागल बना रहा है। उसकी चिन्ता में मेरे प्राण निकले जा रहे हैं। उस निकम्मे को तत्काल वापस भेज। मुझे भय है कि इस कुपुत्र को जन्म देने के पाप का मुझे किसी दिन आत्महत्या द्वारा प्रायश्चित् करना पड़ेगा।' फिर यह 'तेरे और तेरे जेठ के बीच तेरी बोड़ो ननद सेतु का काम कर सकती है। रोमेन्द्र इतना ही बीमार है तो तू और तेरा बुद्धिमान भाई अब तक मौन क्यों थे इस विषय में। अपने भाई को तत्काल वापस भेज और अपनी बोड़ो ननद से कह कि तेरे जेठ तुम दोनों को स्वास्थ्यलाभ और उपचार के लिए कहीं पहाड़ों में भेज दें।'

दादा को उन्होंने लिखा, 'नित नये बहाने खोजकर मुझे मत बहला। मैं इतनी मूर्ख नहीं जितना तू समझता है। मैं अब तेरा सारा छलछिद्र पहचान चुकी हूँ। मैं अब और मायके में नहीं रहूँगी। कलकत्ता में मकान लेने की सोच रही हूँ। तू लौट आ। और यदि सचमुच जमाई बाबू उपचार के लिए कलकत्ता आने वाले हों तो उनके लिए भी मकान ढूँढ़।' दादा ने मुझे कहा, 'माँ को कदाचित् मेरा यहाँ रहना इसलिए उचित नहीं लगता कि वह उसे स्मरण कराता है कि उसके एक गलत निर्णय के कारण उसकी सबसे मेधावी सन्तान बिभा दुख ही दुख पा रही है।' मैं उनसे सहमत हुई कि माँ को अपनी तो चिन्ता है, मेरी नहीं। किन्तु मैंने उनसे कहा, 'दादा मेरे दाम्पत्य जीवन का तो जो होना था वह हो चुका है अब मेरे कारण अपने दाम्पत्य जीवन में कटुता न आने दें। आपको मेरी सौगन्ध तुरन्त लौट जाएँ कलकत्ता। दादा चले गये। मैं कमरे में पड़ी रोती रही। फिर बुद्धू से यह सुखद समाचार मिला कि बोड़ोकुमार ने राजपरिवार को कलकत्ता ले जाने का मन बना लिया है ताकि वहाँ आप लोगों का उपचार कराया जा सके। इससे मुझे संकेत मिला कि दादा की बातों का मेरे पति और जेठ पर प्रभाव पड़ने लगा है। तो दिसम्बर में दादा के कलकत्ता जाने के तुरन्त बाद ही आप लोग मुझे कलकत्ता ले गये। अँग्रेजों का नव वर्ष 1909 वहीं मनाया हमने। क्या पता था कि यह वर्ष मेरे लिए दुर्भाग्य का वर्ष बनने वाला है।'

माँ ने कलकत्ता में मकान लेने की बात लिखी थी किन्तु लिया नहीं था। दादा एलएलबी कक्षाओं में जाने लगे थे। हमारे आ जाने से थोड़ा विघ्न पड़ने लगा। माँ फिर वही झुँझलाहट-भरा दुचित्तापन प्रदर्शित करने लगी। अगर दादा मुझसे मिलने पहुँच जाते तो क्रुद्ध होती। किन्तु जब मैं कलकत्ता से उसके नाम अपने स्वास्थ्य का विस्तृत वर्णन न भेजती प्रतिदिन तो दादा को भेज देती कि देखकर आ। कभी-कभी स्वयं ही चली आती और कहती रहती तेरे कारण तेरी बोऊदी को अकेला छोड़कर आना पड़ा। मुझे थका देती डॉक्टरों के अरुचिकर आदेशों-निर्देशों का पालन करा-करा कर। भोजन के लिए बैठने से पहले वह मुझे लाल दवा पीने के लिए बाध्य करती। उसकी शराब-की-सी गन्ध सूँघते ही मुझे उबकाई आने लगती। तो माँ मेरी नाक बन्द करके पहले मुझे मुँह खोलने पर बाध्य करती और फिर मेरा मुँह खुलते ही उसमें लाल दवा उँड़ेल देती। मैं खाँसकर दवा निकाल दूँ तो विलाप करने बैठ जाती। उसका कहना था कि जितनी लाल दवा पेट में जाती है उतना ही रक्त बनता है उसकी ऐसी ही मान्यता अनार और टमाटर के रस के विषय में भी थी। लाल रंग रक्त का द्योतक जो था। उसके आग्रह पर अनार रस के कई-कई गिलास पी सकना असम्भव हो जाता मेरे लिए और वह अपने करमों को कोसने लगती।

सबसे दुखद पक्ष यह था कि वह अपने पत्रों में मुझसे कहती कि मैं आपसे और इन्दु दीदी से आग्रह करूँ कि मेरे लिए अलग प्रकार का आहार अलग ढंग से बनवाया जाये। मुझे इसमें संकोच होता तो क्रुद्ध होकर पूछती कि जब तू अब भवाल की मेजोरानी है तो अपने स्वास्थ्य के लिए आवश्यक ऐसे अनुरोध करने में संकोच करना तेरे शिष्टाचार का

नहीं, दुराग्रह का ही उदाहरण माना जा सकता है। तेरे बाद परिवार में आई वह आनन्दा तो छोटोरानी की भूमिका में अपना हुक्म चलाती रहती है। फिर वह स्वयं ही इन्दु दीदी को दे डालती निर्देश : अगर आप लोगों को यूरोपीय होटल की ब्रैड अशुद्ध लगती हो तो पुराने दादखानी चावल का भात खिलाया करें किन्तु कृपया उसमें न घी-मक्खन डालें, न मिर्च-मसाला, न दूध-चीनी। बस थोड़ा-सा भुने जीरे का नमक। अनार का रस देने के लिए मैं पिछली बार भी कह आयी थी। अब अनुरोध यह है कि भुना मुनक्का प्रतिदिन सुबह-शाम खिलाएँ और दिन में ताजे अंगूर। हमारी बिभा को उबले आलू खाने का बहुत शौक है किन्तु केवल भात और आलू से पेट भर लेगी तो इसके शरीर में रक्त कैसे बनेगा। आलू तत्काल बन्द करा दें। सब्जी की ही इच्छा हो तो पल्टा की बनवा लिया करें। परवल भी ठीक रहेगा। और देखिए कलकत्ता में आप लोग रसोई कोयले की सिगड़ी पर बना रहे हैं कांसे के बर्तनों में जबकि हमारे कविराज का कहना है नया रक्त तो उसी भोजन से बन सकता है जो लकड़ी की आग में और मिट्टी या लोहे के भांडों में पकाया गया हो।

जब मैंने दादा से शिकायत की कि माँ इन्दु दीदी को आदेश दे-देकर मुझे संकोच में डाल रही है तब दादा बोले, 'इस मामले में तो मैं पूरी तरह माँ से सहमत हूँ बिभा। तू मेजोरानी है— विवाह के बाद भी मायके में ही रहने वाली बड़ी ननदों का आदर करे तू वहाँ तक तो ठीक है किन्तु यह क्या कि तू अपनी सुख-सुविधा-स्वास्थ्य के लिए न स्वयं उन्हें कोई निर्देश दे और न माँ को देने दे। मैंने तुझसे पहले भी कहा कि जब नियति ने तुझे भवालराज की मेजोरानी बना ही दिया है तब उससे जुड़े सुख तो उठा। जमाई बाबू अपने पर अनाप-शनाप पैसा खर्च करते हैं तू अपने लिए आभूषण बनवाने पर भी एक टका व्यय नहीं करती। आनन्दा को देख अपने पर ही नहीं, अपने स्वजनों पर भी राज का पैसा व्यय करती है निस्संकोच।' दादा का ध्यान इस बार पूरी तरह जमाई बाबू का उपचार कराने पर लगा हुआ था। उनसे ही पता चला कि कई अन्य डॉक्टरों के बाद विशेषज्ञ कर्नल सर्वाधिकारी को दिखाया और उन्होंने कहा कि जमाई बाबू का सिफलिस रोग और अधिक भड़क उठा है। उन्होंने जाँघ में बनी गाँठ से पीप निकाल दिया है और घावों पर लगाने और मुँह से खाने की दवाएँ भी नयी लिख दी हैं। उनसे लाभ हो रहा है। सबसे अच्छी बात यह है कि डॉक्टर सर्वाधिकारी ने आग्रहपूर्वक वही कह दिया है बोड़ोकुमार से जो माँ और मैं अनेक दिनों से कहते रहे हैं, 'जमाई बाबू को स्वास्थ्य लाभ के लिए पहाड़ भेज दिया जाना चाहिए।'

आपको तो स्मरण ही होगा कि यद्यपि राजपरिवार कलकत्ता में कई महीने बिताने का मन बनाकर आया था हमें शुरू में फरवरी में ही जयदेबपुर लौट जाना पड़ा क्योंकि प्रधान सेनापति लार्ड किचनर ने बंगाल के शेर का शिकार करने के लिए भवालराज का अतिथि बनना स्वीकार कर लिया था और उनके स्वागत की तैयारियों के लिए तुरन्त लौट जाना आवश्यक था। तैयारियों का कुछ भाग यथा आखेट पर जाने के लिए विलायती वस्त्रों की सिलाई और छोटे लाट का भोजन तैयार करने के लिए बढ़िया रसोई

का प्रबन्ध कलकत्ता में ही कर लिया गया। तीनों कुमारों में बस आपके लाड़ले मेजो ही कुशल शिकारी और अचूक निशानेबाज माने जाते थे। वही थे जो एक बार शेर भी मार चुके थे। आप लोगों के साथ-साथ मैं भी उद्विग्न हुई कि उनके ही मन में छोटे लाट का स्वागत करने और उनके साथ वन में जाने के प्रति सबसे कम उत्साह था। उनके लिए तो किचनर भी लाल मुँहवाला एक और बन्दर था। बेचारे दादा ने जमाई बाबू को छोटे लाट का महत्त्व विस्तार से बताया और समझाया कि उनके साथ ढाका के कलेक्टर से लेकर बंगाल के गवर्नर तक तमाम छोटे-बड़े अँग्रेज अधिकारी होंगे। बोड़ोकुमार ने तो उन्हें प्रसन्न करने के लिए प्रसिद्ध रेस्तरां पोलिति के बावर्ची बुलवाने का प्रबन्ध कर लिया है। आप यदि उन्हें शिकार खिलाते हुए प्रसन्न कर देंगे तो आप उनके और अँग्रेज अधिकारियों के प्रीतिभाजन बन जाएंगे। आपकी सफलता के लिए वह बहुत आवश्यक है। किन्तु आप तो जानती ही हैं ठाकुर माँ कि समझदारी से तो आपके लाड़ले का जन्मजात का बैर रहा था।

यदि आप जयदेबपुर लौटकर फटकार न सुनातीं तो मेरे पति छोटे लाट को शेर का शिकार करा सकने के प्रबन्ध के बारे में उदासीन ही बने रहते। वह तो आपने कह दिया कि तेरा बड़ा भाई बोड़ो दालान में उनके स्वागत के सारे प्रबन्ध कर रहा है तो तू बागबाड़ी में जाकर सफल आखेट का प्रबन्ध क्यों नहीं करता? वह मधुपुर वन में स्थित राज-परिवार के उस आखेट गृह में गये। शिकारियों और हाँका लगवाने वालों को बुलाया कि दो-तीन पहले से ही शेर की टोह में रहना। फीलखाने में हाथी चुने और महावतों से बात की। चौदह फरवरी को छोटे लाट जयदेबपुर पहुँचे। लंच और डिनर किया। बैठक में आस-पास के जमींदारों-ताल्लुकेदारों से मिले। मेरे पति लाट साहब की उपस्थिति से दुखी होते चले गये क्योंकि उन्हें सूट-बूट, टाई-हैट पहनना बहुत कष्टप्रद लगता था। अगले दिन आखेट के लिए उन्हें साहबों की तरह बिरजिस कोट पहनना पड़ा तो लगभग रो पड़े। मुँह अँधेरे ही मेरे पति उन्हें लेकर बागबाड़ी पहुँच गये। यह कदाचित् उनकी आन्तरिक उत्साहहीनता का ही परिणाम था कि बहुत यत्न करने भी कोई शेर मिला नहीं उस दिन वन में। छोटे लाट को एक साँभर मार कर ही सन्तोष करना पड़ा। दोपहर थके-हारे लौटे। लंच करके विश्राम किया और फिर यह घोषणा की कि आज ही ढाका लौट जाएँगे। बोड़ोकुमार ने बहुत अनुरोध किया कि दो-एक दिन तो रुकें, बंगाल के शेर का शिकार करके ही जाएँ। किन्तु माने नहीं वह। डिनर के लिए बने व्यंजन ईसाई और मुस्लिम मुसाहिबों और कारिन्दों में बाँटने पड़े।

ठीक एक माह बाद माँ और अपनी बोऊदी को रुष्ट करके दादा फिर जयदेबपुर पहुँच गये। तब तक आप लोगों को संकेत मिल चुका था कि मेरी माँ को दादा का बार-बार जयदेबपुर आ जाना तनिक भी नहीं सुहाता। तो शेष सब भले ही चुप रहे हों आनन्दा ननदों की उपस्थिति में दादा से सहानुभूति जताने का नाटक करते हुए कटाक्ष कर ही गयी कि देखो तुम्हारी चिन्ता और तुम्हारा प्रेम तुम्हारे दादा को फिर जयदेबपुर खींच लाया जबकि

अब तो बिचारों को माँ के साथ-साथ पत्नी का भी प्रकोप झेलना पड़ेगा। दादा की बात मानूँ तो तब तक स्वयं आप लोगों को भी उनका जयदेबपुर आना और मुझे और मेरे पति को अपने वश में लेने का यत्न करना बहुत खलने लगा था। तो उनके आते ही एक तनाव-सा पैदा हो गया।

और यह तनाव तब और भी बढ़ गया जब पता चला कि दादा बोड़ो और मेजो दोनों कुमारों के निमन्त्रण पर आये हैं और उन पर ही मेजो को कुछ माह के लिए किसी सुरम्य पहाड़ी स्थल पर ले जाने का सारा प्रबन्ध करने का दायित्व सौंपा गया है। उनके परामर्श से ही यह तय हुआ है कि सुदूर मसूरी न जाकर, निकटवर्ती दार्जिलिंग में प्रवास किया जाय। ज्योति दीदी ने बोड़ो बोऊ से कहा, 'जाना तो सारे राजपरिवार को ही होगा। बोड़ो को सारे प्रबन्ध स्वयं कराने चाहिए।' आनन्दा ने कटाक्ष किया कि बोड़ोकुमार भी अब सत्या बाबू को अपना परामर्शदाता बना बैठे हैं। मैंने दादा से उसी दिन कहा, 'आप हमें पहाड़ों में स्वास्थ्य लाभ के लिए ले जाने के पचड़े में मत पड़ें। मैं आनन्दा के कटाक्ष और नहीं सुन सकती। पता नहीं क्यों आप यह कहते हैं कि मुझे उससे सम्बन्ध सुधारने चाहिए अपने।' दादा मुस्कराकर बोले, 'इसलिए कि वह मूर्खा खुलकर राजनीति करती है जबकि तेरी चतुर जिठानी छिपकर। वह स्पष्ट किये दे रही है कि बोड़ो और जमाई बाबू पर मेरा बढ़ता प्रभाव उसे और उसके पति को खतरनाक लग रहा है क्योंकि उससे तेरा हित होगा।'

दादा से आपकी खिन्नता तब और भी बढ़ गयी जब पता चला कि दार्जिलिंग जाकर किराए पर मकान लेने का दायित्व भी उन पर सौंपा गया है। वह मुकुन्द गुईं को लेकर कलकत्ता में एजेंटों से मिलते हुए दार्जिलिंग निकल जाएँगे। इधर तभी जोलापुर में नरभक्षी शेर को मारने के लिए मेजोकुमार के जाने के प्रसंग में जो कुछ हुआ उससे दादा राजपरिवार से बुरी तरह चिढ़ गये। पहले तो आप लोग तब खूब हँसे उन पर जब जमाई बाबू के साथ आखेट पर जाने से दादा ने यह कहकर मुक्ति चाही कि मुझे बन्दूक चलाना नहीं आता। छोटोकुमार ने उन्हें मेजोकुमार की सहायता से मुसाहिब कैब्रल वाले हाथी पर चढ़ा दिया कि बन्दूक यह चलाएगा लेकिन किन्तु उसकी भी आवश्यकता नहीं पड़ेगी क्योंकि शेर को तो छोटोदा मारेंगे। आप हँसे किन्तु आपमें से किसी ने नहीं पूछा कि जब केवल शिकारी ही जा रहे हैं तब साला बाबू को जाने के लिए क्यों बाध्य किया जा रहा है? सबसे अधिक हँसी उड़ाने वाले छोटोकुमार स्वयं क्यों नहीं जा रहे हैं?

फिर जब आखेट से लौटकर जमाई बाबू और मुसाहिबों ने साला बाबू की धोती खराब होने का वृत्तान्त सुनाया तो आप लोग नये सिरे से हँसी से लोट-पोट हुए। जैसे ही वृक्षों के पास घास और झाड़ियों वाले भाग में पहुँचने पर कैब्रल ने बताया कि शेर ऐसे ही इलाके में रहता है साला बाबू कहने लगे मेरा जी मिचला रहा है मुझे वापस भेज दो। हाथी को मुड़वाने के आदेश दिए ही जा रहे थे कि शेर निकल आया। साला बाबू की धोती खराब हो गयी यद्यपि जमाई बाबू ने राइफल के फायर से उसे तुरन्त ढेर कर

दिया था। साला बाबू जब औरों के साथ फोटो खिंचवाने के लिए नहीं आए तब पता चला कि क्या दारुण व्यापार हो गया इस बीच। जैसे इतना ही अपमान पर्याप्त न हो जब मेजोकुमार राजबाड़ी के प्रांगण में मृत शेर के साथ अपना फोटो खिंचवाने लगे तब छोटोकुमार ने कहा, 'साला बाबू अब तो आप भी एक पैर शेर पर रखकर अपना फोटो खिंचवा लें, बदलने के लिए धोतियों की कोई कमी थोड़ी है।' और फिर वह ही नहीं आप सब भी हो-हो करके हँसते रहे। दादा ने आकर सारा क्रोध माँ और मुझ पर निकाला कि न वह तुझे इस परिवार में ब्याहती और न तू अपनी स्थिति से निपटने में इतनी अक्षम होती और न मुझ-जैसे आधुनिक पढ़े-लिखे युवक को इन उजड्ड सामन्तों द्वारा अपमानित किए जाते रहने के लिए बाध्य होना पड़ता। उधर माँ ने मुझे प्रताड़ित किया पत्र में कि क्या तेरी ससुराल में लोगों का कोई टोटा है जो तू खोखा को अपने साथ दार्जिलिंग जाने के लिए बाध्य कर रही है।

मैंने दादा को वह पत्र दिखाया और कहा, 'दादा मैं आपको बाध्य नहीं कर रही हूँ आप वापस चले जाइए।' वह मुस्कराए, 'तू भी जानती है और माँ भी जानती है कि बाध्य परिस्थितियाँ कर रही हैं, तू नहीं। यदि मैं तेरे साथ नहीं गया तो सम्भव है ये लोग जाएँ ही नहीं। जाएँ भी तो चार-पाँच दिन में लौट आएँ। इनका मन वहाँ लगता है भला जहाँ वेश्याओं और चाटुकारों की भरमार न हो। इस समय आवश्यकता इस बात की है कि जमाई बाबू को सामन्ती विलासिता से दूर दार्जिलिंग की आधुनिकता में रखा जाय कुछ माह तक।' जब दादा दार्जिलिंग के लिए निकले मेरे पति के माध्यम से उन्हें परामर्श दिया गया कि महाराजा बर्द्धमान के यहाँ कई बंगले हैं उनमें से कोई किराए पर ले लें। आप सभी यह मानकर चलें कि सारा राजपरिवार दार्जिलिंग जाएगा। तो जब दादा ने लौटकर बताया कि कुल पाँच कमरों वाली एक दुमंजिली कोठी 'स्टैप असाइड' किराये पर ली है उन्होंने तब आप लोगों पर मानो वज्रपात हो गया। ननदें आकर लड़ीं मुझसे। मैंने रोते हुए कहा कि मैं अपने दादा से बात करूँगी, आप भी मेजोकुमार से बात करें। ज्योतिदी को बहुत दुख हुआ कि मेजो भी सारे परिवार को साथ लेकर चलने के पक्ष में नहीं है। ज्योतिदी क्रुद्ध हो गयीं। आपने ही यह कहकर स्थिति सँभाली, 'मैंने तो जाने के लिए मना कर ही दिया था, बोड़ो राजकाज छोड़कर जा नहीं सकता और छोटो दो-चार दिन के लिए भले ही चला जाय दो-चार महीने दार्जिलिंग में रह नहीं सकता। और फिर तुम लोग यह क्यों नहीं समझ रही हो कि मेजो और बोऊ उपचार के लिए जा रहे हैं, पर्यटन के लिए नहीं कि तुम भी साथ जाने का आग्रह करो।' ज्योतिदी ने कहा, 'किन्तु ठाकुर माँ यह पहला अवसर होगा कि राजपरिवार की कोई बोऊ कहीं अकेली चली जाएगी।' आपने उन्हें यह कहकर चुप कर दिया कि उसका दादा तो साथ जा रहा है किन्तु यह स्पष्ट था कि अन्त:पुर की अन्य स्त्रियों की तरह आपको भी दादा का दार्जिलिंग में बड़ा मकान न लेना अनुचित लगा।

उधर माँ का एक ऐसा पत्र मुझे मिला जिससे पता चला कि दादा ने घर में यह नहीं

बताया है कि वह जयदेबपुर किस उद्देश्य से आये हैं। माँ ने लिखा था, 'मैं तो तेरे भाई को जयदेबपुर नहीं जाने देती किन्तु उसे आठ-दस दिन में वापस आ जाने का वचन दिया कि नौकरी की बात पक्की होते ही आ जाऊँगा। फिर उसका तार मिला कि शिलांग जा रहा हूँ। उसके बाद से कोई समाचार नहीं है उसका। अगर वह फिर जयदेबपुर आ गया हो तो उसे वापस भेज दो।' मैंने दादा को पत्र दिखाया और पूछा कि आपने माँ को सारी बात सच-सच बताई क्यों नहीं? वह बोले, 'मैं शिलांग ही जाने की सोच रहा था किन्तु तेरे पति का आदेश हुआ दार्जिलिंग जाओ। तेरी खातिर आदेश मानना पड़ता है उनका। मेरा उपहास वह भले ही करते हों किन्तु जानते हैं कि राजकाज के मामलों में मैं ही उन्हें उचित परामर्श देता हूँ। मुझ पर ही वह विश्वास कर सकते हैं।' मैंने कहा, 'दादा किन्तु माँ के साथ आपको धोखा नहीं करना चाहिए था।' वह बोले, 'तो क्या तेरे साथ करना चाहिए था?' और चले गये।

फिर वह प्रस्थान की तैयारियों में इतने व्यस्त हो गये कि मुझसे मिले ही नहीं। उधर ज्योतिदी ने इस पर कुहराम मचा दिया कि साला बाबू ने राजपरिवार के डॉक्टर मोहिम दासगुप्त के अभी-अभी डॉक्टरी पढ़कर निकले आशुतोष को दार्जिलिंग साथ ले जाने के लिए रोमेन्द्र को राजी कर लिया है। उनका और इन्दुदी का कहना था कि वह तो डॉक्टर कम और मुसाहिब ज्यादा है। किन्तु उनके पास इसका कोई उत्तर न था कि जब मोहिम बाबू स्वयं यह कह रहे थे कि मेजोकुमार को ऐसा कोई रोग नहीं जो अनुभवी डॉक्टर का साथ रहना आवश्यक हो, मरहम पट्टी करनी है सो वह आशुतोष भी कर ही लेता है तब आप क्यों कुहराम मचा रही हैं। उनसे यह बात दादा ने नहीं, स्वयं मेजोकुमार ने कही। मेजोकुमार अपना प्रस्थान टालते रहे किन्तु अन्ततः 18 अप्रैल को वह मेरे, मुकुन्द गुईं, बीरेन्द्र, कैब्रल, मोरेल, आशु डॉक्टर और दादा के साथ दार्जिलिंग रवाना हो गये। प्रस्थान वेला आप राजपरिवार की स्त्रियाँ क्रुद्ध और उदास दोनों थीं किन्तु मेरे पति अत्यन्त प्रसन्न थे। बहुत हँसी-ठट्ठा करते हुए वह निकले स्टेशन के लिए।

ट्रेन में मैंने दादा से कहा कि तुमने मेरी ननदों को रुष्ट करके अच्छा नहीं किया। वह बोले, 'किच-किच करते रहने के लिए माँ और तेरी बोऊदी ही पर्याप्त नहीं क्या जो तू भी करने लगी। जब मैं तेरे अच्छे के लिए माँ को भी रुष्ट करने को तैयार रहा हूँ तब तेरी ननदों के कोप से क्यों डरूँ? तू अच्छी तरह समझ ले बिभा हम दार्जिलिंग इसलिए जा रहे हैं कि मेजोकुमार को अपने परिवार और मुसाहिबों के कुप्रभाव से दूर रखकर उनका तन ही नहीं, मन भी स्वस्थ कर सकें और तेरे और उनके सम्बन्ध सामान्य बना सकें। तेरी और तेरे पति की खातिर दौड़ते रहने से वकालत के लिए मेरी पढ़ाई का पूरा एक वर्ष व्यर्थ जा चुका है। मेरी उपस्थिति इतनी कम रही है कक्षाओं में कि मैं परीक्षा दे नहीं सकता। यह त्याग तभी सार्थक हो सकता है जब मैं और तू दार्जिलिंग में मिलकर जमाई बाबू को सुधारने का यत्न करें। छोटा बंगला लिया ही इसलिए है कि न तेरी ननदें आ सकें और न अन्तःपुर बनाने और तुझे पर्दे में रखने की बाध्यता हो।

दार्जिलिंग का वातावरण बहुत आधुनिक है। तू चाहेगी तो वहाँ मेजोकुमार के साथ बिना पर्दा किए हाट-बाजार और वन-उपवन में घूम सकेगी।' मैंने कहा, 'इसके लिए स्वयं मेरे पति राजी न होंगे।' किन्तु मुझे स्वतन्त्रता की बात सुनकर अच्छा लगा। यह सोचकर भी कि पहली बार ऐसा होगा कि मैं और मेरे पति अलग रह रहे होंगे और मेरे प्रिय दादा भी हमारे साथ होंगे। दादा बोले, 'शुरू में न भी हों। बाद में हो जाएँगे। मैं कोई ऐसा मुसाहिब नहीं लाया हूँ जो जयदेबपुर लौटकर तेरी-मेरी कोई चुगली खाये। कैब्रेल और मोरेल तो हैं ही आधुनिक विचारों के। मुकुन्द और बीरेन्द्र जमाई बाबू के विश्वस्त कर्मचारी हैं और वे विचारों से उतने पोंगापन्थी नहीं जितने कि अन्य। तो तू हिलस्टेशन दार्जिलिंग का पूरा लाभ उठाना जिसमें भारतीय दम्पति भी हाट-बाजार में साथ-साथ सटकर चलते दिखाई पड़ते हैं। पत्नी को पर्दा किए हुए पति के पीछे-पीछे चलने के लिए बाध्य नहीं होना पड़ता।' मैं मुस्करा दी। फिर मैंने कहा, 'माँ बहुत गुस्सा करेंगी।' वह बोले, 'बस तू मत करना। और देखना माँ भी गुस्सा न होगी जब देखेगी कि तू और जमाई बाबू आधुनिक पति-पत्नी के रूप में रहने लगे हो। तेरी बोऊदी अलबत्ता मुझसे कुछ दिन रुष्ट रहेगी थोड़ा। मैंने उन लोगों को तार भी भेज दिया है और अपनी योजना समझाते हुए विस्तृत पत्र भी।' मैंने कहा, 'इसका अर्थ यह है कि आपने जो कुछ किया योजना बनाकर किया।' मेरी मुस्कान का स्वागत मुस्कान से करते हुए दादा बोले, 'तेरी समझ में बात विलम्ब से आती है बिभा। मैंने तो तुझे अपनी योजना कलकत्ता में बहुत पहले समझा दी थी कि मैं तेरे पति को आधुनिक जीवन की ओर ले जाऊँगा।' रेलयात्रा के दौरान आशु डॉक्टर से मेरा परिचय बढ़ा और वह मुझे स्वभाव में स्वयं अपना-सा प्रतीत हुआ— संकोची, आत्मविश्वासहीन, भोला। आधुनिकता और पठन-पाठन के लिए उसके मन में भी मैंने दादा-जैसा उत्साह पाया। देखा, दोनों अच्छे मित्र बन गये हैं और आशु डॉक्टर दादा का बहुत आदर करता है। यह भी पाया कि जो मुसाहिब साथ आये हैं वे भी साला बाबू को सम्मान दे रहे हैं।

इस रेलयात्रा ने एक प्रकार से भवालराज के प्रतिनिधि और मेजोकुमार के परामर्शदाता की भूमिका में प्रतिष्ठित कर दिया। दार्जिलिंग पहुँचकर तो वह सर्वेसर्वा ही बन गये। वय में मुकुन्द गुईं उनसे बड़े थे किन्तु वह मेजोकुमार के सचिव ही थे साला बाबू नहीं। बीरेन्द्र भी राजपरिवार से अपना सम्बन्ध बहुत घुमा-फिराकर ही सिद्ध कर सकता था। और सबसे बड़ी बात यह कि मेजोकुमार दादा की ही बात सुन रहे थे। तो बीस अप्रैल को दार्जिलिंग प्रवास आरम्भ होते ही दादा अत्यन्त प्रसन्न दीखने लगे। उनकी प्रसन्नता की ऊष्मा मुझ तक भी पहुँची। उनकी हँसी सुन-सुनकर मैं भी फिर हँसना सीख गयी। स्टेशन से मुझे पालकी पर 'स्टेप असाइड' तक की चढ़ाई पार कराई गयी। कोठी के धूप खिले अहाते में प्रवेश करते ही ऐसा मनमोहक दृश्य सामने क्षितिज तक बिछा मिला कि मैं मन्त्रमुग्ध खड़ी रह गयी। दादा पास आकर खड़े हो गये और पीठ पर हाथ रखकर बोले, 'तेरे जीवन का एक सुखद-सुन्दर अध्याय आरम्भ होने वाला

है बिभा इस सुरम्य नगरी में।' आने वाले दिनों में मैं सहमत हुई उनकी इस स्थापना से। यद्यपि बहुधा वर्षा हो जा रही थी और कोठी भी किंचित ठंडी और सीलनभरी थी पति के साथ अलग रहने का वह पहला अनुभव नितान्त प्रीतिकर लग रहा था मुझे।

राजबाड़ी के अन्तःपुर में बहुधा ऐसी प्रतीति होती थी मानो वह मेरे पति के चिड़ियाखाने का ही विस्तार हो। हम सब स्त्रियाँ पिजड़े में बन्द हों और अपनी परवशता और पीड़ा को व्यर्थ की चहचाहट और पीं-पीं से छिपाने का यत्न कर रही हों। अब मैं मुक्त थी सामन्ती रुचि और आचरण की बेड़ियों से। चाहे जो और चाहे जब कर सकती थी। वह कोठी मेरी अपनी अलग गृहस्थी और अपने अलग अस्तित्व की प्रतिनिधि थी। मेरे पति ने मुझे लेकर हाट-बाजार या वन उपवन में घूमने के लिए तो कभी नहीं कहा किन्तु कोठी के अहाते में मेरे साथ घूमने के लिए तो सदा आते रहे। यही नहीं, मुझे अपनी दासियों या फिर दादा और डॉक्टर आशु के साथ घूमने के लिए जाने की अनुमति भी देते रहते। सबसे अच्छी बात यह कि वह वेश्यागमन के लिए लालायित नहीं दीख रहे थे। उनका समय ताश तथा बिलियर्ड खेलने और घुड़सवारी करने के नये शौकों में बीत रहा था। अपने उपचार की ओर पूरा ध्यान दे रहे थे और हर बात में दादा का कहना मान रहे थे। मैं आश्चर्यचकित रह गयी कि भालू का शिकार खेलने जाने का पूरा प्रबन्ध कर चुकने के बाद उन्होंने दादा के यह कहने पर उसकी जगह पिकनिक पर जाना स्वीकार कर लिया कि भालू का शिकार नहीं, यदि आपको कुछ हो गया तो मैं अपनी बहन और बोड़ोकुमार को मुँह नहीं दिखा सकूँगा।

मेरे पति मुझे आदर दे रहे थे और मेरे स्वास्थ्य के विषय में भी चिन्तित लग रहे थे— मेरे लिए इतना ही पर्याप्त था। मेरा सन्तोष इसलिए भी बढ़ रहा था कि उनकी रातें भले ही मेरे साथ न बीत रही हों, किसी और के साथ भी नहीं बीत रही हैं। और मेरे साथ उनका रात न बिताना भी अब मेरे स्वास्थ्य के प्रति उनकी सजगता का ही प्रमाण था ठाकुर माँ। स्वयं उन्होंने मुझसे कहा कि मैं नहीं चाहता कि एलोकेशी से मुझे मिली यह बीमारी तुम्हें भी लग जाये। मेरे दिन अच्छे बीत रहे थे दार्जिलिंग में। यह नहीं कि उदासी ने पूरी तरह मेरा पिंड छोड़ दिया था। आपसे छिपाऊँगी नहीं ठाकुर माँ कभी-कभी मुझे दार्जिलिंग में प्राप्त स्वतन्त्रता ही उदास कर डालती। विशेष रूप से तब जब मौसम खराब हो। अकेली बैठी क्या कर सकती थी मैं स्वतन्त्रता का? दादा और आशु डॉक्टर ही तो थे जिनसे बात करके मेरा मन बहल सकता था किन्तु वे अधिकतर मेरे पति के साथ ही लगे रहते। मेरे पति के लिए दार्जिलिंग में मित्रों की कोई कमी न थी। आखिर वह भवाल के राजकुमार थे और सो भी पैसा लुटाने और मस्ती करने वाले। अन्तःपुर की व्यवस्था न होने के कारण वह मित्रों को कोठी में न बुलाते। बाजार में ही मिलते उनसे।

दार्जिलिंग में मेरे एकमात्र सम्बन्धी सूर्य नारायण काकू थोड़ी दूर स्थित बालेन विला में रहते थे। वह कभी-कभी उसी मकान में रहने वाली कुछ स्त्रियों को भेज देते। वह

आ जातीं तो मुझे उनसे बात कर सकने वाले विषय न सूझते। अपनी दासियों को मुँह लगाना मैंने सीखा न था और मेरे साथ तो ऐसी मूढ़ाएँ आई थीं कि उनसे कोई बात की ही नहीं जा सकती थी। तो मेरे पास समय ही समय होता अपने दुखों और चिन्ताओं की जुगाली-सी करते रहने का। मैं विशेष रूप से यह सोच-सोचकर चिन्तित होती रहती कि माँ कितनी क्रुद्ध होगी दादा की पढ़ाई के एक और वर्ष के नष्ट हो जाने पर। किन्तु दादा मुझे आश्वस्त करते रहते कि माँ को वह मना लेंगे। कहते मैं कानून की पढ़ाई ढाका में पूरी कर लेने की व्यवस्था कर आया हूँ। ढाका में रहकर मैं कक्षाओं में नियमित जा सकूँगा और तेरी सुध लेने के लिए भी आता रहूँगा। तुम लोगों की तो वहाँ भागनी बहुत बड़ी कोठी है। मैं यत्न करूँगा कि मेजोकुमार तुझे लेकर वहीं रहने लगें। मैं आजकल उन्हें इसी बात के लिए राजी कराने में लगा हूँ। मुझे ढाका में रहकर ससुराल और मायका दोनों मिल सकने की वह कल्पना बहुत सुखद लगती। इस तरह दार्जिलिंग में एक पखवाड़ा सुखपूर्वक बीत गया। उनका और मेरा स्वास्थ्य भी सुधरता रहा। बस इनको थोड़ा अफारा हो जाता और मुझे कभी-कभी नींद न आती। लोगों ने कहा कि मैदानों से आने वालों को पहाड़ में ऐसे रोग लग ही जाते हैं।

फिर सोलहवीं रात मेरी नींद पति के कमरे से कराहने की आवाज आने से टूटी। जाकर देखा कि शरीफ खाँ जो उनके कमरे से बाहर ही सोता था, लैम्प लिये खड़ा है और आशु डॉक्टर तथा दादा उपस्थित हैं। आशु डॉक्टर का कहना था कि पेट में हवा भर जाने से मरोड़ उठ रही है। उसने दवा दी जिससे दर्द कम हो गया। वह सो गये। आशु डॉक्टर ने दादा से कहा कि पहाड़ी के पानी से कभी-कभी ऐसा हो जाता है। कल सुबह पेट साफ हो जाने पर सब ठीक हो जाएगा। कुछ देर तक हम वहीं रहे और फिर अपने-अपने कमरों में लौट गये। पौ फटने को थी। मुझे फिर नींद नहीं आयी। सूर्योदय होते ही मैं उनके कमरे में गयी। स्वस्थ लग रहे थे। बताया पेट साफ हो गया। थोड़ी देर में आशु, दादा और बीरेन्द्र भी आ गये। बीरेन्द्र बोला कि हमें जयदेबपुर तार कर देना चाहिए मेजोकुमार की बीमारी का। दादा बोले कि उसकी क्या आवश्यकता है, जमाई बाबू को अब तो कोई दर्द नहीं है। बीरेन्द्र ने बताया कि राजपरिवार में यह रिवाज है कि अगर कोई प्रवास में बीमार पड़े तो तुरन्त तार भेजा जाय। आशु डॉक्टर ने कहा, 'मैं समझता हूँ कि इन्हें किसी अच्छे डॉक्टर को भी दिखा लेना चाहिए। मैं तो नौसिखया हूँ।' बीरेन्द्र और दादा दोनों ने कहा कि जब कुछ हो ही नहीं रहा है तब किसी और डॉक्टर को क्यों बुलाएँ? किन्तु आशु डॉक्टर लगभग रो पड़ा कि यह दायित्व मुझ पर न छोड़ें। तो सिविल सर्जन डॉक्टर काल्वर्ट को बुला भेजा गया और बीरेन्द्र ने जयदेबपुर को तार भी भेज दिया। सिविल सर्जन ने भी अपच का मामला बताया। राजमे के मिक्सचर और पेट पर मलने के पाउडर का नुस्खा लिखकर चला गया। कहा गया कि आवश्यकता तो कोई है नहीं, फिर भी शाम को एक राउण्ड लगा जाऊँगा। किन्तु वह उस दिन नहीं आया।

अगले दिन उन्होंने फिर कराहना शुरू कर दिया। बार-बार यही कहते रहे कि उस

गोरे डॉक्टर की दवा से कोई आराम नहीं आया है। मरोड़ उठ रही है पेट में। चिल्लाते रहे कि मुझे कोई दवा दे, दवा दे। आशु नुस्खे लिखता-फाड़ता रहा। कहता रहा सिविल सर्जन को बुलवा लो जल्दी। दादा सिविल सर्जन की खोज कराते रहे। नहीं मिला। हारकर सूर्या काकू की शरण ली। उन्होंने अपने मित्र सेनेटोरियम के डॉक्टर निबारन सेन को भिजवा दिया। जब उन्हें पता चला कि सिविल सर्जन का उपचार चल रहा है तब वह बोले, 'वह ठीक ही दवाएँ लिख गये हैं। दस्त और हों तो उन्हें रोकने के लिए कुछ दे दीजिए और उदरशूल असह्य हो उठे तो मॉर्फिया देने की सोचिए।' डॉक्टर सेन के जाने के बाद कुछ समय तक मेरे पति शान्त रहे। उनको झपकी-सी लग गयी। मुझे भी बैठे-बैठे नींद आ गयी। फिर उनका रोना सुनकर उठी। उन्हें दस्त और उल्टी हुई। डॉ. सेन से सुनी मॉर्फिया देने की बात याद आयी। कल्पना करने लगे कि मुझे भी माँ की तरह हैजा हो गया है। वह बच्चों की तरह तड़प-बिलख रहे थे। मैं घबराकर रोने लगी।

दादा मुझे बाहर ले गये। बोले, 'घर में डॉक्टर है। दो-दो डॉक्टर आकर देख गये हैं। तीनों कह रहे हैं चिन्ता की कोई बात नहीं है। तब तू क्यों घबरा रही है ? ये राजपरिवार के लोग हैं। तनिक भी अस्वस्थ हो जाने पर घर को सिर पर उठा लेते हैं। इन्हें आदत पड़ी होती है कि जरा-सी छींक भी आ जाए तो सारी राजबाड़ी सेवा-शुश्रूषा के लिए दौड़ पड़े।' मुझे भी तब याद आया कि नित ही बीमार पड़ने वाले बोड़ोकुमार की तबीयत खराब होते ही उनकी पत्नी, बहनें और आप उन्हें घेर लेतीं और नौकरों को उनकी सेवा के लिए नित नये आदेश देती रहतीं। डॉक्टर और कविराज दोनों बुला लिये जाते। मैंने दादा से कहा कि डॉक्टर आशु की जगह उनके पिता को साथ लाना चाहिए था आपको। दादा झुँझलाकर बोले कि उनसे कहीं अधिक जानकार डॉक्टर मौजूद हैं दार्जिलिंग में। मैं जाकर पति के पैताने बैठ गयी कि उनके पाँव दबाऊँ। उन्हें मेरी ऐसी सेवाएँ लेना अरुचिकर लगा। या कदाचित् मेरी सदा ठंडी रहने वाली अशक्त हथेलियों का स्पर्श अप्रीतिकर पाया उन्होंने। खींझकर बोले, 'तुम हटो, बिपिन है मेरी सेवा के लिए। आशु को बुलाओ।'

आशु आया तो कहते चले गये, 'उस लाल मुँह वाले बन्दर की दवा से तो मेरा दर्द उल्टा बढ़ गया है आशु। अब तू ही दे कोई दवा दर्द दूर करने की।' आशु ने दादा को बुलवाया कि डॉक्टर काल्वर्ट की खोज कराएँ। वह पकड़ में आये नहीं। डॉक्टर सेन बिचारे स्वयं आकर देख गये और वही मॉर्फिया वाली दुहरा गये जो तनिक भी न सुहाई रोगी को। मेरे पति बच्चों की तरह तड़प-मचलकर आशु से शीघ्र दवा देने को कहते रहे। काँपते हाथों से उसने लिखा नुस्खा। मिक्सचर आया तो डॉक्टरी गिलास में उँड़ेलकर पिला दी एक खुराक। पीते ही वह बोले, 'यह क्या था इससे तो सारी छाती जल उठी है।' थोड़ी देर में वह शरीफ खाँ का सहारा लेकर उठे कि जी मिचला रहा है। अभी पूरी तरह उठ भी न सके थे कि उन्हें उल्टी हुई जो शरीफ खाँ के कपड़ों पर जा गिरी। उल्टी करके वह निढाल पड़ गये। रात काफी बीच चुकी थी। वह सो गये। मैं भी अपने कमरे में चली आयी।

सुबह उठे तो स्वस्थ-प्रसन्न लगे। बोले बस थोड़ी कमजोरी लग रही है। आशु ने कहा पथ्य लेने से दूर हो जाएगी। लेकिन उन्हें एक के बाद एक दस्त होने लगे। उल्टियाँ भी। उनके मन में हैजे का भय पूरी तरह घर कर गया। आशु से पूछने लगे कि तूने मुझे ऐसा क्या पिलाया कि मुझे हैजा हो गया। वह बिचारा अपना नुस्खा दिखाता-समझाता रहा उन्हें। दादा से विनती करता रहा कि डॉक्टर काल्वर्ट को बुलवाइए। दादा ने कहा कि उसे लेने के लिए लोगों को सुबह ही भेज दिया था। डॉक्टर सेन को भी सन्देश भिजवाया है। तभी शौच करके शरीफ खाँ का सहारा लेकर लौटे मेरे पति ने लगभग रोते हुए कहा, 'इस बार खून भी निकला आशु। तूने क्या पिला दिया था रे मुझे।' आशु के चेहरे पर हवाइयाँ उड़ने लगीं। मैं भी रक्त का नाम सुनकर स्तब्ध रह गयी। पहली बार मुझे लगा कि उनका रोग गम्भीर है। मैं रोने लगी। दादा ने मुझे बाँहों में भरकर कहा, 'स्वयं सिविल सर्जन का उपचार चल रहा है बिभा। चिन्ता की कोई बात होती तो वह अवश्य बताता। जा तू विश्राम कर।' मैं चली तो गयी किन्तु मेरे मन में घर कर चुका भय नहीं गया। जैसे ही मैंने डॉक्टर का स्वागत करता दादा का स्वर सुना मैं दौड़ी-दौड़ी गयी और पर्दे के पीछे खड़ी होकर सुनती रही कि डॉक्टर मेरे पति से टूटी-फूटी हिन्दुस्तानी में विनती कर रहा है कि जिस दर्द के मारे आप छटपटा रहे हैं उसे कम करने के लिए मॉर्फिया की सूई लगवा लें और दादा तथा आशु के समझाने पर भी मेरे पति मना कर रहे हैं।

डॉक्टर मोशाय रोगी के कमरे से हटे तो मैंने जाकर पति से हाथ जोड़कर विनती की कि मॉर्फिया लगवा लें। वह दुखी और क्रुद्ध एक साथ होते हुए बोले, 'जिसे मारना होता है उसे मॉर्फिया लगा देते हैं डॉक्टर। माँ को भी ऐसे ही मारा था।' कहकर वह पेट पकड़ कर छटपटाने लगे और छटपटाते हुए पलंग के सिरे पर ही आ गये। मैं सहारा देने के लिए लपकी किन्तु उससे पहले ही बिपिन ने उन्हें सँभाल लिया। उन्होंने कहा कि बैड पैन लगा और बैड पैन के ठीक से लग सकने के पहले ही रक्तिम जल की पिचकारी छोड़ दी जो आधी बैडपैन में, और बाकी बिस्तर और बिपिन की हथेलियों पर जा गिरी। सुनना और बात होती है ठाकुर माँ अपनी आँखों से देखना दूसरी। पता था कि खूनी दस्त कर रहे हैं वह किन्तु अब जो स्वयं देखा तो मैं लगभग मूर्च्छित हो उठी। मैं जोर से चीखी। आशु और दादा दौड़े आये। बिपिन ने बताया उन्हें कि क्या हुआ था। दादा ने मुझे फिर बाँहों में लिया और कहने लगे, 'डॉक्टर काल्वर्ट अभी-अभी देखकर गये हैं। बता गये हैं कि चिन्ता की कोई बात नहीं है। डॉक्टर सेन को भी बुला रखा है। पास वाले कमरे में डॉक्टरों के बैठने का प्रबन्ध कर दिया है। तू जाकर विश्राम कर नहीं तो तेरा भी स्वास्थ्य अधिक बिगड़ जाने से मुझ पर बड़ी विपदा पड़ जाएगी।' मैं गयी नहीं। तभी वह छटपटाते हुए पलंग से फिर गिरने को हुए। आशु ने सँभाला। आदेश दिया बिपिन और शरीफ खाँ को मेजोकुमार के लिए साफ बिस्तर फर्श पर बिछा दो और पलंग वाला बिस्तर यहाँ से हटा दो। जब उन लोगों ने रोगी को फर्श पर लिटाया ठाकुर माँ तो मेरे मस्तिष्क में कहीं गहरे दबी मृतप्राय बाबा के बिस्तर से उतारकर फर्श

पर लिटा दिये जाने की स्मृति उभर पड़ी। उसके बाद क्या हुआ, क्या नहीं इसकी कोई तारतम्यबद्ध स्मृति है नहीं मेरे मन में। कुछ झलकियाँ भर हैं।

जैसे यह कि रोगी के कमरे में डॉक्टर आ-जा रहे हैं। एक कोई नर्स बुला ली गयी है जो रोगी के शरीर पर वही सफेद पाउडर मल रही है जो मेरे तलुवों पर मलने के लिए दिया गया था। वैसी ही गन्ध भरी पड़ी है कमरे में। रोगी का कराहना अब मन्द पड़ चुका है। वह सोया हुआ है। उसके ऊपर पड़ी चादर उठ-गिर रही है। दादा बता रहे हैं, 'डॉक्टर काल्वर्ट ने हमारी सहायता से जबर्दस्ती मॉर्फिया की सूई लगवा दी है इसीलिए अब शान्ति से सो रहे हैं। तू अब घबरा मत। मैं सूर्या काकू को बुलाने जा रहा हूँ।' सूर्या काकू आए हैं। साथ में कोई और भी है। वह रोगी की नाड़ी देखता है और सिर हिलाता है। मैं रोने लगती हूँ। मैं झुककर पति के पाँव छूती हूँ। ठंडे हैं। घुटनों के बल बैठ अपना शीश झुकाकर उनके चरणों में छिपा देती हूँ और उस पाउडर की तीव्र गन्ध नथुनों में भरते हुए कहती हूँ, 'मरने का नाटक करके मुझ कायर को अब और अधिक न डराइए। मुझे चतुर्थी कर्म की रात ही यह ज्ञात हो गया था कि आपको मैं पसन्द नहीं और इस बोध के होते ही मेरा भाग्य, मेरा सुख-चैन रूठ गया था मुझसे। अब मुझे डराने के लिए ऐसा तो ~~मत~~ जताइए कि मेरा सौभाग्य भी मुझसे रूठ जाने वाला है।' कोई और आता है कमरे में, कदाचित् डॉक्टर। मैं पति के चरणों पर टिका अपना शीश उठाती हूँ। लोग फुसफुसाकर बोलते रहते हैं। तार भेजने की बात होती है। चादर का उठना-गिरना बन्द हो जाता है। मैं पूछती हूँ, की होलो? क्या हुआ? कोई है जो मुझे वहाँ से खींचकर ले जाना चाहता है किन्तु मैं अपने को छुड़ाकर पति के सिरहाने बैठ जाती हूँ। उनका सिर अपनी गोदी में ले लेती हूँ। देखती हूँ वह अपलक निहार रहे हैं मुझे। कोई उनकी पलकें बन्द कर देता है। लोग पति का सिर मेरी गोद से हटाना चाहते हैं। मैं नहीं हटाने देना चाहती।

यह सब कब हुआ इसका मुझे कोई भान नहीं। वही बता सकती हूँ जो दादा ने बताया, आशु, बीरेन्द्र और मुकुन्द ने बताया। वे वहाँ उपस्थित थे। दादा बताते हैं कि मुझे फिट पड़ा। मैं पति के शव पर पछाड़ें खाकर गिरती रही। पूछती रही कि इन्होंने अपने प्राण कहाँ छिपा दिये हैं मुझे भयभीत करने के लिए? दाह-संस्कार के लिए शव देने को तैयार नहीं हुई मैं। मुझे किसी तरह पकड़कर अलग ले जाया गया। मुझे अपने को विधवा वेश दिये जाने की भी कोई स्पष्ट स्मृति नहीं है। कुछ स्त्रियाँ आईं। वही बाद में मुझे अपने साथ कहीं और भी ले गयीं। इस बीच मैंने एक शवयात्रा जाती देखी। मैं उन स्त्रियों से पूछती रही कि मेजोकुमार कहाँ चले गये? बाद में दादा से भी। फिर मैं मानो बोलना ही भूल गयी। उसी अवस्था में पहुँची जयदेबपुर। और तब ठाकुर माँ आप सबको रोता-बिलखता देख पहली बार हुआ मुझे पूरी तरह से बोध अपने पर हुए वज्रपात का। आपके लाड़ले मेजोकुमार शेष हो चुके थे और मैं जिसका विवाह सयानी होने से पहले ही कर दिया गया था, जवानी में कदम रखते ही मात्र सात वर्ष के दाम्पत्य

के बाद औपचारिक रूप से मात्र बीस वर्ष की अवस्था में विधवा की श्रेणी में आ चुकी थी। यह तो आप भी स्वीकारेंगी ठाकुर माँ कि साहचर्य सुख की दृष्टि से मैं सधवा होते हुए भी विधवा-जैसी ही स्थिति में रही थी लगभग। किन्तु अब सामाजिक दृष्टि से यह भी आवश्यक था कि मैं भी आपकी तरह निषेधों और वर्जनाओं का वह जीवन अंगीकार कर लूँ जो बंगाल की ब्राह्मण विधवाओं के लिए निरूपित किया गया है। कैसी विडम्बना कि मुझे अपने वैधव्य का पूरी तीव्रता से बोध तब हुआ जब राजबाड़ी पहुँचने पर आप लोग मुझे उसी कक्ष में ले गये जिसमें आपने मेरी सुहाग सेज बिछाई थी। आभारी हूँ मैं आप लोगों की इस क्रूरता के लिए। यह न किया होता आपने तो मैं कदाचित् स्थायी रूप से विक्षिप्त हो गयी होती।

राजपरिवार में साधु के जिस श्राप की बहुधा चर्चा होती रहती थी ठाकुर माँ, उसका जब किसी स्त्री ने मेरे लौटने के बाद स्मरण किया तब मेरे मन में यह विचार उठा कि वह श्राप तो वस्तुतः इस परिवार की बहुओं के लिए रहा होगा। आप उस घड़ी अपनी बूढ़ी खुरदरी गदोली मेरे गालों पर फेर रही थीं। मुझे लगा कि आप स्वयं विधवा होने के बाद, पहले अपनी पुत्रवधू और अब अपनी प्रपौत्रवधू को विधवाओं की रसोई में भोजन करते देखने का दुख सहेंगी। फिर धीरे-धीरे मुझे यह बोध हुआ कि मेरे लिए यह वैधव्य विशेष रूप से कष्टप्रद होने वाला है क्योंकि आप लोगों को यह विश्वास हो नहीं पा रहा है कि मेरे पति की मृत्यु स्वाभाविक ढंग से हुई। उससे भी अधिक आश्चर्यप्रद यह कि आप समझते हैं कि उनका विधिवत दाह-संस्कार भी नहीं हो सका दार्जिलिंग में। जब आप लोगों ने शुरू में मुझसे पूछा कि दार्जिलिंग में क्या हुआ तब कई सप्ताह तक तो यही समझ में नहीं आया कि क्या पूछ रहे हैं ? जब वह समझ सकीं तो यह न समझ पायी कि आपको क्या बताऊँ ? मैं तो स्वयं ही यह न समझ पायी थी कि वहाँ देखते ही देखते क्या हो गया। बहुत बाद में दादा के समझाने पर मुझे यह आभास हुआ कि मेरी ननदों के प्रश्नों में विधाता की क्रूरता का उपजा सहज विस्मय नहीं, दादा और डॉक्टर आशु पर बहुत ही घिनौना अभियोग निहित था। और अब तो मैं स्वयं उस अभियोग के दायरे में ले ली गयी हूँ ज्योतिदी द्वारा प्रोत्साहित उन कवि-कथाकारों द्वारा जो एक रानी और उसके प्रेमी डॉक्टर द्वारा एक राजा के मार दिये जाने का किस्सा गा-सुना और बेच रहे हैं। मैंने कहा यह पक्ष तो मुझे देर से समझ में आया। किन्तु यह मैं कुछ ही सप्ताह में समझ गयी कि मेरे पति के सगे-सम्बन्धी उनकी अकाल मृत्यु पर दुख मनाने का ढोंग तो कर रहे हैं किन्तु उनकी सारी चिन्ता राज में उनके तिहाई हिस्से को स्वयं हड़प लेने की है।

आप मुझे समझाती रहीं ठाकुर माँ कि विधवा के लिए अपनी ससुराल में रहना ही उचित है और मैं आपसे सहमत भी हुई। मैं जिठानी सरजूबाला की इस बात से भी सहमत हुई कि बोड़ोकुमार को मेजोकुमार से बहुत अनुराग था और वह मेरी देख-रेख करने में कोई कसर न उठा रखेंगे। किन्तु मेरे तब लगभग सुन्न हो चुके मस्तिष्क को भी यह तो

समझ में आ ही गया कि बोड़ोकुमार को उस दुख की घड़ी में भी कानूनी कागजात पर मेरे हस्ताक्षर लेकर मुझे पति की सम्पत्ति पर पुरानी डीड के अनुसार मिले हुए अधिकार से वंचित करने की पड़ी हुई है। जैसा कि दादा ने मुझे बाद में बताया बोड़ोकुमार मुझे इतना मूर्ख मान रहे थे कि अपने ससुर की वसीयत के अनुसार पति की मृत्यु पर भवाल की तिहाई आय पर अपना अधिकार मैं मात्र एक हजार रुपया माहवार का भत्ता लेकर छोड़ दूँगी और बोड़ो और छोटो अपने मृत भाई का हिस्सा आपस में बाँट लेंगे। बोड़ोकुमार एक ओर दादा से सौदेबाजी करते रहे और दूसरी ओर अन्त:पुर की स्त्रियाँ मुझे दादा से दूर रखने के यत्न में जुटी रहीं।

मैं आजीवन आभारी रहूँगी ठाकुर माँ कि उस गहन विवाद की घड़ी में मैंने केवल आपसे सच्ची सहानुभूति पायी। मुझे तो अब यह कहने में भी संकोच नहीं कि केवल आप ही थीं जो मेजोकुमार की अकाल मृत्यु पर मेरे जितना ही स्तब्ध और दुखी थीं। मेरा हाथ, हाथ में लिए मौन आँसू ढुलकाती रहती थीं आप औरों की तरह यह पूछने की क्रूरता कभी नहीं की आपने कि दार्जिलिंग में क्या हुआ? जिठानी, ननदों की तरह आपने कभी इस या उस कागज पर यहाँ या वहाँ हस्ताक्षर कर देने का आग्रह किया नहीं पुचकार-पुचकार कर। आपने तो उल्टे उनसे कागज कलम छीनकर अलग रख दिया कि इस बिचारी को तंग न करो। बोड़ो को जो भी बात करनी हो इसके दादा से कर ले। आप ही थीं ठाकुर माँ जिसने कभी यह नहीं कहा मुझसे कि मेरे दादा मेरा हित नहीं, अहित चाहते हैं। मेरी सम्पत्ति हड़प लेना चाहते हैं। आपसे छिपाऊँगी नहीं ठाकुर माँ जब दादा आकर मुझे उत्तराधिकार का कानूनी व्यापार समझाने का यत्न करते तब मुझे उन पर भी क्रोध आता के मेरे दुख की घड़ी में इन्हें भवालराज में मेरी तिहाई हिस्से की पड़ी है। किन्तु धीरे-धीरे समझ में आया कि वह बिचारे मुझ विधवा को अपने जेठ-देवर के षड्यन्त्र से बचाने में लगे हैं।

दादा से मेरी अप्रसन्नता की राजपरिवार ने अपने ही ढंग से कोई व्याख्या कर डाली और मुझे उनसे दूर रखने के प्रयास में जुट गया। कभी आपका यह उपकार न भूलूँगी ठाकुर माँ कि आपने दादा को मुझसे एकान्त में मिल सकने की अनुमति औरों को डाँट कर दिलवाई। अपनी विक्षिप्तावस्था से उबरी तो मैं दादा की व्यथा समझ पायी। मेरी रुग्णा माँ मुझसे मिलने को आतुर थी किन्तु बोड़ोकुमार मुझे दादा के साथ उत्तरपाड़ा भेजने को तैयार न थे। माँ और बोऊदी दोनों उनके मेरे कारण बार-बार जयदेबपुर आते रहने से भी दुखी थे इसलिए उन्होंने कानून की पढ़ाई ढाका में ही कर लेने और माँ और बोऊदी को भी वहीं ले आने की व्यवस्था कर डाली थी और बोड़ोकुमार थे कि उसमें भी यह कह कर अपमानजनक अड़ंगे लगाते रहे कि आपको ढाका में भवाल परिवार की बोऊ का रात बिता सकना ठीक नहीं लगेगा। बड़ी कठिनाई से दादा को मुझे ढाका ले जाने की अनुमति मिली। वहाँ स्टेशन पर राजबाड़ी के दरबानों ने मेरे दादा को मुझसे अलग कर दिया और मुझे दासियाँ घेर-घारकर औरों के साथ नालगोला ले गयीं। मेरे

लिए किराए की बग्घी लेकर आयी माँ इस अपमान से तिलमिला उठी और उसने अपना सारा क्रोध दादा पर उतारा। राजपरिवार मुझे मायके से दूर रखने में अपने प्रयासों से माँ और दादा को अपमानित करता रहा और मुझे संकोच में डालता रहा। अन्ततः मैंने दादा का साथ देने का निर्णय किया क्योंकि यदि वह राजनीति कर रहे थे तो मेरे पक्ष में। इसके बावजूद मैंने राजपरिवार से अपने सम्बन्ध सदा मधुर रखे और मन में कभी कोई कटुता नहीं आने दी।

मैं अन्ततः कलकत्ता आकर बस गयी। दादा, बोऊदी और माँ के साथ। राजपरिवार के अपने सभी सम्बन्धियों से मेरे अच्छे सम्बन्ध बने रहे। और तो और आनन्दा से भी। ज्योति दीदी तो मेरे यहाँ बहुधा आती रहीं। दार्जिलिंग के घटनाक्रम के बारे में दादा की बातें, जिनके प्रमाण उनके पास थे सबने मान लीं। एक बार ज्योति दी ने अवश्य मुझसे यह कहा कि आप लोगों को काशी में कुछ लोगों को यह सुनने को मिला कि मेजोकुमार-जैसा कोई व्यक्ति उन्होंने साधुओं के किसी टोली में देखा है कि ज्योतिदी को भी तब यह समझ सकने में कोई कठिनाई न हुई कि मेजोकुमार-सा दीखने वाला कोई और व्यक्ति हो यह तो सम्भव है किन्तु जिनका दार्जिलिंग में दाह-संस्कार कर दिया गया था मेरे उन पति का साधुवेश में देखा जा सकना असम्भव है। इसी के कुछ वर्ष बाद हम लोग भी काशी गये थे। हमें तो वहाँ कहीं भी ऐसी चर्चा सुनने को मिली नहीं। यह भी मैंने ज्योतिदी को बता दिया था। तो अब इतने वर्षों बाद किसी पंजाबी साधु के रूप में ज्योतिदी अपने भाई और मेरे पति को क्यों पुनर्जीवित कर रही हैं— यह वही बता सकती हैं। कदाचित् दादा ठीक कहते हैं कि उन्होंने साधु के साथ मेजोकुमार का प्राप्य एक-चौथाई-तीन चौथाई बाँट लेने का सौदा कर लिया है। किन्तु यह असम्भव है ठाकुर माँ कि आप इस पतित सौदेबाजी में सम्मिलित रही हों। मैं यही मानकर चलना चाहती हूँ कि आपकी आज्ञा से शासन को और मुझे जो पत्र भेजे गये उनका आपको कोई ज्ञान नहीं है।

पुनश्च : यह पत्र मैं अपने मानस पटल पर ही लिखती रही थी आपको क्योंकि दादा बता चुके थे कि देर-सबेर वह कपटी साधु अपनी दावेदारी किसी अदालत के समक्ष अवश्य प्रस्तुत करेगा और यह आवश्यक होगा कि मैं ऐसा कुछ न किसी से कहूँ और न किसी को लिखूँ जिसका वह दुरुपयोग कर सकता हो। और अब तो यह पत्र मैं आपको भेजना चाहूँ भी तो भी नहीं भेज सकती क्योंकि कल ही सूचना मिली थी कि आपका मुझे पत्र डालने के दस महीने बाद देहान्त हो गया और आपके निर्देशानुसार आपका यह संस्कार और क्रिया कर्म उस अज्ञात कुलशील साधु ने ही किया। मुझे पूरा संशय है कि यह निर्देश भी ज्योतिदी और उनके कानूनी सलाहकारों ने मन से गढ़ा होगा।

भवाल संन्यासी

मैं तो समझी थी कि उस जटाजूटधारी साधु द्वारा अपना मेजोकुमार होना स्वीकार कर लेने से भवालराजपरिवार श्रापमुक्त हो जाएगा। अब लगता है वह दुराशा मात्र थी। उसने अपना मेजोकुमार होना स्वीकार कर लिया, राजपरिवार ने उसे गले लगा लिया। भवाल के ताल्लुकेदार और प्रजाजन उसे नजराना देने लगे तो क्या जब सरकार के साथ-साथ उसकी पत्नी ने भी उसे रोमेन्द्र नहीं माना है। आश्चर्य कि बिभा ने न केवल ठाकुर माँ का पत्र बिना खोले लौटा दिया बल्कि जब उसके पाँच महीने बाद उसे ठाकुर माँ की बीमारी और मृत्यु की सूचनाएँ भेजी गयीं वह नहीं आयी। बोड़ोबोऊ की भाँति उसने अपने दादा को ही भेज देना भी आवश्यक नहीं समझा। मैं कहती हूँ कि यदि बिभा और उसके दादा उस साधु को कपटी और जाली समझते हैं तो छोटोबोऊ आनन्दा की भाँति आकर ठाकुर माँ को श्रद्धांजलि दे जाते और उस साधु को रोमेन्द्र मानने से इन्कार कर देते। ठाकुर माँ तो जाली नहीं थी न। और क्या इन्हीं ठाकुर माँ के बारे में बिभा मुझसे अनेकों बार यह न कह चुकी थी कि राजपरिवार में वही मुझे सबसे अधिक श्रद्धास्पद लगती हैं। श्रद्धास्पद को श्रद्धांजलि देने नहीं आयी। किस भय से ऐसा किया उसने।

इस भय से कि रोमेन्द्र समक्ष खड़ा दिखेगा तो उसके रोमेन्द्र होने से इन्कार नहीं कर पाएगी। कदाचित् यह भय उसे नहीं, उसके दादा को रहा हो। उसी ने बिभा को आने से रोक दिया हो। बिभा ने तो कभी अपने दादा की तरह रोमेन्द्र के जीवित होने की अफवाहें सुनाई देने पर उसकी मृत्यु और दाह-संस्कार के प्रमाण-पत्र दिखाकर हमें चुप नहीं कराना वाहा। मैंने तो स्वयं उससे कलकत्ता में इन अफवाहों के बारे में विस्तार से बात की थी और उसे यह भी बताया था कि काशी और कुछ अन्य तीर्थों में पूछताछ करने पर रोमेन्द्र के साधुवेश में जीवित होने के संकेत मिले हैं। उसने यह नहीं कहा कि दीदी ऐसी असम्भव बातें क्यों कहती हैं आप। बस यही बोली, 'मैं भी दो बार काशी हो आयी हूँ। मुझे वहाँ किसी ने ऐसा नहीं कहा।' मैंने तुमसे कहा कि तुमने किसी से पूछा ही न होगा। और तुम्हें काशी में सब लोग भवालराजपरिवार की मेजोबोऊ के रूप में जानते कहाँ हैं जो स्वयं ही बता बैठते। ठाकुर माँ को तो काशी

में सब जानते हैं और उनके कारण हमें। यदि बिभा के मन में दाह-संस्कार को लेकर थोड़ा-सा भी संशय रहा था— न रहा होता तो वह अपने पति की मृत्यु के बाद हर रात भयभीत क्यों रहती— तो उसने अवश्य उस पंजाबी साधु को एक बाद देख आने की इच्छा व्यक्त की होती। विधवा जीवन इतना कठिन है कि माँग में फिर सिन्दूर भर सकने की सम्भावना को बिना जाँच-परख के ठुकरा देने को वह क्यों तैयार होती भला? अवश्य उसके दादा ने रोका होगा उसे।

मैं रोमेन्द्र से सहमत हूँ कि उसका दादा उसे डराता होगा कि यदि तुमने उस साधु को अपना पति मान लिया तो मुझे और डॉक्टर आशु को ही नहीं, तुम्हें भी जेल की चक्की पीसनी पड़ जाएगी। मुझे बृजोलाल बाबू ने समझाया है कि बिभा को यहाँ आने देने से उसके दादा का रोकना उनकी दृष्टि से उचित ही है क्योंकि बिभा के उस साधु को देखने आने का एक अर्थ यह भी लगाया जा सकता है कि मेजोरानी के मन में भी मेजोकुमार के दाह-संस्कार को लेकर संशय रहा है। मैंने उनसे कहा, 'तो उसके दादा उसके साथ यहाँ आ जाते और ठाकुर माँ के श्राद्ध में उपस्थित लोगों के समक्ष उससे कहलवा देते कि इस तथाकथित संन्यासी से भले ही रानी सत्यभामा देबी को मुखाग्नि दिलवाई गई हो और इसी से उनका एकोदिष्ट श्राद्ध भी करवाया जा रहा हो यह उनका पौत्र रोमेन्द्र नहीं कोई लम्पट है।' रोमेन्द्र कहता है कि मैंने बिभा के प्रति जैसा व्यवहार किया था और जो कुछ मेरे समर्थक उसके विरुद्ध छापते रहे हैं उसे देखते हुए तुम्हारा बिभा के न आने पर आश्चर्य करना ही मुझे आश्चर्यजनक लगता है छोटोदी।

मैं रोमेन्द्र से कहती हूँ, 'जो कुछ छपता रहा है उससे मुझे भी उतना ही दुख है जितना तुम्हें। किन्तु बिभा अच्छी तरह जानती है कि भवालराजपरिवार में किसी ने कभी यह नहीं कहा कि दार्जिलिंग में साला बाबू ने आशु डॉक्टर की सहायता से रोमेन्द्र की हत्या का प्रयास किया। यह भी नहीं कि मेजोबोऊ पतिव्रता नहीं थी और आशु उन पर आसक्त था। हमने तो मात्र इतना कहा कि आशु डॉक्टर से औषधि देने में कहीं कोई भयंकर चूक हुई होगी कि मात्र 72 घंटे में रोमेन्द्र मृत्यु के मुख में पहुँच गया। यह भी कि साथ गए कुछ लोग बता रहे हैं कि रोमेन्द्र का दाह-संस्कार नहीं हो पाया था। और हाँ, अब यह भी कह रहे हैं कि हम रोमेन्द्र का लौट आना इस बात का प्रमाण है कि उन लोगों का कथन सही था। सम्भव है बिभा के दादा ने अगली सुबह फिर दाह-संस्कार करने का नाटक घबराहट में रचाया हो। किन्तु अब उनका न स्वयं आना और न बिभा को आने देना क्या यह प्रमाणित नहीं कर रहा है कि हत्या का षड्यन्त्र का अनुमान भी सही हो सकता है?

मैंने बिभा को यह भी सन्देश भिजवाया अनेक लोगों से कि हमें उसके निर्दोष होने में रंचमात्र भी सन्देह न कभी था और न है। जो बीभत्स बातें तुम्हारे बारे में इधर छपती या कही जाती रही हैं उनसे हम स्वयं ही स्तब्ध रह गए हैं और रोमेन्द्र तो इतना खिन्न हुआ है कि उसे मेजोकुमार होने का कानूनी दावा करने में ही अब कोई रुचि नहीं रह

गयी है। मैंने यह भी कहलवाया कि तुम्हारे दादा के समर्थकों ने जो बातें मेरे बारे में छपवाई हैं मैं कभी मान ही नहीं सकती कि तुम उनका अनुमोदन करती होगी। यह मान सकती होगी कि मैंने किसी पंजाबी साधु को इसलिए रोमेन्द्र बनाकर अपने घर में बसा लिया कि वह भवालराज की गद्दी पर बैठकर उसकी आय का आधा हिस्सा मुझे देता रह सके। मेरी-जैसी पर्दे में रहने वाली, बेटों-जमाइयों वाली विधवा ऐसा दुस्साहस कर सकती है और उस दुस्साहस को भवाल की प्रजा और ताल्लुकेदार अनुमोदित कर सकते हैं— ऐसा मान ले, इतनी तो नादान नहीं हो सकती बिभा। वह आती तो मैं उसे बताती कि मुझे तो आरम्भ में ही मेरे दोनों जमाइयों और बड़े जमाई के दादा ने बता दिया था कि शासन इस संन्यासी को मेजोकुमार मानकर उन ब्रिटिश अधिकारियों को झूठा नहीं साबित करना चाहेगा जिन्होंने रोमेन्द्र की मृत्यु और दाह-संस्कार के प्रमाण-पत्र दिये थे सत्या बाबू को। हुआ भी यही है। उस साधु को अपने भाई के रूप में स्वीकार करने से अब तक हमें कुछ मिला है तो शासन का क्रोध ही।

मैं उससे भी कहती कि जिसे मैं अपने घर में अपने भाई के रूप में बसाए हुए हूँ और जिससे ठाकुर माँ का क्रिया-कर्म उनके आदेशानुसार ही कराया गया उसे छोटो बोऊ ने अपना जेठ न माना तो इसलिए कि वह अपने दत्तक पुत्र को ही भवालराज का स्वामी होता देखना चाहती है। और वैसे भी वह हम लोगों के सदा विरुद्ध रही है। किन्तु तुम्हारे तो मुझसे मधुर और घनिष्ठ सम्बन्ध रहे हैं सदा। और उस साधु को रोमेन्द्र के रूप में कानूनी मान्यता मिलने से भवालराज की गद्दी तुम्हारे पति को ही तो मिलेगी ना? तो फिर? क्या तुम यह चाहती हो कि उसका हिस्सा उसे नहीं, तुम्हारे दादा को मिलता रहे। असम्भव है यह तो। वह आई कहाँ जो उससे यह सब कहती। जिन लोगों के हाथ सन्देश भेजे उन्हें उसके दादा ने या तो उसके पास जाने ही नहीं दिया, या फिर भेंट के समय स्वयं उपस्थित रहे और उसकी ओर से उत्तर भी स्वयं देते रहे। केवल बुद्धू अपनी मामी से एक बार मिल पाया था एकान्त में। वह मेरा सन्देश सुनते ही रोने लगी और उसे दौरा पड़ गया। उसके दादा ने आकर बुद्धू को डाँटा। मैंने दुबारा बुद्धू को नहीं बनाया सन्देशवाहक।

सत्या बाबू के समर्थक कह रहे हैं कि मैंने किसी राह चलते साधु को पकड़कर भाई के रूप में घर में बसा लिया है और उसे मेजोकुमार की भूमिका के लिए प्रशिक्षित कर-करा रही हूँ। विडम्बना यह है कि जिसे मैंने अपने भाई के रूप में पहचानकर अपने घर में रखा है स्वयं उसे मेजोकुमार के रूप में कानूनी मान्यता पाने की तनिक भी उत्कण्ठा नहीं है। उसे मेरे भाई की भूमिका ही पर्याप्त लगती है। कहता है, 'छोटो मैंने तो ठाकुर माँ, तुम्हारे और मोटो के प्रेम के वशीभूत होकर अपना संन्यासी पथ तज दिया था। तुम लोगों का प्रेम फिर से पाकर मैं तृप्त हुआ। मेरे लिए इससे बड़ी क्या बात हो सकती है कि मोटो पीछे से आकर मेरे गले में झूल जाती है, तुम मेरे सिर में तेल मलती हो और ठाकुर माँ जब तक जीवित रहीं मेरे साथ दादी-पोते का छेड़-छाड़ हँसी-ठट्ठे का सम्बन्ध

निभाती रहीं और तो और अपनी मृत्यु की पूर्व सन्ध्या पर उन्होंने मेरे साथ विवाह रचाने की वह क्रीड़ा भी की जो तब बहुधा करती थीं जब मैं बच्चा था। मरते-मरते वह मुझे मुखाग्नि देने और क्रिया-कर्म करने का निर्देश देकर जो मान्यता दे गयी हैं उसके बाद मैं किसी कोर्ट-कचहरी की मान्यता का भूखा रह नहीं गया हूँ छोटोदी। राजकाज से तो मुझे रंच-मात्र भी लगाव न था। राजकोष के प्रति था क्योंकि विलासिता के लिए धन चाहिए। बारह वर्ष साधुओं की संगत में बिताने के बाद सब वासनाएँ मर चुकी हैं। अस्तु, राजकोष के प्रति भी उदासीन हूँ अब मैं।'

कभी-कभी मुझे ऐसा लगता है कि रोमेन्द्र को अब मेजोकुमार नहीं भवाल संन्यासी कहलाया जाना रास आने लगा है। समाचार-पत्रों, कोबीगानों और पुस्तिकाओं में इस नाम से चर्चा होती रही है ना उसकी। भवाल का मेजोकुमार जो था ऐसा एक संन्यासी किन्तु जब तक वह मेजोकुमार के रूप में कानूनी मान्यता पाने के लिए नहीं लड़ेगा तब तक तो उसे जाली ही कहा जाएगा ना। उसे मेजोकुमार मानने वाले व्यक्ति प्रशासन की प्रताड़ना के पात्र ही बनते रहेंगे ना। और विरोधी जन मुझ अधेड़ विधवा के बारे में यह कह सकेंगे कि उसने एक अनजान युवा साधु को अपना भाई बताकर अन्त:पुर में आने की छूट दे डाली है। रोमेन्द्र से अधिक उत्साह ताल्लुकेदार और प्रजाजन दिखा रहे थे इसीलिए तो कानूनी लड़ाई मानहानि के मुकदमे के रूप में आरम्भ हो गयी। उचित तो यह होता कि रोमेन्द्र अपनी दावेदारी प्रस्तुत करता रहता। जो हो, ठाकुर माँ की मृत्यु के पाँच महीने बाद सन् 1923 के मई मास में नायब मजिस्ट्रेट बीरेन्द्र मोहन घोष ने मानहानि के मुकदमे में जो निर्णय दिया वह मेरा उत्साह बहुत बढ़ा गया। मुझे लगा कि भवाल संन्यासी को मेजोकुमार के रूप में मान्यता दिलवाने की दिशा में कदम उठाने चाहिए। घोष मोशाय ने कहा कि दार्जिलिंग में मेजोकुमार को जो रोग हुआ था वह पित्त-ग्रन्थि-शूल न था, डॉक्टर आशुतोष दासगुप्त ने कुमार को जो दवाई दी वह उनके लिए हानिप्रद थी। उसमें संखिया थी और कुमार की मृत्यु के दिन उनके जो लक्षण दर्ज किए गये वे सब चिकित्साशास्त्र के ग्रन्थों में उल्लिखित संखिया विषपान के लक्षणों से मेल खाते हैं। यही नहीं, 8 मई, 1909 की सुबह डॉक्टर दासगुप्त और कुमार के साथ गए अन्य लोगों ने उनकी भयंकर पेचिश रोकने के लिए कोई औषधि नहीं दी। इसलिए किसी भी समझदार और युक्तियुक्त व्यक्ति के लिए यह मान लेने का पर्याप्त आधार है कि दार्जिलिंग में एक षड्यन्त्र रचा गया जिसमें सम्मिलित होकर आशुतोष दासगुप्त ने कुमार को विष देकर उनके प्राण लेने का यत्न किया। इसलिए मानहानि का दावा खारिज किया जाता है।

मैंने इसका अर्थ यह लगाया कि अदालत ने मान लिया है कि मेजोकुमार जीवित हैं। मुझे छोटो जमाई चन्द्रशेखर बैनर्जी ने समझाया कि नहीं, इसका अर्थ केवल इतना है कि आशु डॉक्टर द्वारा मेजोकुमार को विष दिए जाने के आरोप को निराधार नहीं माना गया है। उन्होंने यह भी कहा, 'अब हाईकोर्ट में अपील अवश्य की जाएगी और सुनने

में आ रहा है कि सरकार निचली अदालत का फैसला बदलवाने के लिए स्वयं भी निजी मुकदमे में हस्तक्षेप का अभूतपूर्व कदम उठाएगी। यह उसके लिए आशु डॉक्टर की नहीं, ब्रिटेन की सत्ता की अवमानना का मामला बन गया है सासु माँ। मेजोकुमार का उपचार अँग्रेज सिविल सर्जन कर रहा था और उसी ने 'पित्त-ग्रन्थि शूल' से मृत्यु होने का प्रमाण-पत्र दिया था।' बृजोलाल बाबू ने मुझसे कहा, 'डिप्टी मजिस्ट्रेट के इस निर्णय के आधार पर सरकार आशु डॉक्टर पर मेजोकुमार को विष देने का मुकदमा कायम करने से तो रही। और करे भी क्यों? आपमें से किसी ने कहीं थाने में शिकायत की थी क्या? आप इस निर्णय को भूल जाइए। आप तो मेजोकुमार को अपनी कानूनी मान्यता के लिए कार्रवाई करने को प्रेरित कीजिए।'

मैंने यत्न किया किन्तु रोमेन्द्र ने उत्साह नहीं दिखाया। तो जब मानहानि के मुकदमे का फैसला आने के तीन महीने बाद श्रावण में रेवेन्यू बोर्ड के एक बंगाली सदस्य के.सी. डे ढाका पधारे मैंने उनके नाम पत्र भेजा कि भवाल संन्यासी के मेजोकुमार होने की दावेदारी के सन्दर्भ में मैं आपसे भेंट करने आना चाहती हूँ। उन्होंने तुरन्त उत्तर दिया, 'आप एक ऊँचे परिवार की महिला हैं, आपका मुझसे मिलने के लिए सर्किट हाउस पधारने का कष्ट करना अनुचित होगा। आप अपने जमाई बाबू को अपना पक्ष प्रस्तुत करने के लिए बृहस्पतिवार प्रातः आठ बजे भेज दें। मैं उनसे सारी बात समझकर समुचित आदेश जारी कर दूँगा।' चन्द्रशेखर बाबू को भेजा मैंने । उसने लौटकर बताया कि डे मोशाय का कहना है कि जब तक वह संन्यासी स्वयं आवेदन नहीं करता बोर्ड ऑफ रेवेन्यू कैसे कोई आदेश दे सकता है? अब तक तो भवालराज के हितचिन्तक होने का दावा करने वाले लोग ही उसकी ओर से आवेदन करते रहे हैं। तो मैंने वकीलों से परामर्श किया और सभी ने यही कहा कि डे मोशाय की बात में दम है। किन्तु रोमेन्द्र की उदासीनता यथावत बनी रही। उधर सरकार ने आशु डॉक्टर की मानहानि के मुकदमे में स्वयं भी कूद पड़ने का निर्णय सचमुच कर डाला और उसके विरुद्ध हाईकोर्ट में अपील कर बैठी।

एक वर्ष और बीत गया। रोमेन्द्र भवाल संन्यासी की भूमिका में लोगों से मिलने और उन्हें अपने मेजोकुमार होने के प्रमाण अतीत की स्मृतियों से खोज-खोजकर देने में लगा रहा। मेरे खर्चे बढ़ते गए। कोर्ट ऑफ वॉर्ड्स से मुझे सहानुभूति या सहायता मिलने की अपेक्षा ही नहीं की जा सकती थी। मैंने रोमेन्द्र से कहा कि यदि तू अपनी दावेदारी के प्रति इतना ही उदासीन रहा तो वे प्रजाजन क्या करेंगे जो तुझे मेजोकुमार मानते हैं और इस कारण शासन के कोपभाजन बनते हैं। पहले वह टालता रहा। फिर बोला, 'यहाँ रहकर तो कुछ किया नहीं जा सकता छोटोदी। कलकत्ता चलना चाहिए। एक तो बोर्ड ऑफ रेवेन्यू वहीं है। दूसरे बोऊदी और बिभा भी वही हैं। बोऊदी ने ठाकुर माँ के पत्र की पावती तो भेजी थी किन्तु न तब मुझसे मिलने आयीं और न ठाकुर माँ की बारहवीं में ही स्वयं आयीं कि मुझसे भेंट हो सकती। उनके दादा अवश्य मुझसे

मिलते रहे हैं और मुझे मेजोकुमार मानते भी रहे हैं। तो जाकर देखना चाहिए कि बोऊदी क्यों हिचक रही हैं। बिभा से भी भेंट करने की कोशिश करनी चाहिए। यदि वही मुझे अपना पति नहीं मान रही होगी तो मेरी मेजोकुमार होने की दावेदारी का अर्थ ही क्या रह जाएगा छोटोदी।'

कलकत्ता में मानहानि के मुकदमे की हाईकोर्ट में सुनवाई के लिए दो जजों के पीठ बना दिए जाने की चर्चा सुनाई दे रही थी। इसलिए मुझे रोमेन्द्र का प्रस्ताव मानने में कोई हिचक नहीं हुई यद्यपि कलकत्ता जाकर डेरा जमाना मेरे खर्चे और भी बढ़ाने वाला कदम था। हम चौमासा शुरू होते ही कलकत्ता चले गए जहाँ हमने किराए पर एक मकान ले लिया। पहले ही दिन सरजूबाला के दादा से सम्पर्क किया। उन्होंने रोमेन्द्र की भेंट सरजूबाला से करा दी। दोनों ने एक-दूसरे को देखते ही पहचान लिया। बोड़ोबोऊ ने कहा, 'तो हमारे भवालराजपरिवार का खोया हुआ धन वापस मिल ही गया।' सुनकर रोमेन्द्र की आँखों में आँसू छलक आए और उसने कहा कि तुम तो बिल्कुल नहीं बदली हो बोऊदी। वह बोली, 'झूठ मत बोलो देवर। बारह वर्ष में सब बदल जाते हैं। तुम भी तो पहले से अधिक हृष्ट-पुष्ट हो गये हो।' रोमेन्द्र ने कहा, 'मोटा कहने में क्यों हिचक रही हो?' बोऊदी-देवर का सम्बन्ध सहज ही स्थापित हो गया। बोड़ोबोऊ ने उसे अगले दिन हम सबके साथ भोजन पर आमन्त्रित किया। बोड़ोबोऊ द्वारा भवाल संन्यासी को अपने देवर रोमेन्द्र के रूप में स्वीकार कर लिये जाने से कलकत्ता के भद्र लोगों में सनसनी मच गयी। समाचार-पत्रों में इसकी बहुत चर्चा रही। बिभा ने पढ़ा ही होगा। किन्तु वह नहीं आयी। मुझसे मिलने के लिए भी नहीं। बुद्धू को भेजा। बिभा के दादा ने कहा, 'अपनी माँ को यहीं ले आओ उनका स्वागत है। किन्तु उस जाली मेजोकुमार से मिलने को न बिभा तैयार है और न मैं।'

चौमासा बीता। जाड़ा आया। दिसम्बर में हाई कोर्ट में अपील की सुनवाई शुरू हुई। सरकार एडवोकेट जनरल से मामले की पैरवी करा रही थी और आशु डॉक्टर ने भी सर विनोद मित्तर को अपना वकील बनाया था। इसलिए अँग्रेज जजों के सामने पम्फलेट के प्रकाशक की पैरवी करने के लिए एक अँग्रेज बैरिस्टर जैम्स को खड़ा कराया। हम लोगों ने एडवोकेट जनरल से कहा कि इस बात के पर्याप्त साक्ष्य नहीं हैं कि आशुतोष दासगुप्त ने कुमार को दवाएँ स्वयं लिखी और पिलाईं-खिलाईं। प्रस्तुत साक्ष्यों के आधार पर निचली अदालत ने जो निष्कर्ष निकाले वे गलत हैं क्योंकि विशेषज्ञों की राय नहीं ली गयी। इस बात का कोई प्रमाण नहीं दिया गया है कि अदालत में जो नुस्खे आदि प्रस्तुत किए गये उनकी प्रकाशक को पम्फलेट छापने से पहले भी जानकारी थी। और यह बहुत विचित्र है कि कुमार की मृत्यु के 12 वर्ष बाद ऐसा मानहानिजनक पम्फलेट छापा गया।

जवाब में हमारे वकील ने कहा कि यह अत्यन्त विस्मयकारी है कि सरकार ने एक मामूली डॉक्टर और उतने ही मामूली प्रकाशक की मुकदमेबाजी में डिप्टी मजिस्ट्रेट की अदालत के निर्णय के विरुद्ध हाईकोर्ट में अपील करने का भूतो-न-भविष्यति श्रेणी का

कदम उठाया है। सरकार की यह दलील विचित्र लगती है कि आशुतोष दासगुप्त द्वारा विष दिए जाने की सम्भावना को स्वीकार करने वाला निचली अदालत का निर्णय भवालराज के किसानों को लगान कोर्ट ऑफ वार्ड्स को न देकर भवाल संन्यासी को देने के लिए प्रेरित करेगा। आशुतोष दासगुप्त कुमार के साथ गये, पूर्णकालिक चिकित्सक थे इसलिए उनके द्वारा नुस्खा लिखे जाने और दवा पिलाए जाने पर सन्देह का कोई आधार नहीं हो सकता। नुस्खे में संखिया था और कुमार ने संखिया दिए जाने के लक्षण प्रदर्शित करते हुए प्राण छोड़े थे इसलिए निचली अदालत का निष्कर्ष तर्कसंगत है। अफसोस कि अँग्रेज जजों ने हमारे वकील की दलीलें ठुकराते हुए सरकार का साथ दिया। उन्होंने कहा कि आशुतोष दासगुप्त ने कोई गड़बड़ दवा कुमार को दी होती तो यह बात उपचार में लगे दो अन्य बड़े डॉक्टरों से छिपी न रह पाती। प्रकाशक को पम्फलेट छापते समय संखिया मुक्त नुस्खे की कोई जानकारी नहीं थी। और सबसे बड़ी बात यह कि निचली अदालत के नायब मजिस्ट्रेट का चिकित्सा की चन्द पुस्तकें पलट कर कुमार की बीमारी और उन्हें दी गई दवाओं के बारे में टीका-टिप्पणी करना और बिना विशेषज्ञों की गवाही सुने यह मान लेना कि दवा में मिश्रित संखिया की मात्रा किसी को विष देकर मारने के लिए काफी थी सरासर अनुचित था। इसलिए हम अपील स्वीकार करते हैं और प्रकाशक को एक माह के कारावास और एक हजार रुपया जुर्माना की सजा सुनाते हैं।

यह हार प्रत्याशित थी फिर भी हमें स्तब्ध कर गयी। इस मुकदमे से हमारा कोई सीधा लेना-देना न था लेकिन सभी जानते थे कि मानहानि का यह मुकदमा भवाल संन्यासी को जाली और असली मेजोकुमार मानने वालों के बीच लड़ा जा रहा था। और तो और एडवोकेट जनरल तक ने भी हाई कोर्ट में यह तर्क दिया था कि आशुतोष डॉक्टर द्वारा विष दिए जाने की बात मान लेने का अर्थ भवाल संन्यासी मेजोकुमार होने का दावेदारी सी मानने वाले प्रजाजन को प्रोत्साहित करना होगा। इस तर्क के अनुसार हाईकोर्ट का निर्णय हम भवाल संन्यासी के पक्षधरों के विरुद्ध गया था। पक्षधरों में सबसे प्रमुख मानी जा रही थी मैं तो एक प्रकार से हाई कोर्ट का निर्णय सबसे अधिक मेरे विरुद्ध गया था। मैं यह सोच-सोचकर विस्मित होती रहती कि जिसे भवाल का राज-परिवार मेजोकुमार मान रहा है, भवाल की प्रजा मेजोकुमार मान रही है उसे सरकार किस आधार पर जाली घोषित कर बैठी है। वह क्यों सत्या बाबू और आशु डॉक्टर की सबसे बड़ी पक्षधर बनी हुई है? जैसे ढाका में वैसे अब कलकत्ता में प्रतिदिन मेरे घर में ऐसे लोगों की भीड़ लगी रहती जो भवाल संन्यासी को स्वयं देख-परख कर उसके मेजोकुमार होने-न-होने के विषय में अपना मत देने के इच्छुक होते। वे सबके सब भवाल संन्यासी को मेजोकुमार के रूप में स्वीकार करते हुए जाते। उनमें से कुछ तो ऐसे भी होते जो जाली मेजोकुमार का पर्दाफाश करने की नीयत से आये हुए होते। वे भी भवाल संन्यासी को मेजोकुमार मानते हुए ही विदा लेते।

कलकत्ता हाई कोर्ट का बैरिस्टर नाग युवावस्था में ढाका में रोमेन्द्र का अच्छा मित्र रहा था। रोमेन्द्र उसे नाग की जगह नागा और कभी-कभी 'नागा बेटा' पुकारा करता था। हमारे कलकत्ता आ जाने के महीनों बाद तक भी वह भवाल संन्यासी को देखने नहीं आया और कहता रहा कि जिसे सरकार जाली घोषित कर चुकी है उससे मिलने मैं क्यों जाऊँ? जब वह आया भी तब इसलिए कि उसे राजा श्रीनाथ राय के सम्मान में आयोजित प्रीतिभोज के लिए आमन्त्रित व्यक्तियों की सूची में भवाल के मेजोकुमार रोमेन्द्र नारायण राय का नाम रख दिए जाने पर आपत्ति हुई तो अन्य आयोजकों ने कहा कि जिसे सारा भवाल मेजोकुमार मान रहा है उसे हम क्यों न बुलाएँ। वह उनके आगे यह सिद्ध करने आया था कि भवाल संन्यासी जाली है। उसे देखते ही रोमेन्द्र ने कहा, 'साहेब हेइछीस आरे नागा।' पकड़कर पास की कुर्सी में बैठाते हुए टिप्पणी की सूट की ओर इशारा करके, 'साहेब हेइछीस? बिलायत गिएछिली?'

नाग ने कहा कि मेरे विलायत जाने की बात तो सारी दुनिया को मालूम है। तब रोमेन्द्र ने कहा कि अगर मैं कोई ऐसी बात बताऊँ जो तेरे और तेरे बाबा को छोड़ और कोई न जानता हो तो? नाग ने कहा, 'अच्छा सुनाइए।' तो रोमेन्द्र ने कहा कि एक दिन बहुत रात गए मैं तुम्हारे घर आया था। नाग ने पूछा कि किसलिए तब रोमेन्द्र ने बताया कि तेरे बाबा से टका लेने, तब नाग बोला, 'हो सकता है।' कुछ इस तरह मानो यह बात भी रोमेन्द्र ने कहीं से सुन ली होगी। तब रोमेन्द्र बोला, 'हो सकता है कि तुझे यह भी याद हो कि मैंने तेरे घर का द्वार इतनी जोर से भड़भड़ाया था कि मुर्दा भी जाग उठता लेकिन तुममें से कोई नहीं जागा। दुबारा भड़भड़ाया तो तूने ऊपर वाली मंजिल के एक कमरे का द्वार खोलकर पूछा कौन है और मैंने कहा कि नीचे आकर देख ना कौन है तूने आकर पूछा कि इतनी रात गए क्यों आए? मैंने कहा कि कोई दरकार ही रही होगी। तूने पूछा कि क्या दरकार? मैंने कहा कि पैसे की, जा अपने बाबा को खबर कर। तेरे बाबा ने आकर पूछा, इतनी रात गए पैसे के लिए आने का मतलब क्या है? मैंने बताया कि मेरी दरकार भयंकर और विशेष प्रकार की है बिना पैसे के काम चलेगा नहीं, हजार टाका दे दीजिए। तेरे बाबा ने कहा कि मेरे पास कुल 900 हैं हद से हद 500 दे सकता हूँ। मैं वही लेकर आ गया।'

सुनकर नाग भाव-विह्वल होकर कुर्सी से उठा और उसने रोमेन्द्र को खींचकर उठाया, गले लगाया और कहा कि मैं तुझे जाली साबित करने आया था और असली करार देता हुआ आह्लादित हो रहा हूँ अब। रोमेन्द्र ने हँसकर कहा, 'तू से शुरू से ही शक्की स्वभाव का रहा है नागा बेटे। कहे तो तुझे ब्यौरेवार बता दूँ हम कुमारों ने तेरे बाबा से कब-कब कितना कर्ज लिया।' भवाल संन्यासी कलकत्ता के भद्रलोक में मेजोकुमार के रूप में मान्य होता चला गया। वह अन्य सामन्तों द्वारा अपने पारिवारिक आयोजनों में इसी हैसियत से बुलाया जाने लगा किन्तु बिभा से उसका साक्षात् नहीं हो पाया। फिर एक दिन जब रोमेन्द्र बुद्धू के साथ खुली बग्घी में हवाखोरी के लिए निकला

कोचवान ने गाड़ी लैंसडाउन रोड से निकाल ही दी यद्यपि तब तक बिभा के दादा ने अँग्रेज मजिस्ट्रेट से यह आदेश जारी करवा दिये थे कि भवाल संन्यासी मेजोरानी बिभावती देबी के घर के आस-पास मँडलाने की दुश्चेष्टा न करे। संयोग से बिभा बरामदे में अपने दादा के बच्चे के साथ खड़ी थी, पेड़ की डालों से अधढँकी हुई। तो भी धीमे चीती बग्घी से बुद्धू ने उसे देख लिया। गाड़ी रुकवाई। ठीक मकान के फाटक के पास। उसने बिभा की ओर इशारा किया और कहा, 'मेजो मामा, देखो मामी खड़ी है।' रोमेन्द्र ने बिभा को विधवा वेश में देखा और उसकी आँखें छलछला आईं। बिभा भी उसे एकटक देखती रही। प्राय: पाँच मिनट तक वे एक-दूसरे को देखते रहे। फिर बिभा ने पल्लू से अपना सिर ढका और बच्चों को लेकर भीतर चली गयी।

मामा-भांजे से इस घटना का वर्णन सुनकर हम सब इस निष्कर्ष पर पहुँचे कि बिभा को भी भवाल संन्यासी मेजोकुमार ही प्रतीत हुआ होगा अन्यथा वह उसे इतनी देर तक देखती ही न रह जाती और सो भी सिर नंगा किए हुए। तो मैंने बुद्धू को बिभा से मिलने भेजा। बिभा ने उससे साफ-साफ तो कुछ नहीं कहा किन्तु ऐसा अवश्य कहा बातों-बातों में कि मैं बहुधा बाहरी बरामदे पर खड़ी रहती हूँ धूप सेंकने। तो इस घटना के ठीक सप्ताह भर बाद बुद्धू ने फिटन उसी समय लैंसडाउन रोड से निकलवाई। बिभा भी ठीक उसी जगह खड़ी थी। इस बार अकेली ही थी। बुद्धू ने फिटन उसी जगह रुकवायी कोचवान से— फाटक के पास। आगे तक निकले उस छज्जे पर खड़ी बिभा की फिटन पर बैठे रोमेन्द्र से दूरी बस कुछ ही हाथ की थी। इस बार भी बिभा प्राय: पाँच मिनट तक अपलक देखती रही भवाल संन्यासी को। आँचल सिर पर डालने की भी सुध न रही उसे। बुद्धू ने ही इस भय से गाड़ी आगे बढ़वाई कि कहीं सत्या बाबू न देख लें इस देखा-देखी को और पुलिस बुलवा दें। जब वे लौटे तो बुद्धू बहुत उत्साहित था कि मामी ने मामा को पहचान लिया है। हम फिर इस प्रतीक्षा में रहे कि बिभा हमसे सम्पर्क करेगी। किन्तु कई सप्ताह बीत गये, न वह आयी न उसका कोई सन्देशवाहक। तो बुद्धू ने फिटन हर दूसरे-तीसरे दिन लैंसडाउन रोड से निकलवा देने का जोखिम उठाया। तीन-चार बार ऐसा हुआ कि गाड़ी के उस पथ से गुजरते समय वह छज्जे पर खड़ी मिली। कुछ इस भाव से देखती रही संन्यासी को इसे अपना पति मानूँ कि न मानूँ?

रोमेन्द्र ने कहा कि स्पष्ट है कि बिभा के लिए अपने दादा का भय अथवा मेरे साथ बीते जाने की भयावह स्मृतियाँ अथवा दोनों ही भवाल संन्यासी को अपने पति के रूप में स्वीकार करने में बाधक बन रहे हैं। उसने बुद्धू से कह दिया कि अब भूलकर भी मुझे उस मार्ग से न ले जाना कभी। बुद्धू ने उसके आदेश का पालन किया। वैसे भी हम बोर्ड ऑफ रेवेन्यू के आगे गुहार लगाने की तैयारियों में व्यस्त हो गये। रोमेन्द्र डे मोशाय से औपचारिक रूप से तो कलकत्ता आते ही मिल लिया था उनके कार्यालय में। इसके बाद कई सामाजिक आयोजनों में भी उसकी और मेरे बेटों-जमाइयों की उनसे भेंट होती रही और उनका व्यवहार सहानुभूतिपूर्ण ही रहा। इसलिए मेरे मन में आशा जाग उठी

कि कदाचित् डे मोशाय की कृपा से हमारा काम बन जाए। अँग्रेज तो इतने वर्ष हम पर शासन करने के बाद भी न हमें ठीक से समझ पाये हैं और न हमारे समाज और संस्कृति को। वे तो बस अपना कायदा-कानून ही जानते हैं। किन्तु डे मोशाय तो बंगाली हैं। वह तो समझ सकते हैं कि यदि भवाल संन्यासी मेरा भाई रोमेन्द्र न होता तो मैं उसे अपने घर ही देहरी पार न करने देती। यही नहीं, यहाँ कलकत्ता में वह प्रत्यक्ष देख रहे हैं कि भवाल संन्यासी को अन्य सामन्त भवाल के मेजोकुमार के रूप में अपने यहाँ आमन्त्रित कर रहे हैं। बैरिस्टर नाग-जैसे व्यक्ति भवाल संन्यासी को अपना खोया हुआ मित्र रोमेन्द्र मान रहे हैं। और सबसे बड़ी बात कि डे मोशाय उससे भी किसी सामाजिक आयोजन में मिलते हैं तो कुमार कहकर ही सम्बोधित करते हैं।

तो अन्ततः सन् 1926 के दिसम्बर माह में हमने वकीलों के परामर्श पर बोर्ड ऑफ रेवेन्यू के नाम एक स्मारिका भेजकर भवाल संन्यासी को मेजोकुमार होने का दावा विधिवत प्रस्तुत कर ही दिया। मुझे बहुत आशा थी कि स्मारिका पर डे मोशाय सहानुभूतिपूर्वक विचार करवाएँगे किन्तु शुरू अप्रैल में बोर्ड ऑफ रेवेन्यू ने स्मारिका को यह कहकर ठुकरा दिया कि भवाल संन्यासी वास्तव में मेजोकुमार हैं या नहीं इसकी जाँच करना बोर्ड ऑफ रेवेन्यू के लिए व्यर्थ समय बरबाद करना होगा क्योंकि यदि वह मेजोकुमार ही हैं तो बोर्ड कोई न्यायालय नहीं जो उसे अपनी सम्पत्ति पर अधिकार पुनः दिलवा सके और यदि वह जाली ही हैं तो पुलिस द्वारा की जा चुकी जाँच के बाद आप बोर्ड क्यों उसे प्रमाणित करे। यह निर्णय सुनकर मैं तो स्तब्ध रह गयी। मुझे डे मोशाय पर बहुत क्रोध भी आया कि यदि बोर्ड कुछ कर ही नहीं सकता था तो उन्होंने बोर्ड के आगे गुहार लगाने का परामर्श ही क्यों दिया। जले पर नमक छिड़कने के लिए वह सबसे यह कहने लगे कि भवाल संन्यासी ठग सिद्ध किया जा चुका है। मेरे जमाइयों ने मुझे समझाया कि डे मोशाय बंगाली हैं तो क्या, हैं तो सरकारी अधिकारी ही ना? वह कैसे सरकार के विरुद्ध कोई मत रख सकते हैं? जब उन्होंने हमें भवाल संन्यासी से आवेदन भिजवाने का परामर्श पहली बार दिया था तब उन्हें यह कहाँ मालूम था कि हाईकोर्ट के अँग्रेज जज कहने वाले हैं कि डिप्टी मजिस्ट्रेट मेजोकुमार की मृत्यु और दाह-संस्कार के बारे में सरकारी अधिकारियों के प्रमाण-पत्रों को चुनौती देना सर्वथा अनुचित था।

हम कलकत्ता में ही रहते चले गये। सरकार के अनुसार भवाल संन्यासी एक पंजाबी साधु था जिसे मैंने स्वार्थवश अपना भाई घोषित कर डाला था। शासन को यह तनिक भी असमंजसप्रद नहीं प्रतीत हो रहा था कि उस जाली मेजोकुमार को कलकत्ता के भद्रलोक ने असली के रूप में स्वीकार कर लिया है। और तो और बंगाल लैंडलॉर्ड्स एसोसिएशन नामक जमींदारों की संस्था ने उसे सदस्यता प्रदान कर दी है और उसे भवाल के जमींदार रोमेन्द्र नारायण राय के नाम से रसीद काटकर दी है। वह इसी हैसियत से प्रीतिभोजों, सार्वजनिक उत्सवों और निजी समारोहों में आमन्त्रित किया जाने लगा। सामन्तों के अतिरिक्त सेठों ने भी उसे मेजोकुमार माना। एक जमींदार के

यहाँ हुए प्रीतिभोज में गवर्नर लार्ड लिटन से जब भवाल संन्यासी का परिचय मेजोकुमार रोमेन्द्र नारायण राय के रूप में कराया गया तब गवर्नर साहब ने सहर्ष उनसे हाथ मिलाया। किन्तु मेरे जमाइयों ने कहा कि अँग्रेजों को इससे कोई अन्तर नहीं पड़ता कि दूसरे उस संन्यासी को क्या मान रहे हैं। जब तक भवाल संन्यासी जयदेबपुर जाकर लगान-वसूली न करने लगे या लैंसडाउन रोड जाकर रानी बिभावती देबी के पति होने का दावा न करने लगे तब तक वे उसे धूर्त और हमें धूर्त के साथ-साथ मूर्ख भी मानते रहेंगे किन्तु करेंगे कुछ नहीं।

बुद्धू जाकर फिर मेजोकमार से मिल आया और मेजो मामा से अनुरोध करने लगा कि लैंसडाउन रोड से होकर फिटन निकालते रहने की अनुमति दे किन्तु रोमेन्द्र नहीं माना। मुझे भी यह अनुचित लगा कि रोमेन्द्र बिभा की गली के चक्कर लगाया करे। फिर भी दो बार ऐसा संयोग हुआ कि सार्वजनिक स्थलों पर रोमेन्द्र और बिभावती की सवारियाँ पास-पास से गुजरीं। पहली बार तब जब बुद्धू मेजो मामा को हवाखोरी के लिए विक्टोरिया मेमोरियल ले गया था। शाम की भीड़ में गाड़ियों का यातायात अटक-सा गया तो देखा बिभा की खुली कार बगल में खड़ी है। बुद्धू ने मेजो मामा को कुहनी मारी और उन्होंने फिटन से झाँककर बिभा से दृष्टि मिलाई। पहले बिभा ने दृष्टि फेर ली। फिर गर्दन घुमाई और संन्यासी के चेहरे का निरीक्षण-सा करती रही। इतने में यातायात फिर चल पड़ा। बिभा की कार फिटन से आगे निकल गयी। दूसरी बार रोमेन्द्र की खुली गाड़ी स्टैंड पर खड़ी हुई थी कि बिभा की गाड़ी पास से गुजरी। इस बार भी बिभा ने दृष्टि मिलाई। किन्तु बिभा ने हमसे कोई सम्पर्क नहीं साधा। उन्हीं दिनों यह भी सुनने को मिला के छोटो बोऊ और मेजोबोऊ में अपने-अपने दादा के माध्यम से न केवल सम्पर्क बल्कि समझौता भी हो गया है। तब तक मेजोरानी भी बोड़ोरानी तथा हम ननदों की तरह छोटो रानी द्वारा अपने दादा का बेटा गोद लिये जाने का विरोध करते आए थे अब वह छोटोरानी का समर्थन करने लगी थी।

मेरे खर्चे बढ़ते जा रहे थे। मेजोकुमार के समर्थकों से मिलने वाला चन्दा और किसानों द्वारा कभी-कभी दी जाने वाली नजर तो कानूनी कार्रवाई के लिए ही पर्याप्त नहीं पड़ रही थी। बोड़ोबोऊ अवश्य रोमेन्द्र की थोड़ी आर्थिक सहायता करने लगी थी किन्तु उस बिचारी की यह सीमा थी कि भवालराज कोर्ट ऑफ वार्ड्स में था और वह उसकी अवज्ञा करके अपने संन्यासी देवर की कानूनी लड़ाई लड़ने का पैसा नहीं दे सकती थी। उसके लिए कोर्ट ऑफ वार्ड्स से पैसा पाते रहने के लिए आधिकारिक रूप में भवाल संन्यासी को अपने देवर के रूप में मान्यता न देने की बाध्यता-सी थी। तो आवश्यक था कि यदि कलकत्ता में रहकर बिभा पर अपना दावा प्रस्तुत करने की भवाल संन्यासी के लिए कोई सम्भावना है ही नहीं तो वह ढाका लौटकर भवालराज पर अपना दावा जताने के लिए लगान वसूली ही कर दिखाए। बिभा से मिलने का यत्न करने पर लगे निषेध को तोड़ने से तो अच्छा लगान वसूली पर लगे निषेध को तोड़ दिखाए वह।

बोड़ोबोऊ ने रोमेन्द्र को यह सारी ऊँच-नीच समझाई। मुझे एकान्त में उसने यह भी बताया कि सत्या बाबू के समर्थक कानाफूसी करके यह घिनौनी अफवाह फैलाने का यत्न कर रहे हैं कि बोड़ो रानी सरजूबाला और उस तथाकथित संन्यासी के बीच कुछ चल रहा है। तभी वह मुस्टंडे पंजाबी को अपना देवर बना बैठी हैं। सरजूबाला ने कहा कि यह आवश्यक है कि तुम लोग ढाका चली जाओ छोटोदी और जब बिभा मेजो को अपना पति मान ही नहीं रही है तब इसका कहीं और विवाह करा दो नहीं तो आपके लिए भी कुछ उल्टा-सीधा कहने लगेंगे। मैंने उससे कहा कि तुम लड़की ढूँढ़ लेना, विवाह के लिए मैं सहमत करा लूँगी रोमेन्द्र को।

तो प्राय: पाँच वर्ष कलकत्ता में बिता लेने के बाद हम ढाका लौट आए। मैं तो चाहती थी कि रोमेन्द्र जयदेबपुर जाकर दरबार लगाए किन्तु वकीलों ने कहा कि पुलिस तुरन्त पकड़ लेगी क्योंकि जिला मजिस्ट्रेट ने हमारे ढाका पहुँचते ही सुन्दरदास उर्फ भवाल संन्यासी को एक आदेश थमा दिया था कि जयदेबपुर न जाए। तो रोमेन्द्र ने ढाका में ही भवाल की प्रजा से मिलना और लगान और नजराना लेना आरम्भ कर दिया। वहीं उसने पहली बार किसानों को दर्शन देने का वार्षिक पुण्यमहोत्सव कर डाला। उसने जिला मजिस्ट्रेट के कार्यालय में जाकर अपना मौखिक विरोध भी दर्ज कराया और स्पष्ट कर दिया में मैं अपनी पैतृक सम्पदा पर अपना अधिकार छोड़ूँगा नहीं और भवाल के प्रजाजन स्वेच्छा से मुझे जो कुछ भेंट करेंगे उसे ठुकराऊँगा नहीं। प्रजाजन भवाल संन्यासी बन चुके अपने लाड़ले कुमार में फिर वही पुराना दुस्साहस जाग्रत होता देख बहुत उत्साहित हुए। उन्हें इस बात से भी बहुत प्रसन्नता हुई कि बोड़ोरानी भी संन्यासी को देवर के रूप में स्वीकार कर चुकी हैं। क्या आश्चर्य जो उस वर्ष कोर्ट ऑफ वार्ड्स की लगान वसूली एक-चौथाई घट गयी। भवालराज के अंग्रेज मैनेजर ने बोड़ो रानी को लिखा कि वह प्रजा के इस विद्रोह को दबाने में सहायता करें, भवाल संन्यासी को अपना देवर बताकर उसे भड़काएँ नहीं। सम्भव है मैनेजर ने मेजोरानी को भी पत्र भेजा हो या फिर शासन ने ही उन्हें विद्रोह दबाने के लिए तुरन्त जयदेबपुर भिजवा दिया हो, बिभा अपने दादा के साथ आ पहुँची। जयदेबपुर और ढाका दोनों जगह वह किसानों और ताल्लुकेदारों से मिली और उसने उनसे यही कहा कि भवाल संन्यासी एक पंजाबी साधु है उसे मेरा पति बताकर न मेरा अपमान कीजिए और न सरकार के कोपभाजन बनिए। रोमेन्द्र के अनेक समर्थकों ने उससे कहा कि आप एक बार भवाल संन्यासी से आमना-सामना क्यों नहीं कर लेतीं? किन्तु वह इसके लिए तैयार न हुई।

तो प्राय: नौ वर्ष बाद 24 अप्रैल 1930 को भवाल संन्यासी कहलाने वाले मेरे भाई ने अन्तत: ढाका में प्रथम जिला सब जज की अदालत में एक मुकदमा दायर करके प्रार्थना की कि मुझे भवाल का कुमार रोमेन्द्र नारायण राय घोषित किया जाए और भवालराज की सम्पदा में मेरा तिहाई हिस्सा मुझे वापस दिलाया जाए। इस मुकदमे में उसने पहले मुद्दालेह का स्थान बिभावती देबी को दिया जो अपने भाई के दुष्टतापूर्ण

परामर्श पर निज लाभ के लिए भवाल संन्यासी से आमना-सामना किए बिना ही उसे जाली ठहरा रही है और उसकी सम्पदा स्वयं भोगती जा रही है। दूसरा स्थान सरजूबाला देबी को दिया जो भले ही उसका मेजोकुमार होना स्वीकार कर चुकी थीं किन्तु कोर्ट ऑफ वार्ड्स के अधीन थी। इसी आधार पर आनन्दा कुमारी देबी और उनके दत्तक पुत्र को तीसरा और चौथा मुद्दालेह बनाया गया। यद्यपि उन्होंने भवाल संन्यासी के मेजोकुमार होने न होने के बारे में तब तक सार्वजनिक रूप से कुछ नहीं कहा था। मुकदमा तो दायर हो गया। अब देखना यह था कि सुनवाई कब शुरू होती है और किस जज की अदालत में?

मानहानि के मुकदमे का अनुभव बता चुका था कि किसी भी अंग्रेज जज के लिए भवाल संन्यासी के पक्ष में निर्णय देना असम्भव होगा। यह भी कि भले ही इस मुकदमे में सरकार मुद्दालेह नहीं है फिर भी वह बिभावती के पक्ष में अपनी सारी शक्ति लगा देगी। इसलिए अनुमान यही था कि शासन इस मुकदमे की सुनवाई किसी भारतीय जज की अदालत में होने देकर हार का जोखिम नहीं उठाएगी विशेष रूप से इसलिए कि देश में ब्रिटिश-विरोधी आन्दोलन तीव्र हो उठा था और मेजोकुमार के समर्थकों में बहुत से पूर्व बंगाल के किसान आन्दोलन और कांग्रेस के सिविल नाफरमानी आन्दोलन से जुड़े हुए थे। ये सारी बातें मुझे जमाइयों ने समझाईं। मैं और रोमेन्द्र हँसे कि हमारे अँग्रेजभ-क्त रहे परिवार को घटनाचक्र ने अँग्रेजों का विरोध करने वाले राष्ट्रवादियों से जोड़ दिया है। तभी हमारे वकील खबर लाये कि ढाका के जिला जज से सरकारी वकील ने अनुरोध किया है कि भवाल संन्यासी केस की सुनवाई किसी हिन्दू जज को न करने दें क्योंकि वह लोकमत के आगे झुक जाएगा। आप तो किसी अँग्रेज को यह कौम सौंपें। यहाँ के तो पढ़े-लिखे लोग तक मुर्दे के जिन्दा हो जाने-जैसे चमत्कारों पर सहज ही विश्वास कर लेते हैं।

दीवानी मुकदमे की सुनवाई शुरू होने में वैसे ही बहुत समय लगता है। फिर इसमें तो कई गवाह ऐसे थे जो ढाका नहीं आ सकते थे। उनकी गवाही कलकत्ता या विलायत में होनी थी। अन्ततः 1933 में सुनवाई की पहली तारीख पड़ी+इस बीच बोड़ोबोऊ ने रोमेन्द्र का विवाह धारा देबी से करवा दिया था और वह गृहस्थ जीवन की ओर लौटने लगा था। यह हमारे लिए सन्तोष का विषय था। और भी अधिक सन्तोष इस बात से हुआ कि दर्शनशास्त्र के विद्वान पन्नालाल बसु तब जिला सब जज थे और अँग्रेज जज ने सुनवाई उनकी अदालत में होने दी।

पक्ष-प्रतिपक्ष

गुरु महाराज कहा करते थे कि माया की मकड़ी जो जाला बुनती है उसके धागे न नजर आते हैं और न किसी के तोड़े तोड़े जा सकते हैं। आत्मपरिचय देने के बाद से निरन्तर यही अनुभव करता रहा हूँ मैं। न आत्मपरिचय दिया होता और न अपनी अधेड़ विधवा दीदी के साथ रहना पड़ता और न अपनी समवयस्क विधवा बोऊदी से मिलने की आवश्यकता पड़ती। न मेरे कुछ पक्षधर बिभा और आशु डॉक्टर के तथाकथित अनुचित सम्बन्धों की कथा उनका नाम लिये बिना कोबीगान और गल्प के रूप में छापते और न मेरे विरोधी यह अफवाह फैलाते कि भवाल संन्यासी के बोड़ो रानी सरजूबाला से अनैतिक सम्बन्ध तो हैं ही और मेजोकुमारी से भी हों तो कोई आश्चर्य नहीं। न यह बेबुनियाद अफवाह फैलती और न बोऊदी मुझे फिर विवाह कर लेने को बाध्य करतीं। न मैं दूसरा विवाह करता और न मुझे दाढ़ी के बाद अब बड़े हुए केश भी कटवा देने पड़ते और भवाल संन्यासी की सफेद लुंगी छोड़कर धोती-कुर्ता-कोट वाला बंगाली बाबू बनना पड़ जाता। संन्यासी के कोई खर्चे नहीं होते, गृहस्थ के लिए खर्चे ही खर्चे। और यह गृहस्थ तो सामन्त भी था और आधिकारिक रूप से सामन्त मान लिए जाने की खातिर कानूनी कार्रवाई भी करता रहा था थोड़ी-बहुत।

मुझे भवाल के प्रजाजन जो भी दे जाते मैं छोटोदी को दे देता उसी से वह मेरे और कानूनी कार्रवाई के खर्चे चलातीं। वह कहतीं कि खर्चे पूरे नहीं हो पा रहे हैं रोमेन्द्र तू सम्पत्ति पर अपना अधिकार फिर से पाने के लिए मुकदमा कर। मैं टालता रहता। कहता मैं संन्यासी क्या करूँगा सम्पदा का? वह कहतीं, भवाल की सारी प्रजा चाहती कि तू उन्हें कोर्ट ऑफ वाड्‌र्स के चंगुल से मुक्त करा। मैं कहता, 'उन्हें सत्या बाबू के समर्थकों की ओर से यह ठीक ही तो बताया जाता रहा है छोटोदी कि अँग्रेज उस भवाल संन्यासी की दावेदारी कभी नहीं मानेंगे जिसे वह जाली ठहरा चुके हैं और यदि वर्षों की मुकदमेबाजी के बाद उन्हें माननी भी पड़ जाय तो क्या? उसे मेजोकुमार के रूप में तिहाई हिस्सा ही मिलेगा ना। दो तिहाई भवालराज तो कोर्ट ऑफ वाड्‌र्स के हाथ में ही रहेगा।' मैं छोटोदी का आग्रह टालता रहा क्योंकि मुकदमा उन बिभावती देबी पर करना

था जो मुझ भवाल संन्यासी को मेजोकुमार अर्थात् अपना पति न मानकर उसके द्वारा अपनी पैतृक सम्पदा भोगे जाने के मार्ग में बाधक बन रही थीं। मैं सोचता और कहता कि यदि मेजोरानी मुझे अपना पति नहीं मानना चाह रही है तो मैं एक ऐसा संन्यासी जो सिफलिस का रोगी रह चुका है और जिसने पति के रूप में उसके प्रति अत्याचार करके उसका जीवन नारकीय बना डाला था क्यों उसे अपनी सेज पर सुलवाने के लिए कानून की सहायता पाने का प्रयास करूँ? छोटोदी कहतीं, 'बिभा से तू पति नहीं, जमींदार के रूप में अपने अधिकारों के लिए लड़ रहा है। रोमेन्द्र और मुकदमा दायर भले ही बिभा पर करना हो किन्तु लड़ाई हमारी उससे नहीं, उसके दादा से है।' मैं कहता, 'छोटी दी बिभा अब अपने दादा से अभिन्न है। वह उसके साथ सुखपूर्वक रह रही है। उसका सुख छीनने का पाप मैं नहीं करना चाहता।' छोटोदी गहरी साँस भरकर रह जातीं। फिर एक बार उन्होंने मुझे बही-खाता खोल कर दिखाया। मुझे किसानों ताल्लुकेदारों से लगभग बारह हजार रुपया मिला था और छोटोदी मुझ पर और मेरे वकीलों पर 32 हजार रुपया खर्च कर चुकी थीं। उनकी अपनी वार्षिक आय मात्र 1200 रुपये थी। वह कर्ज में डूब चुकी थीं।

तो मैं बिभा पर मुकदमा दायर करने के लिए बाध्य हो गया यद्यपि मुझे लगता रहा कि लम्बी मुकदमेबाजी बेचारी छोटोदी पर कर्ज का बोझ बढ़ाएगी ही और अन्त में हर छोटी-बड़ी अदालत मेरी दावेदारी को खारिज कर देगी। जब मुकदमे में सुनवाई के लिए एक हिन्दू जज की नियुक्ति कर दी गयी तब छोटोदी बहुत उत्साहित हुईं कि वह भवाल की प्रजा और राजपरिवार के मत का आदर करेगा और मेरे पक्ष में निर्णय देगा। मैंने उनसे कहा, 'जज सरकार का नमक खाता है भवाल के राजपरिवार का नहीं। अरे जोगेन बाबू-जैसे जिन लोगों ने भवालराजपरिवार का नमक खाया था वे तक अब कोर्ट ऑफ वार्ड्स के कर्मचारी हो जाने के कारण मुझे जाली बता रहे हैं। वह जज क्यों मेरी खातिर अपना भविष्य बिगड़ेगा भला? सरकार इस मुकदमे में बिभावती देबी का पूरा साथ देगी। यह शीघ्र इसी से प्रमाणित हो गया कि ढाका जिला प्रशासन ने मेरी दावेदारी से जुड़े सरकारी कागजात की प्रतियाँ मेरे वकीलों को देने से इनकार कर दिया कि वे गोपनीय हैं। उन्होंने सब जज पन्नालाल बसु की अदालत में गुहार लगायी और उन्हें तब सुखद आश्चर्य हुआ जब जज मोशाय ने सरकार से वे कागजात समन कर डाले। यद्यपि सरकार ने उनके आदेश का पालन नहीं किया तथापि मेरे वकीलों को लगा कि इस मामले में जज मोशाय का मुझे न्याय दिलाने का यत्न ही प्रमाणित करता है कि वह मेरे मुकदमे की सुनवाई निष्पक्ष होकर करेंगे और इस बात से तनिक भी आतंकित न होंगे कि शासन मुझे जाली घोषित कर चुका है और भले ही न्यायपालिका कार्यपालिका से स्वतन्त्र समझी जाती है जज के रूप में उनका अपना भविष्य अँग्रेजों के हाथ में है और रहेगा।' छोटोदी वकीलों की बात सुनकर बहुत उत्साहित हुईं। मैं नहीं।

जज कितना भी निष्पक्ष हो अन्त में उसे क़िसी एक के पक्ष में उसे किसी एक के

निर्णय देना होता है। वह निर्णय प्रतिवादियों को गलत अर्थात् पक्षपातपूर्ण लग सकता है इसीलिए कानून और भी ऊपर की अदालत में जाने का रास्ता खुला रखता है। यदि पन्नालाल बसु मेरे पक्ष में निर्णय देंगे तो बिभा अवश्य हाईकोर्ट में अपील करेगी जहाँ अधिकतर जज अँग्रेज होने के साथ-साथ प्रशासनिक सेवा आईसीएस के सदस्य भी रह चुके हैं। वे अवश्य निचली अदालत के निर्णय को बदल देंगे। नहीं बदलेंगे तो बिभा सर्वोच्च अदालत प्रीवी काउंसिल में जाएगी जो विलायत में बैठती है और जिसके सभी जज अँग्रेज होते हैं।

ये तमाम बातें मुझ निरक्षर को स्वयं पता नहीं थीं। ये तो मैंने छोटोदी के जमाई बाबू सागर से सुनी थीं जिन्होंने इन्हें अपने दादा जोगेन बाबू से सुना था। जोगेन बाबू ने उन्हें इसलिए यह सूचना दी थी कि जाकर अपनी सासु माँ को सारी ऊँच-नीच समझाएँ। छोटोदी की प्रतिक्रिया यह हुई कि सत्या बाबू को हार जाने का भय सताया होगा इसीलिए जोगेन बाबू से कहा होगा कि अपने छोटो भाई की मार्फत राजकुमारी ज्योतिर्मयी को आतंकित करके देखो, कदाचित् मुकदमा वापस ले लें। मेरी प्रतिक्रिया यह हुई कि बात तो जोगेन बाबू ने ठीक ही कही है। फिर जोगेन बाबू ने सागर की मार्फत ऐसा सन्देश भिजवाया जो मुकदमेबाजी के लिए मेरा सारा उत्साह समाप्त कर गया। जोगेन बाबू के अनुसार मुद्दालेहों की ओर से इस मुकदमे पर जो खर्च होगा वह कोर्ट ऑफ वार्ड्स अपनी जेब से तो दे नहीं सकता। बोड़ोरानी इस मुकदमे में मुद्दई का साथ दे रही हैं इसलिए उन्होंने भवालराज की आय में अपने हिस्से से इस मुकदमे के लिए पैसे देने से इनकार कर दिया है। छोटो रानी अवश्य मेजोरानी का साथ दे रही हैं किन्तु उन्होंने भी यह कह दिया है कि भवाल संन्यासी की दावेदारी मेजोरानी वाले हिस्से पर है इसलिए इस मुकदमे का पूरा व्यय उन्हें ही उठाना चाहिए। तो होगा यह कि भवाल संन्यासी भवालराज की आय के जिस हिस्से के लिए लड़ रहा है उसी से पैसा व्यय करके कोर्ट ऑफ वार्ड्स भवाल संन्यासी से लड़ेगा। भवालराज की तिहाई आय पर अधिकार पाने के लालच में इधर राजकुमारी ज्योतिर्मयी कर्ज में डूबकर बरबाद हो जाएँगी और उधर उनके दिवंगत भाई रोमेन्द्र के हिस्से की आय कोर्ट-कचहरी में खत्म होती रहेगी।

जोगेन बाबू ने यह भी कहलवाया कि पन्नालाल बसु ने कागजात के मामले में सरकार की आलोचना की है इसका अर्थ यह न लगा लें राजकुमारी ज्योतिर्मयी कि वह मुकदमे में भी जाली संन्यासी के पक्ष में निर्णय देंगे। हाँ न्यायाधीश की भाँति वह भी यही जाँचेंगे कि दार्जिलिंग में मेजोकुमार की मृत्यु और दाह-संस्कार के बारे में सच कौन बोल रहा है— मेजोरानी और उनके दादा या यह जाली संन्यासी? सत्या बाबू के पास मृत्यु और दाह-संस्कार के प्रमाणपत्र हैं, संन्यासी के पास कपोलकल्पना। कोई भी जज कपोल-कल्पना को प्रमाण-पत्रों से अधिक ठोस साक्ष्य का दर्जा दे नहीं सकता। मैंने सुना तो कहा छोटोदी से, 'जोगेन बाबू का यह तर्क अकाट्य है। यह मुकदमा अन्ततः आपके लिए एक

महँगी भूल ही सिद्ध होगा।' छोटोदी बोलीं, 'विजय हमेशा सत्य की होती है रोमेन्द्र। तू अवश्य जीतेगा। मेरा आशीर्वाद है।' तो नवम्बर, 1933 को मुकदमे की सुनवाई विधिवत आरम्भ हो गयी। मेरे प्रमुख वकील थे बैरिस्टर बी.सी. चटर्जी, जो राजनीति में उन नरम विचारधाराओं वालों में से थे जो अँग्रेजों से लड़ने और तुरन्त स्वतन्त्रता माँगने के पक्ष में न थे किन्तु जिन्होंने उग्र क्रान्तिकारियों और राष्ट्रवादियों के मुकदमे लड़कर नाम कमाया था। बिभा की ओर से प्रमुख वकील बैरिस्टर ए.एन. चौधुरी थे, जो रहन-सहन में पूरे विलायती थे और अपनी अँग्रेजभक्ति के लिए विख्यात थे। जोगेन बाबू के अनुसार यह भी मेरी हार का कारण बनने वाला था। जज अँग्रेजभक्त वकील की दलीलों पर राष्ट्रवादी वकील की दलीलों से अधिक ध्यान देगा।

सुनवाई आरम्भ होते ही भयंकर अपशकुन हुआ। बुद्धू चल बसा। छोटोदी तो दुख से टूट गयीं। वकील चिन्तित हो उठे। बुद्धू एक महत्त्वपूर्ण गवाह था। वह अदालत को बता सकता था कि मेजोरानी ने भवाल संन्यासी को देखने की इच्छा व्यक्त की थी। यह भी कि वह भयंकर द्विविधा की मन:स्थिति में थी। शोकग्रस्त राजकुमारी ज्योतिर्मयी और स्वयं मेरी मन:स्थिति वकीलों के लिए चिन्ताप्रद थी। हम दोनों का पूरे आत्मविश्वास से गवाही दे पाना और वकीलों की निर्मम जिरह का पूरी दृढ़ता से सामना कर पाना नितान्त आवश्यक था उनकी दृष्टि में। यह तो अच्छा हुआ कि अदालत में शुरू में दार्जिलिंग में सिविल सर्जन काल्वर्ट की विलायत में और डॉक्टर प्राण किशोर आचार्य और बोड़ो रानी सरजूबाला की कलकत्ता में ली गई गवाहियाँ प्रस्तुत की गयीं। डॉक्टर आचार्य हमारे गवाह थे। इस मुकदमे में सबसे पहले उनकी ही गवाही दर्ज की गयी। सुनवाई के दौरान सत्या बाबू ने ऐसा जताया कि न मैं इनको जानता हूँ और न मैंने इन्हें दार्जिलिंग में मेजोकुमार की मृत्यु के बाद बुलाया था किन्तु जैसा कि छोटोदी ने बताया था दार्जिलिंग प्रकरण के बारे में सत्या बाबू के बयान की पुष्टि के लिए लिंडसे ने जिन लोगों से पूछताछ की थी, उनमें से एक डॉक्टर आचार्य भी थे और लिंडसे उन लोगों से ही गवाही ले रहे थे जिनका नाम सत्या बाबू सुझा रहे थे उन्हें। उन्होंने मुख्य सुनवाई में उन्हें अपना गवाह इसलिए ही नहीं बनाया था कि उन्होंने लिंडसे के प्रश्नों के उत्तर में जो कुछ कहा था वह सत्या बाबू को कष्ट में डालने वाला था।

डॉक्टर मोशाय ने बताया, '9 मई की सुबह 6 बजे एक नर्सनुमा स्त्री मेरे पास पड़ोस के बंगले स्टेप असाइड में टिके हुए भवाल के मेजोकुमार के बारे में एक सन्देश लेकर आई जिसका ब्यौरा मुझे अब ठीक-ठीक याद नहीं है किन्तु जिसमें यह निहित था कि कुमार मरणासन्न हैं अथवा मर चुके हैं और मुझे मृत घोषित करने के लिए बुलाया जा रहा है। तो मैं स्टेथेस्कोप लेकर गया। वहाँ देखा कि नीचे ही एक खटिया पर एक देह पूरी तरह से ढकी हुई पड़ी है। मैंने ज्योंही नब्ज देखने और स्टेथेस्कोप से हृदय की धड़कन सुनने के लिए देह पर से कपड़ा हटाना चाहा तो वहाँ उपस्थित लोगों ने कहा कि यह ब्राह्मण का शरीर है और आप ब्राह्मो हैं इसलिए इसे छू नहीं सकते। यह आपत्ति

बड़ी विचित्र थी इसलिए उस 9 मई की सुबह स्टेप असाइड में भवाल के मेजोकुमार को मृत घोषित करने के लिए बुलाए जाने की बात मैं कभी भूल नहीं पाया।' जिरह करते समय प्रतिपक्ष से डॉक्टर आचार्य के इस कथन को किसी तरह की भी चुनौती नहीं दी गयी। कदाचित् इसलिए कि लिंडसे द्वारा उनको भी 9 मई की सुबह की घटनाओं के बारे में पूछताछ करना ही उनके डॉक्टर की हैसियत से वहाँ उपस्थित होने का प्रमाण था। इसलिए जिरह में उनसे मात्र इतना पूछा गया कि क्या किसी ब्राह्मो को ब्राह्मण का शव उसके परिवारवालों द्वारा न छूने देना स्वाभाविक नहीं?

डॉक्टर मोशाय ने उत्तर दिया कि अपनी चालीस वर्ष की प्रैक्टिस में मुझे किसी ने मेरे धर्म के आधार पर मुझे रोगी की जीवित अथवा मृत देह छूने से नहीं रोका है। यदि मुझे वह देह देखने दी गयी होती तो मैं बता सकता कि वह किसकी थी और उसकी मृत्यु कब हुई थी। फिर ब्राह्मो द्वारा मेजोकुमार को छूने पर आपत्ति करना इसलिए भी विचित्र था कि उपचार एक म्लेच्छ डॉक्टर सिविल सर्जन काल्वर्ट का चल रहा था। इसलिए जिरह में यह पूछा गया कि क्या यह नहीं हो सकता कि आपके पहुँचने से पहले कोई अन्य डॉक्टर मेजोकुमार को मृत घोषित कर चुका हो? उन्होंने उत्तर दिया कि यह तो मैं कह नहीं सकता। मेरे वकीलों का कहना था कि डॉक्टर आचार्य की गवाही से प्रतिपक्ष बहुत कष्ट में पड़ गया है। सत्या बाबू बराबर यह कहते रहे हैं कि डॉक्टर काल्वर्ट और डॉक्टर निबारन सेन दोनों उपस्थित थे। यदि उनकी उपस्थिति में मृत्यु हुई तो मेजोकुमार को मृत घोषित करने के लिए अगली सुबह डॉक्टर आचार्य को बुलाने की आवश्यकता ही क्यों पड़ी? स्पष्ट था कि डॉक्टर आचार्य को इस नीयत से बुलवाया गया था कि उन्हें बगैर देह दिखाए उनसे मृत्यु का प्रमाण-पत्र लिखवा लिया जाए ताकि बाद में कहा जा सके कि जिस देह को 9 मई की सुबह जलाया गया वह मेजोकुमार की ही थी। डॉक्टर मोशाय के बगैर जाँच किए प्रमाण-पत्र न देने से सब गड़बड़ हो गया। डॉक्टर मोशाय ने अपनी गवाही में यह कहा है कि पूरी तरह ढकी हुई एक देह नीचे खाट पर रखी थी जबकि सत्या बाबू आरम्भ से यह कहते रहे हैं कि बिभाबती ऊपर की मंजिल में मेजोकुमार के शव से लिपट कर रोती रही और बड़ा कठिनाई से सुबह साढ़े सात-आठ बजे शव को उनसे छुड़वाकर नीचे लाकर खटोले में रखा जा सका। शव का मुँह दर्शनार्थियों के लिए खुला रखा गया। किन्तु डॉक्टर आचार्य शव के उससे कहीं पहले नीचे खटोले पर पूरी तरह ढके पड़े होने की बात कहते हैं। बाद में जज के सामने बिभा के वकील बैरिस्टर चौधरी ने यह कहा कि डॉक्टर आचार्य को ऊपर की मंजिल में ही ले जाया गया होगा। किन्तु उन्होंने इस बात पर बहुत अधिक जोर नहीं दिया क्योंकि ऐसा कहकर वह सत्या बाबू और आशु डॉक्टर के इस कथन को झुठला रहे लगते कि हम न डॉक्टर आचार्य को जानते थे और न हमने उन्हें बुलाया ही। तो बैरिस्टर चौधरी ने यह कहा कि ऐसा भी हो सकता है कि पड़ोसी डॉक्टर आचार्य को सासनबन्धु के रूप में अर्थात् शवयात्रा में सम्मिलित होने के लिए बुला लिया गया

हो। वह भूल गए कि स्वयं डॉक्टर आचार्य कह चुके हैं कि ब्राह्मणों की शवयात्रा में ब्राह्मो को ले जाना निषिद्ध है।

बाद में मेजोकुमार का दाह-संस्कार सुबह होने के पक्ष में जितने भी लोगों ने गवाही दी सबने यह कहा कि डॉक्टर आचार्य 'स्टेप असाइड' में उस सुबह थे ही नहीं। ऐसा कहकर वे डॉक्टर आचार्य-जैसे लब्ध-प्रतिष्ठ डॉक्टर को तो झूठा सिद्ध न कर सके किन्तु स्वयं उन्हें झूठे गवाह मानने का पर्याप्त आधार जुटा गए। सत्या बाबू इस पेंच को समझ रहे थे इसीलिए उन्होंने जिरह के दौरारन यह कहा कि मुझसे पूछे बिना किसी ने 9 मई की सुबह कुमार की जाँच करने के लिए बुला लिया हो ऐसा तो हो सकता है किन्तु इसकी सम्भावना नहीं के बराबर है। डॉक्टर आचार्य 'स्टेप असाइड' आए हों यह सम्भव है, मैं इस बारे में कुछ कह नहीं सकता किन्तु यदि वह आए और जो कुछ वह कह रहे हैं घटित हुआ तो मेरी उपस्थिति में नहीं। मैं कानून का ज्ञाता नहीं किन्तु मुझे भी सुनकर यही लगा कि डॉक्टर आचार्य की गवाही से मेरा पक्ष प्रबल हो सका है। क्या आश्चर्य जो एडवोकेट जनरल सरकार ने मेरी दूसरी गवाह बोड़ो रानी सरजूबाला से कड़ी जिरह की। उन्होंने इस तरह से प्रश्न किए कि बोड़ो रानी को या तो यह मानना पड़े कि उनके दादा शैलेन्द्र मति लाल द्वारा ढाका में भवाल संन्यासी को देखकर आने के बाद उसके मेजोकुमार होने की बात स्वीकार कर लेने के आधार पर ही उन्होंने भवाल संन्यासी को बिना देखे ही स्वयं भी मेजोकुमार मान लिया था या फिर यह स्वीकार करें कि उन्हें अपने दादा की बात पर विश्वास नहीं हुआ था इसीलिए उन्होंने वर्षों तक भवाल संन्यासी से भेंट करने का कोई यत्न नहीं किया।

जिरह में यह भी उठाया गया कि क्या सन् 1929 में बोड़ोरानी ने भवाल संन्यासी को मेजोकुमार के रूप में मान्यता देने का निर्णय इसलिए कर डाला कि छोटो रानी आनन्दा कुमारी द्वारा अपने भाई का बेटा गोद लिये जाने के विरुद्ध छोटो राजकुमारी तारिणमयी देबी ने जो मुकदमा दायर कर रखा था उसकी सुनवाई शुरू होते ही छोटोरानी का समर्थन करने लगी। जबकि अब तक इस मामले में वह बोड़ोरानी और अपनी ननदों का समर्थन करती आई थीं। और क्या बोड़ोरानी छोटोरानी के इसलिए विरुद्ध नहीं हुई थीं कि वह आनन्दा कुमारी को अपने भाई का बेटा गोद दिलवाना चाहती थीं? क्या यह सही नहीं है कि कोर्ट ऑफ वाड्र्स से अपने पत्र-व्यवहार में बोड़ोरानी भी यही संकेत देती रही थीं कि भवाल संन्यासी को वह भी जाली संन्यासी मानती हैं? सौभाग्य से बोड़ोरानी के पास इसका खंडन करने के लिए 1925 में ढाका के कलेक्टर से हुआ पत्र-व्यवहार मौजूद था। बोड़ो रानी राजा राजेन्द्र नारायण राय का तैलचित्र ढाका के नॉर्थब्रुक हॉल में टाँगने के लिए देने का प्रस्ताव करते हुए लिखा था कि उसका अनावरण गवर्नर से करवाएँ। इसके उत्तर में कलेक्टर ड्रमंड ने लिखा था, 'वर्तमान स्थिति में महामहिम के लिए यह सम्भव न होगा। ऐसा करने पर तो यह लगेगा कि वह साधु के प्रति आपके रवैये का अनुमोदन करते हैं।' ड्रमंड ने यह भी कहा था कि साधु की ओर से दूसरे लोग

उसके मेजोकुमार होने का जो दावा करते रहे हैं सरकार द्वारा उसके पूरी तरह से ठुकरा दिए जाने के बारे में किसी को कोई सन्देह न रहे।

इसके बाद पिसिमाँ कमल कामिनी देबी ने मेरी ओर से गवाही दी। वह भवाल संन्यासी अर्थात् मुझसे सबसे पहले तब मिली थीं जब मेजोकुमार ज्योतिर्मयी देबी ने छोटोकुमारी तारिणमयी देबी से मिलवाने के लिए संन्यासी को ढाका में शैलबालिनी देबी के घर बुलवाया था। उन्होंने कहा कि मुझे वह साधु उस दिन ही रोमेन्द्र ही लगा। फिर मैं जयदेबपुर गयी और उसके रोमेन्द्र ही होने के कारण मैं पूरी तरह आश्वस्त हो गयी। पिसिमाँ की गवाही मेरे लिए यह संकट उजागर कर गयी कि मुझसे हुई बातचीत के बारे में जिसको जो भी याद रहा होगा उल्टा-सीधा सो कह डालेगा। इससे मेरे गवाहों के बयान में परस्पर और उनके तथा मेरे बयानों में विरोध दिखाई पड़ेगा। माँ ने गवाही में कहा कि मैंने होश आने पर तुरन्त घर न लौटने का कारण यह बताया कि नागा साधु मुझ पर कड़ी निगरानी रखे हुए थे और शंका निवारण तक के लिए अकेला नहीं जाने देते थे। जबकि मैंने ऐसी कोई बात कभी कही न थी और न अदालत में कहने वाला था। किन्तु मेरे वकील इस पक्ष में न थे कि गवाहों को रटाया जाए कि क्या कहना है। तो मेरी ओर से गवाहियाँ होती गयीं। एक दिन बैरिस्टर चौधरी ने उठकर जज मोशाय से निवेदन किया कि मुद्दई ने अपने मेजोकुमार होने का यह दावा पूरे नौ वर्ष बाद तो प्रस्तुत किया है और उसके भी तीन वर्ष बाद अदालत में दावे की कार्रवाई शुरू हुई है। बारह वर्ष की अवधि में वह मेजोकुमार की सारी जीवनगाथा अच्छी तरह समझ चुका होगा। उसकी अपनी गवाही में इस तरह जितना विलम्ब कराया जाएगा अदालत का काम उतना ही कठिन होता जाएगा। इस पर मेरे वकील बैरिस्टर चटर्जी ने अदालत को बुद्धू के देहावसान की सूचना दी और बताया कि अशौच के कारण ही मुद्दई की गवाही स्थगित करनी पड़ी है। बारहवीं हो जाने पर मुद्दई गवाह के कठघरे में खड़ा मिलेगा प्रतिपक्ष को।

तो दिसम्बर के दूसरे पखवाड़े में मेरी गवाही आरम्भ हुई। अदालत खचाखच भरी रहने लगी। मैंने बताया कि कैसे दार्जिलिंग में जब सिविल सर्जन की दवा से मेरा उदरशूल घटा नहीं तो मैंने आशु डॉक्टर से कोई दवा देने के लिए कहा और रात आठ या नौ बजे उसने मुझे गिलास से कोई दवा पिलायी। पीने के तीन-चार घंटे बाद मैंने छाती में जलन और भयंकर बेचैनी अनुभव की और मुझे उल्टी हुई। मैं चीखता-चिल्लाता रहा। रात को कोई डॉक्टर नहीं आया। अगली सुबह से मुझे खूनी दस्त होने लगे। मेरी कमजोरी बढ़ती गयी और फिर मैं बेहोश हो गया। होश आया तो मैंने अपने को संन्यासियों के साथ पाया। इसके बाद मैंने उन साधुओं के साथ यन्त्रवत अवस्था में देशाटन करने की, बनारस पहुँचकर थोड़ा आत्मबोध होने की, अमरनाथ में गुरुमन्त्र लेने के बाद अतीत जानने की अकुलाहट बढ़ने की, ब्रहछत्र में यह बोध होने की कि मेरा ढाका से कोई सम्बन्ध है, ढाका पहुँचने पर स्मृति के धीरे-धीरे लौटने की और जयदेबपुर में ज्योतिर्मयी देबी के सतत

आग्रह पर अपना मेजोकुमार होना स्वीकार कर लेने की पूरी गाथा विस्तार से सुना डाली। फिर मैंने उस अन्तर्द्वन्द्व का निरूपण किया जो मेरे मन में ठाकुर माँ और ज्योतिदी से मिलने के बाद चलता रहा और जिसके कारण मैंने मेजोकुमार के रूप में आत्मपरिचय देने में विलम्ब किया। मैंने अदालत को यह भी बताया और दिखाया कि सिर से लेकर पाँव तक मेरी देह पर ऐसे कौन-कौन से चिह्न हैं जिनके आधार पर ज्योतिदी ने मेरे मेजोकुमार होने की पुष्टि कराई। मैंने यह भी बताया कि वे कब और कैसे पड़े थे।

बैरिस्टर चौधरी ने जिरह मुस्कराते हुए आरम्भ की। मुस्कराते हुए और तरह खाते हुए भी मानो कह रहे हों कि इन लोगों को साधु बन चुका मेजोकुमार बनाने के लिए यह मूर्ख गँवार ही मिला जो न संन्यासी की भूमिका निभा सकता है, न सामन्त की। बोले, आपने आज जो कहानी सुनाई वह उस कहानी से भिन्न है जो मानहानि मुकदमे में सुनाई गई थी, उससे भी भिन्न है जो आपने लिंडसे साहेब को सुनाई, उससे भी भिन्न है जो आपने बोर्ड ऑफ रेवेन्यू को लिखकर दी तो बताइए आप को साधु माना जाए कि शठ? मैंने कहा कि मानहानि मुकदमे से मेरा कोई सम्बन्ध न था। लिंडसे साहेब ने क्या लिखा मैं नहीं जानता और मेरे वकीलों ने बोर्ड ऑफ रेवेन्यू को क्या लिखकर दिया यह पढ़ सकना मेरे वश का था नहीं। वह प्राय: हँस पड़े। बोले, आपने औरों को अपनी तरफ से कुछ भी कह और लिख देने की छूट दे रखी है। इतनी भी विरक्ति ठीक नहीं साधु बाबा। और आपने अब स्वयं जो कहानी सुनाई है वह तो इतनी अविश्वसनीय है कि मैं आपका वकील होता तो इतना लचर झूठ कभी न सुनाने देता। मैंने कहा, इसीलिए आप मेरे वकील नहीं हैं। वह बोले, आप जड़ी-बूटी बेचने वाले सुन्दरदास नामक एक साधु हैं। अच्छा होता कि आप अदालत को यही बता देते। मैंने कहा कि यह बताने के लिए आप हैं ना। वह बोले, जिस समय को आप अन्तर्द्वन्द्व में बीता बता रहे हैं क्या वह राजकुमारी ज्योतिर्मयी से सौदेबाजी में बीता समय नहीं था? मैंने कहा कि साधु सौदेबाजी नहीं करते। उन्होंने जानना चाहा कि क्या साधु मुकदमेबाजी करते हैं? मुझे क्रोध आने लगा इसलिए मैंने अपना ध्यान चौधरी मोशाय की ओर से हटाकर अपनी साँसों पर केन्द्रित कर दिया और आँखें बन्द कर लीं।

ध्यानावस्था में चला गया था इसलिए अगला प्रश्न सुन नहीं पाया। बैरिस्टर चौधरी ने प्रश्न जोर से दुहराते हुए कहा कि अदालत में सोना मना है, जागिए। वह पूछ रहे थे कि आपने अपनी देह के जो चिह्न अदालत को दिखाए हैं वे मेजोकुमार के शरीर पर भी थे यह आपसे किसने बता दिया? मैंने कहा कि मैं मेजोकुमार हूँ मुझे किसी और को बताने की क्या आवश्यकता थी। वह बोले कि सच तो यह है कि पहले आपकी देह पर पड़े निशानों की एक सूची बनाई गयी और बाद में उन्हें मेजोकुमार के शिनाख्ती निशान बताकर वे आपकी देह में ढूँढ़ दिखाए गये। मैंने कहा कि इन निशानों से ही औरों ने भी मेरे मेजोकुमार होने की पुष्टि की। अब चौधरी मोशाय ने इन निशानों के पड़ने के मेरे बताए कारणों का परिहास करना शुरू किया। बोले, आप वर बने अपने छोटे भाई को

फिटन गाड़ी से खींचकर उतारने का यत्न कर रहे थे कि पहिया आपके टखने पर से गुजर गया और सदा के लिए एक निशान छोड़ गया। वर को गाड़ी से नीचे खींच लेने की कोई प्रथा होती है क्या? ये आपकी बाँह पर निशान बाघ के नाखूनों से हुए घाव के हैं। बिल्ली के नाखूनों के तो नहीं? क्या आपको पता है कि बिल्ली और बाघ का पंजा एक-सा होता है? मैंने कहा, मुझे तो यह पता है कि मेरी बाँह पर बाघ ने पंजा मारा था। आप बता सकेंगे कि बाघ के पंजे में कितने नाखून होते हैं? नहीं, किन्तु यह बता सकूँगा कि वे बहुत नुकीले होते हैं। बाद में मेरे जिन भी गवाहों ने यह कहा कि मेरे टखने पर पड़ा निशान छोटोकुमार के विवाह में फिटन का पहिया गुजर जाने से बना था उन्हें बैरिस्टर चौधरी ने झूठा सिद्ध करने की कोशिश की। इसलिए सितम्बर 1934 में बैरिस्टर चटर्जी ने अदालत से प्रार्थना की थी कि मुद्दालेहों से यह बताने को कहा जाए कि बाएँ टखने पर चोट के निशान को मेजोकुमार की पहचान मानते हैं कि नहीं, फिर वह चोट चाहे जिस कारण भी लगी हो? यदि मानते हैं तो स्वीकार करें, नहीं तो दुर्घटना के बारे में गवाहों से व्यर्थ प्रश्न न करें। इसके उत्तर में मुद्दालेहों ने लिखकर दिया कि न तो छोटोकुमार के विवाह में मेजोकुमार के बाएँ टखने पर से फिटन का पहिया गुजरा था और न उनके उस टखने पर चोट का कोई निशान था।

बैरिस्टर चौधरी की जिरह से स्पष्ट हो गया कि वह अदालत को यह दर्शाना चाहेंगे कि मुझे वह सब नहीं आता जो मेजोकुमार को आता था। यथा बांग्ला। उन्होंने इस बात को रेखांकित किया कि ढाका आने के बाद मैं महीनों तक बांग्ला में एक शब्द नहीं बोला और इतने वर्षों बाद भी मैं बांग्ला किसी हिन्दीभाषी की तरह बोलता हूँ। उन्होंने यह असम्भव ठहराया कि स्कूल भेजे जाने और अनेक ट्यूटरों के सुपुर्द किए जाने के बावजूद मेजोकुमार को अँग्रेजी क्या बांग्ला तक नहीं आती थी। उन्होंने मुझसे पूछा, 'बांग्ला में सौ तक गिनती जानते हैं?' मैंने कह दिया, 'नहीं, मैं कोई दुकानदार नहीं जो गिनना सीखता।' उन्होंने पूछा, 'तो कहाँ तक की गिनती आती है?' मैंने कह दिया, 'मुझे गिनती आती ही नहीं।' उन्होंने पूछा, 'हिन्दी में गिनती आती है?' मैने कह दिया, 'नहीं।' मुझे वास्तव में पूरी गिनती किसी भी भाषा में नहीं आती थी और बाद में कई गवाहों ने भी यह बात कही। किन्तु मैंने थोड़ा भी गिनती इसलिए नहीं सुनाई कि मुझे बैरिस्टर चौधरी के व्यंग्यात्मक और परिहासपूर्ण तेवरों से चिढ़ हो उठी थी। उधर बैरिस्टर चौधरी ने इसका निष्कर्ष यह निकाला कि मैं बांग्ला में गिनती सुनाकर अपने उत्तर भारतीयों के-से उच्चारण की पोल नहीं खुलवाना चाहता। यदि मुझे सचमुच गिनती नहीं आती तो मैं मेजोकुमार रोमेन्द्र हो ही नहीं सकता क्योंकि वह इतना भी अनपढ़ न था।

बैरिस्टर चौधरी ने भरी अदालत में मुझ स्वघोषित निरक्षर भट्टाचार्य की स्थिति को हास्यास्पद बनाते चले जाने में कोई कसर नहीं उठा रखी। मैं मान रहा था और मेरे गवाह कह रहे थे कि मैंने स्कूल जाकर कुछ नहीं सीखा, घर में पढ़ाने के लिए रखे गए मास्टरों से कुछ नहीं सीखा और मैंने अपना अधिकतर समय नौकरी की संगति में बिताया जिसके

कारण मुझमें किसी भी प्रकार का परिष्कार नहीं आ पाया किन्तु इसके बावजूद वह भरी अदालत में प्रश्न पर प्रश्न करके मेरी और प्रकारान्तर से मेरे मेजोकुमार के दावे की हँसी उड़ाने में लगे हुए थे। तो मैं भी चिढ़कर उत्तर देता रहता। अदालत अट्टहास से गूँजती रहती। प्रश्नोत्तर क्रम कुछ इस प्रकार चलता— आपको ढाका कॉलेजियेट स्कूल में पढ़ने के लिए भेजे जाने का स्मरण है? हाँ, मैं तब 12 साल का था। किस क्लास में थे यह याद है? नहीं। स्कूल में सबसे निचली क्लास कौन-सी थी पता है? नहीं। आठवीं थी क्या? हो सकता है। मुझे पता नहीं आठवीं किसे कहते हैं। श्यामाचरण मास्टर को जानते थे? हाँ, उनका नाम श्यामाचरण गुहा था। स्कूल में अँग्रेजी या बांग्ला की जो पुस्तकें पढ़ीं उनमें से किसी का नाम बता सकते हैं? नहीं। मैं पुस्तकें पढ़ता ही नहीं था। तो क्या करते थे स्कूल में? खिड़की से बाहर देखता रहता था सड़क से जाते घोड़े और गाड़ियों को। जब पढ़ना नहीं था तब स्कूल क्यों जाते थे? दूसरे लड़कों के साथ खेलने, चाय पीने और बिस्कुट खाने। आपको लिखना तो सिखाया गया होगा? हाँ। किस पर स्लेट पर कि कागज पर? याद नहीं, ढाका के स्कूल में तो स्लेट कॉपी दोनों लेकर जाता था। उन पर कुछ लिखते थे? कुछ भी नहीं। कलम-पेंसिल से उन्हें खरोंचते तो होंगे? मैं कोई बाघ हूँ जो खरोंचता। घर पर द्वारिका मास्टर से कितने वर्ष पढ़े? ठीक से याद नहीं। आप सात-आठ वर्ष के थे जब वह आये इसका अर्थ है स्कूल भेजे जाने से पहले चार वर्ष उन्होंने पढ़ाया। कह नहीं सकता। गणित जानते हैं? नहीं। आप चौदह में से आठ घटा दें तो कितने वर्ष बचते हैं। सात। कापी बुक का अर्थ जानते हैं? नहीं। आदर्शलिपि का? नहीं। हस्ताक्षर करना कब सीखे? कुछ याद नहीं कि जब द्वारिका मास्टर ने मुझे हस्ताक्षर करना सिखाया तब मैं कितने वर्ष का था। छह वर्ष के? नहीं, छह साल का बालक तो नंगधड़ंग दौड़ता फिरता है। तो क्या द्वारिका मास्टर ने आपको आपका नाम लिखकर दिखाया और कहा इसकी नकल करते जाओ। नहीं, मैंने स्वयं लिखकर दिखाया और उन्होंने कहा कि ठीक है। वर्तनी किसी और ने बतायी आपको? नहीं, द्वारिका मास्टर से मैंने क ख ग घ सीखा था। ए बी सी डी भी। किन्तु अपने नाम के अतिरिक्त और किसी शब्द की वर्तनी नहीं सीखी। धीरे-धीरे वर्णमाला भी भूलभाल गया।

श्वेत वर्ण का अर्थ जानते हैं? हाँ, सफेद रंग, और रक्तवर्ण? लाल रंग। व्यंजन वर्ण? बैंगनी रंग। सब लोग हँसे। शुक्लपक्ष का अर्थ? नहीं जानता। कृष्ण पक्ष? उत्तर पक्ष? पूर्व पक्ष? मैं कोई पंडित नहीं जो यह सब जानूँ। स्टिक का अर्थ जानते हैं? नहीं। मैन का? नहीं। ऐंड का? नहीं। अँग्रेज अधिकारियों से कैसे बात कर पाते थे आप? मैं नहीं करता था, मेरे दादा रोणेन्द्र करते थे, मैं थोड़ी देर हाजिरी लगाकर चला आता था। चाय-पानी, भोजन के लिए नहीं रुकता था। फिर उन्होंने मुझसे बांग्ला और अँग्रेजी में हस्ताक्षर करने को कहा। मैंने कर दिया। उन्होंने कहा कि बताइए इसमें कौन-सा अक्षर कहाँ है? बताने में भूलें हुईं मुझसे। वह बोले कि इसका अर्थ यह है कि आप अपने नाम की वर्तनी तक से अनिभिज्ञ हैं। मेजोकुमार के हस्ताक्षरों के ऊपर पतला कागज

रख-रखकर आपको उनकी नकल करने का अभ्यास कराया गया। मैंने कहा कि नहीं तब उन्होंने बड़े नाटकीय ढंग से अदालत से कहा कि मेजोकुमार के पत्रों का वह सीलबन्द लिफाफा दिया जाय जो मुद्दालेहों ने जमा करवाया था। फिर बांग्ला में लिखे हुए कुछ पत्रों की अन्तिम पंक्तियाँ मुझे दिखाते हुए उन्होंने पूछा कि ये किसके हस्ताक्षर हैं? मैंने कहा कि इनमें से कुछ मेरे-जैसे लगते हैं और बाकी सब तो निस्सन्देह जाली हैं। वह बोले कि ये वे पत्र हैं जो मेजोकुमार ने अपनी पत्नी बिभाबती देबी को भेजे थे। सुनकर मैं हँस पड़ा। वह गरजे, 'हँसते क्यों हैं?' मैंने कहा कि मेजोकुमार अपनी पत्नी से उसके सामने बैठी होने पर भी तो कभी प्यार से बोले नहीं, लिखना-पढ़ना उन्होंने कभी सीखा नहीं और विरह ने ऐसा जादू किया कि उन्होंने पत्नी को प्रेम पत्र लिख डाले।

आश्चर्य कि वे प्रेमपत्र भी न थे। छह वर्ष की अवधि में बिभा को जयदेबपुर से कुल घंटेभर में तय होने वाली दूरी पर ढाका में बैठे विरहातुर मेजोकुमार द्वारा भेजे गए कुल छह पत्र। सबकी भाषा परिष्कृत, तेवर संयत और कथ्य एक-सा ही। किस साहब से कब भेंट हुई अथवा होने वाली है। मानो मेजोकुमार अपने साला बाबू सत्या की तरह अँग्रेज अधिकारियों को अपना आराध्य मानते रहे हों। बाद में जब बिभाबती देबी से पूछा गया कि क्या आपके पति ने कुल इतने ही पत्र लिखे और क्या वह अपनी नव-विवाहिता को बस एक इसी विषय पर पत्र लिखना पसन्द करते थे? उन्होंने उत्तर दिया कि पत्र तो बहुत-से और भी हैं किन्तु वे इस योग्य नहीं कि अदालत में प्रस्तुत किए जा सकें। मेरे वकीलों ने इन छह पत्रों में से दो में तथ्यात्मक भूलें खोज निकालीं। एक पत्र में लाट साहेब अर्थात् गवर्नर को उस दिन ढाका में दिखाया गया था जिस दिन वह कलकत्ता में विधानसभा की अध्यक्षता कर रहे थे। दूसरा उस तिथि का लिखा हुआ था जिस पर मेजोकुमार ढाका में नहीं कलकत्ता में थे। मुझे और मेरे वकीलों को प्रतिपक्ष का मेजोकुमार को सुपठित सिद्ध करने का यह प्रयास नितान्त विस्मयकारी लगा।

ज्यों-ज्यों चौधरी मोशाय मेरी जिरह करते चले गये त्यों-त्यों यह स्पष्ट होता चला गया कि प्रतिपक्ष की रणनीति यही है कि मेजोकुमार को किसी सामान्य सुसंस्कृत-परिष्कृत सामन्त के रूप में चित्रित करें और इस प्रकार मुझ गँवार संन्यासी के सामन्त रोमेन्द्र हो सकने पर सन्देह किए जाने का आधार प्रस्तुत करें। तो उन्होंने पूछा, 'पढ़ने-लिखने में मन नहीं लगता था आपका खेलकूद में तो लगता होगा।' हाँ। मिडऑफ क्या होता है? पता नहीं। क्रिकेट जानते हैं? नहीं। फुटबॉल? नहीं। टेनिस? नहीं। बीमा लेते समय आपने एक प्रश्न के उत्तर में बताया था कि घुड़सवारी और शिकार में हिस्सा लेता हूँ। तो उनके बारे में तो जानते होंगे? हाँ। पोलो में गोलकीपर होता है कि नहीं? पोलो के खेल में गोलकीपर होता है कि नहीं अब मुझे याद नहीं। हॉफ बैक शायद होता था। राइट विंग, सेण्टर फॉरवर्ड वह सब अब याद नहीं। मैंने पोलो कभी ज्यादा खेला ही नहीं। पोलो के घोड़े कितने ऊँचे होते हैं? मैंने कभी नापे नहीं। घोड़े को नापते कैसे हैं? जैसे किसी भी चीज को। पोलो टीम में कितने लोग होते हैं? दो-दो। खेल कितनी देर चलता है? ठीक

से याद नहीं शायद डेढ़ घंटे। मैं ढाका पोलो क्लब का सदस्य नहीं था। पोलो में फाउल क्या होता है ? मुझे याद नहीं। क्रॉस करने का अर्थ जानते हैं ? नहीं। उस बैट का नाम क्या होता है जिससे पोलो में बॉल को हिट करते हैं ? लाठी से। अंग्रेजी नाम बताइए। मुझे पता नहीं। मिस्टर मेयेर पोलो खेलते थे वही ये सारे बातें जानते थे। मैं तो नहीं के बराबर खेला।

मुझसे घुड़दौड़ के बारे में भी सवाल किए बैरिस्टर चौधरी ने। मैंने उनसे कहा कि मैं एक बार किसी घुड़दौड़ में वाइसराय कप जीता था इससे अधिक मुझे कुछ न पता है, न याद। किन्तु वह इतनी आसानी से पिंड छोड़ने वाले थे नहीं। वाइसराय कप ही जीता था आपने, सोच लीजिए। मैं कह नहीं सकता पर वह दौड़ टॉलीगंज में हुई थी। टॉलीगंज की दौड़ों को क्या कहते हैं ? पता नहीं। स्टीपल चेस बूझते हैं ? नहीं। हैंडीकैप कैसे कैसे देते हैं ? पता नहीं। शायद मेरा वजन लिया गया था उसके लिए। घोड़ों पर वजन लटकाये जाते थे कि सब के लिए चांस बराबर रहे। वजन कहाँ और कैसे रखे जाते हैं घोड़ों पर ? कह नहीं सकता। स्टोन और पाउंड का अर्थ जानते हैं ? स्टोन तो शायद पत्थर को कहते हैं और पाउंड हमारे सेर की तरह होता है। स्टोन और पाउंड में जोकी का वजन नापते हैं। वाइसराय कप कितना बड़ा था ? कह नहीं सकता। जीतने पर पैसा भी मिला ? नहीं। चौधरी मोशाय प्रश्न करते हुए मुझे ऐसे देखते मानो मैं गन्दी नाली का कीड़ा होऊँ। ज्यों ही मैं उत्तर देने के लिए मुँह खोलता उनकी आँखें मुस्कराने लगतीं। मैं बुरी तरह गड़बड़ा जाता। किन्तु जब मेरे वकील तुरन्त वही बात दूसरे ढंग से पूछते मैं अक्सर बता पाता। जैसे उन्होंने पूछा, 'आप कह रहे थे कि टॉलीगंज की एक घुड़दौड़ में आपको इनाम मिला। वह क्या था, कैसा था जो भी याद हो अदालत को बता सकेंगे आप ?' मुझे यही याद आता है कि एक हंटर मिला था मुझे नीचे चमड़े की चाबुक ऊपर हिरन के सींग का हत्था जिस पर चाँदी की पट्टी लगी हुई थी। यही बात और गवाहों ने भी कही।

बैरिस्टर चौधरी ने मुझसे बिलियर्ड के बारे में भी अनेक सवाल किए। मैंने शुरू में ही उन्हें बता दिया कि राजबाड़ी में बिलियर्ड की मेज जरूर थी और मैंने दूसरों को उस पर खेलते भी देखा है किन्तु मैंने कभी खेलना सीखा नहीं। किन्तु वह फिर भी पूछते रहे। क्यू किसे कहते हैं ? पता नहीं। रेडलूजर ? पता नहीं। बिलियर्ड की गेंद काठ की होती है कि रबर की ? पता नहीं। तीनों कुमारों को बिलियर्ड सिखाने के लिए एक व्यक्ति नियुक्त किया गया था। मुझे पता है पर मैंने उससे कुछ भी नहीं सीखा। बोड़ोकुमार ने सीखा, वही खेलते थे। मैंने तो कुल एक बार उसकी बाँस को पाकेट में डालने की कोशिश की और मेज का कपड़ा फाड़कर रख दिया। मेजोकुमार शिकारी थे आपसे शिकार के बारे में पूछें ? हाँ-हाँ। टार्गेट का अर्थ बूझते हैं ? नहीं। चाँदमारी ? जिस पर निशाना साधते हैं। बुल्स आई ? पता नहीं। कैट्स आई ? पता नहीं। वाइल्ड बोर ? पता नहीं। ट्वेल्व बोर तो बन्दूक की एक किस्त होती है। डबल बैरल ब्रिज लोडर का अर्थ ? ब्रिज का अर्थ तो पुल होता है। ब्रिजलोडर एक तरह की बन्दूक होती है। किस तरह

की यह याद नहीं। मजल लोडर जानते हैं? मुझे अँग्रेजी नहीं आती। अभी ब्रिज की तो बात कर रहे थे। क्योंकि आप कर रहे थे। ट्वेल्व बोर और सिक्सटीन बोर में क्या अन्तर होता है? याद नहीं। 12 बोर बड़ा कि 16 बोर? पता नहीं। निशाना साधने के लिए क्या कल होती है बन्दूक में। कुछ होती है पर अब नाम याद नहीं। फोरसाइट का अर्थ? पता नहीं। पाइंट ब्लैक रेंज? पता नहीं। ऐम लेने के लिए बन्दूक में जो डिवाइस होती है उसका वर्णन कर सकते हैं? ऐम का अर्थ तो बूझते हैं ना? नहीं। निशाना साधने के लिए जो कल होता वह कैसा होता है। आला होता होगा किन्तु मुझे पता नहीं। दार्जिलिंग में जो कुछ हुआ उसके कारण भूलभाल गए। हो सकता है।

बन्दूकों के बाद चौधरी मोशाय ने कारतूसों के बारे में प्रश्नों की झड़ी लगा दी और मेरे उत्तर न दे पाने पर मुस्करा-मुस्कराकर कहते रहे : मेजोकुमार प्रसिद्ध शिकारी थे यह नहीं बताया गया आपको? मैंने चिढ़कर कहा कि बैरिस्टर साहेब इतनी अँग्रेजी मत झाड़िए बन्दूक-कारतूस लाकर दीजिए और बताइए कि किस पर निशाना साधना है। इस चुनौती की उपेक्षा करके उन्होंने अब शिकार से जुड़े अँग्रेजी शब्द मेरे आगे प्रस्तुत करते रहे कि अर्थ बताइए। मानो मैं कोई शब्दकोश होऊँ। जब बाद में मेरे वकील ने वही सवाल बांग्ला के शब्दों का प्रयोग करते हुए प्यार से पूछे तो मैं काफी ठीक उत्तर दे सका। मेरे वकील ने जज साहेब से कहा भी कि जो व्यक्ति कह चुका है कि वह अँग्रेजी नहीं जानता उससे अँग्रेजी शब्दावली से भरे प्रश्न क्यों किये जा रहे हैं। बैरिस्टर चौधरी? किन्तु बैरिस्टर चौधरी के मुवक्किलों के अनुसार तो मेजोकुमार अच्छी-खासी अँग्रेजी जानते थे। चौधरी मोशाय ने ढाका में नियुक्त अधिकारियों के बारे में भी मेरे आगे प्रश्नों की झड़ी लगा दी। क्यों न लगाते? बिभाबती देबी के अनुसार तो मेजोकुमार को उन अधिकारियों से इतना अनुराग था कि जब भी जयदेबपुर से ढाका जाते अपनी पत्नी को उनकी कुशल-क्षेम भेजते। तो प्रश्नोत्तर क्रम इस प्रकार चला। बांग्ला संवत 1309, अँग्रेजी सन् 1902 में लेफ्टिनेंट गवर्नर कौन साहेब थे? पता नहीं। लॉर्ड मिंटो कौन थे? नाम तो सुना हुआ है पर अब स्मरण नहीं वह कौन थे। संवत् 1316 में ढाका के सिविल सर्जन कौन थे? जब हम भाई जयदेबपुर में रहते थे तब नरेन मुखर्जी सिविल सर्जन थे। वह 1316 में थे कि नहीं यह कह नहीं सकता। नहीं मैं उसके बाद से उनसे नहीं मिला हूँ। आप गलत कह रहे हैं वह सिविल सर्जन बाद में बने और आप उनसे हाल में मिले हैं। अच्छा बताइए संवत् 1309 से 1316 के बीच ढाका के कमिश्नर और कलेक्टर कौन-कौन थे? कुछ पता नहीं मुझे अतिरिक्त इसके कि रेन्किन मोशाय पहले कलेक्टर थे और बाद में कमिश्नर बन गए थे। मिस्टर हार्ट भी कलेक्टर थे और कोई नाम याद नहीं। हार्ट तो तब तक कलेक्टर थे ही नहीं। हो सकता है। मिस्टर गार्थ को जानते थे? हाँ वह नवाब की एस्टेट के मैनेजर थे। कब से कब तक? सो तो याद नहीं पर मेरे दार्जिलिंग जाने से पहले उनका देहान्त हुआ था। बंकिम चन्द्र चट्टोपाध्याय का नाम सुना है? हाँ वह कलकत्ता के थे। क्या करते थे? पुस्तकें लिखते थे। पुस्तकों के नाम? उनकी

कोई पुस्तक कभी पढ़ी ही नहीं। और वह तो कभी के मर चुके। आप 1909 से पहले का कोई भी गीत सुना सकते हैं? नहीं। एकाध पंक्ति तो याद होगी? नहीं।

बैरिस्टर चौधरी ने मुझसे सिफलिस रोग होने के बारे में भी प्रश्न किए। अगर आपको सिफलिस थी तो चांक्र या चांकर शब्द सुना होगा आपने। नहीं, बांग्ला में बताइए। गुम्मा। वही तो सिफलिस। सिफलिस शब्द बांग्ला का है कि अँग्रेजी का? पता नहीं। गुम्मा बांग्ला का कि अँग्रेजी का? पता नहीं, किन्तु बच्चे और स्त्रियाँ तक जानते हैं यह शब्द। गुम्मा शुरू में कैसा होता है? पीप भरा हुआ। कितना बड़ा? शरीफे-जैसा या मटर के दाने-सा? मटर के दाने-सा। पसभरा होता है उसमें। रंग कैसा होता है? कह नहीं सकता। वह फिर फूलता है? हाँ, इतना, कंचा गोली जितना। सिफलिस आपको कब हुई? दार्जिलिंग जाने से चार-पाँच साल पहले। शिश्न पर घाव बनने के कितने दिन बाद गुम्मा हुआ? याद नहीं। नहीं अनुमान से भी कुछ नहीं कह सकता। जिस व्यक्ति से आपने अपने बाडी का ऑपरेशन करवाया वह लाइसेंसशुदा था? इलाही डॉक्टर सचमुच डॉक्टर था कि अनाड़ी था कुछ कह नहीं सकता। हाल्वडे था? मैं यह शब्द नहीं जानता। इलाही डॉक्टर ने ऑपरेशन फटे बाँस से किया कि चाकू से? चाकू से। कैसे चाकू से? मैं उसका वर्णन नहीं कर सकता। ऑपरेशन में कितना समय लगा? कह नहीं सकता। सिफलिस तो लाइलाज है आप ठीक कैसे हो गए? प्रभु की कृपा से। संन्यासियों ने उपचार किया आपका? नहीं। धीरे-धीरे घाव अपने आप भरते चले गये। कितने समय में। कह नहीं सकता। यहाँ पहुँचने से पहले या बाद में? वह भी नहीं कह सकता। पर सिफलिस ठीक हो गयी बस घावों के छोटे-से हल्के-से ये निशान बचे रह गए हैं। बैरिस्टर चौधरी ने कहा कि मैं आपको बताना चाहता हूँ कि ये निशान सिफलिस के हैं ही नहीं। और मैं कहता हूँ कि ये निश्चय ही सिफलिस के हैं।

अनेक बार मैं बैरिस्टर चौधरी की जिरह से इतना खीझ गया कि मैं मौन होकर बैठ गया। जज महोदय ने टोका। मेरे वकीलों ने बहुत समझाया कि धैर्यपूर्वक उत्तर देने चाहिए आपको। मैंने उनसे कहा कि संन्यासियों की संगत में रहकर धैर्य धारण करना सीख गया हूँ किन्तु मेरा मूल स्वभाव तो उन मेजोकुमार का ही है न जिन्हें धैर्य धारण करने की कभी आवश्यकता ही नहीं पड़ी थी। मुझे यह विचित्र लगा कि बैरिस्टर चौधरी मुझसे ऐसे ही बातें क्यों पूछते चले जा रहे हैं जो मेजोकुमार को ज्ञात हो ही नहीं सकतीं। वह मुझसे वास्तविक मेजोकुमार के जीवन से जुड़ा कोई भी प्रश्न क्यों नहीं कर रहे हैं? उन्होंने संन्यासियों के साथ बीते मेरे वर्षों के बारे में अलबत्ता कुरेद-कुरेद कर प्रश्न किये और मेरे उत्तरों को ऐसी भाव-भंगिमा बनाकर सुनते रहे मानो कहना चाह रहे हों कि मैं अफीम की पिनक में बोल रहा हूँ। अगर आपको मेरा मेजोकुमार होना ही असम्भव लग रहा है तो प्रश्न पर प्रश्न क्यों किये चले जा रहे हैं? मैं जो हुआ, जैसा मुझे याद है, वह बता चुका हूँ। आपको तो प्रसन्न होना चाहिए कि यह जाली मेजोकुमार और इसके सलाहकार इतने अनाड़ी हैं कि इतने वर्षों में कोई विश्वसनीय झूठ भी नहीं गढ़ सके।

अन्त में बड़ी कठिनाई से उन्होंने ऐसे प्रश्न करने शुरू किये जिनसे मेरे वास्तविक मेजोकुमार होने की परीक्षा की जा सकती थी। सबसे पहले उन्होंने बिभाबती के बारे में पूछा। मैंने तमाम और बातों के अतिरिक्त यह भी कहा, 'बिभाबती देबी के गुप्तांग के एक तरफ सिस्ट यानी गाँठं निकाले जाने का निशान है। वह विवाह से पहले से ही था। उनके पाँव की अँगूठे के पास वाली अँगुली अँगूठे से बड़ी है।' चौधरी मोशाय ने कुछ और प्रश्न किए जिनमें से एक का ही मैं उत्तर न दे पाया कि बिभाबती की बहन के पति का नाम क्या है? मेरे मुँह से एक के बाद एक सही उत्तर सुनकर उन्होंने घबराकर टिप्पणी की, 'गवाह को सम्भावित प्रश्नों के उत्तर रटा दिए गये हैं।' इस पर मेरे वकील ने घोर आपत्ति की। जज ने बीच-बचाव किया। किन्तु सारी सुनवाई में चौधरी मोशाय मेरी गवाही के सन्दर्भ में यही जताते रहे कि यदि उत्तर सही था तो रटा हुआ या दूसरों से सुना हुआ था, यदि गलत था तो इस व्यक्ति का जाली मेजोकुमार होना सिद्ध करता था, यदि यह उत्तर दे ही नहीं सका था तो उसका अर्थ यह था कि रटा हुआ भूल गया है या इसे रटाने वालों को यह रटवाना याद नहीं रहा।

तो मेरी स्मृति की परीक्षा लेना छोड़ वह मेरी नीयत की जाँच करने लगे। बोले, 'आप साधु हैं फिर अपने को मेजोकुमार सिद्ध कराने के लिए मुकदमेबाजी के पचड़े में क्यों पड़ गये? अगर मेजोकुमार की सम्पदा आपको मिल भी जाए तो उसका करेंगे क्या?' मैंने कहा, 'मेरे लिए धन-दौलत, जमीन-जायदाद का कोई अर्थ नहीं। दूसरों के काम वह अवश्य आ सकती है।' वह बोले, 'तो आप अपने सदुपयोग के लिए मेजोकुमार की सम्पदा नहीं माँग रहे हैं?' मैंने कहा कि अपने लिए नहीं, दूसरों की खातिर माँग रहा हूँ। चौधरी मोशाय ने अदालत से कहा कि मैं यह सवाल वापस लेने की अनुमति चाहता हूँ। मेरे वकील उन पर चढ़ बैठे। तो चौधरी मोशाय ने अब पूछा, 'क्या आप मेजोकुमार को उत्तराधिकार में मिली सम्पदा पर अपने सुखभोग के लिए दावा कर रहे हैं?' मैंने चिढ़कर कहा, 'हाँ।' तो वह धन खर्च कैसे कीजिएगा? जैसे रईस लोग करते हैं। सुरा और सुन्दरी पर? हाँ और हाथी घोड़ों पर। अब भी इन सबमें रुचि है क्या आपकी? इस समय गाँठ में पैसा नहीं है तो कैसे बता दूँ कि रुचि अब है कि नहीं? चौधरी मोशाय ने आगे और कुछ नहीं पूछा।

मेरी गवाही पूरी होने के बाद जब मेरे वकीलों ने एक के बाद एक उन मित्रों-परिचितों-कर्मचारियों-प्रजाजनों की गवाहियाँ करवाना शुरू किया जिन्होंने भवाल संन्यासी से मिलने की बात करने के बाद उसे मेजोकुमार के रूप में स्वीकार किया था तब बैरिस्टर चौधरी ने ऐसा जताया कि अन्य सभी तो सामूहिक सम्मोहन के शिकार हुए। जब राजकुमारी ज्योतिर्मयी देबी उस साधु को अपना भाई बता रही थीं, भाड़े की भीड़ मध्यम कुमार की जय बोल रही थी तब उनका जाली मेजोकुमार को असली बता देना स्वाभाविक था। 'हाँ-हाँ मैंने भी पहचान लिया' और 'भवाल संन्यासी ने मुझे भी पहचान लिया' कहने की होड़ लगती गयी। यह भेड़ चाल का उदाहरण तो हो सकता

है, भवाल संन्यासी के मेजोकुमार होने का प्रमाण नहीं। गवाही इन लोगों की नहीं, ज्योतिर्मयी देबी की कराई जाए। तो बुद्धू की अकाल मृत्यु के शोक से उबरने के बाद 1934 के उमसभरे आषाढ़ में बैरिस्टर चटर्जी ने प्रतिपक्ष का आग्रह पूरा किया। राजकुमारी ज्योतिर्मयी देबी पर्दानशीं होने के कारण अदालत में नहीं आ सकती थी। इसलिए पन्नालाल बसु की अदालत का इजलास उनकी गवाही और जिरह पूरी होने तक तीन सप्ताह उनके ढाका-स्थित घर पर ही लगा।

गवाही देते हुए उन्होंने अदालत को बताया कि हम भाई-बहनों की दीक्षा के लिए राजबाड़ी में अध्यापक नियुक्त थे, मैंने स्वयं 16 वर्ष की आयु में अपना दूसरा बच्चा होने तक उनसे बांग्ला और अँग्रेजी पढ़ी। जहाँ हम बहनों में विद्यार्जन के लिए सदा उत्साह था वहाँ दुर्भाग्य से भाइयों ने पढ़ने-लिखने में विशेष रुचि नहीं दिखायी। बस बोड़ोकुमार ने ही बांग्ला और अँग्रेजी का थोड़ा ज्ञान अर्जित किया। मेजो और छोटोकुमारों को तो हमारी ठाकुर माँ ने लाड़-प्यार से इतना बिगाड़ रखा था कि उन्होंने न विद्यालय जाकर कुछ सीखा और न घर रहकर। हम बहनें भद्रलोक जैसी परिष्कृत बांग्ला बोल लेती थीं किन्तु मेजो और छोटोकुमार तो गरीबगँवारों वाली बांग्ला ही बोलते रहे। राजबाड़ी के बहुत-से नौकर हिन्दुस्तानी थे इसलिए हम भाई-बहन हिन्दी भी थोड़ी-बहुत जानते थे। जब उन्हें बिभाबती देबी द्वारा अदालत को दिए गए पत्र दिखाए गए तब उन्होंने कहा कि ये रोमेन्द्र के लिखे हुए हो ही नहीं सकते क्योंकि उसे लिखना आता ही नहीं था और उससे बिभा को पत्र भेजने का कभी विचार ही नहीं आया कि किसी और से लिखवाकर नीचे हस्ताक्षर कर देता। उन्होंने यह भी बताया कि बोड़ो और छोटोकुमार को पोलो का शौक रहा किन्तु मेजो कभी नहीं खेलता था। फुटबॉल, टेनिस, बिलियर्ड, क्रिकेट जैसे अन्य विलायती खेल भी उसे नहीं आते थे। फिर उन्होंने मेजोकुमार के दार्जिलिंग ले जाए जाने का विवरण दिया और कहा कि उन गर्मियों में हम स्त्रियों ने रोमेन्द्र के हाथों पहली बार पट्टियाँ बँधी देखी थीं और हमें बताया गया था कि उसे एक्जिमा हो गया है और डॉक्टर ने हवा-बदली के लिए पहाड़ ले जाने को कहा है। जब मैंने जानना चाहा कि एक्जिमा-जैसे साधारण रोग के उपचार के लिए दार्जिलिंग जाने की आवश्यकता ही क्या है तब सत्या बाबू ने कहा कि मेजोकुमार को एक्जिमा नहीं एक बहुत बुरा रोग है। मैंने कहा कि जब बुरी बीमारी है तब राजपरिवार की स्त्रियों को साथ क्यों नहीं ले चल रहे हैं? इसका उत्तर यही था कि किराए पर जो मकान लिया है वह छोटा है। मकान छोटा क्यों लिया है इसका कोई उत्तर नहीं था सत्या बाबू के पास।

ज्योतिर्मयी देबी ने जिरह के दौरान कहा कि मैंने कभी किसी से यह नहीं कहा कि सत्या बाबू ने दार्जिलिंग में मेजोकुमार की हत्या करने या कराने का प्रयास किया। आज भी मैं यह आरोप नहीं लगा रही हूँ। मैं तो इतना जानती हूँ कि सत्या बाबू ने राजपरिवार के सदा इकट्ठा प्रवास पर जाने की परम्परा तुड़वाई, मेरे भाई को अकेला

साथ लेकर दार्जिलिंग गये और कुछ ही दिन बाद उनकी अस्थियों की हाँड़ी लेकर लौटे। दार्जिलिंग से मेजोबोऊ के लौटने से लेकर तब तक हुए घटनाक्रम के बारे में ज्योतिर्मयी देबी ने गवाही में जो कुछ कहा बैरिस्टर चौधरी ने जिरह में उसकी धज्जियाँ उड़ाने के लिए नितान्त आक्रामक और निर्मम रवैया अपनाया। एक दिन तो सड़ी गर्मी और कड़ी जिरह की दुहरी मार से उसे मूर्च्छा ही आ गयी और फिर उस दिन आगे सुनवाई नहीं की गयी। सबसे पहले तो चौधरी मोशाय ने यह कहा कि दार्जिलिंग से बिभाबती देबी के साथ लौटे लोगों में से किसी ने भी मेजोकुमार का दाह-संस्कार न हो पाने की बात नहीं की थी, यह आपने मन से गढ़ी है। यह भी झूठ है कि कुशपुतलिका श्राद्ध कर लेने का कोई सवाल उठा था। यह भी झूठ है कि मेजोकुमार के जीवित होने और साधुभेस में देखे जाने की अफवाहें सुनाई देती रही थीं। या कि आप लोगों ने इस सम्बन्ध में काशी और अन्य तीर्थों में कोई पूछताछ स्वयं की या किसी से करवाई। यदि यही बात कुछ और व्यक्ति भी कह रहे हैं तो क्या हुआ? वे सब आपसे मिले हुए हैं। बिभाबती देबी तो ऐसा नहीं कह रही हैं। मेजोकुमार आपके भाई थे तो उनके भी पति थे।

फिर चौधरी मोशाय की जिरह गवाह को झूठी के साथ-साथ षड्यंत्रकारी भी सिद्ध करने में जुट गयी। उनके प्रश्न सुनने के बाद मुझे यह समझ में आया कि वह मुझसे जिरह में यह क्यों पूछते रहे थे बार-बार कि जब बकलैण्ड बन्ध पर आपकी स्मृति लौट आई थी और आप अपने परिवार की तलाश में ही साधुओं का साथ छोड़कर आए थे तब आपने अपने को मेजोकुमार के रूप में प्रस्तुत करने में इतनी देर क्यों की? ज्योतिदी से वह यह पूछते रहे कि यदि यह साधु आपका भाई रोमेन्द्र ही था तो आपको इसे उस रूप में स्वीकार करने में इतनी देर क्यों लगी? बकलैंड बन्ध पर कोई साधु आकर बैठा है और वह लोगों को आपके भाई-सा लग रहा है यह सुनकर आप दौड़ी-दौड़ी ढाका क्यों नहीं चली गयीं। आप तो कोरी अफवाहों के आधार पर उसके अते-पते का ब्यौरा मालूम करने काशी पहुँच गई थीं। ठीक है आपने अपने बेटे को भिजवाया और वह अनिश्चय की मन:स्थिति में लौटा। तब आप क्यों नहीं गयी? जब साधु जयदेबपुर आ गया तब आप भी उसे देखकर क्यों थोड़े अनिश्चय में रहती रहीं? वह चला गया तो आप अपने बेटो को उसके पास क्या सन्देश लेकर भेजती रहीं, भला? फिर आप उससे क्या कहने स्वयं ढाका गयीं? आपने वहाँ से लौटकर उसे बुलाने के लिए बार-बार क्या सन्देश भिजवाये? जब वह अन्तत: आ गया तब भी आपने उसे तुरन्त अपना भाई घोषित क्यों नहीं कर दिया? आपने धीरे-धीरे पहचाना तो इसका अर्थ यह है कि साधु ऐसा नहीं दिखता कि सगी बहन तक कई बार मिल चुकने के बाद भी निश्चित रूप से पहचान सके।

आप कहती हैं कि आप पहले शारीरिक निशानों द्वारा उसकी पहचान करा लेना चाहती थीं किन्तु मैं कहना चाहता हूँ कि आप इस साधु के विशेष शारीरिक चिह्नों को मेजोकुमार के बताकर ठोस पहचान कर लिये जाने का नाटक रचना चाहती थीं। किन्तु ऐसा सार्वजनिक नाटक करने से पहले आवश्यक था कि आप साधु को मेजोकुमार की

भूमिका निभाने के लिए राजी करें। सौदेबाजी पूरी न हो सकने के कारण यह नाटक टलता रहा। इसलिए भी टलता रहा कि आप उस पंजाबी साधु को बंगाली सामन्त रोमेन्द्र की भूमिका निभा सकने के लिए थोड़ा प्रशिक्षित कर देना भी आवश्यक था। यदि वह आत्मपरिचय एक नाटक न होता तो क्या उसके लिए राजबाड़ी में भीड़ एकत्र की गई होती क्या भीड़ की ओर मुँह करके बैठने के लिए वह कुर्सी बरामदे में पहले से पड़ी होती जिसमें साधु जाकर बैठ गया? क्या आपके बेटे ने चिल्ला-चिल्लाकर भीड़ को यह बताया होता कि मेरी माँ राजकुमारी ज्योतिर्मयी कह रही हैं कि इस साधु के शरीर पर वे तमाम चिह्न हैं जो मेरे मेजो मामा के शरीर पर थे? और क्या भीड़ में खड़े व्यक्ति साधु से वही प्रश्न करते जिनके उत्तर आप उसे रटवा चुकी थीं? क्या कोई बहन अपने वर्षों बिछुड़े और मृत समझ लिए गए भाई से पुनर्मिलन की चमत्कारी घड़ी में ऐसा आचरण कर सकती है?

बैरिस्टर चौधरी ने बेचारी ज्योतिदी के इस कथन को भी बेबुनियाद ठहरा दिया कि मुद्दई और उनके रंग-रूप में कई समानताएँ हैं और इन समानताओं का आधार आनुवंशिक है। दोनों की आँखें कंजी हैं। बंगालियों में ऐसी 'कठा चोख' वाले बिरले ही होते हैं किन्तु भवालराजपरिवार की यह विशेषता रही है। हमारे केश भी भूरे-सुनहरे हैं। मेरे पाँव-हाथ मुद्दई जैसे ही छोटे-छोटे हैं यह भी हमारी पारिवारिक विशेषता है। मेरा और मुद्दई का रंग गोरा है। मुझे रोमेन्द्र और रोबीन्द्र को देखकर अँग्रेज मेमें कहा करती थीं कि आप लोग बिल्कुल हमारे-जैसे लगते हो। चौधरी मोशाय इससे भला क्यों प्रभावित होते? कंजी आँखें, गोरा रंग, भूरे केश बंगालियों में चाहे जितने दुर्लभ हों, पंजाबियों में तो बहुतायत से मिलते हैं। आश्चर्य कि वे ज्योतिदी के इस कथन से भी प्रभावित न हुए कि मेरी और मुद्दई की कलाई और टखने के नीचे की चमड़ी काली और खुरदरी है। यह भी भवालराजपरिवार में पीढ़ी-दर-पीढ़ी चली आई विशेषता है और हम भाई-बहनों में मुझमें और रोमेन्द्र में पाई जाती थी। चौधरी मोशाय को ज्योतिदी का यह कथन भी मिथ्या लगा कि मुद्दई को बांग्ला सिखानी नहीं पड़ी है, वह तो आत्मपरिचय देने के बाद से भवाल में प्रचलित बांग्ला बोलता रहा है। उससे पहले भी वह बांग्ला भली तरह से समझ लेता रहा था। यह ठीक है कि बीच-बीच में कभी कोई हिन्दी शब्द या हिन्दी वाक्य भी बोल रहा था और अब भी बोल देता है किन्तु मुख्य रूप से वह बांग्ला ही बोलता रहा है।

बैरिस्टर चौधरी ने जिरह से यह भी सिद्ध करना चाहा कि राजकुमारी ज्योतिर्मयी देबी की नीयत भवालराज की आय से सुखभोग करने की है। पहले उन्होंने यत्न किया कि बुआ का हिस्सा उन्हें मिल जाए। उसमें विफल हुईं तो छोटो रानी को अपना बेटा गोद दिलाना चाहा। और अब एक पंजाबी साधु को अपना भाई बताकर भवालराज की सम्पदा पाना चाहती हैं। वह इस बात से दुखी रही हैं कि मेजोरानी बिभाबती, जिन्हें वह अपने वश में आ गया समझती थीं, अपने दादा के साथ कलकत्ता चली गईं। चौधरी मोशाय ने ज्योतिदी के इस कथन को मानो अनसुना ही कर दिया कि बिभा से मेरे और

मेरे बच्चों के सम्बन्ध उसके कलकत्ता चले जाने के बाद भी घनिष्ठ और मधुर बने रहे। बिभा मेरी पुत्रियों से बराबर पत्र-व्यवहार करती रही। मेरे बेटे बुद्धू को तो वह बहुधा अपने साथ रहने कलकत्ता बुलाया करती थी। मैं भी जब कभी कलकत्ता जाती बिभा से अवश्य भेंट करती। बिभा ने मेरे प्रति मान-व्यवहार में कोई कसर कभी नहीं उठा रखी और मेरे बच्चों को तो इतना दिया जितना किसी और मामी ने नहीं। बुद्धू को उन्होंने रोमेन्द्र के बढ़िया वस्त्र और जूते भी दिए जिनका मुद्दई को फिट आना हम सबके लिए इसके मेजोकुमार होने का एक और प्रमाण है। ज्योतिदी ने वे कपड़े-जूते जिनमें मेजोकुमार की दरबार ड्रेस भी सम्मिलित थी अदालत में प्रस्तुत किए। आश्चर्य कि चौधरी मोशाय ने उन्हें मुद्दई की देह पर प्रदर्शित किए जाने की माँग नहीं की। कैसे करते ? कपड़े-जूते मेजोकुमार के थे और उनका साधु पर फिट आना उनकी मुवक्किला को स्वीकार नहीं हो सकता था।

ज्योतिदी के बाद भी बैरिस्टर चटर्जी ऐसे गवाह प्रस्तुत करते चले गए जिन्होंने भवाल संन्यासी से मिलकर बात करने के बाद उसका मेजोकुमार होना स्वीकार किया था। चटर्जी मोशाय की रणनीति यह दर्शाने की थी कि मेजोकुमार से परिचित बहुसंख्यक व्यक्ति भवाल संन्यासी को मेजोकुमार मान रहे हैं। इतने अधिक लोगों का ज्योतिर्मयी देबी के तथाकथित षड्यन्त्र में सम्मिलित होना असम्भव है। विशेष रूप से तब जबकि सरकार भवाल संन्यासी को जाली घोषित कर चुकी है और उसे असली मेजोकुमार मानने वालों को पीड़ितप्रताड़ित करती रही है। उन्होंने कुछ ऐसे गवाह प्रस्तुत किए जिन्होंने बताया कि हम डराए-धमकाए जाने के बावजूद अदालत में पेश होने का जोखिम उठा रहे हैं। इनमें से एक वही अवकाशप्राप्त स्टेशन मास्टर आशु बाबू थे जिन्हें देखते ही मैंने पूछा था कि आपने दाढ़ी कब कटा ली। आशु बाबू ने अदालत को बताया कि जब मैं घर से निकल रहा था एक कांस्टेबल ने कहा कि आपको थानेदार साहब बुला रहे हैं, मैंने उससे कह दिया कि लौटकर मिल लूँगा। फिर अभी अदालत के बाहर एक आदमी ने मुझे रोका और कहा कि आप पेंशनभोगी होकर भी सरकार से नमकहरामी न करें वरना आप और आपके बच्चे कष्ट में पड़ जाएँगे। एलोकेशी गवाही देने आयी तब अदालत को पुलिस के बिभा के पक्ष में सक्रिय होने की एक और कथा सुनने को मिली। मुझे एलोकेशी की गवाही करवाया जाना व्यक्तिगत रूप से नितान्त संकोचप्रद लगा था किन्तु मुझसे जिरह करते हुए चौधरी मोशाय ने पत्नी से प्रेम करने वाले, उसे पत्र भेजते रहने वाले जो पढ़े-लिखे सुपठित सुसंस्कृत मेजोकुमार गढ़ डाला था उसे ध्वस्त करने के लिए एलोकेशी को अदालत में प्रस्तुत करना आवश्यक माना मेरे वकीलों ने। विशेष रूप से इसलिए कि उनके अनुसार एलोकेशी कोई कपोलकल्पित स्त्री थी और मैंने अपनी गवाही में उसके अपनी रखैल होने की बात इसलिए स्वीकार की थी कि मेजोरानी के लिए मेजोकुमार का घृणा का पात्र होने का आधार जुटाया जा सके। तो एलोकेशी अदालत में आयी और उसने अपने मेजोकुमार की रखैल रह चुकने की पुष्टि की और वर्षों बाद हमारी फिर भेंट होने पर दोनों द्वारा एक-

दूसरे को पहचान लेने की भी। एलोकेशी ने अदालत को बताया कि तीन दिन पहले कोतवाली के थानेदार सुरेन्द्र पट्टनायक मेरे घर आकर यह कह गए कि भवाल संन्यासी के पक्ष में गवाही दोगी तो कष्ट में पड़ोगी क्योंकि यह मुकदमा सरकार के विरुद्ध किया गया है। तो गवाही न दो और पचास रुपया ले लो।

एलोकेशी ने इस बात की पुष्टि की कि ज्योतिर्मयी देबी ने मेजोकुमार की पहचान कर सकने वाले जिन चिह्नों का उल्लेख किया वे सब उनकी देह पर मैंने भी देखे हैं। हाँ गुप्तांग पर छोटा-सा मस्सा भी। मेजोकुमार की देह पर वर्तमान चिह्नों की पुष्टि राजबाड़ी के नौकरों से भी करवाई गयी। इन निजी सेवकों-दासियों ने अदालत को मेजोकुमार के वेश्यागामी होने और अपनी पत्नी की उपेक्षा करने का ब्यौरा भी दिया। बताया कि वह रात को मेजोरानी के कक्ष में न जाकर बैठकखाने में ही ऐलोकशी अथवा किसी अन्य वेश्या के साथ नैशोत्सव मनाते थे। विवाह के तुरन्त बाद के कुछ दिनों को छोड़कर मेजोकुमार कभी ऊपर फूलशैयाघर में नहीं गये जहाँ उनकी नवविवाहिता उनकी प्रतीक्षा में बैठी रहती थी। कभी भूले-भटके वे बिपिन खानसामा को भेजकर अपनी पत्नी को रात कुछ देर के लिए बैठकखाने में ही बुला लेते थे। आगे चलकर तो उन्होंने ऐसा करना भी छोड़ दिया था। बैरिस्टर चटर्जी आरम्भ से यह माँग करते रहे थे कि मुद्दालेह मेजोकुमार की बीमा पॉलिसी के साथ लगी डॉक्टरी रिपोर्ट दिखाएँ किन्तु मुद्दालेहों का कहना था कि यह रिपोर्ट उनके पास नहीं है। तो अब उन्होंने बीमा कराने वाले एजेण्ट गिरीशचन्द्र सेन को गवाह के रूप में प्रस्तुत किया। गिरीश बाबू ने बताया कि जब डॉक्टर आर्नल्ड कैडी ने मुझसे मेजोकुमार के शिनाख्ती निशान ढूँढ़ने को कहा तब मैंने टिप्पणी की कि 'फवर काम्प्रेक्शन, ग्रे आइज और ब्राउन हेयर' ही इन्हें आम बंगाली से सर्वथा भिन्न बना देते हैं।

जिरह में बैरिस्टर चौधरी ने शंका व्यक्त कर डाली कि गिरीश बाबू मेजोकुमार का बीमा कराने वाले एजेण्ट थे। उन्होंने आग्रहपूर्वक कहा कि यह काम तो भौर नामक एक अन्य एजेण्ट से कराया गया था। गिरीश बाबू ने अपनी पुरानी नोट बुक लाकर दिखाई किन्तु बैरिस्टर चौधरी ने कहा कि इसे प्रामाणिक नहीं माना जा सकता। प्रामाणिक तो बीमा पॉलिसी और उसके साथ लगी डॉक्टरी रिपोर्ट ही हो सकती थी किन्तु मुद्दालेह उसे प्रस्तुत नहीं कर रहे थे। गिरीश बाबू ने कहा था कि डॉक्टर कैडी मेजोकुमार से अँग्रेजी में प्रश्न कर रहे थे और कुमार बांग्ला में बोल रहे थे, दुभाषिए का काम मैं कर रहा था। बैरिस्टर चौधरी ने उनसे यह नहीं पूछा कि आँखों का रंग 'ग्रे' आपने भरवाया कि डॉक्टर कैडी ने स्वयं देखकर भरा? यह प्रश्न न करने में उनकी जो चाल छिपी थी वह बैरिस्टर चटर्जी समझ नहीं पाये। वह यह मानकर चले कि सामान्य अँग्रेजी जानने वाले बंगालियों की तरह गिरीश बाबू ने 'काटा चोख' के लिए 'ग्रे आइज' लिखवा दिया होगा। जो हो, उन्होंने महीनेभर बाद अक्टूबर, 1934 में बीमा कम्पनी को स्कॉटलैंड पत्र भिजवाया कि मेरे मुदकमे में अदालत को दिखाने के लिए मेजोकुमार की बीमा पॉलिसी

के साथ की मेडिकल रिपोर्ट भेजने की कृपा करें।

रिपोर्ट आयी और 15 दिसम्बर, 1934 को अदालत में पेश कर दी गई। बाद में मुद्दालेहों के हर गवाह ने मेजोकुमार की आँखों को मुद्दई के गवाहों की तरह 'काटा' बताने की जगह हल्की नीली अथवा नीली बताने का सिलसिला छेड़ा। जहाँ बांग्ला में काली के अतिरिक्त हर रंग की आँख को 'काटा' अर्थात् कंजी बता दिया जाता है वहाँ अँग्रेजी में उनका वास्तविक रंग बताने का रिवाज है। तो चौधरी मोशाय बहस कर सकते थे कि मेजोकुमार की हल्की नीली आँखों को तो अंग्रेज डॉक्टर 'ग्रे' (सिलेटी) लिख सकता था किन्तु मुद्दई-जैसी ललछौंही भूरी आँखों को नहीं। यह तो खैर बात की बात है। इस बीच बैरिस्टर चटर्जी मुझे मेजोकुमार बताने वाले और गवाह प्रस्तुत करते चले गये। कुछ ऐसे थे जिन्हें मुझे मेजोकुमार मान लेने पर दंडित किया गया था। मेजोकुमार के निजी गार्ड रह चुके नन्द किशोर तिवारी ने अदालत को बताया, 'जब मैं राजकुमारी जी के यहाँ पधारे साधु महाराज से मिलने गया तब उन्होंने देखते ही कहा कि तू तो परेश ठाकुर का जमाई नन्द किशोर है। मेरे ससुरजी भी भवालराज के सेवक रहे थे। मुझे इस भेंट के बाद कोई सन्देह नहीं रहा कि साधु-रूप में मेजोकुमार लौट आए हैं। तो जोगेन बाबू ने मुझे बुला भेजा और कहा कि मेजोरानी का हुक्म है कि जो भी कर्मचारी भवाल संन्यासी को मेजोकुमार बता रहे हों वे मेजोरानी की नौकरी से हटा दिए जाएँ। तो सोच लो। मैंने कहा कि मैं मेजोकुमार का नौकर था। वह लौट आए हैं और मैं उनसे नमकहरामी नहीं कर सकता। इस पर जोगेन बाबू ने मुझे निकाल दिया नौकरी से।' चौधरी मोशाय ऐसे गवाहों से जिरह करते हुए यह सिद्ध करने का यत्न करते रहे कि उन्हें किसी अन्य कारण से निकाला गया। जब प्रजाजनों ने भी अदालत से यह कहा कि उन्हें भवाल संन्यासी को मेजोकुमार मानने पर प्रताड़ित किया जाता रहा है तब चौधरी मोशाय ने यह कहा कि सरकारी आदेश के अनुसार लगान कोर्ट ऑफ वार्ड्स को देते रहने की बजाय किसी जाली मेजोकुमार को देना तो अपराध ही माना जाएगा। किसानों के नये राजनीतिक संगठन मैमन सिंह प्रजा समिति के उपाध्यक्ष हाफिल हबीबुर रहमान जैसे कुछ किसान नेताओं ने मेरे पक्ष में गवाही देते हुए अदालत से शिकायत की कि कोर्ट ऑफ वार्ड्स के अधिकारी भवाल के प्रजाजनों को भवाल संन्यासी के मेजोकुमार होने के दावे की पुष्टि करने पर तरह-तरह से परेशान करते रहे हैं और उन्हें भवाल संन्यासी के गवाह बनने से रोक रहे हैं। इस पर चौधरी मोशाय की टिप्पणी थी कि शासनद्रोही विप्लवकारी तत्त्व जाली मेजोकुमार की आड़ में सरकार को लगान न देने का आन्दोलन चलाने का यत्न कर रहे हैं।

कुछ गवाह ऐसे थे जिन्होंने बताया कि हमें न केवल डराया-धमकाया गया बल्कि हमसे इस वक्तव्य पर अंगूठा लगवा लिया गया कि हम ने भवाल संन्यासी को देखा है वह मेजोकुमार नहीं कोई पंजाबी ठग है। शीघ्र ही हमें अदालत से यह शिकायत करनी पड़ी कि जोगेन बाबू और मणि बाबू जैसे कर्मचारी तो डरा-धमका ही रहे थे पिछले

दिनों स्वयं मेजोरानी बिभाबती देबी जयदेबपुर और ढाका में डेरा डालकर यह काम कर गई हैं। उन्होंने न केवल प्रजाजनों पर बल्कि ताल्लुकेदारों पर भी दबाव डाला है कि भवाल संन्यासी के पक्ष में साक्ष्य न दें। इस पर बैरिस्टर चौधरी ने उल्टे यह शिकायत की कि हम लोगों ने जयदेबपुर और ढाका में मेजोरानी के देहान्त की झूठी अफवाह फैला दी जिसका प्रतिवाद करने उन्हें कलकत्ता से दौड़े-दौड़े आना पड़ा। नीचता की पराकाष्ठा यह कि इस अफवाह को हमने समाचार के रूप में भी छपवा डाला। मेजोरानी अपनी जीवित होने का प्रमाण देने चली गयीं। उन्होंने किसी से मुकदमे के प्रसंग में कोई बात नहीं की। इस कथन के विरुद्ध गवाही देते हुए जयदेबपुर के औषधि विक्रेता उपेन्द्र चन्द्र डे ने अदालत को बताया कि रानी ने गत सप्ताह मुझे राजबाड़ी में बुलाया और कहा, 'क्या तुम सब लोग पागल हो गए हो जो किसी पंजाबी साधु को मेजोकुमार बता रहे हो? मेरे पति तो मर चुके हैं।' एक मुस्लिम और एक हिन्दू किसान ने अदालत को बताया कि हम लोगों को राजबाड़ी बुलाकर रानी ने जालीदार दीवार के पीछे से कहा, 'एक ठग को जाली मेजोकुमार बनाकर ढाका में बसा दिया गया है और तुम लोग उसे असली बता रहे हो। वह मेजोकुमार नहीं है। मैं तुम्हें उसे जबर्दस्ती मेरा पति नहीं बनाने दूँगी।' लोगों ने रानी से सफाई में यह कहा कि जब वह मेजोकुमार ही हैं तब हम उन्हें मेजोकुमार कैसे न मानें, आप ही बताएँ? आप क्यों नहीं स्वयं भवाल संन्यासी से बात करके देख लेतीं? रानी ने कोई टिप्पणी न की इस पर।

मेजोरानी के कर्मचारियों से भी यही कहा कि उस ठग को मेरा पति बताने का पागलपन करने से बाज आएँ। मेजोरानी के सम्बोधन के बाद जोगेन बाबू कर्मचारियों और किसानों को चेतावनी देते रहे कि यदि उनकी बात अनसुनी करके अदालत में जाली मेजोकुमार को असली बताने जाओगे तो बहुत कष्ट में पड़ जाओगे। मेरी ओर से गवाही देने आए भवालराज के ताल्लुकेदारों ने भी यही बताया कि आशु डॉक्टर-जैसे लोगों ने हमें मेजोरानी का सम्बोधन सुनने के लिए बुलाया। रानी ने हमसे कहा कि एक पंजाबी ठग को अदालत में मेरा पति बताकर मेरा और भवालराजपरिवार का अपमान न करें। जब उनसे कहा गया कि आप कृपया एक बार हम लोगों की उपस्थिति में भवाल संन्यासी से आमना-सामना करके उसे जाली घोषित कर दें। इस पर वह चुप्पी साध गयीं। हर सभा में रानी के सम्बोधन के बाद जोगेन बाबू ने हमसे कहा कि आप लोग रानी की बात सुन चुके हैं, उनके निर्देश का पालन करें और जाली मेजोकुमार के पक्ष में गवाही न दें। इन गवाहियों के बावजूद बैरिस्टर चौधरी शासन अथवा मेजोरानी द्वारा मेरे गवाहों पर दबाव डाले जाने की बात अस्वीकार करते रहे और उल्टे यह सिद्ध करने में जुटे रहे कि मेरे अधिकतर गवाह की प्रलोभनवश मुझे मेजोकुमार मान रहे हैं। जब स्वर्गीया इन्दु दीदी के बेटे जितेन्द्र चन्द्र मुखर्जी उर्फ बिल्लू से जिरह करते हुए उन्होंने यह टिप्पणी की तब उसने उन्हें बहुत सही उत्तर दिया कि अगर मुझे यह पता होता कि मुद्दई मेरा मेजो मामा नहीं, एक ऐसा जबर्दस्त ठग है जिसने सारे बंगाल से अपने को

भवाल का मेजोकुमार मनवा लिया है तो क्या आप मुझे इतना बड़ा गधा समझते हैं कि मैं इसके भवालराज मिलने पर मुझे कुछ देने के वचन पर विश्वास कर लेता।

बिल्लू ने अदालत को यह बताया कि बचपन में राजबाड़ी से ट्यूटरों से मैं भी कुमारों के साथ पढ़ा करता था। दोनों छोटे कुमारों का पढ़ाई में जरा भी मन नहीं लगता था और नानाजी के देहान्त के बाद तो उन्होंने पढ़ना ही छोड़ दिया था। मेजो मामा पोलो नहीं खेलते थे क्योंकि उन्हें रास दाएँ हाथ से पकड़ने की आदत थी और बाएँ हाथ से गेंद हिट करने में वह बहुधा असमर्थ रह जाते थे। वह बेहद बेसुरे थे और गुसलखाने से बाहर कभी नहीं गाते थे। इसलिए भवाल संन्यासी के अदालत में कोई भी गीत न जानने की बात कहने को उसके मेजोकुमार होने का ही प्रमाण माना जाना चाहिए। भवाल संन्यासी से अँग्रेजी के 'डैजर्ट स्पून'-जैसे जिन शब्दों का अर्थ पूछा गया उनके अर्थ तो मैं भी नहीं बता सकता जबकि मैंने अँग्रेजी विधिवत पढ़ी है थोड़ी-बहुत। हम राजबाड़ी के लोग पटला-चौकी पर भोजन किया करते थे अँग्रेजों की तरह कुर्सी-मेज पर नहीं। मामा शिकारी अवश्य थे किन्तु भवाल के अन्य शिकारियों की तरह वे भी शिकार खेलने से जुड़े अँग्रेजी शब्दों से अपरिचित थे।

बिल्लू ने दार्जिलिंग प्रसंग उठने पर अदालत को बताया कि मैं भी मेजो मामा के साथ जाना चाहता था किन्तु सत्या बाबू ने कह दिया वहाँ बंगले में एक ही रसोई है और उसमें हम मुर्गा जरूर बनाएँगे जिससे आपको घिन है, इसलिए भूखे रह जाएँगे आप। और फिर आपके स्कूल का भी तो हर्ज होगा। अन्त में मेजो मामा ने कहा कि ठीक है तू स्कूल बन्द हो जाने पर आ जाना। दार्जिलिंग से लौटने पर स्वयं बीरेन्द्र बनर्जी ने पहले यही कहा कि मेजोकुमार का दाह-संस्कार रात को नहीं हो पाया क्योंकि शव गायब हो गया था। बाद में उन्होंने बयान बदल दिया। मेजोरानी मुझे और बुद्धू को बहुत अच्छा मानती थीं और हमसे बात करते हुए उन्होंने यही कहा कि मेरे दादा ने मुझे तुम्हारे मामा के जीवन की अन्तिम घड़ियों में रोगी के कमरे में नहीं जाने दिया। इस पर चौधरी मोशाय की प्रतिक्रिया यह थी कि एक झूठी राजकुमारी ज्योतिर्मयी देबी बुन चुकी है और अब उस पर कसीदाकारी की जा रही है। ज्योतिदी के बड़े जमाई बाबू चन्द्रशेखर बैनर्जी की इस कथा को भी कसीदाकारी ही माना होगा कि एक बार मेजो मामा से फर्स्ट क्लास के डिब्बे में दो अँग्रेजों ने बोलना शुरू किया तब मेजो मामा घबराकर मुझसे बोले कि सेकेंड क्लास के डिब्बे में चलो। चन्द्रशेखर बाबू ने भवाल संन्यासी को मेजोकुमार के रूप में पहचान लेने के सन्दर्भ में बताया : देखा साधु लेटा हुआ है। लोग आस-पास बैठे-खड़े हैं। रंग-रूप ज्योतिर्मयी देबी-सा ही। मेजोकुमार की आँखें ज्योतिर्मयी देबी की आँखों की तरह भूरी ही थीं। पर कुछ अधिक ललाई लिये। मैंने साधु की दाढ़ी उठाकर देखा कि टेंटुआ मेजोकुमार-जैसा ही उठा हुआ है। दाढ़ी उठाए जाने पर साधु हँसा। हँसी भी वही थी। थोड़ी देर बाद ज्योतिर्मयी देबी आईं और मेरी ओर इशारा करके उन्होंने साधु से पूछा, 'एके चिनिस?' साधु बोला, 'ना।' फिर उन्होंने मुझसे पूछा 'तुमि

चिनते पेरेछे?' मैंने कहा, 'शे तो आमि एखाने बोलते पारबो ना।' मैं तो पूरी तरह आश्वस्त तब हुआ जब तीन-चार दिन बाद मैंने उन्हें पोखर-किनारे कुछ औरतों से बनुआ में बातें करते सुना।

चौधरी मोशाय के लिए इस गवाही में सबसे महत्त्वपूर्ण बात यह थी कि चन्द्रशेखर बाबू बड़े जमाई होते हुए भी साधु को देखते ही नहीं पहचान सके। और उन्होंने उसे मेजोकुमार के रूप में तब स्वीकार किया जब उसे कुछ औरतों से बनुआ बोली में बात करते सुना। वह स्वयं स्वीकार करते हैं कि यह बोली उन्हें नहीं आती और कोई बहुत धीरे-धीरे बोले तब वह समझ पाते हैं कि क्या कहा जा रहा है। इसलिए उनका साधु को बनुआ भाषा का ज्ञाता मान लेना और इस आधार पर मेजोकुमार घोषित करना कोई अर्थ नहीं रखता। तो जिस किसी गवाह ने यह स्वीकार किया कि मैं साधु के मेजोकुमार होने-न-होने के बारे में तुरन्त निर्णय नहीं कर पाया उन्हें चौधरी मोशाय ने यह प्रमाणित करता बताया कि साधु और मेजोकुमार में तनिक भी साम्य नहीं है। किन्तु यदि किसी ने कहा कि मैं देखते ही पहचान गया तो चौधरी मोशाय ने यह माना कि वह सामूहिक सम्मोहन का शिकार हुआ। प्राय: सभी गवाहों से जिरह करते हुए उन्होंने यह सिद्ध करना चाहा कि ज्योतिर्मयी देबी और उनके बेटे-दामादों के पास इस बात का पर्याप्त अवसर रहा था कि वह जाली मेजोकुमार को बता दें कि कौन आ रहा है और इसे क्या बताकर तुम चमत्कृत कर सकते हो। किन्तु चन्द्रशेखर बाबू से जिरह करते हुए उन्होंने यह हैरानी व्यक्त नहीं की कि आपकी सासु को या साला बाबू ने जाली साधु को यह क्यों नहीं बता रखा था कि अब बड़े जमाई बाबू चन्द्रशेखर पधारने वाले हैं।

चन्द्रशेखर बाबू के बाद ज्योतिदी के छोटे जमाई बाबू सतीनाथ बैनर्जी उर्फ सागर ने गवाही दी। उन्होंने बताया कि जिस समय छोटोकुमार को मृत्यु का तार दिया गया मैं उनके साथ ही था। वह तो अँग्रेजी समझते नहीं थे इसलिए उन्होंने मुझसे पढ़ने को कहा। उसमें लिखा था— मेजोकुमार एक्सपायर्ड दिस ईवनिंग। मैंने पढ़कर कहा कि शोब शेष होये गेछे। हम लोग राजबाड़ी लौट आये। जोगेन दा को तार दिखाया तो वह बोले कि बारिसा से लौटते हुए नारायणगंज में मुझे यह समाचार मिल गया था। मेजोरानी लौटने के बहुत दिन बात तक सत्या बाबू से बात करने को तैयार नहीं हुई। वह बस कभी-कभी बिल्लू बाबू और बुद्धू बाबू से ही थोड़ी बात करती थीं उन दिनों। मेजोकुमार का दाह-संस्कार न हो सकने की बात उनके साथ गए सेवकों से हमने सुनी और कुशपुतलिका श्राद्ध करने का प्रसंग भी उठा किन्तु श्राद्ध से एक-दो दिन पहले सत्या बाबू कलकत्ता से लौट आये और उन्होंने बोड़ोकुमार को आश्वस्त किया कि दाह-संस्कार विधिवत हो गया था। जब मुद्दई संन्यासी भेस में जयदेबपुर आये तब इनके मिलने के लिए सासु माँ ने मुझे और मेरे बड़े भाई जोगेनदा को ही भेजा। मुझे तो पहली भेंट में ही विश्वास हो गया कि संन्यासी रूप में मेजोकुमार ही लौट आए हैं किन्तु जोगेनदा केवल रूप-रंग, कद-काठी, चेहरा-मोहरा मिलने के आधार पर ही कोई निर्णय ले ले लेने के पक्ष में न थे। धीरे-धीरे

उनके मन में भी संन्यासी के मेजोकुमार होने की सम्भावना दृढ़ होती जा रही थी कि इन्दुदी के जमाई बाबू द्वारा कुछ आक्षेप लगाए जाने से वह क्रुद्ध हो गये और सरकार के पक्षधर बन गये।

जिरह में बैरिस्टर चौधरी नेयह सिद्ध करना चाहा कि सागर बाबू तो छोटोकुमार के साथ स्टेशन गये ही न थे। गये होते तो बिल्लू बाबू ने अपनी गवाही में उनके भी साथ होने का उल्लेख किया होता। उन्होंने यह भी कहा कि गवाह जोगेन बाबू द्वारा साधु के बारे में अपनी राय किसी से झगड़ा हो जाने के कारण बदल देने को निराधार बात अपने मन से गढ़कर बता गया है। चौधरी मोशाय को अब इस कष्टप्रद तथ्य का सामना करना पड़ा कि उत्तरपाड़ा से बिभाबती देबी के सम्बन्धी भी मेरे गवाह बनकर आ पहुँचे हैं। इन गवाहों में सबसे महत्त्वपूर्ण थीं सरोजिनी देबी—मेजोरानी की माँ के चचेरे भाई की पत्नी। उन्होंने बताया कि जब मेरा बेटा मुद्दई को घर लाया तब मैंने पहले इसे चिक के पीछे से देखा गौर से। मुझे रोमेन्द्र ही लगा इसलिए चिक उठाकर आ गयी। यह मुझे देखते ही बोलीं- बोड़ो मामि माँ आपनि मोटा होये पोड़े चेन, कालो होये पोड़े चेन। मैंने इससे बातें कीं और इसके मेजो होने के बारे में पूरी तरह आश्वस्त हो जाने के बाद इसे अन्तःपुर में ले गयी। विदा होते समय इसने कहा कि आपको मेरी ओर से गवाही देनी होगी मामि माँ, देंगी तो? मैंने कहा कि दरकार होने पर बोलना मैं धर्मकथा (सच्ची बात) बताऊँगी। सरोजिनी देबी ने यह भी कहा कि सत्या ने दार्जिलिंग से जो तार उत्तरपाड़ा भिजवाया था उसमें जमाई बाबू की मृत्यु साँझ ढले होने की सूचना दी गई थी। मेरे पति ने रात घर आने के बाद बताया था। बाद में हमें दार्जिलिंग अपने सम्बन्धियों से यह सूचना मिली कि जमाई बाबू के दाह-संस्कार को लेकर बहुत सम्भ्रम फैला हुआ है वहाँ। उनके जीवित होने की भी कुछ चर्चा है।

जिरह में बैरिस्टर चौधरी ने सरोजिनी देबी को तार के बारे में कुछ भी पता होना असम्भव सिद्ध करने का प्रयास किया और यह भी प्रश्न उठाया कि मुद्दई को यह मुकदमा आरम्भ होने के बाद ही इस गवाह से मिलने जाने की क्यों सूझी? जब कलकत्ता पहली बार गया था तब ही क्यों न मिल लिया? और स्वयं गवाह ने इससे पहले मुद्दई से मिलने का कोई प्रयास क्यों नहीं किया? सरोजिनी देबी ने बताया कि मैं तो आरम्भ से ही मिलना चाहती थी किन्तु मेरे बेटों ने मुझसे कहा कि सरकार उसे जाली घोषित कर चुकी है। यदि वह वास्तव में हम लोगों का जमाई बाबू ही होगा तो स्वयं यहाँ आने का साहस करेगा। चौधरी मोशाय ने वृद्धा सरोजिनी देबी को पूरी तरह मिथ्यावादी ठहराया। उनका यही मन्तव्य रहा सरोजिनी देबी की सौतेली बेटी पुरा सुन्दरी देबी की गवाही के बारे में भी। उन्हें यह विचित्र लगा कि उत्तरपाड़ा से मुद्दई के पक्ष में प्रस्तुत होने के लिए आए गवाहों ने कभी बिभाबती देबी अथवा उनके दादा से भवाल संन्यासी के मेजोकुमार होने के बारे में कभी कोई बात नहीं की और उनकी सफाई मात्र इतनी है कि हम उन दोनों की भावनाओं को ठेस नहीं पहुँचाना चाहते थे। उन्होंने जानना चाहा

कि ये लोग यहाँ गवाही देकर और क्या कर रहे हैं। इस बीच ऐसा क्या हो गया कि ये ठेस पहुँचाने के लिए दौड़े चले आये।

मेरी ओर से उत्तरपाड़ा के लोगों का गवाही देना भी मुद्दालेहों को उतना ही खला होगा जितना कि मनमोहन भट्टाचार्य का गवाही देना जो प्राय: दो वर्ष तक कलकत्ता में बिभाबती देबी के निजी सहायक का काम कर चुके थे। उससे पहले वह बोड़ोकुमार द्वारा नौकरी से निकाल दिए जाने तक भवालराज के मैनेजर के निजी क्लर्क रहे थे। उन्होंने कहा— मेजोरानी की नौकरी से त्यागपत्र देकर मैं ढाका लौट आया था। जब भवाल संन्यासी द्वारा मेजोकुमार के रूप में आत्मपरिचय देने की खबर वहाँ पहुँची तो मैं जयदेबपुर गया। मुद्दई से मिला। गौर से देखा तो मुझे इनके मेजोकुमार जैसे ही होने में कोई सन्देह न रहा। फिर जब मैंने इनसे पूछा, मुझे पहचाना? और यह तुरन्त उत्तर न दे पाये तब मुझे लगा यह मेजोकुमार नहीं हैं। थोड़ा सोचकर जब इन्होंने कहा आप मैनेजर के क्लर्क तो नहीं? तब मैं पूरी तरह आश्वस्त हो गया यद्यपि इनके बांग्ला बोलने के ढंग पर हिन्दी का प्रभाव था और वाणी भी स्पष्ट नहीं रह गई थी। मनमोहन बाबू ने बताया कि मेजोकुमार का दाह-संस्कार न हो पाने और उनके जीवित होने की बात सुने जाने पर बोड़ोकुमार ने जाँच कराने की ठानी थी किन्तु सत्या बाबू ने उन्हें यह कहकर रोका कि मृत्यु और दाह-संस्कार दोनों के प्रमाण-पत्र दिखा दूँगा। जोगेन बाबू ने बीमा कम्पनी को मेजोकुमार की मृत्यु की सूचना तार से दी थी। वहाँ से पत्र आया कि इस फार्म पर डॉक्टर का डैथ सर्टिफिकेट और कुछ गवाहों के हलफनामे दरकार हैं, इस सम्बन्ध में हम किसी लिखें? यह काम मैनेजर ज्ञान बाबू को सौंपा गया था किन्तु वह त्यागपत्र देकर चले गये और जाने से पहले सब कुछ सत्या बाबू को थमा गये। सत्या बाबू ही दार्जिलिंग से डैथ सर्टिफिकेट आदि लेकर आये।

मनमोहन बाबू ने यह भी बताया कि जब सत्या बाबू को यह पता चला कि नीढ़म साहब ने बोड़ोकुमार से कहा है कि कानून के अनुसार मेजोरानी को बीमे की तिहाई रकम ही मिल सकती है तब उन्होंने जाकर बोड़ोकुमार से कहा कि मेरी बहन यह राशि दार्जिलिंग के सेनेटोरियम को दान करने को कह आई थी। इस पर दोनों कुमारों ने उस राशि पर से अपनी दावेदारी छोड़ दी। जब चेक आया तो सत्या बाबू के साथ मैं भी उसे भुनाने कलकत्ता गया। लौटते समय मैं यह देखकर दंग रह गया कि सत्या बाबू कुमारों के मनोरंजन के लिए दो वेश्याएँ साथ ले जा रहे हैं। ढाका में वह उन्हें नालगोला राजबाड़ी के प्रबन्धक को सौंप आये। मनमोहन बाबू भेद पर भेद खोलते गये। वह ऐसा कर भी सकते थे क्योंकि मेजोकुमार की मृत्यु के बाद के दौर में वह भी ज्ञानशंकर सेन की तरह सत्या बाबू के प्रभाव-मंडल में आ चुके थे। उन्होंने कहा कि दार्जिलिंग से लौटते ही सत्या बाबू को मेजोरानी की सम्पत्ति की चिन्ता सताने लगी। उन्हें तब बहुत निराशा हुई जब शासन ने मेजोरानी का हिस्सा कोर्ट ऑफ वार्ड्स में दे दिया। वह वकीलों से मिले और उन्होंने अपनी बहन की ओर से आवेदन भिजवाया कि मैं स्वयं

पढ़ी-लिखी हूँ और मेरे सुयोग्य दादा मेरी सहायता करने के लिए तत्पर हैं इसलिए मुझे अपनी सम्पत्ति का प्रबन्धन स्वयं करने दिया जाए। इस आवेदन के अस्वीकार हो जाने के बाद सत्या बाबू तभी कुछ निश्चिन्‍ हुए जब मेजोरानी न केवल उनके साथ कलकत्ता चली गयीं बल्कि उन्होंने उनके लिए अपने पैसों से दो लाख रुपये से भी अधिक की कोठी खरीद दी। मनमोहन बाबू ने यह भी बताया कि यह मुकदमा शुरू होने से पहले मेजोरानी ने मुझे बुलाकर कहा कि आपको मेरी सहायता करनी होगी। जब मैंने उनसे कहा कि भवाल संन्यासी मेजोकुमार ही हैं इसलिए मैं आपका समर्थन नहीं कर सकता तब वह क्रुद्ध होकर बोलीं— आप मुझसे पूछे बिना कोई गवाही नहीं दे सकते। उन्होंने कुछ और भी बातें कहीं जो मैं दुहरा नहीं सकता। फिर एक दिन जोगेन बाबू ने मुझे नालगोला राजबाड़ी में बुलवाया। वहाँ मेजोरानी के साथ छोटोरानी भी थीं। वह बोलीं कि मेजोरानी का नमक खाया है आपने इसलिए भवाल संन्यासी के मेजोकुमार न होने के इस वक्तव्य पर हस्ताक्षर कर दीजिए। मैंने मना कर दिया। और करबद्ध प्रार्थना की कि मेजोरानी आप अदालत से बाहर कोई समझौता कर लीजिए। वह बोलीं, सो तो असम्भव है। जिरह में बैरिस्टर चौधरी ने मनमोहन बाबू का पहले भवालराज की नौकरी से निकाला जाना और बिभाबती देबी की नौकरी से त्यागपत्र देने के लिए बाध्य होना और इन दोनों ही घटनाओं के कारणों पर प्रकाश डालने में असमर्थता जताना रेखांकित किया। फिर इस बात पर आश्चर्य व्यक्त किया कि यदि मनमोहन बाबू ने भवाल संन्यासी को मेजोकुमार के रूप में आरम्भ से ही स्वीकार कर लिया था तो इस बारे में पहले कभी मेजोरानी से बात क्यों नहीं की? मनमोहन बाबू ने कहा कि मैंने कई बार मेजोरानी से कहा कि संन्यासी से मिल लें। मिलने के बाद भी यदि वह कहेंगी कि नहीं, यह मेजोकुमार नहीं हैं तो मैं उनके मन्तव्य के आगे नतमस्तक हो जाऊँगा। यदि वह मान जाएँगी कि हाँ लोग ठीक कहते हैं यह मेरे पति ही हैं तो मैं समझौता कराने में सक्रिय हो उठूँगा। किन्तु मेजोरानी मुद्दई से मिलने के लिए तैयार ही नहीं हुईं। जब अदालत में बिभाबती देबी को लिखे गए मेजोकुमार के जाली पत्र प्रस्तुत किए गए तब मैंने जाकर मेजोरानी से कहा कि आप गलत लोगों का परामर्श मानकर अपने को और मुसीबत में डाल रही हैं। मेरे वकीलों ने ऐसे भी कई गवाह प्रस्तुत किए जिन्हें मैं पहचान नहीं पाया था किन्तु मेरा जिनको इतने वर्षों तक बीच में स्मृतिलोप का शिकार रहने के बाद भूल जाना अस्वाभाविक न था। जैसे भाग्यकुल के रईस जमींदार परिवार के हलधर बाबू जिन्हें मैं नहीं पहचान पाया किन्तु जब उन्होंने मुझे अपना परिचय दिया तब मैंने कहा, 'मैं तो आपके भाई मुरलीधर बाबू को अच्छी तरह जानता हूँ। हम लोगों ने उनसे बहुत बड़ी रकम उधर ली।' हलधर बाबू बोले, 'आपको ठीक याद है। पचास हजार टाका लिये थे।' इसी तरह बंगाल विधान परिषद के भूतपूर्व सदस्य को मैं जब देखते ही न पहचान सका और उन्होंने अपना परिचय दिया तब मैंने उनसे पूछा, 'आप वही हैं ना जो कुश्ती के चैम्पियन थे और जिनसे मिलने के लिए मैं जोगेन बाबू के साथ आया

था।' इस तरह की गवाहियों से बैरिस्टर चौधरी तनिक भी प्रभावित न हुए। वह यही मानते रहे कि लोगों के मिलने से आने के ठीक पहले मुझे बताया जाता रहा होगा कि कौन आने वाला है, उससे मेजोकुमार का क्या नाता या वास्ता रहा और उसे चमत्कृत करने के लिए तुम्हें क्या कहना है। आश्चर्य कि यही रुख उन्होंने मेरे महत्त्वपूर्ण गवाह के.के. नाग के सन्दर्भ में भी अपनाया। नाग को मैं महत्त्वपूर्ण इसलिए कह रहा हूँ कि मेजोकुमार का मित्र रहा चुका यह लब्धप्रतिष्ठ बैरिस्टर भवाल संन्यासी को ठग मानता रहा था और मिलने के बाद भी उसने खरी परीक्षा के बाद ही उसे अपना मित्र मानकर गले लगाया था। बैरिस्टर चौधरी ने नाग की गवाही में सुना कि कैसे मैं नाग को न केवल उसके पेशे और परिवार के बारे में बता सका बल्कि यह भी कि एक रात मैंने उसके घर के द्वार भड़भड़ाकर सबको जगा दिया था क्योंकि मुझे वेश्यागमन के लिए उसके पिता से पैसा कर्ज लेना था। इसके बाद भी उन्होंने जिरह यह साबित करने के लिए ही की कि नाग के साधु से मिलने आने की सूचना पहले ही पहुँच चुकी थी। मानो मेजोकुमार कलकत्ता से लौटने पर अपनी ज्योति दी को अपने वेश्यागमन और उसके सिलसिले में लिये गए कर्ज की पूरी जानकारी देता रहा हो।

अनेक गवाहों ने अपने बिना पूर्व सूचना दिए मात्र जिज्ञासावश भीड़ से घिरे भवाल संन्यासी के पास जा पहुँचने और उसके द्वारा न केवल पहचान लिये जाने बल्कि पहचानने का कोई ठोस प्रकरण भी देने की बात की। किन्तु चौधरी मोशाय का रवैया वही रहा कि पहले से बता दिया जाता होगा साधु को। उन्होंने कभी इस बात पर प्रकाश डालने की आवश्यकता अनुभव नहीं की कि यदि पहले से बता दिया जाता था तो वह कभी-कभी भूल कैसे जाता था अथवा 'या तो यह या तो वह' श्रेणी की बात क्यों कर बैठा था जैसे कलकत्ता हाईकोर्ट के वकील और नाटोर के महाराजा के सम्बन्धी जतीन्द्रनाथ लाहिड़ी ने अदालत को यह बताया कि मेजोकुमार मुझसे पहली बार 1908-09 के जाड़ों में कलकत्ता में लैसडाउन रोड में स्थित मेरे मकान में मिलने आए थे। जब 1933 में भवाल संन्यासी अपने वकील सुरेन मुखर्जी के साथ हैरिसन रोड स्थित मेरे नये मकान में मिलने आया तो उसने पहली बात ही यह की कि आपने अपना निवास बदल लिया है। यह बात तो उसे कोई भी बता सकता था। इसलिए मैंने पूछा कि आप बता सकेंगे कि पिछली बार आप किसके साथ आए थे? संन्यासी बोला, 'बैरिस्टर राया या दीगेन बाबू में से किसी एक के साथ।' चौधरी मोशाय ने अपने से यह नहीं पूछा कि भवाल संन्यासी को यह उत्तर इस रूप में क्यों रटवाया गया? उनके लिए यह असम्भव न था कि मुझे कुछ उत्तर इस तरह के भी रटाने पड़े हों या तो इस मजबूरी में कि ज्योतिदीदी को स्वयं भी ठीक से स्मरण न था या फिर जान-बूझकर कि कुछ उत्तर ऐसे भी दे देना बाद में अदालत में भवाल संन्यासी के सचमुच मेजोकुमार होने का प्रमाण ठहराया अथवा समझा जा सकेगा। उनके लिए यह भी सम्भव था कि ज्योतिदी मेजोकुमार के जीवन से जुड़ी हर बात जानती थी और किसी पंजाबी साधु के मस्तिष्क में उन्हें ठूँस सकी थी। अन्त:पुर में रहते हुए भी

वह बाहर प्रांगण अथवा बैठकखाने में विराजमान पंजाबी साधु की बगल में खड़े अपने बेटे-जमाइयों को हर आगन्तुक के विषय में आवश्यक जानकारी किसी ऐसे चमत्कारी ढंग से प्रेषित कर पाती थी कि साधु को घेरे हुए लोगों में से किसी को कुछ पता नहीं चलता था। उनके लिए तो एक ही बात असम्भव थी कि इतने अधिक लोगों को भवाल संन्यासी सचमुच मेजोकुमार लगा अथवा अपने मेजोकुमार होने का अकाट्य प्रमाण अपनी स्मृति में से खोजकर दे सका। तो ज्यों-ज्यों ऐसे गवाहों की संख्या बढ़ती चली गयी चौधरी मोशाय की यह आपत्ति बढ़ी चली गयी कि मुद्दई के वकील अदालत का समय बर्बाद कर रहे हैं।

मेरे वकील बैरिस्टर चटर्जी ने बहुत-से ऐसे गवाह भी प्रस्तुत किए जिन्होंने मुख्य रूप से मेजोकुमार के अनपढ़, गँवार होने तथा अँग्रेजी विलायती खेलों और तौर-तरीकों से अपरिचित होने की बात अदालत को बतायी। कलकत्ता विश्वविद्यालय में बांग्ला पढ़ाने वाले मणिन्द्र मोहन बोस ने अदालत को बताया कि मध्यमकुमार ने मुझे जयदेबपुर में फुटबॉल क्लब चलाने के लिए पैसा तो दिया किन्तु उनकी फुटबॉल समेत किसी भी विलायती खेल में तनिक भी रुचि न थी। वह अँग्रेजी का एक शब्द नहीं समझ पाते थे जबकि मेरे-जैसे पढ़े-लिखे बंगाली बांग्ला बोलते हुए बीच-बीच में अनेक अँग्रेजी शब्द प्रयुक्त करते जाते हैं। मैंने जब भी मध्यमकुमार से बात की मुझे यही लगा कि उनकी बौद्धिक क्षमताएँ औसत से कहीं कम हैं। भूतपूर्व अध्यापक जोगेशचन्द्र राय ने बताया कि मध्यमकुमार रोमेन्द्र नारायण राय बौद्धिक दृष्टि से तीन-चार वर्ष के बालक-जैसे ही थे। जमींदार हेमेन्द्र किशोर आचार्य चौधरी ने कहा कि रोमेन्द्र निपट अनपढ़ था किन्तु उसे मन्दबुद्धि भी नहीं कहा जा सकता था। अवकाशप्राप्त अध्यापक चारुचन्द्र दासगुप्त ने गवाही दी कि बोड़ोकुमार को तो अँग्रेजी शब्द और वाक्य बोलते हुए मैंने सुना किन्तु मेजोकुमार को कभी नहीं। इस तरह की गवाहियाँ चौधरी मोशाय के लिए झूठी ही हो सकती थीं क्योंकि उनके अनुसार मेजोकुमार रोमेन्द्र नारायण राय एक सुसंस्कृत सामन्त था जो अँग्रेजी बोलता, क्रिकेट, पोलो आदि खेलता और मेज-कुर्सी पर बैठकर छुरी काँटे से भोजन करता था। मेरे गवाहों की किसी बात को यदि उन्होंने अपना लेने योग्य समझा तो वह यह कि भवाल संन्यासी हिन्दी में अथवा हिन्दी जड़ित बांग्ला में अथवा हिन्दी लहजे वाली बांग्ला में बात करता सुना गया। यह उनके अनुसार भवाल संन्यासी के पंजाबी होने का अकाट्य प्रमाण था। इसलिए उन्हें 1925 से 1929 तक कलकत्ता में मेरे पड़ोसी रह चुके पंजाबी सज्जन रामरतन चिब्बा की यह गवाही असमंजसप्रद लगी होगी कि मुद्दई हिन्दी उसी तरह और उसी तरह की बोलता है जैसे आम बंगाली। पंजाबियों की तरह की हिन्दी तो मैं बोलता हूँ। मेरा ध्यान इस ओर भी गया कि मुद्दई को उर्दू के शब्द बिल्कुल समझ में नहीं आते जबकि हम पंजाबियों की हिन्दी उनसे भरी पड़ी रहती है।

बैरिस्टर चौधरी की अन्तिम आपत्ति यह थी कि जब हमारे पास रोमेन्द्र नारायण राय के दार्जिलिंग में हुए निधन और दाह-संस्कार का प्रमाण-पत्र है तब किसी अन्य के

जीवित मेजोकुमार होने के प्रमाण-पत्र अदालत के सामने इन अविश्वसनीय गवाहों से क्यों दिलवाए जा रहे हैं। मुद्दई के वकील दार्जिलिंग प्रकरण की बात क्यों नहीं कर रहे हैं भला? तो अब अदालत में दार्जिलिंग की घटनाओं के सन्दर्भ में मेरे पक्ष के गवाह प्रस्तुत किए जाने लगे। सबसे पहले तो हमें यह सिद्ध करना था कि मृत्यु शाम को हुई और फिर यह कि दाह-संस्कार के लिए शवयात्रा रात को ही निकाली गयी। दार्जिलिंग प्रकरण के लिए गवाह जुटाने में दोनों ही पक्षों को विशेष कष्ट नहीं उठाना पड़ा। कारण, रेलवे लाइन बिछ जाने के बाद से दार्जिलिंग बंगाल की ग्रीष्मकालीन राजधानी बन चली थी। सरकारी दफ्तर कलकत्ता से वही आ जाते थे और अँग्रेज अधिकारियों के साथ-साथ वहाँ पहुँचते थे उनके बंगाली बाबू। बंगाली भद्रलोक भी दार्जिलिंग में ही अपनी गर्मियाँ बिताना पसन्द करते थे। बंगाली क्लर्क बोर्डिंग हाउसों में रहा करते थे और मध्यमवर्गीय सैलानी तपेदिक के अस्पताल से होटल बना दिए गए लोबिस जुबली सेनेटोरियम में। यह सेनेटोरियम स्टेप असाइड नामक उस कोठी से बहुत दूर न था जिसमें मेजोकुमार का देहान्त हुआ। अस्तु दोनों ही पक्षों ने मेजोकुमार की मृत्यु के समय सेनेटोरियम में टिके हुए लोगों में से गवाह जुटाए। सत्या बाबू ने तो सरकारी सहयोग से इस बारे में अपने पक्ष में गवाहियाँ जुटाना मेरे आत्मपरिचय देने के तुरन्द बाद ही शुरू कर दिया था। अस्तु, उनका पलड़ा कुछ भारी था। यों मेरे वकील सुरेन्द्रनाथ मुखर्जी भी इस विषय में कुछ सक्रिय रहे थे।

तो पन्नालाल बसु की अदालत में दोनों ही पक्षों ने बहुत-से ऐसे गवाह पेश किए जिनकी सरकारी जाँच अथवा आशु डॉक्टर द्वारा दायर किए गए मानहानि के मुकदमे में गवाही हो चुकी थी। दोनों पक्षों के वकील इन गवाहों के तब और अब के बयानों में कोई छोटी-मोटी विसंगति ढूँढ़ने में व्यस्त रहे कि कह सकें यह गवाह झूठा है। अदालत में दोनों पक्षों के नामी बैरिस्टरों की जिरह सुनते हुए मुझे बोध हुआ कि इस असार संसार में निर्विवाद सत्य-जैसी कोई वस्तु है ही नहीं। किसी एक का सच अनिवार्य रूप से किसी और के लिए झूठ ही होता है। न्यायाधीशों को सुनवाई में यही निर्णय करना पड़ता है कि किसका सच, या कहूँ झूठ, अधिक विश्वसनीय है। विश्वसनीय सच कौन-सा होता है जो सर्वथा तर्कसंगत हो अथवा वह जिसमें दाल में नमक बराबर विसंगतियाँ भी उपस्थित हों। गवाहियाँ और जिरह सुनते हुए मुझे बार-बार बेचारे पन्नालाल बसु पर तरस आता रहा कि यह जो भी निर्णय देंगे वह किसी एक पक्ष को अविश्वसनीय ही लगेगा और वह उसके विरुद्ध अपील करेगा। मेजोकुमार की मृत्यु की घड़ी के सन्दर्भ में मेरी ओर से प्रमुख गवाही तथाकथित 'मैत्र मंडली' ने दी। इसमें सम्मिलित थे भारतीय शिक्षा सेवा के अवकाशप्राप्त प्रो. सत्येन्द्रनाथ मैत्र, लखनऊ विश्वविद्यालय के विख्यात प्रो. राधाकुमुद मुखर्जी और जाधवपुर इंजीनियरिंग कॉलेज के प्रो. हीरालाल राय। ये तीनों व्यक्ति अपनी विद्वत्ता, निष्पक्षता और सत्यनिष्ठा के लिए विख्यात रहे थे।

प्रो. मैत्र की सत्यवादिता की तो सारे बंगाल में चर्चा होती थी और सुनवाई के

दौरान मेरे ही नहीं, प्रतिपक्ष के वकील ने भी उनकी सत्यावादिता से जुड़ी कुछ कथाएँ अदालत में प्रस्तुत कीं। प्रो. मैत्र का कहना था कि मई की शाम मैं अपने कुछ मित्रों के साथ बैठा गपशप लगा रहा था कि कोई व्यक्ति आया जिसने सूचना दी कि भवाल के राजकुमार का निधन हो गया है। सासनबन्धुओं की दरकार है। यह बात डिनर से पहले की है और डिनर सेनेटोरियम में आठ बजे लगा करता था। प्रो. मैत्र को राधाकुमुद मुखर्जी और प्रो. हरनचन्द्र चक्लाधर के उस समय अपने साथ बैठे होने की अच्छी तरह याद थी। जिरह में बैरिस्टर चौधरी ने जानना चाहा कि क्यों प्रो. मैत्र ने उसके बाद रविवार को सेनेटोरियम में हुई शोकसभा में हिस्सा लिया था? उन्होंने कहा कि मुझे तो ऐसा कुछ याद नहीं है। उन्हें उस सभा की कार्रवाई का विवरण-सार दिखाया गया कि आप तो उसमें उपस्थित थे। उन्होंने कहा, इसमें लिखा है तो मैं अवश्य उपस्थित रहा होऊँगा किन्तु मेरे मस्तिष्क में इसकी कोई स्मृति शेष नहीं रह गई थी। तो भवाल के राजकुमार की मृत्यु के विषय में इसकी कोई सूचना मिलने के समय की स्मृति कैसे बनी रह गयी आपके मस्तिष्क में? कृपया यह भी बताएँ कि आपको रोमेन्द्र नारायण राय से कोई विशेष दिलचस्पी रही थी कि उसकी मृत्यु का समाचार मिलने की घटना आपको याद रह गई? प्रो. मैत्र कुछ कह नहीं सके कि क्यों उन्हें यह बात याद रह गयी और प्रो. मैत्र को रोमेन्द्र नारायण राय से तनिक भी दिलचस्पी थी। क्या आपने दार्जिलिंग में रात को शव गायब हो जाने और अगली सुबह दुबारा शवयात्रा निकाले जाने की कोई बात सुनी थी जो यह घटना आपको याद रह गयी? प्रो. मैत्र ने ऐसी कोई बात नहीं सुनी थी। क्या वह यह बताने का कष्ट करेंगे कि जिन लोगों से उनकी दिलचस्पी रही थी उनकी मृत्यु का समाचार मिलने का समय और ब्यौरा उन्हें याद है? सच्ची बात तो यह है कि प्रो. मैत्र को ऐसा कुछ याद नहीं है।

इस प्रकार बैरिस्टर चौधरी ने प्रो. मैत्र को उनकी सत्यवादिता के जाल में ही फँसा लिया और कहा कि तब आपको भवाल के राजकुमार के देहान्त का समाचार मिलने का ब्यौरा भी याद नहीं हो सकता। कहीं-न-कहीं कोई भूल हो रही है आपसे। स्मृति धोखा दे रही है आपको। किन्तु प्रो. मैत्र का कहना था कि ऐसा नहीं है। पता नहीं क्यों किन्तु उन्हें दार्जिलिंग की वह घटना याद है। प्रो. मैत्र की गवाही के प्रायः ढाई महीने बाद डॉ. राधाकुमुद मुखर्जी की गवाही हुई। उनका भी वही कहना था जो प्रो. मैत्र का। जिरह के दौरान उन्हें यह बताने में तनिक भी हिचक नहीं हुई कि यद्यपि यह घटना मुझे याद थी तथापि स्टेट्समैन में प्रो. मैत्र की गवाही पढ़ने से मेरे लिए उसकी पुष्टि हो गयी। उन्होंने यह भी माना कि मैंने प्रो. हीरालाल राय से भी दार्जिलिंग प्रकरण के बारे में इधर एक दिन बात की थी। चौधरी मोशाय ने इस आधार पर यह कह दिया कि प्रो. मुखर्जी वही दुहरा रहे हैं जो उन्होंने दूसरों से सुना है। किन्तु यदि ऐसा था तो प्रो. मुखर्जी ने यह क्यों कहा कि मुझे शोकसभा में अपनी उपस्थिति का स्मरण नहीं है। प्रो. राय ने भी अपनी गवाही में प्रो. मैत्र का समर्थन किया। उन्हें 16 मई को सेनेटोरियम में आयोजित

सार्वजनिक शोकसभा का स्मरण था और उन्होंने बताया कि उसमें प्रो. मैत्र से, जो कॉमन रूम में बहुधा लोगों का अपने गायन से मनोरंजन किया करते थे, गाना सुनाने को कहा गया। उन्होंने एक गीत सुना दिया किन्तु और सुनाने को पहले माने नहीं। बैरिस्टर चौधरी ने जिरह करते हुए यह जानना चाहा कि प्रो. मैत्र ने क्यों पहले मना किया और बाद में मान गये ? गवाह ने बताया कि प्रो. मैत्र में इस श्रद्धांजलि सभा के लिए तनिक भी उत्साह न था क्योंकि वह मृतक से अपरिचित थे और मृतक की उन्होंने बदनामी ही सुनी थी। वह राजी इसलिए हो गये कि बताया गया कि भवालराज परिवार से सेनेटोरियम को अनुदान दिलवाने का आश्वासन मिला है।

मैत्र-मंडली के कुछ और सदस्यों ने भी मेजोकुमार की मृत्यु का समाचार रात आठ बजे के आस-पास सेनेटोरियम में पहुँचने की बात की। बैरिस्टर चौधरी ने यह जताया कि लोगबाग प्रो. मैत्र की सत्यवादिता से इतने अभिभूत रहे हैं कि उनकी गवाही को सच मानकर स्वयं भी वही बात कह दे रहे हैं। चौधरी मोशाय ने इस ओर ध्यान दिलाया कि मैत्र-मण्डली के गवाहों ने यह स्वीकार किया है कि उन लोगों के साथ कॉमन रूप में कलकत्ता विश्वविद्यालय के इतिहास विभाग के हरनचन्द्र चक्लाधर भी उपस्थित थे और उनके अनुसार सेनेटोरियम में भवाल के राजकुमार के देहान्त की सूचना सुबह पहुँची थी, रात को नहीं। बाद में उन्होंने मुद्दालयों की ओर से गवाही भी दी और कहा कि मध्यमकुमार से मेरा उनकी मृत्यु के प्रायः पाँच-छह दिन पहले ही परिचय कराया गया था। मैंने उनका शव पहले उनके घर में और फिर श्मशान भूमि में देखा। उनका दाह-संस्कार विधिवत कराया गया। मैं चिता की शान्ति किए जाने पर ही वापस लौटा था उनके सम्बन्धियों के साथ। तो चौधरी मोशाय का तर्क यह था कि प्रो. मैत्र जानबूझकर तो झूठ नहीं बोल रहे हैं किन्तु उनकी स्मृति में निश्चय ही कहीं कोई खोट है। उन्होंने एक बार इस सम्भावना की ओर भी संकेत किया कि कोई व्यक्ति मेजोकुमार के मरणासन्न होने की सूचना लाया हो और प्रो. मैत्र ने उसे मृत्यु की सूचना समझ लिया हो या फिर कोई व्यक्ति नासमझी में गलत सूचना दे गया हो। किन्तु प्रो. मैत्र की गवाही तो यह थी कि वह व्यक्ति मेजोकुमार की मृत्यु की ही सूचना देने आया था और उसने लोगों से सासनबन्धु बनने का अनुरोध किया था। वह और उनके साथ बैठे लोगों को उसका नाटकीय ढंग से आकर शोक-सूचना देना और उसके कारण गप्प-गपाष्टक और गाने-बजाने की उस गोष्ठी का समाप्त हो जाना अच्छी तरह याद था। तो चौधरी मोशाय ने सासन-बन्धुओं के लिए इस तरह अनुरोध किए जाने को ही असम्भव ठहरा दिया। उन्होंने कहा कि शिष्टाचार तो यह माँग करता था कि भवाल के मेजोकुमार के साथ आए व्यक्ति किसी परिचित के पास लिखित सन्देश भेजते कि कुमार की मृत्यु हो गयी है, सासनबन्धु जुटाने की कृपा करो और फिर वह अपने परिचितों को शवयात्रा में सम्मिलित होने लिए राजी कराता।

मेरी ओर से गवाही देने वाले बहुत-से लोग ऐसे थे जिन्होंने केवल यह कहा कि

आठ बजे के आस–पास भवाल के राजकुमार की शवयात्रा में जाने के लिए बुलावा आया था किन्तु मैं स्वयं नहीं गया। दो ऐसे भी थे जिन्होंने कहा कि मैं तो नहीं गया किन्तु हमारा मित्र गया था और उसने लौटने पर बताया कि वर्षा होने के कारण हम लोगों को शव छोड़कर भागना पड़ा और जब लौटे तो पाया कि इस बीच शव गायब हो गया था। उनका वह मित्र अंकुल चटर्जी मुकदमे की सुनवाई होने तक मर चुका था। इसलिए उनकी गवाही महत्त्वहीन थी। कुछ ऐसे थे जिन्होंने रात को शवयात्रा जाती देखी थी और उन्हें पूछने पर पता चला कि भवाल के राजकुमार की है। उन्हें यह भी याद था कि शवयात्रा गुजरने के कुछ समय बाद ही वर्षा हुई और तूफान आया। एक महत्त्वपूर्ण गवाह थे मोहम्मद अशरफ आलम जो तब दार्जिलिंग के सुपरिंटेंडिंग इंजीनियर के कार्यालय में क्लर्क थे और जिनका भवालराजकुमार के साथ आए शरीफ खां से अच्छा परिचय हो गया था। अशरफ मुंशी कहलाए जाने वाले इन सज्जन ने कहा कि एक दिन सूरज डूबने के बाद मैं रेस देखकर लौटते हुए स्टेप असाइड की बगल से गुजर रहा था कि मुझे रोने की आवाज सुनाई थी। भीतर गया तो शरीफ खां ने बताया कि राजकुमार चल बसे। मैं बाहन निकला ही था कि शरीफ खां ने पुकारा और कहा कि इन साहब को कोई टाल और परचूनिए की दुकान दिखा दो। मैं उन बाबू साहेब को पहले अमृतलाल राम–खिलावन की दुकान में ले गया और कालमन सरदार की टाल में। जिस समय मुझे राजकुमार की मौत की खबर मिली सात–सवा सात बजा होगा। लकड़ी तुलवा देने के कोई घंटे–सवा घंटे बाद मैंने अपने घर की खिड़की से जनाजा जाते देखा। साथ जाते लोगों में अंकुल चटर्जी, संजीव लाहिड़ी और शरीफ खाँ मेरी पहचान के थे। बैरिस्टर चौधरी ने जिरह में इस बात को असम्भव ठहराया कि किसी मुसलमान से दाह–संस्कार सामग्री खरीदने में मदद करने को कहा गया होगा। अशरफ मुंशी ने कहा कि मुझे दुकान बतानेभर के लिए कहा गया था। मुंशी की गवाही के समर्थन में मेरी ओर से राम–खिलावन के साथ काम करने वाले उसके भतीजे लक्ष्मीचन्द्र की गवाही कराई गई क्योंकि रामखेलावन का इस बीच स्वर्गवास हो चुका था। कालमन का भी देहान्त हो चुका था किन्तु उसका बेटा जंगवीर रात को मेजोकमार के दाह–संस्कार के लिए लकड़ी खरीदे जाने की गवाही पहले ही दे चुका था।

मेरी ओर से रात के दाह–संस्कार और शव के गायब हो जाने के कुछ चश्मदीद गवाह भी पेश किए गए। इनमें एक थे चाय बागान कर्मचारी किरण चंद्र मुस्तफी। उन्होंने बताया कि अभी पन्द्रह मिनट ही हुए चिता के लिए जगह ही देखी जा रही थी कि तूफान आ गया, तेज वर्षा होने लगी। हम लोगों ने भागकर दो फर्लांग की दूरी पर स्थित बूचड़खाने के शेड में शरण ली। जब लौटे तब देखा कुछ लोग लालटेन लेकर इधर–उधर देख रहे हैं। पता चला शव खटिया से गायब हो गया। मैं लौट आया। जब अगले दिन सुबह दाह–संस्कार होने की बात सुनी तब यही सोचा कि शव मिल गया होगा। लगभग यही बात औरों ने भी कही। जिरह करते हुए चौधरी मोशाय ने सभी से यह जानना चाहा

कि शवयात्रा में और कौन लोग थे और यह दर्शाया कि वे बस एक-दूसरे को ही उपस्थित दिखा रहे हैं। मेजोकुमार के साथ दार्जिलिंग के किसी भी व्यक्ति का नाम नहीं ले पा रहे हैं। यही नहीं, उनमें से दो-एक को छोड़ किसी को भी इस बात पर कोई आश्चर्य नहीं हुआ कि रात के दाह-संस्कार में लाश गायब हो जाने के बाद सुबह के दाह-संस्कार के लिए लाश कब, कहाँ, कैसे मिल गयी। मानो लाश का गायब होना और ढूँढ़ने पर मिल जाना अनहोनी नहीं, आई-गई-सी घटना हो। दार्जिलिंग में मेजोरानी और उनके दादा के भी कुछ सम्बन्धी और परिचित तब रह रहे थे। श्मशान भूमि में उनमें से किसी की भी उपस्थिति की चर्चा क्यों नहीं की उन्होंने? सबसे अधिक अविश्वसनीय लगे चौधरी मोशाय को मेरे गवाह पद्मिनी मोहन निदोमी नियोगी। नियोगी मोशाय उन दिनों समाचार पत्र *बंगाली* में उपसम्पादक थे और छुट्टियाँ लेकर दार्जिलिंग आए हुए थे। वह भी लोविस जुबली सेनेटोरियम में ठहरे हुए थे। उनकी गवाही यह थी कि सेनेटोरियम में रात आठ-एक बजे स्टेप असाइड से एक व्यक्ति सासनबन्धु बनने का अनुरोध लेकर आया और हम सात-आठ लोग स्टेप असाइड और वहाँ से पुराने सासन गये। वहाँ पहुँचने तक मौसम खराब हो गया था इसलिए हम फौरन लौट आये किन्तु फिर भी सेनेटोरियम पहुँचने तक तर-बतर हो गये।

पहले तो चौधरी मोशाय ने नियोगी को इसलिए झूठा बताना चाहा कि उनका इस अदालत में दिया गया बयान उस बयान से भिन्न है जो उन्होंने मानहानि मुकदमे में दिया था। पिछली गवाही के अनुसार उन्हें साढ़े आठ बजे तक श्मशान भूमि पहुँच चुकना चाहिए था जबकि अब वह सेनेटोरियम में मृत्यु की सूचना पहुँचने का समय ही साढ़े सात बता रहे हैं। चौधरी मोशाय इस प्रसंग में बाल की खाल निकालते रहे और इन्हें इसमें कुछ भी महत्त्वपूर्ण नहीं लगा कि जब लिंडसे ने जाँच करवाई थी तब से लेकर अब तक नियोगी मोशाय का यह बुनियादी बयान नहीं बदला है कि मृत्यु का समाचार शाम को पहुँचा, शव को रात में ही दाह-संस्कार के लिए ले गये और मौसम खराब हो जाने के कारण सेनेटोरियम से गए लोग सासन से उल्टे पाँव लौट आये। बैरिस्टर चौधरी ने जिरह में यह भी जताया कि नियोगी मोशाय का ब्राह्मण न होते हुए भी किसी ब्राह्मण के दाह-संस्कार के लिए जाना कल्पनातीत ही कहा जाएगा। नियोगी मोशाय की यह सफाई उन्हें जमी नहीं कि ब्राह्मणों की कमी थी इसलिए भद्रलोकों का भी स्वागत था। अरे था भी तो आपको ऐसी क्या पड़ी थी जो रात को वहाँ जाते? प्रो. मैत्र-जैसे ब्राह्मण तो गये नहीं सेनेटोरियम से? इस पर जब नियोगी मोशाय ने कहा कि मैं इस लोभ में चला गया कि इतने बड़े सामन्त के सासनबन्धुओं को तो भव्यतम भोज दिया जाएगा। तब बैरिस्टर चौधरी अविश्वास जताते हुए हँस पड़े। वह इतने अधिक विलायती हो चले थे कि यह भूल ही गये थे कि बंगाल में ग्यारहवीं पर सासनबन्धुओं को भोजन कराने का रिवाज है। चौधरी मोशाय ने गवाह को इसलिए भी झूठा ठहराया कि स्वयं उसके समाचार-पत्र में यह छपा था कि दार्जिलिंग में भवाल के मध्यमकुमार का देहान्त मध्य

रात्रि पर हुआ। उन्हें गवाह की यह सफाई लचर लगी कि 'हमारे संवाददाता' के नाम से छपा समाचार किसी का भी भेजा हुआ हो सकता है और मैं उन दिनों छुट्टी पर था। मैंने वह समाचार पढ़ा ही नहीं जो सम्पादक को भूल-सुधार छापने के लिए भेजता।

बैरिस्टर चौधरी यह भी कहते रहे कि मेरा पक्ष बहुत प्रयत्न करके यहाँ-वहाँ से रात में दाह-संस्कार के गवाह जुटाता रहा है और उन्हें पिछले या अगले गवाह की श्मशान भूमि में उपस्थिति का उल्लेख करने को कह रहा है। वह यह भूल ही गये कि वे जो गवाह प्रस्तुत करने वाले हैं उन्हें तो सरकार और सत्या बाबू ने मिलकर जुटाया है और उनमें से कइयों का गवाही देने में निहित स्वार्थ छिपाया नहीं जा सकेगा। विडम्बना कि मेरे गवाहों में से कुल एक चौधरी मोशाय को विश्वसनीय प्रतीत हुए— कालीदार पाल। काली बाबू चीफ सेक्रेटरी के कार्यालय में असिस्टेंट थे। उनका कहना था कि मैं तब पुरानी कचहरी में ठहरा हुआ था। रात को जब मैं और अन्य सरकारी कर्मचारी भोजन करने बैठे हुए थे भवाल के कुमार की शवयात्रा में सम्मिलित होने को ब्राह्मणों को आमन्त्रित करने कुछ लोग आये। तब नौ-साढ़े नौ बज चुके थे। हमने कह दिया कि इतनी रात गए कोई सासन घाट नहीं जा सकता। आप कल सुबह आएँ। इससे चौधरी मोशाय ने यह निष्कर्ष निकाला कि पुरानी कचहरी में टिका कोई भी कर्मचारी रात्रि दाह-संस्कार के लिए नहीं गया और मुद्दई के जो गवाह यह कह रहे हैं कि वहाँ ठहरा अंकुल चटर्जी रात्रि दाह-संस्कार के लिए गया था वे सब झूठे हैं। सच तो यह है कि कुमार की मृत्यु रात इतनी देर से हुई थी कि दाह-संस्कार रात को किया ही नहीं जा सकता था। विलायती हो चुके बैरिस्टर चौधरी, जिनकी पत्नी भी पेरिस में पढ़ी भद्र महिला थीं, यह मानने को तैयार ही न थे कि मुर्दे को शीघ्रातिशीघ्र फूँक देने का बंगाल में बहुत आग्रह रहा है। बंगाली लोग 'बासी मोरा' (बासी मुर्दे) की बात सोच भी नहीं सकते। इसलिए रात को ही शव ले जाते हैं। विचित्र कि काली बाबू को विश्वसनीय ठहराते हुए चौधरी मोशाय यह भूल ही गये कि उनकी गवाही भी मध्य रात्रि में मृत्यु के विरुद्ध जा रही है।

रात्रि दाह-संस्कार के गवाहों की यह बात बैरिस्टर चौधरी को बेहद बेतुकी लगी कि झड़वृष्टि के कारण शरण लेने के लिए काफी दूरी पर स्थित शैडों में शरण लेनी पड़ी। उनके अनुसार हर सासन यानी श्मशान में कोई-न-कोई शैड होता ही है, दार्जिलिंग में भी था तब। रात्रि दाह-संस्कार की गवाही देने वाले पहले व्यक्ति थे डाक विभाग कर्मचारी शीतान्त कुमार बागची। उनकी गवाही मुख्य मुकदमे की सुनवाई से पहले दर्ज की जा चुकी थी जिसमें उन्होंने दार्जिलिंग में तब पुराने और दो ही वर्ष पहले बने नये सासनों की चर्चा की थी और बताया था कि रात्रि दाह-संस्कार के लिए हम पुराने सासन में गये जो नये सासन से एक फर्लांग पहले ही पड़ जाता था। पुराने सासन में टीन की छत वाला शैड नहीं था। चौधरी मोशाय आरम्भ में तो यही मानने को तैयार न थे कि दो सासन थे। फिर उन्हें यह स्वीकार नहीं हुआ कि पुराने सासन में शैड न था। जब इन दोनों ही मामलों में दार्जिलिंग सासन समिति के एक अधिकारी ने हमारे

पक्ष में गवाही दी और बताया कि पुराने सासन का शैड तोड़कर उसके ही सामान से नये सासन में शैड बना दिया गया था तब चौधरी मोशाय ने आश्चर्य व्यक्त किया कि यदि वर्षा होने की आशंका थी तब शव को नये सासन में क्यों नहीं ले जाया गया जहाँ शैड था? आप लोगों के अनुसार सासन समिति के तत्कालीन सहायक सचिव संजीव लाहिड़ी भी शवयात्रा में शामिल थे क्या उन्होंने नहीं बताया कि नये सासन में जाना उचित रहेगा? बागची मोशाय समेत मेरे तमाम गवाहों का इस पर यह कहना था कि खराब मौसम के कारण ही हम पुराने सासन में रुक गये।

चौधरी मोशाय का प्रश्न था क्यों? उत्तर था इसलिए कि दोनों सासनों के बीच की जगह झाड़ियों से ढकी और उतार-चढ़ाव से भरी है और उसमें एक जगह झोरा अर्थात् सँकरा-गहरा खड्ड है जिसमें से पहाड़ी नाला बहता है। चौधरी मोशाय का आग्रह था कि नहीं दोनों के बीच पक्की सड़क थी और झोरा-वोरा कोई न था। किन्तु इन दोनों ही मामलों में बाद में वह स्वयं गलत सिद्ध हुए। यह सड़क बाद में 1912 में बनी थी। दोनों सासनों के बीच झोरा था। इससे भी चौधरी मोशाय को कोई अन्तर न पड़ा। उनके अनुसार शीतान्त कुमार बागची झूठ बोलने के लिए लाये गये भाड़े के गवाह थे। जबकि बागची मोशाय डाक विभाग के एक आदर्श कर्मचारी समझे जाते थे और प्रथम विश्वयुद्ध में फ्रांस, मिस्र, सीरिया, तुर्की और रूस में की गई अपनी सेवाओं के लिए पदक और प्रमाण-पत्र ले चुके थे। बागची और अन्य गवाहों से बैरिस्टर चौधरी ने इस बात को लेकर भी बहुत जिरह की कि शवयात्रा किस रास्ते से होकर निकली थी रात को? इस आधार पर वे कुछ परस्पर-विरुद्ध बातें ढूँढ़ सके। जैसे यह कि यदि आप उस रास्ते से शवयात्रा गयी तो पुरानी कचहरी उस पर कैसे पड़ी कि वहाँ से भी कुछ सासन बन्धु सम्मिलित हो गये उसमें? इतनी ही मीन-मेख उन्होंने उन शैडों को लेकर निकाली जिनमें शरण लेने की बात मेरे गवाहों ने कही थी। उन्होंने सिद्ध करना चाहा कि उस समय न तो बूचड़खाने में शैड था और न निकटवर्ती शाक-सब्जी के बगीचे में ही। इस सिलसिले में उन्होंने जेम्स मोर्गेन्स्टर्न की गवाही करवाई जिसके पिता ने वह बगीचा नगरपालिका से पट्टे पर ले रखा था। उसने बगीचे का तब का ऐसा नक्शा भी दिया जिसमें कुल एक सासन दर्शाया गया था। बैरिस्टर चौधरी ने यह भी जानना चाहा कि अगर दोनों सासनों के बीच कोई ऐसा झोरा था जिसे सासनबन्धु पार नहीं कर सकते थे उस रात तो मेजोकुमार के शव में प्राणों का संचार होता सुन वे नागा संन्यासी उसे पार करके कैसे आ पहुँचे। बैरिस्टर चौधरी के लिए रात्रि दाह-संस्कार से जुड़ी हर बात असम्भव रूप से हास्यास्पद थी। उन्हें सबसे हास्यास्पद प्रतीत हुआ रात्रि दाह-संस्कार के अंतिम गवाह मन्मथनाथ चौधरी का यह कहना कि संजीव लाहिड़ी ने मुझे प्लाटर्स क्लब में फोन करके शव यात्रा में सम्मिलित होने इसलिए बुलाया कि उन्हें पता था कि मैं इसे एक पुण्य कार्य मानता हूँ और हजारों मुर्दे फूँक चुका हूँ।

मन्मथ बाबू ने, जो तब प्लाण्टर्स क्लब में काम करते थे और गवाही देते समय

दार्जिलिंग के प्रमुख मोटर गाड़ी विक्रेता तथा टैक्सी मालिक थे, यह भी बताया कि प्लाण्टर्स क्लब में भी वर्षा का रिकॉर्ड रखा जाता था और उसमें उस रात की वर्षा भी दर्ज थी। उस 1909 के रजिस्टर को बाद में कोई दो बंगाली सज्जन आकर क्लब के सेक्रेटरी से माँग कर ले गए थे और उसकी रसीद दे गए थे। वर्षा के रिकॉर्ड का महत्त्व इसलिए हो गया था कि लिंडसे जाँच के बाद से बराबर यही कहा जाता रहा था सरकार की ओर से कि 8 मई 1909 को दार्जिलिंग में वर्षा हुई ही नहीं थी इसलिए जाली मेजोकुमार की सुनाई सारी कथा निराधार है। अदालत में भी बैरिस्टर चौधरी लाश के गायब हो जाने के हर गवाह को उस रात के उपलब्ध वर्षा-रिकॉर्डों के आधार पर झूठा साबित करते रहे थे। रिकॉर्ड चार जगह के थे। सेंट पॉल स्कूल, सेंट जोजेफ कॉलेज, म्यूनिसिपल ऑफिस और बॉटेनिकल गार्डन्स। पहले दोनों स्थाल श्मशान से बहुत ऊँचाई पर स्थित थे। म्यूनिसिपल ऑफिस नीचे बाजार में था। बॉटेनिकल गार्डन्स थोड़ा और नीचे लेकिन सासन की तरह खड्डु में नहीं। पहले दोनों स्थानों में 8 मई को कोई वर्षा दर्ज नहीं की गई थी किन्तु मेरे वकीलों का यह निवेदन था कि कहीं भी और विशेषतया पहाड़ों में यह सम्भव है कि यहाँ तक तो सूखा पड़ा है और आगे वर्षा हो रही है। हमारी दृष्टि से म्यूनिसिपल ऑफिस और बॉटेनिकल गार्डन्स के रिकॉड्‌र्स अधिक महत्त्वपूर्ण थे। मुद्दालेह पहले दो स्थानों के रिकॉर्ड की ही बात करते रहे क्योंकि वे ठीक तरह से रखे जाते थे। सरकारी गजट में भी सेंट पॉल स्कूल के रिकॉर्ड ही प्रकाशित किए जाते रहे थे। बॉटेनिकल गार्डन्स के रिकॉर्ड इतने अनियमित और शोचनीय ढंग से रखे जाते रहे थे कि उन पर विश्वास कर सकना कठिन था। यों उसमें भी आठ तारीख को वर्षा का होना नहीं दर्शाया गया था। इस रजिस्टर को भरने का दावा करने वाला व्यक्ति हमारे वकीलों के अनुसार वह व्यक्ति था ही नहीं जो तब बॉटेनिकल गार्डन्स में यह काम कर रहा था। यही नहीं, 1909 का जो रजिस्टर अदालत में पेश किया गया उसके पृष्ठों पर न तब के क्यूरेटर के हस्ताक्षर थे और न उसमें अन्य वर्षों के रजिस्टरों की तरह पहले पृष्ठ पर वर्षा और दूसरे पृष्ठ पर तापमान दर्ज करने की परम्परा निभाई गई थी। इसमें तापमान पहले दिए गए थे और वर्षा का रिकॉर्ड बाद में।

म्यूनिसिपल ऑफिस का रजिस्टर मुद्दालेहों ने पेश नहीं किया। फिर मेरे वकीलों ने ही उसकी सत्यापित प्रति मँगवायी क्योंकि उन्हें लगा कि इसे दबाए रखने के पीछे अवश्य कोई रहस्य है। उसकी गवाही निश्चय ही हमारे पक्ष में जाती होगी। जब रजिस्टर देखा तो पाया कि उसमें भी 8 मई को वर्षा नहीं दिखाई गयी है। उसमें 3 मई के बाद 13 मई को ही वर्षा दर्ज की गई है और 13 मई में एक का अंक भिन्न व्यक्ति का लिखा लग रहा है और तीन का अंक आठ को बदलकर बनाया गया लगता है। रबर से इतना अधिक मिटाया गया है अंकों को कि देखने वाला कुछ तय न कर पाये। जब मेरे वकीलों ने उल्टा मुद्दई पर आरोप लगाया कि उसने म्यूनिसिपल ऑफिस के रजिस्टर में 13 मई की इन्दराज को 8 तारीख की इन्दराज बनवाने की कोशिश की और उसमें विफल हो

जाने के बाद फिर से 13 बना देने की। हम इस बारे में इन्क्वायरी करा रहे हैं। रजिस्टर पहले जिस हालत में था उसकी प्रति हम अदालत को दे रहे हैं। प्रश्न यह था कि वह प्रति अब तक क्यों नहीं पेश की गई थी और मुद्दई को क्या पड़ी थी कि वह 13 को 8 बनाने की कोशिश में विफल होने के बाद उसे फिर 13 बनाता और ऐसा कर चुकने के बाद रजिस्टर की प्रति मँगवाकर अदालत में पेश करता?

इसका चौधरी मोशाय के पास यही उत्तर हो सकता था कि मुद्दई की कुटिलता अपरम्पार है। वर्षा की कहीं भी कोई गवाही न पाने पर उसने म्यूनिसिपल ऑफिस के रजिस्टर में यह सब करके उसकी प्रति अदालत में रखवाई है ताकि कह सके कि मुद्दालेहों ने तारीख बदल दी है। यह सब सुनकर मुझे फिर लगा कि माया का चक्कर इस तरह का है कि उससे बात-बात में घन-चक्कर बनता रहता है इंसान। चौधरी मोशाय ने रात्रि दाह-संस्कार में जाने और लाश को गायब होता देखने वालों से बार-बार यह पूछा था कि मेजोकुमार का अगले दिन सुबह दाह-संस्कार किया गया था कि नहीं? हाँ। आपको अचरज नहीं हुआ कि उसके लिए शव कहाँ से मिल गया? हमने समझा कि रात को पुराने सासन में ही कहीं मिल गया होगा, हम तो थोड़ी देर बाद चले आए थे? शव कैसे मिला, कहाँ मिला यह आपने पूछा किसी से? हम रात इतनी देर से लौटे थे कि सुबह के दाह-संस्कार में गए ही नहीं। यह सफाई लचर प्रतीत हुई चौधरी मोशाय को। पूछा सबसे, क्या आपको दार्जिलिंग में शव खोने-मिलने की चर्चा सुनने को मिली? कभी यह सुना आपने कि मेजोकुमार का दाह-संस्कार ही नहीं हो पाया? अधिक का उत्तर था नहीं। कुछ ही थे जिनका कहना था कि हाँ ऐसी चर्चा सुनी गई थी और यह भी कि मेजोकुमार को संन्यासियों के साथ स्टेशन से ट्रेन पकड़ते देखा गया था। साधु-सन्तों की सेवा करने वाले भंगी राउत ने, जो फौजदारी अदालत में चपरासी था, कहा कि मैंने तो उनका ट्रेन पकड़ना अपनी आँखों से देखा।

अब चौधरी मोशाय का प्रश्न यह था कि जब मुद्दई सुबह दाह-संस्कार किए जाने की बात मानता है तब रात को दाह-संस्कार होने की बात कैसे करता है? मुद्दई का उत्तर यही था कि यदि मैं मेजोकुमार हूँ तो सुबह किसी और का शव जलाया गया होगा। शव किसी और का था इसीलिए उसे ढका हुआ रखा गया और उसका मुँह किसी को देखने नहीं दिया गया। मेजोरानी को न अपने मृत पति के अन्तिम दर्शन करने दिए गए और न उन्हें मुखाग्नि देने सासन ले जाया गया जबकि दार्जिलिंग में उन्हें ही मेजोकुमार का दाह-संस्कार करने का अधिकार हो सकता था। रात को दाह-संस्कार न हो पाने और शव के गायब हो जाने पर पर्दा डालने के लिए ही मुद्दई के साला बाबू ने सुबह के दाह-संस्कार में घर से लेकर चिता तक शव को पूरी तरह ढक कर रखा और सासन में शव को नहलाने, उस पर घी चुपड़ने जैसी कोई भी विधि नहीं की। और तो और उन्होंने डोम को शॉल आदि भी न लेने दिये। वह अपने साथ कोई भी पंडित नहीं ले गये कि वह तो सारी विधियाँ कराएगा और शव पर से शॉल, कफन हटाने पड़ेंगे। दूसरी ओर

साला बाबू ने सुबह शवयात्रा बहुत धूमधाम से निकाली ताकि लोगों को यही याद रहे कि दाह-संस्कार सुबह ही हुआ था। इन आरोपों को सिद्ध करने के लिए मेरे वकीलों ने जिन व्यक्तियों से गवाही करवाई उनमें सबसे प्रमुख थे चाय बागान वाले राम सिंह सुब्बा जिनका मकान स्टेप असाइड की बगल में था और जिन पर स्टेप असाइड के प्रबन्धन का दायित्व उसके स्वामी ने सौंप रखा था।

रामसिंह सुब्बा ने बताया : 'शनिवार कोई सात-साढ़े सात बजे स्टेप असाइड से रोने की आवाजें सुनाई दीं तो मैं देखने पहुँचा कि क्या बात है। नीचे खड़े लोगों ने बताया कि कुमार का देहान्त हो गया है। मैं ऊपर की मंजिल में गया। वहाँ छोटे कमरे के फर्श पर चटाई पर कुमार की लाश पड़ी थी और साला बाबू, डॉ. बी.वी. सरकार तथा डॉक्टर आशुतोष दासगुप्त के साथ पास में बैठे हुए थे। मैं कुछ देर खड़ा रहा। कोई बात नहीं की उन्होंने। जिस कमरे में लाश पड़ी हुई थी उससे तीसरे के द्वार का ग्लेज किए काँचों वाले थे। द्वार पर ताला था पर भीतर लोहे की पलंग पर पड़ी जोर-जोर से रोती रानी दिखाई दे रही थीं। उदास मन लेकर घर लौट गया। उस रात मैं सोया हुआ था कि स्टेप असाइड से श्रीलाल नाग के नेपाली नौकर ने आकर बताया कि कुछ गोलमाल हो गया है जल्दी चलो। मैं थका हुआ था इसलिए नहीं गया। अगले दिन इस बारे में उससे कोई बात नहीं हो सकी। दस-बारह दिन बाद ही हुई। प्रतिपक्ष की आपत्ति पर गवाह से यह पूछने की अनुमति न मिल सकी कि नौकर ने क्या गोलमाल होने की बात कही थी या दस-बारह दिन बाद उससे क्या बात हुई। किन्तु एक अन्य प्रश्न के उत्तर में रामसिंह सुब्बा ने बताया कि 15-16 दिन बाद यह अफवाह फैल गयी कि रात को मध्यमकुमार का दाह-संस्कार नहीं हो पाया क्योंकि लाश गायब हो गयी।'

सुबह के दाह-संस्कार के बारे में उन्होंने बताया : 'अगली सुबह जब मैं स्टेप असाइड गया साला बाबू ने मुझसे शव ले जाने के लिए एक नयी चारपाई की व्यवस्था करने को कहा और सासन में घी, हाँडी वगैरह पहुँचवाने को भी। जब यह सब करवाने के बाद मैं शवयात्रा में पहुँचा तो देखा सिर से पाँव तक कपड़े से ढँकी लाश घर के बाहर चारपाई पर रखी हुई है। सासन पहुँचकर भी शव ढका ही रखा गया। कपड़ा जरा-सा तब सरका जब लाश चारपाई से उठाकर चिता पर रखी जा रही थी। मुझे बायीं तरफ पसलियों के पास दो-तीन विचित्र-से निशान नजर आये। लाश का चेहरा बराबर ढका ही रहा।'

चौधरी मोशाय तब तो इस बात को ही झूठ मान रहे थे कि इस गवाह से चारपाई आदि का प्रबन्ध करने के लिए कहा गया। भले ही बाद में इसे ही उन्होंने रात्रि दाह संस्कार को नकारने वाला तथ्य ठहराने का यत्न किया। रामसिंह सुब्बा मानहानि मुकदमे में भी गवाही दे चुके थे। तो चौधरी मोशाय ने उनके तब और अब के बयानों में विरोधाभास ढूँढ़ने का विफल यत्न किया। फिर उन्होंने गवाह को इस बात पर घेरा कि जब दरवाजों में ताले फिट थे तब आपने ताला लटका कैसे देखा? गवाह की सफाई यह

थी कि मैंने ताला लटके नहीं देखे, द्वार बंद देखा और चाबी देखी। उसे घुमाया गया था कि नहीं, मैं कह नहीं सकता। यह सफाई ही चौधरी मोशाय के अनुसार गवाह को झूठा सिद्ध करने के लिए पर्याप्त थी। फिर उन्होंने गवाह से कहा कि आप मानहानि मुकदमे में न केवल गवाह थे बल्कि तदबीरकार भी। आपने इस बात के लिए गवाह जुटाने की कोशिश की थी कि दार्जिलिंग अस्पताल के वार्डर पेंगुमचे को जो 8 मई की रात को गायब हो गया था, मेजोकुमार की जगह जला दिया गया। तदबीरकार की हैसियत से आपने लेपचा जाति के इस युवक के सम्बन्धियों और अस्पताल की एक नर्स से सम्पर्क किया और उन्हें मानहानि मुकदमे में गवाही देने के लिए लाने का विफल प्रयत्न किया। चौधरी मोशाय ने रामसिंह सुब्बा से पूछा कि क्या यह सच नहीं है कि आप को मुद्दई की ओर से गवाही देने के लिए पटाया गया? गवाह ने इस बात से इनकार किया और बताया कि वर्तमान मुकदमा शुरू होने से तीन महीने पहले दार्जिलिंग के एक वकील एस.एन. गुप्त बिभाबती देबी का पत्र लेकर मेरे पास आए जिसमें मुझे मुद्दालेहों का गवाह बन जाने के लिए राजी करने का प्रयास किया गया था। गवाह ने पत्र अदालत में पेश किया। चौधरी मोशाय ने इस पत्र पर बिभाबती देबी के हस्ताक्षर जाली ठहराए। किन्तु यदि मेरे इस महत्त्वपूर्ण गवाह को तोड़ने का यत्न किया गया हो तो कोई आश्चर्य नहीं। दोनों ही ओर से कुछ गवाहों को पाला बदलता पाया गया इस मुकदमे में। जिन्होंने पाला नहीं बदला उन्होंने भी मानहानि के मुकदमे या पिछली जाँचों में दिए गए अपने बयान में इतना कुछ जोड़ा-घटाया कि प्रतिपक्ष के वकील उन पर झूठे होने का आरोप लगा सके। रामसिंह सुब्बा ने अदालत को बताया कि सुबह के दाह-संस्कार में किसी भी विधि का पालन नहीं किया गया। मेरे अन्य गवाहों ने भी यह कहा कि हमने ऐसा विचित्र दाह-संस्कार कभी नहीं देखा जिसमें चिता पर रखने से पहले शव को स्नान तक नहीं कराया गया।

चौधरी मोशाय इस सारी गवाही को अनसुनी कर देने योग्य इसलिए ठहराते रहे कि यदि मुद्दई मानता है कि सुबह दाह-संस्कार हुआ था और फिर भी वह यह कहना चाहता है कि मेजोकुमार का शव रात को गायब हो गया था तो पहले वह सिद्ध करे कि मुद्दालेह रातोंरात कोई और शव कहाँ से ले आए। इसका उत्तर मेरे वकीलों के पास न था। लेपचा पेंगुमचे का शव जला दिए जाने की बात सिद्ध कर सकने की स्थिति में वे थे नहीं। इसलिए उन्होंने मृत्यु संवाद देने वाले तार का प्रश्न उठाया। राजपरिवार से जुड़े मेरे सभी गवाह बता चुके थे कि ऐसा तार आया था और उसमें शाम अँधेरा होते ही मृत्यु होने की सूचना दी गई थी। इस हिसाब से शाम सात बजे के आस-पास का समय बैठता था। मेरी गवाह बोड़ो रानी सरजूबाला अपनी गवाही में कह चुकी थीं : 'ऐसा तार आया अवश्य था किन्तु जब मैंने दिसम्बर 1916 को मैनेजर नीढ़म को लिखा कि प्राइवेट सेक्रेटरी जोगेन बाबू के दफ्तर में पड़े मेरे पति के सारे कागजात मुझे कलकत्ता भेज दिए जाएँ तब उनके द्वारा अप्रैल'17 में भिजवाए गए कागजात में मुझे वह

तार नहीं मिला। अक्टूबर'21 में लिंडसे साहब ने मुझसे वे सारे कागजात लौटाने को कहा और मैंने वे उन्हें भेज दिए किन्तु सबकी एक नकल अपने पास रख ली। वे नकलें अब मैं अदालत में प्रस्तुत कर रही हूँ।'

बैरिस्टर चौधरी ने यह जताना चाहा कि बोड़ोरानी ने जान-बूझकर वह तार अदालत में पेश नहीं किया है क्योंकि उससे मुद्दई का सारा केस ढह जाता। बाद में उन्होंने अपने चन्द गवाहों से यह कहलवाया भी कि तार में साफ लिखा हुआ था कि मृत्यु अर्द्धरात्रि को हुई। इस प्रसंग में भी चतुर चौधरी मोशाय स्वयं अपने प्रश्नजाल में फँस गए। उन्होंने पहले यह सिद्ध करना चाहा था कि '28 तक बोड़ोरानी बोर्ड ऑफ रेवेन्यू को यही लिखती रही थीं कि भवाल संन्यासी असली मेजोकुमार नहीं है और अब वह यह कह रहे थे कि बोडोरानी सन'21 से ही भवाल संन्यासी से साँठ-गाँठ कर चुकी थीं। बैरिस्टर चौधरी तब कुछ और भी फँस गए जब प्रकट हुआ कि बोड़ोरानी को कागजात भिजवाते समय नीढ़म ने उनकी एक सूची भी भेजी थी और लिखा था कि इस सूची की एक प्रति हमने अपनी फाइल में रख ली है। बोड़ोरानी ने अदालत को कागजात सौंपते हुए नीढ़म की भेजी सूची दिखाई थी। मुद्दालेह बोड़ो रानी को झूठा सिद्ध करने के लिए कोर्ट ऑफ वार्ड्स की फाइलों में रखी सूची नहीं दिखा सके और न यह ही कह सके कि कोई अन्य महत्त्वपूर्ण गवाही बोड़ोरानी ने दबा दी है। चौधरी मोशाय के पास यही चारा बचा कि कहते जाएँ कि जो भी कागजात थे इस गवाह को दे दिए गए थे। सूची में भूल-चूक हो सकती है। किन्तु वह भूल गए कि मुकदमे की सुनवाई विधिवत आरम्भ होने से पहले जो दर्ज की गई साक्षियों में मुद्दालेहों का ही एक महत्त्वपूर्ण गवाह कुछ ऐसा कह गया था जो उनके लिए असमंजसप्रद सिद्ध होने वाला था। डिप्टी मैजिस्ट्रेट की हैसियत से मानहानि मुकदमे की सुनवाई कर चुके इस गवाह शारदा प्रसन्न घोष ने अपने वक्तव्य में कहा था : 'दार्जिलिंग थेके बोड़ोकुमारेर काछे जे मेजोकुमारेर मृत्यु संवादेर टेलिग्राम एशेछिल ताहा आमि एज वार्ड्स डिप्टी कलेक्टर पोढ़ेलिछाम।' चौधरी मोशाय इससे तो इनकार कर ही नहीं सकते थे कि शारदा बाबू '23 से '25 तक कोर्ट ऑफ वार्ड्स के डिप्टी कलेक्टर रहे और कुमारों के गापेनीय निजी कागजात भी देख सके तो उन्होंने इस बात से इनकार करना बेहतर समझा कि गवाह ने दार्जिलिंग से बोड़ोकुमार के पास मेजोकुमार की मृत्यु का संवाद देने भेजा गया तार पढ़ने की बात कही। उन्होंने जोर दिया कि गवाह का आशय यह था कि मैंने उसके बारे में पढ़ा। चौधरी मोशाय के इस दुराग्रह से उनका बांग्ला का अज्ञान ही प्रदर्शित हुआ।

तो यदि 1923 से 1925 के बीच शारदा बाबू ने मृत्यु संवाद का तार पढ़ा था वह 1917 में बोड़ोरानी को नहीं भेजा गया था अन्य कागजात के साथ। बोड़ोरानी को लिंडसे ने जो पत्र भेजा था वह अदालत में प्रस्तुत किया गया था और उसमें स्पष्ट लिखा था कि मेजोकुमार की बीमारी ही नहीं, मृत्यु और दाह-संस्कार से सम्बद्ध जो भी कागजात आपके पास हो भेज दें। यदि मृत्यु संवाद का तार बोड़ोरानी के पास भेज दिया गया होता

तो क्या लिंडसे बोड़ोरानी से पूछते कि आपने सबसे महत्त्वपूर्ण तार अपने पास क्यों रख लिया? इसका कोई उत्तर बैरिस्टर चौधरी के पास था नहीं। उनके पास एक प्रति-प्रश्न अवश्य था कि यदि मृत्यु शाम को हो गई थी तो उसका संवाद देने वाला तार रात को ही राजबाड़ी क्यों नहीं पहुँच गया। मुद्दई के गवाह भी यही कह रहे हैं कि तार सवेरे मिला, जब छोटोकुमार दार्जिलिंग के लिए गाड़ी पकड़ने स्टेशन पहुँचे। चौधरी मोशाय को यह स्वीकार नहीं हो सकता था कि तार तभी मिला पर उसमें संवाद साँझ ढले मृत्यु होने का ही था। यदि मेरे गवाह झूठे थे तो उन्हें इतना झूठ और बोल लेने में क्यों हिचक होती भला कि मृत्यु का तार राजबाड़ी में रात को ही पहुँच गया था? तार रात को ही जयदेबपुर पहुँच गया था इस बारे में मेरे वकीलों ने स्टेशन के तत्कालीन रेलवे तार बाबू निरंजन राय को गवाह बनाया। निरंजन बाबू की सुबह 6 से शाम 6 तक ड्यूटी रहती थी और उसके बाद सहायक स्टेशन मास्टर ही तार घर भी सँभालता था। आठ मई को दार्जिलिंग से भेजे गए अन्तिम दोनों तार उन्होंने ही ग्रहण किए थे और उनकी ही लिखावट में राजबाड़ी पहुँचे थे। निरंजन बाबू ने बताया, 'मेरा क्वार्टर स्टेशन से जुड़ा हुआ ही है। जहाँ तक मुझे याद पड़ता है 8 मई की रात को स्टेशन से हल्ला- गुल्ला सुनाई पड़ा और मैं यह देखने गया कि क्या गोलमाल है? पता चला कि कुमार शेष हो गए। इस आधार पर सोचता हूँ कि टेलीग्राम तभी आ गया होता। किन्तु यह आँखें देखी बात तो है नहीं।' जिरह में बैरिस्टर चौधरी ने यह जानना चाहा कि यह गोलमाल कब हुआ? निरंजन बाबू ने बताया कि साढ़े नौ-दस ऐसा ही समय रहा होगा। उनसे पूछा गया कि यदि तार आ गया था तो रात को ही भेज क्यों नहीं दिया गया? उन्होंने कहा, 'कह नहीं सकता, कदाचित् इसलिए कि राजपरिवार को रात को जगाकर शोकातुर न किया जाए। रात को कोई गाड़ी भी नहीं जाती थी कि तुरन्त सूचना मिलने पर राजपरिवार से कोई व्यक्ति दार्जिलिंग के लिए रवाना हो सके।'

चौधरी मोशाय को यह सफाई हास्यास्पद प्रतीत हुई किन्तु दार्जिलिंग से सात और आठ मई को भेजे गए तारों के प्रेषकों का सदाशय उन्हें शंकास्पद प्रतीत नहीं हुआ। सात मई प्रातः 7:10 पर मुकुन्द द्वारा प्रेषित : 'कुमार हैड गुड स्लीप लास्ट नाइट. नो फीवर. नो पेन.'। आठ मई प्रात : 7:20 पर डॉ. आशुतोष दास गुप्त द्वारा प्रेषित : 'हैड फीवर, स्लाइट पेन येस्टरडे. नाउ नार्मल. नो एक्जाइटी.' फिर 11:15 पर मुकुन्द द्वारा प्रेषित : 'नो फीवर स्नाइट पेन्स वोमिटिंग टेन्डेन्सी. सिविल सर्जन अटेंडिंग. नो एंक्जाइटी. कमिंग गिविंग राइस. वान्ट 1,000 पैसेज.'। अभी ज्वर है, अभी नहीं, अभी दर्द है हल्का-सा, अभी नहीं। चिन्ता का कोई कारण कभी नहीं है। सवा ग्यारह पर यह कि पथ्य खिलाकर वापस लौटेंगे। वापसी के लिए एक हजार रुपया तार से भेजें और सहसा 3:10 पर यह तार कि : 'कुमार इज सीरियसली इल. फ्रीक्वेंट वॉटरी मोशन्स विद ब्लड. कम शार्प.।' स्थिति गंभीर, खून के साथ पानी जैसे दस्त, तुरन्त आएँ। मुकुन्द के इस तार के उत्तर में भेजा गया बोड़ोकुमार का पौने पाँच बजे का तार भी अदालत में पेश हो चुका था :

'वैरी ऐक्शस. वायर कंडीशन वैरी ऑफन. ट्रीट विद बेस्ट मेडिकल हेल्प. वायर इमीडिएटली प्रेजेन्ट कंडीशन।' खूनी पेचिश कोई ऐसी चीज न भी कि उसे गम्भीर स्थिति से जोड़ा जा सकता इसीलिए बोड़ोकुमार ने बढ़िया से बढ़िया उपचार कराने की सलाह देने के साथ-साथ ताजा स्थिति के बारे में तुरन्त तार भेजने और बाद में भी भेजते रहने का आग्रह किया था। चौधरी मोशाय को यह क्यों विचित्र नहीं लगा कि यदि मृत्यु अर्द्धरात्रि को ही हुई तो बोड़ोकुमार को रोगी की स्थिति के बारे में एक भी और तार क्यों नहीं भेजा गया जबकि बोड़ोकुमार का तार साँझ ढलने तक मिल चुका होगा? क्या इससे यही निष्कर्ष नहीं निकलता कि बोड़ोकुमार का तार मिलने के बाद तो बस यही संवाद भेजने की स्थिति बच रही थी कि कुमार अब नहीं रहे।

चौधरी मोशाय के लिए अर्द्धरात्रि में हुई मृत्यु का सबसे बड़ा प्रमाण सिविल सर्जन डॉक्टर काल्वर्ट का बीमा कम्पनी के फार्म पर दिया गया सर्टिफिकेट था। इसमें उन्होंने लिखा था : 'मैं कुमार रोमेन्द्र नारायण राय का चौदह दिन परामर्शदाता डॉक्टर रहा और उनकी अन्तिम बीमारी के दौरान मैंने उपचार किया। 8 मई, 1909 को तीन दिन की बीमारी के बाद उनका लगभग 27 वर्ष की आयु में रात पौने बारह बजे देहान्त हो गया। उनकी मृत्यु बिलेरी कॉलिक (गॉल स्टोन) का तीव्र दौरा पड़ने से हुए शक्तिह्रास के कारण हुई। उपरोक्त निष्कर्ष उनके जीवनावस्था में उनके लक्षणों और दशाओं के आधार पर निकाला गया है। इस रोग के लक्षण 6 मई, 1909 को पहली बार देखे गए, 8 की सुबह दौरा तीव्र हो गया और उसी शाम वह मर गये।' यह प्रमाण-पत्र उन्होंने 7 जुलाई को यानी मृत्यु के दो महीने बाद बीमा कम्पनी से पैसा लेने के लिए दिया था। मेरे वकील का कहना था कि यह फार्म सत्या बाबू ने स्वयं दार्जिलिंग जाकर डॉक्टर काल्वर्ट से भरवाया। डॉ. काल्वर्ट भी इससे इनकार न कर सके कि कोई उनसे यह लिखवाने आया था और बीमा पॉलिसी नम्बर और कुमार की आयु उसी ने भरवाई। जिरह में उनसे यह भी स्वीकार कराया गया कि उन्होंने मेजोकुमार के रोग और उपचार के बारे में कहीं कोई नोट्स नहीं बनाए थे और न अपनी डायरी में ही कुछ दर्ज किया था। इस पर मेरे वकील ने कहा कि दो महीने बाद किसी की मृत्यु की तिथि और समय आप-जैसे व्यस्त डॉक्टर की स्मृति में भी क्या दर्ज रहा होगा जो आपने इसमें भर दिया। यह ब्यौरा भी अवश्य आपको बताया गया होगा। आपने कुमार की आयु गलत भरी है क्योंकि यही सत्या बाबू को याद थी और यही उन्होंने बीमा कम्पनी को दिए अपने हलफनामे में भरी है। आपने चौदह दिन तक कुमार का उपचार करने की जो बात भरी है वह भी गलत है। जिरह में डॉक्टर काल्वर्ट ने यह भी स्वीकार किया कि गवाही देने से पहले उन्हें मुद्दालेहों के वकील ने केस के बारे में लिखित जानकारी दी थी किन्तु वह यह मानने को तैयार न हुए कि गवाही उसी जानकारी के आधार पर दी गई है।

बीमा कम्पनी के फार्म पर मृत्यु का प्रमाण-पत्र देने से पहले दस मई को डॉक्टर काल्वर्ट ने बोड़ोकुमार के नाम शोक-संवेदना का एक पत्र भेजा था। बैरिस्टर चौधरी

इसे भी मृत्यु के प्रमाण-पत्र का दर्जा दे रहे थे। इसमें उन्होंने लिखा था कि आपके कृपालु और सहृदय भाई ने यदि आरम्भ में ही मेरी सलाह मानकर मॉर्फिया का इंजेक्शन लगवा लिया होता तो उनकी मृत्यु न होती। जब तक तीसरे दिन उन्होंने इंजेक्शन लगवाया तब तक उनको इतना झटका लग चुका था कि वह हमारे सारे प्रयत्नों के बावजूद शक्तिह्रास के कारण शेष हो गये। इस पत्र की अँग्रेजी ऐसी नहीं थी जिसे किसी अँग्रेज डॉक्टर की लिखी हुई माना जा सके। यह भी विचित्र था कि कोई अँग्रेज सिविल सर्जन अपने किसी बाहर से आए रोगी के अपरिचित भाई को शोक-संवेदना का पत्र भेजे और सो भी इतना लम्बा-चौड़ा। उसमें वह मृत्यु के लिए मृतक को ही जिम्मेदार ठहराए और उसके साथ आए लोगों का उससे सही उपचार के लिए राजी होने की चिरौरी करता दर्शाए। उसके प्राइवेट सेक्रेटरी की प्रशंसा करे और रोगी के साथ आए सभी लोगों को अधिकतम सेवा-शुश्रूषा करने का प्रमाण दे। जब जिरह में ये बातें मेरे वकील ने उठायीं तब डॉक्टर काल्वर्ट को यह स्वीकार करना पड़ा कि ऐसा पत्र मैं अपनी मर्जी से नहीं लिख सकता, स्टेप असाइड से आकर कोई लिखवा ले गया होगा।

डॉक्टर काल्वर्ट से कुमार की मृत्यु के बाद डैथ सर्टिफिकेट की जगह तीमारदारों की प्रशंसा करने वाला शोक-संवेदना पत्र क्यों लिखवाया गया? यदि डॉक्टर काल्वर्ट से ऐसा विचित्र पत्र लिखवाया जा सकता था तो क्या यह नहीं लिखवाया जा सकता था कि मृत्यु रात पौने बारह बजे हुई? नहीं, मृत्यु का समय गवाह ने निजी जानकारी के आधार पर लिखा था क्योंकि वह मृत्यु के समय स्वयं उपस्थित था। क्या जब लिंडसे ने भवाल संन्यासी के प्रगट होते ही सन् 1921 में अपनी जाँच के सिलसिले में गवाह से रोमेन्द्र नारायण राय की मृत्यु के सन्दर्भ में जानकारी चाही तब उसने अपने पत्र में यह नहीं लिखा था कि अब मैं निश्चयपूर्वक यह नहीं कह सकता कि मैं रोगी की मृत्यु के समय उपस्थित था कि नहीं, किन्तु उससे कुछ पहले मैंने उसे जबर्दस्त शक्तिह्रास की स्थिति में अवश्य देखा था। हाँ। तो अब जब सन् 1931 में गवाही देने के लिए बुलाया गया है मृत्यु के समय अपनी उपस्थिति कैसे याद हो आयी? अपना दिया हुआ डैथ सर्टिफिकेट देखते ही उस समय का पूरा दृश्य मेरी स्मृति में उभर आया। क्या यह कहना सही न होगा कि आपको उस दिन की कोई स्मृति नहीं है और आप मृत्यु के समय के बारे में गवाही केवल उस सर्टिफिकेट के आधार पर दे रहे हैं जो आपने दो महीने बाद बीमा कम्पनी के फार्म पर दिया था? नहीं, मुझे कुमार की मृत्यु की अच्छी तरह याद है क्योंकि सही उपचार से इनकार करने से हुई उस जवान मौत का मेरे मस्तिष्क पर गहरा असर पड़ा था। अपना सर्टिफिकेट देखकर मृत्यु का ठीक समय भी याद आ गया। मैं सुनी-सुनाई के आधार पर प्रमाण-पत्र नहीं देता।

यदि मृत्यु बिलेरी कॉलिक से हुई थी और उपचार डॉक्टर काल्वर्ट का ही चल रहा था तो रोगी के सम्बन्ध में भेजे गए किसी भी तार में इस रोग का उल्लेख क्यों नहीं है? यह तो तार भेजने वाले जानें। अन्तिम तार में कहा गया है कि कुमार को खून के साथ

पानी-जैसे दस्त हो रहे हैं। क्या यह बिलेरी कॉलिक का लक्षण है? नहीं। आपने बोड़ोकुमार के नाम अपने शोक-संवेदना पत्र में न मृत्यु के समय उपस्थित होने की बात लिखी है और न मृत्यु का कारण बिलेरी कॉलिक बताया है। आपने तो कॉलिक उदरशूल की चर्चा की है। कॉलिक में बिलेरी कॉलिक भी शामिल है। आपके लिखे नुस्खों से तो यह संकेत नहीं मिलता कि आप बिलेरी कॉलिक का उपचार कर रहे थे। आपका पहला ही नुस्खा बताता है कि आप अपच का उपचार कर रहे थे। डॉक्टर काल्वर्ट की सफाई यह थी कि मैं तो मॉर्फिया का इंजेक्शन लगाना चाहता था किन्तु रोगी उसके लिए तैयार न था। इसलिए मैं ऐसी दवाएँ देता रहा जो पित्तपथरी के दर्द के दौरों के बीच में आँतों को शान्त करने के लिए दी जाती हैं क्योंकि बहुधा ऐसा दौरा पड़ने पर पेट गड़बड़ा जाता है और बदहजमी हो जाती है। पहले दिन मैंने मात्र कार्मनेटिव मिक्सचर इसलिए दिया कि पित्ताशय शूल का तीव्र दौरा तब तक नहीं पड़ा था। मैं सहमत हूँ कि तीव्र दौरा पड़ने की स्थिति में मॉर्फीन या अफीम देना आवश्यक होता है।

आपने 6 मई के उस पहले नुस्खे के बाद 8 मई को जो दूसरा नुस्खा लिखा वह भी पेट के दर्द, खट्टी डकार, उल्टी और दस्तों के लिए दिया जाने वाला मिक्सचर ही था। यदि रोगी को खून के साथ पानी-जैसे दस्त हो रहे हों तो क्या ऐसे मिक्सचर की किसी दवा से खून आना बन्द हो सकता है? रोगी को खून के साथ पानी-जैसे दस्त होना कोई अनहोनी बात नहीं है। किन्तु इस रोगी को ऐसे दस्त नहीं हो रहे थे । हुए होते तो मिक्सचर में खून रोकने के लिए भी कोई दवा लिखी जाती। उसे तो आँव के साथ लिपटा खून और थोड़ा ताजा खून निकल रहा था जिसे मैंने शूल की तीव्रता का लक्षण माना और इसीलिए मॉर्फिया का इंजेक्शन अविलम्ब लगवाने का आग्रह किया। पित्त नली में पथरी फँस जाने से उठते दर्द से आँतों में जो मरोड़ उठ रही थी उसी के कारण रक्त निकला। क्या आप बिलेरी कॉलिक के कारण ताजा खून निकल सकने की बात की पुष्टि के लिए किसी अधिकारी चिकित्साशास्त्री को उद्धृत कर सकते हैं? मुझे इंडिया में गॉल स्टोन की बीमारियों के किसी विशेषज्ञ की जानकारी नहीं है लेकिन मैं अन्य देशों के विशेषज्ञों का मत स्वीकार करने को तैयार नहीं हूँ। मैंने स्वयं तीन-चार केसों में ऐसे रोगियों के शव परीक्षण के दौरान आँत में खून पाया है। किन्तु आप खून रोकने की कोई दवा नहीं दे रहे थे ना? उस समय मुझे चिन्ता खून रोकने की नहीं, खून निकलने का कारण दूर करने की थी। खून कोई ऐसा ज्यादा निकल भी नहीं रहा था। उस कारण को दूर करने के लिए आप बदहजमी की दवाएँ दे रहे थे।

कहीं ऐसा तो नहीं कि आपने बीमा कम्पनी के फार्म में सर्टिफिकेट देते हुए यह लिखना चिकित्सक के रूप में अपनी प्रतिष्ठा पर बट्टा लगाने वाला माना कि रोगी की हालत पता नहीं क्यों इतनी खराब हो गयी कि वह मर गया? मुझे तो बदहजमी से हुए पेट दर्द का मामला लगा था शुरू में। इसलिए लिख दिया कि मृत्यु का कारण पित्त-नली में पथरी अटक जाना था। नहीं, यह मिथ्या आरोप है। रोगी का बिलेरी कॉलिक के लिए

ही उपचार करता रहा था मैं। अब आवश्यक था कि मेरी ओर से ऐसे चिकित्साशास्त्रियों से गवाही दिलाई जाए जो डॉक्टर काल्वर्ट से जिरह में मेरे वकीलों द्वारा पूछे गए प्रश्नों को उचित ठहरा सकें। मानहानि मुकदमे में हाईकोर्ट को यही आपत्ति हुई थी कि निचली अदालत को इन नुस्खों और दार्जिलिंग से भेजे गए तार के आधार पर बगैर विशेषज्ञों से राय लिये टीका-टिप्पणी करने का और यह कहने का कोई अधिकार न था कि डॉक्टर आशुतोष द्वारा विष दिए जाने की शंका उठ सकती है किसी के भी मन में। तो मेरे वकील बैरिस्टर चटर्जी ने दो ऐसे विशेषज्ञ प्रस्तुत किये जो डॉक्टर काल्वर्ट से कहीं ऊँची शिक्षा पाए हुए और उनसे कहीं ऊँचे पदों पर रहे चुके प्रसिद्ध डॉक्टर तथा चिकित्साशास्त्री थे। पहले विशेषज्ञ कर्नल मैक्गिलकिस्ट एडिनबरा विश्वविद्यालय से भेषज में डी.एस.सी. किए हुए थे, प्राध्यापक और सिविल सर्जन रह चुके थे। उन्होंने कहा कि डॉक्टर काल्वर्ट का दिया एक भी नुस्खा ऐसा नहीं है कि उसे बिलेरी कॉलिक के रोगी को दौरों के बीच की अविध में देने के लिए उचित कहा जा सके। पहला नुस्खा अपच और वायु-प्रकोप के लिए हो सकता है बिलेरी कॉलिक के लिए नहीं। बिलेरी कॉलिक के लिए तो सेंक करने की, गर्म पानी में पेट डुबाने की और मॉर्फिया का इंजेक्शन लगाने की सलाह दी जानी चाहिए थी।

इस नुस्खे के सम्बन्ध में मेरी तरफ से प्रस्तुत दूसरे विशेषज्ञ कनाडा के डॉक्टर ब्रेडले ने कहा कि डॉक्टर काल्वर्ट ने यह अपच के कारण उठे उदरशूल के लिए ही लिखा होगा। यदि उन्हें यह लगा होता कि रोगी को बिलेरी कॉलिक का दौरा पड़ चुका है और दो दौरों के बीच कुछ उपचार करना आवश्यक है तो वह गरम नमकीन पेय देने, मालिश करने, उचित व्यायाम करने और जल्दी से जल्दी अस्पताल जाकर ऑप्रेशन करा लेने की सलाह देते। डॉक्टर ब्रेडले की डॉक्टर काल्वर्ट के लिखे दो अन्य नुस्खों के बारे में यही राय थी उनका बिलेरी कॉलिक से कोई सम्बन्ध नहीं हो सकता। उन्हें लिखने की बात तभी उठ सकती है जब रोगी को साथ ही साथ बदहजमी भी हो गई हो। डॉक्टर काल्वर्ट के दूसरे नुस्खे के बारे में दोनों ही विशेषज्ञों का यह कहना था कि दस्त और उल्टियाँ रोकने तक में वह बहुत प्रभावप्रद सिद्ध नहीं हो सकता था। डॉक्टर काल्वर्ट के तीसरे नुस्खे के बारे में कर्नल मैक्गिलक्रिस्ट का कहना था कि इसमें से एक दवा शक्तिह्रास के कारण क्षीण होती हृदय की धड़कनों के लिए है जिससे लगता हो कि रोगी की स्थिति बहुत बिगड़ चुकी थी और दूसरा दस्त मरोड़ आदि रोकने के लिए। डॉक्टर ब्रेडले इससे सहमत थे और उनका कहना था कि इन दोनों दवाओं का एक साथ दिया जाना इस ओर संकेत करता है कि हैजे-जैसी स्थिति थी और उल्टियों-दस्तों के कारण रोगी पूरी तरह पस्त पड़ चुका था और उसकी नाड़ी छूट रही थी। इस नुस्खे से यह संकेत नहीं मिलता कि बिलेरी कॉलिक के कारण रोगी मरणासन्न हो चला था।

यही डॉक्टर काल्वर्ट का अन्तिम नुस्खा था और उन्होंने लिंडसे के नाम अपने पत्र में लिखा था : 'अपनी आखिरी विजिट पर मैंने उनके बंगाली डॉक्टर को उपस्थित पाया

था। अगली सुबह डॉक्टर कर्नल मैक्रेइ को बुलाने का प्रबन्ध किया गया। दुर्भाग्य से रोगी शक्तिह्रास से उबर नहीं पाया और उसी रात गुजर गया।' इसलिए मेरे वकील ने जिरह करते हुए उनसे पूछा था कि क्या इससे यह प्रकट नहीं होता कि आप रोगी को मरणासन्न स्थिति में छोड़कर आ गए थे, विजिट लास्ट थी अर्थात् इसके बाद आप वहाँ गए ही नहीं और अपने से कहीं अधिक जानकार डॉक्टर को बुलाने की बात आपने इसलिए की कि आप समझ ही नहीं पाए कि जिन मेजोकुमार का आपने 6 तारीख को बदहजमी के लिए उपचार शुरू किया था वह 8 तारीख को मरणासन्न किस कारण हो गये? डॉक्टर काल्वर्ट ने इस अनुमान को सर्वथा निराधार ठहराया था। किन्तु मेरी ओर से प्रस्तुत विशेषज्ञ अब कह रहे थे कि डॉक्टर काल्वर्ट का अन्तिम नुस्खा हैजे की-सी स्थिति में रोगी के मरणासन्न होने की ओर इंगित करता है। दोनों ही विशेषज्ञ सहमत थे कि रोगी की ऐसी स्थिति डॉक्टर आशुतोष दासगुप्त के नुस्खे के अनुसार बनाई गोलियों से हो सकती थी। डॉक्टर काल्वर्ट पेट बाँधने वाली दवाएँ देकर गए थे, डॉक्टर दासगुप्त ने इस नुस्खे में दो-दो रेचक दवाएँ रखीं और इतनी अधिक मात्रा में कि उनसे ही रोगी को पतले दस्त लग सकते थे, मरोड़ उठ सकती थी और वह निढाल पड़ जा सकता था। इसमें कुनैन भी है किन्तु अगर वह रोगी को मलेरिया के लिए दी जा रही थी तो मात्रा बहुत कम थी और यदि ताकत के लिए तो मात्रा बहुत ज्यादा थी। नुस्खे में दो विष आर्सेनिक (संखिया) और स्ट्रिक्नीन (कचला) भी हैं जो इस मात्रा में ताकत के लिए दिए जाते हैं किन्तु आर्सेनिक कभी-कभी इस मात्रा में भी आँत और गुदा में खराबी और सूजन पैदा कर देता है। उससे खून भी निकल सकता है। कुनैन से भी आँतों में खराश पैदा होती है और आर्सेनिक और कुनैन मिलकर हृदय को शिथिल कर सकते हैं।

दोनों ही विशेषज्ञों का यह कहना था कि अन्तिम तार में जो लक्षण बताए गए हैं वे आर्सेनिक विष खा लेने के हैं। हम यही मानकर चल सकते हैं कि डॉक्टर दासगुप्त की बनवाई गोलियाँ गलती से या जान-बूझकर अधिक मात्रा में खिला दी गई होंगी। डाक्टर ब्रेडले ने कहा कि यदि मुझे रोगी को देखने बुलाया गया होता और मैं रोगी के लक्षण देखने के बाद डॉक्टर दासगुप्त का यह नुस्खा देखता तो पहला ही सवाल यह पूछता कि ये गोलियाँ कितनी खिलाईं आपने? डॉक्टर ब्रेडले ने इस बात पर विस्मय व्यक्त किया कि उपचार डॉक्टर काल्वर्ट का चल रहा था और रोगी के लिए दवाएँ अन्य डॉक्टर भी खिला रहे थे। उनमें से एक डॉक्टर दासगुप्त ने तो पता नहीं किस इरादे से एक गलत और जहरीला नुस्खा लिख डाला और विष प्रभाव के लक्षणों की ओर डॉक्टर काल्वर्ट का ध्यान नहीं जा सका। इन विशेषज्ञों की गवाही से डॉक्टर काल्वर्ट का बिलेरी कॉलिक का निदान गलत सिद्ध हुआ और इस आरोप को बल मिला कि दार्जिलिंग में मुझे विष दिया गया था। मुद्दालेहों को यह कैसे स्वीकार हो सकता था? तब मैंने जाना कि इस असार संसार में विशेषज्ञ भी अपने-अपने होते हैं या कहें आप अपना समर्थन करने वाले विशेषज्ञ ढूँढ़ कर ला सकते हैं। मुद्दालेह भी लाये। कर्नल डेन्हम व्हाइट और

मेजर टॉमस को। वे उतने विख्यात न रहे हों जितने कि मेरी ओर से प्रस्तुत विशेषज्ञ, पर थे तो अनुभव डॉक्टर। डॉक्टर काल्वर्ट की दी हुई दवाओं के बारे में उनका यह कहना था कि बिलेरी कॉलिक के रोगी को दी जा सकती हैं क्योंकि बहुधा बिलेरी कॉलिक के साथ अपच, अम्लता और वायु-प्रकोप के लक्षण भी देखे जाते हैं। और सौ बातों की एक बात यह कि जब रोगी मॉर्फिया का इंजेक्शन लेने को तैयार ही न था तो डॉक्टर काल्वर्ट और क्या करते? यों इस प्रसंग में हमारे विशेषज्ञ यह कह चुके थे कि मॉर्फिया की गोली खिला सकते थे।

जहाँ तक डॉक्टर दासगुप्त के नुस्खे का प्रश्न था कर्नल डेनिम व्हाइट ने कहा कि वह कब्ज की शिकायत वाले मलेरिया के पुराने रोगों के लिए लिखा गया लगता है। रोगी को ज्वर आया देख कदाचित् डॉक्टर दासगुप्त ने ये गोलियाँ देने की सोची हो किन्तु वे 'हॉरिबल' (भयंकर) थीं इस केस में। मेजर टॉमस ने कहा कि बिलेरी कॉलिक में आर्सेनिक हरगिज नहीं दिया जाना चाहिए। किन्तु इन दोनों ही विशेषज्ञों का यह कहना था कि इस मात्रा में दिए गए आर्सेनिक से विषवत प्रभाव नहीं पड़ सकता। हाँ, इस नुस्खे की दवाओं से बिलेरी कॉलिक के रोगी की दशा बिगड़ अवश्य सकती है। दूसरे शब्दों में यह कि डॉक्टर काल्वर्ट सही उपचार कर रहे थे बीच में एक नादान डॉक्टर द्वारा गलत दवा दे दिए जाने से केस बिगड़ गया। अन्तिम दिन के लक्षण आर्सेनिक दे दिये जाने से हुए शक्तिह्रास के नहीं, बिलेरी कॉलिक और डॉक्टर दासगुप्त के दिए हुए जुलाब के मिले-जुले असर के लक्षण थे। इस अन्तिम स्थापना से मेरी ओर से प्रस्तुत दूसरे विशेषज्ञ डॉक्टर ब्रेडले को भी सहमति रही थी किन्तु इस शंका के साथ कि यदि बिलेरी कॉलिक का केस था तो डॉक्टर काल्वर्ट उसकी दवा क्यों नहीं दे रहे थे?

मुद्दालेहों के इन विशेषज्ञों का यह भी कहना था कि डॉक्टर दासगुप्त ने जो गोलियाँ बनवाईं उनका रोगी को विष देकर मारने के लिए उपयोग नहीं किया जा सकता था। कुल पच्चीस गोलियाँ मँगवाई गई थीं। उनमें से बारह एक साथ किसी रोगी से नहीं निगलवाई जा सकती थीं। घोलकर पिला देने का प्रश्न ही नहीं उठता क्योंकि कुनैन और कुचला दोनों ही कड़वे होते हैं और जिस रोगी का जी पहले ही मिचला रहा हो वह पहली घूँट भरते ही उल्टी कर देता। जब मेजर टॉमस से पूछा गया कि क्या आपको पता है कि भारत में जो लोग आर्सेनिक देकर हत्या करना चाहते हैं वे अक्सर पहले उस व्यक्ति के लिए आर्सेनिक वाला कोई नुस्खा बनवा लेते हैं? वह बोले, 'मेरे विचार से उनका ऐसा करना बहुत सम्भव है।' मेजर टॉमस के अनुसार डॉक्टर काल्वर्ट का अन्तिम नुस्खा भी ठीक था क्योंकि आँव के साथ खून आ रहा था, पतले खूनी दस्त नहीं हो रहे थे। कर्नल डेनिम व्हाइट ने स्वीकार किया कि रोगी को पेचिश हो रही थी और डॉक्टर काल्वर्ट ने उसकी दवा नहीं दी। तो मुद्दालेहों के दोनों ही विशेषज्ञों को कुल मिलाकर डॉक्टर काल्वर्ट के नुस्खे ठीक लगे किन्तु डॉक्टर दासगुप्त का नुस्खा भयंकर रूप से गड़बड़। स्वयं डॉक्टर काल्वर्ट ने भी जिरह में उस नुस्खे के बारे में यही राय दी थी

जिससे यह संकेत मिला कि वह उनका लिखा हुआ नहीं था जबकि मानहानि मुकदमे में आशु डॉक्टर कह चुका था कि नुस्खे पर हस्ताक्षर भले ही मेरे हों यह लिखवाया डॉक्टर काल्वर्ट ने था। जो हो, डॉक्टर काल्वर्ट ने भी जिरह के दौरान यह कहा कि इस नुस्खे का किसी को विष देने के लिए प्रयोग नहीं किया जा सकता था। उन्होंने इस ओर ध्यान दिलाया कि गोलियाँ चाँदी के वर्क में लिपटवाई गई थीं इसलिए अपच की स्थिति में उनका ज्यों का त्यों निकल आना अधिक सम्भव था, पच सकना नहीं।

बाद में जब आशु डॉक्टर मुद्दालेहों की ओर से गवाही दे रहा था मेरे वकीलों ने उससे पूछा कि आर्सेनिकवाला नुस्खा आपने क्यों लिखा? क्या आप नहीं जानते कि आर्सेनिक बिलेरी कॉलिक के रोगी को नहीं दिया जाना चाहिए? वह बोला, 'मुझे पता है नहीं दिया जाना चाहिए किन्तु यह नुस्खा डॉक्टर निबारन सेन ने लिखवाया था जो मुझसे कहीं अधिक वरिष्ठ और अनुभवी डॉक्टर थे।' थे, अर्थात् तब तक उनकी इहलीला समाप्त हो चुकी थी और उन्हें आशु डॉक्टर के झूठ का खंडन करने के लिए बुलाया नहीं जा सकता था। उसकी कोई आवश्यकता भी न थी। आशु डॉक्टर ने पहले जिन डॉक्टर काल्वर्ट को इस नुस्खे का रचयिता बताया था वह उसे झूठा सिद्ध कर ही चुके थे। अब प्रश्न यह था कि यदि मुझे गलती से अथवा जान-बूझकर आर्सेनिक इतनी मात्रा में दिया गया तो श्मशान भूमि में मुझे चेतना कैसे लौट आयी या कहें कि मैं मृत से जीवित कैसे हो उठा? बैरिस्टर चटर्जी ने दोनों विशेषज्ञों से पूछा, 'क्या ऐसा हो सकता है कि किसी व्यक्ति को उसमें प्राण शेष रहते हुए भी मृत मान लिया जाए?' हाँ कभी-कभी ऐसा धोखा हो जाता है। जब रोगी जबर्दस्त शक्तिह्रास के कारण गहन मूर्च्छा में चला गया हो और उसके हृदय की धड़कन क्षीणतम हो चली हो। ऐसा बिलेरी कॉलिक के रोगी के केस में हो सकता है कि आर्सेनिक विष दिए जाने की स्थितियों में कि दोनों में? बिलेरी कॉलिक के मामले में इसकी सम्भावना कम है। मान लीजिए आर्सेनिक के दुष्प्रभाव से मृतप्राय: रोगी का शरीर पूरी तरह लिपटा हुआ श्मशान भूमि में छोड़ दिया गया था तो क्या वर्षा और खुली हवा के प्रभाव मात्र से उसकी चेतना लौट सकती थी? यदि आर्सेनिक की मात्रा घातक न रही हो तो कुछ समय बाद चेतना हर हालत में लौटती ही। उसका वर्षा पड़ने या हवा बहने से कोई सम्बन्ध नहीं। बैरिस्टर चौधरी ने इस बारे में इन विशेषज्ञों से कोई जिरह नहीं की। वह इस ओर ध्यान दिलाते रहे कि मुद्दई से जिरह में स्वीकार कराया जा चुका है कि उसका दावा यह नहीं है कि उसकी विष देकर हत्या करने का प्रयास हुआ।

इसके बाद मेरे वकील बैरिस्टर चटर्जी ने यह सिद्ध करने का प्रयास किया कि मुद्दई वर्षों तक अपने अतीत के विषय में स्मृतिहीन रहने और उसकी स्मृति के धीरे-धीरे लौटने की जो बात कहता रहा है वह असम्भव नहीं है। इसकी पुष्टि के लिए उन्होंने राँची के विख्यात मानसिक रोग अस्पताल के सुपरिंटेंडेंट कर्नल बर्कलेहिल की गवाही कराई जिन्हें मानसिक चिकित्सा का 30 वर्ष का अनुभव था। उन्होंने कहा कि मुद्दई ने

अपनी स्मृति चले जाने और वर्षों बाद धीरे-धीरे लौटने के विषय में जो वक्तव्य अदालत में दिया उसे मैंने पढ़ा है और वह मुझे असम्भव नहीं लगा। ऐसा भी होता है। मुद्दई ने तो ग्यारह वर्ष तक ही स्मृति न रहने की बात कही है मैंने एक ऐसे केस के बारे में पढ़ा है जिसमें स्मृति पूरे 17 वर्ष बाद लौटी। यदि स्मृति लौटने के बाद भी मुद्दई अपनी भाषा उत्तर भारतीयों के लहजे में बोलता हो तो भी कोई आश्चर्य नहीं। लम्बे समय तक अन्य भाषाभाषियों की संगत में रहने का लहजे पर प्रभाव पड़ता ही है। जिरह के दौरान गवाह ने कहा कि मैंने मुद्दई की परीक्षा नहीं की है इसलिए मैं कह नहीं सकता कि स्मृति चले जाने का कारण क्या रहा होगा। स्मृति शारीरिक और मानसिक दोनों तरह के आघात से जा सकती है। सिर में चोट आने से ऐसा हो सकता है या फिर मृत्यु भय से। क्या आपने कभी कोई ऐसा केस देखा है जिसमें किसी की स्मृति इतनी लम्बी अवधि के लिए चली गई हो? जी नहीं?

बाद में जब मुद्दालेहों की बारी आई तो बैरिस्टर चौधरी ने इस प्रसंग में अपने दो विशेषज्ञ प्रस्तुत किये। एक तो वही मेजर टॉमस और दूसरे मेजर धुनजी भाई। मेजर टॉमस ने कहा कि मुद्दई का कहना है कि वर्षों तक वह यह भूले रहा कि मैं कौन हूँ किन्तु मैं साधुओं के साथ उनकी तरह रह सका और उसके बाद मेरी स्मृति लौट आई। यदि हम इसे 'डबल पर्सेनेल्टी' का मामला मानें तो 'मैं कौन हूँ' यह याद आते ही मस्तिष्क में से 'मैं कौन बन गया था' की स्मृति मिट जानी चाहिए थी। मुद्दई के वक्तव्य की एक और असम्भव बात यह है कि दूसरे व्यक्तित्व के मामले में कोई भी व्यक्ति एक साथ कुछ मामलों में शिशुवत और कुछ में वयस्कों-सा व्यवहार नहीं करता जैसा कि मुद्दई के अनुसार उसने दार्जिलिंग से बनारस पहुँचने तक किया। मेजर धुनजी भाई ने भी यही कहा कि व्यक्तित्व के पीछे लौट जाने के मामले में कोई आदमी अपने को बच्चा तो मान बैठ सकता है किन्तु शिशु और वयस्क दोनों नहीं। और व्यक्तित्व बदल जाने की स्थिति ऐसे लोगों में ही सामान्य तौर से आती है जिन्हें हिस्टीरिया-जैसी कोई व्याधि रही हो।

तो बैरिस्टर चौधरी कह सके कि मुद्दई ने स्मृति चले जाने की जो बात कही है वह झूठी है। उन्होंने इस ओर भी ध्यान दिलाया कि बोर्ड ऑफ रेवेन्यू को दिए गए ज्ञापन में मैंने चेतना चली जाने की ही बात कही थी, स्मृति चले जाने की नहीं। मैंने यह भी लिखा था कि बारह वर्ष बाद गुरु के आदेश पर मैं संन्यास दीक्षा लेने से पहले अपने घर-परिवार की ओर लौटा कि जान सकूँ माया-मोह से मुक्त हूँ या नहीं? मुझ निरक्षर ने तो वह ज्ञापन लिखा नहीं था। और यदि मैं बैरिस्टर चौधरी के अनुसार असली नहीं, जाली मेजोकुमार ही था तो मैंने तब क्या लिखा था और अब क्या कह रहा हूँ की इस बहस में क्यों पड़ रहे हैं वह? मुझे जाली सिद्ध करने का सुगमतम उपाय था मुझसे हस्ताक्षर करवाना और उनका मिलान मेजोकुमार के हस्ताक्षरों से करवाना किसी विशेषज्ञ से। शासन ने ऐसा 1932 में करवाया था सी.आई.डी. के हस्तलिपि विशेषज्ञ एस.सी.

चौधरी से। उन्होंने तब क्या रिपोर्ट दी थी यह मुद्दालेहों को ज्ञात था, हमें नहीं। एस.सी. चौधरी तब तक अवकाश प्राप्त कर चुके थे इसलिए मेरे वकील उनसे मेजोकुमार के पुराने हस्ताक्षरों की तुलना भवाल संन्यासी द्वारा किए गए रोमेन्द्र नारायण राय के हस्ताक्षरों से करवाने गए और उन्होंने बताया कि मुद्दालेह पाँच ही दिन पहले मुझसे बांग्ला हस्ताक्षरों पर मत देने को कह गए हैं इसलिए मैं उन पर तो अपना मत आपको दे नहीं सकता, हाँ, अंग्रेजी हस्ताक्षरों के बारे में कह सकता हूँ कि वे एक ही व्यक्ति के जान पड़ते हैं। मेरे वकीलों ने उनका नाम अपने गवाहों की सूची में डाल दिया।

एस.सी. चौधरी की गवाही के समय मुद्दालेहों ने इस बात को लेकर बड़ा बावेला मचाया कि यह विशेषज्ञ जब हमें अपना मत देने को राजी हो चुका था तब इनसे मुद्दई को अपनी सेवाएँ देकर गैर-पेशेवराना आचरण क्यों किया? विशेषज्ञ का कहना था कि मैंने अपना मत बदला होता तब तो ऐसा आरोप लग सकता था। जब मुझसे शासन ने वर्तमान मुकदमे में सुनवाई आरम्भ होने से पहले विभागीय विशेषज्ञ के रूप में इस विषय में अपना मत देने को कहा था तब से लेकर अब तक मैंने यही कहा है कि मुद्दई द्वारा किए गए हस्ताक्षरों और मेजोकुमार द्वारा किए गए हस्ताक्षरों में भिन्नताएँ हैं किन्तु वे ऐसी हैं जो आयु बढ़ने के साथ आ जाती हैं और कभी-कभी बीमारी-कमजोरी के कारण भी। यह मान सकना कठिन है कि किसी समिति शिक्षा वाले व्यक्ति को मेजोकुमार के हस्ताक्षरों की नकल करने का अभ्यास कराया गया और उसने थोड़े भिन्न हस्ताक्षर करना सीखा और भिन्नताएँ ऐसी रखीं कि वे एक ही व्यक्ति द्वारा बीस वर्ष के बाद किए जाते हस्ताक्षरों में स्वाभाविक रूप से आ गई भिन्नताएँ लगें। गवाह ने कहा कि यही बात मैंने मुद्दालेहों के प्रतिनिधि को भी लिखकर दी थी। बैरिस्टर चौधरी ने फिर स्वयं गैर-पेशेवराना आचरण करते हुए हमारे विशेषज्ञ से जिरह करने का काम पी.एन. मुखर्जी नामक उन वकील मोशाय को सौंप दिया जो अपने को हस्तलिपि विशेषज्ञ भी मानते थे और मुद्दालेहों की ओर से गवाह से मिले थे। मुखर्जी मोशाय ने जिरह में गवाह के ज्ञान और गवाह की निष्पक्षता पर प्रश्नचिह्न लगाने का भरपूर प्रयत्न किया— आपने 'उस दिन मुझसे तो यह कहा था' वाली शैली में। किन्तु मुखर्जी मोशाय उस रिपोर्ट का अस्तित्व नहीं मिटा सकते थे जो एस.सी. चौधरी ने सरकारी नौकरी में रहते हुए सरकार को दी थी।

गवाह एस.सी. चौधरी द्वारा सरकार को दी गई रिपोर्ट के साथ-साथ अदालत में वह पत्र भी प्रस्तुत करना पड़ा जो ढाका के सरकारी वकील शशांक कुमार घोष ने सीआइडी विभाग के विशेषज्ञ की राय भिजवाने के लिए कलकत्ता के पुलिस कमिश्नर को लिखा था। इसमें भवाल संन्यासी का उल्लेख 'इम्पोस्टर' (जाली) के रूप में किया गया था अर्थात् स्पष्ट संकेत था कि विभागीय विशेषज्ञ को उसके द्वारा किए गए हस्ताक्षर भी जाली सिद्ध करने हैं। पत्र के साथ नत्थी एक टीप में यह कहा गया था कि विशेषज्ञ 19-19 हस्ताक्षरों के इन दो सैटों में से वे पाँच-पाँच चुनें जो सबसे अधिक भिन्नता दर्शाते हों और अपना अभिमत सत्येन्द्रनाथ बनर्जी के कलकत्ता निवास पर मेरे या उनके

नाम से भिजवा दें। इस तरह मुकदमे में शासन द्वारा अपने को मेरे साला बाबू से एकरूप कर लिये जाने का एक और ज्वलन्त उदाहरण सामने आया। मेरे वकील कह सके कि यदि इतना दबाव पड़ने पर भी एस.सी. चौधरी ने वही राय दी थी जो आज दे रहे हैं तो उनकी निष्पक्षता और निष्ठा पर अँगुली नहीं उठाई जा सकती। उनके द्वारा सरकार को दिए गए मन्तव्य का पूरा ज्ञान रहते हुए भी मुद्दालेहों ने उन्हें मेजोकुमार द्वारा बिभाबती देबी को लिखे गए तथाकथित पत्र दिखाने मुखर्जी मोशाय को क्यों भेजा यह तो वही बता सकते हैं। विशेषज्ञ ने इन पत्रों को देखकर भी यही कहा कि मेजोकुमार के लिखे हुए नहीं लगते क्योंकि इनकी लिखावट किसी ऐसे व्यक्ति की है जिसे लिखने का खूब अभ्यास हो और इनके अन्त में किए गए हस्ताक्षर भी मेजोकुमार के हस्ताक्षरों से मेल नहीं खाते।

तो बैरिस्टर चौधरी ने अब इस प्रसंग में भी अपना एक अलग विशेषज्ञ प्रस्तुत किया अदालत में— इलाहाबाद के चार्ल्स हार्डलैस। मिस्टर हार्डलैस का कहना था कि मैंने मुद्दई और मेजोकुमार के किए हुए हस्ताक्षरों की जाँच, उनको फोटो-पद्धति से बड़ा करके की और पाया कि वे एक ही व्यक्ति के किए हुए नहीं हैं। इस विशेषज्ञ से बैरिस्टर चौधरी इतने प्रसन्न हुए कि उन्होंने उसे एक प्रमाण-पत्र दे डाला जो उसने तुरन्त अपनी एक पत्रिका में छाप दिया कि भवाल संन्यासी केस में मुझे कोर्ट ऑफ वार्ड्स ने बंगाल सरकार का गवाह बनाया था। मेरे वकील बैरिस्टर चौधरी ने जाज का ध्यान इस सारे व्यापार की ओर दिलाया और कहा कि बैरिस्टर चौधरी के अपने गवाह को वैज्ञानिक और अधुनातन विधियाँ अपनाने का और निष्पक्ष राय देने का प्रमाण-पत्र देने और गवाह द्वारा उसका सुनवाई के दौरान अपने विज्ञापन के लिए उपयोग किए जाने से अदालत की अवमानना हुई है। बैरिस्टर चौधरी ने यह सफाई दी कि यह प्रमाण-पत्र प्रकाशन के लिए नहीं दिया गया था, मैंने हार्डलैस को लिख दिया है कि आइन्दा इसे प्रकाशित न करे। जज महोदय इस आश्वासन से संतुष्ट हो गये। हस्ताक्षरों की तरह ही मेजोकुमार रोमेन्द्र नारायण राय और अपने को मेजोकुमार बताने वाले संन्यासी अर्थात् मेरे छाया चित्र भी तुलना के लिए उपलब्ध थे। तो उनके माध्यम से भी मेरे वकीलों ने सिद्ध करना चाहा कि मैं मेजोकुमार ही हूँ।

मिस्टर विण्टरसन कलकत्ता के जाने-माने फोटोग्राफर थे। पहले कलकत्ता के सबसे बड़े स्टूडियो बर्न एण्ड शेपर्ड में काम करते थे और 1913 से अपना अलग स्टूडियो चला रहे थे। मेजोकुमार के एक फोटो की तुलना दो महीने पहले अपने द्वारा स्टूडियो में खींचे गए एक फोटो से करते हुए अदालत को बताया कि दोनों एक ही व्यक्ति के अलग-अलग आयु में लिये गये चित्र लगते हैं ये— वही माथा, भवें, पलकें, नाक, नथुने, मुँह, ठोढ़ी और कान की लवें। केश उम्र के कारण पहले से कम घने किन्तु उनकी बुनावट एक-सी ही। गवाह ने स्वीकार किया कि भवाल संन्यासी के कई चित्रों में नाक मेजोकुमार की नाक से बहुत चौड़ी लग रही है किन्तु उसने कहा कि इसका कारण यह

है कि ये अनाड़ियों के खींचे हुए हैं। जिरह में बैरिस्टर चौधरी ने इस गवाह को कुछ और फोटो दिखाए किन्तु गवाह की राय वही रही कि ये फोटो एक ही व्यक्ति के अलग-अलग उम्र में लिये गए फोटो हैं। गवाह ने यह भी कहा कि मुद्दई के फोटो और दिवंगत राजा राजेन्द्र नारायण राय के फोटो मुझे बेटे और बाप के फोटो-से लगते हैं।

मेरी ओर से प्रस्तुत हुए दूसरे गवाह थे कलकत्ता के गवर्नमेंट आर्ट कॉलेज के वाइस प्रिसिंपल जामिनी प्रकाश गांगुली। उन्होंने भी यह कहा कि माथा, भवें, आँखें, नाक, ओठ एक-से हैं। मुद्दई और मेजोकुमार के छायाचित्रों में। मुद्दई के कान बड़े निराले ढंग के हैं। बहुत बड़े-बड़े और लवें गालों से बिल्कुल कटी हुई, अलग लटकी हुई। इन छायाचित्रों को देखकर लगता है कि मेजोकुमार के भी वैसे ही थे। मुद्दई का निचला ओठ थोड़ा मुड़ा हुआ है और यही विशेषता मुझे मेजोकुमार के पिता और राजकुमारी ज्योतिर्मयी के चित्रों में भी देखने को मिली है। कह चुका हूँ कि विशेषज्ञ भी अपने-अपने होते हैं। बैरिस्टर चौधरी ने बूर्न एण्ड शेपर्ड के भागीदार प्रबन्धक मिस्टर मुसेल व्हाइट से गवाही दिलवाई। उन्होंने कहा कि मेजोकुमार और मुद्दई की चपटी और फैली हुई नाक भी भिन्न प्रकार के हैं। कुमार के कान का ऊपरी सिरा आँखों की तुलना में ऊँचा है, मुद्दई का नहीं। कुमार की आँखें भी मुद्दई की आँखों से अधिक बड़ी और चमकीली लगती हैं। जिरह में गवाह ने स्वीकार किया कि मेजोकुमार के सारे चित्र टच किए हुए हैं जबकि मुद्दई के नहीं। मिस्टर मुसेल व्हाइट से कहीं अधिक प्रभावशाली गवाह थे मिस्टर पर्सी ब्राउन जो गवर्नमेंट आर्ट कॉलेज के प्रिंसिपल होने के साथ-साथ कुशल फोटोग्राफर भी थे। भारतीय कला तथा स्थापत्य के बारे में उनके ग्रन्थ बहुचर्चित रहे थे। मिस्टर ब्राउन ने कहा कि अलग-अलग समय, अलग-अलग लैंसों, कोणों और दूरियों से खींचे गए छायाचित्रों में नाक-नक्श की नाप-जोख करना तो निरर्थक है। इतना अवश्य है कि चित्र खींचने और आँकने वालों की पारखी आँखें थोड़ा तुलनात्मक अध्ययन कर ही सकती हैं। ऐसे अध्ययन के आधार पर मेरी राय यह बनती है कि ये चित्र दो अलग-अलग व्यक्तियों के हैं। कुमार का सिर और माथा अधिक चौड़ा है, बाल घुँघराले हैं जबकि मुद्दई के नहीं हैं, कुमार की आँखों के बाहरी कोने, भीतरी कोनों से ऊपर उठे हैं, जबकि मुद्दई की आँखें सपाट हैं, मुद्दई की नाक अधिक चौड़ी है और जहाँ मुद्दई की लवें बाहर को निकली हुई हैं, कुमार की लटकती हुई हैं। वाइस प्रिसिपल गांगुली को मेरी लवें भी लटकती हुई नजर आई थीं, किन्तु प्रिंसिपल ब्राउन को नहीं आईं।

मेरा मेजोकुमार ही होना सिद्ध करने के लिए ज्योतिदी ने अपनी गवाही में मेरे शरीर में वे तमाम चिह्न होने की बात कही थी जो मेजोकुमार के शरीर में थे— निचले ओठ का दायाँ हिस्सा मुड़ा हुआ होना, कानों के सिरों पर नुकीला होना, लवों का गालों से न चिपका हुआ होना और छिदा हुआ होना, टेंटुआ उभरा होना, ऊपर की बायीं दाढ़ टूटी होना, हाथ छोटे-छोटे होना, बाएँ हाथ की तर्जनी और मध्यमा की लम्बाई में अन्त दाएं हाथ की तर्जनी और मध्यमा के अन्त से कम होना, दायीं निचली पलक के सिरे

में सूई की नोक बराबर उभरा मांस, खोपड़ी और पीठ पर फोड़े का निशान, बाएँ टखने के ऊपर घाव का टेढ़ा-मेढ़ा निशान, दायीं बाँह पर शेर के पंजों का निशान, उपस्थ के पास ऑपरेशन का निशान, शिश्न पर छोटा-सा मस्सा और सिफलिस के घावों और 'बूबों' के निशान। शेष सभी निशानियों के बारे में तो बैरिस्टर चौधरी ज्योतिदी और मुझसे जिरह करते हुए यह शंका व्यक्त कर चुके थे कि मेरे शरीर पर पड़े निशानों को मेजोकुमार पर आरोपित किया जा रहा है। उनके शरीर पर ऐसे कोई चिह्न थे ही नहीं। केवल सिफलिस के चिह्नों के बारे में वह ऐसा नहीं कह सकते थे क्योंकि मेजोकुमार को सिफलिस हो जाने पर ही दार्जिलिंग ले जाया गया इससे मुद्दालेह इनकार कर ही नहीं सकते थे। तो मेरे वकीलों ने कर्नल मैक्गिलक्रिस्ट और डॉक्टर ब्रेडले के अतिरिक्त यौन रोगों के दो विशेषज्ञों— डॉक्टर नरेन्द्रनाथ मुखर्जी और शैलेन्द्र कुमार सेन से भी यह कहा कि मुद्दई की जाँच करके अदालत को बताएँ कि वह सिफलिस का पुराना रोगी है कि नहीं? चारों डॉक्टर सहमत हुए कि मुद्दई के हाथ-पाँव पर कुछ ऐसे निशान हैं जो सिफलिस के तीसरे चरण से गुजर चुके रोगी में देखे जाते हैं। उसके जीभ के नीचे जो मांस-पट्टी-सी बन गई है वह भी सिफलिस की देन लगती है। डॉक्टर मैक्गि-लक्रिस्ट को छोड़ इन सभी विशेषज्ञों को बूबों के निशान भी दिखाई दिये। डॉक्टर सेन ने मेरी नाक की हड्डी में सिफलिस के कारण गाँठ-सी पड़ जाने की बात भी कही। अपनी नाक के विरूप हो जाने की सफाई मैं यही देता रहा था कि भीतर गाँठ पड़ गई है। डॉ. सेन ने इसकी पुष्टि कर डाली। यों बैरिस्टर चौधरी मुझे मेरे उन गवाहों के हवाले से झूठा सिद्ध करते हुए जिन्होंने कहा था कि मैं अपनी नाक चौड़ी हो जाने का कारण प्राणायाम के दौरान बहुत कठिन कुम्भक करते रहने को ठहराता आया था। बैरिस्टर चौधरी के लिए बहुत आवश्यक था कि मेरे विशेषज्ञ गवाहों को भी झूठा सिद्ध करें। इसका सुगमतम उपाय उन्हें तब मिल गया जब उन्होंने डॉक्टर ब्रेडले से पूछा कि सिफलिस के दूसरे चरण और तीसरे चरण के बीच की अवधि कितनी रहती है और तीसरा चरण शुरू हो जाने पर क्या कोई बिना उपचार के ठीक हो सकता है? उत्तर था: कुछ महीनों से लेकर कुछ वर्ष तक की अवधि बीत सकती है दोनों चरणों के बीच और तीसरे चरण के बाद बगैर उपचार या उपचार करवाने पर भी रोगी ठीक नहीं हो सकता। और मुद्दई अदालत में स्वस्थ-सानन्द खड़ा था और कैसे ठीक हो गए बन्धु ऐसा पूछे जाने पर यही कहता था कि प्रभु की कृपा से।

यही बैरिस्टर चौधरी के अनुसार इन विशेषज्ञों की गवाही को निरर्थक सिद्ध करने के लिए पर्याप्त था। मेरे वकील बैरिस्टर चटर्जी के पास मेरे दावे की पुष्टि के लिए एक और उपाय बचता था— विशेषज्ञों से कहलवाएँ कि हाथ-पाँव में काली सख्त चमड़ी के चकत्ते होना भवालराज परिवार की वंशानुगत विशेषता है और मुद्दई के भी हाथ-पाँव में वैसी चमड़ी होना उसके इसी परिवार के सदस्य होने की ओर इंगित करता है। तो उन्होंने पहले यह सिद्ध किया कि राजा राजेन्द्र नारायण राय की भी टखनों और उसके

पास की चमड़ी ऐसी ही थी और उनकी बहन कृपामयी देबी के पाँवों में भी यह विशेषता देखी जा सकती है। दूसरी पीढ़ी में ज्योतिर्मयी देबी में यह विद्यमान है और छोटा कुमार में भी थी। तीसरी पीढ़ी में इसे ज्योतिर्मयी देबी के बेटे जलद (बुद्धू) में देखा जा सकता था और बेटी मणि में भी देखा जा सकता है। अस्तु यह एक वंशानुगत पारिवारिक विशेषता है। फिर बैरिस्टर चटर्जी ने अपने विशेषज्ञों का यह मत अदालत में प्रस्तुत किया कि मुद्दई के हाथ-पाँव की चमड़ी की ये विशेषता इचथियोसिस उर्फ मत्स्यचर्म नामक वंशानुगत रोग दर्शाती है। इसके बाद भी बैरिस्टर चटर्जी के लिए यह सिद्ध करना बच रहता था कि मुद्दई की श्मशान से साधुओं के द्वारा बचा लिये जाने की कथा सत्य है। उधर बैरिस्टर चौधरी आपत्ति कर रहे थे कि मुद्दई बेकार के गवाह प्रस्तुत करने में पूरा एक वर्ष बर्बाद करवा चुके हैं। जज पन्नालाल बसु भी अपना धैर्य खो रहे थे किन्तु उन्होंने बैरिस्टर चटर्जी के चन्द गवाह और प्रस्तुत करने देने का अनुरोध स्वीकार कर लिया। तो अब कठघरे में खड़ा हुआ निक्कू उर्फ दरसनदास।

दार्जिलिंग के सासन में एक रात मेरे मृत मान लिए गए शरीर में प्राणों का संचार होने और नागा संन्यासियों द्वारा उठा कर ले जाने की कथा सही सिद्ध करने के लिए दरसनदास उर्फ निक्कू को गवाह के रूप में प्रस्तुत किया। बैरिस्टर चौधरी की प्रतिक्रिया यह थी कि यह गवाह इतने दिनों बाद इसलिए पेश किया गया है ताकि इसे मुद्दई की गवाही के समर्थन में बयान देने के लिए तैयार किया जा सके और मुद्दई के अन्य गवाहों से ऐसी बातें कहलाई जा सकें जो इसके बयान को सच माने जाने का आधार बन सकें। वह यह भूले जा रहे थे कि स्वयं मैंने अदालत को अपने श्मशान भूमि से बचा लिये जाने से लेकर अनन्तनाग में विष्णुमन्त्र पाने की कथा निक्कू से मिली जानकारी के आधार पर सुनाई थी।

निक्कू ने बयान में अपना परिचय देते हुए स्वयं ही यह बताया कि यद्यपि मुद्दई मुझे दरसनदास के नाम से जानता रहा है, मेरे गुरु बाबा हरनामदास ने मुझे एक नया नाम गोपालदास भी दिया था और बंगाल में लोग मुझे इस नये नाम से ही जानते रहे हैं। ब्रह्मचारी सुन्दरदास जब से हम लोगों से ब्रहछत्र में विदा लेकर गया था तब से मुझे उसकी कोई खबर नहीं मिली थी। मैं यही मानकर चल रहा था कि अगले का पूरन ग्यान लौट ही आया था तो सगे वालों के बीच पहुँचकर हमें भूल गया होना है। फिर भी कभी-कभी इस तरह का ख्याल उठता था मन में कि उसके सगे वाले कौन निकले, किस तरह के निकले, अब उस यार मेरे का हाल क्या है? कोई ग्यारह साल पहले एक दिन मेरे गुरु ने बताया कि चेला धरमदास मिला था और कहता था कि उसका चेला सुन्दरदास तो ढाका के पास की एक जगह का राजा निकला। जो तू बंगाल जाए तो ना उससे मिलने की कोशिश करना और न उसे जानने की बात किसी को बताना। नहीं तो धरमदास की तरह तुझे भी मुसीबत में पड़ जाना है। जब मैं बंगाल पहुँचा तब जयदेबपुर में मुझसे बड़ी राजकुमारी के बेटे बिल्लू बाबू ने लकवे के शिकार अपने पिताजी गोबिन्द बाबू को

जड़ी-बूटियों और मन्तर से चंगा करने वास्ते कहा। मैं उधर उनके घर में महीना-डेढ़ रहा। उन्होंने मेरे को अपने मामा के बारह साल बाद साधु के भेस में लौट आने की बात सुनाई और मेरे से पूछा कि आपको इस बारे में कोई जानकारी है क्या? मैंने कह दिया नहीं। लेकिन पिछले साल जब मेरे को पता चला कि मुकदमा चला हुआ है और उसमें मुद्दई मेरा नाम ले चुका है तब मुझे उससे मिलने जाने में कोई हिचक नहीं ना हुई। उसने मेरे से गवाही देने वास्ते कहा तो मैं फौरन इस करके राजी नहीं हुआ कि मैंने तीर्थ यात्राओं पर जाना था और अदालत में गवाही देने से पहले गुरु की आज्ञा लेनी थी। जब तक मैं ढाका वापस आया अदालत बड़े दिन की छुट्टियों में बन्द हो चुकी थी।

बैरिस्टर चौधरी के लिए इस गवाह को झूठा साबित करने के लिए यही पर्याप्त था कि लोग-बाग उसे गोपालदास के नाम से जानते हैं और वह मुद्दई की गवाही को सही साबित करने के लिए दरसनदास बन गया है। कितना विचित्र है कि इसे मेजोकुमार के भांजे ने साधु भेस में लौटने की कथा सुनाई और इसे उनसे मिलने की कोई जिज्ञासा नहीं हुई। उल्टा पूछने पर यही कहता रहा कि मैंने तो किसी के ऐसे दार्जिलिंग के श्मशान से साधुओं द्वारा उठा लिये जाने की कहीं कोई चर्चा नहीं सुनी। कितना असम्भव है कि यह गवाह ढाका में रहा, भवालराजपरिवार वालों से मिला और न यह मुद्दई को कहीं टकराया और न मुद्दई को इस बात की कोई भनक पड़ी कि मेरा सबसे महत्त्वपूर्ण गवाह तो पड़ोस में ही उपस्थित है। और यह कैसे हुआ कि जब अन्ततः गवाह मुद्दई से मिलने आ ही गया तब भी उसकी ओर से अदालत में पेश होने को दौड़ता हुआ नहीं पहुँचा। चौधरी मोशाय के अनुसार गवाह के झूठे होने का एक ज्वलन्त उदाहरण यह था कि उसने अपने गवाही देने के लिए ढाका पहुँचते समय अदालत के बन्द होने की बात कही जबकि उसे गवाही के लिए सम्मन बीस दिसम्बर को दिया गया था और तब तक अदालत बड़े दिन की छुट्टियों के लिए बन्द नहीं हुई थी। गवाह के मुख्य बयान के आधार पर इतनी सारी शंकाएँ उठाने वाले चौधरी मोशाय को क्या इस बात पर तनिक भी आश्चर्य न हुआ होगा कि मैं इतना यत्न करके ऐसा झूठा गवाह कहाँ से ले आया कि उसे अपने बयान के आधार पर ही झूठा सिद्ध किया जा सके। जिरह की आवश्यकता ही न पड़े।

क्या मैं या मेरे समर्थक कोई ऐसा झूठा गवाह पकड़ कर नहीं ला सकते थे जिसे गोपालदास के नाम से ढाका जिले में जाना जाता रहा हो? जब गवाह को सम्मन 20 दिसम्बर को मिल चुके थे, मेरे वकीलों ने अदालत में 22 दिसम्बर को अर्जी दे दी थी कि मुद्दई अपना केस बन्द करने से पहले चन्द और गवाह पेश करना चाहता है और इन गवाहों में से एक को श्मशान भूमि से मेजोकुमार के ले जाने वाली संन्यासियों की टोली का सदस्य बताया था और 9 जनवरी को उस संन्यासी की गवाही शुरू भी करा दी थी तब चौधरी मोशाय यह क्यों नहीं मान सके कि गवाह का मतलब यह था कि बीच में अदालत बन्द होने के कारण मेरी गवाही न हो सकी? उनके अनुसार तो यह गवाह झूठ बोलने का इतना आदी था कि कुछ दिन पहले की बात के बारे में भी झूठ बोल गया।

उन्होंने गवाह से जानना चाहा कि जब आप लोगों को अर्थी पर रखी देह में प्राण शेष होने के प्रमाण मिले तब आपने दाह-संस्कार के लिए आए लोगों की प्रतीक्षा करने की जगह देह को अर्थी से निकालकर अपने साथ ले जाने का निर्णय क्यों किया? उन्हें न गवाह का यह स्पष्टीकरण जँचा की गुरुभाई धरमदास सद्वस्तु मानकर उठा ले गये और न यह कि धरमदास पुलिस से घबराते थे और उन्हें लगा कि जो भी लोग इस व्यक्ति के शरीर में प्राण शेष रहते फूँकने लाए होंगे वे अवश्य हमसे झगड़ा करेंगे कि अर्थी से शव क्यों हटाया और हमें किसी न किसी केस में फँसवा देंगे। चौधरी मोशाय को यह असम्भव प्रतीत हुआ कि साधुओं ने यह मान मान लिया कि किसी के परिवारवाले उसे प्राण-पखेरू उड़ने से पहले ही दाह-संस्कार के लिए ला सकते हैं? या उनके मस्तिष्क में यह विचार क्यों नहीं उपजा कि वे इसे मृत जान कर ही श्मशान भूमि में लाए थे और इसे जीवित पाकर वे प्रसन्न होंगे, क्रुद्ध नहीं। गवाह का यह कथन उन्हें विचित्र लगा कि साथ आए लोग खुश होंगे कि नाराज इस बारे में सोचने, सलाह करने का हम चारों के पास वक्त ही नहीं था— बस यही था कि इस बन्दे को यहाँ से ले जाओ तीमारदारी वास्ते।

बैरिस्टर चौधरी ने दार्जिलिंग के पुराने और नये सासन के बारे में दरसनदास पर दनादन सवाल दागे और उससे उन तमाम स्थलों का भूगोल पूछ डाला जहाँ से उन्होंने सद्वस्तु को उठाया और लेकर गये और जहाँ उन्होंने उसकी सेवा-शुश्रूषा की। इसके उत्तर उसने कुल मिलाकर ठीक ही दिये। तो उन्होंने आग्रहपूर्वक कहा कि आपको दार्जिलिंग ले जाकर सब दिखाया-समझाया गया है। दरसन कहता रहा कि मैं तब के बाद से अब तक दार्जिलिंग गया ही नहीं हूँ। विचित्र कि चौधरी मोशाय एक ओर यह कह रहे थे कि हमने गोपालदास को दरसनदास बनाकर झूठी गवाही देने के लिए नवम्बर में ही पकड़ा और दूसरी ओर यह जता रहे थे कि उसे दार्जिलिंग ले जाकर सब कुछ रटा-समझा देने का हमारे पास समय ही समय था। यही नहीं, हम इस बीच ऐसे झूठे गवाह भी ढूँढ़ सके जो दरसनदास बने गोपालदास के झूठ को सच दर्शाने में सहायक हो सकने वाली बातें कहें। चौधरी मोशाय के अनुसार मैं पहले यह कहता रहा था कि मुझे कुल एक साधु बचाकर ले गया था। यही मैंने लिंडसे से कहा और यही मेमोरियल में लिखकर दिया। इस अदालत में आकर बयान बदला और कहा कि चार साधुओं ने मुझे बचाया था। इसके दो कारण थे। पहला यह कि धरमदास ने मुद्दई के पक्ष में झूठी गवाही देने से मना कर दिया था और दूसरा यह कि अकेले एक साधु द्वारा बचाकर अपने साथ ले जाने की कथा उतनी विश्वसनीय न लग पाती। बयान बदलने के बाद मैंने 8 मई की रात को सहसा झड़वृष्टि होने के झूठे गवाह जुटाए। फिर चार साधुओं द्वारा बचा लिये जाने की मिथ्या कथा के सत्यापन के लिए उन साधुओं में से एक होने की झूठी गवाही देने वाला पकड़ और अन्त में उसकी गवाही में जिस कम्बल कारखाने और जिस शैड में सद्वस्तु का उपचार किए जाने की बात कही थी उनके अस्तित्व के

झूठे गवाह प्रस्तुत किये।

इन तथाकथित झूठे गवाहों में प्रमुख थे गिरिजाभूषण राय जिनका यात्रा की गोष्ठ बिहारी राय का श्मशान भूमि के पास स्थित औषधि कारखाना था। जिसमें वह अपनी कविराज (वैद्यक) दुकान के लिए दवाएँ तैयार करवाते थे और पट्ट भी बनवाते थे। गिरिजाभूषण ने ही मेरे वकीलों को शिरीषचंद्र गुप्त और बिजोयभूषण गुप्त से मिलवाया जो दूर के सम्बन्धी थे और कारखाने जाते-आते रहे थे। गिरिजा बाबू ने अदालत को बताया कि मैं मामाजी के कारखाने का मैनेजर था। एक सुबह चौकीदार ने सन्देश भिजवाया कि कुछ साधु लोग एक शैड में ताला तोड़कर घुस गए हैं। मैं वहाँ पहुँचा और जब साधुओं ने मुझसे कहा कि हमारा एक साथी बीमार हो गया है यदि कुछ दिन हमें रहने दें यहाँ तो बड़ी कृपा होगी तब मैं मान गया। मैंने उनसे दवा और भोजन के लिए पूछा उन्होंने कहा कि बस एक कम्बल दिलवा दें बीमार के वास्ते। मैंने कम्बल भिजवा दिया और चौकीदार से कहा कि इन लोगों को किसी और चीज की आवश्यकता हो तो दे देना। गिरिजा बाबू की गवाही की पुष्टि शिरीष बाबू ने की। वह कारखाने में काम करते थे और उसी में रहते भी थे। बिजोय बाबू उन दिनों गिरिजा बाबू के साथ ही रहा करते थे। उन्होंने भी गिरिजा बाबू की गवाही की पुष्टि की। तीनों ने उस कारखाने में एक शैड होने की बात कही जिसका गोदाम की तरह प्रयोग किया जाता था और तीनों ने ही यह भी कहा कि कारखाने से काफी आगे जाकर साधु-सन्तों की सेवा करने वाला वैसा दम्पति था जैसा दरसनदास ने अपनी गवाही में बताया है। चौधरी मोशाय के लिए यह सिद्ध करना असम्भव हो गया कि गिरिजा बाबू के मामा की श्मशान भूमि के पास कोई फैक्ट्री न थी। अपनी जिरह से वह यही सिद्ध करने में सफल रहे कि फैक्ट्री म्यूनि-सिपालिटी की भूमि पर थी या महाराज बर्द्धमान की भूमि पर इस बारे में तीनों गवाहों में असहमति है और इस बात का कोई प्रमाण दिया नहीं गया है कि जिस भूमि पर भी वह थी उसका भूमि कर किसे दिया जाता था। गिरिजाभूषण दार्जिलिंग में अपने निवास--स्थान से फैक्ट्री तक जाने के जो दो रास्ते बता रहे हैं या तो वे गलत हैं या फिर उन्होंने फैक्ट्री जिस जगह बताई है वह गलत है। इस तरह की मीन-मेख निकालने के बाद उन्होंने यह सिद्ध करना चाहा कि जहाँ वह फैक्ट्री होगी पुराने सासन से वहाँ तक किसी बेहोश आदमी को उठाकर ले जाना असम्भव था क्योंकि रास्ते में ऐसी खाई पड़ती थी जो पार नहीं की जा सकती।

किन्तु दरसनदास और फैक्ट्री की बात करने वाले तीनों गवाहों में पूरी सहमति थी कि रास्ते में कुल एक छोटा पहाड़ी नाला पड़ता था। जिरह में बैरिस्टर चौधरी के पेचीदा प्रश्नों के उत्तर देने में गवाहों से हुई मामूली भूल-चूक को यदि उनकी सारी गवाही के झूठ होने का या उनकी गवाही के आधार पर दरसनदास की गवाही झूठी सिद्ध हो जाने का आधार माना जाय तो यही कहना होगा कि मेरे निकम्मे वकीलों ने ऐसे निकम्मे झूठे गवाह जुटाए जिन्होंने इस प्रसंग में मेरे मुख्य गवाह के कथन की पुष्टि करने की जगह

उल्टा उसका खंडन कर डाला। दरसनदास बनकर आया गोपाल दास हर स्थिति में इसलिए तो झूठा था ही चौधरी मोशाय के अनुसार कि वह जाली मेजोकुमार की सासन से बचा लिये जाने की बदली हुई झूठी कथा की पुष्टि करने के लिए खड़ा हुआ था। चौधरी मोशाय मेरे द्वारा इस सम्बन्ध में अपना बयान बदले जाने की बात गलत सिद्ध करने वाले किसी भी तथ्य की ओर देखना तक नहीं चाहते थे। वह मेरी ओर से दिए गए मेमोरियल के एक वाक्य के आरम्भ के उस हिस्से को कसकर पकड़े रहे जिसमें मेरे संन्यासी (किसी संन्यासी) द्वारा सासन से उठाकर ले जाए जाने की बात कही गई थी। वह उसी वाक्य में आगे यह पढ़ने को तैयान न थे कि होश आने पर मैंने अपने को संन्यासीगण (संन्यासियों) से घिरा हुआ पाया। यही नहीं, उसमें आगे भी मेरे नये साथियों की बात कही गई थी। तो पहला एकवचन संन्यासी टाइप की भूल से आया उन्हें मानना चाहिए था किन्तु नहीं, वह तो लिंडसे की इस टीप पर अधिक विश्वास करना चाहते थे कि मैंने उन्हें बताया कि मुझे एक साधु ने बचाया और अपना चेला बना लिया। चौधरी मोशाय के अनुसार मेरे जाली मेजोकुमार होने और मेरे तमाम गवाहों के झूठे होने का सबसे बड़ा प्रमाण यह था कि हमारे वक्तव्यों में आपस में पूर्ण संगति नहीं थी और हम में से कुछ तो अपने वक्तव्य थोड़े-बहुत बदलते भी गए थे। क्या सबका ठीक एक-सी बात कहना ही सबके सच बोलने का प्रमाण होता है? क्या वास्तविक जीवन में लोगों को बातें थोड़ा अलग-अलग तरह से याद नहीं रहतीं? और क्या इस आधार पर मेरे गवाहों के बयानों का ब्यौरे में थोड़ा भिन्न होना गवाहों की सच्चाई का प्रमाण नहीं हो सकता था?

और सौ सुनार की एक लोहार की तो यह थी कि यदि मैं मेजोकुमार अदालत में खड़ा हुआ था तो मेरे दाह-संस्कार के ब्यौरे को लेकर इतना मीन-मेख क्यों निकाला जा रहा था। पर क्या मुद्दई का शरीर मेजोकुमार का ही शरीर था? नवम्बर 1934 में जज ने मेरे वकील बैरिस्टर चटर्जी को टोका था कि अब बस भी कीजिए कितने गवाह अदालत में प्रस्तुत करेंगे आप? फरवरी, 1935 के मध्य उन्होंने जज के आग्रह को मानकर अन्ततः ऐसा कर दिया। चौदह मास से कुछ अधिक की इस अवधि में वह मेरी ओर से 1042 गवाह प्रस्तुत कर चुके थे और इससे पहले कमीशन में भी 27 लोग मेरे पक्ष में गवाही दे चुके थे। अब बारी थी मुद्दालेहों की। उनके कुछ विशेषज्ञ गवाहों का उल्लेख तो मैं सुविधा के लिए अपने विशेषज्ञों के साथ कर ही चुका हूँ। बैरिस्टर चौधरी ने मुख्य सुनवाई में कुल 433 गवाह प्रस्तुत किए किन्तु समय उन्होंने बैरिस्टर चटर्जी से कुछ अधिक ही लिया- लगभग पन्द्रह मास। मुद्दालेह मेरे अपने को मेजोकुमार घोषित किए जाने की याचिका के उत्तर में अदालत को लिख चुके थे कि मेजोकुमार का तो 9 मई, 1909 प्रातःकाल दार्जिलिंग के नए सासन में दाह-संस्कार कर दिया गया था अतएव मुद्दई के मेजोकुमार होने का प्रश्न ही नहीं उठता। तो चौधरी मोशाय ने सबसे पहले दार्जिलिंग में मेजोकुमार का दाह-संस्कार हो जाना सिद्ध करने के लिए गवाह प्रस्तुत किये। इन्हें दो श्रेणियों में रखा

जा सकता था— वे जो मेजोकुमार की अर्द्धरात्रि हुई मृत्यु के समय स्टेप असाइड में थे और वे जिन्हें उनकी मृत्यु हो जाने का समाचार सुबह-सुबह मिला और वे दाह-संस्कार में सम्मिलित हुए। बिभावती देबी के चचेरे भाई श्यामदास बनर्जी बीच-की सी श्रेणी के थे। बंगाल सचिवालय में सहायक एकाउण्टेण्ट के पद पर काम करने वाले श्याम बाबू का दफ्तर गर्मियों में तब दार्जिलिंग आया हुआ था।

उन्होंने बताया : मैं अस्वस्थ पड़े जमाई बाबू को देखने रोज ही जाता था। मई की शाम जब मैं उनका सुख पूछने पहुँचा तो पाया कि भयंकर पीड़ा में हैं। आठ की सुबह सूचना मिली कि वह रात बहुत बेचैन रहे अस्तु मैं कार्यालय जाते हुए उन्हें देखने गया। मैंने पाया कि अब उनका कमरा बदल दिया गया है। मैं प्रायः दो घण्टा वहाँ रहा क्योंकि मुझे बताया गया कि जमाई बाबू की स्थिति अत्यन्त गम्भीर है। मेरी उपस्थिति में ही वहाँ डॉक्टर काल्वर्ट और डॉक्टर निबारन सेन आए और उपचार तथा नर्स की व्यवस्था करके ही गये। सायं सात बजे मैं फिर स्टेप असाइड गया और नौ बजे तक वहीं रहा। रात प्रायः एक बजे मुझे चिट भिजवाई कि जमाई बाबू नहीं रहे। मैं अंकुल चटर्जी को साथ लेकर चला। चिट लाने वाले ने बताया कि उनकी मृत्यु सवा ग्यारह-साढ़े ग्यारह हुई। मैं रात भर स्टेप असाइड में ही रहा। बिभा जमाई बाबू के शव के पास बैठी अपना चेहरा उनके चेहरे पर रखकर अश्रुधार बहा रही थी। डॉ. निबारन सेन भी वहीं रहे रात भर। सवेरे सत्या ने मुझे सासन बन्धु लाने भेजा। मैंने वित्त सचिवालय से अपने सहयोगियों को दाह-संस्कार के लिए ले जाने की अनुमति माँगी। दाह-संस्कार विधिवत किया गया। जमाई बाबू के कपड़े उतारे गये, उनके शव पर घी मला गया, शव को स्नान कराके नये कपड़े पहनाए गये। नया यज्ञोपवीत पहनाया गया और फिर मंत्रोच्चार के साथ शव दाह किया गया।

श्याम बाबू सत्या बाबू के सम्बन्धी थे यह तो सबको ज्ञात था। जिरह में मेरे वकील ने एक और तथ्य उजागर किया— उन्होंने सरकारी नौकरी से समय पूर्व अवकाश नहीं लिया बल्कि वह गबन के आरोप में निकाले गये। श्याम बाबू कहते रहे कि नहीं सचिव से मेरा झगड़ा हो गया था इसलिए निकाला गया। जब उनसे पूछा गया कि क्या यह सच नहीं कि उनके पास सरकारी रोकड़े में हजार-बारह सौ रुपये की कमी पायी गयी और उन पर 1927 में मुकदमा चलाने की बात कही किन्तु फिर एक समझौता हुआ जिसके अन्तर्गत पैसा लौटा देने पर आपको नौकरी से निकाल दिया गया लेकिन पेंशन नहीं दी गयी? इसके उत्तर में उन्होंने यह स्वीकार किया कि पेंशन का मामला अभी तय होना है किन्तु गबन का आरोप लगने से इनकार करते रहे। सरकारी वकील शशांक बाबू आपत्ति करते रहे कि मेरे वकील को इस बारे में प्रश्न करने का कोई अधिकार नहीं है। इतना तो स्पष्ट था कि यह गवाह सत्या बाबू के सम्बन्धी होने के साथ-साथ सरकार के दबाव में भी है क्योंकि इसकी पेंशन का मामला लटका हुआ है। श्याम बाबू सम्बन्धी थे तो निकटवर्ती सेनेटोरियम में रहने वाले राजेन्द्रनाथ सेट्ट सत्या बाबू के उत्तरपाड़ा के

पुराने मित्र। उन्होंने अदालत को बताया कि रात एक बजे मुझे सत्या बाबू ने चिट भिजवाई : डियर मिस्टर सेट्ट, कुमार इज़ नो मोर, प्लीज कम विद ब्राह्मिण्स फॉर लास्ट राइट्स। मैं दो ब्राह्मण मित्रों को साथ लेकर निकला। रास्ते में पुरानी कचहरी से भी 6-7 सासन बन्धु जुटाये। नहीं, श्यामदास बनर्जी उनमें शामिल नहीं थे। हाँ सचिवालय में काम करने वाला एक लम्बा-सा युवक अवश्य था जिसका नाम मुझे याद नहीं आ रहा है। ऐसा लम्बा युवक तो अंकुल चटर्जी ही था जिसे साथ लाने का दावा श्याम बाबू कर चुके थे। अंकुल उर्फ फाटिक को रात में नहीं सुबह के दाह-संस्कार में उपस्थित दिखाने की होड़ में दो प्रमुख गवाह परस्पर-विरुद्ध बयान दे बैठे। राजेन्द्र बाबू ने यह कहा कि बिभाबती अपने पति के शव के पास ही बैठी रही रात भर ऊपर की मंजिल में। शव का चेहरा पर जो बाहर रखी खटिया में और फिर दाह-संस्कार के समय सासन में अच्छी तरह देखा जा सकता था। सत्तया ने मेरा परिचय कुमार से कराया था इसलिए मैं दावे के साथ कह सकता हूँ कि उनका शव ही जलाया गया किसी और का नहीं।

बोर्ड ऑफ रेवेन्यू को दिए गए ज्ञापन में मैंने लिखा था कि राजेन्द्र बाबू सेट्ट कलकत्ता में मुझसे मिले थे और मुझसे कुछ प्रश्न करने के बाद मेरे मेजोकुमार होने के विषय में पूरी तरह आश्वस्त हुए थे। उन्होंने कहा था कि सत्या ने पूरी तरह ढका शव जलाकर हमें धोखे में रखा, मुझे दुख है कि सरकारी जाँच में मैंने उसके पक्ष में गवाही दे डाली। जब मेरे वकील ने इस पर उनसे जिरह की तब उन्होंने कहा : हाँ मैं इससे चमत्कृत हुआ था कि इन्होंने यह बता दिया कि सत्या दार्जिलिंग में कैसी टोपी पहनता था और स्वयं घर में क्या पहने रहते थे किन्तु मुझे यह नहीं, जलद बाबू मेजोकुमार-जैसे लगे थे।

राजेन्द्र बाबू अपनी मुख्य गवाही सुनवाई से पहले तक वह अपने मित्र के इतने बड़े पक्षधर बन चले थे कि यहाँ तक कह बैठे कि सत्या ने मुझे बताया कि मेजोकुमार का रोग बिलेरी कॉलिक कहलाता है। उन्हें क्या पता था कि स्वयं सत्या को किसी भी तार में बिलेरी कॉलिक का उल्लेख न होने की सफाई यह देनी पड़ेगी कि मुझे रोग का डॉक्टरी नाम नहीं मालूम था।

सत्या बाबू का पक्ष पुष्ट करने के लिए कुछ भी कहने को तैयार गवाहों में आर. एम. बनर्जी उर्फ बेबुल भी थे। सरकारी वकील एम.एन. बनर्जी के छोटे बेटे बेबुल बाबू 17 वर्ष के थे जब मेजोकुमार का देहान्त हुआ। उनके अनुसार वह और उनका बड़ा भाई बालेन दोनों अपनी माँ काशीश्वरी देबी के साथ 9 मई की सुबह स्टेप असाइड में उपस्थित थे। दोनों भाई कोट-पैण्ट में ही शवयात्रा में शामिल हो गए। हमने शव को कन्धा दिया। चिता पर रखवाया। मुँह ढका हुआ नहीं था। बेबुल बाबू अपने को मेजोकुमार के दाह-संस्कार का प्रबन्ध करने वाला उत्साही स्वयंसेवक जताते रहे। यह कहते रहे कि मेरे तो स्टेप असाइड के चक्कर लगते ही रहते थे क्योंकि मेरी सहृदय माँ मेजोरानी के लिए शाक-भाजी आदि भिजवाती ही रहती थी, कोठी में मरम्मत आदि का छोटा-मोटा काम होता तो मैं ही रामसिंह सुब्बा को बुलाकर लाता। आश्चर्य कि फिर

भी मुद्दालेहों ने उनसे सरकारी जाँच के दौरान बयान नहीं दिलवाया। और सो भी तब जब कि भवाल संन्यासी के प्रकट होते ही बेबुल बाबू जो तब तक वकील बन चुके थे, अपने ही शब्दों में रोजाना बार लाइब्रेरी में बैठे वकीलों से कहते रहे थे कि संन्यासी फ्रॉड है, मैं स्वयं मेजोकुमार के दाह-संस्कार में उपस्थित था आरम्भ से चिता शान्ति तक। उनका यह कथन उनके ही अनुसार सत्या बाबू की सहायता में जुटे दो वकीलों का भी सुना फिर भी आरम्भ में सत्या बाबू ने उन्हें अपना गवाह क्यों नहीं बनाया? विशेष रूप से यह देखते हुए कि उनके बड़े भाई बालेन भवाल संन्यासी के प्रकट होने से पहले ही गुजर चुके थे। बेबुल बाबू ने यह भी स्वीकार किया कि मैंने इस संन्यासी के बारे में रेवेन्यू बोर्ड के मैम्बर के.सी.डे से भी सन् 1924 में बात की थी। वही जिन्होंने मुद्दई के ज्ञापन को अस्वीकार किया था।

इतना सब होते हुए भी बेबुल बाबू की गवाही यू.पी. में मिर्जापुर के कलेक्टर ने ढाका के कलेक्टर के कहने पर प्रश्नोत्तर के रूप में सन् 1932 के अंत में दर्ज की। फिर लौटकर मार्च 1933 में अदालती सुनवाई शुरू होने से पहले कमीशन में गवाही दी। प्रश्नोत्तर तक उन्हें कुछ विशेष याद न था। यह तक नहीं कि सत्येन्द्रनाथ बैनर्जी किसका नाम है और दाह-संस्कार में और कौन-कौन लोग सम्मिलित थे किन्तु विधिवत गवाही देते हुए उन्हें इतने ब्यौरे याद आ गये कि उनमें से कुछ मुद्दालेहों के लिए ही असमंज-सप्रद सिद्ध हुए। जैसे उन्होंने कहा कि कुमार तो अस्वस्थ ही चल रहे थे उन दिनों किन्तु यह नहीं कहा जा सकता कि किसी रोग के कारण या बहुत अधिक शराब पीने के कुप्रभाव के कारण। जब उन्हें बताया गया कि मेजोकुमार तो शराब छूते भी नहीं थे तब उन्होंने कहा कि मैंने उन्हें बिलियर्ड पार्लर में देखा था जहाँ लोग ड्रिंक भी करते थे। इसी तरह उन्होंने बताया कि सवेरे शव को सीनेट वाली सीढ़ी से नीचे लाने के लिए रीथे नामक नौकर से, जो बढ़ई का काम जानता था, बरामदे के बीच की टीन की दीवार खुलवानी पड़ी। यह सुनकर परेशानी में पड़े कि सीढ़ी तो बस एक थी लकड़ी की। ऊपर के एक कमरे की बगल से एक ढलुआ रास्ता अवश्य था पर न उस पर सीढ़ियाँ बनी थीं और न सीमेंट लगा हुआ था। इसी तरह यह पूछे जाने पर कि दाह-संस्कार के समय आपके साथ और कौन उपस्थित थे उन्होंने दो ऐसे लोगों के नाम ले लिए जो बीमा कम्पनी से पैसा-वसूली के लिए हलफनामे दे चुके थे। शशि बैनर्जी। अपने पहले के कुछ गवाहों की तरह शशि बाबू को दाह-संस्कार के समय उपयुक्त मन्त्रोच्चार करने वाला बताकर मुद्दालेहों का केस पुष्ट किया। दूसरा नाम सिद्धेश्वर डे, मुद्दालेहों को कष्ट में डाल गया।

सिद्धेश्वर बाबू के हलफनामे की मुद्दालेह बात ही नहीं करना चाहते थे दो कारणों से। एक तो यह कि उन्होंने अपने हलफनामे में कहा था कि जिस शव का मैंने दाह-संस्कार होते देखा वह एक लम्बे-तगड़े व्यक्ति का था। मेजोकुमार न लम्बे थे और न तगड़े। दूसरा कारण यह कि यह सिद्ध किया जा सकता था कि सिद्धेश्वर डे उस सुबह

निकटवर्ती कुर्सियांग कस्बे में काकीना के जमींदार के श्राद्ध में विराजमान थे। सिद्धेश्वर डे का हलफनामा मेरे वकील ने अदालत में प्रस्तुत किया और बैरिस्टर चौधरी यह सफाई देने लगे कि बाद में बोर्ड ऑफ रेवेन्यू को गवाही देते हुए सिद्धेश्वर बाबू ने कहा था कि मैंने कुर्सियांग जाते हुए कुमार की शवयात्रा दूर से देखी थी। किन्तु इसकी कोई सफाई उनके पास न थी कि फिर आपके सबसे मुखर गवाह बेबुल बाबू सिद्धेश्वर बाबू को उस सुबह स्टेप असाइड में उपस्थित ही नहीं बता रहे हैं, शव के साथ रानी बिभाबती कमरे में थी इसलिए बेबुल बाबू और सिद्धेश्वर बाबू का उनके कमरे में जाकर उन्हें अपने पति के शव को दाह-संस्कार के लिए न ले जाने देने का प्रयास करते देखना असम्भव था।

बेबुल बाबू भी बैरिस्टर चौधरी की तरह पश्चिमी रंग में रंगे हुए थे इसलिए यह भूल ही गये कि स्त्रियाँ पराये मर्दों से पर्दा भी करती हैं। बेबुल बाबू ने इतने विस्तार से गवाही क्यों दी? वह गवाह बने ही क्यों? जिरह में वह यह मानने को तैयार न हुए कि इसके लिए उनके बड़े भाई और कलकत्ता के डिप्टी पुलिस कमिश्नर रायबहादुर भूपेन्द्रनाथ बैनर्जी ने उनसे आग्रह किया। किन्तु उन्हें भी यह स्वीकार करना पड़ा कि वह उस दौर में अपने भूपेनदा से मिले थे। जिरह में उन्होंने कहा कि यह मिर्जापुर जाने से पहले की बात है किन्तु फिर मुद्दालेहों के वकील ने उनसे यह कहलवाया कि मैं तो कलकत्ता मिर्जापुर से लौटकर 27 दिसम्बर को गया था। जो हो, इतना तो निश्चित था कि मुख्य गवाही देने से पहले वह भूपेनदा से मिले थे और भूपेन्द्रनाथ बैनर्जी अपने चचेरे सत्या के पक्षधर शासन के एक अंग थे। इस मामले में भूपेन बाबू की प्रतिबद्धता इससे प्रकट हुई कि उन्होंने अपनी पत्नी गीता देबी को भी बयान दर्ज कराने और गवाही देने के लिए बाध्य कर दिया ताकि बेबुल बाबू के शवयात्रा में शामिल होने और काशीश्वरी देबी के भी सवेरे स्टेप असाइड में उपस्थित होने की बात पुष्ट कराई जा सके। गीता देबी इतनी सीधी-सादी पर्दानशीं घरेलू महिला थीं कि उन्होंने मुख्य गवाही में सारी पोल-पट्टी खोल दी। एक तो उन्होंने बता दिया कि मेरे पति ने मुझे गवाही देने के लिए बाध्य किया। अपने देवर बेबुल बाबू की तरह उन्होंने यह नहीं कहा कि मैंने सत्य और न्याय की रक्षा के लिए गवाही दी। उन्होंने बताया कि जब मैं पूजा की छुट्टियों में अपने पति के साथ दार्जिलिंग गई थी तब उन्होंने मुझसे कहा कि तुमसे दो-एक प्रश्न किए जाएँगे तुम पर्दे के पीछे से उत्तर दे देना। पति ने मेरा वक्तव्य टाइप किया और बताया कि इसकी आवश्यकता है किसी के लिए।

यह तो जिरह की बात है। इससे पहले मुद्दालेह के वकील के प्रश्नों के उत्तर देते हुए इस सीधी-सादी महिला ने बार-बार इस बात का प्रमाण दिया कि उसे उत्तर एक क्रम से रटाए गए हैं। तो वह एक प्रश्न सुनते ही आगे के प्रश्न का उत्तर भी देने लगतीं। दार्जिलिंग में आपके कोई भासुर (जेठ) रहते थे? हाँ, बालेन्द्रनाथ नाम था उनका। भवाल के राजा के दाह-संस्कार का सारा प्रबन्ध उन्होंने और मेरे देवर बेबुल ने करवाया

था। कभी-कभी कोई प्रश्न न पूछे जाने पर भी उसका ही उत्तर देतीं क्योंकि क्रमसार उन्हें वैसा ही रटा हुआ था। आपको कैसे पता चला। कुमार का देहान्त हो गया है? मेरी सासु माँ, मेरे भासुर और देवर तीनों ही प्रतिदिन उनसे मिलने जाते थे, मुझे तो नहीं ले जाते थे क्योंकि मैं नई-नवेली बहू थी, वे उनके लिए फल, शाक-सब्जी, मिष्टी ले जाते थे या भिजवाते थे। स्वाभाविक है कि वकील मोशाय को उन्हें बार-बार टोकना पड़ता कि जो पूछा जा रहा है वही बताएँ यह स्थिति तब तो परम हास्यास्पद हो गयी जब यह पूछने पर कि आपके भासुर और देवर सासन से कब लौटे उन्होंने तुनक कर कहा, 'कृपया पहले मुझसे रानी से जुड़ी सब बातें पूछ लें फिर मैं यह बताऊँगी।' इसके बावजूद बैरिस्टर चौधरी कहते रहे कि गीता देबी ने गवाही स्वेच्छा से दी है। उन्होंने बेबुल बाबू की झूठी गवाही को बल देने के लिए रटी-रटाई बातें कह देने को बाध्य नहीं किया गया है। किन्तु जिरह में उन्होंने कुछ ऐसी बातें कह दीं जो मुद्दालेहों को कष्ट में डाल गयीं। जैसे उन्होंने यह कह दिया कि मैं अधिकतर घर में ही रहती थी इसलिए मुझे यह नहीं पता कि भवालराजपरिवार हमारे घर बालेन विला से कितनी दूर, किस मकान में रह रहा था। इसी प्रकार उन्होंने मात्र इतना ही कहकर सन्तोष नहीं किया कि हमारे परिवार में किसी पंजाबी साधु द्वारा मेजोकुमार होने के झूठे दावे को लेकर विस्मय और विक्षोभ प्रकट किया जाता रहा था बल्कि यह भी जोड़ दिया कि मेरी सासु माँ और भासुर भी इस उद्विग्न चर्चा में सम्मिलित होते रहे थे। वह भूल ही गयीं कि भवाल संन्यासी के प्रकट होने से पहले ही उन दोनों का स्वर्गवास हो चुका था।

गीता देबी से मुद्दालेहों ने यह कहलाना ही पर्याप्त न समझा था कि उन्होंने अपनी सासु माँ, भासुर और देवर को 9 मई की सुबह भवाल के कुमार की मृत्यु का समाचार मिलने पर स्टेप असाइड जाते देखा। उन्होंने उनसे बेबुल बाबू के शवयात्रा में सम्मिलित होने की बात भी पुष्ट करानी चाही। अतः उनसे कहलवाया कि मैंने अपने ससुराल बालेन विला से सामने सड़क पर शवयात्रा जाती देखी उसमें मेरे श्वसुर और देवर दोनों थे। दुर्भाग्य से स्टेप असाइड से श्मशान भूमि का सीधा रास्ता बालेन विला होकर नहीं जाता था। यदि टेढ़ा रास्ता लिया भी गया हो तो बालेन विला से वह दिखाई नहीं दे सकता था। बैरिस्टर चौधरी का दुर्भाग्य कि बेबुल बाबू समेत मुद्दालेहों के किसी भी गवाह ने ऐसा टेढ़ा रास्ता लिये जाने की बात नहीं कही थी किन्तु गीता देबी की इस गवाही को सच्ची सिद्ध करने के लिए वह मुद्दालेहों के ही नहीं, मेरे भी कुछ गवाह के बयान की विचित्र व्याख्याएँ करने से नहीं चूके। जैसे जिरह में उन्होंने कनाई बाबू से पूछा था कि आप पुराने कचहरी भवन से आ रहे थे और शवयात्रा कचहरी भवन की दिशा में जा रही थी तो आप आमने-सामने पड़ गये होंगे? उन्होंने हाँ कहा था। इसका अर्थ उन्होंने यह लगाया कि शवयात्रा पुराने कचहरी भवन की ओर जा रही थी और उस रास्ते से जाने पर वह बालेन विला के आगे से गुजरी ही होगी। किन्तु कनाई बाबू इससे पहले स्पष्ट कह चुके थे कि शवयात्रा चौरस्ते की ओर बढ़ रही थी। अर्थात् सासन के

लिए सीधा रास्ता ले रही थी।

यह मुसीबत तो मुद्दालेहों ने स्वयं मोल ली थी किन्तु जिरह में गीता देबी कुछ ऐसा भी कह बैठीं जिससे वह और भी अधिक कष्ट में पड़ गये। उन्होंने अपने मुख्य बयान में यह बताया था कि सासु माँ काशीश्वरी देबी स्टेप असाइड गई थीं। वही रानी को विधवा भेस में 12 बजे बालेन विला लेकर लौटीं। किन्तु जिरह में भोली गीता देबी ने सच्चाई बयान कर दी। बोलीं : रानी सँकरे किनारेवाली वैसी मोटी धोती पहनकर आईं जैसे नौकरानियाँ पहनती हैं। शरीर पर एक भी आभूषण न था। बुरी तरह से रो रही थीं। जब कुछ शान्त हुई तब मेरी सासु माँ ने कहा उनसे, 'आभूषण इतनी जल्दी क्यों उतार दिये? यदि काशीश्वरी देबी स्वयं आभूषण उतारकर आई होतीं तो ऐसा प्रश्न क्यों करतीं? गीता देबी ने बताया कि रानी कहती रहीं कि आज मुझे कोई नहीं बता सकता। मेरे पति तो मुझे कोई भी आभूषण कभी नहीं उतारने देते थे। किन्तु आज तो मैं अपने मन की करूँगी। कहती रहीं, रोती रहीं। सासु माँ ने उनसे और भी बातें पूछीं कि आपके पति को क्या बीमारी थी? जेठ-देवर को खबर कर दी गई है?' रानी ने बताया कि खूनी पेचिश-जैसा कुछ हो गया था। डॉ. काल्वर्ट उपचार कर रहे थे। स्थिति गम्भीर होने का तार भेज दिया था। श्वसुर का तार भी आया था उसके जवाब में। विलाप करते हुए वह मुझसे कहती रहीं यहाँ आने से पहले एक नया हाथी खरीदा था। मेरा तो सब कुछ लुट गया इन पहाड़ों में दीदी। इस तरह के प्रश्नों का किया जाना ही दर्शाता था कि न काशीश्वरी देबी स्टेप असाइड गई थीं और न रानी को अपने साथ लेकर आई थीं। रानी को तो उनके सेजो मामा, जो बालेन विला में किरायेदार के रूप में अकेले रह रहे थे, काशीश्वरी के पास छोड़ गए होंगे। बंगालियों में मृतक की पत्नी को विधवा का भेस सासन-बन्धुओं के घर वापस लौट आने पर ही दिया जाता है, पहले नहीं। किसी वयोवृद्ध महिला की अनुपस्थिति में ही तरुण मेजोरानी पहले ही आभूषण उतार फेंक दे सकती थीं अन्यथा नहीं।

बेबुल बाबू की सुबह के दाह-संस्कार में उपस्थिति दर्ज करवाने के बाद मुद्दालेह तब बहुत कष्ट में पड़ गए जब मेरे वकील मुख्य सुनवाई में बेबुल बाबू के माकीना के जमींदार के श्राद्ध में गए होने के गवाह प्रस्तुत कर सके। इस श्राद्ध में भोजन करने के लिए उस सुबह दार्जिलिंग से अनेक ब्राह्मण कुर्सियांग गए थे। यह तथ्य मुद्दालेहों के लिए सुविधाजनक और कष्टप्रद दोनों ही था क्योंकि वे बेबुल बाबू-जैसे गवाहों द्वारा कुछ ऐसे ब्राह्मणों की उपस्थिति मेजोकुमार के प्रात:कालीन अन्तिम संस्कार में दर्ज करवा रहे थे जो इस बीच गुजर चुके थे। दूसरी ओर वे मेरे कुछ गवाहों के इस कथन को झूठा सिद्ध करने में कोई कसर नहीं उठा रखना चाहते थे कि अंकुल चटर्जी ने रात सासन से लौटकर बताया कि शव गायब हो गया और सवेरे वह श्राद्ध भोज में शामिल होने कुर्सियांग चला गया। उनके दुर्भाग्य और मेरे सौभाग्य से मुद्दालेहों ने मेरे एक प्रस्तावित गवाह फकीर-चन्द राय को, जिसे मेरा पहला गवाह शीतान्त कुमार बागची रात्रि दाह-संस्कार में

उपस्थित बता चुका था, अपनी ओर से मिला लिया था। उसने अपने बयान में यह कह कर मेरे गवाह को झूठा साबित किया कि मैं शीतान्त बाबू के साथ रात्रि में हुए किसी दाह-संस्कार में शामिल नहीं हुआ और सुबह के दाह-संस्कार के लिए भी मैंने बस दूर से शवयात्रा जाती देखी। वहाँ जिरह में यह कह कर मुद्दालेहों को कष्ट में डाल दिया कि आठ मई की रात काल बैशाखी वाली आँधी आई और वृष्टि हुई। अंकुल के बारे में फकीर बाबू बोले, उसने मुझे बताया कि रात को कुमार के दाह-संस्कार के लिए सासन गया था तब से शरीर दुख रहा है।

बैरिस्टर चौधरी को मुद्दालेहों के लगभग सभी गवाह कष्ट में डालते रहे। सत्यवादी माने जाने वाले प्रो. मैत्र ने शाम सात-आठ बजे भवालकुमार के देहान्त का समाचार मिलने की जो गवाही दी थी उसे हिलाने के लिए उन्होंने प्रो. हरन चक्लदर को सत्यवादी के रूप में प्रस्तुत करना चाहा। किन्तु पहले तो वह इसीलिए कष्ट में पड़ गये कि जब लिंडसे सत्या बाबू के साथ उनसे मिलने गए थे तब उन्होंने लिंडसे की रिपोर्ट के अनुसार यह तो बताया कि मैं सवेरे दाह-संस्कार में सम्मिलित हुआ और मैंने चिता पर रखे शव का खुला चेहरा देखा किन्तु इस बारे में कोई औपचारिक वक्तव्य देने से यह कहकर इनकार कर दिया कि मैं कोर्ट-कचहरी के झमेले में नहीं पड़ना चाहता। तो अब क्यों पड़ रहे हैं? इसके उत्तर में पहले हरन बाबू ने यह कहा कि मैंने तो लिंडसे से कहा था कि मुझे जो कहना होगा कोर्ट में ही कहूँगा। फिर स्वीकार किया कि मुझे तब भय था कि दूसरे पक्ष वाले कुछ गोलमाल करेंगे। इस सन्दर्भ में बैरिस्टर चौधरी ने मुकुन्द गुईं की हत्या का उल्लेख किया। भूल ही गये कि वह लिंडसे के बहुत बाद हुई थी। हरन बाबू की सत्यवादिता पर इससे भी प्रश्नचिह्न लगा कि जहाँ लिंडसे से उन्होंने मात्र इतना कहा था कि मैंने चिता पर रखे शव का चेहरा खुला देखा था वहाँ गवाही में उन्होंने भी छोटे-छोटे ब्यौरे याद रखने की अद्‌भुत क्षमता प्रदर्शित की।

वह बोले, सेनेटोरियम में मेरे साथ वाले कमरे में रहने वाले निबारन बाबू को सबेरे स्टेप असाइड से आए किसी व्यक्ति ने सन्देश दिया कि कुमार का देहान्त हो गया है, ब्राह्मण सासन बन्धुओं की आवश्यकता है। उन्होंने मुझसे साथ चलने का अनुरोध किया। वह कुछ दिन पहले मुझे भवाल के कुमार से मिला चुके थे। उससे पहले वह बताते रहे थे कि कुमार बिचारे को कॉलिक की शिकायत है। हम जिस दिन मिले वह स्वस्थ दिख रहे थे। बाहर बैठक में विराजमान थे। संकोची स्वभाव का हूँ अस्तु, कुमार से बात तो नहीं कर पाया किन्तु उनकी छवि पूरी तरह मन में अंकित कर सका। जब हम स्टेप असाइड पहुँचे मैंने शव का चेहरा खुला देखा। फिर सासन में चिता पर रखे शव का मुँह भी खुला देखा। जब जिरह में हरन बाबू से पूछा गया कि आपने पहले बयान में शवयात्रा निकलते समय स्टेप असाइड पहुँचने की बात की थी, अर्थी पर तो शव पूरी तरह कफन में लिपटा रहता है और चिता पर शव औंधे मुँह रखे जाने पर भी आपको चेहरा नहीं दिख सकता था फिर आप कैसे कह सकते हैं कि शव कुमार का ही था, तब वह बोले

कि मैंने लिंडसे से शव को स्नान कराते समय चेहरा देखने की बात कही थी।

प्रो. चक्लदर ने भवालकुमार के लिए सेनेटोरियम में हुई शोकसभा का भी ब्यौरा दिया और उसमें भाषण देने की बात कही जब कि सभा की कार्रवाई की रिपोर्ट में उनका नामोल्लेख कहीं नहीं हुआ था। राजेन्द्रनाथ सेट्ट की जगह किन्हीं निबारन बाबू को स्टेप असाइड से सन्देश पाने वाला बताकर भी मुद्दालेहों को कष्ट में डाल गए थे हरनबाबू। उससे भी अधिक कष्टप्रद बात यह थी कि मुद्दालेहों के किसी भी गवाह ने प्रो. चक्लदर या उन रहस्यमय निबारन बाबू का नाम सासन में उपस्थित लोगों में गिनाया था। यह भी आश्चर्यजनक था कि मुद्दालेहों के कुछ और गवाहों की तरह हरन बाबू ने सत्या बाबू के अपने लिए सर्वथा अपरिचित होने की बात कही। फिर भी वह मेजोकुमार से केवल एक भेंट के आधार पर दाह-संस्कार के लिए न केवल गये बल्कि उन्होंने वर्षों तक उसका एक-एक ब्यौरा याद रखा। सेनेटोरियम में तब टिके हुए दिल्ली के डॉक्टर शिरीष राय भी मृत्यु सुबह होने की गवाही देने आये। उन्होंने भी सत्या बाबू को अपने लिए सर्वथा अपरिचित बताया। बोले मैं सुबह ब्रेकफास्ट ले रहा था कि कुमार की मृत्यु की सूचना मिली। मैं उन्हें दार्जिलिंग में यूरोपीय वस्त्र धारण किए घूमते देख चुका था अनेक बार। जब स्टेप असाइड पहुँचा शवयात्रा निकल रही थी। शव का चेहरा ढँका हुआ नहीं था। मैं कह सकता हूँ कि वह कुमार का ही था। जिरह में शिरीष बाबू से कुछ ऐसे प्रश्न किए गए जो बैरिस्टर चौधरी को आपत्तिजनक लगे। किन्तु उनके उत्तर उन्हें देने पड़े। स्वीकार करना पड़ा कि गुपचुप दूसरा विवाह कर लिया है और ऋण के बोझ से दबे हुए हैं। किन्तु उन्होंने यह नहीं माना कि किसी बोझ तले दबे हुए हैं। उन्होंने कहा था कि अच्छे पैसे मिलें तो भवाल संन्यासी केस में गवाही देने को तैयार हूँ।

बैरिस्टर चौधरी को बैरिस्टर चटर्जी द्वारा गवाहों का चरित्र-हनन करना नितान्त कुरुचिपूर्ण प्रतीत हुआ। मैंने मन ही मन सोचा कि इस मुकदमे में सबका ही चरित्र-हनन किया जा रहा है। उसके अतिरिक्त क्या उपाय बचता है सांसारिक मामलों में। एक-दूसरे को सद्चरित्र और सत्यवादी मान और बताकर तो मुकदमे जीते नहीं जा सकते ना। तो बैरिस्टर चटर्जी ने मुद्दालेहों की महत्त्वपूर्ण गवाह नर्स जगतमोहिनी देबी की भी जिरह में बहुत छीछालेदर की। जब मोहिनी का वक्तव्य सत्या बाबू ने बोर्ड ऑफ रेवेन्यू के अध्यक्ष लेथब्रिज साहब के सामने भवाल संन्यासी के प्रकट होते ही दर्ज करवा दिया था तो भी उनका दावा था कि मैं मिस्टर एस.एन. बैनर्जी को व्यक्तिगत रूप से नहीं जानती। अदालत को उन्होंने बताया : मैं तब दार्जिलिंग के अस्पताल में नर्स और दाई थी। आठ मई को तीसरे पहर मुझे कुमार की शुश्रूषा के लिए बुलाया गया। कुमार का देहान्त अर्द्धरात्रि को हुआ। डॉक्टर काल्वर्ट उनकी मृत्यु के आधे घण्टे बाद तक भी वहीं रहे। रानी पति के शव को छाती से चिपकाए रहीं। मैं और दूसरी नर्स उन्हें पकड़े रहीं। किसी भद्र परिवार की दो ब्राह्मण विधिवाएँ भी वहाँ उपस्थित थीं जो रानी को समझा-बुझा रही थीं। सुबह मुझे सासन-बन्धु जुटाने को भेजा गया। मैं पहले मोहेन्द्र बाबू के निवास बालेन विला

गयी और उन्हें, काशीश्वरी देबी और बालेन बाबू को लेकर आयी। काशीश्वरी देबी ने बाद में मुझे एक जनेऊ दी। सासन में पहुँचाने के लिए और कहा कि गंगाजल राजा बर्द्धमान की कोठी से लेती आऊँ। मैं डांडी या शायद रिक्शा में वहाँ गयी और फिर जनेऊ और गंगाजल लेकर सासन। वहाँ तब शव पर घी मला जा रहा था। गंगाजल से शव को स्नान कराया गया। मैं चिता शान्ति तक सासन में ही रही। मैंने भी चिता धोने के लिए एक बाल्टी पानी डाला।

बैरिस्टर चटर्जी ने जिरह आरम्भ की तो बैरिस्टर चौधरी ने आपत्तियों का ताँता लगा दिया। चटर्जी मोशाय यह सिद्ध करने में जुटे थे कि जगतमोहिनी का अपने को एक ब्राह्मण विधवा के रूप में प्रस्तुत करना ही उनके झूठे होने का और असली मुद्दालेह सत्या बाबू के हित में कुछ भी कहने के लिए तैयार होने का प्रमाण है कि वह जगत मोहिनी देबी नहीं, जगतमोहिनी दासी है अर्थात् ब्राह्मणी नहीं है। गवाह ने स्वीकार किया कि ढाका मेडिकल स्कूल के सर्टिफिकेट में और विक्टोरिया अस्पताल के रजिस्टर में मेरा नाम जगत मोहिनी दासी ही लिखा हुआ है। उनकी सफाई यह थी कि ब्राह्मणी होते हुए भी यह पेशा अपनाने पर मैंने अपने परिवार को लोकलाज से बचाने के लिए नर्सिंग कोर्स करते हुए नाम के आगे दासी जोड़ लिया था। उन्होंने अपने पति का ग्राम शोलाघर और नाम रजनीकांत चक्रवर्ती बताया। इस पर बैरिस्टर चटर्जी ने शोलाघर के दो ऐसे गवाह प्रस्तुत किये जिनके रजनीकान्त पारिवारिक पुरोहित थे और जिनके अनुसार जगतमोहिनी रजनीकान्त की विधवा नहीं थी। स्वयं जगतमोहिनी को स्वीकार करना पड़ा कि दार्जिलिंग के ब्राह्मण उन्हें अपने यहाँ आमन्त्रित नहीं करते हैं। अपवाद काशीश्वरी देबी ही हैं क्योंकि उनके पति इंगलैण्ड-रिटर्न्ड (विलायत रह चुके) हैं। उन्हें यह भी मानना पड़ा कि ब्राह्मण विधवाओं के लिए वेशभूषा सम्बन्धी जो निषेध है उनका पालन नहीं करती हूँ क्योंकि पति मरते समय ऐसा आदेश दे गये थे। और हाँ मांस-मछली भी खाती रही हूँ डॉक्टर की सलाह पर।

जिरह में बैरिस्टर चटर्जी ने इससे भी आगे जाकर गवाह से यह कहा कि आप ब्राह्मणी क्या हिन्दू भी नहीं हैं। उन्होंने पूछा कि क्या यह सही नहीं कि आप किन्तु हसन अली की रखैल रही हैं? स्वाभाविक था कि इस पर बैरिस्टर चौधरी को घोरतम आपत्ति होती। उधर जगतमोहिनी अपने हिन्दू और ब्राह्मण होने के प्रमाण में यह कह गईं कि मैंने मन्त्र-दीक्षा ली है और मन्त्र अदालत को सुना सकती हूँ। वह भूल गईं कि इसे भी उनके हिन्दू न होने का ही प्रमाण माना जाएगा। उन्होंने दावा किया कि मैंने अपनी माँ और अपने पति दोनों का श्राद्ध किया है किन्तु वह न अपने मायके वालों का गोत्र बता सकीं और न ससुरालवालों का। बैरिस्टर चौधरी आपत्ति करते रहे किन्तु बैरिस्टर चटर्जी सिद्ध कर गए कि नर्स जगतमोहिनी दासी को यज्ञोपवीत और गंगाजल सासन पहुँचाने का अतिरिक्त दायित्व सौंपे जाने का सवाल ही नहीं उठ सकता इसलिए तो और भी नहीं कि सत्या बाबू के सेजो मामा स्टेप असाइड में उपस्थित थे उस वेला। बाल की खाल निकालने वाले

बैरिस्टर चौधरी ने इस आशय की गवाही दिलवाई कि गंगाजल इतना पवित्र माना जाता है कि वह किसी के भी स्पर्श से दूषित नहीं हो सकता। यज्ञोपवीत के सन्दर्भ में ऐसा कोई प्रमाण दे सकने में वह असमर्थ रह गये। चौधरी मोशाय के लिए यह भी कष्टप्रद सिद्ध हुआ कि जगतमोहिनी ने एम.एन. बनर्जी के भी अपनी पत्नी के ससुरालवालों के साथ स्टेप असाइड जाने की बात कही थी जबकि गीता देबी ने सासु माँ, और बेबुल तथा बालेन के जाने की। जगतमोहिनी बेबुल को अनुपस्थित पर उसके पिता महेन्द्र बाबू को उपस्थित दिखा रही थीं और गीता देबी कह रही थीं कि मेरे जेठ-देवर दोनों थे सासु माँ के साथ किन्तु मेरे ससुर बहुत अस्वस्थ होने के कारण घर में ही रहे। इसी तरह जगतमोहिनी ने अपने ले जाए गंगाजल से शव का स्नान कराए जाने की कह डाली जबकि पिछले कई गवाह वहीं के पहाड़ी नाले से पानी लाकर नहलाने की।

मुद्दालेहों का एक अन्य प्रमुख गवाह था बिपिन बिहारी डे— मेजोकुमार की नौकरी में बिभाबती देबी को सबसे अधिक प्रिय रहा बिपिन खानसामा। मेजोकुमार की मृत्यु के बाद वह उसे अपने साथ पहले ढाका और फिर कलकत्ता ले गई थीं जहाँ से 1917 में लौटकर उसने जयदेबपुर में दुकान खोल ली थी। बिपिन बाबू बोले, भवाल संन्यासी जयदेबपुर में मुझे पहचान नहीं पाया और मुझे भी वह मेजोकुमार नहीं लगा। मेजोकुमार की मृत्यु जिस रात हुई मौसम साफ था। मैं रात भर शव के पास ही रहा। मेजोरानी भी वहीं थीं। कुमार जिस बीमारी से मरे वह उन्हें चार वर्ष पहले भी हुई थी, तब भी मैंने ही उनकी सेवा-शुश्रूषा की थी। सवेरे जब शव को अर्थी में रखने के लिए लोग आए तब रानी ने उसे कसकर पकड़ लिया और छोड़ने को तैयार ही नहीं हुईं। तब उनके मामाजी और काशीश्वरी देबी तथा दो अन्य महिलाओं ने उन्हें जबर्दस्ती शव से अलग किया किन्तु जैसे ही शव को नीचे ले जाने लगे वे अपने को छुड़ाकर पीछे दौड़ीं। उन्हें फिर पकड़ना पड़ा। मैं शवयात्रा में शामिल नहीं हुआ, रानी की देख-रेख के लिए पीछे ही रह गया। रानी ने अर्थी के उठते ही अपने जेवर उतारकर फेंकने शुरू कर दिये। मैं उन्हें फर्श से उठा-उठाकर पलंग के एक कोने पर रखता गया। जो चूड़ा आदि उनसे नहीं उतर पाये उन्हें काशीश्वरी देबी ने बाद में उन्हें स्नान कराते हुए निकाल दिया। जिरह में गवाह ने स्वीकार किया कि विधवा के आभूषण कब उतारे जाते हैं इस बारे में निश्चयपूर्वक मैं कुछ नहीं कह सकता किन्तु दाह-संस्कार के बाद तो वे नहीं ही पहने जाते हैं। बिपिन और जगतमोहिनी की गवाही से बैरिस्टर चौधरी काशीश्वरी देबी के सुबह स्टेप असाइड में होने और विधवा वेश देने की पुष्टि करना चाहते थे। किन्तु गीता देबी द्वारा जिरह में कही गई बातें उन्हें भयंकर असमंजस में डाल गईं। इसलिए कि उन्होंने बालेन विला में काशीश्वरी देबी के प्रश्नों के उत्तर में बिभाबती देबी को ऐसी बातें कहते बताया जो सच थीं और वहाँ केवल बिभाबती को ही मालूम हो सकती थीं। उदाहरण के लिए मेजोकुमार द्वारा दार्जिलिंग रवाना होने से पहले नया हाथी खरीदा जाना। ये बातें सच थी अतएव प्रश्न किए जाने की बात भी सच थी और यदि वह सच

थी तो यह झूठ था कि काशीश्वरी देबी स्टेप असाइड गई थीं। बैरिस्टर चौधरी के लिए मुद्दालेहों के अत्यन्त महत्त्वपूर्ण गवाह बीरेन्द्र बनर्जी भी एक अच्छी मुसीबत बन गये। उनका महत्त्व इसलिए था कि मुकुन्द गुईं के देहान्त के बाद वही ऐसे थे जिन्हें मेजोकुमार के साथ गया हुआ भवालराजपरिवार का कर्मचारी कहा जा सके, भले ही वह तब मेजोकुमार के स्वत: ही बन बैठे निजी क्लर्क ही हुआ करते थे। उनका कर्मचारी होने के साथ-साथ मेजोकुमार के सम्बन्धी होने का भी दावा था। यद्यपि कुमार के दूरस्थ फूफा की बहन के उनके ताऊ से ब्याही होने के कारण उनका कुमार से क्या सम्बन्ध बनता था यह सत्या बाबू ही जानते थे जिन्होंने उनसे मुखाग्नि दिलवाई थी, अपनी बहन से नहीं।

इस सन्दर्भ में प्रोफेसर चकलादार-जैसे कुछ गवाह कह चुके थे कि सत्या बाबू ने अपनी बहन को मुखाग्नि देने के लिए न आने का कारण यह बताया था कि वह इतनी शोक-विह्वल हैं कि उन्हें कहीं ले जाया नहीं जा सकता। बीरेन्द्र बाबू के अनुसार मेजोरानी से मुखाग्नि दिलाने को कोई अनहोनी बात थी ही नहीं। शेष दोनों कुमारों की भी विधवाओं ने मुखाग्नि नहीं दी। किन्तु तब तो उनके पति के रक्त सम्बन्धी उपस्थित थे। बीरेन्द्र बाबू मानहानि मुकदमे में भी गवाही दे चुके थे। वहाँ उन्होंने दाह-संस्कार के बारे में केवल इतना कहा था कि मैंने शव को स्नान कराया और विधिवत मुखाग्नि दी। तब जिरह में उन्होंने कह दिया कि दाह-संस्कार में मन्त्रोच्चार हमारे रसोइए अम्बिका ठाकुर ने किया। बाद में सत्या बाबू के जुटाए उत्साही गवाह दाह-संस्कार का इतना विशद् वर्णन कर बैठे कि इस सुनवाई में बीरेन्द्र बाबू अपने बयान को उसके अनुरूप ढालते गए। दुर्भाग्य से इन गवाहों ने अम्बिका ठाकुर की कोई बात ही नहीं की थी। उनके अनुसार सरकारी कर्मचारी शशिभूषण बैनर्जी ने इस दाह-संस्कार में पुरोहित का काम किया। तो अब बीरेन्द्र बाबू कहने लगे कि हाँ-हाँ एक सज्जन और भी थे जो मेरे लिए अपरिचित थे। वह भी अम्बिका ठाकुर के साथ मन्त्रोच्चार कर रहे थे। मानहानि मुकदमे में दिए अपने बयान का हर ब्यौरा वह इसी तरह बदलते गये और जब जिरह में उनका ध्यान इस ओर दिलाया गया तब उन्होंने एक अविश्वसनीय ढंग से अद्भुत टिप्पणी की। बोले, मैं तब समझ ही नहीं पाया कि बिल्कुल झूठ बोल रहा हूँ। यह भी अद्भुत ही था कि एक ओर वह दो पुरोहितों की देख-रेख में विधिपूर्वक हुए अन्तिम संस्कार की बात कर रहे थे और दूसरी आरे स्वीकार कर रहे थे कि न मुखाग्नि देने के लिए उन्होंने स्वयं स्नान करना आवश्यक समझा और न स्वयं आटा गूँध पिंड बनाये। कुछ अन्य गवाहों की तरह वह भी कह गये इस बात को कि लेकिन थोड़ा विवाद हुआ कि शव जिस शॉल में लिपटा है वह डोम को देना चाहिए कि नहीं पर अन्त में शव शॉल समेत जला दिया गया। विधिपूर्वक किए गए श्राद्ध में शव का परिधान डोम को न दिए जाने की बात कहकर ये गवाह अपना ही केस बिगाड़ते रहे और मेरे गवाह स्वामी ओंकारानन्द का समर्थन करते रहे जिन्होंने कहा था कि शव को अन्त तक ढका रखा

गया और नाथू डोम को शॉल भी नहीं लेने दिया गया।

बीरेन्द्र बाबू ने पहले दिन की घटनाओं के बारे में बताया : कुमार को बिलेरी कॉलिक का दौरा पड़ा था। दिन में उनकी तबीयत बहुत अधिक बिगड़ गयी। मैं डॉक्टरों को बुलाकर लाया। आशु तो हमारे साथ थे ही, डॉ. काल्वर्ट और डॉक्टर निबारन सेन भी उपचार में जुटे हुए थे। तीसरे पहर जब मेजोकुमार के हाथ-पाँव ठंडे पड़ने लगे तब रानी और सत्या बाबू ने कुमार को किसी तरह इस बात के लिए मनाया कि डॉक्टर काल्वर्ट की सलाह मानकर इंजेक्शन लगवा लें। शाम को एक कोई और बंगाली डॉक्टर भी आया। उसने नाड़ी देखी, हृदय गति सुनी अपने स्टेथोस्कोप से। हाँ तब डॉक्टर काल्वर्ट रोगी के पास ही थे। डॉक्टर निबारन सेन तब कदाचित् उस कमरे में रहे हों जिसे डॉक्टरों का विश्राम कक्ष बना दिया था हमने। इतने बड़े दो डॉक्टरों के होते किसी तीसरे को बुला सकता है क्या कोई? अरे पास में पैसा हो तो कोई क्या नहीं कर सकता। इलाज करने वाले सीनियर डॉक्टर की उपस्थिति में किसी जूनियर डॉक्टर का रोगी की जाँच करना शिष्टाचार के विरुद्ध नहीं? होता होगा? मृत्यु के समय डॉ. काल्वर्ट उपस्थित थे? वह तो आने के बाद से कहीं गये ही नहीं। मृत्यु हो जाने के बाद जब वह लौट रहे थे तब उनसे ही अनुरोध किया गया था कि बोड़ोकुमार को मृत्यु का तार भेज दें। बीरेन्द्र बाबू उत्साह में यह कह गये किन्तु यह भूल गये कि डॉक्टर काल्वर्ट ने इन दोनों में से एक भी बात अपनी गवाही में नहीं कही थी। यह असम्भव था कि डॉक्टर काल्वर्ट-जैसा डॉक्टर घण्टों वहीं बैठा रहे और वह भी तब जब वह अगली सुबह किसी और डॉक्टर को बुलाने की बात तय कर चुके हैं। यही नहीं, उससे रात साढ़े बारह बजे घर लौटते हुए रास्ते में तार करते जाने को कहा जा सके। बीरेन्द्र बाबू ने यह भी कहा कि कुमार का शव उसी कमरे में रहने दिया गया जिसमें उनकी मृत्यु हुई थी। रानी बराबर वहीं रहीं। उनके साथ दोनों नर्सें और उनकी दासियाँ थीं। सासन ले जाने के लिए शव रानी से छुड़वाना पड़ा बलपूर्वक। यह झूठ है कि रानी को अलग कमरे में बन्द कर दिया गया था। यह भी झूठ है कि कुमार को दाह-संस्कार के लिए रात को ले गये या उस रात झड़वृष्टि हुई। यह भी झूठ है कि मैंने बिल्लू बाबू या किसी और से शव के गायब हो जाने की बात कही थी। मेरे वकील को इस बात पर बहुत आपत्ति हुई कि मुद्दालेहों के एक वकील उपेन्द्रनाथ बैनर्जी गवाह को उत्तर सुझाते जा रहे थे।

दार्जिलिंग की घटनाओं के बारे में मुद्दालेहों के सबसे महत्त्वपूर्ण गवाह बिभाबती देबी, सत्या बाबू और डॉक्टर आशु ही हो सकते थे। किन्तु उन्हें सामने लाने से पहले बैरिस्टर चौधरी ऐसे लोगों की गवाही कराते रहे जिन्हें मैं भवाल संन्यासी प्रथम दृष्टि में ही मेजोकुमार नहीं लगा और जिनके मन में मुझसे बातें करके इस विषय में कोई सन्देह न रहा कि मैं कोई अनपढ़, जाहिल गैर-बंगाली व्यक्ति हूँ। इस तरह के गवाह दो श्रेणी के थे। एक वे जो सरकारी नौकरी में थे अथवा कोर्ट ऑफ वार्ड्स के अधीन थे, दूसरे वे जिनका सरकार से कोई लेना-देना न था। दूसरी श्रेणी के गवाहों में कुल एक ही ऐसे थे

जो मेजोकुमार से भलीभाँति परिचित होने का दावा कर सकते थे— विधान परिषद के सदस्य जमींदार शरदेन्दु मुखर्जी। उनका कहना था : मैं सन् 1931 में मुद्दई से मिला। मुझे वह बंगाली लगा ही नहीं। मेरे नाम का उच्चारण ही नहीं कर पाया। हिन्दी-रंजित बांग्ला बोलता रहा और सो भी बहुत गड़बड़। आप कह रहे हैं तो सम्भव है लैंड ओनर्स एसोसिएशन के सदस्यों ने मुद्दई को मेजोकुमार के रूप में स्वीकार कर लिया हो। मैं तो आपको अपनी राय दे रहा हूँ कि मुद्दई मेजोकुमार नहीं है। शरदेन्दु बाबू तो मेजोकुमार से कलकत्ता और जयदेबपुर में अनेक बार मिल चुके थे किन्तु इस श्रेणी के शेष गवाह तो ऐसे थे जिन्होंने उन्हें बस कुछ बार ही देखा था और फिर भी पूरे विश्वास के साथ कहने आए थे कि मुद्दई मेजोकुमार हो ही नहीं सकता। पहली श्रेणी के गवाहों में भी कुछ ऐसे थे जिनका मेजोकुमार से परिचय नहीं के बराबर था। यथा अवकाशप्राप्त आईसीएस जे.एन. गुप्त जिन्हें उनके कुछ मित्र एक बार भवाल के कुमारों के साथ शिकार खेलने ले गए थे। और लेफ्ट-गवर्नर के बीडीसी रह चुके कर्नल पुली जो किचनर के साथ भवाल में टाइगर-शूट के लिए गए थे। उनके अनुसार तीनों कुमार अंग्रेजी में बात करते रहे थे।

सरकार से जुड़े जो गवाह मेजोकुमार को भली-भाँति जानते थे उनमें दो अत्यन्त महत्त्वपूर्ण थे : एक मोहिनीमोहन चक्रवर्ती जो तब सब डिप्टी मजिस्ट्रेट के पद पर काम कर रहे थे और 1921 में भवालराज के सहायक मैनेजर थे, दूसरे जोगेन्द्रनाथ बैनर्जी जो इस बीच जीवन में चढ़ाव-उतार दोनों देख चुके थे। मेरे जयदेबपुर में आत्मपरिचय देने के एक वर्ष बाद उन्हें रायबहादुर की उपाधि मिली किन्तु फिर 1934 में आठ मई की उसी अमांगलिक तिथि पर रेसकोर्स में गवर्नर की हत्या का प्रयास करते हुए उनका बेटा कोबीन गिरफ्तार कर लिया गया। उसे 14 वर्ष के कठोर कारावास की सजा मिली और जोगेन बाबू को कोर्ट ऑफ वार्ड्स की नौकरी छोड़नी पड़ी। उन्हें सत्या बाबू ने बिभाबती देबी का परामर्शदाता नियुक्त कर लिया। पहले मोहिनी बाबू की गवाही हुई। उन्होंने कहा : मुद्दई जयदेबपुर में जड़ी-बूटियाँ देने वाले साधु के रूप में आया था कासिमपुर होता हुआ। मैं तो पहले ही दिन उसे अपने घर बुलाकर ले गया कि मेरी रुग्णा पत्नी के लिए कोई औषधि दे सके। किन्तु साधु को बांग्ला नहीं आती थी और मेरा हिन्दी ज्ञान अत्यन्त सीमित था इसलिए मैं पत्नी के रोग के लक्षण साधु को समझा न सका और वह कोई जड़ी-बूटी दे न सका। न मुझे वह साधु मेजोकुमार का-सा लगा और न किसी और के मुँह से ही मैंने ऐसी कोई बात सुनी। जब बांग्ला नव वर्ष प्रथम वैशाख पर 14 अप्रैल 1921 में जोगेन बाबू ने राजबाड़ी के गोल बरामदे में भोज दिया तब उसमें वह साधु भी आया और उसने सार्वजनिक रूप से अपना परिचय सुन्दरदास चेला धरमदास के रूप में दिया और कहा कि मेरे गुरु का आश्रम पंजाब में है। इसलिए जब मैंने यह सुना कि साधु ने अपना परिचय मेजोकुमार रोमेन्द्र नारायण राय के रूप में दिया है तब मैं स्तब्ध रह गया। मैं तुरन्त जोगेन बाबू को साथ लेकर मेजोकुमारी

ज्योतिर्मयी देबी के घर गया। हमें बताया गया कि साधु महाराज थके हुए हैं। इस समय आप लोग उनसे नहीं मिल सकते। तो मैं अगले दिन सुबह उनसे जोगेन बाबू और अन्य अधिकारियों को साथ लेकर मिलने गया साधु से। वह तब भी नहीं मिला। दिन में उससे भेंट हो सकी। उसने हमसे भी यही दावा किया कि मैं राजा राजेन्द्र नारायण राय का बेटा रोमेन्द्र नारायण राय हूँ किन्तु जब हमने उससे रोमेन्द्र नारायण राय के अतीत से जुड़े प्रश्न किये तो उसने उत्तर देने से इनकार कर दिया और थोड़ी देर बाद गमछे से अपना मुँह ढँककर सुबकने लगा।

बैरिस्टर चटर्जी ने मोहिनी बाबू से पूछा : आपको मुद्दई मेजोकुमार-सा नहीं प्रतीत हुआ? कैसे हो सकता था भला, मेजोकुमार की विशेषता तो उनकी आँखों की नीलिमा थी, मुद्दई की आँखें तो भूरी हैं। और जब मेजोकुमार का पार्थिव शरीर दार्जिलिंग में वर्षों पहले भस्मीभूत कर दिया गया था तब मेजोकुमार के जीवित लौट आने का प्रश्न ही कैसे उठ सकता था? जी नहीं, उनका दाह-संस्कार न हो सकने की कभी कोई अफवाह नहीं सुनी गई थी। नीढ़म साहेब ने कलेक्टर लिंडसे को 5 मई को जो पत्र भेजा था क्या वह आपकी और जोगेन बाबू की रिपोर्ट के आधार पर लिखा हुआ नहीं है? जी हाँ, है तो उसमें तो कहा गया था कि लोग आ-आ कर साधु से मिलते रहे हैं और कह रहे हैं कि वह मेजोकुमार है। यह भी कि सैकड़ों जोतदार के सतत आग्रह करने पर उसने माना कि वह रोमेन्द्र नारायण राय है और पूछे जाने पर अपनी धाई का नाम भी बताया। और उसमें ज्योतिर्मयी देबी के घर में साधु के आने के प्रसंग में भी वही बातें कही गई हैं जो वह अदालत को बता गई हैं। देखिए, हमने तो रिपोर्ट में वह सब लिख दिया था जो हमने औरों से सुना था। नीढ़म साहब के पत्र में भी तो लिखा है कि स्थिति की गम्भीरता को देखते हुए इन्दुमयी देबी और ज्योतिर्मयी देबी के घर वालों ने मोहिनी बाबू और मिस्टर बैनर्जी को बताया कि साधु ने ऐसा-ऐसा कहा है। आप कहना चाहते हैं कि छोटे-से जयदेबपुर में इतना बड़ा हंगामा हो रहा था और आप सुनी-सुनाई बातों के आधार पर नीढ़म को रिपोर्ट भेज रहे थे? आप लोग स्वयं उपस्थित नहीं थे आत्मपरिचय के समय? भीड़ जमा हुई होगी तो हम यह देखने अवश्य गये होंगे कि व्यापार क्या है? सैकड़ों जोतदार आए तो भीड़ ही जुटी होगी न। नहीं नीढ़म साहब ने सैकड़ों लिखकर थोड़ी अतिशयोक्ति कर दी।

तो आपने नीढ़म साहब को रिपोर्ट किन लोगों से मिली सूचना के आधार पर भेजी? बुद्धू बाबू और जब्बू बाबू से और वे लोग जो कुछ कह रहे थे उस पर अविश्वास करने का तब कोई कारण न था। अर्थात् आपको भी तब विश्वास था कि मुद्दई मेजोकुमार हो सकता है? नहीं, हम यह कैसे मान सकते थे कि जिसे फूँक दिया गया हो वह लौटकर आ सकता है। मेरा तात्पर्य तो यह था कि बुद्धू बाबू ने जो कुछ बताया उस पर अविश्वास करने का कोई कारण न था। तो आप यह स्वीकार कर रहे हैं कि राजपरिवार वालों को विश्वास हो चुका था कि मुद्दई ही मेजोकुमार है? नहीं, हमें लगा कि उन लोगों को अपने

सन्देह के कारण विश्वास हो गया है। किस बात का सन्देह? कि वह असल में वह व्यक्ति ही है। इन लोगों को अपने इस सन्देह में विश्वास हो गया था कि वह असली व्यक्ति ही है। उनके मन में सन्देह था कि विश्वास? मुझे ज्योतिर्मयी देबी और उनके परिवारवालों के व्यवहार से यही लगता रहा कि भले ही वह कह न रहे हों उन्होंने मुद्दई को मेजोकुमार के रूप में स्वीकार नहीं किया है। तो भी आप लोगों ने नीढ़म साहेब को यह लिखा कि साधु का दावा जयध्वनि के साथ स्वीकार कर लिया गया है और आप आवश्यक समझते हैं कि साधु के बारे में पूरी जाँच कराई जाए। उन्होंने आपसे अपनी राय देने को भी तो कहा होगा। देखिए हमने उनसे यह कहा कि ऐसा-ऐसा कहा जा रहा है, सच है या झूठ ये हम नहीं जानते। इतना ही है कि यह सब असम्भव है। स्वीकार नहीं किया था और फिर भी उसे घर में रख लिया था। आप लोगों ने जाकर समझाया नहीं कि जोगेन बाबू ने 4 मई की शाम ज्योतिर्मयी देबी से विरोध प्रकट किया था इस बारे में।

आपने बताया कि असम्भव है फिर भी नीढ़म साहेब ने पत्र में कहीं नहीं लिखा कि असम्भव है। उन्होंने आप लोगों की बात दुहराते हुए यही लिखा कि इस सम्बन्ध में पूरी जाँच कराई जानी चाहिए तुरन्त। वही तो, जाँच के बिना कैसे लिख देते कि असम्भव है। अर्थात् मुद्दई का मेजोकुमार होना असम्भव पूरी जाँच के बाद ही ठहराया जा सकता था? फूँक दिए जाने के बावजूद मेजोकुमार लौट आ सकते थे? फिर नीढ़म साहब को आपने और उन्होंने यह परामर्श क्यों नहीं दिया कि इस जाली मेजोकुमार को तुरन्त गिरफ्तार कर लिया जाय? लिखा तो कि जाँच कराएँ, जाँच के बिना तो कोई कार्रवाई सम्भव नहीं। किस बात की जाँच? इसकी कि मेजोकुमार का शरीर दार्जिलिंग में भस्मीभूत कर दिया गया था कि नहीं? जब हम नीढ़म साहब से मिलने गए थे तब उन्होंने कहा था कि मेजोकुमार की दार्जिलिंग में मृत्यु और दाह-संस्कार की कथा शुद्ध फक्कीगिरी अर्थात् गप्प है। विरोधाभासों से लबालबभरी मोहिनी बाबू की गवाही बैरिस्टर चौधरी के लिए तब नितान्त कष्टप्रद सिद्ध हुई जब उन्होंने जिरह में कहा : जब मैंने नीढ़म साहेब के लिए रिपोर्ट का मसौदा तैयार किया तब मुझे यह पता नहीं था कि वह साधु के पक्ष में जाएगा कि विरोध में। क्या आप बड़े साहब लोगों को अप्रसन्न करने से घबराते हैं? ना, किन्तु मैं अपने कर्तव्य का पालन करता हूँ और अपने वरिष्ठ अधिकारियों के प्रति वफादार रहता हूँ। क्या आप इसे अपना कर्तव्य समझेंगे कि यदि आपकी सच्ची राय किसी मामले में अपने वरिष्ठ अधिकारियों से मेल न खाती हो तो मात्र इसी कारण उसे व्यक्त न करें? हाँ, मैं ऐसी परिस्थितियों में अपनी सच्ची राय व्यक्त नहीं करूँगा।

जोगेन बाबू गवाही देते समय पुत्र को कारावास मिलने के दुख में अस्वस्थ हो चले थे और डॉक्टर का सर्टिफिकेट लाए थे कि दिन में दो घंटे से अधिक उनकी गवाही न कराई जाए। उन्होंने बड़ी नपी-तुली गवाही दी। बोले : मेजोकुमार की मृत्यु का समाचार मिलते समय मैं जयदेबपुर में नहीं, बारिसाल में था। वहाँ से लौटते हुए नारायणगंज में रविवार रात मुझे उनके निधन की सूचना मिली और मैं बोड़ोकुमार के आदेश पर वहीं

से पोरोडा जंक्शन के लिए निकल पड़ा मेजोरानी की अगवानी करने। मेजोकुमार का दाह-संस्कार होने की कोई बात न तब सुनाई दी, न बाद में। मुद्दई जड़ी-बूटियाँ बाँटने वाला साधु सुन्दरदास है और मेरे द्वारा आयोजित नव वर्ष भोज में इन्होंने अपना परिचय इसी रूप में दिया भी था। तथाकथित आत्मपरिचय दिए जाने के समय न मैं उपस्थित था न मोहिनी बाबू। हाँ, मैं और मोहिनी बाबू उस घटना के बाद साधु से मिलने अवश्य गए थे। मैं बाद में उससे अलग से भी मिला। वह मुझसे हिन्दी में ही बात करता रहा। उसने मुझे घर न लौटने और कोई पत्र भी न भेजने का कारण यह बताया कि तीर्थाटन में व्यस्त था और पत्र-वत्र तो साधु लिखा नहीं करते किसी को। मुझे मुद्दई पहले दिन से ही मेजोकुमार प्रतीत नहीं हुआ। मैंने अपनी राय अपने भाई सागर को बता दी थी। वह ज्योतिर्मयी देबी का जमाई बाबू होने के कारण उनसे बात कर सकता था, मैं नहीं। बाद में मुझे यह देखकर दुख हुआ कि ज्योतिर्मयी देबी के घर में साधु को घर बैठे लोग उसे मेजोकुमार के रूप में सम्बोधित कर रहे हैं। एक व्यक्ति ने भाषण दिया कि आपको सरकार से मान्यता दिलाकर रहेंगे। दूसरे ने सत्येन बाबू, आशु डॉक्टर, विभाबती देबी और स्वयं मेरे प्रति अपमानजनक टिप्पणियों से भरी एक कविता सुनाई। मैं उल्टे पाँव लौट आया। सागर से मेरे सम्बन्ध बिगड़ते चले गये।

मुझे 4 मई की शाम को इस बात की कोई सूचना नहीं मिली कि राजपरिवार ने मुद्दई को मेजोकुमार मान लिया है बल्कि मेरी तो पाँच की सुबह तक भी यही धारणा थी कि अभी स्वीकार नहीं किया है। अन्यथा मैं अवश्य जाकर समझाने का प्रयास करता कि आप लोग यह क्या कर रहे हैं। यह ठीक है कि मेजोकुमारी ज्योतिर्मयी देबी के घर पाँच तारीख सुबह गया था किन्तु मुद्दई की परीक्षा लेने नहीं। जब यह सर्वविदित था कि मेजोकुमार का दार्जिलिंग में दाह-संस्कार हो चुका है तब मुद्दई की स्मृति की परीक्षा करने की आवश्यकता ही क्या थी? ना, मैंने किसी से कभी यह नहीं कहा कि मेजोकुमार की मृत्यु और दाह-संस्कार दोनों के विषय में सन्देह है और न कभी ऐसी कोई बात स्वयं मेरे सुनने में आयी। नहीं, मैं ज्योतिर्मयी देबी को मिथ्यावादी नहीं मानता। न मैं यह कहता हूँ कि तब की घटनाओं के बारे में वह जो बातें कह रही थीं और जो मोहिनी बाबू ने मिस्टर नीढ़म को भी लिखकर भेजी थीं वे उन्होंने मन से गढ़ ली थीं। किन्तु मिस्टर नीढ़म ने यह जो लिखा है कि तब उपस्थित सभी लोगों को पक्का विश्वास हो गया कि साधु मेजोकुमार है। वह बिल्कुल सही है। और हाँ सभी लोगों में राजपरिवार के सदस्यों को भी मैं सम्मिलित कर रहा हूँ। किन्तु यह सही नहीं है कि मुझे भी आरम्भ में मुद्दई मेजोकुमार-सा लग रहा था। नहीं, मैं बिभाबती देबी का पक्षधर नहीं हूँ। क्या आपने उनके पक्ष में गवाह नहीं जुटाए? जोतदारों से मुद्दई के मेजोकुमार न होने के बारे में वक्तव्य लेने के लिए मसौदा तैयार करके नहीं भेजा? वह एक नायब के नाम लिखा 31 मई, 1933 का पत्र आपका ही है न? इसमें कहा गया है कि मैं बयान का एक नमूना भेज रहा हूँ किन्तु ध्यान रखें कि सबकी भाषा सर्वथा एक-सी न हो जाए। वक्तव्य की रूपरेखा

से स्पष्ट है कि आप उनसे कहलवाना चाहते हैं कि संन्यासी मेजोकुमार-सा बिल्कुल नहीं लगता और मेजोकुमार का दाह-संस्कार न हो सकने तथा उनके जीवित होने की पहले कभी कोई अफवाह सुनने में नहीं आई थी।

जोगेन बाबू को मानना पड़ा कि यह पत्र उन्होंने ही भेजा था। जब उन्हें भवालराज के एक इंस्पेक्टर द्वारा नायबों को भेजा गया इस आशय का परिपत्र दिखाया गया कि संन्यासी के पक्ष में राज के किसी जोतदार या अन्य व्यक्ति की गवाही न होने देने के पिछले आदेश के परिपालन के लिए कदम उठाएँ तब वह उसके प्रामाणिक होने से इनकार न कर सके। तो अब बैरिस्टर चटर्जी ने पूछा कि क्या यह सच नहीं कि आप बिभाबती देबी के पक्षधर ही नहीं, तदबीरकार भी हैं? पहले उन्होंने इनकार किया किन्तु फिर बोले, हाँ सरकारी वकील ने ऐसे किसी व्यक्ति की आवश्यकता अनुभव की थी और मुझे यह भार सौंप दिया गया था। मुद्दालेहों की ओर से अदालत में प्रस्तुत डॉ. काल्वर्ट का शोक-सन्देश आपने बोड़ोकुमार के अन्य कागजात के साथ बोड़ोरानी को भेजने की जगह बिभाबती देबी को कैसे भेज दिया। इस बारे में जोगेन बाबू का कहना था कि साधु के आत्मपरिचय के बाद मैनेजर मोशाय ने मुझसे ऐसे पुराने कागजात ढूँढ़ने को कहा जिनमें मेजोकुमार के रोग और मृत्यु का उल्लेख हो। तब मेरे एक क्लर्क को यह पत्र मिला। मैनेजर मोशाय के आदेश पर इसकी एक प्रति कलेक्टर साहेब को और दूसरी बिभाबती देबी को भिजवाई मैंने। जब बोड़ोरानी को उनके पति के सारे व्यक्तिगत कागजात भेजे आपने तब यह नहीं मिला और अब मिल गया? हाँ कुछ अन्य शोक-संवेदना पत्रों के साथ। इस पर नीचे यह आपने लिखा है रिप्लाइड 20-5-09? हाँ। क्या इसे देखकर यह नहीं लगता कि यह बहुत बाद में तथा किसी और ने लिखा है? नहीं। इसकी स्याही क्या पत्र की स्याही की तुलना में बहुत प्रखर नहीं लग रही है? कह नहीं सकता। क्या आप मोटी निब से लिखना पसन्द नहीं करते? करता हूँ। किन्तु यह तो पतली निब से लिखा हुआ है। मुझे पतली निब से परहेज थोड़े ही है। क्या 5 की संख्या आप सामान्यतः इसी तरह लिखते हैं? ये देखिए अन्य पत्रों में आपने भिन्न ही ढंग से लिखी है। कह नहीं सकता कि मैं सामान्यतः 5 इसी तरह लिखता हूँ। क्या यह कहना सही न होगा कि यह पत्र मुद्दालेहों के पास था और बाद में आपके माध्यम से इसे प्रकट कर दिया गया है? यह आक्षेप मिथ्या है।

जोगेन बाबू की गवाही बैरिस्टर चौधरी के लिए इसलिए असमंजसप्रद रही कि उन्होंने सहायक मैनेजर मोहिनी बाबू से भिन्न मत व्यक्त करते हुए यह कह दिया कि ज्योतिर्मयी देबी और उनके परिवार वालों को सचमुच यह विश्वास हो गया था कि मुद्दई मेजोकुमार ही है। दूसरी ओर वह कह रहे थे कि मुद्दई और मेजोकुमार में उन्हें कोई समानता लगी ही नहीं। उन्होंने जोतदारों के वक्तव्य लेने के लिए जो प्रारूप भेजा था उसमें भी कोई समानता न होने की बात कही गई थी। मुद्दालेहों के प्रायः सभी गवाहों ने भी ऐसा ही कहा। यदि कोई समानता थी ही नहीं और फिर भी ज्योतिर्मयी देबी मुद्दई को

अपना भाई बता रही थीं तो वह जोगेन बाबू को मिथ्यावादी क्यों नहीं लगीं? जोगेन बाबू का बिभाबती देबी का तदबीरकार होना स्वीकार लेने से चौधरी मोशाय का संकट कुछ और बढ़ गया। एक अन्य जोगेन बाबू— मेरा तात्पर्य भवालराज की नौकरी में रह चुके जोगेन्द्रनाथ सेन भी जिरह में यह स्वीकार करके चौधरी मोशाय के कष्ट बढ़ा गये कि मेरे काकू ने जयदेबपुर ऋण कार्यालय का 26 हजार रुपया गबन कर लिया था जो मैं और मेरे पिता किस्तों में चुकाते रहे। भले ही फिर उन्होंने यह स्वीकार न किया हो कि मुद्दई के विरुद्ध गवाही देने के लिए तैयार हो जाने के पुरस्कारस्वरूप उनकी बकाया किस्त माफ कर दी गई यह तो प्रकट हो ही गया कि उन पर भवालराज का दबाव पड़ सकता था। इन जोगेन बाबू को भी मुद्दई और मेजोकुमार सर्वथा भिन्न लगे और इनके अनुसार भी मेजोकुमार बंगला और अंग्रेजी दोनों अच्छी तरह पढ़, लिख और बोल पाते थे। भवाल और ढाका के प्रशासन से जुड़े अन्य गवाह भी मेजोकुमार को अँग्रेजी समझने-बोलने वाला विलायती क्रीड़ाओं और शिष्टाचार से सुपरिचित ठहराते रहे। इनमें ढाका के कलेक्टर रह चुके रेन्किन साहब भी थे जिन्हें मुद्दालेहों ने गवाही देने के लिए इंग्लैण्ड से बुलाया सन् 1935 में।

रेन्किन साहब ने बताया कि दोनों बड़े कुमार मुझसे अँग्रेजी में बात करते थे पर सबसे छोटा अंग्रेजी नहीं समझता था और मैं उस पर अपनी बांग्ला आजमाया करता था। मुझे पोलो बहुत प्रिय था और मैंने दोनों छोटे कुमारों के साथ जयदेबपुर और ढाका में पोलो खेला है। मेजोकुमार छोटोकुमार से बेहतर खिलाड़ी था। मैंने दोनों को खेल के कुछ गुर सिखाए थे। मुद्दई को देखकर मुझे नहीं लगता कि यह मेजोकुमार हो सकता है। जिरह में रेन्किन साहब ने स्वीकार किया कि मेजोकुमार को इतनी अँग्रेजी नहीं आती थी कि पूरी-पूरी बातें उसमें कर सकें। कई बार शब्दों में अटक जाते थे। सम्भव है बोड़ोकुमार तब दुभाषिए का काम करते रहे हों। जी, यह सही है कि मैं मुद्दई की तुलना मेजोकुमार की 25 वर्ष पहले की मन में बसी छवि से कर रहा हूँ। नहीं, मुझे मुद्दई और मेजोकुमार के चित्रों में भी कोई समानता नहीं दीख रही है। सम्भव है विशेषज्ञों को दिखी हो। नहीं मैं यह नहीं कहता कि मुद्दई और मेजोकुमार इतने भिन्न दिखते हैं कि कोई भी मुद्दई को भ्रमवश मेजोकुमार न मान सके। मुद्दई के मेजोकुमार होने-न-होने का निर्णय करने का श्रेष्ठ उपाय तो दोनों के हस्ताक्षरों की तुलना किसी विशेषज्ञ से करवा लेना ही हो सकता है। अच्छा, मुझे पता नहीं था कि कोई विशेषज्ञ इस आधार पर मुद्दई के पक्ष में गवाही दे चुका है। रेन्किन साहब ने इस अनुमान को गलत ठहराया कि उनके मन में मेजोकुमार के प्रति कोई पूर्वाग्रह इसलिए जन्म ले चुका था कि राजबाड़ी पर छापा मारे जाने के समय मेजोकुमार उनसे और उनके प्रिय मेयेर से लड़े थे। रेन्किन साहब अपनी गवाही पूरी करके अदालत से बाहर निकल रहे थे कि बेहोश होकर गिर पड़े और सप्ताहभर बाद ढाका के अस्पताल में उनकी इहलीला समाप्त हो गयी। लोग कहने लगे कि रेन्किन को रानी बिलासमणि का अपमान करने और

मेजोकुमार के विरुद्ध झूठी गवाही देने का दण्ड मिला है। कुछ ऐसा ही लोगों ने जोगेन बाबू के पत्र की गिरफ्तारी के समय कहा था। मेरे पक्षधर प्रफुल्लित और उत्साहित थे कि परमात्मा मेरे विरोधियों को दण्डित कर रहा है। मेरे लिए उनकी यह निर्ममता असमंजसप्रद सिद्ध हो रही थी।

रेन्किन के कृपापात्र मेयेर की भी गवाही हुई। मेयेर साहब ने बताया : मैं ढाका में मुद्दई से दो-एक बार मिल चुका हूँ और निश्चयपूर्वक कह सकता हूँ कि यह मेजोकुमार नहीं है। तीनों कुमारों की शिक्षा-दीक्षा मेरे मैनेजर बनने से पूर्व ही समाप्त हो चुकी थी किन्तु मुझे मेजो और छोटोकुमार को अँग्रेजी या बांग्ला में कभी कुछ लिखते देखने की कोई स्मृति नहीं है। जिरह में मेयेर साहब का ध्यान इस ओर दिलाया गया कि आरम्भ में उन्होंने मुद्दई का मेजोकुमार होना स्वीकार किया था और बाद में मानहानि मुकदमे में भी यही कहा था कि मैंने साधु को जितना बहुत देखा है मैं उसके आधार पर मेजोकुमार होने-न-होने के बारे में निश्चित रूप से तो कुछ नहीं कह सकता, किन्तु मेरी धारणा यह बनी है कि वह मेजोकुमार नहीं है। मेयेर साहेब का फिर भी यही कहना था कि मुझे तो प्रथम दृष्टि में ही लग गया था कि यह व्यक्ति कोई ठग है। बोर्ड ऑफ रेवेन्यू के सदस्य रह चुके आईसीएस अधिकारी के.सी. डे भी उनमें से थे जिन्हें मैं आरम्भ से ही ठग लगा। उन्होंने कहा : मुद्दई मुझसे ढाका में 1928 में मिलने आया था— गेरुआ वस्त्र और जटाजूटधारी। साथ में एक वकील। जब मैंने सुझाया कि अपने दावे के बारे में सरकार को विधिवत आवेदन दें तो बोला, 'हम फकीर आदमी, रुपिया लेकर क्या करेगा?' मुझे देखते ही लगा कि कोई जालसाज है। दोनों में कोई समानता ही नहीं है? त्वचा और आँखों का रंग वैसा ही है किन्तु संन्यासी देखने-सुनने में अपरिष्कृत है, संस्कारहीन है, किसान का बेटा लगता है, राजा का नहीं। आप कह रहे हैं कि आपने 1926 में मुद्दई से कलकत्ता में औपचारिक भेंट की किन्तु तब तो वह कलकत्ता में नहीं रहा था। भेंट का समय आपने उसे वहीं 1924 में दिया था। हाँ यही ठीक है किन्तु 1924 में तो वह अपने जटाजूट केश कटा चुका था और साधुवेश भी छोड़ चुका था। तो मैं पहले की बात कर रहा होऊँगा। जब ढाका में मैंने ज्योतिर्मयी देबी के जमाई बाबू को भेंट करने और परामर्श लेने का समय दिया था। मुद्दई उनके साथ ही गया होगा। किन्तु तब तो मुद्दई आपसे नहीं मिला था। हो सकता है कि मैं पहली बार 1924 में ही मिला होऊँ किन्तु यह मैं निश्चर्यपूर्वक कह सकता हूँ कि पहले भेंट में ही वह मुझे ठग लगा। और फिर भी आपने उसे आवेदन देने की सलाह दी। क्यों भला? इसलिए कि उसका दावा उसके हस्ताक्षरों से मिल सके और वह यह न कह सके कि उसने झूठा दावा कभी किया ही नहीं था। के.सी. डे ने ज़िरह में यह स्वीकार करने की उदारता दिखाई कि ज्योतिर्मयी देबी के प्रति कोर्ट ऑफ वार्ड्स का रवैया प्रतिशोधपूर्ण रहा था।

वर्तमान और भूतपूर्व आईसीएस अधिकारियों को गवाहों के रूप में प्रस्तुत करते जाना कदाचित् अँग्रेजों के प्रशंसक सत्या बाबू ने ही अँग्रेजों के उनसे भी बड़े प्रशंसक

बैरिस्टर चौधरी को सुझाया होगा। इनमें से मात्र ढाका के कलेक्टर रह चुके लिंडसे साहब का साक्ष्य ही महत्वपूर्ण हो सकता था क्योंकि मेरे अपना परिचय मेजोकुमार के रूप में देने के बाद उन्होंने ही सरकारी जाँच की थी। लिंडसे साहेब की गवाही लंदन में पहले ही कर ली गई थी। उससे पहले और मुख्य सुनवाई के दौरान मेरे वकीलों ने लिंडसे की जाँच से सम्बद्ध सरकारी दस्तावेज दिखाए जाने की माँग की थी। शासन ने इस सम्बन्ध में जज पन्नालाल बसु का आग्रह तब पूरी तरह ठुकरा दिया था और अब भी यही कहा कि सारे कागजात नहीं दिखाए जा सकते क्योंकि वे गोपनीय हैं। बसु मोशाय ने न्याय की आवश्यकता को शासन के विशेषाधिकार की दुहाई देकर उपेक्षा किए जाने पर बहुत क्षोभ प्रकट किया। कमीशन में हुई गवाही में लिंडसे साहब द्वारा मुझसे मिलने के बाद लिखा गया मेमो ही मुख्य चर्चा का विषय बन सका। कहना न होगा कि यह मेमो पूरी तरह मुद्दालेहों के पक्ष में जाता था और इस आरोप की पुष्टि करता था कि ढाका के कमिश्नर ग्राहम साहेब को उनके नीचे वालों ने फाइल पर यह लिखकर दिया कि इन कागजात का अदालत में दिखाया जाना श्रीमती बिभाबती देबी के हितों के विरुद्ध होगा किन्तु न्याय के हित में इनका अदालत को दिया जाना भी आवश्यक है और ग्राहम साहेब के विशेषाधिकार के अन्तर्गत कागजात न दिखाने का निर्णय लिया।

लिंडसे साहब के मेमो में लिखा था : अपने को भवाल का मेजोकुमार बताने वाला साधु मुझसे 29 मई, 1921 को मिला। मैंने उससे कहा कि वह अपनी दावेदारी के लिए न्यायालय की शरण में जाएँ यों यदि वह अपना मेजोकुमार होना सिद्ध करने के लिए प्रमाण मेरे समक्ष प्रस्तुत करना चहता हो तो मैं दर्ज करने के लिए तैयार हूँ। जयदेबपुर से रवाना होते समय उसने बस दाहिने घुटने के ऊपर एक फोड़ा निकल आने की शिकायत की थी। फोड़ा होने का कारण उसे पता नहीं। उससे पहले वह कलकत्ता कब गए थे यह भी याद नहीं है। दार्जिलिंग में वह दो-चार दिन निमोनिया में पड़ा रहा और बेहोश हो गया। पहाड़ी जंगलों में उसे एक साधु की उपस्थिति में होश आया और वही उसका गुरु बन गया। गुरु ने बताया कि तेरी देह हमें जमीन पर पड़ी वर्षा में भीगती मिली तीन-चार दिन पहले। मैंने इस साधु से जब पूछा कि दार्जिलिंग में जिस कोठी में डेरा किया था आपने उसका नाम क्या था तो वह बता नहीं सका। लिण्डसे साहब ने इस मेमो की बगल में यह टिप्पणी भी लिख छोड़ी थी कि यह साधु उत्तर भारत का लगा मुझे और उसकी साफ त्वचा पर सिफलिस का कोई दाग नजर नहीं आया।

जिरह में लिण्डसे साहब ने स्वीकार किया कि साधु हिन्दी बोला और यह भी कि साधु और उसके वकील की उपस्थिति में तैयार नहीं किया गया। उनका हिन्दी ज्ञान सीमित है यह दर्शाने के लिए उन्हें उसी वर्ष अगस्त में लिखा अपना एक पत्र दिखाया गया जिसमें उन्होंने लिखा था कि साधु के गुरु धरमदास का इण्टरव्यू करने तभी जाऊँगा जब क्वारी दौरे से लौट आएगा। वह उत्तर भारत की भाषा अच्छी तरह जानता है और

मुझसे कहीं बेहतर ढंग से बातचीत कर सकेगा। इस आधार पर उनसे पूछा गया कि आपसे मुद्दई की बातें समझने में भूलें हो सकती थीं। वह नहीं माने। ऐसा तो नहीं कि मुद्दई ने डायरिया कहा और आप निमोनिया लिख गये? मैं बस इतना जानता हूँ कि मैंने यहाँ निमोनिया लिख रखा है। क्या आप शपथ लेकर कह सकते हैं कि आपसे गलती नहीं हुई? नहीं। आप बस दो-चार प्रश्न करके ही रह गये और आपने मुद्दई को अपने वचन के अनुसार अपने पक्ष के प्रमाण प्रस्तुत करने का अवसर नहीं दिया— क्यों? इसलिए कि मैं तब तक दार्जिलिंग के डिप्टी कमिश्नर को स्थानिक बंगालियों से मेजोकुमार के दाह-संस्कार के बारे में बयान लेने को कह चुका था और 1909 के गजेट में पढ़ चुका था कि आठ मई की रात दार्जिलिंग में वर्षा नहीं हुई थी। आप तब तक काफी सूचनाएँ एकत्र कर चुके थे फिर भी आपने मुद्दई से उनके आधार पर कोई प्रश्नोत्तर नहीं किया क्यों? ऐसा करना अनावश्यक था। उस रात दार्जिलिंग में वर्षा न होने का प्रमाण ही मुद्दई के दावे को झूठा सिद्ध कर चुका था। उसके आधार पर ही मैंने मुद्दई को 'इम्पोस्टर' घोषित करवाया था। तो फिर आप मुद्दई से मिले ही क्यों? उससे दो-चार प्रश्न करने की भी आवश्यकता क्यों समझी? और यह मेमो क्यों और किसके लिए बनाया? मैं यह जानना चाहता था कि जिस व्यक्ति को बारह वर्ष पहले दार्जिलिंग में जला दिया गया था वह अब जीवित कैसे हो सकता है। मेमो क्यों बनाया यह विश्वासपूर्वक नहीं कह सकता पर कदाचित् यह सोचकर बनाया हो कि यह व्यक्ति क्या कह रहा है वह शीघ्रातिशीघ्र सरकारी तौर पर दर्ज हो जाए।

लिण्डसे साहब को अब यह भी याद न आ सका कि मेजोकुमार को सिफलिस होने की गोपनीय सूचना उन्हें किसने बता दी थी। यों यह किसी से छिपा न था कि आत्म-परिचय का समाचार मिलते ही सत्या बाबू सक्रिय हो उठे थे और मेरा दावा निरस्त कराने वाले प्रमाण जुटाने में शासन से दिन-रात सहयोग करते रहे थे। इस सहयोग के प्रमाण स्वरूप बैरिस्टर चटर्जी ने बोर्ड ऑफ रेवेन्यू द्वारा 7 जून, 1921 को दार्जिलिंग के डिप्टी कमिश्नर को भेजे गए एक अद्‌भुत पत्र की ओर अदालत का ध्यान दिलाया जिसमें दार्जिलिंग में कुछ लोगों के बयान दर्ज करवाने के प्रसंग में सुविधा के लिए मेजोकुमार के रूप, रंग, कद, आयु, दार्जिलिंग प्रवास का ब्यौरा दिया गया था और साधु की कथा भी। अनुरोध किया गया कि सबको पहले बता दिया जाए कि साधु का वक्तव्य ऊल-जलूल और मिथ्या माना जा रहा है क्योंकि उस रात वर्षा हुई ही नहीं थी। 'साधु की कथा' यह बताई गई थी कि उसकी मृत्यु 8 मई, 1909 को रात बारह बजे हुई। उसका शव चिता पर रख दिया गया किन्तु तेज वर्षा-आँधी के कारण सासन बन्धु चिता को आग लगाने से पहले ही कहीं और शरण लेने चले गये और इस बीच कोई संन्यासी आया जिसे चिता पर रखी देह में प्राण होने के लक्षण दिखाई दिये। वह शव को उठा ले गया और जादू-टोने से उसने उसे पूरी तरह जिन्दा कर दिया। इस पत्र में नौ मई की सुबह विधिवत दाह-संस्कार के लिए शवयात्रा ले जाते समय कलदार और छोटे सिक्के

न्यौछावर किए जाते रहने का ब्यौरा भी दिया गया था। इसमें दी गई साधु की कथा किसी ने मेरे मुँह से सुनी नहीं थी। यह असम्भव था कि मरनेवाले को मृत्यु का ठीक समय याद हो। यह कथा निश्चय ही सत्या बाबू की लिखवाई हुई हो सकती थी। इस कथा को सरकारी वकील रायबहादुर शशांक कुमार घोष ने अपने हस्ताक्षरों से किया है। शशांक बाबू की मेरे दावे से दिलचस्पी और सत्या बाबू से निकटता किसी से छिपी न थी। इस कथा के लिए सूचनाएँ सत्या बाबू ने ही दी होंगी यह निष्कर्ष इस आधार पर भी निकाला जा सकता था कि इस कथा में मृत्यु का समय वही दिया गया था जो बीमा कम्पनी को देने के लिए काल्वर्ट से प्राप्त किए गए सर्टिफिकेट में और मृतक के रंग-रूप का भी वही ब्यौरा रखा गया था जो बीमा की रकम वसूलने के लिए जुटाए गए हलफनामों में। पोल खोलने वाली सबसे बड़ी बात तो यह थी कि गवाहों के आगे रखने के लिए दिए गए प्रश्नों में एक सुबह निकाली गई शवयात्रा की उल्लेखनीय बातों के विषय में था और उसके साथ ही यह टिप्पणी भी कि जैसे अर्थी पर कलदार और छोटे सिक्के न्यौछावर किया जाना और गरीबों को दान दिया जाना।

जो सरकारी कागजात मेरे वकील प्राप्त कर सके यदि वही मुद्दालेहों का केस कमजोर करते लग रहे थे तो सब कागजात के सामने आ जाने पर न जाने क्या होता? अब तक चौधरी मोशाय उन तीन व्यक्तियों को गवाह बनाकर नहीं लाए थे जिनका दार्जिलिंग प्रकरण से सबसे अधिक लेना-देना था— सत्या बाबू, बिभाबती देबी और आशु डॉक्टर। अन्तत: मार्च, 1935 में रानी बिभाबती देबी गवाह के कठघरे में खड़ी हुईं। मुझे उनसे बहुत सहानुभूति हुई कि इस मुकदमे में उन्हें प्रमुख मुद्दालेह का पद देना पड़ा है मुझे उनके दादा सत्या बाबू को नहीं। अदालत के भीतर और बाहर एकत्र मेरे पक्षधरों की भीड़ उन्हें घृणाभरी दृष्टि से देख रही है और कुलटा मान रही है। वह मानेंगी नहीं किन्तु वस्तुत: मेरा हृदय भरी अदालत में उनकी दुर्गति होने की आशंका मात्र से रो पड़ा। किन्तु वह जो खड़ी थीं मुद्दालेह और गवाह के रूप में आत्मविश्वास से भरपूर कोई आधुनिका विदुषी थी, निरन्तर घबराई-घबराई रहने वाली वह दुखी किशोरी नहीं जिसे मैंने मेजोकुमार की पत्नी के रूप में जाना था। इन रानी बिभाबती ने जो गवाही दी उसे सुनकर मैं बहुधा हँस पड़ने के लिए बाध्य हुआ जबकि उत्तरपाड़ा की छुई-मुई-सी बिभाबती के लिए आँसू मेरी आँखों में छलकने के लिए तैयार बैठे थे। अदालत में कठघरे की ओर बढ़ते हुए मेजोरानी ने मुझपर राजसी उपेक्षा से भरी दृष्टि डाली। बैरिस्टर चौधरी ने पहला ही प्रश्न किया : अपने पति का नाम बताएँगी? भवाल के राजा राजेन्द्र नारायण के द्वितीय पुत्र थे मेरे पति। अनेक वर्ष पहले 8 मई, 1909 रात बारह बजे दार्जिलिंग में उनका देहान्त हो गया। अब बैरिस्टर चौधरी ने मेरी ओर इशारा किया और कहा : इस व्यक्ति को ध्यान से देखिए और बताइए यह कौन है? बिभाबती ने मुझ पर दृष्टि डाली सिर से पाँव तक फिर पाँव से सिर तक। धीमे-धीमे। मेरा हृदय धक-धक करने लगा। एक असम्भव-सी प्रीतिकर कल्पना पनपने लगी कि यह स्त्री जिसे

मैंने अपने से घृणा करने के पर्याप्त कारण दिए थे कहीं अब यह कह देगी कि मुद्दई मेरा पति ही है। कह देगी और यह मुकदमा समाप्त हो जाएगा और मैं कहूँगा इससे जाकर कि मैं भवालराज में अपना तिहाई हिस्सा तुम्हें ही दे देकर चला जाऊँगा संन्यास लेने क्योंकि मैं तुम्हारा पति होने योग्य नहीं किन्तु उस स्त्री ने, जो अब तक मुझे भ्रमवश ऊहापोह में पड़ी-सी दीख रही थी अपनी दृष्टि मेरे चेहरे से हटाकर दो लम्बे श्वास भरे और फिर सुदृढ़ स्वर में कहा बैरिस्टर चौधरी से, 'यह जो भी है, मेरा पति नहीं है। हो सकता भी नहीं था।'

अदालत के भीतर मेरे समर्थकों ने कोलाहल-सा मचा दिया। उनके लिए मेजोरानी खलनायिका के रूप में प्रतिष्ठित हो गयी पूरी तरह। जज ने आर्डर-आर्डर कहा और मैं अपनी झेंप छिपाने के लिए जेबी घड़ी निकालकर देखने लगा। बैरिस्टर चौधरी ने पहले उनसे भवाल के सभ्य सुसंस्कृत मेजोकुमार के साथ बिताए सुखद दाम्पत्य की बात कहलवाई। नवविवाहिता को कुमार द्वारा ढाका से भेजे गए पत्रों का बण्डल दिखाए जाने पर उन्होंने कहा कि यह मैंने ही अपने कागजात में से निकालकर दिए हैं। हाँ वह बांग्ला भली-भाँति जानते थे और अँग्रेजी भी फर्राटे से बोलते थे। मैंने उन्हें साहेब लोगों से अँग्रेजी में बातें करते कई बार सुना। डॉक्टर को भी अपने रोग के लक्षणों के बारे में अँग्रेजी में ही बतलाया उन्होंने सदा। उन्होंने मेरी उपेक्षा नहीं की, सदा बहुत ध्यान रखते थे मेरा। यह मिथ्या कथा है कि वह रात को मेरे कमरे में न आकर कहीं और चले जाते थे। एक बार तीन महीने तक मैं रजस्वला नहीं हुई और मेरी सासु माँ यह सोचकर प्रसन्न हुईं कि मैं पुत्रवती बनने वाली हूँ।

फिर बैरिस्टर चौधरी ने रानी से दार्जिलिंग में उनके पति की बीमारी पर प्रकाश डलवाया। बोलीं : पहाड़ों के पानी से जैसे उदर-विकार हो जाता है वैसा ही कुछ हुआ आरम्भ में। फिर 5 तारीख रात को बहुत कष्ट होने लगा। सबकी नींद टूट गयी। ज्वर भी था, पीड़ा भी थी उन्हें। पौ फटने तक ज्वर और दर्द दोनों घट गये। सुबह डॉक्टर काल्वर्ट आकर औषधि दे गये। डॉक्टर निबारन सेन तो उस दिन नहीं बुलाए गये। मेरा दुर्भाग्य कि मेरे पति डॉक्टर काल्वर्ट का सुझाया सही उपचार लेने से अपने मृत्युभय के कारण इनकार करते रहे और वही उनकी अकाल मृत्यु का कारण बन गया। डॉक्टर काल्वर्ट ने सात तारीख की सुबह ही उनसे कहा था कि मार्फिया की सूई लगवा लें किन्तु नहीं माने वह। सात को उनका स्वास्थ्य ठीक ही रहा। किन्तु रात सहसा फिर बिगड़ गया। आठ की सुबह डॉक्टर काल्वर्ट ने फिर सही उपचार कराने का आग्रह किया। नहीं माने। दिन में बारह बजे के लगभग उनकी स्थिति बिगड़ने लगी। वमनेच्छा हुई उन्हें, उल्टियाँ करते भी रहे। दस्त में आँव और खून आने लगा। उदर-पीड़ा? नहीं, पीड़ा उनके जिगर से उठती थी, छाती में जाती थी और फिर पीठ में और पेट में। हाँ उदर पीड़ा भी हो रही थी। डॉक्टर काल्वर्ट दो बजे आ गए। उन्होंने फिर मॉर्फिया लगवाने के लिए कहा। सब कुमार से आग्रह करते रहे कि इंजेक्शन लगवा लें। वह डरते रहे।

जब तक माने बहुत देर हो चुकी थी। उनकी देह शक्तिहीन हो चली थी किन्तु यह कहना भी ठीक नहीं कि उनका शरीर हिमांग पड़ चुका था। हाथ-पाँव अवश्य ठण्डे हो गए थे। डॉ. काल्वर्ट दो बजे आए तो फिर कुमार की मृत्यु तक वहीं रहे बस बीच में डिनर लेने घर गये प्राय: आठ बजे। दो घंटे में वापस आ गये थे वह। मैं दो बजे पति का स्वास्थ्य बहुत बिगड़ जाने के बाद से उनके सिरहाने से हटी ही नहीं और अगली सुबह शव के ले जाए जाने तक उस कमरे से भी कहीं नहीं गयी। मृत्यु के बाद मेरे पति का शव पलंग पर ही रखा रहा। सारी रात मैं भी उसी पलंग पर पड़ी रोती रही। शव रात को चादर से ढँका हुआ था। सुबह सेजो मामा, काशीश्वरी देबी को लेकर आये। तब कुमार के पार्थिव शरीर को मुझसे छीनकर नीचे ले जाया गया। उस समय उनका चेहरा खुला हुआ था। काशीश्वरी देबी ने मुझे विधवा का रूप दिया। वही दिन में मुझे अपने साथ बालेन लिवा ले गयीं। हाँ, मैं अदालत में उपस्थित मुद्दई को भली-भाँति देख चुकी हूँ और इससे पहले भी कलकत्ता में संयोगवश कई बार मुद्दई से सामना हुआ है मेरा और मुझे यह कहने में तनिक भी हिचक नहीं कि मुद्दई और मेरे स्वर्गीय पति में कहीं कोई समानता है ही नहीं।

जिरह में बैरिस्टर चटर्जी ने पूछा : क्या डॉक्टरों से आपको कोई ऐसा संकेत मिला कि आपके पति का रोग विकट है और वह मरणासन्न हैं? नहीं, पति की मृत्यु मेरे लिए सर्वथा अप्रत्याशित थी। आपके पति के रोग का डॉक्टर काल्वर्ट ने क्या निदान किया था? गॉल ब्लैडर की पथरी का फँस जाना। क्या आपको पता है कि पित्त पथरी फँसने से इस तरह मृत्यु होना लगभग असम्भव माना जाता है? ऐसा सुन रही हूँ। तो क्या यह नहीं हो सकता कि उनकी मृत्यु का कारण कुछ और रहा हो? मुझे क्या पता? मैं कोई डॉक्टर हूँ? आपने यह भी सुना होगा कि पित्त की पथरी फँसने से तो खूनी दस्त नहीं होते, आर्सेनिक विष देने से हो सकते हैं। तो क्या आपके मन में यह शंका नहीं उठी कि कहीं मेरे पति को संखिया तो नहीं खिला दी गयी? मैं ऐसा क्यों सोचती। यह बात ही झूठ है। मैं न तब जानती थी कि आर्सेनिक देने का प्रभाव क्या पड़ता है और न अब जानती हूँ। मैं इतना जानती हूँ कि मेरे पति को विष दिए जाने का आरोप सर्वथा मिथ्या है। क्या आपको यह भी नहीं पता कि डॉक्टर आशुतोष दासगुप्त ने आपके पति के लिए आर्सेनिक वाला नुस्खा लिखा? नहीं। मैं आशु डॉक्टर को अपने विवाह के बाद से जानती हूँ। वह बहुत नेक हैं और दार्जिलिंग में कुमार की बीमारी में उन्होंने अच्छा से अच्छा उपचार किया और कराया। क्या यह सच नहीं कि आपके पति ने आशु डॉक्टर की दी औषधि ग्रहण करने के कुछ घण्टे बाद पूछा कि अरे आशु ये तूने मुझे कैसी औषधि दे दी? नहीं उन्होंने ऐसा कुछ नहीं कहा। मैंने ऐसी कोई बात नहीं सुनी उनके मुँह से। क्या आपने कुमार को यह चीखते हुए भी नहीं सुना कि मेरी छाती जल रही है रे? नहीं मैंने ऐसा कुछ नहीं सुना। क्या यह सच नहीं कि आपके पति दिन में ही मूर्च्छित हो गए थे। नहीं उन्हें मृत्यु की घड़ी तक पूरा होश था। क्या यह सच नहीं कि उनका

देहान्त शाम को ही हो चुका था? नहीं, यह मिथ्या कथा है कि उनका देहान्त गोधूलि वेला पर हुआ। उन्होंने तो अर्द्धरात्रि प्राण छोड़े।

क्या यह सही नहीं कि डॉक्टर काल्वर्ट, डॉक्टर निबारन सेन सब चले गये कि कल सुबह कर्नल मैक्रे को दिखाएँगे और फिर जब डॉक्टर सरकार आये जिन्होंने कुमार की नाड़ी टटोली और स्टेथोस्कोप से उनकी हृदयगति जाँची? कोई नहीं गया, दोनों डॉक्टर तब वहीं थे। रोगी के कमरे में? नहीं स्टेप असाइड में। आपको कैसे पता कि थे? ऐसे कि वे बीच-बीच में रोगी के कमरे में आते रहे थे। क्या यह सही नहीं कि डॉक्टर सरकार ने जाँच करने के बाद कहा आपके मामा से कि केस होपलैस हो चुका है, चला-चली की स्थिति है? और सुनकर आप फूट-फूटकर रो पड़ीं? यह झूठ है कि उन्होंने ऐसी कोई बात कही। उन्होंने मात्र इतना कहा कि स्थिति अत्यन्त गम्भीर हो गयी है। जब सेजो मामा ने जाने से पहले मुझसे बात की तब मेरी आँखें छलछला आईं किन्तु मैं फूट-फूटकर रोई नहीं। केस होपलैस होता तो क्या सेजो मामा चले जाते अपने घर? हममें से किसी को भी तब यह नहीं पता था कि कुमार की मृत्यु इतनी निकट है। क्या डॉक्टर आचार्य से शव की जाँच कराई गई ऊपर कमरे में या बाहर नीचे कहीं? सुबह कोई डॉक्टर नहीं आया। क्या यह सही नहीं कि आठ मई को दिन में कुमार को मूर्च्छावस्था में जाता देख आपको फिट पड़ गया और आपको रोगी के कमरे से हटाकर एक अन्य कमरे में रख दिया गया और फिर बस केवल उनका पूरी तरह ढका शव ही देखने दिया गया? यह झूठ है। क्या यह भी झूठ है कि आपको फिट पड़ते रहे उस दिन। मुझे कभी फिट नहीं पड़ते। आपको मिर्गी का रोग नहीं है? हाँ। आपकी माँ के एक पत्र से तो यही संकेत मिलता है। मेरी माँ के किसी पत्र से ऐसा कोई संकेत नहीं मिलता।

क्या आप बालेन विला अपने मामा के साथ अर्थी उठ जाने के बाद ही नहीं चली गई थीं और क्या उन्होंने ही आपको अपने मकान के मालिक की पत्नी काशीश्वरी देबी के पास इसलिए नहीं छोड़ दिया था कि दार्जिलिंग में वह अकेले ही रह रहे थे? मैं बालेन विला सेजो मामा के साथ नहीं, काशीश्वरी देबी के साथ ही गयी और बारह बजे के लगभग गयी, सवेरे नहीं। आप कहती हैं कि आपके पति की मृत्यु रात बारह बजे हुई और प्रोफेसर मैत्र-जैसे लोगों का कहना है कि उनकी मृत्य का समाचार सात-आठ बजे मिला। क्या वे सबके सब मिथ्यावादी हैं? मुद्दई से मिले हुए हैं? मैं नहीं कहती कि वे झूठे हैं किन्तु इतने वर्षों पहले की बातों का स्मरण करते हुए भूल-चूक हो ही जाती है। विशेष रूप से तब जब और लोग सुझा रहे हों कि ऐसा-ऐसा हुआ था। क्या इसी कारण ऐसी भूल उन गवाहों से नहीं हो सकती है जो कह रहे हैं कि मृत्यु रात को बारह बजे हुई थी? मैं अपनी बात जानती हूँ, मेरे पति की मृत्यु की दुखद घड़ी मुझसे अच्छी तरह किसी को स्मरण रह सकती है? आपने कहा कि मुद्दई और मेजोकुमार में कोई समानता नहीं है किन्तु अधिकतर लोग उन्हें मेजोकुमार के रूप में मान्यता दे चुके हैं, ऐसा क्यों? उनकी आँखों को धोखा हो सकता है, मेरी आँखों को नहीं।

रानी सत्यभामा देबी ने मुद्दई को मेजोकुमार के रूप में स्वीकार किया था। इस बारे में उनका पत्र आपने बिना पढ़े लौटा दिया— ऐसा क्यों? मुझे नहीं मालूम उन्होंने पत्र में क्या लिखा था किन्तु मैं यह नहीं मानती कि उन्होंने मुद्दई को कभी पूरी तरह स्वीकार किया मेजोकुमार के रूप में। उनकी दृष्टि क्षीण हो चुकी थी, सठिया गयी थीं, उन्हें घेरे हुए लोगों के बार-बार आग्रह करने पर सम्भव है उन्हें लगा हो कि कदाचित् यह मेजो ही है। नहीं मैं उन्हें मिथ्यावादी या बेईमान नहीं कहना चाहूँगी, न उन्हें न किसी और को। यदि पत्र में मुझसे आकर मुद्दई को देख लेने का अनुरोध किया गया था तो उसे पढ़ लेने से मेरी धारणा रंच मात्र न बदलती। यदि भवालराजपरिवार को मुद्दई मेजोकुमार सचमुच लगा था तो सबसे पहले मुझे बुलाते। संसारभर में ढोल पीटने और मेरी बदनामी करने के बाद ही पत्र भेजने की क्यों सूझी उन्हें? आप कहती हैं कि मुद्दई और मेजोकुमार में कोई भी समानता नहीं है, फिर भी आपने अपनी ही गवाही के अनुसार उसे कई बार देखा संयोगवश। क्या यह सच नहीं कि आपने अपने भांजे जलद उर्फ बुद्धू से अनुरोध किया था कि मुद्दई को आपको दिखा दे? यह सर्वथा मिथ्या है। तो आपको कैसे पता चला कि बुद्धू के साथ जो है वह अपने को मेजोकुमार बताने वाला साधु ही है। इसलिए कि उसके केश लम्बे थे। बुद्धू साथ था और मेरी ओर इशारा करके उससे कुछ कह रहा था। आप इतने वर्षों बाद और एक ही बार दूर से ही देखकर संतुष्ट हो गयीं कि मुद्दई मेजोकुमार नहीं? इसके लिए तो मुद्दई को देखने की भी आवश्यकता न थी। मैं अपने पति की मृत्यु की चश्मदीद गवाह जो रह चुकी हूँ। यमलोक से कोई वापस नहीं लौटता। तो फिर आपने मुद्दई को इससे पहले और आज इतने ध्यान से क्यों देखा? एक-एक नाक-नक्श का मिलान करने के लिए? नहीं, मेरी जिज्ञासा इतनी रही कि मुद्दई मोशाय दिखते कैसे हैं। क्या यह सही नहीं कि पहली बार मुद्दई को देखकर आप दंग रह गयीं कि यह तो मेरे पति-जैसा ही है फिर देखने की इच्छा व्यक्त की? जलद की सहायता ली? ये मिथ्या बातें हैं। आप किसी को वर्षों बाद देखें तो उसे एक बार देखकर पहचान सकने में कठिनाई हो सकती है, कहीं इसी कारण तो आपने मुद्दई को बार-बार नहीं देखना चाहा? किसी की भी सूरत इतनी नहीं बदल जाती कि अन्तरंग व्यक्ति उसे देखते ही पहचान न सके।

बिभाबती देबी से यह उत्तर पा चुकने के बाद बैरिस्टर चटर्जी ने अगले दिन उन्हें मेजोकुमार का 14 वर्ष की अवस्था में लिया गया चित्र दिखाया और पूछा कि यह किसका है बता सकती हैं? वह नहीं बता पायीं किन्तु उन्होंने यह तर्क नहीं माना कि यदि आप अपने पति का विवाह से चार वर्ष पहले का रूप नहीं पहचान सकीं तो उनकी तथाकथित मृत्यु के पन्द्रह-बीस वर्ष बाद के रूप के बारे में कैसे आश्वस्त हो सकती हैं? अब बैरिस्टर चटर्जी ने बिभाबती देबी के जयदेबपुर लौटने पर हुई घटनाओं के बारे में प्रश्न पर प्रश्न किए और वह बगैर एक क्षण विचलित हुए उनके उत्तर इतने विस्तार और गरिमा से देती रहीं कि चटर्जी मोशाय को सेंध लगाने की कोई गुंजाइश ही नहीं

मिली। बिभाबती देबी ने राजपरिवार वालों पर सम्पत्ति पर से उनका हिस्सा हड़पने की कोशिश करने का कोई स्पष्ट आरोप नहीं लगाया किन्तु उनके वर्णन से प्रकट यही हुआ। उन्होंने इस बात से पूरी तरह इनकार किया कि उनके दादा शुरू से उन्हें अपने साथ जबर्दस्ती ले जाने का यत्न करते रहे हैं। बोलीं, यह सर्वथा मिथ्या कथा है। मैं जब गयी अपनी इच्छा से गयी। भवालराजपरिवार की अन्य बहुएँ भी अन्ततः मायके रहने चली गयीं। मैंने कुछ अनहोना नहीं किया। मेरे दादा ने जब भी जो भी किया मेरे हितों की रक्षा के लिए किया। भवालराज से मिलने वाला पैसा वह नहीं, मैं लेती रही हूँ। नहीं, मेरा कोई बैंक खाता नहीं है। पैसा घर में ही रख लेती हूँ। हाँ, जिस मकान में हम रहते हैं वह मेरे पैसों से खरीदा गया है। मैं यह जानना चाहती हूँ कि इस सबका मुद्दई के दावे से क्या सम्बन्ध है? इस पर चटर्जी मोशाय ने पूछा : आप अपने दादा की लिखावट पहचानती हैं क्या? हाँ। आपको पता है कि उन्होंने दार्जिलिंग से लौटकर एक डायरी भरनी शुरू की। नहीं।

अब मेरे वकील ने दिशा बदलकर बिभाबती देबी से उनके सुख दाम्पत्य के बारे में प्रश्न किए कुछ इस तरह कि उनका दुख उभरकर आए। वह उनके जाल में फँसी नहीं। बैरिस्टर चटर्जी के प्रश्न राजबाड़ी में मेजोकुमार और मेजोबोऊ की दिनचर्या और उससे भी अधिक रात्रिचर्या को लेकर थे। बिभाबती देबी मेजोकुमार को एक आदर्श मध्यवर्गीय शहरी पति के रूप में प्रस्तुत करती रहीं मैं अवाक् होकर उन्हें अपलक घूरता रहा। यह मेरा भ्रम हो सकता है किन्तु मुझे लगा कि मेरी यह मुदित-विस्मित दृष्टि उन्हें किंचित् संकोच में डालती रही। आप कहाँ सोती थीं और मेजोकुमार कहाँ सोते थे, उनका स्नानघर कौन-सा था, आपका कौन-सा जैसे प्रश्नों के उत्तर भी उन्होंने बिना विचलित हुए दिये और आग्रहपूर्वक कहा कि राजबाड़ी में हम लोगों का कमरा वही था जिसे विवाह के बाद हमारे फूलशैयाघर के रूप में सजाया गया था। मैं सदा उसी में रही और अन्तःपुर में रहने वालियों को क्या पता हो सकता है किन्तु यदि वह भी महफिलों में बैठते भी रहे होंगे तो उतना ही जितना कोई भी सामन्त बैठता है। मैं इतना ही जानती हूँ कि उन्हें कोई बुरा व्यसन न था। नहीं, वेश्यागमन का भी नहीं। क्या आप कहना चाहती हैं कि आपके पति आपसे बहुत प्रेम करते थे? मैं नहीं जानती कि प्रेम आप किसे कहते हैं। उपहार देते थे आपको? अवश्य। कुछ उदाहरण दें। राजबाड़ी के वैभवशाली जीवन में आभूषण आदि बनाया जाना कोई ऐसी बात न थी कि याद रखी जाए। क्या आप यह कहना चाहेंगी कि आपके पति अपनी पत्नी से अनुरक्त थे, वफादार थे उसके प्रति? वह मुझे अच्छा मानते थे किन्तु इसका अतिप्रदर्शन करना उनके स्वभाव में न था। देखिए बहुत से पति अपनी पत्नी को प्रसन्न रखने का प्रयत्न करते हैं, आपके पति करते थे कि नहीं? मैं कैसे जानूँ और पति अपनी भार्या के प्रति अपना प्रेम कैसे प्रदर्शित करते हैं। और इन सब बातों का मुद्दई के मेजोकुमार होने-न-होने से क्या सम्बन्ध है बैरिस्टर साहेब?

बैरिस्टर साहेब ने पैंतरा बदला। कहा : उस दिन आप कह रही थीं कि आपको अपने दादा द्वारा कोई डायरी लिखे जाने का ज्ञान नहीं है। फिर उन्हें किसी कापी का एक पृष्ठ थमाते हुए उन्होंने पूछा : यह लिखावट आपके दादा की ही है ना? हाँ। तो पढ़िए इसमें क्या लिखा है और बताइए कि आपने इससे भिन्न बात क्यों कहीं? इसमें तो आठ मई के नीचे लिखा है कि बिभा को फिट पड़ने लगे। और आप कहती हैं कि आपको फिट पड़ते ही नहीं। यदि यह डायरी मेरे दादा की है तो आप उनसे ही इसके विषय में प्रश्न करें। जिरह मैं कर रही होती तो आपसे पूछ सकती थी कि किसी और की निजी डायरी का एक पृष्ठ लिये आप क्यों घूम रहे हैं? और हाँ, यदि आप इसमें लिखी फिट की बात को सच मान रहे हैं तो वहीं लिखी इस बात को क्यों नहीं कि कुमार रोमेन्द्र एक्सपायर्ड मिडनाइट? बैरिस्टर चटर्जी फिर मात खा गये। अब उन्होंने पूछा कि क्या यह सही नहीं है कि आपके पति की मृत्यु के बाद उनकी सम्पत्ति से होने वाली आय आपके दादा सत्येन्द्रनाथ बैनर्जी की झोली में जा पड़ी है? ना, यह झूठ है। कोर्ट ऑफ वार्ड्स से पैसा मुझे मिलता है दादा को नहीं। आपने कहीं बैंक खाता खोल रखा है? मैंने उसकी कोई आवश्यकता नहीं समझी। मेरे पास लोहा का एक सन्दूक है, उसमें रख लेती हूँ। आपको अब तक कोर्ट ऑफ वार्ड्स से 30 लाख से अधिक रुपया मिल चुका है उसमें से कितना आपके सन्दूक में अब भी पड़ा है? मैंने कभी गिना नहीं। आय-व्यय का कोई लेखा है क्या आपके पास? दादा को पता होगा? इसलिए कि आपकी आय वह अपनी मानकर चल रहे हैं? ना, इसलिए कि वह मेरी सहायता करते हैं। और क्या परिवारों में सगे-सम्बन्धियों के मध्य तेरा-मेरा चलता है जो आप यह पूछ रहे हैं। बैरिस्टर चटर्जी चारों खाने चित हो गए। अब उन्होंने बिभाबती देबी से डॉक्टर काल्वर्ट के 10 मई के पत्र के बारे में प्रश्न किया। बोलीं : मुझे ऐसे किसी पत्र की जानकारी नहीं है। आपके साथ दार्जिलिंग गए लोगों में किसी ने उनसे लिया था प्रमाण--पत्र स्वरूप। मुझे अब भी कुछ समझ नहीं आ रहा है। क्या आपने कर्नल काल्वर्ट का 10 मई, 1909 का कोई पत्र बोर्ड ऑफ रेवेन्यू के सचिव को भेजा? मुझे उसका विषय तो बताएँ। उस तारीख का कोई भी पत्र भेजा? किसके नाम सम्बोधित? किसी के भी सही। मैंने डॉक्टर काल्वर्ट द्वारा बोड़ोकुमार को लिखे गए शोक संवेदना पत्र की एक प्रति भिजवाई थी और उन्हें लिखा था कि यह पत्र जोगेन बाबू को पुराने कागजात में सहसा मिला तो उन्होंने उसकी एक प्रति मुझे भी भेज दी। बिभाबती देबी का मेरे वकील से टक्कर लेने का तेवर देखते ही बनता था।

इन तेवरों से घबराकर बैरिस्टर चटर्जी ने फिर दिशा बदली। कहा : मेजोकुमार के घरवालों ने उनके शरीर पर कुछ ऐसे चिह्न होने की बात की है जिनसे उनकी पहचान हो सकती थी। आप जानना चाहेंगी उनके बारे में? नहीं, मैं सुन चकी हूँ। उनके टखने के ऊपर चोट का निशान होने की ही बात सही है। वह भी विवाह से पहले का था। तो क्या यह गलत है कि छोटोकुमार के विवाह के दौरान गाड़ी का पहिया... नहीं, वह सब मिथ्या

कथा है। स्वयं आपकी दीदी के एक उन दिनों के एक पत्र में मेजोकुमार की टाँग में आई चोट का उल्लेख है। मुझे पता नहीं। फिर चटर्जी मोशाय ने कहा कि मुद्दई ने आपके तीन शिनाख्ती निशानों की चर्चा की है अपनी गवाही में— पाँव के अँगूठों की बगल वाली अँगुली से छोटा होना, आँख के एक कोने में मांस पिंड होना और ऐसा कुछ जो केवल पति ही जान सकता है। क्या ये निशानियाँ सही हैं? पहली निशानी ऐसी नहीं कि ध्यान खींचे। दूसरी निशानी सही है। तीसरी निशानी की बात बकवास है, अदालत चाहे तो जाँच करवा सकती है। जज ने ऐसी जाँच अनावश्यक ठहरा दी और इस विषय पर टकराहट टल गयी। बैरिस्टर चटर्जी को अदालत ने तब भी फटकारा जब उन्होंने जिरह में बिभाबती देबी के इस दावे की चर्चा की कि उन्हें एक गर्भ ठहर गया था और जानना चाहा कि क्या तब इस तथ्य को इसलिए छिपा लिया गया कि वह गर्भ मेजोकुमार का नहीं, किसी और से ठहरा था? वह बोले, 'मैं इस प्रकार के निराधार प्रश्न करने की अनुमति किसी को नहीं दे सकता। मुझे खेद है कि यह विषय उठाया गया और मैं उसके चलते लगा दिए गए आक्षेपों की निंदा करता हूँ।' बैरिस्टर चटर्जी पर पता नहीं क्या प्रभाव पड़ा, मैं लज्जा से गढ़ गया। फिर कुछ विचित्र-सा घटा मेरे अन्तरमन में। मैंने देखा कि मैं बैरिस्टर चटर्जी के घिनौने प्रश्न को सुनकर लज्जा से मर गया हूँ और जिस आग्नेय दृष्टि से बिभाबती देबी ने मुझे देखा था उससे मेरा दाह-संस्कार भी हो गया है और उसके बाद मैं बैठा हूँ ब्रहछत्र की उसी शिला पर 'कौन हूँ मैं' का जाप करता हुआ और सहसा अदालत का यही दृश्य उभर आया है मेरी स्मृति में। और फिर वहाँ जज की फटकार से निस्तब्ध न्यायालय में मेरे कण्ठ से फूटा एक ऐसा स्वर जो ठाठें मार कर रोने और ठठाकर हँसने के बीच कहीं खोया हुआ था। जज ने आर्डर-आर्डर कहा और सागर बाबू तथा मेरे कनिष्ठ अधिवक्तागण मुझे अदालत से बाहर एक कमरे में ले गये, पूछने कि क्या हो गया है आपको। अनुरोध करने लगे कि इस तरह हँसकर अपना केस न बिगाड़ें। मैंने भ्रामरी प्राणायाम किया और फिर शान्त चित्त होकर अदालत में लौट आया। मेरी ओर से बिभाबती देबी के एक-दो नहीं अट्ठारह सम्बन्धी गवाही दे चुके थे। तो यह आवश्यक था कि बैरिस्टर चौधरी भी किसी सम्बन्ध को तो प्रस्तुत करें। इसके लिए सर्वोत्तम तो यह होता कि वह बिभाबती देबी की मामी या अन्य किसी वयोवृद्ध सम्बन्धी की गवाही कराते। किन्तु उन्होंने प्रस्तुत किया मामी की बेटी आल्ता देबी को। यह गवाही भी उनके लिए उपयोगी सिद्ध न हुई क्योंकि जिरह में आल्ता देबी को स्वीकार करना पड़ा कि उन्होंने मेजोकुमार को बस दो-एक बार अपने शयनकक्षा की उस खिड़की से ही देखा था जिससे वह अतिथि कक्ष दिखता था जहाँ वह ठहरते थे। उन्हें यह भी कहना पड़ा कि इतने वर्षों बाद केवल उस आधार पर मैं निश्चयपूर्वक नहीं कह सकती कि मुद्दई मेजोकुमार-सा है कि नहीं।

बिभाबती देबी के बाद बारी आई दूसरे मुद्दालेह छोटोरानी आनन्द कुमारी की। उन्होंने भी कुमारों को सुपठित और भली प्रकार अँग्रेजी बोलने वाला बताया। कहा कि

मेरे पति मेजोकुमार की मृत्यु का जो तार लेकर लौटे थे उसमें अर्द्धरात्रि देहान्त होने की सूचना थी। बिभाबती देबी का नाम लिखे मेजोकुमार के पत्रों की प्रामाणिकता पर मुहर लगाई। अपनी जेठानी बिभाबती देबी से अपने बच्चा गोद लेने के प्रसंग में पहले झगड़ा और फिर समझौता होने की बात से इनकार किया। इस पर बैरिस्टर चटर्जी उस सिलसिले में हुए मुकदमे में गवाह पर लगाए गए दुश्चरित्रा होने के आरोपों को लेकर प्रश्न करने लगे। फिर जज की फटकार सुननी पड़ी कि वाहियात और अप्रासंगिक प्रश्न न करें। मैंने फिर अपार लज्जा अनुभव की और रात को अपने समर्थकों से पूछा कि क्या हम अब भी इस मुकदमे से पीछे नहीं हट सकते। वे मुझे धिक्कारने लगे।

आनन्दा कुमारी थीं बहू किन्तु उनका मेजोकुमार से कोई रक्त-सम्बन्ध न था। बैरिस्टर चौधरी के लिए यह बहुत चिन्ताप्रद होता चला जा रहा था कि राजबाड़ी में मेजोकुमार को बचपन से देखते रहे किसी रक्त-सम्बन्धी की गवाही करा पाए हैं। तो अन्ततः उन्होंने फणिभूषण बैनर्जी को जो मेजोकुमार की बड़ी सौतेली बुआ के बेटे थे और जिनकी मौसी कमलकामिनी देबी मेरे पक्ष में गवाही दे चुकी थी बुलाया। उन्होंने अदालत को बताया : मैं और मेरे ममेरे भाई रोबीन्द्र राजबाड़ी में साथ-साथ पले-बढ़े, खेले-कूदे, पढ़े-लिखे। हमें मिस्टर ट्रांसबेरी अँग्रेजी पढ़ाया करते थे। कुमारों के अँग्रेज ट्यूटर मिस्टर वार्टन थे और मैंने रोमेन्द्र दा को उनसे अँग्रेजी में बातें करते हुए कई बार सुना। हम लोग क्रिकेट, फुटबॉल, बिलियर्ड-जैसे विलायती खेल खेला करते थे। हमें विलायती कपड़े पहनना, विलायती ढंग से खाना-पीना, विलायती शिष्टाचार वह सब भी अँग्रेज शिक्षक बताते-समझाते थे। राजबाड़ी के डाइनिंग रूम में बहुधा हम उनके साथ या विलायती मेहमानों के साथ भोजन भी ग्रहण करते। मेजोकुमार तो कलकत्ता में शाम को किसी पार्टी, समारोह या रेस्तराँ या थियेटर जाते समय योरोपियन वस्त्र ही धारण करते रहे। बैरिस्टर चौधरी ने गवाह से यूरोपीय खान-पान, पहनना-ओढ़ना, रीति-रिवाज आदि पर कुछ प्रश्न करके यह जताना चाहा कि जिस राजकुमार के सौतेला फुफेरा भाई तक अँग्रेजी सीखा हुआ है और यूरापीय जीवन पद्धति के बारे में इतना जानता है वह मुद्दई-जैसा गँवार तो निश्चय ही नहीं रहा होगा। उनका दुर्भाग्य कि फणि बाबू न केवल प्रश्नों के उत्तर देते हुए बहुधा अटक गए बल्कि उनका अँग्रेजी शब्दों का उच्चारण भी नितान्त भ्रष्ट रहा।

चौधरी मोशाय उनके अँग्रेजी शब्दों के भ्रष्ट उच्चारण से उतने ही दुखी हुए होंगे जितने कि मेरे भ्रष्ट उच्चारण से सुखी हुए थे। लम्बा फ्रॉक कोट दिखाकर जब उन्होंने मुझसे जानना चाहा था कि इसे क्या कहते हैं पता है तब मेरे मुँह से निकला था— 'फ्रोट कोट' और वह हँसे थे। वही प्रश्न किए जाने पर जब फणि बाबू बोले, 'फ्रॉग कोट' तब वह मन ही मन रोए होंगे। मेजोकुमार के सुपठित और सुसंस्कृत होने के बारे में हो चुकी गवाहियों पर फणि बाबू से मुहर लगवाने के बाद चौधरी मोशाय ने उनसे मेजोकुमार की मृत्यु और मुद्दई के जयदेबपुर पहुँचने के बारे में प्रश्न किए। वह बोले, मेजोकुमार की

मृत्यु का जो तार छोटोकुमार को स्टेशन जाते समय मिला था उसके शब्द आज तक मेरे मानस में अंकित हैं। उसमें लिखा था— रेंडस टू राइट कुमार एक्सपायर्ड लास्ट मिड नाइट। यह तार काब्रेल का भेजा हुआ था। बाद में जब मेजोबोऊदी दार्जिलिंग से लौटकर आयीं तब शरीफ खाँ ने यह अवश्य कहा ठाकुर माँ से कि मेजोकुमार के वमन के छींटे से मेरे कपड़े जल गये, पता नहीं आशु डॉक्टर ने उन्हें ऐसा क्या पिला दिया किन्तु वह तो शोक से पगलाया हुआ था। साथ लौटे किसी भी व्यक्ति ने दाह-संस्कार न हो सकने की कोई बात नहीं की और कुशपुतलिका कराने की भी कोई चर्चा नहीं हुई। मुद्दई जयदेबपुर जड़ी-बूटियाँ बेचने वाले एक फकीर के रूप में आया था और मैंने उसे इसी भूमिका में ज्योतिदी की बाड़ी के आँगन में बैठा देखा कई बार। उसके आत्मपरिचय देने के समय मैं ढाका गया हुआ था। लौटने पर मैंने भी मोहिनी बाबू, जोगेन बाबू और आशु डॉक्टर के साथ उसकी स्मृति जाँचने के लिए प्रश्न किए। वह एक भी उत्तर सही न दे सका। उसे मेजोकुमार मान लिये जाने पर मैंने बहुत विरोध प्रकट किया। कमलकामिनी मौसी से तो मेरा झगड़ा ही हो उठा।

बैरिस्टर चटर्जी ने जिरह आरम्भ की। आपकी स्मृति विलक्षण है और किसी को याद नहीं कि तार किसने भेजा था किन्तु आपको है और यह भी कि वह सुबह भेजा गया था। क्या आपने उसमें से प्रेषण का समय भी पढ़ डाला था। वह तो नहीं कह सकता अब। यह भी हो सकता है कि लास्ट मिडनाइट लिखे होने के कारण मैंने मान लिया हो कि सुबह का भेजा हुआ है। मुद्दई की ओर से मेजोकुमार की देह पर बने ऐसे कई निशान गिनाए गए हैं जिनसे उनकी पहचान हो सकती थी— यह बात सही है कि नहीं। मैं तो एक बस इस बारे में सहमत हो सकता हूँ कि उनके टखने के ऊपर गाड़ी का पहिया गुजर जाने से बने घाव का चिह्न था। हाँ रोबीन्द्र के विवाह में हुई दुर्घटना की बात सही है। क्या यह भी सही है कि यहाँ आपको अपने और इस आधार पर मेजोकुमार को विलायती तौर-तरीकों से सुपरिचित सिद्ध करने के लिए बहुत रटाने-समझाने के बाद खड़ा किया मुद्दालेहों के वकीलों ने। यह झूठ है। यह कॉपी किसकी है? प्रश्न सुनते ही फणि बाबू सकपकाए और कापी थमा दिए जाने पर बगलें झाँकने लगे। फिर अपने को सँभालते हुए बोले : यह मेरी कॉपी आप कहाँ से उठा लाए। इसमें मैंने गवाही देने से पहले अपनी स्मृति ताजा करने के लिए कुछ नोट्स बनाए थे। इसमें तो दो अलग-अलग व्यक्तियों की लिखावट नजर आ रही है। और इसमें अँग्रेजी के शब्दों के साथ-साथ उनका बांग्ला लिप्यन्तर भी दिया गया है। यही नहीं, आपसे मुद्दालेहों के वकील ने जो कुछ पूछा है उसके उत्तर इसमें लिखे हुए हैं। यह तो पुस्तिका है विलायती खेलों, खान-पान, वेशभूषा आदि के बारे में अच्छी कामचलाऊ जानकारी देने के लिए।

बैरिस्टर चौधरी बहुत कष्ट में पड़ गए इस कॉपी के अदालत को सौंप दिए जाने से। तब तो और भी अधिक जब बैरिस्टर चटर्जी ने सिद्ध कर दिया कि इस कॉपी में दूसरी लिखावट चौधरी मोशाय के एक सहायक वकील की ही है। उन्होंने मेरी ओर

कुछ इस दृष्टि से देखा मानो मुझे जाली मेजोकुमार के साथ-साथ चोर साला भी कहना चाह रहे हों। मैं जानता हूँ कि कोई विश्वास नहीं करेगा किन्तु यह सत्य है कि इस मुकदमे की तैयारियों और दाँवपेंचों में मैंने रंचमात्र भी रुचि नहीं दिखाई। मेजोकुमार और मुद्दई की एकरूपता का एक और प्रमाण मेरे समर्थकों के लिए यह था कि मैं भी उसकी भाँति हस्ताक्षर कामकाज के प्रति पूर्ण रूप से विरक्त था कि बस यह बता दो कहाँ हस्ताक्षर करने हैं, शेष जो उचित समझो करते रहो। तो मैं नहीं जानता कि यह कॉपी कहाँ से मिली या सत्या बाबू की डायरी किसने पहुँचा दी हमारे पास। यों सत्या की डायरी के बारे में तो मुद्दालेहों का अनुमान यह था कि मनमोहन भट्टाचार्य मोजो रानी की नौकरी छोड़ते समय चुरा लाये होंगे। बैरिस्टर चौधरी के महत्त्वपूर्ण गवाह फणि बाबू को सर्वथा महत्त्वहीन बना देने में रही-सही कसर बैरिस्टर चटर्जी ने अन्त में यह पूछकर पूरी कर डाली कि क्या यह सच नहीं कि भवालराज के मीरास भूमि का बहुत बड़ा टुकड़ा पट्टे पर अत्यन्त आकर्षक और सुविधाजनक शर्तों पर इसलिए दे रखा है कि वह इस मुकदमे में अपने फुफेरे भाई की नहीं कोर्ट ऑफ वार्ड्स की सहायता करने के लिए आरम्भ से प्रस्तुत हो गए? फणि बाबू ने ज्यों ही इसे मिथ्या बतांया त्यों ही उनके आगे एस्टेट मैनेजर नीढ़म का मई 1923 का नोट रख दिया गया जिसमें स्पष्ट लिखा था कि एस्टेट ने इस सौदे में बहुत-सी छूट देने और किस्तें आसान रखने का कारण यह है कि फणि बाबू वर्तमान विवाद में एस्टेट का पूरी निष्ठा और भक्ति से साथ देते रहे हैं। फणि बाबू को यह स्वीकार करना पड़ा कि इस पट्टे में मेरे प्रति रियायत बरती गयी किन्तु यह नहीं माने कि ऐसा मुद्दई का विरोध करने के पुरस्कार स्वरूप किया गया है।

फणि बाबू की बहन के बाद उनकी बहन शैबालिनी देबी और उनके पति ने भी गवाही दी। शैबालिनी की ससुराल में ही बुद्धू ने मेरी भेंट मोटो और भवाल परिवार की कुछ अन्य स्त्रियों से करवाई थी। शैबालिनी और उसके पति के अनुसार भी मेजोकुमार सुन्दर और सुसंस्कृत व्यक्ति थे और मुद्दई को, जिसे बैरिस्टर चौधरी देहाती पहलवान-सा लगने वाला ठहरा चुके थे, किसी ने भी उस दिन मेजोकुमार नहीं माना था। बाद में ज्योतिर्मयी ने क्यों मान लिया यह तो वही जानें। बैरिस्टर चौधरी ने ऐसे और भी कई गवाह प्रस्तुत किए जो देहाती पहलवान को भवाल का मेजोकुमार की बुद्धि पर तरस खाते और नीयत पर विस्मित होते पाए गये। फिर उसी वर्ष सितम्बर में उन्होंने मुद्दई के गुरु धरमदास को मुद्दालेहों का गवाह बनाकर सनसनी फैला दी। इससे पहले मेरा केस रखते हुए बैरिस्टर चटर्जी ने कुछ ऐसे गवाह प्रस्तुत करने चाहे थे जो यह बताते कि बाबा धरमदास ने ढाका में रहते हुए उनसे क्या कहा था तब मुद्दालेहों की आपत्ति पर जज ने अनुमति नहीं दी थी कि ऐसी गवाही निराधार होगी। उधर मुद्दालेहों या कहूँ शासन के पास बाबा धरमदास से मजिस्ट्रेट के समक्ष लिये गए वक्तव्य के रूप में एक ठोस आधार थे जिसे प्राप्त करने के लिए 31 मई को पुलिस सब इंस्पेक्टर मुमताजुद्दीन तालुकदार और भवालराज के कर्मचारी सुरेन्द्र कुमार चक्रवर्ती भवाल संन्यासी का चित्र

लेकर पंजाब भेजे गए थे लिंडसे द्वारा।

तो मेरे वकील कोई आपत्ति कर सकने की स्थिति में नहीं थे। वह यह तक नहीं कह सकते थे कि मैं कह रहा हूँ कि यह गवाह वह व्यक्ति नहीं जो मेरा गुरु था। वह बस आश्चर्य ही कर सकते थे कि इस महत्त्वपूर्ण गवाह को प्रस्तुत करने में इतना विलम्ब क्यों किया गया? वह यही पूछ सकते थे कि जब मुकदमे की सुनवाई आरम्भ होने से पहले आपने लाहौर में दस व्यक्तियों की इस आशय की गवाही दर्ज करवाई कि मुद्दई औजला गाँव का मालसिंह नामक व्यक्ति है ऐसा हम दो वर्ष पहले अर्जुन सिंह परदेसी नामक व्यक्ति द्वारा दिखाए गए मुद्दई के चित्रों के आधार पर बता चुके हैं तभी धरमदास की भी गवाही क्यों नहीं दर्ज करा ली? यह भी कि जब बैरिस्टर चौधरी को पता ही था कि मुद्दई पंजाब के औजला गाँव का वासी मालसिंह है तब उन्होंने जिरह में उसका सामना इस बात से क्यों नहीं कराया? और हाँ वह माँग कर सकते थे कि इस बाबा धरमदास की पिछली गवाही से सम्बन्धित कागजात हमें दिखाए जाएँ। खैर गवाही शुरू हुई मैं अपने जाली ठहराते हुए अपने उस जाली गुरु को देखता रहा और सोचता रहा कि असली गुरु होते तो पूछते कि अब समझा कि नहीं कि संसार को मायाजाल क्यों कहा जाता है? बैरिस्टर चौधरी ने अदालत को सूचित किया कि गवाह केवल पंजाबी बोलता-समझता है और ढाका के जेल सुपरिंटेंडेंट मेजर पाटनी को अँग्रेजी-पंजाबी दुभाषिए के रूप में लाने की अनुमति माँगी।

गवाही शुरू हुई। बैरिस्टर चौधरी ने गवाह को पहले मेरा चित्र दिखाया। इसे पहचानते हैं। हन्जी ए साड्डा चेला सुन्दरदास हैगा जिसनू मैं ननकाना साहब विच मन्तर दित्ता सी। तद एवि उमर वीस साल दी थी। दीक्षा तू पैला सुन्दरदास दा नाँ माल सिंह सीगा। ए लहौर दा हैगा। पंजाबी सिख बन्दा। एसनूँ बंगाली नहीं ना आन्दी। अब बैरिस्टर चौधरी ने नाटकीय ढंग से पूछा, पुछवाया : एस कोर्ट विच त्वानूँ अपणा ओ चेला किदरे दिसदाए है? और गवाह ने उतने ही नाटकीय ढंग से मेरी ओर इशारा करके कहा कि यह है वह सुन्दरदास । कोर्ट के बाहर-भीतर मेरे समर्थक कोलाहल मचाने लगे। गवाह इस बीच अदालत को बताता रहा कि मैं न कभी दार्जिलिंग गया और न मैंने कभी किसी को श्मशान भूमि से बचाया और न कभी दरसनदास, प्रीतमदास या लोकदास नाम के कोई साधु कभी मेरे साथ रहे। हाँ गोपालदास नाम का मेरा एक गुरुभाई जरूर था लेकिन उसे दरसनदास तो कभी नहीं कहा जाता था। मुद्दई के बारे में मैंने अपना एक बयान कई वर्ष पहले अमृतसर में मजिस्ट्रेट के सामने दर्ज करवाया था। बैरिस्टर चौधरी ने इधर बैरिस्टर चटर्जी से कहा— योर विटनैस और उधर मेरे समर्थक शोर करने लगे कि यह गवाह जाली धरमदास है। जज ने सुनवाई सोमवार तक के लिए स्थगित कर दी। इस बीच बैरिस्टर चौधरी ने अदालत को डॉक्टरी सर्टिफिकेट के साथ यह आवेदन भेज दिया कि गवाह अस्वस्थ है और पूजा का अवकाश सन्निकट है इसलिए सुनवाई शीघ्र समाप्त करने के लिए अदालत धरमदास की गवाही वहीं जाकर लेने की कृपा करे जहाँ वह

ठहरा है। जज पन्नालाल बसु ने डॉक्टर और वकीलों की उपस्थिति में गवाह को देख लेने के बाद यह अनुरोध स्वीकार कर लिया यद्यपि तब उसे ज्वर नहीं था। बैरिस्टर चटर्जी ने आपत्ति की कि यह और कुछ नहीं गवाह का भरी अदालत में गवाही देने से बचाने का एक बहानाभर है। जहाँ सुनवाई में इतने वर्ष लग ही चुके हैं कुछ दिन और सही, गवाह को पूरी तरह स्वस्थ होने दिया जाए। जज ने यह आपत्ति अस्वीकार कर दी। चटर्जी मोशाय ने जिरह शुरू की किन्तु शीघ्र ही यह आपत्ति की कि मेजर पाटनी मुद्दालेहों के वकीलों के साथ इस गवाह से मिल चुके हैं और मेरे प्रश्नों का गवाह के लिए पंजाबी में अनुवाद करते हुए यह संकेत दे रहे हैं कि उत्तर में क्या कहे वह। इन्हें निष्पक्ष दुभाषिया नहीं माना जा सका। सुनवाई एक दिन के लिए स्थगित कर दी गई। अगले दिन नये दुभाषिए के साथ बैरिस्टर चटर्जी ने गवाह से जिरह आरम्भ की। मजिस्ट्रेट के आगे 27 जून, 1921 को जो बयान दर्ज कराया गया उसके विषय में सुरेन्द्र कुमार चक्रवर्ती का भेजा पत्र चटर्जी मोशाय प्राप्त कर चुके थे। पूरी तरह तैयार थे उसके आधार पर जाली धरमदास के लिए जाल बिछाने के लिए।

आपको मुद्दई के बारे में मजिस्ट्रेट के आगे बयान दर्ज कराने की आवश्यकता आ पड़ी थी? पन्द्रह बरस हुए एक थानेदार किसी बंगाली बाबू के साथ मेरे को खोजता हुआ आया था। उसने मेरे को मुद्दई का फोटो दिखाया और उसके बारे में सवालात किए। फिर मेरे से मजिस्ट्रेट के आगे बयान दर्ज कराया। आपकी उम्र क्या है? जी, साठ साल। तो तब 45 के रहे होंगे। हन्जी। आपको पता है जो बंगाली बाबू आपसे मिला था उसने वहाँ से भवालराज के मैनेजर के नाम अपनी रिपोर्ट भेजी थी। मेरे को इसका तो कोई इलम नहीं है जी। अगर मैं आपसे कहूँ कि उस रिपोर्ट में लिखा है कि धरमदास की उम्र 55 साल है तो आप तो वह धरमदास हो नहीं सकते। अच्छा आपको ठीक याद है कि मुद्दई को आपने दीक्षा ननकाना साहेब में दी? हन्जी। अगर मैं आपसे कहूँ कि उस रिपोर्ट में लिखा है कि आपने औजला में दीक्षा दी तो भी आप वह धरमदास नहीं हो सकते। आपने मुद्दई को बीस साल में उम्र में दीक्षा देने की बात की है और रिपोर्ट में लिखा है आपने कहा वह तब पन्द्रह साल का था। आपको ठीक से याद है कि मजिस्ट्रेट की अदालत में आपको वही फोटो दिखाई गई जो इस अदालत में? हन्जी। इधर गवाह ने कहा हन्जी और उधर एडवोकेट शशांक बाबू ने अदालत को बताया कि यहाँ उसी फोटी की कॉपी प्रस्तुत की गई है। तब बैरिस्टर चटर्जी ने गवाह से कहा कि यदि मैं आपसे कहूँ कि रिपोर्ट में लिखा है कि मजिस्ट्रेट के सामने आपको जो तस्वीर दिखाई गई उसमें मुद्दई लंगोटी पहने खड़ा था क्या तब भी आप यही कहेंगे कि यहाँ जो तस्वीर आपको दिखाई गई वह उसी तस्वीर की कॉपी है। यहाँ वाली तस्वीर में तो मुद्दई लुंगी पहने बैठा है। यह तो हो नहीं सकता ना कि इस अदालत में पेश होने के लिए तस्वीर में भी मुद्दई ने लंगोटी के ऊपर लुंगी पहन ली? तो जरा यह बताइए कि आप झूठ वहाँ मजिस्ट्रेट साहेब के आगे बोलते रहे कि यहाँ जज साहब के आगे बोल रहे हैं? अच्छा

यह बताइए कि मालसिंह दुबला था कि मोटा? गवाह ने थोड़ा सोचकर बताया : तब तो पतला ही था जी। आपको पता है कि औजला के जिन लोगों से गवाही दर्ज करवाई गई है उन्होंने मालसिंह को मोटा बताया है। वो जी इस तरह है कि औजला गाँव में एक मोटा मालसिंह भी हुआ करता था।

मुद्दई के गुरु तो उदासीन अखाड़े के नागा साधु थे आप कपड़े चप्पल क्यों पहने हुए हैं? तीन साल हुए मेरा हाथ टूट गया तब से मैं झबला डालने लग पड़ा हूँ जी। ढाका आने के बाद ही मैंने चप्पल पहननी शुरू की। लबादा कहीं इसलिए तो नहीं पहने हुए हैं कि पेट पर बड़ी गाँठ-सी है? गाँठ तो बहुत पहले से है जी पर उसे छिपाने वास्ते झबला नहीं ना डाला है मैंने। क्या आप वही धरमदास हैं जो सन् 1921 में ढाका आए थे। हन्जी। तो क्या वजह है कि तब किसी ने वह बड़ी गाँठ नहीं देखी आपके पेट में? पता नहीं जी, शायद इस करके मैं सुबह बहुत जल्दी नहा लिया करता था। लेकिन तब तो आप लबादा नहीं पहनते थे। इसका उत्तर धरमदास के पास नहीं था। आप अभी ढाका आते हुए तीन दिन कलकत्ता में रुके? हन्जी। जिस जगह रुके वह सत्येन्द्रनाथ बनर्जी के घर के पड़ोस में थी? मैं तो उनको जानता नहीं जी। अब बैरिस्टर चटर्जी ने बड़े नाटकीय ढंग से सुरेन्द्र कुमार चक्रवर्ती की रिपोर्ट अदालत की सेवा में प्रस्तुत करके बैरिस्टर चौधरी को भयंकर कष्ट में डाल दिया। सुनवाई पूजा की छुट्टियों के कारण स्थगित हो गई और इस बीच शासन ने बिगड़ी बात बनाने के लिए समुचित उपाय किये। छुट्टियों के बाद जिरह अदालत में ही हुई आपको ननकाना साहेब से ढाका कौन लाया? अर्जुन सिंह परदेसी। साथ में मुद्दालेहों के एक वकील पंकज कुमार घोष भी थे? मेरी मुद्दालेहों से कोई वाकफियत नहीं ना है। कोई वकील साथ में थे कि नहीं? वकील तो थे जी। सारा खर्चा अर्जुन सिंह करता रहा है इस करके मैं तो यही समझे बैठा हूँ कि सरकारी गवाह बनकर इधर आया हूँ।

अब मुद्दालेहों के एक एडवोकेट शशांक कुमार घोष ने अदालत की सेवा में गवाह द्वारा मजिस्ट्रेट के सामने सन् 1921 में दर्ज कराया गया बयान प्रस्तुत किया। इसमें कहा गया था : मैं धरमदास चेला हरनाम दास, उदासीन साधु मौजा संसारा थाना संसारा जिला अमृतसर पेशा सेवादार उम्र 45 साल। मेरे को दिखाई गई तस्वीर मेरे चेले सुन्दरदास की है जो औजला का मालसिंह हुआ करता था। ग्यारह साल पहले इसका चाचाजाद भाई नारायण सिंह इसे लेकर मेरे पास ननकाना साहेब आया था तभी इसे मन्तर देकर चेला बनाया। तब इसकी उम्र 20 साल थी। इसे आखिरी बार मैंने चार साल पहले प्रयाग के कुम्भ मेले में देखा था। मेरे को आज चेला सुन्दरदास की जो तस्वीर दिखाई गई उस पर ई-पी1 का नम्बर डाला हुआ है और जिसमें सुन्दरदास खड़ा हुआ है। मुद्दालेहों द्वारा प्रस्तुत इस बयान को देखकर बैरिस्टर चटर्जी ने अदालत का ध्यान इस ओर दिलाया कि उस पर गवाह के हस्ताक्षर या अंगूठा-निशान नहीं हैं इसलिए इसे प्रामाणिक नहीं माना जा सकता। तो बैरिस्टर चौधरी ने अब बयान दर्ज करने वाले मजिस्ट्रेट रघुबीर सिंह को

ही अदालत में पेश कर दिया। पंजाब के एक बड़े जमींदार होने के साथ-साथ वह तब पंजाब विधान परिषद के सदस्य भी थे। उन्होंने अदालत को आश्वस्त किया कि मुद्दालेहों ने धरमदास का जो बयान पेश किया है वह वही है जो मैंने मजिस्ट्रेट की हैसियत से उर्दू में दर्ज किया था। बिगड़ी बात बनाने के लिए मुद्दालेह इतने उतावले हो उठे कि जाली धरमदास को असली सिद्ध करने के लिए कहीं से उसके भी गुरु हरनामदास को पकड़ लाए। यह भूल ही गए उतावलेपन में कि गवाह ने अपने गुरु का वर्णन करते हुए उसकी दाढ़ी सफेद होने की बात कही थी और अदालत में खड़े हरनाम दास की दाढ़ी काली थी। बिगड़ी बात और बिगाड़ने वाले तीसरे गवाह के रूप में प्रस्तुत हुए स्वयं मुमताजुद्दीन तालुकदार। बोले : मुझे सन् 1921 में जिला मजिस्ट्रेट मिस्टर लिण्डसे और सुपरिंटेंडेंट मिस्टर बौरी से यह हुक्म हुआ कि जाओ और भवाल संन्यासी के गुरु का पता करके ही लौटो इसके लिए भले ही मुल्क के किसी भी कोने में जाना पड़े। मुझे रुपया पाँच सौ और संन्यासी का एक फोटो दिया गया और भवालराज के कारिन्दे सुरेन बाबू मेरे साथ भेजे गये। मैं बनारस, लखनऊ होता हुआ हरिद्वार पहुँचा जहाँ पता चला कि यह फोटो धरमदास के चेले सुन्दरदास का है और धरमदास अमृतसर का रहने वाला है। तो मैं अमृतसर गया। धरमदास हमें अमृतसर के पास ही संसारा के गुरुद्वारे में मिल गया।

गवाह ने आगे बताया : मैंने बाबा धरमदास को मजिस्ट्रेट रघुबीर सिंह की अदालत में पेश करके मुद्दई के बारे में उनका बयान दर्ज कराया। उस समय सुरेन बाबू वहाँ नहीं थे। अदालत में अभी जिस बाबा धरमदास ने गवाही दी है वह वही हैं जिनसे मैंने मजिस्ट्रेट के आगे बयान दिलवाया था। इन्हें ढूँढ़ने के लिए मैं ही पंजाब भेजा गया था। जिरह में बैरिस्टर चटर्जी ने इस पंजाब-यात्रा को लेकर प्रश्न किए। यह उजागर करा दिया कि ढाका के कमिश्नर के पत्र से लैस होकर मुमताजुद्दीन अमृतसर पहुँचे जहाँ अर्जुन सिंह परदेशी ने बताया कि धरमदास का वर्तमान पता-ठिकाना क्या है। यह सूचना मिलते ही गवाह शिमला के लिए रवाना हो गया क्योंकि पंजाब के वरिष्ठ पुलिस अधिकारी वहीं थे। वहाँ से गवाह ने स्थानिक पुलिस के नाम चिट्ठी लिखवाई। गवाह और सब बातों पर तो प्रकाश डाल सका किन्तु इस पर नहीं कि वह बाबा धरमदास को लेकर स्वयं ही क्यों नहीं आ गया? यह काम अर्जुन सिंह परदेसी और मुद्दालेहों के एक वकील ने क्यों किया? यह भी कि गवाह ने ढाका वापस रवाना होने से पहले बाबा धरमदास से स्वयं मिल लेना आवश्यक क्यों नहीं समझा? अब बैरिस्टर चटर्जी ने गवाह से पूछा कि आपने और सुरेन बाबू ने संसारा में बाबा धरमदास से स्वयं उनके बारे में भी कोई बातचीत नहीं की। आपने उनसे इतना भी नहीं कि आप घर-बारी हैं या सच्चे बैरागी? नहीं। आप संसारा में जिन बाबा धरमदास से मिले थे वह तो काले रंगे के थे। नहीं। सुरेन बाबू ने अपनी रिपोर्ट में लिखा है। रिपोर्ट से यह संकेत भी मिलता है कि आप लोगों ने उन बाबा धरमदास से स्वयं उनके बारे में भी पूछताछ की। क्या उन्होंने

झूठी रिपोर्ट भेजी? वह तो मैं कह नहीं सकता किन्तु मैं भी झूठी गवाही नहीं दे रहा हूँ। गवाह ने यह भी कहा कि मजिस्ट्रेट के आगे और इस अदालत में बाबा धरमदास को मुद्दई का एक ही फोटो दिखाया गया है।

बैरिस्टर चटर्जी ने सुरेन्द्र कुमार चक्रवर्ती की रिपोर्ट अदालत को देकर बैरिस्टर चौधरी के लिए सबसे बड़ा संकट इसलिए पैदा कर दिया था कि उसमें स्पष्ट लिखा था कि यदि लंगोटी पहने खड़े साधु का फोटो कालीमोहन बाबू ने दिया था वह जयदेबपुर के साधु का है तो उसके सुन्दरदास होने में कोई सन्देह नहीं रह गया अब। इसलिए उन्हें सुरेन बाबू की गवाही करवाने के लिए बाध्य होना पड़ा। उन्होंने उनसे यह कहलवाया कि पूरी विस्तृत रिपोर्ट तो मुमताजुद्दीन तालुकदार ने ही भेजी थी मैंने तो ऐसे ही मोहिनी मोहन बाबू के नाम एक पत्र डाल दिया था। प्रामाणिक वही है जो पुलिस इन्स्पेक्टर ने अपनी रिपोर्ट में लिखा था। मुझसे ब्यौरे में छोटी-मोटी भूलें ही हो गयी हैं। सुरेन बाबू ने भी यह कहा कि यहाँ अदालत में बाबा धरमदास को जो चित्र दिखाया गया है वह वही है जो सन् 1921 में मजिस्ट्रेट के सामने दिखाया गया था। जिरह में बैरिस्टर चटर्जी ने सुरेन बाबू से अपनी छोटी-मोटी भूलें गिनवाने को कहा और आग्रहपूर्वक कहा कि ये छोटी नहीं, मोटी हैं। उन्होंने गवाह से जानना चाहा कि जब आप मुद्दई का कुल एक वह फोटो लेकर गए थे जो आपको कालीमोहन बाबू ने दिया था और अपनी रिपोर्ट में आपने उसमें मुद्दई को लंगोटी पहनकर खड़ा हुआ बताया तब इस अदालत में प्रस्तुत किए जाने तक मुद्दई कि उसमें लुंगी पहनकर बैठ क्या इसलिए गया कि जज के आगे लंगोटी पहनकर जाना उचित नहीं?

उन्होंने सुरेन बाबू का ध्यान इस ओर भी दिलाया कि आपकी रिपोर्ट में जाँच के बारे में जितना ब्यौरा दिया है उसका एक-चौथाई भाग भी मिस्टर तालुकदार की गवाही में नहीं मिला अदालत को। क्या इससे स्पष्ट नहीं कि वह कुछ छिपा रहे थे जबकि आप तब अपनी रिपोर्ट में उत्साहवश सब कुछ सच-सच बता गए थे और उस रिपोर्ट के सार्वजनिक हो जाने पर अपनी नौकरी बचाने के लिए झूठ बोल रहे हैं? आपसे इतनी सारी भूलें हो गई थीं तो आपने जयदेबपुर में मोहिनी बाबू को सूचित क्यों नहीं किया जिन्होंने उसका अँग्रेजी अनुवाद करके लिण्डसे साहब को भेज दिया था? इसका उत्तर उनके पास न था। इसका भी कि जब सारी जाँच लिण्डसे साहब ने करवाई थी तब भवाल संन्यासी का अता-पता लग जाने की सूचना सबसे पहले बिभाबती देबी के पास कैसे पहुँची? क्यों भवालराज के मैनेजर नीढ़म को 4 जुलाई को उन्होंने तार द्वारा सूचित किया कि 'जस्ट रीसिव्ड वायर सेइंग ऐटिसिडेंट्स ट्रेस्ड?' यह सूचना तो सबसे पहले लिंडसे साहब को जानी चाहिए थी। और उससे भी आश्चर्यजनक यह कि जब सत्या बाबू अपने जमाई बाबू की मृत्यु और दाह-संस्कार के सर्टिफिकेट दे चुके थे और भवाल संन्यासी को जाली घोषित किया जा चुका था तब सत्या बाबू मिस्टर लिंडसे से इस व्यर्थ जाँच पर सरकारी पैसा व्यय क्यों करवा रहे थे और लिंडसे क्यों कर रहे थे?

इसके बाद मेरे वकीलों ने ढाका में ज्योतिर्मयी देबी के घर में मेरे गुरु धरमदास से मिल चुके चार और व्यक्तियों की गवाही कराई कि मुद्दालेहों ने जिस धरमदास को अदालत में प्रस्तुत किया वह तो कोई भिन्न व्यक्ति हैं। उन्होंने इस विषय में ज्योतिर्मयी देबी की गवाही कराना इसलिए उचित नहीं समझा कि उनसे अपनी जिरह में बैरिस्टर चौधरी कहलवा चुके थे कि बाबा धरमदास यहाँ रहे अवश्य किन्तु मैंने उन्हें इतना कम देखा कि इतने वर्षों बाद उन्हें पहचान सकूँगी यह दावा करना मेरे लिए सम्भव नहीं। उन्होंने उनसे यह भी कहलवा लिया था कि बाबा धरमदास मेरे यहाँ लोगों से अधिक मिले-जुले नहीं। इस आधार पर बैरिस्टर चौधरी यह कह सके बाद में कि इन चारों व्यक्तियों की गवाही अधिक विश्वसनीय नहीं मानी जा सकती। मेरे वकीलों ने मुद्दालेहों द्वारा प्रस्तुत धरमदास के बारे में मेरी गवाही कराना व्यर्थ समझा क्योंकि मैं तो मुद्दई था इसलिए मुझे मेजोकुमार नहीं, मालसिंह बताने वाले को अपना गुरु मानने से इनकार करना मेरे स्वार्थ का आग्रह ही माना जा सकता था। किन्तु बाद में बैरिस्टर चौधरी ने यह तर्क दिया कि मेरा सामना गवाह धरमदास से इसलिए नहीं कराया गया क्योंकि मन्त्र-दीक्षित चेला होने के नाते मैं गुरु को गुरु बताने से इनकार कर ही नहीं सकता था। बैरिस्टर चौधरी के लिए गवाह धरमदास से मुद्दई का सामना न कराया जाना ही इस प्रसंग का सबसे महत्त्वपूर्ण तथ्य था जबकि बैरिस्टर चटर्जी सबसे महत्त्वपूर्ण इस बात को मान रहे थे कि मुद्दालेह वह फोटो अदालत में प्रस्तुत नहीं कर रहे हैं जो मजिस्ट्रेट के सामने बयान देने वाले धरमदास को दिखाया गया था।

अब नवम्बर, 1935 में बैरिस्टर चौधरी ने डॉ. आशुतोष दासगुप्त को, जिनका स्कूल रजिस्टर में दर्ज नाम अनुकूल चन्द्र दासगुप्त था, मुद्दालेहों के गवाह के रूप में अन्तत: प्रस्तुत कर ही दिया। आशु डॉक्टर कुल मिलाकर मुद्दालेहों की मुसीबतें कुछ और बढ़ा गये। वह अपने द्वारा ठोंके गए मानहानि के मुकदमे में, जो दो बार अलग-अलग मजिस्ट्रेटों द्वारा सुनाया गया था, दो अलग-अलग बयान दे सकने का कौशल पहले ही प्रदर्शित कर चुके थे। यहाँ उन्होंने अब तक हो चुकी गवाही के आधार पर अपना वक्तव्य फिर बदल डाला। जिरह में बैरिस्टर चटर्जी ने जब उनका ध्यान इस ओर दिलाया तब वह बोले : पहले जो कहा वह विश्वसनीय नहीं। बाद में मैंने सब कुछ याद करने का यत्न किया तो सही और पूरा ब्यौरा मानस में उभर आया। समय के साथ-साथ तो लोग ब्यौरा और भी अधिक भूल जाते हैं आपको उल्टा याद आ गया— सो कैसे? मेरा तात्पर्य यह था कि इस बीच दार्जिलिंग से भेजे गए तार और मेजोकुमार को दी गई औषधियों के नुस्खे पढ़ने का अवसर मिला जिनके सहारे मुझे सारी बातें ठीक-से स्मरण हो आयीं। किन्तु नुस्खे तो मानहानि मुकदमे में भी प्रस्तुत कर दिए गए थे। इसका कोई उत्तर आशु डॉक्टर के पास न था। आपने मानहानि मुकदमे में तो कहा था कि आर्सेनिक वाला नुस्खा डॉ. काल्वर्ट ने लिखा था, अब आपका क्या कहना है? यही कि मैंने एक नुस्खा डॉक्टरों के परामर्श पर लिखा अर्थात् मैंने नहीं लिखा, मुझे लिखाया गया। डॉक्टर निबारन सेन

और कर्नल काल्वर्ट में से किसी एक ने लिखवाया। डॉ. काल्वर्ट तो अपनी गवाही में इससे इनकार कर चुके हैं। तब डॉक्टर निबारन सेन ने लिखवाया होगा।

अब चटर्जी मोशाय ने कहा, डॉक्टर निबारन सेन का तो स्वर्गवास हो चुका है किन्तु डॉक्टर काल्वर्ट और अन्य विशेषज्ञ कह चुके हैं कि वह नुस्खा बिलेरी कॉलिक के रोगी को देना सरासर गलत था। आपका क्या विचार है ? यदि मध्यमकुमार को 7 तारीख की सुबह को बिलेरी कॉलिक और दस्तों की शिकायत रही हो तो मैं यह औषधि न सुझाता यदि उनका पेट चला हुआ था तो यह नुस्खा गलत था। किन्तु इससे कोई नुकसान होने वाली बात भी न थी। हाँ पेचिश बढ़ सकती थी— बढ़ी भी हो कदाचित्, किन्तु रेचक रसायन ऐसा कोई तेज भी नहीं। हाँ-हाँ मैं सहमत हूँ कि बिलेरी कॉलिक या डायरिया के लिए यह नुस्खा ठीक न था। इसमें पड़े रेचक रयासन से पेचिश बढ़ सकती थी। हाँ जो पेचिश बढ़ाना चाहता रहा हो वही इस रसायन को नुस्खे में रख सकता था। फिर भी आप कहना चाहते हैं कि यह गड़बड़ नुस्खा आप-जैसे नौसिखिया डॉक्टर का खुद लिखा हुआ नहीं, डॉक्टर निबारन सेन-जैसे अनुभवी डॉक्टर का लिखवाया हुआ था। मैं नौसिखिया था इसीलिए तो इतने बड़े डॉक्टरों के रहते स्वयं नुस्खा लिखने का दुस्साहस नहीं कर सकता था। आपने मानहानि मुकदमे में कहा था कि मृत्यु के दिन सवेरे से ही मध्यम कुमार का पेट चल गया था और भयंकर रूप से खूनी दस्त हो रहे थे फिर उसी दिन दार्जिलिंग से इस आशय का तार कैसे भेज दिया गया कि कुमार ठीक हैं, पथ्य देने के बाद हम लौट आएँगे। तब मैंने जो बात कही थी वह झूठ थी। सच यह है कि पेचिश बाद में शुरू हुई। आपने मानहानि के मुकदमे की पहली सुनवाई में नाड़ी क्षीण पड़ने का समय दो बजे बताया, दूसरे में चार-पाँच बजे। अब कॉलेप्स की अवस्था आने का समय थोड़ा और पीछे धकेल रहे हैं। मैं वही कहता रहा हूँ जैसा मुझे याद आता जा रहा है। आपकी स्मृति सुधरती जा रही है ? मैंने ऐसा कब कहा।

आपने मानहानि मुकदमे में कहा था कि मृत्यु के दिन मध्यमकुमार पेट में भयंकर जलन अनुभव कर रहे थे। अब इसका कोई उल्लेख नहीं कर रहे हैं। क्या इसलिए कि पेट में जलन अनुभव करना आर्सेनिक दिए जाने का लक्षण माना जाता है ? मैंने बांग्ला में जो कहा था उसका अर्थ अँग्रेजी में ठीक-ठीक 'स्टोमेक बर्न्स' नहीं होता। वकील बंगाली, जज बंगाली किन्तु आशु डॉक्टर समझा नहीं पाये कि उनके कथन का अँग्रेजी में और क्या अर्थ लगाया जाना चाहिए। बैरिस्टर चटर्जी ने अब पूछा, 'तो आपके अनुसार डॉक्टर काल्वर्ट की सेवाएँ आप लोगों के दार्जिलिंग पहुँचने के दो-तीन दिन बाद ही ली जाने लगीं और आपने उन्हें मेजोकुमार को बिलेरी कॉलिक और सिफलिस की शिकायत होने की बात बताई ? हाँ। तो उन्होंने बीमा कम्पनी के फार्म में सिफलिस का उल्लेख क्यों नहीं किया ? आपको पता होना चाहिए कि उसमें एक प्रश्न यह भी होता है कि क्या रोगी को मृत्यु के समय और भी कोई रोग था ? यदि आप पहले से उनका परामर्श लेते आए थे तो उन्होंने 6 तारीख से पहले कोई भी औषधि क्यों नहीं दी ? कोई

एक नुस्खा अवश्य लिखा होगा या सबसे पहली विजिट में सिफलिस के लिए। तब बिलेरी कॉलिक नहीं हो रहा था। आपने कहा था कि आप हर नुस्खे की एक प्रति अपने पास रखते थे। उस पहले नुस्खे की प्रतिलिपि दिखाइए ना। मिली न वर्षों बाद। आपने मानहानि मुकदमे में कहा कि मृत्यु के दिन डॉक्टर काल्वर्ट तीन बार रोगी को देखने आये। यहाँ आपने कहा 6-7 बार , कौन-सी बात सही है ? दूसरी। जब शाम को डॉक्टर काल्वर्ट और डॉक्टर निबारन सेन दोनों उपस्थित थे तब आपने डॉक्टर सरकार को और क्यों बुला लिया ? मैंने नहीं बुलाया। तो किसने ? पता नहीं। वह जब रोगी की नाड़ी टटोल और हृदय गति अपने आले से सुन रहे थे उस समय डॉक्टर काल्वर्ट और डॉक्टर निबारन सेन कहाँ थे ? वहीं रोगी के पास। उनकी उपस्थिति में उनसे जूनियर डॉक्टर का यह सब करना विचित्र न था क्या ? पता नहीं। अदालत में डॉक्टर सरकार की जो डायरी प्रस्तुत की गई है उसमें आठ मई, 1909 के नीचे लिखा है : भुवाल कुमार फ्यू ऑवर्स। वह रोगी को मृतप्राय: अवस्था में देखकर गए तभी लिखा कि चन्द घण्टों के मेहमान हैं। यदि मृत्यु रात बारह बजे हुई तो वह रात कब तक रोगी के पास रहे ? कह नहीं सकता।

आशु डॉक्टर यह भी न बता पाये कि मृत्यु का तार किसने और कब भेजा ? उनके भी अनुसार उस रात दार्जिलिंग में मौसम अच्छा था। रानी बिभाबती देबी शव के साथ ही बैठी रही थीं और दाह-संस्कार पूरे विधि-विधान के साथ हुआ था। बैरिस्टर चटर्जी ने उनका ध्यान इस ओर दिलाया कि मानहानि मुकदमे में आपके वकील ने गवाहों से कहा था कि रात आठ बजे सेनेटोरियम में मेजोकुमार के मर जाने की नहीं, मरणासन्न होने की सूचना भेजी गयी थी। वकील आपके आदेशों पर काम कर रहे थे इसलिए बताएँ कि क्या आपके अनुसार सात-आठ बजे स्टेप असाइड से कोई व्यक्ति सेनेटोरियम गया था ? कोई नहीं गया था और वकील ने यह बात किसी और के कहने पर उठाई होगी मेरे नहीं। क्या आपका वकील दूसरों के कहने पर चल रहा था। आशु डॉक्टर कुछ न बोले। उन्होंने स्वीकार किया कि कलाई और टखनों के पास चमड़ी खुरदरी होना भवालराजपरिवार की विशेषता थी। यह गवाही इतनी गड़बड़ सिद्ध हुई कि बाद में बैरिस्टर चौधरी ने स्वयं तो उसकी उपेक्षा की ही, अदालत से भी कहा कि डॉक्टर आशुतोष बार-बार की जिरह से चकराकर परस्परविरुद्ध बातें तक कह बैठे हैं इसलिए उन्हें अधिक महत्त्व न देना ही उचित रहेगा। अब बैरिस्टर चौधरी के पास अपने सबसे महत्त्वपूर्ण गवाह सत्येन्द्रनाथ बैनर्जी ही बचे थे। एक प्रकार-से वही इस मुकदमे में वास्तविक मुद्दालेह थे। अब देखना यह था कि सयाने और समझदार रायबहादुर साहब अपनी लाड़ली बहन का केस बनाने वाले सिद्ध होते हैं कि आशु डॉक्टर की तरह बिगाड़ने वाले ? चरमोत्कर्ष पर पहुँच रहा था एक ऐतिहासिक मुकदमा और दर्शकों की उत्सुकता भी पराकाष्ठा पर पहुँच चकी थी। दिसम्बर में जब सत्या बाबू ने सत्य और सत्य के सिवा कुछ भी न बोलने की सौगन्ध ली अदालत के भीतर तब बाहर एकत्र

दर्शकों ने उनकी सत्यवादिता पर टीका-टिप्पणी करके जज पन्नालाल बसु को अपना टेबल खटखटाने के लिए बाध्य किया।

सत्या बाबू ने कलकत्ता हाईकोर्ट के एडवोकेट और फर्स्ट क्लास ऑनरेरी मजिस्ट्रेट के रूप में अपना परिचय दिया और अपनी बहन बिभाबती देबी के सुखद दाम्पत्य का संक्षिप्त वर्णन प्रस्तुत किया। उन्होंने अपने जमाई बाबू रोमेन्द्र नारायण राय के बारे में कहा कि वह सभ्य सुसंस्कृत व्यक्ति थे और बांग्ला और अँग्रेजी दोनों ही भाषाएँ भली-भाँति पढ़, लिख और बोल लेते थे। मैंने उन्हें मिस्टर और मिसेज मेयेर, मिस्टर वार्टन, अपने डॉक्टरों और फिरंगी कर्मचारियों से सदा अँग्रेजी में ही बातें करते सुना। वह तो हम लोगों से भी बात करते हुए बहुधा अँग्रेजी बोलने लगे थे। पूरे के पूरे वाक्य नहीं तो अँग्रेजी शब्दों से जड़ित बांग्ला। उनकी अँग्रेजी किसी भी शिक्षित बंगाली-जैसी ही थी। न मैं यह नहीं कहूँगा कि उच्च शिक्षा प्राप्त बंगाली-जैसी किन्तु वैसी ही जैसी सामान्य बंगाली बोलते हैं। हाँ वह अँग्रेजी लिख भी लेते थे। इस पर बैरिस्टर चौधरी ने उन्हें रोमेन्द्र नारायण राय द्वारा 1905 में दिया गया दस हजार रुपये का एक प्रामिसेरी नोट दिखाया जो मुद्दालेहों ने हाईकोर्ट से प्राप्त किया था। सत्या बाबू ने न केवल जमाई बाबू के हस्ताक्षर पहचान लिये बल्कि इस ओर भी ध्यान दिलाया कि इसमें टेन थाउजेंड भी उनके द्वारा ही लिखा गया है।

सत्या बाबू ने इस आक्षेप को निराधार और कुत्सित बताया कि मेजोकुमार को दार्जिलिंग उनकी हत्या करने के विचार से ले जाया गया था और इसीलिए भवाल राजपरिवार के अन्य सदस्यों को उनके साथ नहीं आने दिया गया था। किसी को ले जाना, न ले जाना उनके अधिकार क्षेत्र में न था और भले ही भवालराजपरिवार का कोई सदस्य साथ न आया हो, सभी कर्मचारी वहीं के थे। आशु डॉक्टर भी राज परिवार के ही सेवक थे तब। उनके साथ कोई षड्यंत्र रचे जाने की बात कल्पनातीत है। सत्या बाबू ने इस बात से भी इनकार किया कि मेजोकुमार की मृत्यु 7-8 बजे ही हो गई थी और उनका शव रात को श्मशान भूमि से गायब हो गया था। उन्होंने अर्द्धरात्रि मृत्यु होने और सुबह दाह-संस्कार किए जाने की बात दुहराई। उन्होंने भी यही कहा कि 8 मई को मेरी बहन पहले अपने पति के और फिर उनके शव के साथ निरन्तर बैठी रही और सुबह दाह-संस्कार के लिए शव उससे छुड़वाना पड़ा। उन्होंने अपनी बहन को फिट आ जाने की और उसके अलग कमरे में बन्द कर दिए जाने की बात को भी झूठ ठहराया। दार्जिलिंग से भेजे गए तारों के विषय में सत्या बाबू का कहना था कि मैं तो अपने रोगी जमाई बाबू और व्यथित बहन की ओर ध्यान देने में इतना व्यस्त था कि मैंने यह पूछा-देखा ही नहीं कि क्या तार भेजे जा रहे हैं, क्या नहीं। मुझे तो उनका पता तब चला जब भवालराज के मैनेजर और ढाका के कलेक्टर ने मुद्दई के प्रकट होने के बाद मेरी बहन को लिखा कि आपके पास हों तो दें। फिर पता चला कि वे बोड़ोरानी के भाई शैलेन्द्र मतिलाल के पास हैं। वहीं से मँगवाए गए।

बिभाबती देबी की गवाही के समय मेरे वकील बैरिस्टर चटर्जी ने उनका सामना सत्या बाबू की डायरी के एक पृष्ठ से कराया था। तबसे बैरिस्टर चौधरी बहुत उद्विग्न थे। तो उन्होंने सत्या बाबू से अब एक वह प्रश्न कर डाला जो उन्हें पता था कि जिरह में बैरिस्टर चटर्जी अवश्य पूछेंगे जब आपने जीवन में न पहले कभी डायरी लिखी न बाद में तब दार्जिलिंग से जयदेबपुर लौटने के बाद ही क्यों लिखी? सत्या बाबू बोले : इसलिए कि पोरोडा स्टेशन पर उतरते ही मुझे इस बात का संकेत मिल गया कि भवालराजपरिवार की नीयत साफ नहीं है। स्टेशन पर मेरी बहन को मुझसे लगभग छीन लिया गया और मुझसे पूछा गया कि क्या मेजोकुमार कोई विल बना गए हैं? फिर नारायणगंज में तो ऐसा व्यवहार किया मानो मुझे साथ जयदेबपुर ले जाने का कोई इरादा न हो उनका। जयदेबपुर में यह देखा कि उन लोगों को मेरी बहन पर हुए वज्रपात से कहीं अधिक चिन्ता मेजोकुमार की सम्पति उसे न लेने देने की है। मुझसे कहा गया कि मेजोकुमार ने अपने भाइयों के साथ मिलकर एक नयी डीड बना ली थी जिसके अनुसार किसी भी भाई के निस्सन्तान मरने की स्थिति में सम्पत्ति में उसका हिस्सा शेष भाइयों में बाँट दिया जाएगा और उसकी विधवा को वे मिलकर एक हजार रुपया मासिकवृत्ति देते रहेंगे। सुनकर मेरा माथा ठनका क्योंकि जमाई बाबू ने मुझसे या मेरी बहन से किसी नयी डीड के बनाये जाने का कोई उल्लेख नहीं किया था। तभी से मेरे मन में यह विचार उठा कि अपनी बहन के हितों की रक्षा के लिए डायरी में सब कुछ नोट करता जाऊँ। श्राद्ध के दो-एक दिन बाद जब मैं कलकत्ता से जयदेबपुर लौटा तो मैंने लक्ष्य किया कि मेरी बहन को मुझसे दूर रखने का प्रयास चल रहा है और मुझे सूचना मिली कि उससे किन्हीं कागजात पर हस्ताक्षर करवाने का यत्न अन्त:पुर में किया जा रहा है। मैंने तभी से यह डायरी भरनी आरम्भ की किन्तु उसे 7 मई से शुरू किया। उधर बोड़ोकुमार मुझसे कहने लगे कि अपनी बहन से मासिकवृत्ति के लिए सहमति पत्र दिलवा दीजिए। मैंने उनका ध्यान इस ओर दिलाया कि भवालराज की वार्षिक आय का तिहाई हिस्सा 12 हजार टाका से कहीं ज्यादा होता होगा फिर आप ही बताइए कि मेरी विदुषी बहन इस घाटे के सौदे के लिए कैसे तैयार हो सकती है। वह बोले नयी डीड में तो यही व्यवस्था है। मैंने कहा कि नयी डीड दिखाइए तो। उन्होंने दिखाई तो मैंने उनका ध्यान इस ओर दिलाया कि इसकी तो रजिस्टरी नहीं हुई है।

सत्या बाबू ने आगे बताया कि बोड़ोकुमार बोले कि रजिस्टरी तो अब भी हो जाएगी। किन्तु बाद में कहने लगे कि घूस बहुत ज्यादा माँग रहे हैं, आप यह बताइए कि हजार रुपया कम है तो मासिकवृत्ति बढ़ाकर कितनी कर दें। इस सौदेबाजी से ही पता चल गया कि नयी डीड पर मेजोकुमार के हस्ताक्षर जाली हैं। भवालराजपरिवार की नीयत मेरी बहन का हिस्सा सस्ते में हड़प लेने की है। मैं सब कुछ डायरी में भरता गया और जब मेरी बहन के हितों को कोई खतरा न रहा तब मैंने डायरी भरना बन्द कर दिया। यह डायरी मैंने 1912 में पूरे भवालराज के कोर्ट ऑफ वॉर्ड्स में चले जाने से ठीक पहले देखी थी। उसके बाद वह मेरी और कई पुराने कागज-पत्रों के साथ चुरा ली गयी। मुझे

बहुत सन्देह है कि यह चोरी रानी बिभाबती के निजी क्लर्क मनमोहन भट्टाचार्य ने की है। मेजोकुमार की जन्मपत्रिका की भी जो मुद्दई के वकीलों ने यहाँ प्रस्तुत की, मेरी उन कागजात के साथ ही चोरी हुई थी और मुझे पता है कि वह मनमोहन बाबू से ही मुद्दई को मिली है इसलिए डायरी भी उन्होंने ही दी होगी।

जब बैरिस्टर चटर्जी जिरह करने उठे उनकी मेज पर एक फाइल में सत्या बाबू की डायरी के कई पृष्ठ रखे हुए थे। उन्होंने कहा : क्या मैं यह मान लूँ कि आपके मेजोकुमार की बीमारी का ब्यौरा और उनके प्राण छोड़ने का समय अपनी बहन को नयी डीड के प्रभाव से बचाने के लिए दर्ज किया। सत्या बाबू बोले : मैंने तो बस तथ्य दर्ज किये। आपने स्वयं कहा है कि डायरी भरना आपने श्राद्ध के बाद आरम्भ किया जबकि नयी डीड का पता आपको दार्जिलिंग से लौटने के दो-एक दिन बाद चल गया था। विलम्ब का कारण क्या था? कुछ नहीं। क्या आपने कुशपुतलिका श्राद्ध की बात उठने पर डायरी भरना आवश्यक समझा? मैं श्राद्ध के दिन जयदेबपुर में था ही नहीं और कलकत्ता से लौटने पर भी मैंने कुशपुतलिका का प्रश्न उठने की कोई बात नहीं सुनी। कहीं ऐसा तो नहीं जो तथ्य आपने डायरी में दर्ज किये उन्हें लेकर विवाद आपके कलकत्ता जाने से पहले उठा चुका था और कलकत्ता में आपको आगे कभी उस विवाद से निपटने के लिए डायरी भरकर रख लेने का उपाय सूझा या सुझाया गया? तब कहीं कोई विवाद था ही नहीं। तो आपने डायरी का मेजोकुमार की बीमारी और मृत्यु वाला हिस्सा अकारण ही भर डाला क्या? नयी डीड मृत्यु के शीघ्र बाद ही लागू की गयी इसलिए मैंने सोचा बात आरम्भ से आरम्भ करूँ। मैंने वह सब मेजोकुमार का दाह-संस्कार न हो पाने की अफवाह से निपटने के लिए नहीं लिखा। मैं आपको चुनौती देता हूँ कि उसके अतिरिक्त कोई भी युक्तियुक्त कारण बताकर दिखाएँ। मैंने मात्र तथ्य दर्ज किए और कोई कारण नहीं।

आप आरम्भ से आरम्भ करना चाहते थे तो मेजोकुमार के बीमार पड़ने की तिथि से डायरी भरते न। आपने तो मृत्यु के एक दिन पहले की तिथि 7 मई से भरनी शुरू की और 7 मई के नीचे भी केवल तीन वाक्य लिखा : रोमेन्द्र का रोग जारी, उदरशूल के साथ हल्का ज्वर। कल रात नींद नहीं। फल आदि के लिए घर को तार भेजा और 8 मई को तो आपने बात ही यहाँ से आरम्भ की है कि 'कुमार रोमेन्द्र का अर्द्धरात्रि देहान्त, दार्जिलिंग, स्टेप असाइड। चार चिकित्सक सेवा में, एक उनके परिवार के डॉक्टर आशुतोष दासगुप्त, दो राय बहादुर निबारन सेन, तीन बी.वी. सरकार एम.डी., चार ले. कर्नल काल्वर्ट। मृत्यु की घड़ी चारों उपस्थित। प्राण छूटने से एक मिनट पूर्व उन्होंने मुझसे अपने अन्तिम शब्द कहे— आशु को बताओ कि मुझे साँस लेने में कष्ट हो रहा है। बिभा को फिट पड़ने लगे। डॉक्टर सरक लिये। केवल दो नर्सें बचीं, शरीफ खाँ पगला उठा। बेहाड़ा को भेजा कि सेजो मामा को बुला ला, जो सुबह प्रायः तीन बजे आये। उत्तरपाड़ा और जयदेबपुर को सन्देश। सासन बन्धु जुटाने के लिए एक व्यक्ति सेनेटोरियम भेजा।'

सात और आठ को और भी बहुत कुछ हुआ होगा। आपने बस इतना ही लिख देना क्यों आवश्यक समझा? और 7 तारीख से पहले की कोई भी बात क्यों नहीं लिखी? यह मत कहिएगा कि लिखी थी क्योंकि ये देखिए आपने 1 से 6 मई तक के पृष्ठों पर कुछ भी नहीं लिखा है। सत्या बाबू के पास इसका कोई उत्तर न था। अब बैरिस्टर चटर्जी ने सत्या बाबू से उनके दर्ज किए गए तथ्यों के बारे में जिरह आरम्भ की। बोले, आपने कहा कि आप अपने रुग्ण जमाई बाबू और शोक-विह्वल बहन की सुध लेने में इतने व्यस्त थे कि जयदेबपुर को कोई तार न स्वयं भेजा न भिजवाया किन्तु यहाँ तो स्पष्ट लिखा है कि आपने मृत्यु के बाद उत्तरपाड़ा और जयदेबपुर सन्देश भिजवाए। इसका भी कोई उत्तर न था सत्या बाबू के पास। आपने लिखा है कि रात को ही एक आदमी सेनेटोरियम भिजवाया सासन बन्धुओं के लिए। इसका तो अर्थ यही हुआ कि आप रात को ही दाह-संस्कार करने वाले थे। ना, ऐसा लिखने से मेरा तात्पर्य मात्र इतना था कि मैंने एक चिट पर मृत्यु की सूचना और सबेरे दाह-संस्कार के लिए सासन बन्धु जुटाने का अनुरोध भेजा किन्तु आपके गवाह राजेन्द्रनाथ सेट्ट तो बता गए हैं कि चिट में सासन बन्धु लेकर आने को कहा गया था और आपके दूसरे महत्त्वपूर्ण गवाह महेन्द्रनाथ बैनर्जी कह चुके हैं कि सूचना लाने वाले से मैंने कहा कि रात में तो मैं जाऊँगा नहीं।

इसका भी सत्या बाबू के पास कोई उत्तर न था। फिर उनसे डॉक्टर सरकार के मृत्यु के समय उपस्थित होने पर प्रश्न किया गया। वह बोले, डॉक्टर सरकार उस दिन आए अवश्य थे किन्तु मृत्यु के समय उनकी उपस्थिति की बात मैं भूल से लिख गया था। क्या अन्य डॉक्टरों के रहते डॉक्टर सरकार को बुलाना ही भूल नहीं थी? क्या यह सही नहीं कि जब डॉक्टर काल्वर्ट केस बिल्कुल बिगड़ चुका मान अगली सुबह एक अन्य विशेषज्ञ को दिखा लेने की बात कहकर चले गए और डॉक्टर निबारन चन्द्र सेन ने भी आस छोड़ दी तब आपने डॉक्टर सरकार को बुलाया? ना, यह मिथ्या कथा है। तो सत्य क्या है? मैं थोड़ा घर से बाहर निकला तो चौरास्ता में सेजा मामा मिल गये। मैंने उन्हें बताया कि जमाई बाबू का स्वास्थ्य और अधिक बिगड़ गया है। और डॉक्टर निबारन चन्द्र और डॉक्टर काल्वर्ट का उपचार चल रहा है। वही बाद में डॉक्टर सरकार को ले आये जो उनके अपने चिकित्सक रह चुके थे। आपने उनसे नहीं कहा और वह अपने मन से ले आये। यह सुन चुकने पर भी कि दो लब्धप्रतिष्ठ डॉक्टरों का इलाज चल रहा है। ना, सम्भव है उन्होंने आग्रह किया हो कि डॉक्टर सरकार को भी दिखा लो और मैं मान गया होऊँ। क्या उन्होंने आग्रह इसलिए नहीं किया कि शेष डॉक्टर आस छोड़ बैठे थे। ना। जिस समय आपके मामा डॉक्टर सरकार को लेकर आये क्या डॉक्टर काल्वर्ट और डॉक्टर निबारन सेन भी रोगी के पास थे? अब याद नहीं। कदाचित् घर में नहीं थे, रोगी के पास में नहीं। हाँ पहली बार वह आये तब उन्होंने अकेले ही देखा। दूसरी बार अन्य डॉक्टर भी आये थे। उसी के बाद डॉक्टर काल्वर्ट डिनर लेने गये। तो डॉक्टर सरकार ने रोगी की जाँच करके क्या कहा? उन्होंने कहा : कंडीशन ग्रेन एण्ड सीरियस

है। दूसरे डॉक्टरों की उपस्थिति में कहा। हाँ। कहीं वे रोगी को पहले ही ग्रेन एण्ड सीरियस अर्थात् मरणासन्न मानकर जा चुके थे। ना, वे वहीं थे। किसी ने हम से यह नहीं कहा कि मेजोकुमार मरणासन्न हैं। सर्वथा अप्रत्याशित थी उनकी मृत्यु। डॉक्टर सरकार के कथन के बावजूद अप्रत्याशित थी। मैं औरों की नहीं जानता मुझे कभी नहीं लगा कि जमाई बाबू मरणासन्न हैं। तो क्या मैं यह मानूँ कि आपके सेजो मामा डॉक्टर सरकार से रोगी की जाँच करवाने के बाद इसलिए चले गये कि ग्रेन एण्ड सीरियस का अर्थ उन्होंने होपफुल लगाया।

सत्या बाबू असमंजस में पड़े रहे कुछ क्षण। फिर बोले, मैंने यह तो नहीं कहा कि सेजा मामा इसलिए चले गये कि डॉक्टर सरकार ने केस होपफुल बताया। वह तुरन्त तो गये भी नहीं। बैठे रहे। उन्हें पता चल ही गया होगा कि स्थिति गम्भीर है। वह स्वयं अस्वस्थ थे इसलिए हमने ही कहा कि आप चले जाइए। आपके सेजो मामा डॉक्टर सरकार को आरम्भ में ही क्यों नहीं ले आये? इसलिए इससे पहले उन्हें मेजोकुमार का स्वास्थ्य बिगड़ जाने की सूचना नहीं थी। आपके मामा को नहीं थी और पड़ोस के जिस मकान बालेन विला में वह किराएदार थे उसके मालिक बनर्जी पारिवार को थी और वहाँ से काशीश्वरी देबी रोगी के लिए अपने बेटे बेबुल के हाथ फल-सब्जी भिजवाती रही थीं। आपकी डायरी में काशीश्वरी देबी के स्टेप असाइड आने का कोई उल्लेख नहीं है, केवल उनके बेटे बालेन को शवयात्रा निकलने से पूर्व वहाँ दिखाया गया है, किन्तु आपके कई गवाह 9 मई की सुबह उन्हें वहाँ उपस्थित बता चुके हैं। वह उपस्थित थीं भले ही मैं डायरी में यह तथ्य दर्ज करना भूल गया। आपने केवल सेजो मामा को बालेन विला से बुलाने की बात इसमें लिखी है और उनके आने का समय सुबह आठ बजे की जगह सुबह तीन बना देने का प्रयास स्पष्ट दिख रहा है। इस पर सत्या बाबू ने डायरी का वह पृष्ठ माँगा और फिर आतिशी शीशे की माँग की। उससे अध्ययन करने के बाद उन्होंने निर्णय दिया कि इसमें तीन ही लिखा हुआ था जिसे बाद में किसी ने आठ बनाने की कोशिश की है। ना, आठ को तीन बनाने की नहीं। सेजो मामा तीन बजे आ गए थे। इसका तो मुझे भलीभाँति स्मरण है।

आपने डायरी में लिखा है कि बिभा को फिट आने लगा और उनका कहना है कि ऐसा कुछ नहीं हुआ— सही बात क्या है? सत्या बाबू ने डायरी का पृष्ठ दिखाए जाने की माँग की। और पढ़ने के बाद बोले— ऐसा हुआ होगा। अब याद आ रहा है कि ऐसा ही हुआ था। मुझे स्मरण है कि उसे पहला फिट कुमार की मृत्यु के बाद पड़ा। सत्या बाबू यह मानने को तैयार नहीं हुए कि उनकी बहन मूर्च्छित हो गयीं, या उन्हें हिस्टीरिया अथवा मिर्गी का दौरा पड़ा। बोले : उन्हें कुछ वैसा हुआ जिसे बंगाली लोग फिट पड़ना कह देते हैं। आघात के कारण स्तब्ध और अवाक् रह जाने की वह स्थिति जो थोड़ी देर तक बनी रहती है। मुझे अब इतना ही स्मरण है कि वह पहले रोती, फिर चुप हो जाती, और फिर रोती, चुप होकर शिलावत बनी रहती बड़ी देर तक। जिरह में

सत्या बाबू ने यह भी कहा कि डॉक्टर आचार्य के आने और उन्हें शव की परीक्षा करने से रोके जाने की कोई घटना न मेरी उपस्थिति में घटी और न उसकी कोई सूचना मुझे मिली। उन्होंने इससे भी इनकार किया कि मेजोकुमार का स्वास्थ्य 8 मई की सुबह से ही बिगड़ चुका था। बोले : सुबह तो वह बिल्कुल ठीक थे। डॉक्टर आशुतोष दासगुप्त ने यदि यह कहा कभी कि सुबह से ही स्थिति चिन्ताप्रद थी तो गलत कहा। डॉक्टर काल्वर्ट ने भी मॉर्निंग लिखा है तो यूरोपियन लोगों के लिए तो लंच टाइम तक मॉर्निंग ही होता है। सत्या बाबू ने इसे भी झूठ बताया कि रात को शव गायब हो गया और फिर रातोंरात कोई और शव लाकर सुबह धूमधाम से जला दिया गया। उन्हें यह आक्षेप भी निराधार लगा कि सुबह की शवयात्रा धूमधाम से इसलिए निकाली गयी कि लोगों का ध्यान खिंचे। अन्यथा युवा मृत्यु पर धूमधाम से शवयात्रा निकालने का तो कोई औचित्य था ही नहीं। सत्या बाबू ने भी कर्नल काल्वर्ट से शोक-संवेदना पत्र लिए जाने की कोई जानकारी होने से इनकार किया। उनका अनुमान था कि यह मुकुन्द गुईं ने लिखवा लिया होगा। उन्होंने यह भी आग्रहपूर्वक कहा कि जिन लोगों ने मुद्दालेहों के पक्ष में गवाही दी है उनमें से अधिकतर मेरे लिए और मैं उनके लिए अपरिचित ही हूँ। यही बात सत्या बाबू ने उन लोगों के सन्दर्भ में भी कही जिन्होंने बीमा कम्पनी से पैसा वसूलने के लिए मेजोकुमार की मृत्यु और दाह-संस्कार के हलफनामे लिखकर दिये थे। उन्होंने तो ये हलफनामे और डॉक्टर काल्वर्ट से मृत्यु का प्रमाण-पत्र प्राप्त करने के अभियान से ही अपने को शेष असम्बद्ध बताना चाहा। उन्होंने कहा कि इस सम्बन्ध में सारी कार्रवाई भवालराज के तात्कालिक मैनेजर ज्ञानशंकर सेन ने अवकाश ग्रहण करने के बाद दार्जिलिंग में जा बसे राय बहादुर हरिमोहन चन्द्र को पत्र भेजकर करवाई थी। इस दावे के समर्थन में मुद्दालेहों ने हरिमोहन बाबू के नाम कर्नल काल्वर्ट का 7 जुलाई का पत्र अदालत में प्रस्तुत किया जिसमें लिखा था कि लेविस जुबली सेनेटोरियम के सुपरिटेंडेंट के कहने पर आपको मेजोकुमार का डेथ सर्टिफिकेट भिजवा रहा हूँ, मेरी फीस भिजवा दें। बैरिस्टर चटर्जी ने सत्या बाबू को उनकी डायरी के 22 जून और 29 जून के पृष्ठ दिखाए जिनमें ज्ञानशंकर सेन के इस्तीफा देने और उनके 30 जून से पद मुक्त हो जाने की बात लिखी हुई थी। उन्होंने सत्या बाबू का ध्यान इस ओर भी दिलाया कि ज्ञान बाबू गड़बड़ी किये जाने के आरोप में पद छोड़ने को बाध्य किए गए थे। ऐसे में उन्हें हरिमोहन बाबू से इस विषय में पत्र-व्यवहार करने को कौन कह सकता था भला? और यदि सचमुच उन्होंने ही पत्र-व्यवहार किया था तो मुद्दालेह भवालराज की फाइलों में से उसे निकालकर प्रस्तुत क्यों नहीं कर दे रहे हैं?

बैरिस्टर चटर्जी ने सत्या बाबू से पूछा : क्या यह सच नहीं कि राय बहादुर हरिमोहन चन्द्र ने इतनी दौड़-धूप इसलिए की कि आप दार्जिलिंग छोड़ने से पहले उनसे कह आए थे कि मृतक की बीमा का जो 30 हजार रुपया मिलेगा वह बिभाबती देबी सेनेटोरियम को दान करना चाहेंगी? सत्या बाबू बोले, ना यह सही नहीं है। उनके दुर्भाग्य से मुद्दालेहों

ने ज्ञानशंकर सेन से हरिमोहन बाबू का सम्पर्क होने के प्रमाण में फाइल से एक पत्र का मसौदा भी निकालकर दिखाया जो बोड़ोकुमार और ज्ञान बाबू को 11 मई को भेजने के लिए तैयार किया गया था जिसमें लिखा हुआ था : मुझे सूचित किया गया है कि आपकी और आपके स्वर्गवासी भाई की विधवा की यह इच्छा है कि दार्जिलिंग में जनहित का कोई कार्य करें। इस सम्बन्ध में मेरा सुझाव है कि आप सेनेटोरियम में एक और भवन बनवा दें। मानो सत्या बाबू को कष्ट में डालने के लिए यही पर्याप्त न हो, फाइल की प्रामाणिकता की गवाही देने सेनेटोरियम से जो अधिकारी आए वह स्प्ष्ट कह गये कि हरिमोहन बाबू ने शोकसभा 30,000 टाका दान में मिलने की आशा में आयोजित की थी। सत्या बाबू तब तो और भी घिर गये जब बैरिस्टर चौधरी ने हरिमोहन बाबू के उस ड्राफ्ट लैटर का दूसरा पैरा पढ़कर उन्हें सुनाया जिसमें बताया गया था कि सरकारी वकील महेन्द्रनाथ बनर्जी को भी श्मशान भूमि में सुधार करने के लिए अच्छा दान दिलाने का वचन मेजोरानी की ओर से दिया गया है। यह भी निश्चय ही मृतक की स्मृति में किया गया अच्छा पुण्यकार्य होगा।

सत्या बाबू पूरी तरह घिर जाने के बावजूद तनिक भी न घबराए। बोले, 'मैंने तो दार्जिलिंग में किसी को भी मेजोकुमार की स्मृति में दान-पुण्य किए जाने की कोई चर्चा नहीं की। हाँ मिस्टर एम.एन. बैनर्जी ने ऐसा कुछ करने का सुझाव अवश्य दिया था।' बैरिस्टर चटर्जी ने पूछा : क्या आप यह कहना चाहते हैं कि महेन्द्र बाबू जैसे आधुनिक और परिष्कृत व्यक्ति ने मात्र 18 वर्ष की एक युवती से उसके वैधव्य के पहले ही दिन ऐसा हृदयहीन प्रस्ताव किया होगा। सत्या बाबू बोले : मुझे तो इसमें कुछ भी असंगत नहीं लगा क्योंकि उनकी बिभा से फिर भेंट कहाँ हो पाती? दान का सुझाव देने के लिए पत्र नहीं भेजा जा सकता क्या? उनके पास भवालराज का और आपका पता नहीं था क्या? और नहीं था तो क्या वह अपने किराएदार और आपके मामा सूर्यनारायण बाबू से नहीं ले सकते थे क्या। सत्या बाबू केवल इतना कहकर रह गये कि हाँ उनके पास मेरा और मेरी बहन का पता था। बैरिस्टर चटर्जी ने फिर उनका ध्यान इस ओर दिलवाया कि आप कहते हैं कि बीमा कम्पनी के लिए जिन लोगों ने दाह-संस्कार के हलफनामे भरे उन्हें आप नहीं जानते और वे भी अपनी गवाही में ऐसा ही कह चुके हैं और आश्चर्य जता गए हैं कि हरिमोहन बाबू को यह किसने बताया कि हम भवाल के कुमार के दाह-संस्कार में उपस्थित थे। और हरिमोहन बाबू स्वयं दाह-संस्कार में गए न थे। तो उन्हें इन गवाहों की सूची आपके सिवा और कौन दे सकता था? एक हलफनामे में तो यह भी कहा गया है कि मेजोकुमार ने अमुक कम्पनी से अमुक तारीख को बीमा करवाया था। यह सूचना आपने नहीं दी तो किसने? और यह कैसा संयोग है कि इन हलफनामों, डॉक्टर काल्वर्ट के प्रमाण-पत्र और आपके अपने दिए हलफनामे सबमें मृतक की आयु 25 वर्ष की जगह 27 वर्ष बताई गई है।

अब बैरिस्टर चटर्जी ने पूछा कि जब मेजोरानी को जयदेबपुर से मैनेजर नीढ़म की

उस रिपोर्ट की प्रति मिली जिसमें मुद्दई द्वारा अपना परिचय मेजोकुमार के रूप में दिए जाने की सूचना थी तब आपने पहला कदम क्या उठाया? कुछ सोचते हुए बोले सत्या बाबू कि इतने वर्षों बाद स्मरण कर पाना कठिन है। किन्तु सम्भावना इस बात की है कि मैंने अपनी बहन से इस बारे में विचार-विमर्श किया हो। नहीं, मेरी बहन तनिक भी उद्विग्न नहीं हुई। हाँ, अपार विस्मय उसे अवश्य हुआ। हम दोनों ही जानते थे कि जिसकी मृत्यु और दाह-संस्कार हो चुका हो उसके लौट आने की बात कपोल-कल्पना ही हो सकती है। तो मुझे क्या पड़ी थी कि मुद्दई का सामना करने के लिए अकेले अथवा बिभाबती के साथ जयदेबपुर दौड़ पड़ता। क्या आपने किसी वकील से इस सम्बन्ध में परामर्श किया? ना, उसकी आवश्यकता ही क्या थी। ना, आपका यह आरोप मिथ्या है कि मैं मुद्दई को जाली सिद्ध करवाने के लिए दौड़-धूप करने लगा। ना, मैंने लिण्डसे से भी कोई पत्र-व्यवहार नहीं किया इस विषय में। बस कदाचित् बीमावाले हलफनामों की प्रतियाँ भेजी हों। आप यह कहना चाहते हैं कि आप हाथ पर हाथ धरे बैठे रहे? मैंने केवल इतना किया कि बोर्ड ऑफ रेवेन्यू के सचिव मिस्टर लैथब्रिज और सदस्य मिस्टर लीस से मिला। मैंने उन्हें बीमे की रकम वसूलने के लिए लिये गए हलफनामों की प्रतियाँ दिखाईं और उनसे कहा कि आप इनकी मूल प्रतियाँ कम्पनी से मँगवाकर देख लें और मेजोकुमार की मृत्यु और दाह-संस्कार के विषय में आश्वस्त हो लें।

सत्याबाबू के लिए यह अस्वीकार करना कठिन हो गया कि वह मिस्टर लैथब्रिज से बस एक ही बार नहीं मिले। उन्हें यह भी स्वीकार करना पड़ा कि ढाका के सरकारी वकील रायबहादुर शशांक कुमार घोष उनसे कलकत्ता में मिले और वह उनके साथ दार्जिलिंग गये। क्यों गये? इसका उत्तर सत्या बाबू के पास यह था कि सरकारी वकील ने साथ चले चलने को कहा। आप अपने साथ बैरिस्टर बौनबिहारी दास को क्यों ले गये? आप तो अभी कह चुके हैं कि आपने मुद्दई के आत्मपरिचय देने के बाद किसी वकील से परामर्श करने की कोई आवश्यकता ही नहीं समझी। मिस्टर दास को तो मैं प्रेम और मैत्रीवश साथ ले गया। तो क्या यह मात्र संयोग था कि दार्जिलिंग में गवाहों के बयान दर्ज करने का काम एन. के. राय नामक जिन डिप्टी मजिस्ट्रेट महोदय से कराया गया वह बैरिस्टर दास के निकट सम्बन्धी सिद्ध हुए। मेरे दार्जिलिंग रवाना होते समय गवाहों के बयान दर्ज किये जाने की कोई बात नहीं उठी थी। मेरा मुद्दई के दावे की जाँच से तनिक भी सम्बन्ध न था, वह काम तो कोर्ट ऑफ वार्ड्स कर रहा था जो भवालराज में बिभाबती के हिस्से की भी देख-रेख करता आया है। यदि आपको पता ही नहीं था कि गवाहों के बयान दर्ज किए जाने हैं तो दार्जिलिंग में डिप्टी मजिस्ट्रेट को गवाहों की सूची कहाँ से मिल गयी? मैंने मिस्टर लीस को दाह-संस्कार में उपस्थित कुछ लोगों के नाम बताए थे। तब वैसे ही जैसे वर्तमान मुकदमे के लिए बोर्ड ऑफ रेवेन्यू को अब सुझाए हैं। मुझे तो तब यह भी नहीं पता था कि शशांक बाबू मेरे सुझाए गवाहों के बयान दर्ज करवा के लाए हैं दार्जिलिंग से। आप दार्जिलिंग जिस व्यक्ति के

साथ गये उसने वहाँ क्या किया यह आपको पता ही न था और सो भी तब जब आप और वह एक ही होटल में टिके हुए थे। मैंने यह कब कहा कि मुझे पता ही न था कि वह गवाहों के बयान दर्ज करा रहे हैं।

सत्या बाबू की इस तर्क-पद्धति के आगे सत्य बस नतमस्तक ही खड़ा रह सकता था। बैरिस्टर चटर्जी ने फिर भी अपना प्रयास जारी रखा। पूछा : क्या शशांक बाबू भी आपको प्रेम और मैत्रीवश दार्जिलिंग साथ ले गए थे? उत्तर मिला वह मेरे मित्र नहीं हैं। तो क्यों ले गये? क्यों आपके घर में टिके? क्यों ले गये यह तो वही बता सकते हैं किन्तु वह मेरे घर में नहीं टिके। क्या आपको पता नहीं कि शशांक बाबू इस मुकदमे में मुद्दालेहों के वकील हैं अस्तु वह तो कोई गवाही दे नहीं सकते। यदि वह आपके घर में नहीं टिके तो क्या कारण है कि सी.आई.डी. के हैंड राइटिंग एक्सपर्ट से उन्होंने रिपोर्ट आपके पते पर भिजवाने को कहा? इसलिए कि भवाल की मेजोरानी बिभाबती देबी मेरे यहाँ ही थीं और शशांक बाबू चाहते थे कि इसे वह भी देख लें। जब आपको यह रिपोर्ट मिली तब आपने इसे तुरन्त बोर्ड ऑफ रेवेन्यू के पास क्यों नहीं भेज दिया जो मुद्दई की जाँच कर रहा था? यह काम मेरा नहीं था और वैसे भी यह रिपोर्ट किसी ठोस निष्कर्ष पर नहीं पहुँची थी। सत्या बाबू यह बताने में भी असमर्थ रहे कि जब इस जाँच से उनका कुछ सम्बन्ध था ही नहीं तो पंजाब में हुई जाँच के निष्कर्ष का तार उनके यहाँ क्यों पहुँचा और फिर वहाँ से सूचना सरकार को मिली? बैरिस्टर चटर्जी ने सत्या बाबू का इस तथ्य से भी सामना कराया कि मुद्दई के आत्मपरिचय देने के बाद कलकत्ता के प्रसिद्ध टेलरों और जूता विक्रेताओं के यहाँ से मेजोकुमार की नाप, पता करने के अभियान में वह स्वयं भी जुटे रहे। उन्होंने इससे इनकार नहीं किया किन्तु साथ ही वह यह भी नहीं बता पाये कि इससे मुद्दई की जाँच कराने के प्रति उनकी उदासीनता कैसे प्रदर्शित होती है।

अब चटर्जी मोशाय ने डायरी के 7 से 12 मई तक के सारे पृष्ठ सत्या बाबू को दिए और कहा : आप ने कहा कि जयदेबपुर पहुँचने के दो-एक दिन बाद ही आपको नयी डीड और बोड़ो तथा छोटोकुमार के रचे षड्यंत्र का पता चल गया था फिर उसका यहाँ कोई उल्लेख क्यों नहीं है? वह बोले : आस-पास कहीं होगा अवश्य। उन्हें बताया और दिखाया गया कि नयी डीड का पहला उल्लेख जिस पृष्ठ पर है वह फटा हुआ है और 29 मई वाले खाली पृष्ठ पर चिपकाकर 12 मई के बाद लगा दिया गया है। सत्या बाबू ने कहा कि इस पृष्ठ पर मेरी बहन को उस विक्षिप्तावस्था में दिखाया गया है जिसमें वह लोगों को पहचान नहीं पा रही थी, अतएव वह अवश्य 29 से बहुत पहले का ही रहा होगा। अब बैरिस्टर चटर्जी ने सत्या बाबू को स्मरण कराया कि आप कह चुके हैं कि आपने यह डायरी अपनी बहन के हितों की रक्षा करने के लिए भरनी शुरू की और ज्यों ही इस विषय में आप निश्चिन्त हो गये आपने इसे भरना बन्द कर दिया। आपके अनुसार आपके बहन के हितों के लिए नयी डीड के कारण संकट पैदा हुआ था। अब देखिए जिस 29 मई वाले पृष्ठ पर डीड का पहली बार उल्लेख हुआ है उसमें आपने

कहीं नहीं लिखा है कि आपने इसे अपनी बहन के प्रति षड्यन्त्र माना या कोई विरोध व्यक्त किया। फिर 30 मई को आपने डीड का ब्यौरा दिया है और बताया है कि बोड़ोकुमार उसे रजिस्टर नहीं करा पाए क्योंकि कलेक्टर का दलाल पाँच हजार माँग रहा था और वह केवल पाँच सौ देने को तैयार थे। यहाँ भी न षड्यन्त्र की कोई बात है और न विरोध किए जाने की।

फिर 31 मई को बोड़ोकुमार और आप सौदेबाजी करते दिखाए गए हैं वह कहते हैं कि बिभाबती देबी से हम भाइयों को पॉवर ऑफ एटॉर्नी दिलवा दें निश्चित वार्षिक आय की एवज में और आप कहते हैं कि दोनों कुमार बिभाबती देबी के हिस्से की एवज में प्यूटरी सैटिलमैण्ट स्वीकार कर लें। इसके बाद 20 जून को बोड़ोकुमार उस डीड को रद्द कराके आपकी इच्छानुसार कोई डीड बनवा लेने का प्रस्ताव रखते हैं। अगले दिन आप कमिश्नर से मिलकर आश्वासन पाते हैं कि आपकी बहन के हितों को आँच नहीं आने दी जाएगी और भी कुछ न हो सका तो कोर्ट ऑफ वार्ड्स से मेजोकुमार वाले हिस्से का प्रबन्ध सँभालने को कह दिया जाएगा। उससे अगले दिन आप कलेक्टर से मिलते हैं जो आपको और भी अधिक आश्वस्त करते हैं और साथ में यह भी कहते हैं कि अपनी बहन के हितों का इसी तरह ध्यान रखते रहिए भले ही इस कारण वे लोग आपका अपमान करें। तो आप स्वीकार करेंगे कि 21 जून तक आपको पता लग चुका था कि रजिस्टर्ड न होने के कारण बोड़ोकुमार नयी डीड लागू नहीं करा पाएँगे और शासन आपकी बहन का कोई अहित न होने देगा। तो भी आप डायरी भरते चले गये जब तक कि आपकी बहन और उसकी आय आपके घर नहीं पहुँच गयी स्थायी रूप से। तो क्या यह कहना गलत होगा कि आपको अपनी बहन के हितों से कहीं अधिक चिन्ता स्वयं अपने हितों की थी। इस पर सत्या बाबू बोले कि यह एक कुत्सित लांछन है। उन्हें स्वीकार करना पड़ा कि उनका मकान बहन के पैसों से खरीदा गया है और वह भवालराज में बहन के हिस्से से होने वाली आय का भोग करते रहे हैं। उनकी आपत्ति यही थी कि जब बहन उनके साथ ही रहती है और वह चाहती है कि दादा और उसका परिवार सुखपूर्वक रहे तब इस पर अँगुली क्यों उठाई जा रही है ?

बैरिस्टर चटर्जी ने अब डायरी के कुछ और पृष्ठों से सत्या बाबू का सामना कराके यह प्रदर्शित करना चाहा कि कलह और षड्यन्त्रप्रिय वह स्वयं रहे हैं। जैसे 23 जुलाई को लिखा है कि ज्ञानशंकर सेन खबर लाये हैं कि छोटोकुमार ने बिभाबती से किसी कागज पर हस्ताक्षर कराने चाहे किन्तु उसने मना कर दिया और अगस्त को लिखा है कि वह रिपोर्ट बोगस निकली। फिर 29 अगस्त को यह सूचना दर्ज की कि सुना कुमारों ने कर्ज चुकाने के लिए बीमा पॉलिसी अपनी बुआ को देनी चाही किन्तु बिभा मानी नहीं। 17 अक्टूबर को लिखा : बोड़ो और छोटोबोऊ में झगड़े होना एक स्वस्थ चिह्न। छोटोबोऊ बहन को उत्साहित कर रही है और कह रही है कि पक्ष में गवाही दूँगी। इसी तरह 4 नवम्बर को लिखा : जयदेबपुर रहा— बहन ने 8 हजार रुपया एकमुश्त माँगा

चीफ मैनेजर से और जीवन बीमा पॉलिसी के कागजात जोगेन से। वह मुझे अपना एजेण्ट नियुक्त करके उसकी तरफ से चीफ मैनेजर से हर प्रकार के कागजात और दस्तावेज ले सकने का अधिकार देती है। जिस भी महत्त्वपूर्ण कार्य के लिए उसके हस्ताक्षर आवश्यक हों वह मेरे जयदेबपुर में न होने पर स्थगित रखा जाएगा। फिर 5 नवम्बर को बहन द्वारा बीमा कम्पनी को पैसा वसूली के लिए पत्र लिख दिए जाने की उपलब्धि के उल्लेख के बाद यह सूचना दर्ज की है : ढाका लौटने पर सुशील का पत्र मिला। लिखा है कि उसके बाबा पैसा कर्ज नहीं देंगे। बोड़ोकुमार अब बड़े संकट में पड़ जाएँगे। लाभचन्द्र ने एटॉर्नी का पत्र भिजवाकर 68 हजार से कुछ ज्यादा की कर्ज की राशि 12 प्रतिशत सूद समेत 7 दिन में माँगी है उनसे।

इस प्रसंग में बैरिस्टर चटर्जी ने सत्या बाबू को मैनेजर नीढ़म के 15 नवम्बर का पत्र दिखाया जिसमें उन्होंने बोड़ोकुमार को सूचित किया था कि मेजोरानी ने अपने भाई को मेजोकुमार की पूरी राशि वसूल कर लेने का निर्देश दिया है। वह इस भ्रम में है कि सारी राशि उन्हें मिलेगी। इस बीमे की किस्तें भवालराज भरता रहा है और मेरे विचार से कानून के अनुसार वह एक तिहाई राशि की ही अधिकारी मानी जा सकती है। हाँ यदि आप और रोबीन्द्र साहेब अपना हिस्सा भी उन्हें ही देना चाहें तो मुझे ऐसा लिखकर दे दें और मैं बीमा कम्पनी से पैसा वसूल करके श्रीमती बिभाबती देबी चौधरानी के भवालराज खाते में डाल दूँगा। चटर्जी मोशाय ने पूछा कि यदि आपकी बहन के जेठ और देवर बीमे की राशि तक हड़पना चाह रहे होते हो क्या आपकी बहन को पूरा 30 हजार रुपया लेने देते? आप किस आधार पर उन्हें षड्यन्त्रकारी ठहरा रहे हैं? आपको बोड़ोकुमार को संकट में पड़ते या बोड़ो और छोटोरानी में झगड़ा होता देख सुख क्यों मिला? सत्या बाबू को डायरी के वे पृष्ठ भी दिखाए गए जिनमें कलकत्ता से छोटोकुमार के मनोरंजन के लिए लाये जाने का उल्लेख है कि उनसे पूछा गया कि क्या इसका यह अर्थ लगाया जाए कि आप उन्हें लाए? उन्होंने उद्विग्न होकर इस अनुमान को अपमानजनक ठहराया। उनसे पूछा गया कि क्या यह सच नहीं कि मेजोकुमार के साधुओं के साथ देखे जाने की अफवाह सुने जाने पर आपने डॉक्टर आशुतोष दासगुप्त को उत्तर भेजा कि जहाँ भी मिले उसे मार दो। इस प्रश्न को स्वयं जज ने भयंकर रूप से आपत्तिजनक और निराधार ठहराया।

अन्त में बैरिस्टर चटर्जी ने सत्या बाबू को 17 सितम्बर वाला पृष्ठ दिखाया जिसमें लिखा था : कल रात कुछ प्रेत भय अनुभव किए गए। माँ भयभीत हुई और उसे हमारे कमरे में आना पड़ा। उन्होंने स्वीकार किया कि दार्जिलिंग से लौटने के बाद हम लोग रात में कभी-कभी डरते रहे। यह भी माना कि प्रचलित अन्धविश्वास के अनुसार यदि किसी ब्राह्मण का दाह-संस्कार विधिवत न हुआ हो तो वह ब्रह्मदैत्य बनकर अपने सम्बन्धियों के पीछे लग जाता है किन्तु कहा कि मुझे इस कारण भय नहीं हुआ। मैं तो रात को जरा भी खटपट सुनकर डर जाता हूँ क्योंकि अन्धविश्वासी हूँ। अब चटर्जी मोशाय ने दिशा बदलते हुए पूछा कि मेजोकुमार के कपड़े-जूतों की जो नाप आपको

पता चली थीं उन्हें ध्यान में रखते हुए आप मुद्दई के बारे में क्या टिप्पणी करना चाहेंगे? वह बोले कि मुझे लगता है इसके पाँव मेजोकुमार के पाँव से बहुत बड़े हैं। उनके पाँव तो बहुत छोटे-छोटे थे। बैरिस्टर चटर्जी ने सत्या बाबू को सूचित किया कि मुद्दई भी मेजोकुमार की तरह छह नम्बर का जूता पहनता है और इसे उनके कपड़े भी फिट आए थे। सत्या बाबू ने ज्योतिर्मयी देबी के इस दावे को गलत ठहराया कि मेजोकुमार की देह पर वही विशिष्ट निशान थे जो मुद्दई की देह पर हैं। जब उनसे पूछा गया कि क्या उनके बाएँ टखने के ऊपर गाड़ी का पहिया गुजरने के बाद घाव का निशान नहीं बन गया था तब वह बोले कि ऐसी किसी दुर्घटना की बात मेरे सुनने में कभी नहीं आई। इस पर बीमा कम्पनी को दी गई डॉक्टरी रिपोर्ट दिखाई गयी जिसमें बाएँ टखने पर घाव का निशान मेजोकुमार की पहचान बताई गई थी। वह बोले कि यह रिपोर्ट मैं आज पहली बार देख रहा हूँ। बैरिस्टर चटर्जी ने कहा कि बीमा करवाने में पहल आपने की और आपको इस रिपोर्ट का पता ही नहीं चला। रायबहादुर सत्येन्द्रनाथ बनर्जी जिन्होंने अदालत को अपना परिचय एडवोकेट हाईकोर्ट और फर्स्ट क्लास ऑनरेरी मजिस्ट्रेट के रूप में दिया था, बैरिस्टर चटर्जी के कटाक्ष से तनिक भी विचलित न हुए। बोले, आप इस सम्भावना से इनकार नहीं कर सकते हैं कि ऐसे निशान कोई भी व्यक्ति स्वयं बना ले सकता है। संयोग से भी एक ही से चिह्न दो व्यक्तियों की देह पर मिल सकते हैं। जो हो, इस मामले में इन निशानों का कोई महत्त्व नहीं है।

जिरह समाप्त हुई और उद्विग्न बैरिस्टर चौधरी ने अदालत के समक्ष तीनों बातों को लेकर विरोध प्रकट किया— मुद्दई के वकील को जिरह के नाम पर मुद्दालेहों के गवाहों का चरित्रहनन करने दिया गया है, सत्येन्द्रनाथ बैनर्जी की डायरी के पूरे पृष्ठ अदालत में प्रस्तुत नहीं किए गए जबकि बैरिस्टर चटर्जी ने मुझसे कहा था कि पूरी डायरी उनके पास है और वह उसे अदालत में जमा कर देंगे और मुद्दई हमारे डॉक्टरों को उसकी देह पर पड़े निशानों की जाँच नहीं करने दे रहा है। बैरिस्टर चटर्जी ने कहा कि गवाहों की विश्वसनीयता के सन्दर्भ में चरित्र-सम्बन्धी प्रश्न भी किए ही जाते हैं और यदि कोई प्रश्न निराधार था तो माननीय जज ने आपकी आपत्ति तुरन्त स्वीकार कर ली थी। रही डायरी सो पूरी नहीं, हमारे पास जो पृष्ठ हैं वे प्रस्तुत कर देने की बात मैंने कही थी और ऐसा कर भी दिया गया है। और जब आप मुद्दई की देह पर पड़े निशानों को मेजोकुमार की पहचान मानते ही नहीं हैं तब अपने डॉक्टरों से उसकी जाँच कराना ही क्यों चाहते हैं? चटर्जी मोशाय द्वारा अदालत को दिए गए पृष्ठों में 13 से 20 मई तक के पृष्ठों का भी गायब होना विशेष रूप से आपत्तिजनक लगा। उन्होंने कहा कि उनसे प्रमाणित हो जाता कि मिस्टर बनर्जी श्राद्ध के दिन जयदेबपुर नहीं थे इसलिए यह दावा गलत है कि श्राद्ध के समय कुशपुतलिका का प्रसंग उठा और मिस्टर बनर्जी से दाह-संस्कार न होने के बारे में पूछा गया तथा उनके बोड़ोकुमार को प्रमाण-पत्र दिखा देने की बात कहने पर ही कुशपुतलिका श्राद्ध नहीं किया गया। चौधरी मोशाय ने कहा कि

मुद्दई ने डायरी के ऐसे तमाम और भी पृष्ठ गायब कर दिये हैं जिनसे उसका सारा केस ध्वस्त हो जाता। किन्तु वह स्वयं गवाह से ऐसी किसी और महत्त्वपूर्ण बात का उल्लेख करा नहीं पाये। अस्तु नयी डीड का पता चलने की तिथि का पृष्ठ फाड़कर 29 मई के पृष्ठ पर चिपका दिए जाने को मुद्दई की बदनीयती के अनन्य प्रमाण के रूप में प्रस्तुत करने लगे। बैरिस्टर चटर्जी ने कहा कि हमें जो कुछ मिला वैसा ही हमने अदालत को दिखाया है और यह भी तो सम्भव है कि जो पृष्ठ नहीं मिल रहे हैं वे मुद्दई का केस और भी पुष्ट कर देते।

गवाहियाँ पूरी हो चुकी थीं तो अब बैरिस्टर चौधरी ने आग्रहपूर्वक कहा कि मुद्दालेहों को मुद्दई की अपने डॉक्टरों से जाँच न करने दिया जाना घोर अन्याय वाली बात होगी। इस बारे में उन्होंने विधिवत याचिका भी दायर की। बैरिस्टर चटर्जी ने अपनी वही आपत्ति फिर दुहराई और उत्तर में राय बहादुर शशांक कुमार घोष ने एक विचित्र तर्क दिया : हम यह स्वीकार नहीं करते कि कुमार की देह पर वे चिह्न नहीं थे जो मुद्दई बता रहा है किन्तु इस क्षीण सम्भावना को ध्यान में रखते हुए कि अदालत की राय हमसे भिन्न हो, हमें डॉक्टरी जाँच से यह सिद्ध कराने का अधिकार मिलना चाहिए कि ये निशान उस तरह नहीं बने जिस तरह मुद्दई ने कहा है। तो अन्त में बैरिस्टर चटर्जी ने कहा कि मुद्दई ऐसी जाँच के लिए तैयार है किन्तु उसी स्थिति में जब उसकी ओर से भी एक डॉक्टर जाँच में हिस्सा ले रहा हो। इस समझौते के अनुसार 14 जनवरी, 1936 को उसके घर में ही डॉक्टरी जाँच की गयी। मुद्दालेहों के डॉक्टर तो वही थे डेन्हम व्हाइट और टॉमस, मेरी तरफ से अब लाए गये कलकत्ता के सबसे बड़े सिफलिस विशेषज्ञ डॉक्टर के.के. चटर्जी। यहाँ भी विशेषज्ञों में मतभेद रहा— मेरी देह पर सिफलिस-जन्य निशानों की उपस्थिति को लेकर किन्तु तीनों सहमत हुए कि बीमा पॉलिसी के साथ रखी मेडिकल रिपोर्ट में मेजोकुमार के जो शिनाख्ती निशान बताए गए हैं वे मुद्दई के शरीर पर भी हैं अलबत्ता समय के साथ वे बहुत ही हल्के पड़ चुके हैं। इनमें से पहले है बाएँ टखने पर चोट का टेढ़ा-मेढ़ा निशान और दूसरा दोनों बाँहों पर टीके के दो-दो निशान। डॉक्टरों में इस बात को लेकर भी सहमति रही कि मुद्दई की चमड़ी और हड्डियों में वे विशिष्टताएँ देखने को मिलीं जिन्हें मुद्दई सिफलिस की निशानियाँ बता रहा था किन्तु जहाँ डॉक्टर के.के. चटर्जी ने और कुछ अन्य विशिष्टताओं को सिफलिस से जोड़ा वहाँ अन्य दोनों डॉक्टरों ने उनके सिफलिसजन्य होने पर सन्देह व्यक्त किया। उनका कहना था कि सिफलिस का पुराना रोगी अण्डकोष दबाए जाने पर पीड़ा अनुभव नहीं कर पाता है। मुद्दई तो डॉक्टर डेन्हम व्हाइट के जरा-सा दबाते ही चीख पड़ा। डॉक्टर चटर्जी इससे असहमत थे। उनके अनुसार मुद्दई के अण्डकोष संवेदनशून्य थे।

बैरिस्टर चौधरी ने डॉक्टर चटर्जी पर पक्षधरता का आरोप लगाते हुए कहा कि वह निश्चित समय से पहले ही मुद्दई की जाँच के लिए पहुँच गए और अपने अलग नोट्स बनाते रहे। वह कहते हैं कि मुझे ज्ञात ही नहीं था कि मुख्य रूप से सिफलिस सम्बन्धी

जाँच होनी है किन्तु वह अपने साथ सिफलिस पर कई डॉक्टरी पोथियाँ लेकर पहुँचे और उनमें से लक्षण ढूँढ़-ढूँढ़कर मुद्दई को सिफलिस का पुराना रोगी सिद्ध करते रहे। मुद्दई के अण्डकोष दबाने का काम डॉक्टर डेन्हम व्हाइट ने किया और इनकी उपस्थिति में किया। फिर भी वह भिन्न काम व्यक्त कर रहे हैं। और जब विशेषज्ञ होने के नाते यह स्वयं मान रहे हैं कि सिफलिस का तीसरा चरण शुरू होने के बाद कोई रोगी इतने वर्षों तक जीवित नहीं रह सकता तब इनके द्वारा मुद्दई के शरीर पर तथाकथित सिफलिसजन्य निशानों का देखा जाना मुद्दई का मेजोकुमार होना कैसे सिद्ध कर सकता है। टखने पर पड़े निशान के बारे में बैरिस्टर चौधरी की टिप्पणी यह थी कि वह इतना हल्का है कि डॉक्टरों को आतिशी शीशे से नजर और फिर आत्मपरिचय से पहले ज्योतिर्मयी देबी और उनके परिवार वालों को कैसे सहज ही दिखाई पड़ गया? रहे टीके के निशान तो उनमें से एक तो अब दिख ही नहीं रहा है। वैसे भी ये निशान मुद्दई की बाँहों के बाहरी नहीं, काँख की ओर वाले हिस्से में हैं जो कि एक असामान्य-सी बात है और यदि मेजोकुमार के भी टीके ऐसे ही लगे होते तो बीमे की मेडिकल रिपोर्ट में उसका उल्लेख अवश्य होता।

इन डॉक्टरों के बाद अब कोई गवाह शेष न था। बारी आ गयी थी पक्ष-प्रतिपक्ष के वकीलों द्वारा अपने-अपने तर्क रखे जाने की। इसके लिए छह-छह हफ्ते का समय दिया गया दोनों को। बहस आरम्भ की मुद्दालेहों के वकील बैरिस्टर चौधरी ने। उनका कहना था : दार्जिलिंग में 8 मई, 1909 की रात 11:45 पर रोमेन्द्र नारायण राय का देहान्त और अगली सुबह दाह-संस्कार होने के बारे में ऐसे उच्च अधिकारियों के प्रमाण-पत्र प्रस्तुत किए जा चुके हैं जिनकी ईमानदारी और विश्वसनीयता पर सन्देह नहीं किया जा सकता। जब रोमेन्द्र नारायण राय का दाह-संस्कार हो चुका है तब मुद्दई के मेजोकुमार होने के दावे को कोई भी गम्भीरता से नहीं ले सकता, भले ही मृतक के कुछ सम्बन्धी स्वार्थवश और बहुत से अन्य लोग सामूहिक उन्माद के वशीभूत होकर ऐसा करते रहे हों। कोई भी विवेकवान व्यक्ति यह नहीं मान सकता कि जिसकी देह भस्मीभूत कर दी गई हो वह सदेह लौट सकता है।

यहाँ जज ने उन्हें टोका और कहा कि सुनवाई के दौरान आपसे मुद्दई के वकील ने जानना चाहा था कि क्या आप मुद्दालेहों और उनके गवाहों से सहमत हैं कि मुद्दई और मेजोकुमार सर्वथा भिन्न दिखने वाले दो व्यक्ति हैं और मुद्दई में मेजोकुमार को देखने वाले सभी लोग झूठ बोल रहे हैं या सामूहिक उन्माद के शिकार हो गए हैं। कृपया अपनी स्थिति स्पष्ट कीजिए। इस पर बैरिस्टर चौधरी ने अपना तेवर थोड़ा बदला। बोले, 'दोनों इतने भयंकर रूप से भिन्न भी नहीं हैं कि जो कह रहा हो कि एक-से हैं वह झूठ ही बोल रहा हो। हमारा कहना यह है कि जो लोग मेजोकुमार को भली-भाँति जानते थे उन्हें मुद्दई भिन्न ही लग सकता है मेजोकुमार से किन्तु जिनकी उनसे कोई निकटता न थी या जो चेहरों को ध्यान से नहीं देखते हैं उन्हें धोखे में डालने लायक समानता दोनों में हो सकती है। यह रियायत दे चुकने के बाद उन्होंने कहा कि मुद्दई ने

दार्जिलिंग की श्मशान भूमि से अपने बचा लिये जाने, साधुओं के साथ भटकने, अतीत की स्मृति खो बैठने और उसे फिर से पा जाने की अपनी विचित्र कथा आरम्भ से अब तक बदलता ही चला गया है। और इस कथा का हर संस्करण यथावत अविश्वसनीय बना रहा है। इस कपोल-कल्पित कथा की पुष्टि के लिए उसने बहुत विलम्ब से और कुल एक गवाह प्रस्तुत किया जिसकी अविश्वसनीयता इसी से उजागर हो गयी कि वह गोपालदास होते हुए भी मुद्दई की कथा का दरसनदास उर्फ निक्कू बनकर अदालत में गवाही देता रहा। मुद्दई इस बारे में भी अपना वक्तव्य बदलता रहा है कि उसने घर वापस लौटने में बारह वर्ष क्यों लगा दिये? अपनी कथा का अदालत में जो संस्करण उसने प्रस्तुत किया है उसके अनुसार नेपाल में उसे यह स्मरण हो आया कि मैं ढाका का हूँ किन्तु फिर भी वह सीधे ढाका न आकर यहाँ-वहाँ भटकता रहा। क्यों?'

मुद्दई की कथा के अलग-अलग संस्करणों में एक ही बात समान है और वह यह कि झड़वृष्टि लग जाने के कारण सासन-बन्धु शरण लेने कहीं और भाग गए थे किन्तु उस रात दार्जिलिंग में वर्षा होने का कोई रिकॉर्ड नहीं है। जिन डॉक्टर सरकार की डायरी को मुद्दई ने मेजोकुमार की मृत्यु गोधूलि वेला में होने की पुष्टि के लिए प्रस्तुत किया है वे डायरी में मौसम का हाल भी दर्ज करते थे और आठ तारीख को उन्होंने भी मौसम साफ दिखाया है। अस्तु मुद्दई की कथा को विशुद्ध झूठ का दर्जा ही दिया जा सकता है। मुद्दई स्वयं स्वीकार करता है कि मेजोकुमार की एक शवयात्रा नौ तारीख की सुबह निकली थी और तभी यह दाह-संस्कार भी किया गया था किन्तु उसके अनुसार अर्थी में देह किसी और की थी। किसकी थी, बाहर से दार्जिलिंग आए हुए लोगों को रातोंरात कहाँ से मिल गयी, यह सब बताने-दर्शाने के दायित्व से मुद्दई अपने को मुक्त माने ले रहा है। मेजोकुमार को दी गई एक औषधि में आर्सेनिक विष दिए जाने के लक्षण होने की बात मुद्दई आग्रहपूर्वक कहता रहा है किन्तु साफ-साफ यह आक्षेप लगाने से भी बचता रहा है कि दार्जिलिंग में मेजोकुमार की हत्या का प्रयास किया गया जो संयोगवश वर्षा आ जाने और साधुओं के श्मशान भूमि के निकट ही धूनी रमाए होने के कारण विफल हो गया। दूसरी ओर वह बार-बार यह भी कहता रहा है कि सत्येन्द्रनाथ बनर्जी ने जान-बूझकर राजपरिवार के अन्य सदस्यों को मेजोकुमार के साथ दार्जिलिंग नहीं आने दिया और बाद में सत्या बाबू ही अपनी बहन को भवालराज से होने वाली आय भोगते रहे हैं।

इसमें भी यह आक्षेप निहित है कि वह हत्या का षड्यन्त्र रचकर अपने जमाई बाबू को दार्जिलिंग ले गए थे। किन्तु मुद्दई इस बात को स्पष्ट शब्दों में कहने से बच रहा है। इसी प्रकार रातोंरात कहीं से शव ले आना और उसे मेजोकुमार का बताकर जल्दी-जल्दी फूँक देना भी तभी सम्भव था जब मेजोकुमार के साथ दार्जिलिंग गए तमाम लोग किसी षड्यन्त्र में शामिल रहे हों। ऐसे किसी भी षड्यन्त्र की सफलता के लिए स्वयं मेजोरानी की भागीदारी आवश्यक लगती है। उन पर इतना घिनौना आरोप लगाने से बचने के लिए

मुद्दई यह जताने का प्रयास करता रहा है कि मेजोरानी को पति के रोग शैया के पास से हटाकर दूसरे कमरे में बन्द कर दिया गया और पति का शव नहीं देखने दिया गया। यह भी कि दार्जिलिंग से लौटने के बाद महीनों तक उन्हें अपने दादा की सूरत देखना तक स्वीकार न हुआ। षड्यन्त्र का यह आरोप विशुद्ध चरित्रहनन है। मुद्दई यह तक नहीं बता सकता कि ऐसे षड्यन्त्र से षड्यन्त्रकारियों को मिल क्या सकता था अथवा गया? मेजोरानी भवालराज की सम्पदा में पति के हिस्से का सुखभोग पहले भी कर रही थी। उनके दादा के अपने जमाई बाबू से सम्बन्ध बहुत अच्छे थे और यदि वह मेजोरानी के साथ जयदेबपुर में ही रहने लगते तो किसी को कोई आपत्ति न होती क्योंकि राजपरिवार में ऐसा पहले भी होता रहा था। यदि एक क्षण के लिए यह आक्षेप सही भी मान लिया जाए कि सत्या बाबू मेजोरानी की सम्पदा पूरी तरह अपनी बनाकर मेजोकुमार के निधन से लाभान्वित हुए तो इसका क्या प्रमाण है कि षड्यन्त्र में सम्मिलित अन्य लोगों को भी कुछ मिला है अथवा मिलता रहा है?

उधर यह समझ सकना बिल्कुल कठिन नहीं कि राजकुमारी ज्योतिर्मयी देबी तथा मुद्दई को मेजोकुमार के रूप में स्वीकार करने वाले अन्य सम्बन्धियों को मुद्दई का दावा मान लिये जाने से क्या लाभ हो सकता है इसलिए यहाँ जो षड्यन्त्र विचारणीय होना चाहिए वह एक पंजाबी साधु को मेजोकुमार के रूप में खड़ा कर देने का षड्यन्त्र है जिसकी रचयिता राजकुमारी ज्योतिर्मयी देबी ही रही होंगी। न वह इस बात का कोई युक्तियुक्त उत्तर दे पायीं कि मुद्दई को अपने भाई के रूप में पहचान सकने में उन्हें इतना समय क्यों लगा अथवा क्यों मुद्दई द्वारा उनका भाई होने से इनकार कर देने के बाद भी वह मुद्दई के पीछे लगी ही रहीं और न मुद्दई यह समझ सका कि मेजोकुमार के रूप में अपना आत्मपरिचय देने में उसने इतने नखरे क्यों किये? क्या यह विलम्ब सौदेबाजी की ओर संकेत नहीं करता? यह भी विचित्र और विचारणीय है कि अपने को मेजोकुमार घोषित करने के भी प्राय: नौ वर्ष बाद मुद्दई ने अपना दावा विधिवत अदालत में प्रस्तुत किया है। क्या इतना समय उसे बांग्ला सीखने और अपने को मेजोकुमार की भूमिका के लिए तैयार करने में लगा? इंग्लैंड में हुए टिचबोर्न केस में भी जाली व्यक्ति ने अपना दावा प्रस्तुत करने में इसीलिए विलम्ब किया था कि इस बीच मृत व्यक्ति के विषय में अधिक से अधिक जान-समझ ले। बैरिस्टर चौधरी ने अदालत का ध्यान इस ओर भी दिलाया कि यदि मुद्दई वास्तव में मेजोकुमार ही हो तो भी अब लगातार प्राय: 21 वर्ष से सम्पत्ति पर अधिकार पाई हुई बिभाबती देबी को उससे बेदखल नहीं कर सकता क्योंकि दावा करने की कानूनी अवधि बीत चुकी है। मेजोकुमार की भूमिका के लिए वर्षों की तैयारी के बावजूद मुद्दई अदालत में मेरे प्रश्नों के उत्तर देते हुए बंगाली सामन्त नहीं, पंजाब के किसी गाँव का किसान ही प्रतीत होता रहा।

बैरिस्टर चौधरी ने आगे कहा— मुद्दालेहों के लिए यह आवश्यक न था कि बताएँ कि मुद्दई वास्तव में कौन है तो भी उन्होंने इस बात के प्रमाण प्रस्तुत किए हैं कि यह

पंजाब के औजला गाँव का मालसिंह है जिसे बाबा धरमदास ने मन्त्र-दीक्षा देकर अपना चेला सुन्दरदास बनाया था। मुद्दई का कहना है कि अदालत के सामने जो धरमदास प्रस्तुत किया गया वह इसका गुरु नहीं है किन्तु मुद्दई ने न हमारे गवाह से सामना किया और न अपने गवाह के रूप में किसी अन्य बाबा धरमदास को प्रस्तुत किया। उसका कहना है कि मेरे गुरु बहुत पहले ढाका आए थे किन्तु पुलिस ने उन्हें डराकर भगा दिया। कहीं ऐसा तो नहीं कि इस भूमिका के लिए जिसे बुलाया गया था उससे सौदा नहीं पटाया या इतने बड़े धोखे में भागीदारी करने के प्रस्ताव से वह घबरा गया? मुद्दई का पंजाबी होना इसी से प्रमाणित हो जाता है कि इतने वर्षों की तैयारी के बाद भी वह बांग्ला भाषा उत्तर भारतीयों की तरह बोलता है। मुद्दालेहों को मेजोकुमार का दाह-संस्कार हो चुकने के बारे में किसी तरह का कोई सन्देह नहीं है फिर भी उन्होंने सैकड़ों ऐसे गवाह प्रस्तुत किए जिन्हें मुद्दई और मेजोकुमार में कोई समानता नहीं दिखी है और जिन्हें मुद्दई बंगाली ही प्रतीत नहीं हुआ है। सबसे अधिक उल्लेखनीय यह है कि मृतक की पत्नी रानी बिभाबती देबी ने मुद्दई का दावा दृढ़ता से अस्वीकार किया है। ब्राह्मण विधवा का कठोर जीवन व्यतीत करती किसी स्त्री का अपने पति के जीवित लौट आने पर उसे पति न मानना कल्पनातीत है। उसे तो गद्गद हो उठना चाहिए था। यह कहना निराधार है कि रानी का अपने दादा के आगे वश नहीं चलता। परवशता का कोई कारण नहीं, वह अपनी सम्पदा और मर्जी की मालकिन हैं। स्वयं आकर गवाही दे गई हैं वह कि मुद्दई मेजोकुमार नहीं है। यह भी विचारणीय है कि यदि मेजोकुमार वास्तव में लौट आ सकते होते और मुद्दई के रूप में जयदेबपुर आ पहुँचे होते तो क्या राजकुमारी ज्योतिर्मयी देबी, जिनके मेजोरानी से सम्बन्ध अत्यन्त मधुर रहे थे, तत्काल मेजोरानी को सूचित न करतीं?

बैरिस्टर चौधरी ने जानना चाहा कि क्या कारण है कि मेजोरानी को ढाका आकर मुद्दई को अपनी आँखों से देख लेने का निमन्त्रण एक रजिस्टर्ड पत्र के रूप में और रानी सत्यभामा के हस्ताक्षरों से आत्मपरिचय के चौदह महीने बाद भिजवाया गया। क्या इसलिए कि रानी सत्यभामा पहले ज्योतिर्मयी देबी के षड्यन्त्र में भाग लेने को तैयार नहीं हुई? क्या कारण है कि ज्योतिर्मयी देबी मेजोकुमार की वापसी की शुभ सूचना देने स्वयं कलकत्ता नहीं पहुँच गयीं या उन्होंने अपने पुत्र जलद को नहीं भेज दिया? क्या कारण है कि इससे कहीं अधिक आवश्यक उन्होंने दार्जिलिंग में मेजोकुमार की हत्या का षड्यन्त्र रचे जाने की निराधार अफवाह फैलाना और रानी बिभाबती देबी, उनके दादा तथा डॉक्टर आशुतोष के बारे में मानहानिजनक पर्चेबाजी कराना समझा? अपने षड्यन्त्र पर आवरण डालने और जनमत को मेजोरानी के विरुद्ध भड़काने के लिए ही मेजोकुमार की हत्या के कपोल-कल्पित षड्यन्त्र का जोरदार प्रचार कराया। यह तथाकथित हत्या-षड्यन्त्र मानहानि मुकदमे में, जिसमें मुद्दालेहों के पीछे वर्तमान मुकदमे के मुद्दई की ही शक्ति थी, झूठा सिद्ध किया जा चुका है। यहाँ मुद्दई की ओर से ऐसी कोई गवाही प्रस्तुत नहीं की गयी है जो इस निराधार आक्षेप को पुष्ट कर सके। इसीलिए

मुद्दई यहाँ पर कह भी नहीं रहा है स्पष्ट शब्दों में कि हत्या का षड्यन्त्र किया गया। अब यदि षड्यन्त्र की बात निराधार है तो फिर मेजोकुमार के रूप में मुद्दई की वापसी की बात भी निराधार है क्योंकि मुद्दई की कथा में निर्णायक नाटकीय मोड़ आता ही तब है जब आर्सेनिक के प्रभाव से उत्पन्न गहनतम मूर्च्छा में उसे मृत मानकर दाह-संस्कार के लिए ले जाया जाता है किन्तु विष की मात्रा घातक से थोड़ी कम होने के कारण समय बीतने पर उसमें चेतना लौटने लगती है।

बैरिस्टर चौधरी ने जानना चाहा कि जिसकी किसी को विष देकर मारने की नीयत हो वह घातक से कम मात्रा में विष क्यों देगा भला? यह भी कि यदि विष दिया गया होता तो उपचार में जुटे मुख्य डॉक्टर को पता नहीं चलता? यदि पता चल गया होता तो क्या वह पुलिस को सूचित नहीं करता? डॉक्टर काल्वर्ट से इस जिरह में पूछा गया कि क्या 8 मई को जो दवाएँ इंजैक्ट कीं वे आर्सेनिक विष से उत्पन्न मूर्च्छा में नहीं दी जातीं? अर्थात् यह सिद्ध करना चाहा गया कि उन्हें आर्सेनिक दिए जाने का आभास हो गया था। तो क्या मुद्दई सर्जन तक षड्यन्त्रकारियों से सहयोग करने को तैयार हो गया और उसने रोगी के बिलेरी कॉलिक से मरने का झूठा सर्टिफिकेट दे डाला? हत्या के षड्यन्त्र की पूरी कथा बेसिरपैर की है। और उस पर आधारित है उससे भी अधिक बेसिरपैर की वह कथा जो मुद्दई ने मेजोकुमार के यमलोक से लौट आने के बारे में अदालत को सुनाई है। दार्जिलिंग की घटनाओं को ध्यान में रखते हुए अदालत मुद्दई के दावे को खारिज कर देना चाहिए। इसे राजकुमारी ज्योतिर्मयी देबी अपना भाई मानती हों तो मानती रहें। बैरिस्टर चौधरी ने मेरे तमाम महत्त्वपूर्ण गवाहों के वक्तव्यों की विस्तृत चीर-फाड़ करके यह भी प्रदर्शित किया कि वे परस्पर-विरुद्ध हैं और हर गवाह अपनी बात थोड़ी-बहुत बदलता रहा है। उनके अनुसार गवाहियों के झूठी होने का इससे बड़ा प्रमाण और कोई नहीं हो सकता था।

जब बैरिस्टर चटर्जी ने बहस शुरू की तब उन्होंने मुद्दालेहों के गवाहों के वक्तव्यों के परस्पर-विरुद्ध होने और हर गवाह द्वारा अपनी बात बदलने के उदाहरणों की झड़ी लगा दी और इस ओर ध्यान दिलाया कि मुद्दई के गवाहों के बात बदले जाने के जो उदाहरण गिनाए गए हैं वे बात बदलने के लिए नहीं, बात स्पष्ट करने के हैं। या जो पहले कह चुके थे, उसमें किसी प्रश्न के उत्तर में कुछ और जोड़ देने के हैं। जैसे स्वामी ओंकारानन्द के बारे में कहा गया कि दार्जिलिंग में जाँच के दौरान सुबह के दाह-संस्कार के बारे में दर्ज कराए गए वक्तव्य में विधियों का पालन न किए जाने या शव के पूरी तरह ढँके रहने की कोई बात नहीं की थी किन्तु यहाँ मुद्दई की ओर से गवाही देते हुए जोड़ दी है तो हमें यह नहीं भूलना चाहिए कि वहाँ उनसे मात्र यही पूछा गया था कि क्या सुबह दाह-संस्कार हुआ? यहाँ उनसे पूछा गया कि क्या वह विधिवत हुआ। यों दाह-संस्कार विधिवत न होने का एक संकेत वह तब भी दे चुके थे कि डोम शव पर लिपटा शॉल लेना चाहता था पर उसे नहीं लेने दिया गया। चटर्जी मोशाय ने तर्क दिया

कि मुद्दई के गवाहों के बयान यदि बिल्कुल एक-से नहीं हैं तो यह इस बात का ही प्रमाण है कि वे कोई रटाई गई झूठी गवाही नहीं दे रहे हैं। जैसे उनमें से सभी ने मुद्दई को पहचान लेने या उसके द्वारा पहचान लिये जाने के बारे में एक-सी बातें नहीं की हैं बल्कि अपना-अपना वास्तविक अनुभव प्रस्तुत किया है। उधर मुद्दालेहों के सभी गवाहों ने पहली दृष्टि में ही मुद्दई और मेजोकुमार में जमीन-आसमान का अन्तर नजर आने की बात कही है।

बैरिस्टर चटर्जी ने इस ओर ध्यान दिलाया कि मुद्दालेहों के गवाहों ने अपने बयान इसलिए बदले हैं कि उनकी बात भी झूठ के नवीनतम संस्करण के अनुरूप हो जाए। इसका एक अच्छा उदाहरण सुबह के दाह-संस्कार के विधिवत होने के प्रसंग में गवाहों ने प्रस्तुत किया जो बीरेन मुखर्जी और आशु डॉक्टर साथ गए रसोइए द्वारा मन्त्रोच्चार किए जाने की बात कर चुके थे उन्होंने यह पता चलने पर कि कुछ अन्य स्थानिक गवाहों ने यह काम अपने साथी शशि बाबू को करते दर्शाया है तो उन्होंने इस अदालत में यह कहा कि दो-दो पुरोहित मन्त्रोच्चार कर रहे थे। मुद्दालेहों के गवाह सुबह के दाह-संस्कार को विधिवत हुआ बताने के उत्साह में एक-दूसरे की बात काट गये। जैसे महेन्द्रनाथ बनर्जी कह गये थे कि घी मलने के लिए शव को बैठा दिया गया था किन्तु बीरेन मुखर्जी से जब पूछा गया कि क्या घी मलने के लिए शव को बैठाया गया था तब वह बोले कि कैसी असम्भव बात करते हैं घण्टों पहले मरे व्यक्ति का शव क्या इस स्थिति में होता है कि उसकी टाँगें मोड़कर उसे बैठाया जा सके। ऐसे ही कुछ गवाहों ने अति उत्साह में कोई ऐसा ब्यौरा दे डाला जो मुद्दई के गवाहों की बात पुष्ट कर गया। जैसे सुबह के दाह-संस्कार का सबसे अधिक ब्यौरा देने वाले श्यामदास बनर्जी ने कहा कि भैंस के घी के एक-दो अतिरिक्त टीन मँगाने पड़े ताकि शव जल्दी जल सके। मुद्दई के गवाहों का भी यही कहना था कि स्टेप असाइड से आए लोग शव को राख कर देने की बहुत जल्दी में लगते थे— मिट्टी तेल तक चिता पर डाला गया।

बैरिस्टर चटर्जी ने यह भी कहा कि मुद्दालेहों के हर गवाह का उनके केस के सभी पहलुओं की पुष्टि करने का यत्न भी उनकी सच्चाई को संदिग्ध बनाता है। यथा दार्जिलिंग प्रकरण के बहुत से गवाहों ने मेजोकुमार को बिलेरी कॉलिक होने की सूचना मिलने की भी बात कर डाली जबकि सबसे अन्त में गवाही देने वाले सत्या बाबू को यह कहना पड़ा कि बीमारी का डॉक्टरी नाम तार भेजते समय तक हम लोगों को पता न था। आर. एन. बनर्जी उर्फ बेबुल ने तो इस प्रसंग में यहाँ तक कह डाला कि मैं अनार-अंगूर स्टेप असाइड में दे जाया करता था क्योंकि वे इस रोग में अच्छे रहते हैं। यह उतावलापन मुद्दालेहों के गवाहों की पक्षधरता का प्रमाण है। मुद्दई के गवाहों द्वारा अपनी स्मृति की सीमाएँ स्वीकार किया जाना बैरिस्टर चौधरी को उनकी गवाही अविश्वसनीय मानने का सशक्त आधार लगा था, बैरिस्टर चटर्जी ने कहा कि इसे तो उल्टा उनकी ईमानदारी का प्रमाण माना जाना चाहिए। अप्रामाणिक तो मुद्दालेहों के गवाह

हैं जो सब कुछ याद होने का दावा करते रहे हैं। चटर्जी मोशाय ने तर्क दिया कि प्रोफेसर मैत्र का मात्र इतना कहना कि भवाल के राजकुमार के देहान्त की सूचना सेनेटोरियम में रात का खाना लगने से पहले मिली थी और शेष कोई भी ब्यौरा याद न होने की बात कहना दर्शाता है कि वह पक्षधर और सिखाए हुए गवाह नहीं हैं। उधर प्रोफेसर चक्लदर को न केवल यह याद है कि मृत्यु की सूचना अगले दिन सुबह मिली थी बल्कि कुमार की बीमारी का नाम सुनने की बात भी याद है, दाह-संस्कार का ब्यौरा भी याद है और सेनेटोरियम में हुई शोकसभा में अपना भाषण देना भी याद है— यह बात अलग है कि शोकसभा की कार्रवाई के विवरण में वक्ता सूची में उनका कहीं नाम नहीं है। बैरिस्टर चटर्जी ने कहा कि मुद्दालेहों के सभी गवाहों का विलक्षण स्मरणशक्ति से संपन्न होना उनके सिखाए हुए गवाह होने का अकाट्य प्रमाण है।

बैरिस्टर चटर्जी ने अदालत का ध्यान इस ओर भी दिलाया कि मुद्दालेहों के अधिकतर गवाह किसी-न-किसी रूप में शासन से जुड़े हुए हैं और बहुत से तो सरकारी कर्मचारी ही हैं। यह भी स्पष्ट है कि इस मामले में शासन का रुख आरम्भ से मुद्दालेहों के पक्ष में रहा है। सत्या बाबू बीमा पॉलिसी का पैसा वसूल करने के लिए लाये हुए प्रमाण-पत्रों की प्रतियाँ अपने पास सँभालकर रखे हुए थे जिन्हें उन्होंने मुद्दई के मेजोकुमार होने के दावे की सूचना मिलते ही बोर्ड ऑफ रेवेन्यू को दिखाया और उसके बाद शासन ने मुद्दई को तुरन्त जाली घोषित किया और आगे की सारी जाँच में सत्या बाबू को सहयोगी बनाए रखा। शासन के द्वारा मुद्दई को जाली घोषित करने के बाद सभी के लिए मुद्दई सरकारी तौर पर अमान्य व्यक्ति हो गया। तो सरकार से जुड़े हुए मुद्दालेहों के इन गवाहों को निष्पक्ष नहीं माना जा सकता। वे तो सरकार के प्रति अपनी वफादारी का प्रदर्शन करने के लिए गवाह बने हैं। ऐसे ही भवालराज के जिन जोतदारों ने मुद्दालेहों के पक्ष में गवाही दी है वे सब अपेक्षाकृत बहुत गरीब थे। उन्हें जुर्माने और बेदखली का डर दिखाकर गवाही देने के लिए बाध्य किया गया। मुद्दई के गवाहों को अदालत में जाने से रोकने के लिए कोर्ट ऑफ वाड्र्स ने सभी नायबों को पत्र भेजा कि आपके क्षेत्र से अमुक-अमुक के नाम मुद्दई ने अपने गवाहों की सूची में दिए हैं, आप इन्हें गवाही देने से रोकें और न मान रहे हों तो तुरन्त सूचित करें। बाद में मुद्दई के गवाहों को ही नहीं, उन नायबों को भी प्रताड़ित या दण्डित किया गया जिनके क्षेत्र के वे थे। शासन के भयंकर पक्षपात का इससे बड़ा क्या उदाहरण होगा कि वह दूसरी ओर नायबों से मुद्दालेहों के लिए गवाह जुटाने का काम करवाता रहा और उन्हें बताता रहा कि गवाहों से क्या कहलवाना या लिखवाना है। ऐसे सरकारी रवैये के बावजूद भवालराज के निवासी बड़ी संख्या में यह कहने आए कि मुद्दई मेजोकुमार ही हैं।

बैरिस्टर चटर्जी ने प्रश्न किया कि जब मुद्दालेहों के अनुसार मुद्दई और मेजोकुमार में कहीं कोई समानता है ही नहीं और दार्जिलिंग में मेजोकुमार की मृत्यु और दाह-संस्कार के विषय में कहीं किसी सन्देह की गुंजाइश ही नहीं है तब मुद्दालेह शासन के सहयोग

से मुद्दई के दावे को झुठलाने के लिए इतनी दौड़-धूप क्यों करते रहे हैं? क्या कारण है कि मुद्दालेहों की पक्षधर शासन-व्यवस्था इस मुकदमे के सन्दर्भ में मुद्दई को सरकारी फाइलों में रखे दस्तावेज दिखाने से इनकार करता रहा है और उसने इस मामले में माननीय जज महोदय के निर्देशों तक की अवहेलना की है? मुद्दई स्वयं कहीं से कोई महत्त्वपूर्ण दस्तावेज प्राप्त कर सका तो कर सका, शासन ने तो उसे नहीं देखने दिये। क्या यह विचित्र नहीं कि मामले का निर्णायक ढंग से निपटारा कर सकने वाला हर साक्ष्य शासन को अपनी फाइलों में नहीं मिल पा रहा है? फिर वह चाहे मृत्यु की सूचना देने वाला तार हो या मुद्दई का वह चित्र जो मुद्दालेहों के गवाह बाबा धरमदास को मजिस्ट्रेट की अदालत में दिखाया गया था? मुद्दई के दावे की पुष्टि कर सकने वाले हर दस्तावेज पर कुंडली मारकर बैठ जाना क्या यह नहीं प्रमाणित करता कि मुद्दालेह जानते हैं कि मेजोकुमार का दाह-संस्कार हो जाने की कथा झूठी है? मुद्दई को मुद्दालेहों के हर गवाह ने मेजोकुमार से सर्वथा भिन्न ठहराया जबकि मुद्दई के गवाहों को वह मेजोकुमार की प्रतिमूर्ति है। इस सन्दर्भ में मुद्दालेहों के वकील बैरिस्टर चौधरी ने यह कहा है कि जो मेजोकुमार को निकट से जानते थे उनकी दृष्टि से मुद्दई का मेजोकुमार से दिखने में भिन्न होना छिपा नहीं रह सकता। मेजोकुमार के लगभग सभी सम्बन्धियों, मित्रों और कर्मचारियों ने तो मुद्दई को मेजोकुमार माना है। उधर उसे मेजोकुमार न मानने वालों में ऐसे ही लोगों की भरमार है जिनका मेजोकुमार से परिचय नाममात्र का ही था। तो मुद्दालेहों के वकील के तर्क से ही मुद्दालेहों का केस कमजोर पड़ जाता है।

अब बैरिस्टर चटर्जी ने यह जानना चाहा कि मुद्दालेहों के वकील ने मुद्दई से मेजोकुमार के जीवन से जुड़ी ऐसी घटनाओं के बारे में प्रश्न क्यों नहीं किये जिनका ब्यौरा केवल मेजोकुमार को ही मालूम हो सकता था। मुद्दालेहों की यह सफाई दमदार नहीं कि मुद्दई को इतने वर्षों में मेजोकुमार के जीवन के हर प्रसंग का ब्यौरा रटवाया जा सकता था। क्या कोई भी प्रसंग ऐसा न था कि उसका ज्ञान केवल मेजोरानी बिभाबती और मेजोकुमार तक सीमित रहा हो? बैरिस्टर चटर्जी ने अदालत का ध्यान इस ओर दिलाया कि मुद्दई के दावे को झुठलाने के लिए मुद्दालेहों ने मेजोकुमार की एक सुपठित और सुसंस्कृत सामन्त के रूप में झूठी छवि गढ़ी और मुद्दई की स्मृति परीक्षा के नाम पर उसे अँग्रेजी बोलने और यूरोपीय जीवनशैली अपना चुके मनगढ़न्त मेजोकुमार की स्मृति मुद्दई में ढूँढ़ने के लिए सारी जिरह की। मेजोकुमार के अनपढ़ और असंस्कृत होने के सैकड़ों गवाह हैं और उनके ट्यूटर रह चुके मिस्टर डार्टन का पत्र की इसकी ही साक्षी देता है। इसलिए यदि घुड़सवारी और शिकार के बारे में मुद्दई के अँग्रेजी शब्दों से अनभिज्ञ होना प्रमाणित करने की जगह मुद्दालेहों ने मुद्दई की यह प्रार्थना स्वीकार नहीं की कि 9 मई 1921 को जो पुलिस ऑफिसर मिस्टर शेरिडन मुद्दई से मिलने भेजे गए थे उनकी रिपोर्ट अदालत में पेश की जाए। मुद्दई के अनुसार उस अधिकारी ने पहले मेजोकुमार के एक फोटो से मुद्दई के नाक-नक्श मिलाए शेर के शिकार के बारे में कई

प्रश्न किए और अन्त में उसे एक दुनाली बन्दूक देकर उससे चाँदमारी करवाई और उस बन्दूक के सभी हिस्से अलग करके फिर से जोड़ दिखाने को कहा। मुद्दई परीक्षा में खरा उतरा और शेरिडन साहेब सन्तुष्ट होकर गये।

बैरिस्टर चटर्जी ने पूछा कि मुद्दालेहों को इतना भय क्यों कि कहीं कोई ऐसी बात न कह बैठें या सामने आने दें जिससे मेजोकुमार के मुद्दई के रूप में जीवित होने की सम्भावना का द्वार जरा-सा भी खुल सकता हो। मुद्दालेहों का कहना है कि राजकुमारी ज्योतिर्मयी देबी ने यह षड्यन्त्र रचा कि किसी साधु को मेजोकुमार के रूप में खड़ा करके भवालराज की एक तिहाई सम्पत्ति पर नियन्त्रण पा लिया जाए। किन्तु साथ ही वह आग्रहपूर्वक यह भी कहते हैं कि मेजोकुमार के साधु रूप में जीवित देखे जाने की कोई अफवाह थी ही नहीं कभी। यदि ऐसी कोई अफवाह थी ही नहीं तो राजकुमारी को किसी साधु को अपना भाई बताने का षड्यन्त्र कैसे सूझ गया? और यदि मेजोकुमार सुपठित सुसंस्कृत थे तो उन्होंने कैसे यह समझ लिया कि जो व्यक्ति बैरिस्टर चौधरी के शब्दों में फूहड़ देहाती पहलवान लगता है तो उसे सब लोग सहर्ष मेजोकुमार मान लेंगे? और जब वह षड्यन्त्र कर ही रही थीं तब उन्होंने मेजोकुमार की भूमिका के निर्वाह के लिए ऐसा व्यक्ति क्यों नहीं चुना जिसकी बांग्ला हिन्दी-जड़ित न हो और जिसका उच्चारण भी हिन्दी के प्रभाव से मुक्त हो? क्या मुद्दालेह यह कहना चाहते हैं कि ज्योतिर्मयी देबी को ऐसा व्यक्ति ढूँढ़ लेना दरकार था जो अधिक से अधिक मेजोकुमार का-सा दिखता हो? किन्तु ऐसा वे किस मुँह से कह सकते हैं क्योंकि उनके अनुसार तो मुद्दई मेजोकुमार का-सा जरा भी नहीं लगता। मुद्दालेहों के अनुसार मुद्दई द्वारा अपने को मेजोकुमार मान लेना और ज्योतिर्मयी देबी द्वारा उससे आत्मपरिचय का सार्वजनिक नाटक करवाना इसलिए टलता रहा कि इस बीच ज्योतिर्मयी देबी की साधु से सौदेबाजी चलती रही और साथ ही साधु को रोमेन्द्र नारायण राय की भूमिका के निर्वाह के लिए बुनियादी जानकारी भी दी जाती रही।

दूसरे शब्दों में यह कि मुद्दालेहों के वकील के अनुसार ज्योतिर्मयी देबी ने साधु को पहली बार देखने के बाद एक महीने से भी कम समय में उससे सौदेबाजी भी कर डाली और उसे मेजोकुमार की भूमिका के लिए प्रशिक्षित भी करा डाला। और सो भी तब जब इस बीच वह लगातार न उनके सम्पर्क में रहा, न उनके पुत्र या किसी जमाई के। बल्कि यदि मुद्दालेहों के गवाहों की बात मानी जाए तो ज्योतिर्मयी देबी ने यह षड्यन्त्र एक-दो दिन में ही रच डाला होगा। परिवार से सम्बद्ध होने के नाते उनके सबसे महत्त्वपूर्ण गवाह फणि बाबू का तो कहना था कि 30 अप्रैल को मुद्दई को दूसरी बार भी जयदेबपुर जड़ी-बूटियों से उपचार करने के सिलसिले में बुलाया गया था। मुद्दालेहों के गवाह तो मैनेजर नीढ़म की रिपोर्ट में दी गई इस बात को भी अप्रामाणिक ठहरा रहे हैं कि पहली भेंट में ही ज्योतिर्मयी देबी के मन में साधु के मेजोकुमार होने का सन्देह उठा, वह क्रमशः पुष्ट हुआ और बहुत आग्रह करने पर साधु ने स्वीकार कर लिया कि वह मेजोकुमार ही

है। तो मुद्दालेहों के गवाहों के अनुसार हमें यह मानना होगा कि पर्दानशीं विधवा ज्योतिर्मयी देबी ने दार्जिलिंग में भस्मीभूत कर दिए गए मेजोकुमार को जीवित घोषित करने की ठानी जबकि उनके जीवित होने की कोई बात पहले कभी सुनी नहीं गई थी और मेजोकुमार के रूप में प्रस्तुत करने के लिए उन्होंने जड़ी-बूटियों से इलाज करने वाले एक पंजाबी साधु को चन्द दिनों में तैयार कर डाला फिर निश्शंक होकर उसे न केवल भवाल की प्रजा और भवालराजपरिवार के सामने अपने भाई के रूप में प्रस्तुत कर डाला बल्कि शासन के आगे भी गुहार लगाई कि हमें इसका दावा प्रमाणित करने का अवसर दिया जाए।

बैरिस्टर चटर्जी ने मुद्दालेहों से जानना चाहा कि क्या ज्योतिर्मयी देबी षड्यन्त्रकारी होने के साथ-साथ इतनी अबोध भी हैं कि उनके मन में यह शंका ही नहीं उठी कि मुद्दई को मेजोकुमार मानने के लिए सरकार क्या, राजपरिवार का कोई भी सदस्य और भवालराज का कोई भी जोतदार या ताल्लुकेदार राजी न होगा और एक युवा पंजाबी साधु को यमलोक से लौटा अपना भाई रोमेन्द्र बताकर मैं जगहँसाई की ही नहीं, अपयश की भी पात्रा बनूँगी। उन्होंने किस आधार पर यह मान लिया कि इस भयंकर अपात्र के मेजोकुमार होने के दावे का सारा भवाल इतने उत्साह से समर्थन करेगा कि देखते ही देखते मुद्दई के दावे के समर्थन के लिए समिति गठित हो जाएगी और उसे नजराना और चन्दा दिया जाने लगेगा? मुद्दालयें के वकील को यदि मेजोकुमार के साथ दार्जिलिंग गए चन्द लोगों का सत्या बाबू के किसी षड्यन्त्र में सम्मिलित रहना असम्भव प्रतीत हुआ है तो भवालराज के हजारों लोगों का ज्योतिर्मयी देबी के किसी षड्यन्त्र में सम्मिलित हो जाना कैसे सहज स्वाभाविक लग सकता है? जब वह यह जानना चाहते थे कि सत्या बाबू या उनके समर्थकों को इस षड्यन्त्र से क्या मिल गया तब अपने को यह क्यों नहीं पूछते कि भवालराज के लोगों को किसी पंजाबी साधु को बंगाली सामन्त ठहराकर क्या मिलने वाला है? स्वयं ज्योतिर्मयी देबी को अब तक कोर्ट ऑफ वार्ड्स के कोप और मुकदमे के सिलसिले में हुए कर्ज के अतिरिक्त क्या मिला है अब तक? और यदि मुद्दई कोई अपरिचित व्यक्ति है जिसने कठिन सौदेबाजी के बाद मेजोकुमार का जाना स्वीकार किया है तो इसका दावा स्वीकृत हो जाने पर भी उन्हें इससे कुछ मिल जाएगा इसकी क्या गारण्टी है?

बैरिस्टर चटर्जी ने बैरिस्टर चौधरी के तर्क को उलटते हुए अदालत से कहा कि यदि मुद्दई का मेजोकुमार होना प्रमाणित हो चुका हो तो फिर दार्जिलिंग में उनकी मृत्यु और दाह संस्कार हो जाने के प्रमाण-पत्रों का कोई अर्थ नहीं रहा जाता। मुद्दई बाध्य नहीं है कि दार्जिलिंग में क्या हुआ कैसे हुआ यह प्रमाणित करे। स्वयं तो वह बस इतना ही बता सकता है कि आठ मई को मूर्च्छित हो जाने से पहले क्या हुआ था? अपने श्मशान भूमि से बचा लिये जाने के बारे में भी वह वही बता सकता है जो उसने बचाने वालों से सुना। फिर भी मुद्दई की ओर से प्रस्तुत किए गए गवाहों और दस्तावेजों से इतना तो सिद्ध हो जाता है कि वहाँ मेजोकुमार के उपचार में भयंकर गोलमाल हुआ

और मेजोकुमार के रोग से लेकर सुबह हुए दाह-संस्कार तक हर चीज के बारे में मुद्दालेह सच बोलने या सच का सामने करने से कतराते रहे हैं। वहाँ यदि वही हुआ जो वे कह रहे हैं तो उसे सच सिद्ध करने के लिए उन्होंने इतनी अधिक दौड़-धूप करके इतनी अधिक झूठी गवाहियाँ क्यों जुटाईं?

मुद्दई यह आक्षेप नहीं लगा रहा है कि विष देकर उसकी हत्या करने का प्रयास किया गया दार्जिलिंग में। वह केवल इतना कह रहा है कि मुझे आशु डॉक्टर ने रात को कोई ऐसी औषधि पिलाई जिसे पीने के तीन-चार घण्टे बाद मेरी 'बूक' (छाती) जलने लगी, मुझे उल्टी हो गई और बहुत बेचैनी भी। 'आमि चित्कार कोरते लागलाम'— मैं चीत्कार करने लगा। मैंने आशु से कहा कि ये तूने मुझे क्या पिला दिया? सुबह मुझे एक के बाद एक खूनी दस्त होने लगे। मेरी कमजोरी बढ़ती गयी। मैं मूर्च्छित हो गया। मुझे स्मरण नहीं कि तब तक कोई और डॉक्टर मुझे देखने आ चुका था। उधर मुद्दालेहों के गवाह न इस बात से इनकार करने की स्थिति में हैं कि आशु डॉक्टर ने स्वयं जो नुस्खा लिखकर दिया उसमें आर्सेनिक विष भी था और डॉक्टर काल्वर्ट ने अन्ततः जो इंजेक्शन रोगी को दिया उसमें मॉर्फिन के साथ-साथ एट्रोपीन भी थी और इन दो औषधियों का सम्मिलित इंजेक्शन आर्सेनिक विष के कारण मूर्च्छावस्था में पहुँचे रोगियों को दिया जाता है। मुद्दई यह नहीं कह रहा है कि डॉक्टर काल्वर्ट किसी षड्यन्त्र में सम्मिलित थे। वह यही कह रहा है कि उन्होंने बीमा कम्पनी के फॉर्म में मेजोकुमार की मृत्यु का कारण 'बिलेरी कॉलिक' भले ही लिखा हो वह उसका उपचार आरम्भ में अपच और पेट में गैस भरने के साधारण रोग के लिए कर रहे थे और इतने साधरण रोग से रोगी को सहसा मरणासन्न हुआ देख वह चक्कर में पड़ गये और अगली सुबह किसी और डॉक्टर से परामर्श कर देखने की बात करके चले गये। वह मृत्यु के समय उपस्थित थे ही नहीं। मुद्दई यह भी कह रहा है कि डॉक्टर काल्वर्ट मृत्यु का कारण बिलेरी कॉलिक बता रहे हैं किन्तु उनकी दी हुई कोई भी औषधि ऐसी नहीं जो बिलेरी कॉलिक के रोगी को दी जाती हो।

बैरिस्टर चटर्जी ने स्पष्ट किया कि मुद्दई आशु डॉक्टर को जानबूझकर विष देने का दोषी ठहरा रहा है। मुद्दई मात्र इतना कह रहा है कि आशु डॉक्टर का अपने बनाए नुस्खे को दूसरे डॉक्टर का लिखवाया ठहराना अपने बयान बार-बार बदलना और झूठ पर झूठ बोलते जाना उनका अपराधबोध प्रकट कराता है। जाने अथवा अनजाने वह कुछ ऐसा कर बैठे कि साधारण वायुविकारजन्य उदरशूल से पीड़ित मेजोकुमार आर्सेनिक विष दिए जाने के लक्षण प्रदर्शित करते हुए मर गये। भले ही डॉक्टर काल्वर्ट ने मेजोकुमार की मृत्यु का कारण बिलेरी कॉलिक बताया हो इस तथ्य को झुठलाया नहीं जा सकता कि पथरी के पित्त नली में अटकने-चुभने से इस तरह मृत्यु हो जाना नितान्त असामान्य है। दार्जिलिंग से भेजे गए किसी भी तार में बिलेरी कॉलिक का उल्लेख नहीं है और डॉक्टर काल्वर्ट से दार्जिलिंग में लिखवाए गए शोक-संवेदना पत्र में भी कॉलिक (उदरशूल)

उठने की ही बात की गई है। बीमा कम्पनी के फॉर्म पर डॉक्टर काल्वर्ट ने मृत्यु का कारण बिले कॉलिक या तो स्वयं ही यह सोचकर लिख दिया कि केवल कॉलिक से मृत्यु हो जाने की बात असम्भव लगेगी या यह कारण उन्हें मेजोकुमार से जुड़े किसी अन्य व्यक्ति ने सुझा दिया। दूसरी बात की सम्भावना अधिक है। डॉक्टर काल्वर्ट निस्सन्देह एक प्रतिष्ठित व्यक्ति हैं किन्तु उनका शोक संवेदना पत्र के नाम पर कुमार के साथ दार्जिलिंग गए व्यक्तियों के लिए प्रमाण-पत्र दे देना स्पष्ट दर्शाता है कि चिरौरी किए जाने पर वह कुछ भी लिखकर दे देने वाले व्यक्तियों में से हैं।

बैरिस्टर चटर्जी ने अदालत का ध्यान इस ओर खींचा कि डॉक्टर काल्वर्ट ने प्रमाण-पत्र में लिखा है : 'मैं रोमेन्द्र नारायण राय को चौदह दिनों से जानता रहा।' इसका स्पष्टीकरण वह यह भी दे सकते थे कि उनका मृतक से परिचय चौदह दिन पहले हुआ था। किन्तु जिरह में उन्होंने अपने को सत्यवादी ठहराने के लिए आग्रहपूर्वक कहा कि इसका अर्थ यही है कि मैं चौदह दिन से उनका उपचार कर रहा था। और पहले जाँच में ही मैंने उन्हें बिलेरी कॉलिक से पीड़ित पाया था। किन्तु उनके प्रमाण-पत्र में ही आगे लिखा हुआ है कि रोमेन्द्र नारायण राय तीन दिन की बीमारी के बाद मरे। डॉक्टर काल्वर्ट का सबसे पहला नुस्खा भी मृत्यु से तीन दिन पहले का ही लिखा हुआ है। इस सबके बावजूद उनका मेजोकुमार को 14 जिन से बिलेरी कॉलिक से पीड़ित बताना दर्शाता है कि वह सत्यवादी नहीं हैं। उन्होंने अपने इस सर्टिफिकेट के सत्य होने की सौगन्ध जिन तत्कालीन जिला मजिस्ट्रेट मिस्टर क्रॉफर्ड के सामने ली स्वयं उनकी सत्यवादिता विचारणीय है। यदि काल्वर्ट ने मृत्यु के दो महीने बाद डैथ सर्टिफिकेट दिया था तो मिस्टर क्रॉफर्ड ने पूरे दस महीने बाद और उन्होंने भी इसमें रोमेन्द्र नारायण राय की मृत्यु का कारण बिलेरी कॉलिक दर्शाया और उम्र वही 27 वर्ष बताई। वह लन्दन में हुई जिरह में बता नहीं सके कि उन्होंने यह प्रमाण पत्र किसके कहने पर और क्यों लिखकर दिया और भरी गईं सूचनाएँ उन्हें किसने दीं? स्पष्ट ही यह भी उन सत्या बाबू का ही लिखवाया होगा जो स्वयं 25 वर्षीय मेजोकुमार को अपनी तरह 27 वर्ष का समझे हुए थे। बिना किसी व्यक्तिगत जानकारी के मिस्टर क्राफर्ड का इस प्रकार का प्रमाण-पत्र दे डालना क्या बैरिस्टर चौधरी के इस तर्क के चिथड़े नहीं उड़ा देता कि उच्च प्रशासनिक अधिकारी और सो भी अँग्रेज, गलत प्रमाण-पत्र कभी दे ही नहीं सकते? तो फिर यह कैसे कहा जा सकता है कि डॉक्टर काल्वर्ट ने अपने प्रमाण-पत्र में मृत्यु का जो समय दिया है वह व्यक्तिगत जानकारी के आधार पर ही दिया गया होगा?

बैरिस्टर चटर्जी ने आगे कहा कि यद्यपि दार्जिलिंग में क्या हुआ यह बताने और प्रमाणित करने का वैसा कोई दायित्व मुद्दई पर नहीं है जैसा कि मुद्दालेह बता रहे हैं तथापि उसने बड़ी हद तक यह प्रमाणित कर दिखाया है कि दार्जिलिंग की घटनाओं के बारे में मुद्दालेह झूठ बोलने और सच को छिपाने में लगे रहे। मुद्दई ने अपने श्मशान भूमि से बचा लिए जाने से लेकर आत्मपरिचय देने तक के बारह वर्ष की अवधि की जो कथा प्रस्तुत

की है वह यदि मुद्दालेहों के वकील को कपोल-कल्पित लगी है तो इसीलिए कि सत्य बहुधा गल्प से भी अधिक अद्‌भुत होता है। मुद्दई ने इस बात का कोई यत्न नहीं किया है कि अपनी कथा को अधिक ग्राह्य बनाने के लिए उसमें संशोधन करे। स्मृतिलोप और स्मृति की वापसी के बारे में भी उसने जो कुछ कहा है वह भले ही अति विचित्र लगे वैज्ञानिक दृष्टि से असम्भव नहीं। मुद्दई के वक्तव्य की पुष्टि उसके गवाह दरसनदास ने की है। मुद्दालेह दरसनदास की गवाही को इस आधार पर अमान्य करवाना चाहते हैं कि वह ढाका में गोपालदास के नाम से जाना जाता रहा था। किन्तु यदि मुद्दई को कोई भी झूठा गवाह खड़ा कर देना अभीष्ट होता तो क्या पंजाब में दरसनदास नामक कोई और साधु उसे न मिल पाता? और यदि अदालत में प्रस्तुत हुआ दरसनदास वही निक्कू न होता जो दार्जिलिंग की श्मशान भूमि से मुद्दई को बचा ले जाने वाले साधुओं में से एक था तो यह तात्कालीन दार्जिलिंग और वहाँ की श्मशान भूमि के बारे में मुद्दालेहों के वकील की कड़ी जिरह का सामना कैसे कर पाता? दूसरी ओर मुद्दई की कथा का खण्डन करने और उसे मालसिंह नामक एक पंजाबी व्यक्ति सिद्ध करने के लिए मुद्दालेहों ने जिन तथाकथित बाबा धरमदास से गवाही दिलवाई उनका झूठा गवाह होना किसी से छिपा नहीं रह सका।

बैरिस्टर चटर्जी ने फिर इस तथ्य को रेखांकित किया कि मेजोकुमार को एक अच्छा पति और मेजोरानी के दाम्पत्य जीवन को सुखद सामान्य ठहराने का मुद्दालेहों का प्रयास हास्यास्पद है। मेजोरानी जैसी सुशिक्षित, सुशीला और संवेदनशील मध्यवर्गीय किशोरी के लिए मेजोकुमार-जैसा विलासी, अशिक्षित और असंस्कृत सामन्ती युवा सर्वथा अनुपयुक्त जीवन-साथी ही सिद्ध हुआ होगा। विवाह के बाद वह सदा दुखी, उदास, उद्विग्न और बीमार ही रहीं। यह देख सकना कठिन नहीं कि उनका वैधव्य उनके विवाहित जीवन की अपेक्षा कहीं अधिक सुख-शान्ति से बीतता रहा है। इसलिए यह कहना कि उनके द्वारा मुद्दई को मेजोकुमार न मानना और इस प्रकार सधवा जीवन बिता सकने की सुखद सम्भावना ठुकराना मुद्दई के मेजोकुमार न होने का अन्यतम प्रमाण समझा जाना चाहिए उतना सशक्त तर्क है नहीं जितना कि लगता है। कहा जाता है कि मायके में रहना विधवा के लिए अभिशापवत होता है किन्तु यहाँ वह स्थिति नहीं है। रानी बिभाबती देबी और उनके दादा सत्येन्द्रनाथ बैनर्जी के बीच अगाध स्नेह रहा है और फिर वह मायके में दादा-बोऊदी की आश्रिता नहीं हैं। मुद्दई यह नहीं कह रहा है कि बिभाबती देबी अपने दादा के किसी षड्यन्त्र में सम्मिलित थीं। उसने तो उल्टे यह गवाही दिलवाई है कि दार्जिलिंग से वह जब लौटी थी तब वहाँ जो कुछ हुआ उसके परिप्रेक्ष्य में अपने अत्यन्त प्रिय दादा से बात तक नहीं करना चाहती थी। मुद्दई तो इतना ही कह रहा है कि बिभाबती देबी के जीवन में दार्जिलिंग से लौटने के बाद उन कुछ महीनों को छोड़ उनके दादा अत्यन्त महत्त्वपूर्ण स्थान रखते आए हैं और वह उनके कहने पर चलती हैं और उन पर पूरा विश्वास करती हैं। मुद्दई सत्या बाबू पर भी कोई आक्षेप

नहीं लगा रहा है वह तो बस इस ओर ध्यान दिला रहा है कि अपनी बहन के विवाह के बाद वह सामन्ती वैभव से आक्रान्त रहे, अपने जमाई बाबू और अन्य कुमारों के प्रति उनके मन में प्रेम और घृणा का मिला-जुला भाव पनपा, वह अपने जीवन से अधिक रुचि अपनी बहन के जीवन में लेते रहने के कारण अपनी विदुषी माँ के कोपभाजन बने और दार्जिलिंग से लौटकर उन्होंने तोड़-फोड़ करने में अद्‌भुत कौशल प्रदर्शित करके अपने को अपनी बहन की सम्पदा का सुखभोग कर सकने की स्थिति में पहुँचा दिया।

तो बिभाबती देबी और उनके सत्या दादा द्वारा मुद्दई को मेजोकुमार न मानना सर्वथा महत्त्वहीन है। महत्त्वपूर्ण यह है कि मुद्दई को उनकी बहन ज्योतिर्मयी देबी ने मेजोकुमार के रूप में पहचाना और इस पहचान के विषय में पूरी तरह आश्वस्त होने के लिए मुद्दई की देह पर वे चिह्न ढुँढ़वाए जो मेजोकुमार की देह पर थे। इसके बाद ही उन्होंने मुद्दई को बाध्य किया कि सही-सही आत्मपरिचय दे। वह आश्वस्त हो चुकी थीं कि साधु मेरा भाई ही है किन्तु जब तक वह साधु ही सबके सामने ऐसा स्वीकार न कर ले वह उसे मेजोकुमार रोमेन्द्र नारायण राय कैसे बता सकती थीं? मुद्दई अपने को मेजोकुमार बताने में हिचक इसलिए रहा था कि वह माया-मोह के जाल में फिर से नहीं पड़ जाना चाहता था। वह कोरा नाटक नहीं था। वास्तविक घटना थी। आत्मपरिचय से पहले और बाद में क्या हुआ इससे सारा भवालराज अवगत था और शासन की कहीं किसी रिपोर्ट में यह नहीं कहा गया कि ज्योतिर्मयी देबी एक पंजाबी साधु को मेजोकुमार घोषित कराने का षड्यन्त्र रच रही हैं। हर जगह वही कहा गया है जो मुद्दई कह रहा है। भवालराज के मैनेजर ने तब ढाका के कलेक्टर को यही लिखा था कि मुद्दई के दावे को व्यापक स्वीकृति मिल रही है इसलिए इसकी तुरन्त जाँच कराई जानी चाहिए। क्या मुद्दालेह यह कहना चाहते हैं कि भवालराज के मैनेजर मिस्टर नीढ़म ने भी ज्योतिर्मयी देबी द्वारा मंचित किए गए नाटक को वास्तविकता बनाकर प्रस्तुत करके उनका साथ दिया? और जब साधु के जाली घोषित कर दिए जाने के बाद वह नाटक निष्फल हो गया तब ज्योतिर्मयी देबी ने उस साधु को जयदेबपुर में अपने घर से निकाल देने की जगह उसे अपने साथ रखने के लिए ढाका में घर क्यों ले लिया? पिछले बारह वर्ष से जिस व्यक्ति को वह अपने साथ रखे हुए हैं और वह उनका भाई ही हो सकता है कोई अजनबी नहीं।

चटर्जी मोशाय ने बैरिस्टर चौधरी की इस आपत्ति की भी चर्चा की कि मुद्दई ने अपना दावा इतने विलम्ब से प्रस्तुत किया है कि कानून के अनुसार उस पर विचार किया ही नहीं जा सकता। उन्होंने कहा कि मुद्दई आत्मपरिचय के बाद अपना दावा लगातार और सार्वजनिक रूप से प्रस्तुत करता रहा। इस प्रसंग में वह मिस्टर लिण्डसे से भी मिला, जिन्होंने उसके दावे की जाँच कराने से पहले ही उसे जाली घोषित करके प्रशासन की पक्षधरता प्रकट कर दी। मुद्दई ने बाद में अपना दावा बोर्ड ऑफ रेवेन्यू के सामने भी रखा किन्तु उसने भी उसकी जाँच कराने की कोई आवश्यकता नहीं समझी। इसलिए

यह कहना गलत है कि वर्तमान मुकदमे से पूर्व उसने अपना दावा प्रस्तुत किया ही नहीं। यदि मुद्दालेह यह पूछना चाहते हों कि मुद्दई ने अपना दावा विधिवत अदालत में क्यों प्रस्तुत नहीं किया तो उनसे यह पूछा जा सकता है कि शासन ने, जो पूरी तरह उनसे सहयोग कर रहा था, मुद्दई के विरुद्ध उसे जाली घोषित करने के बाद तब फौजदारी मामला क्यों नहीं बनाया जब वह भवालराज के जोतदारों-ताल्लुकेदारों के आगे मेजोकुमार के रूप में आया और उनसे नजराना तथा चन्दा लेता ही चला गया? उसके झूठे दावे को निराधार ठहरा कर यह प्रसंग समाप्त ही करा देने की दिशा में मुद्दालेहों और प्रशासन ने तनिक भी तत्परता क्यों प्रदर्शित नहीं की? इस सन्दर्भ में बैरिस्टर चटर्जी ने अदालत का ध्यान इस ओर दिलाया कि जब यह सूचना मिली कि पंजाब में मुद्दई के गुरु ने मुद्दई का चित्र देखकर उसे औजला गाँव का मालसिंह करार दिया है जो उससे दीक्षा लेने के बाद सुन्दरदास कहलाने लगा था तब राजस्व मन्त्री महाराणा वर्द्धमान ने बोर्ड ऑफ रेवेन्यू को लिखा था कि गुरु को तुरन्त बुलाकर मुद्दई का सार्वजनिक रूप से पर्दाफाश कराया जाए ताकि उसे जन-समर्थन मिलना बन्द हो जाए किन्तु इस दिशा में कोई कदम नहीं उठाया गया। आखिर मुद्दई के दावे को धूल-धूसरित कर देने में इतनी हिचक क्यों हुई प्रशासन को? क्या मुद्दालेहों को भय था कि मामला अदालत में गया तो उनकी पोल खुल जाएगी?

उपसंहार स्वरूप बैरिस्टर चटर्जी ने यह भी कहा कि बैरिस्टर चौधरी दावा करने की अवधि के समाप्त हो जाने की बात जिस कानून के आधार पर कर रहे हैं वह इस मामले में लागू नहीं हो सकता क्योंकि मेजोरानी को यह सम्पत्ति मेजोकुमार की उत्तराधिकारिणी के रूप में मिली है और उन्हें प्रतिद्वन्द्वी दावेदार की श्रेणी में नहीं रखा जा सकता। इसी के साथ मुकदमे की सुनवाई समाप्त हुई। चटर्जी मोशाय बहस के बाद सन्तुष्ट प्रतीत हुए। उन्होंने हम लोगों से कहा उस सन्ध्या कि आपके मुकदमे की जो अच्छी से अच्छी प्रस्तुति हो सकती थी मैंने करा दी, जज मोशाय का रवैया भी निरन्तर सहानुभूतिपूर्ण और पक्षपातरहित रहा अब आगे हरि इच्छा। ज्योतिदी, बिल्लू सभी बहुत प्रसन्न हुए सुनकर किन्तु मैं हँसा और हँसता ही रहा। सबने हैरान होकर पूछा कि क्या हुआ। मैंने कहा, मुझे लगता है कि हरि की इच्छा मेरे मोह के मत्स्य को माया की विराट कड़ाही में भली-भाँति तलने की है। यह मुकदमा तो खिंचता ही चला जाएगा। बैरिस्टर चटर्जी बोले कि हाँ जो भी पक्ष हारेगा हाईकोर्ट में अपील तो अवश्य ही करेगा।

गुहार

दादा का तो माथा उसी दिन ठनका था जिस दिन साहेब लोगों के कहने के बावजूद इतने महत्त्वपूर्ण मुकदमे की सुनवाई का काम यूरोपियन जज को न देकर बंगाली जज को दे दिया गया। मैं मूर्खा उनसे विवाद करती रही कि निष्पक्षता, न्यायप्रियता और विवेक यूरोप के लोगों की विशेषताएँ नहीं। ये गुण तो हम बंगालियों में भी होते हैं। दादा उस दिन और भी दुखी हुए जब गोपनीय सरकारी दस्तावेज के प्रसंग में जज पन्नालाल बसु ने उस ठग साधु के वकीलों की माँग का समर्थन कर डाला। इतने छोटे जज का इस मामले में शासन से मतभेद व्यक्त करना उनके अनुसार बहुत बड़े दुस्साहस का नमूना होने के साथ-साथ इस बात का परिचायक भी था कि यह भावुक मूर्खों की भीड़ से अपना जयघोष कराने के मोह में जाली को असली घोषित कर दे सकता है। किन्तु शशांक बाबू और बैरिस्टर चौधरी दोनों ही बोले कि अपनी निष्पक्षता का थोड़ा नाटक भले ही कर ले यह जज उस साधु के बारे में शासन से भिन्न निष्कर्ष पर पहुँचकर अपने कॅरिअर पर कुठाराघात करने से रहा। इसकी पदोन्नति का समय निकट आ चुका है और इसके सेवाकाल के अभी प्राय: आठ वर्ष बचे हैं। आश्वस्त हुए नहीं दादा। बोले कि पदोन्नति का अवसर तो इस मुकदमे की सुनवाई के दौरान ही आ जाएगा। अस्तु शासन उसे रोक कर जज का बैर मोल ले ही नहीं सकता। रहा शेष सेवाकाल तो यह जज ऐसा भी तो सोच सकता है कि जिस मुकदमे पर सारे बंगाल की नहीं, सारे राष्ट्र का ध्यान केन्द्रित है उसमें ब्रिटिश शासन के विरुद्ध निर्णय देकर राष्ट्रवादियों की दृष्टि में महानायक क्यों न बन जाऊँ और फिर त्यागपत्र देकर कहीं और नौकरी कर लूँ।

बैरिस्टर चौधरी उस दिन तो दादा की बात सुनकर हँस दिए थे यह कहते हुए कि पन्नालाल बसु जैसा चूहा बंगाल का शेर बनने की बात स्वप्न में भी नहीं सोच सकता, समझे। किन्तु ज्यों ही सुनवाई आरम्भ हुई चौधरी मोशाय भी दादा से सहमत हो उठे कि ब्रिटिश भारत के इतिहास के सबसे महत्त्वपूर्ण मुकदमे की सुनवाई इस बंगाली जज को सौंपकर अँग्रेज शासक भयंकर भूल कर बैठे हैं। पहले दिन ही पता चल गया कि अदालत के बाहर-भीतर जाली मेजोकुमार के भाड़े के समर्थकों की भीड़ लगी रहा

करेगी जो हमारे वकीलों और गवाहों के विरुद्ध प्रदर्शन करेगी, मुद्दई के पक्ष में जाने वाली हर बात पर किलकारियाँ भरती हुई कूदेगी और मुद्दई के विरुद्ध जाने वाली हर बात पर क्रुद्ध होकर चीखे-चिल्लाएगी। जैसे यही पर्याप्त न हो प्रतिदिन अदालत के बाहर हम लोगों और हमारे वकीलों-गवाहों पर कटु कटाक्ष करने वाले पर्चे बाँटे जाएँगे। बैरिस्टर चौधरी ने मुद्दालेहों के विरुद्ध आयोजित किए गए इस घृणा-पर्व की ओर जज मोशाय का ध्यान आकर्षित कराया और पूछा कि ऐसे वातावरण में मुकदमे की सुनवाई का अर्थ ही क्या रह जाता है। जज मोशाय बोले कि जो कुछ हो रहा है वह दुर्भाग्य-पूर्ण है किन्तु इस मुकदमे में निर्णय इस अदालत को देना है, जनता को नहीं और मैं आपको विश्वास दिलाना चाहता हूँ कि इस अदालत पर न्यायालय भवन के बाहर के वातावरण का कोई प्रभाव पड़ने वाला नहीं है।

माननीय पन्नालाल बसु की यही रीति-नीति होने वाली थी इस मुकदमे के हर चरण में। करेंगे पक्षपात और कहते जाएँगे कि मैं पूरी निष्पक्षता बरत रहा हूँ और बरतूँगा आगे भी। उन्होंने मुद्दई को एक के बाद एक ऐसे गवाह प्रस्तुत करने दिये जो कहते रहे कि मुझे मुद्दई मेजोकुमार ही लगा और जब वह मुझे न केवल पहचान गया बल्कि उसने मेरे बारे में कोई बात भी बता डाली तो मैं पूरी तरह आश्वस्त हो गया कि मेजोकुमार साधुवेश में लौट आए हैं। बैरिस्टर चौधरी आपत्ति करते रहे कि जब तक मुद्दई यह नहीं दर्शा देता कि दार्जिलिंग में मेजोकुमार की न मृत्यु हुई न दाह-संस्कार तब तक इन गवाहों को प्रस्तुत करते चले जाने का प्रयोजन क्या है। जज मोशाय ने इन गवाहों की बाढ़ पर कोई रोक नहीं लगाई, हाँ बीच-बीच में मुद्दई के वकील बैरिस्टर बिजोय चन्द्र चटर्जी से कहते अवश्य रहे कि इतने अधिक गवाह मत प्रस्तुत कीजिए। जैसे यही पर्याप्त न हो उन्होंने इस मुकदमे को हमारे अधिकतर गवाहों के और विशेष रूप से मेरे और दादा के चरित्र-हनन का मंच बनने दिया। मैंने जब सुना कि पहले भवालराज और फिर मेरी नौकरी से हटाए गए मनमोहन बाबू को यह आक्षेप लगाने दिया गया कि दादा अपने साथ छोटोकुमार के लिए कलकत्ता से दो वेश्याएँ लेकर आये तब मुझे अपने कानों पर विश्वास नहीं हुआ। फिर जब हम लोगों की ओर से गवाहियाँ आरम्भ हुईं तब प्रति दिन यही सुनने में आया कि बैरिस्टर चटर्जी आज फिर चरित्र-हनन पर उतर आये।

उनका यह व्यवहार विस्मय का विषय बन गया मेरे लिए। बिजोय बाबू आधुनिक विचारों वाले राष्ट्रवादी नेता सुरेन्द्रनाथ बनर्जी के सुपठित और सुयोग्य जमाई बाबू समझे जाते थे। राजनीति में रहते हुए भी वह कभी जनआन्दोलन विश्वासी नहीं रहे थे और अँग्रेजों के सहयोग के पक्षधर थे। मैं जानती थी कि उन्होंने कई राष्ट्रवादी क्रान्तिकारियों के मुकदमे भी लड़े हैं किन्तु शासन-विरोधी राजनीति द्वारा समर्थित हो जाने मात्र से तो वह तथाकथित भवाल संन्यासी उनके लिए राष्ट्रवादी क्रान्तिकारी न बन गया होगा। तो उसका मुकदमा लड़ना क्यों स्वीकार किया उन्होंने? और स्वीकार कर लेने के बाद उसकी ओर से गवाहों की आक्रामक ढंग से नितान्त अपमानजनक जिरह क्यों की? मैं

आजीवन भूलूँगी नहीं वह जिरह जो उन्होंने मुझसे की। मैंने उनकी क्रूरता का सामना अवहेलना से किया और कहीं तनिक भी विचलित न हुई किन्तु प्रतिदिन नालगोला राजबाड़ी लौटने पर मैं दारुण क्रन्दन करती रही और अपने आँसू पोंछने आए दादा से लड़ती भी रही। क्यों उन्होंने और उनके परामर्शदाता वकीलों ने मुझसे यह आग्रह किया कि मैं अदालत में कहूँ कि पति का मेरे प्रति व्यवहार बहुत अच्छा था और वह मुझसे इतना अगाध प्रेम करते थे कि जयदेबपुर से ढाका जाते तो वहाँ से पत्र भेजते। क्यों उन्होंने उन निर्मम बैरिस्टर चटर्जी को मुझसे मेरे दाम्पत्य जीवन को लेकर अभद्र जिरह कर सकने का अवसर मुझसे ही दिलवा दिया। एक के बाद एक इतने और ऐसे अशिष्ट और अप्रासंगिक प्रश्न कि बाबा रे बाबा। निष्पक्षता का नाटक करने वाले जज मोशाय ने टोका भी नहीं उन्हें। मैं चीखकर कहना चाहती थी बैरिस्टर चटर्जी से कि आप भवालराजबाड़ी के अन्तःपुर के पूरे भूगोल और इतिहास और दैनिक जीवन को लेकर क्यों प्रश्न किये चले जा रहे हैं? एक ही प्रश्न क्यों नहीं कर लेते कि क्या मुझ अभागिन के लिए फूलशैया-घर वस्तुतः शूलशैयाघर सिद्ध हुआ। हाँ हुआ तो? तो क्या बिजोय बाबू? क्या यह कहना चाहते हैं आप कि मैंने अपने पति की हत्या करवाने की ठानी। डॉक्टर आशु से अपना दुखड़ा रोया। उसे प्रेमजाल में फँसाया? उससे पति को विष दिलवाया? मेरे पति साधुवेश में लौट आए हैं तो मैं उन्हें इसलिए जाली बता रही हूँ कि मैं पति के साथ बिताए नारकीय जीवन की पुनरावृत्ति नहीं चाहती। बिजोय बाबू आप तो अब हिन्दू महासभा में चले गए हैं। क्या आप सचमुच यह मानते हैं कि कोई भी हिन्दू भद्र महिला विधवा जीवन को सधवा जीवन से श्रेयस्कर समझ सकती है। क्या आप यह कहना चाहते हैं कि यह इस पर निर्भर है कि पति कैसा था? क्या आपके हिन्दू और ब्राह्मण संस्कार ऐसी सापेक्षवादिता की अनुमति देते हैं? अथवा कहीं ऐसा तो नहीं कि आप मुझे पर्दा न करने मात्र से वैसी ही आधुनिका मान बैठे हैं जैसी आपने लन्दन में बैरिस्टरी के लिए अध्ययन करते हुए देखी होंगी। यदि मेरी माँ ने मुझे वैसे संस्कार दिए होते तो क्या मैं मेजोकुमार से विवाह करने के लिए तैयार हो जाती बिजोय बाबू? और यदि विधवा एक असहाय विधवा की पुत्री होने के कारण इस विवाह के लिए बाध्य ही कर दी गयी थी तो आपके अनुसार जो अपनी स्त्री को नारकीय यन्त्रणा देने वाले नरपिशाच थे ऐसे उन मेजोकुमार को छोड़कर मायके न लौट आती? वैसे पूछ सकती हूँ बिजोय बाबू कि आपको किसने बताया कि मेरे पति नरपिशाच थे और मेरा दाम्पत्य जीवन साक्षात् नारकीय था? ज्योतिर्मयी देबी ने? उनसे जरा पूछिए तो कि वह मुझे क्या समझाती रही थीं विवाह के बाद। यही ना कि मेजो उद्दण्ड और अपरिष्कृत भले ही हो स्वभाव से नितान्त स्नेहिल और हृदय से सर्वथा सरल है। कामुक अवश्य है किन्तु अन्य सामन्तों की तरह घोर विलासी नहीं।

पूछिए उनसे कि क्या उन्होंने मुझसे अनेक बार यह नहीं का कि रोओ मत बिभा, सामन्ती परिवारों में स्त्री का दाम्पत्य जीवन सामान्यतः ऐसा ही होता है। यही तो जिरह

में मैंने भी आपको बताना चाहा। किन्तु आप यह जानना चाहते थे कि क्या मेरे पति मुझसे प्रेम करते थे? कैसा प्रेम बिजोय बाबू— वैसा जैसा पश्चिम में आधुनिक युग में प्रचलित हुआ है ? क्या आप अपनी पत्नी से वैसा प्रेम करते हैं? जज मोशाय करते हैं? क्या प्रेम न करने वाले पति का यमलोक पहुँचा दिया जाना किसी स्त्री को प्रिय होना एक सामान्य-सी घटना है बिजोय बाबू उस विलायत में भी जिसमें आप कुछ वर्ष बिता आए हैं? आपने कहा कि मुद्दई मुझ पर कोई आक्षेप नहीं लगा रहा है। अपने भाड़े के पर्चेबाजों से वह मेरा जो चरित्रहनन करता आया है उसे आप क्या पुकारते हैं— हार्दिक अभिनन्दन। और अदालत में आपने भी क्या कसर छोड़ी? दादा और उनके परामर्श-दाताओं के आग्रह पर मैंने यह क्या बता दिया कि एक बार मेरा मासिक धर्म रुक जाने के कारण राजपरिवार में मेरे गर्भवती हो जाने की आशा जाग उठी थी कि आप पूछ बैठे कि क्या यह सत्य नहीं कि वह गर्भ किसी और से ठहरा था अस्तु मुझे कलकत्ता ले जाकर उसे गिरवा दिया गया था चुपचाप? आपने चरित्रहनन करने के लिए मेरे दिए अवसर का लाभ उठाया तो आपके दिए उस अवसर का जज मोशाय ने अपनी निष्पक्षता प्रदर्शित करने के लिए । बोले, ऐसे निराधार और अपमानजनक प्रश्न नहीं करने दिए जाएँगे। उस क्षण मन किया था मेरा कि कहूँ जज मोशाय यह सारा मुकदमा ही इस निराधार प्रश्न को लेकर प्रस्तुत है कि क्या कोई यमलोक से लौट सकता है और इसमें यह अपमानप्रद आरोप निहित है कि मैंने और मेरे दादा ने आशु डॉक्टर की सहायता से दार्जिलिंग में मेजोकुमार की हत्या की। ऐसा होते हुए भी आप तो बड़े धैर्य से, बड़ी रुचि से इसे सुनते ही चले जा रहे हैं।

मैंने ऐसी अशिष्टता का कोई प्रदर्शन नहीं किया जिरह के मध्य किन्तु फिर भी दादा मुझे टोकते रहे कि बहुत आक्रामक होती जा रही है तू। मैं अन्त तक समझ नहीं पाई कि इस मुकदमे में हमें किसी भी बात की कोई सफाई देने की आवश्यकता ही क्या है? हमें तो आक्रामक होना ही चाहिए कि मेरे पति की मृत्यु के 24 वर्ष बाद कोई व्यक्ति अदालत से कह रहा है कि उसे मेरा पति घोषित किया जाए और अदालत उसकी याचिका की गम्भीरता से विचार कर मेरा धन बर्बाद कर रही है और मेरी सामाजिक प्रतिष्ठा को धूल में मिला रही है। किन्तु जाने क्यों दादा उन लोगों के हर निराधार आरोप का सामना करने के लिए सच्चे-झूठे हर किस्म के साक्ष्य जुटाने में लगे रहे जिनमें से कुछ के कारण हमारी स्थिति सचमुच सफाई देते रहने वालों की हो चली। ऐसा प्रतीत होने लगा मानो हमने कोई अपराध किया हो जबकि अपराध ज्योतिर्मयी देबी करती रही थीं उस साधु को मेजोकुमार बना कर और साधु करता रहा था मेजोकुमार की भूमिका में भवालराज के जोतदारों-ताल्लुकेदारों से चन्दा तथा नजराना लेकर। और हाँ, मेरा और मेरे दादा का चरित्रहनन करके। बैरिस्टर चटर्जी का आग्रह था कि ज्योतिर्मयी देबी कोई षड्यन्त्र कर ही नहीं सकतीं। मैं उन्हें बताना चाहती थी कि पहले मेरा भी यही विचार था किन्तु अब कहती हूँ कि जो मेरे निजी पत्र, मेरे दादा की डायरी और कोर्ट ऑफ

वाड्र्स के कागजात चुरवा सकता हो वह क्या नहीं कर सकता? किन्तु चटर्जी मोशाय यही दर्शाते चले गए कि भवाल संन्यासी तो संन्यासी है ही, राजकुमारी ज्योतिर्मयी देबी भी साध्वी हैं। नितान्त सांसारिक तो बस मेरे दादा है और मैं अबोध होने के कारण उनके वश में हूँ और आधुनिका होने के कारण अपने मुद्दई के साथ बिताए प्रेमविहीन दाम्पत्य की भयास्पद स्मृतियों के कारण उसे पुन: पति रूप में पा जाने से बचाना चाह रही हूँ।

मुकदमे की सुनवाई समाप्त होने के बाद भी शशांक बाबू और चौधरी मोशाय का यही विचार था कि मुद्दई के वकील ने अनर्गल और अप्रासंगिक प्रश्न उठाकर उस दावे में प्राण डालने की चाहे जितनी चेष्टा की हो सारे तथ्यों को देखते हुए कोई भी जज मुद्दई के पक्ष में निर्णय नहीं दे सकता। किन्तु दादा का यह अनुमान और भी दृढ़ हो चला था कि जज पन्नालाल बसु मुद्दई के पक्ष में निर्णय देकर फिर राष्ट्रवादी आन्दोलन में कूद पड़ेंगे। किन्तु मैं जज मोशाय की महत्वाकांक्षा के मारे नहीं, इस कारण चिन्तित थी कि दादा और उनके परामर्शदाताओं ने गलत रणनीति अपनाकर अपने पक्ष को उल्टे कुछ अशक्त बना डाला है। मैं समझ ही नहीं पाई कि यह कहने की क्या आवश्यकता है कि मुद्दई देखने में थोड़ा-बहुत मेजोकुमार का-सा लगता है। मुझे समझाया गया कि जहाँ हमने यह स्वीकार किया कि थोड़ा-बहुत वैसा ही लगता है वह जिरह में थोड़ा-बहुत की परिभाषा माँगने लगेंगे और प्रश्न पर प्रश्न करके मुद्दई के नाक-कान-ओंठ-चिबुक-केश आदि-आदि सब कुछ ही तो मेजोकुमार के-से होने की बात हमारे ही कुछ गवाहों से कहलवा लेंगे। मैं पूछती ही रह गयी कि कहलवा कैसे लेंगे। स्त्रियों की बात कौन सुनता है। मैं यह भी न समझ पायी कि हमें यह सिद्ध करने की क्या आवश्यकता है कि मुद्दई वास्तव में कौन है? किन्तु दादा ने, उनके वकील मित्रों ने और स्वयं शासन ने यह आवश्यक समझा। पंजाब जाकर बाबा धरमदास को ढूँढ़ा, उनसे असली नाम-धाम-लिया मुद्दई का। कई और गवाह जुटाए जो उसे औजला गाँव के मालसिंह के रूप में पहचानते थे। और इतना सब करने के बाद बाबा धरमदास को ढाका लाकर उनका अपने कपटी चेले से सामना करवा कर ज्योतिर्मयी देबी का रचा षड्यन्त्र ध्वस्त नहीं कर डाला। उन्हें अवसर दिया कि वह भी कोई बाबा धरमदास पकड़कर ले आएँ और कहें कि वह भवाल संन्यासी की सुनाई कथा की पुष्टि करने वाले थे किन्तु शासन ने उन्हें डरा-धमकाकर भगा दिया। और प्राय: तेरह वर्ष बाद जब अन्तत: उन्हें गवाह के रूप में प्रस्तुत किया गया तब वह जिरह में ब्यौरे की बातों को लेकर मिथ्या कथा बोलने वाले सिद्ध होने लगे। मुद्दई के वकील हमारे गवाहों को इसी आधार पर जाली ठहरा सके। बिना असली धरमदास को या उसे जानने वाले किसी व्यक्ति को पेश किये कि उन्हें बस अपने एक गवाह को किसी साधु का फोटो दिखाकर यह कह सकने का अवसर मिल गया कि जो ढाका पधारे थे उन धरमदास का तो फोटो यह है।

मेरे लिए यह भी विस्मयकारी था कि हम ज्योतिर्मयी देबी द्वारा षड्यन्त्र रचे जाने पर इतना अधिक बल दें। मैंने दादा से कितनी ही बार कहा कि हमें तो बल इस बात

पर देना चाहिए कि जिसे भस्मीभूत कर दिया गया हो उसके लौट सकने की कोई सम्भावना नहीं रह जाती। यदि मुद्दई और उसके समर्थक कहते हैं कि जिसे 9 मई, 1909 की सुबह दार्जिलिंग की श्मशान भूमि में जला दिया गया था वह मेरा पति भवाल का मेजोकुमार नहीं था तो पहले यह बताएँ कि उसकी जगह और किसका दाह-संस्कार कर दिया गया। दादा झिड़ककर यही कहते रहे कि यह प्रश्न तो हम उठाएँगे ही किन्तु बुद्धिमानी इसी में है कि हम इस मुकदमे में सभी मोर्चों पर प्रति-प्रहार के लिए प्रस्तुत रहें। तू जिन बातों को समझती नहीं उनमें अधिक मत बोला कर। चुप कर देते रहे वह मुझे, किन्तु मेरा मन यही कहता रहा कि हमारे लिए अधिक उचित यह होगा कि हम ज्योतिर्मयी देबी द्वारा मुद्दई में मेजोकुमार देखने का कारण यही बताएँ कि वह चाहती रही थीं कि उनके सबसे लाड़ले मेजो-बन्धु के जीवित होने की निराधार अफवाह सही सिद्ध हो जाए और राजपरिवार को वंशनाश के श्राप से मुक्ति मिले। सामान्य भारतीयों की तरह वह भी चमत्कारविश्वासी हैं। असम्भव नहीं लगता उन्हें मृत व्यक्ति का जीवित लौट आना। भारत में क्यों, विलायत में भी तो यही हाल है। आप लोग ही तो कह रहे थे कि वहाँ कोई टिचबोर्न केस हुआ जिसमें पुत्र के परदेस में मर जाने से क्षुब्ध एक भद्र महिला वर्षों बाद उससे सर्वथा भिन्न लगने वाले एक ठग को अपना पुत्र मान बैठी थी। उस केस का दृष्टान्त दीजिए न, वहाँ भी तो भद्र महिला के साथ-साथ जनसाधारण ने भी जाली को असली मान लिया था। दादा बोले, तुम हम लोगों को कानूनी परामर्श तो दो मत बिभा। बैरिस्टर चौधरी ठीक कह रहे हैं कि मेजोकुमार के जीवित होने की अफवाह की बात स्वीकार करना दारुण मूर्खता होगी।

बुद्धिमत्ता किस काम आई हमारे? उन्होंने अफवाह के बारे में राजमाता का महाराजा बर्द्धमान को लिखा पत्र दिखा दिया लाकर। तब चौधरी मोशाय ने अतिरिक्त बुद्धिमत्ता प्रदर्शित करते हुए ज्योतिर्मयी देबी से पूछा : क्या यह सही नहीं है कि मौनी संन्यासी को देखकर आप लोग बोले कि यह तो मेजोकुमार का-सा लगता है? ऐसा पूछकर वह यह तो नहीं दर्शा पाए कि ज्योतिर्मयी देबी ने तभी षड्यन्त्र रचा और अफवाह उड़ाई और मुद्दई और कोई नहीं वही मौनी संन्यासी है। हाँ, यह अवश्य उजागर हो गया कि कोई अफवाह न उड़ने की बात कहकर हम झूठ बोल रहे हैं। ऐसी ही अतिरिक्त चतुराई उन्होंने फणि बाबू से मेजोकुमार के सुपठित और सुसंस्कृत होने की विस्तृत गवाही दिलवाकर दिखाई। मैं आपत्ति करती ही रह गयी कि मेरे पति को क्यों अँग्रेजी और बांग्ला भली तरह जानने वाला और साहबों के साथ उठने-बैठने वाला सिद्ध करना चाहते हैं आप लोग। बस यही कहिए न कि वे इतने भी निरक्षर न थे कि इस ठग की तरह अपने हस्ताक्षर के अलग-अलग अक्षर न पहचान पाते अथवा बांग्ला में एक से बीस तक की गिनती न सुना पाते। मुझे यह भी व्यर्थ लगा कि हम लोग 'बाशी मोरा' के निषेध को लेकर बहस में पड़ें या यह स्वीकार न करें कि दाह-संस्कार या मुझे विधवा वेश देने के मामले में हम से चूक हो गयी। सीधी-सी बात कहिए कि हम अनुभवहीन

थे, अजनबी नगर में थे इसलिए अगली सुबह दाह-संस्कार किया। अब या तो आप लोगों पर हत्या के प्रयास का मुकदमा दायर कीजिए या फिर इस प्रसंग को छोड़िए। मेरी हर आपत्ति अनसुनी कर दी उन्होंने। बोले तुम स्त्रियोचित भावुकता प्रदर्शित कर रही हो। यहाँ हम लोगों के लिए आवश्यक है कि बहुत धैर्य और निर्वेग से और पूरी तार्किकता से उनके हर आरोप का खंडन करें। पूछ सकती थी बाद में किन्तु पूछा नहीं कि साक्षी देते हुए मैं स्त्री तो ऐसा कुछ कर भी सकी, आप पुरुषों को क्या हो गया? फणि, डॉक्टर आशु, बीरेन्द्र और अन्त में दादा आप स्वयं जिरह में इतने अतार्किक कैसे सिद्ध हो गये।

मुकदमा खिंचता गया। उत्तरोत्तर बढ़ती रही दादा की उद्विग्नता। अन्ततः दो वर्ष नौ मास बाद 20 मई, 1936 को सुनवाई पूरी हुई। सूचना मिली कि जज मोशाय ने निर्णय लिखाने-टाइप कराने के लिए स्टेनो की सेवा लेने से इनकार कर दिया है। दादा बोले, निस्सन्देह वह मुद्दई के पक्ष में निर्णय देने वाले हैं। नहीं चाहते कि साहब लोगों को उसकी भनक मिल जाए। दार्जिलिंग से लौटने तक मैं बहुत अबोध थी और समझती थी कि संसार में सरलता का बोलबाला है और कुटिलता दुर्लभतम है। दादा की धारणा इससे सर्वथा विपरीत होने के कारण बहुधा उनसे मतभेद हो जाता था तीव्र। किन्तु धीरे-धीरे मैं यह भी समझने लगी कि संसार में निश्छलता से कहीं अधिक है निश्छलता का ढोंग। तो भी मुझे जज मोशाय का अपना निर्णय स्वयं लिखने और टाइप करने का निर्णय उनकी तरह अर्थवान प्रतीत न हो सका। मैंने कहा उनसे कि आप कैसे माने ले रहे हैं कि जज मोशाय का अपना स्टेनो उनका लिखवाया हुआ उच्चतर अधिकारियों को दिखाने का दुस्साहस करेगा अथवा वे अधिकारीगण स्वयं उससे गोपनीयता भंग करने को कहेंगे। फिर जज मोशाय अपने निर्णय की भनक मिल जाने से क्यों डरेंगे भला? निर्णय एक दिन तो सार्वजनिक होना ही है ना। दादा रुष्ट होकर बोले, तुम्हारी मूढ़ता तो अद्‌भुत है बिभा। क्या जज मोशाय अपना निर्णय स्वयं लिखने का कष्ट अकारण उठा रहे हैं। मैंने उनसे नहीं, बस अपने से कहा कि कारणों, मन्तव्यों के सन्धान से मन घबराने लगा है अब। इतने अविश्वास के मध्य क्या अर्थ रह जाता है दादा मानवीय अस्तित्व का?

दादा की उद्विग्नता इस बात से और भी बढ़ गई कि मुकदमे पर पैसा पानी की तरह बहने के कारण कोर्ट ऑफ वार्ड्स पर कर्ज चढ़ गया था और उसे मेरे हिस्से की आय से ही चुकाया जाना था। सरजूबाला और आनन्दा कुमारी दोनों का आनन्द था कि मुद्दालेहों में नाम उनका भी है किन्तु शासन उनका यह आग्रह मान चुका है कि मुकदमे में हमारे हिस्से की आय से एक भी टाका न लगाया जाए। दादा भुनभुनाते रहते कि दोनों हाथों में लड्डू थमा दिया गया है तुम्हारी जिठानी-देवरानी के। फिर दादा यह सूचना मिलने से अत्यन्त दुखी हो उठे कि उस पंजाबी साधु के एक वकील ने ढाका के कमिश्नर को नोटिस भेजा है कि अदालत का निर्णय आने तक भवालराज से बिभाबती

देबी को पैसा न दिया जाए। शासन ने नोटिस की अवहेलना तो कर दी है किन्तु इसके भेजे जाने का अर्थ ही यह है कि मुद्दई अपनी विजय के बारे में पूरी तरह आश्वस्त है। फिर दादा यह जानकर तो सर्वथा स्तब्ध रह गये कि शशांक बाबू ने कोर्ट ऑफ वार्ड्स का ध्यान इस ओर दिलाया है कि यदि इस मामले में हाईकोर्ट में अपील करनी पड़ गयी तो उसे दायर करने के लिए तुरन्त कम से कम सत्तर हजार टाका दरकार होंगे। उनका अपील की सम्भावना की ओर ध्यान दिलाने का एक ही अर्थ हो सकता है कि वह भी यही सोचते हैं कि निर्णय हमारे विरुद्ध जाएगा। दादा बैरिस्टर चौधरी से बात करने के लिए छटपटा रहे थे किन्तु वह गये हुए थे दार्जिलिंग छुट्टियाँ मनाने। उन्हें पत्र भेजने का साहस वह इसलिए नहीं कर पा रहे थे कि जानते थे कि चौधरी मोशाय को चार महीनों से पैसा नहीं मिला है और उनका शेष बिल प्राय: दो लाख टाका तक पहुँच चुका है।

दादा अकारण ही क्रुद्ध होने लगे कभी बोऊदी पर, कभी बच्चों पर और कभी-कभी मुझ पर भी। मैं उनकी व्यथा समझ रही थी किन्तु न जाने क्यों वह यह नहीं समझ पा रहे थे कि उस व्यथा के पाश्विक पाश में मैं तो उनसे कहीं अधिक छटपटा रही हूँ। यदि इस मुकदमे में निर्णय मुद्दई के पक्ष में गया तो जनसाधारण उन्हें जमाई बाबू की हत्या कराके भगिनी की सम्पत्ति भोगने वाला लम्पट मानेंगे तो मुझे पति की हत्या कराके किसी और के साथ शैया-सुख लूटने वाली कुलटा। मैं दादा से कहती रही कि प्रभु पर भरोसा कीजिए, वह ऐसा अनर्थ न होने देंगे। किन्तु दादा की आधुनिकता तो प्रभु पर नहीं, पुरुषार्थ पर विश्वास करती रही थी और इस घड़ी उन्हें लग रहा था कि इस मुकदमे के लिए किया गया पुरुषार्थ उस अयोग्य भारतीय जज के कारण निष्फल हो जाने वाला है। मैं यह कह कर उनकी वेदना और नहीं बढ़ाना चाहती थी कि आरम्भ से मेरी तरह प्रभु पर भरोसा करते तो उचित होता। पुरुषार्थ से ही बिगड़ा है काम। तो यही कहती उनसे कि उद्विग्न न होइए। कुछ ही दिन में पता चला जाएगा जज का निर्णय।

और 24 अगस्त 1936 को आ ही गया वह दिन। अदालत ग्यारह से बैठने वाली थी पर बाहर मुँह अँधेरे ही उत्सुक लोगों की भीड़ लग गयी। कुछ तो रात से ही वहाँ जमे हुए थे। पत्रकार भी बड़ी संख्या में उपस्थित थे। अदालती कार्रवाई के समाचार देने के लिए ढाका से 'चाबुक' नामक एक संध्याकालीन पत्र तो निकलता ही रहा था, उस दिन कलकत्ता में 'अमृतबाजार पत्रिका' और 'बसुमति' का भी विशेष संध्या संस्करण निकलने वाला था। जज मोशाय के पहुँचने तक अदालत का प्रांगण ही नहीं, आसपास का सारा क्षेत्र लोगों से भर गया। जयदेबपुर और ढाका में पुलिस बन्दोबस्त कड़ा कर दिया गया था कि कहीं निर्णय मुद्दई के विरुद्ध जाने पर जनता उत्पात न कर बैठे। मुझे यह सोच-सोचकर हँसी आई कि काँग्रेसी हों, समाजवादी हों, हिन्दू महासभाई हों अथवा खिलाफत आन्दोलन वाले उन्हें मेजोकुमार बना हुआ वह असाधु पंजाबी साधु विदेशी शासन के प्रति विद्रोह का प्रतीक लग रहा है। क्या मात्र इसलिए कि मेजोकुमार ने अँग्रेज ट्यूटर रखे जाने के बावजूद ए.बी.सी. भी नहीं सीखी और उन ट्यूटरों को बहुत तंग किया

लड़कपन में? उतना ही तंग तो मास्टर मोशाय को किया था, क-ख-ग भी तो नहीं सीख पाये थे वह। जज ने ठीक ग्यारह बजे अपना टाइप किए हुए 525 पृष्ठों का निर्णय पढ़ना आरम्भ किया। दूसरे पहर उनके मुँह से निकले वे शब्द जिन्हें सुनकर अमृत बाजार पत्रिका का संवाददाता दौड़ा-दौड़ा पहुँचा तार घर के संध्या संस्करण के माध्यम से सारे कलकत्ता को सूचना हो जाए कि जज पन्नालाल बसु के अनुसार भवाल संन्यासी और कोई नहीं, भवाल के स्वर्गीय राजा राजेन्द्र नारायण राय का द्वितीय पुत्र रोमेन्द्र नारायण राय ही है।

जज मोशाय का निर्णय सुनते हुए मुझे निरन्तर यही लगता रहा कि उनके लिए मूल प्रश्न यह न था कि मुद्दई मेजोकुमार है कि नहीं, उनका सारा ध्यान तो यह निश्चित करने में लगा रहा कि मेरे दादा सत्यवादी हैं कि नहीं? और दादा ने मुद्दई को हराने के लिए जो पुरुषार्थ किया था वही जज मोशाय को दादा के निश्छल न होने का अन्यतम प्रमाण प्रतीत हुआ। जिस दौड़-धूप पर मैं आपत्ति करती रही थी और जिसे दादा नितान्त आवश्यक ठहराते रहे थे वही जज मोशाय की दृष्टि में उन्हें खलनायक बना गयी। दादा के प्रति अपने तिरस्कार भाव को निस्संकोच प्रकट भी कर डाला उन्होंने। कहा : यदि राजपरिवार ने कभी कॉलेज की पढ़ाई में ही अटके धनहीन सत्या बाबू पर अविश्वास किया तो गलत नहीं किया क्योंकि उनमें युवकोचित निश्छलता का नितान्त अभाव था और उनके युवा कन्धों पर किसी खुर्राट की-सी षड्यन्त्रकारी, चालाक और नीचतापूर्ण खोपड़ी रखी हुई थी। जज मोशाय का निर्णय दादा के समर्थन में अति उत्साह और अति चतुराई प्रदर्शित करने वाले आशु डॉक्टर, बीरेन्द्र, फणि, बेबुल, राजेन्द्रनाथ सेट्ट जैसे गवाहों के विरुद्ध भी था। वे सब न केवल उनके लिए अविश्वसनीय थे बल्कि जैसा उन्होंने आशु डॉक्टर के सन्दर्भ में कहा उनके झूठ तक झूठ की पैरोडी। दादा और उनके परामर्शदाताओं के आग्रह पर मैंने अपने पति और अपने दाम्पत्य जीवन का जो सुखद चित्र प्रस्तुत किया था उसके कारण जज मोशाय मुझे भी अविश्वसनीय ठहरा सके। बोले, मैंने राजबाड़ी जाकर स्वयं देखा है कि मेजोकुमार की स्मृति में दीप नीचे उनके बैठकखाने में जला हुआ है, मेजोबोऊ के फूलशैयाघर में नहीं। वह फूलशैयाघर में रहते-सोते होते तो ऐसा कदापि न किया गया होता।

जज मोशाय की टिप्पणियाँ सुन-सुनकर दादा के प्रति मेरा क्रोध बढ़ता गया किन्तु फिर स्वयं मैंने ही अनुभव किया कि यदि दादा अतिरिक्त दौड़-धूप न भी करते और आशु डॉक्टर जैसे गवाह इतना गोलमाल न भी करते तो उससे जज मोशाय के दृष्टिकोण में कोई अन्तर पड़ता नहीं। इस कारण कि चिन्तन के स्तर पर वह अपनी अदालत के बाहर खड़े लोगों से तनिक भी भिन्न न थे। उनके लिए भी यह मुकदमा मुख्य रूप से जनसाधारण के लाड़ले मेजोकुमार और अँग्रेज शासकों के अनन्य चाटुकार राय बहादुर सत्येन्द्रनाथ बैनर्जी के बीच था जिसमें अँग्रेज अपने भक्त की हर सम्भव सहायता करते रहे थे। दादा और बैरिस्टर चौधरी मानकर चले थे कि निचली अदालत का जज अँग्रेज अधिकारियों की गवाहियों से तो आतंकित होगा ही भारतीय आईसीएस अधिकारियों की

सत्यवादिता को भी चुनौती न दे सकेगा। किन्तु पन्नालाल बसु तो प्रशासनिक अधिकारियों के वक्तव्य में रंचमात्र भी विरोधाभास पाकर उन्हें अविश्वसनीय अथवा सम्भ्रमग्रस्त ठहराने के लिए कमर कसे बैठे थे और दूसरी ओर मुद्दई के गैरसरकारी गवाहों के वक्तव्यों में आए विरोधाभास उनकी दृष्टि में महत्त्वहीन ही सिद्ध होने वाले थे। उन्हें डॉक्टर काल्वर्ट की यह गवाही झूठी लगने वाली थी कि मेजोकुमार का देहान्त रात पौने बारह बजे हुआ किन्तु रामसिंह सुब्बा का यह वक्तव्य अकाट्य सत्य कि सायंकाल सवा सात बजे मैंने मेजोकुमार की लाश के पास खड़े उनके परिजन और डॉक्टर बी.वी. सरकार देखे। यह वही रामसिंह सुब्बा था जिसने कभी यह झूठा दावा किया था कि मेजोकुमार की जगह जिस व्यक्ति को जलाया गया उसके परिवारवालों की गवाही दिला सकता है।

जज मोशाय ने प्रतिष्ठित अँग्रेज अधिकारियों पर जिस तरह कटाक्ष किये उससे यह स्पष्ट हो गया कि वह अँग्रेजों की सेवा छोड़ने का मन बना चुके हैं। थोड़े ही दिनों बाद उनके त्यागपत्र दे देने का समाचार मिला और एक वर्ष बाद वह सेवामुक्त कर दिए गए। जज मोशाय के निर्णय से यह संकेत भी मिला कि उनके लिए गौण रूप से यह मुकदमा पूरी तरह परम्परागत विधवा ज्योतिर्मयी देबी और उनसे कुछ कम परम्परागत विधवा बिभाबती देबी के बीच भी है। उन्हें मैं कुछ कम परम्परागत विधवा कदाचित् दो कारणों से लगी होऊँगी। एक तो यह कि मैंने पर्दा करना छोड़ दिया था और दूसरा यह कि मैं आधुनिक नगरी कलकत्ता में पली-बढ़ी थी जबकि ज्योतिर्मयी सामन्ती कस्बे जयदेबपुर में। जज मोशाय की टिप्पणियों से ऐसा आभास मिला कि वह हम दो विधवाओं के भ्रातृप्रेम में बड़ा अन्तर देखते हैं। ज्योतिर्मयी देबी में अपने से छोटे रोमेन्द्र के प्रति अगाध स्नेह है। जब वह वर्षों बाद साधु वेश में लौट आया तब उन्होंने गद्गद होकर उसे अपने घर में बसा लिया, उसकी खातिर शासन का प्रकोप वहन किया और उसे शासकीय मान्यता दिलाने के लिए लड़ती रहीं। भले ही इससे कर्ज में डूब गयीं। बिभाबती को अपने दादा सत्येन्द्र के अगाध स्नेह की पात्रा रही हैं और उन्हें अपने से अधिक उन पर विश्वास रहा है। तो भ्रातृ-प्रेम ने उन्हें परवशता प्रदान की है। मैंने अपनी गवाही में कहा था कि मेरी आय मेरे हाथ में रहती है और मेरी इच्छा को ही दादा अपनी इच्छा मानते हैं। इस पर टिप्पणी करते हुए जज मोशाय ने कहा कि बिभाबती देबी अपना पैसा अपने पास ही होने के प्रमाण में कोई लेखा प्रस्तुत नहीं कर पायीं इसलिए स्पष्ट ही बात ठीक उल्टी है कि उन्हें अपने दादा की इच्छा को अपनी इच्छा मानना पड़ता है।

तो जज मोशाय के अनुसार ज्योतिर्मयी देबी की गवाही अक्षरशः सत्य थी किन्तु मेरी गवाही परवशता के कारण दी गयी, अतएव अविश्वसनीय। अपने निष्पक्षता के नाटक के अन्तर्गत जज मोशाय ने मेरे प्रति सहानुभूति प्रदर्शित की और मुझे षड्यन्त्रकारिणी नहीं माना। मुझे सद्चरित्र होने का प्रमाण-पत्र देते हुए कहा उन्होंने कि दार्जिलिंग से लौटने पर बिभाबती देबी का आचरण सर्वथा वैसा ही था जैसा पति को खो देने के तुरन्त बाद किसी स्त्री का हो सकता है और विष देने के जिस षड्यन्त्र की चर्चा है उसका उन्हें ज्ञान

होने अथवा उससे उनका कोई सम्बन्ध होने की कोई बात नहीं की गयी है। तो फिर मैं बिभाबती को साधु रूप में लौट अपने पति को पति के रूप में स्वीकार क्यों नहीं कर रही हूँ। जज मोशाय? इसका भी उत्तर था जज मोशाय के पास। बेचारी बिभाबती देबी उन्होंने भले ही अदालत से कहा हो कि उनका दाम्पत्य जीवन सुखद था उन्हें दुख ही दुख मिलता रहा था। पति ने कभी एक प्रेमोपहार तक नहीं दिया उन्हें। तिस पर वेश्यागामी पति को हो गयी सिफलिस— घिनौने घाव, स्वयं अपने को रोग लग जाने का भय। कुछ भी तो ऐसा था नहीं इन निष्ठावान भद्र महिला के संक्षिप्त दाम्पत्य जीवन में कि पच्चीस वर्ष बाद वह उसमें लौटने के लिए लालायित हों। किन्तु जज मोशाय यदि मुद्दई मेरा पति ही है तो यह न केवल अब साधु और सात्विक हो गया है— सुना नहीं आपने कि अब भी शाकाहार ही करता है— और इसका वह असाध्य घिनौना रोग तो इसी के शब्दों में प्रभु कृपा से लुप्त हो गया है। अब तो इसका साहचर्य कष्टप्रद नहीं हो सकता मेरे लिए। फिर क्यों नहीं मान रही हूँ मैं इसे अपना पति। जज मोशाय के पास कदाचित् इसका भी वही उत्तर रहा हो कि मैं दादा के हाथों की कठपुतली हूँ।

किन्तु सुनिए तो जज मोशाय आपकी दृष्टि में अधिक विश्वसनीय विधवा ज्योतिर्मयी देबी के अनुसार मैंने न केवल उनके सुपुत्र बुद्धू से कहा कि मैं भवाल संन्यासी को देखना चाहती हूँ वरन पहली बार मैं कुछ निश्चय न कर पाने के कारण उसका दुबारा अधिक निकट से अधिक देर तक निरीक्षण कर सकने का अवसर माँगा। ओह अच्छा, आप इसे प्रमाणित हुआ नहीं मानते। अर्थात् मैं सच बोली कि मुद्दई से मेरे साक्षात् अयाचित ही हो गए संयोगवश और मैंने उसे निहारा तो मात्र कौतूहलवश। तो फिर जज मोशाय आप मेरी इस गवाही को क्यों संदिग्ध मान रहे हैं कि मुद्दई मेरा पति नहीं है? कदाचित् इसलिए कि मैं पर्दा नहीं करती। आप इतने आधुनिक तो हैं कि स्त्री के लिए प्रेमविहीन दाम्पत्य को त्रासद और वेश्यागामी पति को त्याज्य मानें किन्तु इतने नहीं कि पर्दा न करने वाली भद्र महिला को असंदिग्ध रूप से भली और भोली मान सकें। बुरा न मानें जज मोशाय आप तथाकथित आधुनिक भारतीय पुरुष हैं ही नहीं। ज्यों ही आपने अपना निर्णय देते हुए बात जयदेबपुर और बकलैण्ड बन्ध से आरम्भ की यह स्पष्ट हो गया कि आप चमत्कारविश्वासी हैं। न होते तो बात दार्जिलिंग में मृत्यु और दाह-संस्कार से आरम्भ करते। क्या मृत्यु नहीं हुई और दाह-संस्कार नहीं किया जा सका— इस पर विवेचना करने का और क्या अर्थ लगाया जा सकता है, बताएँ तो। किसी चमत्कार से मेरे पति यमलोक से लौटकर आ सकते थे उनका सिफलिस रोग समाप्त हो सकता था किन्तु यदि कुछ नहीं हो सकता तो यह कि परम्परागत पर्दानशीं विधवा ज्योतिर्मयी देबी किसी अजनबी को अपने अन्त:पुर में आने देतीं।

तो ज्योतिर्मयी देबी न अपने भाई को पहचानने में भूल कर सकती थीं और न अजनबी को अपना भाई बता देने का षड्यन्त्र रच सकती थीं जज मोशाय के अनुसार। भवाल के प्रजाजन द्वारा साधु की मेजोकुमार के रूप में व्यापक स्वीकृति भी उन्हें इस

बात का प्रमाण लगी कि कोई षड्यन्त्र नहीं रचा गया था। जज मोशाय को बैरिस्टर चौधरी का न यह तर्क स्वीकार हुआ कि प्रजाजन को राजकुमार को निकट से देख सकने का अवसर नहीं मिलता और न यह कि वे सामूहिक सम्मोहन के शिकार हो सकते हैं। बोले कि मेजोकुमार सदा प्रजा के मध्य रहने वाले सामन्तों में से थे। अपनी ढोंगी निष्पक्षता का एक और नमूना प्रस्तुत करते हुए उन्होंने कहा कि प्रजाजन की भीड़ द्वारा साधु को देखकर मध्यमकुमार के लिए जय ध्वनि करना साधु के मेजोकुमार होना तो प्रमाणित नहीं करता, हाँ उसका ऐसा न करना उसके दावे के लिए विध्वंसकारी हो सकता था। जज मोशाय को यह अर्थवान लगा कि शासन द्वारा जाली घोषित कर दिए जाने के बाद भी भवाल की प्रजा संन्यासी को नजराना-चन्दा देती रही और कोर्ट ऑफ वाड्र्स के डराने-धमकाने के बावजूद इतने प्रजाजन अदालत में संन्यासी के पक्ष में गवाही देने आते रहे कि मुद्दालेहों ने अदालत से कहा कि मुद्दई की ओर से गवाहियाँ बन्द करवाएँ। जज मोशाय भूल ही गये कि हमें मुद्दई के मेजोकुमार होने की बात करने वाली एक ही तरह की गवाहियाँ कराते चले जाने पर और दार्जिलिंग के घटनाक्रम पर गवाहियाँ शुरू न कराने पर आपत्ति हुई थी।

जज मोशाय ने सत्यभामा देवी द्वारा संन्यासी की पौत्र के रूप में स्वीकृति की बात असंदिग्ध और अत्यन्त महत्त्वपूर्ण मानी। बोले, यदि ऐसा न होता तो वह अपने पति का महल छोड़कर ढाका के एक छोटे-से किराए के मकान में रहने न आतीं। और एक अज्ञात कुलशील व्यक्ति से उन्हें मुखाग्नि न दिलवाई जा सकती। मुद्दालेहों के अनुसार ज्योतिर्मयी देवी ने यह महापातक करवाया। इस हिसाब से पंजाबी साधु द्वारा राजमाता का श्राद्ध करवाके उन्होंने एक और महापातक किया। किन्तु मुद्दालेह श्राद्ध में उपस्थित किसी भी सम्बन्धी, राजपरिवार में किसी भी परिचित भद्रजन द्वारा ज्योतिर्मयी देबी के इस दुस्साहस पर विरोध प्रकट किया जाने का कोई साक्ष्य प्रस्तुत न कर सके। जितना ही मैंने जज मोशाय का निर्णय सुना उतनी ही मेरी यह धारणा पुष्ट होती गयी कि वह निष्पक्षता का नाटक करते हुए बैरिस्टर चटर्जी का हर तर्क स्वीकार और बैरिस्टर चौधरी का हर तर्क अस्वीकार करते जा रहे हैं। मुद्दई की गवाह बनकर आईं मेरी मामी माँ सरोजिनी देबी को बैरिस्टर चौधरी ने जिरह में इस आधार पर मिथ्यावादी सिद्ध कर दिया था कि वह दार्जिलिंग से उत्तरपाड़ा आए मेजोकुमार की मृत्यु के तार मिलने के समय जान लेने का जो दावा कर रही हैं वह असम्भव है। किन्तु जज मोशाय ने इस विषय में सन्देह होने को इतना महत्त्वपूर्ण नहीं माना कि मामी माँ का यह कथन भी झूठा मान लें कि भवाल संन्यासी के रूप में उनके प्रिय जमाई बाबू लौट आए हैं। उन्होंने बैरिस्टर चौधरी का यह तर्क भी अस्वीकार कर दिया कि मामी माँ मुझसे रुष्ट होने के कारण ही गवाही देने पहुँची है। जज मोशाय परम्परागत वृद्धा सरोजिनी देबी के गुण गाते हुए बोले कि कोई भी स्त्री अपनी भांजी के लिए बहुत कुछ करने को तत्पर रह सकती है किन्तु यदि उसे लगे कि यह तो अपने पति को अस्वीकार कर रही है तो वह उसका साथ नहीं

दे सकती। इस तरह के मामले में पुरुष भले ही पत्नी का समर्थन कर दें, किसी स्त्री का करना कठिन ही है।

चमत्कारविश्वासी होने के साथ-साथ आप परम्पराप्रेमी भी निकले जज मोशाय और मेरा दुर्भाग्य कि मैं पदा करने के मामले में पूरी तरह परम्पराविश्वासी न सिद्ध हुई और मैंने वैधव्य से मुक्ति पाने के लिए उस अपरिचित को अपना पति नहीं मान लिया जिसे ज्योतिर्मयी देबी और सरोजिनी देबी-जैसी विशुद्ध परम्पराविश्वासी स्त्रियाँ मेजोकुमार ठहरा चुकी थीं। और हाँ, जज मोशाय यह जो 'ऐसे मामलों' में स्त्रियों-पुरुषों की प्रतिक्रिया में भिन्नता की बात आप कर रहे हैं क्या इस आधार पर कि पुरुष कम परम्परागत होते हैं, उनका दृष्टिकोण अधिक आधुनिक होता है? और क्या 'ऐसे मामलों' से आपका अभिप्राय है मृत समझे जा चुके पतित पति का उसकी विधवा द्वारा पति न माना जाना? जज मोशाय क्या आधुनिकता ऐसे मामलों में विधवा का झूठ बोलना क्षम्य मानती है? क्या आप भी भवाल संन्यासी का मेरे द्वारा पति न माना जाना एक क्षम्य भूल ठहराने की अनुकम्पा अपने आधुनिक पुरुष होने के प्रमाण-स्वरूप कर रहे हैं? और जज की भूमिका में आप मुद्दई को मेरा पति किस आधार पर मान रहे हैं? इस पर कि ज्योतिर्मयी देबी और सरोजिनी देबी-जैसी परम्पराविश्वासी स्त्रियाँ उसे क्रमश: अपना भाई और जमाई बाबू मान चुकी हैं।

किन्तु नहीं, जज मोशाय के अनुसार मुद्दई के मेजोकुमार ही होने की 'मैथेमेटिकल सर्टिनिटी' अर्थात् दो धन दो बराबर चार जैसी गणितीय अवश्यंभाविता पर वह ज्योतिर्मयी देबी ही नहीं, मुद्दई को मेजोकुमार मानने वाले अन्य सम्बन्धियों, मित्रों और भद्रजनों की गवाहियाँ, मुद्दई के रंग-रूप, नाक-नक्श, कद-काठी की मेजोकुमार से समानता के, मुद्दई की देह पर मेजोकुमार के तमाम शिनाख्ती चिह्नों की उपस्थिति के, और मुद्दई का मानस मेजोकुमार का-सा ही होने के समग्र प्रभाव के आधार पर पहुँचे हैं। नाक-नक्श, कद-काठी, रंग-रूप में उन्होंने समानता किसलिए पायी? इसलिए कि ज्योतिर्मयी देबी ऐसा कह रही थीं और मुद्दई द्वारा प्रस्तुत विशेषज्ञ भी दोनों के फोटो का मिलान करके इसी निष्कर्ष पर पहुँच रहे थे। हमारे विशेषज्ञ तो जज मोशाय के लिए निरे अज्ञानी ही थे। शिनाख्ती निशान किसने बताए थे? ज्योतिर्मयी देबी ने। किन्तु जज मोशाय बीमा पॉलिसी में लगी मेडिकल रिपोर्ट के हवाले से यह कह सके कि मुद्दालेहों द्वारा मेजोकुमार के अन्य शिनाख्ती निशानों की अस्वीकृति उतनी ही प्रभावप्रद मानी जा सकती है जैसी कि बाएँ टखने पर घाव के निशान की अस्वीकृति जिसका रिपोर्ट में उल्लेख है और जिसे हम मुद्दई की देह पर भी देख रहे हैं। सुनकर मुझे बहुत क्रोध आया बैरिस्टर चौधरी के परामर्श पर कि मुफ्फसिल की इस अदालत में अँगुली पकड़ने दोगे तो जज मोशाय पहुँचा पकड़ लेंगे। मुद्दई के हर छोटे-बड़े दावे से इनकार करना है हमें। मैंने तो इनकार नहीं किया कि बाएँ टखने पर निशान था। क्या लाभ था ऐसा करने का जब डॉक्टरी रिपोर्ट उनके हाथ आ चुकी थी। किन्तु चौधरी मोशाय के दिए मन्त्र के अनुसार छोटोकुमार के विवाह

में हुई दुर्घटना की बात से इनकार कर बैठी। क्या पता था कि मुझे इस विषय में झूठा सिद्ध करने के लिए वे मेरे निजी पत्र भी चुरा चुके होंगे।

तो जब जज मोशाय के अनुसार मुद्दई का मेजोकुमार होना गणितीय अवश्यंभाविता की श्रेणी में आ चुका था तब दार्जिलिंग-प्रकरण का विचार करना ही अनावश्यक था। किन्तु ना, निष्पक्ष जज मोशाय ने वह भी किया पूरे विस्तार से। यहाँ भी वही, उनके गवाह सत्यवादी, हमारे मिथ्यावादी। निष्पक्षता का प्रमाण यह कि जानबूझकर विष दिए जाने का आक्षेप वह स्वीकार नहीं कर रहे हैं। नौसिखिया आशु डॉक्टर से भूलचूक भी तो हो सकती है ना और वह और दादा घबरा सकते हैं। उनकी घबराहट तब और भी बढ़ जाती है जब रात को सासन भूमि से लाश लुप्त हो जाती है। अगले दिन धूमधाम से किसी अन्य की शवयात्रा निकाल देते हैं। किसका शव? यह प्रश्न तो तब उठे जब मुद्दई का मेजोकुमार होना उतना ही सुनिश्चित न हो जितना दो धन दो का चार होना। शवयात्रा धूमधाम से निकाली गयी किन्तु दाह-संस्कार विधिपूर्वक नहीं किया गया ताकि शव पर से कफन न हटाना पड़े। विधिपूर्वक किया गया होता तो सासन बन्धु दो बजे तक लौट कैसे आते जैसा कि सत्या बाबू ने डायरी में लिखा है, अदालत में भले ही उन्होंने शाम तक लौटने की बात की हो और फिर डायरी दिखाए जाने पर असम्भव प्रकार के स्पष्टीकरण देते रहे हों। विधिपूर्वक किया गया होता तो मुखाग्नि देने वाले बीरेन्द्र बाबू यह न स्वीकार करते कि उन्होंने उसके पूर्व स्नान नहीं किया था। विधिपूर्वक किया गया होता तो कुशपुतलिका श्राद्ध का प्रश्न न उठता। प्रश्न न उठा होता तो सत्यभामा देबी ने महाराजा बर्द्धमान के नाम अपने पत्र में उसका उल्लेख न किया होता। मानो इस एक उल्लेख से मेरे पति की जगह किसी और शव जला दिए जाने की बात गणतीय अवश्यंभाविता की श्रेणी में आ जाती हो। वही नहीं, उनका दाह-संस्कार न हो पाने और साधुओं द्वारा बचा लिये जाने की भी।

ना, निष्पक्ष जज मोशाय ठीक-ठीक ऐसा क्यों कहते। उनके अनुसार शव के शासन से गायब हो जाने को तो मेजोकुमार के जीवित होने का प्रमाण नहीं ठहराया जा सकता किन्तु जब मुद्दई का मेजोकुमार होना निर्विवाद है तब हमें यह मानना ही होगा कि अर्थी में रखी देह में प्राण शेष थे और किसी ने उसे बचा लिया। इस सन्दर्भ में अपनी निष्पक्षता का और भी प्रमाण दिया जज मोशाय ने। बोले : मुद्दई के सासन से बचा लिये जाने के गवाह दरसनदास ने जो कथा अदालत को सुनाई वह किसी परीकथा-सी थी और यदि मुद्दई को अपना मेजोकुमार होना सिद्ध करने के लिए उसी का सहारा होता तो कोई बात न बनती क्योंकि जिस प्रकार मुद्दई के कहने मात्र से यह नहीं माना जा सकता कि वह मेजोकुमार है उसी प्रकार इस असम्भव-सी कथा से मेजोकुमार का जीवित होना प्रमाणित नहीं हो सकता। ऐसा कहकर अपनी निष्पक्षता का और दरसदास की कथा को परीकथावत बता कर अपनी वैज्ञानिकता का परिचय देने के बाद जज मोशाय ने फिर उसी तर्क का सहारा लिया, बोले : किन्तु यदि मुद्दई का मेजोकुमार होना अन्य कारणों

से प्रमाणित है तो इस कथा को मात्र इस आधार पर नहीं ठुकराया जा सकता कि यह अत्यन्त विचित्र और अविश्वसनीय लगती है। इसी के साथ उन्होंने गोपालदास होते हुए भी अपने को दरसनदास बताने वाले उस झूठे गवाह को इस आधार पर विश्वसनीय भी ठहरा दिया कि अपनी कथा अविश्वसनीय-सी लगने वाली होते हुए भी वह बैरिस्टर चौधरी की कड़ी जिरह का सफलतापूर्वक सामना कर सका। बोले, यदि किसी गवाह को दार्जिलिंग ले जाकर किसी ने विस्तार से नगर का भूगोल समझाया होता तो भी वह जिरह में चौथाई शताब्दी पहले के दार्जिलिंग का वर्णन कहीं-न-कहीं गड़बड़ा जाता किन्तु यह नहीं गड़बड़ाया और इसका सारा वक्तव्य स्पष्ट और संगत रहा।

इसी तरह निष्पक्ष जज मोशाय को मुद्दई की अपनी स्मृति खो बैठने और फिर धीरे-धीरे उसे पुनः पाने की कथा भी विचित्र तो लगी किन्तु असम्भव नहीं। क्यों ? इसलिए कि मुद्दई की ओर से प्रस्तुत विशेषज्ञ ने ऐसा कहा। मुद्दालेहों के विशेषज्ञों की राय तो भिन्न थी। वे जज मोशाय के अनुसार, मुद्दई के वक्तव्य को समझने में थोड़ी चूक कर गए थे। जज मोशाय मनोविज्ञान की एक पोथी से सुनाते रहे कि स्मृतिलोप के कैसे-कैसे विचित्र केस हो चुके हैं। इसलिए मुद्दई के केस को असम्भव की श्रेणी में मात्र इसलिए नहीं रखा जा सकता कि वह जनसाधारण को ही नहीं, विशेषज्ञों तक को असम्भव लगता है। ऐसा हो सकना प्रकृति के विधान के उस प्रकार विरुद्ध नहीं जिस प्रकार मनुष्य का गुरुत्वाकर्षण से मुक्त होकर उड़ सकना। और जब मुद्दई का मेजोकुमार होना अन्य कारणों से सिद्ध हो चुका हो तब हमें उसकी इस असम्भव-सी कथा को विश्वसनीय ही मानना होगा। वह सिद्ध कैसे हो चुका है जज मोशाय ? ऐसे कि शारीरिक रूप से यह वही है। मानसिक रूप से भी यह वैसा ही लगता है जैसा मेजोकुमार का-सा निरक्षरप्राय और असंस्कृत व्यक्ति दीर्घकाल तक स्मृतिलोप की स्थिति में रह चुकने के बाद होता। मुद्दालेहों ने यह कहकर मुद्दई की स्मृति नहीं जाँची कि इतने वर्षों में उसे सब कुछ रटाया जा चुका है—जबकि ऐसा कर सकना स्वयं एक असम्भव-सी बात है। जो थोड़ी-बहुत बातें उन्होंने पूछीं उनके मुद्दई ने सन्तोषप्रद उत्तर दिये। उनके सारे अन्य प्रश्न अँग्रेजी भाषा, विदेशी खेलों और यूरोपीय आचार-व्यवहार का अच्छा ज्ञान रखने वाले किसी काल्पनिक मेजोकुमार की स्मृति की परीक्षा लेने के लिए पूछे जाते रहे थे। मुद्दालेहों ने मुद्दई के मानस को परखा ही नहीं है। अस्तु अदालत शारीरिक समानता और अन्य लोगों द्वारा दी गयी मान्यता को ही उसके मेजोकुमार होने की मुख्य कसौटी बनाने को बाध्य है। जज मोशाय तो निष्पक्ष थे, भूल मुद्दालेहों से हुई कि कोई ऐसे प्रश्न नहीं पूछे जिनका उत्तर केवल मेजोकुमार को ही ज्ञात हो सकता था।

ऐसा प्रश्न सुझा कौन सकता था जज मोशाय ? मैं ही ना। और आप स्वीकार करेंगे कि वह किसी-न-किसी रूप में अपने पति के साथ बिताए मेरे अन्तरंग क्षणों से सम्बद्ध होता। मैं आपसे शर्त बद सकती हूँ जज मोशाय कि वह पंजाबी संन्यासी मेरे प्रश्न का उत्तर न दे पाता और कहता कि भूल गया हूँ। और आप कहते कि इतने वर्षों बाद भूल

जाना स्वाभाविक है इसलिए तो और भी कि आपके अनुसार पति के लिए मेरा कोई महत्त्व न था। और यह भी तो विचारणीय है जज मोशाय कि यदि मैं अपने संकोच पर विजय पाकर अपने वकील को ऐसे कुछ प्रश्न सुझा भी देती तो क्या आपके कान लज्जा से लाल न हो उठते और आप यह न कह बैठते, ना यह सब पूछने की आवश्यकता नहीं है? ठीक वैसे ही जैसे बैरिस्टर चटर्जी ने मेरे यह चुनौती देने पर कहा था आपने कि मुद्दई ने मेरे गुप्तांग पर कोई विशेष चिह्न होने की जो बात कही है न, उसके होने-न-होने का निर्णय तत्काल करवा लें किसी डॉक्टरनी को बुलाकर। जज मोशाय ने अपनी निष्पक्षता का अन्तिम उदाहरण यह कहकर प्रस्तुत किया कि यदि मुद्दालेह सिद्ध कर पाते कि मुद्दई कोई और ही व्यक्ति है तब भी मुद्दई का दावा मेजोकुमार से उसकी तमाम समानताओं के बावजूद खारिज हो जाता।

इस सन्दर्भ में जज मोशाय ने हमारे इस दावे की विस्तार से विचार करने की कृपा की कि मुद्दई औजला गाँव का मालसिंह है जो बाबा धरमदास का चेला बनकर सुन्दरदास कहलाने लगा था। विचार करने के बाद फिर उसी निष्कर्ष पर पहुँचे कि मुद्दई के गवाह सच्चे और मुद्दालेहों के गवाह झूठे हैं और यह मुकदमा जीतने के लिए कोई व्यक्ति भयंकर धोखाधड़ी कराता रहा है। जज मोशाय के अनुसार असली बाबा धरमदास वह थे जो अगस्त सन् 1921 में ढाका में ज्योतिर्मयी देबी का अतिथि बना था। प्रमाण यह है कि बैरिस्टर लिण्डसे उससे मिलने जाने वाले थे। मुद्दई के गवाह कह रहे हैं कि अदालत में पेश किया गया गवाह वह व्यक्ति नहीं जो ज्योतिर्मयी देवी के यहाँ रहा था। यह सही है कि जून 1921 में इंस्पेक्टर मुमताजुद्दीन ने एक फोटो मजिस्ट्रेट की अदालत में किसी धरमदास को दिखाया था और उसने उसे मालसिंह उर्फ सुन्दरदास का बताया था। किन्तु वह फोटो जिसके पीछे मजिस्ट्रेट ने ईएक्सपी (1) लिखकर हस्ताक्षर किए थे तो स्पष्ट ही वह नहीं, जो इस अदालत में प्रस्तुत हुए धरमदास को दिखाया गया। यही नहीं, इस धरमदास ने मालसिंह का जो वर्णन दिया है, वह बयान दर्ज कराने वाले धरमदास के दिए वर्णन से मेल नहीं खाता। इस बात से और जिरह से यह उजागर हो गया कि यह धरमदास, वह धरमदास न था।

जज मोशाय को यह विचित्र लगा कि जिरह के बाद मुद्दालेहों ने किसी गवाह से नहीं अपने वकील से यह कहलवा दिया कि फोटो ईएक्सपी (1) फाइल से खो गया है। बोले : मैं नहीं मानता कि और सब तो हैं बस वही खो गया है। मेरी दृष्टि में यह निम्न कोटि की चतुराई नहीं, धोखाधड़ी है। जज मोशाय आपने धोखाधड़ी करने वाले का नाम तो लिया होता। बताया तो होता कि वह कैसे ऐसी धोखाधड़ी करने में समर्थ हुआ? इंस्पेक्टर मुमताजुद्दीन को क्या पड़ी थी कि मजिस्ट्रेट की अदालत में किन्हीं बाबा धरमदास को मुद्दई का नहीं, उनके किसी चेले सुन्दरदास का चित्र दिखाया था? यही नहीं, ऐसा कर चुकने के बाद वह आपकी अदालत में गवाही करवाने के लिए किसी अन्य ही धरमदास को बुला लाने का मूर्खतापूर्ण दुस्साहस भी करता। जज मोशाय को टोक कर मैं उनसे ऐसा

प्रश्न नहीं कर सकती थी। और मैं दादा से भी यह नहीं पूछ सकती थी कि आपने क्यों किया ऐसा पुरुषार्थ जिससे जज मोशाय को कभी आपका नाम लेकर और कभी बिना लिये ही आपको धोखेबाज और षड्यन्त्रकारी बताने का अवसर दे रहा है। क्या आवश्यकता थी आपको कि शासन को पंजाब में जाँच कराने के लिए उकसाने की? उससे जुड़ने की? और उस जाँच को इस मुकदमे में तुरुप का पत्ता बनाने की? हमारी यह कानूनी बाध्यता तो न थी कि बताएँ कि मुद्दई मेजोकुमार नहीं है तो और कौन है? और पंजाब में मालसिंह के परिचित ऐसे गवाह क्यों जुटाए हम लोगों ने जिन्होंने मालसिंह की देह पर उसकी पहचान कर सकने वाला कोई भी निशान बताने में असमर्थता व्यक्त की, बस इतना कहा कि उसकी बाँह पर गुदा हुआ था 'धरमदास का चेला सुन्दरदास' जबकि मुद्दई की बाँह पर मात्र 'धरमदास का चेलना नागा' लिखा हुआ है। मुद्दई के केशों का रंग हमें पता था कि काला नहीं है, तो मालसिंह के केश काले बताने वाले गवाहों से क्या सिद्ध कर सकते थे हम? बैरिस्टर चौधरी इस हास्यास्पद स्थिति में पहुँचे कि कहा, पहले काले रहे होंगे बाद में जटाजूट तेल के अभाव में धूप के प्रभाव से सुनहरे पड़ गए होंगे।

मैंने दादा से ऐसा नहीं कहा किन्तु निर्णय सुनने के बाद स्वयं उन्हें ऐसा लगा होगा। वह मुझसे दृष्टि मिलाने में संकोच करने लगे। और भी अधिक क्रुद्ध होने लगे घरवालों पर, नौकरों पर। टोकती तो कहते कि अदालत में उस जज की मूर्खताएँ सहना ही पर्याप्त न था कि घर में इनकी करता रहूँ। वह मुझसे अब अगर कभी बात करते तो उनके विषय दो ही होते। पहला यह कि तुमने देखा पन्नालाल बसु के बारे में मेरा पूर्वानुमान कितना सही निकला। कांग्रेसियों से मिला हुआ है यह व्यक्ति। साहेब लोग स्तब्ध हैं इसके निर्णय से। जिन डिस्ट्रिक्ट हेंडरसन साहब ने यह केस पन्नालाल बसु को सुनने दिया वह समान रूप से विस्मित और व्यथित हो उठे हैं। बोर्ड ऑफ रेवेन्यू के सभी सदस्य कह रहे हैं कि यह भयंकर रूप से गलत और पक्षपातपूर्ण निर्णय है। सभी बड़े वकीलों की भी यही राय है। और इसी से उभरता दूसरा विषय हाईकोर्ट में अपील। बताते : बैरिस्टर चौधरी कह रहे हैं कि वहाँ सब ठीक हो जाएगा। हिन्दू जज के मारे ऐसा हो गया। आशु डॉक्टर वोल केस में भी तो ऐसा ही हुआ था। हिन्दू मजिस्ट्रेट ने उसके विरुद्ध निर्णय दिया किन्तु हाईकोर्ट उसके पक्ष में गया। हाईकोर्ट में यूरोपीय जज होंगे और वे इस पोंगे पन्नालाल बसु के निर्णय को फाड़कर कूड़े की टोकरी में फेंक देंगे। मुझे अच्छा न लगता उनका यह अपनों पर अविश्वास और परायों पर विश्वास।

कहना चाहती दादा से कि यदि सभी हिन्दू या भारतीय जज ऐसे ही होते होंगे तब तो बहुत मुश्किल है। क्या आपका पुरुषार्थ मेरी अपील की सुनवाई के लिए हाईकोर्ट में मात्र यूरोपीय जजों की पीठ बैठवा सकेगा? हाईकोर्ट में भी तो हिन्दू जज होते हैं। बैरिस्टर चौधरी के दादा सर आशुतोष भी तो हाईकोर्ट जज थे। पूछना चाहती दादा से कि अपील पर धन की जो क्षति होगी उसके बारे में भी सोचते हैं कभी आप? किन्तु ऐसा कुछ भी कहती-पूछती नहीं उनसे। कारण वह स्वयं ही इन दोनों बातों को लेकर

उद्विग्न रहते और मुझे मौन देख स्वयं ही बड़बड़ाते रहते कुछ न कुछ। उनसे ही पता चला कि उस साधु के वकील ने कोर्ट ऑफ वार्ड्स को लिखा है कि अब भवालराज का तिहाई हिस्सा मेरे मुवक्किल को सौंपने में टाल-मटोल न करें। किन्तु शासन अपील करने का मन बना चुका है और कोर्ट ऑफ वार्ड्स तुम्हारे हिस्से की आय उसे न सौंपकर तब तक अपने पास ही रखेगा जब तक हाईकोर्ट से उसके बारे में कोई निर्देश न मिल जाए। फिर एक दिन दादा ही खबर लाए कि अब तक इम्पीरियल बैंक शासन के निर्देश पर भवालराज को इस मुकदमे के लिए पैसा कर्ज लेने देता रहा था किन्तु अब ढाका शाखा का मैनेजर नखरे कर रहा है और कर्ज देने में। उधर पिछले कर्ज की किस्तें सूद समेत देते जाने का रागय भी आ गया है सिर पर। दादा बड़बड़ाते हुए कहते कि वह तो अच्छा हुआ कि कोर्ट ऑफ वार्ड्स मेजोकुमार के हिस्से की आय केवल तुम्हें न देने के लिए ही प्रतिबद्ध है बिभा और तुम्हारी ओर से मुकदमा लड़ने पर उसे खर्च करने से कोई कानूनी रोक नहीं है उस पर। मैं कहना चाहती कि दादा वह पैसा होगा तो मेरा ही न। और यदि मैं हाईकोर्ट में भी हार गयी तो अन्त में हाईकोर्ट भी इस कोर्ट की तरह कहेगा कि उस जाली मेजोकुमार का मुकदमे पर हुआ व्यय छह प्रतिशत ब्याज के साथ मैं उसे दूँ।

अन्ततः शासन की अनुमति मिलने पर कोर्ट ऑफ वार्ड्स ने 5 अक्टूबर, 1936 को कलकत्ता हाईकोर्ट में अपील दायर की। उसकी सुनवाई की बारी आई 14 नवम्बर, 1938 को। दो वर्ष से अधिक की इस अवधि में वह पंजाबी साधु जाली नहीं, असली मेजोकुमार बना कलकत्ता, ढाका आदि के भद्र समाज में घूमता रहा। जयदेबपुर भी हो आया। कविगानों में पुनः आरम्भ हो गयी मुझ अभागन की भर्त्सना। मेरा वर्णन कुलटा के और दादा का वर्णन खलनायक के रूप में किया जाने लगा। कविगानों में ही किया जाता रहता होता तो भी सह्य था। बन्द कर लेती अपने कान। किन्तु वह तो अब समाज के चक्षुओं द्वारा भी किया जाने लगा था। जहाँ भी जाते हम भाई-बहन लोगों की आँखों में नितान्त कुत्सित प्रकार का कुतूहल चमक उठता और ओठ सिकुड़ जाते उनके घृणा से। मुट्ठीभर प्रबुद्ध जनों को छोड़ शेष के लिए मैं और दादा मानो पन्नालाल बसु द्वारा विधिवत जघन्य अपराधी घोषित कर दिए गए हों। पोंगापन्थी समाज के प्रभाव में आकर बसु मोशाय एक ऐसा निर्णय दे बैठे थे जिसने उस समाज के लिए पोंगापन विधि-सम्मत बना डाला। विधिसम्मत ही नहीं, स्वदेशप्रेम से जुड़ा हुआ भी। हमें अपराधी न मानने वाले प्रबुद्धजन प्रायः सभी शासन से जुड़े हुए अथवा पाश्चात्य रंग में पूरी तरह रंगे हुए थे। अतएव मैं और दादा स्वदेश से द्रोह और स्वसंस्कृति से बैर रखने वाली टोडी बच्चा बिरादरी के सदस्य ठहरा दिए गए। इस धारणा की कुछ और भी पुष्टि तब हुई जब हाईकोर्ट में सुनवाई के लिए बैरिस्टर चौधरी का साथ देने के लिए तथाकथित अँग्रेजभक्त और बैरिस्टर चटर्जी का साथ देने के लिए तथाकथित देशभक्त तरुण वकील आगे आए।

तो निचली अदालत का निर्णय आने से लेकर हाईकोर्ट में सुनवाई आरम्भ होने तक

का समय दादा के लिए भयंकर तनाव में बीता। उनका स्वास्थ्य बिगड़ने लगा। चिकित्सक विश्राम करने का परामर्श देते। वह मानते नहीं। मैं भी विनती करती कई बार किन्तु वह कहते कि ना जब तक मैं तुम्हें उन पापियों के पाश से मुक्त नहीं करा देता बिभा मेरे लिए पाप है विश्राम करना। मैं कहती उसके लिए तो वकील हैं दादा, आप क्यों इतना कष्ट भोग रहे हैं। वे कहते, कष्ट नहीं भोग रहा हूँ बिभा, प्रायश्चित्त कर रहा हूँ— पहले तुझे रानी और फिर भिखारिणी बनाने के दोहरे पाप के लिए। मैं रो पड़ती और कहती क्यों विक्षिप्तावस्था में मेरे मुँह से निकले एक वाक्य का आप भी भवाल-राजपरिवार की मूढ़ स्त्रियों की भाँति गलत अर्थ लगाकर अपने को और मुझे वेदना पहुँचाते रहते हैं दादा? और वह कहते, इसलिए कि वह पाजी जज मूढ़ स्त्रियों से भी अधिक मूढ़ निकला। फिर मेरे आँसू पोंछते हुए आश्वासन देने लगते कि हाईकोर्ट में हमारी अपील अवश्य स्वीकार कर ली जाएगी। सुनवाई के लिए बैठाई गई बेंच के जजों मे नाम जब पता चले तब दादा बहुत प्रसन्न हुए और उनके माथे पर पड़ीं सलवटें मिटने लगीं। बेंच में दो यूरोपियन जज थे और एक हिन्दू। यूरोपियन जजों में वरिष्ठ थे सर लियोनार्ड कोस्टेलो, उनका पीठाध्यक्ष होना दादा को अत्यन्त शुभ संकेत लगा क्योंकि उन्होंने ब्रिटिश शासन की आलोचना करने वालों के लिए तनिक भी सहानुभूति कभी प्रदर्शित न की थी। हाल ही में अमृत बाजार पत्रिका को शासन-विरोधी सामग्री छापने पर दण्डित किए जाने पर उन्होंने सरकारी कार्रवाई को उचित ठहराया था भले ही पीठ के दो भारतीय जजों की राय विपरीत रही थी। दादा को दूसरे यूरोपीय जज रोनल्ड लॉज की उपस्थिति तो और भी उत्साहवर्द्धक लगी क्योंकि वह आईसीएस अधिकारी तो थे ही सन् 1921 में लिण्डसे द्वारा भवाल संन्यासी के विरुद्ध कार्रवाई आरंभ किए जाते समय ढाका में ही अतिरिक्त जिला सैशन जज रह चुकने के कारण इस साधु के जाली होने को मानने से सुपरिचित थे। तीसरे जज भारतीय थे— चारुचन्द विश्वास। उनसे थोड़ा खतरा हो सकता था— कारण कि सार्वजनिक जीवन के प्रति उत्साही रहे थे और केन्द्रीय विधानसभा के सदस्य भी बने थे। किन्तु दादा बोले, दो जजों का एक जज पर भारी पड़ना तो पाजी पन्ना बाबू के शब्दों में गणितीय अवश्यंभाविता है बिभा।

अन्ततः आरम्भ हुई सुनवाई। बैरिस्टर चौधरी हमारी ओर से बहस करने उठे। अपने सशक्त तर्क उन्होंने पन्नालाल बसु के प्रति जिस तिरस्कार भरे स्वर में देने आरम्भ किए उनसे दादा बहुत प्रसन्न हुए किन्तु मैं थोड़ा आशंकित हो उठी। वह हाईकोर्ट के जजों के सामने निचली अदालत के ही सही एक अन्य जज के निर्णय की ही नहीं, उसे देने के ढंग और उसकी भाषा की भी धज्जियाँ उड़ाते जा रहे थे। उन्होंने पन्नालाल बसु द्वारा 'डैथ एट डस्क, ड्रेण्ड एट डॉन' (गोधूलि वेला में मरण, उषाकाल में कफन) जैसी काव्यात्मक उक्तियों से भरी पड़ी भाषा का उपहास करते हुए उन्हें 'ढाका का सेक्सपियर' कह कर पुकारा। उनके निर्णय पर उनकी मुख्य आपत्ति वही थी जो मेरी कि जज ने ज्योतिर्मयी देबी द्वारा भवाल संन्यासी को अपना भाई मान लेना उसके मेजोकुमार होने का अकाट्य प्रमाण

मान लिया और यह सोचा ही नहीं कि जो व्यक्ति भस्मीभूत कर दिया गया था वह कैसे लौट आया? भवाल संन्यासी की दीदी द्वारा भाई मान लिये जाने को महत्त्वपूर्ण मानना और पत्नी द्वारा पति न माने जाने को महत्त्वहीन ठहरा देना जज की पक्षधरता का प्रमाण बन सकता था। अस्तु अपने निर्णय में उन्होंने कहा था कि परस्परविरुद्ध गवाहियों के इस दलदल के मध्य देह पर पड़े निशान चट्टानों के समान सिद्ध होते हैं। उसी की पैरोडी करते हुए चौधरी मोशाय ने कहा : जब सब कुछ दलदल में डूबने लगा तब जज पन्नालाल बसु गवाह ज्योतिर्मयी देबी का लहँगा पकड़कर तैरने लगे।

मैंने दादा से कहा कि इस टीका-टिप्पणी का जजों पर बुरा प्रभाव पड़ सकता है किन्तु वह बोले कि सारा यूरोपीय समाज पन्नालाल बसु द्वारा यूरोपीय गवाहों को अविश्वसनीय मानने से क्रुद्ध है इसलिए दोनों यूरोपीय जज तो निश्चय ही बैरिस्टर चौधरी द्वारा पन्नालाल बसु को उनकी औकात दिखा देने वाले इस प्रचण्ड प्रहार से मन ही मन प्रसन्न हो रहे होंगे। इसलिए चिन्ता न करो तुम। बस यह देखो बिभा कि वह कितना तर्कसंगत वक्तव्य दे रहे हैं। इसे कोई भी जज अस्वीकार नहीं कर सकता बिभा। यह तो दादा ठीक ही कह रहे थे। मुझे कुछ विस्मय था तो यही कि बैरिस्टर चौधरी को निचली अदालत में क्या हो गया था जो हमें व्यर्थ उलझनों में डलवाते रहे। जैसे यहाँ कह रहे हैं वैसे वहाँ क्यों नहीं कहा कि भवाल संन्यासी मेजोकुमार का-सा हो तो भी मेजोकुमार हो नहीं सकता। वहाँ क्यों कहते-कहलवाते फिर कि यह सर्वथा भिन्न है? और अब यहाँ यह कह कर निचली अदालत के प्रति तिरस्कार और अपने चोटी के वकील होने का अहंकार क्यों प्रदर्शित कर रहे हैं कि मैं मुफस्सिल जज के सामने मुद्दई का कोई भी दावा स्वीकार करके अपनी गरदन में पत्थर नहीं लटकवाना चाहता था। जो हो, हाईकोर्ट में चौधरी मोशाय ने सही ढंग से बहस करके मेरे मन में यहाँ न्याय मिलने की प्रबल आशा जगा दी। बोले : निचली अदालत में मुद्दई को दो बातें सिद्ध करनी थीं जो क्रमश: इस प्रकार थीं— पहली यह कि दार्जिलिंग में मेजोकुमार मरे नहीं केवल गहन मूर्च्छावस्था में चले गये, उन्हें रात को दाह-संस्कार के लिए ले जाया गया किन्तु वर्षा आ जाने के कारण सासनबन्धु अर्थी छोड़कर शरण लेने अन्यत्र भागे और लौटे तो शव मिला नहीं और यह भी कि मेजोकुमार को सासन से बचाकर ले जाया जा सका। इतना सिद्ध कर लेने के बाद भी मुद्दई के लिए यह सिद्ध करना बच रहता है कि मृत मान लिए गए जिन मेजोकुमार को उस रात बचा लिया गया था वह मैं ही हूँ।

बैरिस्टर चौधरी ने कहा कि जज पन्नालाल बसु के निर्णय से ही स्पष्ट है कि उन्होंने पहले यह निश्चित कर लिया कि मुद्दई मेजोकुमार ही है और फिर इसी आधार पर दार्जिलिंग प्रकरण के बारे में उसके दावे ठोस प्रमाणों के अभाव में भी स्वीकार कर लिये कि जब मेजोकुमार जीवित हैं तब मुद्दालेहों की उनके मर जाने और भस्मीभूत कर दिए जाने की कथा सत्य हो ही नहीं सकती। दार्जिलिंग प्रकरण के बारे में मुद्दई के दावे की एक भी बात को लेकर उन्होंने यह नहीं कहा कि वह प्रमाणित हो गयी। बस वही तर्क

कि मेजोकुमार जीवित हैं इसलिए ऐसा ही हुआ होगा। और मुद्दई मेजोकुमार ही क्यों है इसके एक ही ठोस प्रकरण पर वह बार-बार लौटते रहे हैं कि ज्योतिर्मयी देबी और सत्यभामा देबी ने मुद्दई को इस रूप में स्वीकार किया। इनमें से भी केवल एक ज्योतिर्मयी देबी की मौखिक गवाही अदालत ने सुनी। तो कुल मिलाकर पन्नालाल बसु ने मुद्दई को मेजोकुमार उनकी गवाही पर ही माना भले ही वह बार-बार दोहराते रहे हों कि उनके निर्णय का एक मात्र आधार वही नहीं है। जज के मुद्दालेहों और उनके गवाहों के प्रति अन्य सभी मामलों की तरह मुद्दई और मेजोकुमार की समानता के विषय में भी सौतेला व्यवहार किया। उन्होंने उनकी पत्नी तक की यह बात नहीं मानी कि मुद्दई और मेजोकुमार में कोई समानता नहीं। किन्तु उनसे बिभाबती देबी की ओर से यह प्रश्न उठाए जा सकने की गुंजाइश उन्हें दिखी ही नहीं कि जब मेरे पति भस्मीभूत कर दिए गए हैं तब क्या मैं उनके जुड़वाँ सरीखे किसी व्यक्ति को भी आप-जैसे किसी जज के आदेश पर अपना पति मान सकती हूँ। और यहाँ तो जुड़वाँ से किसी व्यक्ति की बात भी नहीं हो रही है। आप मात्र ज्योतिर्मयी देबी की गवाही के आधार पर यह कह रहे हैं कि मेजोकुमार के-से लगने वाले इस व्यक्ति को बिभाबती देबी अपना पति मान लें।

बैरिस्टर चौधरी ने इस ओर ध्यान दिलाया कि मुद्दई ने दार्जिलिंग में रात्रि दाह-संस्कार के जो गवाह जुटाए हैं उनमें से एक भी ऐसा नहीं जो अगली सुबह हुए दाह-संस्कार में भी गया हो। गया होता तो वहाँ जाकर उसने प्रश्न उठाया होता कि क्या आप लोगों को शव फिर मिल गया था? एक भी ऐसा गवाह नहीं ला सका है वह जिसने दो-दो बार शवयात्रा निकालने जाने पर अपना आश्चर्य सार्वजनिक रूप से व्यक्त किया हो। सुबह के दाह-संस्कार के बारे में उसके गवाहों ने मात्र यह कहा है कि वह विधिपूर्वक नहीं हुआ और शव का मुँह ढका ही रखा गया। इससे यह तो प्रमाणित नहीं होता कि किसी और को जला दिया गया। मुद्दई के किसी और शव को रातोंरात ढूँढ़ लिये जाने की बात प्रमाणित करने के लिए भी कोई गवाह प्रस्तुत नहीं किया। फिर भी जज ने यह मान लिया कि सुबह किसी और का शव जलाया गया होगा। रात को वर्षा न होने के प्रमाण मुद्दालेहों ने दिए, मुद्दई के गवाहों के अनुसार सासन बन्धुओं ने जिन शेडों में शरण ली उनके अस्तित्व के आगे उन्होंने प्रश्न-चिह्न लगाया किन्तु फिर भी जज को रात्रि के दाह-संस्कार के बारे में मुद्दई की कथा सही लगी। इसी तरह विष देकर मेजोकुमार की हत्या करने के षड्यन्त्र के अत्यन्त गम्भीर आरोप को भी जज ने डॉक्टर आशुतोष दासगुप्त द्वारा औषधि देने में भूल-चूक होने की बात बता कर उसे परे कर दिया है। किन्तु यदि हत्या का कोई षड्यन्त्र था ही न था तो फिर वह बिभाबती देबी के दादा और उनके साथ गए अन्य लोगों को क्या छिपाने के यत्न में मिथ्या ठहराते रहे हैं? यह एक असम्भव-सी स्थिति है। किन्तु दार्जिलिंग प्रकरण के सन्दर्भ में जज ने जहाँ एक ओर मृत मान लिए गए व्यक्ति के जीवित हो उठने से लेकर उसकी जगह जलाने के लिए दूसरा शव मिल जाने तक मुद्दई का हर कथन अविश्वसनीयता की सीमा तक विस्मयकारी ठहराया है वहीं दूसरी ओर यह तर्क दिया है

कि जब मेजोकुमार और मुद्दई में समानता स्थापित हो चुकी है तब उसे असम्भव मानना तो असम्भव है। जज की दृष्टि में संसार में केवल एक ही बात असम्भव ठहरती है कि कोई पर्दानशीं, परम्पराविश्वासी भद्र महिला किसी अकुल कुलशील को अपना भाई बताकर घर में रख ले, अन्तःपुर में आने दे। और सो भी ऐसी विधवा जिसके घर में पुत्रियाँ–पुत्र वधुएँ हों। जज पन्नालाल बसु के अनुसार ऐसी विधवा इस विषय में झूठ कभी नहीं बोल सकती। हाँ यूरोपियन सिविल सर्जन न केवल मृत्यु के समय उपस्थित न होते हुए भी मृत्यु का समय बताने वाला प्रमाण–पत्र दे सकता है और उसमें मृत्यु का कारण गलत भर सकता है।

चौधरी मोशाय ने इस पर घोर आपत्ति जतायी कि जज ने सिविल सर्जन समेत अनेक ऊँचे यूरोपियन और इण्डियन ऑफिसर्स की गवाही जिरह के आधार पर अमान्य ठहरा दी किन्तु यह नहीं बताया कि जिरह में ऐसा क्या पूछा या सुना गया जो उन्हें झूठ बोलने के लिए प्रेरित करने वाले किसी प्रभाव या प्रलोभन को इंगित करता था। जब ये अधिकारी भ्रष्ट नहीं हैं और मुद्दालेहों से इनका कोई स्वार्थ भी नहीं जुड़ा हुआ है तब इन्हें इस मामले में झूठ बोलने की क्या बाध्यता हो सकती थी? जज ने टिप्पणी की है कि मैंने मुद्दई से ऐसी जिरह की जो असली मेजोकुमार को नकली सिद्ध करने के लिए ही की जा सकती थी। उन्होंने कटाक्ष किया है कि मुद्दालेह सत्य के जाल में फँसने से घबरा रहे थे। ऐसी टिप्पणी करने का हमने कोई आधार उन्हें दिया नहीं। मुद्दई से शिकार और खेलों के बारे में प्रश्न किए थे हमने क्योंकि मेजोकुमार शिकारी और खिलाड़ी दोनों ही थे। असली मेजोकुमार उन प्रश्नों के उत्तर दे सकते थे, मेजोकुमार बना हुआ मुद्दई दे नहीं पाया। बैरिस्टर चौधरी ने यह भी शिकायत की कि मुद्दई द्वारा बहुत–से प्रश्नों के उत्तर में यह कह देना कि अब मुझे स्मरण नहीं है जज को इसलिए स्वाभाविक लगा कि वह दीर्घकाल तक अपने परिवेश से दूर स्मृतिलोप की स्थिति में रहा था। मुद्दई ने बारह वर्ष तक साधुओं के साथ भटकने और घर न लौटने का कारण भी स्मृतिलोप ही बताया था अतएव आवश्यक था कि ऐसे स्मृतिलोप की सम्भावना अकाट्य रूप से सिद्ध की जाती। किन्तु युद्ध में 'शैल शॉक' (गोलाबारी–आघात) के कारण स्मृति चले जाने के कुछ उदाहरण गिना देने भर को जज ने पर्याप्त मान लिया।

बैरिस्टर चौधरी ने कहा कि जज ने अपनी निष्पक्षता का प्रदर्शन करने के लिए यह तो माना है कि ज्योतिर्मयी देबी आदि के मुद्दई को मेजोकुमार के रूप में पहचान लेने भर से तो समानता का प्रश्न हल नहीं हो सकता किन्तु साथ में यह भी कहा है कि जब अन्य कारणों से समानता प्रकट हो चुकी हो तब ऐसी गवाही निर्णायक हो जाती है। अन्य कारणों में उन्होंने छायाचित्रों और देह पर पड़े निशानों की चर्चा की है। छायाचित्रों के विषय में उन्होंने स्वीकार किया है कि वे कोई मानचित्र नहीं कि उनका मिलान किया जा सके पर साथ ही यह भी कह दिया कि एक नाक को छोड़ शेष सब में कोई भिन्नता प्रकट नहीं होती। किन्तु सच तो यह है कि छायाचित्रों की गवाही उसी विरोधाभास के उसी दलदल

में डूबी हुई है जिसका जज ने उल्लेख किया है। रहे देह पर पड़े चिह्न तो ज्योतिर्मयी देबी के बताए हुए मेजोकुमार के शिनाख्ती निशानों का मुद्दई की देह पर पाया जाना जज ने किस तर्क से 'समानता के अन्य कारणों से प्रकट होने' का प्रमाण मान लिया है? जज ने एक प्रकार से सारा केस ही ज्योतिर्मयी देबी की गवाही के आधार पर तय कर दिया है। वह इस बात तक का विचार करने को तैयार न हुए कि कोई बंगाली सामन्त इतना भी निरक्षर कैसे हो सकता है कि अपने हस्ताक्षर के अलग-अलग अक्षर ठीक से न पहचान सके? उन्होंने उल्टा हम पर कटाक्ष किया कि यदि मुद्दालेहों के अनुसार ज्योतिर्मयी देबी ने मुद्दई का दावा अदालत में लाने में इतना विलम्ब इसलिए किया कि उसे मेजोकुमार की भूमिका के लिए तैयार करा सकें तो क्या वह उसे थोड़ा लिखना-पढ़ना नहीं सिखा सकते थे? उन्होंने तो सफाई दे डाली कि मुद्दई का अज्ञान उस प्रायः अनपढ़ मेजोकुमार का ही हो सकता है जो इस बीच थोड़ा-बहुत सीखा था वह भी भूल गया है। उन्हें यह तक विचित्र नहीं लगा कि मुद्दई किसी भी प्रकार बंगाली नहीं लगता, वह बांग्ला हिन्दीभाषियों के उच्चारण से बोलता है और उसकी जिह्वा में जो भी विकृति आ गयी है वह बांग्ला बोलते समय ही प्रकट होती है हिन्दी बोलते समय नहीं। जज तो इस सन्दर्भ में भी वही मन्त्र दुहराते हैं कि त्रुटिपूर्ण उच्चारण अथवा हिन्दी लहजे से वह समानता विस्थापित नहीं हो जाती जो 'अन्य कारणों से सिद्ध हो चुकी हो।' अन्त में बैरिस्टर चौधरी ने प्रार्थना की कि ज्योतिर्मयी देबी द्वारा मुद्दई को मेजोकुमार बनाने का षड्यन्त्र रचे जाने को असम्भव मानकर और दार्जिलिंग की घटनाओं के बारे में मुद्दई की असम्भव और अप्रमाणित कथा को सम्भव मानकर जज पन्नालाल बसु ने जो घोर अन्यायपूर्ण निर्णय दिया है उसे बदल दिया जाए।

बैरिस्टर चौधरी ने अपना वक्तव्य पूरा करने के बाद दादा की ओर देखा। उनका मुखमंडल आत्मसंतुष्ट मुस्कान से दमक रहा था। दादा ने ताली बजाने की मुद्रा बनायी और फिर उठकर उन्हें बधाई देने लपके। मैं भी आश्वस्त हुई कि अब हम केस जीत जाएँगे। बैरिस्टर चटर्जी ने उत्तर में जो वक्तव्य दिया वह हम सबको विशेष प्रभावप्रद नहीं लगा। वह बोले कि यह कहना कि निचली अदालत के जज ने अपना सारा निर्णय इस आधार पर दिया है कि ज्योतिर्मयी देबी ने मुद्दई को अपना भाई मान लिया सर्वथा निराधार आरोप है। निर्णय में स्पष्ट कहा गया है : 'बहन का भी निष्कपट विश्वास इस मामले में निर्णायक नहीं हो सकता, यद्यपि उससे सर्वथा भिन्नता का तर्क ध्वस्त हो जाता है। इससे निस्सन्देह मुद्दई के मेजोकुमार होने के दावे को बहुत बल मिलता है, किन्तु भिन्नता का एक भी बिन्दु यथा एक मर चुका था दूसरा जीवित है, दोनों की देह या मानस एक से नहीं हैं। एक बंगाली या दूसरी पंजाबी है, उसे परास्त कर दे सकता है।' इसलिए उल्टे मुद्दई को शिकायत हो सकती है कि जज ने भवालराजपरिवार द्वारा मेजोकुमार के रूप में स्वीकृति को उसके देह और मानस से मेजोकुमार ही होने का अन्यतम प्रमाण क्यों नहीं मान लिया? जज ने देह की समानता शिनाख्ती निशनों के

आधार पर सिद्ध मानी।

यह कहना गलत है कि उन्होंने मेजोकुमार की देह पर इन निशानों का होना ज्योतिर्मयी देबी के कहनेभर से मान लिया। जयदेबपुर के अन्य गवाहों ने भी उनके होने की पुष्टि की थी। जैसा कि जज ने स्वयं कहा है और तमाम चिह्न छोड़ भी दें तो बाएँ टखने पर चोट का निशान होना और हाथ-पाँव की त्वचा का कुछ हिस्सा मछली-जैसा होना दो ऐसी पहचानें हैं जिनके बारे में कोई विवाद नहीं। जज की यह टिप्पणी सर्वथा सही है कि हर व्यक्ति की देह कुछ दुर्घटनाओं का इतिहास होती है और एक देह के इतिहास अपने को दूसरे में ज्यों का त्यों नहीं दुहराता। बैरिस्टर चटर्जी ने कहा कि मुद्दई की देह ही नहीं, मुद्दई का मानस भी मेजोकुमार का-सा पाया है। यह तथ्य बहुत महत्त्वपूर्ण है क्योंकि जैसा टिचबोर्न केस में मुख्य न्यायाधीश ने जूरी को बताया था : बाहर से तो जुड़वाँ सर्वथा एक-से प्रतीत होते हैं किन्तु दो भिन्न व्यक्ति क्या जुड़वाँ भी भीतर से सर्वथा एक-से नहीं हो सकते। सृष्टि के आरम्भ से लेकर आज तक दो जीवन सर्वथा एक-से नहीं हुए हैं, और इसीलिए, किन्हीं दो जनों की स्मृतियाँ एक-सी नहीं हो सकतीं। बैरिस्टर चटर्जी ने कहा कि जितना निराधार आरोप यह है कि जज ने समानता ज्योतिर्मयी देबी की गवाही से सिद्ध हुई मान ली है उतना ही निराधार यह आरोप है कि दार्जिलिंग की घटनाओं के बारे में जज ने मुद्दई के कथन को इसलिए सत्य मान लिया है कि उसके लिए मुद्दई को मेजोकुमार होना निर्विवाद है। बैरिस्टर चटर्जी ने शिकायत की कि बैरिस्टर चौधरी ने अपनी बात सिद्ध करने के लिए जज के निर्णय से यहाँ-वहाँ से कुछ अंश पढ़ कर सुना डाले हैं और उनका भी सन्दर्भ या उपसंहार काट कर। पूरा निर्णय पढ़ने से यह स्पष्ट हो जाएगा कि केवल मुद्दई के साधुओं द्वारा सासन से बचा लिये जाने और उनके साथ स्मृतिहीन भटकने की परिकथावत गवाही के सन्दर्भ में ही उन्होंने कहा है कि जब मुद्दई मेजोकुमार ही है तब इसे सच मानना ही होगा।

पूरा निर्णय पढ़ने से पता चलेगा कि दार्जिलिंग की अन्य सभी घटनाओं के बारे में प्रस्तुत गवाहियों के आधार पर ही अपने निष्कर्षों पर पहुँचे हैं। इनमें सबसे पहला और महत्त्वपूर्ण निष्कर्ष यह है कि मेजोकुमार की तथाकथित मृत्यु गोधूलि वेला या उसके कुछ देर बाद हुई और शवयात्रा नौ बजे के आस-पास निकली। दूसरा यह कि रात को दाह-संस्कार नहीं हो सका और शव अर्थी से गायब हो गया। तीसरा यह कि सुबह दाह-संस्कार न विधिवत हुआ और न किसी को शव का चेहरा देखने दिया गया। चटर्जी मोशाय ने कहा कि जज ने सिविल सर्जन आदि की गवाही ठोस आधारों पर अविश्वसनीय ठहराई है। जब मुद्दई ने यह आरोप लगाया ही नहीं है कि इन गण्यमान्य अधिकारियों ने झूठी गवाही किसी प्रलोभन या प्रभाव में आकर दी है तब उसे ऐसा सिद्ध करने की आवश्यकता ही क्या थी। यदि दार्जिलिंग के यूरोपियन मजिस्ट्रेट मेजोकुमार की मृत्यु के समय अनुपस्थित होते हुए भी इस सम्बन्ध में सर्टिफिकेट दे सकते थे तब

यह कैसे नहीं माना जा सकता कि उच्च प्रशासनिक अधिकारी भी वर्ग विशेष के कृपा पात्रों के अनुरोध पर कोई काम करते हुए नियमों की अधिक चिन्ता नहीं करते। वैसे भी इस मामले में कोर्ट ऑफ वाड्‌र्स के मुद्दालेहों के प्रतिनिधि होने के कारण शासन का मुद्दालेहों की ओर झुकाव होना स्वाभाविक था। जज ने दोनों ही पक्षों के गवाहों की विश्वसनीयता की परख एक ही पैमाने से की है इसलिए उनके निष्कर्ष पक्षपातपूर्ण नहीं कहे जा सकते। जैसा कि जज ने स्वयं ही कहा है— अदालत को दोनों ही पक्षों के गवाहों की साख, पद, प्रतिष्ठा, शिक्षा, ध्यान देने की क्षमता और कुमार के सम्बन्ध में उनके स्मृति भण्डार का तथा उनके झूठ बोल सकने के किसी कारण या इस मामले में झूठ बोलने के प्रमाण का विचार करना होगा।

बैरिस्टर चटर्जी ने स्वीकार किया कि मुद्दई ने दार्जिलिंग में उसकी हत्या के विफल प्रयास और इस सम्बन्ध में षड्यन्त्र रचे जाने की बात कही है किन्तु इस ओर ध्यान दिलाया कि वह उससे इस मामले के मख्य मुद्दालेह बिभाबती देबी को जुड़ा हुआ नहीं मानता और उसने यह मुकदमा अपने मेजोकुमार होने के दावे को लेकर किया था, मेजोकुमार की हत्या के प्रयास को लेकर नहीं। अन्त में उन्होंने कहा कि यदि जज ने यह कहा होता कि मुद्दई और मेजोकुमार में समानता स्थापित हो जाने के बाद दार्जिलिंग प्रकरण का विचार करना अनावश्यक है तो बैरिस्टर चौधरी की शिकायत उचित होती। किन्तु जज के यह कहते हुए दार्जिलिंग की घटनाओं का विचार शुरू किया है कि यदि दार्जिलिंग में मेजोकुमार की मृत्यु की बात सिद्ध हो जाती है तो इस समानता का कोई अर्थ नहीं रह जाएगा। यदि बैरिस्टर चौधरी को यह आपत्ति है कि जज ने समानता के प्रश्न का पहले क्यों विचार किया तो हाईकोर्ट निचली अदालत के निर्णय को दार्जिलिंग का भाग पहले रखकर पढ़कर देख ले ऐसा करके भी अन्तिम निष्कर्ष वही रहेगा। बैरिस्टर चटर्जी का वक्तव्य पूरा हो जाने के बाद जब हाईकोर्ट ने कुछ मामलों की स्वयं जाँच करने की बात कही तब दादा फिर उद्विग्न होने लगे कि बैरिस्टर चौधरी के वक्तव्य के बाद जाँचने के लिए बच क्या रहता है?

सबसे पहले तीनों जज दार्जिलिंग जाकर स्टेप असाइड से नये-पुराने सासनों को जाने वाले रास्ते और ब्लैंकेट फैक्ट्री-जैसे वे तमाम स्थल देख आये जिनका गवाहियों में उल्लेख हुआ था। उन्होंने मुद्दई और ज्योतिर्मयी देबी को बुलाकर उनके हाथ-पाँव के कुछ हिस्सों की त्वचा के मछली की त्वचा-जैसे होने का निरीक्षण किया और मुद्दई के बायें टखने का निशान भी देखा। उन्होंने यह पता करवाया कि मई, 1909 में दार्जिलिंग में किस-किस घर में फोन था। उन्होंने तब का रेलवे टाइम टेबल मँगवाया और रेलवे तथा डाक विभाग के तार घरों की तब की नियमावली भी। और दार्जिलिंग नगरपालिका के वर्षा रजिस्टर के जिस पृष्ठ को लेकर विवाद था उसे उसने स्कॉटलैंड यार्ड से जाँच करवाने के लिए लन्दन भेजा। दादा ने इन सबको इस बात का संकेत माना कि हाईकोर्ट भी दार्जिलिंग की घटनाओं के बारे में हमारे कथन को पूर्णत: विश्वसनीय नहीं मान रहा

है। कम से कम एक जज तो निश्चय ही ऐसा है जो उस कपटी साधु के कथन को हमारे बैरिस्टर चौधरी के तर्कों के आधार पर ही ठुकरा देने को तत्पर नहीं है।

दादा तब और भी खिन्नचित्त हो उठे जब होईकोर्ट द्वारा कराई गई यह जाँच हमारे पक्ष में जाती न दिखी। जैसे जाँच से यह पता चला कि दार्जिलिंग में तब बालेन विला में टेलीफोन था ही नहीं जबकि नर्स जगतमोहिनी हमारी तरफ से गवाही देते हुए कह चुकी थी कि जब मैंने 9 मई की सुबह बालेन विला में मेजोकुमार की मृत्यु की सूचना दी तब वहाँ से बालेन बाबू ने सासन-बन्धुओं के लिए फोन किए। उधर मुद्दई के गवाह मन्मथनाथ चौधरी ने प्लांटर्स क्लब में शाम 7:30 बजे फोन से मेजोकुमार की मृत्यु की सूचना मिलने की बात की थी और तब वहाँ फोन लग चुका था। इन्हीं मन्मथ बाबू ने प्लांटर्स क्लब का तत्कालीन वर्षा रिकॉर्ड जिन्हीं दो बंगाली सज्जनों द्वारा मांग ले जाने की गवाही भी दी थी। रेलवे टाइम टेबल से पता चला कि जयदेबपुर से सुबह पहली ट्रेन 8:32 की थी और सभी गवाहों के अनुसार छोटोकुमार को मेजोकुमार की मृत्यु का तार स्टेशन पहुँचने से पहले ही मिल गया था। उधर डाक विभाग के नियमों के अनुसार रविवार को तार घर सुबह-शाम कुछ ही घण्टों के लिए और केवल एक्सप्रेस तार लेने के लिए खुले रहते थे और एक्सप्रेस तार भी तभी भेजा था जब उसे प्राप्त करने वाला केन्द्र खुला हुआ हो। रविवार 9 मई को दार्जिलिंग का तारघर सुबह आठ से दस और शाम चार से छह तक खुला हुआ था और जयदेबपुर का सुबह आठ से नौ और शाम पाँच से छह तक। उधर रेलवे के तारघर सातों दिन चौबीसों घण्टे खुले रहते हैं। इस सबसे भी हमारा पक्ष कमजोर पड़ता था क्योंकि हमारे गवाह फणि के अनुसार तार रेलवे का नहीं डाक तार विभाग का था और एक्सप्रेस था। उस दशा में उसका जयदेबपुर में छोटोकुमार को स्टेशन पहुँचने से पहले अर्थात् आठ बजे के आस-पास मिल सकना असम्भव ही था क्योंकि आठ बजे तक तो दार्जिलिंग का डाकघर उसे ले ही नहीं सकता था। उधर मुद्दई के अनुसार सन्देश रेलवे तार घर से भेजा गया था इसलिए रात को भी पहुँच सकता था।

नगर पालिका के वर्षा रिकॉर्ड के जिस पृष्ठ को लेकर विवाद था उसके बारे में हमारा यह कहना था कि उस पर 13 मई की तारीख डली हुई थी जिसे किसी ने 8 बनाने का यत्न किया। किन्तु उसमें विफल होने पर उसे मिटाकर फिर से 13 लिख दिया। उस पर मुद्दई का यह कहना था कि तारीख आठ या नौ पड़ी थी जिसे किसी ने 13 बना डाला है ताकि मेजोकुमार की मृत्यु की रात को हुई वर्षा का प्रमाण नष्ट हो जाए। स्कॉटलैंड यार्ड द्वारा एक्स-रे और अल्ट्रा वायलेट-रे की अधुनातन विधियों से की गई जाँच की रिपोर्ट दोनों बैरिस्टरों की बहस सुनने के बाद प्रकट की गयी। इसमें कहा गया था कि पृष्ठ पर आरम्भ में केवल इकाई का कोई अंक था दहाई का नहीं। उसे मिटाकर उसके स्थान पर 3 लिखा गया और फिर उसके आगे एक का अंक डालकर 13 बनाया गया। यह ठीक नहीं बना अत: फिर मिटाया गया इस भ्रम में कि मूल के इकाई वाले अंक की जगह छेद पड़ गया और फिर से 13 लिख दिया गया। निश्चित

रूप से कुछ नहीं कहा जा सकता पर कदाचित् मूल में लिखा गया अंक 6 रहा हो। तो यह रिपोर्ट भी निर्णायक सिद्ध न हुई किन्तु इससे मुद्दई का यह दावा प्रकट हुआ कि जिसने भी छेड़छाड़ की उसने मूल तिथि को बदलकर 13 बनाया। वहाँ 6 का अंक होना सुनिश्चित नहीं है वह 8 या 9 भी हो सकता था जिसे बदल डालना मुद्दालेहों के लिए आवश्यक था।

इस प्रकार हाईकोर्ट द्वारा दोनों पक्षों की सहमति से स्कॉटलैंड यार्ड द्वारा कराई गई यह जाँच हमारा काम बिगाड़ने वाली ही सिद्ध हुई। हाईकोर्ट के निर्णय की प्रतीक्षा करते हुए दादा का मानसिक तनाव और चिड़चिड़ापन दोनों बढ़ते चले गए। प्रतीक्षा की अवधि भी दुर्भाग्य से बहुत लम्बी सिद्ध हुई। सुनवाई 14 अगस्त, 1939 को समाप्त हो चुकी थी किन्तु हाईकोर्ट का निर्णय आया 25 नवम्बर, 1940 को। इसका मुख्य कारण यह था कि सुनवाई के बाद पीठाध्यक्ष जज सर लिओना कोस्टेलो हाईकोर्ट की छुट्टी के साथ दो सप्ताह की अतिरिक्त छुट्टी जोड़कर इंग्लैण्ड चले गए थे कि नवम्बर में निर्णय सुनाने लौट आऊँगा किन्तु अभी उनका जहाज इंग्लैण्ड पहुँचा भी न था कि दूसरा विश्वयुद्ध आरम्भ हो गया और उनका लौटकर आना असम्भव हो गया। अन्ततः उन्होंने वहीं से अपना लिखित निर्णय भेज दिया कि इसे जस्टिस बिश्वास सबसे बाद में पढ़ दें। दादा चिन्तित हुए, बोले : इस बात से बहुत पेच पड़ने वाला था कि तीनों जजों में अन्तिम मन्त्रणा हुए बगैर दिए गए निर्णयों की वैधता संदिग्ध मानी जाती है। भले ही एक नये नियम के अनुसार किसी एक जज की अनुपस्थिति में कोई दूसरा जज उसका निर्णय पढ़ सकता है। यह सारी जाँच-टाँच जस्टिस बिश्वास की करवाई हुई ही लगती है और उनका ही निर्णय हमारे विरुद्ध जा सकता है। किन्तु यदि उन्होंने सर लिओनार्ड के हमारे पक्ष में आ सकने वाले निर्णय की वैधता पर प्रश्न-चिह्न लगा दिया तो सब गड़बड़ हो जाएगा। और जैसे ही जस्टिस बिस्वास ने 20 अगस्त, 1940 को अपना पन्नालाल बसु जितना ही लम्बा निर्णय पढ़ना आरम्भ किया। खचाखच भरी अदालत में यह स्पष्ट होने लगा कि वह भी पन्नालाल बसु की भाँति हमें मेजोकुमार को विष देने वाला मानकर हमारे विरुद्ध विष वमन करेंगे।

कई प्रसंगों में तो उन्होंने हमारे गवाहों की पन्नालाल बसु से अधिक कड़ी और कटु आलोचना की। गवाहों के साथ-साथ हमारे माननीय वकील चौधरी मोशाय की भी। उन्हें एक बंगाली वकील किसी बंगाली जज की अँग्रेजी की हँसी उड़ाना और मुफस्सिल की अदालत के जज के प्रति तिरस्कार भाव जताना नितान्त आपत्तिजनक लगा विशेष रूप से इसलिए कि सेंट स्टीफेंस कॉलेज दिल्ली में दर्शनशास्त्र के प्राध्यापक रह चुके जज पन्नालाल बसु ने, उनके अनुसार गवाहियों का निष्पक्ष विश्लेषण करके नितान्त तर्कसंगत निर्णय दिया था। जस्टिस बिस्वास अपना निर्णय देते हुए मुद्दई का पक्ष प्रबल करने वाले कुछ ऐसे प्रश्न भी उठा बैठे जिनकी ओर मुद्दई के वकीलों तक का ध्यान नहीं गया था। यथा उन्होंने कहा कि दार्जिलिंग में 8 मई को सवा ग्यारह बजे

भेजे गए तार में मेजोकुमार को पथ्य दिए जाने की सम्भावना की बात करने के बाद वापसी के लिए तार द्वारा एक हजार रुपया भेजने की माँग विस्मयकारी और विचारणीय है दो कारणों से। पहला यह कि जब मेजोकुमार को स्वास्थ्यलाभ के लिए ही भेजा गया था और वहाँ अब वह उदरशूल और ज्वर से जीड़ित थे तो उन्हें वापस लाने की ऐसी भी क्या हड़बड़ी थी जो पैसा तार से मँगवाया जा रहा था। दूसरा यह कि जब मकान का तीन महीने का चार सौ रुपया किराया भरने के साथ-साथ एक महीने से भी कम की अवधि में 4,157 रुपया खर्च के लिए दिया जा चुका था तब पैसों की कमी क्यों हो रही थी?

जस्टिस बिस्वास ने आग्रहपूर्वक यह भी कहा कि कौन गवाह झूठ बोल रहा था कौन सच इसका निर्णय निचली अदालत ही अधिक अच्छी तरह कर सकती है क्योंकि गवाही में सच्चाई का निर्णय करते हुए गवाह के रंग-ढंग, मुख-मुद्रा आदि का विचार करना भी आवश्यक होता है जो अपील सुनने वाली अदालत नहीं कर सकती। तो मुद्दई के दरसनदास की गवाही को खरी और हमारे धरमदास की गवाही को खोटी मानने में उन्हें कोई हिचक नहीं हुई। ज्योतिर्मयी देबी उनके लिए भी सच्ची सिद्ध हुई और मेरे विषय में उनकी सम्मति यह रही कि एक बार अपने पति को मृत मान चुकने के बाद किसी भी हिन्दू स्त्री का किसी अन्य व्यक्ति को अपने पति से उसकी कितनी भी समानता होने पर भी अपना पति न मान पाना स्वाभाविक है किन्तु इसी कारण उसके द्वारा मुद्दई में अपने पति से कोई समानता न देखने को विशेष महत्त्वपूर्ण भी नहीं माना जा सकता। सुनकर मन हुआ कि पूछूँ उनसे क्या अन्य धर्मों की स्त्रियाँ अपने मृत पति के जीवित हो सकने की सम्भावना देखती हैं? क्या आपको हिन्दू होते हुए भी इतना भी पता नहीं कि मृत पति के यमलोक से लौट आने के चमत्कार पर हिन्दू स्त्री का विश्वास कर लेना स्वाभाविक है। इसलिए मेरी गवाही आपको विशेष रूप से महत्त्वपूर्ण लगनी चाहिए थी। आपका यह तर्क भी विचित्र है कि मुझे और मेरे-जैसे जिन अन्य गवाहों को मुद्दई पहली दृष्टि में ही मेजोकुमार से भिन्न लगा वे सब झूठे हैं और ज्योतिर्मयी देबी जैसे जो गवाह कुछ बार देख लेने के बाद उसके मेजोकुमार होने के विषय में आश्वस्त हुए वे सच्चे हैं। आपको यह भी आपत्ति है कि मैंने न कभी मुद्दई से बात की और न उसे बोलते हुए ही सुना और सो इसलिए कि मैं पहले से ही माने बैठी थी कि वह मेरा पति नहीं हो सकता। किन्तु मैं उसे बोलते हुए भी सुन लेती तो क्या होता? स्वयं जज ने स्वीकार किया है कि वह बांग्ला भी हिन्दी की तरह बोलता है। हाँ आपने उसके बंगाली होने के प्रमाण में यह कह डाला है कि मुद्दई का एक बंगाली जज की अदालत में उसकी छोटी-से-छोटी चूक पकड़ने के लिए कमर कसे बैठे एक बंगाली बैरिस्टर की जिरह बांग्ला में और वह भी भवाल की विशेष बांग्ला में का सामना करना उसके पंजाबी होने की बात को झुठला देता है।

जस्टिस बिस्वास के बाद जस्टिस लॉज ने अपना निर्णय सुनाया पहली बार मुझे

यह प्रतीति हुई कि मेरे प्रति न्याय किया जा रहा है। जस्टिस लॉज न केवल हर बात में बैरिस्टर चौधरी से सहमत हुए बल्कि उन्होंने मुद्दालेहों के प्रति निचली अदालत के सौतेले व्यवहार की निन्दा भी की। उन्होंने यह नितान्त आपत्तिजनक ठहराया कि पन्नालाल बसु ने जिरह के नाम पर मुद्दालेहों के गवाहों के चरित्रहनन की छूट दे डाली और इन गवाहों को गबन से लेकर समलैंगिकता तक कई प्रकार के अपराधों से जोड़ने का यत्न मुद्दई के वकीलों द्वारा किया गया। इसका एक प्रभाव यह पड़ा कि गण्यमान्य व्यक्ति मुद्दालेहों की ओर से गवाही देने आने से हिचके। जस्टिस लॉज जस्टिस बिस्वास के इस तर्क से सहमत हुए कि गवाहों में से कौन झूठ बोल रहा था और कौन सच इसका निर्णय गवाहियाँ सुनने वाला जज ही बेहतर कर सकता था। किन्तु उन्होंने कहा अपील अदालत को यह निर्णय करने का अधिकार अवश्य है कि उस जज ने दोनों पक्षों के गवाहों का मूल्यांकन एक ही मानदण्ड से किया है कि नहीं? जस्टिस लॉज ने पाया कि निचली अदालत के विद्वान ने निष्पक्षता नहीं बरती है। अब जैसे मेजोकुमार के सुपठित होने की गवाही उन्हें अतिशयोक्तिपूर्ण लगी तो उन्होंने उसे अस्वीकार करके ठीक ही किया किन्तु इसी सन्दर्भ में कुछ गवाहों द्वारा मेजोकुमार को निरक्षर ही बता डालना नहीं। जब मुद्दई ने कहा कि उसे गिनती नहीं आती और मुद्दई के गवाहों ने बताया कि यही स्थिति मेजोकुमार की भी थी तब इसे स्वयं असम्भव ठहराने के बावजूद जज ने इसके आधार पर मुद्दई के गवाहों को झूठा घोषित नहीं किया।

जस्टिस लॉज ने इसे भी पक्षपात का उदाहरण माना कि पन्नालाल बसु ने यह तो देखा-दिखाया कि क्यों मुद्दालेहों का यह कथन असम्भव है कि ज्योतिर्मयी देबी ने किसी अज्ञात कुशली पुरुष को अपना भाई बना डालने का षड्यन्त्र रचा किन्तु दार्जिलिंग में भस्मीभूत किए जा चुके मेजोकुमार के मुद्दई के रूप में जीवित होने से जुड़ी तमाम असम्भव कथाओं को उन्होंने किस आधार पर स्वीकार कर लिया यह बताना उन्होंने आवश्यक नहीं समझा। बस यही दुहराते गए कि मुद्दई की मेजोकुमार से समानता को देखते हुए उन्हें सही ही मानना होगा। स्पष्ट ही उन्होंने दोहरे मानदण्ड अपनाए हैं। जस्टिस लॉज ने इस ओर भी ध्यान दिलाया कि जहाँ मुद्दालेहों के महत्त्वपूर्ण गवाहों को अपनी बात बदलने या उसमें कुछ जोड़ने-घटाने के कारण विद्वान जज ने अविश्वसनीय करार दिया है वहाँ मुद्दई के गवाहों के ऐसा करने को स्पष्टीकरण मात्र मान लिया है अथवा महत्त्वहीन ठहरा दिया है। जस्टिस लॉज ने बैरिस्टर चौधरी से भी अधिक प्रभावप्रद ढंग से यह दर्शा दिया कि सभी महत्त्वपूर्ण गवाहों के वक्तव्य विरोधाभासों से भरे हुए हैं इसलिए अविश्वसनीय थे। और सबसे अधिक अविश्वसनीय थी मुद्दई की सासन से बचा लिये जाने की कथा जिसे वह बार-बार बदलता रहा था। जस्टिस लॉज ने इस ओर ध्यान दिलाया कि आरम्भ में मुद्दई के घोषित समर्थकों द्वारा प्रकाशित पम्फलेटों और कविगानों में यह कहा गया था कि शव गायब हो जाने के बाद चिता यों ही जला दी गयी। इसी तरह मानहानि मुकदमे में और लिण्डसे को दिए गए वक्तव्य में किसी एक अघोरी बाबा

द्वारा सासन से बचाकर ले जाए जाने की ही बात की गई थी। बाद में उसने बात इसलिए बदली कि उसे समझाया गया हो कि अकेले एक साधु द्वारा बचाकर ले जाए जाने की कथा विश्वसनीय नहीं लगेगी।

जस्टिस लॉज ने कहा कि इतने वर्ष बाद भी मुद्दई को बांग्ला ठीक से बोलना न आना उसके बंगाली न होने का अन्यतम प्रमाण है जिसे उसके वकील कभी जीभ में विकृति आ जाने और कभी हिन्दी बोलते रहने की आदत पड़ जाने का परिणाम ठहराने का प्रयत्न करते रहे। जब बैरिस्टर चटर्जी ने मुद्दई से पूछा भी कि क्या आप बांग्ला जानते हैं तब उसका यह उत्तर उन्हें कष्ट में डाल गया था कि आगे जानत, एखोन जानि। तुरन्त उन्होंने पूछा : आप जानताम तो समझते हैं ना? आपको अन्तिम 'म' बोलने में कठिनाई क्यों होती है। मुद्दई अपने बचपन के साथियों में से अम्बिका को अम्बका, ब्योमकेश को ब्योंकेस और अन्नदा को अन्दा पुकारता रहा फिर भी जज को यह उसके पंजाबी होने का प्रमाण नहीं लगा। उधर मुद्दई अपने पंजाबी होने की पोल न खुलने देने के लिए इतना अधिक सावधान था कि वर्षों तक पंजाबी साधुओं के साथ भटकते रह चुकने के बावजूद उसका आग्रह यह रहा कि मुझे पंजाबी समझ में नहीं आती। जब उससे पूछा गया कि चंगा शब्द का क्या अर्थ होता है तब वह बोला कि मुझे नहीं पता। यह जानने के लिए तो पंजाबी-पास होना पड़ेगा। जस्टिस लॉज ने वास्तविक निष्पक्षता का प्रमाण देते हुए स्वीकार किया कि शासन द्वारा पंजाब की की गई जाँच से यह प्रमाणित नहीं हो सकता है मुद्दई औजला गाँव का मालसिंह ही है। किन्तु मात्र इसी से उसके पंजाबी होने का सन्देह मिट नहीं जाता।

मुद्दालेहों के वकील द्वारा मुद्दई की स्मृति की परीक्षा न लिए जाने पर पन्नालाल बसु के कटाक्ष के सन्दर्भ में जस्टिस लॉज बोले कि मुद्दई को मेजोकुमार के बारे में सब कुछ बताने-समझाने के लिए इतना समय मिल चुका था कि स्मृति-परीक्षा का कोई अर्थ नहीं रह गया था। मुद्दई का वकील यह तर्क दे सकता था और उसने दिया भी कि सही उत्तर इसके मेजोकुमार होने का प्रमाण है, गलत उत्तर इस बात का कि हमने इसे कुछ भी बता-रटा नहीं रखा है और 'मैं नहीं जानता' कहना इस बात का कि स्मृति में से मिट गया है। इसी तरह मुद्दालेहों का वकील यह तर्क दे सकता था और उसने दिया भी कि सही उत्तर बताए-रटाए जाने का प्रमाण है, गलत उत्तर इसके जाली होने का और 'मैं नहीं जाता' कहना इस बात का कि या तो इसे बताना-रटाना भूल गए लोग या यह रटाया हुआ भूल गया है। जस्टिस लॉज ने कहा कि मुद्दई ने अपने वक्तव्य में ही एक बात ऐसी कही जो उसका मेजोकुमार न होने का प्रमाण देती है और वह यह कि ज्योतिदी की बाड़ी में पहुँचते ही मुझे एक-एक चीज पहचानी हुई लगी जबकि यह घर तो मेजोकुमार की मृत्यु के बाद बनाया गया था। अपनी निष्पक्षता का एक और प्रमाण देते हुए जस्टिस लॉज ने कहा कि सम्भव है मुद्दालेहों ने मुद्दई की स्मृति की और परीक्षा न लेकर बड़ी चूक कर दी हो किन्तु इसके आधार पर मुद्दई यह दावा नहीं कर सकता

कि यदि मुझसे पूछा गया होता तो मैं सब कुछ बता देता क्योंकि मैं मेजोकुमार ही हूँ। अदालत तो इसका निर्णय अदालत के भीतर बताई गई बातों के आधार पर कर सकी है और अदालत में मुद्दई ने अँग्रेजी तो अँग्रेजी बांग्ला का जितना भयंकर अज्ञान प्रदर्शित किया उससे वह बंगाली सामन्त मेजोकुमार हरगिज नहीं लगा। जस्टिस लॉज ने शिनाख्ती निशानों के कारण मुद्दई और मेजोकुमार में समानता स्थापित हो जाने के दावे को निराधार पाया। बोले : कुल एक चित्र ऐसा है जिसके मेजोकुमार की देह पर होने का डॉक्टरी प्रमाण उपलब्ध है— बाएँ टखने पर घाव का निशान। नंगे पाँव घूमने वाले साधुओं के पैरों में चोट के निशान होना वैसे भी सामान्य-सी बात है और फिर मुकदमा जीतने के लिए ऐसा निशान डलवा सकना भी कठिन नहीं। जो हो मुद्दई के टखने पर पड़ा यह चिह्न इतना क्षीण है कि मुझे तो आतिशी शीशे से भी दिखाई नहीं पड़ा। जिस डॉक्टरी रिपोर्ट में इस चिह्न का उल्लेख है उसी में मेजोकुमार की आँखों का रंग 'ग्रे' बताया गया है। निचली अदालत के विद्वान जज का यह तर्क स्वीकार नहीं किया जा सकता कि उनके समेत कई बंगाली 'काटा' का अँग्रेजी अनुवाद 'ग्रे' कर बैठते हैं और रिपोर्ट में यह शब्द बंगाली बीमा एजेण्ट ने डलवा दिया होगा। प्रश्न यह है कि कोई अँग्रेज डॉक्टर प्रत्यक्ष भूरी दिखती आँखों को 'ग्रे' क्यों लिखेगा? हाँ राजकुमारी ज्योतिर्मयी-जैसी हल्की नीलापन ली आई आँखें किसी को भी एक विशेष प्रकाश में 'ग्रे' लग सकती हैं। निश्चय ही रोमेन्द्र नारायण राय की आँखें अपनी दीदी-जैसी रही होंगी जबकि मुद्दई की आँखें स्पष्ट ही भूरी हैं। जस्टिस लॉज ने यह माना कि ज्योतिर्मयी देबी और मुद्दई की पाँवों-हाथों की त्वचा के कुछ हिस्से में एक-सा दोष विद्यमान है।

अपनी निष्पक्षता का और भी प्रमाण देते हुए उन्होंने यह भी माना कि कोर्ट ऑफ वॉड्र्स द्वारा मुद्दई की ओर से गवाही न देने का अनुचित दबाव डाला गया और कुछ कर्मचारी इस सिलसिले में नौकरी से निकाले भी गए। नौकरी से निकाला जाना उचित था क्योंकि जिस व्यक्ति को शासन जाली घोषित कर चुका हो उसे असली बताना द्रोह करना था। जो हो भवालराज के जिन बहुत से लोगों ने मुद्दई के मेजोकुमार होने की गवाही दी है वे ज्योतिर्मयी देबी के षड्यन्त्र के भागीदार न भी हों तो उनके प्रभाव में आकर मुद्दई को मेजोकुमार मान ले सकते थे। मेजोकुमार को उन्होंने इतना कम देखा था और इतने वर्षों पहले देखा था कि उसकी छवि की स्मृति उनके मन में बहुत धुँधली पड़ चुकी थी। इसलिए ज्योतिर्मयी देबी द्वारा मेजोकुमार मान लिये जा चुके मुद्दई की छवि को ही उनके अवचेतन ने मेजोकुमार की छवि बना डाला है। आरम्भ में तो कुछ ने यह कहा कि मुद्दई की नाक भिन्न है बाद में यह भिन्नता भी भूल गये वे सब। जस्टिस लॉज ने स्वीकार किया कि मुद्दई की नाक सिफलिस के प्रभाव से मोटी हो जाने की बात उसके एक विशेषज्ञ गवाह ने की है किन्तु उन्होंने यह जानना चाहा कि जब मुद्दई और ज्योतिर्मयी देबी दोनों मुद्दई की नाक मेजोकुमार की नाक से भिन्न होने की बात अस्वीकार कर चुके थे तब इस गवाही का प्रयोजन ही क्या था?

जस्टिस लॉज ने सारा सिफलिस प्रसंग ही मुद्दई के दावे को निराधार सिद्ध करने वाला ठहराया। मुद्दई के जिस गवाह डॉक्टर के. के. चटर्जी ने उसके शरीर पर सिफलिस के सर्वाधिक चिह्न पाये उसके आचरण से ही उसकी पक्षधरता उजागर हो गयी। यदि निचली अदालत को फिर भी उनकी गवाही ही सबसे ठीक लगी तो उसे उनकी इस बात की ओर भी ध्यान देना चाहिए था जिसका सिफलिस रोग तीसरे चरण में पहुँच जाता है वह बगैर इलाज के इतने दिन जीवित नहीं रह सकता। विशेष रूप से इसलिए कि यह मत अन्य विशेषज्ञों का भी था। जस्टिस लॉज ने बैरिस्टर चौधरी की इस आपत्ति को उचित ठहराया कि निचली अदालत को दोनों पक्षों के गवाहों की वही-वही बातें मान्य हुईं जो मुद्दई के पक्ष में जा रही थीं। जस्टिस लॉज को यह विचित्र लगा कि निचली अदालत के दार्जिलिंग में मेजोकुमार की मृत्यु गोधूलि वेला में होने की रात को रामसिंह सुब्बा और प्रोफेसर मैत्र की गवाहियों के आधार पर अकाट्य सत्य का दर्जा दे डाला। रामसिंह सुब्बा ने जहाँ यह कहा कि मेजोकुमार की मृत्यु सूर्यास्त के समय हुई और उस घड़ी केवल डॉक्टर सरकार ही उपस्थित थे वहाँ यह भी कहा था कि रात को एक अन्य व्यक्ति ने मुझे आकर जगाया कि स्टेप असाइड में शव को लेकर बड़ा गोलमाल हो गया है। और जिरह में वह यह नहीं बता पाया सन्तोषप्रद रूप से कि गोलमाल की तहकीकात करने की जगह वह सो क्यों गया और अगली सुबह जब उससे अर्थी के लिए खटिया आदि मँगवाई गई तब उसने गोलमाल के बारे में कोई जिज्ञासा क्यों नहीं की? स्पष्ट ही वह गोधूलि वेला मृत्यु होने की झूठी गवाही देने के साथ-साथ रात में विफल हुए दाह-संस्कार की झूठी गवाही दे डालने की कोशिश कर रहा था। प्रोफेसर मैत्र सत्यवादी के रूप में कितने भी प्रसिद्ध रहे हों उनकी स्मृति को भी सर्वथा निर्दोष मानना निचली अदालत के लिए उचित न था।

जस्टिस लॉज ने कहा कि जब निचली अदालत यह मान ही नहीं रही थी कि मुद्दई मेजोकुमार के हत्या के प्रयास का आरोप लगा रहा है तब उसे न रोग के निदान और उपचार को लेकर इतनी मीनमेख निकालनी चाहिए थी और न यह मान लेना चाहिए था कि कर्नल काल्वर्ट-जैसा लब्धप्रतिष्ठ डॉक्टर हत्या का षड्यन्त्र रचने वालों के झूठे प्रमाण-पत्र लिखकर दे सकता है। तो जस्टिस लॉज ने कहा कि इस डॉक्टर का बताया मृत्यु का कारण और मृत्यु का समय दोनों मान्य होने चाहिए। मृत्यु की सूचना देने वाले तार का ही न मिलना विस्मयकारी है किन्तु इसके लिए मुद्दालेह ही दोषी हैं। ऐसा मान लेना भी कम विस्मयकारी नहीं। यह भी समझ में नहीं आता कि निचली अदालत ने एक रेलवे तार कर्मचारी की यह बात कैसे परम सत्य मान ली कि रात दस बजे के आस-पास स्टेशन में मेजोकुमार की मृत्यु की चर्चा हो रही थी, तार तत्काल राजबाड़ी इसलिए नहीं भेजा गया होगा कि ट्रेनें तो सुबह की ही हैं। रात को राजपरिवार को क्यों दुख पहुँचाया जाए? नियमानुसार रेलवे तार प्राप्त होते ही पहुँचवा देने होते हैं और वैसे भी राजपरिवार के लिए आया इतना महत्त्वपूर्ण तार रोके रखना कल्पनातीत है। इसलिए

यही माना जाना चाहिए कि रेलवे स्टेशन पर तार सुबह आठ बजे से पहले नहीं पहुँचा होगा। जस्टिस लॉज ने रात पौने बारह बजे मृत्यु और सुबह दाह-संस्कार की बात बिल्कुल सही पायी।

उन्होंने प्रश्न उठाया कि हत्या के षड्यन्त्र की बात को न मानने वाले जज ने सुबह के दाह-संस्कार के लिए कोई और शव ले आने के षड्यन्त्र की बात किस आधार पर मान ली? उपसंहार स्वरूप उन्होंने कहा कि निचली अदालत के विद्वान जज ने ज्योतिर्मयी देवी द्वारा षड्यन्त्र रचे जाने की बात को असम्भव ठहराया है किन्तु मृत मेजोकुमार के रात सासन में जीवित हो उठने तथा रातोंरात दूसरे शव का प्रबन्ध करने का षड्यन्त्र किए जा सकने को सर्वथा सम्भव मान लिया है। जहाँ दो पक्षों द्वारा दो असम्भव रूप से असामान्य भिन्न कथाएँ प्रस्तुत की जा रही हों वहाँ न्याय यह माँग करता है कि जो कथा अपेक्षाकृत कम असम्भव हो उसे सही माना जाना चाहिए। निचली अदालत ने इससे ठीक उल्टी बात कर डाली है। यदि उसकी एक आपत्ति यह थी कि ज्योतिर्मयी देबी के लिए पर्याप्त समय ही न था तब उन्हें यह भी सोचना चाहिए था कि कोई और शव जला देने का षड्यन्त्र रचने वालों के पास तो बस चन्द घण्टे ही थे और इस बात की कोई गारंटी भी न थी कि इतनी रात गए एक अजनबी शहर में कहीं से एक शव का प्रबन्ध हो जबकि ज्योतिर्मयी देबी के षड्यन्त्र के लिए एक साधु उपस्थित था जिससे वह पहले यह भी कहा कि मुद्दई का दावा इस आधार पर भी रद्द कर दिया जाना चाहिए था कि वह निर्धारित समय निकल चुका है।

जस्टिस लॉज मेरी गुहार स्वीकार करते हुए अपना निर्णय सुना चुके तो मैंने अपार सन्तोष अनुभव किया। व्यग्रता से प्रतीक्षा करने लगी कि अब जस्टिस कॉस्टेलो का निर्णय पढ़कर सुनाएँगे जस्टिस बिस्वास और वह भी मेरे पक्ष में ही जाएगा। किन्तु नहीं, 29 अगस्त को जस्टिस बिस्वास ने जस्टिस कॉस्टलो के निर्णय की वैधता के प्रश्न पर ही अपने विचार व्यक्त किए। उन्होंने बताया कि जस्टिस कॉस्टेलो को उनके इंग्लैण्ड प्रस्थान करने से पहले मैं और मेरे विद्वान भ्राता जस्टिस लॉज दोनों ही बता चुके थे कि हम किस निष्कर्ष पर पहुँचे हैं। हमारे विद्वान वरिष्ठ जज ने किन्तु इस बात का कोई संकेत नहीं दिया कि उनका अपना मत क्या है? हम दोनों जजों ने अपना लिखित निर्णय उन्हें लन्दन भिजवा दिया था किन्तु इस तथ्य से इनकार नहीं किया जा सकता कि नियमानुसार अन्तिम निष्कर्ष तक पहुँचने से पहले पीठ के तीन जजों में मन्त्रणा नहीं हुई थी इसलिए हमारे वरिष्ठ भ्राता के निर्णय की वैधता पर प्रश्नचिह्न लग सकता है। यह कह चुकने के बाद जस्टिस बिस्वास ने अतिरिक्त चतुराई दिखाते हुए अपनी पक्षधरता उजागर कर दी। बोले, मुझे आपसी बातचीत से ऐसे संकेत मिले थे कि जस्टिस कॉस्टेलो मुझसे सहमत ही हैं इसलिए यदि उन्होंने भी यह अपील खारिज की होगी तो कोई परेशानी वाली बात नहीं है। किन्तु यदि उन्होंने अपील स्वीकार की होगी तो यह प्रश्न उठेगा कि इस मत-परिवर्तन से पूर्व उनसे विचार-विमर्श और तर्क-वितर्क करने का

अवसर न मिलना उनके निर्णय को निर्णय नहीं उनका मत मात्र मानने को बाध्य करेगा हमें। उस स्थिति में यही कहा जाएगा कि हाईकोर्ट के दो जज सहमत नहीं हो पाए और निचली अदालत का निर्णय बना रहा।

फिर जस्टिस लॉज ने अपने विचार प्रकट किए। उन्होंने कहा कि हम तीनों जजों को आपस में मन्त्रणा करने का पर्याप्त अवसर लम्बी सुनवाई के दौरान मिलता रहा था, हम दिन में दो बार तब तक हुई गवाहियों पर विचार-विमर्श करते रहे थे। मैं अपने विद्वान भ्राता जस्टिस बिस्वास से सहमत नहीं कि हमारे विद्वान भ्राता जस्टिस कॉस्टेलो का वही मत था जो उनका। मुझे तो यही लगा कि उन्हें कुछ बातों में ही अपीलकर्ताओं के कथन और गवाहियों को मान लेने में हिचक हो रही है। यदि वे उन्हें अलंघ्य बाधा-सी नहीं लगीं तो वह अपीलकर्ता के पक्ष में निर्णय देंगे। यह कह चुकने के बाद जस्टिस लॉज ने अपने निष्पक्ष होने का अन्तिम सबूत देते हुए मन्तव्य प्रकट किया कि जस्टिस कॉस्टेलो चाहे मुझसे सहमत हुए हों, चाहे मेरे विद्वान भ्राता से उनका निर्णय वैध ही माना जाएगा। स्वयं जस्टिस कॉस्टेलो ने उसे वैध माना है इसलिए पढ़ कर सुनाने का आदेश देते हुए यहाँ भिजवाया है। अपने वरिष्ठ सहयोगी द्वारा इस प्रकार दिए गए निर्णय को हम बिना टीका-टिप्पणी किए वैध मानने के लिए बाध्य हैं। हर जज यह निश्चित करने के लिए स्वतंत्र है कि और परामर्श की आवश्यकता है कि नहीं, दूसरा जज यह आग्रह नहीं कर सकता कि थोड़ा और परामर्श करो ताकि मैं आपको मत-परिवर्तन के लिए राजी करा सकूँ। यदि जस्टिस कॉस्टेलो के निर्णय को पर्याप्त परामर्श न होने के कारण अमान्य कहा गया तो उसी तर्क से हम दोनों के भी निर्णय अमान्य समझे जाएँगे और अपील किसी नयी पीठ को सुनानी पड़ेगी।

दो जजों की यह बहस सुनकर दादा व्यग्र हो उठे। कहने लगे मुझसे कि जस्टिस बिस्वास की चतुराई ने हमें कहीं का नहीं छोड़ा है। यदि जस्टिस कॉस्टेलो ने भी उनके जैसा ही निर्णय दिया तो ठीक अन्यथा वह उसकी वैधता पर प्रश्नचिह्न लगा देंगे और कहेंगे शेष दो जजों में मतभेद है अस्तु निचली अदालत का निर्णय बना रहेगा। हमारा पक्षधर जज तो इस बारे में उच्चतर अदालत अर्थात् प्रीवी काउंसिल का मत माँगने या फिर हाईकोर्ट में नये सिरे से सुनवाई की ही माँग कर पाएगा। उससे हमें क्या लाभ? मैं भला क्या उत्तर देती इसका। जस्टिस बिस्वास ने जस्टिस कॉस्टेलो का सीलबन्द निर्णय खोला और पढ़ना आरम्भ किया। इस अत्यन्त संक्षिप्त निर्णय के उत्तरार्द्ध तक पहुँचते-पहुँचते जस्टिस बिस्वास की आँखें चश्मे के पीछे से चमकने लगीं, बैरिस्टर चौधरी का मुँह अवाक् खुला रह गया और दादा माथा पकड़कर बैठ गये। जस्टिस कॉस्टेलो प्राय: हर विषय में जस्टिस बिस्वास से सहमत हो रहे थे। उन्होंने भी बैरिस्टर चौधरी द्वारा की गई पन्नालाल बसु की आलोचना को आपत्तिजनक ठहराया था। उन्हें भी इस मामले में शासन का पूरा व्यवहार आपत्तिजनक लगा था और दादा की दौड़-धूप सन्देह जगाने वाली। उन्होंने भी क्रॉफर्ड, काल्वर्ट, रेन्किन और लिंडसे जैसे उच्च

योरोपियन अधिकारियों की गवाही त्रुटिपूर्ण अतएव अमान्य ठहरा देने में संकोच नहीं किया था। उन्हें भी हमारे आशु डॉक्टर और फणि बाबू जैसे महत्त्वपूर्ण गवाह भयंकर रूप से झूठे लगे थे। फणि की गवाही के सन्दर्भ में तो उन्होंने यह कह डाला था कि किसी से सिखा-पढ़ाकर झूठी गवाही दिलवाने का इतना निर्लज्ज प्रदर्शन अदालतों में कम ही देखा गया होगा। उधर रामसिंह सुब्बा और दरसनदास जैसे मुद्दई के गवाह उन्हें झूठे नहीं लगे थे।

जस्टिस कॉस्टेलो ने यह तो स्वीकार किया था कि जज ने मुद्दालेहों के गवाहों के चरित्रहनन की अनुमति देकर गलत काम किया किन्तु निर्णय के विषय में बैरिस्टर चौधरी की शेष सारी आलोचना उन्होंने न केवल निराधार ठहराई थी बल्कि उल्टे ऐसी आलोचना करने के लिए उनकी आलोचना की थी। बैरिस्टर चौधरी जस्टिस कॉस्टेलो की यह टिप्पणी सुनकर तो निश्चय ही तिलमिला उठे होंगे कि मुद्दालेह अपना केस इससे बेहतर ढंग से प्रस्तुत कर सकते थे। उन्हें और दादा को यह सुनकर दुख पहुँचा होगा कि जस्टिस कॉस्टेलो ने कहा कि मुद्दालेहों द्वारा मुद्दई को मेजोकुमार से सर्वथा भिन्न दिखने वाला बताना ही उनके ज्योतिर्मयी देबी द्वारा षड्यन्त्र रचे जाने के दावे के विरुद्ध जाता है बल्कि उसकी नींव ही हिला देता है। उन्हें यह भी अच्छा न लगा होगा कि जस्टिस कॉस्टेलो ने उनकी मुद्दई की स्मृति की परीक्षा न लेने के निर्णय को भी गलत ठहराया था। दादा निश्चय ही जस्टिस कॉस्टेलो की यह टिप्पणी सुनकर अपराधबोधग्रस्त हो गए होंगे कि यदि यह मुकदमा आत्मपरिचय के इतने वर्षों बाद नहीं, पहले ही अदालत में ले आया गया होता तो कदाचित् निर्णय कुछ और होता। उन्हें स्मरण हो आया होगा कि मैंने आत्मपरिचय के तुरन्त बाद ही कहा था कि हमें अभी जाकर इस लम्पट के विरुद्ध केस दर्ज करना चाहिए।

तो जस्टिस कॉस्टेलो का निर्णय भी मेरे विरुद्ध गया। उसकी वैधता को लेकर प्रश्न जस्टिस बिस्वास ने ही उठाया था। अस्तु वह उसके आधार पर अपील तुरन्त खारिज करते हुए हिचक गये। कहा दोनों जज मन्त्रणा करके बताएँगे। ठीक इसी के साथ अदालत का लम्बा अवकाश आरम्भ हो गया। बहस 25 नवम्बर तक के लिए टल गयी। एक असह्य तनाव में जीने लगे दादा और मैं। मैं तो दुहरे तनाव में क्योंकि मेरा अपने उस तनाव को व्यक्त करना दादा को दोषारोपण-सा लगता और वह अपराधबोधग्रस्त हो जाते। मैंने कभी दादा से यह नहीं कहा कि आपने मेरी बात न मानकर हम दोनों को कैसी मुसीबत में डाल दिया है। किन्तु उन्हें तो अब मेरा अपनी दुर्भाग्यजन्य पीड़ा और कटुता व्यक्त करने के लिए मुँह खोलना ही दोषारोपण-सा सुनाई पड़ने लगा था। उन्हें लगता कि मैं जस्टिस बिस्वास और कॉस्टेलो की आलोचना की आड़ में उनकी ही आलोचना कर रही हूँ। यदि दादा के हाईकोर्ट के निर्णय के विषय में बड़बड़ाते समय मैं मौन और शान्त बैठी रहती तो उनका अपराधबोध मेरी इस मुद्रा की व्याख्या यह करने लगता कि अब तो मैं उनसे बात तक नहीं करना चाहती। वह पाँव पटकते हुए चले जाते कमरे से बाहर और मेरे पर

उमड़ा क्रोध किसी और पर उतारने लगते। और अन्त में मेरे पास बैठकर, मेरी गदोलियाँ पकड़कर अपनी गीली आँखों तक ले जाते हुए मुझसे क्षमायाचना करने लगते कि तुम्हारी बात न मानकर मैंने तुम्हें हरवा दिया बिभा। मैं मन ही मन तब कोसती सरोजिनी मामी माँ को कि उन्होंने भवाल में विवाहित स्त्रियों के माध्यम से मेरा नाम राजपरिवार में पहुँचवाया और मेरी माँ को आश्वस्त किया कि मेजोकुमार के श्रेष्ठ वर न होने के विषय में दादा की लाई सारी सूचनाएँ गलत और ईर्ष्याजन्य हैं। मैं प्रभु से प्रार्थना करती कि 25 नवम्बर को यह सुनने को मिला कि अब कोई नया पीठ इस मामले का विचार करेगा। किन्तु प्रभु ने मेरी सुनी नहीं।

जय-पराजय

बैरिस्टर चटर्जी और बोऊदी स्नरजूबाला दोनों परम प्रसन्न हैं। हाईकोर्ट में भी जीत गया हूँ मैं। जब से केस हाईकोर्ट में पहुँचा था तब से बोऊदी का ही शरणार्थी रहा हूँ। बोऊदी को विशेष प्रसन्नता इस बात से हुई है कि बैरिस्टर चटर्जी ने उन बैरिस्टर चौधरी को हाईकोर्ट में भी पछाड़ दिया जिन्होंने निचली अदालत में मुझे जाली और बोऊदी और ज्योतिदी को झूठी सिद्ध करने के लिए बड़े आक्रामक ढंग से जिरह की थी। स्वभाव से विनम्र चटर्जी मोशाय भी इस बात पर थोड़ा विजयोल्लास व्यक्त कर ही दे रहे हैं हाईकोर्ट में भी तीन में से दो जजों को उनके सभी तर्क स्वीकार हुए। उधर अपने को कलकत्ता का सर्वश्रेष्ठ बैरिस्टर और इंडियन से अधिक यूरोपियन मानने वाले अमियनाथ चौधरी का सतत गर्वोन्नत शीश हाईकोर्ट के वरिष्ठ यूरोपियन जज ने यह कह कर झुका दिया कि मुद्दालेहों का केस निचली अदालत में इससे बेहतर ढंग से पेश किया जा सकता था। सुनता हूँ उसी सन्ध्या अमिय बाबू कोर्ट से निकलकर सीधे स्ट्रेंड गये और इस मुकदमे की अपनी ब्रीफ हुगली रूपी गंगा में प्रवाहित कर आये। चटर्जी मोशाय ही खबर लाए हैं कि मेजोरानी हाईकोर्ट के निर्णय के विरुद्ध विलायत की प्रीवी काउंसिल में अपील करने की सोच रही हैं किन्तु चौधरी मोशाय उससे सम्बद्ध नहीं होना चाहते। अब यह काम उनके सहायक रह चुके पी.बी. चक्रवर्ती को सौंपा जा सकता है। किन्तु कोर्ट ऑफ वार्ड्स तो अब इस मुकदमे से जुड़ने से रहा क्योंकि जो पक्ष दोनों निचली अदालतों में हार चुका हो प्रीवी काउंसिल तो उसकी अपील सुनने के लिए तैयार होती नहीं। मेजोरानी को कहीं और से जुगाड़ करना होगा ऐसी अपील का भयंकर व्यय उठा सकने का। इस पर बोऊदी की टिप्पणी है कि अभी तक तो रोमेन्द्र के पैसे से रोमेन्द्र से मुकदमा लड़ने का सुख लूट रही थी। अब करे अपना पैसा खर्च। इधर बधाई देने वालों का ताँता लगा हुआ है। हाईकोर्ट में भी जीत गया हूँ मैं। बधाई देने आने वालों में कई कांग्रेसी, हिन्दू महासभाई और कृषक प्रजा पार्टी के नेता भी हैं। मैं उनकी बधाई ग्रहण करते हुए मन ही मन विधि की इस विडम्बना पर हँसता हूँ अँग्रेजों से राजा की उपाधि पाए जमींदार काली नारायण राय के पौत्र रोमेन्द्र का मुकदमा भी इस बीच विदेशी

शासन विरोधी संघर्ष के ही एक छोटे-से मोर्चे का रूप पा चुका है। हाईकोर्ट में अँग्रेजी शासन और उसके भक्तों की हार हुई ऐसा मानना था इन नेताओं का। ब्रिटेन में जर्मन बमबारी झेलते अँग्रेज जज सर लिओनार्ड कॉस्टेलो का भी मेरे पक्ष में निर्णय देना उनके अनुसार इस बात का प्रमाण था कि कुछ अँग्रेज भी समझ गए हैं कि उनके जिस साम्राज्य में सूर्य कभी अस्त नहीं होता अब स्वयं उसका ही सूर्यास्त होने वाला है। पूर्व दिशा में उग चुका है एक नया सूर्य— जापान जिसकी सेनाएँ सिंगापुर जीत चुकी हैं और एक दिन भारत भी पहुँच जाएँगी। इन नेताओं से ही पता चला कि सत्या बाबू निर्णय सुनते ही दारुण रूप से अस्वस्थ हो चले हैं। अकेले भी पड़ गए हैं क्योंकि उनके डूबते जहाज को सब लोग छोड़ रहे हैं।

मुझे तरस आ रहा है सत्या बाबू और मेजोरानी पर। मुझे यह तनिक भी न सहा जा रहा है कि भवाल से मुझे बधाई देने आए प्रजाजनों की टोलियाँ मुझसे मिलने के बाद मेजोरानी की बाड़ी के आगे खड़ी होकर उनके और उनके दादा के प्रति अपमानजनक और अशोभन नारेबाजी करने जाती हैं। मैंने बोऊदी से शिकायत भी की इसकी। कहा, आप उन्हें समझाइए ना कि मेजोरानी का इस तरह निरादर करने का कोई अधिकार नहीं है उन्हें। बोऊदी मुस्कराई। बोलीं, स्वयं क्यों नहीं कह देते साधु बाबा? अब तो हाईकोर्ट ने भी तुम्हारे मेजोकुमार होने पर मुहर लगा दी है। और तुम यह बिभा को मेजोरानी-मेजोरानी पुकारना कब छोड़ोगे भला? दो-दो अदालतें तुम्हें अधिकार दे चुकी हैं कि उसे अपनी पत्नी कह सको। प्यार से पुकार सको, एई बिभा। बोऊदी मुस्करा दीं। मैंने एक गहरा साँस छोड़कर कहा, 'बोऊदी यह अधिकार तो केवल वही दे सकती है और उसका स्वाभिमान कभी अनुमति न देगा उसे ऐसा करने की।' बोऊदी बोलीं, 'स्वाभिमान नहीं, सम्मोहन कहो दादा का। यदि इतनी सम्मोहित है उनसे तो ठीक है सहे भवाल के प्रजाजन का तिरस्कार। अब तो सारा भद्र समाज दोनों की भर्त्सना कर रहा है। शुद्ध ढाका नहीं, यहाँ कलकत्ता में भी बहिष्कार-सा हो चला है उनका। यहाँ बस सत्या बाबू के समधी जमींदार शरदेन्दु मुखर्जी का सहारा है और वहाँ ढाका में आशु डॉक्टर का।'

बोऊदी की बातें सुनकर मेजोरानी के प्रति मेरी सहानुभूति कुछ और बढ़ गयी। मुझे यह जानकर अच्छा लगा कि शरदेन्दु बाबू का वरदहस्त उन्हें प्राप्त है। विधानसभा के सदस्य होने के नाते प्रभावशाली हैं। अपनी पुत्री को सत्या बाबू की पुत्रवधू बनाकर उन्होंने ही मेजोरानी और उनके दादा की डूबती सामाजिक प्रतिष्ठा को सम्बल प्रदान किया है। और हाँ उनके पास कोई कमी नहीं है धन की। मेजोरानी को नहीं तो उनके दादा को हाईकोर्ट द्वारा आरम्भ में ही दे दिए गए इस निर्देश से निश्चय ही धक्का पहुँचा होगा कि भवालराज का तिहाई हिस्सा सुनवाई के दौरान मेरा ही माना जाएगा और मैं दो लाख रुपये की जमानत देकर हाईकोर्ट का निर्णय आने तक उसका भोग कर सकूँगा। अब हाईकोर्ट का निर्णय आने के बाद तो उनके लिए अपने आर्थिक कष्ट दूर होने की

सम्भावना सदा के लिए समाप्त हो गई लग रही होगी। मैं स्वयं सबके लिए एक आर्थिक भार बना हुआ हूँ। जब से हाईकोर्ट में अपील की सुनवाई आरम्भ हुई है मैं पूरी तरह बोऊदी के भरोसे हूँ। उन्होंने ही जमानत का प्रबन्ध किया। वही भवालराज से होने वाली मेरी आय का हिसाब रखती रहीं। उन्होंने ही मुकदमेबाजी में हो चुके पिछले कर्ज चुकवाए उससे और वकीलों को आगे फीस देती रहीं। हाईकोर्ट में मेरे पक्ष में निर्णय तो हो चुका था किन्तु सर लिओनार्ड के हस्ताक्षर के लिए विलायत भेजी गई डिक्री अब तक लौटकर नहीं आई थी इसलिए अपने हिस्से पर विधिवत अधिकार नहीं मिल पा रहा था मुझे।

तभी समाचार मिला कि सत्या बाबू नहीं रहे। कहते हुए लज्जा आती है कि मेरे समर्थकों की प्रतिक्रिया यही थी कि अच्छा हुआ। और तो और बोऊदी की भी, जो अन्यथा साक्षात् करुणा की देबी थीं। गरीबों की सहायता किया करतीं। मन्दिरों के लिए दान देतीं। उनका अधिकतर समय पूजा-पाठ और आध्यात्मिक चिन्तन में ही बीता करता था। इसीलिए तो उन्हें अपने देवर रोमेन्द्र के मुझ भवाल संन्यासी रूपी नवावतार से गल्प-वार्ता करने में बहुत सुख मिलता था। सत्या बाबू के प्रति उनके कठोरता के मूल में मेरी और उनकी इस निकटता की उनके द्वारा फैलाई गयी यह व्याख्या ही थी कि बोड़ोरानी ने अपने जाली देवर को अपना असली प्रेमी बनाकर पाल लिया है। यह भी सुनने में आया कि इधर उन्होंने ही यह अफवाह भी फैलाई है कि भवाल संन्यासी राजकुमारी ज्योतिर्मयी देबी का भाई तो है किन्तु मेजोकुमार नहीं। वह राजा राजेन्द्र नारायण का अवैध पुत्र है जिसकी उन्होंने अपने सईस से पालना करवा ली। जिसने सबसे कहा कि यह अस्तबल में पड़ा हुआ मिला। तभी तो वह राजपरिवार और राजबाड़ी से परिचित निकला और उसका रंग-रूप और हाथ-पाँव का त्वचा-दोष मेजोकुमार-का सा पाया गया। इस बात को सुनने के बाद तो बोऊदी का सत्या बाबू के प्रति क्रोध और भी बढ़ गया था। मुझे यह सोच-सोचकर दुख होता रहा था कि मेरा यह मुकदमा एक ओर राष्ट्रवादी संघर्ष का प्रतीक बनता गया था तो दूसरी ओर भवाल-राजपरिवार की कीचड़ होली का उत्सव। तो मैंने बोऊदी से कहा कि मेरे समर्थक भी तो सत्या बाबू और मेजोरानी के बारे में कुत्सित चर्चाएँ करते रहे हैं। बोऊदी तमककर बोलीं कि इसके लिए भी सत्या बाबू स्वयं दोषी हैं।

अन्ततः 5 फरवरी, 1941 को डिक्री पर हस्ताक्षर हो गये और मई में मुझे भवालराज के तिहाई हिस्से पर कब्जा मिल गया। राजकाज में मेरी तो कभी कोई रुचि रही नहीं थी और उधर बोऊदी को यह सूचना मिली थी कि मेजोरानी प्रीवी काउंसिल का द्वार खटखटाने का मन बना चुकी है। तो बोऊदी ने भवालराज के प्रबन्धक पी.के. घोष को मेरी तरफ से पॉवर ऑफ एटॉर्नी दिलवा दी। समय बीता मेरा मुकदमा चर्चा का मुख्य विषय नहीं रह गया बंगाल और देश में। मेरी जीत की बात भूलकर अब हर कहीं जापान की जीत की बात होने लगी। विशेष रूप से इसलिए कि बंगाल के लाड़ले

नेताजी सुभाषचन्द्र बसु की आजाद हिन्द फौज जापानियों के साथ आ रही थी तिरंगा फहराने दिल्ली में। जापान युद्ध में कूदा था 7 दिसम्बर, 1941 को और चार ही दिन बाद उसने कुछ अन्य दक्षिण-पूर्व एशियाई देशों के साथ-साथ बर्मा में भी अँग्रेजी फौजों पर आक्रमण कर डाला था। सन्, 1942 का नव वर्ष कलकत्ता के यूरोपियन समुदाय ने यह चिन्ता करते हुए मनाया कि सन् 43 का नव वर्ष कहाँ मना रहे होंगे? जापानी फौजें एशिया के हर मोर्चे पर तूफानी गति से बढ़ रही थीं। बर्मा के मोर्चे पर भी। पहली मई को उसने मांडले जीत लिया। लोग कहने लगे दिल्ली नेताजी के लिए अब सचमुच दूर नहीं। किन्तु साथ ही सबके हृदय में भय भी व्याप्त होने लगा कि कहीं अँग्रेजों-जापानियों के युद्ध में हम न मारे जाएँ। दिल्ली जीतने से पहले तो नेताजी अपना कलकत्ता अँग्रेजों से छीनना चाहेंगे। बोऊदी बोलीं, 'क्या पता नेताजी कलकत्ता को ही स्थायी नहीं तो अस्थायी रूप से आजाद हिन्द की राजधानी बना लें।' जो हो, सम्प्रति उन्होंने भी अन्य सम्पन्न कलकत्तावासियों तक कहीं और चले जाना ही श्रेयस्कर समझा। हम लोग बनारस-प्रवास करने चले गये। अच्छा ही किया क्योंकि 1942 का वर्ष बंगाल और कलकत्ता के लिए भयंकर उथल-पुथल का वर्ष सिद्ध हुआ। अगस्त में कांग्रेस ने भारत छोड़ो आन्दोलन आरम्भ किया। बर्मा में हार के बाद पूर्वी बंगाल में जापानी और आजाद हिन्द फौजों का आना और आगे बढ़ सकना कठिन बनाने की नीति के अन्तर्गत लोगों के परिवहन के साधन छीनने लगे जिस कारण अव्यवस्था फैली। आगे चलकर अकाल पड़ा। दिसम्बर में कलकत्ता पर बमबारी शुरू हो गई।

बनारस में समाचार मिला कि मेजोरानी ने प्रीवी काउंसिल में अपील दायर करने की कानूनी कार्रवाई आरम्भ कर दी है। बोऊदी बोलीं, 'इसका अर्थ यह रोमेन्द्र कि जो लोग कहते हैं कि उसने तुम्हें पति न मानने का प्रण कर रखा है वे सही हैं। मैं तो समझी थी कि सत्या बाबू का पहरा न रहने पर अब वह शायद तुम्हें स्वीकार कर ले।' मैंने कहा, 'आपने कैसे मान लिया कि अपने जिस दादा को बिभाबती देबी अपना सर्वस्व मानती रही थीं शैशवावस्था से उनके देहान्त के बाद मेरे पास लौट आकर उन्हें षड्यन्त्रकारी और हत्यारा ठहराने वाले भवालराजपरिवार में लौटकर उनकी स्मृति पर कलुष लगाएँगी वह? आपको यह अपेक्षा तो नहीं ही करनी चाहिए थी उनसे।' बोऊदी बोलीं, 'मुझे बिभा से नहीं तुमसे कुछ अपेक्षित है अब।' मैंने कहा, 'आज्ञा करें।' वह बोलीं, 'विवाह कर लो मैंने तुम्हारे लिए चुन ली है एक युवती।' मैंने कहा, 'मैं क्या करूँगा विवाह करके बोऊदी? और कोई युवती मुझ वृद्ध से विवाह करके... ?' वह बोलीं, 'वह कोई किशोरी नहीं, छत्तीस-सैंतीस की है। कलकत्ता से यहाँ आए एक परिचित मुखर्जी परिवार की अविवाहिता कन्या जिसके हाथ में शंखचूड़ पहनाकर तुम उसका उद्धार कर रहे होगे। उसके अभिभावकों को एक बड़े भार से मुक्त।' मैंने आपत्ति की, 'मैं 60 वर्ष का होने को आया बोऊदी और सभी जानते हैं कि सिफलिस का रोगी रह चुका हूँ। मुझसे शंखचूड़ पहनकर क्या मिलेगा उस युवती को? छूत का

वह रोग और कुछ ही वर्षों में उन शंखचूड़ों को तोड़ने की दारुण घड़ी? मुझसे आग्रह न करें इस विवाह के लिए।'

बोऊदी मानी नहीं। बोली, 'जिस योगाभ्यास ने तुझे अब तक जीवित रखा है वही आगे भी रखेगा। सिफलिस अब तुम्हें नहीं है। और न मैं इस विवाह की बात तुम्हारे पिता बन सकने की कामना से कर रही हूँ और न धारा को ही माता बन सकने की कोई दुराशा है। यह सम्बन्ध तो एक-दूसरे को सहारा देने मात्र के लिए होगा। यह धारा भली-भाँति जानती है। मेरी विस्तार से बात हो चुकी है उससे।' मैं समझ रहा था कि बोऊदी यह आग्रह क्यों कर रही हैं। वह चाहती थीं कि मैं अलग रहूँ किन्तु वह यह भी न चाहतीं थीं कि मेरा घर जोगी का वासा बन जाए, नारी के ममत्व से वंचित रह जाऊँ मैं। झुकना ही पड़ गया उनके आग्रह के आगे यद्यपि मैंने स्पष्ट कर दिया कि मैं धारा देवी को अंकशायिनी ही बनाऊँगा, पर्यंकशायिनी नहीं। वर-वधू दोनों ही वर-वधू बनने की अवस्था पार कर चुके थे तथापि बोऊदी ने धूमधाम में कोई कमी न होने दी इस विवाह में।

■■■

सुनती हूँ जाली से असली बन चला वह मेजोकुमार दूसरी रानी ले आया है कलकत्ता से। लोग कह रहे हैं कि बोड़ोरानी ने बदनामी से बचने के लिए रचवाया है यह विवाह। यहाँ कलकत्ता में उसकी पत्नी को अलग घर में बसा दिया है उन्होंने। सुनकर कुछ राहत अनुभव की मैंने। इधर जबसे मैंने प्रीवी काउंसिल में अपील दायर करने का उपक्रम किया है कई लोगों को यह आश्चर्य करते पाया है कि दोनों अदालतों में हार चुकने के बाद आपको प्रीवी काउंसिल से अपील में धन का अपव्यय करने की क्या सूझी मेजोरानी? काउंसिल ने अपनी परम्परा निभाई तो अपील सुनेगी ही नहीं। तब से कभी-कभी यह भय होता रहा है कि यदि न्याय पाने का यह द्वार भी बन्द हो गया और वह पापी मेरी सम्पदा का ही नहीं, मेरी देह का भी विधिवत स्वामी घोषित कर दिया गया तो मैं क्या करूँगी? दूसरा विवाह कर लिया है उसने तो सभी पुरुषों की भाँति उसी को देता रहेगा निशा निमन्त्रण भी। यदि कभी बोऊदी के स्नेहपाश से अवकाश मिला तो। जो लोग कह रहे हैं कि अपील सुनी ही नहीं जाएगी वे यह भी कह रहे हैं कि युद्ध के कारण सुनने-न-सुनने का भी फैसला कब हो इसका भी कुछ ठिकाना नहीं। मैं कहती हूँ जितना भी विलम्ब हो अच्छा है। यदि मुझे कुछ नहीं मिलेगा भवालराज से तो हाईकोर्ट के आदेशानुसार अब उसे भी केवल ग्यारह सौ रुपया मासिक भत्ता ही मिलेगा शेष आय एक अलग खाते में जमा कराई जाती रहेगी प्रीवी काउंसिल का निर्णय आने तक। और यदि निर्णय उसके ही पक्ष में आना है जैसा कि अधिकतर वकील ही नहीं, ज्योतिषी भी कह रहे हैं तो वह चरम निराशा की घड़ी तो जितने विलंब से आए उतना

ही अच्छा।

मुझे तनिक भी विश्वास नहीं रहा है कभी ज्योतिषियों पर किन्तु ऐसा लगता है कि पुरुषार्थ की चर्चा करने वाले इस देश के पुरुषों को अगाध विश्वास है उन पर। रोज कोई न कोई किसी न किसी ज्योतिषी को पकड़ लाता है। अभी उसी दिन बनारस में एक प्रसिद्ध ज्योतिषी को लाए थे शरदेन्दु बाबू। बोला, हाँ आपसे ठीक ही कहा है अन्य ज्योतिषियों ने मुकदमे में आपकी पराजय होगी किन्तु एक बात वह नहीं बता सके होंगे कि जय भी आपकी होगी। मैंने कहा कि मैं समझी नहीं। वह बोला कि आपका वैधव्य योग आना अभी शेष है। कुछ ही वर्षों में आ जाएगा। ज्योतिषी द्वारा उस लम्पट को मेरा पति ठहराना आश्वासनप्रद पाने पर मैं झुँझला उठी अपने पर। तुरन्त उसे विदा करवा दिया घर से और सबको कह दिया कि अब किसी ज्योतिषी को मेरे यहाँ न लाया जाए। बड़ी कठिनाई से सन् 1945 में अपील करने की अनुमति के लिए सुनवाई आरम्भ हुई प्रीवी काउंसिल में। चक्रवर्ती मोशाय तो हाईकोर्ट के जज का पद स्वीकार करके धोखा दे गए किन्तु शशांक बाबू के सुपुत्र पंकज बाबू लन्दन गए वहाँ किसी किंग्स काउंसिल को केस समझाने। जब प्रीवी काउंसिल ने अपील सुनना स्वीकार कर लिया तब पंकज बाबू ने सन्देश भिजवाया कि अब हमारी जीत की आशा बलवती हो उठी है क्योंकि इस अनुमति का अर्थ ही यह है कि काउंसिल ने माना है कि इस मुकदमे का निर्णय ठीक नहीं हुआ है। तो मैं अपील की सुनवाई और उस पर प्रीवी काउंसिल के निर्णय की प्रतीक्षा करने लगी उत्सुकता से।

■■■

भात खाकर पसर गया था। झपकी लग गयी थी। प्राय: घंटे भर बाद मेरी नींद स्वप्न में रानी बिलासमणि को देखते हुए खुली। देखा मुझे पुकार रही हैं कि एई रे खोखा कब तक खेलता रहेगा सो जा अब। स्वप्न से जागा तो आप हँसेंगे सुनकर, पहली बार मुझे आश्वासन हुआ कि हाँ मैं भवालराज का मेजोकुमार ही हूँ। मेरी माँ ने पहचान लिया है मुझे देख लिया है मुझमें अपना खिलंदड़ खोखा। बहुत स्वस्थ-प्रसन्न अनुभव करता हुआ उठा। कलेंडर पर दृष्टि पड़ी— 31 जुलाई। अरे लन्दन में 30 जुलाई को सुनाया जाना था प्रीवी काउंसिल का निर्णय। तार से कलकत्ता खबर पहुँचती ही होगी अब उसकी। स्नान-ध्यान करके बैठक में जा पहुँचा। देखा बधाई देने पहुँचे हुए कुछ पत्रकार। मुँह मीठा करवाया उनका। बोऊदी से मिलने गया। उन्हें भी प्राप्त हो चुका था समाचार। हर्षविभोर थी। मेरे साथ बैठकर योजना बनाई कि मध्य अगस्त में जयदेबपुर में विराट पारिवारिक पुनर्मिलन करेंगे। नट मन्दिर में रंगोत्सव कराएँगे। अगस्त का पहला दिन बधाई देने वालों का मुँह मीठा कराते ही बीतता जा रहा था और मैं व्यग्र हो रहा था कि मैं उन ठनठनिया काली मन्दिर में शीश नवाने नहीं जा पा रहा हूँ जिनसे मैंने इस विजय

की मनौती माँगी थी। सन्ध्याकाल हो आया तो मैंने आगन्तुकों से कहा कि उन्हें छोड़कर मन्दिर जाने की धृष्टता करनी होगी मुझे। उनमें से कुछ मेरे साथ देवी-दर्शन करने चले आए। पूजा-अर्चना करके बाहर निकला तो चक्कर-सा आया मुझे। अपने को गिरता हुआ अनुभव किया मैंने।

■ ■ ■

प्रीवी काउंसिल में भी हार गयी मैं। बताया गया था कि सबसे ऊँची अदालत वही होती है। किन्तु दुखिया की पुकार सुनने के लिए सबसे ऊपर एक तो और न्यायपालिका भी तो है ना। कैसे किया उसने दुस्साहस भवालराजपरिवार की इष्ट देवी ठनठनियाँ काली की पूजा का संकल्प मेरे मृत पति रोमेन्द्र नारायण राय शर्मण: के नाम से लेकर। यह कोई मुफस्सिल के जज की अदालत नहीं कि झूठ बोल दो और जीत जाओ। यह तो काली कराल वदना हैं अरे नीच तत्काल दे देती हैं दण्ड। मार गया न लकवा। गिर पड़ा न संज्ञाहीन होकर मन्दिर की चौखट पर। अच्छा किया जो अपने साथ कुछ लोगों को ले गया। घर तक पहुँचा आए तुझे जहाँ दो दिन बाद दम तोड़ दिया तूने और तेरी विजय ने। किन्तु कितना हास्यास्पद है कि यह शासन जिसने 1921 में तुझे जाली बताया था अब मान रहा है उस ज्योतिषी की भाँति मैं मेजोकुमार की नहीं तेरी विधवा हूँ। पहले मैनेजर पी.के. घोष का सन्देश आया कि धारा देबी चाहती हैं कि 13 अगस्त को जयदेबपुर में ब्राह्मणों को मेजोकुमार के श्राद्ध के अवसर पर माधव भोग करा के दान-दक्षिणा दी जाए और निर्धनों को चूड़ा-गुड़ और एक-एक चवन्नी बाँटी जाए, किन्तु अब मेरी पॉवर ऑफ एटॉर्नी खत्म हो चुकी है इसलिए यह खर्चा आपकी अनुमति लिये बिना किया नहीं जा सकता तो अविलम्ब आदेश करें। मैं क्यों कोई आदेश करती भला?

फिर कोर्ट ऑफ वार्ड्स ने बताया कि विशेष खाते में हाईकोर्ट के ऑर्डर के बाद से अब तक मेजोकुमार का टाका 174873 और 6 आना तीन पाई जमा पड़ा हुआ है जिसमें से आपका हिस्सा टाका आठ लाख बनता है उसे इन कागजात पर हस्ताक्षर करके ले लें। पंकज बाबू ने बहुत समझाया कि हस्ताक्षर करके ले लूँ। बोले, था तो आपका ही ना, और फिर इस वेला बहुत आवश्यकता भी है आपको। मैंने कहा, 'ना वह मुझे भवाल संन्यासी की दो विधवाओं में से एक मानकर दे रहे हैं यह राशि। उन्हें बता दो मेरे पति की मृत्यु। अगस्त 1946 को कलकत्ता में नहीं, 8 मई 1909 को हुई थी दार्जिलिंग में। जब मैं जानती हूँ कि मैं असली मेजोकुमार की विधवा हूँ तो अदालतों द्वारा जाली से असली मेजोकुमार बना दिए गए एक लम्पट साधु की विधवा के रूप में शासन से पैसा कैसे ले सकती हूँ मैं?' पंकज बाबू बोले आप समझने की कोशिश कीजिए मेजोरानी। मैंने कहा कि कुछ चीजें समझने की नहीं, अनुभव करने की होती हैं पंकज बाबू।

●●●